BRIEFE DEUTSCHER
KLASSIKER

Briefe deutscher Klassiker

Mit der ganzen Ungeduld des Herzens

Herausgegeben
von
Kurt Fassmann

Manfred Pawlak
Verlagsgesellschaft mbH
Herrsching

1981 Lizenzausgabe für Manfred Pawlak
Verlagsgesellschaft mbH., Herrsching.
Mit freundlicher Genehmigung der
Kindler Verlags GmbH, München.
Druck: Carl Ueberreuter, Wien
Printed in Austria
ISBN 3-88199-048-8

INHALT

EINFÜHRUNG

Die Briefe dieses Bandes stammen aus dem Jahrhundert zwischen 1740 und 1840, ihre Verfasser waren in diesem Zeitraum bewegende Kräfte der deutschen Literatur. Das Spannungsfeld, in dem sie wirksam wurden, reicht vom Rokoko zum Biedermeier, von der Aufklärung zum Historismus; politisch ist es geformt und verzerrt durch die friderizianischen und napoleonischen Kriege, durch Revolution und Restauration. Der Unruhe der Epoche entsprach die Unruhe ihrer Genies, aber was wir, mit wechselnden Motiven und wachsenden Zweifeln, als ihre bleibenden Fragmente bewahren, läßt unter der Patina kaum noch erkennen, aus welcher Triebkraft und Ungeduld es entstand. Man wollte eine Stimme haben und machte Literaturgeschichte.
In jener Literaturgeschichte, die nicht auf so direkten Wegen zustande kommt, sondern durch bemühtes Zählen oder Weglassen dieser Stimmen, sieht manches wieder anders aus. Briefe können sich dagegen als ein heilsames Korrektiv erweisen. Schon innerhalb der Literatur führen sie ein aufdringliches Eigenleben, um so mehr stören sie auf den Planquadraten historischer Vorstellungen, und man muß bei der Auswahl von Briefen diesen Effekt nicht einmal fördern, um ihn sichtbar zu machen. Deshalb scheint es vernünftig, Situation und Habitus der Schreiber von Begriffen abzuheben, die sich die Literaturgeschichtsschreibung an ihren Werken gebildet hat. Die geläufigste Generalisierung, die sie für den hier belegten Zeitraum parat hält, spricht von Vorklassik, Klassik und Romantik. Betrachten wir diese Felder also von den Briefen dieser Auswahl her, die mit Gellert beginnt und mit Eichendorff endet.

Vorklassik

Das formalistische Werturteil »Vorklassik« meint die Zeit des Rokoko, der Empfindsamkeit und der Aufklärung.
Viele Autoren dieser Ära sind so gut wie vergessen: der

Moralist und Fabeldichter Gellert, die Anakreontiker Gleim, Uz und Ramler, die Karschin, um Klopstock steht es nicht viel besser, Wieland ist durch die Literaturwissenschaft des 19. Jahrhunderts verlästert und noch nicht hinlänglich rehabilitiert, Schubart den meisten nur als Randfigur zu Schillers Biographie bekannt. Einzig Lessing, Claudius und Herder sind für die Gegenwart bekannte Größen. Zählte man ihnen noch einige wissenschaftliche Schriftsteller und Philosophen hinzu, so käme man übrigens bestenfalls auf zwanzig nachwirkende Namen unter zweieinhalbtausend Autoren, die um 1760 in deutscher Sprache schrieben.
Sie trugen die wichtigste literarische Auseinandersetzung aus, die am Beginn der modernen deutschen Dichtung steht – die Auseinandersetzung zwischen einer mehr an Formen und einer mehr an Inhalten orientierten Ästhetik. Gegen den Theoretiker Gottsched, der sich als Reformator der deutschen Dichtkunst feiern ließ – ein Ruhm, an dem die Nachwelt viele Abstriche zu machen hatte, da er eben doch kein Reformator war –, gegen diesen Mann also hatten zuerst die Zürcher Schriftsteller und Ästhetiker Bodmer und Breitinger die Verteidigung der Phantasie und des Wunderbaren in der Poesie unternommen. Für einen jungen Autor der Jahrhundertmitte galt es, sich zwischen diesen Richtungen zu entscheiden. Im Spannungsfeld dieser Entscheidung (es war keine Frage, daß die Jüngeren zu den Schweizern tendierten) erhielt die deutsche Literatur ein neues Gesicht.
Es ist zunächst ein Janus-Antlitz geblieben, manchmal scheint sich darin geradezu ein schizoider Wirrwarr zu spiegeln. Man orientiert sich an der griechischen Lyrik, am klassizistischen Drama, am zeitgenössischen englischen Roman; in der Figurenwelt dieser Dichtung stehen antike Heroen und biblische Patriarchen neben Gestalten der Geschichte, zu denen, das ist freilich schon etwas Neues, auch solche der feudalen und bürgerlichen Gesellschaft des Jahrhunderts kommen. Das alles ist ein Abtasten des Möglichen, oft auch des Unmöglichen; ein Versuch, Ästhetik aus dem Werk zu entwickeln und nicht nur aus der Theorie, wie das Gottsched so oft versucht hatte. Der Versuch gelang unter sehr widersprüchlichen Vorzeichen.

Wesentlich für das Verständnis dieser Periode und ihrer Briefe ist, aus welchem Lebensbezirk diese Dichter kamen und für welches Publikum sie schrieben; diese Wechselwirkung ist ja immer literarisches Schicksal. Grob differenziert hatte die Gesellschaft des 18. Jahrhunderts eigentlich nur zwei Bildungsschichten: Analphabeten (zu denen im literarischen Sinne auch die gehören, die nicht weit über die rohe Kenntnis des Lesens und Schreibens hinausgekommen sind) und die sogenannte gebildete Schicht, die insofern ziemlich homogen war, als der königliche Prinz und der Advokat einer Kleinstadt durchaus ähnliche Bildungsmöglichkeiten und dementsprechend ähnliche Vorstellungen, Kenntnisse und Manieren hatten, mochten sie diese auch mit unterschiedlichem Zweck und Geschick praktizieren. Berühmte Schulen, wie die Meißener Fürstenschule, standen gleichermaßen dem Adel und dem Bürgertum offen, Lessing besuchte sie zum Beispiel.

Ein weiteres Phänomen: eine Provinz im modernen Sinn des Wortes gab es nicht. So figurieren auf den Subskriptionslisten der Buchhändler Städte wie Berlin, Wien, Augsburg, Hamburg, München, Stuttgart, Zürich oder Frankfurt nicht selten mit gleich großen oder doch kaum unterschiedlichen Bestellerzahlen; die gebildete Bourgeoisie bestreitet übrigens im Regelfall den Löwenanteil. Dieses Bürgertum ist mehr als der Adel die Basis der gebildeten Schicht, wenn es auch in Deutschland weit davon entfernt war, sich als ein dritter Stand zu fühlen – im Unterschied zur Entwicklung in Frankreich, wo sich das Bürgertum als eine soziale Gruppe sah und als solche zur politischen Aktion drängte.

Nun war die soziale Lage des deutschen Bürgertums erheblich schwieriger. Hinter der Bildungsbourgeoisie der Pfarrer, der Beamten und Bediensteten, aus der fast alle Schriftsteller des Jahrhunderts kamen (die Mehrzahl übrigens aus Pfarrhäusern), stand nur ein deprimiertes Besitzbürgertum, dessen große Zeit seit dem Dreißigjährigen Krieg zu Ende war; seinem sozialen Tiefstand im 18. Jahrhundert folgte übrigens der ideologische im 19. Jahrhundert, wo es, bei gleichzeitigem wirtschaftlichem Wiederaufstieg, geistig zur restaurativen Schicht absank: es lieferte gute

Wirtschaftsführer und Patrioten, aber miserable Demokraten; die Kämpfe um ein liberaleres Denken blieben bis zum Auftreten der Arbeiter als politische Gruppe dem Bildungsbürgertum überlassen.

Man mag über das frühe Bildungsbürgertum lächeln, sieht man das Mißverhältnis zwischen gesellschaftlichem Ehrgeiz und politischem Bewußtsein; unterschätzen sollte man es deshalb nicht. Es war im 18. Jahrhundert der Träger eines entscheidenden literarischen Vorganges. Hatte sich der Adel bisher an der klassizistischen französischen Literatur orientiert, so holte der Bürger nun seine Leitbilder aus England, das im Kritizismus und Empirismus die aktuelle Philosophie und im bürgerlichen, psychologischen Roman die zukunftsträchtige Ästhetik besaß. Die französische Ästhetik und Aufklärungsliteratur blieb demgegenüber in ihrem Einfluß, so sehr er an den Höfen hochgespielt wurde, beschränkt; auffallend ist schon, daß nicht der brillanteste französische Autor der Zeit, nämlich Voltaire, die größte Wirkung in Deutschland erreichte, sondern der Seelenexhibitionist Rousseau.

Und die deutschen Literatoren selbst? Sie hatten sich überhaupt nur spät und zögernd der Aufklärung angeschlossen. Genaugenommen hatten sie nur zwei praktizierende Rationalisten hervorgebracht: Lessing und, mit Vorbehalten, Wieland. Im übrigen schlossen sie sich nicht den Repräsentanten der Aufklärung an, sondern bestaunten deren angewiderten Schüler Jean-Jacques Rousseau. Er gab dem Jahrhundert seinen Mythos, und dem, der ihm begegnet war, konnte nun sehr wohl der Rationalismus als das erscheinen, was er zu bekämpfen vorgab: als ein dogmatischer Spuk, eine neue Art scholastischer Tyrannei.

Das Ich wurde Poesie. Der psychologisierende Subjektivismus der neuen Richtung radikalisierte eine Literatur, die ohnehin schon jeglicher Empfindsamkeit zugeneigt war; sie wurde nun, in der rauschhaften Periode des Sturm und Drang, vollends ein Vehikel des Individuums.

Die soziale Situation des Schriftstellers in dieser Zeit und in ihrer Gesellschaft war doppelbödig. Schriftsteller zu sein, war ein Nebenberuf, von dem man weder leben konnte noch wollte. Das Brotstudium der Mehrzahl der Autoren des Jahrhunderts war die Theologie (Gellert, Herder, anfangs auch Claudius, Klopstock und Lessing) oder die Jurisprudenz und Kameralistik (Gleim, Uz, Rabener, Wieland, Claudius und Goethe), selten auch die Medizin (Ramler und Herder anfänglich, Schiller). Sofern sie nicht Advokaten oder Pastoren wurden, verdienten sie ihr Brot als Erzieher oder Professoren (Gellert, Ramler, Wieland, zeitweise auch Claudius), als Sekretäre oder in ähnlichem Dienst (Gleim, Uz, Lessing zeitweise) – ein Berufsbild, das sich übrigens auch in der Hochklassik und in der Romantik nicht wesentlich änderte. Der einzige Autor der Vorklassik, der, von den früheren Jugendjahren abgesehen, nur der Literatur lebte, war Klopstock, den der dänische Hof zum Staatspensionär ohne Amtspflichten ernannte; ein ähnlicher Fall lag bei Wieland vor, der nach Beendigung eines relativ kurzen Erziehungsauftrages am Weimarer Hof, nämlich ab 1775, eine ausreichende Pension bis an sein Lebensende bekam. Berufsschriftsteller mag man Klopstock und Wieland deshalb nicht nennen. Der einzige, auf den zeitweise diese Bezeichnung zutraf, war Claudius.

Der Schriftsteller stand also durchwegs im Dienst der Höfe und der Ämter. Selbst wenn er so etwas wie ein bürgerliches Bewußtsein entwickelte und ein Empfinden für den besonderen Rang literarischer Tätigkeit hatte, wie Lessing, konnte er dem Sog des feudalen Brotgebersystems nicht entgehen. Die meisten fügten sich ohne Räsonieren. Sie alle hatten zwar ihre Vorstellungen von den politischen Möglichkeiten des Bürgertums, aber wie daraus eine soziale Realität werden sollte, vielleicht sogar eine vom Feudalismus unabhängige, das ahnten sie nicht; sie entwickelten keine wirksame Idee von der Bedeutung des Schriftstellerstandes im politischen und nationalen Leben.

Das nationale Leben: taucht dieses Stichwort in unseren Briefen auf, so muß man es entschieden auf die politische Wirklichkeit des Jahrhunderts reduzieren. Nationale deutsche Bemühungen in der Literatur dieser Zeit gingen wesentlich von der Diskussion über die deutsche Sprache aus, die als Dichtersprache legitimiert werden sollte; daran schloß sich die Suche nach deutschen Stoffen an. Spät kommt in den von Friedrich II. ausgelösten politischen Sehnsüchten, die sich vor allem auf den Nachfolger Maria Theresias, Joseph II., konzentrierten, ein gewisser Überdruß gegen innere Kriege und kleinstaatlichen Despotismus zum Ausdruck, vor allem aber auch Unzufriedenheit mit der Situation des Schriftstellers selbst. Förderung durch die Höfe war zumeist nur das Resultat einer fürstlichen Laune, zudem fehlte die primitivste soziale Sicherheit, nämlich das Recht auf das Werk, auf das geistige Eigentum; jeder Buchhändler und Verleger konnte ein eben erschienenes Buch nach Belieben nachdrucken, es sei denn, es waren darauf bestimmte Privilegien erteilt, die aber auch nur einen lokalen Schutz gewährten.

Das patriotische Vokabular der Vorklassik zeigte durchaus eine innenpolitische Klangfarbe, auch was den Begriff Freiheit betrifft, der erst mit der in den Napoleonischen Kriegen ausgebildeten und sogleich überspannten romantischen Nationalstaatsidee außenpolitisch formuliert wird. Wenn also später vielfach patriotische Äußerungen Lessings als eine Forderung nach nationalem Prestige, nach nationaler »Freiheit« interpretiert wurden, so waren das Verfälschungen. Lessing meinte keine Freiheit von irgendwelchen äußeren politischen Gegnern, er meinte innere Freiheit, Freiheit der Menschen in ihrem eigenen Land. Im übrigen waren die Schriftsteller des 18. Jahrhunderts stolz darauf, Kosmopoliten zu sein, sie dachten humanitär und jedenfalls nicht in nationalen Kategorien.

Humanität ist ein weiteres Stichwort zu diesen Briefen; sie wurde ein beherrschendes Gefühl der Zeit, und zwar ein Gefühl für die Würde des Menschen, wenn auch oft schwärmerisch oder unklar akzentuiert. Um die Jahrhundertmitte ist »Menschenfreund« ein Modewort, alles spricht von der Philanthropie, der verniedlichten, arglosen Humanität der Pietisten und der Empfindsamen. Bei Lessing wird daraus eine Maxime für die Menschheit, verbunden mit der Forderung nach religiöser und sozialer Toleranz. Herder schließlich ordnet dem Begriff der Humanität den ganzen Gang der Geschichte unter und entwickelt damit eine bestimmende Idee, die in den kommenden Jahrzehnten auch ein großes, hintergründiges Motiv der Literatur werden sollte.

Aber nicht nur Lessing und Herder, auch Klopstock, Gleim, Wieland waren große Anreger des Kommenden, das sie noch als gealterte Größen, schon abseits stehend, erlebten. Doch kaum einer von ihnen fand zu den jüngeren vordrängenden Autoren eine dauerhafte Beziehung; typisch dafür ist das Verhältnis der Älteren zu Goethe, das immer wieder zwischen Bewunderung für das unerschöpfliche Genie und Verärgerung über die manchmal als arrogant empfundene Selbstsicherheit des Jüngeren schwankte. Man respektierte sich, aber man verstand sich nicht mehr. Um so inniger schlossen sich die Alten zusammen. Ihre Briefe scheinen manchmal nur geschrieben zu sein, um wenigstens noch einen Kreislauf der Tröstungen lebendig zu halten, und oft bricht darin noch einmal der Anbetungsdurst der freundschaftsseligen Epoche durch, in der sie groß geworden waren.
Zweifellos hatten sie das Gefühl, nicht mehr Schritt halten zu können. Die Überlegenheit der Jüngeren, die auch ihre negativen Aspekte hatte, bestimmt und verzerrt ja noch heute unser Bild von der literarischen Bedeutung der Vorklassik, die allgemein als eine Zeit der Unvollendeten empfunden wird, während man doch weit eher ein Stadium der offenen Möglichkeiten darin sehen müßte. Denn tatsächlich war in der Zeit Klopstocks, Lessings und Wielands noch alles offen, und vor allem war jene erhabene und katastrophale Entscheidung für den Idealismus und gegen das realistische Denken noch nicht gefallen, an der sich bald darauf das geistige Leben in Deutschland bis zum Grad der Weltfremdheit orientieren sollte.
Es war der lebendigste Abschnitt der deutschen Literaturgeschichte. Und man sollte sich immer wieder daran erinnern: In der Vollendung, die ihm folgte, ist viel Leben erstarrt.

Klassik

Das Wort »Klassik« kommt in der Klangfarbe, die es als Terminus der deutschen Literaturgeschichte angenommen hat, nicht ein einziges Mal in den Briefen vor, die dieser

Band enthält. Es fehlt. Es gibt hier sozusagen nur Klassiker, die wir so nennen, und hier tut sich eine Divergenz zwischen Wirklichkeit und Wertung auf. Es wäre kein Grund, überhaupt davon zu reden, wiese die Divergenz nicht auf widersprüchliche Fakten hin, die gleichsam dem Jargon entzogen bleiben und ein unruhiges Eigenleben führen, das der begrifflichen Konvention im Wege steht.

Konvention ist vor allem eingebürgerte Bequemlichkeit. Der Begriff »Klassik« ist überaus bequem. Er bezeichnet eigentlich eine Rangstufe, eine Klasse. Die ursprüngliche Anwendung des Wortes *classis* im römischen Staat entsprach der Bedeutung, die es noch heute in unseren Steuerklassen hat, nur waren die römischen Steuerklassen nicht am Familienstand, sondern am Umfang des Vermögens orientiert. *Classici* hieß man die Mitglieder der ersten, also der reichsten Steuerklasse. Aber schon in der spätrömischen Literatur nennt man *classici auctores* hervorragende ältere Schriftsteller, und bald gilt als klassisch jeder Zeitraum, der den Höhepunkt einer bedeutenden Entwicklung umgrenzt. Dann wird aber diesem Begriff noch eine andere Bedeutung unterschoben: da die klassischen Autoren, nämlich die Alten, das ganze Mittelalter hindurch und vor allem seit dem Frühhumanismus des 14. Jahrhunderts als mustergültig anerkannt blieben, wurde er in vielen Beziehungen auch ein Synonym für das Antike. Danach bedeutet klassisch sowohl hervorragend und vorbildlich als auch antik oder dem Geist der Antike verbunden (es gibt dafür das in manchen Ohren etwas abschätzig klingende Adjektiv »antikisch«).

Nur für einen sehr eng umgrenzten Zeitraum der sogenannten klassischen Literatur im deutschen Sprachbereich treffen alle Bedeutungsinhalte dieser Bezeichnung zu. Wieland, Goethe, Schiller, Jean Paul und Hölderlin wären demnach die bedeutenden Autoren, die man Klassiker im engeren Sinne nennen könnte. Aber keiner von ihnen, Hölderlin vielleicht ausgenommen, ist dann *nur* Klassiker, und läßt man nicht außer acht, daß die Literatur der Epoche, den grundlegenden Tendenzen der europäischen Geistesentwicklung bis zum 19. Jahrhundert folgend, insgesamt die unterschiedlichsten Ansätze zu einem klassischen Denken in sich trägt, so wird die Formlosigkeit der Vorstellung, die der vom Sprachgebrauch entschärfte und von jeher freigebig manipulierte Begriff heute auslösen kann, verständlich.

Ob man sich an diesen ebenso bequemen wie fragwürdigen Begriff Klassik halten kann, wenn vom Zustand der deutschen Literatur an der Wende vom 18. zum 19. Jahrhundert die Rede ist, mag indessen für diese Briefsammlung eine offene Frage bleiben, und dementsprechend auch, ob die Unterscheidung zwischen Vorklassik und Hochklassik sehr sinnvoll ist. Nimmt man das Jahr 1786 als Zäsur, weil damals Goethe die italienische Reise antrat, die für seine weitere Entwicklung bestimmend wurde, so identifiziert man ein persönliches Bewußtseinsstadium mit einer allgemeinen Entwicklungstendenz – und findet sich so mit der Tatsache ab, daß Goethes Meinen und Denken später als das bewegende Element der Hochklassik betrachtet wurde, und zwar um so entschiedener, je mehr man Schiller zurückstufte. Aber gleichviel, die Wertung zielt auch sonst immer zuerst auf einen dieser »Weimarer Klassiker« und vernachlässigt, daß die Klassik Hölderlins, erst recht die Jean Pauls, wieder etwas anderes ist, weil sie aus ganz anderen Bedingungen hervorgeht.

Oben wurde schon von den Alternativen gesprochen, die sich neben und nach Lessing in der deutschen Literatur abzeichnen. Eine von ihnen wurde zum Ausgangspunkt der Hochklassik; sie war beherrscht vom Subjektivismus junger, genialer Köpfe, die aus einer vorgeformten Gedankenwelt ausbrachen. Diese Periode des »Sturm und Drang« ist eine Zeit naiven, unbefangenen Zupackens und Umwertens. Ihr Zwielicht bezieht sie aus dem Aufglühen von Meteoren: die meisten verbrannten, bevor sie in den Boden einschlagen konnten, auf dem sich auch die Literatur behaupten muß. So sind ihre Namen zumeist vergessen, einige davon sicher zu Unrecht. Aber nur wenigen war eine späte Wiederentdeckung beschieden, zum Beispiel Jakob Michael Reinhold Lenz, der sich, als der Originalitätsrausch verflog und die Kraftgenies nach und nach loyale Weimarer Bürger wurden, in die Konvenienzen der Residenz nicht fügen konnte und zuletzt in Moskau elend verkam. Er steht aber so für sich allein in seinem Empfinden, das weit hinter der Maske des gesellschaftlichen und literarischen Revoluzzertums sitzt, die sich die

Stürmer und Dränger gelegentlich aufsetzten, daß man ihn in eine andere Nachbarschaft als die nur literarische bringen muß. Doch mit dem jungen Goethe, mit Herder und Friedrich Heinrich Jacobi bildete er einen Zirkel, in dem sich diese Bewegung äußerte; ein andrer bildete sich in Württemberg heraus, zu ihm gehörten Schubart und der junge Schiller. Ein Göttinger Dichterverein, der sich nach dem Titel einer Klopstock-Ode »Hain« nannte, bot ebenfalls den Nährboden für ein gärendes Drängertum, wenn er auch aus der Empfindsamkeit hervorgegangen war; der später als Homer-Übersetzer berühmt gewordene Johann Heinrich Voß und die gräflichen Brüder Stolberg, mit denen Goethe vorübergehend befreundet war, gehörten ihm an, aber auch Bürger, zweifellos das stärkste Talent des Kreises und eine der größten Hoffnungen des Sturm und Drang. Bürger ging später in den Widrigkeiten des Lebens unter, und einige seiner Briefe mögen mit denen des jungen Goethe und Schiller die Ungebärdigkeit dieser Periode zeigen.

Bürger ist übrigens eins von vielen Beispielen dafür, daß die laute Kameraderie der Sturm-und-Drang-Zeit sehr rasch zerfiel, wenn keine Einigkeit in den Formprinzipien mehr bestand. Mit dem jungen Goethe zusammen war er einer der entschiedensten Protagonisten einer Dichtung, die auf Ursprünglichkeit und Naturhaftigkeit des Erlebens aus war. Beide wurden dabei auch echte sprachliche Umformer, nur mit dem Unterschied, daß Bürger darin verharrte, während Goethe zu einer strengeren Form und einer Rückbindung im klassisch-idealen Stil tendierte, die er mithin bei Bürger in Leben und Dichtung vernachlässigt finden mußte. Als Bürger später die Hilfe Goethes in mancherlei Hinsicht gebraucht hätte, bekam er aus Weimar nur schlechtverhüllte Absagen; Schiller hat ihm, wie es scheint mit Goethes Beifall, zuletzt sogar die Befähigung zum Schriftsteller abgesprochen.

Auch darin werden Symptome sichtbar. Was heute im engeren Sinn Hochklassik genannt wird, die Ideenwelt und das Werk Goethes und Schillers, ist unter anderem das Ergebnis eines Isolationsprozesses. Beide haben sich als etablierte Koryphäen, manchmal sogar radikal, von den alten Weggenossen getrennt, und beide haben keinen einzigen der bedeutenden Schriftsteller, die neben ihnen und als jüngere nach ihnen die literarische Entwicklung des Zeitraums mitbestimmten, aufmerksam oder gar entscheidend gefördert. Die Isolation gedieh so weit, daß Jean Paul ein Chinese genannt wurde, Hölderlin kaum einmal als Mensch begriffen und eine Begabung wie die Kleists sogar total (wenn auch höflich) verkannt wurde. Goethe und Schiller waren gebannt von ihren Ideen und hatten keinen anderen Maßstab mehr, sowie es um Literatur ging.

War in der Vorklassik bei allen Differenzen und Händeln immer noch ein Gefühl der Verbundenheit, ein Wissen um gemeinsame Ziele vorhanden, das übrigens nicht nur dem Kreislauf der Meinungen, sondern auch der materiellen Existenz der Autoren zugute kam, so herrschte in Weimar zuweilen eine Atmosphäre der Herzlosigkeit, die gerade noch im gesellschaftlichen Verkehr überspielt werden konnte (und da nicht immer). Die persönliche und sachliche Kritik, auch die Ironie, die gelegentlich in den vorliegenden Briefen sichtbar wird, ist also durchaus wörtlich zu nehmen und nicht als Laune des Augenblicks. Sie kennzeichnen ein Klima verhärteter Positionen, von denen aus man nur noch mit wenigen Vertrauten eine aufgeschlossene Kommunikation unterhielt; was sonst aus den Festungen hinausdringt, hat meistens den Charakter von amtlichen Bulletins. Jean Paul fühlte sich zuletzt davon so angewidert, daß er Weimar nur noch als eine Reisestation betrachtete.

Auch deshalb schien es zweckmäßig, eingangs auf Unklarheiten in der Terminologie hinzuweisen. Zwangsläufig zeigt diese Auswahl von Klassikerbriefen sehr tiefgehende Unterschiede in der persönlichen Haltung. Sie belegt keinen monolithischen Ideenblock, und sie bedient sich des mehr oder weniger brauchbaren Begriffs »Klassik« lediglich aus denselben Gründen der Konvention, aus denen sich die Literaturwissenschaft seiner nicht entledigt.

Romantik

»Romantik« ist mehr als eine zeitlich fixierte Richtung. Über ihre Lebensdauer als dominierende literarische Tendenz hinaus ist sie eine Alternative des geistigen Lebens, sie hat auch heute ihre Vertreter in mancherlei Gewand.

»Romantik« und »die Romantik« sind mithin zwei Gegebenheiten, die einander wohl bedingen, aber nicht ein und dasselbe sind, wie eben ein bestimmtes geistiges Verhalten, ein universales Streben zum Ausdrucksproblem literarischer Gruppen werden kann.

Es gibt Definitionen für dieses Streben, doch scheinen sie es nie ganz zu treffen, gleich, ob sie vom Wort ausgehen, von der Haltung oder von dem, was im engeren Sinne romantische Dichtung genannt wird. Aber daß sie schwer faßlich ist, sagt schon viel über alle Romantik und vielleicht mehr als jede Definition. Deren Gültigkeit wäre immerhin schon dadurch reduziert, daß wir gewohnt sind, die Romantik vor allem als ein literarisches Phänomen, mithin auch als ein Formproblem zu betrachten.

Als solches beginnt es, noch längst vor seiner entscheidenden Ausprägung, schon um die Mitte des 18. Jh. die deutsche Literatur zu beschäftigen. Sichtbar wird das etwa bei den Ästhetikern Bodmer und Breitinger, wenn sie gegen den Formalismus Gottscheds polemisieren und die Rolle des Wunderbaren in der Poesie verteidigen. Der Begriff selbst, der aus England über Frankreich nach Deutschland kam, wurde dabei noch nicht evident, selbst da, wo man schon auf seine späteren Inhalte zielte: die Beschäftigung mit der antiformalistischen Volkspoesie, subjektives Erfassen der Welt, Hinwendung zum fiktiven Stoff, wie sie im Roman vorliegt, der ja schließlich der ganzen Richtung den Namen gab. Die Entscheidung dafür setzt starken Individualismus voraus, und in diesem Sinne gab es schon längst Prototypen romantischen Denkens, die als Außenseiter, wenn auch ohne nennenswerte Wirkung, durch die deutsche Literatur geistern. Zum Beispiel jener Quirinus Kuhlmann (1651–1689), dem Leben, Denken und Dichten schon zu solch ekstatischer Ganzheit gediehen, wie sie später Novalis oder Brentano ebenso inbrünstig wie vergeblich ersehnten. Oder Johann Christian Günther (1695–1723), der sein kurzes Leben rauschhaft-genialisch verströmte und in der zweiten Hälfte des 18. Jahrhunderts ein Idol der Stürmer und Dränger wurde.

Sturm und Drang präsentierten sich ja gleichsam als ein vorromantisches Abenteuer der deutschen Literatur. Gegen vermeintlich platten Rationalismus und Aufklärung, aber auch gegen ideologisch gebundenen Realismus, wie ihn Lessing anstrebte, wurde brodelnder, ja exzessiver Subjektivismus gesetzt. Es ist interessant zu sehen, wie sich die jungen Nonkonformisten am Scheideweg verhielten.

Goethe erschloß sich mit dem subjektiven Impuls die Wirklichkeit Schritt um Schritt, er objektivierte die frei gewordene Energie, gleichwohl behauptete sich bei ihm die Tendenz zum Irrealen immer wieder, so sehr er sie auch bekämpfte. Aus guten Gründen war er noch in der erstarrten klassischen Geste das meistgehaßte Leitbild der eigentlichen Romantiker.

Sein Jugendfreund Friedrich Heinrich Jacobi (1743–1819) schlug den anderen Weg ein, Sturm und Drang führten bei ihm konsequent zum Individualismus. Sein Ziel war, die Philosophie aus der Umklammerung des Rationalismus zu befreien und auf die Fundamente Gefühl und Glauben zu stellen; er kennt keine Beweise mehr, statt dessen postuliert er metaphysische Grundlagen, an die man als Bezugssystem, von dem Beweiskraft ausgehe, zu glauben hat. Er wurde zu einem der ersten Theoretiker des modernen Individualismus, auch in seinen Romanen *Aus Eduard Allwills Papieren* und *Woldemar*, und hintergründig zum Protagonisten der Romantiker.

Als solche treten im Anfang der neunziger Jahre des 18. Jahrhunderts einige junge Autoren auf, die bald zueinanderfinden. Unter ihnen ragen hervor die Brüder Schlegel, Ludwig Tieck, Wilhelm Wackenroder und Friedrich von Hardenberg (Novalis). Mißtrauisch verengte Blicke aus Weimar nahmen im Programm der jungen Leute neben der vorläufig noch ergebenen Geste zuerst so etwas wie einen zweiten Aufguß der Sturm-und-Drang-Periode wahr – ein bezeichnender Irrtum, denn was sich da emanzipierte, war doch mehr als nur eine der beiden Seelen, die in einer Weimarer Brust miteinander kämpften.

Die Frühromantik ist ein einziger leidenschaftlicher Anlauf zu einem modernen Universalismus des Fühlens und Denkens. Sie ist zum Beispiel nicht ohne bestimmte aktuelle philosophische Einflüsse denkbar, die ihr wesentliche Impulse gegeben haben, Einflüsse einer Philosophie, die schon Resultate der modernen Naturwissenschaft aufgenommen und den Kritizismus der Aufklärung bereits hinter sich hat. Noch wichtiger scheint, daß diese Philosophie die Untersuchung des denkenden Subjekts für wichtig hält. Johann Gottlieb Fichte, der 1794–1799 in Jena lehrte, also im Zentrum der Frühromantik, wendet sich ganz entschieden der Untersuchung des Ichs und der Relativierung der Welt auf das Ich zu, wobei hier freilich das Ich noch ein universaler Persönlichkeitsbegriff ist. Mehr als sie das zugaben folgten die Romantiker diesem Philosophen in der Differenzierung von Ich und Nicht-Ich (Außenwelt und Materie) bis hin zu seiner Feststellung, allein das Ich sei »absolute Tätigkeit«.

Daß das Bewußtsein von der Welt nur ein Resultat unseres Vorstellungsvermögens sei, ist geradezu eine Ausgangsposition romantischer Willkür, die sich die Welt frei und souverän zurechtlegt. Nach dem Denksystem Fichtes, das diese Souveränität begrenzt, wurde dann nicht mehr lange gefragt. Man suchte Fixpunkte, die den Geist noch auf ein Abenteuer hoffen ließen. Zuletzt drängte es den Romantiker doch wieder zur Mystik und zur Religion; die Suche nach einem universalen Inbegriff des Lebens führte ihn zum Glauben.

So entsprach der Romantik mehr der religiöse Universalismus des Protestanten Friedrich Schleiermacher (1768–1834), der Religion als den »Sinn für das Unendliche« definiert, und vor allem der ästhetische Idealismus Friedrich Schellings (1775–1854), der Philosophie als eine Synthese von Vernunft und Empfindung versteht: »Ich bin nun überzeugt, daß der höchste Akt der Vernunft, der, in dem sie alle Ideen umfaßt, ein ästhetischer Akt ist ... die Dichtkunst allein wird alle Wissenschaften und Künste überleben.«

Bei Friedrich Schlegel, dem Wortführer der älteren Romantik, heißt es dann: »Die romantische Poesie ist eine progressive Universalpoesie.« Und: »Sie allein ist unendlich, wie sie allein frei ist und das als ihr oberstes Gesetz anerkennt, daß die Willkür des Dichters kein Gesetz über sich leide.«

Zweifellos darf man die theoretischen Äußerungen der Romantiker nicht überschätzen. Sie sind bei allem Bemühen doch nur periphere Zweckphilosophie, die weder ihren Ausgangspunkt ganz begriffen noch mögliche Ziele entschieden definiert hat. Ihr theoretisches Denken führt vorerst zu nichts weiter als zu einer bequemen Literaturtheorie, die so viele methodische Lücken und metaphysische Durchlässe besitzt, daß sie einen unentwegten geistigen Pendelverkehr ermöglicht. Hier war Platz für alle Halbheiten dieser Welt, für einseitig interpretierte Geschichte, für philosophischen Dilettantismus, auch für politisches Phantasieren. Wesentliche fehlende Qualitäten wurden unschwer durch Begeisterung, durch das vermeintliche Wagnis des Gefühlsrausches ersetzt. Es mutet wie ein unfreiwilliger Akt der Selbstbestätigung an, daß diese Perspektiven keinen Schnittpunkt in der Realität finden konnten. Sie verloren sich in der Unendlichkeit, im Jenseits. Auch zu poetischer Ganzheit trafen sie sich nicht. Die Romantik ist eine Periode der literarischen Fragmente, über ihnen liegt Hast, die Unrast von Geistern, die ein imaginäres Universum durchirren. Was sie erreichen, ist unvollendete Größe — Größe in der Leidenschaft.

Unter diesen Vorzeichen steht auch das Leben dieser Menschen. Kaum einer, der nicht in einen Strudel quergehender Affekte gerät. Zumal die Erotik hat da bisweilen morbide Züge. Überschwengliche Begeisterung, Liebe als höchstes Stadium der Erlösung wechseln zudem mit trivialstem Jammer. Ehebruch ist keine Seltenheit, ebensowenig verklemmte Sexualität. Ein Beispiel ist August Wilhelm Schlegel, dessen Potenz an der Seite Germaine de Staëls erstickte, weshalb seine zweite Ehe scheiterte (der erboste Schwiegervater, der ihn einen impotenten Wüstling hieß, sorgte hinreichend für Publizität, vielleicht auch Friedrich Schlegels Frau Dorothea; Goethe hat dann schadenfroh weitergetratscht).

In der jüngeren Romantik, sofern man darunter den Kreis um Clemens Brentano und Achim von Arnim versteht, scheinen solche Züge oft noch hypertrophiert, vor allem bei Brentano; sie ist keineswegs stabiler, sondern noch extremer in ihren Zielsetzungen, und auch sie ist keine Periode der großen Werke. Labilität und Weltfremdheit sind ein Kriterium beider Gruppen.

In merkwürdigem Gegensatz dazu scheint das leidenschaftliche politische Engagement der Romantiker in den Wirren der ersten Jahrzehnte des 19. Jahrhunderts zu stehen. Tatsächlich aber liegt darin so etwas wie ein fataler Logismus. Der nationale Notstand, wie man ihn damals empfand, also die durch innere Rat- und Hilflosigkeit provozierte, durch äußere Gewalt vollzogene Auflösung des deutschen Reichsgebildes, war das ideale Klima für patriotisches Wunschdenken, mit dem die Romantiker nicht sparten. Sie gehörten zu den lautstärksten Propagandisten des Freiheitsbegriffs jener Jahre, der zwangsläufig ganz auf nationale Interessen konzentriert war und nichts mehr vom humanistischen, kosmopolitischen Drang der Klassik hatte. Symptomatisch wurde diese Entwicklung auch in der engen Bindung vieler Romantiker an die politischen Führer der Zeit, etwa an den preußischen Staatskanzler Hardenberg oder den Minister vom Stein: die Kontakte zu Politikern waren gleichzeitig Kontakte zu restaurativen Kräften. Wo sich die Romantik politisch äußerte, war und blieb sie bei aller Kritik und Opposition konservativ; die publizistische Tätigkeit Friedrich Schlegels im Dienste Metternichs ist ein typisches Beispiel dafür.

Die Ideen der Französischen Revolution wurden bald nur noch als Thema der Zeit, nicht mehr aus Überzeugung diskutiert, der gleichzeitige englische und französische Frühsozialismus nicht einmal wahrgenommen. Für sozialpolitische Intentionen, die immerhin schon in Fichtes Staatstheorien formuliert waren, schien im Denken der Romantiker überhaupt kein Platz zu sein. Es war historisch, nicht auf die Zukunft hin orientiert; das gilt auch noch für die Spätromantik Eichendorffs. Ein bürgerliches und liberales Bewußtsein, natürlich im progressiven Sinn *jener* Zeit, haben später nur die Brüder Grimm entwickelt.

Historismus, Begreifen der eigenen Existenz aus der Geschichte, war ein anderer Grundzug der literarischen Romantik. Er hatte freilich auch positive Folgen. So wandte man sich verstärkt der älteren Literatur des eigenen Volkes und bald auch fremder Sprachbezirke zu. Die Brüder Schlegel haben nicht nur durch Übersetzungen aus der romanischen und englischen Literatur bedeutende Leistungen vollbracht, sondern mehr noch durch die Erforschung orientalischer Sprachen; sie sind Mitbegründer der altindischen Philologie und der Sanskrit-Forschung. Und der Entschluß der Brüder Grimm, die ja ursprünglich Juristen werden sollten, sich der Philologie zuzuwenden, ist zweifellos neben der historischen Gesinnung ihres Lehrers Savigny auch ihrer engen Bindung an den jüngeren Romantikerkreis zuzuschreiben. Sie wurden die Begründer der modernen deutschen Sprachwissenschaft, der Germanistik; die Impulse, die sie ihr gegeben haben, wirken bis heute nach. Unter dem Vorzeichen der Romantik war also durchaus exakte, und das heißt realistische Leistung möglich. Aber sie blieb auf das Geschichtliche beschränkt. Nennenswerte Beiträge zur Erforschung der Gegenwart oder zur Naturwissenschaft im weitesten Sinne sind aus diesem Denkbereich zunächst nicht erwachsen. Das war, von persönlichen Motiven abgesehen, einer der Gründe, warum Goethe mit der Romantik, die er ja doch auch in sich auszutragen hatte, zuletzt nichts mehr anzufangen wußte. Schon ihrer eigenen Zeit war sie oft nur noch als die somnambule Fraktion des Zeitgeistes begreiflich.

Bezogen auf die untergründige Tendenz zur Weltflucht, die Ausdruck des Unbefriedigtseins an der Realität war, liegt darin eine ätzende Wahrheit. Die Romantik war Flucht aus dem klaren Licht, war mystische Sehnsucht nach dem Geborgensein im Dunkel, in der Nacht, im Unsichtbaren und Ungreifbaren, zuletzt im Tode. Der Gedanke an den Selbstmord spielt im Denken der Romantiker keine geringe Rolle. Greifbarer und positiver aber äußert sich diese Tendenz in dunklen Stufungen des dichterischen Trachtens, Poesie wird häufig Nachtpoesie, Todespoesie, Erlösungspoesie.

Auch die Hinwendung zum religiösen Symbolismus wurde schon in der Zeit als eine notwendige Konsequenz der Romantik empfunden, so von dem oft geschmähten Homer-Übersetzer Johann Heinrich Voß. Die Romantik hat ja zu berühmten Konversionen geführt: 1808 traten Friedrich und Dorothea Schlegel zum Katholizismus über; ihnen folgte Zacharias Werner, der sich 1811 in Rom zum Priester weihen ließ; einer der letzten Stürmer und Dränger, Friedrich von Stolberg, konvertierte bereits 1800; Clemens Brentano ließ sich 1817 rekatholisieren. Zusehends orientierte sich die Romantik an katholischen Philosophen, etwa Schelling und Baader, und nicht wenige Romantiker sahen zuletzt im katholischen Bayern Ludwigs I., der ja selbst ein Produkt der Romantik war, so etwas wie ein mögliches geistiges Zentrum. Freilich führt romantisches Denken darüber hinaus auch zu einem neuen mystischen Einheitsbegriff. Novalis sieht ein Ideal in der vorreformatorischen Einheit der Kirche. Bei ihm werden starke mystische Züge sichtbar: eine absolute, vom realen oder auslösenden Moment befreite Empfindung. Universalistisches Denken schlägt um in Allgefühl, aber auch in die Empfindung vom Ausgeliefertsein an das All, an überwirkliche Mächte; manchmal hört sich das so an, als sei das »Seid umschlungen« der Klassik übergeführt in ein »Seid erlitten«.

Den realen Gegenzug, die Möglichkeit der Überwindung des Unvereinbaren, jener Kluft, die sich dann zwangsläufig zwischen Vorstellung und Wirklichkeit auftut, erschließt sich die Romantik gleichsam durch ein Paradoxon, und da wird sie groß, bedeutend, wird sie Weltliteratur. Was nicht mehr zu ordnen ist, wird sozusagen als skurriles System verifiziert; in einer letzten Übersteigerung wird die Welt der Romantiker eine »transzendentale Buffonerie« (Friedrich Schlegel). Substantiellen Ausdruck findet dieses zwiespältige, zerklüftete Denken in der »romantischen Ironie«.

Sie ist mehr als der schwarze Humor, zu dem viele Romantiker, nicht immer freiwillig, neigen; sie verlangt mehr als nur das Bewußtsein, daß es eine nicht akkordierende Umwelt gibt. Sie setzt die Erkenntnis voraus, daß auch die Wirklichkeit eine Aufgabe ist, und die auf Selbsterkenntnis zielende Frage, ob die eigenen Kräfte ausreichen, mit ihr fertig zu werden. Die meisten Romantiker haben sich diese Frage nie bewußt gestellt. Sie hat sich ihnen gelegentlich aufgedrängt. Romantik überhaupt pflegt diese Frage nicht zu stellen, darum wurde sie ja als eine gefährliche, bisweilen destruktive Alternative des geistigen Lebens erkannt.

Man hat viel Fleiß und unsägliche Mühen der Interpretation an den Nachweis gewendet, daß die ganze Richtung in dieser rechtfertigenden Aureole »romantische Ironie« strahle. Doch als Fundament des Dichtens trug sie nur einen: E. T. A. Hoffmann. Es ist kein Zufall, daß von allen Romantikern nur ihm der Schritt zur Weltliteratur gelang.

*

Mit Eichendorffs für den resignierenden Flügel der Romantik bezeichnender Klage, »Ja, wenn die *Zeit* nur einen großen Gedanken gäbe ...«, endet das Wechselgespräch, das die 734 Briefe dieses Bandes rekonstruieren. Was indessen längst begonnen hatte, war die Diskussion der Folgen, oft begleitet von Unzufriedenheit mit den angesammelten Leitbildern, selten übertönt von Ausbruchsversuchen. Gleichwohl konnte sich die deutsche Literatur des 19. Jahrhunderts, und noch weniger die neuinstallierte Nation, nicht mehr von den personellen und formalen Traditionen lösen, deren Urheber diese Briefauswahl zu Wort kommen läßt. Manchem mag sie deshalb etwas eng erscheinen. Doch sind ihr als Teil einer umfassenderen Briefsammlung auch zeitliche Grenzen gesetzt, und im übrigen zielt sie mehr auf menschliche als auf formale Kompliziäten.
Der Herausgeber bekennt, daß er nichts von einer Dokumentation hält, die Monumente für Geschichtsauffassungen errichtet. Briefe wären überdies am allerwenigsten dafür geeignet, denn was sie beherrscht, ist die Wirklichkeit des Unvollendeten und die Unwirklichkeit der Hoffnungen. Sie sind brodelndes Leben, nicht geronnene Größe. Wie die literarischen Werke selbst, sind sie ein auch heute aktiver Erlebnisbereich, sofern man ihn lesend aktiviert und nicht nur Bestätigungen sucht. Was sie zeigen, ist nicht eine Stufe, auf die wir zurückschauen. Sie stehen neben uns, sind unserem Zugriff jederzeit offen als ein nutzbares Potential, und vor allem nutzbar gegen historische Belastung oder Verführung.

KURT FASSMANN

CHRISTIAN FÜRCHTEGOTT GELLERT
1715–1769

Als der Pfarrerssohn aus Hainichen in Sachsen, der in Leipzig Theologie studiert hatte, seine erste Predigt halten sollte, blieb er mitten im Text stecken; die Erinnerung an den Vorfall hat ihn, den geborenen Hypochonder, fürs Leben schüchtern gemacht. Er entschied sich für den Lehrberuf, verdiente sein Brot als Erzieher und las seit 1745 als Magister an der Leipziger Universität über Moral, später auch über Rhetorik und Poetik. Als er 1751 auf Verlangen der sächsischen Regierung um eine Professur anhielt, galt er bereits als große Autorität – schwer zu entscheiden, ob es mehr der Ruhm des Lehrers oder der des Schriftstellers war, der ihm den Ehrentitel »Erzieher Deutschlands« einbrachte. Für unsere Zeit, die im Schriftsteller vorsätzlich den Erzieher nicht sucht, mag es dahingestellt bleiben; genug, seine Zeit hörte auf ihn, die Poeten von Klopstock bis Goethe (der ihn den »Gewissensrat für ganz Deutschland« nannte) nicht ausgenommen. Gellert überzeugte alle Schichten der Gesellschaft, und zwar weniger durch seine dem englischen Vorbild Richardson nachempfundene Prosa oder seine in Gottschedische Regeln gezwängten Lustspiele, sondern vor allem durch seine »Fabeln« (1746) und die »Geistlichen Oden und Lieder« (1757). Friedrich II. suchte das Gespräch mit ihm, Leser und Schüler zeigten ihm ihre Verehrung häufig mit Geschenken, ein Bauer brachte einmal zum Winteranfang eine Fuhre Holz vors Haus als Dank für die Fabeln. Jedoch, Gellerts didaktische Poesie begründete keine neue Literatur, sondern eher eine literarische Mode; einem nur progressiv denkenden Betrachter mag sie deshalb wenig bedeuten. Sie vermochte es aber in ihrer Zeit, dem zuweilen sehr lautstark geforderten sittlichen Zweck der Dichtung unübertroffenen Ausdruck zu geben – so sehr schienen hier Moral und Poesie im Einklang zu sein. (Freilich, auch mancher Inhalt jenes politisch lähmenden Begriffs vom »frommen Biedersinn«, wie ihn sich das um Thron und Altar gescharte deutsche Bürgertum des 19. Jahrhunderts zurechtlegte, ist hier parabolisch vorgeprägt.) Was in der Dichtung weniger zum Ausdruck kommt, ist eine gewisse Bigotterie, über die sich der junge Goethe nicht wenig mokierte. Auch darin zeigte sich, daß Gellert im Grunde ein naiver Fremdling in der Landschaft der Aufklärung und der spekulativen Ästhetik war, in der er sich, vom formalen Können einmal abgesehen, nur mit seinen philanthropischen Absichten behaupten konnte, die gleichsam als individualistisch beschränkte Variante dem universalen Humanitätsgedanken Lessings und Herders vorauseilten. Ein Wegbereiter der Männer, die nach ihm die Literatur beherrschten, war er nicht, aber ein Anreger, vor dem sie innehielten. Einige Nachrichten aus seinem Leben sollen die Szene verdeutlichen, die jene andern nach und nach betreten und verändern werden.

1

GELLERT AN JOHANN CHRISTOPH GOTTSCHED

Leipzig, 20. Juni 1742

Es ist mir heute unmöglich, Ihnen in Person aufzuwarten, weil ich von meinem Hypochonder gemartert werde und Arznei zu brauchen genötigt bin. Ich habe indessen Ew. Magnifizenz gehorcht und das befohlene Gedicht aufgesetzt. Ich bin der erste, der es schlecht nennt; allein ich habe mir nicht zu helfen gewußt. Die Vorschrift war etwas unpoetisch, und ich habe schon so viele Male bei der Bahre klagen müssen, daß ich, ohne mich auszuschreiben, oft nicht weiß, was ich sagen soll. Vielleicht gefällt es dem leidtragenden Herrn Lieutenant, weil es nicht schön ist, und weil ich so künstlich an sein Studieren und an seine Feldzüge gedacht habe. Vielleicht liest er es auch wohl nicht ganz durch, wenn er so begierig ist, der sel. Frau Mutter ihren Willen, in Ansehung der Enkel, zu vollziehen. Sollte das Gedicht noch erträglich sein, so werden mir Ew. Magnifizenz erlauben, daß ich nicht dem Herrn Lieutenant, sondern Ihnen selbst zu Befehl gestanden habe. In diesem Falle ist es mir unmöglich, eine Belohnung anzunehmen. []

2
GELLERT AN MORITZ GRAF VON BRÜHL

Leipzig, 28. März 1757

[] Daß wir itzt viel leiden, daß ich und hundert wackere Leute keine Pension mehr bekommen, daß unsere Universität täglich mehr abnimmt, o das versteht sich. Ich könnte, wenn ich wollte, nach Kopenhagen gehn, wo man mich bei der Erziehung des Kronprinzen zu brauchen gedenkt; allein ich, der ich bald vierzig Jahre alt, meines Lebens oft müde, zu vielen Verrichtungen gar nicht mehr lebhaft genug, und der Einsamkeit gewohnt bin, werde nicht gehn. Aber wenn Sie wieder in unser Vaterland zurückkommen: so will ich mir auf einem Ihrer Güter einen Platz der Ruhe und des Grabes ausbitten. *Gay*, der englische Fabeldichter, liegt in den Gräbern der Könige zu Westminster, und *Gellert* ruhe, selig gestorben, in Martinskirchen! – Leben Sie wohl. G.

3
GELLERT AN MORITZ GRAF VON BRÜHL

Bonau, 22. März 1758

[] Der Major Kleist hat auf meinen vermeinten Tod ein Sinngedichte verfertiget, das für mich unendlich rühmlich ist, und über das hinaus nichts Großes mehr gedacht werden kann. Aber ach! Ich Unwürdiger! Ich verdiene nicht die Hälfte davon, das sagt mir mein Herz laut.

Als jüngst des Todes Pfeil, o *Gellert*, dich getroffen,
Klagt ich und weint und sah den Himmel plötzlich offen,
Auch den belebten Raum der weiten Welt sah ich:
Die Erde weinete, der Himmel freute sich.

Als ich die erste Hälfte der letzten Zeile las, so erschrak ich schon nicht wenig, aber Gott!, wie zitterte ich, als ich weiter las: *der Himmel freute sich!* Ich weinte, daß ich dieses Glücks nicht würdig war, und fühlte den göttlichen Reiz der Tugend und mein Nichts in einem Augenblicke. Sie, liebster Graf, können sich diesen Lobspruch ganz verdienen, und nach meiner Liebe gönne ich Ihnen denselben. *Die Erde weinete!* Ein großes Glück, ich gestehe es; aber doch ein ungewisses und zweifelhaftes Glück, das großen Seelen im Tode nicht allezeit folgt. *Der Himmel freute sich!* Welch Glück, das keine Erklärung leidet, das nur gefühlt werden will, und das doch jeder edlen Seele gewisses Glück und heilige Ehrbegierde ist. Ihr Glück, Ihr Ruhm, mein Graf, und einst Ihr ganzer Lebenslauf! -

Kleist steht seit dem Anfange des Krieges in Leipzig bei der Garnison, und ist auch den Sitten nach ein liebenswürdiger Mann.

Bach, der Kammermusikus in Berlin, hat, wie ich höre, alle meine geistlichen Lieder komponieret, und sie sollen für die Kenner vortrefflich gesetzet sein.

[] Ich bin noch hinfällig und habe wenig Odem. Aber Gott wird helfen. Er beglücke Sie immerdar.

Leben Sie wohl. G.

4

AUFZEICHNUNG GELLERTS FÜR EINEN BRIEF

Leipzig, 27. Januar 1761

Der 18. Dezember vorigen Jahres war der merkwürdige Tag, an welchem Herr Professor Gellert nachmittags um drei Uhr in seinem Schlafrocke, mit einer weißen Mütze, unbarbiert, und gar nicht wohl auf, an seinem Pulte saß, und jemand an seine Türe pochte.

Herein!

»Ich bin der Major Quintus Icilius, und freue mich, Sie kennen zu lernen. Se. Majestät der König verlangen Sie zu sprechen und haben mich hergeschickt, Sie zu Ihm zu bringen.«

Gellert: Herr Major, Sie müssen mir's ansehen, daß ich krank bin; es wird dem König mit einem kranken Mann, der nicht reden kann, nicht viel gedient sein.

Major: Es ist wahr, Sie sehen nicht wohl aus, ich werde Sie auch nicht nötigen, heute mitzugehen; aber das muß ich Ihnen sagen, wenn Sie sich mit dieser Ausflucht ganz von dem Gange loszumachen gedenken, so irren Sie sich; ich muß morgen wiederkommen, und wenn Sie da nicht besser sind, übermorgen, und das so fort, bis Sie mitgehen können. Entschließen Sie sich also. Ich lasse Ihnen eine Stunde Zeit. Um vier Uhr will ich wieder anfragen, ob ich Sie heute oder ein andermal mitnehmen soll.

Gellert: Ja, das tun Sie, Herr Major; ich will sehen, wie ich mich alsdann befinde.

Nun ist also der Major fort, und der Herr Professor, der zum Unglück seinen Herrn Gödicke nicht zu Hause hat, verschafft sich mit viel Verdruß und großen Umständen einen Barbier und eine Perücke, und ist um vier Uhr fertig.

Quintus Icilius kommt, und sie gehen nach dem Apelschen Hause. In dem Vorzimmer finden sich etliche Personen, welche voller Freude sind, den Herrn Professor kennen zu lernen. Jetzt aber geht die Türe zu Sr. Majestät Zimmer auf. Sie treten ein, und bleiben mit dem König die ganze Zeit über alleine.

König: Ist Er der Professor *Gellert?*

Gellert: Ja, Ihro Majestät.

König: Der englische Gesandte hat mir viel Gutes von Ihm gesagt. Wo ist Er her?

Gellert: Von Hainichen bei Freiberg.

König: Hat Er nicht noch einen Bruder in Freiberg?

Gellert: Ja, Ihro Majestät.

König: Sage Er mir, warum wir keinen guten deutschen Schriftsteller haben?

Der Major: Ihro Majestät sehen hier einen vor sich, den die Franzosen selbst übersetzt haben und den deutschen *La Fontaine* nennen.

König: Das ist viel. Hat Er den La Fontaine gelesen?

Gellert: Ja, Ihro Majestät, aber nicht nachgeahmt; ich bin ein Original.

König: Das ist also Einer; aber warum haben wir nicht mehr gute Autoren?

Gellert: Ihro Majestät sind einmal gegen die Deutschen eingenommen.

König: Nein, das kann ich nicht sagen.

Gellert: Wenigstens gegen die deutschen Schriftsteller.

König: Das ist wahr. Warum haben wir keine guten Geschichtsschreiber?

Gellert: Es fehlt uns daran auch nicht. Wir haben einen Maskov, einen Cramer, der den Bossuet fortgesetzt hat.

König: Wie ist das möglich, daß ein Deutscher den Bossuet fortgesetzt hat.
Gellert: Ja, ja, und glücklich. Einer von Ihro Majestät gelehrtesten Professoren hat gesagt, daß er ihn mit eben der Beredsamkeit und mit mehrerer historischer Richtigkeit fortgesetzt habe.
König: Hat's der Mann auch verstanden?
Gellert: Die Welt glaubt's.
König: Aber warum macht sich keiner an den Tacitus? Den sollte man übersetzen.
Gellert: Tacitus ist schwer zu übersetzen, und wir haben auch schlechte französische Übersetzungen von ihm.
König: Da hat Er recht.
Gellert: Und überhaupt lassen sich verschiedene Ursachen angeben, warum die Deutschen noch nicht in aller Art guter Schriften sich hervorgetan haben. Da die Künste und Wissenschaften bei den Griechen blühten, führten die Römer noch Kriege. Vielleicht ist jetzt das kriegerische Säkulum der Deutschen; vielleicht hat es ihnen auch noch an Augusten und Louis XIV. gefehlt.
König: Wie? Will Er denn *einen August* in ganz Deutschland haben?
Gellert: Nicht eben das; ich wünschte nur, daß ein jeder Herr in seinem Lande die guten Genies ermunterte.
König: Ist Er gar nicht aus Sachsen weggekommen?
Gellert: Ich bin einmal in Berlin gewesen.
König: Er sollte reisen.
Gellert: Ihro Majestät, dazu fehlen mir Gesundheit und Vermögen.
König: Was hat Er denn für eine Krankheit? Etwa die gelehrte?
Gellert: Weil sie Ihro Majestät so nennen, so mag sie so heißen; in meinem Munde würde es zu stolz geklungen haben.
König: Ich habe sie auch gehabt. Ich will Ihn kurieren. Er muß alle Tage ausreiten, alle Wochen Rhabarber nehmen.
Gellert: Ihro Majestät, diese Kur möchte wohl eine neue Krankheit für mich sein. Wenn das Pferd gesünder wäre als ich, so würde ich es nicht reiten können, und wäre es ebenso krank, so möchte ich auch nicht fortkommen können.
König: So muß Er fahren.

Gellert: Dazu fehlt mir das Vermögen.
König: Ja das ist wahr, daran fehlt's immer den Gelehrten in Deutschland. Es sind wohl jetzt böse Zeiten?
Gellert: Jawohl, und wenn Ihro Majestät Deutschland den Frieden geben wollten — —
König: Kann ich denn? Hat Er's denn nicht gehört? Es sind ja drei wider mich.
Gellert: Ich bekümmere mich mehr um die alte als neue Geschichte.
König: Was meint Er? Welcher ist schöner in der Epopöe, Homer oder Vergil?
Gellert: Homer scheint wohl den Vorzug zu verdienen, weil er das Original ist.
König: Aber Vergil ist viel polierter.
Gellert: Wir sind zu weit vom Homer entfernt, als daß wir von seiner Sprache und Sitten richtig genug sollten urteilen können. Ich traue darin dem Quintilian, welcher Homer den Vorzug gibt.
König: Man muß aber nicht ein Sklave von den Urteilen der Alten sein.
Gellert: Das bin ich nicht; ich folge ihnen nur alsdann, wenn ich wegen der Entfernung selbst nicht urteilen kann.
Der Major: Er hat auch deutsche Briefe herausgegeben.
König: So? Hat Er denn wider den stylum curiae [*Kanzleistil*] geschrieben?
Gellert: Ach ja, Ihro Majestät.
König: Aber warum wird das nicht anders? Es ist was Verteufeltes. Sie bringen mir ganze Bogen, und ich verstehe nichts davon.
Gellert: Wenn es Ihro Majestät nicht ändern können, so kann ich's noch weniger. Ich kann nur raten, wo Sie befehlen.
König: Kann Er keine von Seinen Fabeln auswendig?
Gellert: Ich zweifle. Mein Gedächtnis ist mir sehr untreu.
König: Besinne Er sich, ich will unterdessen herumgehen. — — — Nun, hat Er eine?
Gellert: Ja, Ihro Majestät, den *Maler:*

Ein kluger Maler in Athen,
Der minder, weil man ihn bezahlte,

Als weil er Ehre suchte, malte,
Ließ einen Kenner einst den Mars im Bilde sehn
Und bat sich seine Meinung aus.
Der Kenner sagt ihm frei heraus,
Daß ihm das Bild nicht ganz gefallen wollte,
Und daß es, um recht schön zu sein,
Weit minder Kunst verraten sollte.
Der Maler wandte vieles ein;
Der Kenner stritt mit ihm aus Gründen
Und konnt' ihn doch nicht überwinden.
Gleich trat ein junger Geck herein
Und nahm das Bild in Augenschein.
O, rief er bei dem ersten Blicke,
Ihr Götter, welch ein Meisterstücke!
Ach welcher Fuß! O wie geschickt
Sind nicht die Nägel ausgedrückt!
Mars lebt durchaus in diesem Bilde.
Wie viele Kunst, wie viele Pracht
Ist in dem Helm und in dem Schilde
Und in der Rüstung angebracht!
Der Maler ward beschämt, gerühret
Und sah den Kenner kläglich an.
Nun, sprach er, bin ich überführet!
Ihr habt mir nicht zu viel getan.
Der junge Geck war kaum hinaus,
So strich er seinen Kriegsgott aus.

König: Und die Moral?

Gellert: Wenn deine Schrift dem Kenner nicht gefällt,
So ist es schon ein böses Zeichen;
Doch wenn sie gar des Narren Lob erhält,
So ist es Zeit, sie auszustreichen.

König: Das ist recht schön. Er hat so etwas Kulantes in seinen Versen, das verstehe ich alles. Da hat mir aber Gottsched eine Übersetzung der *Iphigenia* vorgelesen; ich habe das Französische dabei gehabt und kein Wort verstanden. Sie haben mir noch einen Poeten, den Pietsch, gebracht; den habe ich weggeworfen.
Gellert: Ihro Majestät, den werfe ich auch weg.

König: Nun, wenn ich hier bleibe, so muß Er öfter wiederkommen, und Seine Fabeln mitbringen und mir was Neues vorlesen. []

Ungeachtet dessen, was der König am Ende sagte, ist doch der Professor nicht wieder gerufen worden. Da er weggegangen, hat der König gesagt: »Das ist ein ganz anderer Mann, als Gottsched.« Und den andern Tag bei der Tafel: »C'est le plus raisonnable de tous les savans allemands.« [*Das ist der Vernünftigste von allen deutschen Gelehrten.*]

5

GELLERT AN GOTTLIEB WILHELM RABENER

Leipzig, 29. Januar 1761

[] Es ist wahr, daß ich in der Mitte des letzten Monats vorigen Jahres durch einen Major zu dem Könige gerufen worden bin; daß er sich von vier Uhr bis dreiviertel auf sechs Uhr mit mir von den schönen Wissenschaften und der deutschen Literatur und der Methode, womit er seine Hypochondrie kuriert, und mit der ich die meinige kurieren sollte, unterredet; daß er mir sehr gnädig begegnet hat; daß ich wider allen meinen Charakter ohne die geringste Furcht, ohne Begierde zu gefallen bloß das, was Wahrheit und Ehrerbietung befahlen, geredet und eben deswegen gefallen habe. [] Der König sprach bald deutsch, bald französisch; ich meistens deutsch, nur im Notfall französisch. Den ausführlichen Inhalt einem Brief anzuvertrauen, würde wenigstens wider die Klugheit sein. []

6

GELLERT AN CHRISTIANE CAROLINE LUCIUS

Leipzig, 26. Oktober 1762

[] Auf den *Emil* des Herrn Rousseau zu kommen, meine beredte Freundin, so muß ich Ihnen kurz gestehen, daß ich von diesem Buche nichts als die Vorrede gelesen habe, daß mein Leben, nach meinem Gedanken, so kurz ist, als daß ich's jemals ganz lesen sollte, und daß ich, wenn auch dies nicht wäre, zu wenig ein Freund der Schreibart des Rousseau bin, als daß ich's ganz lesen könnte. Ich liebe das Natürliche und einfältig Schöne und Wahre, und Rousseau liebt das Sonderbare, das Paradoxe, und höchstens das schimmernde Wahre, das in Verwunderung und Bestürzung setzt, es mag überzeugen oder nicht, bessern oder verderben. Es kann sein, daß in seinem *Emil* oft viel Gutes und der Tour nach Neues steht, das man vielleicht in andern Büchern von der Erziehung, in dieser Art gesagt, nicht findet. Allein wenn seine Weisheit im Ganzen sich nicht mit der Religion verträgt, wie man ihm Schuld gibt, und auch nur einer einzigen Wahrheit der Heiligen Schrift widerspräche, so entbehre ich sie mit großer Zufriedenheit, und werde, so lange mich zuverlässige Richter nicht das Gegenteil lehren, andre lieber bitten, das Werk nicht zu lesen. Bei Ihnen aber, liebe Mademoiselle (und hier sehen Sie die Größe meines Zutrauens zu Ihnen), bei Ihnen, sage ich, will ich eine Ausnahme machen. Denn so viel Beredsamkeit und Scharfsinn Rousseau auch hat, das Ungegründete gegründet, und das Mögliche zum Wahren zu machen, so bin ich doch überzeugt, daß er Ihren Verstand nicht so leicht hintergehen, und von Ihrem guten und für die Ehre der Religion empfindlichen Herzen mehr zu fürchten haben wird, als von aller Philosophie. Wen gefährliche und ungläubige Grundsätze in seiner Überzeugung nicht wankend machen, sondern seinen Glauben, wenn er sie liest, durch ihre Ungereimtheit und Torheit und Widerspruch nur noch mehr befestigen, wer das von sich weiß und fühlt, der kann in der Tat das Recht und zuweilen eine Pflicht haben, solche Schriften zu lesen. Ich aber, meine Freundin, der ich bei meinen siechen Stunden die schönen Psalmen eines Rousseau (ich meine den Dichter Rousseau) selbst nicht schön finde, wie sollte ich Geschmack an dem *Emil* des übelberufenen Rousseau finden? Ich bin so stolz, daß ich glaube, das Beste von der Erziehung gelesen oder gedacht zu haben, und so viel mir auch Rousseau von dem noch Mangelhaften und Unentdeckten in dieser Materie in seiner Vorrede vorsagt, so habe ich doch zu den Grundsätzen einer gesunden und durch die Religion verbesserten und aufgeklärten Vernunft so vieler großer Männer das Vertrauen, daß sie das Wichtigste, Brauchbarste und durch die Erfahrung ganzer Jahrhunderte am meisten Bestätigte in ihrem Unterrichte nicht so leicht werden übersehen haben.

7
GELLERT AN CHRISTIANE CAROLINE LUCIUS

Leipzig, 3. September 1763

[] Am vorigen Dienstag [] kam der Leibpage der sächsischen Prinzessin Christine früh gegen neun Uhr zu mir, sagte mir sehr höflich, daß seine Prinzessin um elf Uhr in Leipzig eintreffen würde und daß sie sehr wünsche, mich zu sprechen, und daß sie ihm auf allen Poststationen nachgerufen hätte: »Vergesse Er ja nicht, wenn Er nach Leipzig kommt, daß Er gleich zum Professor Gellert geht.« – »Das ist viel Ehre für mich, Herr von Leipziger. Ich werde um elf Uhr gewiß im blauen Engel sein, und der so guten Prinzessin mit Freuden aufwarten.« – Also rief ich Herrn Gödicken: »Geben Sie mir ein Paar weißseidne Strümpfe.« Er erschrak (denn ich habe seit acht Jahren keine getragen) und brachte sie voller Bestürzung. – »Sauer soll die Schuhschnallen putzen und die neuen Schuhe herbeibringen und den Perückenmacher rufen, daß er mir die Perücke auf dem Kopfe zurecht macht«, eine Sache, die nicht geschehen ist, seitdem ich Professor bin. Nunmehr hatte ich weiße Strümpfe an; das kam mir sehr ungewohnt und albern vor. – »Herr Gödicke, geben Sie mir doch das Oberhemd mit den Manschetten der Mademoiselle Lucius.« Er brachte es – »auch das Kleid von Brüssler Cammelott geben Sie mir her.« – »Das müssen wir erst auskehren und aus dem Überzug nehmen, Sie haben es seit 1754 nicht getragen.« (Fürchten Sie nichts, Mademoiselle, es ist darum nicht aus der Mode, denn ich lasse meine Kleider nie ganz nach der gegenwärtigen Mode machen.) – Kurz, ich war fertig, und ließ mich noch vor elf in den blauen Engel tragen.

»Da kommt also der Professor Gellert!« rief die Prinzessin []. »Nun, ich habe sehr gewünscht, Ihn kennen zu lernen, und Ihm für Seine schönen Schriften zu danken und Ihm Glück zu Seiner Kur zu wünschen.« – Ich küßte ihr die Hand und bewillkommte sie im Namen meines ganzen Vaterlandes. »Ist Er immer noch krank? Gewiß vom vielen Sitzen und Schreiben?«

Nein, Ihro Hoheit, sonst müßten viele Menschen schon krank und tot sein, wenn das Schreiben siech machte.

»Ja, das Schreiben vielleicht nicht, aber wohl das Gutschreiben.«
Das ist eben die Frage, gnädige Prinzessin, ob ich gut geschrieben habe. Daran muß ein Autor immer noch zweifeln.
»Das will ich verantworten; zweifle Er nicht. Die Welt sagt es, und ich sage es auch. – Hat Er jetzt nichts geschrieben?«
Nein, Ihro Hoheit. Ich schreibe nichts mehr, und kann nichts mehr schreiben, und habe vielleicht schon zu viel geschrieben.
»Sage Er mir doch, was von Seinen Schriften zu viel ist.«
Vielleicht das meiste.
»Da kann ich Ihm widersprechen; denn ich habe sie alle gelesen, und alle Leute, und alle Höfe, wo ich gewesen bin, lesen Ihn. Wie oft habe ich Seine Schriften verschenken müssen!«
So bin ich Ihnen denn vielleicht meine vornehmen Leser schuldig, gütigste Prinzessin.
»Nein, ich habe mir ein Ansehen mit Ihm gemacht, und ich bin Ihm Ruhm schuldig.«
Wenigstens beklage ich's, daß Ihnen meine Schriften so viel Aufwand verursachen.
»Werde Er nur recht gesund, schreibe Er, schicke Er mir Seine Schriften zuerst, und sei Er ruhig. Das ist alles, was ich von Ihm verlange. Welches von Seinen Werken hat Er am liebsten?«
Das nützlichste, Ihro Hoheit.
»Also das jüngste, das letzte; die *Lieder* also? Ich denke es auch. Man hat viel von Seinen Schriften übersetzt; aber sie verlieren. Geßners *Idyllen,* die sind gut übersetzt.«
Es ist lange genug, gnädigste Prinzessin, daß wir die Franzosen übersetzt haben. Die Reihe muß also an uns auch kommen.
»Er ärgert sich wohl an meinem Deutsch. Ich habe in achtzehn Monaten kein Deutsch gesprochen.«
Nein, ich bewundere Sie. Sie reden es besser, als ich und andre.
»Das kann nicht sein; ich habe es aus Seinen Schriften gelernt.« []

JOHANN WILHELM LUDWIG GLEIM
1719–1803

Ein unruhiger Geist, der doch früh seßhaft wurde: Gleim kam aus dem Mansfeldischen, studierte die Rechte in Halle und war mit achtundzwanzig Jahren als Sekretär des Halberstädter Domkapitels und Kanonikus des Stiftes Walbeck für den Rest seines Lebens versorgt. Dieser Rest währte fünfundfünfzig Jahre, er gehörte der Literatur. In Halle hatte Gleim den Griechen Anakreon studiert: Das Ergebnis war ein »Versuch in scherzhaften Liedern« (1744/45), antikisierende deutsche Rokokolyrik, und eine Dichtergruppe Anakreon, die sich neben dem Griechen auch noch Horaz und Petrarca zum Muster nahm. Zu ihr gesellten sich der erklärte Liebling der Zeit, der preußische Major Ewald von Kleist, der im Siebenjährigen Krieg fiel, dann Gleims Studienfreund Johann Peter Uz (1720–1796), der Berliner Karl Wilhelm Ramler (1725–1798), der Düsseldorfer Johann Georg Jacobi (1740–1814), zeitweise auch Lessing und die Karschin. Zügig ordnende Historiker, die dabei auch auf die friderizianisch engagierte Kriegslyrik dieser Gruppe zielen, nennen sie später den preußischen Dichterverein unter Gleims Vorstandschaft – was insofern stimmt, als er mit »Petrarchischen Gedichten« (1764), »Liedern nach dem Anakreon« (1766), »Oden nach dem Horaz« (1769) auch weiterhin die Richtung angab. Mehr diskutiert wurden freilich Gleims »Fabeln« (1756), die Gellerts Schule zeigen, und nationalen Ruhm brachten ihm die im Volkston gehaltenen »Kriegslieder von einem preußischen Grenadier« (1757/58); Lessing selbst besorgte den Druck. Später entdeckte Gleim die Minnesänger und dichtete in ihrer Art, auch dieser Versuch ist längst vergessen. Trotzdem: Er ist eine Schlüsselfigur des Jahrhunderts. Sein Briefwechsel läßt kaum einen wichtigen schreibenden Zeitgenossen unberührt. Gleim ist der Prototyp des Kontaktliteraten, er betreibt Literaturpolitik durch Kommunikation – positive, versteht sich, »sein brennender Durst, Freunden ein Freund zu sein« (Klopstock in der »Ode an Gleim«) sicherte ihm schließlich einen besseren Platz in der

Literatur als seine Lyrik. Bis ins Alter zeigte er eine Witterung für Talente, wie sie neben ihm nur noch Wieland besaß: Er empfiehlt Autoren, vermittelt Verleger, arrangiert Subskriptionen, fordert Rezensionen, wenn nichts mehr hilft, hilft er mit Geld, ja mit Naturalien: manches Reh aus der Halbstädter Jagd kommt so auf den Tisch von Claudius in Wandsbek.

Sein Name wird uns bei den Klassikern immer wieder begegnen; hier folgen deshalb nur Auszüge aus seinem Briefwechsel mit den anakreontischen Freunden Ramler und Uz, die, obwohl sie heute längst vergessen sind, in der Mitte des 18. Jahrhunderts respektierte und einflußreiche Schriftsteller waren.

AUS DEM BRIEFWECHSEL ZWISCHEN JOHANN WILHELM LUDWIG GLEIM UND KARL WILHELM RAMLER

8

RAMLER AN GLEIM

Berlin, 6. April 1748

[] Der Himmel hat sich aufgeklärt, alle seine Wolken glänzen, mich zu bewillkommen, wenn ich die ersten Strahlen des Lenzen anbeten werde. Eine sanfte Wärme befruchtet die ganze Natur. Ich schöpfe die Wollust mit dem Atem. Der Tag ist so schön, daß es unmöglich ist, daß Sie ihn nicht so stark fühlen sollten als ich. Der 6. April ist es, merken Sie sich diesen Tag. Es ist mir nicht genug, daß ich ihn allein genieße, ich bin geizig in meinen Wünschen, ich wollte gern doppelt so viel Vergnügen haben, und ihn zugleich mit Ihnen genießen. Abwesend stelle ich mir Ihr Vergnügen vor, und freue mich über Ihre Freude. Leben Sie wohl, liebster Freund, ich eile, Ihnen diesen Brief und einen Kuß zu bringen, und taumle vor Vergnügen. [] NB. Der Himmel wird wieder trübe. Ich nicht.

9
GLEIM AN RAMLER

Halberstadt, 11. April 1748

[] Ich habe gestern die erste Lerche gehört, der Frühling ist da, und Sie schreiben mir noch so langsam? Ich erinnere Sie an Ihr Versprechen, schreiben Sie mir öfterer, oder ich werde eine Strafe erdenken, die Ihre Taten wert sind, In was für einer Lethargie befinden Sie sich denn? Herr Sulzer beschwert sich auch über Sie, daß Sie die Blätter seines Mädchenfreundes so langsam läsen. Ich, der ich in schweren Amtspflichten stehe, und dem es deswegen schon besser anstünde, wenn er sich mit einem fetten Gesichte auf den Lehnstuhl niedersetzte und dem Besten des Landes und der hohen Stiftskirche nachdächte, und darüber seiner Freunde und der Musen vergäße, ich muß zu meinem Ruhm sagen, daß ich der munterste unter meinen Freunden bin, und daß mir niemand so oft schreibe, als ich einem jeden. Womit können Sie Ihre Trägheit entschuldigen, liebster Freund? []

Sehn Sie, liebster Freund, dies habe ich Ihnen schon vor ein paar Tagen gepredigt. Ich wurde abgehalten fortzufahren, und daher ist es gekommen, daß ich Ihren Brief zur rechten Zeit erhalten. Ich sehe daraus, daß ich mit Ihnen zugleich den ersten Frühling empfunden habe. Denn es war ebenfalls der 6. April, als ich die erste Lerche hörte. Aber meine Empfindungen sind nicht so stark gewesen, als die Ihrige. Ich sehe es aus dem Unterschiede des Ausdrucks, womit wir beide uns einander die Ankunft des Frühlings melden. Ich sage: Der Frühling ist da. Sie hingegen: Der Himmel hat sich aufgeklärt, alle seine Wolken glänzen – eine sanfte Wärme befruchtet die ganze Natur – ich schöpfe die Wollust mit dem Atem – ich taumle vor Vergnügen. Ich untersuche die Ursachen dieses Unterschiedes. Wie kommt es, daß ich itzt weniger entzückt sein kann über die Jugend der Natur? Über den hellern Himmel; daß ich die Wollust nicht mehr mit so starken Zügen schöpfe, als, wann ich mit Ramler, Langemack und Hempel im Labyrinth ging? Ist es der Mangel seiner Gesellschaft? Ist es, weil ich fremde Gedanken mit in die freie Luft bringe, und dadurch den Empfindungen hinderlich bin? Oder betrüge ich mich selbst, und habe ich vielleicht wirklich

so starke Empfindungen gehabt, als sonst? Ja, ich fühle noch, daß sie stark gewesen sind. Und wenn der Reiz des Frühlings nicht so stark gewesen wäre, wie könnte ich jetzo schon allezeit um fünf Uhr den Morgen sehn? Der Unterschied des Ausdrucks beweist keinen Vorzug. Sie melden die Ankunft des Frühlings wie ein Horaz und ich wie ein Anakreon. Und sagen nicht die Kunstrichter und Weltweisen, daß der stärkste Affekt am kürzesten spreche? [ ]
Noch eins, liebster Freund, ich meldete dem Herrn v. Kleist kurz vorher die Ankunft des Frühlings, es war ein Brief von zwei Bogen, vielleicht habe ich mich da erschöpft, die Empfindungen haben nachgelassen, ja in der Tat, das ist der Punkt. Nun bin ich zufrieden, liebster Freund; Ihr Brief hatte mich recht unruhig gemacht, Sie sehn doch daraus, daß ich mich itzt noch im Empfinden übe. [ ]

10

RAMLER AN GLEIM

Berlin, 14. September 1748

Mein liebster Freund, denken Sie vielleicht, daß wir zu den Zeiten der Patriarchen leben, wo die Freunde und Verliebten sich alle zwei Jahre ordentlich antworteten? Damals sagte ein Liebhaber zu seiner Schönen, betrachte die kurze Dauer der Schönheit, sie vergeht wie ein Eichenbaum, und verwelkt so geschwinde wie eine Zeder auf dem Libanon. Ferner, unser Leben währet neunhundert Jahr, wenn's hoch ist, so sind's tausend Jahr. Damals war der Mensch so gebrechlich, daß er ganze Städte und Wälder überlebte. Aber diese Zeiten sind vorbei. Jetzo sind wir so stark, daß wir keinen Maulbeerbaum, und keine Krähe, die darauf sitzt, überleben. Wir sagen zu unsern Mädchen: Die Schönheit vergeht wie eine Rose und fällt ab wie eine Lilie. Ja wir finden nötig, alle Woche an unsre Freunde und an unsre Mädchen zu schreiben. Merken Sie sich dieses, liebster Freund, wir werden beide nicht alt werden, Sie sechzig und ich dreiundfünfzig Jahr; wir müßten in dieser Zeit mehr als dreißig Briefe zusammenbringen. Sein Sie kein Patriarch, schreiben Sie mir alle Woche, wenn Sie mich lieben.

Ich glaube, ich habe vorhin phantasiert. Es ist kein Wunder, denn ich habe gleich jetzo den *Messias* in den »Bremischen Beiträgen« gelesen. Mein Gott Apollo, wie hypermiltonisch! Wie viel Erscheinungen, Offenbarungen, Wunder, Licht, Dunkel und Entzückungen! Wie raset er in das christliche Systema hinein! Der Verfasser soll Claproth heißen. Ich bin vor den Teufel Abbadonaa [!] ganz eingenommen. Sie werden diesen Teufel kennen, wenn Sie das Stück ganz auslesen können, also brauche ich nichts mehr von ihm zu sagen, als daß mich nach seiner Erlösung aus der Hölle verlangt. Es ist schade, daß ein solches Genie nicht in Ihre Kur gekommen ist! []

11

GLEIM AN RAMLER

Halberstadt, 21. September 1748

[] Ich bin Ihnen für Ihre Nachrichten aus der witzigen Republik verbunden, melde Ihnen aber aus der einfältigen, daß der Verfasser des *Messias* nicht Claproth, wie Sie schreiben, sondern, mit Vor- und Zunamen, Friedrich Gottl. Klopstock heiße. Ich kenne seine Teufel noch nicht alle, denn ich habe nur das erste Buch gelesen, und seitdem habe ich keine Kirche versäumen dürfen, und ich habe festgesetzt, daß ich mich durch dies christliche Gedicht wegen der schlechten christlichen Predigten schadlos halten will. Wenn er seinen Plan vollführt, so wird Milton ihm weichen. Dazu ist der Sündenfall eine bessere und reichere Materie, als die Erlösung. []

12

GLEIM AN RAMLER

Halberstadt, 4. März 1749

Geliebtester Freund, die Nachricht von Ihrer Krankheit hat mein ganzes empfindliches Herz rege gemacht, ich bin mit Sinn und Gedanken bei Ihnen und wünsche persönlich bei Ihnen zu sein, damit, wenn Sie ja sterben wollten, Sie es wenigstens in meinen Armen tun könnten. Pindarus starb auf dem Schoße seines liebsten Freundes, und ich möchte auf dem Ihrigen sterben. Dies wäre auch billiger, denn ich habe schon länger gelebt, als Sie, ich habe schon mehr Lieder gesungen, und mein Anakreon ist fast ganz übersetzt, da Sie Ihren Horaz erst angefangen haben. Wenn Herr Sulzer mir zum Trost nicht gelogen hat, so müssen Sie nicht mehr im Begriff sein, mit dem Tode fortzuwandern, und ich hätte folglich nicht Ursach, Ihnen zu sagen, daß Sie vergnügt sterben müssen, wenn ich Sie nach Ihrem Tode loben soll. Aber es kann Ihnen dreißig Jahr nach meinem Abschiede vielleicht noch nützlich sein, daher will ich diese Gelegenheit nicht vorbeilassen. Es wird sich hernach an meiner Statt schon ein anderer finden, der Ihren Tod den Philosophen zum Muster geben wird. Man sagt, daß die Seele mit der Miene, mit welcher sie aus dieser Welt geht, in die andre treten werde. Was würde Horaz sagen, wenn er Sie in der Gestalt eines Ritters von der traurigen Figur ankommen sähe. [] Das erste Lied, warum ich die Musen bitten will, soll mein Sterbelied sein. Ich strebe, den großen Leuten, die im Leben nur bewundert, wenigstens im Sterben ähnlich zu sein. Sie sind alle vergnügt gestorben. [] Hingegen, wie muß sich eine Seele gleichsam selbst zerrütten, wenn sie mit Widerwillen ihr Haus verläßt, und von der Gewalt des Todes hinfortgerissen wird. Wir, liebster Freund, wir wollen dem Tode keine Mühe machen. Wenn er kommt, uns zu holen, so wollen wir ihm entgegenlachen. Er wird uns ohnedem bei unseren Freunden, oder bei unseren Mädchen, sollten diese auch nur die Musen sein, antreffen. Aber Sie haben ein [*nicht göttliches Mädchen im Hause*] lassen Sie sich vorerst von demselben die verlornen Kräfte wiedergeben, und schreiben Sie mir bald, wie viel Küsse Sie dazu nötig gehabt. []

13

RAMLER AN GLEIM

Berlin, 13. März 1749

Mein liebster Freund, Sie haben mir durch Ihren Brief große Lust zu sterben gemacht. Ich will jetzt Sauerkraut und Schweinefleisch und dergleichen Gerichte durcheinander essen, vielleicht bekomme ich das hitzige Fieber noch einmal, aber dann sein Sie so gut und kommen herüber, da will ich dann meinen Kopf auf Ihren Schoß und an Ihren Busen legen. Ein

Mädchen habe ich nicht, hätte ich eines, so würde es mich wohl besucht und nicht unzeitig blöde einen abgematteten Mannskörper gescheut haben. Ich muß Ihnen aber doch sagen, daß ich weiß, wie mir zumute sein wird, wenn ich aus dem Sterben Ernst machen werde. In der Nacht, da ich eben meinen Durst gestillt hatte und mein Glas aus der Hand setzte, brach mir plötzlich ein unnatürlicher Schweiß aus; große Tropfen rannen von meiner Stirn, so geschwinde und in solcher Menge, daß meine Phantasie glaubte, dies wäre der Todesschweiß, und mein Ende sei ganz nahe. Was sollte ich tun? [] Ich beschloß kurz, ich wollte niemand rufen, auch nicht zu meinem Doktor schicken, sondern ohne viel Aufruhr sterben. Alsdann gedachte ich in abgebrochenen kurzen Sätzen: Ich bin jung, ich soll aus einer Welt gehen, die für mich recht schön ist. Doch ich will sterben — — Ich bleibe ja übrig — — und soll ich ganz, ganz verfaulen, wohl! so habe ich stoischen Mut dazu — — Wenn mich doch jemand sterben sähe — — Doch es ist genug, daß ich mir selbst bewußt bin, ich sterbe fröhlich. Aber was wird mein Gleim sagen? — — Ach er wird weinen — — Er wird sagen: Schade! Ramler ist gestorben! — Er wird meine wenigen Lieder noch wollen bekannt machen — — Täte er's nur nicht — — Er dürfte nur sagen: wenn er am Leben geblieben wäre usw. Aber Eitelkeit! Was ist mir künftig daran gelegen, wenn mich einige Skribenten loben — — — Ich fühle, daß mir der Puls entgeht — — Aber ich habe noch allzuviel Kräfte — — Entweder sterbe ich, oder wenn ich morgen noch lebe, so bin ich gesund — — Ich hatte mich vorher nach der Wand gedreht und gedachte in meinem Sinn: Wie werden sie morgen erschrecken, wann sie eine Leiche im Bette finden! Wie wird es mit meinem Begräbnis hier zugehen! Sulzer wird sich wohl viel Mühe machen — — Er wird auch betrübt sein — — Wie wird mein siebzigjähriger Vater um seinen liebsten Sohn trauren! Nichts freute mich mehr, als daß ich einen unschmerzhaften Tod stürbe und sanft einschlafen würde. Ich glaube auch in der Tat, ich bin ein paar Stunden eingeschlafen, aber wieder aufgewacht, und da war mir's ganz lieb, daß ich noch lebte. Ich gedachte gar zu oft an Sie, und in diesen letzten Gedanken kamen Sie wieder hinein. Nämlich, es war mir lieb, daß ich noch lebte, weil Sie noch lebten [].

14
RAMLER AN GLEIM

Berlin, 13. September 1749

[] Sie haben einen weitläuftigen Briefwechsel, schlagen Sie allen witzigen Köpfen in Franken, in Sachsen, in Helvetien vor, daß ein jeder sich einen griechischen oder römischen Dichter aussuche, ihn in Prosa übersetze; ist er ohne Fehler, übersetze er getreu, ist er wie Ovid, so verbessere er, ist er wie Catull, so lasse er aus. Sie haben den Anakreon und Musäus schon angenommen, ich habe meine beiden auch schon in der Schule, und jeder muß sich anheischig machen, seine Arbeiten der Gesellschaft zur strengen Kritik zu überlassen, ingleichen muß ein jeder, der sich seinen Leibautor gewählt hat, eine Abhandlung voransetzen, worin er dieselbe Dichtungsart bestimmt und untersucht. Wir beide reden von Charakter der Oden. [] Ich habe alle Griechen und Lateiner aufgeschrieben, und alle jetztlebende witzige Deutsche, und sehe, daß wir sie bezwingen können. Wollen Sie noch etwas zu diesem Vorschlag hinzutun, als etwa einen witzigen Patriarchen, wie Bodmer ist, zu erwählen, bei dem die letzte Instanz ist, oder sonst noch etwas, so tun Sie es doch, und schreiben bald an Herrn Ebert, Zachariä, Uz, Götz usw., von denen einige wiederum an Gärtner, Cramer, Rabener, Gellert, Giseke schreiben können, bis alles ausgeteilt ist; wenn ein jeder seinen Autor hat, so haben wir schon gewonnen, und in vier Jahren wird Deutschland, wie ehemals von Goten und Hunnen, so jetzt von Griechen und Römern überschwemmt werden; wir sind unserm Lande diese Hilfe schuldig, die Nation wird zusehends einen bessern Geschmack gewinnen und wird nicht mehr jenseits der Pyrenäen und des Kanals unwitzig heißen. []

15
GLEIM AN RAMLER

(Halberstadt, 31. März 1750)

[] Könnten wir nicht Briefe über Berlin schreiben, und darin die Großen desselben zu ihren Pflichten anweisen? Durch was für geringe Mittel könnte Berlin Rom werden, die Kosten eines Regiments würden hinreichen, Deutschlands beste Köpfe da zu versammeln, und den Wetteifer rege zu machen, der Roms und Frankreichs schöne Geister auf einmal in ihr goldenes Alter versetzt hat. Noch habe ich immer einige Hoffnung gehabt, aber nun ist sie fast dahin! [ ]

16

GLEIM AN RAMLER

Halberstadt, 15. Juli 1750

[ ] Ein paar Worte von unserm Übersetzungs-Projekte. Wie schön wäre es, wenn es ausgeführt werden könnte. Aber viele unsrer Arbeiter sind zu faul, und viele zu stolz. Klopstock zum Exempel sagt, Ramler muß nicht übersetzen, er muß selbst dichten, und ebenso denkt er von sich. Schmid nähme lieber Ovids *Kunst* zu lieben, als Vergils *Eklogen*. Der Schmid, so den Silen in den Beiträgen übersetzt hat, ist Rektor in Lüneburg. Ebert hat zuviel zu tun, seinen Prinzen zu einem Vater des Vaterlandes zu machen. Klopstock hat an seinem *Messias* noch fünfzehn Bücher zu machen, und wird sich durch die *Ilias* nicht entheiligen, sondern lieber noch den Joseph machen wollen. [ ]

Sie sollten von diesem schönen Projekt eine ausführliche Einladung an die sämtlichen Freunde drucken lassen; wenn es auch nicht zustandekäme, so hätten Sie doch gezeigt, was für ein Patriot Sie sind [ ].

17

GLEIM, ZACHARIÄ, KLOPSTOCK, EBERT, GÄRTNER UND GISEKE AN RAMLER

Braunschweig, 27. März 1751

[*Gleim:*] Mein liebster Ramler, hier bin ich in Braunschweig, auf Zachariäs Zimmer, mit Klopstock, Ebert, Gärtner, Kirchmann, Alberti, Fleischer (ein Orpheus unsrer Zeit) und Giseke, der sich ärgert, daß ich ihn nicht zuerst genannt habe. [*Zachariä:*] Ihr lieber Gleim hat eben eine Ode von Ihnen hergesagt, und er vergißt drüber, seinen Brief fortzuschreiben. Soll ich Ihnen sagen, mein lieber Ramler, daß ich Ihre

Ode fühle und bewundre, aber das versteht sich — ich will Ihnen lieber sagen, daß ich Sie unendlich liebe, nun soll Gleim fortschreiben. [*Gleim:*] Nein, Klopstock, schreib du fort — — [*Klopstock*]: Ich dächte, Gleim könnte nur fortschreiben. Denn ich kann mich nicht gleich auf den glücklichsten Ausdruck besinnen, wie ich es Ihnen sagen soll, wie sehr ich Sie liebe . . . Nun, Gleim, wieder her an den Tisch! [*Gleim:*] Nein, Ebert, schreib du fort — [*Ebert:*] Billig sollte kein Mensch die Feder ansetzen, als Sie, mein allerliebster Ramler, und doch will alles schreiben, was noch nicht lesen kann. Gleim will gar eine Druckerei für sich, bloß für sich, anlegen; vielleicht auch noch für seine Domherren. Und wenn das geschieht, so dürfen Sie ihm nicht einmal mehr Briefe schreiben; er läßt alles drucken, was man spricht und denkt. Warnen Sie Spalding auch davor. Gleim sagt mir eben, daß ich Ihnen nicht schreiben soll, daß ich die *Nachtgedanken* meines Young übersetze. Ich sage aber, der Zusammenhang erfordert es. Ich bin also itzt Autor; denn jeder Übersetzer dünkt sich doch auch Autor zu sein. Auf Ostern erscheinen die ersten vier Nächte, und zugleich der Anfang einer ganzen Sammlung der vortrefflichsten englischen Lehrgedichte. [] Das versteht sich, daß ich alles in Prosa übersetze. Wer keine andre als poetische Übersetzungen zulassen will, der weiß nicht, was Übersetzen heißt. — Ich brauche aber, außer den Aufmunterungen meiner andern Freunde, noch die Ihrigen. [] Ich bewundre und hasse Voltairen: Aber Sie, mein allerliebster Ramler, bewundre und liebe ich. Nicht wahr, das letztere ist noch mehr, als bewundern? — [*Gleim:*] Nun kommen Sie, mein lieber Gärtner, so bekommt mein Ramler doch einen Brief. Selbst hätte ich doch keinen Brief zustande gebracht. Aber können Sie heute auch wohl schreiben? Der Sie vielleicht heute noch Vater werden? [*Gärtner:*] Gleim hat mich also schon im voraus entschuldigt, wenn ich Ihnen nicht viel schreibe, mein lieber Ramler. Ich hoffe und denke heute so viel, daß ich nur wenig sagen kann. Machen Sie mir die Freude, und rechnen Sie mich unter die Zahl Ihrer Freunde, und schreiben Sie recht viel. Ich will gewiß alles lesen. Luise empfiehlt sich Ihnen durch meine Feder. [*Gleim:*] Giseke ist eben weggegangen, sonst sollte Ihnen der auch schreiben, und dann würde er Ihnen sagen, daß er mit Ihnen gar nicht zufrieden ist, indem Sie ihm nicht so viel, als Klopstocken und Eberten, zu übersetzen gegeben haben. Martial, sagt er, das ist gar nichts. Wie viel Epigramme hat er denn, die meiner Übersetzung wert sind? Machen Sie indes Ihr Projekt nur fertig. [ ]

[*Ebert:*] Grüßen Sie mir um des Himmels willen den rechtschaffenen Kleist, für welchen der Beifall der ganzen Welt ein zu geringer Lohn ist. Gott und die Engel, Pope und Thomson und Young werden ihn besser loben. Ich küsse Sie und ihn tausendmal in Gedanken. Machen Sie, daß er seinen Sommer fertig macht, und dann die übrigen. Er ist wert, englisch zu dichten. [ ]

18

GLEIM AN RAMLER

(Halberstadt, Anfang Januar 1754?)

[ ] Kunstrichtert Herr Lessing in der Vossischen Zeitung noch? Sie sollten wenigstens so viel Bekanntschaft mit ihm haben, als nötig wäre, daß er Ihre Werke bekannt machte. Der Kredit des Zeitungsschreiber ist bei unsern lieben Deutschen größer, als Sie glauben. In der Provinz sieht man das am besten. [ ]

19

RAMLER AN GLEIM

Berlin, 14. Januar 1754

[ ] Herrn Lessing kenne ich weiter nicht, als daß ich einsmals im Buchladen einen jungen, lebhaften, witzigen Mann sprach, der von allen französischen Anekdoten die ersten Nachrichten hatte, und der mir nachmals Lessing genannt wurde. Er ist Vossens Zeitungsschreiber, dem ich oft gesagt habe, wie gern ich mit ihm bekannt sein möchte. Ich hätte es längst sein können, wenn ich sehr eiferig gewesen wäre und Vossens Laden fleißiger besucht hätte. [ ] Ich habe Ihnen schon geschrieben, daß dieser Herr Lessing vor etlichen Jahren die Messiade unsers Klopstocks scharf beurteilt hätte, und damals kannte ich ihn schon aus dem Gerücht, und noch jetzt kenne ich ihn eben daraus. [ ]

20
RAMLER AN GLEIM

Berlin, 3. und 4. Oktober 1754

[] Ein Punkt, worüber wir uneinig schienen, war die Messiade unsers Klopstocks, den ich als Dichter ungemein hochschätze, aber als Menschen noch weit mehr liebe. Ich muß Ihnen sagen, was ich in dem Jahre, da ich ein *kritischer* Autor war, getan habe. Ich las die drei Bücher des *Messias*, die damals schon drei Jahre her gedruckt gewesen waren, und wovon Gleim und Ramler nicht eben mehr als von den übrigen Poeten in den Bremischen Beiträgen gesprochen und geschrieben hatten, diese drei Bücher las ich aufs neue, [] und las sie in der Absicht, mich zu entzücken. Mein Vorsatz gelang mir bis auf die Hälfte des dritten Gesangs ununterbrochen (daß die letzte Hälfte des Gesanges mich weniger stark entzückte, davon schrieb ich mir selbst die Ursache zu), und ich stand ganz voll vom Gefühl aller dieser Schönheiten auf und ging zu Sulzern und sagte zu ihm: »Hab' ich zu Ihnen noch nicht mit Entzücken vom *Messias* gesprochen?« Sulzer: »Nein.« Ramler: »Nun, so tue ich es jetzt.« Und setzte hinzu: Dieses ist ein Gedicht, woran ein jeder Kunstrichter scheitern soll, der es tadeln wird. Er, (der Dichter) geht im Erhabnen bis an die Grenze, wo das Abenteuerliche schon anfängt, aber niemals geht er auch nur einen Schritt hinein, er bleibt immer noch wahr, und alles was ein Fehler scheinen könnte, kann aufs allergründlichste entschuldigt werden. Sehen Sie, mein liebster Gleim, so hätte ich auch zwei Jahre nachher zu Ihnen gesprochen, wenn ich nicht unterdessen dieses Gedicht manchem Freunde vorgelesen, und es in der Absicht gelesen und abermals gelesen hätte, um eine gewisse und bestimmte Kritik darüber machen zu können, die ich aber nunmehr nicht machen will, weil ich von meiner vorigen hohen Meinung heruntergekommen bin. [] Ich will den Tadel hier nicht hersetzen, aber das weiß ich gewiß, mein Gleim würde, wenn er mit seinem Ramler zugleich dieses Gedicht lesen wollte, mit ihm allemal zugleich sagen: Diese Verse sind überflüssig, es war genug an dem ersten. Dieser Vers läßt sich auf zweierlei Art skandieren, und zweideutig in der Skansion ist beim Wohlklange eben das, was zweideutig in

Worten beim Witze ist: Doch die Fehler des Wohlklangs sind bei uns jetzt noch geringe Fehler. Weiter würde es heißen: Dieser Vers fängt an, allzu christlich, das heißt, ohne Not gesalbt und orthodox zu sein, der Poet hätte ihn nicht gesetzt, wenn er wie Gleim dächte, und zwar, wie Gleim denkt, wenn er auch für die Christen denken will. Dieses Gleichnis, würden wir sagen, ist viel zu hyperbolisch, viel zu unmöglich und macht allzuwenig deutlich, was es deutlich machen soll. – Es ist aus einer möglichen Welt genommen, weil es in unsrer Welt nicht Gleichnisse gibt, die stark genug sind, des Poeten Sinn auszudrücken – so würde ein dritter sagen, wenn er uns beide lesen und urteilen hörte. Wir würden aber antworten: man hat in unsrer Welt Bilder, die es stark genug ausdrücken können; man kann das Aufstehen des Satans, wenn er sich vorher gebückt hat, schon mit einer wirklichen Bewegung in unsrer Natur vergleichen, ohne daß man in unsre Welt eine Bewegung und einen Lärm hineinbringt, die nicht darin sind. [] Welch ein unnötiges Erschaffen eines Erdbebens, worüber die ganze Erde zu Trümmern ginge! Solcher Gleichnisse, die mir anno 1750 sehr wohlgefielen, sind mehr. Es heißt an einem andern Ort: Ein Berg wird vom Donner gefaßt werden und ins Meer geworfen werden und daselbst ein Tal sein – aller Schmuck der Poesie, aller Wohlklang, alle Nebensachen können einen solchen Gedanken, würden wir beide sagen, ohnmöglich vortrefflich machen. Wir würden sagen, manches Gleichnis erläutert nichts, und sagt ebensoviel, als wenn ich sagen wollte: Gleim seufzete bei dieser Geschichte, wie Ramler seufzet, wenn er eine gleiche Geschichte hört. [] Hören Sie und beurteilen Sie folgende Beschreibung, die Milton, der mehrenteils behutsamer ist, wie unser Dichter, die Milton nimmermehr gewagt, sondern mit einer Wolke bedeckt hätte. Er beschreibt den Jehova und gibt ihm eine ordentliche, aber sehr majestätische Stube mit Mobilien. Milton sagt bei einer gleichen Gelegenheit sehr zurückhaltend und weise: Der ganze Himmel erzitterte, den Berg Gottes ausgenommen. Aber unser Klopstock beschreibt den mit dunklen Wolken umhüllten Berg gar zu genau, er tut die Wolken siebenmal voneinander, und läßt siebenmal in die Stube hineinsehen, und findet dort Tisch, Bibliothek, Kronenleuchter, Stuhl und dergleichen. Ob diese Beschreibungen gleich wunderbar erhaben und der Offenbarung Johannis wert sind, so wäre es für mich und ganz gewiß auch für meinen Gleim noch weit erhabner und der Gottheit würdiger, wenn man hier mit Stillschweigen gemalt hätte. Welch ein erhabnes Stillschweigen hätte der Poet oft bei Sachen beobachten können, die über den Begriff eines endlichen Wesens sind! Aber er traut seiner Stärke zu, daß er mit allen unternommenen Empfindungen und Beschreibungen fertig werden kann, und läßt die Phantasie ganz allein wirken, ohne die Vernunft zu Hilfe zu rufen. Denn sagen Sie mir doch, wozu sollen die Bilder dienen, die er im Allerheiligsten Gottes sieht? Heißt dieses nicht, phantasieren um zu phantasieren, und nicht zum Vergnügen, zur Entzückung, zur Belehrung phantasieren? [] Ich entsinne mich, daß Sie einmal von unserm ehrlichen und braven Langen sagten, in seinen Gedichten wären allzuviel Posituren. In diesem sind noch mehr. Man geht immer langsam vorwärts, es sind immer entgegengehende Begrüßungen, und Stellungen ohne Not, und nicht, wie sie die poetischen Maler machen müssen, des deutlichern Bildes wegen, des mehrern Vergnügens wegen; und überdem muß von keiner Art der Schönheit zu viel in einem Gedichte stehn, sonst ist es keine Schönheit mehr. []

Das versichere ich Sie, meine Freundschaft gegen Klopstock verliert nicht im geringsten dabei, daß sein Gedicht ungleich ist, daß es allzuoft übertriebener ist, als ich es wünschte, daß es allzuoft donnert, um stark genug die Empfindung des Poeten auszudrücken, und allzuoft weint, aus gleicher Ursache; alles dieses soll nicht verhindern, daß ich den Dichter nicht wie einen Bruder lieben sollte. []

21

GLEIM AN RAMLER

Halberstadt, 28. April 1756

Mein teurester liebster Ramler, Sie sollen mir sagen, wer diese *Fabeln* gemacht hat. Sie sind von Berlin an Herrn Kammersekretär Beyer, der Sie einmal zu Berlin besucht hat, mit gestriger Post geschickt; drei Exemplare nur, eines für Herrn

Lichtwehr, eines für mich, mit dem Verbot, sie vor Ablauf der Messe nicht aus den Händen zu geben, damit sie niemand nachdrucke. Ohne Zweifel haben Sie sie schon selbst. [ ]

22

RAMLER AN GLEIM

Berlin, 1. Mai 1756

Mein liebster Gleim, ich will Ihnen wohl sagen, wer die naiven und nachlässig-schönen *Fabeln* gemacht hat: Sie haben sie gemacht. Und ich lasse es mir nicht ausreden, obgleich die eine an Sie selbst gerichtet ist. Wie haben Sie Ihre Sachen doch diesmal so unerforschlich heimlich halten können! Aber ich kenne Ihre jetzige Versart allzuschön, als daß ich Sie nicht gleich beim ersten Gedicht hätte erraten sollen. [ ]

23

GLEIM AN RAMLER

Halberstadt, 7. Oktober 1757

Sie, mein liebster Freund, und alle meine Berlinischen Freunde, werden um mich bekümmert sein. Ich muß Ihnen also sagen, daß ich gottlob noch lebe; mehr zu sagen, untersteht man sich nicht, wenn man von so viel Tausend ... umgeben ist; auch macht einen der Schmerz stumm, wenn man sein Vaterland zugrunderichten sieht. Mein Vergnügen, der Garten, den ich in einem Jahre zu einem kleinen Paradiese gemacht hatte, die Laube, in der mein Alexis einmal mit der Nachtigall um die Wette singen sollte, der Spaziergang von tausend Linden, der den Garten umschloß usw., alles dies, mein liebster Freund, ist nicht mehr. Alles, alles ist von dem wütenden Mars in eine Wüstenei verwandelt. [ ]

24

RAMLER AN GLEIM

Berlin, 15. Oktober 1757

[ ] Großes Glück und Unglück bringt die Herzen immer näher

zusammen. Wann alles einen guten Ausgang wird genommen haben, und ich reisen kann wohin ich will, dann will ich zu Ihnen eilen, und neue Bäume pflanzen und sie sechs Wochen lang pflegen und begießen, damit in Ihrem Alter Ihnen Ihr Garten hundertmal besser gefalle, als es ohne die Feinde würde geschehen sein.
Lebt Ihr schöner geschlanker Walnußbaum noch, hinter Ihrem Hause? Ich möchte gern alles pflanzen, was Ihnen ausgegangen ist. []

25

RAMLER AN GLEIM

Berlin, 9. November 1757

Liebster Freund, wie viel Gläser haben Sie mit Ihren Hausgenossen auf unsern herrlichen Sieg schon ausgetrunken? Schreiben Sie mir doch bald, wie Ihre Gäste diese Nachricht aufgenommen haben. Glauben Sie jetzt noch, daß wir nach Schwerins Tode nichts mehr vermögen? Werden sie bald unsre Reiche räumen und den großen Friederich sich zum Freunde machen? Himmel, welch ein herrlicher Sieg! Kaum fünfhundert Verlust und zehntausend erschlagen! Ich bin jetzt nichts, wie Frage und Ausruf; ich bin lauter Ode – [].

26

GLEIM AN RAMLER

Halberstadt, 14. November 1757

Wie viel Gläser ich auf unsern – – – Sieg ausgetrunken habe? Keines, mein liebster Freund. Denn die Franzosen haben uns keinen Wein gelassen. Dagegen hat Ihr Gleim mit tausend halben und ganzen Versen das Siegesfest gefeiert, mit Gedanken, deren jeder zur Ode werden wollte – oder kürzer, wie Sie – ich war ganz Ode. Obige Lücke zu einem Beiwort mögen Sie selbst ausfüllen, ich finde keines groß genug. []

27
GLEIM AN RAMLER

Halberstadt, 16. April 1759

[] Auf das, was Sie mir wegen Vossen sagen zu antworten, darf ich Sie nur daran erinnern, daß es meine Sache nie gewesen, mich mit einem Buchhändler einzulassen. Verschiedene [] haben sich zu Verlegern bei mir angeboten, ich habe keinem geantwortet. Herr Reichen habe ich bei Gelegenheit der *Fabeln* als den *schlimmsten von allen* kennen gelernt. Er wollte mir nicht das Druckerlohn dafür bezahlen. Dächten Sie indes, besser mit ihm als mit Vossen fertig zu werden, so hätte ich nichts dawider. Ich habe, wie Sie wissen, mit Herrn Vossen keinen Vertrag. Mit Herrn Lessing habe ich einmal von einer Subskription auf meine Gedichte gesprochen; er meinte, es würde damit gut gehn. Sprechen Sie noch einmal mit ihm davon. Meine Meinung ist gar nicht, einen Buchhändler reich zu machen; wenn Herr Voß Herrn Lessingen für die *Kriegslieder*, den *Cissides* und *Paches* usw. *nicht recht gut* bezahlet hat, so ist er, was die andern sind. Ich erinnere mich, daß es mir einmal sehr verdroß, als er ganz cavalierement wegen einer vermehrten Ausgabe meiner Lieder an mich schrieb. Ich habe ihm aber auch kein Wort geantwortet. Denn ich will schlechterdings mit keinem Buchhändler was zu tun haben. Iversen hat wenigstens am offenherzigsten gesagt, daß ihm an dem Verlag sehr gelegen wäre; wollen Sie einmal bei ihm anfragen, zu was für Bedingungen er sich etwa verstehen wollte; oder soll ich ihn an Sie verweisen? Wiewohl ob er ein guter Bezahler ist, weiß ich nicht, er ist mir für den zweiten Teil der *Fabeln*, den er mir für die Druckkosten abgekauft hat (nicht als Verlag, sondern nur die Exemplare), noch das Geld schuldig. []

Lassen Sie allenfalls, wenn Sie nicht selbst wollen, Herrn Lessing nachfragen, was Voß geben will. Aber die Bedingungen müßten so gemacht werden, daß mir allezeit freistünde, eine neue Ausgabe zu machen, wenn eine gewisse Anzahl Exemplare debitieret wäre. Wir wollen uns mit Popen nicht vergleichen. Aber sollten wir nicht so wenig mit unsern Schriften *verdienen* können, daß wir *einen* Preis auf *eine* Horazische Ode davon stiften könnten?

Wie ist es denn mit Herrn Nicolai? Er soll ja einen neuen Buchladen angelegt haben. Ich meine den Herrn Nicolai, der die *Briefe* [*die neueste Literatur betreffend*] geschrieben hat. Wenn man ja jemanden den Vorteil gönnen müßte, so könnte man ja ihm billig den Vorzug geben; doch bitte ich mir erst Ihre offenherzige Meinung aus. Denn ich kenne ihn gar nicht. *Gleims Gedichte* kann der Titul nicht sein. Ich kann ohnmöglich meinen Namen sehn. *Gedichte, von dem Verfasser des Versuchs in scherzhaften Liedern;* könnte er allenfalls sein. Vier Teile, jeder 12 Groschen, machte 2 Taler. Zweitausend Exemplare wären 4000 Taler. Davon

1000 Taler die Kosten
1000 Taler Ramler und Lessing
1000 Taler zu einem Brautschatz für eine meiner Nichten
1000 Taler zu einem jährlichen Preise auf *eine* Horazische Ode, den mein Ramler alle Jahr gewönne.

Sa. 4000 Taler

Gleiche Gedanken hat unser Kleist. Er will der Sammler eines Wochenblatts sein, alle unsere Freunde sollen daran arbeiten, wenn jeder drei Stück macht, hat er zu einem Jahrgange; der Vorteil soll für Ramler und Lessing sein. Sehn Sie hiebei die Abschrift eines Stücks von ihm selbst. In der Tat es wäre fürtrefflich, wenn es zustande käme. Es würde unserm teuersten Kleist ein Zeitvertreib sein. Er hat zum Titul in Vorschlag gebracht: *Der Sittenrichter.* Was meinen Sie von dem: *Der Preußische Zuseher.* Er wäre wenigstens anlockender. Ich werde gerufen, leben Sie vergnügt, liebster Alexis, und lieben Ihren treuen Daphnis

28

RAMLER AN GLEIM

Berlin, 28. April 1759

Liebster Freund, unserm Lessing gefällt der ordentliche Druck durch einen Buchhändler itzo besser als der Druck durch Subskription. Er meint, wenn Sie in einem Ihrer Briefe 6 Taler für den gedruckten Bogen forderten, daß Herr Voß

diese Forderung eingehen würde und könnte. Er setzt hinzu, daß Sie die Bedingung nicht machen könnten, freie Hand mit einer künftigen Ausgabe Ihrer Gedichte zu haben; dieses könnte zu seiner Zeit, ohne vorhergemachte Bedingungen, doch geschehen, wenn Sie nämlich so viel neue Gedichte, oder so viel Veränderungen der erstern in Vorrat hätten, daß Sie dem Verleger eine neue Ausgabe anbieten könnten. [ ]
Das erste warum er Sie bittet, ist Ihr übersetzter Anakreon (der aber auch in der Sammlung Ihrer Gedichte seinen Platz behaupten muß), und zugleich ein Verzeichnis aller Ausgaben und Übersetzungen, die Sie vom Anakreon besitzen, damit er Ihnen alsdann auf einige Zeit diejenigen abborgen kann, die ihm fehlen. Sie müssen ja auch noch Gedichte im Geschmacke Petrarchs, imgleichen moralische Oden in Vorrat haben. Alles fein zusammengesucht, mein liebster Gleim! Auch die Schäferwelt und Bürgerwelt und *Der blöde Schäfer* müßten nicht vergessen werden. [ ] Die Einteilung aller Ihrer Gedichte werden Sie uns vorschreiben; die Rechtschreibung wollen wir selbst hinzutun, welches eben die sein kann, die wir beim Logau gebraucht haben, wenn Ihnen diese gefällt. Der arme Logau! Die Messe ist da, und er hat noch keine Vorrede. Wenn Herr Lessing sie mir nicht heute bringt, so – lasse ich, mit ihm in Gesellschaft, nie eher etwas drucken, bis er erst alles, vor dem Anfange des Drucks, fertig liefert. Bis auf die allerletzte Stunde! Ist das nicht zu arg für mich, der ich ein Preuße, und folglich etwas weniges akkurat bin? Doch ich kann es unserm Freunde nicht so sehr übel nehmen. Er hat die Hand in zehn Sachen mit einemmal. [ ]

29 a

RAMLER AN GLEIM

Ende September/Anfang Oktober 1764

Hier haben Sie meine tadelsüchtigen Randglossen, liebster Gleim! [ ] Folgen Sie meinen Kapricen oder verwerfen Sie diese, Sie sehen wenigstens meinen guten Willen, meinen berühmten Gleim gern zu einem unfehlbaren zu machen, wenn nämlich vier Menschenaugen soviel sehen können, daß wir ohnfehlbar werden. [ ]

29 b

GLEIM AN RAMLER

Halberstadt, 26. Oktober (1764)

Auf Ihre Randglossen, mein lieber Freund, hatt' ich mich lange gefreuet, ich war zu der beschwerlichen Arbeit der Korrektur einmal recht aufgelegt und hoffte durch baldige Zurücksendung des Mscpts [*Manuskripts*] und Ihrer Kritik noch mehr dazu ermuntert zu werden. Ich bekam endlich das Mscpt zurück und las die erste Randglosse: Erbettelter Reim! Die andere: Man muß nicht alles beibehalten wollen, was man einmal hingeschrieben hat. Die dritte: Hier guckt der Schmeichler allzusehr hervor. Die vierte: Der Schmeichler scheint alle Gelegenheit zu suchen, über alle Kleinigkeiten seines gebietenden Herrn p. Die fünfte: Abgenutzte Erfindung! Die sechste: Lieber Dichter, suchen Sie eine andere Gelegenheit, sich die Miene der Frömmigkeit zu geben, und lassen Sie diese Fabel in Gottes Namen weg. Was, fragt' ich, sind dies die Randglossen meines Ramlers, der einen so feinen fürtrefflichen Geschmack hat, und er sagt mir da seine Kritik in der Sprache der Pauren und Fuhrmannen; er, der sonst so freundlich und höflich ist, ist hier so wenig fein, denn alles, was er sagen wollte, konnt' er mit der Miene eines Freundes; was hat er nötig, mich anzugrunzen? [] Welch ein lächerlich ernsthaft dogmatischer Ton! Für meines Ramlers Schüler, die ihm ihr erstes Stück zur Ausbesserung bringen, wär er sehr angemessen, aber nicht für mich! []

29 c

RAMLER AN GLEIM

Berlin, 22. Dezember 1764

So geht's, wenn man eine Sprache annimmt, die man nicht zu führen gewohnt ist. Alexis pflegte immer fein zu loben und fein zu tadeln. Daphnis, der feurige Daphnis, schilt ihn, daß er alles durch feine Umzüge sagt, er *soll* nichts zu verstehen geben, er *soll* nicht so strafen wie Horaz, daß man den Stich, wie man will, nicht gefühlt zu haben noch Freiheit behält: Nein, nein! Er *soll* geradezu reden. Lieber soll er

schimpfen, als so *listig* zu verstehen geben. Nun gut. Er macht einmal einen Versuch in einer launischen Viertelstunde. Dieser Versuch ist ihm in der folgenden Viertelstunde wieder leid; er will ihn durch einen Brief, den er hinzufügt, gleichsam ungeschehen machen. Allein der Brief wird nicht geachtet, sondern die eilfertigen Randglossen des launischen Kritikers werden so empfindlich aufgenommen, als ob Daphnis nie gleiche Fehler begangen, als ob er nie *so* geschimpft, als ob er nie selbst geschrieben hätte: *Unsittliche Zweideutigkeit!* – *Zu weit getriebene Tändelei!* – Das *mißfällt mir höchlich!* – Dieses scheint ein *dummer* Knabe zu sein p. [] Aber die ganze Ursache von der übeln Aufnahme ist diese: Daphnis kann von dem Alexis *gar nichts* leiden, denn er hat ihn jung gekannt; er ist vier Jahre jünger, als er. [] Daphnis will gegen den Alexis immer hitzig sein, Alexis aber soll bescheiden bleiben: er soll immer seinen älteren Daphnis für eine Art von – – wie soll ich mich ausdrücken, um nicht zu beleidigen? – – Ich will mich gar nicht ausdrücken. []
Still! – Friede, von nun an, auf Erden! Friede! in Berlin und Halberstadt! Friede, zwischen den zwanzigjährigen Freunden Ramlern und Gleimen. Amen! Amen! Lassen Sie uns, *wenn wir wollen*, gegen jeden andern höher tun, aber gegen R. muß sich G. nicht höher geberden. Der Schatten unsres Kleists würde *erröten*, wenn er einen unter uns als einen bürgerlich Stolzen, als einen Hoffährtigen erblickte! Ich will mich bessern, wenn ich etwan diesen Fehler haben sollte: Tun Sie es auch.

AUS DEM BRIEFWECHSEL ZWISCHEN JOHANN WILHELM GLEIM UND PETER UZ

30

GLEIM AN UZ

Halberstadt, 29. August 1751

[] Ich bin in dem Urteil von der Modeschreibart völlig Ihrer Meinung, und kann die Ausschweifungen vieler jungen und alten Skribenten kaum ertragen. Indes gestehe ich Ihnen, daß ich den Verfasser des *Messias* ausnehme. Dessen Schreibart kann ich nicht allein vertragen, sondern ich finde sie meistenteils seinen Materien so angemessen, daß ich glaube, die Erhabenheit derselben rechtfertige ihn, nur ihn allein, wegen der Art, mit welcher er etwa von der simpeln Bahn der Alten abweicht. Ich habe sehr viel darüber mit ihm gesprochen, aber wenn er sein Gedicht mir gelesen und sich wider mich verteidigt hat, so habe ich allezeit unrecht gehabt. Vielleicht kann die personelle Freundschaft für einen Verfasser unserm Urteil die Richtigkeit nehmen; aber mich dünkt doch, daß ich den Freund vom Skribenten zu unterscheiden weiß, und ich bin meinem eignen Geschmack nach wohl am allerwenigsten ein Freund übertriebener Schönheiten. Ich habe allezeit die Mädchen in anständigem Putz höher geschätzt, als die prächtigen Schönen, nur der einzige *Messias*, wenn sie ihn unter diese Gedichte rechnen, gefällt mir mit aller seiner Pracht; indes mißbillige ich, wie Herr Klopstock selbst, der der bescheidenste unter den Menschen ist, die übertriebenen Lobeserhebungen, die ihn in den Rang höherer Geister erheben und ihm die Menschheit rauben, die ihn doch sehr ziert, und die er seinen Panegyristen nicht gern preisgeben würde. []

31

UZ AN GLEIM

Ansbach, 15. Oktober 1754

[] Ich bin begierig, zu sehen, ob Herr Lessing nicht diese Messe wieder einen neuen Band seiner Schriften herausgeben, und sich nicht endlich durch sein Vielschreiben um die Ehre, die er sich durch seine Kleinigkeiten erworben, schreiben werde. Was dünkt Ihnen? Der Taschen-Format, fürchte ich, wird durch seine Nachahmer bald lächerlich werden. Wir haben schon Lieder zum Vergnügen, oder vielmehr zum Gähnen. []

32

GLEIM AN UZ

Halberstadt, 19. Dezember 1756

[] Sie, mein liebster Uz, Sie allein von allen unsern Poeten sollten den Held bei Lobositz besingen. []

Ein Poet sollte sich merken, daß österreichische Überläufer gesagt haben, über dem Berge, worauf der König gehalten hätte, die Schlacht zu übersehen und Befehle zu erteilen, hätte ein Engel geschwebt; ingleichen daß wirklich während der Schlacht ein Ungewitter entstanden und gleichsam den weichenden Feinden nachgezogen, und über denselben bis in die späte Nacht gedonnert hätte! Aber wird mein Uz auch noch Helden singen, nachdem er so oft gesagt hat Χαιροιτε Ἥρωες [*zum Teufel mit den Helden*]!, und seitdem mein Kleist von ihm singt: Er schaut, wenn Scharen wilder Krieger lärmen, nur Wespen schwärmen. Was für schöne Materien gibt ihnen unsre Zeit zu Oden von solchem Inhalt, wie die unter dem Titul: *Das bedrängte Deutschland.* []

33
UZ AN GLEIM

Ansbach, 28. Februar 1757

[] Ihr großer König verdient, von einem größern Dichter besungen zu werden, als ich bin. Vielleicht hätte sich auch ein Horaz gefunden, wenn die deutschen Musen in mehrerer Achtung stünden. Krieg und Helden sind kein Stoff für meine Lieder. []

Ich bedaure den Herrn von Kleist, daß er so gefährliche Winter-Quartiere hat. Die Musen werden für Ihren Freund wachen. Ich habe schon zweimal gezittert, da ich unter den Erschlagenen einen Kleist gefunden. Damit ich inskünftige mich nicht vergebens bekümmere, so schreiben Sie mir nächstens, welchen Posten derselbe bekleidet, und in welchem Regiment er dient. []

34
GLEIM AN UZ

Halberstadt, 16. Mai 1757

[] Vermutlich wissen Sie so gut als wir, wieviel Menschen sich am sechsten dieses bei Prag einander umgebracht, Menschen, unter denen vielleicht manche gewesen, die sich geliebt hätten, wie Uz und Gleim, wenn sie nicht, für ein geringes Taglohn, schuldig geworden wären, sich einander umzubringen – ob ich gleich alle Listen unserer Eroberungen vor mir liegen habe, so will ich Ihnen doch kein Wort davon sagen. Denn sind Sie nicht Österreichs Bundesgenosse? Und würde ich Sie nicht nur damit ärgern? [ ]

35
GLEIM AN UZ

Halberstadt, 8. Oktober 1761

Seit dem Tode meines Kleists, mein liebster bester Freund, bin ich mehr tot als lebendig gewesen; tausendmal dachte ich Ihnen zu schreiben, und tausendmal fiel mir die Feder aus der Hand; zehn halbe Briefe an meinen besten Freund auf der Welt, an Sie, mein Uz, liegen in meinem Schreibtische, mit keinem einzigen konnte ich fertig werden; Ihr Gleim, der noch immer

Stumm über seiner Urne weint,

wäre vielleicht noch lange auch für seinen besten Freund tot geblieben, wenn ihn nicht eine fürtreffliche Muse in leibhafter Gestalt ins Leben zurückgerufen hätte; ihren irdischen Namen, mein Liebster, werden Sie schon gehöret haben, aber alle Wunder dieser außerordentlichen Frau wissen Sie gewiß noch nicht, denn die im Druck erschienenen Gedichte sind nur von der Frau Karschin. Die sie als Sappho, Horaz, Anakreon und Uz gesungen hat, liegen noch bei mir in Verwahrung, und nur wenige Abschriften sind in den Händen ihrer nächsten Musenfreunde. Sie, mein Liebster, sollen sie zuerst sehen, sobald ich nur Zeit habe, Abschriften davon nehmen zu lassen; mit unglaublicher Leichtigkeit singt sie alles, was sie singen will; die Vorbitte an Sie, den ganzen Bogen meine ich, den Sie hiebei empfangen, hat sie geschwinder geschrieben, als ich Ihnen dies Blättchen schreibe, und Sie können sie als ein kleine Probe ihres Genies ansehen. Arbeiten kann sie nicht, und so lieb ihr Horaz ist, so ist ihr doch nicht möglich, die Feile zu gebrauchen, die er seinen Schülern in die Hand zu nehmen befiehlt. Einmal umschreiben oder wieder abschreiben kann sie, was sie gesungen hat, gemeinglich aber hört man alsdenn einen ganz andern Gesang; in Gesellschaft, die ihr angenehm ist, läßt sie Kleinigkeiten ihrer Muse hören,

Epigramme, dergleichen keine Anthologie schöner hat. An einem Abend, den wir bei Herrn Beyer, dem Verfasser der *Kleinen Lieder*, neulich zubrachten, beschenkte sie die Gesellschaft mit einem halben hundert; wir konnten nicht so geschwind schreiben, als sie bei dem geringsten Anlaß sagte; ein deutscher Martial, der sie mit Mühe erfunden hätte, dürfte nicht besorgen, daß, wegen des falschen Witzes, ein Naugerus dem Catullus jährlich ein Exemplar opferte; sehen Sie hier eines, oder ein paar:

Als ein Schweinskopf auf der Tafel stand.

Des Waldes Tiere sind dem Löwen untertan,
Der Eber schäumt und droht mit starkgewachsnem Zahn
Des Jägers stark gewordnen Gliedern;
Ich bin ein schwaches Weib, und wehre mich mit Liedern.

Als sie gefragt wurde: ob sie sich vor dem Blitz fürchtete?

Zeus schilt im Wolkenhimmel,
Sein lauter Donner spricht's,
Er schilt dem Kriegsgetümmel
Den Dichtern tut er nichts.

Als Herr Ramler kalt genennet wurde, an mich:

Dein Ramler ward am kalten Belte
Geboren auf begrünter Flur,
Trau aber nicht auf seine Kälte
Im Herzen ist er Epikur.

Die sapphischen Gesänge, die sie im Charakter der Griechin gesungen hat, würde ein Wolf für aufgefunden halten, wenn sie sie griechisch gesungen hätte; von diesen, mein liebster Freund, sollen sie sich, mit der Vergebung meines Stillschweigens und einem Briefchen, die Abschriften erwerben. [ ]

36

UZ AN GLEIM

Ansbach, 12. Dezember 1761

Liebster Freund, Sie sind ein schlauer Mann! Nachdem Sie

mich etliche Jahre sitzen lassen, ohne sich meiner zu erinnern, nehmen Sie eine Muse zu Ihrer Fürsprecherin. [ ]
Sie ist in allen Absichten ein bewundernswürdiges Frauenzimmer. [ ] Ich erwarte ihre Geschichte und Ihren Roman. Teilen Sie sich darein.
Am begierigsten bin ich nach ihren sapphischen Liedern. Ich habe ihr selbst geschrieben, daß ich hierinnen Liebe, und zwar feurige Liebe suchte. Es ist eine schwere Gattung der Dichtkunst, und von den Deutschen noch nicht bearbeitet worden. Unter ihren Sinngedichten gefällt mir das auf Herrn Ramler vorzüglich. Wenn wird dieser Ihr Freund seine Oden herausgeben? [ ]

37
GLEIM AN UZ

Halberstadt, 16. Januar 1762

[ ] Könnten Sie alles lesen, was die sapphische Muse in Versen und Prosa gesungen und geschrieben hat, Sie würden, ja, Sie würden über die Frau erstaunen, die mit solcher Leichtigkeit alle möglichen Affekte annimmt, und mit soviel Geschmack alles schreibt, was man nur Genien, die die große Welt kannten, zutrauen dürfte. Sie wollen ihre Geschichte und unsern Roman wissen; die erste werden Sie vor der Sammlung ihrer Gedichte lesen und daraus erfahren, daß sie in dem niedrigsten Stande geboren, nicht die mindeste Erziehung gehabt hat, daß sie zweimal sehr unglücklich verheiratet gewesen, Mutter von einigen Kindern und schon in den Jahren ist, in welchen wir anderen Dichter aufhören, Musen und Mädchen zu haben. Den Roman kann ich Ihnen in zweien Zeilen erzählen. Ich sagte, als ich zu Berlin im letzten Maimonat sie zum erstenmal sahe, sie könnte eine deutsche Sappho sein; ich hatte eine Ode von ihr gelesen, die sich anfängt: *Sohn Kytherens, kleiner Weltbezwinger,* welche hinlänglich war, von ihrem Geist mir einen völligen Begriff zu geben. Auf meinen Vorschlag machte sie einen Versuch und übersetzte die beiden Oden der Griechin aus Herrn Götzen; sie kam dadurch so sehr in den sapphischen Schwung, daß sie hernach, bei dem mindesten Anlaß dazu, ein sapphisches Lied sang. Ohne einen Phaon zu haben, wäre es nicht angegangen, sie tat mir die

Ehre und erwählte mich dazu; lächelte Phaon, so sang sie das süßeste Lied, hatte er eine kaum merkliche Wolke auf der Stirn, so hörte man den traurigsten Gesang; wir machten in unsern Gesellschaften uns alle kleine Umstände zunutze; alle Arten von Affekten der Liebe bekamen ihren Gesang; Sie dürfen aber nicht glauben, daß Thyrsis der einzige Liebhaber dieser außerordentlichen Frau sei. Nein, an einem fände ihr Herz, das ganz Zärtlichkeit, ganz Freundschaft ist, nicht genug zu lieben, Sulzimen (Herr Sulzer), Palemon (Herr Bachmann zu Magdeburg), Daphnis (Herr Ramler), Bylen (Herr Beyer), Spirus (Herr von Spiegel), Wernigus (Graf von Wernigerode), alle Männer ihrer Bekanntschaft, an denen sie mehr oder weniger Vollkommenheit nach ihrer Idee wahrnimmt, sind ihre Liebhaber, und jedem singt sie in dem Charakter, der ihm nach ihrer Meinung zukommt; Thyrsis hört zärtliche, Sulzimen moralische, Wernigus andächtige Lieder, mein Uz würde philosophische hören, denn man sagt, seine alte Liebe zur Philosophie sei aufgewacht, sobald er unsern Moses gelesen hätte, und sie kann nur gar zu leicht merken, wofür unser Herz eingenommen ist. »O mir entwischt nichts, was die Menschen fühlen«, sagt sie in einem Gedicht an Sulzer, und schon mehr als einmal habe ich wahrgenommen, daß sie verräterische Blicke in die Herzen der Menschen getan und sich nicht geirret hat. [] Gelingt ihr eine Ode, oder ein Lied, so sagt sie: ich bin in den rechten Ton gekommen. Sie sagt nicht, ein Lied im horazischen Geschmack, sondern im horazischen Ton, im sapphischen Ton. So flüchtig sie auch in dem schwersten Silbenmaß zum erstenmal schreibt, so irret sie doch niemalen, nur schreibt sie ein klein wenig langsamer, als in den bekanntern Silbenmaßen, und schlägt gleichsam den Takt dazu. Von unsern deutschen Dichtern kann sie den einzigen Opitz sich nicht müde lesen; lieber als alle neuern Dichter liest sie die alten in Übersetzungen; sie abstrahieret sich eine allgemeinere Vollkommenheit; wenn sie findet, daß die Sprache des Übersetzers nicht die vollkommenste ist, so setzt sie sich in den Affekt des Autors und macht eine Übersetzung nach ihrem Sinn. So hat sie aus dem Griechischen, Lateinischen und Französischen übersetzt; eine Probe sehen Sie an den beiden Oden der Sappho. Lesen tut sie wenig, aber was sie liest, wird augenblicklich von ihr genutzt. Herr Sulzer gab ihr den Plutarch zu lesen, sogleich waren in allen ihren Gedichten Spuren davon; ich erzählte ihr vieles von der griechischen Sappho und Wolfs gesammleten Nachrichten, alles wurde angebracht; sie wollte was zu lesen haben, zehn Bücher gab sie mir zurück, ich gab ihr Xenophons *Kyropädie,* und sie hörte nicht auf zu lesen: die zwei Bücher der *Ilias,* die zu Zürich in Hexametern herausgekommen sind, verschlang sie, kurz die Alten waren ihr alles in allem. [] Noch eine Anmerkung fällt mit ein: daß sie in allen ihren Gedichten einen Plan hat, an den sie, als sie anfing zu schreiben, nicht dachte, und daß es ihr sehr schwer wird, nach einem vorgeschriebenen Plan zu arbeiten. Ich sagte ihr einen Plan zu einer gewissen Ode, sie saß einen halben Tag dabei und brachte nichts zustande. Für die Prinzessin Amalia, des Königs Schwester, hat sie nach einem prosaischen Entwurf eine Passions-Kantate mit vieler Mühe zustande gebracht; hätte man ihr freie Hand gelassen, so würde es ganz was anders geworden sein, so gut sonst alles ist; mit weniger Arbeit hätte sie die 100 Reichstaler, die die Prinzessin ihr geschenkt hat, weit eher verdient – nächstens werde ich Ihnen den Plan zu dem Druck ihrer Gedichte übersenden. Mich dünkt, ich habe Ihnen schon gesagt, daß wir zu ihrem Besten eine Subskription machen wollen. Sie werden es hoffentlich nicht übelnehmen, wenn Sie Ihren Namen unter den Sammlern finden. []

Der Grenadier ist völlig tot. Er starb freiwillig, er wollte seinen Major nicht überleben. []

38

UZ AN GLEIM

Ansbach, 13. März 1762

[] Ich hoffe, der Grenadier soll wieder aufleben, wenn Friede wird. Von ihm muß der Friede besungen werden. Niemand hat den König besser besungen. Alle Nachrichten melden den Frieden mit Rußland. O wenn doch Friede würde, und dieser barbarische Krieg einmal aufhörte! [] Hören Sie gar nichts mehr von Herrn Lessing? Es ist doch schade, daß ein solcher Mann für die Musen verloren sein soll.

39
GLEIM AN UZ

Halberstadt, 29. Mai 1762

[] Morgen wird das Friedensfest mit Rußland zu Magdeburg gefeiret; die Dichterin hat mich in einem Liede dazu eingeladen, ich darf Ihnen nicht sagen, mein liebster Freund, warum ich hiergeblieben bin, Sie möchten es einem Patrioten nicht gutheißen. Der Grenadier würde, durch des Volkes Freudengeschrei sogar, nicht wieder aufleben; er liegt in zu tiefem Todesschlaf. Von der Freundschaft zwischen Friederich und Peter werden einmal alle Musen singen. Ich könnte Ihnen Wunder davon erzählen, aber man erbricht itzt die Briefe, und wer weiß, ob man diese Wunder gern läse. []
Was sagen Sie zu den *Amazonenliedern?* Herr Weiß zu Leipzig soll der Verfasser sein; Sulzer schrieb sie dem Grenadier zu; das tat Uz nicht; meinen Beifall haben sie überhaupt so sehr, als die Vorrede sie nicht hat; doch halte ich die Stelle, in welcher die Amazone ihren Held den Kopf zerspalten, die Brust zerschießen, den Arm abhauen sieht, und nicht in Ohnmacht fällt, für sehr übertrieben, sowie noch einige Stellen bloß für witzig. [] Herr Lessing ist Gouvernementssekretär zu Breslau und schreibt nichts mehr. []

40
GLEIM AN UZ

Halberstadt, 22. Januar 1763

[] Herr Klopstock kam im vorigen Sommer aus Kopenhagen nach Quedlinburg zu seiner Frau Mutter, im Vorsatz, den Winter bei uns zu bleiben. Ich freuete mich, wie eine Braut sich auf ihren Bräutigam freuet, denn er versprach mir, den halben Winter bei mir zuzubringen – aber die Feindin der Freundschaft, die Liebe, hat meine Freude zunicht gemachet. Klopstock sah an dem Orte, an dem ich einmal liebte, das hübscheste und reicheste Mädchen hiesiger Gegend, liebte, wurde geliebt (aber der Vater will schlechterdings seine Einwilligung nicht geben), und nun ist er nur einmal ein paar Tage bei dem Freunde und die übrige Zeit bei dem Mädchen gewesen. Die Messiade ruhet nun wohl. [] Man sagt, der König habe dem Sonderling Rousseau antragen lassen, mit 8000 Reichstalern Gehalt Präsident der Akademie zu werden; nicht 8/m. [8000] Reichstaler hat er geantwortet, sondern Speise, Trank, Kleidung, und die Freiheit, nicht mehr Präsident zu sein, wenn ich es nicht mehr sein will. – Könnten wir uns nicht auch mit so wenigem begnügen? []

41

GLEIM AN UZ

Halberstadt, 4. September 1763

[] Die Frau Karschin hat mir von ihrem Glück Nachricht gegeben. Der König hat sie sich vorstellen lassen und eine lange Unterredung mit ihr gehabt, die sie mir ganz erzählt; sie hat sich ein kleines Haus in Charlottenburg gewünschet, der König hat erforschet, welches es sei, und es ihr gekaufet und geschenket, 200 Reichstaler Pension und freies Holz soll sie dazu haben, sie hat die Ausfertigung dieser Gnadenbezeigungen an dem Tage erwartet, an dem sie mir schreibt. Müssen wir uns nicht schämen, wir männlichen Dichter, daß wir nichts gemacht haben, das einer solchen königlichen Aufmerksamkeit würdig gewesen ist? Ein paar Epigramme nur hat der General Quintus ins Französische übersetzt, und diese haben dem König so sehr gefallen. []

42

UZ AN GLEIM

Ansbach, 7. September 1763

[] Ich danke Ihnen für Ihre Anakreontische Nachahmungen. Sie könnten eigene Erfindungen heißen, da Sie mehrenteils nur wenig von dem Griechen borgen. Aber der Geist Anakreons lebt darin. Sie sind alle sehr schön, nur gefällt es mir nicht, daß die Taube auf den *Schuhen* und dem *Hut* Anakreons, eines *Griechen,* sitzen soll. []

43
GLEIM AN UZ

Leipzig, 22. Mai 1764

[] Sie erwarten ohne Zweifel viel Nachrichten vom hiesigen Parnaß! Bei dreihundert Leuten, die von dem Witz der Skribenten leben, habe ich noch nichts gefunden, das für uns zu sein schien, als: *Fingal,* ein Heldengedicht in sechs Büchern von Ossian, einem alten schottischen Barden. Dieses las ich diesen Morgen mit Bachmann, und wir wurden von den Schönheiten dieses Barden so dahingerissen, daß wir alle Welt darüber vergaßen; Herr Weiß kam zu uns und fand uns noch ohne Hosen um eilf Uhr. []

Man sagt mir, wir hätten gute Hoffnung, unser großer König werde endlich auch für die deutschen Musen groß sein, ich glaube nichts davon. Denn obwohl der König bisher vielen Gelehrten ansehnliche Gehalte gegeben, so ist doch keiner darunter, dessen Verdienst um die deutsche Literatur dazu Anlaß gegeben hätte. Es sind Lehrer der Philosophie, der Rechtsgelehrtheit und Arzneikunst, die man berufen und gut besoldet hat. Zwar hat der König auch Sulzern mit einem Gehalt von 1500 Reichstalern begnadigt; aber er soll dafür das Haupt einer neuen Kriegesschule sein, die der König stiften will, und in dieser Schule wird man wohl wenig deutsch zu lernen haben. []

44
GLEIM AN UZ

(Halberstadt, 13. Februar 1766)

[] Sie, mein bester Freund, sind der einzige, gegen den ich, wegen der Streitigkeit mit R. [*Ramler*], mein Herz ausgeschüttet habe; ich muß mir noch die völlige Beruhigung desfalls dadurch verschaffen, daß ich Sie völlig überzeuge, von meiner Seite sei nicht die mindeste Schuld der aufgehobenen Freundschaft. [] Leider höre ich, daß Herr R. seinen boshaften Charakter bis zur Lästerung treibt und mich für einen Menschen ausschreiet, der in seine Sächelchen so verliebt wäre, daß er die gegründetste und billigste Kritik nicht ausstehen könne. Bei meiner vierundzwanzigsten Fabel sagt

mein Uz: »Dies ist wieder keine Fabel. Es fehlt die poetische Wahrscheinlichkeit, es fehlt eine Handlung, das ganze Stück enthält eine dichterische, aber edele Empfindung meines Gleims.«
Hingegen sagt R.:
»Lieber Dichter! Suchen Sie eine andere Gelegenheit, sich die Miene der Frömmigkeit zu geben, und lassen Sie diese fromme Fabel mitsamt dem ›Wach auf mein Herz und singe‹ in Gottes Namen weg!«
Welche von beiden Kritiken ist die billigste? Spricht nicht mein Uz die Sprache der Freundschaft, und R. die Sprache des hämischen Menschen? [ ]

45

UZ AN GLEIM

Ansbach, 2. November 1767

[ ] Ich habe die *Dramaturgie* gelesen, aber mit Verdruß. Ich verehre Herrn Lessing so sehr, als jemand. Aber die Art, wie er unsern Cronegk mißhandelt, ist unausstehlich, und es erfreut mich, daß man auch in Hamburg darüber unwillig geworden. Er legt ihm offenbare Kleinigkeiten zur Last, und bedenkt nicht, daß der Dichter nicht die letzte Hand an sein Werk gelegt. Hingegen, was daran gefallen, wird den Schauspielern als ein Verdienst angerechnet. [ ] Aber die Eröffnung eines neuen Theaters hat vermutlich ein Opfer haben müssen, und der Gott, der es gefordert, mag ein Gott sein, der keine andern Götter neben sich leiden kann. Bei der heutigen Art zu kritisieren ist es eine schlechte Freude, etwas drucken zu lassen. Man darf sich nur die Rechnung machen, einem großen Mann in die Hände zu fallen, der sich und seine Leser auf Kosten des Autors lustig machen wird. Ich glaube nicht, daß wir schon so viele gute Schriftsteller haben, daß wir junge Genies mehr abschrecken, als ermuntern. [ ]

46

GLEIM AN UZ

Halberstadt, 16. Mai 1770

[ ] Ich, mein Teurester, ich schreibe desto mehr, je mehr man

schimpft und kritisiert, denn ich lese die Scharteken der Skriblers nicht, die sich's unterstehen, über die besten Köpfe Gericht zu halten; diese besten Köpfe sollten gegen die unberufenen Kunstrichter sich vereinigen und sie zu Schanden machen, zum Gelächter mein' ich, damit es auch bei denen, die nur mitsprechen, Ehre würde, von ihnen getadelt zu werden. [ ]
Wieland ist gegen die Kritikasters unsrer Zeit im höchsten Grade aufgebracht. Die »Allgemeine Berl. Bibliothek« soll in ihren letzten Stücken auch mich heftig angegriffen haben, weil die Verfasser glauben, ich stehe mit Klotz in kritischer Verbindung, worin sie sich erschrecklich irren; denn ich bin so wenig mit der »Deutschen Bibliothek« als mit der »Allgemeinen« zufrieden p.
Man lasse sie schmieren, die Schmierer; sie leben davon! und ihre Werke findet man, mit unserm alten Opitz zu reden: Da, wo man an die Wand den bloßen Rücken kehrt!
Wie gefielen meinem Uz unsers Wielands Dialogen? *Unser* können wir ihn nennen, die Sünden gegen meinen Uz hat er dem Apoll und den Musen tausendmal abgebeten; er mag nicht davon hören, sagte mir neulich ein Freund, der ihn persönlich kennt. [ ]

47
UZ AN GLEIM

Ansbach, 3. Oktober 1786

Seit geraumer Zeit lese ich in den Zeitungen immer von dem berühmten Herrn Gleim: Bald ist er zu dem großen König gerufen worden und hat mit ihm über den Zustand der deutschen Literatur konferiert; bald hat er seinen Hut geerbet; bald hat er an den neuen König geschrieben und ihm die deutschen Musen, nicht ohne Wirkung, empfohlen. Ich hätte wohl erwarten können, daß Sie, mein Liebster, selbst von allen Ihren glücklichen Abenteuern an Ihren alten unberühmten Freund einige Nachrichten erteilen würden. [ ]

48

GLEIM AN UZ

Halberstadt, 23. Dezember 1786

[] Von gestern ein Jahr, das ist von dem Tag an, an welchen ich den Einzigen zu sprechen endlich am Ende seines und meines Lebens das Glück noch hatte, bis zu seinem Aufflug zu den höhern Wesen, nicht Tode, wollt' ich alle Tage Ihnen schreiben, und konnte nicht, immer blieb's bei dem Gedanken an meinen Geliebtesten! Endlich, mein Teurer, reiß' ich mich los, von den Banden, den Ketten, die mich fesseln an tausend nur irdische Dinge, reiße mit Gewalt mich los, ehe das Jahr zu Ende läuft, und sag' Ihnen, mein Teurer, vom Gespräch mit dem Einzigen, den ich den Göttlichen künftig nenne, weil Einziger mir nicht genug tut, nichts, weil Sie das Gespräch von Wort zu Wort einst lesen sollen, einst, das ist, nicht lange hin, spätestens im Mai; nichts von seinem Aufflug zu den Unsterblichen, davon geb' ich Ihnen etwas zu lesen, nichts von *allem dem übrigen*, sag' Ihnen nur, daß ich, so schweigend auch ich Ihnen vorkommen muß, nicht schweige, daß ich täglich, bei allen Gelegenheiten, spreche von Ihnen, daß ich mit dem Göttlichen gesprochen habe von Ihnen, daß ich dem Nachfolger des Göttlichen, der öffentlich zum Beschützer unsrer Musen sich erklärt hat, durch die Antwort an mich, die, ohne mein Zutun, in der Berlinischen Hof-Zeitung erschienen ist, daß ich dem das Wahreste noch in diesem Leben sagen möchte von Ihnen, dieses, daß Sie unser Horaz sind, mehr als Ramler und irgendeiner unsrer Dichter, und also, daß Sie verdienten, der Liebling eines Augustus oder Titus zu sein. Titus will der liebe König sein, unsre Dichter nennen schon ihn unsern Titus, er ist's auch, ich aber, Teurer, unter uns, ich *fürchte*, daß er den Beinamen des Allzugütigen einmal erhalten wird – Sie haben recht, es braust in meinem Geist, so alt er ist, von Entwürfen zum Besten unsrer Musen. Wär' ich zu Berlin, so hätt' ich Hoffnung, sie ausbrausen zu lassen – hinzukommen aber, auf hinlängliche Zeit, ist schwer, meine hiesigen Geschäfte binden mich, wär' ich frei, so sollte mein lieber Uz selbst, der doch kein *Geisterseher* ist und nicht so leicht, wie Lavater, Wunder sieht, noch Wunder sehn!

Geduld, mein Teurer. Die Götter werden's fügen, wie's sein soll, werden auch, wenn's sein soll, die Faunen, die unsern Parnaß umschwärmen, in ihre Wildnisse zurückverweisen – wir, mein Teurer, wollen dem schönen Natürlichen bis ans Ende treu verbleiben: die Brauser werden ausbrausen und sterben; Sie, mein teurer Unberühmter, werden ewig leben! [] Wieland übersetzt den Lukian; er, der selbst Lukian sein könnte, sollte nicht Übersetzer sein.

49
UZ AN GLEIM

Ansbach, 15. Januar 1787

Mein teuerster Freund! Ihr lieber Brief vom 23. Dezember des abgewichenen Jahres, den ich aber freilich erst in diesem Jahr erhalten, hat mich sehr erquickt. Es ist ein großer Trost für mich, in meinem Alter doch noch einen, und so vortrefflichen Freund, übrig behalten zu haben, der mit mir sympathisiert. Ich würde sonst wie isoliert in der Welt leben. Alle Freunde meiner Jugend sind dahin. []
Wieland ist dermalen die stärkste Vormauer wider den eindringenden schlechten Geschmack. Er mag in Prose oder in Versen schreiben, so bleibt er der Natur getreu und immer meistermäßig. Die Übersetzung Lukians ist seinem Geiste ganz angemessen, und ich wünsche, so lange zu leben, daß ich sie lesen kann. []

50
UZ AN GLEIM

Ansbach, im März 1795

Liebster Freund! Sie erhalten hierbei alle Briefe, die Sie seit einem halben Jahrhundert an mich geschrieben haben. Eine lange Zeit! Und diese Briefe machten einen beträchtlichen Teil meines irdischen Vergnügens! Ich habe mit Wehmut mich von ihnen getrennt. Aber da jetzt alles gedruckt wird, was man unter den Papieren eines verstorbenen Gelehrten findet, so habe ich beizeiten diesem Unfug vorbeugen wollen. Ich stehe in dem fünfundsiebzigsten Jahre meines Lebens. []

Meine Anverwandten, die meine geringe Verlassenschaft erben, darf ich nicht trauen. Es würde ein herrlicher Fund für einen gierigen Buchhändler sein, wenn er diesen Pack Gleimischer Briefe in die Hände bekäme. Ich könnte mir ein schönes Stück Geld verdienen, wenn ich diese und anderer Freunde Briefe zum Druck hergäbe. Aber so schlecht kann Ihr Uz nicht denken. Die gelehrte Welt würde sie freilich, wegen der Menge interessanter Nachrichten und sinnreicher Gedanken, mit Nutzen und Vergnügen lesen. Aber Sie haben, sonderlich in ältern Zeiten, sehr frei und offenherzig an Ihren Freund geschrieben. Viele Ihrer damaligen Äußerungen möchten Sie vermutlich jetzt nicht gern gedruckt sehen. Sie haben Brüder und Schwestern, die Ihren literarischen Nachlaß, und auch meine an sich nicht so erhebliche Briefe, nicht in ungewaschene Hände werden kommen lassen [].

51

GLEIM AN UZ

Halberstadt, 22. Mai 1795

Ihr Schreiben, liebster Freund, vom — — — März erhalt' ich nebst dem Denkmal unsrer Freundschaft erst diesen Augenblick, und eile, von der geschehenen Einhändigung Nachricht Ihnen zu geben! Sie sind der Mann, der Freund, für den ich immer Sie hielt! Von allem, was ich in den fünfzig Jahren Ihnen schrieb, möge die ganze Welt alles zu lesen bekommen, es wäre mir gleichgültig, denn alles ist wahr, ist aus dem Herzen Ihres Freundes geflossen, besser aber ist, daß sie's nicht alles zu lesen bekommt. Als ein Heiligtum wird's im Tempel der Freundschaft niedergelegt! In uneingeweihte Priesterhände kommt nichts, dafür wird bestens gesorgt! Ein naher Anverwandter wird Verwahrer, und so geht's auf die Nachwelt fort. »Archiv der Freundschaft« ist der Bücherschrank, der den Briefwechsel mit meinen Freunden enthält, überschrieben, und zu diesem Archiv hat nur der beeidigte Bücherverwahrer den Schlüssel. Also sein Sie, wegen Ihrer Briefe, nur immer unbesorgt; diese send' ich Ihnen nicht zurück, sie sind und bleiben ein Denkmal unsrer Freundschaft. []

Von den Lessingischen Briefen sagt man, daß viele viel Unheil angerichtet hätten; die besonders, die ein ewiges Geheimnis wegen häuslicher Angelegenheiten hätten bleiben sollen!
Mehrmalen dacht' ich an ein Denkmal der Freundschaft; von jedem meiner Freunde zwei oder dreie der interessantesten Briefe wollt' ich abschreiben lassen und zum Druck befördern! Geschieht's noch, so soll mein Uz mit meiner Wahl der seinigen gewiß zufrieden sein! []

ANNA LUISE KARSCH
1722–1791

Die Bauerntochter aus dem Kreis Schwiebus wuchs in erbärmlichen Verhältnissen auf und traf es mit ihren beiden Männern, dem prügelnden Weber Hirsekorn und dem trunksüchtigen Schneider Karsch, nicht besser. Bis ein Landjunker ihr erstaunliches Talent im Verfassen von Gelegenheitsgedichten entdeckte. Er schickte sie 1761 nach Berlin, wo sie bald in gebildeten und poetischen Zirkeln bestaunt wurde. Sulzer, Ramler, Gleim, Chodowiecki nahmen sich des literarischen Findelkinds an. Sie geriet in den Sog der Anakreontik, die unverbildete Dorfliesel wurde zur deutschen Sappho, fühlte sich als solche und unterschrieb sich in vielen Briefen auch so. Der Widerspruch blieb unauflöslich. Was die Karschin an Gleim zuerst bewundert hatte, waren seine einfachen Grenadierslieder, die durchaus ihrer Gefühlslage entsprachen; aber das antikische Spiel des Protektors, der ihr einen Drucker und ansehnliche Honorare verschaffte, mußte ihr schließlich wie ein Traum von einer besseren Welt gefallen. Gleim wurde ihr Herzensfreund, an den sie eine platonische Liebessehnsucht verströmte, die vormals bei den Prügeln und Räuschen ihrer Männer nicht hatte aufkommen können. Was Gleim in ihr sah, nämlich zuallererst die literarische Delikatesse, zeigt sein Briefwechsel mit Ramler und Uz. Die Karschin hat das Spiel ernster gemeint als er, noch im zeitweiligen Zerwürfnis, doch schließlich blieben sie Freunde fürs Leben, wobei auf ihrer Seite Dankbarkeit wohl nicht das schwächste Motiv gewesen sein dürfte. War es ein Verhängnis, daß sie, dieser Freundschaft wegen, manchmal ein lächerliches Kostüm trug? Vielleicht. Aber die Gesellschaft hatte zuletzt keine andere Rolle für sie, weil es keine andere für sie gab. Und sie selbst suchte keine andere, weil ihr die eine schon mehr schien, als sie vom Schicksal zu erwarten hatte. Ihr wurde nicht bewußt, weshalb man sie bestaunte; und sie nahm den von ihr bewunderten und besungenen König sogar dann noch ernst, als er ihr das Häuschen, das er ihr versprochen hatte, nicht gab (erst sein Nachfolger, Friedrich Wil-

helm II., löste das Versprechen ein). Als Poetin, ja sogar als Original, war sie kein brauchbares Exempel für eine bürgerliche Dichtung, die ihre Ästhetik in der Antike und ihre Lizenzen an Höfen suchte, und daraus folgt ihr soziologischer Fall: das Jahrhundert war zu ahnungslos, um der Proletarierin Karsch mehr widmen zu können als eine flüchtige Ekstase. Ihre literarische Existenz hält durchaus den Vergleich mit dem leiblichen Schicksal Kaspar Hausers aus. Eine Woge des Wohlwollens trug sie empor. Der Mord erfolgte durch Gleichgültigkeit.

52
DIE KARSCHIN AN JOHANN WILHELM LUDWIG GLEIM

Berlin, 14. Mai 1761

[] Der Lenz, der Morgen meiner Tage, ist unter traurigem Gewölke dahingegangen, und der Mittag meines Lebens war niemals vor überhängenden Ungewittern heiter: Nun bin ich im Herbst und das Glück bringt mir in beiden Händen zulächelnde Früchte eines Fleißes, der unter allen Mühseligkeiten noch Erquickung für mich war. Meine Freunde sind das kostbarste Geschenk meines Glückes. Ich vertausche sie nicht für Reichtümer. Sie gehören mit unter diese Abgötter meines Herzens, und Sie müssen eine von den ersten Stellen haben. Bald, bald sollen Sie nach Berlin kommen, aber vermuten Sie keine schöne Sappho, nein, eine dichterische finstere Stirne, ein paar blaue, wenig sprechende Augen und einen Mund, der nicht nach den Lippen der Grazien geformt ward, um geküßt zu werden: Sehen Sie mein ganzes Bild, doch mein Herz, da ist die Natur gütiger gewesen, dieses ist ganz Gefühl, ganz Freundschaft, so wie es den Dichtern geziemt. Ich soll Ihnen viele Grüße sagen von diesem erkäuflichen Herzen, es regiert meine Feder und es erinnert mich itzt an Ihr Geschenk. Himmel, von einem Dichter zwanzig Taler zu Büchern! Neidische, bösartige Welt, es gibt noch edeldenkende Seelen in dir. []

53

DIE KARSCHIN AN JOHANN WILHELM LUDWIG GLEIM

Berlin, 8. Juni 1761

Mit der ganzen Ungeduld des Herzens suchte ich Sie, mein liebster Freund, ich durchstrich die schattichten Gänge sich küssender Birken, ging bei die Bildsäule der Venus, blickte dreimal hinaus, horchte einen Augenblick, wie die Nachtigall sang und ging wieder zurücke. Ich fand Sie, und wie kurz war diese kostbare Stunde, warum mußten Sie sich fortreißen? Ich glaubte, den Widerwillen bemerkt zu haben, mit welchem Sie gingen, oder irr' ich mich? War in Ihrem Auge Verdruß wegen der Tändeleien, welche ich Ihnen gab? Lassen Sie mir doch diese kleine Enthusiasterei in der Freundschaft. Aber wann seh' ich Sie, mein empfindbarer Freund? Denken Sie, daß es nicht zu bald geschehen kann, und niemals zu lange. [] Ich sehe Sie itzt diesen Augenblick, Sie sitzen bei mir, ich überreiche Ihnen noch einmal die besungene Dose und ich wiederhole diese Worte, auf die Sie gestern nicht Acht hatten. Ich sage:

Gefällt die Dose Dir so gut wie das Gedichte
O Freund, so sei sie dein.
Sie würde mir um Gold von doppeltem Gewichte
Nie feil gewesen sein.
Dir aber gäb ich itzt, säß ich auf einem Throne,
Zuerst mein Herz und dann von meinem Haupt die Krone.

Warum bin ich nicht groß, angesehen, mächtig? Eitler Wunsch, wozu nützt er? Ich bin ja doch Sappho, ich bin Ihre zärtliche Freundin A. L. K.

54

DIE KARSCHIN AN JOHANN GOTTFRIED SULZER

Halberstadt, 29. September 1761

Ich schreibe Ihnen, mein Verehrtester, aus dem gotischen Hause unseres Geliebten. [] Alte Schildereien lächeln um uns her, aber der Tag ist nichts so heiter als Gleim. Ihm umwölkt keine hypochondrische Wolke die Stirn, er ist ganz Vergnügen. Bei meiner Rückkunft werden Sie mich mit einem Ringe prahlen sehen, der von dem Besatz ausgesuchter Steine um und um blitzt. Ich erhielt ihn den zweiten Tag meines Hierseins von dem Domdechant auf die galanteste Art. Er war, mit kleinen Lorbeerblättern umwickelt, einem Mädchen von Porcellaine aufgesetzt, die, mit Huldgöttinnen umgeben, zwischen grünen Ehrenbogen stand. Gleim aber reichte mir diesen Kranz auf einer herzförmichten Pfirsich mit Backwerk umpflanzt. Ich zähle die Tage unter heimlichem Gram, daß ihrer so wenig sind. [ ]

55

DIE KARSCHIN AN JOHANN WILHELM LUDWIG GLEIM

Magdeburg, 28. März 1762

[ ] Von jeher hab' ich die Nachahmung verabscheut, und der Versuch, den ich noch machen wollte, mißlang mir. Einstmals entschloß sich meine Muse, wie Gellert zu erzählen. Welch ein erbärmlicher Zwang! Ich ließ die Feder sinken und schrieb in fünf Jahren keine Erzählung mehr, bis ich Ihnen, mein liebster Freund, anfing zu erzählen und weder an Gellert noch an Hagedorn dachte. Die Geschicklichkeit eines Kunstrichters werd' ich nie erlangen, das Zergliederungsvermögen fehlt mir. Ich konnte schon vor sechs Jahren sagen, Klopstocks zweiter Teil der Messiade ist weniger fürtrefflich als der erste, aber von Stelle zu Stelle Fehler aufzusuchen, o dazu hab' ich nicht Geduld. Meine Dichtkunst, meine Beurteilung, meine Freundschaft und meine Liebe, alles ist Empfindung.

Wir müssen uns niemals in unseren Werken selbst gefallen, dieses verblendet, daß man die Fehler unbemerkt läßt. Wir müssen unsere Stärke kennen und ein Vertrauen in sie setzen. Wir müssen, Young sagt's und ich weiß es, eine Art von Ehrfurcht für unser Genie haben. Große Originale müssen uns anfeuern, aber nicht kleinmütig machen. Daher kommt es, daß ich immer lieber die besten Schriftsteller in Prosa gelesen, als die größten Dichter. Eine weitläufige Belesenheit ist nicht für mein Genie, Bücher, die nicht mit meiner Empfindung harmonieren, nützen mir nichts. Drei Seiten in Xenophon nähren meinen Geist mehr, als dreißig im Zuschauer, abstrakte Begriffe sind außer meiner Sphäre. Ich lese diese

Art von Schriften ohne Gefühl, so rauschen trockene Wolken unfruchtbar über die Flur weg. [ ]

56

DIE KARSCHIN AN JOHANN WILHELM LUDWIG GLEIM

Berlin, 15. August 1763

Siebzehn Tage, bester Freund, verweilt ich im schönen Potsdam und kam in Gesellschaft meiner freundlichen Wirtin nach Berlin und zum Besuche und fand die Briefe meines lieben Gleim und freue mich nun, daß ich ihm viel Angenehmes melden kann.

Friedrich der Große, der beste Friedrich, hat das letzte Gewölke meines Mißvergnügens zerstreut. Sie müssen nun ihn mehr noch segnen, als jemals, weil er Ihre Freundin vor jeder Sorge des Lebens in Schutz nimmt.

Seydlitz, der General, ergriff den schönsten Augenblick, meine Lieder ihm zu geben; es geschah am vorigen Montag beim Abendessen, als der Obrist Quintus dem Könige ein übersetztes Stück von mir übergab. Es betraf, was ich schrieb, den berühmten Franzosen [*d'Alembert*], der in Rußland hunderttausend Rubel ausschlug, die ihm wegen der Erziehung des künftigen russischen Thronbesitzers angeboten waren. Das Seitenstück zu diesem kleinen Gedicht war eine andere gleich flüchtig hingeschriebene Phantasie an den Obristleutnant von Anhalt, die besagte, daß ich weder Pracht noch große Zinsen verlangte: mein heißester Wunsch wär' eine kleine ländliche Hütte, wäre ein Garten um sie. Anhalt las die kleine Phantasie und warf sie dem Übersetzer Quintus hin. Diese zwei Kinder meines Genius empfahlen in ihren französischen Überröcken dem Könige ihre deutsch gekleidete Schwester.

Die Ode *An meinen Geist wegen der Unmöglichkeit, dem König zu singen,* und die andere über den weinenden Amor in Charlottenburg, wurden gelesen. Man unterhielt sich den ganzen Abend von meinen Liedern. Vermutlich hatte der General von meinen *Triumphgesängen* hinzugetan.

Der König verwunderte sich über meine Bekanntschaft mit dem Horaz, dem Homer, dem Pindar, und fragte den General, ob ich in Potsdam noch sei, wo ich wohnte? Den andern Morgen schickte Quintus ganz früh und ließ mich einladen. Sein erstes war, mir zu sagen, daß Friedrich mich sehen wolle. Bald darauf ging ich hinaus nach Sanssouci. Die Edelknaben umringten mich und wünschten mir Glück. Freund Seydlitz aber mußte den Monarchen nicht heiter genug gefunden haben. Er sagte, man müßte mich heut ihm nicht vorstellen. Also ging ich zurück. Den Tag darauf fragte der König mit einer Art Ungeduld nach mir, fragte, warum man mich nicht vorgestellt hätte!

Die fünfte Nachmittagsstunde des 11. August war diejenige, in der ich zum Marquis d'Argens gerufen ward. Er und Herr von Katt, Vorleser des Königs, stellten mich vor. Ich stand im großen Marmorsaal, aus welchem vor etlichen Tagen die Prinzessinnen in den Vorhof tanzten: zehntausend Lampen erhellten den Saal. Hier stand ich und erwartete den Monarchen, den großen, welchen ganz Europa, welchen Indien kennen will. Das Herz klopfte mir in zwölf gewaltigen Schlägen hoch empor, doch gewann ich soviel Zeit, daß ich meine Lebensgeister, ehe der König die Tür aufmachte, noch ganz gut in Ordnung bringen konnte. Nun aber trat er herein:

Ist Sie die Poetin?

Ja, Ihro Majestät, man nennt mich so.

Sie ist doch aus Schlesien?

Ja, Ihro Majestät. []

Aber wo ist Sie geboren?

Auf einer Meierei, wie Horaz eine gehabt hat.

Sie hatte, sagt man, niemals Unterweisung?

Niemals, Ihro Majestät, meine Erziehung war die schlechteste.

Durch wen aber ward Sie eine Poetin?

Durch die Natur und durch die Siege von Eurer Majestät.

Wer aber lehrte Sie die Regeln?

Ich weiß von keinen Regeln.

Von keinen Regeln? Das ist nicht möglich. Sie muß doch das Metrum wissen.

Ja, Ihro Majestät, aber ich beobachte das Metrum nach dem Gehör und weiß ihm keinen Namen zu geben.

Wie denn kommt Sie mit der Sprache zurecht, wenn Sie sie nicht lernte?

Meine Muttersprache hab' ich so ziemlich in der Gewalt.
Das glaub' ich, was die Feinheit betrifft. Wie aber steht's mit der Grammatik?
Von der hab' ich die Gnade, Euer Majestät zu versichern, daß ich nur kleine Fehler mache.
Man muß aber keine machen. (Er lächelte.) Was liest Sie denn?
Plutarchs Lebensbeschreibungen.
Wohl auch Poeten?
Ja, Ihro Majestät, zuweilen auch Dichter: den Gellert, den Haller, Kleist, den Uz und alle unsere deutschen Dichter.
Aber liest Sie nicht auch die Alten? Man hat doch Übersetzungen?
Ein paar Gesänge des Homer, von Bodmer übersetzt, und den Horaz von Lange las ich.
Also den Horaz? Hat Sie auch einen Mann?
Ja, Ihro Majestät, aber er ist von Ihren Fahnen entlaufen, irrt in Polen umher, will wieder heiraten und bittet mich um die Scheidung, die ich ihm verwillige, denn er versorgt mich nicht.
Hat Sie Kinder von ihm?
Eine Tochter.
Wo ist die?
Zu Berlin. Hofrat Stahl bezahlt für sie.
Ist sie schön?
Mittelmäßig, Ihro Majestät, sie hat keine schöne Mutter.
Diese Mutter war doch wohl einmal schön?
Ich bitte untertänigst um Vergebung, sie war niemals schön. Die Natur vergaß den äußeren Putz an ihr.
Wie wohnt Sie denn?
Oh, Ihro Majestät, sehr schlecht. Ich kann kein Haus bekommen in Berlin, und um Eurer Majestät eine Idee zu machen von meiner Wohnung, muß ich bitten, eine Kammer in der Bastille zu Paris sich zu denken.
Aber wo wohnt Sie eigentlich?
Im alten Konsistorium, drei Treppen hoch, unterm Dach.
Wovon lebt Sie?
Von Geschenken meiner Freunde. [ ]
Wenn Sie Lieder in den Druck gibt, was gibt man Ihr für den Bogen?

Nicht viel, Ihro Majestät, ich ließ acht Lieder auf Ihren Triumph drucken.
Und was gab man Ihr?
Nur zwanzig Taler.
Zwanzig Taler? In Wahrheit, davon lebt man nicht lange. Ich will schon sehen, will sorgen für Sie.

Mit diesen Worten entließ mich der König. Ich taumelte den Saal hinaus, General Lentulus begegnete mir, ich weiß nicht, was ich ihm sagte. [ ]

57
DIE KARSCHIN AN JOHANN WILHELM LUDWIG GLEIM

Berlin, 17. August 1763

Bewundern Sie, mein liebster Gleim, bewundern Sie das außerordentliche Glück Ihrer Freundin. Heute wird ihr größter, ihr göttlicher Vater Friedrich die Ausfertigung unterzeichnen, er verschafft seiner Sängerin das Haus in Charlottenburg, das sie sich ausersehen hatte, und er gibt ihr jährlich 200 Taler Pension und Freiholz. Sehn Sie nur, sehn Sie also, daß es dem Schicksal gefallen hat, mir meinen einzigen Wunsch zu gewähren. Ich wünschte mir niemals etwas so heftig, als einen eigenen Winkel, und man muß erstaunen, wenn man hört, daß der König sich für die Phantasie eines wünschenden Weibes erklärt. [ ]

58
DIE KARSCHIN AN JOHANN WILHELM LUDWIG GLEIM

Berlin, 16. August 1768

[ ] Sie geben mir in Ihrer aufbrausenden Hitze sehr schröckliche Namen, Sie machen mich zum Ungeheuer, alle die Flüche, womit Ihr bandenloser Zorn einst Ramler belegte, treffen itzt mich und würden mein Gemüte zu Boden schlagen, falls ich nur einen verdiente. Aber ich bin so ruhig wie der Wanderer auf dem hohen Ufer des tobenden Meeres, ebenso unerschüttert als der Fels, an welchen die wütende Welle schlägt und wieder zurückprallt. Nennen Sie mein Herz schwärzer als die Hölle, sagen Sie, daß Sie mich hassen

wollen; dennoch wird es Ihnen entgegenrufen, daß dieses Herz, das so abscheulich genannt wird, nicht aufhören kann, Sie zu lieben. Aber geben Sie sich keine Mühe, dasjenige, worüber ich in meinem vorigen Briefe unwillig schien, zu bemänteln oder zu leugnen.
Ich verehre in Ihnen den Menschen viel mehr als den Dichter, und dieser Mensch ist mir mit allen seinen Fehlern, mit der Heftigkeit seines Jachzorns teuer. Ihre Drohungen, mich auszustreichen, nicht mehr mein herzlicher Freund zu sein, sind eben diejenigen, die mich anno 63 auf dem Rande der Spree zittern machen wollten. Sie verfuhren hart mit mir, nannten mich undankbar und verbaten allen ferneren Briefwechsel. Ich lächelte beständig Ihrem Poltern entgegen und blieb ruhig, wie ich itzt bleibe. Mein Gewissen beschuldigt mich keiner Unwahrheit in dem, was ich schrieb. Ich erlaube Ihnen gern, alle die tausend Briefe, die Sie von mir haben, in Asche zu verwandeln. Es wird für mich nichts leichter sein, als in Zeit von sieben Jahren die Anzahl zu verdoppeln, und bei dem Schlusse jedes Briefes will ich am Ende der sieben Jahre so wie heut mich unterschreiben, daß ich Ihre wahrhaft ergebene Freundin bin und bleibe, Sappho

59

DIE KARSCHIN AN JOHANN WILHELM LUDWIG GLEIM

Berlin, 26. April 1789

[] Es sei Ihnen kundgetan, liebster Freund, daß ich in meinem Hause mich mit weniger Kränkelei, mit ziemlicher Gesundheit, aber mit desto mehr Kümmernis befinde. Schon wurden mir neulich vier Mann Husaren angesagt zur Einquartierung. Meine Vorstellung und die Vorstellungen meiner Tochter halfen nichts bei den Herren der Servicekommission. Ich mußte die bärtigen Kriegsmänner mit acht Talern fortschaffen, denn ich habe so wenig Bequemlichkeitsraum, daß selbst in meiner Wohnstube mein Bette aufgeschlagen werden mußte. Ich hatte noch nicht die Schlüssel zum Hause, war noch nicht eingezogen, und sollte schon Quartier geben. Gott weiß, ob mir nicht in den Revuetagen wieder andere vier Mann zugeschickt werden, die ich auch abkaufen muß mit Talern. Nun kommt noch Service und Grundzins, noch Feuerkassengeld hinzu, und ich wohne dann hier gegen Bezahlung von fünfzig Talern jährlich, zwar sehr hübsch, aber nicht so, wie ich's wünschte, weil mir immer eine bequeme Polterkammer, weil mir sogar ein eigenes Schlafwinkelchen fehlt. Nach Steigerung der Mietzinse meiner beiden Etagen nehm' ich vielleicht künftig Jahr hundertunddreißig Taler ein. Dies ist alsdann der ganze Vorteil, den ich aus dem königlichen Geschenke ziehen kann. Der Hauptvorteil ist, daß es ein sicheres Erbteil bleibt für meine Kinder. [ ]

60

DIE KARSCHIN AN JOHANN WILHELM LUDWIG GLEIM

Frankfurt a. d. Oder, 14. August 1791

Mein bester Freund. Hier bin ich schon seit dem 23. Juni, hier wo die zerschmetterten Gebeine des ewig verehrten Kleists in Asche verwandelt unter einer Pyramide ruhen. [ ]
Ich hatte weder Kraft noch Mut zu sprechen, ich ging gemeiniglich mit Fieber zu Bett, schlief wie eine Ährenleserin die ganze Nacht durch und ward alle Morgen schwächer. Ich freute mich darauf, den Entkräftigungstod des Greises Daries zu sterben und hier begraben zu werden. [ ]

61

DIE KARSCHIN AN JOHANN WILHELM LUDWIG GLEIM

Frankfurt a. d. O., September 1791

Ich fürchte mich vor der Heimreise, denn wenn ich nun auf dem halben Wege irgendwo krank liegen bliebe bei stockfremden Menschen, wie traurig wäre das. Auch grauet mir vor dem Eintritt in mein Haus. Neulich logierten Fremde aus Hamburg zehn oder zwölf Tage darin, mir ward nichts wissend gemacht. Gefällt Ihnen dies? Ich zweifle sehr! [ ]
Ach, ich hatte seit einiger Zeit alle Denkkraft verloren, alles fiel mir schwer, was ich auch schrieb. Gott erhalte Sie gesund, mein teurer Freund. Grüßen Sie Ihre Nichte und jede Seele, die noch Anteil nimmt an dem Leben Ihrer mühseligen Freundin Anna Luise Karschin

FRIEDRICH GOTTLIEB KLOPSTOCK
1724–1803

Auf dem Gymnasium entwarf der Quedlinburger Advokatensohn ein deutsches Heldenepos, und während des Theologiestudiums in Jena und Leipzig schrieb er drei Gesänge seines Christus-Epos »Der Messias« mit dem erklärten Ziel, Homer und Milton in deutschen Hexametern zu übertreffen: »Sing, unsterbliche Seele, der sündigen Menschen Erlösung.« Das Fragment erschien 1748 in den »Bremer Beiträgen« und brach mit der Gewalt einer vulkanischen Eruption über die literarische Landschaft herein; Gottsched und seine Anhänger höhnten und persiflierten vergebens dagegen. Den frühen Ruhm hat Klopstock freilich teuer bezahlt: Die Vollendung des schwungvoll begonnenen Werks wurde zur Fleißarbeit, die ihn fünfundzwanzig Jahre kostete; die letzten Gesänge seiner Messiade wurden vom Publikum kaum mehr beachtet. In der Zwischenzeit aber arrivierte der tränenselige Dichter, dessen molluskenweiches Herz ein jahrelanges, schüchternes Liebesgetändel mit einer Kusine kaum überstand, zum Starautor einer empfindsamen, religiös-pietistischen Odendichtung. Daneben versuchte er sich in Patriarchentragödien (»Der Tod Adams«, »Salomo«, »David«) und, dem Ossian und vermeintlichen germanischen Barden nacheifernd, in einer nationalen Hermann-Trilogie, die zwei Jahrzehnte nach der Messias-Woge eine groteske Bardenmode hervorrief. Zuletzt alterte Klopstock zum lebenden Anachronismus heran. Die amerikanische Unabhängigkeit, die Französische Revolution begrüßte er zwar mit Oden, aber das Bürgerdiplom, das ihm Paris dafür verlieh, schickte er während der Rasereien des Konvents zurück. Klopstock hat das Material für seine schon beim reifen Goethe beginnende Verkennung zu Bergen gehäuft, und doch geschah ihm damit Unrecht: Seine Schriften sind Experimente und fruchtbare Anregungen. Er formte die Kunstsprache wieder aus der Volkssprache (wie er sie verstand) – das war sogar da noch revolutionär, wo er selbst wieder in unklarem Schwulst endet, wie häufig im »Messias«, wenn schwer faßliche Visionen den Vers überfordern.

Sein daran anschließender Versuch einer vereinfachten deutschen Orthographie wurde von den Zeitgenossen freilich überhaupt nicht verstanden, ebensowenig sein Entwurf einer »Deutschen Gelehrtenrepublik«, der, wenn auch formal antiquiert und skurril genug, so etwas wie ein organisiertes Auftreten der Vernünftigen, und damit auch der Schriftsteller, als Idee heraufdämmern läßt. Seinen Kollegen in Brotdiensten lag der Gedanke noch fern; Klopstock freilich hatte »nur« als Dichter gelebt, von 1750 bis an sein Lebensende vom dänischen Hof und später auch vom badischen Markgrafen gesichert durch Gehalt und Pension — der erste Berufsliterat Deutschlands.

62

KLOPSTOCK AN FRIEDRICH VON HAGEDORN

Langensalza, 19. April 1749

Hochedelgeborner Herr, wie ungemein und empfindlich war das Vergnügen, das mir ihr letzter Brief verursachte. Nach langen melancholischen Wintertagen war mir die Freude vorbehalten, an einem Tage zwei freundschaftliche Briefe von Ihnen und *Bodmern* zu erhalten, und von Ihnen beiden zu erfahren, wie zärtlich Sie für mein Glück, das ist meine Muße, besorgt sind. Einen König, der für mein Glück sorgte, würde ich deswegen nicht so lieben, als ich Sie wegen Ihrer edelmütigen Freundschaft liebe. [ ]

Wie süß und liedervoll würden mir die Tage der Muße und Freiheit bei Ihnen verfließen! Aber ein mächtiges liebes Mädchen, die der britannischen *Singer* gleicht, hat zu viel Gewalt über mein Herz. Sie weiß es, und läßt mich die Schmerzen der Liebe noch immer empfinden.

Was für ein Buch müßte ich Ihnen schreiben, wenn ich Ihnen das letztverflossene Jahr meines Lebens beschreiben sollte.

Ich will Ihnen mein jetziges Schicksal so kurz, als ich kann, ausdrücken.

Das Glück bezahlt mir nicht das Gold der ganzen Erde,
Wenn auch mein Herz nur wähnt, daß ich geliebet werde.

Wie glücklich, wie unaussprechlich glücklich würde es für

mich sein, wenn ich einst bei Ihnen (denn ich komme gewiß einmal zu Ihnen) nur »Zährchen süßer Lust« verweinen könnte! Klagen Sie mich immer wegen meiner zu großen Empfindlichkeit an, aber verzeihen Sie mir auch dieselbe, wenn ich Ihnen sage, daß es zu meiner Ruhe schlechterdings nötig ist, daß ich Ihnen einige vielleicht zu melancholische Oden nicht abschreibe. Ich kann den Blick in diese Gegend jetzt nicht aushalten. Zwei kleine Gedichte, die aber von diesen Oden an Traurigkeit übertroffen werden, sind gedruckt, das letzte wider meinen Willen, durch die Anstalten des kleinen bösen *Giseken.*
Das erste ist eine Elegie in dem letzten Stücke der »N. B.« [*Neuen Beiträge*], das zweite eine alkäische Ode an *Daphnen* im dritten Stücke der Sammlung vermischter Schriften von den Verfassern der N. B. Zu der Elegie habe ich diesen Zusatz gemacht. Nach den Versen:

Eil nicht so! doch mit welchen Namen soll ich Dich nennen?
Die Du unaussprechlich meinem Verlangen gefällst!
Wirst Du *Fanny* genannt? Ist *Singer* Dein heiliger Name?
Singer, die *Joseph* und den, welchen sie liebte, besang.
Heißest Du *Laura?* welche der liedervolle *Petrark* sich,
Königen und Weisen, sie zu bewundern, besang?
Laura! Fanny! ach, *Singer!* Ja, *Singer* nennet mein Lied Dich,
Wenn im Liede mein Herz halb gesagt Dir noch gefällt.
Denn wo ist er, der göttlichste Jüngling der liebenden Dichter,
Der, wie sein Herz sie empfand, der so die Liebe besang?
Meine *Singer,* ach, eile nicht so, damit Dir kein Dorn nicht — —

[ ] Ich wollte Ihnen sagen, daß ich *Glovern* auch meine Liebe offenbaren wollte. Ich setze voraus, daß *Glover* ein Mann ist, wie er schreibt (denn es ist beinahe unmöglich, daß er anders wäre), daß er daran hält, daß auch junge Bemühungen nach Verdiensten ihrer Belohnungen würdig sind, kurz, daß er sich gegen mich aufführt, wie ich mich gegen ihn aufführen würde. Sind Sie imstande, mir einige Nachrichten, die zu meinem Endzwecke gehören, zu geben, so werden Sie mich Ihnen dadurch ungemein verbinden. Sehr angenehm würde mir es sein, wenn es bald geschehen könnte. Ich bitte mir auch in dieser Sache Ihren freundschaftlichen Rat aus. Sollte er da-

hin ausfallen, daß es Ihre Meinung auch wäre, an *Glovern* zu schreiben, so bin ich entschlossen, Ihnen den Brief offen zuzuschicken und es Ihnen zu überlassen, nach Ihrem Gutbefinden etwas darin zu ändern; dann werde ich Ihnen auch die deutsche Originalode mitschicken. [ ]
Gütiger Himmel! Wie nahe ist das ganze und eigentliche Glück meines Lebens jetzt um mich! Wie nahe! Vielleicht mich in desto dunklere Gegenden zu versetzen, wenn ich mich noch wieder davon entfernen muß. Ich bin ganz allein ihretwegen hierher gegangen. Sie allein beschäftigt meine ganze Seele! [ ]

63

KLOPSTOCK AN NIKOLAUS DIETRICH GISEKE

Langensalza, 12. Juni 1749

[ ] Ach, wie glücklich bin ich jetzt, mein lieber, kleiner Giseke. Wir haben's zwar einander noch nicht ausdrücklich gesagt, daß wir einander lieben; aber wir lieben wohl gewiß einander.

Wie stolz war ich, sie zu gewinnen,
Auch dieser Ruhm verewigt sich!
Beneidet sie, ihr Schäferinnen,
Und Könige, beneidet mich!

Aber Du mußt bis zur Ausschweifung geheimnisvoll mit dem sein, was ich Dir itzo gesagt habe. Es könnte mir die kleinste Bekanntmachung schaden. Wenn Du an mich schreibst, so schreibe so, daß *Fanny* alles lesen kann. Es versteht sich, daß Du Deine Schmerzen deswegen nicht verschweigen darfst. *Fanny* ist einmal bald eine ganze Viertelstunde böse mit mir gewesen, daß ich ihr Deine Briefe nicht habe zeigen wollen, und ich habe es auch noch nicht getan. Man fürchtet bei der Liebe alles, Du wirst es schon wissen. Ich fürchtete, die Härtigkeit Deines Mädchens könnte mir schaden. [ ] Gestern war ich bei *Fanny*. Ich traf sie beim Lesen einer französischen Übersetzung von den Briefen Abälards und der Heloïse an. Ach, was für süße Sachen hat sie mir von diesen Briefen vorgesagt! Doch, ich will mich nur gar nicht ins Beschreiben einlassen. Wann würde ich zu Ende kommen? Ich will's hier noch einmal wiederholen, laß Du Dich ja ganz und gar ins Geheimnisvolle ein. Ich muß doch noch was schwatzen. Wir haben die *Lettres de Babet* miteinander gelesen; da sagte sie, sie wollte mir ihre beiden liebsten Briefe zeigen, und in diesen beiden liebsten Briefen sagte es Babet zum ersten Male, daß sie liebt.

Das Glück bezahlt mir nicht das Gold der ganzen Erde,
Wenn Sie mich's merken läßt, daß ich geliebet werde. [ ]

64

KLOPSTOCK, GLEIM UND SCHMIDT AN JOHANN ADOLPH SCHLEGEL

Halberstadt, 12. Juni 1750

Mein liebster Schlegel, Sie dürfen nicht denken, daß Sie und Cramer itzt allein glücklich sind. Ich bin itzt bei *Gleimen* und *Schmidten*, und wir nehmen es mit Ihnen im Vergnügen auf. Das aber ist ein großer Teil unsers Glücks, daß wir zusammen an Sie schreiben. Ich habe Sie recht sehr lieb. Ich würde es Ihnen weitläufiger sagen, wenn ich nicht den andern beiden Herren auch was überlassen müßte. Ihr Klopstock

Mein liebster Herr Schlegel, was wäre das für ein Mensch, der Sie kennte und nicht liebte? Ich segne den Tag, der Sie mir in Leipzig gegeben hat. Was für ein glückseliger Tag! Er hat gemacht, daß ich die Freunde, die ich bisher nur geehrt hatte, nun auch lieben darf. Er ist schuld, daß ich *Klopstock* und *Schmidt* bei mir sehe. Ach, wenn sie doch immer bei mir sein könnten! Wenn *Cramer* und *Schlegel* doch auch bei uns wären; *Cramer* als Bischof des Landes, und *Schlegel* nur als Domherr. Ich wäre dann ihr Sekretär, und *Schmidt* sollte unser Choral sein. Denn er kann doch gar zu gut singen. Er wollte wohl lieber Probst im Kloster sein. Aber dazu schickt er sich nicht gut; denn kann er wohl so gut küssen als singen? Ihr Gleim

Mein lieber Herr Schlegel. Ich bin auf *Gleimen* beinahe unwillig, daß er mich durch seine Beschuldigung, daß ich nicht gut küssen könnte, verhindert, Ihnen weitläufig zu schreiben, wie lieb ich Sie habe. Er hat mich recht in Hitze gebracht. Mir so an die Seele zu greifen! Mir, an dessen Lippen und Talente zum Küssen die Götter mehr Kunst verschwendet, als an der ganzen Schöpfung der Pandora: mir, gegen dessen Ruhm im Küssen gerechnet *Gleim, Klopstock* und alle Welt nichts als ein ignobile vulgus [*unbedeutender Haufe*] ist; mir, an dessen Grabe Enkel und Enkelinnen einst klagen werden: »Ach! Daß der Jüngling starb!« Weil ich mit allen ihren Müttern Mitleid gehabt und sie alle küßte. Habe ich nun *Gleimen* genug widerlegt? Mein lieber Herr *Schlegel,* lassen Sie mich ja nicht einmal Ihr Mädchen küssen, denn sie wird nachher haben wollen, daß Sie mir es nachtun sollen. Schmidt

Mein liebster Schlegel. Das wußte ich wohl, daß *Schmidt* mich widerlegen würde. Aber wer weiß nicht, daß die die kleinsten Helden sind, die sich ihres Muts und ihrer Siege am meisten rühmen? Gleim

Mein liebster Schlegel. Man kann mit hoher Miene herabsehen, wenn sich die Herren den Vorzug in der Kunst zu küssen streitig machen. – Sie wissen nichts Rechtes von der Seele, die auf die Lippen heraufsteigt. Sie kennen nur verschiedene Wendungen der Lippen und ein bißchen da herum schwärmende mechanische Freude. Dann bringen sie das Ding in ein Minnelied und brüsten sich hoch her. Sie wissen nicht, was es sei,

Ein Kuß, der jedes Ach der Seele hörbar macht.

Doch will ich ihnen, wenn sie mich recht sehr darum bitten, diese hohen Geheimnisse aufklären. Klopstock

Klopstock, der sich groß geträumet
Küsset langsam, wie er reimet,
Unter lauter Ach und Weh.
N. B. durch Messiaden und manche
andere in der Liebe unpraktikable
Empfindungen und Gedichte.
Gleim, der möchte wohl noch gehen,
Denn er küßt, ich hab's gesehen,
Wie er reimt, ex tempore.

N. B. *Klopstock* wollte auch Verse machen, konnte aber keinen Reim finden. Seine Liebchen werden nun wohl ungeküßt ins Grab kommen, und wenn er einst in jungfräulicher Unschuld von den Toten erwachen soll, so brauchen seine Lippen keine Veränderung, denn es ist nichts so jungfräulich, als diese jetzo sind. Ich glaube, er erspart das Küssen bis dahin, aber post haec occasio calva [*dann ist die Fortuna kahl*].

Schmidt

Ob mich gleich *Klopstock* mit *Schmidt* in eine Brühe geworfen hat, welches mir billig recht sehr verdrießen sollte, so ärgert es mich doch, daß *Schmidt* mit den erhabensten Sachen, die über seine Empfindung wie über seinen Begriff sind, so umgeht, und ist mir gar nicht schmeichelhaft, daß er mir den Vorzug im Küssen überläßt. [] Gleim

65

KLOPSTOCK AN MARIA SOPHIA SCHMIDT

Zürich, 10. September 1750

Liebenswürdige Cousine, Sie schreiben gar nicht an mich. Sie lassen mich ganz allein. Man sucht mir hier um die Wette so viel Vergnügen zu machen, daß mir nicht selten die Wahl schwer wird. Sie, liebste Cousine, hätten durch einen einzigen kleinen freundschaftlichen Brief machen können, daß ich unendlich viel mehr Anteil an diesen Vergnügen genommen hätte, als ich daran habe nehmen können, und, wenn Sie immer so fortfahren, mich zu verlassen, daran nehmen werde. []

Ich habe bisher zwei Freunde gefunden, den König von *Dänemark*, und einen hiesigen jungen Kaufmann, den ich über den König setze. Der König gibt mir ein jährliches Gehalt von 400 Reichstalern, den *Messias* zu vollenden. Es ist dies durch die Vermittlung zweier Minister geschehen, die mehr als nur Minister sind, den Baron von *Bernstorff* und den Grafen von *Moltke*. Ich habe Wahrscheinlichkeiten, dies Gehalt zu vermehren und mich nur selten in Kopenhagen aufzuhalten. Wie glücklich würde ich sein, den *Messias* bei dieser Muße zu schreiben, wenn ich nicht, wie Sie wissen, durch die Liebe so unglücklich wäre.

Sie werden vielleicht neugierig sein, den jungen Kaufmann,

der noch mehr als der König ist, kennenzulernen. Er hat, etwa vor einem Jahre, eine neue Art, auf weiße Seide zu drukken, erfunden. Eine Erfindung, die die Engelländer und Franzosen schon lange und vergebens haben herausbringen wollen. [] Dieser wahrhaftig edelmütige junge Mensch will, daß ich sein Glück mit ihm teilen solle, ohne einen andern Anteil an den Geschäften der Handlung zu haben, als daß ich mich bisweilen über seine Erfindungen (deren er immer neue hervorbringt) und über die allgemeinen und wichtigen Geschäfte der Handlung unterrede, wozu man nur einen hellen Kopf und Herz genug, sich zur rechten Zeit glücklich zu entschließen, braucht. Er kennt mein wahres Glück zu sehr, als daß er mich, *für so viel Freundschaft*, bei sich behalten wollte.

Ich bleibe fürs erste diesen Winter hier. Auf das Frühjahr reise ich nach Kopenhagen, dem Könige den *Messias* selbst zu dedizieren. Wenn uns ein gewisses Zunftgeschäft, und welches in kurzem sehr viel entscheiden kann, wider alle Wahrscheinlichkeit nicht reüssieren sollte, so wird meine Reise durch Deutschland gewissermaßen eine Kaufmannsreise sein. Von dem Hauptgeschäft werden wir nach einem Monate gewisse Nachricht haben, und es kömmt darauf an, daß ganz Spanien mit der neuen Fabrique versehen werde. Die Spanier werden damit nach Westindien handeln, weil die Erfindung viel vom indianischen Geschmack hat. Das Geschäft wird durch den Spanischen Gesandten in *Solothurn* traktiert. Sie werden vielleicht gehört haben, daß der itzige König besonders die Handlung in seinem Lande emporzubringen sucht. Die Spanier haben auch überdies den Vorteil dabei, daß sie ihre eigene Seide dabei emploieren können.

Ich sehe, daß ich vielerlei Sachen sehr verwirrt durcheinander schreibe. [] Ich weiß, es ist Ihnen nicht zu ernsthaft, wenn ich hier mit Dankbarkeit an die göttliche Vorsehung zurückdenke. Wenn ich Ihnen auch ganz unbekannt wäre, und Sie nur die Geschichte eines Fremden hörten, Sie würden von dieser Vorsehung gerührt werden und den großen Beherrscher derselben anbeten.

Aber, gütige Vorsehung, darf ich dich auch um das Größte bitten, was ich in dieser und jener Welt bitten kann, darf ich dich bitten, daß *Fanny meine Fanny* werde? O angebetete

Vorsehung, darf ich dich um dieses himmlische Geschenk anflehn?
Ich kann Ihnen, allerliebste *Schmiedin*, weiter nichts mehr sagen. Denken Sie an meine vielen Tränen, an meine bangen Schmerzen der Liebe, die schon Jahre gedauert haben und die ewig dauern werden, wenn Sie nicht aufhören wollen, hart gegen mein blutendes Herz zu sein. Ich bin Ihr Klopstock

66

KLOPSTOCK AN MARIA SOPHIA SCHMIDT

Kopenhagen, 14. September 1751

[] »Ich soll Ihnen etwas von mir selbst schreiben.« Das will ich wohl tun. Ich will Sie, meine liebste Freundin, in einer Sache um Rat fragen, die nun seit drei Jahren mein ganzes Herz beschäftigt hat, und es mein übriges Leben tun wird. Weil Ihnen von dieser Geschichte meines Herzens schon etwas bekannt ist, so darf ich mich, da ich meine liebste *Schmiedin* um Rat frage, nur kurz darauf beziehen, daß ich das liebste unter allen Mädchen, *Fanny*, schon seit dieser Zeit, auf eine so ungemeine Art liebe, daß mir aus den Geschichten derer, die geliebt haben, nichts gleiches bekannt ist. []
Was soll ich tun, meine liebste Freundin, da diese Liebe mein Leben so sehr traurig macht, und nicht aufhört, dies zu tun? Ich habe wohl hundertmal diese Frage an mich selbst getan. Umsonst hat alle Philosophie, die bei mir vor meinen Empfindungen hat aufkommen können, mir geantwortet: Ich sollte nicht mehr lieben. Mein Herz hat immer, mit lauten Empfindungen und mit seiner eigenen Miene voll Hoheit, ganz andre Dinge gesagt. Ich will aber itzt einmal seine Entscheidung beiseite setzen und meine liebste Freundin, die so edel wie mein Herz ist, fragen: Was ich tun soll? Ich habe einmal eine andre Freundin, die Ihrer, liebste *Schmiedin*, so würdig ist, als es das Leben und der Tod der *Clarissa* einander sind, hierum gefragt; die hat mir geantwortet: *Klopstock*, ich weiß nichts anders, fragen Sie *Fanny*. Viel weniger als Liebe und Freundschaft macht es ihr, da Sie so viel und so lange gelitten haben, zur Pflicht, daß sie Ihnen antwortet.

Antwortet sie Ihnen so, wie Sie gewiß glauben, daß sie antworten wird, nun, *Klopstock*, so ... (ach, wie soll ich es ausdrücken?) so liebe ich Sie unter allen meinen Freunden am meisten, weil Sie unter allen der unglücklichste sind; haben Sie aber das Herz, noch einige Hoffnung zu wagen (ich biege mich hier ganz nach Ihrer Art zu denken), so bitten Sie ihre *Fanny:* Lieben Sie mich doch auch, meine *Fanny*. Liebe bedeutet nur den Besitz Ihres Herzens. Denn, da ich jede Art von Glückseligkeit meiner *Fanny* vorzüglich wünsche, so sind Sie mir in jeder Absicht so teuer, daß ich's der Vorsehung überlasse, ob sie machen will, daß ich freimütig um noch mehr bitten darf.
Diesen Rat gab mir meine Freundin. Was geben Sie mir vor einen, meine liebste *Schmiedin!* Ich bitte Sie, mit vollem Vertrauen, daß Sie mir einen geben werden. []

67

KLOPSTOCK AN MARIA SOPHIA SCHMIDT

Kopenhagen, 28. Dezember 1751

Und Sie können das so tun, liebste Freundin, und mich ohne einen Brief von Ihnen so lange allein lassen? Wissen Sie auch wohl, daß Ihr letzter vom August war, und daß ich gleich darauf geantwortet habe? [] Es wäre ein andres, wenn ich es noch wagte, Sie noch *Fanny* zu nennen; darauf hätten Sie mir ja nichts zu sagen, und da dürfte ich wider Ihr Stillschweigen nichts sagen. Aber so kalt, so kalt meine Freundin zu sein! []

68

KLOPSTOCK AN META MOLLER

Lingby, 9. Mai 1752

[] O wie unaussprechlich lieb habe ich Sie, mein *Clärchen*. Und dieses Gefühl ist so sehr mein herrschendes Gefühl, daß ich nur ganz kleine Stücke am *Messias* arbeite, und den einzigen Horaz lese, oder vielmehr nur in der Zerstreuung, in der süßen Zerstreuung, hier wieder koste, ohne recht zu wissen, was ich koste.
Der Ausdruck in Ihrem Briefe: »Gesellschaft entziehen.« O

meine *Mollern,* wie glücklich wäre ich, wenn Sie noch ganz anders redeten. Ob ich *Ebert,* und zwar wie ihn mir *Giseke* von neuem beschrieben hat, ob ich ihn oft sehen werde? Der Gedanke ist auf der einen Seite sehr, sehr traurig für mich, nämlich, daß ich ihn nun auch in Braunschweig selten sehen würde; aber wenn er auch noch mein alter *Ebert* wäre, so würde er sich darein ergeben müssen, daß die kleine *Moller* den ersten Platz in meinem Herzen hätte. Doch wie halb hab ich mich ausgedrückt. Ich fühle es, das war nur halb mein Herz. Den ersten Platz unter meinen Freunden? Nein, *Mollern,* Sie wissen es ja einmal, das ist viel zu wenig für mein Herz! Viel zu wenig, meine süße, süße *Mollern.* [ ]

69

KLOPSTOCK AN JOHANN ARNOLD EBERT

Hamburg, 29. März 1758

[ ] Wenn nur das Abschreiben nicht wäre, so schickte ich Ihnen meine Fragmente vom *Messias.* Aber kein Mensch, selbst meine Frau nicht, selbst ich bisweilen nicht, kann meine Hand lesen. Denn ich mache bisweilen, wenn ich recht in der Arbeit bin, ganz und gar nur Züge statt Buchstaben. Doch denk ich, will ich noch Rat schaffen, daß Sie meine Fragmente bekommen. Ich bin heute außerordentlich glücklich gewesen. Ich habe diesen Morgen über fünfzig Verse im zwölften Gesange gemacht. Sie müssen aber deswegen nicht denken, daß ich mit dem elften und zwölften fertig sei, bei weitem nicht. Und doch ergreife ich jede Minute der poetischen Stunde bei beiden Händen. [ ]

70

KLOPSTOCK AN METAS SCHWESTERN

Itzehoe, 21. Juni (?) 1759

Ich weiß nicht, ob die Bäume, die Sie und Ihre Schwester bei die beiden Gräber in Ottensen setzen, schon lange Schatten gegeben haben werden, wenn ich bei meiner Meta ruhen werde; aber das weiß ich wohl, daß dies kurze Leben schnell vorübergeht, und daß wir uns dann alle wiedersehen werden.

Klopstock

71
KLOPSTOCK AN MICHAEL DENIS

Kopenhagen, 9. Januar 1767

[] Ich habe Ihnen gesagt, daß ich meine *Oden* herauszugeben gedächte. Meinen Sie, daß ich ein kaiserl. Privilegium *auf immer* (das heißt auch für meine Erben) darauf bekommen könnte? Mich deucht, Buchhändler sollten dergleichen Privilegien niemals, aber wohl die Autoren bekommen können. Unterdes, wenn es nicht angeht, so wird man es doch wohl vorzüglich vor jedem andern, der sich dazu meldete, erneuern können. Ich muß Ihnen doch noch ein paar Worte von meinem Subskriptionsplane sagen. Kein Buchhändler hat damit das geringste zu tun; er wird auch nicht einmal in die Zeitung gesetzt, sondern verschiedene meiner Freunde schikken gedruckte Briefe (die ich hier drucken lasse) an Ihre Freunde und Bekannte. Euer Hochwürden zeigen mir die Namen derjenigen an, an die ich in Ihrem Namen schreiben soll, so schicke ich diese Briefe entweder selbst an diese Personen oder lasse sie durch Sie, nachdem Sie das eine oder das andre lieber wollen, schicken. []

72
KLOPSTOCK AN MICHAEL DENIS

Bernstorff, 8. September 1767

Ich habe vergangenen Winter oft gekränkelt, gegen das Ende desselben und im Anfange des Frühlings viel gearbeitet, und einen Teil des Sommers bei meinen Freunden in Holstein zugebracht. []

Unter die vorher erwähnten Arbeiten gehört: *Hermanns Schlacht, eine Tragödie mit Bardengesängen.* Ich habe vor, dieses Stück bald drucken zu lassen. Der Dialog ist Prosa und die Bardengesänge sind Dithyramben. Ich hoffe, daß sich *Gleim* vor meiner Drohung fürchten und den Hermann nicht versifizieren soll. Vielleicht ist Ihnen nicht bekannt, daß er den Tod Adams versifiziert hat. Ich habe ihm geschrieben, daß, wenn er es täte, ich einige seiner besten Lieder in Prosa übersetzen wollte.

Warum gab doch Karl der Große lieber nicht seinen Erben etwas weniger? Und ließ seine Bücher unverkauft, so hätten wir vielleicht unsere Barden noch. Aber sagen Sie mir, sollten nicht in irgendeinem Kloster in Deutschland oder in Spanien Handschriften von den Bardengesängen gefunden werden können, wenn man recht suchte? Sollte ein für den Finder ausgesetzter, nicht kleiner Preis nicht das Suchen vieler veranlassen, auch derer, die solche Sachen auch ohne Preis gern unternehmen und es oft nur unterlassen, weil sie nicht darauf fallen, es zu tun? Ihr würdiger Erzbischof scheint mir hierzu die Wissenschaft genug zu lieben und reich genug zu sein. Vielleicht fehlt es auch bei ihm nur an dem Einfalle, es zu tun. Wenn ich ihm bekannter wäre, als ich bin, so würd ich's wagen, ihm die Aussetzung eines solchen Preises vorzuschlagen.

Ehe Sie sich es versehen, werden Sie mich für einen Vielschreiber halten. Und das hätten Sie denn freilich nicht von mir gedacht. *Oden* von 1747 an, aber gleichwohl ist ihre Zahl nicht groß. *Geistliche Lieder*, zweiter Teil. *David*, eine Tragödie (Davids Wahl zwischen Hungersnot, Krieg und Pest). *Vom Silbenmaße. — — Fünf neue Gesänge des Messias.* Ich werde *David* und *Hermanns Schlacht* in wenigen Tagen zum Drucke wegschicken. Ich überlasse außer dem *Messias* und den Liedern alles übrige einer typographischen Gesellschaft in Berlin und wünsche sehr, daß der Edle von Trattner mit seiner Druckfehlerklaue nicht darüber komme. Ein kleiner Herkulesschlag darauf von Ihnen oder sonst von einem braven Manne, der mir wohl wollte, könnte, mich deucht, dem guten Junker nichts schaden. [ ]

73

KLOPSTOCK AN CAECILIE AMBROSIUS

Kopenhagen, 20. Oktober 1767

[ ] Wenn ich Sie hätte noch mehr lieben können, als ich Sie schon liebe, so würd es seit Ihrem gestrigen Briefe geschehen sein. Süßes, süßes Mädchen (ich würde noch etwas hinzusetzen, wenn Sie meine Art mich auszudrücken, die ich nur gegen *Meta* hatte, schon kennten). Doch soll ich immer einen

solchen Ausdruck wagen — — nun, Mädchen, soll ich? — — — süßes, dummes Ding, als wenn ich zu der Zeit, da ich gern allein bin, auch ohne Sie sein möchte? (Ohne Sie, ach, wenn nämlich, wenn —) Was das für ein Gemisch von Traurigkeit und Freude bei mir ist. — Doch ich muß mich davon losreißen. Künftige Post einen langen Brief. Aber an mein Herz muß ich Sie doch drücken, eh ich siegle.
Was meinen Sie, wenn Sie künftig ein wenig leserlicher schrieben als ich?

74
KLOPSTOCK AN JOHANN FRIEDRICH BOIE

Kopenhagen, 24. November 1767

[] Ich arbeite jetzt (Ihnen will ich es sagen, ob es gleich noch ein Geheimnis ist) *Hermann* und *Ingomar*. Ich vermute fast, daß Sie im Tacitus nicht so belesen sind als ich, ich rate Ihnen also, dort die Schlacht der Deutschen mit *Caecina* nachzusehn, wenn Sie sich einen vorläufigen Begriff von dem Bardiet (denn ich nenne es weder Tragödie noch Trauerspiel) machen wollen. Bardiet heißt in unserer ältesten Sprache ein Bardengedicht. Die Personen sind Hermann, Ingomar und noch fünf andere deutsche Fürsten; außer diesen Flavus, H. [*Hermanns*] Bruder, Italicus, dieses Sohn. Theude, H. [*Hermanns*] junger Sohn (Thusnelde ist abwesend und in Rom gefangen). Zwei Oberdruiden. Ein Führer des Bardenchors. Barden. Bercenis, Hermanns Mutter. Römer. Istäwona und Herminone, Fürstinnen der Katten. Viele von diesen Personen sind schon in H. S. [*Hermanns Schlacht*] dagewesen. Diese Begebenheit ist etwa sieben Jahre nach der ersten. Sehn Sie, wie ich mit Ihrer Neugierde umgehe, fast wie mit der Neugierde eines Frauenzimmers. Doch wissen Sie eigentlich noch nichts von dem Stücke. Denn erraten werden Sie es doch nicht etwa wollen, welchen Ton ich für jene alten Zeiten gewählt habe. Wenn Sie unterdes ein wenig im Tacitus die Geschichte Hermanns und dann von den Sitten unserer Vorfahren nachläsen, und ich Ihnen die Anmerkung machte, daß ich der Geschichte viel genauer folge, als sonst von Dichtern gefordert wird, und daß dieses und jenes von den Sitten unserer Väter mit vorkömmt, z. E. (ich sehe jetzt auf H.

Schlacht und H. und I. [*Ingomar*] zugleich) das Loswerfen, der Schwur beim Schwerte, das Lanzenspiel, der Zweikampf zwischen einem Deutschen und einem Feinde, jeder mit den Waffen seiner Nation, als eine Vorbedeutung des Siegs – so wird – – ja, so wird Ihnen vieles unerwartet kommen. []

75

KLOPSTOCK AN JOHANNES MICHAEL COSMAS DENIS

Bernstorff, 22. Juli 1768

[] Sie haben mir durch Ihre Nachricht, daß noch illyrische Barden durch die Überlieferung existieren, eine solche Freude gemacht, daß ich ordentlich gewünscht hätte, daß mir Ihr Ossian weniger gefallen hätte, um Sie bitten zu können, ihn liegen zu lassen und diese Barden zu übersetzen. Ihre Nachricht konnte zu keiner gelegenern Zeit kommen. Sie traf mich mitten in der Untersuchung einiger alten deutschen Fragmente an. Denn ich habe vor, eine kleine Sammlung davon herauszugeben. Unter andern hat mir eine Entdeckung (es ist sonderbar genug, daß ich es so nennen kann) nicht wenig Freude gemacht. Ein sächsischer Dichter (ich rede von Wittekinds Sachsen) hat unter Ludewig dem Frommen so gut geschrieben, daß von seiner Zeit an bis zu der Reformation mir kein deutscher Skribent vorhanden zu sein scheint, der ihm gleicht. Es ist eine poetische Umschreibung der Geschichte Christi. Ich bin jetzt dahinter her, eine Abschrift der einzigen Handschrift, die (und zwar nicht bei uns, sondern in England) übrig ist, zu bekommen. In meiner Vorrede werden Sie mehr von ihm finden. Ich vermute, daß Sie einige Kleinigkeiten in Ihrer zum Ossian ändern werden, wenn Sie *Macpherson* von den Altertümern der Hochländer gelesen haben werden. Wenn Rhabani Mauri deutsches Glossarium in der kaiserl. Bibliothek ist, so bitte ich Sie um einige Nachricht davon. Überhaupt wird mir jede Nachricht, die Sie mir von alten deutschen Handschriften geben können, sehr angenehm sein. Man muß nur suchen, man findet oft mehr, als man denkt. [] Aber ich will auch einige Blumen aus Ihrem illyrischen Kranze in meine Sammlung haben. Nehmen Sie das Beste unter den Allerältesten, lassen Sie den illyrischen Text mit lateinischen Buchstaben auf die eine Seite, und eine *völlig* wörtliche Übersetzung auf die andere schreiben. Lassen Sie den Übersetzer ja genau verfahren und unter andern nichts verschönern wollen. Denn er muß sich vor mir in acht nehmen. Eh man sich's versieht, verstehe ich auch Illyrisch. Denn hören Sie nur an, was für ein Sprachgelehrter ich bin. – Im Gotischen und der höheren poetischen Sprache der Angelsachsen könnt' ich freilich auch deswegen schreiben, weil ich niemand kenne, der mir spitzfindige Anmerkungen machen könnte. In der Sprache des Sachsen werde ich ehestens einige dithyrambische Strophen machen. Sie klingt vortrefflich. Ach, daß wir sie verloren haben! Der cimbrischen Sprache bin ich zwar eben nicht ins Kabinett gekommen, aber ich habe mich doch schon so oft in ihrem Vorzimmer aufgehalten, daß ich bald imstande sein werde, einige bessere Lesarten der Voluspa zu finden, als man hat. In der friesischen Sprache bin ich leider noch in crassitie ignorantiae [*ziemlicher Unkenntnis*]. Doch läßt sich meine Ursache so ziemlich hören. Ich habe nur etwa erst zehn friesische Wörter aufjagen können. [] In dem Keltischen war ich auch schon ziemlich weit, aber es erklärt *uns* nichts; und da ließ ich's. [] Wenn Sie mir wahrscheinlich machen können, daß die illyrischen Barden wenigstens halbe Deutsche waren, so bekömmt der Übersetzer einen schweren Stand mit mir, wenn er falsch, nur ein wenig falsch übersetzt. []

76

KLOPSTOCK AN JOHANN ARNOLD EBERT

Bernstorff, 14. Juli 1770

[] Vergessen Sie ja nicht, mich S. Durchl. dem Erbprinzen zu empfehlen. Sie wissen, wie sehr gut er bei mir steht. Folgenden Scherz müssen Sie auch nicht einmal als einen Scherz wiedersagen: Wenn ich der Erbprinz wäre, so ließe ich *Hermanns Schlacht* unter freiem Himmel im Harz, just auf einen solchen Felsen am Tale der Schlacht, als zum Schauplatz angegeben ist, aufführen, und lüde, außer einigen Kennern, auch einige preußische Bataillons, die sich in dem letzten Kriege besonders hervorgetan hätten, dazu ein.

In allem Ernste wird der Hermann in Wien im künftigen Jahre aufgeführt werden. *Gluck* arbeitet schon an der Komposition. Ich traue diesem Komponisten aus vielen Ursachen viel zu. [ ]

77
KLOPSTOCK AN JOHANN ARNOLD EBERT

(März 1773)

Ach Falke! Einmal bist Du über ein ganzes Vogelnest Druckfehler weggeflogen... Wo denn da? Wo denn? Wo denn?... Denk nur Falke, so ganz unbesehens drüber weggeflogen! Aber wo denn? Wo? Wo? Wo? – Liebes Fälklein, wo hast Du diesmal Deine Äuglein gehabt? Das Käpplein hattst Du denn doch nicht auf, und warst ja hoch oben in der Luft. – Nun, Adlerauge, wo? wo? sag ich!... Freilich unterdrückt: Adlerauge, meine Schadenfreude; aber kaum kann ich mich doch überwinden, Dir das Nest zu zeigen. Geschwebet! Den Kopf herunter! Da, da, da! Nun sieh doch, da: Seite dreizehn, Zeile zwei von oben. Hab ich Dir gut geleuchtet, Fälklein? – – – Es versteht sich, daß auch dies Blatt umgedruckt wird; aber in solchen Korrektorhänden bin ich. Viele vergeßne (nicht von mir) Einrückungen haben der Herr von Falken zum Falkenstein auch nicht angemerkt. Zu geschweigen, zu geschweigen, daß Sie auch noch da und da nicht recht gesehen haben. [ ]

(17. März)

Dieser Brief ist wenigstens schon vor vierzehn Tagen geschrieben. Ich habe ihn schon etliche Male fortschicken wollen. Jetzt finde ich ihn eben sehr zur rechten Zeit. Denn Sie haben nun wieder einen Bogen und werden gewiß bald mit Ihrer Aufspürung von Druckfehlern ankommen. Aber mein Brief soll Ihrem wenigstens begegnen. Nun hab ich endlich erfahren, wer der Mann ist, der die ewigen Häkchen setzt, wo sie nicht hingehören und gewiß nicht im Manuskript stehen, der sonst noch fast immer: däucht für deucht, immer öffnen für öfnen und ähnliche Wörter setzt, kurz, der mich gar weislich johannballhornt. Es ist, raten Sie, es ist *M.*

Schwabe. Dieser letzte gehörnte Siegfried aus der gottschedischen Schar mußte also noch den *Messias* wenigstens in diesen Kleinigkeiten ... Aus großer Liebe zu den Häkchen hat er schon Ungeheu'r, und nun in dem Bogen H. *wurd' die* gesetzt. Aber nun zu meiner *früheren* Anzeige: S. 103 ein Vers zu lang, S. 126 ein Vers zu kurz, S. 136 ein Vers zu lang. Von den Druckfehlern (es sind in den letzten Bogen gleichwohl denn doch einige weniger) nur ein paar. S. 94, letzte Zeile: *nur* nun, S. 104, Zeile fünf von oben: *Höhre* hehre, S. 173, Zeile vier von oben: *Nach* Nah.
Wenn Sie wüßten, mit welcher großen Sorgfalt ich das Manuskript für Setzer und Korrektor ganz zurechtgestrählt und gepünktichet habe, so würden Sie mir nicht einen halben Vorwurf über die Druckfehler machen. [ ]

78

KLOPSTOCK AN JOHANN GOTTFRIED HERDER

Hamburg, 5. Mai 1773

Claudius wollte, ich sollte Ihnen vom letzten Band des *Messias* schicken. Es war mir angenehm, es zu tun. Sagen Sie mir, welcher der letzte Bogen ist, den Sie bekommen haben, so sollen die fehlenden folgen. Ich habe noch in meinem Leben an keinen Criticus, selbst an keinen im guten Verstande des Worts, geschrieben; Sie sollen die Ausnahme machen und werden auch wohl die einzige bleiben. Die Hauptursache davon ist, weil Sie durch Ihre eigne, sehr starke Empfindung Criticus sind. Ob Sie nicht bisweilen die Bilder, in welche Sie Ihre weitsehenden Gedanken hüllen, ein wenig vom wirklich Wahren wegtäuschen, das werden wir schon mit der Zeit untereinander ausmachen. Glauben Sie aber gleichwohl nicht, daß ich ein Bilderstürmer sei, weil ich Ihnen so etwas Bilderdienst schuld gebe; auch dann nicht, wenn ich Ihnen sage, daß mir bei der Untersuchung das dürrste Wort das liebste ist. Ich würde Ihnen auch ohne die beigelegten Blätter geschrieben haben. Die Absicht meines Briefes ist: von Ihnen zu hören, warum Sie *Hermanns Schlacht* ohne Handlung finden? Wenn mir [*dies*] die Critici, die Ihnen nicht gleich, sagen, so habe ich nicht einmal die Neugierde, die Ur-

sache zu wissen; bei Ihnen aber würde mir es sogar interessant sein, sie zu wissen. Es versteht sich ja wohl von selbst, daß ich Sie um Ihre ganze offne Meinung bitte. Wenn Sie hieran auch nur im geringsten zweifelten, so möchte ich Ihnen lieber nicht geschrieben haben. Vielleicht macht es, daß wir ohne viel Vorrede miteinander zu dem rechten Punkte kommen, wenn ich Ihnen sage, daß in der Theorie der Poesie mir nichts gilt als Erfahrung, eigne und solcher andrer, die erfahren können; und nach ihr nichts weiter, als was geradezu, so recht mit der Tür ins Haus, aus der Erfahrung folgt.
Wenn Ihnen das nicht auch gilt, wissen Sie auch, wo Sie dann hinmüssen? Dahin, daß Sie aus der Natur der Seele erweisen, das oder das poetische Schöne müsse notwendig in ihr die oder die Wirkung hervorbringen. Übrigens kann man freilich auch, bei Gelegenheit, da man die gehabte Erfahrung untersucht, bis zur Definition allgemeiner Begriffe, also in unserm Falle bis zur Definition der Handlung kommen. Nur noch ein Wort in Beziehung auf *Hermanns Schlacht;* ich setze es nur, daß wir desto kürzer sein können. Die Personen in *Hermanns Schlacht* handelten nicht in der Schlacht, sondern außer der Schlacht in Absicht auf die Schlacht. Auch die Barden sind handelnde Personen, denn sie helfen siegen. Und nur, mein Wertester, nicht nach den Zwecken und Mitteln in *Ödipus* oder *Lear*, sondern in *Hermann.* – Ich möchte, daß Sie nur auf kurze Zeit, nur in einem Brief an mich, die dürren Worte wie ich liebten. Wenn Ihnen die Liebe zu dürren Worten bei einem Dichter nicht natürlich vorkommt, so kann ich Ihnen nichts antworten, als daß es gleichwohl bei mir so ist, und daß ich den Degen nur ziehe, wenn ich schlage.
Da ist nun dieser Brief doch weitläufiger geworden, als ich wollte, da ich mich zum Schreiben hinsetzte. Der Ihrige

Klopstock

79
KLOPSTOCK AN JOHANN ARNOLD EBERT

20. November 1779

[] Di Buchhendler haben in Leipzig den Nachdruck des Mess. beschlossen. Ich ferlange [*verlängere*] dahär di Zeit der Subskr. noch, nicht öffentl. aber in Brifen an Einige. Möchten

Si dis wol mit ein Par Worten an *Klügel* nach Helmstedt schreiben. – Ich kenne Niemand, l. E. [*lieber Ebert*] der mir ein historisches Register zum Mess. so gut als Si machen könte. Was sagen Si zu meiner Bitte? Si könten das so nach und nach wenn es Inen so äben einfile machen. Di Seitenzalen lißen sich zuletzt leicht eintragen. – Ich habe ganz for Kurzem ein Fragment einer Uebersezung in hollendischen Hexametern bekommen, das, so weit ich die Sprache erraten kan ganz fortreflich ist. Man lest in Amsterdam schon mär Lettern zu einer schönen Ausgabe diser Uebers. gißen. Ich wärde si aber, hof ich, forhär sehen. [ ]

80

KLOPSTOCK AN ANGELICA KAUFFMANN

Hamburg, 14. März 1780

Diser Brif, libster *Schönborn*, ist an Angelica. Ich schikke in indes an Si, weil ich nicht weis, ob A. noch in golden Sqare wohnt, und ich ser ungern sehe, wenn är ferloren ginge.

Meinen wermsten besten Dank, libste Freundin, daß Si Zeichnungen zum Messias machen wollen. Ich mogte Inen das nur nicht sagen, weil ich glaubte, daß Si zu fil zu tun hätten, sonst hatte ich es lange for. Wenn ich jemals läbhaft gewünscht habe, Si zu sehen, so ist es jetzt. Was würden wir uns da in kurzer Zeit über di Sache sagen; und wi wenig wärd' ich Inen dafon in einem langen Brife schreiben. – Di Engel also mit Flügeln? meinen Si? Können Si sex Flügel schön zeichnen? So sa der Profet di Engel, und ich möchte wol, daß Eloa und Gabriel so gezeichnet würde. Aber di Engel müßten auch am Flügel kenbar sein. Etwas leichtes, schwäbendes, helles, kaum Körper. So auch di auferstandenen Heiligen; aber doch fon den Engeln ferschiden, nicht blos dadurch, daß si keine Flügel haben. Das alles, Angelica, müssen Si erst noch erfinden. Den es ist noch nicht da. – Raphael selbst (ich rede freilig nur fon Kupferstich) hat, bis auf St. Michael, noch keinen Engel gemalt. Und nun Christus! Unter allen Christusköpfen, die ich gesehen habe, hat mir nur Einer fon Guido gefallen; allein auch där war noch zu sanft. Das Erhabene muß hir über das Sanfte herforragen. Ich zittre for der Schwirigkeit där Sache, aber Si brauchen nicht zu zittern, wenn Si sich di Formirung: Erhaben und sanft, das erste herschend, nur recht bestimmt denken. Nun der zweite große Punkt: Diser Christuskopf, bei allen ferschidenen Empfindungen, immer wieder, immer der Bildung und dem Karakter nach, äben derselbe. Si sind über alle Berge weg, Libste, sobald Si di Ideale fon Christus, den Engeln und den Auferstandenen, läbhaft und fest in Irer Seele haben. Indes sind um das Kreuz auch Seelen noch Ungeborner mit eterischen Körpern. Aber können Si dise im Zeichnen nicht mer unterscheiden; so mag es sein. Ich unterwerfe dis Alles natürlicher Weise Iren Urteilen. Fon den Menschen Petrus, Johannes, Judas u.s.w. sagen Si mir Ire Meinung. Fileicht kann ich Inen einige nicht ganz überflüssige Anmerkungen darüber machen. Aber die Hölle. Hir zittern Si nicht for der Schwirigkeit der Forstellung, sondern for der Sache. Erholen Si sich Libste. Nichtz Scheusliches; aber Schreckliches, ser Schreckliches. Ser Schreckliches, sagen Si, kan ich nicht zeichnen; ich mag es nicht denken. Keine Hülfe, Beste; Si müssen. Ich will Inen indes einen guten Moment gäben, dän, da Abbadana Satan widerspricht. Wir wollen immer die Ferse des gewälten Augenblikkes darunter sezen. Aber hir müssen Si sich fil noch Schreckliches für einen andern Auftrit der Hölle, dän, da sich die bösen Engel für Todtengeripe halten, aufsparen. Si erlauben mir, Inen die Entwürfe zu machen. Si sagen mir dan, was Si zeichnen und nicht zeichnen können, ich meine, was, gezeichnet, Wirkung herforbringt. Ich endre dan an meinen Entwürfen; und zuletzt kommen wir über jede Mine und Stellung überein. – Wi fil könnten wir in kurzer Zeit tun, wen Si über Hamburg nach Italien reisten. Si wälen das Format. Mich deucht, es muß groß Folio seyn – damit Si Raum haben. Wi fil Kupfer? Di Zal der Gesenge bestimmt hir nichz. Wenn gewisse Sachen forgekommen sind; so müssen gewisse andre auch forkommen. So nur kan di Samlung zu einem ferheltnismässigen Ganzen wärden. Ich sehe gegen fufzig Kupfer foraus. Ich denke, wir gäben es stückweise heraus; auf Subskripzion. Ich mag nicht noch einmal auf den Messias subskribiren lassen. Si tun es also. Ich lasse an Zeichnungen neuer deutscher Lettern arbeiten. Mein Saz dabei ist: One alles Ueberflüssige, das Ekkichte stumpf, und di einförmigen Züge (dise herschen in unsern Lettern) so schön wi möglich. Si sollen aber alles forher sehen. Haben Si gute Formschneider in England? Ich kene in Deutschland keine recht gute. Haben Si mer gute; desto besser. So können wir die Lettern ferteilen und bekommen sie desto eher. Es ist eine langsame Arbeit. – Ich kan Inen nicht sagen, Libste, wi ich mich zu diser Ausgabe des Messias freue. Man hat mir imer von Kupfern forgesagt, und ich habe imer geantwortet: Ich wil keine. Aber wenn si Angelica zeichnet, so wil ich si. Allein wär sol si stechen? Mer als Einer; denn sonst wärt es eine unendliche Zeit. [] Ich würde Inen fil eher darüber geschrieben haben; wenn ich Inen nicht schon jetzt Entwürfe hätte mitschikken wollen. Aber so weit bin ich noch nicht, und das, was ich Inen jetzt gesagt habe, wolt ich nicht länger aufschiben. Könten Si doch nach Hamburg kommen; so würde unsere Unternämung in wenigen Tagen Risenschritte tun. Ich umarme Sie fon ganzen Herzen. Der Irige Klopstock.

81

KLOPSTOCK AN JOHANN ARNOLD EBERT

Hamburg, 9. März 1781

Lessings Tod ist mir innig nahe gegangen. Wann ist är denn eigentlich gestorben? Wenn Seine Stelle wieder besetzt wärden soll, so kann si's durch Niemand besser, als durch *Vossen.* Denken Si hierüber wie ich; und arbeiten Sie daran. – *Bernstorff* ist nicht mer in Dänemark, und man rüstet dort Schiffe aus. Meine Pension könte jezt fileicht ein wenig in Gefar sein. Was meinen Si, wenn Si, aber als für Sich, den Herzog *Ferdinand* beten, diesem Dinge bei Seiner Schwester zuforzukommen. Ich umarme Si beide herzlich. Ir Klopstock.

82

KLOPSTOCK AN JOHANN NICOLAUS TETENS

Hamburg, 1. Februar 1785

Ich bin überzeugt libster Tetens, daß Si meine Kürze für nichts anders halten wärden, als sie ist. Ich libe si um irer

selbst willen und bei mir ist si nicht der Ton eines Mannes, där entscheiden wil. Den es ist mir nichts so ser zuwider als dieser Ton.
Si haben fergessen, was ich über di Ortografi geschriben habe. Ich bitte Si dahär es wider zu läsen und dan Iren ersten Angrif zu tun.
Ueber Iren Saz: »Sichtbare Bezeichnung der Sachen nach der Analogi mit der Sprache« erkläre ich mich erst dan, wen Si mir durch Beispile seine Anwendbarkeit gezeigt haben wärden.
Doch etwas Forleufiges. »Di analogische Schreibung kan nur das Ungehörte in sich begreifen.« Si schreiben z. E. Sieht's Wenn h das Denungszeichen sein sol, so wird das geblibne e äben so wenig gehört, als das weggelasne, und durch das Häkchen bezeichnete. Sollen die beiden e (ich frage nur weil ich mich über Iren Saz noch nicht erkläre) sichtbare Bezeichnung u.s.w. sein? Wen si sollen; Welcher Sachen? und was heißt hier Analogi mit der Sprache? [ ]

83

KLOPSTOCK AN JOHANN NICOLAUS TETENS

Hamburg, 15. Februar 1785

Was Si auch sagen libster Tetens, so erinnern Si sich doch nicht, was ich über di Ortografi geschriben habe. So etwas muß man beweisen. Das sol geschen. Si sagen: »Wir würden auch auf die Frage kommen, nach welcher Aussprache unter den filen, geschriben wärden solle?« Und nun lesen Si, wi ich mich, Fragmente zweite Fortsetzung Seite 7 bis 10 hirüber erkläre. Dis sol gleichwol nicht der einzige Beweis sein, ob är gleich hinreichend ist; sondern so oft ich Inen außer däm, was ich sonst wider Ire Seze sage, die Fragmente anfüre, so haben Si dise Anfürung, als fortgesezten Beweis anzusen. Si erklären sich »über di sichtbare Bezeichnung nach der Analogi mit der Sprache« in Sezen, di, wenn si auch zur Sache gehören, mir doch überflüssig forkommen. Die Bestimmung des Ueberflüssigen ligt oft in ser feinen Begriffen. Dise hier zu entwikkeln würde mich zu weit füren. Ich darf, glaube ich, bei Einem Punkte sten bleiben, und diser ist: die originelle

Zeichenkunst wi Si es nennen, komt in der jezigen Ortografi so selten for, daß si blos als Ausnahme anzusen ist. Und Ausname kann doch wol nicht Grundsaz sein. Ich habe mich über di Schreibung des Ungehörten erklärt: Fragm. erste Fortsez. S. 6, zweite Fortsez. S. 59 bis 70. Dis müssen Si widerlägen, oder Si überzeugen mich nicht. Bei dem Worte: sieht's haben Si sich nicht gut herausgeholfen. Der leise Hauch h (sigtbar und sichtbar gehören nicht hirhär, weil ch nicht h ist) diser Hauch ist kein Stambuchstabe; und das weggelasne, durch ein Häkchen bezeichnete e (warum haben Si es übergangen?) ist wenigstens kein gutes Beispil zu dem Saze: »daß die Bezihung der Zeichen der Bezihung des Sazes gemäs sein müsse.« Ich habe recht gut ferstanden, was Si mit der sichtlichen Bezeichnung meinten. Als ich Si bat, daß Si mir durch Beispile Anwendbarkeit zeigen mögten, so dachte ich, daß Si bei Aufsuchung der Beispile fileicht bemerken würden, was das eigentlich for Dinge weren, an welche Si Ire Seze ferschwendeten. Ich bitte mir übrigens künftig alzeit Beyspile zu den Sezen aus. Den ich mus Inen sagen, daß ich überhaupt bei allem, was in irgend einem Fache Regel heist, gar ser für di Anwendbarkeit bin. []

Si sagen, daß wen ich for Bekanntmachung meiner Ortografi mit Inen darüber gestritten hätte, es mir nicht möglich gewäsen sein würde, Si zu Boden zu bringen. Es wird mir also auch jezo nicht möglich sein und Si sehen foraus daß ich erligen wärde. Si bedenken hirbei nicht, daß dis Drohung ist, und daß tapfere Feinde nicht dron. Wider drohen wärde ich also gewis nicht; aber fileicht erschrecke ich Si ein wenig, wen ich Inen einen tragischen Forfal erzähle, där sich for Kurzem ereignet hat. Ein Filosof, welcher die Runde der Wissenschaften machte, strit auch wider di neue Ortografi. Aer tat dis nicht allein mit schwachen Gründen, sondern ser file seiner übrigen Behauptungen waren auch so beschaffen, daß si so fil Wunden wurden, di är, in so fern är Grammatiker sein wolte, sich selbst beibrachte. Di angegrifene neue Ortografi wurde durch dise Behauptung nicht wenig gerechet. Was geht das mich an, sagen Si. Ueberhaupt gehet es Si freilich nichts an, aber doch insofern als ein mäßiger Mann auch durch einen ausschweifenden gewarnt und durch in feranlasset, nur noch mäßiger wird. Allein sagen Si ferner, warum warnen Sie mich den, da die Warnung mir nüzlich wärden kann und ich doch ir Gegner bin? Si hätten mich dis nicht fragen sollen. Den ich mus Inen eine Antwort gäben, die stolz scheinen kann. Si haben einen Gegner, där grosmütig ist. Doch ich mus den tragischen Forfal auserzählen, und Inen die tiefste Wunde beschreiben, di der Filosof sich selbst beigebracht hat. Aer hatte forhär casus durch Bigungssilbe ausgedrükt (ein zwar wunderliches Wort, weil di Ferendrung fon Strom in Stromes nicht Bigung ist, das aber zur Not doch noch angehet), allein nun ferlibte är sich auf Einmal dermaßen in das Kunstwort Fallendung, daß er auch Casusendung und Endfal dafür brauchte. Aer ferlibte sich fermuthlich in den Begrif, welchen das Wort Fallendung hat, und konte dahär nicht eher rasten und ruhen, als bis er in auf alle mögliche Arten ausgedrückt hatte. Gleichwol kan dis Wort nichts anders bedeuten, als Endesendung, wobei noch obeinein casus durch Fal äben so buchstäblich übersetzt wird, als der Abt zu St. Gallen di Regel des heil. Benediktus übersetzte oder wi ich wol eher *Carpsern* übersezen hörte, wen är über di Germanismen spottete, di unsre Fererer der Franzosen so oft machen. Z. E. Si nimt sich fil heraus. Elle se prend beaucoup dehors. Und nun die Krone, die der Filosof disem allen aufsetzt. Aer ferwikkelt sich so in seinen Kunstwörtern, daß är sagt: man gibt oft dem Nominativ einen Consonanten aus den Bigungssilben der andern Endfälle, als in Client u.s.w. Aer hette unbeschadet seiner Regel (die falsch ist) auch sagen können: aus den Endesendungen, oder: aus den Casusendungen der andern Casusendungen, oder, oder etc.

Si haben mir durch den Schlus Ires Briefes keine kleine Freude gemacht. Si wissen schon wi ser ich Si scheze und wi wärt Si mir sind. Ein Beweis hirfon ist, daß ich Si zu dem Streite, den wir jetzt füren, aufgefordert habe, nicht herausgefordert, wi Si es zu nämen scheinen. So müssen Si es selbst nicht im Scherze nämen. Den dises könte Si wider Iren Willen ferfüren, der Mönchsortografi, diser runzlichen Donna, lenger treu zu bleiben, als es sich für einen Filosofen, wi Si sind, schikken würde. Trauen Si Iren Gründen nicht, denn die blenden Si. Was hat man nicht for Gründe, wen man ferlibt ist. Der Irige

Klopstock.

[PS.]
Indem ich das, was ich Inen geschriben habe, wider durchläse, felt mir ein, dise und jene meiner Waffen, wodurch ich Si ferwundet habe, mit Irem Blute zu bezeichnen. Si wissen also jetzt, was das unterstrichne bedeute. Ich kan auch hir und da eine Bezeichnung weggelassen haben. Ferzeihen Si mir meine Sorglosigkeit. Ich habe auch sonst noch ein paar Worte hinzuzusezen. Zu folgendem Saze: (Aer ist zu lang, ich bezeichne in nur durch den Anfang seiner Teile) Di Sprache hat Töne gehabt und hat ire . . . Sind dise ganz oder halb . . . so lasse di Schrift si ganz weg oder schreibe andere an irer Stat . . . Zu disem Saze bitte ich um Beispile. Lassen Si sich keine graue Hare waxen, daß man sich deswägen auch an den übrigen, zweimal zwei ist fir, meiner Gramatik stoßen würde, weil man sich an den zweimal zwei ist fir meiner Ortografi gestoßen hat. Den das man auf Irer und auf meiner Seite, dis man, welches nur erst ein par Jare alt ist, ist nicht (wie Sie es nennen) die Nazion. Die Nazionen flägen einen Ausspruch etwas später zu tun; und di unsrige oder wi uns *Denina* nennt, i gravi e lenti Alemanni [*die schwerfälligen und langsamen Deutschen*], findet, wen es auf Endurteile ankommt, einen besondern Geschmak an der Zögerung. Auch das könnte Si aufmerksamer auf Ire Meinung machen, daß Si auf der altortografischen Seite der einzige sind, der herforträten darf, da auf meiner Seite der Menner mer sind, di Bart haben und mitsprechen dürfen. []

84

KLOPSTOCK AN KARL FRIEDRICH CRAMER

Hamburg, 29. Juni 1799

Wenn man einen Brief anfängt, nun so kommt man ja wohl auch damit zu Ende. Also angefangen! Sie meinen doch, daß mein Brief eben nicht kurz werden soll. Aber ich muß der Buchstaben weniger machen; sonst komme ich doch wohl nicht zu Ende. Also meine Ortografi, di ich doch wirklich nicht hette wagen sollen, weil unsre alte, noch hustende und noch keuchende doch nicht föllig so barbarisch ist, wi di französische und etiopische. Di letzte hat 6 Zeichen zu jedem Laute, und die erste 14 zu dem Laute e. — Ich näme an, Sie wissen noch, was in Irem Brife und dem Diskur präliminär stet. Schon bei Hermann und die Fürsten. Das nenne ich Risenschritte tun. Ir küner Begleiter (ich kan den Namen nicht läsen) wird ja, denke ich, auch hir mitschreiten. Aber ir seid beide ferwägne Leute. Ir fragt nicht mer: Was wird gefallen, sondern, was solte gefallen? Wist ir auch, daß ir despotischer seid, als je ein König fon Frankreich war? Dise sagten nur: Kar tel ä notter pläsir! [*Car tel est notr (bon) plaisir: So ist unser gnädigster Wille*] und ir sagt: kar tel doät etter wotter pläsir! [*Car tel doit etre votre plaisir: So hat es euch zu gefallen*] – Die Einleitung ins Französische übersetzt. Merken Sie sich hübsch, das Si bei Schreibung des Französischen strenger gegen sich sind, als bei des Deutschen. [ ]

85

KLOPSTOCK AN KARL FRIEDRICH CRAMER

Hamburg, 20. Oktober 1799

Ich habe nun den ganzen französischen *Hermann* (nur die Anmerkungen noch nicht) bekommen. Ich bin überhaupt sehr damit zufrieden. Ich habe nur weniges darüber zu bemerken; und das tue ich vielleicht noch in diesem Briefe. Sie haben einen sehr treuen Gehilfen gehabt, und das im doppelten Verstande des Wortes; er ist dem Originale treu gewesen und hat Ihnen treu beigestanden. Meinen besten Dank an ihn! Ja, wenn die Nebenbegriffe nur in den Weg *träten*, so ginge es noch an: aber sie *fliegen* in den Weg. Was wollen Sie aber? Diese obscoenae volucres [*häßlichen Vögel*] sind ja auch im Deutschen furchtbar.

... alarum verbera nosco
Letalemque sonum.
[... *ich kenne die Schläge der Schwingen*
Und den verderblichen Schrei.]

Ein einziges Wort, dem sie ankleben (die Franzosen haben nur solcher Kletten mehr als wir), kann einer schönen Stelle letal werden. [ ]

(21. Oktober)

Bemerkungen über die Übersetzung. Nicht »plaine«, sondern »vallée«, wie im Deutschen, so mußte es notwendig heißen. Aber ich verzeihe euch beiden Unwissenden das. Ihr seid keine Soldaten.

Ebert fragte den Herzog von *Braunschweig* (zu der Zeit, da er das noch war), wie ihm *Hermanns Schlacht* als Soldaten gefiele? Er hätte sie, sagte er, nicht besser schlagen können. Wie würde er über den Druckfehler gelacht haben, wenn er vorn gefunden hätte: *an der Pläne.* »Hermann de face«: H. sagt von *drüben her!* Die Katten stehen den Cheruskern gegenüber in dem Walde. (Ihr Idioten!!) []

86

KLOPSTOCK AN JOHANN GOTTFRIED HERDER

Hamburg, 27. November 1799

[] Es fällt mir jetzt etwas wieder ein, worüber ich Ihnen schon mehr als einmal habe schreiben wollen. Haben Sie gelesen, was *Goethe* über die Farben gegen *Newton* geschrieben; und haben Sie, was vor ziemlicher Zeit *Marat,* da er noch nicht rasend war, über eben diese Sache (mich deucht im »Merkur«) und auch gegen *Newton*! Wenn Sie haben, so können Sie mir vermutlich sagen, was *Goethe* von *Marat* genommen hat. Denn er ist (vielleicht nur zuzeiten) ein gewaltiger Nehmer. So hielt er es mit dem Leben, das Götze z. B. von sich selbst geschrieben hat. Götze war seit ziemlich langer Zeit das erste deutsche Schauspiel, das ich ganz durchlas. Hätte ich damals jene Lebensbeschreibung gekannt, so hätte ich es zwar auch ganz gelesen, aber vornehmlich, um zu vergleichen. Es kommen in Götzen, dem Schauspiele, auch andere Personen vor, die gewöhnlich nicht so sprechen, wie sie in den damaligen Zeiten hätten sprechen sollen, aber hier gängelte auch die Lebensbeschreibung *Goethen* nicht.

Böttiger hat mir, schon vor ziemlicher Zeit, geschrieben, daß er mit umgehender Post einen vom Bedienten unterschlagenen Brief, so viel er sich von dem Inhalte erinnerte, das zweitemal schreiben wollte. Diesen Brief habe ich noch nicht. Fragen Sie ihn doch darnach. Einigen der überschickten Epigramme fehlen die Aufschriften, die ich weder damals hatte, noch jetzt habe. Hier noch ein paar:

Jene Natürlichkeit, die gekannte Gedanken verschönert,
Hat des Reizes noch mehr, wenn ihr mit großen sie hört.
Schwestern sind die Grazien zwar, doch nur ähnliche Schwestern,
Gleiche nicht. Eine durchdringt; eine berührt nur das Herz.

Weiland griff man aus Gallischen Lufttheorien die Künste:
Der da greifet sie heuer aus neuscholastischem Übel.

Ich umarme Sie von Herzen, lieber Herder. Ich habe nur eben noch Zeit, den Brief zuzumachen. Der Ihrige

Klopstock

GOTTHOLD EPHRAIM LESSING
1729–1781

Er kam aus einem Kamenzer Pfarrhaus und sollte Theologe werden, aber noch während des Studiums schrieb er sein erstes Lustspiel, das die Neuberin 1748 in Leipzig aufführte: »Der junge Gelehrte«. Sein Vater hielt ihn daraufhin für verloren, und der äußere Lebenslauf seines Sohnes mochte ihm recht geben: Lessing ging nach Berlin, arbeitete als Journalist und Kritiker, dann mit wechselnden Aufenthalten als Magister und Reisebegleiter; 1760 folgte er einem preußischen General als Sekretär nach Breslau, und 1766, als seine Hoffnung auf eine Bibliothekarstelle in Berlin scheiterte, ging er nach Hamburg, um dem neuen Nationaltheater aufzuhelfen. Aber daraus wurde nichts, und zuletzt mußte er froh sein, vom braunschweigischen Herzog als Bibliothekar nach Wolfenbüttel geholt zu werden. In die literarische Welt der Jahrhundertmitte führte sich Lessing zuerst als Kritiker ein, und zwar in strikter Opposition zu Gottsched und dessen Schweizer Gegnern Bodmer und Breitinger. In kritischer Kärrnerarbeit skizzierte er die Grundlagen einer erneuerten Ästhetik; sie manifestierte sich vor allem in seinen Beiträgen für die »Briefe, die neueste Literatur betreffend« und in der »Hamburgischen Dramaturgie« (1767–1769), aber auch in seinem poetischen Werk, das anfangs teils zu Gellert, teils zur Anakreontik und zum Manierismus neigte und parallel zur ästhetischen Erkenntnis eine in der Zeit unerhörte Klarheit gewann, so in seinen Bühnenstücken, mit denen er das neue deutsche Drama begründete (vgl. die Einleitung zum Briefwechsel zwischen Lessing, Mendelssohn und Nicolai). Seine Forderung nach Ordnung und Klarheit im Denken, mit der er, durchaus Aufklärer, ausschweifendem und unkonzentriertem Zeitgerede begegnete, trieb ihn wiederholt zu kritischen Streifzügen ins Gebiet der Kunstgeschichte (»Briefe antiquarischen Inhalts«) und schließlich zur Polemik gegen die aufgeklärte Richtung der protestantischen Theologie, in der er ein Trojanisches Pferd sehen mußte, mit dem die Vernunft übertölpelt werden sollte; als ihm sein Brotherr die Fortsetzung dieser Polemik verbot, antwortete er mit dem Schauspiel »Nathan der Weise« (1779), einem Lehrstück der aufgeklärten religiösen Toleranz und Humanität. Lessing vereint rationalistisches Denken, humanitäres Wollen und spinozistisch-pantheistische Religiosität ohne Widerspruch; daß ihm jüngere Dichter darin nicht folgten, kennzeichnet eine Peripetie in der literarischen Entwicklung. Mit dem Sturm und Drang begann das Abenteuer eines genialischen Irrationalismus, Lessing blieb vorerst der einzige Platzhalter der Vernunft in der deutschen Literatur.

87

LESSING AN SEINE SCHWESTER DOROTHEA SALOME

Meißen, 30. Dezember 1743

Geliebte Schwester! Ich habe zwar an Dich geschrieben, allein Du hast nicht geantwortet. Ich muß also denken, entweder Du kannst nicht schreiben, oder Du willst nicht schreiben. Und fast wollte ich das erste behaupten. Jedoch ich will auch das andre glauben; Du willst nicht schreiben. Beides ist strafbar. Ich kann zwar nicht einsehn, wie dieses beisammen stehn kann: ein vernünftiger Mensch zu sein; vernünftig reden können; und gleichwohl nicht wissen, wie man einen Brief aufsetzen soll. Schreibe wie du redest, so schreibst Du schön. Jedoch; hätte auch das Gegenteil statt, man könnte vernünftig reden, dennoch aber nicht vernünftig schreiben; so wäre es für Dich eine noch großere Schande, daß Du nicht einmal so viel gelernet. Du bist zwar Deinen Lehrmeister sehr zeitig aus der Schule gelaufen, und schon in Deinem zwölften Jahre hieltest Du es vor eine Schande, etwas mehres zu lernen; allein wer weiß, welches die großte Schande ist? in seinem zwölften Jahre noch etwas zu lernen als in sein achtzehnten oder neunzehnten noch keinen Brief schreiben können. Schreibe ja! und benimm mir diese falsche Meinung von Dir. Im Vorbeigehen muß ich doch auch an das neue Jahr gedenken. Fast jeder wünschet zu dieser Zeit Gutes. Was werde ich Dir aber wünschen? Ich muß wohl was Besonderes haben. Ich wünsche Dir, daß Dir Dein ganzer Mammon gestohlen würde. Vielleicht würde es Dir mehr nutzen, als

wenn jemand zum neuen Jahre Deinen Geldbeutel mit einigen 100 Stück Dukaten vermehrte.
Lebe wohl! Ich bin Dein treuer Bruder G. E. Lessing.

88

LESSING AN SEINE MUTTER

Berlin, 20. Januar 1749

[] Ich besorge nur, daß ich bei Ihnen in den Verdachte einer allzugeringen Liebe und Hochachtung, die ich Ihnen schuldig bin, stehe. Ich besorge nur, daß Sie glauben werden, meine jetzige Aufführung komme aus lauter Ungehorsam und Bosheit. Diese Besorgnis macht mich unruhig. Und wenn sie gegründet sein sollte, so würde mich es desto ärger schmerzen, je unschuldiger ich mich weiß. Erlauben Sie mir derohalben, daß ich nur mit wenig Zügen Ihnen meinen ganzen Lebenslauf auf Universitäten abmalen darf, ich bin gewiß versichert, Sie werden alsdann mein jetziges Verfahren gütiger beurteilen. Ich komme jung von Schulen, in der gewissen Überzeugung, daß mein ganzes Glück in den Büchern bestehe. Ich komme nach Leipzig, an einen Ort, wo man die ganze Welt im kleinen sehen kann. Ich lebte die ersten Monate so eingezogen, als ich in Meißen nicht gelebt hatte. Stets bei den Büchern, nur mit mir selbst beschäftigt, dachte ich ebenso selten an die übrigen Menschen, als vielleicht an Gott. Dieses Geständnis kömmt mir etwas sauer an, und mein einziger Trost dabei ist, daß mich nichts Schlimmers als der Fleiß so närrisch machte. Doch es dauerte nicht lange, so gingen mir die Augen auf: Soll ich sagen, zu meinem Glücke, oder zu meinem Unglücke? Die künftige Zeit wird es entscheiden. Ich lernte einsehen, die Bücher würden mich wohl gelehrt, aber nimmermehr zu einen Menschen machen. Ich wagte mich von meiner Stube unter meinesgleichen. Guter Gott! was vor eine Ungleichheit wurde ich zwischen mir und andern gewahr. Eine bäuersche Schüchternheit, ein verwilderter und ungebauter Körper, eine gänzliche Unwissenheit in Sitten und Umgange, verhaßte Mienen, aus welchen jedermann seine Verachtung zu lesen glaubte, das waren die guten Eigenschaften, die mir bei meiner eignen Beurteilung übrig blieben. Ich empfand eine Scham, die ich niemals empfunden hatte. Und die Wirkung derselben war der feste Entschluß, mich hierinne zu bessern, es koste, was es wolle. Sie wissen selbst, wie ich es anfing. Ich lernte tanzen, fechten, voltigieren. Ich will in diesen Briefe meine Fehler aufrichtig bekennen, ich kann auch also das Gute von mir sagen. Ich kam in diesen Übungen so weit, daß mich diejenigen selbst, die mir in Voraus alle Geschicklichkeit darinnen absprechen wollten, einigermaßen bewunderten. Dieser gute Anfang ermunterte mich heftig. Mein Körper war ein wenig geschickter worden, und ich suchte Gesellschaft, um nun auch leben zu lernen. Ich legte die ernsthaften Bücher eine Zeitlang auf die Seite, um mich in denjenigen umzusehn, die weit angenehmer, und vielleicht ebenso nützlich sind. Die Komödien kamen mir zur erst in die Hand. Es mag unglaublich vorkommen, wem es will, mir haben sie sehr große Dienste getan. Ich lernte daraus eine artige und gezwungne, eine grobe und natürliche Aufführung unterscheiden. Ich lernte wahre und falsche Tugenden daraus kennen, und die Laster ebensosehr wegen ihres Lächerlichen als wegen ihrer Schändlichkeit fliehen. Habe ich aber alles dieses nur in eine schwache Ausübung gebracht, so hat es gewiß mehr an andern Umständen als an meinen Willen gefehlt. Doch bald hätte ich den vornehmsten Nutzen, den die Lustspiele bei mir gehabt haben, vergessen. Ich lernte mich selbst kennen, und seit der Zeit habe ich gewiß über niemanden mehr gelacht und gespottet als über mich selbst. Doch ich weiß nicht, was mich damals vor eine Torheit überfiel, daß ich auf den Entschluß kam, selbst Komödien zu machen: Ich wagte es, und als sie aufgeführt wurden, wollte man mich versichern, daß ich nicht unglücklich darinne wäre. Man darf mich nur in einer Sache loben, wenn man haben will, daß ich sie mit mehrern Ernste treiben soll. Ich sann dahero Tag und Nacht, wie ich in einer Sache eine Stärke zeigen möchte, in der, wie ich glaubte, sich noch kein Deutscher allzusehr hervorgetan hatte. Aber plötzlich ward ich in meinen Bemühungen durch Dero Befehl, nach Hause zu kommen, gestöret. Was daselbst vorgegangen, können Sie selbst noch allzuwohl wissen, als daß ich Ihnen durch eine unnütze Wiederholung verdrüßlich falle. Man legte mir sonderlich die Bekanntschaft mit gewissen Leuten, in die ich zufälliger Weise gekommen war, zur Last. Doch hatte ich es dabei Dero Gütigkeit zu danken, daß mir andere Verdrüßlichkeiten, an denen einige Schulden Ursache waren, nicht so heftig vorgeruckt wurden. Ich blieb ein ganzes Vierteljahr in Kamenz, wo ich weder müßig noch fleißig war. Gleich von Anfange hätte ich meiner Unentschließigkeit, welches Studium ich wohl erwählen wollte, erwähnen sollen. Man hatte derselben nun über Jahr und Tag nachgesehn. Und Sie werden sich zu erinnern belieben, gegen was ich mich auf Ihr dringendes Anhalten erklärte. Ich wollte Medicinam studieren. Wie übel Sie aber damit zufrieden waren, will ich nicht wiederholen. Bloß Ihnen zu Gefallen zu leben, erklärte ich mich noch überdieses, daß ich mich nicht wenig auf Schulsachen legen wollte, und daß es mir gleich sein würde, ob ich einmal durch dieses oder jenes fortkäme. In diesem Vorsatze reiste ich wieder nach Leipzig. Meine Schulden waren bezahlt, und ich hätte nichts weniger vermutet, als wieder darein zu verfallen. Doch meine weitläufige Bekanntschaft und die Lebensart, die meine Bekannte an mir gewohnt waren, ließen mich an eben dieser Klippe nochmals scheitern. Ich sahe allzudeutlich, wenn ich in Leipzig bleibe, so werde ich nimmermehr mit dem, was mir bestimmt ist, auskommen können. Der Verdruß, den ich hatte, Ihnen neue Ungelegenheit zu verursachen, brachte mich auf den Entschluß, von Leipzig weg zu gehen. Ich erwählte Berlin gleich anfangs zu meiner Zuflucht. [] Aber ich ward krank. Ich bin mir niemals selbst zu einer unerträglichern Last gewesen als damals. Doch ich hielt es einigermaßen vor eine göttliche Schickung; wenn es nicht was Unanständiges ist, daß man auch in solchen kleinen und geringen Sachen sich auf sie berufen will. Nach meiner Genesung beschloß ich, mit des Herrn Vaters Einwilligung in Wittenberg den Winter über zu verbleiben, und hoffte gewiß, dasjenige wieder zu ersparen, was ich in Leipzig zugesetzt hatte. Doch ich wurde bald gewahr, daß das, was in meiner Krankheit und durch andre Umstände, die ich aber jetzo verschweigen will, aufgegangen war, mehr als ein Quartal Stipendia ausmachte. Der alte Vorsatz wachte also bei mir wieder auf, nach Berlin zu gehen. Ich kam, und bin noch da, in was vor Umständen, wissen Sie selbst am besten. Ich hätte längst unterkommen können, wenn ich mir, was die Kleidung anbelangt, ein bessers Ansehn hätte machen können. Es ist dieses in eine Stadt gar zu nötig, wo man meistens den Augen in Beurteilung eines Menschen trauet. Nun beinahe vor einem Jahre hatten Sie mir eine neue Kleidung zu versprechen die Gütigkeit gehabt. Sie mögen daraus schließen, ob meine letztre Bitte allzu unbesonnen gewesen ist. Sie schlagen mir es ab, unter dem Vorwande, als ob ich, ich weiß nicht wem zu Gefallen, hier in Berlin wäre. Ich will nicht zweifeln, daß meine Stipendia wenigstens noch bis Ostern dauern sollten. Ich glaube also, daß meine Schulden genugsam damit können bezahlt werden. [] Nach Hause komme ich nicht. Auf Universitäten gehe ich jetzo auch nicht wieder, weil außerdem die Schulden mit meinen Stipendiis nicht können bezahlt werden, und ich Ihnen diesen Aufwand nicht zumuten kann. Ich gehe ganz gewiß nach Wien, Hamburg oder Hannover. Doch können Sie versichert sein, daß ich, ich mag sein, wo ich will, allezeit schreiben und niemals die Wohltaten vergessen werde, die ich von Ihnen so lange genossen. Ich finde an allen drei Örtern sehr gute Bekannte und Freunde von mir. []

89

LESSING AN SEINEN VATER

Berlin, 10. April 1749

[] Sie verlangen durchaus, daß ich nach Hause kommen soll. Sie fürchten, ich möchte in der Absicht nach Wien gehen, daselbst ein Komödienschreiber zu werden. [] Sie schreiben mir sogar ganz unverhohlen, es wären lauter Lügen, was ich Ihnen von unterschiednen Gelegenheiten, hier unterzukommen, geschrieben hätte. Ich bitte Sie inständigst, setzen Sie sich einen Augenblick an meine Stelle und überlegen, wie einem solche ungegründete Vorwürfe schmerzen müssen, deren Falschheit, wenn Sie mich nur ein wenig kennen, Ihnen durchaus in die Augen fallen muß. Doch muß ich mich am meisten wundern, wie Sie den alten Vorwurf von den Komödien wieder haben aufwärmen können? Daß ich zeitlebens keine mehr machen oder lesen wollte, habe ich Ihnen niemals versprochen, und Sie haben sich gegen mich viel zu vernünftig allezeit erzeugt, daß Sie es je im Ernste verlangt hätten. Wie können Sie schreiben, daß ich in Wittenberg nichts als Komödien gekauft hätte? Da doch unter den daselbst befindlichen Büchern nicht mehr als aufs höchste zwei sich befinden können. Der größte Teil derselben besteht aus statistischen Schriften, die Ihnen ganz natürlicher Weise hätten können schließen lassen, daß ich künftig gesonnen wäre, ebensoviel in der Welt und in dem Umgange der Menschen zu studieren, als in Büchern. Meine Korrespondenz mit Komödianten ist ganz anders, als Sie sich einbilden. Nach Wien habe ich an den Baron Seiller geschrieben, welches der Direktor von allen Theatern in Östreichschen ist, ein Mann, dessen Bekanntschaft mir keine Schande ist und mir noch Zeit genug nutzen kann. Ich habe nach Danzig und Hannover an gleiche, oder wenigstens sehr geschickte Leute geschrieben; und ich glaube, es kann mir kein Vorwurf sein, wenn man mich auch an mehrern Orten als in Kamenz kennt. Werfen Sie mir nicht dargegen ein, es kennten mich nur Komödianten. Wenn mich die kennen, so müssen mich notwendig auch alle kennen, die meine Arbeit von ihnen haben aufführen sehn. Ich könnte Ihnen aber auch Briefe, zum Exempel, aus Kopenhagen, weisen, die nicht von Komödianten geschrieben sind, zum Zeugnisse, daß mein Briefwechsel nicht bloß die Schauspiele zum Grunde habe. Und ich mache mir ein Vergnügen daraus, ihn alle Tage zu erweitern. Ich werde ehstens nach Paris an den Herrn Crébillon schreiben, so bald als ich mit der Übersetzung seines *Catilina* zu Stande bin. Sie sagen, daß Ihnen meine Manuskripte zeugten, daß ich viel angefangen, aber wenig fortgesetzt hätte? Ist das so ein groß Wunder? Musae secessum scribentis et otia quaerunt [*die Musen fordern Abgeschiedenheit und Muße für den Dichter*]. Aber nondum deus nobis haec otia fecit [*Gott hat uns diese Muße noch nicht gegeben*].

Und wenn ich gleichwohl alles nennen wollte, was hier und da von mir zerstreuet ist (ich will meine Schauspiele nicht darzu rechnen, weil sich doch die meisten einbilden, das wären Sachen, die ebensowenig Mühe erforderten, als sie Ehre brächten), so würde es bei alledem doch noch was austragen. Ich werde mich aber wohl hüten, Ihnen das geringste darvon zu nennen, weil es Ihnen vielleicht noch weniger als meine

Schauspiele anstehen möchte. Ich wollte nur, daß ich beständig Komödien geschrieben hätte, ich wollte jetzo in ganz andern Umständen sein. Die von mir nach Wien und Hannover gekommen sind, habe ich sehr wohl bezahlt bekommen. Doch haben Sie die Gütigkeit, sich noch wenige Monate zu gedulden, so sollen Sie sehen, daß ich in Berlin nicht müßig bin, oder nur vor andre arbeite. [] Was die Stelle in dem Seminario philologico in Göttingen anbelangt, so bitte ich Ihnen inständigst, sich alle ersinnliche Mühe deswegen zu geben. Ich verspreche es Ihnen, bei Gott, daß ich, sobald es gewiß ist, alsobald nach Hause kommen, oder gleich von hier aus dahin gehn will. Wissen Sie aber gar nichts Gewisses vor mich, so ist es ja besser, daß ich hier bleibe, an einem Orte, wo ich mein Glück machen kann, gesetzt ich müßte auch warten. Was soll ich zu Hause? []

90

LESSING AN GEORGE AUGUST VON BREITENBAUCH

Leipzig, 12. Dezember 1755

[] Merken Sie mir es nun bald an, daß ich an meinem *D. Faust* arbeite? Sie sollten mich in einer mitternächtlichen Stunde darüber sinnen sehen! Ich muß zum Entsetzen aussehen, wenn sich die schrecklichen Bilder, die mir in dem Kopfe herumschwärmen, nur halb auf meinem Gesicht ausdrücken. Wenn ich selbst darüber zum Zaubrer oder zum Fanatiker würde! Könnten Sie mir nicht Ihre melancholische Einbildungskraft manchmal leihen, damit ich die meine nicht zu sehr anstrengen dürfte? Ob Sie sie über die Prophezeiungen *Daniels* spintisieren, oder mir an meinem *Faust* helfen ließen, das würde wohl auf eins herauskommen. Es sind beides Wege zum Tollhause; nur daß jener der kürzeste und gewöhnlichste ist. []

91

LESSING AN JOHANN WILHELM LUDWIG GLEIM

Leipzig, 14. Juni 1757

[] Denken Sie nur einmal, was sich Ihres Königs Soldaten alles unterstehen! Bald werden sie auch die besten Verse machen wollen, weil sie am besten siegen können! Der unbändige Ehrgeiz! Da bekomme ich von Berlin, vor einigen Tagen, einen *Schlachtgesang*, mit dem Zusatze, daß ihn ein gemeiner Soldat gemacht habe, der noch für jedes Regiment einen machen wolle. Er lautet so:

Auf, Brüder, Friedrich, unser Held,
Der Feind von fauler Frist,
Ist auf, und winkt uns in das Feld,
Wo Ruhm zu holen ist.

Was soll, o Tolpatsch und Pandur,
Was soll die träge Rast?
Auf, und erfahre, daß du nur
Den Tod verspätet hast.

Aus deinem Schädel trinken wir
Bald deinen süßen Wein,
Du Ungar! Merseburger Bier
Soll dann verschmähet sein. [ ]

Daß sich ein Mann, ein gemeiner Soldat, der doch ohne Zweifel die Poesie weder handwerksmäßig gelernt hat, noch darauf gewandert ist, solche vortreffliche Verse zu machen unterstehen darf! Das einzige Merseburger Bier will mir nicht recht *zu Halse!* Wenn der tapfre Dichter nicht seit der Zeit geblieben ist, und ich ihn jemals kennenlerne, so soll er mir diese Zeile ändern müssen. Mit der alten Lesart soll das Lied alsdenn im Lager, und mit der neuen auf dem Parnasse gesungen werden. [ ]

92

LESSING AN KARL WILHELM RAMLER

Leipzig, 18. Juni 1757

Mein lieber Ramler, Sie tun zwar, als ob Sie mich ganz und gar vergessen hätten, oder als ob Sie wenigstens glaubten, daß ich, weit von hier, in der Welt herumschweifte. Allein ich weiß doch wohl, daß Ihr Gedächtnis freundschaftlicher ist, und daß Sie das drollige Schicksal meiner Reise schon längst durch die dritte oder vierte Hand haben erfahren müssen. Sie würden sich also meiner ohne Zweifel in Ihren Briefen an den Herrn Major von Kleist erinnert haben, wenn Sie nicht die unterlassene eigene Meldung meiner Zurückkunft hätten bestrafen wollen. Was nun die Ursache dieser Unterlassung anbelangt, so müssen Sie wissen, daß ich inkognito zurück gekommen war, und auch inkognito hier zu bleiben vorhatte, bis ich vor ungefähr drei Wochen erfuhr, daß ich mein Inkognito allmählich aufgeben müßte, wenn ich es nicht zeitlebens beobachten wollte. Da sehen Sie einmal, was mir der Krieg für Schaden tut! Ich und der König von Preußen werden eine gewaltige Rechnung miteinander bekommen! Ich warte nur auf den Frieden, um sie auf eine oder die andre Weise mit ihm abzutun. Da nur er, er allein, die Schuld hat, daß ich die Welt nicht gesehen habe, wär es nicht billig, daß er mir eine Pension gäbe, wobei ich die Welt vergessen könnte? Sie denken, das wird er fein bleiben lassen! Ich denke es nicht weniger; aber dafür will ich ihm auch wünschen, — — daß nichts als schlechte Verse auf seine Siege mögen gemacht werden! []

93

LESSING AN JOHANN WILHELM LUDWIG GLEIM

Leipzig, 21. Oktober 1757

Liebster Herr Gleim, wie glücklich sind Sie, *solche* witzige Köpfe bei sich zu haben! — Oder vielmehr, wie glücklich sind diese witzigen Köpfe, daß sie einmal mit einem vernünftigen Deutschen umgehen können! Nunmehr werden sie doch wohl sehen, daß es eben nicht unsre größten Geister sind, die nach Paris kommen. Aber ich bitte Sie inständigst, zeigen Sie sich ja als einen wahren Deutschen! Verbergen Sie allen Witz, den Sie haben; lassen Sie nichts von sich hören, als Verstand; wenden Sie diesen vornehmlich an, jenen verächtlich zu machen. — Das ist die einzige Rache, die Sie jetzt an Ihren Feinden nehmen können. Besonders lassen Sie sich ja nicht merken, als ob Sie einen von ihren jetztlebenden Skribenten kennten. Wenn man Sie fragt, ob Ihnen Gresset, Piron, Marivaux, Bernis, Du Boccage gefielen, so werfen Sie fein verächtlich den Kopf zurück und tuen statt aller Antwort die Gegenfrage, ob man in Frankreich unsre Schönaichs, unsre Löwens, unsre Patzkens, unsere Unzerinnen auswendig wisse. Von Fontenellen muß Ihnen wei-

ter nichts bekannt zu sein scheinen, als daß er fast hundert Jahre alt geworden; und von Voltairen selbst müssen Sie tun, als ob Sie weiter nichts, als seine dummen Streiche und Betrügereien gehört hätten. – Das soll wenigstens meine Rolle sein, die ich mit jedem nicht ganz unwissenden Franzosen spielen will, der etwan nach Leipzig kommen sollte! [ ]
Was sagen Sie zu Klopstocks geistlichen Liedern? Wenn Sie schlecht davon urteilen, so werde ich an Ihrem Christentume zweifeln; und urteilen Sie gut davon, an Ihrem Geschmacke. Was wollen Sie lieber? [ ]

94
LESSING AN JOHANN WILHELM LUDWIG GLEIM

Leipzig, 6. Februar 1758

Liebster Freund! Versöhnen Sie mich immer wieder mit unserm Grenadier, wenn er wirklich auf mich zürnen sollte. Sie wissen ja wohl: wenn der Poet nicht zugleich Soldat ist, so ist der Poet eine sehr nachlässige Kreatur. Den Grenadier hat nur sein Stand so tätig und pünktlich gemacht; als Dichter würde er es gewiß nicht sein. [ ] Das Lied auf den Sieg bei Lowositz, und das auf den bei Lissa, ist wirklich schon unter der Presse, und beide werden so, wie das auf den Roßbacher Sieg, gedruckt. Dem ungeachtet bleibt es gewiß dabei, daß alle seine Lieder zusammen gedruckt werden sollen, und zwar noch eher als der Feldzug wieder angehen wird. Ich hoffe gar, noch diesen Monat; denn einige Zeit muß der Verleger haben, die einzelnen zuvor unterzubringen. [ ]

95
LESSING AN JOHANN WILHELM LUDWIG GLEIM

Berlin, 8. Juli 1758

Liebster Freund, Sie glauben nicht, wie zufrieden ich mit Ihnen und dem Grenadier bin. Er hat sich vortrefflich aus dem Handel gezogen, und ich wüßte nicht das geringste, was in seinem Kolinschen Liede zu ändern wäre. Es kam noch eben zurechte, obgleich der Druck schon bis in das Roßbach-

sche Lied fortgerückt war. Einer so interessanten Vermehrung wegen hat ja leicht ein Bogen können weggeworfen werden. [ ]
Herr Ramler und ich machen Projekte über Projekte. Warten Sie nur noch ein Vierteljahrhundert, und Sie sollen erstaunen, was wir alles werden geschrieben haben. Besonders ich! Ich schreibe Tag und Nacht und mein kleinster Vorsatz ist jetzo, wenigstens noch dreimal so viele Schauspiele zu machen, als Lope de Vega. Ehstens werde ich meinen *Doktor Faust* hier spielen lassen. Kommen Sie doch geschwind wieder nach Berlin, damit Sie ihn sehen können. [ ]

96

LESSING AN JOHANN WILHELM LUDWIG GLEIM

Berlin, 16. Dezember 1758

[ ] Vor allen Dingen muß ich Ihnen sagen, daß ich das Gedicht unsers Grenadiers, als ein Gedicht, mit dem größten Vergnügen gelesen habe. Er ist hier weit ernster, feierlicher, erhabner, als in seinen Liedern, ohne deswegen aus seinem Charakter zu gehen. Allein soll ich es für nichts als für eine Wirkung seiner frappanten Art zu malen halten, wenn mir bei verschiedenen Stellen vor Entsetzen die Haare zu Berge gestanden haben? Sehen Sie, liebster Freund, ich bin aufrichtig, und ich kann es gegen Sie ohne Gefahr sein. Ich wollte diese Stellen nicht zum zweitenmale lesen, und wenn ich noch so vieles damit gewinnen könnte. Ja gesetzt, es wird über kurz oder lang Friede; gesetzt, die itzt so feindselig gegeneinander gesinnten Mächte söhnen sich aus – (ein Fall, der ganz gewiß erfolgen muß) – was meinen Sie, daß alsdenn die kältern Leser, und vielleicht der Grenadier selbst, zu so mancher Übertreibung sagen werden, die sie itzt in der Hitze des Affekts für ungezweifelte Wahrheiten halten? Der *Patriot* überschreiet den Dichter zu sehr, und noch dazu so ein soldatischer Patriot, der sich auf Beschuldigungen stützet, die nichts weniger als erwiesen sind! Vielleicht zwar ist auch der Patriot bei mir nicht ganz erstickt, obgleich das Lob eines eifrigen Patrioten, nach meiner Denkungsart, das allerletzte ist, wonach ich geizen würde; des Patrioten näm-

lich, der mich vergessen lehrt, daß ich ein Weltbürger sein sollte. In diesem Falle also, wenn es nämlich eine bloße Kollision des Patriotismus ist, die mich diesesmal mit unserm Grenadier weniger zufrieden macht, als ich sonst zu sein so viel Ursachen habe – veniam petimus, dabimusque vicissim [*wollen wir Nachsicht erbitten und einander gewähren*]. []

97

LESSING AN JOHANN WILHELM LUDWIG GLEIM

Berlin, 1. September 1759

Liebster Freund, ich setze in der größten Verwirrung die Feder an. Ich weiß, Sie werden sich alle Posttäge nach einem Briefe von mir umsehen; ich muß Ihnen also nur schreiben, ob ich Ihnen gleich auch itzt noch nichts *ganz Zuverlässiges* von unserm teuerstem Kleiste melden kann.

Herr von Brand ist bei der Armee des Königs gewesen, und vorgestern abends wieder zurückgekommen. Er hat sich genau nach unserm Freunde erkundigt und von dem Obersten von Kleist, seinem Vetter, erfahren, daß er sich in Frankfurt noch bis Dato befinde. Er soll nicht mehr als sechs Wunden haben; der rechtschaffne Mann! Er hat sich, und das hat nicht allein der Oberste, sondern das haben ihm noch viel andere Offiziere gesagt, an dem unglücklichen Tage außerordentlich hervorgetan. Er hat die ersten Wunden gar nicht geachtet, sondern ist vor seinem Bataillon noch immer zu Pferde geblieben; und als er endlich gestürzt, hat er noch auf der Erde seinen Leuten zugerufen und sie aufs beste angefeuert. Doch auch hier hat alles nichts helfen wollen; er hat müssen auf der Walstatt liegen bleiben, und ist so, nebst allen andern schwer Verwundeten, den Russen in die Hände gefallen. []

98

LESSING AN JOHANN WILHELM LUDWIG GLEIM

Berlin, 6. September 1759

Ach, liebster Freund, es ist leider wahr. Er ist tot. Wir haben ihn gehabt. Er ist in dem Hause und in den Armen des Professor Nicolai gestorben. Er ist beständig, auch unter den größten Schmerzen, gelassen und heiter gewesen. Er hat sehr verlangt, seine Freunde noch zu sehen. Wäre es doch möglich gewesen! Meine Traurigkeit über diesen Fall ist eine sehr wilde Traurigkeit. Ich verlange zwar nicht, daß die Kugeln einen andern Weg nehmen sollen, weil ein ehrlicher Mann da stehet. Aber ich verlange, daß der ehrliche Mann – sehen Sie, manchmal verleitet mich mein Schmerz, auf den Mann selbst zu zürnen, den er angehet. Er hatte drei, vier Wunden schon; warum ging er nicht? Es haben sich Generals mit wenigern und kleinern Wunden unschimpflich beiseite gemacht. Er hat sterben *wollen.* Vergeben Sie mir, wenn ich ihm zu viel tue. Denn es kann doch wohl sein, daß ich ihm zu viel tue. Er wäre auch an der letzten Wunde nicht gestorben, sagt man; aber er ist versäumt worden. Versäumt worden! Ich weiß nicht, gegen wen ich rasen soll. Die Elenden! die ihn versäumt haben. – Ha, ich muß abbrechen. Der Professor wird Ihnen, ohne Zweifel, geschrieben haben. Er hat ihm eine Standrede gehalten. Ein andrer, ich weiß nicht wer, hat auch ein Trauergedichte auf ihn gemacht. Sie müssen nicht viel an Kleisten verloren haben, die das *itzt* imstande waren! Der Professor will seine Rede drucken lassen, und sie ist so elend! Ich weiß gewiß, Kleist hätte lieber eine Wunde mehr mit ins Grab genommen, als sich solch Zeug nachschwatzen lassen. Hat ein Professor wohl ein Herz? Er verlangt itzt auch von mir und Ramlern Verse, die er mit seiner Rede zugleich will drucken lassen. Wenn er eben das auch von Ihnen verlangt hat, und Sie erfüllen sein Verlangen – liebster Gleim, das müssen Sie nicht tun! []

99
LESSING AN SEINEN VATER

Potsdam, 4. August 1763

Hochzuehrender Herr Vater, so sehr mich gewissermaßen der Besuch meines Bruders Gottlob an einem Orte befremden mußte, wo ich selbst nur zum Besuche bin, und sehr wenig Zeit habe: so angenehm ist er mir jedennoch gewesen; besonders da er mich mit der erwünschten Nachricht von dem Wohlbefinden meiner wertesten Eltern und sämtlichen Ge-

schwisters erfreuet. Ich bediene mich seiner Rückreise, um endlich mein Versprechen einmal zu erfüllen, das ich gewiß längstens erfüllet hätte, wenn die Schwierigkeit der Geldsorten und der Übermachung mich nicht daran verhindert hätte. Ich habe ihm nämlich 170 Reichstaler in sächsischen Dritteln mitgegeben; davon sind 60 Reichstaler für den Bruder Karl in Leipzig, als auf zwei Quartale der ausgesetzten Zubuße. Die übrigen 110 Reichstaler werden der Herr Vater nach Befinden unter das übrige Geschwister verteilen, besonders würde es mir angenehm sein, wenn Gottlob davon sich examinieren lassen könnte, weil er mich versichert, daß seine Beförderung bloß und allein hiervon abhange.
Ich glaube schwerlich länger als drei oder vier Wochen noch allhier in Potsdam zu bleiben, und gehe sodann vor der Hand mit dem Generallieut. v. Tauentzien, welcher Gouverneur von ganz Schlesien geworden, wieder nach Breslau zurück. Ich werde aber vorher gewiß noch einmal nach Hause schreiben, und es positiv melden, ob ich diesen Sommer noch selbst auf einige Tage dahin kommen kann. [ ]

100

LESSING AN KARL WILHELM RAMLER

Breslau, 5. August 1764

[ ] Ich bin so ziemlich wieder hergestellt, außer daß ich noch mit häufigem Schwindel beschwert bin. Ich hoffe, daß sich auch dieser bald verlieren soll; und alsdann werde ich wie neugeboren sein. Alle Veränderungen unsers Temperaments, glaube ich, sind mit Handlungen unserer animalischen Ökonomie verbunden. Die ernstliche Epoche meines Lebens nahet heran; ich beginne ein Mann zu werden, und schmeichle mir, daß ich in diesem hitzigen Fieber den letzten Rest meiner jugendlichen Torheiten verraset habe. Glückliche Krankheit! Ihre Liebe wünschet mich gesund; aber sollten sich wohl Dichter eine athletische Gesundheit wünschen? Sollte der Phantasie, der Empfindung, nicht ein gewisser Grad von Unpäßlichkeit weit zuträglicher sein? Die Horaze und Ramler wohnen in schwächlichen Körpern. Die gesunden Theophile und Lessinge werden Spieler und Säufer. Wünschen Sie mich

also gesund, liebster Freund; aber womöglich mit einem kleinen Denkzeichen gesund, mit einem kleinen Pfahl im Feische, der den Dichter von Zeit zu Zeit den hinfälligen Menschen empfinden lasse, und ihm zu Gemüte führe, daß nicht alle Tragici mit dem Sophokles neunzig Jahr werden; aber, wenn sie es auch würden, daß Sophokles auch an die neunzig Trauerspiele, und ich erst ein einziges gemacht! Neunzig Trauerspiele! Auf einmal überfällt mich ein Schwindel! O lassen Sie mich davon abbrechen, liebster Freund! [ ]

101

LESSING AN KARL WILHELM RAMLER

Breslau, 20. August 1764

[ ] Seit einiger Zeit halte ich das Kränkeln für schlimmer als das Kranksein. Ein ärgerliches Leben, wenn man auf ist, und vegetiert, und für gesund angesehen wird, ohne es zu sein! Ich war vor meiner Krankheit in einem Train zu arbeiten, in dem ich selten gewesen bin. Noch kann ich nicht wieder hineinkommen, ich mag es anfangen, wie ich will. Ich brenne vor Begierde, die letzte Hand an meine *Minna von Barnhelm* zu legen; und doch wollte ich auch nicht gern mit halbem Kopfe daran arbeiten. Ich habe Ihnen von diesem Lustspiele nichts sagen können, weil es wirklich eins von meinen letzten Projekten ist. Wenn es nicht besser, als alle meine bisherigen dramatischen Stücke wird, so bin ich fest entschlossen, mich mit dem Theater gar nicht mehr abzugeben. Es könnte doch sein, daß ich zu lange gefeiert hätte. [ ]

102

LESSING AN CHRISTIAN ADOLF KLOTZ

Berlin, 9. Juni 1766

[ ] Ich verspreche meinem *Laokoon* wenig Leser, und ich weiß es, daß er noch wenigere gültige Richter haben kann. Wenn ich Bedenken trug, den einen davon in Ihnen zu bestechen: so geschahe es gewiß weniger aus Stolz, als aus Lehrbegierde. Ich habe Ihnen zuerst widersprochen; und ich würde sagen, es

sei bloß in der Absicht geschehen, mir Ihre Widersprüche ohne allen Rückhalt zu versichern, wenn ich glaubte, daß ein rechtschaffener Mann erst gereizet werden müßte, wenn er nach Überzeugung sprechen sollte. Der häßliche Thersites soll unter uns ebensowenig Unheil stiften, als ihm vor Troja zu stiften gelang. Schreibt man denn nur darum, um immer Recht zu haben? Ich meine, mich um die Wahrheit ebenso verdient gemacht zu haben, wenn ich sie verfehle, mein Fehler aber die Ursache ist, daß sie ein anderer entdecket, als wenn ich sie selber entdecke. Mit diesen Gesinnungen kann ich mich auf Ihr ausführliches Urteil in den »Actis litter.« nicht anders als freuen. [ ]

103
LESSING AN JOHANN WILHELM LUDWIG GLEIM

Berlin, 1. Februar 1767

[ ] Fragen Sie mich nicht: auf was ich nach Hamburg gehe? Eigentlich auf nichts. Wenn sie mir in Hamburg nur nichts nehmen, so geben sie mir ebensoviel, als sie mir hier gegeben haben. Doch Ihnen brauche ich nichts zu verbergen. Ich habe allerdings mit dem dortigen neuen Theater und den Entrepreneurs desselben eine Art von Abkommen getroffen, welches mir auf einige Jahre ein ruhiges und angenehmes Leben verspricht. [ ]

Und noch eine andere Aussicht habe ich in Hamburg. Ihnen muß ich hauptsächlich davon schreiben. – Kennen Sie einen gewissen H. Bode daselbst? Er ist ein Freund des H. Zachariä; und wenn ich mich recht erinnere, hat er mir gesagt, daß er auch Ihnen bekannt zu sein die Ehre habe. Dieser Mann legt in Hamburg eine Druckerei an; und ich bin nicht übel in Willens, über lang oder kurz, auf eine oder die andere Weise gemeinschaftliche Sache mit ihm zu machen. Wie wäre es, wenn Sie ihm Ihre Werke in Verlag gäben? [ ]

Ihre Bücher sende ich Ihnen nächstens zurück, bis auf ein paar. Meine Bibliothek wird springen; ich behalte von sechstausend Stück nichts, als was ich zu meinen vorhabenden Arbeiten unumgänglich brauche. Es geht mir nahe, daß ich mich ihrer entschlagen muß, daß ich mich ihrer an einem Orte entschlagen muß, wo Bücher ganz und gar nichts gelten. [ ]

104
LESSING AN SEINEN BRUDER KARL

Hamburg, 22. Mai 1767

[] Von meinen Umständen weiß ich selbst nicht recht, was ich Dir melden soll. Mit unserm Theater (das im Vertrauen!) gehen eine Menge Dinge vor, die mir nicht anstehn. Es ist Uneinigkeit unter den Entrepreneurs, und keiner weiß, wer Koch oder Kellner ist. Indes habe ich den Anfang zu dem Wochenblatte gemacht, wovon Du hier die ersten Stücke erhältst. Sie sind in meiner eigenen Druckerei gedruckt; denn da ich mich doch auf einige Weise hier fixieren wollte, so habe ich mich bereden lassen, die Druckerei eines gewissen Herrn Bode zu übernehmen, der mit einem russischen Obristen auf Reisen gegangen ist. Ich werde ja sehen, wie es damit geht. []

105
LESSING AN SEINEN BRUDER KARL

Hamburg, 6. Juli 1769

Lieber Bruder, ich danke Dir für die überschickten gedruckten Sachen. Deine Komödien kommen zwar ein wenig zu spät: denn Du kannst Dir leicht einbilden, daß sich meine Neugierde nicht so lange gedulden konnte. Ich habe sie gelesen, sobald sie hier zu haben waren. Und nun willst Du mein Urteil darüber wissen? Wohl; aber merke Dir voraus, daß es das Urteil eines aufrichtigen Bruders ist, der Dich wie sich selbst liebt. Es muß Dich nicht beleidigen, wenn es Dich auch anfangs ein wenig verdrießen sollte. Dein *Stummer Plauderer* und Dein *Lotterielos* haben meinen Beifall gar nicht; und es ist nur gut, daß Du diese sehr mittelmäßigen Versuche ohne Deinen Namen herausgegeben hast. Aber fürchtest Du denn nicht, daß Klotz ihn gar bald dennoch auskundschaften wird? Und wahrlich, Du hast ihm und seinen Gehilfen gar zu viel Prise gegeben. Der größte Fehler dieser Stücke ist eine platte Schwatzhaftigkeit, und der Mangel alles Interesse. Der *Wildfang* ist ungleich besser und könnte schon unter den guten Stücken mit unterlaufen. Aber Du weißt, wie wenig davon, Dein ist; und Du hast nicht wohl getan, daß Du Deine Quelle verschwiegen. [] Ich habe Dir es schon oft mündlich gesagt, woran ich glaube, daß es Dir fehlt. Du hast zuwenig Philosophie und arbeitest viel zu leichtsinnig. Um die Zuschauer so lachen zu machen, daß sie nicht zugleich über uns lachen, muß man auf seiner Studierstube lange sehr ernsthaft gewesen sein. Man muß nie schreiben, was einem zuerst in den Kopf kommt. Deine Sprache selbst zeugt von Deiner Ruschelei. Auf allen Seiten sind grammatische Fehler, und korrekt, eigen und neu ist fast keine einzige Rede. Ich nehme wiederum den *Wildfang* zum größten Teile aus. – Freilich muß ich Dir zum Trost sagen, daß Deine ersten Stücke immer so gut sind, als meine ersten Stücke; und wenn Du Dir nur immer zu jedem neuen Stücke, wie ich es getan habe, vier bis sechs Jahre Zeit lässest: so kannst Du leicht etwas Besseres machen als ich je gemacht habe oder machen werde. []

106

LESSING AN SEINEN VATER

Wolfenbüttel, 27. Juli 1770

[] Es war die höchste Zeit, daß ich durch die hiesige Versorgung wiederum eine gewisse Einnahme erhielt.
Eigentlich ist es der Erbprinz, welcher mich hierher gebracht. Er ließ mich auf die gnädigste Art zu sich einladen; und ihm allein habe ich es zu danken, daß die Stelle des Bibliothekars, welche gar nicht leer war, für mich eigentlich leer gemacht ward. Auch der regierende Herzog hat mir hierauf alle Gnade erwiesen, deren ich mich von dem gesamten Hause zu rühmen habe, welches aus den leutseligsten besten Personen von der Welt besteht. Ich bin indes der Mensch nicht, der sich zu ihnen dringen sollte: vielmehr suche ich mich von allem, was Hof heißt, soviel möglich zu entfernen und mich lediglich in den Zirkel meiner Bibliothek einzuschränken.
Die Stelle selbst ist so, als ob sie von je her für mich gemacht wäre: und ich habe es um so viel weniger zu bedauern, daß ich bisher alle andern Anträge von der Hand gewiesen. Sie ist auch einträglich genug, daß ich gemächlich davon leben kann, wenn ich nur erst wieder auf dem Trocknen, das ist, aus meinen Schulden, sein werde: Sechshundert Taler Gehalt,

nebst freier Wohnung und Holz auf dem fürstl. Schlosse. Das allerbeste aber dabei ist die Bibliothek, die Ihnen schon dem Ruhme nach bekannt sein muß, die ich aber noch weit vortrefflicher gefunden habe, als ich mir sie jemals eingebildet hätte. Ich kann meine Bücher, die ich aus Not verkaufen müssen, nun sehr wohl vergessen. Ich wünschte in meinem Leben noch das Vergnügen zu haben, Sie hier herum führen zu können, da ich weiß, was für ein großer Liebhaber und Kenner Sie von allen Arten von Büchern sind. Eigentliche Amtsgeschäfte habe ich dabei keine andere, als die ich mir selbst machen will. Ich darf mich rühmen, daß der Erbprinz mehr darauf gesehen, daß ich die Bibliothek, als daß die Bibliothek mich nutzen soll. Gewiß werde ich beides zu verbinden suchen: oder eigentlich zu reden, folget schon eines aus dem andern.
Gleich anfangs habe ich unter den hiesigen Manuskripten, deren an 6000 vorhanden, eine Entdeckung gemacht, welche sehr wichtig ist, und in die theologische Gelehrsamkeit einschlägt. Sie kennen den Berengarius, welcher sich in dem elften Jahrhunderte der Lehre der Transsubstantiation widersetzte. Von diesem habe ich nun ein Werk aufgefunden, von dem ich sagen darf, daß noch kein Mensch etwas weiß; ja dessen Existenz die Katholiken schlechterdings geleugnet haben. Es erläutert die Geschichte der Kirchenversammlungen des gedachten Jahrhunderts, die wider den Berengarius gehalten worden, ganz außerordentlich und enthält zugleich die unwidersprechlichsten Beweise, daß Berengarius vollkommen den nachherigen Lehrbegriff Lutheri von dem Abendmahle gehabt hat, und keineswegs einer Meinung davon gewesen, die der Reformierten ihrer beikäme. Ich werde das ganze Manuskript herausgeben [].
Ob Ihnen sonst von meinen letzten Schriften einiges zu Gesichte gekommen, daran zweifle ich fast; und wenn es nicht geschehen, so ist es vielleicht ebenso gut. Ich bin in Streitigkeiten verwickelt worden, daran ich im Grunde wenig Gefallen habe: und noch dazu mit einem Mann, dem Geh. Rat *Klotz,* der in Ermangelung von Gründen seine Gegner auf das pöbelhafteste verleumdet und schmähet. In den gelehrten Zeitungen werden Sie also Gutes und Böses von mir gelesen haben; und des letztern leicht mehr als des erstern.
Daß Karl eine Versorgung erhalten, bei der er nun nicht mehr

nötig hat, vom Schreiben zu leben, ist ein großes Glück für ihn. [] Wenn es Ihnen gefällig ist, mir bald wieder zu schreiben, so können Sie versichert sein, daß ich keinen einzigen Brief von nun an unbeantwortet lassen werde. []

107

LESSING AN SEINEN BRUDER THEOPHILUS

Wolfenbüttel, 8. September 1770

[] Ich denke, ich habe es bei Dir nicht nötig, viel klägliche Worte zu brauchen, um Dich zu versichern, wie sehr mich die Nachricht von dem Tode unsers Vaters betrübt und niedergeschlagen hat. Ich kann noch kaum wieder zu mir selbst kommen. Seine Gesundheit, von der er mich noch in seinem letzten Schreiben versicherte, ließ mich nichts weniger, als sein so nahes Ende besorgen. Was mich einigermaßen tröstet, ist, daß er nach seinem Wunsche gestorben. Laß uns, mein lieber Bruder, ebenso rechtschaffen leben, als er gelebt hat, um wünschen zu dürfen, ebenso plötzlich zu sterben, als er gestorben ist. Das wird die einzige beste Weise sein, sein Andenken zu ehren. – Mein nächster Kummer dabei geht auf unsere Mutter. Ich weiß, Du wirst alles anwenden, sie zu trösten. Mache besonders, daß weder sie noch unsere Schwester sich wegen der Zukunft bekümmern. Ich will hoffen, daß der selge Vater doch noch den Brief wird erhalten haben, den ich vor sechs oder acht Wochen an ihn geschrieben. Wenn sie daraus die Unmöglichkeit gesehn, ihnen bis anher beizustehen: so können sie doch gewiß versichert sein, daß diese Unmöglichkeit auf das Künftige wegfällt, und sie auf meine äußerste Unterstützung unfehlbare Rechnung machen können. Schaffe Du nur, mein lieber Bruder, vor das erste Rat, und glaube sicherlich, daß ich Dich nicht werde stecken lassen. Es kann nicht anders sein, es müssen sich Schulden finden. Ich nehme sie alle auf mich, und will sie alle ehrlich bezahlen; nur muß man mir Zeit lassen. Schreibe mir, was man für Versicherung desfalls von mir verlangen kann, und ich will sie mit Vergnügen stellen. Nur muß unsre Mutter dadurch völlige Ruhe bekommen. []

108
LESSING AN EVA KÖNIG

Wolfenbüttel, 15. Dezember 1770

[] Ich bin vorige Woche auf die unangenehmste Weise abgehalten worden, Ihnen von dem Ausfalle unsers Lotteriegeschäfts zu Hamburg Nachricht zu geben. Schließen Sie aus dieser Verzögerung aber nur ja nicht, daß es schlecht müsse abgelaufen sein. Nichts weniger, als schlecht; wir haben sehr viel gewonnen: denn wir haben nichts verloren. Ich hatte das Billett so eingerichtet, daß wir auf einen simpeln Auszug schadlos wären, und den haben wir auf Nummer 19 bekommen; gerade auf der Nummer, auf der ich mir am wenigsten etwas versprochen hätte, weil sie in den vorhergehenden sieben Ziehungen bereits dreimal herausgekommen war. Damit Sie sehen, daß ich in wichtigen Angelegenheiten ein ordentlicher Mann bin, so lege ich Billett und Ziehungsschein mit bei. Ich denke auch, daß ich Ihre Einwilligung haben werde, unser Glück auf der nächsten Ziehung noch einmal zu versuchen. Das Billett ist schon genommen, und zwar auf die nämlichen Nummern, nur Nummer 19 nicht, wofür ich 7 gewählt habe: denn 19 wird doch nicht des Henkers sein und sich wieder herausziehen lassen! []

Leben Sie recht wohl, meine beste Freundin, und wenn Sie an einen Menschen denken wollen, der Ihnen auf das aufrichtigste ergeben ist: so denken Sie an mich. Dero Lessing.

109
LESSING AN SEINEN BRUDER KARL

Braunschweig, 10. Februar 1772

Es ist mir recht sehr lieb, daß Dir mein Ding von einer Tragödie noch so ziemlich gefallen hat. Und Deine Anmerkungen darüber sind mir sehr willkommen gewesen. Ich bitte Dich, auch in Ansehung des Überrestes damit fortzufahren. []

Was Du von dem Charakter der Emilia sagst, hat viel Wahres. Aber so ganz Recht kann ich Dir doch nicht geben, aus folgenden Ursachen:

1) Weil das Stück *Emilia* heißt, ist es darum mein Vorsatz

gewesen, Emilien zu dem hervorstechendsten, oder auch nur zu einem hervorstechenden Charakter zu machen? Ganz und gar nicht. Die Alten nannten ihre Stücke wohl nach Personen, die gar nicht aufs Theater kamen.

2) Die jungfräulichen Heroinen und Philosophinnen sind gar nicht nach meinem Geschmacke. Wenn Aristoteles von der Güte der Sitten handelt, so schließt er die Weiber und Sklaven ausdrücklich davon aus. Ich kenne an einem unverheirateten Mädchen keine höhere Tugenden als Frömmigkeit und Gehorsam.

3) Zeigt denn jede Beobachtung der äußerlichen Gebräuche einer positiven Religion von Aberglauben und schwachem Geiste? Wolltest Du wohl alle die ehrlichen Leute verachten, welche in die Messe gehen, und während der Messe ihre Andacht abwarten wollen, oder Heilige anrufen? – Wegen des Zuges mit dem Traume hast Du ganz Unrecht; wesfalls Du das Manuskript nur wieder nachsehen darfst. Emilia glaubt nicht an den Traum, sondern sie erkennt mit ihrer Mutter den Traum für sehr natürlich: wegen ihres größern Geschmacks an Perlen als an Steinen. Aber, ob sie schon nicht an den Traum als Vorbedeutung glaubt: so darf er doch gar wohl sonst Eindrücke auf sie machen. Appiani ist es, der sich dabei länger aufhält, als sie beide. Aber auch den lasse ich die Ursache davon angeben.

4) Am Ende wird denn auch freilich der Charakter der Emilia interessanter, und sie selbst tätiger. – Nur käme das ein wenig zu spät, wenn es wahr wäre, daß sie schon einen kleinen Begriff von sich erweckt hätte. –

Doch es sei auch mit dem allen, wie es wolle; wenn das Stück nur im Ganzen Wirkung hervorbringt. [ ]

110

LESSING AN JOHANN WILHELM LUDWIG GLEIM

Wolfenbüttel, 22. März 1772

Liebster Freund, Sie haben mir mit Ihren *Liedern fürs Volk* eine wahre und große Freude gemacht. [ ]

Sich zum Volke herablassen, hat man geglaubt, heiße: gewisse Wahrheiten (und meistens Wahrheiten der Religion) so

leicht und faßlich vortragen, daß sie der Blödsinnigste aus dem Volke verstehe. Diese Herablassung also hat man lediglich auf den *Verstand* gezogen; und darüber an keine weitere Herablassung zu dem *Stande* gedacht, welche in einer täuschenden Versetzung in die mancherlei Umstände des Volkes besteht. Gleichwohl ist diese letztere Herablassung von der Beschaffenheit, daß jene erstere von selbst daraus folgt; da hingegen jene erstere ohne diese letztere nichts als ein schales Gewäsch ist, dem alle individuelle Applikation fehlt.
Ihre Vorgänger, mein Freund, haben das Volk bloß und allein für den schwachdenkendsten Teil des Geschlechts genommen; und daher für das vornehme und für das gemeine Volk gesungen. Sie nur haben das Volk eigentlich verstanden, und den mit seinem Körper tätigern Teil im Auge gehabt, dem es nicht sowohl am Verstande, als an der Gelegenheit fehlt, ihn zu zeigen. Unter dieses Volk haben Sie sich gemengt: nicht, um es durch gewinstlose Betrachtungen von seiner Arbeit abzuziehen, sondern um es zu seiner Arbeit zu ermuntern, und seine Arbeit zur Quelle ihm angemessener Begriffe, und zugleich zur Quelle seines Vergnügens zu machen. Besonders atmen in Ansehung des letztern die meisten von diesen Ihren Liedern das, was den alten Weisen ein so wünschenswertes, ehrenvolles Ding war, und was täglich mehr und mehr aus der Welt sich zu verlieren scheint: ich meine jene fröhliche Armut, laeta paupertas, die dem *Epikur* und dem *Seneca* so sehr gefiel, und bei der es wenig darauf ankömmt, ob sie erzwungen oder freiwillig ist, wenn sie nur fröhlich ist. []

III

LESSING AN SEINE MUTTER

Wolfenbüttel, 9. April 1772

[] Es haben seit einem halben Jahre so dringende Schulden auf mich losgestürmt, daß ich alle Mühe gehabt habe, meinen guten Namen zu erhalten. Daß bare Geld ist daher bei mir so knapp gewesen, als es nimmermehr bei Ihnen hat sein können. Denn die Schwester wird doch noch immer einen Dukaten, oder so etwas, in Reserve gehabt haben, an dem es mir wahrlich so oft gefehlt hat. Beigehende 50 Reichstaler gehören noch zu meiner Schuld vom vorigen Jahre. Sobald mir wieder etwas Geld eingehet, will ich mich meiner Schuld für dieses Jahr gewiß erinnern. Nur nochmals bitte ich Sie, meine liebste Mutter, an meinem guten Willen nicht zu zweifeln. Die Schwester schien in ihrem letzten Briefe zwar sehr daran zu zweifeln, und ich muß Ihnen sagen, daß mich dieser Brief nicht wenig gekränkt hat. Ich will hoffen, daß sie es so übel nicht gemeinet hat; und daß ihr freilich wohl das Feuer auf die Nägel mag gebrannt haben, da überhaupt itzt in Sachsen so gar schlechte Zeiten sein sollen. Ich wünsche sehr, daß Sie beide so wenig davon empfinden mögen als möglich, und daß Sie Gott inzwischen nur gesund erhalten möge. []

112
LESSING AN EVA KÖNIG

Wolfenbüttel, 29. Juli 1772

Meine Liebe! Ich habe es seit vierzehn Tagen mehr als einmal versucht, an Sie zu schreiben: aber vergebens. Und es wird ein großes Glück sein, wenn ich endlich doch diesen Brief zu Stande bringe. So sehr hat mich der Brunnen angegriffen, den ich gestern geendet, und von dem ich mir mehr gute Wirkungen verspreche, als ich noch zur Zeit empfinde. – Möchte es aber doch mit mir nur sein, wie es wollte: wenn es nur mit Ihnen so wäre, wie ich wünsche. Ihr letzter Brief verschweigt mir sicherlich mehr, als er mir sagt; und ich muß mir alle Gewalt antun, mir, vornehmlich in Betrachtung Ihrer Gesundheit, nicht das Allerschlimmste vorzustellen. [] Das verwünschte Wien! Wenn es auch Ihnen leere Hoffnungen vorgespiegelt hat, so werde ich ihm auf Zeit meines Lebens gram werden. Könnte ich wenigstens doch nur itzt abkommen, um mich desto geschwinder in Ihrer Gesellschaft von der Neigung zu kurieren, die noch dann und wann für diesen betrügerischen Ort bei mir spricht. Ich käme Ihnen, ehe Sie es sich versähen, über den Hals, möchte doch der Herr von Gebler davon denken, was er wollte. Da Sie mir nicht melden, daß er eben etwas Besonderes für Sie tut, und da er hingegen so viel für den elenden Riedel tut: so ist er mir herzlich ekel. und es wird mir die äußerste Überwindung kosten, wieder an ihn zu schreiben. Heute tu ich es schon gewiß nicht; wenn ich gleich weiß, daß ich sonach auch desto länger sein Kompliment über die Aufführung der *Emilie* werde entbehren müssen. Wie gern will ich es ihm ganz schenken! Und wie gern hätte ich auch die ganze Aufführung dem Wiener Theater erlassen wollen. Nach allem, was Sie mir davon schreiben, muß sie ganz abscheulich ausgefallen sein. Der abscheuliche Kerl, der Stephanie! Und das alles lassen sich die Wiener so gefallen? Zwar die Wiener Zuschauer sind mir schon längst ebenso verdächtig als die Akteurs. Daß sie indes hier und da in meinem Stücke gelacht haben, ob es gleich ein Tragödie sein soll, verdrießt mich nun wohl nicht: aber freilich, wenn die Akteurs alles ihrige dazu beigetragen, daß die Zuschauer da lachen müssen, wo sie sicherlich hier bei uns nicht gelacht haben, so hat es der Kaiser wohl schwerlich zum Lobe des Stükkes gesagt, daß er in keiner Tragödie mehr gelacht habe, als in dieser. [ ]

113

LESSING AN CHRISTOPH MARTIN WIELAND

Wolfenbüttel, 2. September 1772

Ich glaube einem Manne zu antworten, der es nicht erst seit gestern weiß, wie unendlich hoch ich ihn schätze. Aber eben das macht meine Antwort um so schwerer.

Dieser Mann, weit unter dem, in der vermessensten Stunde meiner Eigenliebe, ich mich immer in allem gefühlt, worauf Schriftsteller stolz sein können, – dieser Mann versichert mich, über eines meiner Werke, von dem ich nicht wünschte, daß es mein bestes bleiben möchte, seines Beifalls auf eine Art – auf eine Art! Ironie kann es nicht sein. Was soll ich diesem Manne antworten? Gänzliche Ablehnung seines Lobes wäre Beleidigung. Gegenlob wäre ebenso große Beleidigung; und schaler. Er antworte sich selbst, statt meiner.

Aber wenn *Emilia* nicht völlig die Wirkung eines ungewohnten betrügerischen Weines auf ihn gehabt hat, der unsere Geister ebenso schnell wieder sinken läßt, als schnell er sie erhoben; wenn er itzt in einer kalten nüchternen Stunde – und ich habe leider meine Antwort bis auf diese kalte Stunde verschieben müssen – wenn er itzt seinen Brief nicht bereuet: welche gefährliche Reizung für mich! Ist der vollkommenste Leser, den ich mir denken kann, damit zufrieden: wohl gut – doch er besorge nicht, daß ich sein Lob mißbrauchen werde. Ich will es nicht vergessen, daß der vollkommenste Leser auch zugleich der gutherzigste ist. Was er selbst hinzudenkt, macht ihn wärmer, als was er lieset: und doch hat er die Gefälligkeit, seine ganze Empfindung dem Buche zu danken.

Aber nun genug den Autor reden lassen. – Ach, mein liebster Wieland! – denn so habe ich Sie jederzeit in Gedanken genennet. Sie glauben nur, daß wir Freunde werden könnten? Ich habe nie anders gewußt, als daß wir es längst sind. Eine Kleinigkeit fehlt: uns gesehen zu haben. Eine wahre Kleinigkeit; denn ich bin gewiß, mit dem ersten Anblicke werde ich Sie schon viele Jahre gesehen zu haben glauben. Und doch wünschte ich sehr, daß auch diese Kleinigkeit unserer Freundschaft nicht fehlte. [ ]

Ich sage Ihnen, liebster Wieland, wir sind alte Freunde, und Sie sehen, wie völlig ich Sie auf den Fuß eines alten Freundes genommen habe. Ich antworte Ihnen so spät: aber ich bin krank gewesen; und ich bin noch nicht gesund. Lassen Sie mich diesen Zufall nicht entgelten. Ich antworte wenig Leuten gern; aber gewissen um so viel lieber. Wollen Sie es noch einmal versuchen? Mir wenigstens zu sagen, daß Sie meiner Entschuldigung glauben. [ ]

Leben Sie recht wohl, mein liebster Wieland; und lassen Sie mich dieses ja vor vier Monaten geschrieben haben. Lessing.

114

LESSING AN TOBIAS PHILIPP VON GEBLER

Wolfenbüttel, 25. Oktober 1772

[ ] Daß meine *Emilia* auch bei der Vorstellung in Wien nicht mißfallen, ist mir sehr lieb gewesen. Aber über einen einzigen Umstand dabei kann ich mich unmöglich enthalten, mein äußerstes Befremden zu bezeugen. Wien hat jetzt die einzige Person, von welcher ich glaube, daß sie die *Orsina* würde gut gemacht haben; und diese einzige Person hat gerade diese Rolle nicht gemacht, hat überhaupt keine Rolle in dem

Stücke gemacht. Was soll ich davon denken? Entweder ist das Wiener Theater auf einer Staffel der Vollkommenheit, von der ich mir keinen Begriff machen kann; oder auf einer Staffel der Mittelmäßigkeit, von der ich mir keinen Begriff machen *will.* Ich bin kein persönlicher Freund von Madame *Henselin.* Aber ich muß ihr die Gerechtigkeit widerfahren lassen, daß ich noch keine Aktrice gefunden, die das, was sie zu sagen hat, mehr versteht, und mehr empfinden läßt, daß sie es versteht. Wo man dieser Vollkommenheit, die ich für die höchste eines Schauspielers halte, ein wenig mehr Jugend und Schönheit, ein wenig mehr Anstand, ein wenig mehr von dem elenden Dinge, das man Air der großen Welt nennet, vorziehen kann, da ist man sicherlich in der Empfindung des Wahren noch sehr weit zurück. Ich will nicht glauben, daß dieses so ganz der Fall in Wien ist [].
Nur eines möchte ich, in Betreff der *Emilia,* von Eur Hochwohlgeb. noch wissen: Ob und mit was für Veränderungen man sie aufgeführet? Denn daß man ein Stück von mir in Wien ohne Veränderungen aufführen werde; das habe ich nach dem, was meine Stücke beständig daselbst erfahren, gar nicht zu erwarten. Selbst aus dem einen Theaterkalender habe ich gesehen, daß man noch kein einziges aufgeführt, ohne daß es nicht dieser oder jener Herr entweder *überarbeitet,* oder *verkürzt,* oder für das dasige Theater *eingerichtet* hätte. Ich erinnere mich, daß ich vor einigen Jahren, als ich einmal die Ehre hatte, dem Hrn. von Sonnenfels zu antworten, mich nicht entbrechen konnte, ihm meine Empfindlichkeit über ein solches Verfahren zu bezeigen, dem auf keinem andern Theater auch nicht der geringste Stümper ausgesetzt ist, ja dieser auch selbst nicht auf dem Wiener Theater. Doch der Hr. von Sonnenfels fand für gut, lieber seine Korrespondenz ganz aufzuheben, als mir hierauf zu antworten. []

115

LESSING AN SEINEN BRUDER KARL

Wolfenbüttel, 5. Dezember 1772

[] Daß ich etwas wieder für das Theater machen sollte, will ich wohl bleiben lassen. Kein Mensch unterzieht sich gern

Arbeiten, von welchen er ganz und gar keinen Vorteil hat, weder Geld, noch Ehre, noch Vergnügen. In der Zeit, die mir ein Stück von zehn Bogen kostet, könnte ich gut und gern mit weniger Mühe hundert andere Bogen schreiben. Zwar habe ich, nach meinem letzten Überschlage, wenigstens zwölf Stücke, Komödien und Tragödien zusammengerechnet, deren jedes ich innerhalb sechs Wochen fertig machen könnte. Aber wozu mich, für nichts und wieder für nichts, sechs Wochen auf die Folter spannen? Sie haben mir von Wien aus neuerdings hundert Dukaten für ein Stück geboten: aber ich will hundert Louisdor; und ein Schelm, der jemals wieder eins macht, ohne diese zu bekommen! [] Jeder Künstler setzt sich seine Preise; jeder Künstler sucht so gemächlich von seinen Werken zu leben, als möglich: warum denn nun nicht auch der Dichter? Wenn meine Stücke nicht hundert Louisdor wert sind; so sagt mir lieber gar nichts mehr davon: denn sie sind sodann gar nichts mehr wert. Für die Ehre meines lieben Vaterlandes will ich keine Feder ansetzen; und wenn sie auch in diesem Stücke auf immer einzig und allein von meiner Feder abhangen sollte. Für meine Ehre aber ist es mir genug, wenn man nur ungefähr sieht, daß ich allenfalls in diesem Fache etwas zu tun im Stande gewesen wäre. Also, Geld für die Fische – oder beköstigt euch noch lange mit Operetten.
Es wäre auch närrisch, wenn ich den einzigen Weg, Geld zu verdienen, mir wenigstens nicht offen halten, und das Publikum erst mit meinen Stücken sättigen wollte. Das Geld ist gerade das, was mir fehlt; und mir mehr fehlt, als es mir jemals gefehlt hat. Ich will schlechterdings in Jahr und Tag keinem Menschen mehr etwas schuldig sein, und dazu gehört ein besserer Gebrauch meiner Zeit, als für das Theater. []

116

LESSING AN SEINEN BRUDER KARL

Wolfenbüttel, 2. Februar 1774

[] Deine Nachrichten von mir müssen nicht die zuverlässigsten sein. Ein deutsches Lexikon zusammenzuschreiben, diesen albernen Gedanken habe ich lange aufgegeben; und ich würde ihn nun wohl am wenigsten wieder hervorsuchen, da ich ihn taliter qualiter [*schlecht und recht*] von einem andern ausgeführt sehe. Aus diesem taliter qualiter wirst Du indes abnehmen, daß ich mit Adelungs Arbeit nicht ganz zufrieden bin. Was ich daran auszusetzen habe, sollst Du ehestens weitläuftig zu lesen bekommen. Denn ich bin wirklich Willens, etwas darüber drucken zu lassen, und eine kleine Probe beizufügen, wie ungefähr meine Arbeit in diesem Felde ausgesehn haben würde. Das ist es, was mich eigentlich eine Zeit her beschäftigt hat; und ich müßte, meinem ersten Anschlage nach, auch schon damit fertig sein, wenn es mir nicht schlechterdings unmöglich wäre, in einem Striche an der nämlichen Sache zu arbeiten. Die öftere Abänderung der Arbeit ist noch das einzige, was mich erhält. Freilich wird so viel angefangen und wenig vollendet. Aber was schadet das? Wenn ich auch nichts in meinem Leben mehr vollendete, ja nie etwas vollendet hätte: wäre es nicht eben das? – Vielleicht wirst Du auch diese Gesinnung ein wenig misanthropisch finden, welches Du mich in Ansehung der Religion zu sein im Verdacht hast. [] Ich sollte es der Welt mißgönnen, daß man sie mehr aufzuklären suche? Ich sollte es nicht von Herzen wünschen, daß ein jeder über die Religion vernünftig denken möge? Ich würde mich verabscheuen, wenn ich selbst bei meinen Sudeleien einen andern Zweck hätte, als jene große Absichten befördern zu helfen. Laß mir aber doch nur meine eigne Art, wie ich dieses tun zu können glaube. Und was ist simpler als diese Art? Nicht das unreine Wasser, welches längst nicht mehr zu brauchen, will ich beibehalten wissen: ich will es nur nicht eher weggegossen wissen, als bis man weiß, woher reineres zu nehmen; ich will nur nicht, daß man es ohne Bedenken weggieße, und sollte man auch das Kind hernach in Mistjauche baden. Und was ist sie anders, unsere neumodische Theologie, gegen die Orthodoxie, als Mistjauche gegen unreines Wasser?

Mit der Orthodoxie war man, Gott sei Dank, ziemlich zu Rande; man hatte zwischen ihr und der Philosophie eine Scheidewand gezogen, hinter welcher eine jede ihren Weg fortgehen konnte, ohne die andere zu hindern. Aber was tut man nun? Man reißt diese Scheidewand nieder, und macht uns unter dem Vorwande, uns zu vernünftigen Christen zu machen, zu höchst unvernünftigen Philosophen. [] Darin sind wir einig, daß unser altes Religionssystem falsch ist; aber das möchte ich nicht mit Dir sagen, daß es ein Flickwerk von Stümpern und Halbphilosophen sei. Ich weiß kein Ding in der Welt, an welchem sich der menschliche Scharfsinn mehr gezeigt und geübt hätte, als an ihm. Flickwerk von Stümpern und Halbphilosophen ist das Religionssystem, welches man jetzt an die Stelle des alten setzen will; und mit weit mehr Einfluß auf Vernunft und Philosophie, als sich das alte anmaßt. [ ]

117
LESSING AN CHRISTOPH MARTIN WIELAND

Wolfenbüttel, 8. Februar 1775

[ ] Aber, liebster Wieland, haben Sie es auch bedacht? Ich an Ihrem *Merkur* Anteil nehmen? Je zufriedner ich damit bin, desto weniger kann ich mich dazu verstehen, ohne ihn in meinen eigenen Augen herabzusetzen. Was für Beiträge erwarten Sie von mir? Arbeiten des Genies? Alles Genie haben itzt gewisse Leute in Beschlag genommen, mit welchen ich mich nicht gern auf einem Wege möchte finden lassen. Literarische Beiträge? Wer wird die lesen wollen.

Vor einiger Zeit zwar hätte ich Ihnen bei einem Haar einen solchen Beitrag uneingeladen zugeschickt. Meine eignen Grillen nämlich über die *Alkeste* des Euripides; auf Veranlassung des ebenso albern als hämischen Angriffs von Goethen? Aber nicht wahr, es ist ebenso gut, daß ich das Ding zurückbehalten? *Der Kerl ist ein Genie, aber ein Genie ist ein schlechter Nachbar,* sagt Nicolai sehr gut in seinem wo nicht bessern, doch klügern *Werther.* [ ]

118
LESSING AN SEINEN BRUDER KARL

Wolfenbüttel, 15. September 1776

[ ] Der Kurfürst von der Pfalz ließ mir seine Dienste mit einem Gehalte von 2000 Gulden und selbst zu wählendem Titel antragen; und 2000 Gulden sind in der Pfalz so gut, wie hier 4000 Taler. Indes, da man sich in Mannheim leicht vorstellen können, daß ich die hiesigen Dienste doch nicht so

plötzlich mit den dortigen vertauschen würde, so hat mich der Kurfürst fürs erste nur unter die ordentlichen Mitglieder seiner Akademie aufnehmen lassen, und mir eine jährliche Pension von 100 Louisdor ausgesetzt. Das, versteht sich, habe ich angenommen, und kann nunmehr ruhig abwarten, ob man hier weiter etwas für mich tun will, oder nicht. Zaudert man zu lange, so weiß ich wohin. Und das gestehe ich Dir nun gern: nirgends anders hin, als nach der Pfalz. Doch dieses kann leicht noch sehr lange nicht, ja auch wohl gar nie geschehen. Denn die gänzliche Freiheit, in der ich hier lebe, und die Bibliothek werden mich gewiß so lange halten, als es sich mit meinen übrigen Umständen nur vertragen kann.
Was nun das zweite anbelangt, wonach Du ohne Zweifel am neugierigsten bist, so wirst Du Dich doch erinnern, daß ich Dir schon vor fünf Jahren gesagt und geschrieben, daß ich mich, aller Wahrscheinlichkeit nach, noch gewiß verheiraten würde. Nun ist es sonderbar, daß jene Konnexion, die ich in der Pfalz erhalten habe, mir die Sache so erleichtert, daß ich vermutlich nun nicht lange mehr zaudern dürfte. Die Person nämlich, außer der ich nun schlechterdings keine haben mag, ist eine geborne Pfälzerin, die von ihrem Vermögen (von dem, das sie leider gehabt, und von dem, das sie noch hat) ein Beträchtliches hätte dezimieren müssen, wenn sie nicht wieder in ihr Vaterland hätte zurückkommen wollen. [ ]

119

LESSING AN SEINEN BRUDER KARL

Wolfenbüttel, 25. Mai 1777

[ ] Ich glaube, ich habe Dir schon einmal ins Ohr gesagt, daß ich sehr wünschte, ich hätte mich neuerdings mit dem Theater unvermengt gelassen. Mit einem deutschen Nationaltheater ist es lauter Wind, und wenigstens hat man in Mannheim nie einen andern Begriff damit verbunden, als daß ein deutsches Nationaltheater daselbst ein Theater sei, auf welchem lauter geborne Pfälzer agierten. An das, ohne welches wir gar keine Schauspieler hätten, ist gar nicht gedacht worden. Auch die Schauspieler selbst halten nur das für ein wahres Nationaltheater, das ihnen auf lebenslang reichlich Unterhalt ver-

spricht. Stücke, die zu spielen sind, fliegen ihnen ja doch genug ins Maul. Wie wohl ist mir, daß ich eine ganz andere Komödie habe, die ich mir aufführen lasse, so oft es mir gefällt! []

120

LESSING AN JOHANN JOACHIM ESCHENBURG

(Wolfenbüttel, 31. Dezember 1777)

Mein lieber Eschenburg, ich ergreife den Augenblick, da meine Frau ganz ohne Besonnenheit liegt, um Ihnen für Ihren gütigen Anteil zu danken. Meine Freude war nur kurz; und ich verlor ihn so ungern, diesen Sohn! Denn er hatte so viel Verstand! So viel Verstand! – Glauben Sie nicht, daß die wenigen Stunden meiner Vaterschaft mich schon zu so einem Affen von Vater gemacht haben! Ich weiß, was ich sage. – War es nicht Verstand, daß man ihn mit eisern Zangen auf die Welt ziehen mußte? Daß er so bald Unrat merkte? – War es nicht Verstand, daß er die erste Gelegenheit ergriff, sich wieder davonzumachen? – Freilich zerrt mir der kleine Ruschelkopf auch die Mutter mit fort! – Denn noch ist wenig Hoffnung, daß ich sie behalten werde. – Ich wollte es auch einmal so gut haben, wie andere Menschen. Aber es ist mir schlecht bekommen. Lessing.

121

LESSING AN SEINEN BRUDER KARL

Wolfenbüttel, 12. Januar 1778

Mein lieber Bruder, zu was für einem traurigen Boten an meinen Stiefsohn muß ich Dich machen! – Und gleichwohl weiß ich, daß Dein gutes Bruderherz selbst nötig haben dürfte, vorbereitet zu werden. – Seine gute Mutter, meine Frau, ist tot. Wenn Du sie gekannt hättest! – Aber man sagt, es sei nichts als Eigenlob, seine Frau zu rühmen. Nun gut, ich sage nichts weiter von ihr. Aber wenn Du sie gekannt hättest! Du wirst mich, fürchte ich, nie wieder so sehen, als unser Freund Moses mich gefunden hat: so ruhig, so zufrieden, in meinen vier Wänden! – Gib den Einschluß nicht eher in die Hände des jungen Menschen, als bis Du ihn so gut vorbereitet hast, als Dir möglich. Laß ihn auch nicht eher abreisen, als bis er sich beruhiget hat. Er kann seine Mutter auch tot nicht mehr sehen; denn sie ist diesen Morgen schon begraben worden. []

122

LESSING AN JOHANN JOACHIM ESCHENBURG

Wolfenbüttel, 14. (13.?) Januar 1778

Mein lieber Eschenburg, gestern morgen ist mir der Rest von meiner Frau vollends aus dem Gesichte gekommen. – Wenn ich noch mit der *einen* Hälfte meiner übrigen Tage das Glück erkaufen könnte, die andre Hälfte in Gesellschaft dieser Frau zu verleben; wie gern wollte ich es tuen. Aber das geht nicht: und ich muß nur wieder anfangen, meinen Weg allein so fort zu duseln. []

123

LESSING AN MATTHIAS CLAUDIUS

Wolfenbüttel, 19. April 1778

[] Da [] Herr Asmus meine theologischen Gesinnungen so vortrefflich interpretiert hat: so wäre ich beinahe Willens, ihm auch mein F[*rei*]-M[*aurer*]-Bekenntnis zukommen zu lassen. Es ist schon einmal in Hamburg gewesen; bei Herr Boden: aber – und itzt läuft es hier durch die Hände der andern Observanz. Es soll mich verlangen, ob es am Ende doch auch nur *einer* verstehen wird.

Leben Sie recht wohl. Der Zufall, über welchen Sie mir Ihr Beileid bezeugt haben, liegt mir noch in den Gliedern. Bei Gott, lieber Claudius, Freund *Hein* fängt auch unter meinen Freunden an, die Oberstelle zu gewinnen.

Ich wollte Ihnen gern ein Buch für ein Buch, etwa meine Streitschriften mit Goezen, schicken. Aber was machen Sie damit? Ich an Ihrer Stelle würde sie gewiß nicht lesen; und unlesbare Bücher haben, ist nur Last. Wenn ein elektrischer Funke einmal wieder darein schlägt, so werden Sie ihn doch schon, in der Kette, in der Sie einmal sind, mitzufühlen bekommen. []

124
LESSING AN SEINEN BRUDER KARL

Wolfenbüttel, 23. Juli 1778

[] Allerdings ist es wahr, daß das hiesige Ministerium, auf Ansuchen des Consistorii, das neue Fragment und zugleich meine antigoezischen Schriften verboten; auch mir zugleich untersagt hat, ferner etwas aus dem Ms. der Fragmente drukken zu lassen etc. Ich habe meine Ursachen, warum ich die Konfiskation des neuen Fragments recht gern geschehen lasse. Nur sollte man meine Schriften nicht zugleich mit konfiszieren; und darüber beiße ich mich auch noch gewaltig herum, fest entschlossen, die Sache auf das äußerste ankommen zu lassen, und eher meinen Abschied zu nehmen, als mich dieser vermeinten Demütigung zu unterwerfen. Vom Corpore evangelico [*von den evangelischen Reichsständen*] ist nichts gekommen, noch viel weniger vom Reichshofrat; ich denke auch nicht, daß ich mich vor beiden sehr zu fürchten habe. Denn (Du wirst zwar lachen) ich habe ein sicheres Mittel, den Reichshofrat zu teilen, und unter sich selbst uneins zu machen; so wie Paulus das Synedrium. Nämlich, da die mehresten Glieder desselben Katholiken sind, so darf ich meine Sache nur so vorstellen, daß in der Verdammung, welche die lutherischen Geistlichen über mich aussprechen, eigentlich die Verdammung aller Papisten liegt, welche die Religion ebensowenig auf die Schrift, und auf die Schrift allein, wollen gegründet wissen, als ich. In dieser Absicht habe ich bereits auch einen Bogen geschrieben, den ich Dir hiermit beilegen will. Du wirst sehen, daß ich auch sonst darin eine Wendung nehme, die den Herrn Hauptpastor wohl capot machen soll. []

125
LESSING AN SEINEN BRUDER KARL

Wolfenbüttel, 20. Oktober 1778

[] Du siehst [], daß ich in meiner Streitigkeit fortfahre; ungeachtet mir das Ministerium allhier verboten, auch nicht einmal auswärts etwas drucken zu lassen, was ich nicht zuvor

zur Zensur ihm eingesandt. Das wäre mir eben recht! Ich tue das nicht, mag auch daraus entstehen, was da will.
Jetzt ist man hier auf meinen *Nathan* gespannt und besorgt sich davon, ich weiß nicht was. Aber, lieber Bruder, selbst Du hast Dir eine ganz unrechte Idee davon gemacht. Es wird nichts weniger, als ein satirisches Stück, um den Kampfplatz mit Hohngelächter zu verlassen. Es wird ein so rührendes Stück, als ich nur immer gemacht habe, und Herr Moses hat ganz recht geurteilt, daß sich Spott und Lachen zu dem Tone nicht schicken würde, den ich in meinem letzten Blatte angestimmt (und den Du auch in dieser Folge beobachtet finden wirst), falls ich nicht etwa die ganze Streitigkeit aufgeben wollte. Aber dazu habe ich noch ganz und gar keine Lust, und er soll schon sehen, daß ich meiner eigenen Sache durch diesen dramatischen Absprung im geringsten nicht schade. []

126

LESSING AN HERZOG FERDINAND VON BRAUNSCHWEIG

Wolfenbüttel, 26. Oktober 1778

Durchlauchtigster Herzog, Gnädigster Herr, ich werde mich nie unterstehen, den ersten und würdigsten Fr.[*ei*]-M.[*aurer*] in einen Wortwechsel über Dinge zu verflechten, die Er allein zu durchdringen fähig und zu entscheiden berechtiget ist.
Nur zu einem Vorwurfe darf und kann ich nicht schweigen, durch den ich mich in seinen Augen so sehr herabgewürdiget finde.
Ich habe kein Vertrauen gemißbraucht: alles, was man mir vertrauet hat, liegt noch tief in mir verborgen. Ich habe nichts getan, was mit freiwillig von mir übernommenen Verpflichtungen auf irgendeine Art streite. Vielmehr ist, was ich getan habe, eine Folge dieser Verpflichtungen. Nur weil es mich schmerzet, daß der Gegenstand derselben in öffentlichen Schriften, die sich größten Teils von Fr.-Mr.- selbst herschreiben, so sonderbar gemißhandelt wird: habe ich eine Seite derselben – nicht enthüllen – sondern ihm die Hülle nur genauer anpassen zu müssen geglaubt.
Ich habe keine geheimen Kenntnisse entheiliget: ich habe bloß

die Welt zu überzeugen gesucht, daß da noch wirklich große geheime Kenntnisse verborgen liegen, wo sie dergleichen zu suchen endlich müde ward.
Werde ich verstanden: so bin ich gerechtfertigt. Werde ich nicht verstanden: so habe ich nicht geschrieben.
Ich ersterbe in tiefster Verehrung Ewr. Durchlaucht untertänigster Knecht Lessing.

127

LESSING AN JOHANN GOTTFRIED HERDER

Wolfenbüttel, 10. Januar 1779

[] *Nathan* kann nicht eher als in der Ostermesse erscheinen, und Sie sollen von Leipzig aus die verlangten Exemplare erhalten. Ich will hoffen, daß Sie weder den Prophet Nathan, noch eine Satire auf Goezen erwarten. Es ist ein Nathan, der beim Boccaz (Giornata 1. Novella 3.) Melchisedek heißt, und dem ich diesen Namen nur immer hätte lassen können, da er doch wohl wie Melchisedek, ohne Spur vor sich und nach sich, wieder aus der Welt gehen wird. Introite, et hic Dii sunt! [*Tretet ein, auch hier sind Götter*] kann ich indes sicher meinen Lesern zurufen, die dieser Fingerzeig noch unmutiger machen wollte. []

128

LESSING AN SEINEN BRUDER KARL

Wolfenbüttel, 15. Januar 1779

Mein lieber Bruder, Du bekommst hierbei nicht allein abermals einen neuen Flatschen des Manuskripts (von Seite 75 bis 116), den ich Dich Ramlern zu kommunizieren bitte; sondern auch den ersten Flatschen wieder, der nun völlig so ist, wie er kann gedruckt werden. Ich habe, mit den Malern zu reden, die letzten Lichterchen aufgesetzt; das ist, die eigentlichen Vorbereitungen eingeschaltet, die sich ganz vom Anfange nicht absehen lassen. Fangt also nur an zu drucken, sobald Ihr wollt. Ich habe einen zu großen Vorsprung, als daß mich die Setzer einholen sollten. Ich wähle aber die letztere kleinere Probeschrift, um dem Brechen der Zeilen schlechterdings

vorzubeugen: nur muß die Kolumne um eine oder zwei Zeilen länger und höher sein, denn mit 19 Zeilen ist sie wirklich gegen die Breite zu kurz. Es tut mir zwar leid, daß ich sonach wenigstens 24 Bogen anstatt 16 Bogen geben muß; doch ich denke, wer von meinen Subskribenten einen Gulden daran hat wagen wollen, der wagt auch wohl einen Taler daran, und so komme ich wieder dem Rabatt nach, den ich den Buchhändlern abgebe. Aber nun möchte ich auch gern wissen, wie viel Du und Voß eigentlich Subskribenten habt? Ich für mein Teil muß wenigstens 1000 Exemplare haben: denn so viel haben sich bei mir unmittelbar gemeldet; und ich will hoffen, daß Du hierauf schon gerechnet hast, wenn Du mir schreibst, daß eine starke Auflage gedruckt werden müsse.
Was bei dem Abdrucke zu beobachten ist, habe ich für den Setzer auf ein einzelnes Blatt geschrieben. Besonders muß der Unterschied an Strichen — und Punkten . . . ja wohl beobachtet werden. Denn dieses ist ein wesentliches Stück meiner neuen Interpunktion für die Schauspieler; über welche ich mich in der Vorrede erklären wollte, wozu ich aber nun wohl schwerlich Platz haben dürfte. Auch sollte, nach meinem ersten Anschlage, noch ein Nachspiel dazu kommen, genannt *Der Derwisch*, welches auf eine neue Art den Faden einer Episode des Stücks selbst wieder aufnähme und zu Ende brächte. Aber auch das muß wegbleiben, und Du siehst wohl, daß ich sonach bei einer zweiten Auflage mein Stück noch um die Hälfte stärker machen kann. Doch ich weiß noch nicht, wie die erste Auflage aufgenommen wird, und denke schon an die zweite! Sobald ich den zweiten Flatschen Manuskript zurück habe, will ich ihn gleichfalls in wenig Tagen absolvieren und wieder zurücksenden.

[] Gotthold.

AUS DEM BRIEFWECHSEL ZWISCHEN GOTTHOLD EPHRAIM LESSING, MOSES MENDELSSOHN UND FRIEDRICH NICOLAI

In Berlin, in den frühen fünfziger Jahren, hatte Lessing den damals als Buchhalter arbeitenden Philosophen Moses Mendelssohn (1729–1786) und den Verlagsbuchhändler Christoph Friedrich Nicolai (1753–1811) kennengelernt. Da Lessing 1755 nach Leipzig ging, kam es zu einem Briefwechsel, in dem schon gelegentlich dramaturgische Fragen aufgetaucht waren, als Nicolai eine große Diskussion auslöste: Mit der Vorankündigung für seine »Bibliothek der schönen Wissenschaften und der Künste« hatte er einen Preis von 50 Talern (sein Herausgeberhonorar) auf das beste Trauerspiel ausgesetzt und für das erste Heft der Zeitschrift eine »Abhandlung vom Trauerspiele« verfaßt, um zu zeigen, was er sich darunter vorstellte. Die Grundgedanken der Abhandlung teilte er Lessing brieflich mit; er forderte nicht mehr als ein regeltreues und dabei doch von lebendigen Charaktern und Leidenschaften erfülltes Drama – eine ästhetische Position also ohne den gewohnten moralischen Aspekt. Darüber ereiferten sich nun Lessing und Mendelssohn. Die Diskussion ließ ihren Anlaß rasch hinter sich, es kam zur Auseinandersetzung über die Beschaffenheit des Helden und der tragischen Affekte. Eine Kernfrage lautete: Wird der sittliche Zweck der Tragödie durch Bewunderung, die zur Nachahmung führt, erreicht (Mendelssohn), oder kann der philanthropisch-humanitäre Zweck durch Erziehung zum Mitleiden bewirkt werden (Lessing)? Das alles spielte sich noch vor der Kulisse der klassizistisch-formalistischen Regeldramatik der Zeit ab, so blieb auch der von Nicolai in der Abhandlung herangezogene Shakespeare im Briefwechsel nahezu irrelevant; erst einige Jahre später, im siebzehnten der »Literaturbriefe«, erklärte sich Lessing für den Engländer. Blieb also vorerst vieles unentschieden, so hatte dieser Briefwechsel doch ästhetische Konsequenzen, die auf eine Reduzierung der aristotelisch-klassischen Poetik und, durchaus revolutionär für jenes Jahrhundert, eine Umwandlung der sittlichen Funktion des Dramas in eine gesellschaftlich-soziale zielten. (Das Schlagwort vom »bürgerlichen Trauerspiel«, das nicht so sehr im Briefwechsel als in späteren Diskussionen dominiert, ist in diesem Sinne nur als Hilfsbegriff zu werten; die Perspektiven gehen weit darüber hinaus.) Lessing nahm hier vieles schwungvoll vorweg, was später in der »Hamburgischen Dramaturgie« erscheinen sollte und in seinen Trauerspielen »Miss Sara Sampson« und »Emilia Galotti« Gestalt annahm.

Wir lassen diesem nahezu ungekürzten Briefwechsel einige Auszüge aus der Korrespondenz Lessings mit Nicolai in den Jahren 1768–1770 folgen, Briefe zur Polemik mit dem Hallischen Professor Christian Adolf Klotz (1738–1771). Die Auseinandersetzung läßt sich im wesentlichen auf ästhetische Thesen Lessings zurückführen, die unter anderem in dem Fragment »Laokoon oder über die Grenzen der Malerei und Poesie« formuliert waren. Die nicht weit über den ersten von drei Teilen hinausgediehene Schrift war in bester Absicht gegen eine poetische Situationsmalerei gezielt, die über dem beschreibenden Detail die Handlung zu vernachlässigen schien. Lessing versuchte, der bildenden Kunst das Statuarische, der Poesie dagegen die Handlung als Kategorie zuzuweisen: erstere lasse das Geschehen allenfalls aus der Beschreibung, also der Darstellung ahnen, die deshalb schön sein müsse, letztere entwickle das zu Beschreibende mit und in der Handlung, weshalb sie auch das Häßliche zeigen könne. Der bedeutendste Kunstforscher der Zeit, Winckelmann, hatte Lessing darauf gebracht, weil er selbst diese Konsequenz nicht gezogen hatte – bei Lessing wurde sie sogleich zur Regel, die zwar historisch ableitbar, doch nichts weniger als allgemeingültig war; tatsächlich belegte Lessing gleichsam aus zweiter Hand, da ihm Begriff und anschauende Erfahrung in der bildenden Kunst fehlten. Klotz ließ sich in seiner literarischen Betriebsamkeit freilich noch weniger auf sachliche Positionen festlegen, und die folgende Auseinandersetzung, die Lessing in den »Briefen antiquarischen Inhalts« führte, glitt ins sinnloseste Detail halberforschter Dinge ab; das ausgespielte Wissen stand nicht einmal auf der Höhe der Zeit. Gemessen am Aufwand ist diese Polemik schierer Irrsinn. Es ist falsch, sie nachträglich zu heroisieren; weder lohnt es, darin einen Kampf um die Meinungsfreiheit zu sehen, denn niemand hatte etwas dagegen, daß über ästhetische Regeln, Münzen, Ahnenbilder der Alten oder Aristoteles-Zitate gestritten wurde, noch kann sie als beispielhafter Kampf gegen gelehrten Dünkel gelten: Die Wahrheit bliebe besser gar nicht als mit Irrtümern verteidigt. Andererseits: Lessings Thesen haben in der Folge die deutsche Ästhetik weitgehend bestimmt. Deshalb, und zur Kenntnis einer literarischen Polemik im 18. Jahrhundert, mögen einige Nachrichten zum Verlauf dieser kräftezehrenden Raserei auf Irrwegen interessant sein. In der Substanz bleibt sie weit unter der theologischen Diskussion, die Lessing in seinen letzten Lebensjahren führte: Diese war schon im Anlaß echt aufklärerisch, verteidigte begründete Positionen und gipfelte schließlich in einem der größten Zeugnisse humanitärer Dichtung, im »Nathan«. Er ist das Bekenntnis seines Lebens, nicht die Tirade wider den oder jenen, der ihn zur Notwehr zwang.

ÜBER DRAMATURGISCHE FRAGEN (1755–1757)

129
LESSING AN MENDELSSOHN

Leipzig, 8. Dezember 1755

[] Eine von meinen Hauptbeschäftigungen ist in Leipzig noch bis jetzt diese gewesen, daß ich die Lustspiele des Goldoni gelesen habe. Kennen Sie diesen Italiäner? Wenigstens dem Namen nach? Er lebt noch. Er ist Doktor der Rechte und praktizierte ehedem in Venedig. Jetzt aber ist er Direktor einer Bande von Schauspielern. Die Ausgabe seiner Werke von 1753 bestehet aus sieben Oktavbänden, welche achtundzwanzig Komödien enthalten. Es ist fast in allen viel Gutes, und die meisten sind auch ziemlich regelmäßig. Ich will Ihnen nichts mehr davon schreiben, weil ich ehestens einen Auszug daraus nach Berlin schicken werde, welcher in das vierte Stück meiner »Theatralischen Bibliothek« kommen soll. Eine von diesen Komödien, *L'Erede Fortunata* [*Die glückliche*

Erbin], habe ich mir zugeeignet; indem ich ein Stück nach meiner Art daraus verfertigt. Sie sollen es ehestens gedruckt sehen. *Koch* aber wird es noch eher aufführen, und wenn das geschehen ist, will ich Ihnen schreiben, ob ich mir etwas darauf zugute tue, oder nicht. Aber nicht allein dieses Stück, sondern auch noch fünf andere sind größtenteils schon auf dem Papier, größtenteils aber noch im Kopfe, und bestimmt, mit jenem einen Band auszumachen, mit welchem ich das ernsthafte Deutschland auf Ostern beschenken will. Und alsdenn caestus artemque repono [*lege ich die Faustriemen ab und entsage der Kunst*]. []
Sollte das Publikum mich als einen zu fleißigen Schriftsteller ein wenig demütigen wollen, sollte es mir seinen Beifall auch deswegen mit versagen, weil ich ihn allzu oft zu erhalten *suchte*, so will ich es auf der andern Seite durch das Versprechen bestechen, daß es, von künftige Ostern an, drei ganze Jahre von mir nichts zu sehen noch zu hören bekommen soll. []

130
MENDELSSOHN AN LESSING

Berlin, 26. Dezember 1755

[] Wollen Sie denn nichts als Komödien schreiben? Wollen Sie die Poesie gar in den Wind schlagen? Sie sind mir ein seltsamer Kopf! [] Der Himmel verleihe Ihnen nur eine arbeitsame Hand!
Lord Shaftesbury sagt irgendwo, das Burleske wäre den Alten ganz unbekannt gewesen, und er behauptet, daß diese seltene Figur erst alsdenn aufgekommen, nachdem man angefangen, die Freiheit im Denken mehr und mehr einzuschränken. Man sehe den Unterschied, fährt er fort, zwischen den Italiänern und Engländern. Jene müssen ihre Zuflucht zu einem weithergeholten Scherz, zu ihren gewöhnlichen Bouffonnerien nehmen, wenn sie ihre Gedanken über gewisse Dinge eröffnen wollen, statt daß diese nichts schonen, und von allem ihre wahre Meinung rund heraus sagen. Ehe ich dieser Meinung beipflichten kann, möchte ich mir erst einen rechten Begriff vom Burlesken machen. Ich glaube also, es bestehet in der Gegeneinanderhaltung eines sehr wichtigen Gegenstandes

mit einem kleinen und verächtlichen Gegenstande, wenn diese Gegenstände an sich selbst nur eine sehr geringe Beziehung auf einander haben. Butlers Vergleichung eines anbrechenden Tages mit einem Krebse, der von schwarz rot wird, ist von dieser Art. [] Wenn aber das Ungereimte eines allgemeinen wichtigen Satzes durch die Anwendung auf einen besondern Fall gezeigt wird; so ist der Einfall wirklich komisch. Dergleichen sind Molières Szenen, darin ein Skeptiker seine spekulativischen Grillen mit sich in die Welt bringt. Ein Scherz, den dieser Franzose dem Lukian gestohlen hat; oder auch Ihr Einfall von Buridans Esel. Man kann also überhaupt sagen: Wenn das Ungereimte in der Sache selbst oder in der Anwendung derselben auf einen besondern Fall liegt, so ist der Einfall komisch; muß aber erst eine sehr geringe Ähnlichkeit zu Hülfe genommen werden, so ist er burlesk. Von dieser Seite betrachtet, mag Shaftesbury einigen Grund haben, das wahre Lächerliche, wenn es dem Burlesken entgegengesetzt wird, für einen tüchtigen Probierstein der Wahrheit zu halten. Denn die Wahrheit muß in aller ihrer Beziehung und Anwendung nichts Ungereimtes in sich fassen. Ich möchte Ihre Meinung hiervon wissen.

Sie sehen, liebster Freund! ich tue alles in der Welt, um Sie zu einem gelehrten Disput aufzufordern. []

131
NICOLAI AN LESSING

Berlin, 31. August 1756

[] Ich wünschte nur, daß Sie meine Abhandlung über das Trauerspiel, die nun schon unter der Presse ist, vor dem Abdrucke hätten durchsehen können. []

Hauptsächlich habe ich den Satz zu widerlegen gesucht, den man dem Aristoteles so oft nachgesprochen hat, es sei der Zweck des Trauerspiels, die Leidenschaften zu reinigen oder die Sitten zu bilden. Er ist, wo nicht falsch, doch wenigstens nicht allgemein, und schuld daran, daß viele deutsche Trauerspiele so schlecht sind. Ich setze also den Zweck des Trauerspiels in die Erregung der Leidenschaften, und sage: das beste Trauerspiel ist das, welches die Leidenschaften am heftigsten erregt, nicht das, welches geschickt ist, die Leidenschaften zu reinigen. Auf diesen Zweck suche ich alle Eigenschaften des Trauerspiels zu vereinigen. Das vornehmste Stück ist und bleibt die Handlung, weil dieselbe zu der Erregung der Leidenschaften am meisten beiträgt. Die wesentlichen Eigenschaften der Handlung sind die Größe, die Fortdauer, die Einfalt. Die tragische Größe einer Handlung bestehet nicht darin, daß sie von großen oder vornehmen Personen vollbracht wird, sondern darin, daß sie geschickt ist, heftige Leidenschaften zu erregen. Die Fortdauer einer Handlung bestehet darin, daß sie nie durch eine andere Handlung unterbrochen werde; und die Simplizität, daß sie nicht durch Inzidenthandlungen so verwickelt werde, daß es Mühe kostet, ihre Anlage einzusehen. Hat sie diese beiden letzteren Eigenschaften, so hat sie zugleich die Eigenschaft, welche die Kunstrichter schon längst unter dem Namen der Einheit anbefohlen haben. Die Einheit der Handlung ist durchaus notwendig; ohne sie können wohl Teile, aber niemals das Ganze schön sein. Die Einheiten der Zeit und des Orts dürfen nicht so strenge beobachtet werden, und es ist am besten, Zeit und Ort nicht allzu genau zu bestimmen. Die Trauerspiele lassen sich nach den Leidenschaften, die sie erregen wollen, einteilen: 1) in Trauerspiele, welche Schrecken und Mitleiden zu erregen suchen. Diese nenne ich rührende Trauerspiele, und hieher gehören alle bürgerlichen Trauerspiele, ferner alle die, in welchen bürgerliches Interesse herrschet, als *Merope, Medea* etc. 2) Trauerspiele, welche durch Hilfe des Schreckens und Mitleidens Bewunderung erregen, nenne ich heroische; als *Brutus, Cato.* 3) Trauerspiele, worin die Erregung des Schreckens und Mitleidens mit der Bewunderung vergesellschaftet ist, sind vermischte Trauerspiele, als der *Graf v. Essex* etc. 4) Trauerspiele, welche ohne Hilfe des Schreckens und Mitleidens Bewunderung erregen sollen, sind nicht praktikabel, weil der Held im Unglücke die größte Bewunderung, aber auch zugleich Mitleiden erregt. Der *Canut* könnte ein mißratenes Beispiel von dieser Gattung sein. Aus den Eigenschaften der Handlung leite ich die Art des Plans her. Die Exposition muß natürlich sein. Die Fortsetzung der Handlung enthält die Mittel zu dem Zwecke oder der Auflösung. Sobald wir anfangen zu zweifeln, was die Mittel für Zwecke haben, so ist der Knoten geschürzt; so bald wir den Zweck zu vermuten anfangen, fängt auch die Auflösung an; sobald der Zweck völlig gewiß ist, so ist auch die Auflösung vollkommen. [] Das Tragische in den Charakteren liegt wieder darin, daß sie heftige Leidenschaften erregen, nicht daß sie die Sitten bessern. Die tragischen Charaktere sind ein tugendhafter Mann, welcher durch einen Fehler, den er begeht, unglücklich wird, und ein Bösewicht, der auch unglücklich wird, aber der durch ein falsches System von Sittenlehre uns gewissermaßen für sich einnimmt (ein Satz von Hrn. Moses). [] Der Fehler in einem Charakter ist nichts Böses, sondern eine Handlung oder Neigung, welche eben dadurch, daß sie für den Helden unglücklich ausschlägt, ein Fehler wird; so ist z. E. in des Sophokles *Ödipus* der Fehler des Ödipus nicht der Mord des Laius, welcher außer der Handlung ist, sondern die Neugier, aus welcher die Auflösung fließt. [] Was den Ausdruck betrifft, so wird vorausgesetzt, daß der Dichter edel denke; aber er muß sich auch edel, sinnlich und schön ausdrücken. Die Fehler des Ausdrucks werden mit leichter Mühe an der Gottschedischen Übersetzung der *Alzire* gezeigt. Dies sind ungefähr meine Gedanken. Ich habe sie etwas verwirrt vorgetragen, so wie die Abhandlung selbst nicht allzu ordentlich ist. []

132
LESSING AN NICOLAI (UND MENDELSSOHN)

Leipzig, November 1756

[] Ich danke Ihnen aufrichtig für den kurzen Auszug aus Ihrer Abhandlung *über das Trauerspiel.* Es ist mir auf mancherlei Weise sehr angenehm gewesen, und unter andern auch deswegen, weil er mir Gelegenheit gibt zu widersprechen. Überlegen Sie ja alles wohl, was ich darauf sagen werde; denn es könnte leicht sein, daß ich nicht alles wohl überlegt hätte – ich will umwenden, um das freie Feld vor mir zu haben!
Vorläufiges Kompliment! Da die Absicht, warum ich gewisse Wahrheiten abhandele, die Art, wie ich sie abhandeln soll, bestimmen muß, und da jene es nicht allezeit erfordert, auf die allerersten Begriffe zurückzugehen, so würde ich gar nichts wider Ihren Aufsatz zu erinnern haben, wenn ich Sie

nicht für einen Kopf hielte, der mehr als eine Absicht dabei hätte verbinden können.
Es kann sein, daß wir dem Grundsatze: *Das Trauerspiel soll bessern,* manches elende, aber gutgemeinte Stück schuldig sind; es kann sein, sage ich, denn diese Ihre Anmerkung klingt ein wenig zu sinnreich, als daß ich sie gleich für wahr halten sollte. Aber das erkenne ich für wahr, daß kein Grundsatz, wenn man sich ihn recht geläufig gemacht hat, bessere Trauerspiele kann hervorbringen helfen, als der: *Die Tragödie soll Leidenschaften erregen.*
Nehmen Sie einen Augenblick an, daß der erste Grundsatz ebenso wahr als der andere sei, so kann man doch noch hinlängliche Ursachen angeben, warum jener bei der Ausübung mehr schlimme und dieser mehr gute Folgen haben müsse. Jener hat nicht deswegen schlimme Folgen, weil er ein *falscher* Grundsatz ist, sondern deswegen, weil er entfernter ist als dieser, weil er bloß den Endzweck angibt, und dieser die Mittel. Wenn ich die Mittel habe, so habe ich den Endzweck, aber nicht umgekehrt. Sie müssen also stärkere Gründe haben, warum Sie hier vom Aristoteles abgehen, und ich wünschte, daß Sie mir einiges Licht davon gegeben hätten; denn dieser Verabsäumung schreiben Sie es nunmehr zu, daß Sie hier meine Gedanken lesen müssen, wie ich glaube, daß man die Lehre des alten Philosophen verstehen solle, und wie ich mir vorstelle, daß das Trauerspiel durch Erzeugung der Leidenschaften bessern kann.
Das meiste wird darauf ankommen: was das Trauerspiel für Leidenschaften erregt. In seinen Personen kann es alle mögliche Leidenschaften wirken lassen, die sich zu der Würde des Stoffes schicken. Aber werden auch zugleich alle diese Leidenschaften in den Zuschauern rege? Wird er freudig? wird er verliebt? wird er zornig? wird er rachsüchtig? Ich frage nicht, ob ihn der Poet so weit bringt, daß er diese Leidenschaften in der spielenden Person billiget, sondern ob er ihn so weit bringt, daß er diese Leidenschaften selbst *fühlt,* und nicht bloß fühlt, ein andrer fühle sie?
Kurz, ich finde keine einzige Leidenschaft, die das Trauerspiel in dem Zuschauer rege macht, als das Mitleiden. Sie werden sagen: Erweckt es nicht auch Schrecken? Erweckt es nicht auch Bewunderung? Schrecken und Bewunderung sind

keine Leidenschaften, nach meinem Verstande. Was denn? Wenn Sie es in Ihrer Abschilderung getroffen haben, was Schrecken ist, eris mihi magnus Apollo [*wirst du für mich der große Apollo sein*], und wenn Sie es getroffen haben, was Bewunderung ist, Phyllida solus habeto [*sollst du allein die Phyllis besitzen*].

Setzen Sie sich hier auf Ihre Richterstühle, meine Herren Nicolai und Moses. Ich will es sagen, was ich mir unter beiden vorstelle.

Das Schrecken in der *Tragödie* ist weiter nichts als die plötzliche Ueberraschung des Mitleides, ich mag den Gegenstand meines Mitleids kennen oder nicht. Z. E. endlich bricht der Priester damit heraus: *Du, Ödip, bist der Mörder des Laius!* Ich erschrecke, denn auf einmal sehe ich den rechtschaffnen Ödip unglücklich; mein Mitleid wird auf einmal rege. Ein ander Exempel: es erscheinet ein Geist; ich erschrecke: der Gedanke, daß er nicht erscheinen würde, wenn er nicht zu des einen oder zu des andern Unglück erschiene, die dunkle Vorstellung dieses Unglücks, ob ich den gleich noch nicht kenne, den es treffen soll, überraschen mein Mitleid, und dieses überraschte Mitleid heißt Schrecken. Belehren Sie mich eines Bessern, wenn ich Unrecht habe.

Nun zur Bewunderung! Die Bewunderung! O *in der Tragödie*, um mich ein wenig orakelmäßig auszudrücken, ist [*sie*] das entbehrlich gewordene Mitleiden. Der Held ist unglücklich, aber er ist über sein Unglück so weit erhaben, er ist selbst so stolz darauf, daß es auch in meinen Gedanken die schreckliche Seite zu verlieren anfängt, daß ich ihn mehr beneiden als bedauern möchte.

Die Staffeln sind also diese: Schrecken, Mitleid, Bewunderung. Die Leiter aber heißt: Mitleid; und Schrecken und Bewunderung sind nichts als die ersten Sprossen, der Anfang und das Ende des Mitleids. Z. E. Ich höre auf einmal, nun ist Cato so gut als des Cäsars. *Schrecken!* Ich werde hernach mit der verehrungswürdigen Person des erstern, und auch nachher mit seinem Unglücke bekannt. *Das Schrecken zerteilet sich in Mitleid.* Nun aber hör' ich ihn sagen: *Die Welt, die Cäsarn dient, ist meiner nicht mehr wert. Die Bewunderung setzt dem Mitleiden Schranken.* Das Schrecken braucht der Dichter zur Ankündigung des Mitleids, und Bewunderung gleichsam zum Ruhepunkte desselben. Der Weg zum Mitleid wird dem Zuhörer zu lang, wenn ihn nicht gleich der erste Schreck aufmerksam macht, und das Mitleiden nützt sich ab, wenn es sich nicht in der Bewunderung erholen kann. Wenn es also wahr ist, daß die ganze Kunst des tragischen Dichters auf die sichere Erregung und Dauer des einzigen Mitleidens geht, so sage ich nunmehr, die Bestimmung der Tragödie ist diese: sie soll *unsre Fähigkeit, Mitleid zu fühlen,* erweitern. Sie soll uns nicht bloß lehren, gegen diesen oder jenen Unglücklichen Mitleid zu fühlen, sondern sie soll uns so weit fühlbar machen, daß uns der Unglückliche zu allen Zeiten, und unter allen Gestalten, rühren und für sich einnehmen muß. Und nun berufe ich mich auf einen Satz, den Ihnen Herr Moses vorläufig demonstrieren mag, wenn Sie, Ihrem eignen Gefühl zum Trotz, daran zweifeln wollen. *Der mitleidigste Mensch ist der beste Mensch,* zu allen gesellschaftlichen Tugenden, zu allen Arten der Großmut der aufgelegteste. Wer uns also mitleidig macht, macht uns besser und tugendhafter, und das Trauerspiel, das jenes tut, tut auch dieses, oder – es tut jenes, um dieses tun zu können. Bitten Sie es dem Aristoteles ab, oder widerlegen Sie mich.

Auf gleiche Weise verfahre ich mit der Komödie. Sie soll uns zur Fertigkeit verhelfen, alle Arten des Lächerlichen leicht wahrzunehmen. Wer diese Fertigkeit besitzt, wird in seinem Betragen alle Arten des Lächerlichen zu vermeiden suchen und eben dadurch der wohlgezogenste und gesittetste Mensch werden. Und so ist auch die Nützlichkeit der Komödie gerettet. Beider Nutzen, des Trauerspiels sowohl als des Lustspiels, ist von dem Vergnügen unzertrennlich; denn die ganze Hälfte des Mitleids und des Lachens ist Vergnügen, und es ist großer Vorteil für den dramatischen Dichter, daß er weder nützlich, noch angenehm, eines ohne das andere sein kann.

Ich bin jetzt von diesen meinen Grillen so eingenommen, daß ich, wenn ich eine dramatische Dichtkunst schreiben sollte, weitläuftige Abhandlungen von Mitleid und Lachen voranschicken würde. Ich würde beides sogar miteinander vergleichen, ich würde zeigen, daß das Weinen ebenso aus einer Vermischung der Traurigkeit und Freude, als das Lachen aus einer Vermischung der Lust und Unlust entstehe; ich würde weisen, wie man das Lachen in Weinen verwandeln kann, wo man auf der einen Seite Lust zur Freude und auf der anderen Unlust zur Traurigkeit in beständiger Vermischung anwachsen läßt; ich würde – Sie glauben nicht, was ich alles würde. Ich will Ihnen nur noch einige Proben geben, wie leicht und glücklich aus meinem Grundsatze nicht nur die vornehmste bekannte Regel, sondern auch eine Menge neuer Regeln fließe, an deren Statt man sich mit dem bloßen Gefühle zu begnügen pflegt.

Das Trauerspiel soll so viel Mitleid erwecken, als es nur immer kann; folglich müssen alle Personen, die man unglücklich werden läßt, gute Eigenschaften haben, folglich muß die beste Person auch die unglücklichste sein, und Verdienst und Unglück in beständigem Verhältnisse bleiben. Das ist, der Dichter muß keinen von allem Guten entblößten Bösewicht aufführen. Der Held oder die beste Person muß nicht, gleich einem Gotte, seine Tugenden ruhig und ungekränkt übersehen. Ein Fehler des *Canuts,* zu dessen Bemerkung Sie auf einem andern Wege gelanget sind. Merken Sie aber wohl, daß ich hier nicht von dem Ausgange rede, denn das stelle ich in des Dichters Gutbefinden, ob er lieber die Tugend durch einen glücklichen Ausgang krönen, oder durch einen unglücklichen uns noch interessanter machen will. Ich verlange nur, daß die Personen, die mich am meisten für sich einnehmen, *während der Dauer des Stücks* die unglücklichsten sein sollen. Zu dieser Dauer aber gehöret nicht der Ausgang.

Das Schrecken, habe ich gesagt, ist das überraschte Mitleiden; ich will hier noch ein Wort hinzusetzen: das überraschte *und unentwickelte* Mitleiden; folglich wozu die Überraschung, wenn es nicht entwickelt wird? Ein Trauerspiel voller Schrecken, ohne Mitleid, ist ein Wetterleuchten ohne Donner. So viel Blitze, so viel Schläge, wenn uns der Blitz nicht so gleichgültig werden soll, daß wir ihm mit einem kindischen Vergnügen entgegengaffen. Die Bewunderung, habe ich mich ausgedrückt, ist das entbehrlich gewordene Mitleid. Da aber das Mitleid das Hauptwerk ist, so muß es folglich so selten als möglich entbehrlich werden; der Dichter muß seinen Held nicht zu sehr, nicht zu anhaltend der bloßen Bewunderung aussetzen, und Cato als ein Stoiker ist mir ein schlechter tragischer Held. Der bewunderte Held ist der Vorwurf der Epopöe; der *bedauerte* [*der*] des Trauerspiels. Können Sie sich einer einzigen Stelle erinnern, wo der Held des Homers, des Vergils, des Tasso, des Klopstocks, Mitleiden erweckt? Oder eines einzigen alten Trauerspiels, wo der Held mehr bewundert als bedauert wird? Hieraus können Sie nun auch schließen, was ich von Ihrer Einteilung der Trauerspiele halte. Sie fällt mit Ihrer Erlaubnis ganz weg. Ich habe nicht Lust, noch einen dritten Bogen anzulegen, sonst wollte ich mich noch über einige andere Punkte erklären. []

133
LESSING AN MENDELSSOHN

Leipzig, 13. November 1756

Liebster Freund! Ich habe heute an unsern Hrn. Nicolai einen sehr langen und langweiligen Brief geschrieben, und ich vermute, daß Sie einen desto kürzern bekommen werden. Je kürzer je angenehmer! Zu lesen oder zu schreiben? werden Sie fragen. []

Ich bitte Sie, das, was ich an Hrn. Nicolai geschrieben habe, zu überdenken, zu prüfen, zu verbessern. Erfüllen Sie nur meine Bitte, so ist es eben das, als ob ich es selbst nochmals überdacht, geprüft und verbessert hätte. Ihre bessern Gedanken sind weiter nichts als meine zweiten Gedanken. Sobald Sie also, unter andern, meinen Begriff vom Weinen falsch finden werden, sobald werde ich ihn auch verwerfen und ihn für weiter nichts halten, als für eine gewaltsame Ausdehnung meines Begriffs vom Lachen. Jetzo halte ich ihn noch für wahr; denn ich denke so: alle Betrübnis, welche von Tränen begleitet wird, ist eine Betrübnis über ein verlornes Gut; kein anderer Schmerz, keine andre unangenehme Empfindung wird von Tränen begleitet. Nun findet sich bei dem verlornen Gute nicht allein die Idee des Verlusts, sondern auch die Idee des Guts, und beide, diese angenehme mit jener unangenehmen, sind unzertrennlich verknüpft. Wie, wenn diese Verknüpfung überall Statt hätte, wo das Weinen vorkommt? Bei den Tränen des Mitleids ist es offenbar. Bei den Tränen der Freude trifft es auch ein: denn man weint nur da vor Freude, wenn man vorhero elend gewesen und sich nun auf einmal beglückt sieht; niemals aber, wenn man vorher nicht elend gewesen. Die einzigen sogenannten Bußtränen machen mir zu schaffen, aber ich sorge sehr, die Erinnerung der Annehmlichkeit der Sünde, die man jetzt erst für strafbar zu erkennen anfängt, hat ihren guten Teil daran; es müßte denn sein, daß die Bußtränen nichts anders als eine Art von Freudentränen wären, da man sein Elend, den Weg des Lasters gewandelt zu sein, und seine Glückseligkeit, den Weg der Tugend wieder anzutreten, zugleich empfände.

Ich bitte Sie nur noch, auf die bewundernswürdige Harmonie achtzuhaben, die ich, nach meiner Erklärung des Weinens, hier zwischen den respondierenden Veränderungen des Körpers und der Seele zu sehen glaube. Man kann lachen, daß die Tränen in die Augen treten; das körperliche Weinen ist also gleichsam der höchste Grad des körperlichen Lachens. Und was braucht es bei dem Lachen in der Seele mehr, wenn es zum Weinen werden soll, als daß die Lust und Unlust, aus deren Vermischung das Lachen entsteht, beide zum höchsten Grade anwachsen und eben so vermischt bleiben. Z. E. der Kopf eines Kindes in einer großen Staatsperücke ist ein lächerlicher Gegenstand; und der große Staatsmann, der kindisch geworden ist, ein beweinenswürdiger.

Ich sehe, daß mein Brief doch lang geworden ist. Nehmen Sie mir es ja nicht übel. Leben Sie wohl, liebster Moses, und fahren Sie fort, mich zu lieben. Ich bin ganz der Ihrige

Lessing.

134
MENDELSSOHN AN LESSING

Berlin, 23. November 1756

[] Ihr letzter Brief an Hrn. Nicolai enthält so viel Merkwürdiges, daß ich mir einige Zeitfrist ausbitten muß, alle Ihre Gedanken reiflich zu überlegen, bevor ich darauf antworten kann. [] Ich bitte mir indessen vorläufig einige Erläuterung über Ihre Gedanken von der Bewunderung aus. Wenn Sie hierin den rechten Punkt verfehlt hätten, so verspreche ich mir, Ihr ganzes System niederreißen zu können.

Wenn wir an einem Menschen gute Eigenschaften gewahr werden, die unsre Meinung, die wir von ihm oder von der ganzen menschlichen Natur gehabt haben, übertreffen, so geraten wir in einen angenehmen Affekt, den wir Bewunderung nennen. Da nun eine jede Bewunderung ungemein gute Eigenschaften zum Grunde hat, so muß dieser Affekt schon an und für sich selbst, und ohne in Absicht des Mitleidens, dessen die bewunderte Person entbehren kann, in dem Gemüte des Zuschauers ein Vergnügen zuwegebringen. Ja es muß sogar der Wunsch in ihm entstehen, dem bewunderten Held, wo es möglich ist, nachzueifern; denn die Begierde zur Nacheiferung ist von der anschauenden Erkenntnis einer guten Eigenschaft unzertrennlich, und ich werde nicht nötig haben, Ihnen die Erfahrung anzuführen, daß diese Begierde öfters die vortrefflichste Wirkung gehabt hat.

Ich gestehe es, daß die Bewunderung öfters das Mitleiden mildert, oder, wenn Sie wollen, auf eine Zeitlang gänzlich aufhebt, das wir vorhin der leidenden Tugend aufgeopfert hatten. Allein sie tut dieses nicht immer, und wenn sie es tut, so ist es bloß eine zufällige Wirkung, die unmöglich ihren ganzen Wert erschöpfen kann, weil sie ihr mit dem völligen Tode des Helden gemein ist. Die tote Zaïre fordert ebensowenig unser Mitleiden als der sterbende Gusmann, und dennoch ist es etwas mehr als ein gedämpftes Mitleiden, das uns in dem vortrefflichen Betragen dieses Letztern dahin reißt und, wo ich nicht irre, in jeder menschlichen Brust den Wunsch erzeugt, ebenso erhabner Gesinnung fähig zu sein. Wenn Mithridates in den bedrängtesten Umständen, daran er sich befindet, noch mit einem Anschlage auf Rom schwanger geht, und seinen Söhnen den Plan dazu so vortrefflich auseinandersetzt, daß wir sogar die Möglichkeit der Ausführung einsehen, so erregt er unstreitig Bewunderung. Hat aber Mithridates' mißliches Schicksal im Kriege wider die Römer uns je zum Mitleid bewogen? Würde es nicht ein unvergeblicher Fehler des Dichters sein, wenn er ein Mitleiden dämpfen wollte, das gleichsam außer der Szene vorgegangen und in die Verwickelung kaum den allerentferntesten Einfluß hat? Bitten Sie also die Bewunderung, diese Mutter der Tugend, um Verzeihung, daß Sie von ihrem Werte so nachteilig gedacht haben. Sie ist nicht bloß ein Ruhepunkt des Mitleidens, der nur deswegen da ist, um dem von neuem aufsteigenden Mitleiden wieder Platz zu machen; nein! die sinnliche Empfindung des Mitleidens macht einer höhern Empfindung Platz, und ihr sanfter Schimmer verschwindet, wenn der Glanz der Bewunderung unser Gemüt durchdringt. Die Bewunderer der Alten mögen zusehen, wie sie es entschuldigen wollen, daß die größten Dichter Griechenlands nie bewundernswürdige Charaktere auf die Bühne gebracht haben. So viel mir von ihren Trauerspielen bekannt ist, weiß ich mich nicht einen einzigen Zug eines Charakters zu erinnern, der von Seiten seiner Moralität unsere Bewunderung verdienen sollte. Ihre Bildhauer haben sich diesen würdigen Affekt besser zunutze gemacht. Sie haben die Leidenschaften fast durchgehends von einem gewissen Heroismus begleiten lassen, dadurch sie ihre Charaktere etwas über die Natur erheben, und die Kenner gestehen, daß ihre Bildsäulen von dieser Seite fast unnachahmlich sind. []

135
LESSING AN MENDELSSOHN

Leipzig, 28. November 1756

[] Es kömmt mir sehr gelegen, was Sie von der Bewunderung sagen, und in meinem Briefe an unsern Freund habe ich diesen Affekt nicht sowohl überhaupt erklären, als anzeigen wollen, was für Wirkung er in dem Trauerspiele hervorbringe [].
Wir geraten in Bewunderung, sagen Sie, wenn wir an einem Menschen gute Eigenschaften gewahr werden, die unsre Meinung, die wir von ihm oder von der ganzen menschlichen Natur gehabt haben, übertreffen. In dieser Erklärung finde ich zweierlei Dinge, die zweierlei Namen verdienen und in unserer Sprache auch wirklich haben. Wenn ich an einem gute Eigenschaften gewahr werde, die meine Meinung *von ihm* übertreffen, so heißt das nicht, ich *bewundere* ihn, sondern ich *verwundere* mich über ihn. [] Wenn der Geizige auf einmal freigebig, der Ruhmredige auf einmal bescheiden wird, so *verwundert* man sich, bewundern aber kann man ihn nicht.
Wenn nun dieser Unterschied keine falsche Spitzfindigkeit ist, so wird die Bewunderung allein da stattfinden, wo wir so glänzende Eigenschaften entdecken, daß wir sie der ganzen menschlichen Natur nicht zugetrauet hätten. []
Was sind dieses für glänzende Eigenschaften, die wir bewun-

dern? Sind es besondere Eigenschaften, oder sind es nur die höchsten Grade guter Eigenschaften? Sind es die höchsten Grade aller guten Eigenschaften, oder nur einiger derselben? Das Wort Bewunderung wird von dem größten Bewunderer, dem Pöbel, so oft gebraucht, daß ich es kaum wagen will, aus dem Sprachgebrauche etwas zu entscheiden. [ ]

Lassen sie uns also nur diejenigen Fälle untersuchen, wo die bessern Menschen, Menschen von Empfindung und Einsicht, bewundern. Untersuchen Sie Ihr eigen Herz, liebster Freund! [ ] Was für Eigenschaften bewundern Sie denn nun? Sie bewundern einen Cato, einen Essex – mit einem Worte, nichts als Beispiele einer unerschütterten Festigkeit, einer unerbittlichen Standhaftigkeit, eines nicht zu erschreckenden Muts, einer heroischen Verachtung der Gefahr und des Todes; und alle diese Beispiele bewundern Sie um so viel mehr, je besser Sie sind, je fühlbarer Ihr Herz, je zärtlicher Ihre Empfindung ist. Sie haben einen zu richtigen Begriff von der menschlichen Natur, als daß Sie nicht alle unempfindliche Helden für schöne Ungeheuer, für mehr als Menschen, aber gar nicht für gute Menschen halten sollten. Sie bewundern sie also mit Recht; aber eben deswegen, weil Sie sie bewundern, werden Sie ihnen nicht nacheifern. Mir wenigstens ist es niemals in den Sinn gekommen, einem Cato oder Essex an Halsstarrigkeit gleich zu werden, so sehr ich sie auch wegen dieser Halsstarrigkeit bewundere, die ich ganz und gar verachten und verdammen würde, wenn es nicht eine Halsstarrigkeit der Tugend zu sein schiene.

Ich werde also der Bewunderung nichts abbitten, sondern ich verlange, daß Sie es der Tugend abbitten sollen, sie zu einer Tochter der Bewunderung gemacht zu haben. Es ist wahr, sie ist sehr oft die Tochter der Nacheiferung, und die Nacheiferung ist eine natürliche Folge der anschauenden Erkenntnis einer guten Eigenschaft. Aber muß es eine bewundernswürdige Eigenschaft sein? Nichts weniger. Es muß eine gute Eigenschaft sein, deren ich den Menschen überhaupt, und also auch mich, fähig halte. Und diese Eigenschaften schließe ich so wenig aus dem Trauerspiele aus, daß vielmehr, nach meiner Meinung, gar kein Trauerspiel ohne sie besteht, weil man ohne sie kein Mitleid erregen kann. Ich will nur diejenigen großen Eigenschaften ausgeschlossen haben, die wir unter dem allgemeinen Namen des Heroismus begreifen können, weil jede derselben mit Unempfindlichkeit verbunden ist, und Unempfindlichkeit in dem Gegenstande des Mitleids mein Mitleiden schwächt.

Lassen Sie uns hier bei den Alten in die Schule gehen. Was können wir nach der Natur für bessere Lehrer wählen? Um das Mitleid desto gewisser zu erwecken, ward Ödipus und Alkeste von allem Heroismus entkleidet. Jener klagt weibisch, und diese jammert mehr als weibisch; sie wollten sie lieber zu empfindlich, als unempfindlich machen; sie ließen sie lieber zu viel Klagen ausschütten, zu viel Tränen vergießen, als gar keine.

Sie sagen, das benähme der Bewunderung ihren Wert nicht, daß sie das Mitleiden schwäche oder gar aufhebe, weil sie dieses mit dem Tode des Helden gemein habe. Sie irren hier aus zu großer Scharfsinnigkeit. Unter tausend Menschen wird nur ein Weltweiser sein, welcher den Tod nicht für das größte Übel und das Totsein nicht für eine Fortdauer dieses Übels hält! Das Mitleiden hört also mit dem Tode noch nicht auf; gesetzt aber, es hörte auf, so würde dieser Umstand weiter nichts als die Ursache der Regel sein, warum sich mit dem Tode des Helden auch das Stück schließen müsse. Kann sich aber das Stück mit der Bewunderung schließen? Wenn ich aber gesagt habe, der tragische Dichter müsse die Bewunderung so wenig sein Hauptwerk sein lassen, daß er sie vielmehr nur zu Ruhepunkten des Mitleids machen müsse, so habe ich dieses damit sagen wollen, er solle seinem Helden nur so viel Standhaftigkeit geben, daß er nicht auf eine unanständige Art unter seinem Unglück erliege. Empfinden muß er ihn sein Unglück lassen; er muß es ihn recht fühlen lassen; denn sonst können wir es nicht fühlen. Und nur dann und wann muß er ihn lassen einen effort tun, der auf wenige Augenblicke eine dem Schicksal gewachsene Seele zu zeigen scheint, welche große Seele den Augenblick darauf wieder ein Raub ihrer schmerzlichen Empfindungen werden muß.

Was Sie von dem Mithridat des Racine sagen, ist, glaub' ich, eher für mich, als für Sie. Eben die edelmütige Szene, wo er seinen Söhnen den Anschlag, vor Rom zu gehen, entdeckt, ist Ursache, daß wir mit ihm wegen seines gehabten mißlichen Schicksals in dem Kriege wider die Römer kein Mitleiden haben können. Ich sehe ihn schon triumphierend in Rom einziehen, und vergesse darüber alle seine unglücklichen Schlachten. Und was ist denn diese Szene bei dem Racine mehr, als eine schöne Flickszene? Sie bewundern den Mithridat, diese Bewunderung ist ein angenehmer Affekt; sie kann bei einem Karl dem XII. Nacheiferung erwecken, aber wird es dadurch unwahr, daß sie sich besser in ein Heldengedicht als in ein Trauerspiel schicke?

Doch ich will aufhören zu schwatzen, und es endlich bedenken, daß ich an einen *Wortsparer* schreibe. Ich will, was ich wider die Bewunderung bisher, schlecht oder gut, gesagt habe, nicht gesagt haben; ich will alles wahr sein lassen, was Sie von ihr sagen. Sie ist dennoch aus dem Trauerspiel zu verbannen.

Denn – doch ich will erst eine Erläuterung aus dem Ursprunge des Trauerspiels voranschicken. Die alten Trauerspiele sind aus dem Homer, ihrem Inhalte nach, genommen, und diese Gattung der Gedichte selbst ist aus der Absingung seiner Epopöen entsprungen. Homer und nach ihm die Rhapsodisten wählten gewisse Stücke daraus, die sie bei feierlichen Gelegenheiten, vielleicht auch vor den Türen ums Brot, abzusingen pflegten. Sie mußten die Erfahrung gar bald machen, was für Stücke von dem Volke am liebsten gehört wurden. Heldentaten hört man nur einmal mit sonderlichem Vergnügen; ihre Neuigkeit rührt am meisten. Aber tragische Begebenheiten rühren, so oft man sie hört. Diese also wurden, vorzüglich vor andern Begebenheiten bei dem Homer, ausgesucht, und anfangs, so wie sie erzählungsweise bei dem Dichter stehen, gesungen, bis man darauf fiel, sie dialogisch abzuteilen, und das daraus entstand, was wir jetzt Tragödie nennen. Hätten denn nun die Alten nicht ebensowohl aus den Heldentaten ein dialogisches Ganzes machen können? Freilich, und sie würden es gewiß getan haben, wenn sie nicht die Bewunderung für eine weit ungeschicktere Lehrerin des Volks als das Mitleiden gehalten hätten.

Und das ist ein Punkt, den Sie selbst am besten beweisen können. Die Bewunderung in dem allgemeinen Verstande, in welchem es nichts ist, als das sonderliche Wohlgefallen an einer seltnen Vollkommenheit, bessert vermittelst der Nacheiferung, und die Nacheiferung setzt eine deutliche Erkenntnis der Vollkommenheit, welcher ich nacheifern will, voraus. Wie viele haben diese Erkenntnis? Und wo diese nicht ist, bleibt die Bewunderung nicht unfruchtbar? Das Mitleiden hingegen bessert unmittelbar; bessert, ohne daß wir selbst etwas dazu beitragen dürfen; bessert den Mann von Verstande sowohl als den Dummkopf.

Hiermit schließ' ich. Sie sind mein Freund; ich will meine Gedanken von Ihnen geprüft, nicht gelobt haben. Ich sehe Ihren fernern Einwürfen mit dem Vergnügen entgegen, mit welchem man der Belehrung entgegensehen muß. [ ]

136

NICOLAI AN LESSING

Berlin, 3. November 1756

[ ] Ihr Trauerspiel [*Miss Sara Sampson*] ward im allgemeinen ziemlich gut aufgeführt; nämlich so, wie die Truppe nun ist. Stenzel machte den Sir Sampson, Brückner den Mellefont, Hensel den Norton, Stephanie den Waitwell, die Mad. Henseln die Sara, die Mad. Frizen [*die*] Betty, die Jungfer Beckin (erschrecken Sie nicht?) die Milwood [*Marwood*], ihre Mutter die Hannah, Köhler den Wirt.

Ehe ich Ihnen genauer von der Aufführung Nachricht gebe, muß ich Ihnen sagen, daß ich ungemein gerührt worden bin, daß ich bis an den Anfang des fünften Aufzugs öfters geweint habe, daß ich aber am Ende desselben und bei der ganzen Szene mit der Sara vor starker Rührung nicht habe weinen können; das ist mir noch bei keinem Trauerspiel begegnet und streitet gewissermaßen wider mein eignes System von der Rührung in den Trauerspielen. Meine Rührung und meine kritischen Anmerkungen, sowohl über Ihr Stück als über die Schauspieler, machten in meinem Kopfe ein wunderliches Gemisch untereinander. [ ]

Ich habe an den meisten deutschen Komödianten einen Fehler bemerkt, den man bei den französischen nicht so oft antrifft, nämlich, daß sie ihre Rolle nicht verstehen; daher, wenn sie etwas gut machen, gelingt es ihnen nur von ungefähr. Schuchs Leute haben alle diesen Fehler, bis auf Brücknern, der wenigstens nicht leicht eine Stelle, welche etwas sagen will, unbemerkt vorbeiläßt, gesetzt auch, daß er den Nachdruck, welchen sie erfordert, nicht auf die rechte Weise ausdrücken sollte. Die Mad. Hensel hat unter andern auch diesen Fehler, der daher zu rühren scheint, daß sie gar keine oder sehr schlechte Anweisung muß gehabt haben. [ ]

So wie Brückner durch viele kleine Bewegungen seine Aktionen zu sehr unterbricht und absondert, so verwirrt er sie wieder durch ein beständiges Bewegen der Hände und des Kopfes, daß man nicht allein die Bewegungen am rechten Orte nicht genug unterscheiden kann, sondern auch oft die sonst guten Bewegungen nicht am rechten Orte, zu früh oder zu spät, kommen. Er scheint das Vorurteil zu haben, daß man alle Gemütstriebe durch Bewegungen ausdrücken müsse. Er weiß zwar auch sein Gesicht zu brauchen, aber nicht genug. Ich habe mich nirgends mehr darüber geärgert als in der letzten Szene mit der Sara, die er fast durchaus falsch machte. Ich erwartete, ihn in dem hohen Grade der Verzweiflung zu sehen, welcher der Betäubung nahekommt und von außen der Gemütsstille zu gleichen scheint. Aber er machte beständige heftige Bewegungen, welche anzeigen sollten, er wäre betrübt, und welche nur anzeigten, daß er nicht betrübt war. Wie plötzlich war der Übergang von einer so französischen Betrübnis zu dem engländischen Entschlusse, den er den Augenblick darauf nahm! Es war ganz widersinnig. Mir schien es wenigstens sehr unwahrscheinlich, daß ein Mensch, der sich noch den Augenblick vorher soviel Mühe gegeben hatte, wellenförmige Linien mit den Armen zu drehen, Miene machen sollte, sich einer Geliebten wegen, die schon tot ist, zu erstechen. [ ]

137

LESSING AN NICOLAI (UND MENDELSSOHN)

Leipzig, 29. November 1756

Liebster Freund, vorigesmal bekamen Sie den langen Brief; jetzt hat ihn Herr Moses bekommen, und Sie bekommen den kurzen. [ ]

Ich wollte lieber, daß Sie mein Stück, als die Aufführung meines Stücks, so weitläufig beurteilt hätten. Sie würden mir dadurch das Gute, das Sie davon sagen, glaublicher gemacht haben. Ich kann mich aber doch nicht enthalten, über Ihr Lob eine Anmerkung zu machen. Sie sagen, Sie hätten bis zum fünften Aufzuge öfters Tränen vergossen; am Ende aber hätten Sie vor starker Rührung nicht weinen können: eine Sache, die Ihnen noch nicht begegnet sei und gewissermaßen mit Ihrem System von der Rührung streite. – Es mag einmal in diesem Komplimente, was noch in keinem Komplimente gewesen ist, jedes Wort wahr sein – wissen Sie, was mein Gegenkompliment ist? Wer Geier heißt Ihnen ein falsches System haben! Oder vielmehr: Wer Geier heißt Ihrem Verstande, sich ein System nach seiner Grille machen, ohne Ihre Empfindung zu Rate zu ziehen? Diese hat, Ihnen unbewußt, das richtigste System, das man nur haben kann; denn sie hat meines. Ich berufe mich auf meinen letzten Brief an Hrn. Moses. Das Mitleiden gibt keine Tränen mehr, wenn die schmerzhaften Empfindungen in ihm die Oberhand gewinnen. Ich unterscheide drei Grade des Mitleids, deren mittelster das weinende Mitleid ist, und die vielleicht mit den drei Worten zu unterscheiden wären, *Rührung, Tränen, Beklemmung. Rührung* ist, wenn ich weder die Vollkommenheiten, noch das Unglück des Gegenstandes deutlich denke, sondern von beiden nur einen dunkeln Begriff habe; so rührt mich z. E. der Anblick jedes Bettlers. *Tränen* erweckt er nur dann in mir, wenn er mich mit seinen guten Eigenschaften sowohl als mit seinen Unfällen bekannter macht, und zwar mit beiden *zugleich*, welches das wahre Kunststück ist, Tränen zu erregen. Denn macht er mich erst mit seinen guten Eigenschaften und hernach mit seinen Unfällen, oder erst mit diesen und hernach mit jenen bekannt, so wird zwar die Rührung stärker, aber zu Tränen kömmt sie nicht. Z. E. Ich frage den Bettler nach seinen Umständen, und er antwortet: Ich bin seit drei Jahren amtlos, ich habe Frau und Kinder; sie sind teils krank, teils noch zu klein, sich selbst zu versorgen; ich selbst bin nur vor einigen Tagen vom Krankenbette aufgestanden. – Das ist sein Unglück! – Aber wer sind Sie denn? frage ich weiter. – Ich bin der und der, von dessen Geschicklichkeit in diesen oder jenen Verrichtungen Sie vielleicht gehört haben; ich bekleidete mein Amt mit möglichster Treue; ich könnte es alle Tage wieder antreten, wenn ich lieber die Kreatur eines Ministers, als ein ehrlicher Mann sein wollte etc. Das sind seine Voll-

kommenheiten! Bei einer solchen Erzählung aber kann niemand *weinen*. Sondern wenn der Unglückliche meine Tränen haben will, muß er beide Stücke verbinden; er muß sagen: Ich bin vom Amte gesetzt, weil ich zu ehrlich war und mich dadurch bei dem Minister verhaßt machte; ich hungere, und mit mir hungert eine kranke liebenswürdige Frau; und mit uns hungern sonst hoffnungsvolle, jetzt in der Armut vermodernde Kinder; und wir werden gewiß noch lange hungern müssen. Doch ich will lieber hungern, als niederträchtig sein; auch meine Frau und Kinder wollen lieber hungern, und ihr Brot lieber unmittelbar von Gott, das ist, aus der Hand eines barmherzigen Mannes, nehmen, als ihren Vater und Ehemann lasterhaft wissen etc. – (Ich weiß nicht, ob Sie mich verstehen. Sie müssen meinem Vortrage mit Ihrem eignen Nachdenken zu Hilfe kommen.) Einer solchen Erzählung habe ich immer Tränen in Bereitschaft. Unglück und Verdienst sind hier im Gleichgewicht. Aber lassen Sie uns das Gewicht in der einen oder andern Schale vermehren und zusehen, was nunmehr entsteht. Lassen Sie uns zuerst in die Schale der Vollkommenheit eine Zulage werfen. Der Unglückliche mag fortfahren: Aber wenn ich und meine kranke Frau uns nur erst wieder erholt haben, so soll es schon anders werden. Wir wollen von der Arbeit unsrer Hände leben; wir schämen uns keiner. Alle Arten, sein Brot zu verdienen, sind einem ehrlichen Manne gleich anständig; Holz spalten, oder am Ruder des Staates sitzen. Es kömmt seinem Gewissen nicht darauf an, wie viel er nützt, sondern wie viel er nützen wollte. – Nun hören meine Tränen auf; die Bewunderung erstickt sie. Und kaum, daß ich es noch fühle, daß die Bewundrung aus dem Mitleiden entsprungen. – Lassen Sie uns eben den Versuch mit der andern Wagschale anstellen. Der ehrliche Bettler erfährt, daß es wirklich einerlei Wunder, einerlei übernatürliche Seltenheit ist, von der Barmherzigkeit der Menschen oder unmittelbar aus der Hand Gottes gespeist zu werden. Er wird überall schimpflich abgewiesen; unterdessen nimmt sein Mangel zu, und mit ihm seine Verwirrung. Endlich gerät er in Wut; er ermordet seine Frau, seine Kinder und sich. – Weinen Sie noch? – Hier erstickt der Schmerz die Tränen, aber nicht das Mitleid, wie es die Bewundrung tut. Es ist –
Ich verzweifelter Schwätzer! []

138
MENDELSSOHN AN LESSING

(Berlin, erste Dezemberhälfte 1756)

Liebster Freund! Schreiben Sie immer, wenn ich bitten darf, Ihre langen Briefe an Hrn. Nicolai. Er hat das Glück, daß Sie ihm immer die besten Briefe schreiben. In Wahrheit, der kurze Brief an Nicolai enthält bessere Gedanken, als der lange, der mir zuteilgeworden. Ich schicke Ihnen Ihren Brief mit, weil ich ihn stückweise widerlegen will, aber ich beschwöre Sie, mir ihn wieder zuzustellen. Er soll mir zur Demütigung dienen, denn er beweiset, welch ein kleiner Gegner ich sein müsse, daß man sich mit so schlechten Waffen wider mich verteidigen zu können glaubt! Zur Sache!

Ich glaube, die jetzigen politischen Begebenheiten haben Sie veranlaßt, *Bewunderung* mit *Verwunderung* zu vertauschen. Eine unvermutete Begebenheit, deren Ursache ich nicht ergründen kann, setzt mich in *Verwunderung*. So verwundere ich mich über den Donner, über die Elektrizität, über die Handlungen eines Menschen, die in seinem moralischen Charakter nicht gegründet zu sein scheinen, und endlich über Sie, wenn *Sie* mir eine so fehlerhafte Distinktion einbilden wollen. Ich bewundere hingegen einen Menschen, an welchem ich eine gute Eigenschaft gewahr werde, die ich ihm nicht zugetrauet habe, die aber dennoch in seinem sittlichen Charakter gegründet ist. [] Eine jede Handlung, die sich mit dem bekannten Charakter der handelnden Person nicht reimen läßt, setzt uns in Verwunderung, und ist in dramatischen Stücken ein Fehler des Dichters, außer wenn sich die *Verwunderung* zuletzt in *Bewunderung* auflöst, d. i. wenn wir in der Entwickelung solche Umstände erfahren, die die Handlung wirklich wahrscheinlich machen. Ich halte diese Art von Knoten für die vortrefflichste, in welcher die Handlungen einer sonst tugendhaften Person mit ihrem Charakter zu streiten scheinen, zuletzt aber alle aus einer Quelle zu fließen, befunden werden. [] Alle unsere Urteile gründen sich entweder auf einen deutlichen Vernunftsschluß, oder auf eine undeutliche Erkenntnis, welche man in Sachen, die die Wahrheit angehen, *Einsicht*, in Sachen aber, die die Schönheit betreffen, *Geschmack* zu nennen pflegt. Jener stützt sich auf eine symbolische Erkenntnis, auf die Wirkungen der obern Seelenkräfte; diese hingegen auf eine intuitive Erkenntnis, auf die Wirkung der untern Seelenkräfte. Es ist Ihnen bekannt, daß öfters der Geschmack oder die Einsicht (Bonsens) mit der symbolischen Erkenntnis streiten könne, ja daß die erstere öfters einen größern Einfluß in unsern Willen hat, als die letztere. [] Die theatralische Sittlichkeit gehört nicht vor den Richterstuhl der symbolischen Erkenntnis. Wenn der Dichter, *durch seine vollkommen sinnliche Rede,* unsre intuitive Erkenntnis von der Würde und Unwürde seiner Charaktere überzeugen kann, so hat er unsern Beifall. Wir verdunkeln gern die deutlichen Vernunftschlüsse, die sich unsrer Illusion widersetzen; so wie wir uns vermittelst der Illusion in ein ander Klima, in andre Umstände, und unter andre Menschen versetzen, um die Stärke der Nachahmung recht nachdrücklich zu fühlen. [] Weg also mit der deutlichen Überzeugung von der Nichtigkeit eines halsstarrigen Heldenmuts! Sie kann weder die Bewunderung noch den augenblicklichen Vorsatz der Nacheiferung stören, wenn der Dichter unsre untern Seelenkräfte hat einzunehmen gewußt. Aber sie kann verhindern, daß dieser augenblickliche Wunsch nie zur Wirklichkeit gedeihet, weil nach geendigter Illusion die Vernunft wieder das Steuer ergreift. Bei einem Menschen hingegen, der nicht Vorrat von deutlicher Erkenntnis genug hat, der Illusion die Stange zu halten, wird der Wunsch zur Nacheiferung anhaltend sein und sogar in Taten ausbrechen. Ein Beispiel sei Karl der XII., und jener Engländer, der sich, nachdem er den *Cato* hat aufführen sehen, ermordete, da man alsdenn folgenden Spruch bei ihm fand: What Cato does and Addison approves cannot be wrong [*Was Cato tut und Addison gutheißt, kann nicht falsch sein*]. [] Werden Sie mich nun noch wohl fragen können, ob ich glaube, daß die Bewunderung uns mehr zur Nacheiferung antreiben kann, als die bloße Betrachtung guter Eigenschaften? Können Sie nunmehr noch zweifeln, daß die anschauende Erkenntnis der Vollkommenheit durch die Bewunderung sinnlicher wird, weil sie uns unvermutet überrascht, oder weil wir die anscheinende Vollkommenheit in einem solchen Grade antreffen, daß sie gleichsam über Natur und Schicksal siegt und den unerschrockenen Held zeigt, wo wir den gebeugten, unter seiner Last seufzenden Menschen erwarteten? – Also kann uns die Bewunderung auch solche Handlungen als nachahmungswürdig anpreisen, die wir mit der Vernunft für untugendhaft erkennen? hör' ich Sie fragen. – Allerdings! und dieses ist eine von den Ursachen, die Hrn. Nicolai bewog zu behaupten, der Endzweck des Trauerspiels sei nicht eigentlich, die Sitten zu bessern.

Jedoch müssen Sie nicht denken, Ihr Mitleiden habe hierin einen Vorzug vor meiner Bewunderung. Auch das Mitleiden kann uns zu Untugenden bringen, wenn es nicht von der Vernunft regiert wird, von der kalten symbolischen Vernunft, die man gänzlich von dem Theater verbannen muß, wenn man gefallen will.

Ich gehe mit Ihnen in die Schule der alten Dichter, allein wenn wir sie verlassen, so kommen Sie mit mir in die Schule der alten Bildhauer. Ich habe ihre Kunststücke nicht gesehen, aber Winckelmann (in seiner vortrefflichen Abhandlung von der Nachahmung der Werke der Griechen), dem ich einen feinen Geschmack zutraue, sagt: ihre Bildhauer hätten ihre Götter und Helden niemals von einer ausgelassenen Leidenschaft dahin reißen lassen. Man fände bei ihnen allezeit *die Natur in Ruhe* (wie er es nennt) und die Leidenschaften von einer gewissen Gemütsruhe begleitet, dadurch die schmerzliche Empfindung des Mitleidens gleichsam mit einem Firnisse von Bewunderung und Ehrfurcht überzogen wird. Er führt den Laokoon z. E. an, den Vergil poetisch entworfen und ein griechischer Künstler in Marmor gehauen hat. Jener drückt den Schmerz vortrefflich aus, dieser hingegen läßt ihn den Schmerz gewissermaßen besiegen, und übertrifft den Dichter um desto mehr, je mehr das bloße mitleidige Gefühl einem mit Bewunderung und Ehrfurcht untermengten Mitleiden nachzusetzen ist. Ich habe gesagt, wenn die Bewunderung sonst nichts als ein Ruhepunkt des Mitleidens wäre, so würde es diese Wirkung mit dem Tode des bedauerten Helden gemein haben; und Sie glauben, ich habe geirrt, weil der größte Haufe das Totsein für eine Fortdauer des Übels hält. – Ich kann Ihnen auch dieses nicht gelten lassen. Warum bedauern wir die tote Zaïre und [] nicht die sterbende Sara oder den sterbenden Alten im *Mahomet?* Irgend weil sie *über ihr Unglück durch ihre großen Gesinnungen siegen?* Allein sie werden sterben? Unmöglich kann der gemeine Mann oder unsere

sinnliche Empfindung glauben, derjenige Tod – jedoch hierin möchten Sie Recht haben.
Warum haben Sie aber meinen Einwurf nicht beantwortet? Wie kann uns in der Szene des Racine eine Bewunderung gefallen, die ein Mitleiden dämpfen soll, das wir gar nicht gefühlt haben? Sie sagen, es sei eine Flickszene des Racine? Wohl! aber sie ist doch schön; also ist die Bewunderung schön, auch wo sie kein Mitleiden zu stillen hat.
Ihr letzter Beweis, von dem Ursprunge des Trauerspiels hergenommen, gefällt mir einigermaßen. Ich zweifle aber, ob Sie bewundernswürdige Charaktere (ich meine solche, wie Cato, Grandison, Brutus usw.) im Homer finden werden. Im Ringen bestunden damals ihre heroischen und Bewunderung erregenden Verdienste. *Achilles* ist am Ende des Spiels nichts als ein tapferer Schläger, und *Agamemnon* hat weiter kein Verdienst, als daß er ein König der Könige ist. Die Griechen scheinen zu Homers Zeiten von ihren Königen gedacht zu haben, ungefähr wie jetzt die Franzosen von den ihrigen denken. [] Ich will durch diese Anmerkung keineswegs den Homer heruntersetzen und glaube vielmehr, daß ihn keiner von den Dichtern im Ganzen erreicht hat, die nachher gekommen sind, aber von der Seite der großen und Bewunderung erregenden Charaktere, dünkt mich, haben ihn viele übertroffen.
Ich habe noch eine kleine Anmerkung hinzuzutun. Sie behaupten, der Dichter müsse seinen Helden notwendig das Unglück empfinden lassen, wenn wir gerührt werden sollen; und nennen die Bewunderung bei dieser Gelegenheit abermals den *Ruhepunkt des Mitleidens.* Das letztere bedarf keiner weitern Widerlegung. Das erstere hingegen gebe ich zu, aber aus einem ganz andern Grunde. Der Dichter muß uns sinnlich überzeugen, daß sein Held die Gefahr kennt, über welche ihn seine Unerschrockenheit hinwegsetzt. Durch eine bloße Erzählung der bedrängten Umstände, in welchen sich sein Held befindet, wird die Nachahmung nicht sinnlich genug. Wenn wir aber schon zum voraus für den Helden besorgt sind, wenn der Dichter die Geschicklichkeit besessen, uns auf andere Weise sinnlich zu überführen, daß der Held sein Unglück vorhersieht, daß alle Anwesende für ihn in Angst sind, weil sie die größte Gefahr vor Augen sehen; alsdenn

kann er ihn im völligen Triumphe über das drohende Schicksal erscheinen lassen. [] So viel zu Widerlegung Ihrer Begriffe von der Bewunderung! Hingegen sind Ihre Gedanken vom Weinen unverbesserlich, und einige Kleinigkeiten, die ich dabei zu bemerken finde, verspare ich aufs Künftige. []

139
LESSING AN MENDELSSOHN

Leipzig, 18. Dezember 1756

Liebster Freund! Sie haben recht; ich habe in meinem Briefe an Sie ziemlich in den Tag hinein geschwatzt. Heben Sie ihn nur immer auf; aber nicht zu Ihrer, sondern zu meiner Demütigung. Es bleibe bei Ihnen ein dauerhafter Beweis, was für albernes Zeug ich schreiben kann, wenn ich, wie ich mich auszudrücken beliebt habe, *meine Gedanken unter der Feder reif werden lasse.* Lassen Sie mich jetzt versuchen, ob sie durch Ihre Einwürfe und Erinnerungen reifer geworden. Ich lösche die ganze Tafel aus, und will mich über die Materie von der Bewunderung noch gar nicht erklärt haben. Von vorne!

Ich hatte in dem ersten Briefe an Hrn. Nicolai von dieser Materie geschrieben: *die Bewunderung müsse in dem Trauerspiele nichts sein, als der Ruhepunkt des Mitleidens.* Haben Sie mich auch recht verstanden? Herr Nicolai machte zu seiner zweiten Gattung der Trauerspiele diejenige, wo man durch Hilfe des Schreckens und des Mitleidens Bewunderung erregen wolle. In dieser Gattung also wird die Bewunderung zum Hauptwerke, das ist, das Unglück, das den Helden trifft, soll uns nicht sowohl rühren, als dem Helden Gelegenheit geben, seine außerordentlichen Vollkommenheiten zu zeigen, deren intuitive Erkenntnis in uns den angenehmen Affekt erwecke, welchen Sie *Bewunderung* nennen.

Ein solches Trauerspiel nun, sage ich, würde ein dialogisches Heldengedicht sein, und kein Trauerspiel. Der *bewunderte* Held, habe ich mich gegen Hrn. Nicolai ausgedrückt, ist der Stoff des Heldengedichts. Da Sie mir doch also wohl zutrauen werden, daß ich ein Heldengedichte (in Gedicht voller Bewunderung) für ein schönes Gedicht halte, so kann ich nicht

einsehen, wie Sie mir schuld geben können, daß ich der Bewunderung alles Schöne, alles Angenehme rauben wolle. Sie ist ein angenehmer Affekt, gut; aber kann ihr dieses die vornehmste Stelle in einem Trauerspiele verdienen? Das Trauerspiel (sagt Aristoteles, Hauptstück 14) soll uns nicht jede Art des Vergnügens ohne Unterschied gewähren, sondern nur allein das Vergnügen, welches ihm eigentümlich zukömmt. []
So wie in dem Heldengedicht die Bewunderung das Hauptwerk ist, alle andere Affekten, das Mitleiden besonders, ihr untergeordnet sind: so sei auch in dem Trauerspiele das Mitleiden das Hauptwerk, und jeder andere Affekt, die Bewunderung besonders, sei ihm nur untergeordnet, das ist, diene zu nichts, als das Mitleiden erregen zu helfen. Der Heldendichter läßt seinen Helden unglücklich sein, um seine Vollkommenheiten ins Licht zu setzen. Der Tragödienschreiber setzt seines Helden Vollkommenheiten ins Licht, um uns sein Unglück desto schmerzlicher zu machen.
Ein großes Mitleiden kann nicht ohne große Vollkommenheiten in dem Gegenstande des Mitleids sein, und große Vollkommenheiten, sinnlich ausgedrückt, nicht ohne Bewunderung. Aber diese großen Vollkommenheiten sollen in dem Trauerspiele nie ohne große Unglücksfälle sein, sollen mit diesen allezeit genau verbunden sein, und sollen also nicht Bewunderung allein, sondern Bewunderung und Schmerz, das ist, Mitleiden erwecken. Und das ist meine Meinung. Die Bewunderung findet also in dem Trauerspiele nicht als ein besonderer Affekt statt, sondern bloß als die eine Hälfte des Mitleids. Und in dieser Betrachtung habe ich auch recht gehabt, sie nicht als einen besondern Affekt, sondern nur nach ihrem Verhältnisse gegen das Mitleiden zu erklären.
Und in diesem Verhältnisse, sage ich noch, *soll sie der Ruhepunkt des Mitleidens sein*, nämlich da, wo sie *für sich* allein wirken soll. Da Sie aber zum zweitenmal auf dem Exempel des Mithridats bestehen, so muß ich glauben, Sie haben meine Worte so verstanden, als wollte ich mit diesem Ruhepunkte sagen, sie soll das Mitleiden stillen helfen. Aber das will ich damit gar nicht sagen, sondern gleich das Gegenteil. Hören Sie nur!
Wir können nicht lange in einem starken Affekte bleiben, also können wir auch ein starkes Mitleiden nicht lange aushalten;

es schwächt sich selbst ab. Auch mittelmäßige Dichter haben dieses gemerkt und das starke Mitleiden bis zuletzt verspart. Aber ich hasse die französischen Trauerspiele, welche mir nicht eher als am Ende des fünften Aufzugs einige Tränen auspressen. Der wahre Dichter verteilt das Mitleiden durch sein ganzes Trauerspiel; er bringt überall Stellen an, wo er die Vollkommenheiten und Unglücksfälle seines Helden in einer rührenden Verbindung zeigt, das ist, Tränen erweckt. Weil aber das ganze Stück kein beständiger Zusammenhang solcher Stellen sein kann, so untermischt er sie mit Stellen, die von den Vollkommenheiten seines Helden allein handeln, und in diesen Stellen hat die Bewunderung, als Bewunderung, statt. Was sind aber diese Stellen anders, als gleichsam Ruhepunkte, wo sich der Zuschauer zu neuem Mitleiden erholen soll? Gestillt soll das vorige Mitleiden nicht dadurch werden, das ist mir niemals in die Gedanken gekommen und würde meinem System schnurstracks zuwider sein.

Da nun aber diese Stellen (ich will sie die *leeren Szenen* nennen, ob sie gleich nicht immer ganze Szenen sein dürfen, weil die Bewunderung, oder die Ausmalung der außerordentlichen Vollkommenheiten des Helden, der einzige Kunstgriff ist, *die leeren Szenen,* wo die Aktion stille steht, erträglich zu machen) da, sage ich, diese *leeren Szenen* nichts als Vorbereitungen zum künftigen Mitleiden sein sollen, so müssen sie keine solchen Vollkommenheiten betreffen, die das Mitleiden zernichten. Ich will ein Exempel geben, dessen Lächerliches Sie mir aber verzeihen müssen. Gesetzt, ich sagte zu jemand: Heute ist der Tag, da *Titus* seinen alten Vater auf einem Seile, welches von der höchsten Spitze des Turms bis über den Fluß ausgespannt ist, in einem Schubkarren von oben herabführen soll. Wenn ich nun, dieser gefährlichen Handlung wegen, Mitleiden für den *Titus* erwecken wollte, was muß ich tun? Ich müßte die guten Eigenschaften des *Titus* und seines Vaters auseinandersetzen, und sie beide zu Personen machen, die es um so viel weniger verdienen, daß sie sich einer solchen Gefahr unterziehen müssen, je würdiger sie sind. Aber nicht wahr, dem Mitleiden ist der Weg zu dem Herzen meines Zuhörers auf einmal abgeschnitten, sobald ich ihm sage, Titus ist ein Seiltänzer, der diesen Versuch schon mehr als einmal gemacht hat? Und gleichwohl habe ich doch weiter nichts als eine Vollkommenheit des Titus den Zuhörern bekanntgemacht. Ja, aber es war eine Vollkommenheit, welche die Gefahr unendlich verringerte, und dem Mitleiden also die Nahrung nahm Der Seiltänzer wird nunmehr bewundert, aber nicht bedauert. Was macht aber derjenige Dichter aus seinem Helden anders, als einen Seiltänzer, der, wenn er ihn will sterben lassen, das ist, wenn er uns am meisten durch seine Unfälle rühren will, ihn eine Menge der schönsten Gaskonaden von seiner Verachtung des Todes, von seiner Gleichgültigkeit gegen das Leben herschwatzen läßt? In eben dem Verhältnisse, in welchem die Bewunderung auf der einen Seite zunimmt, nimmt das Mitleiden auf der andern ab. Aus diesem Grunde halte ich den *Polyeukt* des Corneille für tadelhaft; ob er gleich wegen ganz anderer Schönheiten niemals aufhören wird zu gefallen. Polyeukt strebt ein Märtyrer zu werden; er sehnet sich nach Tod und Martern; er betrachtet sie als den ersten Schritt in ein überschwenglich seliges Leben; ich bewundere den frommen Enthusiasten, aber ich müßte befürchten, seinen Geist in dem Schoße der ewigen Glückseligkeit zu erzürnen, wenn ich Mitleid mit ihm haben wollte.

Aus der Bewunderung entspringt der Vorsatz der Nacheiferung; aber, wie Sie selbst sagen, dieser Vorsatz ist nur *augenblicklich*. Wenn er zur Wirklichkeit kommen soll, muß ihn entweder die darauf folgende deutliche Erkenntnis dazu bringen, oder der Affekt der Bewunderung muß so stark fortdauern, daß der Vorsatz zur Tätigkeit kommt, ehe die Vernunft das Steuer wieder ergreifen kann. Das ist doch Ihre Meinung? – Nun sage ich: in dem ersten Falle ist die Wirkung nicht der Bewunderung, sondern der deutlichen Erkenntnis zuzuschreiben; und zu dem andern Falle werden nichts geringeres *als Fantasten* erfordert. Denn Fantasten sind doch wohl nicht anders als Leute, bei welchen die untern Seelenkräfte über die obern triumphieren? Daran liegt nichts, werden Sie vielleicht sagen, dieser Fantasten sind sehr viele in der Welt, und es ist gut, wenn auch Fantasten tugendhafte Taten tun. Wohl; so muß es denn eine von den ersten Pflichten des Dichters sein, daß er nur für wirklich tugendhafte Handlungen Bewunderung erweckt. Denn wäre es ihm erlaubt, auch untugendhaften Handlungen den Firnis der Bewunderung zu geben, so hätte *Plato* recht, daß er sie aus seiner Republik verbannt wissen wolle. Herr Nicolai hätte also nicht schließen sollen: weil der Wein nicht selten blutige Gezänke erzeugt, so ist es falsch, daß er des Menschen Herz erfreuen soll; oder weil die Poesie oft schlechte Handlungen als nachahmungswürdig anpreiset, so kann ihr Endzweck nicht sein, die Sitten zu bessern.

Ich gehe noch weiter, und gebe Ihnen zu überlegen, ob die tugendhafte Tat, die ein Mensch aus bloßer Nacheiferung, ohne deutliche Erkenntnis, tut, wirklich eine tugendhafte Tat ist, und ihm als eine solche zugerechnet werden kann? Ferner dringe ich darauf: die Bewunderung einer schönen Handlung kann nur zur Nacheiferung ebenderselben Handlung, unter ebendenselben Umständen, und nicht zu allen schönen Handlungen antreiben; sie bessert, wenn sie ja bessert, nur durch besondere Fälle, und also auch nur in besonderen Fällen. [ ]

Wie unendlich besser und sicherer sind die Wirkungen meines Mitleidens! Das Trauerspiel soll das Mitleiden nur überhaupt *üben,* und nicht uns in diesem oder jenem Falle zum Mitleiden bestimmen. Gesetzt auch, daß mich der Dichter gegen einen unwürdigen Gegenstand mitleidig macht, nämlich vermittelst falscher Vollkommenheiten, durch die er meine *Einsicht* verführt, um mein Herz zu gewinnen. Daran ist nichts gelegen, wenn nur mein Mitleiden rege wird, und sich gleichsam gewöhnt, immer leichter und leichter rege zu werden. Ich lasse mich zum Mitleiden im Trauerspiele bewegen, um eine Fertigkeit im Mitleiden zu bekommen; findet aber das bei der Bewunderung statt? Kann man sagen: Ich will gern in der Tragödie bewundern, um eine Fertigkeit im Bewundern zu bekommen? Ich glaube, der ist der größte Geck, der die größte Fertigkeit im Bewundern hat; so wie ohne Zweifel derjenige der beste Mensch ist, der die größte Fertigkeit im Mitleiden hat.

Doch bin ich nicht etwa wieder auf meine alten Sprünge gekommen? [ ] Fast sollte es so scheinen; ich will es also immer wagen, Ihnen einen Einfall zu vertrauen, der zwar ziemlich seltsam klingt, weil er aber niemand Geringers als mich und den Homer rettet, Ihrer Untersuchung vielleicht nicht unwürdig ist.

Es gibt gewisse körperliche Fähigkeiten, gewisse Grade der

körperlichen Kräfte, die wir nicht in unsrer willkürlichen Gewalt haben, ob sie gleich wirklich in dem Körper vorhanden sind. Ein Rasender, zum Exempel, ist ungleich stärker, als er bei gesundem Verstande war; auch die Furcht, der Zorn, die Verzweiflung und andre Affekten mehr erwecken in uns einen größern Grad der Stärke, der uns nicht eher zu Gebote steht, als bis wir uns in diesen oder jenen Affekt gesetzt haben. Meine zweite vorläufige Anmerkung ist diese. Alle körperliche Geschicklichkeiten werden durch Hilfe der Bewunderung gelernt; wenigstens das *Feine* von allen körperlichen Geschicklichkeiten. [ ]

Heraus also mit meinem Einfalle! Wie, wenn Homer mit Bedacht nur körperliche Vollkommenheiten bewundernswürdig geschildert hätte? Er kann leicht ein ebenso guter Philosoph gewesen sein, als ich. Er kann leicht, wie ich, geglaubt haben, daß die Bewunderung unsre Körper wohl tapfer und gewandt, aber nicht unsre Seelen tugendhaft machen könne. *Achilles,* sagen Sie, ist bei dem Homer nichts als ein tapfrer Schläger; es mag sein. Er ist aber doch ein bewundernswürdiger Schläger, der bei einem andern den Vorsatz der Nacheiferung erzeugen kann. Und so oft sich dieser andere in ähnlichen Umständen mit dem *Achilles* befindet, wird ihm auch das Exempel dieses Helden wieder beifallen, wird sich auch seine gehabte Bewunderung erneuern, und diese Bewunderung wird ihn stärker und geschickter machen, als er ohne sie gewesen wäre. Gesetzt aber, Homer hätte den Achilles zu einem bewundernswürdigen Muster der Großmut gemacht. So oft sich nun ein Mensch von feuriger Einbildungskraft in ähnlichen Umständen mit ihm sähe, könnte er sich zwar gleichfalls seiner gehabten Bewunderung erinnern, und zu Folge dieser Bewunderung gleich großmütig handeln; aber würde er deswegen großmütig sein? Die Großmut muß eine beständige Eigenschaft der Seele sein, und ihr nicht bloß ruckweise entfahren.

Ich bin überzeugt, daß meine Worte oft meinem Sinne Schaden tun, daß ich mich nicht selten zu unbestimmt oder zu nachlässig ausdrücke. Versuchen Sie es also, liebster Freund, sich durch Ihr eigen Nachdenken in den Geist meines Systems zu versetzen. [ ]

Lesen Sie doch das 13. Hauptstück der Aristotelischen Dichtkunst. Der Philosoph sagt daselbst: Der Held eines Trauerspiels müsse ein Mittelcharakter sein; er müsse nicht allzu lasterhaft und auch nicht allzu tugendhaft sein; wäre er allzu lasterhaft und verdiente sein Unglück durch seine Verbrechen, so könnten wir kein Mitleiden mit ihm haben; wäre er aber allzu tugendhaft und er würde dennoch unglücklich, so verwandle sich das Mitleiden in Entsetzen und Abscheu. []

Ich bin hier selbst wider *Aristoteles,* welcher mir überall eine falsche Erklärung des Mitleids zum Grunde gelegt zu haben scheint. Und wenn ich die Wahrheit weniger verfehle, so habe ich es allein *Ihrem* bessern Begriffe vom Mitleiden zu danken. Ist es wahr, daß das Unglück eines allzu tugendhaften Menschen Entsetzen und Abscheu erweckt? Wenn es wahr ist, so müssen Entsetzen und Abscheu der höchste Grad des Mitleids sein, welches sie doch nicht sind. Das Mitleiden, das in eben dem Verhältnisse wächst, in welchem Vollkommenheit und Unglück wachsen, hört auf, mir angenehm zu sein, und wird desto unangenehmer, je größer auf der einen Seite die Vollkommenheit und auf der andern das Unglück ist.

Unterdessen ist es doch auch wahr, daß an dem Helden eine gewisse ἁμαρτία, ein gewisser Fehler sein muß, durch welchen er sein Unglück über sich gebracht hat. Aber warum diese ἁμαρτία, wie sie Aristoteles nennt? Etwa, weil er ohne sie vollkommen sein würde, und das Unglück eines vollkommenen Menschen Abscheu erweckt? Gewiß nicht. Ich glaube, die einzige richtige Ursache gefunden zu haben; sie ist diese: weil ohne den Fehler, der das Unglück über ihn zieht, sein Charakter und sein Unglück kein *Ganzes* ausmachen würden, weil das eine nicht in dem andern gegründet wäre, und wir jedes von diesen zwei Stücken besonders denken würden. []

Der Held ist in der Epopöe unglücklich, und ist auch in der Tragödie unglücklich. Aber auf die Art, wie er es in der einen ist, darf er es nie in der andern sein. Ich kann mich nicht erinnern, daß ich die Verschiedenheit dieser Arten irgendwo gehörig bestimmt gefunden hätte. Das Unglück des Helden in der Epopöe muß keine Folge aus dem Charakter desselben sein, weil es sonst, nach meiner obigen Anmerkung, Mitleiden erregen würde; sondern es muß ein Unglück des Verhängnisses und Zufalls sein, an welchem seine guten oder bösen Eigenschaften keinen Teil haben. []

Wenn Sie Ihre Gedanken von der Illusion mit dem Hrn. Nicolai aufs Reine bringen werden, so vergessen Sie ja nicht, daß die ganze Lehre von der Illusion eigentlich den dramatischen Dichter nichts angeht, und die Vorstellung seines Stücks das Werk einer andern Kunst, als der Dichtkunst, ist. Das Trauerspiel muß auch ohne Vorstellung und Akteurs seine völlige Stärke behalten; und diese bei dem Leser zu äußern, braucht sie nicht mehr Illusion als jede andre Geschichte. []

140
MENDELSSOHN (UND NICOLAI) AN LESSING

Berlin, Januar 1757

[] Damit Sie [] nicht glauben, Sie hätten durch Ihren langen Brief gar nichts ausgerichtet; so muß ich Ihnen gleich voran sagen, daß ich in den meisten Stücken völlig Ihrer Meinung bin. Warum nicht in allen? fragen Sie. Geduld! Ich will Ihre Gedanken stückweise untersuchen. Gleich im Eingange weisen Sie den beiden tragischen Leidenschaften, der Bewunderung und dem Mitleiden, verschiedene Provinzen an, und wollen, daß jene in dem Gebiete des Heldengedichts, dieses aber auf der Schaubühne herrschen soll. Bei dieser Gelegenheit fragen Sie: *Warum wollen wir die Arten der Gedichte ohne Not verwirren, und die Grenzen der einen in die andre laufen lassen?* Hier haben Sie ein Vorurteil zur Schutzwehr genommen, das ich Sie selbst so oft habe bestreiten hören. Worauf gründet sich diese eingebildete Grenzscheidung? In Ansehung der Werke der Natur hat man in dem letzten Jahrhundert ausgemacht, daß sie von ihrer Meisterin in keine besondern und getrennten Klassen eingeteilt sind. Warum wollen wir die Kunst nicht auch hierin eine Nachahmerin der Natur werden lassen? Hat der Sprachgebrauch, die Autorität der Alten, die Einteilung der Künste in ihre besondern Arten, und tausend andre Vorurteile, nur solche dramatische Stücke mit dem Namen *Trauerspiel* belegt, die vornehmlich Mitleiden erregen: so können sich die Sprachlehrer an diese Vorschrift halten. Aber die Vernunft redet anders; sie zählet eine jede große und würdige Begebenheit zu den Gegenständen des Trauerspiels, wenn *sie nur durch die lebendige Vorstel-*

lung eines größern Grades der Nachahmung fähig ist. (Siehe beikommende Gedanken von der ästhetischen Illusion.) Schließen Sie also keine einzige Leidenschaft vom Theater aus. Sobald die nachgeahmte Leidenschaft uns anschauend von der Vortrefflichkeit der Nachahmung überzeugen kann, so verdient sie, auf der Bühne aufgeführt zu werden. Auch der Haß und der Abscheu können, trotz dem Aristoteles und allen seinen Anhängern, auf der Schaubühne gefallen, weil es genug ist, wenn die nachgeahmte Leidenschaft überzeugen kann, daß die Nachahmung dem Urbilde ähnlich sei. [ ]

Sie sagen, auf der Schaubühne müsse allezeit Schmerz und Bewunderung vermischt sein, und diese Vermischung nennen Sie Mitleid. [ ]

Entschuldigen Sie Ihren Ausdruck, *die Bewunderung sei der Ruhepunkt des Mitleides,* nur nicht. Freilich, die Auseinandersetzung der Vollkommenheiten, die den Helden zieren, oder vielmehr die Bekanntmachung seines Charakters, kann nicht selten eine Nebenszene ausfüllen, einen Ruhepunkt des Mitleidens abgeben. Dieses ist aber nicht die *Bewunderung,* sondern die Hochachtung, ein niederer Grad der Bewunderung, die uns eine Zeitlang unterhält, so wie wir öfters in der Komödie, um nicht immer zu lachen, rührende Stellen mit hinein bringen. Wo aber die Bewunderung der Hauptaffekt sein soll, da muß sie in einem Cato, in einem Brutus, in einem Grandison, und warum sage ich nicht, in einem Theophanes, etwas mehr als solche subalterne Bedienungen haben. Es ist überhaupt das Schicksal aller theatralischen Leidenschaften, daß sie fast gar nicht mehr zu erkennen sind, wenn sie als Begleiterinnen anderer Leidenschaften erscheinen. Die Liebe z. B. ist eine rasende und entsetzliche Leidenschaft, wo sie, wie im *Hippolytus,* den ersten Rang einnimmt; wie kindisch und lächerlich ist sie aber in tausend französischen Stücken, wo sie nur einige Nebenszenen ausfüllt! Ich will den Polyeukt nicht entschuldigen; wo Sie ihn aber mit dem Kerl vergleichen, der vom Turme hinunterpurzeln soll, so glaube ich, der Springer hat das tertium comparationis verloren. Der Held muß das moralische Gute ungleich höher schätzen als das physische Gute. Wenn Schmerz, Ketten, Sklaverei und Tod mit einer Pflicht streiten, so muß er nicht anstehen, allen diesen Übeln entgegenzueilen, um seine Unschuld unbefleckt zu erhalten. Dieser innerliche Sieg, den seine göttliche Seele über den Körper davonträgt, entzückt uns und setzt uns in einen Affekt, dem keine sinnliche Wollust an Annehmlichkeit beikömmt. Die bloße Bewunderung der körperlichen Geschicklichkeit, die Sie Ihrem Schubkarrenführer noch lassen, ist ohne Affekt, ohne jenes innerliche Gefühl und Wärme der Eingeweide (wenn ich mich so ausdrücken darf), mit welcher wir die Großmut eines Orestes und Pylades z. E. bewundern. (Im Vorbeigehen erinnere ich, daß dieses vielleicht die einzigen Charaktere der Alten sind, die eine wahre Bewunderung erregen.) []

Wenn die Vernunft die Nacheiferung billiget, die durch die Bewunderung in uns erzeugt wird; so wollen Sie die Wirkung nicht der Bewunderung, sondern der deutlichen Erkenntnis zuschreiben. Ich habe aber in beikommenden Blättern bewiesen, daß die intuitive Erkenntnis die Quantität der Motive vermehren müsse, wenn der tugendhafte Vorsatz zur Wirklichkeit kommen soll, und nichts vermehret, meines Erachtens, diese Quantität so sehr, als die Bewunderung.

Wenn Herr Nicolai behauptet*), die Poesie könne zur Besserung der Sitten nichts beitragen, so hat er offenbar unrecht []. Wenn er aber behauptet, die Besserung der Sitten könne nicht der Hauptendzweck des Trauerspiels sein, weil die Nachahmung immer noch vollkommen sein kann, wenn auch die zum Grunde liegende Sittlichkeit nicht völlig mit der Vernunft übereinstimmt: so glaube ich, daß ihm die eifrigsten Verfechter der Poesie beipflichten müssen. Die ästhetische Illusion ist wirklich imstande, die obern Seelenkräfte auf eine Zeitlang zum Schweigen zu bringen, wie ich solches in meinen Gedanken von der Illusion ziemlich deutlich mache. Daß aber selbst die Fertigkeit zu *bemitleiden* (erlauben Sie mir dieses schweizerische Wort) nicht immer gute Wirkung tut, erhellet aus meinen Gedanken von der sittlichen Empfindlichkeit, die ohne Hilfe der Urteilskraft unser Gefühl nur zärtlicher macht, und uns antreibt, sowohl wahren als scheinbaren Gütern mit größerer Begierde nachzujagen. Ihre Gedanken von den körperlichen Geschicklichkeiten und von der Bewunderung, die sie erregen, gefallen mir ungemein, und Sie be-

*) Wenn — aber merken Sie es sich, mein lieber Lessing, daß ich dieses nicht behaupte. Nicolai.

schämen mich, wenn Sie über das Unvermögen, Ihre Gedanken richtig auszudrücken, klagen. Was kann ich Ihnen hierauf antworten, ohne Ihnen ein Gegenkompliment zu machen?
Erheben Sie nur nicht die Bewunderung der körperlichen Geschicklichkeiten auf Kosten der Seele! Sie irren ungemein, wenn Sie glauben, die Großmut in bestimmten einzelnen Fällen errege bloß den Wunsch, in ähnlichen Fällen großmütig zu handeln. Aus meinen Gedanken *von der Herrschaft über die Neigungen* werden Sie ersehen, wie zuträglich es der Tugend sei, wenn die allgemeinen abstrakten Begriffe auf einzelne Fälle reduziert werden. Diese Reduktion kann durch die Erfahrung, durch Beispiele oder auch durch Erdichtung geschehen. Unsere symbolische Erkenntnis wird allemal in eine anschauende verwandelt, die Gewalt der Motive wird belebt, und ihre Quantität wird größer, als die Quantität der sinnlichen Lust, die sich ihnen widersetzt. [ ]
Ihre Gedanken über das 13. Hauptstück der aristotelischen Dichtkunst, und insbesondere über die Regel, daß der Held des Trauerspiels nicht vollkommen tugendhaft sein müsse, sind unverbesserlich. Sie tragen das untrügliche Kennzeichen der Wahrheit an sich, daß man beim Durchlesen über sich selbst böse wird, weil man sie verfehlt hat. Für das Kompliment, das Sie mir dabei machen, danke ich. [ ]

141
LESSING AN MENDELSSOHN (ZUGLEICH FÜR NICOLAI)

Leipzig, 2. Februar 1757

[ ] Ihre Gedanken von der Herrschaft über die Neigungen, von der Gewohnheit, von der anschauenden Erkenntnis sind vortrefflich, Sie haben mich so überzeugt, daß ich mir auch nicht einmal einen *logischen Fechterstreich* dawider übriggelassen finde. Warum kann ich von Ihren Gedanken über die Illusion nicht eben das sagen! [ ]
Darin sind wir doch wohl einig, liebster Freund, daß alle Leidenschaften entweder heftige Begierden oder heftige Verabscheuungen sind? Auch darin: daß wir uns bei jeder heftigen Begierde oder Verabscheuung eines größern Grads unsrer

Realität bewußt sind, und daß dieses Bewußtsein nicht anders als angenehm sein kann? Folglich sind alle Leidenschaften, auch die allerunangenehmsten, als Leidenschaften angenehm. Ihnen darf ich es aber nicht erst sagen: daß die Lust, die mit der stärkern Bestimmung unsrer Kraft verbunden ist, von der Unlust, die wir über die Gegenstände haben, worauf die Bestimmung unsrer Kraft geht, so unendlich kann überwogen werden, daß wir uns ihrer gar nicht mehr bewußt sind.

Alles, was ich hieraus folgere, wird aus der Anwendung auf das aristotelische Exempel von der gemalten Schlange am deutlichsten erhellen. *Wenn wir eine gemalte Schlange plötzlich erblicken, so gefällt sie uns desto besser, je heftiger wir darüber erschrocken sind.*

Dieses erkläre ich so: Ich erschrecke über die so wohlgetroffne Schlange, weil ich sie für eine wirkliche halte. Der Grad dieses Schreckens, als eine unangenehme Leidenschaft, oder vielmehr der Grad der Unlust, die ich über diesen schrecklichen Gegenstand empfinde, sei 10; so kann ich den Grad der Lust, die mit der Empfindung der Leidenschaft verbunden ist, 1 nennen, oder 10, wenn jener zu 100 wüchse. Indem ich also 10 empfinde, kann ich nicht 1 empfinden, das ist, so lange als ich die Schlange für eine wirkliche halte, kann ich keine Lust darüber empfinden. Nun werde ich aber auf einmal gewahr, daß es keine wirkliche Schlange, daß es ein bloßes Bild ist: was geschieht? Die Unlust über den schrecklichen Gegenstand = 10 fällt weg, und es bleibt nichts übrig, als die Lust, die mit der Leidenschaft, als einer bloßen stärkern Bestimmung unsrer Kraft, verbunden ist; 1 bleibt übrig, das ich nunmehr empfinde, und in dem Grade 8 oder 10 empfinden kann, wenn jener Grad, anstatt 10, 80 oder 100 gewesen ist.

Wozu brauchen wir nun hier die Illusion? Lassen Sie mich meine Erklärung auch an einem entgegengesetzten Exempel versuchen, um ihre Richtigkeit desto ungezweifelter darzulegen. – – Dort in der Entfernung werde ich das schönste, holdseligste Frauenzimmer gewahr, das mir mit der Hand auf eine geheimnisvolle Art zu winken scheint. Ich gerate in Affekt, Verlangen, Liebe, Bewunderung, wie Sie ihn nennen wollen. Hier kömmt also die Lust über den Gegenstand = 10 mit der angenehmen Empfindung des Affekts = 1 zusammen, und die Wirkung von beiden ist = 11. Nun gehe ich darauf los. Himmel! Es ist nichts als ein Gemälde, eine Bildsäule! Nach Ihrer Erklärung, liebster Freund, sollte nunmehr das Vergnügen desto größer sein, weil mich der Affekt von der Vollkommenheit der Nachahmung intuitiv überzeugt hat. Aber das ist wider alle Erfahrung; ich werde vielmehr verdrießlich; und warum werde ich verdrießlich? Die Lust über den vollkommnen Gegenstand fällt weg, und die angenehme Empfindung des Affekts bleibt allein übrig. []

142
MENDELSSOHN AN LESSING

Berlin, 2. März 1757

[] Sie haben vollkommen recht. Das Vermögen, Vollkommenheiten zu lieben und Unvollkommenheiten zu verabscheuen, ist eine Realität, und also eine Vollkommenheit. Die Ausübung derselben muß uns also notwendig Vergnügen gewähren. Schade, daß mir diese feine Betrachtung unbekannt war, als ich meine Briefe über die Empfindungen geschrieben. Dubos und ich haben viel von der Annehmlichkeit der nachgeahmten Vollkommenheiten geschwatzt, ohne den rechten Punkt getroffen zu haben. Wollen Sie aber aus diesem Satze irgend Folgen ziehen? Versprechen Sie sich einigen Nutzen davon in unsrer Streitsache? Dieses muß ich wissen, und zwar bald, damit wir näher zum Zwecke schreiten können. Wir führen Kriege, lieber Lessing, die ohne Ihren Schaden für mich sehr vorteilhaft sind. Wir wollen sehen, ob die streitenden Mächte so viel reellen Nutzen von ihrem kostbaren Kriege haben werden. []

143
MENDELSSOHN AN LESSING

Berlin, 11. August 1757

Den *Tod Adams* habe ich gelesen. Der tragische Stil in Prosa ist neu und ungemein schön. Im übrigen finde ich nichts an dem ganzen Stücke, das Klopstocks würdig sei, außer einigen Zügen in der Unterredung mit *Kain*, wie nicht weniger die

Beschreibung, die Adams Tochter von diesem ihrem Bruder macht. Sonst habe ich alles mit ziemlich kaltem Blute und öfters noch mit Verdruß gelesen, und dieses ist mein Beweis, daß mir dieses Stück nicht gefällt. Ich weiß nicht, wie Klopstock solch Zeug hinschreiben kann, das weder Zusammenhang, noch Handlung, weder Leidenschaften, noch irgend etwas anders, außer einer kleinen Nüance von Charakteren, hat. Ich sage meine Meinung ziemlich zuversichtlich, aber ich bin gewiß, daß ein Lessing nie ein solches Gewäsch dem Drucke bestimmt haben würde, gesetzt, es wäre ihm möglich gewesen, so was zu schreiben. [ ]

Ich habe mich noch wegen einer Anmerkung über Ihre *Miß Sara* zu rechtfertigen. Meine Worte waren: »Kenner wollen einige dergleichen Stellen in dem vortrefflichen Trauerspiele Miß Sara bemerkt haben.« Ich würde töricht sein, wenn ich mich für einen Kenner des Theaters hielte; mich, der ich in meinem Leben kaum zwei Trauerspiele von einer sehr mittelmäßigen Bande habe aufführen sehen. Indessen stimme ich doch nach dem Begriffe, den ich mir von der Deklamation mache, und vielleicht nach den Begriffen, die Sie mir davon beigebracht, dem Urteile bei, das ich von Leuten habe fällen hören, die ich für Kenner halte. – Welches aber sind die Stellen, die indeklamabel sein sollen? Es sind die, in welchen ich Sie als Weltweisen am meisten bewundere; solche, die mir für die Schaubühne allzu philosophisch scheinen. [ ]

N. S. Ich habe einige Gedanken vom Erhabnen aufgesetzt, die ich Ihnen hier zur Beurteilung mitschicke. [ ]

144
LESSING AN MENDELSSOHN

Leipzig, 18. August 1757

[ ] Ihre weitere Ausführung vom Erhabnen (die Sie künftigen Posttag zurückbekommen sollen) kam eben zu rechter Zeit, um mich zu verhindern, Ihnen etwas Mittelmäßiges von dieser Materie vorzuschwatzen. Mit einer einzigen Anmerkung will ich aber doch zu Markte kommen. Es ist wahr, etwas Erhabnes auszudrücken, muß man so wenig Worte aufwenden, als möglich; es geschieht also freilich oft, daß das Erhabne

zugleich naiv ist; aber die *Naivität* ist deswegen nicht ein wesentlicher Charakter des Erhabnen. Cuncta supercilio moventis [*Der das All mit (einem Wink) seiner Braue lenkende*] ist erhaben, aber nicht naiv. Die Antwort des griechischen Feldherrn, als man ihm von der Menge der persischen Pfeile, wodurch die Sonne verdunkelt würde, sprach: *wir werden also im Schatten fechten,* ist erhaben und naiv. Dort sagen die Zeichen gleich so viel, als sie sagen wollen, nicht mehr und nicht weniger; hier aber scheinen die Zeichen weniger zu sagen, ja sogar etwas anders. Ein naiver Gedanke, der weiter nichts als naiv ist, ist ein Unding, er muß allzeit noch etwas dabei sein, erhaben oder satirisch oder lächerlich, und kurz, alle Arten von Gedanken können naiv sein, weil das Naive bloß in dem Ausdrucke besteht, und weiter nichts als eine oratorische Figur ist. []

Mit Ihrer nähern Bestimmung der indeklamabeln Stellen in meiner *Sara* bin ich sehr wohl zufrieden. Aber wenn es die philosophischen sind, so sehe ich schon voraus, daß ich sie nicht ausstreichen werde, und wenn Sie mir es auch mathematisch bewiesen, daß sie nicht da sein sollten; wenigstens so lange nicht, als noch immer mehr Leute Trauerspiele lesen, als vorstellen sehen. []

145
NICOLAI AN LESSING

Berlin, 23. August 1757

Liebster Freund, es ist nun einmal schon so eingeführt, daß Herr Moses Ihre Briefe an mich beantwortet, ich aber Ihre Briefe an Herrn Moses; und so mag es auch jetzt sein. Herr Moses hat viel zu tun, und ich nichts; denn seit acht Tagen hat mich ein Flußfieber an allem verhindert.

Ihren Brief also vom 18. haben wir beide mit vielem Vergnügen gelesen, – wir lesen ja alles, was von Ihnen kommt, mit Vergnügen –, aber wir haben aus den vielen vortrefflichen Anmerkungen, die er enthält, auch viel Nutzen geschöpft. [] Von dem Erhabenen sagen Sie so viel Schönes, daß ich nichts sagen will; denn ich sagte gewiß etwas Schlechtes. Wenn wir Herrn Moses Gedanken davon wieder hier haben, so wollen wir dieser Materie weiter nachdenken. Warum haben Sie sich aber durch Herrn Moses Gedanken abschrecken lassen, uns die Ihrigen ganz mitzuteilen? Wenn Sie das tun, so sollen Sie künftig die hiesigen Papiere nicht so geschwind zu sehen bekommen. [ ]

Sie sind mit Herrn Moses näherer Erklärung von der Deklamation der *Miß Sara* zufrieden, und Herr Moses nicht; – denn er schickt Ihnen hierbei eine *nähere*, oder, wenn ich Regenspurgisch reden sollte, eine *schließliche* Erklärung. [ ] Entschuldigen Sie sich mit dem *Lesen* der Trauerspiele, so ist unser Streit aus; denn wir reden von *Deklamation*. Ich weiß aber nicht, liebster Lessing, ob es vorteilhaft sei, Trauerspiele anders als zur Deklamation bequem zu machen, wenn man den Vorsatz hat, dem Theater aufzuhelfen. Treibt man dieses weiter, so kommen endlich Schauspiele heraus, welche gar nicht gemacht sind, um gespielt zu werden, dergleichen z. E. *Der Tod Adams* ist. A propos von diesem haben Sie uns nichts geschrieben! [ ]

146

LESSING AN MENDELSSOHN (UND NICOLAI)

Leipzig, 14. September 1757

[ ] Aus Ihrer Kritik der indeklamabeln Stellen in meiner *Sara* ist eine Lobrede geworden. Ihre Freundschaft läßt Sie mehr Schönes darin entdecken, als ich hineinzubringen imstande gewesen bin. Gleichwohl kann ich mich nicht enthalten, Ihren Anmerkungen einige andre entgegenzusetzen. Der Autor wird jederzeit das letzte Wort behalten wollen. – Der Grundsatz ist richtig: der dramatische Dichter muß dem Schauspieler Gelegenheit geben, seine Kunst zu zeigen. Allein das philosophische Erhabne ist, meines Erachtens, am wenigsten dazu geschickt; denn ebensowenig Aufwand, als der Dichter, es auszudrücken, an Worten gemacht hat, muß der Schauspieler, es vorzustellen, an Gebärden und Tönen machen. Wer das qu'il mourût [*Soll er sterben!*] am gleichgültigsten, am meisten ohne Kunst ausspricht, hat es am besten ausgesprochen. Es ist zwar auch Kunst, die Kunst zu verstekken, sie zu rechter Zeit aus den Augen zu setzen; aber von dieser Kunst, glaube ich, ist hier nicht die Rede. Ich berufe mich, statt des besten Beweises, auf den Unterschied, der un-

ter den Gebärden des Schauspielers ist. Einen Teil der Gebärden hat der Schauspieler jederzeit in seiner Gewalt; er kann sie machen, wenn er will; es sind dieses die Veränderungen derjenigen Glieder, zu deren verschiednen Modifikationen der bloße Wille hinreichend ist. Allein zu einem großen Teil anderer, und zwar gleich zu denjenigen, aus welchen man den wahren Schauspieler am sichersten erkennt, wird mehr als sein Wille erfordert; eine gewisse Verfassung des Geistes nämlich, auf welche diese oder jene Veränderung des Körpers von selbst, ohne sein Zutun, erfolgt. Wer ihm also diese Verfassung am meisten erleichtert, der befördert ihm sein Spiel am meisten. Und wodurch wird diese erleichtert? Wenn man den ganzen Affekt, in welchem der Akteur erscheinen soll, in wenig Worte faßt? Gewiß nicht! Sondern je mehr sie ihn zergliedern, je verschiedener die Seiten sind, auf welchen sie ihn zeigen, desto unmerklicher gerät der Schauspieler selbst darein. Ich will die Rede der Marwood auf der 74. Seite zum Exempel nehmen. – Wenn ich von einer Schauspielerin hier nichts mehr verlangte, als daß sie mit der Stimme so lange stiege, als es möglich, so würde ich vielleicht mit den Worten: *verstellen, verzerren und verschwinden,* schon aufgehört haben. Aber da ich in ihrem Gesichte gern gewisse feine Züge der Wut erwecken möchte, die in ihrem freien Willen nicht stehen, so gehe ich weiter, und suche ihre Einbildungskraft durch mehr sinnliche Bilder zu erhitzen, als freilich zu dem bloßen Ausdrucke meiner Gedanken nicht nötig wären. Sie sehen also, wenn diese Stelle tadelhaft ist, daß sie es vielmehr dadurch geworden, weil ich zu viel, als weil ich zu wenig für die Schauspieler gearbeitet. Und das würde ich bei mehrern Stellen vielleicht antworten können. Z. E. S. 111. *Geschwind reißen Sie mich aus meiner Ungewißheit.* Es ist wahr, Mellefont würde hier geschwinder nach dem Briefe haben greifen können, wenn ich ihn nicht so viel sagen ließe. Aber ich raube ihm hier mit Fleiß einen gemeinen *Gestum* und lasse ihn schwatzhafter werden, als er bei seiner Ungeduld sein sollte, bloß um ihm Gelegenheit zu geben, diese Ungeduld mit einem feinern Spiele auszudrükken. Die Schnelligkeit, mit der er alle diese Fragen ausstößt, ohne auf eine Antwort zu warten; die unwillkürlichen Züge der Furcht, die er in seinem Gesichte entstehen zu lassen Zeit

gewinnt, sind, sollte ich meinen, mehr wert, als alle die Eilfertigkeit, mit der er den Brief der Sara aus den Händen nehmen, ihn aufschlagen und lesen würde. Ich wiederhole es also nochmals, diese Stellen sind so wenig untheatralisch, daß sie vielmehr tadelhaft geworden sind, weil ich sie allzutheatralisch zu machen gesucht habe.
Haben Sie aber, mein lieber Moses, hier nicht ganz Recht, so haben Sie es doch in Ansehung der schändlichen Perioden, S. 123. 124. 154. 158., die so holpricht sind, daß die beste Zunge dabei anstoßen muß. Sobald meine Schriften wieder gedruckt werden, will ich sie gewiß verbessern. [ ]

ZUR POLEMIK MIT CHRISTIAN ADOLF KLOTZ (1768–1770)

147
LESSING AN NICOLAI

Hamburg, 2. Februar 1768

Liebster Freund, es ist doch Sünd und Schande, daß Sie mir gar nicht schreiben. Denn diesesmal weiß ich doch ganz gerecht, sind Sie mir eine Antwort schuldig, auf den Brief nämlich, worin ich Ihnen Ihre Spöttereien über die Buchdrucker Bode und Lessing und über das neue Journal beantwortet. Für das letzte sollen Sie nun wohl Respekt bekommen; nachdem wir Klopstocks *Hermann*, dessen *Oden* und Abhandlungen über das Silbenmaß der Alten, Gerstenbergs *Ugolino*, ein Lustspiel von Zachariä, und ich weiß selbst nicht wieviel andere schöne Sachen, dazu erhalten haben. – Wir werden uns also mit unserm Journal vor keiner Bibliothek in der Welt zu fürchten haben: weder vor der »Allgemeinen« noch vor der Klotzischen. Das ist doch unleidlich, was die Kerle in Halle sudeln! Und in was für einem Tone! Das zweite Stück aber ist schon so elend, daß ich der ganzen Lufterscheinung eine sehr kurze Dauer verspreche. [ ]
Ich habe Ihnen, liebster Freund, einige einzelne Teile von englischen Dramaticis gelassen. Wenn Sie sie nicht mehr

brauchen, so sein Sie so gütig, sie mir je eher je lieber anher zu schicken. Ich brauche solchen Bettel jetzt alle Tage und Stunden. Ich muß um mich greifen, um die Materie zu meiner *Dramaturgie* so lange zu dehnen, bis die Gesellschaft wieder nach Hamburg kömmt. Sie wissen ja wohl, daß sie jetzt in Hannover ist, wo sie mit vielem Beifalle spielt. An ihrer Statt haben wir französische Komödie und französische Operette.

148

NICOLAI AN LESSING

Berlin, 24. Februar 1768

Mein liebster Freund, das einzigemal, da Sie, Ihrer Meinung nach, recht haben sollen, haben Sie unrecht; denn ich habe keinen Brief erhalten, worin Sie meine Spöttereien über die Buchdrucker Lessing und Bode widerlegen. Vielleicht ist es mit diesem Briefe gegangen, wie mit dem Briefe und Pakete, worin sechs Exemplare von *Pope ein Metaphysiker* waren, das Herr Voß im Jahr 1755 an Sie nach Leipzig absenden wollte, und das vorgestern in einem Winkel seines ehmaligen Ladens unter dem Rathause ist wiedergefunden worden. Wenn Sie einmal aus Hamburg wegreisen werden, so wird mir wohl derjenige, der in Ihre Stube zieht, Ihren Brief zuschicken.

Für Ihr neues Journal habe ich allen Respekt. Wenn Sie lauter solche Sachen einrücken, als diejenigen, die ins erste Stück kommen sollen, so wird es alle, die jemals gewesen sind, übertreffen. Befleißigen Sie sich nur auf *Vorrat* von Manuskript; und lassen Sie die besten Schriftsteller Deutschlands fein fleißig schreiben. Das ist die Hauptsache, wenn die Fortsetzung ununterbrochen erfolgen soll.

Nehmen Sie ein Exempel an Hrn. *Klotz;* der hat großen Vorrat von allem, was er zu seiner »Bibliothek« braucht. Er macht sich's aber auch nicht so schwer als Sie; er braucht nichts als *Unverschämtheit*, auch hat er in vier Monaten schon *drei Stücke* fertig geliefert. – In der Tat weiß ich nicht, was aus dieser Bibliothek noch werden wird. Ich glaube aber eben wie Sie, daß sie nicht lange bestehen kann; denn die Parteilichkeit ist gar zu groß, und die unerhörte

Art, wie der Hr. *Geheimerat* sich selbst lobt und von seinen Schülern loben läßt, mißfällt allen Lesern. Es freut mich schon im voraus zu vermuten, daß Sie heute oder morgen einen Tanz mit ihm wagen wollen. Er sticht auch *Sie* beständig an, so wie *mich* und die »Deutsche Bibl.«. Ich verachte ihn aber; und das werden Sie auch tun, was Ihre eigne Sache betrifft; aber freilich eher könnten Sie herausplatzen, um Ihre Freunde Ramler, Klopstock und Gerstenberg zu verteidigen.

Wagen Sie es also nur immer, und versuchen Sie, ob Sie ein Literaturbriefchen schreiben können; denn obgleich freilich Ihre *Dramaturgie* (wie Sie selbst zu empfinden scheinen) so ziemlich nach einem Verfasser der Literaturbriefe schmeckt: so gehört es doch zu einem Literaturbriefe wesentlich, daß er wider *deutsche* Schriftsteller muß gerichtet sein; und Ihre Dramaturgie hat es nur mit Franzosen zu tun. []

149

LESSING AN NICOLAI

Hamburg, 1. August 1768

[] Ich bin in voller Arbeit wider Klotzen. Mein Bruder sagt mir zwar, daß es mir Hr. Moses verdenke, daß ich mich mit dem Narren abgebe. Aber ich denke doch, daß es ein für allemal nötig ist. Haben Sie die folgenden Briefe in der hiesigen neuen Zeitung gelesen? Da haben Sie hier die vier ersten Bogen, so wie ich sie zusammen drucken lasse, unter dem Titel: *Briefe antiquarischen Inhalts!* Die Materie wird interessanter, sobald ich über meine Verteidigung weg bin und auf das Buch des Hrn. Klotz selbst komme. [] Ich will, daß Sie diese Briefe auch verlegen sollen. So viel wird die »Bibliothek« schon abwerfen. Sie werden fünfzehn bis sechzehn Bogen stark werden; und ich dächte, ich machte eine Abhandlung von den *Ahnenbildern der Römer* als den zweiten Teil, weil ich sie leicht in solche Briefe zergliedern kann. Den Druck wollen wir Ihnen so billig machen als möglich. Mein Honorarium hingegen möchte ich gern so hoch angesetzt wissen als möglich. Denn für wenig oder nichts kann ich mich nicht mit einem solchen Dummkopf zanken. []

150
LESSING AN NICOLAI

Hamburg, 28. September 1768

[] Der erste Teil ist fertig. Wenn Sie wollen, so will ich an dem zweiten sacht anfangen lassen. Materie sehe ich genug vor mir: aber es ekelt mich schon vor Klotzen; ich werde fleißig Abschweifungen machen, um mir bessere Gegner zu suchen. Aber –

Dieses Aber will ich Ihnen gleich erklären. Ich gehe künftigen Februar von Hamburg weg. Und wohin? Geraden Weges nach Rom. Sie lachen; aber Sie können gewiß glauben, daß es geschieht. Gott sei Ihnen gnädig, wenn vor dieser Zeit der zweite Teil nicht fertig ist!

Was ich in Rom will, werde ich Ihnen aus Rom schreiben. Von hier aus kann ich Ihnen nur soviel sagen, daß ich in Rom wenigstens ebensoviel zu suchen und zu erwarten habe, als an einem Orte in Deutschland. Hier kann ich des Jahres nicht für 800 Reichstaler leben; aber in Rom für 300 Reichstaler. []

Die Rezensionen in der »Deutschen Bibliothek« über Klotzen haben mir beide sehr wohl gefallen. Sein Geschmiere von Münzen habe ich nicht gelesen; ich habe nie etwas anders darin vermutet, als was Sie darin gefunden haben. Ich halte übrigens jetzt von seinem Charakter noch weit weniger, als von seiner Gelehrsamkeit. []

151
NICOLAI AN LESSING

Leipzig, 18. Oktober 1768

Liebster Freund, ich bitte Sie allerdings, mit dem Drucke des zweiten Teils unverzüglich anfangen zu lassen, denn vor Ihrer Abreise muß er doch fertig sein; und was noch mehr ist, ich bin äußerst begierig, die Fortsetzung zu lesen.

Sie reisen also nach Rom, mein liebster Freund! Der Himmel begleite Sie! Es tut mir wehe, Sie zu verlieren, und ich schimpfe insgeheim auf unser Vaterland, das – doch genug davon! []

Die antiquarischen Briefe machen hier großes Aufsehen. Selbst Klotzens beste Freunde (z. B. Hofrat Bel) sagen, daß Klotz sich an einen für ihn zu starken Streiter gewagt habe. Klotz ist halb rasend darüber geworden; er hat einen unvernünftigen Brief an mich geschrieben, worin er mir seine Freundschaft aufsagt (der ich längst entsagt hatte), weil ich Schmähschriften gegen ihn druckte, und was der Narrheiten mehr sind. Jedermann ist begierig zu sehen, wie er sich aus der Sache ziehen wird. Alles freuet sich über die antiquarischen Briefe, denn bisher hat sich noch niemand getraut, seine Meinung über Klotzens Unverschämtheit öffentlich zu sagen. Aber nun werden gewiß mehrere nachfolgen. []

152
NICOLAI AN LESSING

Berlin, 8. November 1768

[] Ein gewisser Mann schreibt mir: »Mich wundert sehr, daß sich Lessing so viele Mühe gibt, Klotzens unrichtige Zitationen zu berichtigen; das ganze Geheimnis ist, daß Klotz von einem meiner Freunde ein *Christen* nachgeschriebenes *Collegium de Gemmis* geliehen hat, *das er jetzt nicht wiedergeben will.* Aus diesem Collegio hat er viel Gelehrsamkeit geschöpft, und auch viel Zitationen; daß diese aber in einem nachgeschriebenen Collegio nicht richtig waren, ist eben kein Wunder!« Was dünkt Ihnen zu dieser Anekdote? Wenigstens, wenn Sie könnten von jemand, der Christens Zuhörer gewesen, ein nachgeschriebenes Collegium bekommen, so würden Sie vielleicht sehen können, wo der Hr. Geheimerat noch einige fremde Federn herhabe. Und der elende Mensch verachtet doch Christen bei aller Gelegenheit! []

153
LESSING AN NICOLAI

Hamburg, 29. November 1768

Liebster Freund, ich wollte diese Woche an dem zweiten Teile der antiquarischen Briefe anfangen lassen: und nun

denken Sie, was uns für ein Streich passiert. Ich habe Ihnen schon gesagt, daß wir *Hermanns Schlacht* drucken; nun hatten wir geglaubt, daß sie höchstens acht oder neun Bogen werden würde; aber sie wird über zwanzig. Das macht uns einen gewaltigen Unterschied in unserm Papiere. Wir drukken Sie nämlich auf eben das italiänische Papier, auf welches die Briefe gedruckt sind; und da wir sie einmal darauf angefangen, so müssen wir damit durch. Allein so bleibt uns alsdann zu dem zweiten Teile der Briefe, der doch ebenfalls wieder sechzehn bis siebzehn Bogen werden würde, nicht genug übrig; und erst auf den März künftiges Jahr bekommen wir eine neue Sendung davon übermacht.
Was ist also zu tun, liebster Freund? Ich sehe keine Möglichkeit, daß der zweite Teil zur Ostermesse hier fertig werden kann; denn auf das nämliche Papier müßte er doch gedruckt werden, und ich glaube nicht, daß in ganz Deutschland dergleichen zu haben ist. Schreiben Sie mir mit der ersten Post, was ich bei dieser Verlegenheit tun soll. [ ]
Klotz hat sich früh dazu gehalten, die Briefe auch in seiner »Bibliothek« zu rezensieren. Er schwatzt wieder eine Menge dummes Zeug, das ich aber schon werde müssen fallen lassen, weil ich sonst ewig nicht mit ihm fertig würde. Wegen des Manuskripts von *Christen*, das er soll gebraucht haben, möchte ich gern nähere Nachricht haben. Ein Umstand, wo Klotz etwas für seine eigne Bemerkung ausgiebt, von der ich jetzt aus Ernestis *Archaeologia* sehe, daß sie Christ längst gemacht hat, läßt mich vermuten, daß sein Plagium wahr ist.

154

NICOLAI AN LESSING

Berlin, 6. Dezember 1768

Liebster Freund, in alle Wege müssen die antiquarischen Briefe nicht aufgehalten werden. Mein Rat ist, daß Herr *Bode* sobald als möglich anderes Papier ungefähr von eben der Größe anschafft. So breit und niedrig zugleich wird man es zwar nicht finden, das schadet aber nichts: wenn nur das Format im Drucke egal gemacht werden kann. Allenfalls

will ich eher eine Unschicklichkeit im Papiere haben, als daß der Druck aufgehalten wird. []
Lassen Sie den zweiten Teil auf einerlei Papier, es sei nun auf feines Druckpapier oder auf Schreibpapier, drucken. Es ist ohnedies in praxi ganz unmöglich, daß die, die den ersten Teil auf Druckpapier erhalten, den zweiten auch auf Druckpapier bekommen, und so umgekehrt. []
In alle Wege, fangen Sie mit dem Drucke des zweiten Teils bald an — damit er fertig ist, ehe Sie wegreisen. Wollen Sie die Briefe künftig fortsetzen, so ist es desto besser. Ein *Läufer* (wie es die Buchhändler nennen) können die antiquarischen Briefe niemals werden; aber es gibt ein kleines ausgesuchtes Publikum, das immer gern lieset, was Sie schreiben, selbst wenn es von den antiquarischen Wissenschaften nichts versteht; und dies wird den Buchhändler doch schadlos halten. — Hr. Klotz wird wohl seine Verteidigung nicht eher herausgeben, als bis er Sie in Italien weiß, denn er wird denken: *weit davon, ist gut für den Schuß.* Er wird denn aber sich sehr wundern, wenn auch aus Italien noch seine Torheiten gezüchtigt werden. Merken Sie wohl, daß es nötig sein wird, mir eine Gelegenheit auszumachen, Ihnen kleine Pakete wohlfeil nach Italien zu bringen. []

155

LESSING AN NICOLAI

Hamburg, 25. August 1769

[] Da Sie die letzten Bogen des zweiten Teils noch nicht haben: so lege ich sie diesem Briefe bei. Nicht weil Sie eben sehr begierig darauf sein müssen, sondern weil ich sehr begierig bin, je eher je lieber von Ihnen zu hören, wie Sie meine Erklärung wegen der »Allgemeinen Bibliothek« aufgenommen haben. Ihre »Bibliothek« kann darunter nichts verlieren; aber für mich war sie höchst nötig. []
Aushängebogen von dem dritten Teile der *Briefe* sollen Sie nächstens erhalten; aber ich sorge sehr, daß mich der Buchdrucker im Stiche lassen wird, um ihn zur Michaelismesse völlig fertig zu schaffen. Doch vielleicht ist Ihnen so viel nicht daran gelegen; wenn Sie nur versichert sein können,

daß er fertig wird, ehe ich Hamburg verlasse. Und das soll er sein. [] Was Ihnen Gleim von Wien gesagt, ist ganz ohne Grund; aber Gleim hat von dem Projekte in Wien ohne Zweifel so reden wollen, wie man es allenfalls in Berlin noch einzig und allein goutieren könnte. Wien mag sein, wie es will, der deutschen Literatur verspreche ich dort immer noch mehr Glück, als in Eurem französierten Berlin. Wenn der *Phädon* in Wein konfisziert ist: so muß es bloß geschehen sein, weil er in *Berlin* gedruckt worden, und man sich nicht einbilden können, daß man in Berlin für die Unsterblichkeit der Seele schreibe. Sonst sagen Sie mir von Ihrer Berlinischen Freiheit zu denken und zu schreiben ja nichts. Sie reduziert sich einzig und allein auf die Freiheit, gegen die Religion so viel Sottisen zu Markte zu bringen, als man will. Und dieser Freiheit muß sich der rechtliche Mann nun bald zu bedienen schämen. Lassen Sie es aber doch einmal einen in Berlin versuchen, über andere Dinge so frei zu schreiben, als Sonnenfels in Wien geschrieben hat; lassen Sie es ihn versuchen, dem vornehmen Hofpöbel so die Wahrheit zu sagen, als dieser sie ihm gesagt hat; lassen Sie einen in Berlin auftreten, der für die Rechte der Untertanen, der gegen Aussaugung und Despotismus seine Stimme erheben wollte, wie es itzt sogar in Frankreich und Dänemark geschieht: und Sie werden bald die Erfahrung haben, welches Land bis auf den heutigen Tag das sklavischste Land von Europa ist. []

156

LESSING AN NICOLAI

Wolfenbüttel, 17. Mai 1770

Liebster Freund, ich sorge nicht, daß Sie auf mich ungehalten sind. Denn niemals hat meine anscheinende Saumseligkeit oder Nachläßigkeit mehr Entschuldigung verdient, als diesesmal. Sie werden es leicht selbst ermessen. Gott sei Dank, daß ich nun anfange, wieder in Ordnung zu kommen. Ich habe die Bibliothek übernommen, und die ersten vierzehn Tage, meiner bloßen Neugierde gewidmet, gehen auch zu Ende. Ich schicke mich allmählich an, in den Stunden, die mir meine Bibliothekgeschäfte lassen – die vors erste doch auch nicht klein sind –, meine beiseite gelegten Arbeiten wieder vor die Hand zu nehmen. Daß das erste darunter die antiquarischen Briefe sind, können Sie gewiß glauben. Es scheinet ein gutes Glück dabei mir vorgewaltet zu haben, daß der dritte Teil diese Messe nicht fertig geworden. Ich finde hier und in Braunschweig hundert Dinge und Bücher, die ich noch dazu brauchen kann, so daß er aus ganz andern Augen sehen soll, und ich nicht nötig habe, meine Pfeile nur immer gegen Klotzen und Riedeln zu richten. [ ]

157
NICOLAI AN LESSING

Berlin, 23. Juni 1770

Liebster Freund, ich auf Sie der *Saumseligkeit* wegen ungehalten sein? Dies ist wirklich unmöglich. Moses und ich halten *Lessing* und *saumselig* für zwei unzertrennliche Begriffe. [ ]
Sie glauben gar nicht, wie sehr Sie hier und in Leipzig der Gegenstand aller Gespräche sind. Einer sagt: Er wird sich nun ganz ins antiquarische Fach werfen, und Gott weiß, ob er nicht gar Lateinisch schreibt, zum Klotzen wie den Hasen im Lager anzugreifen. Ein Anderer sagt: Wer weiß, ob er länger als ein halbes Jahr in Wolfenbüttel bleibt; denn er muß nach Italien, und wenn er zu Fuße hingehen sollte. Noch ein Anderer: Nein! Er muß erst seine Trauerspiele herausgeben, und hat drei oder vier Lustspiele fertig, die er auch drucken lassen wird. Wieder einer sagt: Nein! Ans Theater denkt er gar nicht mehr. Einer sagt: den *Laokoon* macht er fertig, sobald er Italien gesehen hat; ein Anderer: wenn er Italien gesehen hat, so wird er seinen *Laokoon* liegen lassen und lauter Antiquität schreiben. Wieder ein Anderer sagt: Ja, da kennt ihr ihn noch nicht! Er wird am Ende den ganzen Plunder von Antiquität wegwerfen, das Theater mit Goezen und Gesellschaft verdammen, und ein System der Theologie wider die heutigen Socinianer schreiben.
Sehen Sie, liebster Freund, so sind Sie in der Leute Mäulern. Schreiben Sie mir, was ich antworten soll; oder wollen Sie etwa noch ein paar Gerüchte von sich verbreitet haben, so bin ich zu Ihren Diensten.

Nun muß ich vor Sie treten, und ein wenig die Ohren hängen lassen, ut iniquae mentis asellus [*wie ein mißgelaunter Esel*]. Da ist ein Bildnis mit einer schönen drap d'argent-Weste vor dem XII. Bande der »Bibl.«, worunter Ihr Namen steht. Sie sehen übrigens leicht ein, daß ich hieran unschuldig bin wie ein neugeborenes Kind, und daß es ein hämischer Streich von Klotzen ist, der uns zusammenhetzen will. Man hat mir zwar sagen wollen, der Kupferstich wäre nach einem Bildnisse, das Ihr Hr. Vater in Kamenz besitzet, gemacht; das kann aber nicht sein, denn der würde doch ein Bildnis haben, das Ihnen ähnlicher sähe. Kurz nochmals, ich bin an der ganzen Sache unschuldig, und Sie haben sich an niemanden als an Klotzen zu halten.
Ferner sollen Sie hiermit wissen, daß ich von dem ersten Teile Ihrer antiquarischen Briefe eine neue Auflage auf Michaelis werde machen müssen, weil ich sehr wenig Exemplare mehr habe. Mit dem zweiten Teile bin ich freilich nicht so glücklich. Sehr viele Buchhändler, denen ich ihn in der Michaelismesse gesendet habe, haben ihn zurückgesendet, so daß ich mit allem, was ich in der Ostermesse 1770 abgesetzt habe, dennoch in Leipzig über hundert Stück reicher bin, als ich in der Michaelismesse 1769 war. Ich weiß nicht, ob die Leute darin zu wenig oder zu viel auf Klotzen geschimpft finden, daß sie ihn nicht lesen und kaufen wollen. Der *dritte Teil* wird freilich hoffentlich die Sache wieder gutmachen und die Leute nötigen, den zweiten Teil nachzukaufen; gehet dies aber nicht, so müssen Sie mir im *vierten Teile* wahrhaftig etwas für die Dreieinigkeit oder sonst etwas dergleichen schreiben, damit ich nicht gar zu sehr zu Schaden komme. []

158

LESSING AN NICOLAI

Wolfenbüttel, Oktober 1770

Der verdammte Klotz! Nicht genug, daß er uns den Streich mit dem Portraite gespielt: hören Sie nur, was er noch getan hat! Da hat mir der Schuft ein altes verwünschtes Manuskript in die Hände gespielt und mir nicht eher Ruhe gelassen, als bis ich ein ganzes Alphabet Wischi-Waschi darüber niedergeschrieben. Und das alles, wie es offenbar ist, bloß damit der dritte Teil von den antiquarischen Briefen nicht gedruckt würde. []

159
NICOLAI AN LESSING

Berlin, 10. November 1770

Liebster Freund, es kann wohl sein, daß Ihnen Klotz das Manuskript in die Hände gespielt hat; aber, aufrichtig zu reden, wäre das nicht geschehen, so hätten Sie das Manuskript wohl selbst gesucht. Ich kenne den Kitzel, den Sie schon lange hegen, mit den Theologen handgemein zu werden. Als ob das so eine Lust sein würde! Glauben Sie mir, mein lieber Freund, gehen Sie in ein Gefecht, wo man mit Schwertern um sich hauet und sticht, oder wo man sich mit Knütteln prügelt und mit Fäusten schlägt. Aber ein Gefecht mit Sandsäcken, das nicht tödlich scheint, und wo doch unvermutet ein heimtückischer Gegner den Sack öffnet und macht, daß Sie sich sehr lange die Augen wischen müssen, ist weder rühmlich noch angenehm.

Wissen Sie, was Saal von Ihrem *Berengarius* sagt? Er sagt: Lessing hat geschworen, in allen Dingen das Widerspiel von Wieland zu tun. Wieland schrieb erst geistliche, und dann lustige Schriften. Lessing hat die lustigen erst geschrieben, nun will er die geistlichen nachholen.

Ob jemand den dritten Teil würde lesen wollen wider den verächtlichen Klotz? Das ist das erstemal, daß Lessing fragt, ob jemand lesen würde, was er schreibt! Sie schrieben ja sonst nur für sich selbst und bekümmerten sich nicht um die Leser. Und ob der Buchhändler drucken will? Als wenn sich das nicht von selbst verstände. Sie, mein lieber Lessing, werden sich ja nicht zu den Autoren zählen, die erst fragen, ob die Buchhändler wollen?

Scherz beiseite! Wenn Sie den dritten Teil schreiben wollen, so melden Sie es mir, und berichten Sie mir, *wo* Sie ihn wollen gedruckt haben. Ich zweifle, daß in Wolfenbüttel eine vernünftige Druckerei ist. Auch weiß ich nicht, ob es anginge, die Korrekturen jederzeit von Braunschweig nach Wolfenbüttel zu senden. Sobald Sie also müssen auswärts drucken

lassen, so schicken Sie mir das Manuskript; ich will den Druck besorgen. – Oder wollen Sie ihn besorgen, so ist es auch gut; nur in Hamburg ist es zu teuer.
Ich wünschte am liebsten, daß Sie gar keinen Streit hätten, sondern Ihren *Laokoon* fortsetzten und dramatische Stücke machten. Aber allenfalls streiten Sie noch immer lieber mit Klotz und Riedel, als über Orthodoxie und Heterodoxie. [ ]

CHRISTOPH MARTIN WIELAND
1733–1813

Als der pietistisch erzogene Schwabe 1752 auf Einladung Bodmers nach Zürich kam, war er ein frömmelnder, von Klopstock begeisterter Schwärmer. Als er 1760 ins heimatliche Biberach zurückkehrte, um das Amt eines Kanzleidirektors zu übernehmen, war seine nahezu konträre Rolle in der deutschen Literatur entschieden: Spannungen mit seinem Gastgeber und die scharfe Kritik Lessings hatten ihn früh auf den Wert selbständigen Denkens gebracht; das Ende einer großen Jugendliebe und zwielichtige, verkrampfte Erlebnisse in Zürcher und Berner Patrizierhäusern dämpften seinen platonischen Enthusiasmus zu stoisch getönter Ironie herab. Das mag ein Grund gewesen sein, und seine Isolierung im abgelegenen Biberach der andere, daß er sich gern in eine klassische Phantasiewelt flüchtete; er wurde gleichsam zu einem Agenten der Antike. Dabei erwies er sich als ein ungeheurer Verarbeiter und Anreger. Er hat die Weltliteratur in seinem Werk umgesetzt und – in einer heute verspielt wirkenden Sprache – viele literarische Motive der Klassik und Romantik vorgeformt; so brachte er die erste deutsche Tragödie in Blankversen heraus (»Lady Johanna Gray«, 1758), übersetzte als erster zwölf Shakespeare-Dramen ins Deutsche und begründete, antike Philosophie und die psychologischen Mittel der modernen englischen Prosa verbindend, mit seiner »Geschichte des Agathon« (1766) den deutschen Bildungsroman. In den »Abderiten« (1774) formte er Gesellschaftskritik zur großen, zeitlosen Satire, in dem Singspiel »Rosamund« (1779) mag man eine frühe deutsche Oper, in den Stanzen des Abenteurergedichts »Oberon« (1788) einen Auftakt der Romantik sehen. Wielands Einfluß erreichte einen Höhepunkt, als er 1772 von der Herzogin Anna Amalia, die seinen aufklärerischen Staatsroman »Der goldene Spiegel« (1772) gelesen hatte, als Prinzenerzieher nach Weimar geholt wurde und dorthin seinen eben projektierten »Teutschen Merkur« mitbrachte. Sein Zögling war der spätere Herzog Karl August; daß Weimar ein literarisches Zentrum wurde, ist we-

sentlich der erzieherischen und publizistischen Arbeit Wielands zuzuschreiben. Als ein respektvoll bewundertes Denkmal ragte er noch ins 19. Jahrhundert hinüber, dessen Literaturwissenschaft ihn freilich bald als demoralisierenden Leichtfuß in Verruf brachte. Die gutbürgerliche Denunziation war nicht begründeter als die Geringschätzung, die es erlaubte, sie auszusprechen; man sah in Wieland einen zu Recht gescheiterten Vorläufer, unterstellend, er habe für sich jene Erstarrung in der Vollendung gesucht, die er an Goethe so oft bewunderte. In Wahrheit blieb er bis zuletzt ein aufgeklärter und bisweilen somnambuler Experimentator; den Olymp, den er für die Deutschen entdeckt hatte, bestieg er zwar immer wieder von allen Seiten, aber heimisch fühlte er sich darauf nicht.

160

WIELAND AN JOHANN JAKOB BODMER

Tübingen, 4. August 1751

Hochedelgeborner und Hochgelehrter Hochzuverehrender Herr Professor, ich nehme mir die Freiheit, Ihr. Hochedelgebornen beikommendes Gedicht zu Dero Beurteilung zu übersenden. Die patriotische und edle Neigung zur Beförderung der schönen Wissenschaften in Deutschland, welche die Verständigen und Redlichgesinnten schon so lange an Ihnen bewundern, läßt mich hoffen, daß Sie diese Freiheit entschuldigen werden, wenn auch gleich die Arbeit, die ich Dero Gutachten gänzlich übergebe, Dero Beifall nicht verdienen sollte. Sie ist eine Frucht weniger Monate und bloß zu meiner eigenen Belustigung aufgesetzt worden, und daß ich mir die Freiheit nehme, sie Ihnen zu überschicken, geschiehet mehr, um von der Beurteilung eines so erleuchteten Richters Vorteil zu ziehen, als daß ich mir schmeicheln sollte, Dero Beifall erhalten zu können, ohnerachtet ich, nach der Gesinnung des vortrefflichen Herrn von *Kleist*, den ganzen Helikon sein lassen wollte, wer er ist, wo ich so glücklich wäre, Ihnen nicht ganz zu mißfallen.

Sie erhalten diese Zeilen von einem Unbekannten. Ich kann

Ihnen vorjetzt nichts von mir entdecken, als daß ich schon eine geraume Zeit einer von Dero Verehrern bin. Sollten Sie mich so glücklich machen wollen, Dero Urteil mir zu eröffnen, so bitte gehorsamst, Dero Antwort à Mr. W. zu richten und in einem Überschlag an Herrn von *Daiser*, D. Juris, zu Rottenburg am Neckar, zu schicken. Ich bitte Ihr. Hochedelgebornen gehorsamst, meine gebrauchte Kühnheit zu entschuldigen, und bin mit der vollkommensten Hochachtung Hochzuverehrender Herr Professor Dero gehorsamster Diener W.

161

WIELAND AN JOHANN JAKOB BODMER

Tübingen, 29. Oktober 1751

[] Die Mühe, die ich an den *Hermann* gewandt habe, ist mehr als zu sehr belohnt, da er mir den Beifall eines Mannes verschafft, den alle wahren Kenner des guten Geschmacks als den vollkommensten Richter der Werke des Geistes verehren. Indessen bin ich weit entfernt, mir Dero so gütiges Urteil zuzueignen. Ich sehe die Absicht ein, mit welcher Sie mich ermuntern; und die Bemühungen, die ich anwenden werde, sollen zeugen, wie ein wichtiges Ziel Dero Beifall in meinen Augen ist. Mein *Hermann* ist die Frucht einer gewissen Jugendhitze, ein übereiltes Werk, das den Früchten in Gewächshäusern gleichet. Ihr. Hochedelgebornen werden es ihm nur allzusehr angemerkt haben, daß es ihm an einem richtigen Grundrisse fehlet. Ich war zu ungeduldig und ungeschickt, einen zu machen, und da ich dem Maler in der Fabel des Herrn *Gellerts* gleiche, so will ich meinen Kriegsgott ausstreichen. Überhaupt habe ich einen etwas ungeschickten Helden gewählt. Dasjenige, was wir aus den römischen und griechischen Geschichtsschreibern wissen, macht ihn sehr unfähig, den Helden einer Epopöe abzugeben; sein Ende ist hierzu zu tragisch. []

Ich nehme mir die Freiheit, Ihr. Hochedelgebornen um einige nähere Nachrichten von Herrn *Klopstock* zu bitten. Ich bin unter seinen größten Bewunderern. [] Wenn ich über die vier größten Heldendichter, insoweit sie mir bekannt sind, denke,

so finde ich eine große Ähnlichkeit im Verhältnis des *Homers* zum *Vergil* und des *Miltons* zu *Klopstock*. Alle vier sind bewundernswert, allein ich kann mich nicht enthalten, den römischen und deutschen *Vergil* jenen beiden *Homeren* vorzuziehen. *Scaligers* Vergleichung *Homers* und *Vergils* dünkt mich mehrenteils richtig, und ich glaube, daß *Milton* (ob durch die große Ähnlichkeit des Genie oder durch eine willkürliche Nachahmung?) fast in alle Fehler des Griechen gefallen ist. *Homer* ist wie der Rhodische Koloß, *Vergil* wie die Venus des Praxiteles. *Homer* ist ein ungemeiner Maler, aber vielleicht drückt er die Natur nur gar zu sehr aus. Ich finde in ihm nicht allemal diese Wahl des Schönsten unter mehrern Schönen, die ich im *Vergil* bewundere. Kurz, jener ist erstaunenswürdiger, dieser schöner und reizender. Eben dieses gilt von *Milton*. Er wird ungemein von unserm *Klopstock* übertroffen. Bei ihm ist das Ganze größer und majestätischer; das Wunderbare natürlicher, glaubwürdiger, anständiger; die Charaktere besser ausgebildet, abwechslender und rührender; die Erfindung wahrscheinlicher, scharfsinniger, neuer, interessanter. Doch man müßte ein Buch schreiben, wenn man den *Messias* preisen wollte.
Ihr. Hochedelgebornen befehlen mir, mich zu entdecken. Ich tue es ohne Furcht, daß mir die Eröffnung meiner Umstände die Gewogenheit rauben könnte, mit deren Sie mich beehrt haben. Ich bin eines Predigers Sohn aus Biberach, ohnweit dem Federsee. Ich halte mich seit einiger Zeit in Tübingen auf und bin entschlossen, künftiges Jahr nach Sachsen zurückzukehren, wo ich schon drei Jahre zugebracht, um mich, wenn es der Vorsehung gefällt, dem akademischen Leben zu widmen. [ ]

162

WIELAND AN JOHANN JAKOB BODMER

Tübingen, 4. Februar 1752

[ ] Ich unterschreibe ohne Einschränkung das Urteil, welches Ihre schätzbarste Freunde und Sie mit ihnen über den unartigen Witz fällen, der der Tugend schädlich ist. Ich bedaure, daß die »Bremischen Beiträge« so voll von solchen

Leichtsinnigkeiten sind. Wenn ein *Anakreon* so scherzt, wie die Unschuld und die wahre Liebe zuweilen scherzt, so gefällt er mir; ich hasse ihn aber, sobald als er mir den Charakter eines leichtsinnigen und überlegungslosen Wollüstlings entdeckt. O wie wohl recht hat *Klopstock:* »Es floh der Zeiten Jugend, da alles in Unschuld scherzt und liebte.«
[] Ich liebe *Klopstocken* so sehr, daß ich keinen Fehler an ihm sehen kann. Wenn er es wüßte, wie oft ich nach ihm geseufzet habe, wie ich schon in meinem fünfzehnten Jahre bei seinem *Messias* geweint habe, und wie ungemein zärtlich mein Herz gegen ihn ist, vielleicht würde er bedauren, daß wir einander wohl nie sehen werden. Und ach! Er weiß nicht einmal, daß ich bin. Wie bedauernswürdig bin ich, daß ich unter kleine Geister verdammt bin. []
Sie geben mir schon etlichemal zu verstehen, daß Sie mit unsern Erzählungen nicht ganz zufrieden sind. Außer *Hagedorns* und *Gellerts* hab' ich wenige gesehen, die mir gefallen hätten. Aber die Art, wie diese erzählen, ist nach meinem Geschmack. Herr *Gellert* ist mein Mignon. Diese naiven Annehmlichkeiten, dieser natürliche Witz, diese anmutige, einfältige Sprache der Erzählung, die die Seele seiner Fabeln und Erzählungen sind, gefallen mir unendlich. Mich deucht fast, wie er erzählt, würde ein jeder geistreicher Kopf unter seinen Freunden mündlich erzählen. Je mehr ich also von *Gellert* halte, desto begieriger bin ich, von Ihnen zu erfahren, was Sie an ihm aussetzen. Ich habe ein gegründetes gutes Vorurteil für Ihre Urteile; und was die meinigen betrifft, so trau' ich denselben immer sehr wenig. Wenn ich in Briefen an Sie urteile, so ist es nur, um Ihnen Anlaß zu geben, mich zu korrigieren oder mir Ihre Gedanken zu sagen. []

163

WIELAND AN JOHANN HEINRICH SCHINZ

Tübingen, 18. April 1752

[] Ich entdecke Ihnen im Vertrauen, mein Geliebtester, daß ich in den nächsten Mai den Frühling besingen werde. Dünkt Ihnen dieses Unternehmen nicht kühn? []

164

WIELAND AN JOHANN HEINRICH SCHINZ

Tübingen, im Mai 1752

[] Sie erfreuen mich unendlich, da Sie mir die Hoffnung, *Bodmern* und Sie zu sehen, so nahe zeigen. [] Aber, liebster Freund, was riskiere ich, da ich Ihnen diesen Jüngling zeigen werde, den Sie bisher zu hochgeschätzt haben; ich zittre, wenn ich daran gedenke, daß Sie notwendig die gute Meinung von mir werden verlieren müssen, die Sie bisher gehabt, weil sie übertrieben war. Sie werden hundert Fehler und Foiblessen an mir entdecken müssen, und werden Sie mich dann auch noch so zärtlich lieben? Doch ja! Wenn Sie auch von Ihrer Hochachtung vieles nachlassen müssen, so werden Sie mich doch lieben, da Sie ein redliches Herz an mir finden werden, welches die größte Bereitwilligkeit hat, sich zu bessern, und welches gewiß bei Ihnen Ihrer Liebe würdiger werden soll. []
Mein *Frühling* ist noch nicht geschrieben. Wir haben bisher lauter unangenehmes Wetter gehabt. Ich stehe noch an, ob ich ihn in Hexametern oder in Hendecasyllabis ohne Reimen schreiben soll. Die letztern gefallen mir sehr, und es wäre wohl billig, dieses annehmliche Silbenmaß bei uns so gewöhnlich zu machen, als es bei den Italienern und Engländern ist. Ich verlange vor keinen Nebenbuhler des unvergleichlichen *Kleist* angesehen zu werden. Daher werde ich auch den Frühling von einer ganz andern Seite ansehen. Mein Gedicht wird mehr gelegenheitliche Betrachtungen, die der Frühling veranlasset, als eine Schilderei des Frühlings enthalten. []

165

WIELAND AN JOHANN HEINRICH SCHINZ

Biberach, 30. Juni 1752

[] Ich bitte Sie, mäßigen Sie ins künftige Ihre zu große Zärtlichkeit gegen mich, wenn Sie von meinen Schriften reden, und ersparen Sie mir die Verwirrung und den Streit meiner Vernunft mit einer Eigenliebe, welche durch ein zu großes Lob unordentlich bei mir wird. Ich bitte Sie und meine übrigen Zürchische Freunde, mich so wenig als möglich ist stolz zu machen. Ich bekenne es, daß ich das Lob weniger ertragen kann als den Tadel, ob mir schon jenes süßer dünkt als dieser. Ich bin ein so natürlicher geborner Feind der affektierten Bescheidenheit, daß ich im Gegenteil meine guten Eigenschaften gern erkenne und Gott darüber preise; aber es wissen alle, die mich näher kennen, daß zu viel Lob meiner Seele Gift ist. [] Das, was ich, außer der innern Beschaffenheit der Seele, im Äußern mit Bodmern ähnlich habe, ist, daß ich Wasser (kein Bier und keinen Wein!) trinke, allen großen Gesellschaften von Herzen feind bin, und wo ich darein gezwungen werde, wegen meiner Stille vor einen Pedanten oder Leutescheu gehalten werde; da ich hingegen bei wenigen, die nach meinem Geschmack sind, meist sehr munter, vergnügt und heiter bin. Ohne Zweifel wird sich Herr Bodmer mit viel mehrerm Anstand aus großen Gesellschaften ziehen als ich; aber dieses habe ich doch mit ihm gemein, daß ich sie nicht liebe. []

166

WIELAND AN JOHANN CHRISTOPH GOTTSCHED

Zürich, 14. September 1753

[] Ew. Hochedelgebornen vergeben einem Unbekannten und vor izt noch Ungenannten, daß er sich die Freiheit nimmt, an Sie zu schreiben und Dero wichtige Geschäfte für einige Augenblicke zu unterbrechen. Der Vortrag, den ich Ihnen zu machen habe, wird mich, wie ich hoffe, entschuldigen; und wie glücklich würde ich mich schätzen, wenn derselbe einem so großen Kenner und Beförderer des guten Geschmacks und der schönen Wissenschaften wie Ew. Hochedelgebornen nicht ganz mißfallen würde. Ich bin von Jugend an durch eine glückliche Erziehung, die mir zuteil geworden ist, zu Lesung der besten Schriftsteller der Griechen und Lateiner angehalten worden und habe bei reiferen Jahren mit denselben die englischen, französischen und italianischen Poeten verbunden. Ew. Hochedelgeborn. werden leicht erachten, daß ein Gemüt, das einen Homer, Vergil, Pindarus, Sophokles, Corneille, Boileau, Pope, Guidi zu Lehrern gehabt hat, die Schönheiten eines Opitz, Fleming, Neukirch, Gottsched, Hanke, v. Scheyb und so vieler anderer vortrefflichen Dichter, die sich seit der Zeit hervorgetan haben, da Ew. Hochedelgeborn. den verlornen guten Geschmack wieder bei den Deutschen gemein gemacht haben, mit einer gewissen patriotischen Entzückung hat lesen müssen.

Ob nun gleich die gewöhnliche Versart, in welcher unsre großen Geister bisher geschrieben haben, sehr angenehm und bequem ist; auch die Beispiele so vortrefflicher Männer, denen sie bisher gut genug gewesen sind, einen beinahe abschrecken sollten, etwas Neues zu wagen, so muß ich doch gestehen, daß ich seit meinen jungen Jahren eine große Neigung zum virgilianischen Verse gehabt und schon gar früh versucht habe, ob es nicht auch in unsrer Muttersprache angehe, dergleichen Verse zu machen. Ich kann aber nicht sagen, daß ich in diesen ersten Versuchen eben sonderl. glücklich gewesen. Wie groß aber war meine Freude, da ich bald darauf in Ew. Hochedelgeborn. unschätzbarer *Kritischer Dichtkunst* gefunden, daß dieselbe es nicht nur für ganz möglich halten, deutsche Hexameter zu machen, sondern auch gewünscht, daß ein guter Dichter dergleichen wagen möchte und deswegen selber eine vortreffliche Probe gegeben, von der es mir vorkam, daß sie den wohlklingenden ovidianischen Versen selbst an Anmut nichts nachgebe. Seit der Zeit habe ich, obgleich nur für mich, und da ich wegen meiner vielen Zerstreuungen, vielleicht auch wegen meiner paresse, nur wenige Nebenstunden dazu anwenden konnte, mich in Verfertigung deutscher Gedichte in Hexametern geübt. Mein Vorsatz war, mich so lange zu üben, bis ich durch erlangte Fertigkeit imstande sein möchte, unserm Vaterlande etwas Tüchtiges in dieser Art vorzulegen. Nun urteilen Ew. Hochedelgebornen selbst, wie mir zumute gewesen, da ich 1749 (wo mir recht ist) den sogenannten *Messias* aus Halle bekam, der in Zeilen geschrieben war, die so etwas gleich sehen sollten, daß wie ein Hexameter heraus käme. Unerachtet nun die Ungereimtheit dieser heiligen Abenteuer, die mit Sprachschnitzern ausstaffierte und davon recht strotzende Schreibart nebst den elenden Versen mir genugsam zeigten, daß dieser derjenige nicht sei, der den Hexameter bei den Deutschen, deren Geschmack durch die unschätzbaren Bemühungen Ew. Hochedelgeborn. allzu gereiniget ist, einführen werde; so habe ich doch meinen

Vorsatz nicht fahren lassen, sondern habe mir selbst eine Fabel zu einem Heldengedicht ausgesucht, welches nach den Regeln des Aristoteles und den Mustern der alten Poeten eingerichtet wäre. Ich glaubte, daß die unzeitige mola des Hrn. K. [*Klopstock*] so bald in ihr Nichts wieder versinken werde, als man es billig von einer Nation erwarten konnte, die so große Geister in ihrem Schoße hatte, die in den Wegen der Alten gingen und der Natur folgten. Nichtsdestoweniger sind wir seit der Zeit mit einer Menge von holprichten und kauderwälschen Oden und wer weiß wieviel sich selbst so nennenden Heldengedichten in Hexametern heimgesucht worden []. Man könnte in der Tat unsern jungen Knaben, welche es juckt, Homere zu werden, nur dieses Rezept geben: Nimm drei Blätter aus Jac. Böhms *Aurora*, zehn Seraphen, vier Patriarchen, Himmel, Hölle, Hydern, Amphisbänen, Phantomen und von allen vier Elementen quantum satis, mische es wohl durcheinander und laß es stehen, bis sich ein brauner Satz gesetzt hat und die Seraphen u. Sphären oben schwimmen; so hast du eine christl. Epopöe nach dem neuesten Geschmack. [] Es ekelte mir so sehr vor den neuen Heldengedichten, daß mir der Hexameter selbst eine Zeitlang ganz ekelhaft wurde. Ich legte deswegen meine Arbeit beiseite und würde vielleicht so bald nicht wieder an sie gedacht haben, wenn mich nicht des Hrn. von Schönaich vortrefflicher *Hermann* wieder aus meiner Schlafsucht gerissen hätte. Meine Freude darüber, daß Deutschland endlich einmal ein wahres Heldengedicht im Geschmack der Alten bekommen hatte, war so groß, daß ich eine lange Zeit nichts anders als den *Hermann* lesen konnte. Endlich erwachte der alte Dichtergeist wieder in mir, mein Heldengedicht fiel mir wieder ein, und es gefiel mir von neuem. Nur stund ich an, ob ich es in der Versart, die dem Freiherrn v. Sch. so glücklich gelungen, oder in den ehmals von mir beliebten Hexametern schreiben sollte. Ich hatte gegen das letztere nichts als das gegründete Vorurteil einzuwenden, welches alle Kenner gegen ein Gedicht in Hexam. beim ersten Anblick haben müssen. Doch glaubte ich, daß dieses Vorurteil mich eben nicht völlig abschrecken müßte, indem der Mißbrauch den Gebrauch nicht aufhebt, und es doch schön wäre, wenn man den Verderbern des Geschmacks einmal etwas Gutes *in ihrer Versart* vorweisen könnte. Diese u. dgl. Ursachen, und vielleicht eine allzu väterliche Liebe zu meiner Geburt, die schon zieml. groß war, haben mich bewogen, von neuem Hand an das Gedicht zu legen, und es ist gegenwärtig beinahe zustande gebracht. Sowohl die Begierde, die ich schon lange gehabt habe, Ew. Hochedelgebornen mit einer Zuschrift aufzuwarten, als auch das billige Verlangen, eines so großen Kenners poetischer Schönheiten und eines selbst so ungemeinen Dichters Urteil über mein Vorhaben zu vernehmen und von desselben tiefen Einsichten und gütig mitgeteiltem Rat zu profitieren, haben mich vermocht, Ihnen gegenwärtiges Schreiben zuzusenden, und demselben eine Probe aus meinem Werke selbst beizufügen. [ ]

P. S. Haben Sie die Gütigkeit, dieses Fragment und Dero Urteil darüber in Dero schöne Monatschrift (denn Ew. Hochedelgeb. werden doch wenigstens die Hauptperson darin sein) in das Neueste aus der anmut.[*igen*] Gelehrs.[*amkeit*] einzurücken. Ich überlasse es lediglich Dero Gutachten, ob Sie auch diesen Brief ganz oder stückweise daselbst bekanntzumachen belieben. Sobald ich in dem Neuesten Dero Gutachten (als eine Antwort auf diesen Brief) gesehen habe, so werde ich mich näher entdecken. Ich bin nochmalen mit ausnehmender Hochachtung Dero gehors. Dr. Am.

167

WIELAND AN JOHANN JAKOB BODMER

(Zürich, im November 1753)

[ ] Es ist nun schon über ein Jahr, daß ich in Ihrem Hause und unter Ihren Augen lebe, Ihren liebreichen und nützlichen Umgang genieße und von Ihnen und Ihrer zärtlich von mir geschätzten Gattin so viele Wohltaten, Freundschaft, Fürsorge und Nachsicht empfangen habe, als immer ein Freund, ja, als ein Kind von den liebreichesten Eltern erwarten könnte. [ ] Wenn meine Vaterstadt näher bei Zürich wäre und ich nicht allen Umständen nach, wenn ich Ihr Haus verlassen werde, Sie nimmer oder doch nur auf kurze Zeit wiedersehen könnte, so würde ich schon vor geraumer Zeit mit Ihrer Erlaubnis nach Hause gegangen sein, um mich in der

Einsamkeit zu sammlen []. Da aber die Umstände ganz anders sind, als dieses zu gestatten, so ist mir eine jede Woche, die zu meinem Aufenthalt bei Ihnen hinzukommt, höchst schätzbar, und ich kann nicht anders als mit Traurigkeit an den Abschied von Ihnen und meinem *Sokrates*, Hrn. Chorhr. Breit. [*Breitinger*] denken, welcher Abschied doch, wenngleich Ihre Gelegenheit erlaubte, mich länger bei Ihnen aufzuhalten, meiner Umstände halber nicht mehr lange verziehen kann. Ich bitte Sie nun, mein teurester Freund, daß Sie mir ganz freimütig und nach Ihrer und Ihres Hauses Konvenienz sagen, ob ich diesen Winter noch bei Ihnen bleiben kann und darf. []

168

WIELAND AN JOHANN JAKOB BODMER

Zürich, 22. November 1754

[] Ich bin betrübt und beschämt darüber, daß ich mich vergangnen Sonntag den ersten Bewegungen eines törichten Unmuts zu sehr überlassen habe. Der Schade davon war, daß ich auf etliche Minuten vergaß, daß mein würdigster Freund, mein großmütiger Wohltäter, daß Bodmer mit mir redte; wenigstens war ich mir's nicht genug bewußt; und dann gab meine Hitze meiner Sache ein sehr schlechtes Ansehen; obgleich die, die mich kennen, wissen, daß es meine leidige Gewohnheit ist, auch die beste Sache zu hitzig zu verteidigen.
[] Ich erkenne mit Freude Ihre vielfältige Superiorität, weil ich weiß, daß Sie sie nie gegen mich mißbrauchen und weil Sie auch mich kennen. – Es kommt mir also nicht in den Sinn, mich Ihrer Aufsicht zu entziehen oder Ihre scharfsichtigen Augen zu entfliehen. Ich habe auch keine Ursache dazu. Ich erinnere mein Herz oft an das Auge, welches *Alles* siehet. Ich hoffe, meine Handlungen, seitdem ich Ihr wertes Haus verlassen, haben mit meinen redlichen Absichten wenigstens bis auf das unendlich Kleine übereingestimmt. Indessen sehen Sie gar wohl, daß es dem ohngeachtet Sachen geben kann, die man für sich zu behalten Ursache haben kann, ob sie gleich *an und für sich selbst* allen Verständigen und Tugendhaften bekannt sein dürften. Man hat auf mancherlei Verhältnisse zu sehen, und diese sind nicht immer in unsrer Gewalt. Glau-

ben Sie also, teuerster Herr Professor, daß ich mit meiner alten Offenherzigkeit mit Ihnen und Hrn. Chorherrn Breitinger umgehen werde, obgleich diese Offenherzigkeit durch Klugheit und andere Verhältnisse *ihre Schranken* bekommen muß. Noch mehr aber werde ich zu allen Zeiten geneigt sein, Ihre Erinnerungen und Eingebungen dankbar anzunehmen und mir dieselben, so gut ich kann, zunutze zu machen. []
Ich verdiene keine Vorwürfe wegen meines Umgangs mit Frauenzimmer. Es sind wenige und Personen von gutem Charakter und bekannten edlen Sitten, mit denen ich umgehe oder umgegangen bin. Ich habe mich schon oft über das erklärt, was ich liebe; es sind bei mir nicht nur Worte und Prahlereien. Mein Gewissen zeuget mir, daß ich rechtschaffen, menschenfreundlich und bescheiden mit diesen liebenswürdigen Geschöpfen umgegangen bin, und ich bin fest überzeugt, daß es zu meiner Bestimmung gehört, so zu handeln. Ich folge meinem Herzen und bemühe mich nur, daß meine Neigungen immer der Vernunft und den Pflichten zu Dienst stehen, welches mir in vielen Stücken nicht schwer ist.
Ich will aufs neue bemüht sein, meine Zeit *aufs beste* anzuwenden, ob ich gleich eben das schon vor zwei und vier und acht Wochen zu tun bemüht war. [] Es demütiget mich sehr, daß ich gespornet werden soll. Von der zartesten Jugend an habe ich nie keinen Treiber nötig gehabt. Ich habe aber immer gern meinen Neigungen und Einsichten gefolgt und habe daran recht getan. Hätte ich's nicht getan, so hätte ich Bodmer und Breitinger nie zu Freunden bekommen, und es wäre nichts von dem geschehen, was seit vier Jahren geschehen ist. Sie wissen wohl, daß ich einen Genius in mir habe, der von sehr aktiver und entreprenanter Natur ist. Wir wollen ihm ein wenig etwas zutrauen. Sie wissen meine Absicht bei meinem ganzen Leben. Ich will glücklich sein, und zwar nach meiner Einsicht glücklich sein, und soviel als möglich ist nutzen. []

169

WIELAND AN JOHANN WILHELM LUDWIG GLEIM

Zürich, 21. Januar 1755

[] Obgleich eine Art von Spaltung unter den witzigen und guten Skribenten geschehen zu sein scheint, so kann ich mir doch nicht einbilden, daß Sie so kurzsichtig sein sollten, nicht zu sehen, daß die Liebhaber des guten Geschmacks eine gemeine Sache haben und daß alle schöne Schriften, von was für Art sie sein mögen, darunter leiden, wenn Herr Gottsched Diktator und die Hermannias die erste Epopöe der Deutschen ist. Sie, mein Herr, wissen ohne Zweifel noch besser als wir, wie Herr Gottsched den Kamm wieder emporhebt, da er doch vor wenigen Jahren so demütig am Boden lag. Der Herr von Schönaich hat ihm Mut gemacht, und er ist, nachdem er die Hermannias gesehen hat, so übermütig beherzt wie der Ritter von Mancha, nachdem er den Helm des *Manbrüns* erobert hatte. Seine gewaltsamen Bemühungen, die Schelmereien, die zum Teil sehr übel ausgedachten Versuche (unter welche ich auch die ästhetische Nuß rechne), alle diese Maschinen, die er gegen die Poesie und die Skribenten, die nicht mit ihm sympathisieren, spielen läßt, sind zugleich Beweise seiner Unverschämtheit und der Trägheit der Deutschen. Ist es möglich, daß die Gedichte des Herrn Hallers, das *Verlorne Paradies*, der *Messias* so kaltsinnige Liebhaber haben können? Ich weiß wohl, daß es gewissermaßen eine ungeschmackte Arbeit ist, wider Dunsen [*Dummköpfe; s. Anm.*] zu schreiben; aber muß man sie denn eben unterweisen? Sind sie nicht schon genug gelehret worden? Es ist wieder Zeit, über sie zu spotten, und sie sind völlig reif zur Züchtigung. Überdem dünkt es mich, es sei daran gelegen, daß man die Gelegenheit nicht entschlüpfen lasse, welche zur Überwältigung dieser hölzernen Ritter nie bequemer gewesen zu sein scheint. Die Deutschen auf der einen Seite sind durch gute Schriften, sonderlich die Übersetzungen aus dem Englischen, wirklich feiner geworden. Auf der andern Seite gibt Herr Gottsched immer mehr Blößen und arbeitet, indem er uns zu schaden meint, an seinem eignen Untergang. Itzo wäre es vielleicht um drei oder vier Streiche zu tun, so würde es um ihn geschehen sein, und man könnte es noch dahin

bringen, daß auch das Schilfrohr flüstern würde: auriculas asini Midas rex habet [*Der König Midas hat Eselsohren*]. Haben nicht Pope und Swift es mit ihren obschon zum Teil sehr ansehnlichen Dunsen dahin gebracht?
Sie sehen, mein Herr, daß wir jüngern Leute in Zürich gerne auch etwas zu dieser ehrenvollen Tat beitragen möchten. Aber man muß uns nicht allein lassen, zumal da, ohne unser Verschulden, durch ein sehr unbilliges Vorurteil, alles was von Zürich kommt zum wenigsten der Hälfte des Nutzens, den es schaffen könnte, beraubt wird. Wir übersenden Ihnen den Anfang von *Edward Grandisons Aufenthalt in Görlitz*. Es sind noch fünf Briefe übrig, deren einer die Geschichte des Rhapsodisten enthält; ein andrer Unterredungen über die sogenannte Friedfertigkeit der Leute, die im Streit zwischen Vernunft und Unsinn neutral bleiben oder zwischen dem Parnaß und Blocksberg eine Vereinigung stiften wollen; in einem andern werden die Rechte der Kritik erörtert und bei Untersuchung eines gewissen bekannten Vorurteils gezeigt, daß die meisten Deutschen die nötige Freimütigkeit in Behauptung der Wahrheit von der Grobheit nicht zu unterscheiden wissen. Der merkwürdigste aber ist ein Brief von Herrn *Grandison* selbst, in welchem die Triebfedern der in den andern Briefen erscheinenden Phänomenen entdeckt und der Charakter der deutschen Nation entworfen wird. []
Herr *Geßner* wird Ihnen einen Vorschlag wegen Publikation dieser Schriften zu tun die Freiheit genommen haben. Ich habe der Sache noch mehr nachgedacht und finde, daß es vielleicht nicht übel wäre, wenn Sie (dafern Sie keine besondere Einwendung dagegen haben) diese Schriften dem Herrn Lessing in Berlin übergäben, welcher, wie mich dünkt, eben kein Feind der guten Sache ist, oder doch ebenso leicht für sie könnte in Bewegung gebracht werden. Er scheint ein rüstiger Mann zu sein, und es sollte ihm wohl nicht viel zu schaffen machen, eine Partei anzunehmen, bei der er seinen Vorteil finden und seinen Witz am besten anwenden könnte. Vielleicht wäre einiger Gewinn, den er bei dem Verleger damit machen könnte, auch ein Motiv. Es wäre meines Erachtens nicht übel, wenn man diesen Mann, der seine guten Partes hat, für die gute Partei gewinnen könnte; denn er hat alle Qualitäten zu einem Champion. []

170
WIELAND AN JOHANN GEORG ZIMMERMANN

Zürich, 11. Januar 1757

[] Ich weiß nicht, ob ich mir selbst zuviel schmeichle, bilde ich mir ein, es sei Ihnen, mein Freund, ganz vorzüglich nötig, daß Sie mit *Juvenal* beten: Ut sit mens sana in corpore sano. [*Daß ein gesunder Geist in einem gesunden Körper sei.*]
Ihr letzter Brief hat mich durch seine ausnehmende Flüchtigkeit und Leichtsinnigkeit dazu veranlaßt. Was für ein seltsamer Mensch sind Sie zu bedauern, daß der Charakter einer Kokette in der Schweiz noch rar, oder vielmehr, wenigstens bei uns in Zürich, ganz fremd ist! Was macht Sie glauben, daß die Weibspersonen, mit denen ich umgehe, platonisch und poetisch seien? Und was für ein Menschenkenner sind Sie, daß Sie an unsern hiesigen Damen so wenig Schätzbares gefunden haben? Flüchtiger, hüpfender Flattergeist! Mit was für einem Band wird man endlich diesen Proteus fixieren können? []
Ich will Ihnen ganz naiv sagen, wie ich es mit den Weibern habe. Sie wissen, daß ich überhaupt ein Bewunderer und Verehrer des schönen Geschlechts bin. Vielleicht (unter uns gesagt) wäre ich es weniger, wenn ich viele Frauenzimmer durch mich selbst kennengelernt hätte. Dazu habe ich nie Zeit genug gehabt. Ich liebte einsmal eine sehr außerordentliche Person mit der zärtlichsten und heftigsten Leidenschaft, ohne daß mein Verstand viel Schaden davon litte. [] Sie hatte eine Menge reizender Vortrefflichkeiten, teils von Natur, teils von der Erziehung und dem Umgang mit der großen Welt, denn sie lebte etliche Jahre (ehe sie mich kannte) unter Personen vom ersten Rang, die sie, ihrer seltenen Vorzüge wegen, wie ihresgleichen traktierten. Sie ist meine Base und wurde zuletzt meine Geliebte und Braut. Unsere Geschichte hat viel Sonderbares. Durch sie habe ich alle Leiden und alle möglichen Glückseligkeiten der Liebe kennengelernt, diejenige ausgenommen, die der völlige Besitz gewährt. Ein seltsames Schicksal, ein rechtes Labyrinth von krummen verwickelten Zufällen hat uns ohne unsre Schuld gänzlich getrennt. Sie ist verheiratet und nicht sehr glücklich. – Genug hievon!

Es ist keine Sophie mehr, wenigstens nicht für mich. Ich kann kein Frauenzimmer angenehm finden, das in ihrem Charakter, in ihrer Gemütsart, in ihren Empfindungen oder in ihrer Person nicht einige starke Ähnlichkeit mit meinem Engel hat. Junge Mädchen sind mir meistens verächtlich oder höchstens so hoch geachtet als Papillons. Affektation, Prüderie, Koketterie und dergleichen kann ich nicht leiden; ein ehrliches, arbeitsames Bauer-Mensch ist in meinen Augen eine vortrefflichere Kreatur als eine brillante Kokette; zum Umgang aber wünschte ich mir die letzte so wenig als die erstre. Die wenigen Damen, mit denen ich hier einigen Umgang habe, sind alle über vierzig Jahre; keine davon ist jemals eine Beauté gewesen, alle sind einer unverstellten Tugend wegen hochachtungswürdig, eine davon hat viel Witz und Lebhaftigkeit, sie ist sehr belesen, ohne es gegen Leute, die nicht ihre intime Freunde sind, anders als durch vorzügliche Bescheidenheit merken zu lassen – eine andere hat eine recht englische Unschuld und Güte des Herzens, alles, was man unter dem Wort *Schönheit der Seele* versteht; mit einer Demut, die den Wert ihres Herzens und ihre vielen natürlichen Fähigkeiten und Vorzüge halb verhüllet; diese ist die Eulalia und die Ungenannte der *Sympathien.* Die Cyane in den *Sympathien* ist auch eine wirkliche Person, nach dem Leben geschildert, sie wohnt aber nicht hier. Noch eine meiner liebsten Freundinnen ist ein satirischer Kopf, eine halbe Philosophin, ein thinker, ein naseweises, spitzfindiges Geschöpf, das sich sehr geschickt albern stellen kann, nur einem jeden andern seine Torheit zu insinuieren. Wissen Sie nicht bald genug von meinem Serail? Ich bin in der Tat gewissermaßen der Großtürk unter ihnen, ich gebe ihnen wenig gute Worte und zwinge sie durch die natürliche Superiorität meines Genie über die ihrigen, mich bon gré mal gré [*wohl oder übel*] zu lieben. []
Ich kann kein rechtes Kompliment machen und bin ein ziemlich tölpischer Kerl. Und doch wurde ich einmal, so sehr als es möglich ist, von einem Frauenzimmer geliebt, welches an guten Manieren und dem, was man savoir vivre heißt, von niemand übertroffen und von jedermann bewundert wurde. Was mag die Törin an dem Pedanten gesehen haben?

171
WIELAND AN JOHANN GEORG ZIMMERMANN

Zürich, 14. Juli 1758

[] Wenn Ihnen *Johanna Gray* Vergnügen gemacht hat, gut! Wo nicht, so ist das Unglück nicht so groß. Es kann niemand weniger Wohlgefallen an meinen Werken haben als ich selbst. Ich habe, während daß die Ackermannische troupe hier war, und also ungefähr fünf Wochen, an *Johanna Gray* gearbeitet, ob ich gleich das Theater immer frequentierte. []
Empfehlen und entschuldigen Sie mich bei Ihrer Geliebten. Wenn *Johanna Gray* sie gerührt, wenn sie nur eine Träne aus ihren Augen, die ich mir sehr anmutsvoll vorstelle, gelockt hat, so triumphiere ich mehr darüber, als über den Beifall von zwei Dritteln der gelehrten Welt. Künftigen Donnerstag, den 20. Juli, wird dieses Stück zu Winterthur zum erstenmale aufgeführt werden. []

172
WIELAND AN JOHANN GEORG ZIMMERMANN

Zürich, im August 1758

[] Sie kennen mich schon für einen Menschen, der aus Lebhaftigkeit und Trägheit, Indolenz und Empfindlichkeit und tausend andern Widersprüchen so seltsam zusammengesetzt ist wie die Bildsäule, die Nebukadnezar im Traume sah.
Begnügen Sie sich itzt mit dieser Sammlung meiner Werke, an welcher noch der dritte Teil fehlt. Behüte uns der Himmel!
Ein Skribent in Prosa und in Versen, ein Metaphysikus und Moralist, ein epischer und tragischer Poet – ich schauere vor mir selber.
Sehen Sie, wohin der erste Schritt führt, und spiegeln Sie sich an meinem Exempel. []
Noch eins. Skandalisieren Sie sich nicht an der verwünschten Vignette, die Ihre Augen blessieren wird. Ich kann nichts dafür, daß Hr. Zunftmeister Heidegger und Hr. Orell, meine Verleger, der eine keinen Geschmack hat und der andere das Wohlfeilste für das Beste hält.

173
WIELAND AN JOHANN GEORG ZIMMERMANN

Zürich, 17. Oktober 1758

[] Ich kann nicht begreifen, wie es möglich ist, daß Ihnen meine Briefe so viel Vergnügen machen sollen, als Sie mir sagen. Aber dieses weiß ich, daß es Ihnen notwendig Vergnügen machen müßte, wenn Sie in meinem Herzen lesen könnten, was ich für Sie denke und fühle – leben Sie wohl! mein Freund, ich umarme Sie und mit Ihrer Erlaubnis auch Ihre liebe Frau.

So zweifelhaft Ihnen mein Platonismus in der Liebe scheint, so werden Sie mir doch diese idealische Gunst erlauben. Sie umfassen die Juno und ich nur die Wolke. Wissen Sie indessen, mein liebster Herr Doktor, daß ich über die Liebe mehr ein Sokratiker als ein Platonicien bin. Plato war einst mein Liebling, jetzt ist es Xenophon. Und doch nennt selbst Plato den Anakreon weise, der doch, wie Sie wissen, nicht nur das artige Mädchen, das er malt, sondern alle Mädchen liebte, und zwar nicht mit der transzendentalischen Liebe eines irrenden Ritters oder eines Mystikers in der Liebe, sondern eben so, wie man in der goldenen Zeit geliebt haben soll. Ärgern Sie sich ein wenig an mir, Herr Doktor? Aber habe ich Ihnen denn nicht gesagt, daß die meisten Ausdünstungen meiner Seele nur aus der Oberfläche kommen? Ich brauche Ihnen nicht zu sagen, daß ich einen ausschweifenden Kopf habe. Was mein Herz betrifft, so ist es ein seltsam Gemisch von Größe und Schwäche. Dazu kommt noch, daß ich ein Humorist bin, aber, dem Himmel sei es gedankt, nicht so sehr wie Sie.

Alles das macht einen sehr ungleichen Menschen aus mir. Und dennoch habe ich, seitdem ich empfinden und denken kann (und beides konnte ich früh), zwei Gottheiten über alles angebetet und geliebet und würde sie angebetet und geliebet haben, wenn ich auch niemand, weder vor mir noch neben mir, zum Beispiel gehabt hätte. Es sind Wahrheit und Tugend.

Wollte Gott! ich hätte die wahrhaftig göttliche Wonne, mir selbst sagen zu können, daß ich ihnen nie ungetreu gewesen [].

174

WIELAND AN JOHANN GEORG ZIMMERMANN

Zürich, 4. Mai 1759

[] Helfen Sie mir zu einem Titel für meine Wochenschrift. Der Vorschlag von einem Journal gefällt mir nicht übel, aber die Ausführung wird noch lange anstehen. Ich kann nicht viel auf einmal wohl verrichten.

Ich werde alle meine Kräfte zusammennehmen, die periodische Schrift en question so vollkommen zu machen, als mir möglich sein wird. []

Hier ist eine Liste vom Inhalt einiger Papiere, woraus die künftige Wochenschrift bestehen soll.

1. Gemälde des Menschen in allen Gestalten, die ihm die Verschiedenheit des Klimats, der Polizei, der Religionen gibt.
2. Daß der Mensch *gebildet* werden müsse, und daß die meisten Gesetzgeber und Moralisten die Kunst, Menschen zu machen, nicht allzu wohl verstanden haben.
3. Von den Vorurteilen wider die Philosophie.
4. Idee eines Philosophen.
5. Hindernisse der Philosophen.
6. Was man ihnen zu danken hat.
7. Gemälde von Zoroaster, Konfuzius, Pythagoras, Sokrates, Plato, Zeno, Epikur, Plutarch, Lukian, Antonin, Julian.
8. Beobachtungen und Reflexionen über die verschiedenen Regierungsformen.
9. Vortrefflichkeit der Aristokratie.
10. Sparta und Athen verglichen. Sozusagen eine Aristokratie mit einer Demokratie.
11. Idee einer *vollkommnen* Aristokratie.
12. Vom Luxu. Vom Heroismus und von den Helden.
    Von der Politesse der Griechen.
    Ihr Geschmack. Ihre Ideen von den Weibern. Ihre Achtung für die Musik.
    Ihre Religion.
    Kritik des Vergleichs des Jahrhunderts des Perikles mit dem Leos X. und dem Oktavians.

Commentarius über den Satz: Virtus est vitium fugere [*Tugend ist, das Laster zu fliehen*].
Vorschläge, die menschliche Espèce [*das Menschengeschlecht*] zu verschönern.
Von der Edukation.
NB. Versuch, einige schwere philosophische Aufgaben aufzulösen.
Beurteilung der Basiliade.
Briefe von Carl Grandison an seine pupille [*Zögling*] Emilia Jervois etc. etc. [ ]

175

WIELAND AN JOHANN JAKOB BODMER

Bern, 9. März 1760

[ ] *Clementine* hat sich ebensowenig als *Elektra* und *Ulysses* eine geneigte Aufnahme von Herrn Lessing und Comp. zu versprechen; sie hat auch ihre Partei schon zum voraus genommen. Sie erwartet und wünschet nichts von diesen Kunstrichtern und tröstet sich wegen der Verfolgung, die ihr vielleicht von ihnen bevorsteht, in Demut mit dem Beifall des Publici, mit den Tränen der Leserinnen und mit der Nachsicht der Kenner, die allezeit einiges wirkliches Verdienst voraussetzt. Wenn wir, vermöge unsrer Grundsätze, nicht nur die Mittel, wodurch wir gewissen Leuten *gefallen* könnten, nicht gebrauchen wollen, sondern sogar alles anwenden, um ihnen *nicht zu gefallen*, warum sollten wir uns denn beleidiget halten, wenn wir unsern Zweck erreichen? Diese Betrachtung, dünkt mich, sollte uns, in Absicht obgedachter kritischer Biedermänner, so gleichgültig machen, daß wir ihrer Gegenwart und ihrer Urteile, ihres Lobes und ihrer Verdammung, nicht mehr achteten, als des Sumsens der Sommermücken oder des Quäkens der Laubfrösche. Ich setze hiebei zum voraus, daß mehrgedachte kunstrichterliche Personen so dumm und so boshaft zugleich seien, daß ihr Beifall keine Ehre und ihre Verdammung keine Schande machen könne. Gesetzt aber, sie wären zwar in Absicht des Willens so boshaft als der französische Fréron, dagegen aber Leute, denen man Talente, Geschmack, Witz, Belesenheit und Kenntnis der

schönen Künste nicht absprechen könnte, so würde ihr Urteil, ungeachtet der Bosheit, womit es vermischt wäre, gar sehr in Betrachtung kommen. Ihre Bosheit kann sie wohl bewegen, dem, was in unsern Werken gut ist, die Gerechtigkeit zu versagen, oder ihrer Beurteilung einen kaustischen Ton geben und ihren Tadel zu höhnischem Spott verbittern; aber dieses hindert nicht, daß in ihrem Urteil vieles wahr und richtig sei. Wenn dieses wirklich unser Fall wäre, so wäre die einzige uns anständige Partei, daß wir, wie Plato, uns für ihren Tadel gar höflich bedankten und versicherten, daß wir künftig desto sorgfältiger sein wollten, die Fehler zu vermeiden, die sie an uns bemerkt hätten; oder daß wir wie ein andrer Grieche ausriefen: was würden sie erst sagen, wenn sie mich so gut kennten, als ich selbst! Mich deucht ferner, wir sollten uns, wenn gedachter Fall statthaben sollte, alles ausweichen, was uns bei dem Publico das Ansehen gäbe, als ob wir uns durch gedachte Kunstrichter beleidiget hielten. Denn man schließt so: wenn die von Lessing und Compagnie getadelten Skribenten mit Recht getadelt worden, so sollen sie nach Gewohnheit der alten Perser sich für die empfangnen Schläge bedanken und sich bessern; ist ihnen aber Unrecht geschehen, so ist es wider ihre Würde, dem zuschauenden Publico durch Verteidigungen, Gegenanklagen und satirische Antiphonien ein Spektakel zu geben, das von allen andern, außer den hohen Interessenten, mit den Raufereien der Marktweiber in die gleiche Kategorie gesetzt wird. Unsre Umstände sind so kitzlicht, daß wir, ohne uns selbst Verdruß und Nachteil zuzuziehen, nicht einmal die wirklichen Fehler oft und viel gedachter Aristarchen rügen dürfen; denn wir haben es bereits so weit gebracht, daß wir für parteiisch angesehen werden, und wenn wir schon beweisen können, daß der König Midas auriculas asini [*Eselsohren*] habe, so flüstert uns alle Welt zu: Quis non habet? [*Wer hat sie nicht?*] [] Die Höflichkeit und Politik, mit welcher wir einem Wucher-Stier oder einem wütenden Hund ausweichen, ist eine Pflicht, die wir uns selbst schuldig sind. Ich weiß nicht, wie ich in diese Digression zugunsten unsrer Satane gekommen bin. [] Vielleicht ist es auch ein Exzeß von Toleranz, die seit geraumer Zeit bei mir so sehr angewachsen, daß sie sich sogar bis auf Gottsched, Nicolai und Lessing erstreckt. []

176
WIELAND AN JOHANN GEORG ZIMMERMANN

Biberach, 5. Januar 1762

Meine Umstände machen mich zu einem nachlässigen Korrespondenten, weniger wegen der Menge meiner Geschäfte, als weil ich mich so selten in einer heitern und ruhigen Gemütsverfassung finde. Ach! mein Freund! diese unseligen Geschäfte werden in die Länge meinen Kopf, mein Herz, meine Gesundheit und mein Leben zugrunde richten. Ich kenne mich in der Tat selbst nicht mehr. Ich muß mich durch eine Art von freiwilliger Dummheit und Betäubung unempfindlich machen, ich darf mich weder des Vergangenen erinnern, noch auf die Umstände achtgeben, die mir das Künftige weissagen. [ ]
Was von meinen Arbeiten in so unglücklichen Umständen zu erwarten sei, können Sie sich leicht vorstellen.
Ich amüsiere mich zuweilen mit Entwürfen, ich werde tausendmal unterbrochen, ich habe keinen Tag, der mein eigen ist, ich bin keine Stunde sicher, daß ich den Humor behalten werde, worin ich war; meine Einbildungskraft ist erloschen, mein Herz ist leer. [ ] Dem allem ungeachtet habe ich vor etlichen Monaten einen Roman angefangen, welchen ich die Geschichte des *Agathon* nenne. Ich schildere darin mich selbst, wie ich in den Umständen Agathons gewesen zu sein mir einbilde, und mache ihn am Ende so glücklich, als ich zu sein wünschte. Die Moralisten mögen sagen, was sie wollen, so behaupte ich, daß man nur in gewissen Umständen glücklich sein könne, und da sich nicht leicht ein Mensch in Umständen befindet, die ihm angemessen sind, so macht meine Unzufriedenheit sehr oft hieraus den Schluß, daß Leute von meiner Art dazu bestimmt seien, unglücklich zu sein. [ ] Was für ein elender Zustand! Ich gestehe Ihnen, mein Freund, daß dieser Zustand, wenn er noch einige Jahre dauern sollte, dem Leben meines Geistes und meines Körpers ein Ende machen würde. Die Akquisition eines Vermögens, das mich von Biberach unabhängig machte, ist das einzige Mittel, dieser Katastrophe vorzubeugen. Alle Tage werden mir Heuratsvorschläge getan, wovon einige so beschaffen sind, daß sie mir diese Unabhängigkeit verschaffen könnten; es ist mir aber unerträglich, daß ich genötigt bin, dergleichen Vorschläge nur an-

zuhören. [] Weil man aber nicht leben kann, ohne an Entwürfen für die Zukunft zu arbeiten, so gehe ich beständig damit um, zu kalkulieren, ob ich nicht die neuliche Hieherkunft eines Buchdruckers, der sich hier etablieren wird, zu meinem Vorteile anwenden könnte. Mich dünkt, ich sollte durch den eigenen Verlag meiner künftigen Schriften den Profit selbst machen können, den meine Verleger damit machen würden. Allein ich weiß nicht recht, wie ich die Sache angreifen soll, und ich fürchte mit gutem Grund die Kunstgriffe der Buchhändler, welche ich als die allerbesonderste Art merkantilischer Seelen erfahren habe. []
Von allem, was Sie mich in Betreff der deutschen Literatur fragen, weiß ich nichts. Ebenso unbekannt ist mir die schweizerische. Man weiß hier nichts von allem, was anderer Orten die Neugierde reizt; unendliche kleine Händel und Intrigen okkupieren alle unsere Aufmerksamkeit, und wir verachten alles außer uns, was keinen unmittelbaren Einfluß auf unsern Säckel hat. Wenigstens ist dieses die Denkungsart aller meiner wertesten Kompatrioten. [] Die Berliner halte ich, insofern ich sie kenne, für Leute, die sich qualifizieren, deutsche Frérons zu werden. Sie haben Witz, Belesenheit und Bosheit genug dazu. Ich wäre sehr gern mit diesen Herren außer Fehde, werde aber seit etlichen Jahren ohne mein mindestes Zutun in die Händel meiner zürcherischen Freunde verwikkelt und oft für die Sünden gestraft, die sie begehen, und die ich nicht einmal kenne.

177

WIELAND AN JOHANN GEORG ZIMMERMANN

Biberach, 7. April 1762

[] Ach! Mein liebster Zimmermann, wenn Sie wüßten, was ich hier ausstehe und in was für einem Labyrinth von Verwirrung und verdrießlichen Händeln ich ohne Ausgang herumirre, oder vielmehr herumgetrieben werde, Sie würden mir alles vergeben, was Ihnen vielleicht in meinem Betragen nur darum anstößig ist, weil Sie nicht alles wissen, was Sie wissen sollten. Der verdammte Prozeß unserer beiden Magistratsanteile über die Parifikation der Kanzlei und des Syndikats, um dessentwillen ich nun schon zwanzig Monate lang wie eine Seele im Fegfeuer leide, ist nun dahin gediehen, daß es mich vermutlich meine Stelle gänzlich kosten wird. [] In diesen Umständen könnte mir nichts erwünschter kommen als ein akademischer Ruf, der Gehalt möchte so gering sein, als er wollte, oder gar keiner; ein bloßer Titel und ein Vokations-Schreiben würde meine Ehre vor meinen Kompatrioten erhalten und sicherstellen. Ich besinne mich hin und her, wie es anzustellen sein möchte; aber es fällt mir nichts ein.

Unterdessen, mein liebster Freund, könnten Sie mir einen großen Gefallen tun, wenn Sie sich bei Herrn Iselin in Basel (mit dem Sie vermutlich bekannt sind) erkundigen wollten, ob ich nicht den Gradum Doctoris von der dasigen Fakultät absens erhalten könnte, und unter was für Bedingung. Denn es kann vielleicht sein, daß dieses ein Mittel wäre, wodurch ich mich hier noch erhalten könnte, wenn mir der Himmel anders keinen Weg zeigt, herauszukommen, denn es ist mir fast unerträglich, es noch für ein Glück zu halten, wenn ich dieses reichsstädtische Geschmeiß nötigen könnte, mich zu dulden.

Ich habe diese verwichene Zeit über das halbe Archiv in meinem Zimmer gehabt, um an einer verwünschten Deduktion von mehr als dreißig Bogen zu arbeiten. Auf eine so miserable Art habe ich nun schon zwei Jahre meines Lebens verloren.

Was in solchen Umständen aus dem *Agathon* und andern Projekten werden kann, mögen Sie sich leicht selbst vorstellen. Noch ein oder zwei solche Jahre, so bin ich unwiderbringlich verloren. []

178

WIELAND AN JOHANN GEORG ZIMMERMANN

Biberach, 11. Februar 1763

[] Wenn ich auch Zeit und Gemütsruhe und Mut genug habe, etwas zu unternehmen, so verbietet mir der einzige Umstand, daß wir keine Bibliotheken haben, alle Unternehmungen von Wichtigkeit. Ich bin genötiget, immer aus mir selbst heraus zu spinnen, und Agathons, Atlantiden und Schlaraffenländer sind alles, was ich zustande bringen kann. Es sind schon viele Jahre, daß ich mit einer *Philosophischen Geschichte*, nach einem besondern Plan, schwanger gehe. [] Sie sehen aber, daß ohne eine Bibliothek von den vollständigsten und kostbarsten Büchern zu seinen Diensten zu haben, an ein solches Werk nicht zu denken ist. Sollt' es nicht schade sein, daß es nur darum unterbleiben soll, weil ich zu Biberach und nicht zu Berlin oder an einem andern Orte bin, wo wenigstens eine öffentliche Büchersammlung ist, worin man die ungeheuren Folianten und Quartanten finden kann, die man bei einer solchen Arbeit alle Augenblicke zum Nachschlagen braucht? Nun sagen Sie mir einmal, wie es anzugreifen ist, um in eine solche Situation zu kommen? Sie fingen einmal an, sich um eine Professorstelle zu Göttingen zu bewerben. Es ist noch nicht lange, daß ich, wer weiß wie sehr, gewünscht habe, daß ich dazu gelangen möchte. Allein der Graf von Stadion und La Roche haben mir von Göttingen eine so fürchterliche und allen Mut niederschlagende Beschreibung gemacht, daß mir der Gelust völlig vergangen ist; zudem so würde es auch schwer genug werden, einen Beruf dahin zu erhalten. Wenn ich Ihnen sagen soll, was mir am liebsten wäre, so wäre es eine Professorstelle an einem Gymnasio, wie zu Berlin, Breslau, Gotha und andrerorten sind. Die Einkünfte sind freilich klein genug; allein man hat auch desto mehr Muße und kann arbeiten, was man will. Ist denn kein Mittel diesem Cyrus, Salomon, Cäsar und Julianus unsrer Zeit auf eine erträgliche Art bekannt zu werden, nur wenigstens so viel, daß er mich zur Direktion irgendeines von seinen unzählbaren Gymnasien tüchtiger hielte, als einen jeden andern? Ohnlängst ist mir eingefallen, gern zu wissen, was ein Kanonikus von Halberstadt für ein Ding ist. *Gleim* ist einer; warum sollt' ich's nicht ebensogut sein können? Wenn Sie eine Gelegenheit wüßten, so lassen Sie uns doch wenigstens erkundigen, wie man es machen muß, um ein Kanonikus zu Halberstadt zu werden. Aber wo mir recht ist, so liegt dieses Halberstadt auch schon in dem Lande, wo man gesalzen Fleisch, Knackwürste und Stockfische frißt, Kyrie eleison! Wenn das wäre, so wollt' ich lieber Gassenvoigt zu Biberach sein als Domprobst zu Halberstadt.

179

WIELAND AN JOHANN GEORG ZIMMERMANN

Biberach, 10. Juli 1766

[] Ich höre, eine große Anzahl Schwäbischer Dorfpriester nehmen es sehr übel, daß Agathon weder ein Christ noch lutherisch ist – sagen Sie mir, per omnes deos deasque [*bei allen Göttern und Göttinnen*], wie sich ein ehrlicher Mann helfen soll. – Die Erleuchtung unserer Zeiten hat gewisse Gegenden noch nicht betroffen. Wenn ich mich auf die Haushaltungskunst und das Finanzwesen verstünde, so wollte ich die Hoffnung nicht aufgeben, ein Mann von Verdienst zu werden; aber ich verstehe so wenig davon, daß ich nicht einmal meine eigene Vorteile gelten zu machen weiß. Glauben Sie wohl, daß mir die *Komischen Erzählungen* gerade acht Louisdor eingetragen haben? Dem ungeachtet, und weil ich in meinen Nebenstunden weder immer schlafen, noch immer mit meinen Herren und Obern L'hombre spielen mag, so will ich fortfahren, mit den Musen zu kurzweilen, so lange ich kann; vielleicht auch dann noch, wenn ich nicht mehr kann. []

Sie wissen, mein lieber Freund, daß ich eine Frau habe, aber Sie wissen noch nicht, daß ich glücklich genug gewesen bin, vielleicht die *einzige* in der Welt zu bekommen, welche in allen Stücken dazu taugte, *meine Frau* (notez que je ne dis pas ma maitresse [*beachten Sie, daß ich nicht sage: meine Mätresse*]) zu sein. Ich habe sie so herzlich lieb, als jemals ein ehrlicher Mann sein Weib lieb gehabt hat – sie macht mich in der Tat glücklich, ob sie gleich kein *idealisches* Mädchen ist. []

180

WIELAND AN SALOMON GESSNER

Biberach, März 1767

[] In der Tat dehnt sich die Sphäre des lesenden Publici in Deutschland immer weiter aus. In Wien z. E., wo vor fünfzehn Jahren noch kein witziges deutsches Buch bekannt war, liest dermalen der Hof und die Stadt alles, sogar die Messiade. So ist es noch an mehr katholischen Orten, und wird immer mehr so. Es ist also zu präsumieren, daß von einem

Gedichte wie *Idris* in etlichen Jahren gar wohl einige tausend Exemplare abgesetzt werden, und in dieser Voraussetzung sollte der Profit, den ich selbst davon zu ziehen erwarten kann, beträchtlicher sein als derjenige, den ich von meinen bisherigen Schriften gezogen habe. Jedermann, welcher weiß, daß in Frankreich dem mittelmäßigen Reimer und Romänchen-Schreiber wenigstens 2 Louisdor für den Bogen bezahlt werden, lacht mich aus, daß die *Komischen Erzählungen* mir nicht mehr, noch weniger, als 5 Gulden für den Bogen eingetragen haben. Ich weiß gar wohl, daß man in England mehr liest und besser bezahlt als in Deutschland – und daß ich kein Pope bin. Indessen ist es kläglich, daß ich nicht einmal den zehnten Teil, ja, wenn man recht kalkuliert, nicht einmal den zwanzigsten Teil von dem bekommen soll, was Pope von seinem Verlage für seine Manuskripte bekam. Herr Warburton versichert, daß diesem Dichter für das Eigentum seiner Übersetzung der *Ilias* (benebst allen seinen Subskriptions-Exemplaren, welche über 500 Stück ausgemacht) von einem seiner Verleger 1200 Pfund Sterling, und also über 20 Pfund Sterling für den Bogen, bezahlt worden. [ ]
Man lernt nolens volens endlich in der Welt auf seinen Nutzen bedacht sein. Ich habe zwar das, was dazu notwendig ist, damit *ich sei;* aber es ist doch natürlich, daß man auch ein wenig *wohl sein* möchte. Pope erwarb sich einen hübschen Landsitz, konnte sich einen poetischen Garten, einen Park und eine Grotte anlegen. – Ist es zuviel, wenn ich durch meine Muse nur einen kleinen Garten und ein kleines Häuschen darinnen, worin ich im Sommer frische Luft schöpfen und staunen, dichten und lesen könne, gewinnen möchte? Ich werde niemals so tief herabsinken, meine werten Landsleute durch eine Subskription in Kontribution zu setzen; aber wenn ich nicht einmal so viel Beifall bei meiner Nation habe, daß meine Verleger imstande sind, einen mittelmäßigen Vorteil mit mir zu teilen, so will ich lieber nur für Sie, mein Teurer, und für mich dichten; und wenn wir uns eine Zeitlang damit amüsiert haben, [*lieber*] meine Handschriften ins Feuer werfen, wie ich schon mit vielen getan habe, als diesen langöhrigen Kreaturen Spaß machen und keinen Dank davon haben. Der Schluß des *Agathons* wird von heute in zehn Tagen in Ihren Händen sein. Sie würden mich verbinden,

wenn Sie mir sobald als möglich auf Abschlag dessen, was ich für den *Agathon* noch einzunehmen habe, 15 Louisdors könnten übermachen lassen. Leben Sie wohl etc.

Wieland.

181

WIELAND AN JOHANN GEORG ZIMMERMANN

Biberach, 8. Oktober 1767

[] Sie korrespondieren mit Herrn Nicolai. Könnten Sie denn nicht, ohne sich und mich zu kompromittieren, diese Herren Berliner dahin bringen, daß sie mich ohne Bosheit, ohne schielende Nebenabsichten beurteilen? Diese fallen in der Rezension der *Komischen Erzählungen,* die von Herrn Abbt herrührt, beinahe einem Blinden in die Augen. Doch Herr Abbt ist nicht mehr, und Lessing, deucht mich, sollte endlich einmal der Rache satt sein. Ob Ihnen ein gewisser Herr *Herder* bekannt ist, der in *Fragmenten* über die neueste Literatur sich als den originalsten Hasenfuß zeigt, der jemals gewesen ist? Haben Sie auch je einen Kopf gekannt, in welchem Methaphysik und Phantasie, und Witz, und griechische Literatur, und Geschmack und Laune auf eine abenteuerlichere Weise durcheinander gärt? Der Ton, worin dieser seltsame Mensch von mir und andern ehrlichen Leuten spricht, deucht mich das Lustigste dabei; ich bin begierig zu sehen, was noch aus ihm werden wird – ein sehr großer Schriftsteller oder – ein ausgemachter Narr. Tertium non datur [*Ein drittes gibt es nicht*]. []

182

WIELAND AN JOHANN GEORG ZIMMERMANN

Biberach, 3. Dezember 1767

[] Die Poeten, die epischen und tragischen wenigstens, und die Oden-Dichter schildern uns Helden, die meiner festen Überzeugung nach nie gewesen sind. Die Geschichtschreiber, Curtiusse und selbst die Plutarche, machen es zuweilen nicht besser; sie sind eine Art von Romanschreiber, welche, von der Liebe zum Schönen, Großen und Wunderbaren hingerissen, uns statt der wirklichen Leute, welche sie uns bekanntzumachen unternommen haben, *idealische* Personen unterschieben. Wieviel die *wahre Kenntnis der menschlichen Natur* hierunter leidet, und wieviel auf solche Weise Dichter und historische Romanschreiber zu Unterhaltung einer Menge populärer Vorurteile, welche dem menschlichen Geschlecht gewiß nicht zum besten gereichen, beitragen, ist zwar überhaupt bekannt, verdiente aber wohl, einmal umständlich entwickelt zu werden. Nun habe ich in meinem Kopf, es würde einen seltsamen Effekt machen, lustig zu lesen und dabei gewiß nicht unnützlich sein, wenn die *Helden* einmal von einem Poeten geschildert würden, wie *sie wirklich sind* – i. e. als eine Art von Don Quijoten –, das könnte also unmöglich anders als in einem komisch-heroischen Gedicht geschehen. Ich habe mir davon eine *Idee* gemacht, von der ich, die Wahrheit zu sagen, ein wenig behext bin. – Aber ich sehe und fühle zugleich alle Schwierigkeiten der Ausführung. Nachdem ich alle Helden der Welt durchgangen, fand ich keinen, der geschickter war, meine Idee mit ihm auszuführen, als den Alexander; denn mein Held muß wirklich ein außerordentliches Gemisch von großen Eigenschaften und Schwachheiten, von heroischen und komischen Zügen sein – und seine Begebenheiten müssen so romanhaft sein, daß sie noch *moralisch* und *poetisch interessant* bleiben, ohngeachtet sie in ein komisches Licht gestellt werden und durch die Entdeckung der wahren *Springfedern* vom Wunderbaren unendlich viel verlieren. [] Zu Verminderung alles Mißverständnisses setz' ich hinzu, daß mein Gedanke nicht ist, das *wirklich Schöne* und *Große* durch ein *falsches* Licht und durch eine *burleske* Verzerrung der wahren Lineamente und des wahren Umrisses lächerlich zu machen. [] Indessen drückt mich doch ein *Skrupel*, der, wenn ich ihn nicht vom Herzen wegkriege, das ganze Vorhaben zu Boden drücken wird. – Ich besorge, daß *Alexander der Große, ein heroisch komisches Gedicht*, dazu dienen könnte, die großen Absichten und Wege der *Vorsehung*, welche sich in den Begebenheiten solcher außerordentlichen Männer am deutlichsten offenbaren, in ein nachteiliges Licht zu stellen; kurz, ich besorge, der Globus terraqueus möchte zu sehr das Ansehen eines Theaters und die großen Veränderungen darauf zu sehr das Ansehen einer *Haupt- und Staatsaktion mit Hanswurst* usw. bekommen. []

183

WIELAND AN SALOMON GESSNER

Biberach, 21. Dezember 1767

[] Ist Ihnen noch nichts von öffentlichen Urteilen über unsern *Agathon* bekannt? Ich gestehe, daß ich ein wenig neugierig bin, was für Sottisen unsere jungen Kunstrichterleins darüber zu sagen sich anstrengen werden. Herr Lessing soll sich, wie ich höre, meines bisher ungestraft mißhandelten Shakespeares tapferlich angenommen haben. Klotz spricht auch von einer *Dunciade*, die da kommen soll. Wirklich fängt es an, Zeit zu werden; denn der bübische Mutwillen unserer jungen Studenten, Magisters und Subkonrektors nimmt dermaßen überhand, daß die guten deutschen Leser bald nicht mehr wissen werden, wo ihnen die Köpfe stehen. []

184

WIELAND AN JOHANN WILHELM LUDWIG GLEIM

Biberach, 4. Februar 1768

Der Gedanke, daß die besten Geister unserer Nation, daß ein Gleim, ein Uz, ein Lessing, ein Moses Mendelssohn mich lieben, meine Freunde sein würden, wenn ich das Glück hätte, Ihnen genauer und persönlich bekannt zu sein, dieser vielleicht allzu schmeichelhafte Gedanke ist seit vielen Jahren eine Art von Bezauberungsmittel gegen den Unmut gewesen, dessen ich mich in dieser gänzlichen Verbannung von den Musen und der Freundschaft, worin ich zu leben verurteilt bin, nicht allezeit erwehren kann. Tausendmal wünschte ich, die traurige Entbehrung des persönlichen Umgangs durch einen Briefwechsel ersetzen zu können, dem ich meinen Umständen nach zwar nur Augenblicke, aber doch die kostbarsten und angenehmsten meines Lebens, hätte widmen können; allein eine gewisse, vielleicht unartige Schüchternheit, die Besorgnis beschwerlich zu sein, und oft, ich gestehe es, auch die mutlose Indolenz, die sich wider Willen meiner zu bemächtigen pflegt, hielten mich allemal zurück, sooft ich die Feder ansetzen wollte. Ich würde also vermutlich einer von denen gewesen sein, von welchen Sie, mein teuerster Herr, aufs lebhafteste bewundert und aufs zärtlichste geliebt werden, ohne daß Sie jemals etwas davon erfahren hätten, wenn mich nicht ein neuer Freund, den mir die Musen unverhofft zugeführt haben, der liebenswürdige Verfasser der Theorie der schönen Künste und Wissenschaften, aufgemuntert hätte, Ihnen zu sagen, was ich seit dem ersten Frühling meines Lebens für Sie empfunden habe [].

Was für eine Periode des Geschmacks und der Literatur haben wir erlebt! Und was werden wir erleben! Was für ein Dämon hat unsre jungen deutschen Witzlinge angehaucht? [] Ich gestehe Ihnen, daß mich ein Grauen überfällt, wenn ich mir vorstelle, was daraus werden mag, wenn dieser Geist der sinnlosesten Schwärmerei noch lange dauern sollte, der das Ansehn hat, unsere jungen Kunstrichter und Dichter in lauter Zauberer, Bacchanten, Barden und Skalden zu verwandeln. []

185

WIELAND AN FRIEDRICH JUSTUS RIEDEL

Biberach, 4. Februar 1768

[] Können Sie glauben, mein Freund, daß ich zu meinen poetischen Siebensachen keinen Verleger mehr finden kann? Der eigentliche Punkt ist, daß ich sie nicht wegschenken will und daß meine Herren Orell, Geßner und Compagnie seit einem Jahr alle Senatoren ihrer Republik und folglich ziemlich indolente Buchhändler geworden sind. Ich bin schon öfters auf den Gedanken gekommen, meine neueren poetischen Werke auf meine eigenen Unkosten drucken zu lassen, und zwar hier unter meinen Augen, damit ich doch einmal die Satisfaktion haben möchte, etwas von mir korrekt gedruckt zu sehen. Allein ob wir gleich einen Buchdrucker haben, so fehlt es hingegen an einem Buchhändler, und mit unseren benachbarten Sosien mag ich nicht viel zu schaffen haben. Vielleicht gibt es in Ihren Gegenden einen ehrlichen und zuverlässigen Buchhändler (rara avis in terris [*ein seltener Vogel auf Erden*]), mit dem ich auf eine oder andere Art mich einlassen könnte. []

186

WIELAND AN FRIEDRICH JUSTUS RIEDEL

Biberach, 2. Juni 1768

[] Hier haben Sie also meine *Musarion* – ein kleines Gedicht, welches Ihnen die tournure meines Kopfs und Herzens, meinen Geschmack und meine Philosophie besser schildern kann, als irgendein anderes meiner Werke. Ich gestehe Ihnen – aber nur Ihnen! –, daß ich dieses kleine Poem mit einer Art von Prädilektion ansehe und – soll ich es heraus sagen? – daß ich es meinen Zeitgenossen nicht völlig gönne. Die Deutschen scheinen noch nicht zu fühlen, was attisches Salz, sokratische Ironie und echte Grazie ist. – Doch ich will nicht unbillig sein! – Solange noch Gleim und Geßner leben, solange ich einen Klotz und einen Riedel zu Lesern habe, so kann ich wie Horaz mit wenigen Lesern zufrieden sein. Das Lob, das von den sogenannten Kunstrichtern meinen *Komischen Erzählungen* gegeben worden, und alles Lob von dieser Art, ist mir mehr als gleichgültig, es ist mir verächtlich. Diese Leute können weder loben noch tadeln; sie lesen so flüchtig, sie urteilen so rasch, sie bekümmern sich so wenig um den *wahren Geist* eines Werkes. – Die Rezension des *Agathon* in der »Deutschen Bibliothek« ist eine Probe davon, die soviel als tausend gilt. Ein armer, magerer Geschichtsauszug mit eingemischtem albernem Lob und schülerhaftem Tadel. – *Das* soll eine *philosophische* Beurteilung eines Werkes sein, von welchem der Rezensent selbst gesteht, daß es ein Phänomen und ein wichtiges Buch sei. []

187

WIELAND AN SALOMON GESSNER

Biberach, Februar 1769?

[] Alles, was Sie mir in Betreff unsers alten Bodmers schreiben, ist wie aus meinem Herzen geschrieben. Der alte Mann (den ich ehre und liebe, und dessen Namen meine Kinder nicht anders als mit Ehrerbietung von mir aussprechen lernen sollen) hat unrecht, politische Trauerspiele und Parodien zu schreiben, und Leute, wie Weiße und Riedel sind, so zu mißhandeln, wie er tut. Allein nichts in der Welt kann die unsittliche und räkelhafte Art, womit er von dem Herausgeber der Rostischen Gedichte, und selbst in den Briefen über das Publikum mißhandelt ist, entschuldigen. Ich gestehe Ihnen, daß ich so unwillig darüber worden bin, meinem alten Freunde, einem Manne, von so vielen, wahren Verdiensten, und gegen den diese lüftige junge Herren nur Kolifischets sind, so unartig begegnet zu sehen, daß ich im Begriffe war, einen Auszug gegen seine Feinde zu tun und von ihnen allen nicht einen übrig zu lassen, der an die Wand pisset. Aber Apollo hat mich noch zu gutem Glücke beim Ohre gezupft und mich erinnert, daß es mir nicht anständig sei, mich in dergleichen Fehden einzulassen. [] Dem ersten Werklein, das ich schreiben werde, will ich einen Brief an Bodmern vorsetzen, worin ich ihm à la face de l'univers [*vor aller Welt*] alles Schöne und Gute, das er verdient, in dem Tone der Wahrheit und der Freundschaft sagen werde. Das wird eine bessere Wirkung tun, als wenn ich zwanzig Satiren wider seine Gegner schriebe. []

188

WIELAND AN FRIEDRICH JUSTUS RIEDEL

Biberach, 3. Februar 1769

[] Mündlich sollen Sie von mir hören, warum ich unmöglich gleichgültig noch ruhig bleiben kann, wenn Herrn Bodmer gar zu übel mitgespielt wird. Ich bitte Sie an Ihrem Teil, es an dem, was Sie in den *Briefen über das Publikum* getan haben, bewenden zu lassen. Ich möchte, wo es möglich ist, der Mittelsmann sein, Euch wieder auszusöhnen. Lassen Sie uns nur einmal beisammen sein; die Sachen sollen auf dem deutschen Parnaß bald eine andere Gestalt gewinnen. Indessen bitte ich Sie, fahren Sie mir säuberlich mit Lessing, welcher zwar kein Winckelmann, aber doch als Lessing einer der besten Köpfe Deutschlands ist. Klotzen wird in der »Deutschen Bibliothek« begegnet, wie er es verdient, und es muß weit mit ihm gekommen sein, wenn er genötigt ist, sein letztes Heil durch skurrilische Briefe zu versuchen; l'impertinent! []

189

WIELAND AN JOHANN JAKOB BODMER

Biberach, 1. Mai 1769

[] *Riedeln* habe ich meine Indignation über die Unart gezeigt, womit er einen *Bodmer* von Stroh (den er sich an Ihrer Statt zum Ziel seines Mutwillens gestellt hat) in seinen *Briefen über das Publikum* mißhandelt. Er hat die Sprache eines Menschen, den seine Sünde herzlich reuet, gegen mich angestimmt und bittet mich sehr, daß ich den Weg zur Aussöhnung anbahnen möchte.

Ich bin übel mit dem dermaligen Genius der literarischen und kritischen Welt in Sachsen zufrieden []. Indessen kann ich mich nicht entbrechen, *Jacobitchen* herzlich liebzuhaben und zehnmal lieber als den alten, tändelnden *Gleim-Anakreon,* der ihn verführt und dennoch nicht verhindern kann, daß in *Jacobitchens* kleinstem Lied mehr Etoffe ist, als in allen Tändeleien des travestierten *Anakreons.* [] Fahren Sie fort, mich zu lieben, und empfehlen mich Herrn Breitinger und dem Übersetzer des Lukian, und glauben, daß, solange Wieland atmen wird, ein ehrlicher Mann lebt, der Sie liebt. []

190

WIELAND AN JOHANN WILHELM LUDWIG GLEIM

Erfurt, 18. November 1770

Ich wende mich an Sie, um Sie zu bitten, ein Werk der Barmherzigkeit an einem jungen Autor zu tun und ihm – einen Verleger zu verschaffen. Hier, bester Gleim, lesen Sie selbst, und sehen Sie, ob *Heinse* nicht ein *Genie* ist, der Aufmunterung verdient!

Ich bin gewiß, Sie werden so mit mir denken, wenn Sie sein Manuskript durchgeblättert haben.

Er hat unleugbar viel Genie, viel Feuer und für seine Umstände ziemliche Kenntnis.

Sein Genie ist noch brausend und trübe, wie junger Wein – sein Feuer brennt noch nicht *gleich,* nicht *rein genug* – seine Kenntnisse sind noch mangelhaft, und il y a beaucoup de crudités dans son esprit [*in seinem Kopf ist noch viel Unausge-*

gorenes] -- aber gleichwohl kann was *Großes* aus dem jungen Manne werden.
Womit ich am wenigsten zufrieden bin, ist sein Zynismus []. Seine Moral ist zuweilen nicht die beste; aber das alles wird sich schon geben, wenn sich der Mensch gesetzt haben wird. Mit allen seinen Fehlern hoffe ich, Sie werden ihn Ihrer Protektion würdig finden. Seine schlechten Umstände, Mangel an Erziehung, an feiner Lebensart, sind die hauptsächlichste Quelle davon. Wo sollte er den guten Ton gelernt haben?
Haben Sie die Gütigkeit, liebster Freund, ihm einen *Verleger* zu verschaffen, der wenigstens die armselige Generosität hat, ihm fünfzehn bis zwanzig Louisdor für diese Manuskripte zu bezahlen; und wenn Sie einen solchen Mann gefunden haben, so belieben Sie, das Geld *an mich* zu senden.
[] In Leipzig, wo ich die ersten Versuche machte, konnte ich keinen Verleger dazu finden; es ist aber auch wahr, daß ich die Saiten zu hoch spannte. Ich verlangte fünfundzwanzig bis dreißig Louisdor; das war zuviel: ein neuer unbekannter Autor muß mit allem zufrieden sein, was man ihm gibt. []

191

WIELAND AN JOHANN WILHELM LUDWIG GLEIM

Erfurt, 6. September 1771

[] Ums Himmels willen, liebster Gleim, hören Sie einmal auf, durch Ihre unbegrenzte Gutherzigkeit jedes Insekt des Parnasses zu autorisieren, sich vor den Augen der Welt Ihren Freund zu nennen, um eine Vertraulichkeit mit Ihnen zu affektieren, welche Sie für alle Sottisen dieser Witzlinge responsabel macht. Ein allgemeiner Aufstand aller Leute, die Menschenverstand haben, gegen alles, was Witz und Empfindung heißt, gegen Musen und Grazien, gegen Gleim, Jacobi und alles, was sich Ihre Freunde nennt, wird endlich die Folge davon sein, wenn alle Augenblicke ein neuer Dichterling mit einem Wisch voll Verse an *seinen Freund Gleim,* an seinen *Freund Jacobi* angestochen kommt [].
Das Metier eines Autors wird durch den Mißbrauch, den solche Witzlinge auf den Schultern irgendeines berühmten Mannes, auf den sie sich gehuckt haben, mit ihrem bißchen

Gabe zu spotten und zu reimen, ausüben wollen, so verächtlich, daß ich tausendmal den Tag verwünsche, wo ich mir einfallen ließ, ein Autor zu werden. []

192

WIELAND AN JOHANN WILHELM LUDWIG GLEIM

Erfurt, 21. Oktober 1771

Mein bester Gleim, können Sie Ihrem Wieland, der das edle vortreffliche Herz seines Gleims – nicht mißkannt – nur in einem unglücklichen Augenblicke – aus dem Gesichte verloren, Ihrem Wieland, der Sie von ganzem Herzen liebt und hochachtet [] – können Sie, können Sie ihm vergeben? Können Sie es, bester Gleim, können Sie ihn wieder lieben, ihn mit der Empfindung, daß sein Herz unschuldig an dem Verbrechen seines Bluts und seiner Einbildung ist, wieder in Ihre Arme schließen – so sehen Sie ihn hier mit tränenden Augen Ihre Kniee umfassen und Sie bei allem, was jemals Ihrem Herzen teuer gewesen ist, beschwören, zu vergessen, daß es einem feindseligen Dämon gelingen konnte, die schwesterliche Eintracht unserer Seelen nur eine Minute zu stören. Vergessen Sie die unglückliche Szene, vernichten Sie, wenn es nicht schon geschehen ist, den unglückseligen Brief, und geben Sie, bester Gleim, geben Sie dem Herzen Ihres ewig eigenen Wielands die Ruhe wieder, indem Sie ihm sagen, daß Sie in dem Besitz Ihrer Freunde, in der Gewißheit, von ihnen geliebt zu werden, *wieder glücklich* sind. Guter, rechtschaffener, liebenswürdiger Gleim! Sehen Sie Ihren Wieland an, sehen Sie Tränen der Wehmut und Liebe in seinen Augen, reichen Sie ihm Ihre Hand, und lassen Sie uns – lassen Sie uns wieder glücklich sein!

193

WIELAND AN FRIEDRICH HEINRICH JACOBI

Erfurt, 19. Juni 1772

[] Wie wäre es, mein bester Jacobi, wenn *wir*, d. i. Sie, Georg [*Jacobi*] und ich mit Bärstecher eine gemeinschaftliche Buchhandlung etablierten? Wir Autoren gäben unsere

Werke, gegenwärtige und zukünftige, in die Handlung. An anderem guten Verlage, sollte es uns auch nicht fehlen. Wir würden uns zum Grundgesetze machen, schön und korrekt zu drucken, wohlfeile Preise zu machen und die guten Autoren besser als irgendein deutscher Verleger zu bezahlen. Hiedurch würden wir uns gar bald der besten Schriftsteller bemächtigen. Besonders würden wir die vortrefflichen Genien an uns ziehen, welche erst vor kurzem zu glänzen angefangen haben, und von denen noch große Dinge zu erwarten sind, z. B. eines Herder, eines Kant, Garve, Schlosser. Mit einem Kapital von 10 000 bis 12 000 Reichstalern für den Anfang wollten wir Wunder tun. Der Profit ist noch immer größer, als bei allen andern Handlungen; und dann bedenken Sie, wie viel Gutes wir der ganzen Nation dadurch tun wollten. [ ]
Entweder ich bin fasziniert und behext, so sehr als es je ein Mensch gewesen ist, oder mein Projekt ist das herrlichste, klügste, nützlichste und tunlichste Projekt, das seit des ehrlichen St. Pierre Zeiten jemals einem geldbedürftigen Schriftsteller zu Kopf gestiegen ist.

194

WIELAND AN FRIEDRICH JUSTUS RIEDEL

Erfurt, 11. August 1772

[ ] Die Weimarische Affäre ist schon beendigt, und ich habe bereits meine Entlassung. Ich bekomme, so lang ich die Ehre habe, Instruktor des Erbprinzen zu sein, 1000 Reichstaler appointements [*Gehalt*] und finito hoc curriculo [*nach Durchführung dieses Auftrags*], i. e. vom 3. September 1775 an, jährlich usque ad diem obitus [*lebenslänglich*] 600 Reichstaler Pension cum libera [*mit Freiheit*] zu leben, wo ich will. Sie sehen, daß ich mich eher verbessert als verschlimmert habe. [ ]

195

WIELAND AN FRIEDRICH JUSTUS RIEDEL

Erfurt, 17. September 1772

[ ] Ich bin nun in meinem vierzigsten Jahre, liebster Riedel,

und wenn die Göttin Fortuna etwas für mich tun will, so hat sie hohe Zeit, en attendant [*inzwischen*], und weil ich dieser Humoristin nicht sonderlich traue, bemühe ich mich, ne ipse desim mihi [*es nicht an mir selbst fehlen zu lassen*]. Was sagen Sie zum folgenden Projekt? Ich bin entschlossen, eine Art von Journal zu entreprenieren, welches quo ad formam [*was die Form betrifft*] einige Ähnlichkeit mit dem »Mercure galant« haben soll.

Prosaische Originalaufsätze, literarische Nachrichten, Rezensionen und Revisionen unrichtiger Urteile über interessante Schriften sollen die Hauptartikel davon ausmachen. Den nähern Plan werde ich Ihnen in kurzem mitschicken. Ich werde einige ordentliche Mitarbeiter haben und es sehr gerne sehen, wenn mir von Zeit zu Zeit auch von bloßen Dilettanten was Gutes zugeschickt würde. Das Ding soll, um das, was es ist, gleich an der Stirne zu führen, der »deutsche Merkur« heißen. Ein Hauptgesetz soll sein, alles, was irgendeiner in Deutschland rezipierten Religion anstößig sein könnte, zu vermeiden, denn mein »Merkur« soll in den katholischen Staaten ebenso gangbar werden als in den protestantischen. Da ich der eigentliche Entrepreneur und Direkteur des Werkes sein und dasselbe zu Weimar unter meinen eigenen Augen besorgen werde, so stehe ich auch sowohl für die *Güte* als für die *Unanstößigkeit* aller Artikel. Der Debit soll, weil ich selbst Verleger davon bin, durch Abonnement hauptsächlich bewirkt werden. Alle Monate kommen sechs Bogen, i. e. alle Quartale ein Bändchen von achtzehn Bögen Octavo heraus; jährlich also vier solche Bände. Die Abonnenten machen sich nur bei gewissen Kollekteurs anheischig, ein Exemplar zu nehmen und es zu kontinuieren, so lang es ihnen gefällt. Sie bezahlen nichts voraus, sondern bloß also fort nach Empfang eines jeden Bandes. Der prix d'abonnement ist für jeden Band 16 Groschen Leipziger Kurant, folglich 2 Reichstaler 16 Groschen für den ganzen Jahrgang. Wer sich nicht abonniert, zahlt 3 Reichstaler 8 Groschen. Den Kollekteurs kommt für ihre Mühe 20 Prozent zugut, hingegen stehen sie für die Einkassierung der Gelder.

Dies ist ungefähr die Idee von meiner Entreprise, zu deren Beförderung ich Ewr. Liebden hiemit freundlich eingeladen haben will. [...]

196

WIELAND AN JOHANN GEORG MEUSEL

Weimar, 8. Januar 1773

Tausend Dank für Ihre angenehme Zuschrift, für Ihre Bemühungen zugunsten des »Teutschen Merkurs« und für Ihre Zeitungen. [ ]

Unsern Freund *Schmid* zu Gießen würde ich selbst schriftlich anlangen, wenn ich nicht *seine* und *meine* Zeit schonte. [ ] Ich ersuche den lieben Mann, uns aus dem *besten Fasse* einzuschenken, und weil er selbst eine unleserliche Hand schreibt, seine Stücke hübsch kopiert und *unfrankiert* an mich einzuschicken, weil ich postfrei bin. Das Honorarium soll so ehrenfest sein, daß es auch den Kopistenlohn tragen soll. Ich kann noch nichts Gewisses versprechen; aber Sie kennen mich, und dies ist genug. Empfehlen Sie dem Freunde Schmid, daß er, soviel möglich, seine *Manier* verbergen und diejenigen, die er, in eigner Person, *laugen* würde, im »Merkur« nur mit *feiner leichter Plaisanterie* abfertigen soll. Ich möchte gerne gründliche Kritik, aber nicht schwerfällig; scharf, aber nicht zu beißend; lebhaft, aber dezent; kurz, *reifes Urteil* und *guten Ton.* [ ] Ich wünschte wohl von seiner Hand ein recht fein ausgearbeitetes kritisches *Sendschreiben* über das dermalige *Barden*-Unwesen, wenn er anders dies Unwesen für ebenso abgeschmackt und schädlich hält als ich. Kretschmann und Denis möchte ich wohl *geschont,* aber doch nicht ganz leer ausgehen sehen. Beide könnten Nationaldichter sein, wenn Sie wollten. Für wen aber schreiben diese Leute jetzt? Wer liest sie?

Fingal war ein göttlicher Mann; aber wer den Bardenton im Jahr 1773 anstimmt, naviget anticyram! [*der soll nach Anticyra fahren!*] Für unser Zeitalter singen diese Herren nicht, dies ist klar; für wen also? Für die Nachkommen? – Ich dächte doch nicht, daß wir uns große Hoffnung zu machen hätten, unsre Enkel in Pikten, Kelten, Cherusker usf. verwandelt zu sehen. Kommunizieren Sie dies Geschreibsel, wenn Sie wollen, unserm Freunde, aber unter der absoluten Bedingung, daß er es sogleich verbrenne. Klotzens Briefe sind ein abscheuliches Exempel zur Warnung! Ich kann keine Briefe schreiben, welche jemals gedruckt zu werden verdienten; und man kann heutzutage nicht Vorsicht genug gegen *Gewinnsucht* und *Mutwillen* gebrauchen.

197

WIELAND AN FRIEDRICH HEINRICH JACOBI

Weimar 12. März 1773

[] Ich bin des »Merkurs« schon satt, ehe er noch angegangen ist. Wir sollten uns wenigstens alle Wochen ein paarmal *sprechen* können. Ich sehe vor, daß wir oft in unsern Ideen und Gesinnungen divergieren werden, und durch Briefe läßt sich dies unter Leuten, die keine Zeit zum Briefschreiben haben, nicht so leicht wieder gutmachen. –

Wenn jeder, der am »Merkur« arbeiten will, meine Vorrede zur Richtschnur nimmt, so wird mir mein Amt sehr erleichtert werden. Indessen wünschte ich sehr, daß der Mitarbeiter so wenig wären als möglich. Der poetische Artikel wird wahrscheinlich immer sehr mager sein. Wir haben keine Dichter mehr; Leiermänner, so viel wir wollen. [] An Genie, an Gefühl, an Imagination fehlt es uns nicht, aber an Geschmack. Und dann wünschte ich zu Gott, daß man entweder die Welt mehr kennen, oder, wenn man sie kennt, sie *weniger verachten* möchte. Der seltsame Ton von *christlich-andächtigem, verfeinertem Heidentum*, mit Platonismus und mit unendlich verfeinerter, filigranmäßig verarbeiteter, sentimentaler Moral versetzt, macht, so wahr der Himmel lebt, auf neunhundert Leser unter tausend eben die Wirkung, die er auf die beste Gesellschaft in Paris machen würde. []

198

WIELAND AN JOHANN GEORG MEUSEL

Weimar, 22. März 1773

[] Melden Sie mir, ich bitte Sie, was Herr Joh. Heinrich Schlegel in Kopenhagen für einen Charakter habe, i. e. was für *Amt* oder *Titel* und Würde. Die Leute bilden sich, wenn sie an unsereinen schreiben, ein, man wisse das schon, und doch ist kein größrer Idiot in der neuesten Literar-Historie als Dero ergebenster W.

199
FRIEDRICH HEINRICH JACOBI AN WIELAND

Aachen, 31. März 1773

[] Ihre Vorrede [*zum ersten Heft des »Merkur«*], mein bester Bruder, übersteigt alles, was ich erwartet hatte; was viel gesagt ist. Sie ist männlich gedacht und männlich geschrieben. Der Epilog zu den Gedichten ist eben so vortrefflich in seiner Art. Kurz, es war nicht möglich, uns mit einer bescheideneren Würde bei dem Publikum einzuführen.

Das Äußere des »Merkurs« dürfte wohl etwas niedlicher sein. Eine Freundin, die ich hier habe, sagte bei Erblickung des Titelblattes: Ei, das sieht ja aus wie der hinkende Bote von Nürnberg! – Zu Paris, wohin fünf Exemplare unseres Journals gehen, wird man sagen: Mon Dieu, que cela est gothique! [*Mein Gott, wie ist das altmodisch!*] – Die eben gedachte Freundin fragte: Der hölzerne Merkur auf dem Titel predigt wohl mit seiner ausgestreckten Hand? Nein, antwortete ich, er reicht nach dem Beutel mit Gold, den er noch nicht hat.

200
WIELAND AN FRIEDRICH HEINRICH JACOBI

Weimar, 4. Juni 1773

[] Ich hoffe, das ehrsame Publikum soll mit dem zweiten Teile des »Merkurs« etwas besser als mit dem ersten zufrieden sein. Es ist ein wunderliches Ding um dieses Publikum. Nichts kann widersprechender sein als seine Urteile und Wünsche. Es geht mir, wie der Mutter Maria in einem Dialog des Erasmus; in dem nämlichen Augenblick soll ich Sonnenschein und Regen, Sauer und Süß, Kalt und Warm geben. []

201
WIELAND AN JOHANN WILHELM LUDWIG GLEIM

Weimar, 6. Dezember 1773

[] Was sagen Sie zu dem abscheulichen Frevel, den Heinse durch seinen *Encolp* wider unsre Göttin Kalokagathia und

Ihre Grazien begangen hat? Hätte der Unglückliche *nur das* vom Petron übersetzt, was ehrliche Leute lesen können, und hätte dies desto besser gemacht und poliert, so hätte er ein gutes Werk getan! Aber nun – und seine unausstehlichen Noten! – seine öffentlich profitierte Asotie! – Der Elende! Wo ist er? Ist er wirklich nach Italien gegangen, den vatikanischen Apollo mit profanen Augen zu verunreinigen?

202

WIELAND AN JOHANN WILHELM LUDWIG GLEIM

Weimar, 22. Dezember 1773

Verzeihen Sie mir, mein bester Gleim, daß ich mir Ihre Vermittlung ausbitte, um dem Herrn Heinse die beiliegenden Stanzen wieder zurückzugeben.

Es ist viel schöne Poesie in diesen Stanzen; der Mensch hat eine glühende Phantasie, er schreibt aus der Fülle einer äußerst erhitzten Sinnlichkeit; daher sind seine Gemälde kräftig und warm bis zum Brennen – aber, auch bloß als Dichter betrachtet, ist sein Geschmack noch sehr ungeläutert, seine Imagination üppig, sein Geist wild und ausschweifend. [] Der Mann hat den Sokrates immer im Munde und denkt und schreibt, wie nur ein Mensch schreiben kann, in welchem die Wut der ausgelassensten Geilheit alles sittliche Gefühl erstickt hat. [] Aus seinem Briefe, den ich beilege, werden Sie sehen, daß er mich zum Narren hat und sich einbildet, ich werde mich bestechen lassen, wenn er mich seinen alten Sokrates und Oberpriester der Grazien nennt, von meinem transzendentalen Genie schwatzt und dergleichen. Ich kenne ihn besser; aber ich bin es satt, Briefe in diesem Ton von einem Menschen zu bekommen, der mir durch sein Lob mehr Tort tut, als andre mir durch die schändlichsten Epigrammen schaden können. []

Glauben Sie indessen, mein Teurer, daß noch eine Möglichkeit sei, ihn zu retten, so melden Sie es mir; aber wenn ich meine Ohren nicht vor allem, was er mir sagen kann, verstopfen soll, so bringen Sie ihn zuvor dahin, daß er heilig angelobe, keine Zeile mehr zu schreiben, die nicht vor Vestalen

gelesen werden dürfte. Lehren Sie ihn die moralische Schönheitslinie kennen; lehren Sie ihn, daß die Mysterien der Natur und Liebe nicht aufgedeckt werden müssen. [ ]
In eine Kritik über seine Stanzen werd' ich mich nie einlassen, da ich gewiß bin, daß er in seinem Herzen uns alle als kleine Geister ansieht und sich erstaunlich viel auf sein *Feuer* und sein *musikalisches* Ohr zuguttut, wiewohl ich ihm sehr gute Gründe geben könnte, daß man zu viel Feuer haben kann, und daß seine Stanzen mit dem ewigen Abschnitt nach der vierten Silbe für jedes andre Ohr als seines in die Länge eine höchst ermüdende Monotonie haben müssen. Doch genug, und schon zu viel von diesem Mutoniato. Überlassen wir ihn seinem Schicksal. Ein Autor, der wie ein Pavian seine einzige Freude daran findet, obszöne Posturen und Grimassen gegen seine Leser zu machen, ist kein Mensch, mit dem ehrliche Leute sich in Sozietät einlassen können. Ich überlasse es Ihnen, mein geliebtester Gleim, ob Sie ihm diesen Brief lesen lassen wollen. Ich finde kein Bedenken dabei.
Ihr kleines Gedichtchen, *Petrarch und Laura,* mein Gleim, ist ein göttliches kleines Gedicht. Sie erlauben doch, daß ich es im ersten Stück des neuen »Merkurs« 1774 neben unsers Jacobi neuen *Pygmalion* stelle? Ich bin, bis ich nicht mehr atme, Ihr ganz eigner W.

203

WIELAND AN FRIEDRICH HEINRICH JACOBI

Belvedere, 13. Mai 1774

[ ] Mehr als jemals wünschte ich, einen Freund, wie mein Jacobi ist, an meiner Seite zu haben. Hier ist keine Seele, der ich mich völlig vertrauen kann. So gern ich ein bloßer Zuschauer bleibe, so muß ich doch, nolens volens, Akteur sein; mehr als *eine* Marionette tanzt an meinem Faden, und mehr als *ein* weiser Mund spricht, was ich ihm auf die Zunge lege. Meine ganze Politik ist Wahrheit, Uneigennützigkeit und Redlichkeit; ich habe meine Partei genommen; ich suche nichts und erwarte nichts für mich selbst; Epiktet und Diogenes könnten nicht freier an einem Hofe sein, als ich es bin; ich rede und handle nach meinen Grundsätzen und nach meiner

innersten Empfindung; ich kenne alle Masken, die mich umgeben, und lächle nur, wenn ich allein bin, darüber, daß manche mich zu betrügen glauben ... []

204

WIELAND AN FRIEDRICH HEINRICH JACOBI

Belvedere, 28. Mai 1774

[] Unser »Merkur«, lieber Fritz, ist doch wirklich ein Journal, das den halben Louisdor, den es kostet, zehnmal wert ist. Soeben durchlaufe ich den sechsten Teil und finde unter anderem, daß Sie nicht unrecht hatten, mit meiner Rhapsodie über *Götz von Berlichingen* so sehr zufrieden zu sein; sie ist mehercules [*wahrlich*] besser geschrieben, als ich anfangs selbst merkte oder glaubte, weil ich sonst gewohnt bin, langsam und mit einer gewissen Anstrengung zu arbeiten, dieser Aufsatz hingegen mir nur wenige Stunden und nicht die geringste Mühe kostete.

Sie haben nun, denke ich, *Laïdion* gelesen, und ich bin sehr begierig, zu wissen, was Sie von dem schönen, abenteuerlichen Ungeheuer sagen werden. Ich lese es nun schon zum zweiten Male und finde, unter uns gesagt, sehr schöne Kapitelchen darin. Im Grunde kann ich mich nicht entbrechen, dem wilden Knaben [*Heinse*] gut zu sein. Wenn Sie ihn dahin bringen könnten, richtiger zu denken und weniger zu schwärmen, so würden Sie ihm und der Welt einen Dienst getan haben. Denn es sind in der Tat Grazien in diesem Satyr verschlossen. Ich habe nie keine Gewalt über ihn gehabt, wie er am besten weiß. Sollte es Ihnen gelingen, ihn zu bekehren, oder vielmehr von seinem Seelen-Priapismus zu heilen, so wünschte ich, daß er sich entschlösse, dem »Merkur« vierteljährlich etliche Bogen Prosa oder Verse zu liefern und einstweilen bis auf bessere Zeiten drei Louisdor für den Bogen aus dem Beutel des »Merkurs« anzunehmen. Sprechen Sie mit ihm doch davon und sagen Sie ihm, daß ich ihn mit allen seinen Unarten lieb habe. Acht bis zehn Bogen ist alles, was ich ihm zumute; aber je weniger, desto besser, das versteht sich. Wenn die Deutschen nicht wären, was sie sind, so sollten unter den vierundzwanzig Millionen Fressern, die zwischen dem Jura und dem baltischen Meere wohnen, doch wenigstens zehntausend den »Merkur« kaufen; und dann, mein guter Fritz, hätten wir beide genug und könnten noch Pensionen austeilen. Es ist ein großes Elend, daß ich, um dem verdammten Nachdruck zu entgehen, den »Merkur« an einen buchhändlerischen Teufel verkaufen muß. [] Nun, mein Jacobi, sollten wir auch unser Urteil über Klopstocks *Gelehrten-Republik* festsetzen. Aber wie wollen wir das machen? Wann hat jemals ein Mensch gedacht, gesprochen, gefaselt und gefabelt wie dieser Mensch? Ist es möglich, mit mehr Genie und selbst mit mehr Vernunft zu rasen? Doch ich enthalte mich noch, ein Endurteil zu sprechen. Ich habe das Ding noch nicht im Zusammenhange gelesen, und es muß gleichwohl mehr als einmal gelesen werden, ehe man mit Gewißheit sagen kann, ob der Verfasser einen Eichenkranz oder einen Kranz von Hasenpappeln verdient. []

205

WIELAND AN FRIEDRICH HEINRICH JACOBI

Belvedere, 15. August 1774

[] Goethens *Clavigo* habe ich nun gesehen. Wenn ich nicht selbst Autor wäre, so wollte ich den Kunstrichter von Profession spielen, und als solcher wollt' ich einem ehrsamen Publico leicht beweisen, daß noch viel fehlt, daß Goethe der Wundermann sei, für den man ihn hält; und dazu sollte mir gerade dieser *Clavigo* Stoff genug geben. Man muß dergleichen blendende Dinge nur drei- bis viermal lesen, so fallen einem die Schuppen ziemlich von den Augen. Indessen fühle ich so gut als einer, daß schöne Stellen darin sind und daß die Wärme und Wahrheit des Dialogs viele Sünden zudeckt. Nur die Verwandlung des Hrn. Beaumarchais in einen Kannibalen finde ich sehr unglücklich. Das Gemälde seiner Wut, seines Rachdurstes im vierten Akt ist Shakespeares würdig, *wenn* die Rede von der Wut eines *Irokesen* wäre. Und was dünkt Ihnen zu der *Französin* Marie, die vor Liebe und Liebesschmerz ihr zartes Seelchen aushaucht?

206

WIELAND AN JOHANN WILHELM LUDWIG GLEIM

Weimar, 17. Oktober 1774

[] Mit dem »Merkur« geht es schon ziemlich schlecht. Die Kollekteurs bezahlen nicht, manche lassen sich mahnen und geben gar keine Antwort. Auch die Buchhändler verderben mir das Spiel auf alle Weise. Es ist kläglich, was der Mangel an Ehrlichkeit und die verdammte, mir unbegreifliche Unlust an andrer Glück für Unheil im menschlichen Leben anrichten. Das ärgste ist, daß wir uns zu Tode schreiben können, ohne daß darum ein einziger Schurke weniger in der Welt wird. []

207

WIELAND AN FRIEDRICH HEINRICH JACOBI

Weimar, 9. April 1775

[] Ihr Verhältnis zu den drei Männern Klopstock, Goethe und Wieland hat freilich etwas Wunderbares, aber nur für den ersten, flüchtigen Anblick. Ich bin zu gut überzeugt, daß alles Wunderbare natürlich zugeht, um mir über diesen Punkt nicht selbst die Nativität stellen zu können. Goethe und Klopstock haben sich Ihrer Seele bemächtigt, und neben diesen beiden ist für Wieland kein Platz. Ich zweifle, ob die Natur jemals zwei antipodischere Wesen hervorgebracht hat als Klopstock und mich. Er *verachtet* mich und meint, ich *hasse* ihn. Dies meint er unrecht; da ich den ganzen Tag fast nichts tue, als in mich selbst hineingucken, so muß ich wohl am besten wissen, wie mir ist. Nicht ein Minimum von Haß. Klopstock ist für mich der Mann im Monde oder im Hundsstern, ein Wesen aus einer mir unbekannten und mit meinen äußeren und inneren Sinnen in gar keiner Beziehung stehenden Reihe von Dingen – kurz, ein Wesen, wovon ich nichts begreife. Das einzige, wovon ich noch weniger begreife, ist, daß es menschliche Wesen gibt, die, ohne einen einzigen äußern oder innern Sinn mehr zu haben als ich, gleichwohl den Vorzug vor mir haben, in Gemeinschaft des Geistes mit einem auf unserem Planeten so ganz exotischen und in seiner Art einzigen Wesen zu stehen. Daß ich Goethens ganze Größe fühle, habe ich Ihnen schon hundertmal gesagt. [ ]

208

WIELAND AN ANNA LUISE KARSCH

Weimar, 3. Juni 1775

Mitten im Himmel der Freundschaft, an der Seite unsers Gleims, des edelsten und besten der Menschen, bringt mir der Venus schneeweißestes Täubchen Ihren ersten Brief, göttliche Sappho! Wir lesen ihn mit Entzücken, wir reden den ganzen Tag und einen großen Teil der folgenden von nichts als Ihnen, hören unserm Gleim mit halboffnem Munde, so leise atmend als in einer Verzückung, zu, da er uns eine Menge der herrlichsten Lieder lieset, die ein Gott unsrer Sappho einst eingab und wovon die Welt noch nichts gehört hat; hören unverwandt, erfüllen uns ganz mit Ihrem Geist, brennen von Ihrem Feuer, ergießen uns in Liebe und Bewunderung des schönsten Geistes, der jemals ein weibliches Weib belebt hat, und beten die Natur in einem ihrer herrlichsten Werke an – und dennoch, vortrefflichste Karschin, konnte Wieland kalt oder träge genug sein, es bis zum dritten Juni anstehen zu lassen, Ihnen, der Dichterin, die er schon so viele Jahre liebt und bewundert, zu sagen, daß Sie die freundschaftlichen Empfindungen, wovon Ihr schöner Brief überfließt, an keinen Undankbaren verschwendet haben! [ ]

Zwölf ganzer Tage – ein Jahrhundert an innerm Wert, ein Augenblick im Genusse selbst – hab' ich bei unserm Gleim, dem besten unter allen Günstlingen des Musengottes, dem wärmsten der Freunde, dem edelsten der Menschen, gelebt. Nur unsre Sappho, unsre Muse mangelte uns, um aus seinem kleinen Sanssouci den Hain der Musen oder Elysium zu machen.

Ihr freundschaftlicher Wunsch, beste Karschin, ist auch der Wunsch meines Herzens. Ja, wir müssen uns noch von Person kennenlernen, Sie müssen meine Kinder und die Mutter meiner Kinder, alles, was ein Teil meines Selbst ist, sehen, und unter den kleinen, um Sie herumtummelnden Kindern der Natur sich selbst wieder vergnügt fühlen und schönere Lieder singen, als Sie je gesungen haben. Es muß sein, es wird sein, oder meine Seele müßte mir in diesem Augenblick falsch weissagen. [ ]

209

WIELAND AN FRIEDRICH HEINRICH JACOBI

Weimar, 10. November 1775

Dienstags, den 7. d. M., morgens um fünf Uhr, ist *Goethe* in Weimar angelangt. O bester Bruder, was soll ich Dir sagen? Wie ganz der Mensch beim ersten Anblick nach meinem Herzen war! Wie verliebt ich in ihn wurde, da ich am nämlichen Tage an der Seite des herrlichen Jünglings zu Tische saß!
Alles, was ich Ihnen (nach mehr als *einer* Krisis, die in mir diese Tage über vorging) jetzt von der Sache sagen kann, ist dies: Seit dem heutigen Morgen ist meine Seele so voll von Goethe, wie ein Tautropfe von der Morgensonne. [ ]

210

WIELAND AN JOHANN GEORG ZIMMERMANN

Weimar, 8. Januar 1776

Was Gott zusammengefügt hat, soll der Mensch nicht scheiden. Goethe, Lavater, Herder, warum sollten sie nicht auch meine Freunde sein? Seit ich dies Kleeblatt kenne, sind sie *meine Heiligen.*
Ich lebe nun neun Wochen *mit* Goethen und lebe, seit unsere Seelenvereinigung so unvermerkt und ohne allen effort nach und nach zustande gekommen, ganz in *ihm.*
Es ist in allen Betrachtungen und von allen Seiten das größte, beste, herrlichste menschliche Wesen, das Gott geschaffen hat. Dies sag' ich *meinem Zimmermann,* weil er's beinahe mit ebenso innigem Vergnügen lesen wird, als womit ich's ihm schreibe. Möcht' ich's der ganzen Welt sagen dürfen! Möcht' alle Welt den liebenswürdigsten der Menschen so kennen, so durchschauen, so lieben wie ich.
Heute war eine Stunde, wo ich ihn erst in seiner ganzen Herrlichkeit – der ganzen schönen gefühlvollen reinen Menschheit sah. Außer mir kniet' ich neben ihn, drückte meine Seele an seine Brust und betete Gott an. [ ]

211
WIELAND AN SOPHIE LA ROCHE

Weimar, 14. Februar 1781

[] Wenn ich Sie mit der zutraulichen Offenheit, die bei einer dreißigjährigen Freundschaft keiner Mißdeutung unterworfen sein kann, um etwas bitten dürfte, so wär es, künftig etwas *mehr Zeit* und Nachdenken auf Komposition und Stil zu wenden und zu solchem Ende das, was Sie in der Wärme der ersten Konzeption aufs Papier geworfen haben, öfters bei kälterem Blute und mit kritischer Strenge zu überlesen. Vielleicht ist es Ihnen nicht mehr möglich, sich diese eilfertige Manier abzugewöhnen! Die Lebhaftigkeit und Aktivität Ihres Geistes war immer mit einer größern Hastigkeit verbunden, die sich mit den holden Grazien nicht allzugut verträgt. Ich verlange aber auch nicht mehr von Ihnen, als was wirklich in Ihrer Gewalt ist. [] Auch wollt' ich Sie, um des armen Setzers wegen gebeten haben, die — — Strichelchen abzuschaffen, und statt deren teils Kommas, teils Punkte zu machen. Sie ersparen mir dadurch die mühselige Arbeit, im Manuskript etliche tausend Striche zu durchstreichen und , ; : oder Punkte dagegen zu machen. Denn mit Ihren — —, welche die Stelle aller andern Abteilungszeichen vertreten, darf der »Merkur« nicht im Publico erscheinen. Alles das sind freilich Kleinigkeiten! Aber Sie glauben nicht, wie viel einem diese Kleinigkeiten zu schaffen geben.

Ich wünschte *Ihrem Stile* nichts, liebe Sophie, als was Sie von Jugend an an *Ihrer Person* so vorzüglich (zumal vor Ihrer schönen Schwester) besaßen: größte Reinlichkeit mit der simpelsten, ungezwungenen Eleganz. []

Noch um eins möcht' ich Sie bitten, liebste Base. Wenn Sie einer von den Erzählungen, deren ich noch manche von Ihnen zu erhalten wünsche, je wieder die Form eines Briefs an einen Freund geben, so lassen sie diesen eine *Dame* und nicht eine Mannsperson sein, welche schreibt. Nicht nur in Ihrem Stil, sondern in Ihrer ganzen Art zu denken, zu empfinden, Ihre Ideen zu verbinden, zu ordnen usf., ist etwas viel zu Weibliches, als daß man sich's denken könnte, daß ein Mann so schriebe, so erzähle. [] Ich sehe wohl, wie Sie sich manchmal helfen wollen, z. B.: wie der Briefschreiber den Eintritt des jungen Knospen in sein Zimmer beschreibt, sagt er: Und siehe da! Ein schöner *Kerl,* voll Zuversicht und zugleich einer Art (von) Bescheidenheit usw. – Hier ist das leidige Wort *Kerl,* das Goethe einst, wiewohl ohne Erfolg, in die gute Gesellschaft einführen wollte, offenbar *männlich;* aber es paßt zu dem weichen, sanften, milden Charakter und Wesen des ehrlichen Philisters so wenig, daß ich es ausstrich und ein: schöner, junger Mann dafür hinsetzte. Denn das Wort *Kerl* fährt einem hier gerade so hart wider die Stirne, als wenn dem guten Mann ein: Hol mich der T.....! entfahren wäre. – Es ist unsäglich, wie sehr das Schickliche (auf welches so im *Stil,* als im *Leben,* so viel ankommt) sich über alles ausbreitet, [] und wie notwendig es ist, minutieux zu sein, um gut zu schreiben. []

212

WIELAND AN TOBIAS PHILIPP VON GEBLER

Weimar, 1. September 1782

[] Wenn ich mich von meinem Enthusiasmus nicht so weit hinreißen lasse, um, wie Herr Klopstock, *Oden* an den Kaiser zu machen: so habe ich dazu Ursachen, die so leicht zu erraten sind, daß sie mich hoffentlich bei jedem Vernünftigen gegen den Argwohn eines unpatriotischen Kaltsinnes sicherstellen werden. Ich freue mich herzlich an allem Guten, was in der Welt geschieht, aber ich mische mich nicht gerne in den Chor der *voreiligen* Barden unserer Zeit; sehe die Dinge dieser Welt gerne, *wie sie sind;* urteile nicht gerne von Dingen, wovon ich nur die *Außenseite* sehe, und halte es für eine große *poetische Lizenz,* einem Monarchen unter dem Vorwande einer prophetischen Begeisterung die Erfüllung unserer *eigenen,* schwärmerischen Träume zur Pflicht machen zu wollen. Kurz, ich glaube nicht, daß die Gabe, die Aufbrausungen seiner Phantasie, oder wohl gar einen bloß affektierten poetischen Taumel, in reimlosen oder gereimten Zeilen von sich zu geben, einen Privatmann berechtige, sich für wichtig genug zu halten, *unberufen* und *überlaut* seine Stimme zu demjenigen zu geben, was die Götter der Erde getan haben, tun und künftig tun werden. []

213

WIELAND AN JOSEPH FRIEDRICH VON RETZER

(Weimar, 1785?)

[] Ganz gewiß ist eines der wirksamsten Mittel, die Verbesserung und den Flor unserer eigenen Literatur zu befördern, wenn man unseren Landsleuten die für die meisten zu kostbare Bekanntschaft mit der Literatur der drei Nationen erleichtert, die in allem unsere Vorgänger und Muster sind, hinter welchen wir größtenteils, und beinahe in allen Teilen derselben, non aequis passibus herschlendern [*soviel wie: nicht Schritt halten können*] ... welches letztere ich doch nicht zur Schmach gesagt haben will. Denn wir haben in den drei für unsere Sprache so merkwürdigen Jahrzehenden, in welche die Regierungen Kaiser Franz I. und seines großen Sohnes fallen, in Betracht, daß diese Augusti nicht die *mindeste* Notiz von unserer Literatur genommen, und zur Aufmunterung und Belohnung unserer besten Köpfe und Schriftsteller *nichts* getan haben, und überhaupt, daß in Deutschland weder Fürsten, noch Adel, noch Tiers-Etat [*Dritter Stand; Bürgertum*] einiges wahre Gefühl für diesen Teil des Nationalruhmes in *diesem* Jahrhundert gezeigt haben – immer noch genug und wahrscheinlich mehr getan, als andere Nationen in gleich ungünstigen Umständen getan hätten. []

214

WIELAND AN JOHANN HEINRICH VOSS

Weimar, 14. März 1788

[] Wenn die *Ilias* so ins Deutsche übersetzt werden soll, daß so wenig als möglich vom Original verlorengehe (und wer wünscht nicht eine solche Übersetzung der *Ilias?*), so muß sie *so* übersetzt werden, wie Sie, mein lieber Voß, mir durch die Tat bewiesen haben, daß es möglich ist; denn *die Tat* muß ich *sehen*, um sie für möglich zu halten. Aber nun, nachdem ich alles, so viel mir Zeit und Fähigkeit erlaubte, pro und contra hin und her überlegt habe, glaube ich demonstrieren zu können, daß *alle* oder doch *beinahe* alle *Freiheiten*, die Sie sich mit unsrer *Sprache* erlaubt haben, *notwendige Bedingungen* sind, die Ihnen zugestanden werden müssen, wenn eine der Vollkommenheit des Originals in allen Stücken möglichst sich annähernde Dolmetschung in derselben *möglich* sein soll. Ein anderes ist, wenn Sie den *Homer modernisieren,* auch nach dem besten neuern Geschmack *virgilisieren* oder *miltonisieren,* oder in schöne achtzeilige gereimte Stanzen umschaffen wollten, ein anderes, wenn es darum zu tun ist, das vollkommenste Werk des vollkommensten aller Dichter aus der *Muttersprache,* worin er es gesungen hat, in unsre zwar ein wenig *wiehernde,* aber doch sehr alte, reiche, kräftige und für ihre Stärke noch ziemlich gelenkige und geschmeidige Sprache zu übertragen, die am Ende doch, wenigstens von der linken Seite, eine ziemlich nahe Anverwandte der griechischen ist. [] Sollen Sie ein Werk, das unserer Sprache Ehre mache, das uns den *griechischen* Homer mit allem, was ihn zum Fürsten der Dichter macht, *kennen* lehre und zu *genießen* gebe, und so ewig daure als *Homer* selbst; kurz, sollen Sie ein Werk hervorbringen, das selbst die *Möglichkeit, es besser zu machen,* auf ewig vernichte, so muß Ihnen gleichsam von der ganzen Nation, und also im Namen derselben von dem Ausschusse ihrer Notablen, zum voraus zugestanden werden,

»daß Sie sich nicht nur des ganzen Umfangs und Reichtums der Sprache, auch derjenigen Wörter, Redensarten und syntaktischen Wortfügungen, die *Adelung* als *veraltet* und im Hochdeutschen nicht mehr *üblich* ausgemerzt haben will, sondern auch einer jeden *Wortstellung* und *Versetzung,* die Sie für *zweckmäßig* halten, d. i. die die Erzielung eines lebendigern oder raschern Ausdrucks, einer größern Anschaulichkeit, eines bessern Wohlklangs nötig macht, mit völliger Freiheit, nach eigner Diskretion, bedienen, und sich also, sozusagen, aus unsrer deutschen Sprache eine *homerische* Sprache selbst erschaffen dürfen, die dem *deutschen Homer* eigen bleibe [].«

Sie sind aber auch der einzige, von dem ich die Meinung habe, daß man ihm eine solche arbitrarische Gewalt über die Sprache, ohne Besorgnis, daß er sie mißbrauchen werde, anvertrauen kann; und Homers *Ilias* ist auch das einzige Werk, wo ich eine solche Konzession für unumgänglich nötig halte. []

215
WIELAND AN HEINRICH GESSNER

Weimar, 26. März 1797

Seit vier Wochen hat sich, in Absicht meines vorgehabten Gutkaufes, eine große Veränderung zugetragen. Aus dem Kauf des Freiguts oder vielmehr Erbpachtguts zu Tannerode ist, zu meinem großen Glücke, nichts geworden: dagegen aber habe, nach vorgängigen sattsamen Erkundigungen, mit Rat und Beistand sachverständiger Männer und mit Genehmigung des Herzogs, am 25. huj. [*dieses Monats*] der Gemeinde zu *Oßmannstedt* den wichtigsten Teil des dasigen Rittergutes [] um 22 000 Reichstaler (ungefähr 36 000 Gulden Zürcherische Währung) abgehandelt. Ich erhalte dafür

1) Das Schloß und den großen, 25 Acker Landes (Juchart) haltenden *Schloßgarten* samt allem Zubehör.

2) Gegen 200 Acker größtenteils gutes und trefflich bewirtschaftetes *Ackerland*, steuerfrei.

3) 17 Acker der besten triftfreien Wiesen.

4) 84 Acker wohlbestandenes Rotbuchenholz, welches in 80 Schläge abgeteilt ist und, ein Jahr ins andere, 15 Klafter Scheitholz und 30 Schock Wällen abliefert.

5) 15 1/2 Acker Buchholz an der Ilm,

und noch verschiedene *Utilitäten* und Freiheiten.

Wahrscheinlich werde ich von dem Herzog auch die Gerichtsherrlichkeit und das Ius Patronatus, das sonst zum Rittergut Oßmannstedt gehörte, wieder erhalten, da ich nun wirklicher Eigentümer dieses Rittergutes und in dieser Qualität ein Weimarscher Landstand bin. []

Die Freude der Oßmannstedter über diese Begebenheit ist groß, und sie haben Ursache dazu, da sie dadurch in den Stand gesetzt werden, auf ewig von allen Frondiensten frei zu bleiben und (weil die Trift nun ihr freies Eigentum ist) künftig einen ansehnlichen Viehstand zu halten, dessen Mangel es ihnen bisher unmöglich gemacht hatte, ihre Feldgüter gehörig zu benutzen.

Ich, an meinem Teil, der immer ein tödlicher Feind aller Sklaverei war, bin nicht weniger froh, daß ich unter Menschen leben werde, die mir keine andern Dienste zu leisten haben, als wofür ich sie bezahle.

216

WIELAND AN KAROLINE HERDER

(31. Dezember 1803)

In den ersten Tagen, meine teuerste Freundin, fühlte ich nicht Stärke genug in mir, Ihren Anblick auszuhalten; und nachher hielt mich die Furcht, die Wunden Ihres Herzens durch die meinigen allzu heftig aufzureißen, von Ihnen entfernt. Aber ich fange an zu sehen, daß dies im Grunde nur Täuschungen einer unmännlichen Schwachheit und Wehleidigkeit sind. Ich *will* Sie also sehen, liebe ehrwürdige Dulderin, wenn Sie anders glauben, daß mein Besuch Ihrem Herzen eher wohl als weh tun werde. – Ob heute, morgen oder übermorgen, wird Ihnen der Geist eingeben. – *Sein* Geist, der Ihnen immer nahe ist und bleiben wird. Geben Sie mir hierauf keine andere Antwort als auf einem Stückchen Papier *eines* der drei Wörter: *heute, morgen, übermorgen.*

217

WIELAND AN JOSEPH FRIEDRICH VON RETZER

Weimar, 20. Juni 1808

[] Haben Sie unter den Novitäten der letzten Buchhändlermesse auch eine der allermerkwürdigsten, die neue, sehr vermehrte, veränderte und beinahe ganz umgeschaffene Ausgabe des Goethischen Doktor Faust schon gesehen? Sie macht unter dem Titel: *Faust, eine Tragödie von Goethe,* einen Band der bei Cotta herauskommenden *Sämtlichen Werke* dieses Dichters (dem das griechische Beiwort ὁ πάνυ [*der allberühmte*] ganz vorzüglicherweise zukommt) aus; ist aber auch a parte in einem kleineren Taschenformat zu haben. Auch das, was wir jetzt von dieser barockgenialischen Tragödie, wie noch keine war und keine jemals sein wird, erhalten haben, ist nur der erste Teil derselben, und der delphische Apollo mag wissen, wie viele Teile noch folgen sollen. Ich bin begierig zu wissen, welche Sensation dieses exzentrische Geniewerk zu Wien macht, und besonders wie Ihnen die Walpurgisnacht auf dem Blocksberge gefallen wird, worin unser Musaget mit dem berühmten Höllen-Brueghel an diabolischer Schöpfungskraft und mit Aristophanes an pöbelhafter Unfläterei um den Preis zu ringen scheint. [] Und was wird sich der neue Prometheus für lustige Kontorsionen geben, um uns weiszumachen, daß dieser *Faust* das Nonplusultra des menschlichen Geistes und das göttlichst-menschlichste und teuflischste aller Dichterwerke sei? Man muß gestehen, daß wir in unsern Tagen Dinge erleben, wovon vor fünfundzwanzig Jahren noch kein Mensch sich nur die Möglichkeit hätte träumen lassen. []

218

WIELAND AN FRIEDRICH VON MÜLLER

Dezember 1808

Sie werden mir gern verzeihen, bester Herr Geheimer Regierungsrat, oder mich vielmehr herzlich bedauern, daß das leidige Augenübel, womit ich abermals geplagt bin, mich genötigt hat, Ihre gütige Einladung abzulehnen. Was Sie mir als einen unwiderstehlichen Beweggrund vorlegen, ist gerade, was mich in meinen dermaligen Umständen am meisten abschrecken müßte: denn über dem unverwandten Anschauen einer so blendenden Tafelgenossin würde ich unfehlbar in Gefahr gewesen sein, *vollends blind* zu werden.
Wenn Sie sich erinnern, daß Alexander der Große, der doch zehnmal bessre Augen hatte als ich, die schöne Perserin, die er nach dem Siege bei Arbela in seine Gewalt bekam, *Augenschmerzen* nannte: so werden Sie mir gern glauben, daß meine Furcht mehr als Scherz ist, und mir billig von der schönen und liebenswürdigen ἀλγηδὼν ὀμμάτων [*frei: Augenblenderin*] selbst ein kleines mitleidiges Tränchen zuziehen sollte.

219

WIELAND AN DIE FÜRSTIN LUISE VON NEUWIED

Weimar, 12. Februar 1808

[] Ihro Durchlaucht fragen mich: was *mir* Frau von Staël für *ein Weib sei?* Wie die Frage gestellt ist, wäre sie mit drei Worten beantwortet. Aber ich will sie in einem zweifachen Sinne nehmen und mich in dem einen und dem andern so offen erklären, als Ihre eigene Offenherzigkeit mir's zur

Pflicht macht. [] Sie ist, meines Wissens, das (Verzeihung für die Altersschwachheit!) außerordentlichste Wesen, das jemals in weiblicher Gestalt auf diesem Erdenrund gesehen worden ist. Daß eine Frau Genie haben kann, beweist sie gegen Rousseau und alle Kontradiktoren mit ihrer Person und mit ihren beiden Romanen. Wo ist in ganz Europa der Mann, der ihre *Delphine* hätte schreiben können? Wie sie schreibt, so spricht sie; und wenn sie nicht so unsäglich schnell spräche, daß ein armer Allemand, der angestrengtesten Aufmerksamkeit ungeachtet, im ganzen wenigstens ein Viertel von ihrer Konversation verlöre, so möchte man sie tagelang reden hören. Alle ihre Geisteskräfte wirken fast immer zugleich mit einer unbegreiflichen Lebhaftigkeit und sind alle in einem hohen Grade gebildet. Sie ist nichts weniger als schön und, ihre *Augen* ausgenommen (mit denen sie, wie leicht zu erachten, Wunder tun kann), könnte eine Weibsperson mit ihrer Gesichtsbildung und Figur sehr füglich eine schweizerische – Stallmagd vorstellen. Und dennoch ist über diese plumpe Person eine gewisse französische Grazie ausgegossen, die ihre Wirkung nicht leicht verfehlt; und da sie ebensoviel Feuer und leidenschaftliche Energie als Witz und Geist und zu allem dem noch ein sehr angenehmes Sprachorgan besitzt, so hat sie, in der Konversation, Momente, wo sie zum *Bezaubern liebenswürdig* ist. [] Aber Ihro Durchlaucht wollen wissen, was für ein Weib sie *mir* sei? – Weil ich mich kurz fassen muß: durchaus die *Antipode meines Ideals eines Weibes*, mit dem man *ewig zu leben* wünschen möchte. Gott bewahre mich vor einer Tochter, Schwester, Enkelin und Urenkelin wie diese Frau, mit allem ihrem Geist, allem ihrem ungeheuern Talent. []

220

WIELAND AN DIE FÜRSTIN LUISE VON NEUWIED

Weimar, 13. Oktober 1808

[] Natürlicherweise wissen Sie, was alle Welt weiß, und wovon alle öffentlichen Tageblätter voll sind, daß die Stadt Erfurt seit dem Ende des vorigen Monats die Szene einer der außerordentlichsten Begebenheiten unsrer wundervollen Zeit ist – einer Zusammenkunft von zwei Kaisern, vier Königen,

acht regierenden und nicht regierenden Herzögen und einer unzählbaren Menge deutscher, französischer und russischer Matadors und Magnaten, um, womöglich, aller Fehde ein Ende zu machen und Asträa mit ihrem ganzen wohltätigen Gefolge vom Himmel auf die Erde zu komplimentieren. [ ]
Am 6. d. M. kamen alle diese Majestäten, Hoheiten, Durchlauchten und Exzellenzen nach *Weimar*, wo zu ihrem Empfang, wie leicht zu erachten, alles unter und über sich ging. Der französische Kaiser hatte, um die Fête vollständiger und außerordentlicher zu machen, auch seine Comédiens ordinaires von Erfurt herüberkommen lassen, und auf ein großes Treibjagen und ein großes Diner an drei Tafeln folgte *La mort de César* von Voltaire, und auf diesen ein glänzender Ball. Ich, der sich von jeher, so viel ich nur immer vermochte, von den Erdengöttern fernhielt, hatte mir (trotz meiner Begierde, den außerordentlichsten Mann unsrer und, meines Wissens, aller Zeiten in der Nähe zu sehen) – vorgenommen, nicht bei Hofe zu erscheinen, weil ich mir's zum Gesetz gemacht habe, von meinem seit mehreren Jahren unvermerkt erhaltenen Vorrecht vor andern meines Standes und Rangs niemals einen eigenmächtigen Gebrauch zu machen. Diesmal ging ich sogar so weit, daß ich eine Einladung, beim Ball zu erscheinen, die ich schon frühmorgens von der Herzogin erhalten hatte, unter Vorschützung meiner Gesundheit, welche solche Abweichungen von meiner gewöhnlichen Lebensart nicht mehr ertragen könne, abgelehnt hatte. Aber N. [*Napoleon*] fragte zweimal nach mir und schien verwundert, da er mich im Schauspiel in einer seinem Sitze ziemlich nahen Loge gesehen hatte, mich nicht beim Ball zu sehen. – Dies ließ mir die Herzogin wissen, und nun war kein anderer Rat, als mich in den Hofwagen, der mir geschickt wurde, zu setzen und – in meinem gewöhnlichen accoutrement [*Aufputz*] –, eine Calotte auf dem Kopfe, ungepudert, ohne Degen und in Tuchstiefeln (übrigens anständig kostümiert) im Tanzsaal zu erscheinen. Es war gegen halb elf Uhr. Kaum war ich etliche Minuten dagewesen, so kam N. von einer andern Seite des Saales auf mich zu; die Herzogin präsentierte mich ihm selbst, und er sagte mir sehr leutselig – das Gewöhnliche, indem er mich zugleich scharf ins Auge faßte. Schwerlich hat wohl jemals ein Sterblicher die Gabe, einen Menschen gleich

auf den ersten Blick zu durchschauen und (wie man zu sagen pflegt) wegzuhaben, in einem höhern Grad besessen, als N. Er sah, daß ich, meiner leidigen Zelebrität zu trotz, ein schlichter, anspruchsloser, alter Mann war, und da er (wie es schien) auf immer einen guten Eindruck auf mich machen wollte, so verwandelte er sich augenblicklich in die Form, in welcher er sicher sein konnte, seine Absicht zu erhalten. In meinem Leben habe ich keinen einfachern, ruhigern, sanftern und anspruchlosern Menschensohn gesehen. Keine Spur, daß der Mann, der mit mir sprach, ein großer Monarch zu sein sich bewußt war. Er unterhielt sich mit mir, wie ein alter Bekannter mit *seines*gleichen, und (was noch keinem andern *meines*gleichen widerfahren war) an anderthalb Stunden lang in einem fort und ganz allein, zu großem Erstaunen aller Anwesenden, unter welchen es zwar an Neugierigen nicht fehlte, die sich aber doch aus Respekt zu weit entfernt halten mußten, um von allem dem, was er mit mir redete, mehr als *einzelne* Worte aufschnappen zu können; daher denn auch von dem, was er mich gefragt und ich geantwortet haben soll, und wovon allerlei Sagen im Publiko herumgehen, kein wahres Wort ist. Da ich ein sehr ungeübter, schwerzungiger französischer Orateur bin, so war es glücklich für mich, daß er gerade in der Laune *viel zu sprechen* war, und die frais de la conversation [*Kosten der Konversation*] fast allein auf sich nahm. – Es war nahe an zwölf Uhr, da ich endlich zu fühlen anfing, daß ich das *Stehen* nicht länger ertragen könne. Ich nahm mir also eine Freiheit heraus, deren sich schwerlich irgendein anderer Deutscher oder Franzose unterstanden hätte. Ich bat Seine Majestät, mich zu entlassen, weil ich mich nicht stark genug fühle, das Stehen länger auszuhalten. Er nahm es sehr gut auf. Allez donc, sagte er mit freundlichem Ton und Miene, allez, bon soir! [*Gehen Sie, gehen Sie nur, guten Abend!*]

Meine Fürstin errät ohne Zweifel, daß ich sehr vergnügt nach Hause kam, diesen seltsamen Erdensohn so nahe, so lang und in einem so milden Lichte gesehen zu haben. Dem ungeachtet tat ich *nicht*, was zehntausend andere an meiner Stelle für ihre Schuldigkeit gehalten oder auch aus vermeinter Klugheit getan hätten. Ich erschien am folgenden Tage nicht in seinem Vorzimmer und tat wohl daran. []

(14. Oktober)

[] Montag morgens erhielt ich eine Invitation, mich um halb zehn Uhr nach Hof zu verfügen, um Se. Majestät frühstükken zu sehen. Ich stellte mich zur rechten Zeit ein, und das Vorzimmer füllte sich in kurzem mit deutschen und französischen Altessen, Exzellenzen und cordons de toute couleur [*Ordensbändern in allen Farben*], welche alle eingeladen waren, diesem kaiserlichen Monodrama (dem Dejeuné nämlich) entweder als Zuschauer beizuwohnen oder unmittelbar vor demselben eine Audienz zu erhalten. Wir wurden aber avertiert, beide Kaiser befänden sich im Kabinett des französischen in Konferenz. Der Punkt, worüber sie einig werden sollten, schien Schwierigkeiten zu finden, die man nicht erwartet hatte. Kurz, wir antischambrierten samt und sonders, ein paar schöne Herzoginnen von Württemberg so gut wie wir andere, bis zwölf Uhr, ohne daß die Tore des Paradieses aufgehen wollten. Die gemeinsame Not der langen Weile nötigte die Anwesenden, Hilfe beieinander zu suchen, und so gebrach es mir denn nicht an mannigfaltiger Unterhaltung, wenn man die in einer kaiserlichen Antischamber vorfallenden *Versuche* dieser Art so nennen kann. [] Genug, um halb ein Uhr ward ich endlich mit ein paar andern, mir Unbekannten, in das Kabinett hereingewinkt. Seine Majestät saßen in der Mitte des Zimmers an einer kleinen, mit fünf oder sechs Schüsseln besetzten tableronde, *allein* versteht sich, und ließen sich ein Dejeuné à la fourchette [*Gabelfrühstück*], welches für ein Mittagsmahl gelten konnte, mit einem ihrem vermutlichen Hunger proportionierten Appetit belieben. Hastiger kann wohl kein getulischer Löwe, der seit drei Tagen gefastet hat, sein Dejeuné verzehren. Dazwischen wurden ebenso hastig ein halb Dutzend Gläser Wein, halb mit Wasser vermischt, ausgeleert. Wir andern homunciones, etwa sechs an der Zahl, standen im Kreise um die Tafel herum, und der Kaiser, der (entre nous) ganz andere Dinge im Kopfe zu haben und nicht bei ganz sonderlicher Laune zu sein schien, addressierte von Zeit zu Zeit bald an diesen, bald an jenen, an mich vier- oder fünfmal, eine unbedeutende kurze Frage. [] Ich hatte nötig, die anderthalbstündige Konversation unter vier Augen, womit N. mich am letzten Donnerstag begünstigt hatte, in mein Gedächtnis zu rufen, um mich in der gehörigen Stimmung und Unbefangenheit zu erhalten – zumal da der gesegnete Appetit des Kaisers auch den meinigen nicht wenig stimuliert hatte. Ich würde indessen nicht die Wahrheit sagen, wenn ich sagte, daß er nicht so freundlich und graziös gegen mich gewesen wäre, als ich es in diesem Augenblick nur wünschen konnte. [ ]

221

WIELAND AN DIE FÜRSTIN LUISE VON NEUWIED

Weimar, 4. März 1811

[ ] Werden Sie nicht ungeduldig, meine teureste Fürstin, daß seit wer weiß wie langer Zeit der arme *Cicero* (der so unschuldig an der Sache ist als ein neugebornes Kind) immer schuld daran sein soll und *wirklich ist,* daß die Briefe von Weimar nach Neuwied immer seltener und unbedeutender werden. Der gute Mann hätte sich wahrlich so etwas vor achtzehnhundert Jahren so wenig träumen lassen als ich, daß vielleicht in noch kürzerer Zeit mein *Agathon* oder *Agathodämon* in *Neuholland* oder *Madagaskar* übersetzt, kommentiert und in einer Prachtausgabe mit illuminierten Kupfern ans Licht kommen werde: was doch am Ende ebenso möglich ist als eine Übersetzung der Briefe Ciceros in die Sprache eines Landes, das zu seiner Zeit noch wilder und rauher als Kanada und Kalifornien war [ ]. Wie dem aber auch sein mag, immer bleibt gewiß, daß weder Cicero noch sein Übersetzer, noch selbst der wunderbare Reiz und das Interessante dieser Briefe, schuld hat an dem Übel, wovon jetzt die Rede ist, sondern ganz allein die nur noch sechs Wochen entfernte Leipziger Ostermesse, und die ungeheure Geschwindigkeit der zweiundvierzig Tage, binnen welchen ein dicker Band von sechsunddreißig Bogen auf besagter Messe paradieren *muß,* wenn nicht Autor und Verleger vor einem ehrsamen Publiko *beschaamt stehen* (wie die Wiener Damen sprechen) und das ganze Werk nicht ins Stocken geraten soll – was im Grunde doch ein wenig schade wäre: zumal in dieser letzten betrübten Zeit, wo des unschuldigen und erfreulichen Neuen so wenig zu sehen, zu hören und zu lesen ist. [ ]

CHRISTIAN FRIEDRICH DANIEL SCHUBART
1739–1791

Über Schubarts Leben wird zumeist berichtet, da sei ein begabter Schwabe aus Obersontheim, den man schon als Student zu Erlangen in den Schuldturm werfen mußte, auch späterhin als Lehrer, Organist und Schriftsteller in Geislingen, Ludwigsburg, Augsburg, Ulm und anderswo immer wieder durch ungezügeltes Benehmen aufgefallen, bis man ihn, da er als Journalist auch noch politisch aneckte, auf dem Hohenasperg eingesperrt, zuletzt aber wieder begnadigt und zum Hoftheaterdirektor in Stuttgart gemacht habe. Gründlicher wird selten mit zutreffenden Nachrichten gefälscht, denn gefälscht wird Schubarts Geschichte, läßt man unerwähnt, daß sein Jahrhundert ungebändigte Existenzen nur beim Plündern nach der Schlacht oder in nichtregierenden Seitenlinien fürstlicher Häuser duldete, und wenn man ferner verschweigt, daß man den politischen Publizisten Schubart 1777 widerrechtlich gefangensetzte, indem man ihn auf fremdes Territorium lockte, und daß dies eben jener rückständige Despot von Württemberg fertigbrachte, vor dem auch ein Schiller sich nur durch die Flucht retten konnte, und wenn man schließlich zu sagen vergißt, daß 1787 nicht der Schriftsteller Schubart begnadigt wurde, sondern das menschliche Wrack, das nach über zehnjähriger Haft von ihm geblieben war und den Gnadenakt nur um vier Jahre überlebte. Man kann an diesem Schicksal die Gefährdungen politisch und sozial fortschrittlich engagierter Literaten im 18. Jahrhundert abmessen, sofern diese ungehemmt genug waren, ihre Gesinnung zu plakatieren. Die von Schubart 1774 in Augsburg gegründete und (nach seiner von den Jesuiten betriebenen Ausweisung) in Ulm fortgesetzte »Deutsche Chronik« war eine der liberalsten Zeitungen, die es vor der Revolution gegeben hat; weder Lessing noch Wieland, die beiden einzigen, die aus politischer Erfahrung und bürgerlichem Bewußtsein zu ähnlichem befähigt gewesen wären, hielten es für ratsam, sich derart zu exponieren. Über dem Journalisten Schubart sollte allerdings der Lyriker nicht vergessen werden, der manchmal im einfachen, volksliedhaften Ausdruck Claudius verwandt scheint; wir stellen ihn deshalb in diese Nachbarschaft, nicht in die ihm üblicherweise zugewiesene des Sturm und Drang. Auch in Schubarts Gedichten haust sein politisches Thema, die Freiheit, wenn auch zuletzt nur noch verkommen und resigniert – wie es in einem der »Gedichte aus dem Kerker« (1785) heißt: »... in schwarzen Klausen weint der Menschenfreund.«

222

SCHUBART AN CHRISTOPH MARTIN WIELAND

Geislingen, 20. Juni 1764

Ohne Ew. *Hochedelgeboren* zu kennen, ja ohne einmal einen deutlichen Begriff vom dem Charakter zu haben, den Sie bekleiden, wage ich es, an Sie zu schreiben; bloß um Ihnen zu sagen, daß ich Sie bewundere. Wenn wirklich etwas dazu gehört, ein großes Genie bewundern zu können, so ist dieser Brief mehr ein Lobspruch auf mich, als auf Sie. Ein solcher Eingang meines Briefes würde mich als einen Unbekannten wenig empfehlen können, wenn ich es nicht mit einem *Wieland* zu tun hätte – dem *Manne*, der die Welt in so verschiedenen Beziehungen kennt – dem *Gelehrten* von einer so ausgebreiteten und gemeinnützigen Erkenntnis – dem *schönen Geiste*, der die blumenvolle Bahn der einfältigen Natur gefunden – dem *rechtschaffenen Manne*, der nirgends vortrefflicher ist, als wenn er sein Herz erklärt und Religion und Tugend seinen verdorbenen Zeitgenossen predigt. Welch ein Schutzbrief für mich! Und welch ein Recht gewinne ich dadurch, mit Euer Hochedeln mehr in der ungekünstelten Sprache des Herzens, als in der steifen Sprache des Zeremoniells zu reden, so sehr es auch *Dero* Rang zu fodern scheint.

Es ist schon lange, daß ich Dero Schriften lese, womit Sie sich zu dem Range eines der schönsten Geister unter den Deutschen emporgeschwungen haben; und ebensolange ist es, daß sich die lebhafteste Bewunderung gegen die Verdienste eines so *großen Mannes* in meinen Busen verschloß. Oft sah ich Ihrem einsamen Gange auf dem Wege der Natur, den niemand als

Sie und die großen Alten gehen konnten, mit ehrfurchtsvoller Verwunderung zu. Ich sah mit Erstaunen, wie Sie die mühsam zu erringenden Lorbeeren der didaktischen, dramatischen und epischen Poesie mit eben der Leichtigkeit aus dem Haine der Musen holten, mit welcher unsere Anakreons an dem Fuße des Pindus sich aus Blumen Kränze wanden, um in diesem Aufzuge der Wollust zu schmeicheln. Ich bin so eigensinnig, daß ich nur denjenigen Dichter für wahrhaftig groß halte, der die erhabenen Talente seiner Seele zur Empfehlung der Tugend und zur Erhebung der Religion anwendet. Unsere neuern Dichter, dünkt mich, die *außer* dem Gebiete der Religion einhergegangen sind, sind weit nicht so glücklich gewesen, als diejenigen, die der Tugend und Religion, der wahren Quelle des *Schönen,* getreu blieben, und sich dadurch auf eine Höhe wagten, von welcher sie allein die Alten übersehen konnten. *Gresset, Gleim, Lessing, Weiße, Gerstenberg* – und *Milton, Klopstock, Young* und *Sie!* – Welch ein Kontrast! Jene blieben bei Quellen stehen und schlummerten bei ihrem Rieseln ein – und diese hatten Ozeane vor sich, aus welchen *Sie* allein die erhabensten und der Unsterblichkeit würdigsten Gedanken schöpfen konnten. – Das ist der Gesichtspunkt, in welchem mir Euer Hochedeln zugleich groß und liebenswürdig erscheinen. Ich lese *Ihre* Hymnen auf die Allgegenwart und Gerechtigkeit Gottes; Sie lassen den gestorbenen Gerechten aus glücklicheren Welten mit mir reden: Sie sagen mir Ihre Empfindungen auf Golgatha: – und ich zittre; ein nahes Gefühl des ewigen Lebens durchströmt mein Innerstes: – ich *sehe* die todvolle Wange des Mittlers, und *höre* die ganze Natur gleich einem Sterbenden röcheln. – In dem Augenblicke erweitert sich meine Seele; ich denke nicht mehr an den Dichter (dieser Gedanke ist kältern Stunden aufbehalten), ich denke nur an das große Glück, ein Christ zu sein. Sehen Sie, wie sehr ich Ihnen verpflichtet bin, und nehmen Sie den Dank für alle die Rührungen an, die aus einer öftern Lesung Ihrer vortrefflichen Schriften in meiner Seele entstanden sind. []

Wann ich meinen Rührungen trauen darf, so vermute ich wirklich, daß wir jetzo in den Zeiten des guten Geschmacks leben; ja ich bin so verwegen, zu behaupten, daß wir noch weiter sind, als das Jahrhundert, worin *Boileau, Corneille,*

Molière, La Fontaine etc. um den Thron Ludwigs XIV. glänzten. Allein, wenn ich nach den ganz neuen Werken unserer Landsleute urteilen soll, so steht unser Witz in Gefahr überzuschnappen. Der so sehr angepriesene körnige Stil, der höchstens an einem Winckelmann erträglich ist, verdirbt so sehr unsere Prose, daß der Verfasser der *Sokratischen Denkwürdigkeiten* und unser *Landsmann Abbt* nicht anders als durch ein Sprachrohr mit uns reden wollen. Unsere Poeten verlieben sich in ein gewisses strotzendes Silbenmaß, wo der Gedanke, statt fortzulaufen, durch die Strophe so erbärmlich wie eine Leiche fortgeschleppt wird. Oft ist ein neues Silbenmaß eine Maske, unter welche sich der Unsinn verbirgt; als wenn man nicht laufen könnte, ohne wie ein Züchtling fünfzig Pfund Eisen nachzuschleppen. Sollten wohl unsere heutigen Kunstrichter, die in einem so entscheidenden und diktatorischen Ton mit uns reden, imstande sein, den guten Geschmack aufrecht zu erhalten? – Wie glücklich würde ich mich schätzen, wenn sich ein so einsichtsvolles Genie, wie Euer Hochedelgeboren sind, über diesen Punkt erklären wollte. Und was kann man denn von unserm Schwaben hoffen? Ich mache mir in Gedanken eine Landkarte über Schwaben und sehe die Gegenden des schönen Geschmacks wüste verwildert und unangebaut. Die wenigen Kolonisten verlieren sich nach und nach aus unsern Gegenden und lassen einem *Wieland* und etwa noch einem *Gemmingen* die Ehre, den sinkenden Ruhm der Schwaben als Atlante zu tragen. Damit ich aber Euer Hochedelgeboren bald die Freiheit lasse, aus freier Brust Atem zu holen, so erkühne ich mich, noch zu fragen: ob Sie mit der Übersetzung des *Shakespeare* bereits zu Ende seien, ob Sie mit der Ausgabe Ihrer prosaischen Schriften fortfahren werden, und ob der der Aufnahme des guten Geschmacks so zuträgliche Vorsatz, die besten Stellen aus den vortrefflichsten Autoren der Griechen zu übersetzen, unterbrochen worden? –

– So weit geht die Verwegenheit eines Menschen, der unangemeldet in Ihr Zimmer tritt, sich in dem Tone der Vertraulichkeit mit Ihnen unterhält, sich untersteht zu fragen, ohne einmal zu entdecken, wer er sei. Denken Sie sich einen Menschen, der, nachdem er einige Jahre auf Schulen und Akademien herumgestreift, sich einen Kandidaten der Theologie nannte, der wider alles Vermuten der hiesigen Schule als Lehrer und zugleich als Direktor der Musik vorgesetzt wurde, einen jungen Menschen, der noch wenig Erfahrung hat und unter Leuten lebt, wovon er den besten mit Zurückhaltung trauen darf – so wissen Sie, wer die Kühnheit gehabt hat, Ihnen in einer ganzen Abhandlung zu sagen, daß er darin seinen höchsten Ruhm suche, Sie und noch einige große Geister *lesen* und *bewundern* zu können. Ich wäre glücklich, wenn Sie mir Dero Beifall schenken wollten; und es ist gewiß *mehr* als ein Kompliment, wenn ich Ihnen sage, daß ich mit der vollkommensten Hochachtung verharre Euer Hochedelgeboren etc. gehorsamster Diener Schubart

223

CHRISTOPH MARTIN WIELAND AN SCHUBART

Biberach, 18. Juni 1766

Mein wertester Herr und Freund! Bin ich wohl zu entschuldigen, daß ich Ihnen, einem so schätzbaren Freund, einem Genie, dessen Entdeckung mir so angenehm war als ein gefundener Schatz einem Geizigen, schon Jahre und Tage einen Brief schuldig bin? Nein, ich würde mir's selbst nicht vergeben, wenn es möglich wäre, so streng gegen sich selbst zu sein. – Aber was hülfe nun alle Strenge; der Fehler ist nun einmal gemacht, er gehört unter die Sünden, welche sich selbst bestrafen, und wobei niemand mehr leidet, als derjenige, der sie begeht. Vergeben *Sie* mir, ich verspreche Ihnen, mich zu bessern, und ich will mein Versprechen halten, so gut es immer möglich ist. Ein Zeichen meines bußfertigen Sinnes soll Ihnen sein, daß ich mich nicht entschuldige, ob es mir gleich, so wenig als irgendeinem Sünder in der Welt, an Behelfen und Entschuldigungen fehlt. Ich will mich lediglich Ihrer Huld und Milde überlassen, und es darauf ankommen lassen, ob Sie mir verzeihen wollen oder können. Und soviel von meinem strafbaren Stillschweigen. [] Ich gestehe Ihnen aufrichtig und in vollem Ernst, daß – seitdem ich Ihre Pindarische Ode gelesen und oft wieder gelesen, empfunden, überdacht, studiert habe – mein Genius den Ihrigen mit einer Art von Ehrfurcht ansieht, welches mir (unter uns gesagt) eben nicht mit vielen Leuten zu begegnen pflegt. Ich sage Ihnen also, mein Freund, daß, seitdem ich aus dieser Probe die *Größe*, *Stärke* und *Schönheit* Ihres Genies kennengelernt habe, ich keine Ruhe haben werde, bis wir einander persönlich kennen. Sagen Sie mir doch, wie das anzufangen ist. Warum fesselt mich mein Amt so stark? Ich hoffe wohl immer noch in diesem Jahr eine Gelegenheit zu finden, nach Ulm zu kommen (und wenn ich einmal da bin, so will ich bald in Geislingen sein); aber das hängt noch von vielem wann und wenn ab. – Gibt es keine Vakanzen bei Ihnen? Können Sie nicht einmal auf etliche Tage abkommen? Mein Haus ist in diesem Fall das Ihrige; ich pflege zwar keine *Gäste zu traktieren;* aber Sie werde ich als *einen Freund* behandeln, und Leute von unsrer Art sind ohnedies leicht zu vergnügen. Also keine Komplimente, mein Wertester, wenn Sie mir diese Freundschaft erweisen *können*, so tun Sie es, und glauben, daß Sie zu niemand kommen können, der Sie mehr verehrt und hochschätzt als ich. Ich habe noch einen Grund, warum ich eine Zusammenkunft unter uns wünsche, ich habe ihrer viele, die Wahrheit zu sagen, aber eines liegt mir besonders am Herzen. Es betrifft ein Projekt, Sie hieher zu transplantieren (das garstige ausländische Wort, aber es steht nun einmal da); dieses Vorhaben ist noch ein Geheimnis, und belieben Sie es, ich bitte Sie, als ein solches in Ihren Busen zu versiegeln.

Sie hieher zu bringen! Wie glücklich wäre ich dann!

Möchte Ihnen ebenso angenehm sein, bei mir an einem Orte zu wohnen! Freilich haben wir Ihnen hier nichts, das Ihrer würdig ist, anzubieten, und der *Fall* ist auch dermalen noch nicht da, aber wenn Sie keine mir noch unbekannten *bessern* Aussichten vor sich haben, so wäre doch hier (existente casu [*gegebenenfalls*] eine Gelegenheit, sich in Absicht Ihrer dermaligen Stellung zu verbessern und etc. Kurz, das sind Dinge, wovon wir über kurz oder lang miteinander mündlich sprechen müssen. Doch können Sie mir, si placet, wenigstens Ihre vorläufigen unpräjudizierlichen Gedanken über diesen Punkt entdecken.

Auf meine freundschaftliche Diskretion können Sie ebenso sicher zählen, als ob wir schon ein oder zwei bayrische Salzfässer miteinander gegessen hätten. []

224
SCHUBART AN CHRISTOPH MARTIN WIELAND

Geislingen, 29. Juni 1766

Ewig teurer Freund! Mit Scham und Freude ergreife ich die Feder, ein Schreiben zu beantworten, welches beides in mir erregt hat. *Scham* über die ganz unerwarteten Lobsprüche, womit Dieselben die Erstlinge meiner Muse beehrt haben; und *Freude* über das Glück, einen Freund wiedergefunden zu haben, den ich beinahe schon halb verloren schätzte. Nun, dachte ich unter dem Drucke undankbarer Geschäfte, durch welche mein Leben fortgestoßen wird: Gott hat dich noch nicht *ganz* vergessen, weil er dir einen *Wieland* zum Freunde erweckt, einen Mann, dessen Geist schon oft die einsamen Stunden meines Lebens ausfüllte – mit Empfindungen von Wonne und Freude ausfüllte. Entschuldigen Sie sich nur nicht, ein einziger Brief von Ihnen entschädigt mich genug für das ängstliche Harren eines ganzen Jahres. Und über das bin ich wohl niemals mehr mit Ihnen beschäftigt gewesen, als eben zu *der Zeit,* in welcher ich Dero schätzbares Schreiben erhielt. Bald belustigte mich die liebenswürdige Schwärmerei Ihres *Sylvio,* bald der Anblick einer zweiten Mediceischen Venus in den *Komischen Erzählungen,* bald aber auch die philosophische Laune, mit der Sie Ihren *Agathon* niedergeschrieben haben; denn ich hatte ihn schon gekauft, schon gelesen, schon studiert, ehe Sie die Gewogenheit hatten, ihn für mich auf Ihren Tisch zurückzulegen. Denn meine Buchhändler wissen es schon, daß ich alles *gleich* haben will, was mit dem Wielandischen Stempel bezeichnet ist. Aber freilich machen Sie es Ihren Lesern, wie Ihrem künftigen Biographen ungemein sauer, Ihnen in alle die Gegenden nachzufolgen, wohin Sie Ihr Schöpfergeist fortreißt. [] Hören Sie sich immer loben, damit ich mich wegen des Schwindels räche, den es mich kostet, so oft ich Ihnen durch alle Wendungen Ihres Geistes nachfolge.

Aber Ihr *Agathon!* – Zittern Sie nicht? Alle lutherischen Bischöfe, Pfarrer und Kirchendiener sind wider ihn aufgebracht. Bald werden unsere Orthodoxen, schwarzbraun im Gesicht, von allen Kanzeln auf den armen jungen Menschen losdonnern, und seinen Schöpfer unter die Spinozisten, So-

zinianer, Weigelianer, Quietisten und Wiedertäufer hinabstoßen und ihn in der Hölle, in der verfluchten Gesellschaft *Homers, Platos, Sokrates,* Ihres teuren *Lukians* und anderer abscheulichen Ketzer – ewig ohne Erlösung – schmachten lassen. Wehe alsdann mir armen Wielandianer, auch mich wird alsdann der Fluch eines lutherischen Autodafé treffen, ich werde keine fette Pfründe bekommen, und als Hausinformator bei einem Dorfschulzen [] mein Leben endigen. []
– In Biberach neben Ihnen zu sein! Ich erliege fast unter der Vorstellung eines solchen, in der Ferne strahlenden Glückes. Nur Sie würden dabei verlieren, indem ich Ihnen immer auf dem Halse sein, mich (erlauben Sie mir diesen Ausdruck, ich bin schon einmal in der Frechheit verwildert) wie ein Blutigel an Ihren Geist ansetzen und saugen würde. []

225
SCHUBART AN SEINEN BRUDER JAKOB

Geislingen, 21. Dezember 1768

Lieber Bruder, Dein letzter Brief hat mich vergnügt. Ich eile also, Dir zu antworten, ehe mich meine Sklavenarbeit überstürzt. Zuvor aber muß ich Dir gestehn, daß ich heute in einer üblen Laune mit Dir sprechen werde. Das häusliche Unglück, das mich betroffen hat, hat meinen Geist mit einer dikken Wolke bedeckt, durch die kein Schimmer der Freude dringt. Wer kann humorisieren, wann ein Weib in einem unglücklichen Kindbette liegt, wann man eben von einer Leiche nach Haus kommt, und wann die Einnahme nicht hinreichen will, dergleichen schwere Ausgaben zu bestreiten? – Doch ich will den Stoizismus affektieren; von außen hart scheinen und von innen bluten. – Hier ist die kürzeste Antwort auf deinen Brief. In Lindau hat man vor zwei Jahren angefangen, eine Wochenschrift unter dem Titel »Der Rechtschaffene« zu schreiben. Der Titel war gut; aber die Ausführung schlecht. Der Verleger sammelte demnach einige Gelehrte und ließ den »Neuen Rechtschaffenen« schreiben. Daran arbeite ich seit einem Jahre auch, und Hr. Wieland in Biberach, Hr. Gessner in Zürich, Hr. Prof. Wegelin in St. Gallen sind die Mitarbeiter. Meine Stücke sind mit dem Buchstaben H. unterzeichnet. Man verbirgt sich soviel als möglich, um desto mehr Freiheit zu gewinnen. [] Künftiges Jahr wird diese Sittenschrift auf meinen Vorschlag den Titel »Der alte Deutsche« erhalten. Weil ich der Hauptarbeiter dabei sein werde, so will ich allemal ein Stück davon auf der Post gratis nach Aalen schicken. Wann ich aber nicht heiterer werde; so wird der Stil sehr misanthropisch sein. []

226

SCHUBART AN SEINEN SCHWAGER BÖCKH

(Eßlingen, Dezember 1771)

Bester Schwager, meine Situation ist so verzweifelt, daß ich es nicht wagen kann, Dir aufzuwarten. – Heute früh versehe ich mein Amt, ich arbeite; ich nehme hundert Neujahrsbestellungen an; – komme nach Haus; – und Bett, Weib und Kinder sind weg. – Ohne zu essen, setzt' ich mich zu Pferd und konnte bis hier ihre Spur nicht finden. – Ein Weib, die ihren Mann verlassen *kann*, verdient keinen Seufzer – aber – Himmel! meine Kinder! – Bester Schwager! lebe wohl; ich habe *viel* verdient; aber nicht *so viel!* Es mag gehen, wie es will; so werd' ich doch niemals einen Streich wagen, der *Deiner* und *meiner* unwürdig ist. – Ich umarme Dich und meine Schwester mit Entzücken und bin ewig Dein Freund

Schubart

N.S. Alles ist vergebens. Ich muß fort und die Verzweiflung ist mein Führer.

227

SCHUBART AN SEINEN SCHWAGER BÖCKH

Ludwigsburg, 3. Januar 1772

Bester Schwager, je mehr ich dem Schritte meiner Frau nachdenke, und je mehr ich mich mit meinen großen Gönnern davon bespreche, je mehr sehe ich ein, daß er ein Gewebe von Weiberlist, Bosheit, Heuchelei, Betrug und heimtückischem Wesen war. Gestern fand mein Hauswirt zuoberst unter dem Dache mein Bette, meine Oberhemden, Zinngeschirr und

einen ganzen Korb voll Flachs, worin bereits die Mäuse genistet hatten. Lieber wollte sie ihre Sachen verderben lassen, als sie mir zur Verwahrung geben. Sogar meine silbernen Schuhschnallen hat sie mitgenommen, um vielleicht ihrem Weißgerber oder Barbierer ein Präsent damit zu machen. Von dem Professor Haugen, der nach seinen bekannten christevangelischen Gesinnungen das meiste zur Flucht meiner Frau beigetragen, hat sie 10 Gulden, und vom Schuhmacher Hofmeister 6 Gulden, von meinen Hausleuten aber 2 Gulden 15 Kreuzer dazu entlehnt. Eh sie von hier abreiste, hat sie mich allenthalben verlästert, und in der letzten Nacht meine Karessen mit einem niedergeschlagenen Auge erwidert. Nachdem sie mein Haus ausgeplündert, so betrog sie meine lieben Kinder und schleppte sie in die Kutsche. So entschlich sie nach Geislingen, wie eine böse Tat zur Hölle. Ihren Brief, worinnen sie ewig von mir Abschied nahm, beantwortete ich so, wie man den Brief einer Betrügerin beantworten muß. []
Eine Frau, die alle sechs Wochen kommuniziert und ihren *Stark* ganz gelb gegriffen hat, wird von ihrem Manne beleidigt. Der Mann, nachdem er den Rausch ausgeschlafen, hört ihren Verweis geduldig an, und bittet sie wehmütig um Verzeihung. Aber nein! Sie entschließt sich als eine fromme Christin zur Rache; schreibt ihrem Vater, der unter Zollexekutionen ein Barbar geworden; breitet seine scheußliche Antwort allenthalben aus; verleumdet; stiehlt; verträgt; lauert; ist heimtückisch; verachtet ihren Mann; betrügt die Kinder; macht Schulden und überläßt sich der Barmherzigkeit eines Vaters mit grauem Kopfe, der sieben Kinder und etwa ein paar tausend Gulden im Vermögen hat. Geht dann in ihrer Vaterstadt im Salopp, als ein Scheusal herum, beklagt ihre Kinder, die sie doch elend gemacht hat, und geht, als eine fromme Abgeschiedene, mit dem christlichen und menschenfreundlichen Gedanken schwanger, den *Vater* ihrer *Kinder* vom Brot, ins Zuchthaus, oder, so Gott will, gar an den Galgen zu bringen.

Alle rechtschaffene Leute in Stuttgart und Ludwigsburg verabscheuen ihre Tat, und können sie mit nichts entschuldigen, als mit dem Hange des Pöbels zu seinesgleichen. Hier unter Generalinnen, unter den ersten Hofdamen, unter Grafen, Baronen und Obristen war es ihr nicht wohl; aber droben bei einem Vater, dem sie nach dem vierten Gebot seinen offenen Fuß verbinden kann; bei ihrer weißen Roßwirtin, der sie doch zuweilen in der wichtigen Verpflegung der Postknechte beistehen kann; bei Weißgerbern, Schneidern — — o die Haare stehen mir zu Berg, wann ich dieses Gewebe voll Gottlosigkeit, Betrug und Dummheit überschaue. —

Ich bin ein großer Sünder, du Gott meines Herzen! Die zu große Empfindlichkeit meiner Nerven hat mich zur Sinnlichkeit fortgerissen; ich bin in Zweifel geraten und von dir verirrt — — aber, Dank sei dir, daß ich niemals fähig gewesen, ein Heuchler zu sein, der mit der umhängten Maske in dein Heiligtum geht und Brüder an Altären erwürget! []

228

SCHUBART AN SEINE FRAU

Hohenasperg, 7. Mai 1783

Dein Brief, meine Liebe, hat mich innig gefreut; so wie mir alles unaussprechlich teuer ist, was von Deinen Händen kommt. Nur die Nachrichten von unsern Kindern haben mir beinah das Herz zerrissen.

Der Herzog muß äußerst gegen uns aufgebracht sein, weil mein siebenjähriger Kerkertod ihn noch nicht auszusöhnen imstande ist. Nun rächt er sich auch an meinen Kindern, und sicherlich würd' er sie und Dich und mich verderben, wenn's ihm Gott zuließe. Da ich diesen Fürsten in meinem Leben nicht beleidigt habe, sondern mehr als einmal mit heißer Andacht für ihn zu Gott betete, so schmerzt mich sein Zorn tief in der Seele. Inzwischen bin ich fest gesonnen, einen neuen Versuch für meine endliche Erlösung zu wagen. Vor einem Jahr war Abt Duval, des Königs von Preußen Vorleser hier, der mir versprach, bei seinem König für meine Befreiung ein Vorwort einzulegen. Ich will also in Deinem Namen einen Brief an Duval schreiben und eine Bittschrift an den großen Monarchen beilegen, um ihn vielleicht zum Vorwort für mich bei dem Herzoge zu bewegen. []

Du hättest auch schon längst an den Kaiser, den gerechtesten und besten Monarchen, schreiben sollen, der Dir gewiß seine Hilfe nicht versagt hätte. []

Übrigens führ' ich gegenwärtig ein elendes Leben. Ruh und Frieden hat meine Seele verlassen und Hoffnungslosigkeit zerfleischt mein Herz. Der General ist ein guter Mann; aber aus Menschenfurcht wagt er keinen Schritt für mich. [ ]
Wie gerne wollt' ich alles leiden, wenn es Dir erlaubt wäre, mich zuweilen auf einige Tage besuchen zu dürfen und meinen Gram auf Deinem Herzen zu verweinen. Aber, schrecklich ist's, daß uns der Herzog so ganz und gar verkennt und uns für eine verdächtige Zigeunerbande anzusehen scheint. – Gott hilf mir, denn das Wasser geht mir bis an die Seele!
Erbärmlich ist's, daß ich alle meine Briefe an Dich mit Klage, Ach und Weh schwärzen muß. Aber woher heitrer, fröhlicher Inhalt in meiner Lage? Der Frühling kommt, die steigende Lerche singt, der freie Käfer summt unter dem Blütenbaum – und ich allein bin zum eisernen Kummer verdammt und schmachte allein – ohne Weib, ohne Kinder, ohne Freund – ohne Freude in der blühenden Schöpfung.
Wenn unserm Ludwig, den ich so ungestüm liebe, ein Unglück begegnen sollte, so würde mich diese Nachricht erwürgen. Der Herzog darf nur ein Wort von seinem unvorsichtigen Betragen vernehmen, so wirft er ihn unter die Soldaten oder gar ins Zuchthaus und zerstört seine Glückseligkeit für immer. Was ist diesem Fürsten an Kopf und Herz gelegen, da er schon so manches Beispiel gegeben hat, daß ihm der Dümmling lieber sei als der Mann von Kopf. O Weib, laß uns beten, denn wir haben es nötiger als jemals – laß uns beten, daß uns Gott nicht ganz und gar der Zerstörung hingebe. Doch Er ist gut und hat der Fürsten Herzen in seinen Händen. Auch wird Er uns nicht mehr auflegen, als wir ertragen können. [ ]
Dein armer Sch.

229

SCHUBART AN SEINE FRAU

Hohenasperg, 15. Januar 1785, nachts um 1 Uhr

Durch Freundes Hand. [ ] Der Herzog ist ein Satan gegen mich. Zwei Mördern erlaubte er, ihre Weiber zu sprechen, wenn sie wollten – und mir – gewiß einem innigen

Freunde der Menschen, der acht Jahr in unverschuldeter Gefangenschaft seufzt – *mir, mir* versagt er den Trost, das Weib seines Herzens, die Kinder seines Bluts zu küssen. []

230

SCHUBART AN CHRISTOPH DIONYSIUS SEEGER

Hohenasperg, 19. April, 1785

Hochwohlgeborner Herr, gnädig hochgebietender Herr Obrist, Seine herzogliche Durchlaucht haben die höchste Gnade gehabt, mir die Herausgabe meiner poetischen Werke und einiger in Musik gesetzten Lieder, zur Steurung so mancher unechten Sammlung meiner Werke, in höchst Dero akademischen Druckerei zu erlauben. Euer Hochwohlgeboren erteile ich hiemit diese für mich so angenehme Nachricht, mit der untertänigen Bitte, es dem akademischen Buchdrucker Friedrich gnädigst zu erlauben, hieherzukommen und sich mit mir über die typographische Einrichtung des Buchs, über Papier, Format, Verzierungen, Korrektur und die Anzahl der Exemplare zu besprechen, und hierüber einen schriftlichen Aufsatz auszufertigen. Den Weg der Subskription werden E. Hochw. gewiß für den besten und zuträglichsten halten. Es wird deshalb nötig sein, eine *Nachricht ans Publikum*, von mir selbst ausgefertigt, drucken zu lassen, und selbige durch ganz Deutschland zu verschicken. Dies kann aber nicht eher geschehen, als bis ich mich vorher mit dem Buchdrucker verabredet habe: wie hoch ein Exemplar im Subskriptions- und Ladenpreis gegeben werden könnte?

All dies stell' ich dem gnädigen Ermessen Euer Hochwohlgeboren anheim, bestens überzeugt, Hochdieselben werden sich auch in dieser für mich so interessanten Sache zum Besten meiner armen Familie verwenden, wie Sie es bisher so großmütig getan haben.

Womit ich mich und die Meinen Hochdero Gnade fernerhin demütigst empfehle, und mit der ehrfurchtsvollsten Hochachtung ersterbe, Euer Hochwohlgeboren untertänigster Diener M. Schubart

Ich werde ehester Tage Seiner herzoglichen Durchlaucht

die *erste Lieferung* meiner Gedichte zu Allerhöchstdero Zensur einzusenden die Gnade haben; worauf sogleich mit dem Drucke der Anfang gemacht werden könnte, um durch eine beschleunigte Ausgabe den Strom der Schweizer Sammlung zu dämmen.

231

SCHUBART AN ERNST LUDWIG POSSELT

Hohenasperg, 11. Mai 1787

Ich bin frei! – O, herrlicher Mann, voll Hoch- und Tiefgefühl – mit welch trunknem Entzücken erteil' ich Ihnen diese Nachricht! – Heute kam der Herzog, meist meinethalben, hieher und ließ mir durch seiner Gemahlin Mund die große Botschaft der Freiheit erteilen. Nächst Gott dank ich dies kostbare Geschenk Friedrich Wilhelm, dem Herzigen. O lieber Posselt, schreien möcht' ich vor Freude, mich wälzen unter freiem Himmel im Frühlingsgrase, oder klettern mit der Gemse auf den höchsten Zackenfels, die gefalteten Hände in die Wolke strecken und dem großen Geber der Freiheit laut weinend danken. Ich bin nun mit einem ansehnlichen Gehalt Direktor des Theaters und der Musik in Stuttgart, für den Rest meines Lebens ganz nach Hang und Wunsch versorgt. – Sagen Sie all dies, edler Mann, dem Publikum in Ihrer Mannsprache, denn ich bin stolz genug, meine Freiheit von einem *Posselt* angekündigt zu lesen.
Verzeihen Sie, daß ich hier abbreche, denn unzählige Glückwünsche sausen um mein Ohr. []

MATTHIAS CLAUDIUS
1740–1815

Nicht viel sicherer, aber doch sehr viel gefestigter als das Leben Schubarts verlief das von Claudius, der als Student von der Theologie zur Kameralistik wechselte und nach einem Jahr in dänischen Diensten versuchte, als einer der ersten Berufsschriftsteller Deutschlands wenigstens zeitweise nur von der literarischen Arbeit zu leben. Nach drei Redakteursjahren bei einer Hamburger Zeitung gab er von 1771 bis 1775 den »Wandsbecker Bothen« heraus, aber schon 1776 mußte er, um nicht zu verhungern, als Oberlandkommissarius nach Darmstadt gehen, wo er sich allerdings nicht halten konnte. Er kehrte wieder nach Wandsbek zurück und lebte hier zehn Jahre lang mit seiner ständig wachsenden Familie in den bedrängtesten Umständen, bis er, vom dänischen Kronprinzen zum Revisor der Altonaer Bank ernannt, wenigstens des Existenzminimums sicher war. Das Experiment wäre zweifellos besser verlaufen, hätte der »Wandsbecker Bothe« die Chance gehabt, ein tonangebendes Intelligenz- und Literaturblatt zu werden. Aber mit forciert vorgebrachter Schlichtheit und Frömmigkeit und nur mit der Absicht, nichts weiter als seine ehrliche Meinung zu sagen, war das im sophistischen Klima der Aufklärung nicht mehr zu erreichen. Der sanfte Nachdruck, den Claudius auf das Beharren legte, konnte den Zeitgenossen nicht viel bedeuten, und oft war es nur noch freundschaftlicher Respekt, der ihn davor bewahrte, als Rückschrittler unter die Räder zu geraten. Der Zeitgeist blieb ihm fremd und verschlossen: die Philosophie Kants verwirrte ihn bis zur zornigen Ablehnung, selbst sein Freund Herder redete, begründete und vernünftelte ihm zu viel, und Ansätzen geistiger Liberalität begegnete er manchmal mit geradezu muffiger Beschränktheit. In späterer Zeit fiel es deshalb nicht schwer, bei Claudius Kraftworte gegen den Intellektualismus zu finden, und nicht selten mußte er als Vorbild frommen, deutsch-innerlichen Hausvaterwesens herhalten – ein groteskes, wenn auch immerhin mögliches Mißverständnis des Wandsbeker Lebens, das keinen saturierten Wohnstubenge-

ruch hatte. In der schlichten, glaubensstarken Haltung des Matthias Claudius lag freilich auch die Kraft zu überdauern: Viele seiner Gedichte sind in ihrer stillen, gemütvollen Weise noch heute lesbar, manche sind Volkslieder geworden. Überdies war Claudius als Erzähler ein Meister der kleinen, in der deutschen Literatur meist vernachlässigten Form, und darin, in der poetischen Leistung, kann man schließlich seine Bedeutung sehen, die anzuzweifeln er der Nachwelt in anderen Bereichen sehr leicht gemacht hat.

232

CLAUDIUS AN JOHANN GOTTFRIED HERDER

(Hamburg, November 1770)

[] Bode legt zu Neujahr 1771 eine Zeitung in Wandsbek an und ich werde sie schreiben helfen. Sie soll wie die meisten Zeitungen einen politischen und einen gelehrten Artikel haben. Ich habe hin und her gedacht, wie man den letzten neu und etwas eigenes habend einrichten könnte – [] es will mir nicht einleuchten, wie man eigentlich das Ding angreifen soll – ein naiver launigter Ton in den Rezensions wäre freilich ganz gut, aber kein Mensch kann ja nicht alle Rezensions machen, und wer darf anderer Leute Arbeit ändern? Und so ferner, kurz, es schwebt mir manchmal so etwas vor Augen, aber ich kann es nicht recht gewahr werden. – Helfen Sie mir den Wechselbalg zur Welt bringen oder schwängern Sie mich, wenn alles bei mir vielleicht nur Geschwulst und aufgedunsenes Wesen sein sollte. Ich habe schon diesen und jenen um Rat gefragt, und ich bitte Sie recht sehr um Ihre Projekte [].

233

CLAUDIUS AN GOTTLOB FRIEDRICH ERNST SCHÖNBORN

(Hamburg, November 1770)

[] Bode legt zu Neujahr eine Zeitung in Wandsbek an, die ich schreiben helfen werde, dies wißt Ihr vielleicht schon von

Gerstenberg, aber das wißt Ihr noch nicht, daß Ihr mit an dem gelehrten Artikel arbeiten sollt. Man erwartet von Euch Rezensions von mathematischen und philosophischen Büchern, auch kleine Aufsätze aus Eurem eigenen ingenio, seid also so gut, und schickt etwas dergleichen, und zwar bald, denn ohne Vorrat von allerlei Art kann auch unsereiner nicht ruhig sein. Schönborn, lieber Schönborn, laßt diese Bitte nicht über Euch herlaufen, wie das Wasser über die Gans, sondern laßt sie Euch in Mark und Bein dringen und schickt bald etwas, ich verlasse mich auf Euch, wie auf die Treue eines Mädchens. Und dann noch ein Auftrag, dadurch Ihr Euch einen unsterblichen Namen in ganz Europa machen könnt, denn ich denke, die Wandsbeker Zeitung solle nicht ermangeln, gleich den ägyptischen Fröschen allenthalben ihr Wesen zu haben. Hört also: Auf einer jedweden Zeitung muß vorne ein Titel und ein Zierat sein und das von rechtswegen. Ich wäre nun wohl für eine Hieroglyphe, zum Exempel für einen Frosch mit der Unterschrift »Der Frosch coax schreit bei Tag und Nacht« und so etwas, aber das hat viele Schwierigkeiten, und Bode will nur den Titel in einem gut gezeichnetem Karton haben und nichts weiter. Den Titel nun haben wir, nämlich:

Wandsbecker Bote Nr. 1 Anno 1771

Den Karton haben wir nicht, den sollte Preisler darum machen. Geht zu Preisler, mein lieber Schönborn, und grüßt ihn von seinem ehemaligen Hausgenossen Claudius recht freundlich und macht eine tiefe Verbeugung dazu, und bittet ihn, daß er uns doch einen schönen wohlschmeckenden nachlässigen Karton zeichne im Geschmack des Barocks oder Rembrandts oder in seinem eigenen. »Wandsbecker Bote« muß wohl freilich in der Mitte stehen, aber die Nr. und Jahreszahl kann irgendwo am Karton oder im Karton hängen, bergab und bergan, horizontal oder perpendiculaire oder vertikal, wie es sein Genius es ihm eingibt. Damit Ihr wißt, wie groß der Karton sein soll, so stellt Euch vor, die folgende Seite sei die erste Seite der Zeitung, die Bode zu Neujahr anlegen will

Nr. 1
Wandsbecker Bote

Montags den ersten Januar 1771

Preisler muß mir diese Gefälligkeit nicht versagen, Ihr könnt ihm nur sagen, daß ich wahrhaftig eine wieder tun will, der sich gewaschen haben soll, aber er müßte es auch bald tun und wir müßten die Zeichnung innerhalb vierzehn Tagen haben, denn sie muß noch geschnitten und in Blei gegossen werden, und wir schreiben hier schon den 6. November 1770.
Schönborn, wenn Ihr das ausrichtet, was ich bis itzo gebeten habe, und wenn Ihr auch noch einige Rezensions bei Resewitz besprecht, so könnt Ihr sicher glauben, daß ich Euch mehr Dank schuldig sein will, als Mars der Venus sagte, als sie sich den Gürtel auflösen ließ. ειρηνημες υμιν [*Friede mit Euch!*].

Claudius

Wenn ich einen Rat beim Karton geben dürfte, so wünschte ich, daß er sehr nachlässig von Form und Zeichnung sei, auf einer Seite wäre irgendwo eine Gruppe von drei bis vier Fröschen mit offenem Munde angebracht und oben darüber eine Eule, die ins Geschrei sähe und auf der anderen ein kleiner genius mit einem aufgeblasenen Dudelsack. Ich beschwöre Euch und Preisler beim Apoll, tut mir den Gefallen.

234
CLAUDIUS AN JOHANN GOTTFRIED HERDER

Hamburg, 20. September 1771

[] Ew. Hochwürden sagten in Segeberg, wo der Kalkberg ist, unter andern, wie es Dieselben ahnete, ich werde noch einst eine Zeitlang meine Hütte neben der Ihrigen haben. Ich wünschte, Herder, ich wünschte, daß diese Ahndung in Erfüllung gehen könnte, ehe die Sonne den Zedernwald hinuntergestiegen ist. Ich habe ein Mädchen lieb gewonnen, ein einfältiges, ungekünsteltes Bauernmädchen. – Wenn Sie mir dort eine kleine Stätte auf dem Lande bereiten könnten (welche es auch sei, Sie wissen, was ich für Künste kann), wenn Du es kannst, so sei darum gebeten, Du pro tempore

Bändiger des Bucephalus der Bückeburgischen Geistlichkeit, Du – es geben sich verschiedene hierzulande meinethalben Mühe, aber ich weiß nicht, das Herz schlägt mir stärker, wenn ich dahin denke, wo dieser Brief über ein Kleines sein wird. Sie antworten mir den ersten Posttag vorläufig, damit ich mich hierzulande danach richten kann. Bei den Sprachgebärden und rohen Schrei's der ersten Völker, bei der Wunde in der Hüfte des Adonis, beim Vers im Vergil speluncam devenere eandem [*in dieselbe Höhle kommen*] – bei der Schlafmütze des Jupiters, bei der Einfalt und Unschuld, beim Genie, das in Euch wohnt, lacht, wenn Ihr diesen Brief gelesen habt, aber tut mehr als lachen und bedenkt, daß Gott erschaffen hat ein Männlein und ein Fräulein. Claudius

235

CLAUDIUS AN JOHANN GOTTFRIED HERDER

(Herbst 1772?)

[] Mein Bauernmädchen hat schon einen kleinen Bauernjungen geboren, aber zwei Monate zu früh. Er hat nur einmal in ihrem Arm zum Mond bitterlich aufgeweint, dann ging er wieder heim. –

Ich habe Sie herzlich lieb, Sie Aloe in der Bückeburger Heide, und wünsche oft, daß Sie Ihr Wesen in Hamburg hätten. []

236

CLAUDIUS AN JOHANN GOTTFRIED HERDER

Wandsbek, 6. Mai 1775

Da sind die verlangten Exemplare. Seht zu, daß Ihr sie an Mann bringt, und schickt das Geld, sobald es möglich ist; denn ich habe das Papier noch nicht ganz bezahlt, und die Papierhändler in Hamburg sind wie die andern Händler, sie präsentieren Seiner Hochedelgeboren die Rechnung mit vieler Höflichkeit pp. oft.

Von Hamann habe ich diesen Winter verschiedene Briefe gehabt, die ich alle gelesen, aber, versteht sich, nicht verstanden habe. Indes versteht man doch hie und da ein halbes Wort, und wer hat es denn gesagt, daß man alle Briefe verstehen

soll, die man liest? Ich danke Ihnen aber recht sehr, daß Sie mich mit dem Zeichendeuter bekannt gemacht haben, ich mag gern mit ihm zu tun haben.
Von Ihnen hab' ich diesen Winter, dünkt mich, auch nicht einen Brief; ich weiß nicht, womit ich das verschuldet habe; denn dafür, daß Ihr nun keinen Zeitvertreib außer Hause sucht, sondern Euch immer und am liebsten um Eure paterfamilias-Achse dreht, kann ich doch nichts. [ ]
Mein kleines Mädchen Caroline ist seit vierzehn Tagen ganz kaputt, ißt gar nichts und trinkt unaufhörlich. Ich weiß nicht, ob's von den Zähnen ist, bin aber recht besorgt ihretwegen, weil ich sie sehr lieb habe.
Mein Bauernmädchen, das Gott gesegne, ist erträglich wohl und kriegt von vorne wieder so ein formidable Ansehen. Ich gerate daher fast auf den Gedanken, daß sie sich mit einem Manne gemein gemacht habe und daß Euer Edlen sich wieder auf einen Gevatterstand gefaßt machen können, wie ich denn nicht ermangeln werde, so lange ich lebe, Euer Edlen im Gevatterstehen immer warm zu halten. Empfehlen uns Ihnen herzlich. Matthias und Rebecca in Wandsbek

237

CLAUDIUS AN JOHANN GOTTFRIED HERDER

Wandsbek, 2. August 1775

Ihr seid sehr expedit, Freund Herder, und der Präsident von Moser muß sehr gütig sein, daß er auf das Wort eines bekannten Mannes einen Unbekannten so ehren will. Also geheimer Kanzeleisekretär? Der Avisenschreiber, den halb Wandsbek für unklug und ganz Wandsbek für einen lausigen Avisenschreiber hält, geheimer Kanzeleisekretär? Ich weiß nicht ganz genau, was ein G.K.S. in Darmstadt zu tun hat, aber ich kann rechnen und schreiben, weiß vom Staats- und Völkerrecht nicht viel, finde mich leicht in etwas und arbeite schnell, habe ehedem wohl Italiänisch schreiben können, schreibe noch Französisch grammatikalisch, aber nicht delikat, verstehe Griechisch, Lateinisch, Englisch, Dänisch, Holländisch, Deutsch, etwas Schwedisch und Spanisch, habe die Institutions und Pandekten gehört und Historie, weiß aber von Institutions, Pandekten und Historie nicht mehr als eben zur Leibesnahrung und Notdurft usw., bin ehrlich und lasse mich nicht bestechen. Wenn ich nun mit diesem Wissen und Nichtwissen G.K.S. werden kann, so erkenne ich es mit Dank, daß der Herr Präsident von Moser mich dazu machen will; aber nach meiner Neigung möchte ich lieber eine weniger glänzende und mehr ruhige Stelle haben und etwa Vorsteher eines im Walde gelegenen Hospitals oder andern milden Stiftung, Verwalter eines Jagdschlosses, Garteninspektor, Vogt eines Dorfes pp. werden, dabei ich Zeit hätte, meinen Grillen nachzuhängen. Von allem diesen läßt sich besser mündlich sprechen als briefstellen, und ich hoffe, daß ich es noch vor Winter möglich machen will, Sie auf ein paar Tage zu sehen. Vor Frühling kann ich so nicht nach Darmstadt gehen, mein Bauernmädchen soll im Oktober ein Kind gebären, und im Winter läßt sich mit einem schwangeren Mädchen und jungem Kinde nicht so weit reisen.

Diesen Winter denke ich noch in Wandsbek zu bleiben; wir haben nur kleine Münde und Magens, wird sich ja soviel finden, daß sie voll werden. Vorerst macht Ihr Anerbieten »uns mit Sack und Pack aufzunehmen« uns vier Wochen satt. Ich habe auch noch eine Mutter, zu der wir im äußersten Notfall ziehen könnten. Und also, mein lieber Herder, sollt Ihr Dank haben, und Ihr habt Euch ein Lob zubereitet aus dem Munde unsers ungebornen Säuglings, der gewaltig in seiner Mutter Leibe hüpft und springt und wohl ein Riese und gewaltiger Jäger vor dem Herrn werden wird. Grüßt unsre Frau Herder.

Claudius

238

CLAUDIUS AN JOHANN GOTTFRIED HERDER

Wandsbek, 1. September 1775

Mein lieber, lieber Herder, wenn mein Brief nicht angekommen wäre, so hol's der Henker. – Ihre *Erläuterungen* hab' ich durchgelesen und, wie in allem, was Ihr schreibt, viel Liebes und Gutes darin gefunden. Die Wahrheit kommt mir vor als ein heiliges Land, das in einem Zauberzirkel liegt, und Ihr seid dann ein Araber, der immer um den Zirkel reitet und den Speer wirbelt und übern Zaun hineinguckt. Was Ihr von den Wundern und Werken Jesu und dem Glauben und Unglauben sagt, hat mir am besten gefallen und ist, glaub' ich, lauter Wahrheit. Übrigens habt Ihr wieder, wie Ihr pflegt, brav patzig gegen Euer Kollegium getan, und sie werden nichts ermangeln, es Euch wieder einzutreiben, wie das denn auch recht und billig ist.

Aus beifolgendem Brief werdet Ihr ersehen, daß Ihr ein Drama, *Brutus* genannt, geschrieben habt, und daß Leute sich eine Ehre machen, es zu rezensieren. Da das Drama aber nicht fürs Publikum bestimmt sein soll, so hab' ich die Rezension in Person nicht bekanntmachen wollen. Denn habe ich mit dem »Boten« nichts mehr zu tun und, wenn Ihr von Lobgewäsche und immer schlechter werden in Eurem letzten Schreiben redet, so geht mich das nicht an. Ich hab' seit Johannis keinen Finger mehr angesetzt, weder zum Guten noch zum Bösen, zum Lob noch Hunzgewäsch, bitte mich also künftig nicht weiter so auszuhunzen. [ ]

239

CLAUDIUS AN CHRISTOPH MARTIN WIELAND

Wandsbek, 28. September 1775

Mein lieber Herr Wieland, ich danke Ihnen für Ihren freundlichen Brief vom 7. September und für Ihre gütige Äußerung über Ihren gehorsamen Diener Asmus. Warum ich Ihnen nicht Exemplare von seinen *sämtlichen Werken* zugeschickt habe? – Ich habe überhaupt wenigen Leuten zugeschickt, weil es wirklich wahr ist, was ich in der Subskriptionsanzeige sage, daß ich die Herren Gelehrten, die ich nicht kenne, nicht inkommodieren mag, und dazu hatte ich im »Boten« und in den *sämtlichen Werken* verschiedentlich auf Sie und den »Teutschen Merkur« gestichelt und wußte nicht, wie Sie das goutierten. Das Hamburger Adreßcomptoir wird Ihnen nun fünfundzwanzig Exemplare übermacht haben, wenn Sie noch die Mühe haben wollen, verkaufen Sie allenfalls für 12 Groschen. Denn es ist ein Nachdruck heraus: Hamburg und Wandsbek statt Hamburg bei Bode, sonst der echten Ausgabe in allen sehr ähnlich, und ich schreibe seit Johannis den »Boten« nicht mehr und brauche Geld.

Was übrigens die Ähnlichkeit unsrer Denkart über das, was

schön und gut ist, und das davon abhängige Mitarbeiten am »Merkur« betrifft, so glaube ich, daß Herr Asmus sich darüber in seinem Buche offenherzig genug erklärt hat. Meine Philosophie ist einfältigen, ärmlichen Ansehens, aber ich habe noch keine andre funden, die unter allen Umständen Stich hält, und, weil es mir nun mehr aufs Stichhalten als aufs Schönaussehen ankommt, so hab' ich sie mir erwählt und lasse gern einem jeden die seinige, wie sich das von selbst versteht. Ich suche itz Postmeister oder sonst so was kleines auf dem Lande zu werden, und, wenn ich das geworden bin, so ist es gut. Leben Sie wohl. Matthias Claudius

240

CLAUDIUS AN JOHANN GOTTFRIED HERDER

Wandsbek, 3. Oktober 1775

[] Ich tu itzo fast gar nichts, hebe und trage den ganzen Tag mein Kind, das nun anfängt zu gehen, und sehe den runden Leib meines Bauermädchen an und freue mich darüber.

Klopstocks Brustbild in Gips, fein und ähnlich, ist itzo in Hamburg mit Rahmen von Ebenholz und Glas für 1 Dukaten species zu haben. Wenn dort Liebhaber sein sollten. []

241

CLAUDIUS AN JOHANN WILHELM LUDWIG GLEIM

Wandsbek, 30. Januar 1776

Ich bin Oberlandkommissarius in Darmstadt geworden mit 800 Gulden Gehalt und gehe Anfang Märzes dahin mit Weib und Kind. Wir gehen über Bückeburg und bleiben einige Tage bei dem Superintendent und Pastor loci. Wenn die Umstände es irgend erlauben, komme ich von dort auf einen halben Tag zu Ihnen, sonst schreibe ich Ihnen von dort einen Brief. Ich möchte freilich gern, daß der Weg von Bückeburg nach Darmstadt über Halberstadt ginge, denn so wäre ich gewiß, daß ich den alten Vater Gleim sehen und sprechen würde, und das wäre mir gar zu lieb.

Ich hoffe doch, daß mein voriger Brief Ihnen richtig zu Handen gekommen ist. Klopstock, der sich recht wohl befindet, grüßt Sie, so tun auch Voß und mein Bauermädchen. Es ist hier seither so kalt gewesen, daß einem die Augen fast zugefroren sind. Gott spare Sie gesund, mein lieber Gleim.

Matthias Claudius

242

CLAUDIUS AN JOHANN GOTTFRIED HERDER

(Darmstadt, März 1777)

Weil Sie mich so ernstlich gebeten habt [!], ich sollte nicht wie ein Genie zu Werk gehen, so habe ich mein Jahr hier ausgehalten. Wenn aber mein Bauermädchen ihre Wochen gehalten hat, so ziehe ich wieder ab nach Wandsbek, vielleicht noch vorher in sechs oder acht Wochen. Die Hauptsache ist unsere Gesundheit, von den Nebenursachen mündlich einmal mehr. Ich tue Euch dies vermelden mit einem sonderlichen Mut.

Ihr wärt nicht so lange geblieben.

Grüßt Frau Herder. Lebt wohl. Addies et.cet.

243

CLAUDIUS AN JOHANN GEORG HAMANN

Darmstadt, 15. April 1777

Heute halten wir Auktion und morgen fahren wir nach Wandsbek.

Den 16. April. Die Auktion hat 50 Gulden rendiert. Wir fahren aber morgen noch nicht. Ihre Gevatterin ist unpäßlich geworden.

Den 21. Heute um ein Uhr sind wir abgefahren, ich saß rechter Hand in der Kutsche, Rebecca linker Hand, ihr gegenüber eine Magd aus Schweden, die wir von Wandsbek mit nach Darmstadt gebracht hatten, mit Ihrer Gevatterin und mir gegenüber Caroline, und alle Nachbarn und Gefreundeten kuckten aus den Fenstern und bedauerten, daß sie die Ehre nicht länger haben könnten, den Herrn Oberlandeskommissarius bei sich zu haben. Wir bleiben heut nacht in Frankfurt im ersten Hause, welches das größte und schönste und bequemste Wirtshaus in ganz Europia ist, es hat sechsundneunzig Zimmer, großen geräumigen Platz und Garten und ist sehr wohlfeil darin.

Den 22. Heute bleiben wir in Gießen. Herrn Professor Cartheuser besucht und bei Herrn Professor Höpfner zu Abend gegessen. Die Frau Professorin ist artig.

23. Die Gegend von Gießen nach Marburg ist gar schön. Diese Nacht wird durchgefahren, ist heller Mondschein.

24. Morgens neun Uhr in Kassel, wird gleich nach Winterkasten hinausgekutscht, den Garten, die mächtigen Kaskaden am Abhang und den ungeheuren Herkules oben auf der Spitze des Berges in Augenschein zu nehmen. Lieb Weibel konnte nicht so viele hundert Treppen den Berg hinansteigen, sind als beim höllischen Gericht, eine Grotte mit mythologischen Figuren und gelblichen Glastüren, die einen sonderbaren Effekt nach innen und außen machen, wieder umgekehrt.

25. Adieu Kassel bons dies, Hannöverisch Minden und die schöne, schöne Gegend umher, abends in Göttingen. Hier einen Tag übergelegen, einen Professor und viele Studenten gesehen und gesprochen.

27. In Eimbeck geschlafen und Eiermilch und Schmorling gegessen bei einer vorzüglichen Wirtsfrau, die ihr Pfeifgen Toback rauchte.

D. 28. im Hannover wieder einen Tag übergelegen, Herrn Zimmermann, Boie, Wehrs gesehen, bei Herrn v. Döhring gegessen, der eine sehr liebenswürdige Frau hat.

Nb. immer viel mit Wagenmeister und Postillon geschnackt, die samt und sonders ungestaltete Gesellen und Kerls sind.

30. In Celle geschlafen und über die Heide nachgedacht, die hinter und vor uns war.

D. 1. Mai in Lüneburg in ein elendes Wirtshaus geraten und vom Herrn Wagenmeister, der zu vornehm war, selbst zu schmieren, um 4 Groschen betrogen worden. Den 3. (wo der eine Tag hingekommen ist, weiß ich nicht) auf der Hoop an der Elbe angekommen und die Nacht herrlich geschlafen, des Morgens um vier an der Elbe promeniert, Hamburg angesehen und gefrohlockt.

D. 4. gegen mittags ein Uhr über die Elbe gangen und nach einer lustigen Fahrt durch die Vierlande um fünf Uhr den langen Turm in Wandsbek zu Gesicht, um sechs mit Leib und

Seel und Kutsch und Pferden glücklich in Wandsbek angekommen, zum Erstaunen aller Einwohner, die den Herrn Oberlandeskommissarius mit dem Schnapsack auf den Rükken erwarteten, weil er sich in Darmstadt so schlecht aufgeführt, daß er nicht bleiben können.
Und nun, Gott sei herzlich Dank, daß wir hier sind!!! Wandsbek, d. 5.–30. Mai im Walde promeniert, Bett und Tisch und Stuhl und Teller und Salz gekauft und Stuben ausgekehrt und Garten umgekehrt etc. etc.
Wir haben dasselbe kleine Häusgen wieder, aus dem wir d. 30. März 1776 nach Darmstadt ausgezogen sind. Ich wollte es am liebsten haben und es traf dann so, daß es gerade feil war. Den 1. Juni völlig eingerichtet bis auf Vorhänge und eine Bettstelle, darin Freund Hamann schlafen soll, wenn er, will's Gott, sein Magazin verlassen wird. Nachmittags um drei Uhr einen unerwarteten Besuch von meiner Mutter erhalten, die sich über die gute Einrichtung des Herrn Sohns und seinen Tisch und Stuhl und Teller und Salz nicht genug wundern konnte und ihm 20 Mark brachte.
Den 3. brachten ich und Rebecca die Mutter wieder zu Wagen und fuhren eineinhalb Meilen mit ihr und stöhnten brav auf der Rückreise und den ganzen Tag und die ganze Nacht und den folgenden Morgen und um dreieinhalb wars Kind da, das ein Junge sein sollte, aber ein Mädchen ist, wenigstens menschlichen Ansehens nach.
Den 6. Tauftag. Nach vielen Streiten und Debattieren waren endlich die Gevattern, Frau Doktorin Mumsen, Frau Kapitän v. Schönemarck und Herr Lizentiat Bokelmann und wir andern standen umher als ein corps de reserve. Nach dem Akte ward Coffee und Toback gegeben und im Garten geraucht und getrunken, weiter kam Konfekt ein Pfund, wünsche Äpfel ein Dutzend, Rheinwein vier Bouteillen, und ward fleißig umpräsentiert und getrunken und lieb Weibel lachte aus dem Bette drein wie ein Engel.
Den 7.–10. sollte immer nach Königsberg geschrieben werden und ward nicht geschrieben. Das Befinden mit Mutter und Mädchen übrigens ungemein wohl. Den 17. ward endlich geschrieben, es ist aber so warm, daß mir der Schweiß wie Tautropfen auf der Nase steht. [ ]
Ihre Gevatterin, die in Darmstadt sterben wollte, ist itz gar

frisch und freundlich, läßt Sie grüßen; sowie ihre Mutter und ihr Vater auch tausendmal. Grüßt's Pätchen.

Matthias Claudius

Das Kind heißt Anna Friederica Petrina. Denkt nur um des Himmels willen, die eine Frau Gevatterin hieß Prina, was war zu machen. Prina konnte mein Kind doch nicht getauft werden. Wir dachten also in corpore dem Dinge nach und Doktor Mumsen, sonst Oncle Toby genannt, brachte endlich heraus, daß Prina kontrakt und korrupt sei und eigentlich Petrina heißen sollte und so kam ich aus der Not und mein Kind auch. [ ]

244

CLAUDIUS AN JOHANN WILHELM LUDWIG GLEIM

Wandsbek, 9. April 1779

Hier kommen neun Exemplare vom dritten Teil Asmus, wenn sich etwas noch einer mehr angäbe, und ein vollständiges Exemplar sauber gebunden. Sie müssen nicht diesen Band als das Nonplusultra der Hamburger Buchbinderkunst ansehen; meine Meinung war, Ihnen das Nonplusultra vorzulegen, aber mein Kommissionär war an den unrechten Buchbinder gekommen, und so ist ein Band herausgekommen, der mir ein wenig zu kraus dünkt und nicht gemütlich ist. [ ] Das Exemplar selbst ist von denen für Spezial-Freunde zurückgelegten ersten Abdrücken der Kupfer, darin auch meine Ausgabe von dem Ohr des Albiboghoi steht. Chodowiecki hatte nämlich ein Kupfer davon gezeichnet, das mir aber so wenig behagte, als viel mir seine übrigen Zeichnungen behagten. Ich ließ also geschwind hier von einem Pfuscher ein Glas und ein Ohr machen nach meines Herzens Lust. Davon sind aber nur wenige Abdrücke gemacht, denn der Kupferstecher verdarb die Platte, und ich mußte nolens volens meine Zuflucht wieder zu Chodowiecki seiner Platte nehmen. [ ]

Das ist mir lieb, daß Gelte Reh so viel wie Rehjungfer heißt. Das von 1779 hat auch so geschmeckt, nur muß ich zu unsrer Schande sagen, daß wir selbst nicht viel davon gekriegt haben. Wir haben nicht oft etwas zu geben, und wenn denn einmal so etwas einläuft, so nehmen wir die Gelegenheit wahr. Als von dem Jungfernreh hat gekricht:

meine Mutter – das Zimmer [*den Ziemer*]
Apotheker Herrmann – die linke Keule
Herr Loeck – die rechte Keule
meine Schwiegermutter – ein Vorbug, und wir – das übrige, aber was wir gekriegt haben, hat uns sehr gut geschmeckt, und wir wollen ein andermal keine Narren sein und alles selbst essen. [ ]

245

CLAUDIUS AN JOHANN GOTTFRIED HERDER

Wandsbek, 2. Januar 1782

Viel Segen und Gutes zum neuen Jahr für Euch, für die gute Frau Carolina und für die lieben Kinderlein, zuvor! Euer Päckchen ist richtig angekommen und großen Dank für Eure Volkslieder und großen Dank für Eure Briefe und großen Dank für Eure merkurialische Stücke. Die jüdischen Fabeln haben mir sehr gefallen, auch Euer Lessing und Winckelmann, doch habt Ihr der Sache fast zu weit getan. In den theologischen Briefen ist das meiste sehr für meinen Schnabel gewesen, nur hättet Ihr mir die Mystiker und Schwärmer nicht so heruntermachen sollen. Ob Narren unter ihnen sind, davon ist die Frage nicht, sondern nur über die Sache und da ist doch klar, wenn wir nicht als Christen geboren werden und das Christentum was Wirkliches ist, daß es denn wirklich werden müsse. [ ]
Noch habe ich Euch eine Neuigkeit zu sagen, nämlich, daß ich uns hier in Wandsbek ein Haus gekauft habe. Unser bisheriges Miethäuschen ward uns physisch zu enge und dazu fing's an einzufallen, da hab' ich denn hardiment eins gekauft, das einen Platz hinter sich hat, eine Kuh zu weiden. Das Haus ist größer, als es uns nötig ist, aber es ist fast das einzige im Ort, wo eine Kuh statthaben kann, die uns sehr not ist. Wenn Ihr also nun einmal nach Hamburg kommt, und warum wolltet Ihr nicht hinkommen mit Frau Carolina, so sollt Ihr nach Standesgebühr bei Eurem Freund und Diener aufgenommen werden.
Nun lebt wohl, Gott sei mit Euch, Frau Rebecca und ich grüßen Euch alle herzlich. Matthias Claudius
[ ]

246

CLAUDIUS AN DANIEL CHODOWIECKI

Wandsbek, 3. Oktober 1782

Sie haben vielleicht in den Zeitungen gelesen, daß ich einen vierten Teil vom Asmus und darin einige Kupferstiche versprochen habe. Da wollte ich Sie nun bitten, ob Sie wollten so gut sein, mir diese Kupferstiche zu machen. Es sollten ihrer vier sein, in dem nämlichen Format wie die vorigen, die ganzen Blätter nämlich.

Das erste sollte zwo gedeckte und besetzte Tische in einem Bauernhause auf der großen Diele vorstellen, an dem einen Tisch sind lauter Bauern, Männer und Weiber durcheinander, und an dem andern Edelleute, auch Männer und Weiber. Der Augenblick ist, da von den Bauern des Edelmanns Gesundheit getrunken wird. Die Bauern stehen alle, mit dem Glase in der einen und den Hut in der andern Hand und einer der die Hauptperson und der Wirt ist, ein alter Mann, führt die Gesundheit auf. Die Edelleute sind alles feine Leute bis auf einen großen korpulenten Herrn und seine Mutter, eine kleine alte dürre Frau, die ich Ihnen preisgebe. Sonderlich ist der, dem die Gesundheit gebracht wird und der bescheiden dasteht, ein gar lieber Mensch. Am adlichen Tisch steht auch alles. Noch hätte ich am Bauerntisch gerne einen steinalten Mann, der mit offnen Munde schläft und also allein ist sitzen blieben, und vor der Tür eine Partei Knechte mit Sensen oder großen Sicheln.

Ich weiß wohl, daß dies zu viel ist für eine so kleine Platte, aber ich denke, sie könnte wohl die Quere genommen werden, denn müßte die Szene aber doch rechterhand sein. Sie werden schon machen, so gut es kann. Das zwote stellt vor eine große Krankenstube voll Betten und Patienten, an dem einen Bette steht eine Gesellschaft von sieben bis acht Mannspersonen, einer davon ein langer magerer Mann, der äußerst blaß und elend, aber kühn aussieht und kräftig redet zu den übrigen. Die Patientin im Bette ist eben gestorben.

Das dritte stellt vor zwei Blinde, davon einer dem andern den Weg weisen will und ihn nebst sich selbst zu Fall bringt. Dies mag so komisch werden als Sie nur wollen, aber die andern drei Kupfer werden äußerst ernsthaft.

Das vierte stellt vor: vier Wahnsinnige, die zwei und zwei gegeneinander über ganz stille sitzen in einer Stube eines großen Hospitals. NB die Stube geht in den Hof, nicht Garten des Hospitals nahe am Eingange z. E.

Wenn Sie nicht Zeit oder Lust haben, die Platten selbst zu stechen, möchte ich doch bitten, daß Sie den Stich besorgten und mir ja die Zeichnungen mitschickten. Bis zu Ende des Januars hätte ich die Platten gerne. Ich erwarte Ihre Antwort, lieber Herr Chodowiecki, und was ich Ihnen denn für alles schuldig werde. Ich muß aber vorher sagen, daß ich nicht vor Johannis 1783, wenns Buch heraus ist, bezahlen kann, denn aber gewiß bezahle.

Nun, Sie haben so manchem Buch geholfen, helfen Sie auch meinem armen Büchel und leben Sie wohl

[] Ihr Matthias Claudius

247

CLAUDIUS AN JOHANN WILHELM LUDWIG GLEIM

Wandsbek, 19. März 1787

[] Ihre Philosophie, lieber Gleim, scheint nicht sehr konsequent zu sein, denn Sie haben mich im Dezember v. J. wegen eben dieser Unabhängigkeit väterlich und derbe angebrummt, als ich Ihnen ein Anliegen wegen eines etwanigen Zöglings anvertraut hatte. Ich habe wirklich großen Trieb, unabhängig zu sein und zu bleiben, habe mich auch bisher so erhalten, nicht auf Rosen und ohne Mühe; und ich würde es auch auf eben die Art vielleicht noch fernerhin tun können. Aber meine Kinder, deren nun, gottlob, acht beisammen sind, fangen an groß zu werden und, da ich niemand habe, sie zu unterrichten und zurechtzuweisen, so muß ich es selbst tun, und in der Zeit, daß ich das tue, kann ich kein Brotgeschäft tun, und darum sollten ein oder zwei Zöglinge den Unterricht mit genießen und meinen Kindern ihren Hofmeister freihalten. Sehen Sie, lieber Gleim, so war mein damaliges Anliegen gemeint, und ich sehe noch itzo nichts Unrechts darin, und es hätte doch auch einen wohlhabenden Vater geben können, der, wie ich mir und ihm zu dienen dachte, sich auch damit gedient geglaubt hätte. Ich kann nicht dafür, daß Sie sagten und glaubten, Sie sollten werben. Ich hatte ja ausdrücklich gebeten, Sie möchten es nicht tun, und die Sache war ja auch von Natur so, daß sie entweder von selbst gehen mußte oder gar nicht gehen konnte. Soviel davon, weil es mir vorgekommen ist, daß Sie die Sache nicht von der rechten Seite angesehen haben. Und nun leben Sie wohl und brummen Sie nicht wieder, ob Sie wohl als der alte Gleim etwas mehr frei haben als ein anderer.

Frau Rebecca grüßt Sie freundlich. Matthias Claudius

248

CLAUDIUS AN FRIEDRICH HEINRICH JACOBI

Wandsbek, 9. Februar 1792

Hochgeehrter Präzeptor, lieber Herr, nun, lieber Fritz, ein Schwindel hat dem andern in meinem Kopf etwas Platz gemacht. Ich danke Dir noch mal gar schön für Deine Lektions und es tut mir fast leid, daß Du so viel daran gewandt hast, eines so armen und undankbaren Sünders wegen, als ich bin. [] Wenn die Tage länger werden, will ich den Kant selber lesen – und ich finde mich besser in Deiner Art vorzutragen, als in Epitomators seine, der sonst nicht übel sein mag. []

Vor allen Dingen möchte ich Dich fragen, ob Du meinst, daß Kant sein ganzes System im Ernst selbst glaube. Ich kann es bisweilen kaum meinen. Bei andern Menschen, Philosophen und wes Standes, Denkart und Handwerks sie sonst sind, geht das Treiben immer von Nichts zu Etwas, von Ideen zu Sachen pp. Kant treibt grade umgekehrt von Etwas zu Nichts, er verriegelt und verrammelt sich mit unsäglicher Mühe und Aufwand gegen alle Sache, um auf der weißen Wand seines reinen Bewußtseins der Laterna Magica obzuliegen und sich an Bildern zu weiden, die nichts in der Welt sind als Bilder und mit nichts in der Welt Ähnlichkeit haben als mit sich selbst. Und wenn bei andern Systemen, je nachdem sie der Wahrheit näher sind, das Etwas, dazu sie führen, desto reeller ist, so ist beim Kantischen System vermöge einer besonderen eigentümlichen künstlichen Einrichtung, wenn und je mehr er recht hat, die Null desto größer und sicherer. []

249
CLAUDIUS AN FRIEDRICH HEINRICH JACOBI

Wandsbek, 9. März 1792

Bist Du böse über mein Unverstand, daß Du nicht antwortest? – ich kann mir aber nicht helfen, ich kann die Möglichkeit der Gesetze a priori nicht begreifen. Verstehe, ich kann Deine Erklärung und Darstellung der Sache wohl begreifen, aber die Sache nicht. Die transzendentale Synthesis steht unter Deiner Direktion klar vor meinen Augen und zitiert mit dem Stundenglas in der Hand wie Saturnus Geister apriorischer Grundsätze, aber ich sehe die Geister nicht kommen. Ich sage zweierlei [ ]:

1) Die transzendentale Einbildungskraft kann sich nichts einbilden, wenn sie je und je von allem Posteriori abgeschnitten gewesen ist. Nimm den Menschen Aug und Ohren und alles, wodurch er von außen Modifications seiner selbst empfangen kann, und sieh denn, was er wird können. Die Einbildungskraft kann denn a priori keine Kategorien machen helfen. Und

2) die Kategorien, gesetzt auch, sie wären a priori möglich, sind keine Erkenntnisse, sondern nur Formen der Erkenntnis, und der Kantische Erkenntnisdurstige ist bei und mitten unter seinen Kategorien nicht besser daran als der Weindurstige unter leeren Oxhoften, Stückfässern und anderem.

Alle Erkenntnis setzt ja notwendig, wenn nicht alles ein pures Schlaraffenwesen sein und bleiben soll, etwas voraus, das erkannt werden kann. [ ]

Hamann sagt irgendwo: die Natur bis auf die ersten Elemente zergliedern wollen, heiße Gottes unsichtbares Wesen ertappen wollen und sei vergebliche Arbeit. Es gibt für die beste Operation Grenzen, binnen welchen sie nur gut ist und über welche hinaus sie in die Luft streicht. Wie ich ein Samkorn in die Erde lege und begieße und sie warte und pflege, so geht es auf, blühet und bringt Frucht – und das ist das Geschäft und die Art der wahren Philosophie. Zerteile ich aber das Samkorn in seine Bestandteile, brenne und destilliere es, so kann ich zwar wohl von sein Öl und Salz viel Theorie und Gerede zuwege bringen, aber kein Wachsen, Blühen und Fruchtbringen, und das ist das Geschäft und die

Art der falschen Philosophie, und alle darin scheinende Tiefe ist Leere und der Schürfstein Spitzstein. [ ]

250

CLAUDIUS AN FRIEDRICH HEINRICH JACOBI

Wandsbek, 19. März 1792

Lieber Fritz, die Sonne tritt heute in den Widder am Himmel, hier auf Erden soll der Widder heute in die Sonne treten. Kant ist zwar für mich nicht vollends die Sonne, aber er scheint doch mit seinem eigenen Licht und ist gegen mich mehr als eine Sonne, er ist von einer ernsthaften Philosophie, führt nicht leicht und leichtsinnig zu. Gewiß sind nicht viele Bücher, die so bedächtig, überlegt und so von allen Seiten geprüft und durchdacht sind als seine Kritik der R. V. [*K. d. reinen Vernunft*]. Es ist dabei in seiner Vorstellungsart und in seiner Manier etwas Heiteres und Feines, auch Fülle und Kraft, und ich halte ihn aus seinem Buch auch für einen guten Mann und liebe ihn. Du kannst also denken, daß der arme Widder mit Bescheidenheit eintreten werde. [ ]

Wenn ich die Gelbsucht hätte und alle Gegenstände gelb sähe, und ein Doktor verordnete mir, um mich alles klar und in seiner natürlichen Farbe sehen zu machen, daß ich mit meinen gelben Augen fleißig auf und nieder äugele und die Gegenstände scharf von allen Seiten ansehen und betrachten sollte, würdest Du Mut zu dem Doktor und der Kur haben? So aber kuriert Kant. Er statuiert unserem Geist eine Art Gelbsucht, wie das alle seine dialektischen Kapitel, seine Thesis und Antithesis [*tun*], die bei ihm miteinander fechten wie Don Quijote mit der Windmühle und namentlich seine Abhandlung in der »Berl. Monatsschr.« über das radikale Beste in der menschlichen Natur, und doch will er mit diesen gelbsüchtigen Augen das klar und reine Sehen versalzen.

Unser Geist besteht aus zwei Kräften, Verstand und Willen. Wenn von Leitung und Verbesserung dieser Kräfte die Rede ist, so wäre doch wohl vorläufig auszumachen, ob sie einzeln und jede für sich oder nur in Vereinigung und mit- und durcheinander gebessert werden können und bei welchem von beiden anzufangen sei. Kant läßt sich auf diese Fragen gar nicht ein, als ob die Antwort darauf sich von selbst verstünde, und Du kannst mir glauben, sie versteht sich nicht von selbst. []

251
CLAUDIUS AN CAI GRAF REVENTLOW

Wandsbek, 8. September 1801

[] Es ist neulich, bei Crentsch in Hamburg, eine sogenannte *Ehrenrettung der Kieler Seminaristen* herausgekommen. Der Verfasser dieser Schrift, der vielleicht selbst ein Seminarist ist, wenigstens genaue Bekanntschaft mit dem Innern des Seminarii verrät, hat die Ehre der Seminaristen retten wollen und die Schande des Seminarii außer Zweifel gesetzt.

Lesen Sie nur bei ihm, wie mit den heiligen Lehren des *Christlichen Glaubensbekenntnisses* in diesem Institut umgegangen wird, wie die künftigen Leiter der Jugend zu Stolz und Dünkel gebildet, wie sie mit Verachtung gegen die Prediger, die doch die eigentlich im Lande bestellten Lehrer sind, gefüllt, und wie sie, wenn etwa hie oder da ein Prediger geflissen wäre, gute Samen zu säen, im voraus zugerichtet worden, ihn zu zertreten und allen solchen Fleiß zu vereiteln u. so weiter. Kurz der Geist, der nach dieser Schrift – und das Zeugnis kommt aus Freundes Mund – in dem Schulmeister-Seminario zu Kiel kultiviert wird und von da in alle Schulen und die ganze künftige Generation des Landes fließet, ist dem wahren, allein selig machenden Geist des Christentums so schnurstracks entgegen und so zum Verderben geartet, daß ein jeder rechtlicher und einigermaßen sachkundiger Einwohner vor den Folgen erschrickt und gewissenshalber nicht umhin kann: nicht jene Schrift, sondern das Institut, das darin verteidiget wird, förmlich zu denunzieren und zu bitten, daß dem Unfug gesteuert werde.

Und zwar würde durch eine etwaige Abänderung oder Verbesserung wenig ausgerichtet werden. Dieser selbstkluge Geist kann nicht gebessert, sondern muß ausgerottet werden. Warum soll auch ein Schulmeister-Seminarium gerade an dem Ort einer Universität sein müssen? Lieber an einem ganz unberühmten und unbekannten Ort, wo auch der Schein der Weisheit den jungen Menschen nicht aufblähen und seine Eitelkeit weiden kann, und wo auch die *wirklich* nötigen und nützlichen Kenntnisse in der Stille und mit Bescheidenheit gelehrt würden, unter Aufsicht eines *Ehrwürdigen* Predigers, an dem die künftigen Schulmeister sichtbarlich sähen, was die Furcht Gottes und der Glaube an Christum aus dem Menschen machen kann und machen soll, und so innewürden, daß die und jene nützlichen Kenntnisse wohl gut und aller Ehren wert sind, daß aber die wahre Besserung der Menschen ein ander Ding sei und auf einem andern Wege gesucht werden müsse. [ ]

252

CLAUDIUS AN DEN LIZENTIATEN BOKELMANN

Wandsbek, 10. August 1812

[ ] Weil Sie wieder von unsern Kindern wissen wollen, so will ich Ihnen wieder davon erzählen.

Daß die älteste Tochter an Perthes in Hamburg u. die zwote an den Doktor Jacobi in München verheiratet ist, wissen Sie. Diese zwote habe ich sehr ungern so weit weg, und sie geht nun noch weiter weg von uns. Ihr Mann ist zum Primärarzt am Hospital in Salzburg bestellt und geht im September dahin. Die drei folgenden Schwestern sind noch bei uns. [ ]

Der älteste Sohn, *Johannes*, ist seit drei Jahren Hauslehrer bei dem Oberpräsidenten v. Blücher in Altona u. hofft auf eine Pfarre. Wenn Sie dazu beitragen können, so tun Sie ihm u. mir einen Gefallen. Natürlich wünsche ich noch bei meinem Leben für die unversorgten Schwestern einen Sohn versorgt zu sehen. Und er ist im Grunde ein rechtlicher Mensch u. wird, will's Gott, einmal ein nützlicher Prediger werden.

Zwei Söhne studieren itzo in Kiel, der jüngste *Ernst* Theologie, u. der ältere *Fritz* Jura. – Der Fritz geht Michaelis zum Examen, und dann wird der Himmel ihm eine Amts-Sekretär-Stelle bescheren. Der Ernst ist nur noch ein Jahr in Kiel u. wird dort noch ein oder vielleicht zwei Jahre fortstudieren.

Der letzte Sohn, *Franz*, ist auf der Schulpforte in Sachsen, wo er drei Jahre gewesen ist u. noch zwei Jahre bleiben wird. Er ist itzo zum Besuch auf einige Wochen bei uns, weil die Mutter ihn gerne noch einmal sehen wollte u. nicht weiß, ob

sie noch zwei Jahre leben werde. Sie ist von all dem Kindergebären und Säugen u. Warten sehr mürbe, u. ich habe einige Jahre her oft fürchten müssen u. gefürchtet, daß ich sie verlieren würde. Seit einigen Monaten befindet sie sich etwas besser u. ich fange an zu hoffen, der liebe Gott werde sie noch erhalten.
Von mir selbst ist nichts zu sagen, ich bin zweiundsiebzig Jahre alt und rüste mich zu der Reise ins gelobte Land. Mit meiner Gesundheit geht es noch besser, als ich es verdient habe, bis auf einen bösen Husten, den ich meinen selgen Eltern nachhuste und von dem ich auch wohl im Sarge nur feiern werde. [ ]

253

CLAUDIUS AN GEORG H. L. NICOLOVIUS

Wandsbek, 17. Juni 1814

[ ] Wir haben hier zur Zeit russische Einquartierung und erwarten mit Ungeduld das Schicksal von Holstein. Die zerstörten Gebäude um Hamburg können in einigen Jahren wieder aufgebaut werden, aber die Spuren an Bäumen und Gärten, die verwüstet sind, können in zwanzig Jahren nicht verwachsen. Der Krieg ist eine schreckliche Sache, wenn er auch so endigt wie dieser. *Dein* Reich komme! [ ]

JOHANN GOTTFRIED HERDER
1744–1803

Der Ostpreuße Herder, der in Königsberg Theologie und Philosophie studiert hatte, ging 1764 als Lehrer nach Riga. Von dort aus setzte er sich in den Schriften »Fragmente über die neuere deutsche Literatur« (1767) und »Kritische Wälder oder Betrachtungen« (1769) mit Lessing auseinander, dessen Auffassungen er teils korrigiert, teils erweitert sehen wollte: Ihm war an einer Unterscheidung zwischen ursprünglicher Naturpoesie und konstruierter Kunstpoesie gelegen, und er wollte das Urteil über künstlerische Leistungen nicht aktuell orientiert, sondern auf die Bedingungen der Entstehungszeit bezogen wissen. Gegen den energisch pointierenden Stil Lessings stehen Herders gefühlvolle kritische Deklamationen auch in äußerem Gegensatz, gleichwohl waren die beiden keine entschiedenen Antipoden: Herder stand Lessing näher als dem späteren irrationalen Idealismus, als dessen Mitbegründer er gilt, dem er aber nur bedingt und nicht willentlich vorgearbeitet hat. Das zeigt auch sein wechselndes Verhältnis zu Goethe, den er 1770 in Straßburg kennengelernt hatte. Auf der Höhe des Rokoko mußte originaler Genialität die volksnahe, naturhafte Kunstauffassung Herders einleuchten, der in den Blättern »Von Deutscher Art und Kunst« (1773) zum ideologischen Wortführer der neuen, sich von der Aufklärung lösenden Richtung wurde. 1776 holte ihn Goethe als Generalsuperintendenten nach Weimar; später aber kam es zur menschlichen und ideellen Entfremdung zwischen beiden, die nur durch den Einfluß von Herders allseits respektierter Lebensgefährtin Karoline überbrückt werden konnte. Seiner labilen Gesundheit und den Behinderungen seines Amtes ist es zuzuschreiben, daß der alternde Herder nur noch mit unterschiedlicher Bedeutung als Autor hervortrat. Geistesgeschichtlich bedeutsam wurden seine »Ideen zur Philosophie der Geschichte der Menschheit« (1784–1791), die das Ziel menschlicher Entwicklung in den Begriff der Humanität faßten: Antike, Christentum und aufgeklärtes Denken waren unter einem Leitgedanken versöhnt, und die Idee der religiösen Toleranz in der Tendenz zur Universalkirche fortgeführt; Herder traf sich hier auf den Spuren Spinozas wieder mit Lessing. Wie fremd ihm indessen seine engere Umwelt geworden war, zeigt sein späterer Briefwechsel mit Gleim, Blätter, auf denen Weimar ein Synonym für Verhärtung und Mißverstehen wurde. Daß freilich nicht nur diese Umwelt, sondern auch Herder selbst an dieser Entwicklung schuld war, sah bereits Jean Paul, als er von ihm sagte: »Er hatte den Fehler, daß er kein Stern erster oder sonstiger Größe war, sondern ein Faszikel von Sternen, aus welchen sich dann jeder ein beliebiges Sternbild buchstabiert.« Nicht anders hatte Goethe seinen Herder gesehen, verstanden und mißverstanden – den Mann, der ihm viele gedanklichen Wege seiner Frühzeit gewiesen hatte. Zwar blieben beide bis zuletzt Freunde, aber es war eine Freundschaft auf Distanz; die menschliche Nähe, das klärende Gespräch vertrug sie nicht mehr.

254

HERDER AN JOHANN GEORG HAMANN

(Riga, 1766?)

[] Die Anmerkungen, die Sie über meine Schreibart säen, sollen auf ein gutes Land fallen, nur hören Sie, was ich dagegen habe. Ich weiß, Sie nehmen das Wort Stil, als Winckelmann das Wort Geschichte nehmen will, und darauf antworte ich, wenn man von sich selbst urteilen kann oder soll oder will: Ich selbst bin noch immer unreif, ein pomum praecox [*vorzeitige Frucht*] zu einem Amte, zu einer Schulstelle, zu einem gesetzten Umgange, Stil. Meine ganze Bildung gehört zu der widernatürlichen, die uns zu Lehrern macht, da wir Schüler sein sollten. Haben Sie Mitleiden mit mir, bester Freund, daß mich das Schicksal in einem pedantischen Mohrungen hat geboren werden lassen, daß ein einseitiger Trescho meinen ersten Funken weckte, daß ich in Königsberg mit dem Zepter des korinthischen Dionys mir meine Galgenfrist zum Studieren habe erwuchern müssen. Hätte ich außer einem Kant noch Pedanten hören können, die meine Hitze hätten abkühlen und mir Schulmethode hätten lehren können, hätte ich durch den Umgang mir den Weltton angewöhnen können, hätte ich

mehr Uniformes mit der Universität und dem Gros meines Stabes angenommen, so würde ich vielleicht anders denken, aber auch nicht dasselbe denken. Ein siebenmonatlicher Embryon muß viele Nachbildung und Wartung haben, ehe er sich zur Luft der Menschen gewöhnet, und ich gestehe gern, daß ich das Phlegma eines homme d'esprit noch gar nicht mit dem Enthusiasmus des Genies zu verbinden weiß.
Meine Studien sind wie Zweige, die durch Ungewitter mit einmal ausgetrieben worden; meine Gedichte gehören zur Zeit des hohen Stils, der sich plötzlich aus dem Chaos emporschwang und die Grazie noch nicht kannte. Aber wissen Sie auch, daß ich noch nicht im Alter der Reife, sondern der Blüte bin; eine jede hält eine ganze Frucht in sich, aber viele fallen freilich auf die Erde. Wollen Sie an einem jungen Baum lieber abschneiden oder einpfropfen? Spornen Sie mich also an, vieles zu entwerfen, nichts aber als Autor vor die Ewigkeit ausführen zu wollen; es kommen immer Jahre, da unsre Augen nicht mehr zeichnen, sondern ausmalen. []

255
HERDER AN JOHANN GEORG SCHEFFNER

Riga, 4. Oktober (1766)

[] Zu Ihrem und dem Ramlerischen Urteil über den *Laokoon* werfe ich meinen weißen Stein, und ich habe ihn einen Nachmittag und die folgende Nacht durch recht heißhungrig dreimal nacheinander durchgelesen. Da ich diesen Sommer auch mit dem Homer mich beschäftigt (seit einiger Zeit hab' ich haltmachen müssen), so sind seine Anmerkungen über ihn gleichsam Samenkörner auf frisches, lockres Land für mich gewesen. Ich finde es sehr billig, genau und fruchtbar, daß das Nebeneinander für den Maler und das Aufeinander für den Dichter ist. Bei seinen verbesserten Lesearten finde ich meistens Wahrheit und Neuheit, aber immer zuviel Geschrei und fast zuviel Bemühen, sie ins Licht zu setzen. [] Lessing mit Winckelmann zu vergleichen: ist jener fruchtbarer und nützlicher, dieser mühsamer und fleißiger. Jener denkt mehr und weiß es uns zu zeigen, nicht bloß, was, sondern wie er's gedacht hat, er führt uns in die Werkstatt seines Geistes und lehrt uns denken; dieser hat seine größte Gedanken aus den Alten, und wo er denkt, zeigt er uns gleichsam nur das Produkt seiner Geistesarbeit, nicht seiner Denkart. Jener ist bloß ein gelehrter Raisonneur von Genie und Geschmack, dieser ein geschmackvoller Antiquarius von wenigem, aber starkem Urteil. Lessing sitzt auf Winckelmanns Schultern, und er sieht also größer und weiter; unter den Ästhetikern von Profession steht Winckelmann und unter den Philologen vom Handwerk Lessing nicht vorzüglich als in ihrer Sphäre, und wir versetzen sie ingratis Musis [*den Musen nicht zur Freude*] – Winckelmannische Einbildungskraft gehört dazu, um unter Trümmern System zu finden und unter Ruinen wie in Athen zu wandeln. []

256

HERDER AN IMMANUEL KANT

(Riga, 1768?)

[] Das Feld, mein geschätzter Freund, das Sie mir auf meine künftigen Lebensjahre hinter einem Montaigne, Hume und Pope anweisen, ist, wenn die Hoffnung darüber zu schmeichelhaft ist, wenigstens (doch mit einer kleinen Abbeugung des Weges) der Wunsch meiner Muse. Es ist für mich die Beschäftigung mancher süßen Einsamkeiten gewesen, Montaignen mit der stillen Reflexion zu lesen, mit der man den Launen seines Kopfs folgen muß, um jede Geschichte, die er im Zuge anführt, jeden losen und schlüpfenden Gedanken, den er verrät, zu einer Naturproduktion oder zu einem Kunstexperiment der menschlichen Seele zu machen. [] Hume konnte ich, da ich noch mit Rousseau schwärmte, weniger leiden; allein von der Zeit an, da ich es allmählich mehr inneward, daß, es sei wes Weges es sei, der Mensch doch einmal ein geselliges Tier ist und sein muß – von da aus habe ich auch den Mann schätzen gelernt, der im eigentlichen Verstande ein Philosoph menschlicher Gesellschaft genannt werden kann. []

Wie manches hätte ich Ihnen zu sagen, wenn ich wüßte, daß Sie Geduld haben würden, mir zu antworten. Zweifel wider manche Ihrer philosophischen Hypothesen und Beweise insonderheit da, wo sie mit der Wissenschaft des Menschlichen grenzen, sind mehr als Spekulationen; und da ich aus keiner andern Ursache mein geistliches Amt angenommen, als weil ich wußte und es täglich aus der Erfahrung mehr lerne, daß sich nach unsrer Lage der bürgerlichen Verfassung von hieraus am besten Kultur und Menschenverstand unter den ehrwürdigen Teil der Menschen bringen lasse, den wir Volk nennen, so ist diese menschliche Philosophie auch meine liebste Beschäftigung. Ich müßte ungerecht sein, wenn ich mich darüber beklagte, daß ich diesen Zweck nicht erreichte, wenigstens machen auch hierin die guten Anlässe, die ich sehe, die Liebe, die ich bei vielen Guten und Edeln genieße, das freudige und willige Zudringen des bildsamsten Teils des Publikums, der Jünglinge und Dames – alles dieses macht mir zwar keine Schmeichelei, aber desto mehr ruhige Hoffnung, nicht ohne Zweck in der Welt zu sein. []

257

HERDER AN JOHANN GEORG HAMANN

(Nantes, 1769)

[] Es wird nicht lohnen, Sie über meinen Rückzug aus Riga aufklären zu wollen. [] Nichts ist in der Welt peinlicher, als zu groß für seine Sphäre zu scheinen und zu klein für dieselbe zu sein, und das war der Fall mit mir; das gab Kontrarietäten zwischen mir und meinen Ämtern, zwischen den Ämtern an sich selbst und mit andern Sachen. Ich fühlte den Anfang einer Falte meines Geistes, die ich zerstören wollte. Ich fing mich an wie eine verstümmelte Büste zu fühlen, wenn ich in den ewigen Kreis meiner Beziehungen hätte eingeschlossen bleiben sollen. Ich sah, daß gewisse Jahre zu nutzen wären, die nicht wieder kommen. Ich sah, daß ich überraschen müßte, oder ich bliebe sitzen. Ich tat's. Ich überraschte – Stadt, Kirche, Magistrat, nahm Abschied und traf den Punkt, da mich die Tränen und Wünsche aller begleiteten []. Ich stürzte mich aufs Schiff ohne Musen, Bücher und Gedanken, wie wenn ich in Bett und Schlaf sänke, und habe also die ganzen sechs Wochen meiner langen, stillen, sanften und recht poetischen Reise nichts anders können als träumen – aber glauben Sie, mein Hamann, Träume nach einer so schleunigen Veränderung, auf einmal wie in ein andres Land und Element geworfen, von Geschäften, Welt und Narrheiten verlassen, die uns [*quälten*], bloß sich, dem Himmel und dem Meer übergeben – o Freund, da lehren uns Träume von sechs Wochen mehr als Jahre von Bücherreflexionen und von Hamannischen Pastoralschreiben. [ ]

258

HERDER AN FRIEDRICH NICOLAI

Paris, 30. November 1769

[ ] Ich lebe fern vom Geräusch der Kriege in Deutschland, von dem man in Frankreich nichts bis auf den Namen weiß. Die Literaturbriefe haben den Eindruck zu hoch angegeben, den das »Journal étranger« auf das französische Publikum gemacht hat. Man weiß nichts als verstümmelte Namen, etwannige Brocken, die sich seiner Freiherrlichkeit des Hrn. Baron von Bielefelds nicht zu schämen hätten, und kennet den innern Zustand und das Gehalt der deutschen Literatur wenig. Geßner ist der bekannteste und beliebteste Name, Klopstock wird nicht goutiert: sein Name und sein Werk sind nicht für die französische Nation, und ich erinnere mich mit Beschämung, was ein Pansoph einen ganzen Abend durch von Deutschland und von Klopstock, den er mit dem garstigsten Namen Klopf ... nannte oder französisch radebrechte, urteilte. Auch Diderot selbst, der beste Philosoph in Frankreich, kennet die deutsche Philosophie zu wenig: er schreibt jetzt auch an Abhandlungen über die Nachahmung der schönen Natur in verschiednen schönen Künsten. [ ]
Lavater ist bei aller seiner Redlichkeit und Eifer ein Enthusiast und oft ein Verblendeter. Ich fürchte mich recht, von ihm nicht auch kompromittiert zu werden und bin ihm also auf drei Briefe schon Antwort schuldig. Er hat nach Frankreich unter einer abenteuerlichen Aufschrift einen halben Bogen an mich geschickt, über drei Fragen vom heiligen Geist, und recht dringend auf Gewissen und was weiß ich mehr Antwort gefodert. Sie sind aber, aufs gelindeste geurteilt, ohne Kenntnis der Bibelsprache und der ersten Zeit des Christentums und

der Weg zu tausend neuen Schwärmereien. Armseliger Zustand unsrer Religion! Orthodoxie ohne Menschenverstand, Reformationen voll Übereilung und jetzt gar neuer Fanatismus — das fehlt noch! []
Was macht Wieland? Ist er mit seinem *Shandy* weit? Er hat Lessing Laune und Kenntnis der Laune in der Erfurtschen Zeitung abgesprochen. Ich glaube aber, der Shandysche Stil in den schleppenden Wielandschen Stil germanisiert, wird das längste Werk werden, was es nach den Regensburgschen Reichstagsberichten in Deutschland gibt. Wie wünschte ich diesen Mann noch auf einem dritten Wege! Doch wir wünschen und wünschen, und sehen uns selbst nicht. []

259

HERDER AN JOHANN FRIEDRICH HARTKNOCH

(Bückeburg, Oktober 1773)

[] Die drei Teile über die *erste Urkunde* sind mit, die *Philosophie der Geschichte* ohne meinen Namen weg: das Bändchen *Volkslieder*, was großen Lauf haben wird, ist heut auch fort. Wenn Breitkopf etwas in der *Urkunde* fort ist, soll die *Plastik* auch zu ihm. Aber nun auch Geld, liebster Hartknoch! Geld! mich drückt's von allen Seiten! Sie sehen, daß ich die Jahre her nichts minder als pausiert habe; es war aber meine Absicht, ausgären zu lassen, nur jetzt und gereift und also auf einmal zu erscheinen und der gelehrten Republik von allen Seiten Stoß zu geben. Sie werden Wunderdinge von Lärm sehn — aber nun auch Geld! liebster Hartknoch! Geld! Ich weiß nicht, wie ich durch oder vor soll. []

260

HERDER AN JAKOB MICHAEL REINHOLD LENZ

Bückeburg, 9. März 1776

Mit Schimpf und Schande, lieber Lenz, schicke ich Euch — so spät — und doch nur einige Bogen Deiner Komödie — und noch ohne Geld. [] Der Kerl von Buchhändler wollt's nicht vor der Messe erscheinen lassen, und dazu hatte er wohl recht; im Grunde war mir das auch lieb, mit den letzten Bogen sollst Du gewiß das Geld haben, den Bogen zwei Dukaten, so hab' ich's ihm gegeben. Ich ärgere mich, daß ich in der ersten Kommission so lässig bestehe, liegt aber nicht an mir. Dank für Deine Kantate und für Dein Wort über meine *Apokalypse!* Jedes Wort von Dir ist mir wahrhaftig Laut des Geistes, Zittern des großen Sensoriums auf einer Seite. Auch Deine unorthodoxe Kantate hat uns entzückt. Mein Weib liebt Dich dreifach als Bruder, und mein Kleiner grinst den Namen Lenz, wenn ich ihm Dein Schattenbild zeige, mit einem so feinen Ton aus, wie Du sein mußt.

[] Was zitterst Du, wie ein Irrlicht zu erlöschen! In Dir ist wahrlich Funke Gottes, der nie verlöscht und verlöschen muß. Glaube!

Ach und schriebst Du mir doch manchmal ein Wort, was Du machtest, wirktest, dichtetest, sorgtest. Wie gern wollt' ich Dir näher leben. []

261

HERDER AN JAKOB MICHAEL REINHOLD LENZ

(Bückeburg, März 1776)

Hier, mein lieber Lenz, sind Deine *Soldaten* mit dem Refrain 15 Dukaten. Eben schreibt mir Zimmermann, Dein großer Freund, was Du mir eben in dem heutigen Briefe auch schreibst, daß Reich sie zur Michaelsmesse sparen soll. Er wird's tun, glaub' ich, wenn er sich nur nicht vor Nachdruck fürchtet, der seinem Vordruck zuvorkommt; die Leute sind ja voreinander nicht sicher. Halt also Deine Exemplare wenigstens ein! []

Sei mutig und hülle Dich in Deinen abgeschabten Mantel; alles geht vorüber, und dem Mutigen mehr vorüber als dem Sorgsamen. Ich höre, daß die *Wolken* nicht gedruckt oder unterdrückt werden sollen; gut, aber ich wollt' doch ein Exemplar haben. Sei frohen Herzens, wie es auch gehe; genug, Du hast sie nicht heraus wollen, und Deine Pflicht ist erfüllet. Das übrige ist nun Schicksal. []

262
HERDER AN JOHANN GEORG HAMANN

Weimar, 13. Januar 1777

Gott mit Ihnen, lieber Hamann! Ein verpflanzter Mensch ist wie ein Kind neu geboren; er muß also lang erst nach Luft schnappen und Dinge sehen lernen, wie sie sind, ehe er spricht und sprechen kann. So war's auch mit mir, deswegen schreibe ich so langsam und vielleicht noch zu früh. [ ]

Was Aufbruch mit einem Hause, einem Kinde von vier Wochen und in solche Entfernung hin, alles zu Wagen, sagen will, muß man erfahren; gnug, ich fühlte zum erstenmal die Last des Ziehens und keinen Fußhabens, wie ich sie nie gefühlt; eine Reihe kleiner Beschwerlichkeiten, Nachlässigkeiten, übler Bestellungen kamen dazu, so daß wir aus Bückeburg einen Tag später kamen, als wir wollten, den Wagen einen Tag später empfingen, ihn in Hannover ein- und in Halberstadt, wo ich mit meinem Heer bei Gleim ausruhte, zum zweitenmal wechselten, und endlich kamen wir den 1. Oktober 1776 abends um zehn Uhr hier an. Es war eben an dem Tage wenige Stunden vorher ein falscher Feuerschrecken in unsrer Nachbarschaft gewesen, daher die Spritzen noch standen und wir von mehr Leuten empfangen wurden, als wir so spät glaubten. Die Küsters aller Kirchen umringten mich mit ihren Küsterformularen; das große, leere Haus dicht hinter der Kirche, ein blinder Nachtwächter, der dicht unterm Fenster das Lied »Eins ist not, ach Herr« sang und es aus bloßer Höflichkeit ganz aussingen wollte, und eine Reihe andrer Umstände machten's sehr wüst um uns her. [ ] Den Morgen drauf war alles, wornach ich frug, nicht zu Hause: der Präsident des Oberkonsistoriums als mein gewesner Vokationskorrespondent, Herzog, Goethe etc.; meine Herren Kollegen also und Wieland waren die einzigen, die ich sah, um doch was gesehn zu haben. Von letzterm ging ich sogleich mit dem Eindruck fort, ihm auf der Welt nichts mehr übelzunehmen, so ein schwacher, guter Märchenträumer ist er persönlich. Er ist in nichts hassens-, eher mitleidswürdig in seinem Gespinste, das zu seinem Wesen, seiner Haushaltung, seinem schwachen Nervenbau leider so gehört, als jetzt die Merkurfabrik zu seiner Existenz. Er hat eine Reihe von fünf Mädchen, eine schwächliche, sehr gute Frau, seine Mutter, die Seniorin in Biberach gewesen und sehr an mir hangt; alles in seiner Wirtschaft hängt so sonderbar, seiden- und spinnwebenmäßig zusammen als seine Gedichte und Romane. In den ersten Wochen konnte ich mich des Gedankens nicht erwehren, als ob ich einen träumenden Menschen vor mir hörte; noch oft wandelt's mich an, er ist aber sonst, das Steckenpferd seiner Autorschaft ausgenommen, ein guter Mensch und hat in manchen Dingen bon sens, wo ihn andre nicht haben. []

263

HERDER AN JOHANN FRIEDRICH HARTKNOCH

(Weimar, im Mai 1778)

Tausend Glück, lieber Hartknoch, daß Du wieder in Leipzig sein kannst! Laß es Dir und möge es Dir so frisch und wohlgemut sein, als Du es zum erstenmal sahest. Wir sehen Dich doch auch, da wir so nah sind? Ich kann nicht herüber; wenn's Deine Schwachheit zuläßt, so komm, aber um Himmels willen, tue Dir keinen Schaden. Und mache ja, daß Du nicht Montag nach Exaudi hier seist; da kann ich Dich am wenigsten genießen, da habe ich sechshundertsechsundsechzig Kirchenrechnungen abzunehmen nach dem Namen des Tiers der Offenbarung. Mit meiner Autorschaft geht mir's so elend, daß ich mich verbeißen möchte, keine Zeile mehr drucken zu lassen. Was das für Druckfehler in der *Plastik* sind, einem Buche, das ich jahrelang, wie Du weißt, am Herzen getragen habe, über das (laß Dir nur von Breitkopf die Briefe zeigen) ich ihm beinah den Hintern geleckt habe, es doch bald zu drukken (er hat's so lang und hält mich für einen Narren, es auf die letzte Woche zu lassen) und ja ohne Druckfehler (denn bei *dem* Buch und Inhalt sei jeder Druckfehler abscheulich). Und siehe nun, welche Fratzen da sind! O weh! Wie werden mir alle meine Freuden verdorben und das durch die Nachlässigkeit solcher Mietlinge und Schw–! Welche Barbarei im Titel *Vom Erkennen* etc., welches Zusammendrängen der Zeilen, als ob alles auf eine Seite müsse, und alle Mottos, die durch Seiten getrennt waren, auf *eine* Seite. Und der Mann will der *erste* Buchdrucker sein in Deutschland!!! Besorg um

Gottes willen diese Druckfehlerliste und treibe, dränge, stoße, daß ich womöglich die übrigen Bogen bekomme, um wenigstens die Skandale draus zu ziehen und hinten zu setzen. Nicht die Menge allein, sondern die Art der Druckfehler ärgert mich scheußlich.
Adieu, Hartknoch, und tue doch Dein Bestes, was Du jetzt noch tun kannst, wo es sein kann. Komm herüber, so sehen wir uns doch noch in diesem Leben. Adieu, adieu! Gute Messe!

264
HERDER AN JOHANN GEORG HAMANN

(Weimar, Frühjahr 1781)

[] Mit Ihrem Briefe kam zugleich das zweite Heft von Mendelssohns *Moses* ohne Brief an, und zwei Gemälde vom verstorbenen Grafen zu Bückeburg und der mir ewig lieben Gräfin, daß also mein Neujahrstag nicht ohne mancherlei Geschenke von allen Seiten abging. Einige Tage drauf bekam ich freilich auch den bübischen Ketzeralmanach zu lesen, der auch meinen Namen mit Kot gemalt hat – indessen, dachte ich, so muß das Jahr anfangen – bona mixta malis [*Gutes mit Schlechtem gemischt*] – und so ist's bisher fortgegangen, und so wird's fortgehen, bis man ins Grab fällt. Auch Lessings Tod gehört dazu, der mir sehr bitter gewesen ist und den ich noch nicht vergessen kann. So wenig ich mit ihm im engen Briefwechsel gestanden, so eine große Gestalt war er doch in unsrer literarischen Welt für mich, die ich mir oft nahe fühlte, zumal ich ihn persönlich und sehr freundschaftlich, männlich und bieder in Hamburg kennengelernt hatte. Wenig Tage vor seinem Tod, Ende Januars, habe ich noch einen Brief von ihm und dachte nicht, daß es der letzte sein würde. Die große Lücke steht nun da, und die Melchior Goeze und andre Unbeschnittene freuen sich in der Stille. Der Nicolaische Trupp hat jetzt womöglich noch weiter Feld, und wie lange wird's sein, daß für Deutschland wieder ein Lessing geboren wird? Um mich herum fühle ich eine sonderbare Wüste, da ich doch in dem Eigentlichen, worüber ich reden möchte, niemand hier habe, mit dem ich sprechen kann, als meine Frau. Die hiesigen schönen Geister sind so sehr weit von mir und leben in *ihrer* Welt, in denen es ihnen sehr wohl ist, dem Erzsophisten und weichen, üppigen Vertumnus [*wetterwendischen Gott*] Wieland vor allen. Von den Schweizern bin ich auf eine sonderbare Weise fortgerückt [].

265

HERDER AN JOHANN GEORG HAMANN

Weimar, 11. Juli 1782

[] Rousseaus *Konfessionen* werden Sie gelesen haben; wie bist Du vom Himmel gefallen, Du Morgenstern, und was wird Kant zum Leben seines ehemaligen Helden sagen! Bei allem Reiz der Schreibart ist der Inhalt mir so schmerzhaft und fatal gewesen, daß mich der Gedanke ängstigt, wenn eins meiner Kinder den Weg gehen sollte. Einen Schlüssel zu seinen Schriften haben wir nun freilich; ich wollt' aber, man hätte ihn nicht. So sehr er mit Wahrheit prahlt, ist's doch überall nur Halbwahrheit; denn auch ein Blinder muß den Schleier sehen, der über seiner Geschichte mit der Warens liegt. []

266

HERDER AN SEINE FRAU

Wandsbek, 24. Mai 1783

Liebes Weib, ich bin glücklich mit Gottfried in Wandsbek seit gestern elf Uhr (Freitag, ich glaube, den 23.) in Claudius' Hause. Er wohnt sehr hübsch, ein schönes Haus, hinten an einem großen Grasplatz, der aber sehr dürr ist, dann Küchengarten, und nun fangen die Alleen und ein hübsches Wäldchen der gnädigen Herrschaft an, das aber offen, frei und alles wie sein ist. Nur fehlt Wandsbek Wasser und liegt zu sehr im Sande – sonst ist's sehr angenehm. Er ist ganz derselbe, nur zwanzig Jahre älter und in sich gekehrter. Sie ist die vorige Frau, ein edles Marienbild, geschäftig und wie Du in ihrer Familie ganz lebend. Sie hat den Vorteil vor Dir, daß ihr Haus ganz zur Familie eingerichtet ist und er nichts zu tun hat, als mit und unter ihr zu leben. Sein Büchel ist bis auf wenige Bogen fertig, und er ist davon noch krank; denn wenn er ein Buch schreibt, wird er krank, und er hat an diesem seit dem Winter geschrieben. Die Mädchen sind alle dicke, hübsche Landmädchen; die älteste, Karoline, deine Pate, ist ein sehr edles Wesen und hilft der Mutter schon sehr. Sie hat den August auf dem Bilde am liebsten. Künftig ein Mehrers. Sie grüßen Dich herzlich, und wir sind wie zu Hause. Gottfried ist sehr wohl. Alles wünscht Dich zu haben; ich bin wie nichts für Dir, und das ist recht und billig. Wir müssen noch einmal zusammenkommen auf dieser Erde. [ ]

267

HERDER AN FRIEDRICH HEINRICH JACOBI

Weimar, 6. Februar 1784

[ ] Im Ernst, liebster Jacobi, seitdem ich in der Philosophie geräumt habe, bin ich immer und jedesmal neu die Wahrheit des Lessingschen Satzes inne worden, daß eigentlich nur die spinozistische Philosophie *mit ihr selbst ganz eins sei.* Nicht, als ob ich ihr völlig beipflichtete – denn auch Spinoza hat in alledem, wie mich dünkt, unentwickelte Begriffe, wo Descartes ihm zu nahe stand, nach dem er sich gebildet hatte. Ich würde also auch mein System nie Spinozismus nennen; denn die Samenkörner davon liegen in den ältesten aller aufgeklärten Nationen beinah reiner, nur er ist der erste, der das Herz hatte, es nach unserer Weise in ein System zu kombinieren, und dabei das Unglück hatte, gerade die spitzesten Seiten und Winkel herauszukehren, wodurch er's bei Juden, Christen und Heiden dekreditierte. Mendelssohn hat, dünkt mich, recht, daß Bayle Spinozas System mißverstanden; wenigstens hat er ihm durch die plumpe Gleichnisse, mit denen er's ausgeziert hat, viel Schaden getan. Und so bin ich der Meinung, daß seit Spinozas Tode niemand dem System des ἑν και παν [*Eins und Alles*] Gerechtigkeit verschafft habe (auch Mendelssohn nicht in seinen *Gesprächen über Spinoza).* O daß es Lessing nicht getan hat! Furchtsamkeit war's gewiß nicht von ihm, daß er damit nicht hervorrückte [ ].

Seit sieben Jahren und länger trage ich mich mit einer Parallele der Dreimänner, *Spinoza, Shaftesbury, Leibniz,* und habe nicht dazukommen können. Vorigen Sommer fing ich aufs

neue an und ging drüber. Die beiden ersten waren durchgelesen; da kam die unbändige Hitze, und mein Geist geriet in solche Expansion, daß es wieder unterblieb. Jetzt soll's gewiß nicht lang unterbleiben. Also bitte ich inständig, lieber Jacobi, 1) lassen Sie mir doch Ihre für mich äußerst interessante Unterredung mit Lessing (ich hab's nicht gewagt ohne Erlaubnis) abschreiben und schreiben Sie mir doch recht viel von dem närrischen Zeuge [], das Ihnen noch etwa beifällt. Ich bitte deswegen sehr darum, weil ich eigentlich Lessings Idee von der Kontraktion Gottes im Individuum einer Erscheinung noch nicht begreife oder eigentlich das Gesetz dieser Expansion und Kontraktion noch nicht einsehe. Sie geben den geheimsten Lieblingsideen meiner Seele damit eine Leckerspeise; denn ich kann Ihnen nicht sagen, wie sehr ich mit Lessing in den Hauptprinzipien, selbst in dem, was er von Leibniz gegen Spinoza sagt, übereinstimme. []
2) Dürfte ich wünschen, daß, ehe diese Lessings-Ideen zuerst vor Mendelssohn in Form einer Widerlegung erscheinen, Sie lieber die Unterredung außer dieser Verbindung in einer gefälligeren Einkleidung geben. Der Brief kann an Mendelssohn abgehn, aber mit der Bitte, daß er nicht publiziert wird, bis Sie, was Sie aus der Unterredung wollen, publizieren. Will er widerlegend drauf Rücksicht nehmen, so mag er's, aber den Diskurs ans Licht zu stellen, bleibt Ihnen; denn er wird Sie so gut als ihn widerlegen, und ich wüßte nicht, warum Sie sich beide zum Schemel seiner Füße legen wollten.
3) Sodann, lieber, bester extramundaner Personalist, bitte ich bestens und angelegenst: Besinnen Sie sich auf mehreres, was Lessing gesagt hat und – wappnen Ihr System mit mehrern Gründen! Wenn man keinen salto mortale zu tun nötig hat, warum braucht man ihn zu tun? Und gewiß, wir dürfen's nicht; denn wir sind in der Schöpfung auf ebnem Boden. Das [*der Grundirrtum*], lieber Jacobi, in Ihrem πρῶτον ψεῦδος und in aller Antispinozisten System ist das, daß Gott als das große ens entium [*der Inbegriff des Seins*], die in allen Erscheinungen ewig wirkende Ursache ihres Wesens, ein Null, ein abstrakter Begriff sei, wie wir ihn uns formieren; das ist er aber nach Spinoza nicht, sondern das allerreellste, tätigste Eins, das allein zu sich spricht: »Ich bin, der ich bin, und werde in allen Veränderungen meiner Erscheinung (diese be-

ziehen sich nicht auf ihn, sondern auf die Erscheinungen untereinander) sein, was ich sein werde.« Nicht also von der Verneinung des Satzes: Ex nihilo nihil fit [*aus Nichts wird nichts*] fängt die Philosophie der wahren Entität an, sondern von dem ewigen Satze: Quidquid est, illud est [*Was es auch ist, es ist jenes*]. Eben diesen Begriff des Seins hat Spinoza so fruchtbar entwickelt und ihn, wie mich dünkt, mit Recht über alle Vorstellungs- und Denkarten einzelner Erscheinungen sowohl als über eingeschränkte Arten der Existenz im Raum erhoben. Was ihr, lieben Leute, mit dem »außer der Welt existieren« wollt, begreife ich nicht: Existiert Gott nicht in der Welt, überall in der Welt und zwar überall ungemessen, ganz und unteilbar (denn die ganze Welt ist nur eine Erscheinung seiner Größe für uns erscheinende Gestalten), so existiert er nirgend. Außer der Welt ist kein Raum, der Raum wird nur, indem für uns eine Welt wird, als Abstraktion einer Erscheinung. Eingeschränkte Personalität paßt aufs unendliche Wesen ebenso wenig, da Person bei uns nur durch Einschränkung wird, als eine Art modus oder als ein mit einem Wahn der Einheit wirkendes Aggregat von Wesen. In Gott fällt dieser Wahn weg. Er ist das höchste, lebendigste, tätigste Eins – nicht *in* allen Dingen, als ob die was außer ihm wären, sondern *durch* alle Dinge, die nur als sinnliche Darstellung für sinnliche Geschöpfe erscheinen. Das Bild »Seele der Welt« ist wie alle Gleichnisse mangelhaft; denn für Gott ist die Welt nicht Körper, sondern ganz Seele. Hätte unsre Seele die Klarheit des Begriffs von sich und von ihrem Leibe, die Gott hat, so wäre sie so weit, daß der Körper nicht mehr für sie grober Körper, sondern sie selbst sei, wirkend in solchen und solchen Kräften, nach solchen und keinen andern Arten. Dann wäre sie aber auch Gott, d. i. ἑν και παν, was sie nie werden kann, so weit sie steige. [ ]

268

HERDER AN JOHANN GEORG HAMANN

Weimar, 14. Februar 1785

Am zweiten Teil der *Ideen* wird säumig gedruckt, weil das Papier fehlet; über den ersten Teil habe ich Ihnen aber einiges zu schreiben, das Ihnen in origine et radice [*nach Her-*

kunft und Wurzel] nicht so befremdend vorkommen wird als mir. In Jena ward vorigen Jahres eine Literaturzeitung mit so großem Pomp angekündigt, an der auch Kant als einer der ersten Mitarbeiter genannt war. Und siehe da, im vierten und fünften Stück erscheint eine Rezension der *Ideen,* so hämisch und verdrehend und metaphysisch und ganz außer dem Geist des Buchs von Anfang bis zu Ende, daß ich erstaunte, aber an nichts weniger dachte, als daß Kant, mein Lehrer und den ich nie wissentlich mit etwas beleidigt habe, eines so niederträchtigen Werks fähig sein könne. Der Rezensent zupft mich darin nämlich mit meinem Stande, legt von fern Feuerbrände drei- oder viermal an, so daß es nicht an ihm liegt, wenn sie nicht zünden. Ich sann hin und her, wer in Deutschland so ganz außer dem Horizont Deutschlands und des Buchs selbst schreiben könne, bis endlich einer dem andern ins Ohr raunt und es jetzt laut gesagt wird: es ist der große Metaphysikus Kant zu Königsberg in Preußen. Zu eben der Zeit wird mir von einem Kantschen Aufsatz in der »Berlinischen Monatsschrift« gesagt, der auch »Idee zur Geschichte des Menschengeschlechts«, aber »im weltbürgerlichen Verstande« sein soll, und da ich den Aufsatz lese, habe ich freilich auch über die Rezension, aber nicht über den Charakter des Mannes Aufschluß. Denn wie hämisch und knabenmäßig es sei, den Plan eines unvollendeten, kaum angefangenen Buchs aus der Vorrede zu nehmen, darauf eine Idee in eben der Manier sogar hinzustellen und zu tun, als ob kein Buch der Art in der Welt wäre, gar von einem Newton und Kepler zu reden, der diesen kantischen Plan künftig ausführe, und sich sodenn hinzusetzen und in einem Journal, das mir unter den Augen erscheint und dessen Hauptentrepreneur in Weimar lebt, mein angefangnes, unvollendetes Buch auf die linkste Weise zum caput mortuum [*Destillationsabfall*] zu machen – das fällt jedermann in die Augen und kann nur durch die *Kritik der reinen Vernunft* gerechtfertigt werden. Gut, daß ich jetzt weiß, was ich an dem Herrn Magistro septem artium [*Magister der sieben freien Künste*] habe, und glücklich, daß ich seinen kindischen Plan, daß der Mensch für die Gattung und die vollkommenste Staatsmaschine am Ende der Zeiten erschaffen sei, nicht brauche. Was ich von Ihnen bitte, liebster Freund, ist, daß Sie ihm künftig keine Schriften von mir als einem Freunde prima manu [*aus erster Hand*] kommunizieren und weiter an mich gegen ihn nicht gedenken. Ich lasse dem Herrn Apollon den metaphysisch-kritischen Richterstuhl, auf dem er sich blähet, denn für mich ist dieser voller Dunst und gacklichen Wolken. Sie dörfen sich auch gegen ihn es mit keiner Silbe merken lassen, daß ich von der Rezension oder dem Rezensenten ein Wort weiß; es soll mir herzlich lieb sein, wenn ich sein Idol der Vernunft zurückschauern mache oder verwüste. [ ]

269

HERDER AN SEINE FRAU

Rom, 13. Dezember 1788

[ ] Rom erschlafft die Geister, wie man selbst an den meisten hiesigen Künstlern siehet, viel mehr einen bloßen Gelehrten; es ist ein Grabmal des Altertums, in welchem man sich gar zu bald an ruhige Träume und an den lieben Müßiggang gewöhnet. Auf mich hat es nun zwar die Wirkung nicht, da ich so leicht keinen Tag vorbeistreichen lasse, ohne was gesehen oder mich um etwas bemühet zu haben; es bleibt indessen auch für mich ein Grabmal, aus dem ich mich allmählich herauswünsche. Man fühlet sich darin wie in einer Tiefe, in der man nicht viel weiter kommt, je mehr man mit Händen und Füßen strebet. [ ]

270

HERDER AN JOHANN WOLFGANG VON GOETHE

Rom, 27. Dezember 1788

[ ] Ich kann das alte, krumme Jahr 88 nicht beschließen, ohne daß ich Dir noch von Rom aus ein Lebenszeichen gebe, mein Lieber. Wir haben hier dummes Wetter und einen erbärmlichen Winter; das macht nun jeden unmutig und unlustig, der nicht daran gewohnt ist, die Herzogin ausgenommen, die immer gesund, vergnügt und guter Laune ist, wie es ihr denn auch in allem recht wohl gehet. Gestern hat ihr der Papst ein Präsent gemacht, das sie denn wohl selbst beschreiben wird; weil ich's, da ich gestern den ganzen Tag im Bett zubrachte, selbst noch nicht gesehen habe, kann ich nichts davon sagen,

als daß es jedermann lobt und daß sie darüber sehr vergnügt sein soll. Außerdem beschäftigt sie sich sehr mit Musik, wie ihr denn auch schöne und, ich möchte sagen, die trefflichsten Sachen gegeben werden, die Italien besitzet. [] Fast, fürchte ich, wird ihr die Abreise im Frühling schwer werden; denn es geht ihr hier zu wohl, und sie hat in Weimar nichts, das sie hiegegen auf die Waage lege.
Mir ist's nun freilich nicht ganz so, und ich kann mich in dem, was ich suchte und erwartete, des guten Glückes nicht so ganz rühmen. Da aber in der Natur der Dinge nichts vergebens ist, so wird auch dies übelgeratne Impromptu meiner Reise nicht ganz vergebens sein, wenigstens dadurch, daß es mich vor jedem ähnlichen bewahre. Ich will nur dagegen kämpfen, daß ich nicht in Deine Fußtapfen trete und eine »Gleichgültigkeit gegen die Menschen« nach Hause mitbringe, die mir übler bekommen würde als Dir, weil ich keine Kunstwelt wie Du an die Stelle der erloschenen zu setzen wüßte. Fast möchte ich sagen, daß ich von der Kunst nie kühler gedacht habe als hier, da ich sie in ihrem Werden, Tun und Wirken dem ganzen Umfange nach vor mir sehe; einst war's eine schöne Blüte des menschlichen Bestrebens, jetzt aber ist's eine Blumenfabrik wie unsrer Freunde Kraus' und Bertuchs. Auch sonst läßt die römische Welt meine Seele entsetzlich leer, wozu Du Dir die Ursachen wohl ausfinden wirst. Nicht der geringsten ist diese eine, daß den armen Tom hier entsetzlich friert, und wenn man friert, mag man weder sprechen noch denken, noch empfinden, kaum sehen und hören und, am wenigsten von allem, sprechen lernen.
Mit Dir war's in allem anders, weil Du ein artifex [*Künstler*] bist, und mich freuet's, daß Du Deinem Beruf treu bleibst und dort Dein Werk fortsetzest. Wenn ich aus Italien komme, will ich mir von Dir erzählen lassen, was Du gesehen hast und ich hätte sehend sehen sollen, und meinen Mund dazu nicht auftun. Denn wollen wir Dich in Deinen Wagen setzen und wieder nach Rom senden. Ich fürchte, ich fürchte, Du taugst nicht mehr für Deutschland; ich aber bin nach Rom gereist, um ein echter Deutscher zu werden, und wenn ich könnte, würde ich eine neue Irruption germanischer Völker in dies Land, zumal nach Rom veranlassen. Die Italiener sollten mir dienen, und in Rom wollte ich insonderheit werben. Wenn ich

nach Hause komme und wieder warm werde, will ich einen Aufsatz schreiben, wie Rom im Jahr Christi 1800 aussehen wird, und ich wollte, daß ich Hand anlegen könnte, diesen Plan, der trefflich ausgedacht ist, zu realisieren. Solange lebe wohl, Lieber, denn ich kann für Kälte nicht mehr schreiben; mein Herz ist ganz zugefroren, und auf meiner Seele tauet nur Glatteis. [ ]

271

HERDER AN FRIEDRICH VON SCHILLER

Weimar, 25. November 1795

Aufs schönste danke ich Ihnen für die ideenreiche Abhandlung. Daß wir in den Hauptgrundsätzen einig sind, ist wohl keine Frage; vielmehr bekenne ich's gern, daß auch eine Menge feiner Bemerkungen mich sehr angenehm belehret haben. Ich lief zuerst die Abhandlung mit den Augen durch und ließ mir solche gestern abend bis zur Mitternacht hinein von meiner Frauen, die sich aufs beste empfiehlt, vorlesen. Noch heut morgen schwebten alle Gedanken um mich, und sie gehen mir noch umher wie eine Schar reger Geister. Diese werden gewiß auch im Publikum ihre Wirkung tun; der Schlachtgesang ist angestimmt oder die olympische Tube. Daß Stimmen sich dagegen erheben werden, ist zu erwarten.

Was die Subsumption einzelner Dichter unter die Regel betrifft, freilich, da hätte ich für manchen, z. B. Lessing und seinen *Nathan*, meinen lieben Kleist, Klopstock und selbst Asmus ein Wort einzulegen; der letzte ist gewiß in so vielen, vielen Stücken ein wahr-naiver Dichter und zwar aus der ersten Hand wie Lafontaine; seine Manier dabei unverteidigt. [ ] Gegen eine gewisse andre Manier sind Sie weit milder gewesen und haben sie (verzeihen Sie mir) selbst etwas sophistisch verteidigt. Der römische Properz gehört nicht in die Klasse, in die Sie ihn zu stellen scheinen; Knebels wirklich treffliche und in Properzens Geiste gemachte Übersetzung wird es zeigen. Zu dieser wünsche ich den »Horen« aufrichtig Glück; jede Elegie ist mir ein wahrer Ton aus der römischen Welt gewesen. Nun bin ich auf die Idylle und den Schluß begierig; lassen Sie sich durch mein Meinen nicht stören. Iacta

est alea [*Der Würfel ist gefallen*], und es ist gut, daß die Abhandlung fort ist.
Da sie aber noch nicht gedruckt ist, darf ich bitten, daß Sie *mich* aus der Zahl der Dichter weglassen? Ich gehöre wirklich mit meinen Armseligkeiten nicht hinein, und es ist dessen Probe gnug, daß Sie durch Zitation der *Zerstreuten Blätter* wie durch ein Eingangsbillett mir dahin den Weg erst verschaffen mußten. Bei Balde bin ich bloß Übersetzer, nicht Dichter. Also auch um der »Horen« selbst willen bitte ich, lassen Sie meinen Namen weg. Ich bin kein Dichter. [ ]

272

KAROLINE HERDER AN GEORG MÜLLER

Weimar, 25. Dezember 1803

Ach, mein treuer, treuer Freund, wie unbeschreiblich elend bin ich geworden – von dem Gipfel meines häuslichen Glücks herabgeschmettert! Ich kann es nicht fassen, nicht denken, daß soviel Kraft, soviel Geist, soviel Gemüt nun auf immer versunken ist. – Ach, mein Mann! Zwei Monate lang dauerte der Kampf zwischen seiner kraftvollen Natur und den so sehr gereizten, geschwächten Nerven. Alle seine alten Übel waren in Aufruhr – Erkältung, Nervenschlag, Hämorrhoiden, Gichtschärfe, Verstopfung des Unterleibs. Wenn die Ärzte gegen das eine Übel verordneten, so wurde es den Nerven gefährlich und so gegenseitig; mehrere Nervenschläge brachten endlich diese Atonie aller Lebensfunktionen, die kein Arzneimittel wirkend annahm. Und so sah er seine Kräfte sinken in völligem Bewußtsein und Kraft seines Geistes und in täglicher Hoffnung zur Besserung.
Ach, was für eine Welt voll einzig guter, großer Gedanken, die er noch ausführen wollte, ist mit ihm versunken! Er war hier verpflanzt, physisch und moralisch. Seit mehrern Jahren war ihm sein Herz gebrochen. Wechselseitig wirkten Körper und Seele aufeinander und zerstörten sich allmählich selbst. [ ]

AUS DEM BRIEFWECHSEL ZWISCHEN HERDER UND GLEIM

273
GLEIM AN KAROLINE HERDER

Halberstadt, 12. Januar 1781

[] Lessing und Fritz Jacobi, dieser mit zwei Söhnen, von welchen der jüngste Shakespeare nicht werden wird, weil er ihn auswendig weiß (beide sind bei Claudius in der Lehre gewesen), und einer Schwester, waren bei mir. Beide große Männer waren krank, milzsüchtig, hätten mich erquickt, wenn sie das nicht gewesen wären. []

274
HERDER AN GLEIM

Weimar, 26. November 1781

[] Ich bin ziemlich gesund und voll Arbeit über die Ohren: meine Seele ist oft bei Ihnen gewesen und muß manchmal bei Ihnen gespukt haben. Hätte ich gewußt, daß ich Lessing noch einmal bei Ihnen sehn könnte, wie wäre ich geflogen! Jacobi hatte mich eingeladen, aber nicht bei Sie. Nun er ist hin! und mich freut's, daß Sie seine Manes durch Epigramm und Lied so geehrt haben. Lesen Sie doch den September und Oktober des »Merkurs«. Die Sache über Winckelmann, ihn und Sulzer, auch die *Jüdischen Fabeln* sind von mir; ich wünschte, daß Ihnen etwas, insonderheit das Wort über Lessing, gefiele, dem das andere nur Rand ist. Ich kann nicht sagen, wie mich sein Tod verödet hat; es ist, als ob dem Wanderer alle Sterne untergehen und der dunkele, wolkigte Himmel bliebe. []

275
HERDER AN GLEIM

(Weimar, 26. April 1784)

Liebster Gleim! Ihr Andenken an mich, auch sogleich jetzt bei vermutlicher Erledigung der Klosterberger Stelle, rühret

mich so sehr, daß ich abermals ganz den Freund aus der alten Zeit, den treuen Gleim mit seinem zärtlichen Bruderherzen, erkenne und liebe. Sie wissen aus meinem letzten Zusammensein mit Ihnen, daß ich an meinem Ort nicht zu sterben wünsche [ ]. Es sind jetzt fünf und mehr Jahre, seitdem ich einen Entwurf zum Schulseminarium gemacht und eine Reform sowohl des Gymnasii als der übrigen Schulen betrieben habe; mit Lobe und Billigung – aber immer noch nicht mit Ausrichtung, weil es sich fort und fort an etwas Neuem stößet, solang alle solche Sachen nur kollegialisch behandelt werden und auch der platteste Mensch sein Steinchen oder sein Felsstück in der alten Tasche hat, es in den Weg zu schieben. Die Jahre rollen hin, und das menschliche Gefäß füllet sich zuletzt mit Überdruß auch der liebsten, erwünschtesten Sachen, auf die man den Zweck des Lebens setzte [ ]. Genug, mein Schluß ist von Jahr zu Jahr befestigt worden, den Weg allgemach aus einem Lande zu suchen, in dem nichts wird und nichts wächst, und wo man die besten Zeiten seines Lebens unter einem leeren und doch unnützen Kampf mit Hindernissen *verlebet*. Die partikulare Gnade und Freundschaft der Landesherrschaft, und wessen es sonst sei, kann hierüber weder Ersatz noch Genugtuung leisten, wenn sie nicht wirkt und hilft; obgleich von dieser Seite freilich die empfindlichsten Bande bei einer Trennung zu zerreißen sind; genug, sie müssen doch einmal zerrissen werden. [ ]
Ich habe mir auf Klosterbergen keine Rechnung machen können, und mache mir im Grunde noch keine Rechnung; soll indessen etwas für mich getan werden, so müßte es bald sein, damit der Antrag mir nicht zu spät komme, oder ich gar zwischen zwei Stühlen niedersitzen müßte. [ ]

276

GLEIM AN HERDER UND KAROLINE HERDER

Halberstadt, 2. Mai 1784

Selbst ist der Mann! Duch tote Briefe richtet man nichts aus. Nicolai kommt oft zum Minister, geht in die Mittwochsgesellschaft, und was in dieser nicht gefällt, dagegen wird kabaliert. Selbst ist der Mann! Also Freund! Freundin! Bruder!

Schwester! ich gehe nach Berlin, so bald's nur immer möglich zu machen ist, in den nächsten vierzehn Tagen. [ ]
Nach Göttingen, liebe Schwester, schickt sich Euer lieber Mann nicht recht. Ich hörte von jedermann, daß dort der vernünftigste Mensch mit dem vernünftigsten Menschen sich nicht vertrüge, bellum omnium inter omnes [*Krieg Aller gegen Alle*]. Und dann, so glaub ich auch nicht, daß zu Göttingen die Einnahme besser als zu Klosterbergen sein wird. [ ]

277

HERDER AN GLEIM

(Weimar, Anfang Mai 1784)

Liebster Gleim, Freund, Vater und Bruder! Age, quod agis [*Tu, was Du vorhast*], rufe ich Ihnen zu und bitte Sie herzlichst und inständigst, nach Berlin zu reisen. Zwischen Bergen und dem verwünschten Göttingen zu wählen, ist mir nie in den Sinne gekommen [ ].
Sie bitte ich, liebe Schwester, helfen das beste; packen Sie ein, treiben Sie an, bestellen Pferde, Wagen, Viktualien, und was dazu gehöret, und erinnern Sie den Onkel morgens, mittags und abends an sein gegebenes Wort und Versprechen. [ ]
[*Zusatz von Karoline Herder*]
Und der Nicolai ist jetzt auf der Messe, und da können Sie indessen Weizen säen, ehe der Feind kommt und mischt Unkraut drunter. [ ]

278

KAROLINE HERDER AN GLEIM

Weimar, 23. Juli 1784

[ ] Aus Ihrem Stillschweigen ahnden wir, daß das gute Gerücht vielleicht falsch war, oder daß für meinen Mann nichts zu hoffen ist. Über beides könnten Sie wohl, Bester, zwei Wörtchen schreiben. Sie sehen, wie rein und ergebend wir jetzt gestimmt sind, alles zu hören – und von Ihnen! Sie sind ja unser wohltätiger, warnender Genius gewesen, unser Herz wird's Ihnen ewig verdanken. Wenn ich an Göttingen gedachte, so war mir's, als müßte ich nach Sodom und Gomorrha. [ ]

279
HERDER AN GLEIM

Weimar, (22. Mai) 1792

[] Ich gehe jetzt in Gedanken mit *Briefen, die Fortschritte der Humanität betreffend,* oder *humanistischen Briefen* um, in die ich das Beste, das ich in Herz und Seele trage, zu legen gedenke. Verleihe der Himmel mir Gesundheit, Muße, Geschick und Freude! []
Ihre Gefühle an der krankenden Menschheit, zumal Fürstenheit, haben mich tief durchdrungen, das Jahrhundert eilt mit beschleunigendem Fall zu Ende! An den sollen sich also auch meine humanistischen oder humanen Briefe schließen, so Gott hilft! Lebe wohl, alter Freund, Vater und Bruder! An den Tod muß nicht ferner gedacht werden. []

280
GLEIM AN HERDER

Halberstadt, 23. November 1792

[] Bald, bald, mein Teurer, wird's mit denen, die da machen, daß wir an die Apokalypse glauben sollen, am Ende sein! Nein! Nein! Es wird, es kann so toll nicht bleiben! Über Freund Wieland ist sich nicht zu verwundern; er ist veränderlich, bald so, bald so, wie die Eindrücke folgen. Meine Meinung ist, die Franzosen werden ihrem Könige das Todesurteil, das er nicht verdiente, sprechen, und dann um einen bitten, und einen bekommen, wie die Frösche der Fabel! []

281
GLEIM AN HERDER

Halberstadt, 23. April 1793

»Goethe hat eine Epopöe, die erste und größeste Epopöe deutscher Nation, ja aller Nationen seit Homer, und sehr glücklich versifiziert. Raten Sie, welche? Er ist eben zu Ende. Ihnen wird sie wohltun, des bin ich gewiß und sicher!« So lautet das Rätsel! Wer kann's erraten? Keiner! Also, Teurer, quälen Sie mich nicht länger! Ich habe, seit Sie's mir vortrugen, mich gequält; der Raum nach *Homer* macht's unauflöslich. Hat er's selbst gemacht? Hat er's nur in schöne Verse gebracht? »Die erste, die größeste, deutscher Nation, aller Nationen seit Homer. Ihnen wird sie wohltun!« Warum nicht Ihnen und allen? [] Zwei Worte mit der ersten reitenden Post, damit ich länger mich nicht quäle. []

282

HERDER AN GLEIM

(Weimar, 1. Mai 1793)

Die erste und größeste Epopöe deutscher Nation, ja aller Nationen seit Homer, die Goethe sehr glücklich versifiziert hat, ist *Reineke der Fuchs*. Das ist der Aufschluß des Rätsels. Das Gedicht ist seit Homer die vollkommenste Epopöe, wie Sie's, lieber Gleim, in Goethes glücklichen Hexametern sehn werden; sie ist deutscher Nation; denn wenn ihr Grund gleich aus einem französischen Roman genommen sein mag, so ist doch ihre epische Einrichtung einem Deutschen, dem Heinrich von Alkmar, zuständig, und in Goethes Versifikation gehört sie den Deutschen auf eine eigentümliche Weise mehr. []

283

HERDER AN GLEIM

Weimar, 6. Dezember 1793

[] An die *Briefe der Humanität* bin ich heut mit Ernst gegangen. Ach Gott, wie wenig Zeit und Luft ich habe, mich nur drei Zoll hoch von der Erde zu erheben, das glaubt niemand, als wer's erfahren, wer in dem Kot steckt. []
Adrastea – wo denken Sie hin, Lieber, daß die *jetzt* könne geschrieben werden? Tisiphone, Ate, Megära wandeln umher in Europa. Doch nicht lange! – das hoffe ich zu Gott. Der Mord der Königin von Frankreich war entsetzlich. Aber *eine solche* Frau kann unter keiner Bedingung, selbst auf dem Blutgerüst oder Karren, eine Muse werden. Der österreichische Stolz und die französische Brutalität gegeneinander, da

kann die Menschheit nur im stillen seufzen. – Ach, liebster Gleim, gebe Gott uns bald Ruhe und Frieden! [] Die nächsten Monate müssen ungeachtet des Winters vieles lehren. []

284

GLEIM AN HERDER

Halberstadt, 10. Dezember 1793

[] Ach! Das ist ja herrlich, daß Sie, mein Teurer, wieder bei der Humanität sind! []

Und warum denn, Teurer, wäre für *Adrastea* itzt die rechte Zeit nicht? Eben diese böse Zeit wäre, dächt ich, für sie die beste. Sie müßte den Tisiphonen, den Aten, den Megären begegnen, und, soviel möglich wäre, die Hackmesser und die Guillotine ihnen aus den Händen reißen! []

Die nächsten Monate, lieber Teurer, werden uns nicht weiter bringen; ich sehe kein Auskommen! Die Teufel sind zu reich! Sie machen sich Freunde mit dem ungerechten Mammon. – Euer guter Fürst wird nun bald wieder bei Euch sein und Goethe; beide bewillkommt im Herzen der alte Grenadier; gottlob, daß beide nicht verunglückt sind!

Ja! Liebste Schwester! Meine Muse, Sie wollen's, soll klagen, soll König und Kaiser, soll Ritter und Knappen um Menschlichkeit bitten! Nachgeben aber müssen die Henker auf dem Königsthron; die andern müssen nicht nachgeben, sonst werden wir alle Tiger! O weh! o weh!

285

GLEIM AN HERDER

Halberstadt, 27. Januar 1796

[] Nach dreien Jahren erst erfahr ich durch eine vornehme Frau, die zu Weimar gewesen war und die Ehre gehabt hatte, mit der Herderfamilie nach Jena zu fahren, daß ein *Hesperus* und eine *unsichtbare Loge*, daß ein *Jean Paul* existiere. – Ein Laut von Herder oder Herderin, so hätt' ich den göttlichen oder auch nicht göttlichen Mann längst schon genossen. Wer ist er? Wie heißt er? Wo wohnt er? Was hat er sonst noch geschrieben? Alles von ihm muß ich noch lesen, ich sterbe nicht eher. Sie wissen alles! – Der alte Geschäftsmann kann ein Spürhund nicht sein; man tut ein gutes Werk, wenn man die Perlen ihm nachweist! [ ]

286

KAROLINE HERDER AN GLEIM

Weimar, 8. Februar 1796

[ ] Der unbekannte Autor, von dem Sie durch Frau von Berg gehört haben, heißt Richter, wohnt in Hof im Voigtlande, nicht weit von Bayreuth. Er ist ein Kandidat der Theologie, lebt einsam, nur mit wenigen, ist aber in ganz Hof geachtet. Er hat geschrieben die *Mumien,* ferner den *Hesperus* und nun ein soeben herausgekommenes Buch *Quintus Fixlein.* Dieses letzte haben wir nur einige Stunden im Hause gehabt, und ich habe trotz meiner schwachen Augen bis nach Mitternacht darin gelesen. In diesem Buch ist seine Manier simpler und stößt nicht so zurück; denn diese seine Manier, fürchte ich, wird Sie zurückhalten, das Gold aus dem Schacht zu holen – reines Gold zwischen den Steinen. Durch diese Manier, sagte mein Mann, versündige er sich an sich selbst und an dem Publikum unverantwortlich. – Lesen Sie nur hübsch die Vorrede zum *Quintus Fixlein* (denn mit diesem müssen Sie anfangen), so lesen Sie gewiß weiter. Das innigste Gemüt, Verstand und Satire ist mit einer Jugend darinnen, deren wir uns nicht mehr rühmen können. – Wieland sagte, wenn dieser Richter nur acht Tage bei ihm wäre, so müßte er anders schreiben, oder er [*Wieland*] wolle sich ändern. Aber nach Weimar soll und darf er nicht kommen, darüber sind wir hier eins; sonst würde ihm sein junges warmes Blut erstarren. [ ]

287

GLEIM AN KAROLINE HERDER

Halberstadt, 26. März 1796

[ ] Ich habe noch einen höchsten Wunsch, den, daß ich Friedrich Richters Werke noch erst lesen möchte. Herzensschwester! »Dieser Richter«, sagte beim Vorlesen seines *Hesperus* ge-

stern die Nichte Dorothea Gleim, »ist ein furchtbarer Mensch«. Heute sagte sie, daß er ein Desperater sei, und meinte sehr was Hohes. In Wahrheit, Herzensschwester, bei vielen Stellen fühlt' ich mein Nichts. Bei diesen sagt' ich: »Hier ist mehr als Swift!« Bei jenen: »Hier viel mehr als Yorick!« Man muß aber nicht vergleichen, muß Herdern, muß Richtern, muß jeden, was er ist, sein lassen. Bei einer Stelle wünscht' ich, daß Herder über diesen Erzmenschen (er ist in seinen Darstellungen der allgemeinen Menschenliebe wahrlich ein Erzmensch) in seinen *Humanitätsbriefen* uns herderisch etwas Gutes sagen möchte. Ich fing einen Auszug an; aber er muß nicht ausgezogen werden, wie's ist, ist's recht! Die Sentenzen stehen zwischen Handlungen. Dieser Richter schreibt alle Romanschreiber nieder; in seinen Naturbeschreibungen übertrifft er die Kleiste, die Thomsons, alle! Seinen *Quintus Fixlein* hab' ich mit unendlichem Nutzen gelesen, *Vergnügen* wollt' ich sagen; es ging mir wie Ihnen, ich konnt' ihn nicht weglegen und las mich beinah blind! [ ]

288

KAROLINE HERDER AN GLEIM

Weimar, 24. Juni 1796

[ ] Denken Sie, Jean Paul Friedrich Richter ist seit vierzehn Tagen hier! Der beste Mensch, sanft, voll Geist, Witz, Einfällen, das beste Gemüt, und ganz in der reinen Welt lebend, wovon seine Bücher der Abdruck sind. Milde wie ein Kind und immer heiter. Sehen Sie, der ist ein echter Jünger der Weisheit. Wie war er gerührt und erfreut, als er hörte, daß *Sie* seine Schriften mit dieser Teilnehmung lesen! Vielleicht besucht er Sie einmal; künftiges Jahr, wenn Sie mögen. Er hat noch eine Mutter und einen Bruder von achtzehn Jahren und seinen Freund Otto; diese drei liebt er über alles. In Hof, anderhalb Tagereisen von hier, im Bayreuthisch-Preußischen, und also Ihr Landsmann, da wohnt er mit seinen drei Freunden, unabhängig, und lebt von seiner Schriftstellerei. In keine andere Verhältnisse wünscht er nicht; er tauge nicht hinein, sagt er, und hat auch recht. Einen unerschöpflichen Vorrat zu vielen Büchern hat er noch; er ist eine unversiegbare Quelle.

Wir haben ihn herzlich lieb. Wenn er von dem Inhalt des Buchs spricht, das er soeben schreibt, so wird sein Auge so glänzend. Eine himmlische moralische Sendung ist in ihm, und dazu wendet er sein Talent an. Ist das nicht schön und ganz nach Ihrem und unserm Gefühl? Der Reichtum seiner Gedanken wird sich nun nach und nach ordnen und sich sanfter reihen. Jetzt ist er so reich, daß er nicht aufzuhören weiß. [ ]

289

GLEIM AN HERDER

Halberstadt, 27. Juni 1796

Dank, Dank, Gotteskinder für den herrlichen Brief und für die herrlichen Nachrichten, erstens daß Ihr kommt und dann für die von unserm Gottmenschen! Im April schon sagt' ich: »In diesem ist ein Gott«, in höherer Bedeutung als Horaz' [*Ovids!*] est deus in nobis [*es ist ein Gott in uns*] von den Dichtern es sagt. Wäre doch das nächste Buch des großen Menschen die *Topographie des Himmels*, ein Stück Religion für die, die zuviel oder zuwenig haben; nein, aber wir wollen ihm nichts sagen. Klopstocks *Messias* wurde nicht der rein entworfene, bekam zu viel der auferstandenen, zu viel der lutherischen Stücke, weil man ihm sagte: *Facta* etc. Vierzehn Tage schon ist er bei Euch! O laßt ihn vom besten Maler doch malen für mich [ ]. Er bleibe, was er ist, doch ja; werde doch ja kein anderes Gotteskind! Bringt ihn mit, würde ich sagen, wenn ich Euch nicht ganz allein haben wollte; leb' ich aber bis ins künftige Jahrhundert, wie ich willens bin, dann muß ich den Gesalbten des Herrn, sobald es möglich ist, auch sehn! [ ]

290

HERDER AN GLEIM

Weimar, 7. Oktober 1796

Nun, Bester, flugs auf zu den *Xenien*, und sehen Sie, wie die *neuen* Musen sich erklären und was für ein neuer Parnaß emporsteigt. – Sie werden nicht umhin können zu gestehn, daß im Saalgrunde eine neue Hippokrene emporsteige. »Das Alte ist vergangen«, sagte St. Paulus, »das Neue herbeigekommen.« Wir indessen, Lieber, Guter, Bester, wollen beim Alten bleiben und uns lieben und wert halten. Wir haben mehrere solcher Katzbalgereien erlebt und wissen, was aus ihnen wird.

291
GLEIM AN HERDER

Halberstadt, 16. Oktober 1796

[] *Xenien;* traf auf einige, die über die Menschheit mich seufzen machten. Goethe – Schiller so inhuman! Solche Katzbalgerei? Ja! Wohl recht, Katz- und Katerbalgerei, *solche!* []
Ja wohl, Herzensbruder, haben wir mehr solcher Katzbalgereien durchlebt und wissen, was aus ihnen wird. Menschenfeindschaft, Unmenschlichkeit wird aus ihnen. Wir bleiben beim Alten, und wollen sie uns werben, wir lassen uns nicht werben! []

292
GLEIM AN HERDER

Halberstadt, 1. Februar 1797

[] Die *Xenien* sind reißende Wölfe, noch ärger als die Jakobiner. Die gegen sie ausgegangenen Jäger sind gar schlechte Schützen. Wieland, hoff ich, wird sie treffen, und, so Gott will, der alte Peleus, Euer ewiger Gleim.

293
KAROLINE HERDER AN GLEIM

Weimar, 10. Februar 1797

[] Übrigens hat Wieland über die *Xenien* strenge Gerechtigkeit, aber auch gerechte Milde walten lassen, wie ein Friedensrichter und Vater endlich den Vorhang gezogen – mehr konnte er doch nicht tun vor dem ungleichen Publikum. Die meisten sind mit diesem Urteil zufrieden und sagen, er habe sie noch bei Ehren erhalten; jemand aber, der Goethe und Schiller genau kennt (wir sind es nicht), glaubt, es wird eine

Todfeindschaft zwischen Wieland und den Herren erregen. Sie, Allerbester, werden doch kein Wort über den *Peleus* verlieren! Mir hat er ein Fieber verursacht und die völlige Ungnade vielleicht von Goethe zugezogen. Lassen Sie die verdorrten Gemüter in ihrem Talent übermütig und sich einzig fühlen. […]

294

KAROLINE HERDER AN GLEIM

Weimar, 2. und 5. April 1799

[…] Jean Paul ist nichts weniger als kränklich, d. h. hektisch. Sein Geist ist freilich seinem Lebensalter vorangesprungen und hat die edle Lebenskraft im Hirn konzentriert; daher sieht er denn so – einigermaßen – manchmal – einem jungen Greis ähnlich. Sein Herz und Kopf ist jung und frisch, doch wäre es besser, wenn das Gleichgewicht zwischen Geist und Körper besser gehalten wäre. »Wenn er nur eine Frau hätte!« rufen wir alle, und er ruft's uns allen weit vor. […]

295

GLEIM AN HERDER

Halberstadt, 10. April 1799

[…] Unser lieber Hans Paul Richter muß nicht heiraten! Eine reiche Frau macht ihn nicht glücklich, und er eine arme nicht! In meinem Alter, das ein schönes, aber kein hohes ist (denn viermal zwanzig ist achtzig, und zwanzig sind so bald verlebt), wird er ein alter Mann sein. Er arbeitet sich alt! Hätt' ich eine Tochter, ich gäb' sie ihm.

296

HERDER AN GLEIM

Weimar, 22. Dezember 1800

[…] Meine Rechte hinüber heute, den 22. Dezember im letzten Solstitium, das das sinkende Jahrhundert beschließt, und beide sagen wir: Freundschaft der alten Zeit! Freundschaft!

Das vergangene Jahrhundert kann ich weder loben noch schelten. In seiner Jugend war es ein äußerst fades Ding; dann raffte es sich zusammen, versprach viel und hielt wenig; am Ende sehen wir, wie es für uns Deutsche ausgeht. Fluch über die, die es so ausgehn machen; doch sie tragen die Nemesis auf dem Rücken, vor der Stirn, im Busen, und wo weiß ich mehr! [ ]

297

HERDER AN GLEIM

Weimar, 2. Januar 1802

[ ] Die Folgen Ihrer Augenoperation konnten nach vorliegenden Umständen kaum anders werden; also auch hier, lieber Bruder und Vater, muß man sich den Gesetzen der Natur und Notwendigkeit unterziehen. Auch ich leide an den Augen entsetzlich; lesen kann ich fast gar nicht, schreiben eher, weil ich die Buchstaben selbst forme und so ungefähr hinschreibe. Denken Sie, welche Sorgen mir das bei Arbeiten macht, wo ich immer das Gesicht brauche. Das verruchte Aktenlesen hat mir viel Schaden zugefügt. Etwas besser gehets indessen jetzt, und wir müssen hoffen. Denken Sie jetzt, daß Sie statt der Augen Ohren haben; hören Sie, diktieren Sie, lassen Sie sich lesen! Es gibt ja junge Augen statt Ihrer. [ ]
Nochmals das beste Lebewohl und am heutigen, hier sehr heitern, hellen Tage ein heiteres neues Jahr wünscht Ihnen und Ihrem Hause Herder, d. i. dem Blinden sein Treuer, der Halbblinde. Wir wollen uns trösten.

GOTTFRIED AUGUST BÜRGER
1747–1794

Sein Vater, ein halberstädtischer Prediger, fühlte sich allein für seine Erziehung verantwortlich, unterrichtete ihn aber so schlecht, daß Bürger mit zwölf Jahren nicht viel mehr als lesen und schreiben konnte. Später, auf Schulen und Universitäten, mochte er sich kaum noch an systematische Studien gewöhnen. Er wechselte von der Theologie zur Jurisprudenz, Befriedigung schien er aber nur in poetischen Arbeiten zu finden, worin ihn Boie und andere Freunde aus dem Göttinger Hainbund bestärkten. Doch galt er schon früh als verlottertes Genie, und das änderte sich auch nicht, als ihm Boie 1772 eine Amtmannsstelle im Bezirk Altengleichen verschaffte. Wirtschaftliche Sorgen und sein Widerwille gegen den Behördendienst verdüsterten ihm das Leben nicht weniger als eine Dreiecksbeziehung, die er sich im eigenen Hause durch ein Verhältnis mit der jüngeren Schwester seiner Frau angelastet hatte. 1784, nach dem Tod seiner Frau, gab er das Amt auf und siedelte nach Göttingen über, um dort ästhetische Vorlesungen zu halten; im folgenden Jahr heiratete er die Schwester seiner Frau, die aber wenige Monate später starb. Da er auch nach seiner Ernennung zum Professor (1789) kein Gehalt erhielt, lebte er vorwiegend von Übersetzungen und von der Redaktionsarbeit für den »Deutschen Musenalmanach«. Eine dritte Ehe, die er 1790 mit der ihn anfangs schwärmerisch verehrenden Elise Hahn schloß, verlief noch unglücklicher als die beiden ersten und wurde geschieden. Verarmt, menschlich zerbrochen und literarisch – vor allem durch Schiller – abgewertet, starb er mit sechsundvierzig Jahren. In seinen Dichtungen, so hatte Schiller geurteilt, finde sich kein männlicher Geist, »der, eingeweiht in die Mysterien des Schönen, Edlen und Wahren, zu dem Volke bildend herniedersteigt«. Statt dessen mache sich Bürger mit dem Volke gemein, es fehle bei ihm entschieden an der Idealisierung und Veredlung, ohne welche der Dichter aufhöre, »seinen Namen zu verdienen«. Die strenge Rüge, die freilich exakt den Aspekt bezeichnet, unter dem Bürger heute wie-

derzuentdecken wäre, zielt zweifellos auch auf biographische Fakten, doch hätte damals wohl jeder gesellschaftlich engagierte Literatenkreis, nicht nur der jenaisch-weimarische, einen Typus wie Bürger ausgeschlossen: Die Zeit des Austobens, die man einem »Originalgenie« zubilligte, war befristet; Goethe und Schiller, die nicht anders begonnen hatten, empfanden sich ja selbst als leuchtende Vorbilder auf dem Weg zu einer veredelnden Mäßigung, auf dem Bürger nicht mitgekommen war. Dennoch wirkte er wie sie über seine Zeit hinaus. Er hat die Ballade als große Möglichkeit der deutschen Dichtung entdeckt, und in seinen Liedern ist, wie in denen des jungen Goethe, der deutschen Lyrik ein neuer realistischer Ausdruck erschlossen worden. Seine drastische Prosa schließlich, etwa seine »Münchhausen«-Übersetzung, erscheint uns heute noch lesbarer als vieles, was zu seiner Zeit entstand und unter klingenderen Namen bewahrt blieb.

298

BÜRGER AN HEINRICH CHRISTIAN BOIE

Gelliehausen, 2. November 1772

[] Was macht das Bardenchor? Und was Ihr Führer, Werdomar? – Sind keine merkwürdige Briefe, keine Rezensionen, keine Löbchen, keine neue gedruckte oder ungedruckte Sachen, kurz, ist denn gar nichts unterdessen eingelaufen? Nach allen solchen lautitiis [*Genüssen*] schreiet meine Seele, wie der Hirsch schreiet nach frischem Wasser. Ich mache itzt nichts und will auch nichts machen. Denn ich will mich einmal erst durcharbeiten. An Ideen fehlt's mir gottlob nicht. Aber ich vergesse sie mit der Zeit wieder. Das artige Tirelieren von Kleinigkeiten mißhagt mir von Tage zu Tage immer mehr. Mir deucht beinahe, daß der den Namen eines Dichters nicht verdiene, der nicht ein Werk aufweisen kann, worin sich das Dichtertalent in vollern Maße gezeiget. Epische und dramatische Werke scheinen mir beinahe allein *Gedichte*, das übrige nur *Verse* zu sein. Dieser haben wir nun schon so viel, daß sie, wenn wir auch gute machen, dennoch schwerlich so hervorstechen werden, daß uns das nächste *Decennium* unter dem Schwarme leicht und allgemein bemerken wird.

Epische Gedichte, m. l. Boie, werden unsers Namen Gedächtnis eher verlängern. Meine bisherige wollüstige und tändelnde Dichtungsart fängt mir an durchaus zu mißfallen. Sie ist gar zu sehr von allen moralischen *Sentimens* entblößt. Die Poesie verliert dadurch ihr erhabenes Amt, Lehrerin der Menschen zu sein. []

299

BÜRGER AN HEINRICH CHRISTIAN BOIE

Gelliehausen, 6. Mai 1773

[] Bevor Sie mir nichts schicken, sollen Sie auch meine überköstliche Ballade: *Lenore,* und ein *Minnelied,* das süßer als Honig und Honigseim ist, nicht haben. Traun! Diese zwei Stücke sind so stattlich, daß man wohl darauf pochen kann.

Bei meiner armen Seele! Sie können Ihre Begriffe gar nicht zu der Vortrefflichkeit dieser Stücke erheben. Und Herr, damit Sie nur sehen, daß es keine Rodomontaden sind, so will ich Ihnen von jedem Stücke die erste Strophe, und das sind doch die schlechtesten, herschreiben.

Lenore
Lenore weinte bitterlich,
Ihr Leid war unermeßlich;
Denn Wilhelms Bildnis prägte sich
Ins Herz ihr unvergeßlich.
Er war mit König Friedrichs Macht
Gezogen in die Pragerschlacht
Und hatte nicht geschrieben,
Ob er gesund geblieben.
Der etc.

Minnelied
In dem Himmel ist die Fülle
Hochgelobter Seligkeit.
Gerne, wär' es Gottes Wille,
Tränk' auch ich aus dieser Fülle
Bald Erquickung für mein Leid.
Für etc.

Herr, das ist Euch eine Ballade! Das ist ein Minnelied, die sich gewaschen haben! Und ganz original! Ganz von eigner Erfindung! Wahrlich! Es sind Kinder, welche von Herzen kommen und zu Herzen gehen.
Wenn['s] bei der Ballade nicht jedem eiskalt über die Haut laufen muß, so will ich mein Leben lang Hans Kaspar heißen. []

300

BÜRGER AN HEINRICH CHRISTIAN BOIE

Gelliehausen, 18. Juni 1773

Hier, liebster Boie, kommt die *Nachtfeier* wieder zurück. Mit dem Umschmelzen, wenigstens wenn's von einigem Belange sein soll, will's so nicht recht mehr gehn. Der Ton dieses Stücks ist mir schon so fremd geworden, tönt mir schon so weit hinten in der Ferne, und so dunkel, daß ich kaum noch drüber urteilen und entscheiden kann. – Der [*Ton*], den Herder auferweckt hat, der schon lang auch in meiner Seele auftönte, hat nun dieselbe ganz erfüllt, und – ich muß entweder durchaus nichts von mir selbst wissen, oder ich bin in meinem Elemente. O Boie, Boie, welche Wonne, als ich fand, daß ein Mann wie Herder eben das von der Lyrik des Volks und mithin der Natur deutlicher und bestimmter lehrte, was ich dunkel schon längst gedacht und empfunden hatte. Ich denke, *Lenore* soll Herders Lehre einigermaßen entsprechen. []

301

BÜRGER AN HEINRICH CHRISTIAN BOIE

Gelliehausen, 8. Juli 1773

Boie! Boie! Der Ritter mit der eisernen Hand, welch ein Stück! Ich weiß mich vor Enthusiasmus kaum zu lassen. Womit soll ich dem Verfasser mein Entzücken entdecken? Den kann man doch noch den deutschen Shakespear nennen, wenn man einen so nennen will. Brechen möcht' ich mich vor Ekel, wenn man Weissen so nennt. Welch ein durchaus deutscher Stoff! Welch kühne Verarbeitung! Edel und frei wie sein Held tritt der Verfasser den elenden Regelnkodex unter die Füße und stellt uns ein ganzes événement [*Ereignis*] mit Le-

ben und Odem bis in seine kleinsten Adern beseelt, vor Augen. Erschütterung, wie sie Shakesp. nur immer hervorbringen kann, habe ich in meinem innersten Mark gefühlt. Mitleid! Schrecken! – Grausen, kaltes Grausen, wie wenn ein kalter Nordwind anweht! Götzens kleiner Junge! Die Zigeuner-Szene, die auf dem Rathause, der sterbende Weislingen, das heimliche Gericht! Gott! Gott, wie lebendig, wie Shakespearisch! O ich kann selbst nicht sagen, wie vortrefflich! – Glück zu dem edlen freien Mann, der der Natur gehorsamer als der tyrannischen Kunst war. Mag doch das Rezensentengeschmeiß, mag doch der Lesepöbel, der die Nase beim Schnickschnack der Orsina rümpfte, bei dem Arschlekken den Rüssel verziehen! Solches Gesindel mag diesem Verfasser im Arsch lecken. O Boie, wissen Sie nicht, wer es ist? Sagen Sie, sagen Sie mir's, daß ihm meine Ehrfurcht einen Altar baue. Ich behalte das Stück; will's gerne bezahlen, und wenn es auch noch so viel kostete und wenn ich alle Werke Voltaires und Corneilles darum verkaufen sollte. Corneille! – armseliger Bel zu Babel! Wer mag wohl solch leimenem Götzen Ehre erweisen? *Le grand Corneille?* – Scheißkerl! Scheißkerls alle Franzosen! Dieser G. v. B. [*Götz von Berlichingen*] hat mich wieder zu drei neuen Strophen zur *Lenore* begeistert! – Herr, nichts weniger in ihrer Art soll sie werden, als was dieser Götz in seiner ist. Aber in zwei Monaten wird sie noch nicht fertig. Hu! wie wird mich der Unverstand drüber anblöken! – aber der kann mir im Arsch lekken. Frei! frei! Keinem untertan als der Natur! – Mein Verdruß ist nur itzt, daß ich keinen um mich habe, mit dem ich recht über den Götz exklamieren kann. Meine Freude will mir schier das Herz abstoßen. Ich möcht wohl eine Rezension davon machen, die sollte so lauten:
›Wenn der Exekutionszug der Journalisten an den freien kühnen Verfasser dieses originellen Meisterstücks seine Trompeter absenden, ihn für einen Rebellen gegen die Kritik erklären und auffordern lassen sollte, sich auf Gnad' und Ungnade zu ergeben, so müßte er das antworten, was er seinen Ritter durchs Fenster dem feindlichen Herold zurufen läßt: Vor ihrer Kais. Majestät, der wahren Kritik, hab' ich wie immer schuldigen Respekt, aber ihr Geschmeiß könnt mich allzusammen im Arsch lecken!«

DER HAINBUND AN BÜRGER

(Göttingen), 18. August 1773

Unserm Ehrsamen, lieben Sperber, Gottfried August Bürger, nesthaft und zu erfragen in den Felsritzen zu Gleichen.
Durch Unsern Gerichtsboten.
Wir von Braga's Gnaden Adler des Hains wollen Dir,
Ehrsamer, lieber Sperber,
hiemit unangefügt nicht lassen, wasmaßen Wir mißfällig vernommen haben, und Uns zu wissen worden ist, wie Du wider alle Göttlichen und Menschlichen Rechte Dir freventlich und ungescheut angemaßt und arrogiert hast:

1. Dich über Deine Sperberschaft zu erheben, und Dich nicht allein Uns, den Adlern des Hains, gleichzustellen, sondern Dich sogar mit dem Namen eines Kondors, des allergrößten aller gefiederten Geschöpfe, zu belegen; wie nicht weniger

2. Uns unter Dich herabzusetzen, den Uns schuldigen Respekt zu versagen, und im Gegenteil Uns mit einem niedrigern Titul zu benennen. – Ferner und zum

3. Hast Du Deinen Gassenhauer *Eleonore* nicht allein unsterblich gepriesen, sondern denselben sogar über unsere göttlichen Gesänge zu erheben Dich thürstiglich vermessen. Endlich aber und

4. Ist Deine unglaubliche Frechheit so weit gegangen, daß Du Uns Deine Untergebenen genannt hast, da Uns doch die Natur zu Herren über Dich und Deinesgleichen gesetzt und geordnet. So ist Uns auch

5. Auf eine andere Weise hinterbracht und zu Ohren gekommen, wie Du in Deinem verkehrten Sinn Dir vorgesetzt, bei Vorlesung Deines Gassenhauers Uns Allen (woran Wir jedoch noch billigen Zweifel tragen und Dich eines solchen Vermessens nicht fähig glauben) auf die Hälse zu treten.

Wann Du nun auf diese Weise Dich vielfältig und gröblich vergangen hast:

Als setzen, befehlen, ordnen und wollen Wir, tun es auch hiemit kraft dieses Briefs, daß Du zum

1. Am künftigen Sonnabend, wird sein der 21. August, bei rechter früher Tageszeit in Unserer Versammlung Dich ein-

zufinden, gestalten Wir Dich dann hiemit heischen, laden und zitieren. So nicht minder

2. Erwarten Wir, daß Du Uns von Deinem gottlosen Verhalten seit Verfertigung der berüchtigten *Eleonore* Red und Antwort geben und Uns geziemende Abbitte zu leisten nicht verweigern wirst. Widrigenfalls aber

3. Sollst Du wissen, daß bei verharrlicher Verweigerung durch Unsern einstimmigen Rat folgendes erkannt ist, daß Dir

»Durch Unsern Büttel Deine Fittiche abgeschnitten, Dir vor die Augen gehalten, damit Du sehest, daß es nur Sperberfittiche sind, dieselben hierauf, Dir zur wohlverdienten Strafe, andern aber zum gerechten Abscheu und Exempel, an Dein eigenes Scheuerntor genagelt werden sollen. V. R. W. [*Von Rechts wegen*]«

Geben in Unserer Versammlung den 18. des Augustmonats im Jahre nach Christi Geburt 1773.

L. S.

A.

KFCramer. GDMiller, Secretar. mppr.

303
BÜRGER AN DEN HAINBUND

Gelliehausen, 19. August 1773

An die Eulen, Rohrdommeln, Wiedehopfe und Rohrsperlinge in dem alten Gemäuer und Dorn- und Schilfgesträuche der Moräste zu Göttingen.

Wir, von und durch Uns selbst Kondor und Selbstherrscher aller Haine und alles Gefieders auf Erden usw., entbieten denen Eulen, Rohrdommeln, Wiedehopfen und Rohrsperlingen des alten Gemäuers und Dorn- und Schilfgesträuchs zu Göttingen Unsere Kondorliche Ungnade.

Es ist geliefert und verlesen worden, was Ihr unterm 18. m. c. [*des Monats*] an Uns gelangen zu lassen Euch freventlich vermessen habet. Wann Wir nun mit nicht geringem Befremden daraus vernommen, wie Ihr der von Uns tragenden Pflicht so weit vergessen, daß Ihr nicht nur die Kondor-Würde, welche Wir Uns selbst beizulegen für dienlich erachtet, auf eine gottlose und rebellische Weise nicht nur nicht anerkennen und Uns zum Sperber herabwürdigen wollen, sondern Euch selbst so weit zu erfrechen nicht gescheuet, Uns aus dem höchsten Sonnen-Äther, als wohin Eure stumpfen Blicke nicht reichen, herab in Euer morastiges Dorn- und Schilfgesträuch zu heischen und zu laden und Euch eines Gerichts über Uns anzumaßen; als haben Wir Euch zur wohlverdienten Strafe, andern Gleichgesinnten aber zum öffentlichen Exempel und Abscheu, kraft dieses verordnet, auch wirklich verfügen lassen: daß

1. Euer hochverräterisches Schreiben durch des Büttels Hand an den Schandpfahl genagelt, selbiger hierauf mit selbigem verbrannt, die Stätte mit Salz bestreuet und mit einem eisernen Stacket vor Menschen und Vieh verwahret werde. Ihr selbst aber

2. Der bislang wiewohl unverdienterweise von Uns obgehabten Adlerwürde nicht nur hiermit und kraft dieses entsetzet und zu Eulen, Rohrdommeln, Wiedehopfen und Rohrsperlingen degradieret, sondern auch in Unsere und des Reichs Acht und Aber-Acht also und dergestalt erklärt sein sollet, daß jeder Bube ungestraft Euch in Sprenkeln und Schlingen einfangen und Eure Köpfe, statt der Raben- und Sperlingsköpfe, bei denen alljährlich abzuhaltenden Land-Wruge-Gerichten liefern könne.

Solltet Ihr aber etwa durch Meuterei und Rotten hiergegen abmovieren wollen, so haben Wir

3. Beschlossen, tausend Strophen oder minaces Iambos [*Drohjamben*] von Unserer Landmiliz gegen Euch zur Exekution zu kommandieren.

Wann auch Unser Allerhöchster Ratschluß und Wille ist, daß diese Verfügung öffentlich kund und zu jedermanns Wissenschaft gelange, so soll dieselbe von denen Raben, als Unsern Bütteln, nicht nur von allen Galgen herab publizieret, sondern auch an allen öffentlichen Orten affigieret und ausgehänget werden.

Geben auf Unserer Residenz, den erhabenen Gleichen, den 19. Tag des Monats August, nach der Geburt Christi im 1773., Unseres Kondortums im ersten Jahre.

Ad mandatum Condoricum Summum proprium [*Im Auftrag des allerhöchsten Kondors*]. Pacht, Erzkanzler, mppr.

304
BÜRGER AN JOHANN WOLFGANG GOETHE

(Niedeck), 6. Februar 1775

Laß Dich herzlich umarmen, oder, da Du mir zu hoch stehst, Deine Knie umfassen, Du Gewaltiger, der Du, nach dem großmächtigsten Shakespear, fast allein vermagst, mein Herz von Grund aus zu erschüttern und diese trocknen Augen mit Tränen zu bewässern! Gestern abend erst hab' ich *Werthers Leiden* gelesen. Du bist mir diese Nacht im Traum erschienen, und ich habe – mein Weib hat's gehört – in Deinen Armen überlaut geschluchzt – Aber wozu schreib' ich Dir das? Soll etwa Dich – Dich!, der Du Werthers Leiden *so* malen konntest –, soll Dich mein armseliges Lob kitzeln? Oder will ich durch Bestechung mein Nichts bei Dir zum Etwas geltend machen? Halt, laß nachdenken! Wenn's so wäre, wollt' ich gleich diese Zeilen wieder vernichten. – – –
Wie wenn mir ein Grab aufstieße: Hier liegt Shakespears – hier liegt Goethes Gebein! Beide sähen und hörten mich nicht, irgendein anderes lebendiges Geschöpf säh' und hörte mich ebensowenig? – O ich fiele gewiß nieder auf mein Angesicht, voll namenloses Gefühls, meine Arme über der heiligen Stätte zu verbreiten, und sagt' es, nein wahrlich!, prahlt' es gegen niemand wieder, daß ich's getan hätte. – Täuschest Du mich nicht Gewissen? Nein! Nein! []

305
BÜRGER AN JOHANN WOLFGANG GOETHE

(Wöllmershausen, Januar 1776)

Ich bin tot, mein lieber Junge, und in kalten Wasserfluten versoffen und versaufe täglich immer mehr und sterbe täglich immer mehr. Meine Lebenssäfte sind ausgetrocknet oder erstarrt bis auf die Galle. Diese ist nun einzige und Selbstherrscherin meiner ganzen Maschine. Wie gefällt Dir Timon, zu deutsch Giftmichel, in seiner Höhle? Und wie die *Ogres*, die so gern frisches Kinderfleisch wittern und fressen mögen? Wenn ich Dich nicht auch für einen Giftmichel hielte, wenn

ich wüßte, daß Du ein galanter Menschenfreund wärest, so würd' ich keinen Schritt mehr nach Dir tun. –
Ich habe ein gutes Weib und ein schönes Kind vom zweiten Geschlecht, aber was helfen die einem Herzen, über welchem Basilisken brüten. Wie oft ärgere ich mich, daß die mich nicht ärgern können und wollen. –
Apropos! Mein lieber Goethe, schreib mir doch mal bei Gelegenheit, ob Du Dich kennst? Und wie Du's anfängst, Dich kennenzulernen? Denn ich lern' es nimmermehr und kenne keinen weniger als mich selbst.
Wenn Du was gemacht hast, das den bösen Geist auf ein Weilchen aus mir herausbannen kann, so mußt Du mir's selbst nachweisen, denn ich liege verrammelt und schere mich um nichts, was draußen vorgehet.
An Deinem Meisterstück sollen ja viele Säuen grunzen und sich dran reiben und viele Hunde das Bein aufheben. Sie werden's aber wohl nicht umgrunzen, umreiben, umseichen.

306

BÜRGER AN HEINRICH CHRISTIAN BOIE

Wöllmershausen, (2.) Februar 1776

[] So nachsichtsvoll ich aber auch immer, bei hervorleuchtender Vortrefflichkeit, gegen kleine Nachlässigkeiten anderer bin, so treibt's mir doch Goethe manchmal schier zu arg. *Des Künstlers Morgenlied* ist doch von ihm? Das brauchte nicht so sonderbar versifiziert und gereimt zu sein und würde nichts von seiner Vortrefflichkeit verlieren. Doch gibt mir so was noch einigen Trost. Denn der Racker würde mich sonst zur Verzweiflung bringen, wenn er nicht manchmals wenigstens etwas hinkte. Denn gehinkt ist es, es sei nun mit oder wider Willen. Hinkt er vorsätzlich, so fehlt's an Geschmack. Denn das Hinken läßt nicht schön. Hinkt er wider Willen, so ist's Unvollkommenheit. Beides gibt mir, der ich dem unbegreiflichen Zauberer nichts nachtun kann, Trost und Erholung. Oh, daß wir den rüstigen Buben nicht von Anfang um und neben uns gehabt haben – nicht künftig wenigstens haben können! Wir hätten mit ihm gerungen und uns zugleich mit stark, wenigstens stärker, als wir jetzt sind, gerungen. []

307
BÜRGER AN HEINRICH CHRISTIAN BOIE

Wöllmershausen, 17. Oktober 1776

[] Es wogen jetzt vier große Balladen in dem Meere meiner Phantasie umher und eine dürfte sich vielleicht nächstens koagulieren. Diese Dichtungsart scheint beinah vorzüglich mein beschieden Los zu sein. [] Alle meine poetischen Ideen verromanzieren oder verballadieren sich wider meinen Willen. So ist's denn wohl am besten, daß ich mit dem Strome schiffe. Doch sollen meine Lenoren, meine Lenardos, und wie sie heißen, nur eine Vorbereitung sein zu dem, was mir immer näher rückt und immer heller sich aufklärt. Es muß und muß gehn mit einem größeren *volksmäßigen* Gedicht. Es wird mir immer gewisser, daß *wahre* Poesie für jedermann ist. Noch eine Zeitlang will ich mich mit der Kraft Homers, Shakespears, Ossians und Ariosts nähren. Und wenn die verdaut und meine Kraft geworden ist, wenn ich, wie die jungen Vögel, meine Flügel durch Romanzen genugsam werde versucht haben, dann — — — Es kann nichts in der ganzen Natur *vor* seiner Zeit reif werden. Oder es ist eitel Hudelei.

Achte Du meine Übersetzung Homers für keinen Zeitverlust. Ich fühl' es am besten, was mich das nährt. Die fünfte Rhapsodie der *Ilias* ist nun vollends fertig. [] Das freut mich am meisten bei meinem Homer, daß diejenigen, die ihn etwa aus dem ersten Buch von Schulen her oder aus jämmerlichen Verdolmetschungen als einen albernen Salbader erkennen und sich vorstellen, die Augen gar mächtig aufreißen werden, wenn sie alles, was Ossian nur immer Großes und Herrliches hat, auch in ihm, und welches wohl zu merken, mit viel mehr Natur und Klarheit finden. Was würde Ossian sein, wenn ihn Damm oder Bodmer übersetzt hätte? []

308
BÜRGER AN HEINRICH CHRISTIAN BOIE

Appenrode, 3. April 1780

[] Ehegestern habe ich Wielands *Oberon* erhalten. Der Wieland ist und bleibt doch ein poetischer Teufelskerl. Ob er

gleich seine Sujets hier und da entlehnt, so verschwendet er doch überall so viel eignen Reichtum, daß man ihn bewundern muß. Er ist das reichste Genie unsrer Nation.
Was sagst Du zu der neuen vortrefflichen Beschreibung von Rezias Entbindung. Ich hätte aus der Haut fahren mögen, als ich's las.
Und die schönen Stanzen! – Nein, es tut's ihm keiner nach! Meinen Almanachsacker werde ich dies Jahr größtenteils mit eignem Miste düngen. Es kommen noch wenig Beiträge ein; und die da einkommen, sind der Schofel alles Schofels. Das macht wohl, ich schreibe an alle die Knaben kein Wort, so jämmerlich sie auch um ein Brieflein wimmern. []

JOHANN WOLFGANG GOETHE
1749-1832

Das Leben des Frankfurters, der in Leipzig und Straßburg die Rechte studierte, um dann nach einigen tastenden Jahren in der Vaterstadt für den Rest seines Lebens, und das heißt für sechsundfünfzig Jahre, in die bescheidene Herzogsresidenz Weimar zu gehen, ist von einer solchen Spannweite des Denkens und Handels erfüllt, daß es sich der kurzen biographischen Fixierung entzieht. Neben- und nacheinander war er Autor in vielen Bereichen, Künstler und Sammler, Ästhetiker, Politiker, Minister in mehreren Ressorts, Theaterintendant, Regisseur und, was ihm wahrscheinlich das wesentlichste schien, Naturforscher — eine Liste, die schon manchen Zeitgenossen, erst recht aber späteren, zur Spezialisierung erzogenen Generationen geradezu verdächtig erschien. Gewiß hat er viele seiner Tätigkeiten mit dilettantischer Unbefangenheit begonnen, in manchen ist er auch gescheitert. Doch hat er kaum einmal kapituliert, es sei denn vor den Forderungen des Lebens selbst. Dieses Leben aber war ein Versuch, sich im Chaos der Erscheinungen zurechtzufinden, sie zu ordnen und ein Bezugssystem zur eigenen Existenz herzustellen. Was er unter Objektivität verstand, seine Maßstäbe für gültige oder duldbare Werte, waren das Resultat dieses sehr subjektiven Versuches. In einer Welt generalisierter und zwangsobjektivierter Vorstellungen, wie wir sie uns, den Fakten und Hypothesen wissenschaftlicher Systeme mehr vertrauend als uns selbst, gebildet haben, mögen diese Resultate orakelhaft, ja manchmal anmaßend klingen, zumal wenn sie von kritikloser Verehrung nachgebetet werden. Darüber jedenfalls gibt es keinen Zweifel, daß auch sein literarisches Werk eine zwingende Ausformung dieses universellen Strebens ist; seine Dichtungen, Gelegenheitsdichtungen samt und sonders, sind ausgewählte Fälle eines auf Beobachtung, nicht — wie bei Schiller — auf Spekulation gerichteten Geistes. Damit wäre freilich nur die Tendenz, nicht die Leistung umrissen. Sie liegt wesentlich in der Einordnung der deutschen Literatur in die Wert- und Denkprinzipien einer übernatio-

nalen literarischen Traditoin, ein Vorgang, den er als wechselseitig erkannte: dem unentwegten Aufnahmeprozeß, der die europäische Antike, die romanischen und germanischen Literaturen ebenso umfaßte wie die orientalischen, entsprach auch sein eigener Beitrag zu dieser Tradition. Als erster der neueren deutschen Autoren ist Goethe ein weiterwirkender Faktor der Weltliteratur geworden. Er ging diesen Weg auf weite Strecken allein und viele verkennend, die ihm dabei vermeintlich oder wirklich ein Hindernis waren. Unsere Auswahl versucht, diese Bemühung und das daraus entstehende Spannungsverhältnis sichtbar zu machen, ebenso aber die Steigerung des Bewußtseins, den Akt der Selbstbestätigung, der oft als olympische Arroganz mißverstanden wurde. Nur biographische Dokumente, aber auch die kunsttheoretischen und naturwissenschaftlichen Korrespondenzen, treten dagegen zurück; wichtige ästhetische Tendenzen erscheinen später in der Diskussion mit dem Freund, den er als schicksalsbestimmt empfand, und seit dessen frühem Tod er mehr und mehr in den Monolog verfiel: in der Korrespondenz mit Schiller, die den Briefen beider in einigen Auszügen folgt.

309

GOETHE AN SEINE SCHWESTER CORNELIE

Leipzig, 12. Oktober 1765

[] Was würdest Du sagen, Schwestergen, wenn Du mich in meiner jetzigen Stube sehen solltest? Du würdest astonished ausrufen: So ordentlich! so ordentlich Bruder! – da! – tue die Augen auf, und sieh! – Hier steht mein Bett! da meine Bücher! dort ein Tisch, aufgeputzt wie Deine Toilette nimmermehr sein kann. Und dann – aber – ja das ist was anders. Eben besinne ich mich. Ihr andern kleinen Mädgen könnt nicht so weit sehen, wie *wir Poeten.* Du mußt mir also glauben, daß bei mir alles recht ordentl. aussiehet, und zwar auf Dichter-Parole. Genug! [] Küsse Schmitelgen und Runckelgen von meinetwegen. Die lieben Kinder! Denen drei Madles von Stockùm mache das schönste Kompliment von mir. So weit von Mädgen. Aber noch eins. Hier habe ich die Ehre, keines zu kennen, dem Himmel sei Dank!

Mit jungen schönen W – doch was geht Dich das an! Fort! fort fort! Gnug von Mädgen.
Denk eine Geschichte vom Henker! – Ha! Ha! Ha! – lache! – Hr. Claus hat mir einen Brief an einen hiesigen Kaufmann mitgegeben! – Ich ging hin, es zu bestellen. Ich fand den Mann und sein ganzes Haus ganz sittsam! – schwarz und weiß die Weibsleute mit Stirnläppgen! so seitwärts schielerlich. Ach Schwestergen, ich hätte bersten mögen. Einige Worte, in sanfter und demütiger Stille gesprochen, fertichten mich ab. Ich ging zum Tempel hinaus. Leb wohl.
Nachschrift an den Vater.
Ich werde an den alten Rektor schreiben. Es wird mir nicht schwer fallen. Ich tue jetzt nichts als mich des Lateins befleißen! – Noch eins! Sie können nicht glauben, was es eine schöne Sache um einen Professor ist. Ich bin ganz entzückt gewesen, da ich einige von diesen Leuten in ihrer Herrlichkeit sah. Nil istis splendidius, gravius, ac honoratius. Oculorum animique aciem ita mihi perstrinxit, autoritas., gloriaque eorum, ut nullos praeter honores Professurae alios sitiam. Vale. Vale. [*Nichts ist glänzender, würdiger und angesehener als jene. Ihre Autorität und ihr Ruhm haben mir Blick und Verstand dermaßen betäubt, daß ich nach nichts anderem als den Ehren einer Professur dürste. Lebe wohl, lebe wohl.*]

310

GOETHE AN JOHANN JAKOB RIESE

Leipzig, 21. Oktober 1765

[] Heut hab' ich angefangen, Collegia zu hören. Was für? – Ist es der Mühe wert zu fragen? Institutiones imperiales. Historiam iuris. Pandectas und ein privatissimum über die sieben ersten und sieben letzten Titel des Codicis. Denn mehr braucht man nicht, das übrige vergißt sich doch. Nein gehorsamer Diener! das ließen wir schön unterwege. – Im Ernste, ich habe heute zwei Kollegien gehört, die Staatengeschichte bei Professor Böhmen und bei Ernesti über Cicerons Gespräche vom Redner. Nicht wahr, das ging an. Die andre Woche geht Collegium philosophicum et mathematicum an. –
Gottscheden hab' ich noch nicht gesehen. Er hat wieder ge-

heiratet. Eine Jfr. Obristleutnantin. Ihr wißt es doch. Sie ist neunzehn und er fünfundsechzig Jahr. Sie ist vier Schuhe groß und er sieben. Sie ist mager wie ein Hering und er dick wie ein Federsack. – Ich mache hier große Figur! – Aber noch zur Zeit bin ich kein Stutzer. Ich werd' es auch nicht. – Ich brauche Kunst, um fleißig zu sein. In Gesellschaften, Konzert, Komödie, bei Gastereien, Abendessen, Spazierfahrten, soviel es um diese Zeit angeht. Ha! das geht köstlich. Aber auch köstlich, kostspielig. Zum Henker, das fühlt mein Beutel. Halt! rettet! haltet auf! Siehst Du sie nicht mehr fliegen? Da marschierten 2 Louisd'or. Helft! da ging eine. Himmel! schon wieder ein paar. Groschen die sind hier, wie Kreuzer bei Euch draußen im Reiche. [] Ich habe kostbaren Tisch. Merkt einmal unser Küchenzettel. Hühner, Gänse, Truthahnen, Enten, Rebhühner, Schnepfen, Feldhühner, Forellen, Hasen, Wildpret, Hechte, Fasanen, Austern pp. Das erscheinet täglich. Nichts von anderm groben Fleisch ut sunt Rind, Kälber, Hammel pp., das weiß ich nicht mehr, wie es schmeckt. Und die Herrlichkeiten nicht teuer, gar nicht teuer. []

311

GOETHE AN ERNST WOLFGANG BEHRISCH

Leipzig, 10./11. November 1767

Dienstag abends um sieben Uhr.

Ha, Behrisch, da ist einer von den Augenblicken! Du bist weg, und das Papier ist nur eine kalte Zuflucht, gegen Deine Arme, O Gott, Gott. – Laß mich nur erst wieder zu mir kommen. Behrisch, verflucht sei die Liebe. O sähst Du mich, sähst Du den Elenden, wie er rast, der nicht weiß, gegen wen er rasen soll, Du würdest jammern. Freund, Freund! Warum hab' ich nur einen?

Um acht Uhr:

[] O Behrisch. Behrisch! Mein Kopf! Ich habe mir eine Feder geschnitten, um mich zu erholen. Laß sehen ob wir fortkommen. Meine Geliebte! Ah, sie wird's ewig sein. Sieh Behrisch, in dem Augenblicke, da sie mich rasen macht, fühl' ich's. Gott, Gott, warum muß ich sie so lieben. []

Wieder eine neue Feder. Wieder einige Augenblicke Ruhe.

O mein Freund. Schon das dritte Blatt. Ich könnte Dir tausend schreiben, ohne müde zu werden. Ohne fertig zu werden. Welcher Elender hat sich je satt geklagt.
Aber ich liebe sie. Ich glaube, ich tränke Gift von ihrer Hand. Verzeih mir, Freund. Ich schreibe wahrlich im Fieber, wahrlich im Paroxismus. Doch laß mich schreiben. Besser ich lasse hier meine Wut aus, als daß ich mich mit dem Kopf wider die Wand renne.
[] Wie wird's morgen sein. Mein armer Kopf dreht sich. Morgen will ich ausgehen und sie sehn. Vielleicht hat ihre ungerechte Kälte gegen mich nachgelassen. Hat sie's nicht, so bin ich gewiß, einen gedoppelten Anfall von Fieber morgen abend zu kriegen. Es sei! Ich bin nicht mehr Herr über mich. []
Mittwochs früh.
Ich habe eine schröckliche Nacht gehabt. [] O Behrisch, ich bin etwas ruhiger, aber nicht viel. Ich werde sie heute sehen. Wir probieren unsre *Minna* bei Obermanns und sie wird drüben sein. Ha, wenn sie fortführe, sich kalt gegen mich zu stellen! Ich könnte sie strafen. Die schröcklichste Eifersucht sollte sie quälen. Doch nein, nein, das kann ich nicht.
Abends um acht.
[] Gestern machte das mir die Welt zur Hölle, was sie mir heute zum Himmel macht – und wird so lange machen, bis es mir sie zu keinem von beiden mehr machen kann.
Sie war bei Obermanns und wir waren eine Viertelstunde allein. Mehr braucht es nicht um uns auszusöhnen. Umsonst sagte Schäkespear Schwachheit Dein Name ist *Weib*, eh' würde man sie unter dem Bilde des Jünglings kennen. Sie sah ihr Unrecht ein, meine Krankheit rührte sie und sie fiel mir um den Hals, und bat mich um Vergebung, ich vergab ihr alles. Was hätte ich zu vergeben, in Vergleich des, was ich ihr in diesem Augenblicke vergeben haben würde.
[] *Ein* Augenblick Vergnügen ersetzt tausende voll Qual, wer möchte sonst leben, mein Verdruß war vorbei, ein vergangenes Übel ist ein *Gut*. Die Erinnerung überstandener Schmerzen ist Vergnügen. Und *so* ersetzt! mein ganzes Glück in meinen Armen. Die schöne Scham, die sie ohngeachtet unsrer Vertraulichkeit so oft ergreift, daß die mächtige Liebe sie wider das Geheiß der Vernunft in meine Arme wirft; die Augen, die sich zudrücken, so oft sich ihr Mund auf den mei-

nigen drückt; das süße Lächeln in den kleinen Pausen unsrer Liebkosungen, die Röte, die Scham, Liebe, Wollust, Furcht, auf die Wangen treiben, dies zitternde Bemühen, sich aus meinen Armen zu winden, das mir durch seine Schwäche zeigt, daß nichts als Furcht sie je herausreißen würde. Behrisch, das ist eine Seligkeit, um die man gern ein Fegfeuer aussteht. Gute Nacht, mein Kopf schwindelt mir wie gestern, nur von was anders. [ ]

312

GOETHE AN FRIEDERIKE BRION

Straßburg, 15. Oktober 1770

[ ] Liebe, liebe Freundin, ob ich Ihnen was zu sagen habe, ist wohl keine Frage; ob ich aber just weiß, warum ich eben jetzo schreiben will und was ich schreiben mögte, das ist ein anders; soviel merk' ich an einer gewissen innerlichen Unruhe, daß ich gerne bei Ihnen sein mögte; und in dem Falle ist ein Stückgen Papier so ein wahrer Trost, so ein geflügeltes Pferd für mich, hier, mitten in dem lärmenden Straßburg, als es Ihnen, in Ihrer Ruhe nur sein kann, wenn Sie die Entfernung von Ihren Freunden recht lebhaft fühlen. [ ]

Es ist ein gar herziges Ding um die Hoffnung, *wiederzusehen*. Und wir andern mit denen verwöhnten Herzgen, wenn uns ein bißgen was leid tut, gleich sind wir mit der Arzenei da und sagen: Liebes Herzgen, sei ruhig, Du wirst nicht lange von ihnen entfernt bleiben, von denen Leuten, die Du liebst; sei ruhig liebes Herzgen! Und dann geben wir ihm inzwischen ein Schattenbild, daß es doch was hat, und dann ist es geschickt und still wie ein kleines Kind, dem die Mama eine Puppe statt des Apfels gibt, wovon es nicht essen sollte. Genung, wir sind hier, und sehen Sie, daß Sie unrecht hatten! Sie wollten nicht glauben, daß mir der Stadtlärm auf Ihre süße Landfreuden mißfallen würde.

Gewiß, Mamsell, Straßburg ist mir noch nie so leer vorgekommen als jetzo. Zwar hoff' ich, es soll besser werden, wenn die Zeit das Andenken unsrer niedlichen und mutwilligen Lustbarkeit ein wenig ausgelöscht haben wird, wenn ich nicht mehr so lebhaft fühlen werde, wie gut, wie angenehm meine Freundin ist. Doch sollte ich das vergessen können oder wollen? Nein, ich will lieber das wenig Herzwehe behalten, und oft an Sie schreiben. []

313

GOETHE AN JOHANN GOTTFRIED HERDER

(Wetzlar, Mitte Juli 1772)

[] Es vergeht kein Tag, daß ich mich nicht mit Euch unterhalte und oft denke, wenn sich's nur mit ihm leben ließe. Es wird, es wird! Der Junge im Küraß wollte zu früh mit, und Ihr reitet zu schnell. Genung, ich will nicht müßig sein, meinen Weg ziehen und das meinige tun; treffen wir einander wieder, so gibt sich's Weitere.

Seit vierzehn Tagen les' ich Eure *Fragmente* zum erstenmal; ich brauch' Euch nicht zu sagen, was sie mir sind. []

Laßt uns, ich bitte Euch, versuchen, ob wir nicht öfter zueinander treten können. Ihr fühlt, wie Ihr den umfassen würdet, der Euch das sein könnte, was Ihr mir seid. Laßt uns nur nicht dadurch, daß wir notwendig manchmal aneinander geraten müssen, nicht dadurch wie Weichlinge abgeschreckt werden; stoßen sich unsre Leidenschaften, können wir keinen Stoß aushalten? Das gilt mich mehr als Euch. Genug, habt Ihr was wider mich, so sagt's. Grad und ernst, oder bös, grinsend, wie's kommt. []

314

GOETHE AN CHARLOTTE BUFF

Wetzlar, 11. September 1772

Gepackt ist's, Lotte, und der Tag bricht an, noch eine Viertelstunde, so bin ich weg. Die Bilder, die ich vergessen habe und die Sie den Kindern austeilen werden, mögen Entschuldigung sein, daß ich schreibe, Lotte, da ich nichts zu schreiben habe. Denn Sie wissen alles, wissen, wie glücklich ich diese Tage war. Und ich gehe, zu den liebsten besten Menschen, aber warum von Ihnen. Das ist nun so und mein Schicksal, daß ich heute, morgen und übermorgen nicht hinsetzen kann – was ich wohl oft im Scherz dazusetzte. Immer fröhliges Muts, liebe Lotte, Sie sind glücklicher als hundert, nur nicht gleichgültig, und ich, liebe Lotte, bin glücklich, daß ich in Ihren Augen lese, Sie glauben, ich werde mich nie verändern. Adieu, tausendmal adieu! Goethe

315

GOETHE AN JOHANN CHRISTIAN KESTNER

(Frankfurt, im August 1773)

[] Und nun meinen lieben Götz! Auf seine gute Natur verlass' ich mich, er wird fortkommen und dauern. Er ist ein Menschenkind mit viel Gebrechen und doch immer der besten einer. Viele werden sich am Kleid stoßen und einigen rauhen Ecken. Doch hab' ich schon so viel Beifall, daß ich erstaune. Ich glaube nicht, daß ich so bald was machen werde, das wieder das Publikum findet. Unterdessen arbeit' ich so fort, ob etwa dem Strudel der Dinge belieben mögte, was Gescheuters mit mir anzufangen. []

316

GOETHE AN GOTTLOB FRIEDRICH ERNST SCHÖNBORN

Frankfurt, 1./4. Juli 1774

[] Ich habe Klopstocken geschrieben und ihm zugleich was geschickt, brauchen wir Mittler, um uns zu kommunizieren? Allerhand Neues hab' ich gemacht. Eine Geschichte des Titels *Die Leiden des jungen Werthers,* darin ich einen jungen Menschen darstelle, der, mit einer tiefen reinen Empfindung und wahrer Penetration begabt, sich in schwärmende Träume verliert, sich durch Spekulation untergräbt, bis er zuletzt durch dazutretende unglückliche Leidenschaften, besonders eine endlose Liebe zerrüttet, sich eine Kugel vor den Kopfe schießt. Dann hab' ich ein Trauerspiel gearbeitet, *Clavigo,* moderne Anekdote dramatisiert mit möglichster Simplizität und Herzenswahrheit; mein Held ein unbestimmter, halb groß, halb kleiner Mensch, der Pendant zum *Weislingen* im *Götz,* vielmehr Weislingen selbst in der ganzen Rundheit einer Hauptperson; auch finden sich hier Szenen, die ich im

Götz, um das Hauptinteresse nicht zu schwächen, nur andeuten konnte. Auf Wielanden hab' ich ein schändlich Ding drucken lassen, unterm Titel *Götter, Helden und Wieland, eine Farce*. Ich turlupiniere ihn auf eine garstige Weise über seine Mattherzigkeit in Darstellung jener Riesengestalten der markigen Fabelwelt. Ich will suchen, Euch nach und nach das Zeug durch Gelegenheit nach Marseille zu spedieren, übers Meer kann das Porto nicht viel tragen. Noch einige Plane zu großen Dramas hab' ich erfunden, das heißt das interessante Detail dazu in der Natur gefunden und in meinem Herzen. Mein *Cäsar*, der Euch einst freuen wird, scheint sich auch zu bilden. Mit Kritik geb' ich mich gar nicht ab. Kleinigkeiten schick' ich an Claudius und Boie, davon ich diesem Brief einige beifügen will. Aus Frankfurt bin ich nicht gekommen, doch hab' ich so ein verworren Leben geführt, daß ich neuer Empfindungen und Ideen niemals gemangelt habe. []

10. Juni

Klopstocks herrliches Werk hat mir neues Leben in die Adern gegossen. Die einzige Poetik aller Zeiten und Völker. Die einzige Regeln, die möglich sind! Das heißt Geschichte des Gefühls, wie es sich nach und nach festiget und läutert und wie mit ihm Ausdruck und Sprache sich bildet; und die biedersten Aldermannswahrheiten von dem, was edel und knechtisch ist am Dichter. Das alles aus dem tiefsten Herzen, eigenster Erfahrung mit einer bezaubernden Simplizität hingeschrieben! []

4. Juli

Lavater war fünf Tage bei mir und ich habe auch da wieder gelernt, daß man über niemand reden soll, den man nicht persönlich gesehen hat. Wie ganz anders wird doch alles. [] In seinem Elemente ist er unermüdet tätig, fertig, entschlossen, und eine Seele voll der herzlichsten Liebe und Unschuld. Ich habe ihn nie für einen Schwärmer gehalten und er hat noch weniger Einbildungskraft als ich mir vorstellte. Aber weil seine Empfindungen ihm die wahrsten, so sehr verkannten Verhältnisse der Natur in seine Seele prägen, er nun also jede Terminologie wegschmeißt, aus vollem Herzen spricht und handelt und seine Zuhörer in eine fremde Welt zu versetzen scheint, indem er sie in die ihnen unbekannten

Winkel ihres eigenen Herzens führt; so kann er dem Vorwurf eines Phantasten nicht entgehen. []
Mit Klopstocks *Gelehrtenrepublik* ist die ganze Welt unzufrieden, es versteht sie kein Mensch. Ich sah wohl voraus, was für eine erbärmliche Figur das herrliche Buch in den Händen aller Welt machen würde.
[] Heinse, den Sie aus der Übersetzung des Petrons kennen werden, hat ein Ding herausgegeben des Titels: *Laïdion* oder die eleusinischen Geheimnisse. Es ist mit der blühendsten Schwärmerei der geilen Grazien geschrieben und läßt Wieland und Jacobi weit hinter sich, obgleich der Ton und die Art des Vortrags, auch die Ideenwelt, in denen sich's herumdreht, mit den ihren koinzidiert. Hintenan sind Ottave [*rime*] angedruckt, die alles übertreffen, was je mit Schmelzfarben gemalt worden. []

317

GOETHE AN JOHANN HEINRICH MERCK

(Frankfurt, im Oktober 1775)

Ich erwarte den Herzog und Louisen, und gehe mit ihnen nach Weimar. Da wird's doch wieder allerlei Gut's und Ganzes und Halbes geben, das uns Gott gesegne. Leb indessen wohl, Alter, und behelf Dich im Leben. Kannst Du mir zehen Karolin schicken, so tu's mit den nächsten Kärchern. Ich bedarf ihrer und so weiter. [] Ich bin leidlich. Hab' an *Faust* viel geschrieben. []

318

GOETHE AN JOHANN GOTTFRIED HERDER

Weimar, 12. Dezember 1775

Lieber Bruder, der Herzog bedarf eines General-Superintendenten, hättest Du die Zeit Deinen Plan auf Göttingen geändert, wäre hier wohl was zu tun. Schreib mir ein Wort. Allenfalls ist auf die Veränderlichkeit der Zukunft ein Blick hierher. Leb wohl. Grüß das Wibele. Mir ist's wohl hier, in aller Art. Wieland ist eine brave Seele und die Fürstenkinder edel, lieb und hold. []

319
GOETHE AN JOHANN GOTTFRIED HERDER

Weimar, 15. Januar 1776

Antworte mir schnell, wie stehst Du mit Jerusalem, ein guter Brief von ihm würde viel tun. Lieber Bruder, wir haben's von jeher mit den Scheißkerlen verdorben, und die Scheißkerle sitzen überall auf dem Fasse. Der Herzog will und wünscht Dich, aber alles ist hier gegen Dich. Indes ist hier die Rede von Einrichtung auf ein gut Leben und 2000 Reichstaler Einkünfte. Ich laß nit los, wenn's nit gar dumm geht.
Leb wohl und schreib und siegle die Briefe wohl und gib auf die Siegel der meinigen acht.

320
GOETHE AN JOHANN GOTTFRIED HERDER

Weimar, 24. (?) Januar 1776

Bruder, sei ruhig, ich brauch' der *Zeugnisse* nicht, habe mit trefflichen Hetzpeitschen die Kerls zusammengetrieben, und es kann nicht lang mehr stocken, so hast Du den Ruf. Ich will Dir ein Plätzgen sichren, daß Du gleich hier sollst die Zügel zur Hand nehmen. Vielleicht bleib' ich auch eine Zeitlang da. [ ]

321
GOETHE AN CHARLOTTE VON STEIN

[Weimar], 23. Februar 1776

Wie ruhig und leicht ich geschlafen habe, wie glücklich ich aufgestanden bin und die schöne Sonne gegrüßt habe das erstemal seit vierzehn Tagen mit freiem Herzen, und wie voll Danks gegen Dich Engel des Himmels, dem ich das schuldig bin. Ich muß Dir's sagen, Du einzige unter den Weibern, die mir eine Liebe ins Herz gab, die mich glücklich macht. Nicht eher als auf der Redoute seh' ich Dich wieder. [ ]

322
GOETHE AN KARL THEODOR VON DALBERG

Weimar, 21. Juli 1779

[] Was die Mitteilung meiner *Iphigenie* betrifft, halt' ich mir vor, Ew. Exzell. mündlich meine Bedenklichkeit zu sagen. Ein Drama ist wie ein Brennglas; wenn der Akteur unsicher ist und den focum nicht treffend findet, weiß kein Mensch, was er aus dem kalten und vagen Scheine machen soll. Auch ist es viel zu nachlässig geschrieben, als daß es von dem gesellschaftlichen Theater sich sobald in die freire Welt wagen dürfte. Ich wünsche bald Gelegenheit zu haben, es Ew. Exzell. selbst vorzulesen. []

323
GOETHE AN JAKOB FRIEDRICH VON FRITSCH

Weimar, 13. Februar 1780

Ew. Exzellenz nehme ich mir die Freiheit mit einer Bitte zu behelligen. Schon lange hatte ich einige Veranlassung zu wünschen, daß ich mit zur Gesellschaft der Freimaurer gehören möchte; dieses Verlangen ist auf unserer letzten Reise viel lebhafter geworden. Es hat mir nur an diesem Titel gefehlt, um mit Personen, die ich schätzen lernte, in nähere Verbindung zu treten – und dieses gesellige Gefühl ist es allein, was mich um die Aufnahme nachsuchen läßt. Wem könnte ich dieses Anliegen besser empfehlen, als Ew. Exzellenz? Ich erwarte, was Sie der Sache für eine gefällige Leitung zu geben geruhen werden, erwarte darüber gütige Winke und unterzeichne mich ehrfurchtsvoll.

Ew. Exzellenz gehorsamster Diener Goethe

324
GOETHE AN JOHANN CHRISTIAN KESTNER

(Weimar, 14. Mai 1780)

[] Außer meiner Geheimratsstelle hab' ich noch die Direktion des Kriegsdepartements und des Wegebaus mit denen dazu bestimmten Kassen. Ordnung, Präzision, Geschwindigkeit sind Eigenschaften, von denen ich täglich etwas zu erwerben

suche. Übrigens steh' ich sehr gut mit den Menschen hier, gewinne täglich mehr Liebe und Zutrauen, und es wird nur von mir abhängen zu nutzen und glücklich zu sein.
[] Meine Schriftstellerei subordiniert sich dem Leben, doch erlaub' ich mir nach dem Beispiele des großen Königs, der täglich einige Stunden auf die Flöte wandte, auch manchmal eine Übung in dem Talente, das mir eigen ist. Geschrieben liegt noch viel, fast noch einmal so viel als gedruckt, Plane hab' ich auch genug, zur Ausführung aber fehlt mir Sammlung und *lange Weile*. []

325

GOETHE AN JOHANN KASPAR LAVATER

(Weimar), 3. Juli 1780

[] Wieland ist gegen Dich sehr gut gesinnt. Er hat seine Launen und bedenkt sonderlich in Prosa nicht immer alles, was er schreibt. [] Sein *Oberon* wird, so lang Poesie Poesie, Gold Gold und Kristall Kristall bleiben wird, als ein Meisterstück poetischer Kunst geliebt und bewundert werden.
Daß der alte Bodmer, der einen großen Teil des zurückgelegten 18. Jahrhunderts durchgedichtet hat, ohne Dichter zu sein, über eine solche Erscheinung wie der Schuhu über eine Fackel sich entsetzt, will ich wohl glauben. Der arme Alte, der sich bei seinem ewigen Geschreibe nicht einmal durch den Beifall des Publici hat anerkannt gesehen, was doch weit geringern als ihm passiert ist, muß freilich bei allen solchen Produktionen einen unüberwindlichen Ekel empfinden. []

326

GOETHE AN JOHANN KASPAR LAVATER

(Weimar), 19. August 1780

[] Ich sammle neuerdings zur Mineralogie; will mir Dein Bruder Doktor etwas von seinem Überfluß zukommen lassen, so macht mir's viel Vergnügen. Kannst Du mir sonst was dergleichen ohne viel Umstände verschaffen, so tu's. Es müßte wohl eingepackt nach Frankfurt an meine Mutter mit einem *Fuhrmann* geschickt werden, daß das Porto nicht so hoch käme. Adieu. []

327
GOETHE AN CHARLOTTE VON STEIN

Weimar, 20. Februar 1781

Mir hätte nicht leicht etwas Fataleres begegnen können, als daß Lessing gestorben ist. Keine Viertelstunde vorher, eh' die Nachricht kam, macht' ich einen Plan ihn zu besuchen. Wir verlieren viel, viel an ihm, mehr als wir glauben. Adieu, Beste. []

328
GOETHE AN CHARLOTTE VON STEIN

(Neunheiligen), 10. März 1781

[] Mich wundert nun gar nicht mehr, daß Fürsten meist so toll, dumm und albern sind. Nicht leicht hat einer so gute Anlagen als der Herzog, nicht leicht hat einer so viel verständige und gute Menschen um sich und zu Freunden als er, und doch will's nicht nach Proportion vom Flecke, und das Kind und der Fischschwanz gucken, eh' man sich's versieht, wieder hervor. Das größte Übel hab' ich auch bemerkt. So passioniert er fürs Gute und Rechte ist, so wird's ihm doch weniger darinne wohl als im Unschicklichen; es ist ganz wunderbar, wie verständig er sein kann, wieviel er einsieht, wieviel kennt, und doch, wenn er sich etwas zugute tun will, so muß er etwas Albernes vornehmen, und wenn's das Wachslichter-Zerknaupeln wäre. []

329
GOETHE AN CHARLOTTE VON STEIN

Ilmenau, 8. Juli 1781

[] Jeden Abend grüß' ich das rötliche Gestirn des Mars, das über die Fichtenberge vor meinem Fenster aufgeht, es muß Dir über meinem Garten stehn, und bald seh' ich's mit Dir an einem Fenster. Gute Nacht meine Beste, entfernt von seiner Liebe ist nicht zu leben.

In sorglichen Augenblicken ängstigt mich Dein Fuß und Deiner Kinder Husten. Wir sind wohl verheuratet, das heißt:

durch ein Band verbunden, wovon der Zettel aus Liebe und Freude, der Eintrag aus Kreuz, Kummer und Elend besteht. Adieu, grüße Steinen. Hilf mir glauben und hoffen. []

330
GOETHE AN KARL LUDWIG VON KNEBEL

Weimar, 3. Dezember 1781

[] Das Bedürfnis meiner Natur zwingt mich zu einer mannichfaltigten Tätigkeit, und ich würde in dem geringsten Dorfe und auf einer wüsten Insel ebenso betriebsam sein müssen, um nur zu leben. Sind denn auch Dinge, die mir nicht anstehen, so komme ich darüber gar leichte weg, weil es ein Artikel meines Glaubens ist, daß wir durch Standhaftigkeit und Treue in dem gegenwärtigen Zustande ganz allein der höheren Stufe eines folgenden wert und sie zu betreten fähig werden, es sei nun hier zeitlich oder dort ewig. []

331
GOETHE AN CHARLOTTE VON STEIN

Tiefenort, 7. April 1782

[] Noch ein Wort vom *Pilatus!* Wenn unsereiner seine Eigenheiten und Albernheiten einem Helden aufflickt, und nennt ihn Werther, Egmont, Tasso,wie Du willst, gibt es aber am Ende für nichts als was es ist, so geht's hin und das Publikum nimmt insofern Anteil dran, als die Existenz des Verfassers reich oder arm, merkwürdig oder schal ist, und das Märgen bleibt auf sich beruhen. Nun findet Hans Kaspar [*Lavater*] diese Methode des Dramatisierens (wie sie's nennen) allerliebst und flickt seinem Christus auch so einen Kittel zusammen und knüpft aller Menschen Geburt und Grab, A und O, und Heil und Seligkeit dran, da wird's abgeschmackt, dünkt mich, und unerträglich. Überhaupt bin ich überzeugt, daß er es viel zu ernstlich meint, um jemals ein gutes Werk in der Art zu schreiben. In allen solchen Kompositionen muß der Verfasser wissen, was er will, aber nirgends dogmatisieren; er muß in tausend versteckten Gestalten (niemals gradezu) andeuten und merken lassen, wo es hinaussoll.

Noch ist ein Böses dabei. Er bildet sich ein, ein besserer Christe als Klopstock zu sein, und doch klopstöckelt er allen Augenblick. Die leidigen Exklamationen, Trümpfe, Zerfleischungen gar nicht mitgerechnet.
[] Wenn ein großer Mensch ein dunkel Eck hat, dann ist's recht dunkel! []

332
GOETHE AN CHARLOTTE VON STEIN

Eisenach, 7. Juni 1784

[] Zum Schrecken aller Wohlgesinnten geht die Rede, als sollten die *Mémoires* des Voltaire, von denen ich schrieb, gedruckt werden; mir macht es ein großes Vergnügen, damit Du sie lesen kannst. Ich soll eins der ersten Exemplare erhalten und ich schicke Dir es gleich.
Du wirst finden, es ist als wenn ein Gott (etwa Momus), aber eine Kanaille von einem Gotte, über einen König und über das Hohe der Welt schriebe. Dies ist überhaupt der Charakter aller Voltairischen Witzprodukte, der bei diesen Bogen recht auffällt. Kein menschlicher Blutstropfe, kein Funke Mitgefühl und Honettetät. Dagegen eine Leichtigkeit, *Höhe* des Geistes, Sicherheit, die entzücken. Ich sage Höhe des Geistes, nicht Hoheit. Man kann ihn einem Luftballon vergleichen, der sich durch eine eigne Luftart über alles wegschwingt und da Flächen unter sich sieht, wo wir Berge sehn. []

333
GOETHE AN KARL LUDWIG VON KNEBEL

Weimar, 2. April 1785

[] Die Kriegslust, die wie eine Art von Krätze unsern Prinzen unter der Haut sitzt, fatigiert mich wie ein böser Traum, in dem man fort will und soll und einen die Füße versagen. Sie kommen mir wie solche Träumende vor und mir ist's, als wenn ich mit ihnen träumte.
Laß ihnen den glücklichen Selbstbetrug. Das kluge Betragen der Großen wird hoffentlich den Kleinen die Motion ersparen, die sie sich gerne auf andrer Unkosten machen mögten.

[] Ich habe auf dies Kapitel weder Barmherzigkeit, Anteil noch Hoffnung und Schonung mehr. Befleißige Dich, dies Kreuz auch auf Dich zu nehmen und mir nachzufolgen. []

334

GOETHE AN PHILIPP CHRISTOPH KAYSER

Weimar, 22. Dezember 1785

[] Neulich ward die *Entführung aus dem Serail*, komponiert von *Mozart*, gegeben. Jedermann erklärte sich für die Musik. Das erstemal spielten sie es mittelmäßig, der Text selbst ist sehr schlecht und auch die Musik wollte mir nicht ein. Das zweitemal wurde es schlecht gespielt und ich ging gar heraus. Doch das Stück erhielt sich und jedermann lobte die Musik. Als sie es zum fünftenmal gaben, ging ich wieder hinein. Sie agierten und sangen besser als jemals, ich abstrahierte vom Text und begreife nun die Differenz meines Urteils und des Eindrucks aufs Publikum und weiß, woran ich bin. []

335

GOETHE AN FRIEDRICH JUSTIN BERTUCH
UND GEORG JOACHIM GÖSCHEN

(Weimar, Ende Juni 1786)

[] Ihnen sind die Ursachen bekannt, welche mich endlich nötigen, eine Sammlung meiner sämtlichen Schriften, sowohl der schon gedruckten als auch der noch ungedruckten, herauszugeben.

Von der einen Seite droht wieder eine neue Auflage, welche, wie die vorigen, ohne mein Wissen und Willen veranstaltet zu werden scheint und jenen wohl an Druckfehlern und andern Mängeln und Unschicklichkeiten ähnlich werden möchte; von der andern Seite fängt man an, meine ungedruckten Schriften, wovon ich Freunden manchmal eine Kopie mitteilte, stückweise ins Publikum zu bringen.

Da ich nicht viel geben kann, habe ich immer gewünscht, das Wenige gut zu geben, meine schon bekannten Werke des Beifalls, den sie erhalten, würdiger zu machen, an diejenigen, welche geendigt im Manuskripte daliegen, bei mehrerer Freiheit und Muße den letzten Fleiß zu wenden und in glücklicher Stimmung die unvollendeten zu vollenden. Allein dies scheinen in meiner Lage fromme Wünsche zu bleiben; ein Jahr nach dem andern ist hingegangen, und selbst jetzt hat mich nur eine unangenehme Notwendigkeit zum dem Entschluß bestimmen können, den ich dem Publiko bekannt gemacht wünschte.

Sie erhalten in dieser Absicht eine Verteilung meiner sämtlichen Arbeiten in acht Bänden.

Erster Band. *Zueignung an das deutsche Publikum. Die Leiden des jungen Werthers.*

Zweiter Band. *Götz von Berlichingen. Die Mitschuldigen.*

Dritter Band. *Iphigenie. Clavigo. Die Geschwister.*

Vierter Band. *Stella. Der Triumph der Empfindsamkeit. Die Vögel.*

Fünfter Band. *Claudine. Erwin und Elmire. Lila. Jeri und Bätely. Die Fischerin.*

Sechster Band. *Egmont,* unvollendet. *Elpenor,* zwei Akte.

Siebenter Band. *Tasso,* zwei Akte. *Faust, ein Fragment. Moralisch politisches Puppenspiel.*

Achter Band. *Vermischte Schriften und Gedichte.*

Von den vier ersten Bänden kann ich mit Gewißheit sagen, daß sie die angezeigten Stücke enthalten werden; wie sehr wünsche ich mir aber doch so viel Raum und Ruhe, um die angefangenen Arbeiten, die dem sechsten und siebenten Bande zugeteilt sind, wo nicht sämtlich doch zum Teil vollendet zu liefern; in welchem Falle die vier letzten Bände eine andere Gestalt gewinnen würden. [ ]

336

GOETHE AN CHARLOTTE VON STEIN

Rom, 7. November 1786

Laß Dich's nicht verdrießen, meine Beste, daß Dein Geliebter in die Ferne gegangen ist, er wird Dir besser und glücklicher wiedergegeben werden. Möge mein Tagebuch, das ich bis Venedig schrieb, bald und glücklich ankommen, von Venedig bis hierher ist noch ein Stück geworden, das mit der *Iphigenie* kommen soll, hier wollt' ich es fortsetzen, allein es ging nicht. Auf der Reise rafft man auf, was man kann, jeder Tag bringt etwas, und man eilt auch, darüber zu denken und zu urteilen. Hier kommt man in eine gar große Schule, wo ein Tag soviel sagt und man doch von dem Tage nichts zu sagen wagt. []

337

GOETHE AN JOHANN GOTTFRIED HERDER

Rom, 13. Januar 1787

[] Ich kann noch nichts sagen, denn es wird nur. Hätte ich Zeit, ich wollte Euch große Schätze zurückbringen. Denn ach Winckelmann! Wieviel hat er getan und wieviel hat er uns zu wünschen übrig gelassen. Du kennst mich Hypothesenauflöser und Hypothesenmacher. Er hat mir denen Materialien, die er hatte, geschwinde gebaut, um unter Dach zu kommen. Lebte er noch (und er könnte noch frisch und gesund sein), so wäre er der erste, der uns eine neue Ausarbeitung seines Werkes gäbe. Was hätte er nicht noch beobachtet, was berichtigt, was benutzt, das nach seinen Grundsätzen getan und beobachtet, was neuerdings ausgegraben worden. [] Ich Wandrer raffe auf, was ich kann. Wie anders sehe ich gegen die erste Zeit, was würde es in Jahren sein. Sagen kann ich nichts; aber wollte Gott, ich hätte Freunde und Lieben um mich, mit mir, daß man sich teilen, vereint wirken und genießen könnte.
Die Leichtigkeit, hier alles zu sehen und manches zu haben, hat nirgends ihresgleichen, ich tue die Augen auf, so weit ich kann, und greife das Werk von allen Seiten an. []

338

GOETHE AN JOHANN GOTTFRIED HERDER

Rom, 3. Feburar 1787

[] Durch Rom hab' ich mich durchgesehn, und es ist Zeit, daß ich eine Pause mache. Die Mummereien des Karnevals mögen noch vor meinen Fenstern vorübergehn, dann nach Napel.

Palmarum bin ich wieder da und richte meine Reise weiter ein, wie mir Eure Stimmen zurufen und wie der Geist treibt. Ich könnte nach Ostern gleich nach Sizilien gehn, denn das Land ist im April und Mai noch bereisbar, obschon heiß genug, und sehn müßt' ich's denn doch.
Was Kunst betrifft, hab' ich nun Grund gelegt und kann nun darauf bauen, wie es Zeit und Umstände erlauben. Das Altertum ist mir aufgeschlossen und die Geschichte lieb, darin sollst Du mir nun forthelfen, und wir haben ein paar Vereinigungspunkte mehr. Laß uns zusammenhalten; es ist in der ganzen Welt ein lumpig kümmerlich Wesen.
Komm' ich zurück; so lesen wir Winckelmanns *Geschichte der Kunst* zusammen, da gibt's Gelegenheit, von allem zu reden, und ich will schon kommentieren, daß Du Dich freuen sollst, wenn ich nur Beispiele genug mitnehmen kann. Der Transport kostet so viel, und wir müssen alles aus eignen Kräften tun.
Die Kinder sollen mir schreiben, was ich ihnen mitbringen soll. Wenn ich ihre Zeilen am Rande Deines Briefes recht lese, so will August Paläste und Gottfried Abdrücke von Gemmen haben, beide sollen befriedigt werden, ich bringe ihnen auch ein schönes Studium antiker Marmorarten mit. []

339

GOETHE AN HERZOG KARL AUGUST

Rom, 25. Januar 1788

[] Die Hauptabsicht meiner Reise war: mich von den physisch-moralischen Übeln zu heilen, die mich in Deutschland quälten und mich zuletzt unbrauchbar machten; sodann den heißen Durst nach wahrer Kunst zu stillen, das erste ist mir ziemlich, das letzte ganz geglückt.
Da ich ganz frei war, ganz nach meinem Wunsch und Willen lebte, so konnte ich nichts auf andre, nichts auf Umstände, Zwang oder Verhältnisse schieben, alles kehrte unmittelbar auf mich zurück, und ich habe mich recht durchaus kennen lernen, und unter manchen Mängeln und Fehlern ist der, welchen Sie rügen, nicht der letzte. Ganz unter fremden Men-

schen, in einem fremden Lande zu leben, auch nicht einen bekannten Bedienten zu haben, an den man sich hätte anlehnen können, hat mich aus manchen Träumen geweckt, ich habe an munterm und resolutem Leben viel gewonnen. Als ich zuerst nach Rom kam, bemerkt' ich bald, daß ich von Kunst eigentlich gar nichts verstand und daß ich bis dahin nur den allgemeinen Abglanz der Natur in den Kunstwerken bewundert und genossen hatte, hier tat sich eine andre Natur, ein weiteres Feld der Kunst vor mir auf, ja ein Abgrund der Kunst, in den ich mit desto mehr Freude hineinschaute, als ich meinen Blick in die Abgründe der Natur gewöhnt hatte. Ich überließ mich gelassen den sinnlichen Eindrücken, so sah ich Rom, Neapel, Sizilien und kam auf Corpus Domini nach Rom zurück. Die großen Szenen der Natur hatten mein Gemüt ausgeweitet und alle Falten herausgeglättet, von der Würde der Landschaftsmalerei hatte ich einen Begriff erlangt, ich sah Claude und Poussin mit andern Augen, mit Hackert, der nach Rom kam, war ich vierzehn Tage in Tivoli, dann sperrte mich die Hitze zwei Monate in das Haus, ich machte *Egmont* fertig und fing an, Perspektiv zu treiben und ein wenig mit Farben zu spielen. So kam der September heran, ich ging nach Frascati, von da nach Castello und zeichnete nach der Natur und konnte nun leicht bemerken, was mir fehlte. Gegen Ende Oktober kam ich wieder in die Stadt, und da ging eine neue Epoche an. Die Menschengestalt zog nunmehr meine Blicke auf sich, und wie ich vorher, gleichsam wie von dem Glanz der Sonne, meine Augen von ihr weggewandt, so konnte ich nun mit Entzücken sie betrachten und auf ihr verweilen. Ich begab mich in die Schule, lernte den Kopf mit seinen Teilen zeichnen, und nun fing ich erst an, die Antiken zu verstehen. Damit brachte ich November und Dezember hin und schrieb indessen *Erwin und Elmire*, auch die Hälfte von *Claudinen*. Mit dem ersten Januar stieg ich vom Angesicht aufs Schlüsselbein, verbreitete mich auf die Brust und so weiter, alles von innen heraus, den Knochenbau, die Muskeln wohl studiert und überlegt, dann die antiken Formen betrachtet, mit der Natur verglichen und das Charakteristische sich wohl einprägt. [] Die nächste Woche werden nun die vorzüglichsten Statuen und Gemälde Roms mit frisch gewaschnen Augen besehen. []

340

PROMEMORIA AN DAS GEHEIME CONSILIUM

Weimar, 9. Dezember 1788

Herr Friedrich Schiller, welchem Serenissimus vor einigen Jahren den Titel als Rat erteilt, der sich seit einiger Zeit teils hier, teils in der Nachbarschaft aufgehalten, hat sich durch seine Schriften einen Namen erworben, besonders neuerdings durch eine *Geschichte des Abfalls der Niederlande* von der spanischen Regierung Hoffnung gegeben, daß er das historische Fach mit Glück bearbeiten werde. Da er ganz und gar ohne Amt und Bestimmung ist, so geriet man auf den Gedanken: ob man selbigen nicht in Jena fixieren könne, um durch ihn der Akademie neue Vorteile zu verschaffen.

Er wird von Personen, die ihn kennen, auch von seiten des Charakters und der Lebensart vorteilhaft geschildert, sein Betragen ist ernsthaft und gefällig, und man kann glauben, daß er auf junge Leute guten Einfluß haben werde.

In diesen Rücksichten hat man ihn sondiert, und er hat seine Erklärung dahin gegeben: daß er eine außerordentliche Professur auf den Jenaischen Akademie anzunehmen sich wohl entschließen könne, wenn auch selbige vorerst ihm ohne Gehalt konferiert werden sollte. Er würde suchen, sich in der Geschichte festzusetzen und in diesem Fache der Akademie nützlich zu sein.

Endesunterzeichneter hat hierauf, da es in Gotha Gelgenheit gab, von akademischen Sachen zu sprechen, sowohl Serenissimo nostro et Gothano als auch Herrn Geh. Rat v. Franckenberg die Eröffnung getan, und der Gedanke ist durchgängig gebilligt worden, besonders da diese Akquisition ohne Aufwand zu machen ist. [ ]

341

GOETHE AN CHARLOTTE VON STEIN

Weimar, 1. Juni 1789

[ ] Wie sehr ich Dich liebe, wie sehr ich meine Pflicht gegen Dich und Fritzen kenne, hab' ich durch meine Rückkunft aus Italien bewiesen. [ ] Was ich in Italien verlassen habe, mag

ich nicht wiederholen, Du hast mein Vertrauen darüber unfreundlich genug aufgenommen.
Leider warst Du, als ich ankam, in einer sonderbaren Stimmung, und ich gestehe aufrichtig: daß die Art, wie Du mich empfingst, wie mich andre nahmen, für mich äußerst empfindlich war. Ich sah Herdern, die Herzogin verreisen, einen mir dringend angebotnen Platz im Wagen leer, ich blieb um der Freunde willen, wie ich um ihrentwillen gekommen war, und mußte mir in demselben Augenblick hartnäckig wiederholen lassen, ich hätte nur wegbleiben können, ich nehme doch keinen Teil an den Menschen usw. Und das alles, eh' von einem Verhältnis die Rede sein konnte, das Dich so sehr zu kränken scheint.
Und welch ein Verhältnis ist es? Wer wird dadurch verkürzt? Wer macht Anspruch an die Empfindungen, die ich dem armen Geschöpf gönne? Wer an die Stunden, die ich mit ihr zubringe?
[] Die Art, wie Du mich bisher behandelt hast, kann ich nicht erdulden. Wenn ich gesprächig war, hast Du mir die Lippen verschlossen, wenn ich mitteilend war, hast Du mich der Gleichgültigkeit, wenn ich für Freunde tätig war, der Kälte und Nachlässigkeit beschuldigt. Jede meiner Mienen hast Du kontrolliert, meine Bewegungen, meine Art zu sein getadelt und mich immer mal à mon aise gesetzt. Wo sollte da Vertrauen und Offenheit gedeihen, wenn Du mich mit vorsätzlicher Laune von Dir stießest. []

342

GOETHE AN DIE HERZOGIN AMALIA

Hans, 25. September 1792

[] Des Königs Hauptquartier ist einige Stunden von Ste-Menehould, einige Meilen von einer alten Verschanzung, welche Attila aufwerfen ließ, und von dem Felde, wo dieser Hunnenkönig eine große Schlacht lieferte. []
Ferner scheint die Natur diese Gegenden von Urzeiten her zu Schlachtfeldern bestimmt zu haben, weil sie ihnen nicht den mindesten Reiz verliehen. Flache, nur mäßig fruchttragende Hügel und Flächen ziehen sich weit und breit anein-

ander, kaum daß man einen Baum oder einen Busch sieht, da sich die Dörfchen mit ihrem sparsamen Holze in die Gründe verstecken. Überhaupt habe ich für den ästhetischen Sinn meines Auges wenig Genuß gehabt. Seit Trier habe ich nur allenfalls ein Dutzend Gegenstände gesehen, die zur höchsten Not zu solchen Landschaften taugten, wie man sie ehmals aus Nürnberg zur Qual der Anfänger in der Zeichenkunst erhielt. Zwar ist's möglich, daß das höchst üble Wetter mir oft die Augen zugeschlossen, der Nebel manches Sehenswürdige verdeckt hat. Denn es hat die böse Witterung uns mehr als alle andre Übel gepeinigt, ja manchmal der Verzweiflung nahe gebracht, besonders da sie uns meist auf dem Marsche und bei jeder wichtigen Unternehmung überfiel. Man schilt öffentlich Jupitern einen Jakobiner, ja einen sans culotte. [] Auch kann ich Ew. Durchl. nicht bergen, daß Leute, die tiefer sehen, geradezu Wielanden die Schuld alles dieses Unheils geben, weil er den König der Könige zum Demokraten gemacht und ihn von der Sache seiner Oheime, Vettern und Gevattern Liebden, wenigstens auf einige Zeit abgezogen.
Hören nun Ew. Durchl. nach allem diesen, daß wir schon mehrere Wochen in der Nähe von Champagne, ja in Champagne hausen und herrschen und doch noch keinen Tropfen leidlichen Weins getrunken haben, so werden Sie deutlich einsehen, daß es hierherum nicht mit rechten Dingen zugehe und daß wir uns auf einem Boden befinden, dem nicht recht zu trauen ist. []

343
GOETHE AN CHRISTIAN GOTTLOB VOIGT

Lager Marienborn, 3. Juli 1793

Wie selig kann man seine Freunde preisen, die wenigstens das Unheil nicht mit Augen sehen, das in dieser Gegend und nun auch in dem unglücklichen Mainz angerichtet wird. Ihre gütigen Briefe zeigen mir Sie auf dem gewöhnlichen ruhigen, obgleich mitunter beschwerlichen Pfade der bürgerlichen Geschäfte und des häuslichen Lebens, möge ein gutes Geschick Sie lange drauf erhalten.
Mich wandelt in meiner jetzigen Lage eine Art Stupor an, und ich finde den trivialen Ausdruck *»der Verstand steht*

mir still« trefflich, um die Lage meines Geistes auszudrucken. Die Hälfte der schönen und wohlgelegnen Stadt mag nun wohl schon verbrannt sein; der Erfolg muß diesen grimmigen Entschluß rechtfertigen. Die Situation der emigrierten Mainzer ist die traurigste von der Welt.
[] Ich leugne nicht, daß ich bald wieder zurückzukehren wünsche. []

344
GOETHE AN CHRISTOPH MARTIN WIELAND

Weimar, 26. September 1793

Beiliegende drei Gesänge *Reinickes* wollte ich erst recht sauber abschreiben lassen und nochmals durchsehen, eh ich sie, lieber Herr und Bruder, Deiner Sanktion unterwürfe. Da man aber in dem, was man tun will, meist einige Schritte zurückbleibt, so sende ich sie in einem etwas unreineren Zustand. Du hast die Güte, sie, den kritischen Griffel in der Hand, zu durchgehen, mir Winke zu weiterer Korrektur zu geben und mir zu sagen: ob ich die Ausgabe dieser Arbeit beschleunigen oder sie noch einen Sommer solle reifen lassen. Du verzeihst, daß ich mich eines alten Rechts bediene, das ich nicht gern entbehren möchte, und weißt, welchen großen Wert ich auf Deine Bemerkungen und Deine Bestimmung lege. []

345
GOETHE AN JOHANN GOTTLIEB FICHTE

Weimar, 24. Juni 1794

Für die übersendeten ersten Bogen der *Wissenschaftslehre* danke ich zum besten; ich sehe darin schon die Hoffnung erfüllt, welche mich die Einleitung fassen ließ.
Das Übersendete enthält nichts, das ich nicht verstände oder wenigstens zu verstehen glaubte, nichts, das sich nicht an meine gewohnte Denkweise willig anschlösse.
Nach meiner Überzeugung werden Sie durch die wissenschaftliche Begründung dessen, worüber die Natur mit sich selbst in der Stille schon lange einig zu sein scheint, dem menschlichen Geschlechte eine unschätzbare Wohltat erweisen

und werden sich um jeden Denkenden und Fühlenden verdient machen. Was mich betrifft, werde ich Ihnen den größten Dank schuldig sein, wenn Sie mich endlich mit den Philosophen versöhnen, die ich nie entbehren und mit denen ich mich niemals vereinigen konnte. []

346

GOETHE AN JOHANN HEINRICH MEYER

Weimar, 30. Dezember 1795

[] Das Deraisonnement der Deutschen in Rom mag sich noch widerlicher ausnehmen, als wenn man es in Deutschland hören muß, und doch ist das Gespräch überall nichts als ein Austausch von Irrtümern und ein Kreislauf von beschränkten Eigenheiten. Wir wollen unsern Weg recht still, aber auch recht eigensinnig verfolgen. Lassen Sie nur ja niemand nichts von unsern Hypothesen, Theorien und Absichten merken, wenn die Leute von uns noch einige gute Meinung behalten sollen. Es ist bloß mit der Masse unserer vereinigten Kräfte und mit der Ausführung des Ganzen, daß wir ihnen in der Folge imponieren können, und doch werden sie auszusetzen genug finden.
Ich war von jeher überzeugt, daß man entweder *unbekannt* oder *unerkannt* durch die Welt gehe, so daß ich auf kleinen oder größeren Reisen, insofern es nur möglich war, meinen Namen verbarg, und künftig will ich ihn gewiß nur zu besserer Ausführung unseres Zweckes aushängen. []

347

GOETHE AN JOHANN HEINRICH MEYER

Weimar, 18. April 1796

[] Iffland spielt schon seit drei Wochen hier, und durch ihn wird der gleichsam verlorene Begriff von dramatischer Kunst wieder lebendig, es ist das an ihm zu rühmen, was einen echten Künstler eigentlich bezeichnet: er *sondert* seine Rollen so voneinander ab, daß in der folgenden kein Zug von der vorhergehenden erscheint. Dieses Absondern ist der Grund von allem übrigen, eine jede Figur erhält durch diesen scharfen Umriß ihren Charakter, und ebenso wie es dadurch dem Schauspieler gelingt, bei der einen Rolle die andere völlig vergessen zu machen, so gelingt es ihm auch, sich von seiner eigenen Individualität, so oft er will, zu separieren und sie nur da, wo ihn die Nachahmung verläßt, bei gemütlichen, herzlichen und würdigen Stellen hervortreten zu lassen. Der Vorteil, durch die schwächsten Nuancen bedeutend und mannigfaltig zu werden, liegt auch gleich zur Hand, und alles übrige, was zur Erscheinung kommt, entspringt aus dieser tiefen Quelle. Er hat eine große Gewandtheit seines Körpers und ist Herr über alle seine Organe, deren Unvollkommenheiten er zu verbergen, ja sogar zu benutzen weiß.

Die große Fähigkeit seines Geistes, auf die Eigenheiten der Menschen aufzumerken und sie in ihren charakteristischen Zügen wieder darzustellen, erregt Verwunderung, so wie die Weite seiner Vorstellungskraft und die Geschwindigkeit seiner Darstellungsgabe.

Schließlich aber, so wie anfänglich, ist mir der große Verstand bewundernswert, durch den er die einzelnen Kennzeichen des charakteristischen auffaßt und so zusammenstellt, daß sie ein von allen andern unterschiedenes Ganzes ausmachen. [ ]

348

GOETHE AN JOHANN HEINRICH MEYER

Weimar, 20. Juni 1796

[ ] *Richter aus Hof*, der allzubekannte Verfasser des *Hesperus*, ist hier. Es ist ein sehr guter und vorzüglicher Mensch, dem eine frühere Ausbildung wäre zu gönnen gewesen; ich müßte mich sehr irren, wenn er nicht noch könnte zu den unsrigen gerechnet werden. [ ]

349

GOETHE AN KARL LUDWIG VON KNEBEL

Jena, 28. März 1797

[ ] Schiller ist fleißig an seinem *Wallenstein*, der ältere Humboldt arbeitet an der Übersetzung des *Agamemnon* von

Aischylus, der ältere Schlegel an einer des *Julius Cäsar* von *Shäkespear,* und indem ich so sehr Ursache habe, über die Natur des epischen Gedichts nachzudenken, wo werde ich zugleich veranlaßt, auch auf das Trauerspiel aufmerksam zu sein, wodurch denn manches besondere Verhältnis zur Sprache kommt.
Dabei bringt noch die Gegenwart des jüngern [*Alexander*] von Humboldt, die allein hinreichte, eine ganze Lebensepoche interessant auszufüllen, alles in Bewegung, was nur chemisch, physisch und physiologisch interessant sein kann, so daß es mir manchmal recht schwer ward, mich in meinen Kreis zurückzuziehen.
Nimmst Du nun dazu, daß Fichte eine neue Darstellung seiner *Wissenschaftslehre* im »Philosophischen Journal« herauszugeben anfängt und daß ich, bei der spekulativen Tendenz des Kreises, in dem ich lebe, wenigstens im ganzen Anteil daran nehmen muß, so wirst Du leicht sehen, daß man manchmal nicht wissen mag, wo einem der Kopf steht, besonders wenn noch reichliche Abendessen die Nacht verkürzen und die den Studien so nötige Mäßigkeit nicht begünstigen. Ich freue mich daher, bald wieder nach Weimar zu kommen, um mich wieder in einem andern Kreise zu erholen. Unglaublich aber ist's, was für ein Treiben die wissenschaftlichen Dinge herumpeitscht und mit welcher Schnelligkeit die jungen Leute das, was sich erwerben läßt, ergreifen. []

350
GOETHE AN CHRISTIAN GOTTLOB VOIGT

Weimar, 19. Dezember 1798

Die Kantische *Anthropologie* folgt hier mit vielem Dank zurück, der doppelt ist, da sich Ihre Frau Gemahlin dieses Genusses um meinetwillen bisher beraubt hat. Es ist ein Werk, das besonders dem Pädagogen höchst willkommen sein muß, wir mögen nun die Rolle gegen uns selbst oder gegen andere spielen; übrigens sollte man meo voto dasselbe nur im Frühjahr lesen, wenn die Bäume blühen, um von außen ein Gleichgewicht gegen das Untröstliche zu haben, das durch den größten Teil des Buches herrscht; ich habe es gelesen, indem Kin-

der um mich spielten, und da mag es auch noch hingehen, denn von der Vernunftshöhe herunter sieht das ganze Leben wie eine böse Krankheit und die Welt einem Tollhaus gleich.
Bei allem dem Vortrefflichen, Scharfsinnigen, Köstlichen, worin unser alter Lehrer sich immer gleich bleibt, scheint es mir an vielen Stellen borniert und an noch mehrern illiberal. Ein weiser Mann sollte das Wort *Narr* nicht so oft brauchen, besonders da ihm selbst der Hochmut so lästig ist. Genie und Talent sind ihm überall im Wege, die Poeten sind ihm zuwider, und von den übrigen Künsten versteht er Gott sei Dank nichts. In einzelnen Fällen ist er pedantisch, wie z. B., daß er eine Vermischung des sanguinischen und cholerischen Temperaments nicht leiden will; freilich ist der Ausdruck *Vermischung* auch in meinem Sinne falsch, aber daß es eine Steigerung des sanguinischen Temperaments bis ins Cholerische durch alle Stufen gebe, lehrt die Erfahrung. [ ]
Die Behauptung, daß junge Weiber deswegen allgemein zu gefallen suchen, um sich nach dem Tode ihres Mannes einen zweiten vorzubereiten, die er noch dazu einigemal wiederholt, ist eigentlich so ein Einfall, wie die schlechten Spaßvögel manchmal in Gesellschaft vorbringen, und geziemt sich nur für so einen alten Hagestolz. Die Schilderung der Nationen scheint mir für einen Mann, der so lange in der Welt gelebt, sehr seicht, und wie schon oben erinnert, das Ganze für eine Anthropologie nicht liberal und artig genug. Sobald ich den Menschen darstellen will, wie er ist, besonders wenn ich allen Augenblick gestehen muß, daß es ja nicht einmal von ihm abhängt, anders zu sein, da der wünschenswerte Vernunftszustand nur wenigen und denen nur im hohen Alter zuteil wird, so dächte ich, müßte man die Sache freundlicher, einladender und erquickender geben. [ ]

351

GOETHE AN WILHELM VON HUMBOLDT

(Weimar, 16. September 1799)

[ ] Daß Fichte von Jena abgegangen ist, werden Sie schon wissen. Erst machten sie im »Philosophischen Journal« einen albernen Streich, indem sie einen Aufsatz, der nach dem her-

gebrachten Sprachgebrauch atheistisch genug war, einrückten. Da Fichte nun unrecht hatte, wurde er zuletzt auch noch grob gegen das Gouvernement, und so erhielt er seinen Abschied. Er hält sich jetzo in Berlin auf.
Übrigens scheint mir aus dieser Schule, wenigstens für die Gegenwart, wenig Freude und Nutzen zu hoffen. Diese Herrn kauen sämtlich ihren eignen Narren beständig wieder, ruminieren ihr Ich. Das mag denn freilich ihnen und nicht andern genießbar sein.
Kant hat sich nun auch gegen Fichte erklärt und versichert, daß die Lehre unhaltbar sei. Darüber ist denn diese Schule auf den alten Herrn äußerst übel zu sprechen. [ ]
Viel anderes habe ich nicht zu sagen, und Sie sehen wohl, daß die Deutschen verdammt sind, wie vor alters in den kimmerischen Nächten der Spekulation zu wohnen. Wenigstens fällt mir nicht leicht ein Kunstwerk von Bedeutung ein, das in dieser Zeit erschienen wäre. [ ]

352

GOETHE AN FRIEDRICH HEINRICH JACOBI

Weimar, 2. Januar 1800

[ ].Mit einer sehr angenehmen Empfindung arbeite ich nunmehr an der *Farbenlehre*. Nachdem ich mich beinahe zehn Jahre mit dem einzelnen durchgequält habe, so sehe ich die Möglichkeit, dieses schöne und reiche Kapital, das bisher teils vernachlässigt, teils mit vorsätzlicher Dumpfheit obskuriert worden ist, sowohl in sich selbst zu vollenden und aufzuklären, als auch mit dem Kreis der übrigen Naturerscheinungen zu verbinden. Die Arbeit ist noch immer groß, die vor mir liegt, indessen kann ich hoffen, sie zu vollenden.
Sie hat mir übrigens große Vorteile gebracht, indem ich dabei genötigt war, sowohl gegen Erfahrung als Theorie Face zu machen, und mich also nach beiden Seiten gleich auszubilden suchen mußte. Dabei kam mir zustatten, daß ich von jeher beim Anschauen der Gegenstände auf dem genetischen Weg mich am besten befand, so daß es mir nicht schwer werden konnte, mich zu der dynamsichen Vorstellungsart, welche uns bei der Betrachtung der Natur so herrlich fördert, zu erheben. [ ]

353
GOETHE AN FRANZ KIRMS

Weimar, 2. November 1800

Die bisherigen unerträglichen Unordnungen, welche durch keine Ermahnungen noch Drohungen zu verbessern waren, nötigen mich, von nun an mit Strenge zu verfahren. Ich werde mich künftig, wenn ein Fehler passiert, nicht mehr ärgern, sondern, wie die beiden Mal geschehen, einen oder den andern auf die Wache schicken und sehen, wie die Kur anschlägt.

[] Wenn das sämtliche subalterne Personal [*des Theaters*] nach und nach eine Nacht auf der Hauptwache wird zugebracht haben, so hoffe ich, soll unsere Sache vortrefflich gehen. []

354
GOETHE AN CARL FRIEDRICH ZELTER

Weimar, 19. Juni 1805

[] Das Frankfurter Absurdum lege ich bei. Man setzt in die Zeitung: er sei nicht reich gestorben, habe vier Kinder hinterlassen, und gewährt dem lieben Publikum einen freien Eintritt zu einer Totenfeier! Pfaffen und Mönche wissen die Totenfeier ihrer Heiligen besser zum Vorteil der Lebenden zu benutzen. Das tiefe Gefühl des Verlustes gehört den Freunden als ein Vorrecht. Die Herren Frankfurter, die sonst nichts als das Geld zu schätzen wissen, hätten besser getan, ihren Anteil realiter auszudrucken, da sie, unter uns gesagt, dem lebenden Trefflichen, der es sich sauer genug werden ließ, niemals ein Manuskript honoriert haben, sondern immer warteten, bis sie das gedruckte Stück für 12 Groschen haben konnten. Verzeihen Sie mir, daß ich so weitläuftig bin. []

355
GOETHE AN NIKOLAUS MEYER

Weimar, 20. Oktober 1806

Wir leben! Unser Haus blieb von Plünderung und Brand wie durch ein Wunder verschont. Die regierende Herzogin hat mit uns die schröcklichsten Stunden verlebt, ihr verdanken wir einige Hoffnung des Heils für künftig, so wie für jetzt die Erhaltung des Schlosses. Der Kaiser ist angekommen am 15. Oktober 1806. G.

Merkwürdig ist es, daß diese Tage des Unheils von dem schönsten Sonnenscheine begleitet und beleuchtet waren.
Um diese traurigen Tage durch eine Festlichkeit zu erheitern, habe ich und meine kleine Hausfreundin gestern, als am 20. Sonntag nach Trinitatis, den Entschluß gefaßt, in den Stand der heiligen Ehe ganz förmlich einzutreten; mit welcher Notifikation ich Sie ersuche, uns von Butter und sonstigen transportablen Viktualien manches zukommen zu lassen. Auf Ihren lieben Brief folgt nächstens in ruhigeren Stunden eine umständlichere Antwort.

356

GOETHE AN ADAM HEINRICH MÜLLER

Karlsbad, 28. August 1807

[] Über *Amphitryon* habe ich manches mit Herrn von Gentz gesprochen; aber es ist durchaus schwer, genau das rechte Wort zu finden. Nach meiner Einsicht scheiden sich Antikes und Modernes auf diesem Wege mehr, als daß sie sich vereinigten. Wenn man die beiden entgegengesetzten Enden eines lebendigen Wesens durch Kontorsion zusammenbringt, so gibt das noch keine neue Art von Organisation; es ist allenfalls nur ein wunderliches Symbol, wie die Schlange, die sich in den Schwanz beißt.
Der zerbrochene Krug hat außerordentliche Verdienste, und die ganze Darstellung dringt sich mit gewaltsamer Gegenwart auf. Nur schade, daß das Stück auch wieder dem unsichtbaren Theater angehört. Das Talent des Verfassers, so lebendig er auch darzustellen vermag, neigt sich doch mehr gegen das Dialektische hin; wie er es denn selbst in dieser stationären Prozeßform auf das wunderbarste manifestiert hat. Könnte er mit eben dem Naturell und Geschick eine wirklich dramatische Aufgabe lösen und eine Handlung vor unsern Augen und Sinnen sich entfalten lassen, wie er hier eine vergangene sich nach und nach enthüllen läßt, so würde es für

das deutsche Theater ein großes Geschenk sein. Das Manuskript will ich mit nach Weimar nehmen, in Hoffnung Ihrer Erlaubnis, und sehen, ob etwa ein Versuch der Vorstellung zu machen sei. [ ]

357

GOETHE AN HEINRICH VON KLEIST

Weimar, 7. Februar 1808

[ ] Ew. Hochwohlgebornen bin ich sehr dankbar für das übersendete Stück des »Phöbus«. Die prosaischen Aufsätze, wovon mir einige bekannt waren, haben mir viel Vergnügen gemacht. Mit der *Penthesilea* kann ich mich noch nicht befreunden. Sie ist aus einem so wunderbaren Geschlecht und bewegt sich in einer so fremden Region, daß ich mir Zeit nehmen muß, mich in beide zu finden. Auch erlauben Sie mir zu sagen (denn wenn man nicht aufrichtig sein sollte, so wäre es besser, man schwiege gar), daß es mich immer betrübt und bekümmert, wenn ich junge Männer von Geist und Talent sehe, die auf ein Theater warten,. welches da kommen soll. Ein Jude, der auf den Messias, ein Christ, der aufs neue Jerusalem und ein Portugiese, der auf den Don Sebastian wartet, machen mir kein größeres Mißbehagen. Vor jedem Brettergerüste möchte ich dem wahrhaft theatralischen Genie sagen: hic Rhodus, hic salta! [ ] Verzeihen Sie mir mein Geradezu: es zeugt von meinem aufrichtigen Wohlwollen. [ ]

358

GOETHE AN FRIEDRICH HEINRICH JACOBI

Weimar, 7. März 1808

[ ] So fand ich bei mir, daß ich doch auch geneigter bin, von den sogenannten dunklen Jahrhunderten besser zu denken als Du. In meines Vaters Hause, sage ich mir, sind viel Appartementer, und der dunkle Keller unten gehört so gut zum Palast als der Altan auf dem Dache. Da ich jetzt meine Kollektaneen zur Geschichte der Farbenlehre einigermaßen redigiere und ordne, so muß ich in die Geschichte der Kunst, der Wissenschaft, der Welt überhaupt eingehen. Und da kommt

mir denn doch vor, daß immer noch in denen Zeiten, die uns stumm und dumm scheinen, ein lauter Chorgesang der Menschheit erscholl, dem die Götter gern zuhören durften. Und für mich ist es immer ein herrlicher Anblick, in das dunkle, tiefe, energische Wirken hineinzuschauen. Wie schön nehmen sich alsdann die einzelnen Völker und Geschlechter aus, die das heilige Flämmchen des Bewußtseins bewahren und fortpflanzen! Wie vortrefflich diejenigen Menschen, in denen die Flamme wieder einmal aufschlägt. So habe ich eine unbedingte Verehrung für Roger Baco gefaßt; dagegen mir sein Namensvetter, der Kanzler, wie ein Herkules vorkommt, der einen Stall von dialektischem Miste reinigt, um ihn mit Erfahrungsmist füllen zu lassen.
Nichts ist natürlicher, als daß mir bei diesem mythologischen Namen der neue Herkules Friedrich einfällt, der statt mit einer Keule mit einem Schlegel einherschreitet. Es ist mir sehr angenehm zu sehen, daß ihn auch einmal das Los trifft, in die Reihe der Cäsaren und Alleinherrscher aufgenommen zu werden, und bin nur neugierig, wem er im nächsten Quartal wird weichen müssen. []

359

GOETHE AN CARL FRIEDRICH ZELTER

Weimar, 30. Oktober 1808

[] Die Kunstwelt liegt freilich zu sehr im argen, als daß ein junger Mensch so leicht gewahr werden sollte, worauf es ankommt. Sie suchen es immer woanders als da, wo es entspringt, und wenn sie die Quelle ja einmal erblicken, so können sie den Weg dazu nicht finden.
Deswegen bringen mich auch ein halb Dutzend jüngere poetische Talente zur Verzweiflung, die bei außerordentlichen Naturanlagen schwerlich viel machen werden, was mich erfreuen kann. Werner, Öhlenschläger, Arnim, Brentano und andere arbeiten und treiben's immer fort; aber alles geht durchaus ins Form- und Charakterlose. Kein Mensch will begreifen, daß die höchste und einzige Operation der Natur und Kunst die Gestaltung sei, und in der Gestalt die Spezifikation, damit jedes ein besonderes Bedeutendes werde, sei

und bleibe. Es ist keine Kunst, sein Talent nach individueller Bequemlichkeit humoristisch walten zu lassen; etwas muß immer daraus entstehen, wie aus dem verschütteten Samen Vulkans ein wundersamer Schlangenbube entsprang.
Sehr schlimm ist es dabei, daß das Humoristische, weil es keinen Halt und kein Gesetz in sich selbst hat, doch zuletzt früher oder später in Trübsinn und üble Laune ausartet, wie wir davon die schrecklichsten Beispiele an Jean Paul (siehe dessen letzte Produktion im Damenkalender) und an Görres (siehe dessen Schriftproben) erleben müssen. Übrigens gibt es noch immer Menschen genug, die dergleichen Dinge anstaunen und verehren, weil das Publikum es jedem Dank weiß, der ihm den Kopf verrücken will. Haben Sie die Gefälligkeit, lieber Freund, wenn Sie eine Viertelstunde Zeit finden, mir die Verirrungen der musikalischen Jugend mit einigen Zügen zu schildern: ich möchte sie mit den Mißgriffen der Maler vergleichen, denn man muß sich ein für allemal über diese Dinge beruhigen, das ganze Wesen verfluchen, an die Bildung anderer nicht denken und die kurze Zeit, die einem übrig bleibt, zu eigenen Werken verwenden. [ ]

360

GOETHE AN CARL FRIEDRICH VON REINHARD

Weimar, 31. Dezember 1809

[ ] Die *Wahlverwandtschaften* schickte ich eigentlich als ein Zirkular an meine Freunde, damit sie meiner wieder einmal an manchen Orten und Enden gedächten. Wenn die Menge dieses Werkchen nebenher auch liest, so kann es mir ganz recht sein. Ich weiß, zu wem ich eigentlich gesprochen habe, und wo ich nicht mißverstanden werde. [ ] Das Publikum, besonderns das deutsche, ist eine närrische Karikatur des δημος [*demos, Volk*]; es bildet sich wirklich ein, eine Art von Instanz, von Senat auszumachen, und im Leben und Lesen dieses oder jenes wegvotieren zu können, was ihm nicht gefällt. Dagegen ist kein Mittel als ein stilles Ausharren. Wie ich mich denn auf die Wirkung freue, welche dieser Roman in ein paar Jahren auf manchen beim Wiederlesen machen wird. [ ]

361

GOETHE AN FRIEDRICH PERTHES

Weimar, 16. November 1810

[] Daß wir Herrn Runge verlieren sollen, schmerzt mich sehr; doch er ist jung, Hoffnung ist bei den Lebenden, und meine Wünsche können ihn nicht loslassen. Es ist ein Individuum, wie sie selten geboren werden. Sein vorzügliches Talent, sein wahres treues Wesen, als Künstler und Mensch, erweckte schon längst Neigung und Anhänglichkeit bei mir, und wenn seine Richtung ihn von dem Wege ablenkte, den ich für den rechten halte, so erregte es in mir kein Mißfallen, sondern ich begleitete ihn gern, wohin seine eigentümliche Art ihn trug. Möchte er sich doch nicht so geschwind in die ätherischen Räume verlieren. Lassen Sie meine Grüße an ihn recht aufrichtig teilnehmend und herzlich sein. []

362

GOETHE AN KARL LUDWIG VON KNEBEL

Weimar, 8. April 1812

[] Daß es mit Jacobi so enden werde und müsse, habe ich lange vorausgesehen, und habe unter seinem bornierten und doch immerfort regen Wesen selbst genugsam gelitten. Wem es nicht zu Kopf will, daß Geist und Materie, Seele und Körper, Gedanke und Ausdehnung, oder (wie ein neuerer Franzos sich genialisch ausdrückt) Wille und Bewegung die notwendigen Doppelingredienzien des Universums waren, sind und sein werden, die beide gleiche Rechte für sich fordern und deswegen beide zusammen wohl als Stellvertreter Gottes angesehen werden können – wer zu dieser Vorstellung sich nicht erheben kann, der hätte das Denken längst aufgegeben und auf gemeinen Weltklatsch seine Tage verwenden sollen.
Wer ferner nicht dahin gekommen ist, einzusehen, daß wir Menschen einseitig verfahren und verfahren müssen, daß aber unser einseitiges Verfahren bloß dahin gerichtet sein soll, von unserer Seite her in die andere Seite einzudringen, ja, wo möglich, sie zu durchdringen, und selbst bei unseren Antipoden wieder aufrecht auf unsere Füße gestellt zutage zu

kommen, der sollte einen so hohen Ton nicht anstimmen. Aber dieser ist leider gerade die Folge von jener Beschränktheit.

Und was das gute Herz, den trefflichen Charakter betrifft, so sage ich nur so viel: wir handeln eigentlich nur gut, insofern wir mit uns selbst bekannt sind; Dunkelheit über uns selbst läßt uns nicht leicht zu, das Gute recht zu tun, und so ist es denn eben so viel, als wenn das Gute nicht gut wäre. Der Dünkel aber führt uns gewiß zum Bösen, ja, wenn er unbedingt ist, zum Schlechten, ohne daß man gerade sagen könnte, daß der Mensch, der schlecht handelt, schlecht sei.

Ich mag die mysteria iniquitatis [*Hintergründe des Unrechts*] nicht aufdecken; wie eben dieser Freund, unter fortdauernden Protestationen von Liebe und Neigung, meine redlichsten Bemühungen ignoriert, retardiert, ihre Wirkung abgestumpft, ja vereitelt hat. Ich habe das so viele Jahre ertragen, denn – Gott ist gerecht! – sagte der persische Gesandte, und jetzo werde ich mich's freilich nicht anfechten lassen, wenn sein graues Haupt mit Jammer in die Grube fährt. []

363

GOETHE AN CARL FRIEDRICH ZELTER

Karlsbad, 2. September 1812

[] Beethoven habe ich in Teplitz kennengelernt. Sein Talent hat mich in Erstaunen gesetzt; allein er ist leider eine ganz ungebändigte Persönlichkeit, die zwar gar nicht unrecht hat, wenn sie die Welt detestabel findet, aber sie freilich dadurch weder für sich noch für andere genußreicher macht. Sehr zu entschuldigen ist er hingegen und sehr zu bedauern, da ihn sein Gehör verläßt []. Er, der ohnehin lakonischer Natur ist, wird es nun doppelt durch diesen Mangel. []

364

GOETHE AN FRIEDRICH HEINRICH JACOBI

Weimar, 6. Januar 1813

[] Die Menschen werden durch Gesinnungen vereinigt, durch Meinungen getrennt. []

Ich für mich kann, bei den mannigfaltigen Richtungen meines Wesens, nicht an einer Denkweise genug haben; als Dichter und Künstler bin ich Polytheist, Pantheist hingegen als Naturforscher, und eins so entschieden als das andere. Bedarf ich eines Gottes für meine Persönlichkeit, als sittlicher Mensch, so ist dafür auch schon gesorgt. Die himmlischen und irdischen Dinge sind ein so weites Reich, daß die Organe aller Wesen zusammen es nur erfassen mögen. []

365

GOETHE AN CARL FRIEDRICH ZELTER

Weimar, 8. Juni 1816

[*Nachschrift zu einem Brief über Kunst- und Theaterfragen*]

Wenn ich Dir, derber, geprüfter Erdensohn, vermelde, daß meine liebe kleine Frau uns in diesen Tagen verlassen, so weißt Du was es heißen will. G.

366

GOETHE AN JOHANN HEINRICH MEYER

Jena, 7. Juni 1817

Zuvörderst muß ich Ihnen, mein Teuerster, mit einigem Triumph die Nachricht geben, daß ich für mancherlei Leiden und Gebrechen genugsam entschädigt worden, daß ich die Grundphänomene der entoptischen Farben endlich entdeckt, nachdem sie mich auf meinem, wie ich wohl wußte, recht eingeschlagenen Wege zehn Wochen lästerlich geäfft hatten. []
Zelter hat auch schon geschrieben, ganz entschieden gegen die Nazarener. Wir wollen aufmerken, wieweit ein jeder herausgeht, der sich zu unserer Partei schlägt, es sind gewiß Legion, aber kleine Reservationen für Freunde und Sippen werden immer vorkommen, wogegen wir nachsichtig zu sein alle Ursache haben. Die Hauptwirkung wird groß und tüchtig bleiben: denn alle Welt ist dieser Kinderpäpstelei satt, rein wollen wir uns erhalten, und es hängt von uns ab, immer derber herauszugehen. []

367

GOETHE AN CARL FRIEDRICH ZELTER

Jena, 16. Dezember 1817

[] Mein nächstes Heft zur Naturlehre soll Dir, hoffe ich, manches bringen, was Dir gewiß als Symbol Deiner lieben und guten Vorsätze dienen wird.
Auf diese unschuldige Weise halte ich mich im stillen und lasse den garstigen Wartburger Feuerstank verdunsten, den ganz Deutschland übel empfindet, indes er bei uns schon verraucht wäre, wenn er nicht bei Nordostwind wieder zurückschlüge und uns zum zweitenmal beizte.
In solchen Fällen muß es denn auch dem einzelnen, der an der allgemeinen Torheit leidet, erlaubt sein, sich mit einiger Selbstgefälligkeit zu sagen, daß er das alles wo nicht vorausgesehn, doch vorausgefühlt; daß er in denen Punkten, die ihm klar geworden, nicht allein *wider*raten, sondern auch *ge*raten, und zwar das, was alle, da die Sache schiefgeht, getan haben möchten. Dieses berechtigt mich zur Impassibilität, deshalb ich mich denn auch wie die epikurischen Götter in eine stille Wolke gehüllt habe, möge ich sie immer dichter und unzugänglicher um mich versammeln können. []

368

GOETHE AN CARL FRIEDRICH ZELTER

(Jena), 19. März 1818

[] Gott behüte mich vor deutscher Rhythmik wie vor französischem Thronwechsel. Dein mitternächtiger Sechsachteltakt erschöpft alles. Solche Quantitäten und Qualitäten der Töne, solche Mannigfaltigkeit der Bewegung, der Pausen und Atemzüge! Dieses immer Gleiche, immer Wechselnde! Da sollen die Herren lange mit Balken und Hütchen – u u – sich untereinander verständigen, dergleichen bringen sie doch nicht heraus.
Nun vergessen sie immer, daß sie uns früher, bis zur Langenweile, versicherten: ein Poet sei kein Grammatiker! Homer, Homeriden, Rhapsoden und alle das konfuse Geschlecht haben so hingesalbadert, wie Gott gewollt, bis sie endlich so

glücklich gewesen, daß man ihr dummes Zeug aufgeschrieben, da denn die Grammatiker sich ihrer erbarmt und es nach zweitausendjährigem Renken und Rücken endlich so weit gebracht, daß außer den Priestern dieser Mysterien niemand mehr von der Sache wisse noch wissen könne. Neulich versicherte mich jemand, Xenophon habe ebenso schlechte Prosa geschrieben als ich; welches mir denn zu einigem Troste dienen sollte. [ ]

369
GOETHE AN SULPIZ BOISSERÉE

Jena, 1. Mai 1818

[ ] Bei Gelegenheit von *Faust* fällt mir ein zu fragen: Ist Ihnen denn wohl das Trauerspiel *Manfred* von Lord *Byron* in die Hände geraten? Für mich war es höchst merkwürdig zu sehen, wie er meinen *Faust* kennt und nach seiner eigenen Weise hypochondrisch misanthropisch umarbeitet. Wenn ich zugleich versichere, daß ein außerordentlicher Geist, großes Talent, Durchdringen der Welt und Selbstbewußtsein darin waltet, so wird man, wollte man mir auch geradezu nicht glauben, doch auf dieses Produkt aufmerksam werden. [ ]

370
GOETHE AN CARL FRIEDRICH ZELTER

Karlsbad, 11. Mai 1820

[ ] Möge mein *Divan* Dir immer empfohlen bleiben. Ich weiß, was ich hineingelegt habe, welches auf mancherlei Weise herauszuwickeln und zu nutzen ist. [ ] Deine Kompositionen fühle ich sogleich mit meinen Liedern identisch, die Musik nimmt nur, wie ein einströmendes Gas, den Luftballon mit in die Höhe. Bei andern Komponisten muß ich erst aufmerken, wie sie das Lied genommen, was sie daraus gemacht haben.

[ ] Indessen sammeln sich wieder neue Gedichte zum *Divan*. Diese mohammedanische Religion, Mythologie, Sitte geben Raum einer Poesie, wie sie meinen Jahren ziemt. Unbedingtes Ergeben in den unergründlichen Willen Gottes, heiterer Überblick des beweglichen, immer kreis- und spiralartig wiederkehrenden Erdetreibens, Liebe, Neigung zwischen zwei

Welten schwebend, alles Reale geläutert, sich symbolisch auflösend. Was will der Großpapa weiter?
Wunderlich genug, daß jener von mir selbst aufgegebene und vergessene *Prometheus* grade jetzt wieder auftaucht. Der bekannte Monolog, der in meinen Gedichten steht, sollte den dritten Akt eröffnen. Du erinnerst Dich wohl kaum, daß der gute Mendelssohn an den Folgen einer voreiligen Publikation desselben gestorben ist. Lasset ja das Manuskript nicht zu offenbar werden, damit es nicht im Druck erscheine. Es käme unserer revolutionären Jugend als Evangelium recht willkommen, und die hohen Kommissionen zu Berlin und Mainz möchten zu meinen Jünglingsgrillen ein sträflich Gesicht machen. Merkwürdig ist es jedoch, daß dieses widerspenstige Feuer schon funfzig Jahre unter poetischer Asche fortglimmt, bis es zuletzt, real entzündliche Materialien ergreifend, in verderbliche Flammen auszubrechen droht. []

371

GOETHE AN GEORG FRIEDRICH WILHELM HEGEL

Jena, 7. Oktober 1820

[] Fahren Sie fort, an meiner Art, die Naturgegenstände zu behandeln, kräftigen Teil zu nehmen, wie Sie bisher getan. Es ist hier die Rede nicht von einer durchzusetzenden Meinung, sondern von einer mitzuteilenden Methode, deren sich ein jeder als eines Werkzeugs nach seiner Art bedienen möge. Mit Freuden hör' ich von manchen Orten her, daß Ihre Bemühung, junge Männer nachzubilden, die besten Früchte bringt; es tut freilich Not, daß in dieser wunderlichen Zeit irgendwo aus einem Mittelpunkt eine Lehre sich verbreite, woraus theoretisch und praktisch ein Leben zu fördern sei. Die hohlen Köpfe wird man freilich nicht hindern, sich in vagen Vorstellungen und tönenden Wortschällen zu ergehen; die guten Köpfe jedoch sind auch übel daran, denn indem sie falsche Methoden gewahren, in die man sie von Jugend auf verstrickte, ziehen sie sich auf sich selbst zurück, werden abstrus oder transzendieren.
Möge sich Ihr Verdienst, mein Teuerster, um Welt und Nachwelt durch die schönsten Wirkungen immerfort belohnt sehen.

treulichst Goethe.

372
GOETHE AN JOSEPH STANISLAUS ZAUPER

Eger, 7. September 1821

Auch nach persönlicher Bekanntschaft Ihre Neigung, mein Wertester, unverändert zu sehen, freut mich von Herzen, lassen Sie mich zu schneller Kommunikation auf Ihre Aphorismen aphoristisch antworten.

Was Sie Liebes und Gutes zu meinen Gunsten sagen, erkenne dankbar und bemerke, daß Sie mir durch Ihre Entwickelungen den besonderen Vorteil verschaffen, meine eigenen vielfachen Arbeiten in einem abgespiegelten Zusammenhang zu sehen; denn ich habe sie noch niemals der Reihe nach betrachten können, daher sind sie mir in einer Folge nicht gegenwärtig.

Zuvörderst aber sollen Sie gelobt sein, daß Sie des Dichters sittliche Tendenz und Verfahrungsweise so gut ins Licht setzen. Das Publikum lernt niemals begreifen, daß der wahre Poet eigentlich doch nur, als verkappter Bußprediger, das Verderbliche der Tat, das Gefährliche der Gesinnung an den Folgen nachzuweisen trachtet. Doch dieses zu gewahren, wird eine höhere Kultur erfordert, als sie gewöhnlich zu erwarten steht. Wer nicht seinen eignen Beichtvater macht, kann diese Art Bußpredigt nicht vernehmen.

Wahlverwandtschaften. Der sehr einfache Text dieses weitläufigen Büchleins sind die Worte Christi: *Wer ein Weib ansieht, ihrer zu begehren usw.* Ich weiß nicht, ob irgend jemand sie in dieser Paraphrase wieder erkannt hat. Dem eigentlichen Sinne des Dichters gemäß war folgende Erfahrung: Eine sehr schöne, liebenswürdige, junge Frau gestand ihm, sie habe die Wahlverwandtschaften gelesen und nicht verstanden; sie habe sie nicht wieder gelesen und verstehe sie jetzt. Mehr sagte sie nicht; aber wahrscheinlich hatte sie der innere Beichtvater, bei ähnlichen überraschenden Regungen, auf jene Erfahrungen und Folgen hingewiesen und heilsame Warnungen angedeutet.

Daß Sie Ihre Ungeduld beim Wiederlesen der *Wanderjahre* gezügelt haben, freut mich sehr. Zusammenhang, Ziel und Zweck liegt innerhalb des Büchleins selbst; ist es nicht aus einem Stück, so ist es doch aus einem Sinn, und dies war eben die Aufgabe: mehrere fremdartige, äußere Ereignisse dem Gefühl als übereinstimmend entgegenzubringen. Der zweite Teil wird nicht mehr befriedigen als der erste, doch hoffe ich demjenigen Leser, der diesen wohl gefaßt hat, genug zu tun.

Wegen *Cellini* und *Rameau* sage gleichfalls Dank; ich habe diese beiden seltsamen Figuren herübergeführt, damit man das Fremdeste im vaterländischen Kreis gewahr werde. Liest man dergleichen Darstellungen im Original, so sehen sie ganz anders aus und nötigen uns, um sie nur einigermaßen zu genießen und zu nützen, in ganz fremde Kreise; bei Übersetzungen aber sind wir gefördert, wie auf einer Handelsmesse, wo uns der Entfernteste seine Ware herbeibringt. In beiden Fällen habe dem Bedürfnis nachzuhelfen gesucht.
Daß Sie die *Drei Märchen* zusammenstellen und vergleichen, ist erfreulich; sollte nicht auch das *vierte* zu erfinden und zu schreiben *sein?*
Seite 78 habe ich einen Bleistiftstrich gezogen; die Aphorismen hinter demselben bitte nochmals durchzusehen, sie kongruieren nicht ganz wie die vorhergehenden.
Und so wünschte auch nicht, daß Sie von den neuesten Theatererscheinungen nur beiläufig sprächen; es lohnt gewiß der Mühe, wenn auch das Resultat nicht ganz erfreulich sein sollte, die letzten Intentionen *Schillers* in den Fragmenten seines *Demetrius* zu erforschen; sodann aber zu untersuchen, was unmittelbar nach seinem Hintritt Werner, Müllner, Grillparzer, Raupach, Houwald unternommen und geleistet. Ihnen würde ich vorzüglich dieses Studium empfehlen, und eine Ausarbeitung gerne sehen, da ich diese Produktionen wenig kenne, und insofern ich sie kenne, dagegen nicht gerecht sein kann. Ihre ruhige reine Ansicht wäre mir daher sehr willkommen und die Arbeit für Sie ein bedeutender Gewinn, weil die Gleichzeitigen hier bereits in einer Filiation zu beobachten sind. [ ]
Sie wollen, der Autor solle nicht persönlich rügen, wenn etwas gegen sein Werk geschieht. Bei ästhetischen Produktionen gebe ich es zu und habe es meist so gehalten. Man verlangt von ihnen keinen augenblicklichen Nutzen, und kann ruhig zusehn, wie sie sich selbst Weg machen und wirken, früh oder spät. Bei wissenschaftlichen Dingen ist es ein andres. Die Wis-

senschaft erhält ihren Wert, indem sie nützt, die Menschen lehrt, wie man lange verborgene, verkannte, ans Licht gezogene, neuentdeckte Vorteile zu unübersehbarem Gebrauch anwenden könne. Das falsche Wissen dagegen hindert die Anwendung, ja verkehrt sie; dawider soll und muß man sich erklären. []

373

GOETHE AN JOHANN PETER ECKERMANN

Jena, 2. Oktober 1821

Erklärung und Bitte.

Seit mehreren Jahren bin ich so glücklich, des schönen Vertrauens meiner Landsleute zu genießen; ich erhalte daher öftere Sendungen und Anfragen von wohldenkenden, talentreichen, strebenden jüngeren und älteren Personen. So wie es nur möglich war, habe ich darauf erwidert; nun aber vermehrt sich dieses Wohlwollen, indes die Kräfte sich vermindern und einzelnen zu antworten ganz unmöglich wird. Weil aber diese Fragen und Sendungen meistens von schöner Bedeutung sind, so erregen sie Gedanken und Empfindungen, die ich wohl mitzuteilen wünschte. Ich werde daher in meinen Heften von *Kunst und Altertum* dergleichen niederlegen und ersuche meine unbefriedigten werten Korrespondenten sich darin umzusehen.

374

GOETHE AN CARL FRIEDRICH ZELTER

Eger, 8. August 1822

[] Deine Natur weiß zu assimilieren, worauf doch alles ankommt. Verstünde man seinen Vorteil, man würde nichts Überliefertes tadeln, sondern was uns nicht anmutet liegen lassen, um es vielleicht künftig aufzunehmen. Dies begreifen die Menschen nicht und behandeln den Autor wie einen Garkoch; dafür liefert man ihnen denn auch Jahrmarktsbratwürste nach Herzenslust.

»Anders lesen Knaben den Terenz,
Anders Grotius.«
Mich Knaben ärgerte die Sentenz,
Die ich nun gelten lassen muß.

Les' ich heute den Homer, so sieht er anders aus als vor zehen Jahren; würde man dreihundert Jahre alt, so würde er immer anders aussehen. Um sich hievon zu überzeugen, blicke man nur rückwärts; von den Pisistratiden bis zu unserm *Wolf* schneidet der Altvater gar verschiedne Gesichter. [ ]

375

GOETHE AN CARL FRIEDRICH ZELTER

Weimar, 18. Januar 1823

[ ] Mit Philologen und Mathematikern ist kein heiteres Verhältnis zu gewinnen; das Handwerk der ersten ist zu *emendieren,* der andern zu *bestimmen;* da nun am Leben so viele Mängel (mendae) sich finden und ein jeder Einzelne Tag nach Tag genug an sich selbst zu bestimmen [*hat*], so kommt in den Umgang mit ihnen ein gewisses Unleben, welches aller Mitteilung den Tod bringt. Wenn ich denken müßte, daß ein Freund, an den ich einen Brief diktiere, über Wortgebrauch und Stellung, ja wohl gar über Interpunktion, die ich dem Schreibenden überlasse, sich formalisiere, so bin ich augenblicklich paralysiert und keine Freiheit kann stattfinden. [ ]

376

GOETHE AN JOHANN FRIEDRICH COTTA

Weimar, 11. Juni 1823

[ ] Ich hatte vergessen, mich nach Herrn Adrian zu erkundigen, dessen so gemütliches Schreiben gerade in die Zeit meiner Krankheit und ersten Wiedergenesung fiel, weshalb ich auch weiter nichts von mir vernehmen ließ; grüßen Sie ihn zum besten gefällig.

Hiebei muß ich gestehen, daß ich mich umsehe nach jungen Männern, denen man Redaktion von Papieren übertragen könnte, welche selbst zu leisten man wohl die Hoffnung aufgeben muß.

Bis jetzt tat ich das möglichste, um auszusondern und sodann wieder zu versammeln, was zusammen gehört (wie ich denn in den letzten Wochen die sämtlichen Schillerschen Briefe von 1794–1805, von der ersten Einladung zu den »Ho-

ren« an bis wenige Tage vor seinem Abscheiden, als den größten Schatz, den ich vielleicht besitze, zusammengebracht und geordnet habe). Allein die Zeit reicht nicht zu, und man muß nach und nach fremden Beistand einzuleiten suchen.
Nun beobachte ich längst einen jungen Eckermann von Hannover, der mir viel Zutrauen einflößt; ich sende ein Manuskript mit der fahrenden Post, welches er von Ihrer Handlung verlegt wünscht; Sie werden beurteilen, ob es zu Ihren Zwecken tauglich sei.
Die Klarheit und Freiheit der Handschrift besticht schon, und der Inhalt muß mir angenehm sein, weil der junge Mann sich wie Schubarth und Zauper an mir herangebildet hat. Er ist gegenwärtig hier, und ich denke, ihn mit gewissen Vorarbeiten zu beschäftigen. [ ]

377

GOETHE AN OTTILIE VON GOETHE

Marienbad, 18./19. August 1823

Dein Schreiben, allerliebste Tochter, kam wie aus einer andern Welt in dieses extemporierte Tagesinteresse, wo im Wirbel der verschiedensten Elemente sich ein gewisses Irrsal bewegt, das die Übel vermehrt, von welchen man sich befreien möchte. Denke nun zwischendurch vieles Würdige, das man erst erkennt, wenn es vorüber ist; so begreifst Du das Bittersüße des Kelchs, den ich bis auf die Neige getrunken und ausgeschlürft habe.
Wie ernst und groß Lord Byrons Abschied in solchen Augenblicken mir erschienen, fühlst Du mit; es war, als wenn man auf einer Maskerade das Wichtigste, was nur aufs Leben einwirken möchte, unvermutet erführe.
[ ] Und so sag' ich nunmehr, meine Liebe, die letzten Worte in Marienbad. Wenn dieses Blatt mit etwas tristen Betrachtungen anfing, so kann ich nun dagegen mit recht heitern Empfindungen schließen. Alles ist mir über Wissen und Wollen gut gelungen, befriedigend für Herz, Geist und Sinn, wie man sonst zu reden pflegt. [ ]
Auch in diesem alten Irdischen, so wie im neusten Himmlischen, hab' ich köstliche Erfahrungen gemacht; schöne Zusammenstellungen sind mir geworden, woran mir ganz

alleine leid tut, daß ich Dir davon nichts mitteilen kann. Hast Du aber Geduld, wo wird bei stiller Winternacht eine gewisse Vertraulichkeit nicht ausbleiben, die doch immer den Vorteil hat, daß der Vertrauende in einen Bezug zu der Vertrauten kommt, der ich weiß nicht was für Eigenheiten mit sich bringt. Möge das alles werden, wie ich's denke und wünsche. [ ]

378

GOETHE AN AMALIA VON LEVETZOW

Eger, 9. September 1823

[ ] Denken Sie sich, teure Freundin, die vergangnen mehreren Wochen, besonders aber die letzteren, so werden Sie jeden Tag von meiner Dankbarkeit durchwoben finden, die ich jetzt einzeln weder ausdrößeln möchte noch könnte; ich schiebe daher alles Ihrem lieben Gemüte zu, das wird an meiner Stelle das Beste tun.

Und wenn ich mich nun zu der Tochter wende, so geht es mir ebenso; doch da sie selbst mir Worten nicht freigebig sein mag, so verzeiht sie mir wohl, wenn ich diesmal auch zurückhalte. Doch wenn mein Liebling (wofür zu gelten sie nun einmal nicht ablehnen kann) sich manchmal wiederholen will, was sie auswendig weiß, das heißt, das Innerste meiner Gesinnung, so wird sie sich alles besser sagen, als ich in meinem jetzigen Zustand vermöchte. Dabei, hoff' ich, wird sie nicht ableugnen, daß es eine hübsche Sache sei, geliebt zu werden, wenn auch der Freund manchmal unbequem fallen möchte.

Alle Leute berufen mich über meine gesunde Heiterkeit, ich danke jedermann zum allerschönsten; denn ich hör' es gern, da es mich an alle die Heilmittel erinnert, durch die sie mir geworden ist. Sollte sie sich aufrecht erhalten, so bringe ich sie zur Quelle zurück, sollte sie sich verlieren, so weiß ich, wo ich sie wiederfinden könnte. [ ]

379

GOETHE AN LUDWIG TIECK

Weimar, 2. Januar 1824

[ ] In dem nächsten Hefte von *Kunst und Altertum* finden Sie ein heiteres wohlgemeintes, obgleich flüchtiges Wort über Ihre

Verlobten. Merkwürdig ist es immer, daß von den zerstükkelten Gliedern unsers anarchischen Literatur- und Kunstwesens gar manche sich zu der frömmelnden Fahne sammeln, welche freilich die Schwachen am Geiste und an Talenten sektenartig in Schutz nimmt. Schade ist es dabei doch immer, daß so manche löbliche Fähigkeit und Fertigkeit auf diesem falschen Wege wohl erst gewisse Vorteile, später aber großen Nachteil empfindet; wie ich aufs deutlichste in vielfachen Einzelheiten, die zu mir gelangt, ungern gewahr werde. Wenn denn aber, wie man sich nicht verbergen darf, gegen dieses nur seicht und immer seichter sich verbreitende Gewässer nicht zu wirken ist, so halt' ich's doch für gut, ja für nötig, von Zeit zu Zeit ein öffentliches Zeugnis zu geben, daß man anders denkt [].

Lassen Sie uns ja bei dieser Gelegenheit wohl betrachten, welchen großen Wert es hat, mehrere Jahre nebeneinander, wenn auch in verschiedenen Richtungen, gegangen zu sein. Waren die früheren Zwecke redlich und ernstlich, so neigen sie sich in späteren Tagen wieder von selbst zueinander, besonders wenn man gewahren muß, daß die nachfolgenden in solchen Divergenzen hinauszuschwärmen geboren sind, die kein Begegnen mit dem, was wir für das Echte und Wahre halten, jemals hoffen lassen. []

380

GOETHE AN JOHANN FRIEDRICH COTTA

Weimar, 14. Januar 1824

[] Die Erläuterungen, die Sie mir über einen uns beiden höchst unangenehmen Punkt erteilen, mußten freilich alle die schmerzlichen Gefühle auf einmal wieder erregen, an die ein deutscher Autor Zeit seines Lebens nur allzuoft erinnert wird, und welche diesmal den verdüsterten Geist so schwarz als möglich umhüllen.

Denn indem der Schriftsteller manchen, der seine eingeborne Kraft und Fähigkeit zu löblichen Zwecken folgerecht verwendet, prosperieren und auch wohl im Alter mit Gütern gesegnet sieht, so muß er, der sich's eifrig angelegen sein ließ, seine eigene Bildung und womöglich die des Vaterlandes zu steigern, sich auf mannichfaltige Weise verletzt und um die billige Belohnung seiner unausgesetzten Arbeiten getäuscht sehen. [|]

381

GOETHE AN DEN FÜRSTEN METTERNICH

Weimar, 11. Januar 1825

[|] In hohen Jahren versuche ich zum Besten der Meinigen, was ich für mich selbst zu unternehmen vielleicht angestanden hätte; und ich spreche wohl einen zu kühnen Wunsch in beigehender Schrift aus, deren gnädig-nachsichtige Aufnahme dringend anempfehle. Ich wage nämlich ein Privilegium für die neue Ausgabe meiner sämtlichen Werke von dem hohen Bundestage zu erbitten.

Verziehen wird mir sein, wenn ich mich deshalb unmittelbar an Höchstdieselben wende, weil ja die Entscheidung der vorläufigen Frage: ob die Sache rätlich und tulich sei? nur auf so erhabenem Standpunkt entschieden werden kann. Wer sonst würde bestimmen dürfen, ob man einem endlichen Gelingen allenfalls entgegensehen könne oder ob man sich, bei abgelehnter Einwirkung, im stillen zu bescheiden habe.

Hierin auch kann nur allein der Mut zu einem solchen Schritte gefunden werden; der Einzelne darf bei einem Unternehmen, das für ihn von so hoher Wichtigkeit ist, die Kühnheit seiner Forderung nicht überlegen, noch alles was seinen Wünschen entgegensteht überdenken; ja kaum steht mir in diesem seltenen, einzigen Falle die Sicherheit einer innern und äußern Form zu Gebote. [|]

AN DIE DEUTSCHE BUNDES-VERSAMMLUNG

Hohe deutsche Bundes-Versammlung!

Die von so erhabener Stelle dem großen Ganzen gewidmete Übersicht schließt eine wohlwollende Betrachtung einzelner Angelegenheiten nicht aus, und es ist in diesem Sinne, daß ich Nachstehendes einer hohen Bundes-Versammlung vorzulegen mich erkühne.

Als ein im Jahre 1815 mit der J. G. Cottaschen Buchhandlung zu Stuttgart auf sieben Jahre geschlossener Kontrakt über meine damals vorliegenden poetischen und ästhetischen Werke mit Ablauf der Zeit zu Ende gegangen, dachte man auf

eine neue erweiterte Ausgabe, welche nicht allein die zwanzig Bände jener früheren, sondern auch die inzwischen einzeln abgedruckten Arbeiten, nicht weniger manches vorrätige Manuskript, in sich fassen sollte. Ferner wünschte man, auf die poetischen und ästhetischen auch die historischen, kritischen und artistischen Aufsätze folgen zu lassen und zuletzt, was sich auf Naturwissenschaft bezöge, nachzubringen.
Freilich mußte bei dieser Übersicht, wodurch die Bemühungen eines ganzen Lebens vor Augen treten, der Wunsch entstehen, für so mannichfache Arbeit proportionierten Vorteil und Belohnung zu erhalten, welche dem deutschen Schriftsteller meist verkümmert zu werden pflegen.
Das Mittel jedoch, einen anerkannten geistigen Besitz dem einzelnen Verfasser zu erhalten, hatte sich schon bald nach Erfindung der Buchdruckerkunst hervorgetan, indem, bei ermangelnden allgemeinen Gesetzen, man zu einzelnen Privilegien schritt. Am Anfang des sechzehnten Jahrhunderts gaben kaiserliche Schutzbriefe genugsame Sicherheit; Könige und Fürsten verliehen auch dergleichen, und so ist es bis auf die neuesten Zeiten gehalten worden.
Sollte nun aber gegenwärtig der erhabene Bundestag, der Verein aller deutschen Souveränitäten, nicht dergleichen als Gesamtheit auszuüben geneigt sein, was die Einzelnen vorher anzuordnen und festzusetzen berechtigt waren und noch sind, und wäre nicht durch einen solchen Akt das entschiedenste Gewicht auf deutsche Literatur und Geistesbildung kräftigst zu betätigen?
Würde daher ein Autor, der so viele Jahre in seinem Vaterlande gewirkt, dessen reine, mit allem bestehenden und zu wünschenden Guten im Einklang beharrende Tätigkeit dem Einsichtigen vor Augen liegt, einen allzukühnen Wunsch aussprechen, wenn er ein solches Privilegium von den verbündeten und vereinten Mächten sich erbäte, und zwar für sich und die Seinigen, so daß er sowohl einen Selbstverlag unternehmen als auch, wenn er einem Verleger das Recht von seinen Geistesprodukten merkantilischen Vorteil zu ziehen übertrüge, auf diesen den gesetzlichen Schutz erstrecken könnte?
Nun aber darf ich ohne Ruhmredigkeit aussprechen, daß, während einer langen Lebenszeit, erhabene Herrscher, von welchen ein günstiges Geschick die geneigtesten glücklicherweise

in gedeihlichem Wohlsein erhalten hat, durch mehrfache Beweise von unschätzbarer Huld mich begnadigt und ausgezeichnet haben, weshalb ich denn wohl hoffen darf, daß man Allerhöchsten Orts einen alten treuen Diener und Verehrer in Gesamtheit wohlwollend anzublicken geneigt sein möchte, wobei denn der erlauchten und hochverehrlichen Ministerien und Herren Bundestagsgesandten erprobte Mitwirkung gleichermaßen anzugehen die Freiheit nehme. Durch solche Aussicht in meinem Unternehmen gekräftigt, wage nunmehr nachstehende Bitte ehrerbietigst auszusprechen:
Daß mir durch den Beschluß der hohen deutschen Bundes-Versammlung für die neue vollständige Ausgabe meiner Werke ein Privilegium erteilt und dadurch der Schutz gegen Nachdruck in allen Bundesstaaten gesichert werde, unter Androhung der Konfiskation und anderer Strafen, welche durch allgemeine gegen das Verbrechen des Nachdrucks künftig erfolgende Bundesbeschlüsse noch festgesetzt werden möchten. Mit der Zusicherung, daß ich hiebei von seiten aller deutschen Bundesstaaten gehandhabt, auch auf Ansuchen bei einzelnen Bundesregierungen mit besondern Privilegien kostenfrei versehen werden solle.
Und so darf ich denn wohl zum Schlusse dieses für mich so wichtige und zugleich für die ganze deutsche Literatur bedeutende Geschäft einer hohen Bundes-Versammlung zu gnädiger Ansicht und günstigem Beschluß nochmals angelegentlichst empfehlen. Johann Wolfgang von Goethe

382

GOETHE AN JOHANN FRIEDRICH COTTA

Weimar, 20. November 1825

Ew. Hochwohlgeboren verzeihen, wenn auf Ihr so geneigtes Schreiben vom 7. Oktober ich erst später zu antworten gelange. Seit Monaten beschäftigen uns bedeutende Feierlichkeiten und ihre Folgen, zuletzt hat [*mich*] noch der 7. November mit unerwarteten Gutem und Schönen überhäuft und an jeder andern Betrachtung gehindert, erlauben Sie daher, daß ich auch diesmal nur einiger Hauptpunkte erwähne, deren Bestimmung den ersten Rang verdienen. [ ]

a) Wie wird der Autor und die Seinigen von der Anzahl der Subskribenten unterrichtet?
b) Wie von der Anzahl der Exemplare, die sowohl in der Subskriptionszeit als nachher an Buchhändler überlassen werden?
c) Wie wird es mit dem Anteil des Autors an den einzeln abgedruckten Stücken gehalten?
Daß dieses Letzte von großer Bedeutung sei, erhellet daraus, daß seine besondere neue Ausgabe von *Faust*, in der J. G. Cottaischen Buchhandlung 1825, hier in Weimar für 1 Reichstaler 10 Groschen verkauft wird. [ ]
Und so muß ich auch noch vorläufig gedenken, daß eine Ausgabe, die man ohne Anmaßung eine Nationalangelegenheit nennen darf, nicht auf eine bloße Taschenausgabe beschränkt bleiben kann; alle, die mir gegenwärtig vorliegen, sind unscheinbar, besonders die Schillerische, daher wäre notwendig, einen zwar nicht prächtigen, aber doch anständigen Abdruck in Oktav zugleich mit anzubieten. Wo man hinhört, verlangt und erwartet ihn das Publikum. Auch sind höchst bedeutende neuere Offerten durchaus in solcher Voraussetzung getan, ich lege die Proben bei, die man eingesendet.
Überhaupt wünsche, daß wir mit unserer Angelegenheit bald zum Abschluß kommen, da man sich in den letzten Zeiten vor gesteigerten Anerbietungen, sogar mit höchster Empfehlung, kaum zu retten weiß. [ ]

383

GOETHE AN JOHANN FRIEDRICH COTTA

Weimar, 3. Februar 1826

Da sich die Beruhigung, zu der unser Geist gelangt, nicht mit Worten und Zeichen ausdrücken läßt, so erlaube mir Ew. Hochwohlgeb. im allgemeinen das Höchstbedeutende zu sagen: daß ich seit Jahren erst in diesen Stunden eine wahrhafte Zufriedenheit empfinde, wo ich gewiß bin, daß die Resultate meiner literarischen Tätigkeit in Ihre Hände gelegt sind; ein gültigeres Zeugnis wechselseitigen Vertrauens konnte nicht gegeben werden.
Schritt für Schritt wird sich dartun, daß ich kein andrer Geschäft mehr habe, als diese Ergebnisse meines Lebens uns bei-

derseitig zu Ehr und Vorteil abzuschließen. Sie handeln in gleichem Sinne, und da ist denn wohl keine Frage, daß wir etwas Wertes und Würdiges zutage fördern werden.
Zu wohlwollender Mitwirkung fernerhin mich und meinen Sohn allerbestens empfehlend
Ew. Hochwohlgeb. gehorsamster Diener J. W. v. Goethe.

384
GOETHE AN WILHELM VON HUMBOLDT

Weimar, 22. Oktober 1826

[] Ich habe den ganzen Sommer zu Hause zugebracht und ungestört an der Ausgabe meiner Werke fortgearbeitet. Erinnern Sie sich wohl noch, mein Teuerster, einer dramatischen *Helena*, die im zweiten Teil von *Faust* erscheinen sollte? Aus Schillers Briefen vom Anfang des Jahrhunderts sehe ich, daß ich ihm den Anfang vorzeigte, auch, daß er mich zur Fortsetzung treulich ermahnte. Es ist eine meiner ältesten Konzeptionen, sie ruht auf der Puppenspiel-Überlieferung, daß Faust den Mephistopheles genötigt, ihm die Helena zum Beilager heranzuschaffen. Ich habe von Zeit zu Zeit daran fortgearbeitet, aber abgeschlossen konnte das Stück nicht werden, als in der Fülle der Zeiten, da es denn jetzt seine volle dreitausend Jahre spielt, von Trojas Untergang bis zur Einnahme von Missolunghi. Dies kann man also auch für eine Zeiteinheit rechnen, im höheren Sinne; die Einheit des Orts und der Handlung sind aber auch im gewöhnlichen Sinn aufs genauste beobachtet. Es tritt auf unter dem Titel: Helena, klassisch-romantische Phantasmagorie. Zwischenspiel zu Faust.
Das heißt denn freilich wenig gesagt, und doch genug, hoff' ich, um Ihre Aufmerksamkeit auf die erste Lieferung lebhafter zu richten, die ich von meinen Arbeiten zu Ostern darzubieten gedenke. []

385
GOETHE AN THOMAS CARLYLE

Weimar, 20. Juli 1827

[] Offenbar ist das Bestreben der besten Dichter und ästhetischen Schriftsteller aller Nationen schon seit geraumer Zeit

auf das allgemein Menschliche gerichtet. In jedem Besonderen, es sei nun historisch, mythologisch, fabelhaft, mehr oder weniger willkürlich ersonnen, wird man durch Nationalität und Persönlichkeit hindurch jenes Allgemeine immer mehr durchleuchten und durchschimmern sehn.
Da nun auch im praktischen Lebensgange ein Gleiches obwaltet und durch alles Irdisch-Rohe, Wilde, Grausame, Falsche, Eigennützige, Lügenhafte sich durchschlingt und überall einige Milde zu verbreiten trachtet, so ist zwar nicht zu hoffen, daß ein allgemeiner Friede dadurch sich einleite, aber doch daß der unvermeidliche Streit nach und nach läßlicher werde, der Krieg weniger grausam, der Sieg weniger übermütig. Was nun in den Dichtungen aller Nationen hierauf hindeutet und hinwirkt, dies ist es, was die übrigen sich anzueignen haben. Die Besonderheiten einer jeden muß man kennenlernen, um sie ihr zu lassen, um gerade dadurch mit ihr zu verkehren; denn die Eigenheiten einer Nation sind wie ihre Sprache und ihre Münzsorten, sie erleichtern den Verkehr, ja sie machen ihn erst vollkommen möglich. []
Eine wahrhaft allgemeine Duldung wird am sichersten erreicht, wenn man das Besondere der einzelnen Menschen und Völkerschaften auf sich beruhen läßt, bei der Überzeugung jedoch festhält, daß das wahrhaft Verdienstliche sich dadurch auszeichnet, daß es der ganzen Menschheit angehört. Zu einer solchen Vermittlung und wechselseitigen Anerkennung tragen die Deutschen seit langer Zeit schon bei.
Wer die deutsche Sprache versteht und studiert, befindet sich auf dem Markte, wo alle Nationen ihre Waren anbieten, er spielt den Dolmetscher, indem er sich selbst bereichert.
Und so ist jeder Übersetzer anzusehen, daß er sich als Vermittler dieses allgemeinen geistigen Handels bemüht und den Wechseltausch zu befördern sich zum Geschäft macht. Denn, was man auch von der Unzulänglichkeit des Übersetzens sagen mag, so ist und bleibt es doch eins der wichtigsten und würdigsten Geschäfte in dem allgemeinen Weltwesen. Der *Koran* sagt: »Gott hat jedem Volke einen Propheten gegeben in seiner eigenen Sprache.« So ist jeder Übersetzer ein Prophet seinem Volke. Luthers Bibelübersetzung hat die größten Wirkungen hervorgebracht, wenn schon die Kritik daran bis auf den heutigen Tag immerfort bedingt und mäkelt. Und was

ist denn das ganze ungeheure Geschäft der Bibelgesellschaft, als das Evangelium einem jeden Volke in seiner eigenen Sprache zu verkündigen. []

386
GOETHE AN THOMAS CARLYLE

Dornburg, 8. August 1828

[] Den traurigsten Fall, der uns betraf, daß wir unsern unschätzbaren Fürsten verloren, habe früher schon gemeldet und ist Ihnen auf jeden Fall durch die Zeitungen bekannt geworden. Ich lege eine kurze wohlgeratene Schrift zu seinem Gedächtnis bei, woraus Sie den allgemeinen Verlust beurteilen, zugleich aber auch näher an meinem Zustande teilnehmen werden, wie ich mich, nach einem mehr als funfzigjährigen Zusammenleben, bei einer solchen Entbehrung finden muß. Manches, was ich hinzufügen wollte, unterbleibt für diesmal; indessen ist es Bedürfnis, alle meine übrigen Lebensverhältnisse emsig fortzusetzen, weil ich nur darin eine Existenz finden kann, wenn ich, in Betrachtung dessen, was er getan und geleistet, auf dem Wege fortgehe, den er eingeleitet und angedeutet hat. []

387
GOETHE AN LUDWIG TIECK

Weimar, 9. September 1829

Gar wohl erinnere ich mich, teuerster Mann, der guten Abendstunden, in welchen Sie mir die neuentstandene *Genoveva* vorlasen, die mich so sehr hinriß, daß ich die nahertönende Turmglocke überhörte und Mitternacht unvermutet herbeikam. Die freundliche Teilnahme, die Sie nachher dem Gelingen meiner Arbeiten gegönnt, wie Sie manche davon durch Vorlesen erst anschaulich und eindringlich gemacht, ist mir nicht unbemerkt geblieben; so daß ein endliches Wiedersehen die frühsten wohlwollenden Gesinnungen freundlichst erneuen mußte.
Nunmehr erhalt' ich durch die Aufführung von *Faust* und

die demselben vorgeschickten gewogenen Worte die angenehmste Versicherung aufs neue.
Wenn ich nun zeither mich alles desjenigen zu erfreuen hatte, was Ihnen zum Aufbau und zur Ausbildung unsrer Literatur fortschreitend beizutragen gelungen ist, und ich manche Winke sehr gut zu verstehen glaubte, um zu so löblichen Absichten mitzuwirken, so bleibt mir, einen reinen Dank zu entrichten, kaum mehr übrig als der Wunsch: es möge fernerhin ein so schönes und eignes Verhältnis, so früh gestattet und so viele Jahre erhalten und bewährt, mich auch noch meine übrigen Lebenstage begleiten. [ ]

388

GOETHE AN JULIUS EDUARD HITZIG

Weimar, 11. November 1829

Wenn eine Gesellschaft deutscher Männer sich zusammenbegab, um besonders von deutscher Poesie Kenntnis zu nehmen, so war dies auf alle Weise zulässig und höchst wünschenswert, indem diese Personen sämtlich, als gebildete Männer, von dem übrigen deutschen Literatur- und Staatswesen im allgemeinen und besondern unterrichtet, sich gar wohl die schöne Literatur zur geistreich-vergnüglichen Unterhaltung auswählen und bestimmen durften.
Sage man sich daher, daß die schöne Literatur einer fremden Nation nicht erkannt und empfunden werden kann, ohne daß man den Komplex ihres ganzen Zustandes sich zugleich vergegenwärtige.
Dies geschieht nun zum Teil, indem wir Zeitungen lesen, die uns ausführlich genug von öffentlichen Dingen unterrichten. Dies ist aber nicht genug, sondern man hat noch hinzuzufügen, was sie in kritischen und referierenden Journalen von sich selbst und von den übrigen Nationen, besonders auch von den deutschen, für Gesinnungen und Meinungen, für Anteil und Aufnahme zu äußern veranlaßt sind. Wollte man z. B. sich mit der französischen neuesten Literatur bekannt machen, so müßte man die seit zwei Jahren gehaltenen und im Drucke erschienenen Vorlesungen, als Guizot, »Cours de l'histoire moderne«, Villemain, »Cours de la littérature

française«, und Cousin, »Cours de l'histoire de la philosophie«, kennenlernen. Das Verhältnis, das sie unter sich und zu uns haben, geht hieraus am deutlichsten hervor. Noch lebhafter vielleicht wirken die schneller erscheinenden Blätter und Heft: »Le Globe«, »La Revue française« und das zuletzt erscheinende Tagesblatt »Le Temps«. Keins von allen diesen ist zu entbehren, wenn wir das Hin und Wider jener in Frankreich sich balancierenden Bewegungen, aller daraus entspringenden Wogungen, vor unserm Geiste lebendig erhalten wollen.

Die deutsche Poesie bringt, man darf nur die tagtäglichen Produktionen und die beiden neuesten Musenalmanache ansehen, eigentlich nur Ausdrücke, Seufzer und Interjektionen wohldenkender Individuen. Jeder Einzelne tritt auf nach seinem Naturell und seiner Bildung; kaum irgend etwas geht ins Allgemeine, Höhere; am wenigsten merkt man einen häuslichen, städtischen, kaum einen ländlichen Zustand; von dem, was Staat und Kirche betrifft, ist gar nichts zu merken. Dies wollen wir nicht tadeln, sondern gelten lassen für das, was es ist. Ich spreche es nur deshalb aus, um zu sagen: daß die französische Poesie, so wie die französische Literatur sich nicht einen Augenblick von Leben und Leidenschaft der ganzen Nationalität abtrennt, in der neuesten Zeit natürlich immer als Opposition erscheint und alles Talent aufbietet, sich geltend zu machen, um den Gegenteil niederzudrücken, welcher dann freilich, da ihm die Gewalt verliehen ist, nicht nötig hat, geistreich zu sein.

Folgen wir aber diesen lebhaften Bekenntnissen, so sehen wir tief in ihre Zustände hinein, und aus der Art, wie sie von uns denken, mehr oder weniger günstig, lernen wir uns zugleich beurteilen, und es kann gar nicht schaden, wenn man uns einmal über uns selbst denken macht.

Darf ich aufrichtig reden, so wird hierdurch ein größerer Vorteil erzielt, als wenn wir uns mit ausländischen Dichtern in Korrespondenz setzen wollten. Die besten bleiben immer in ihrem Kreis beschränkte Individuen, welche in solchem Falle gar nichts tun können als schönstens zu danken, wenn man ihre Sachen gut findet. Setzt man daran aus, so ist das Verhältnis sogleich aufgehoben.

Befolgt man aber jenen vorgeschlagenen Gang, so wird man

sehr schnell von allem, was öffentlich wird und der Öffentlichkeit sich nähert, vollkommen unterrichtet. Bei dem jetzigen schnellwirkenden Buchhandel bezieht man ein jedes Werk sehr eilig, anstatt daß der Autor, wie ich oft erfahre, eine solche Gabe erst durch Gelegenheit schickt, und ich das Buch lange schon gelesen habe, wenn ich es erhalte. [ ]

389

GOETHE AN CARL FRIEDRICH ZELTER

Weimar, 29. April 1830

[ ] Hiebei werd' ich veranlaßt, Dir etwas Wunderliches zu vermelden und zu vertrauen; daß ich nämlich nach einer schnellen strengen Resolution alles Zeitunglesen abgeschafft habe und mich mit dem begnüge, was mir das gesellige Leben überliefern will. Dieses ist von der größten Wichtigkeit. Denn genau besehen ist es, von Privatleuten, doch nur eine Philisterei, wenn wir demjenigen zuviel Anteil schenken, was uns nichts angeht.

Seit den sechs Wochen, daß ich die sämtlichen französischen und deutschen Zietungen unter ihrem Kreuzband liegen lasse, ist es unsäglich, was ich für Zeit gewann und was ich alles wegschaffte. [ ]

390

GOETHE AN AUGUST VON GOETHE

Weimar, 17. September 1830

[ ] Was soll ich von unsern Zuständen sagen! Im Hause, bei Hof und in der Stadt kommt nichts vor, als was nicht aus den Zuständen ganz folgerecht hervorginge. Im allgemeinen hat ein alberner Nachahmungstrieb überall, mehr oder weniger, Rottierungen, wilde Händel, Brennereien hervorgebracht, und die Widerwärtigkeiten gegen die Regierungen haben sich, wie in Brabant, an mehreren Orten, mit Grund und Ungrund, hervorgetan. In Leipzig haben sie Häuser gestürmt, in Dresden das Rathaus verbrannt und die Polizeiarchive zerstört. In einigen Fabrikorten sind auch dergleichen Auftritte gewesen.

In Braunschweig geschah das Absurdeste; die Feuerlustigen manövrierten neben den Kanonen vorbei, die man gegen sie aufgeführt hatte, und brannten die eine Seite des Schlosses ganz ruhig und ungestört nieder. Sie hätten auch die andere angesteckt, unterließen 's aber, um die nahe gegenüberstehenden Bürgerhäuser nicht in das Hofunheil mit zu verschlingen. [ ]

Weimar, 30. September 1830

[ ] Jenes oben gemeldete Übel ist uns immer näher gerückt. Gera, Altenburg, besonders letztes ist stark beschädigt worden. In Jena ist es schon über vierzehn Tage unruhig, die Besseren haben das Mögliche getan, doch mußte man zuletzt Militär hinüberschicken. Auch hier am Orte waren schon die wildesten Drohungen ausgestreuet, die Personen genannt, welche man, in und mit ihren Häusern, zu beschädigen gedächte. Der Großherzog war abwesend, doch nach einigem Zaudern entschloß man sich, unser sämtliches Militär heranzuziehen; achthundert Mann im ganzen. Damit und mit sonstiger Vorsicht hoffen wir durchzukommen. Eisenach und Ilmenau mußten durch Klugheit beschwichtigt werden. Wohl Dir, daß Du indessen in dem herrlichen Kampanien hausest. [ ]

391

GOETHE AN CARL FRIEDRICH ZELTER

Weimar, 21. November 1830

Nemo ante obitum beatus [*Niemand ist vor seinem Tod glücklich*] ist ein Wort, das in der Weltgeschichte figuriert, aber eigentlich nichts sagen will. Sollte es mit einiger Gründlichkeit ausgesprochen werden, so müßte es heißen: »Prüfungen erwarte bis zuletzt.«

Dir hat es, mein Guter, nicht daran gefehlt, mir auch nicht, und es scheinet, als wenn das Schicksal die Überzeugung habe, man seie nicht aus Nerven, Venen, Arterien und andern daher abgeleiteten Organen, sondern aus Draht zusammengeflochten.

Dank für Deinen lieben Brief! Hatt' ich Dir doch auch einmal eine solche Hiobsbotschaft als gastlichen Gruß einzureichen. Dabei wollen wir es denn bewenden lassen.

Das eigentliche Wunderliche und Bedeutende dieser Prüfung ist, daß ich alle Lasten, die ich zunächst, ja mit dem neuen Jahre abzustreifen und einem Jüngerlebigen zu übertragen glaubte, nunmehr selbst fortzuschleppen und sogar schwieriger weiter zu tragen habe.
Hier nun allein kann der große Begriff der Pflicht uns aufrechterhalten. Ich habe keine Sorge, als mich physisch im Gleichgewicht zu bewegen; alles andere gibt sich von selbst. Der Körper muß, der Geist will, und wer seinem Wollen die notwendige Bahn vorgeschrieben sieht, der braucht sich nicht viel zu besinnen.
Weiter will ich nicht gehen, behalte mir aber doch vor, von diesem Punkte gelegentlich fortzuschreiten. Meine herzlichsten dankbaren Grüße an alle so treulich Teilnehmende.

treu angehörig J. W. v. Goethe.

392
GOETHE AN SULPIZ BOISSERÉE

Weimar, 24. November 1831

[] Seitdem ich das Glück hatte, meinen *Faust* abzuschließen und zu versiegeln, damit er, wie er auch sei, noch einige Jahr in Ruhe bleiben möge, hab' ich mich wieder in die naturwissenschaftlichen Dinge geworfen, um sie so zu redigieren, zu stellen und zu ordnen, daß sie sich dereinst an die Ausgabe meiner Werke schicklich anschließen mögen. Auf diesem Wege such' ich gerade jetzt aus meiner Farbenlehre zwar nicht ein Lesebuch, aber doch ein lesbares Buch zu machen. Oberachtet des grimmig-hassenden Widerstrebens der Physiko-Mathematiker wirkt sie im stillen, wovon mir anmutige Beweise zugekommen sind. Freilich lasten die Schulnebel zu schwer auf den Überliefernden, von denen man nicht verlangen kann, daß sie sich entschließen sollen, von vorn anzufangen; wer weiß aber, ob das Barometer der Vernunft nicht so hoch steigen kann, um jenen dichten Dunstkreis auf einmal zu zerreißen, damit die beschmutzte Sonne sich in ihrer ewigreinen Klarheit zeige und die reine Materie dagegen das ihr anheimgegebene Farbenspiel auch vor dem geistigen Auge der Menschen beginne. []

393
GOETHE AN SULPIZ BOISSERÉE

Weimar, 25. Februar 1832

[] Ich habe immer gesucht, das möglichst Erkennbare, Wißbare, Anwendbare zu ergreifen, und habe es zu eigener Zufriedenheit, ja auch zu Billigung anderer darin weit gebracht. Hiedurch bin ich für mich an die Grenze gelangt, dergestalt, daß ich da anfange zu glauben, wo andere verzweifeln, und zwar diejenigen, die vom Erkennen zuviel verlangen und, wenn sie nur ein gewisses, dem Menschen Beschiedenes erreichen können, die größten Schätze der Menschheit für nichts achten. So wird man aus dem Ganzen ins Einzelne und aus dem Einzelnen ins Ganze getrieben, man mag wollen oder nicht.

Für freundliche Teilnahme dankbar,
Fortgesetzte Geduld wünschend,
Ferneres Vertrauen hoffend.

unwandelbar J. W. v. Goethe.

394
GOETHE AN WILHELM VON HUMBOLDT

Weimar, 17. März 1832

[] Verwirrende Lehre zu verwirrtem Handel waltet über die Welt, und ich habe nichts angelegentlicher zu tun, als dasjenige, was an mir ist und geblieben ist, womöglich zu steigern und meine Eigentümlichkeiten zu kohobieren, wie Sie es, würdiger Freund, auf Ihrer Burg ja auch bewerkstelligen.

[] Verzeihung diesem verspäteten Blatte! Ohngeachtet meiner Abgeschlossenheit findet sich selten eine Stunde, wo man sich diese Geheimnisse des Lebens vergegenwärtigen mag.

treu angehörig J. W. v. Goethe

FRIEDRICH SCHILLER
1759–1805

Sein Denken und sein Verhalten waren nicht zuletzt das Produkt einer ungeheuren Widerstandskraft, die er zeitlebens gegen hemmende Einflüsse aufbringen mußte: Erziehung, Zeit und Umwelt, zuletzt selbst der kongeniale Freund Goethe, schienen nicht nur für ihn, sondern stets auch als widrige Mächte gegen ihn wirksam zu sein. Theologie wollte er studieren, aber ein erzwungener Bildungsgang führte den württembergischen Offizierssohn auf die Militärakademie, die ihn auf das Studium der Medizin festlegte. Er absolvierte es, aber mit einem inneren Vorbehalt gegen das System, der in den »Räubern« explosiv hervorbrach; als einen Aufrührer und Sensationsmacher führte ihn die Mannheimer Uraufführung des Stückes 1782 in die deutsche Literatur ein. Landflüchtig, zeitweilig mit Schreibverbot belegt, schlug er sich als Dramaturg und Zeitschriftenherausgeber durch, jahrelang auf Freunde und die Edition populärer Reihen, z. B. einer Memoirenbibliothek und einer Sammlung von Kriminalfällen, angewiesen; erst die von Goethe vermittelte Berufung als Geschichtsprofessor nach Jena (1789) brachte ihn in festere, wenn auch nicht materiell gesicherte Verhältnisse. Der 1788 erschienenen »Geschichte des Abfalls der Vereinigten Niederlande« folgte 1792 die des Dreißigjährigen Krieges, und die in der zweijährigen Lehrtätigkeit erweiterte Beschäftigung mit Geschichte und Philosophie bestimmte die weitere Richtung seines Schaffens. Sie entfremdete ihn zusehends der Aktualität, erst recht dem Kritizismus und der Aufklärung; so wurde er der Ideologe einer geradezu gegenläufigen Tendenz. Mit großen Abhandlungen, Kritiken und als Herausgeber der Zeitschrift »Die Horen« trat er als der entscheidende Theoretiker der deutschen Klassik auf; er formulierte ihre idealistische Ästhetik und praktizierte sie im Werk, vor allem in den großen Geschichtsdramen, in denen die Historie als Lehrstoff und Spur der formenden und zerstörenden Kraft des Menschen ausgeschöpft wird. Aus dem Scheitern dieser Kraft in der Auseinandersetzung mit der Welt ent-

stand ein neuer Begriff der Tragik. Er beherrscht die ersten großen Staatsdramen seit Shakespeare, die Wallenstein-Trilogie, »Maria Stuart«, »Die Jungfrau von Orleans« und das Demetrius-Fragment. Noch faßlicher scheint diese idealistische Ästhetik in seiner Versdichtung, die im 19. Jahrhundert zum gängigen Deklamations- und Bildungsmaterial im deutschen Sprachbereich wurde. Da es nicht schwerfiel, dabei die Formel von der Menschenwürde sehr einseitig hervorzuheben, konnte man Schiller als den Verkünder einer neuen Menschlichkeit, als einen Heros des bürgerlichen Zeitalters feiern. Er war indessen der Apologet einer aristokratischen Welt. Die von ihm propagierte Menschenwürde war ein beruhigendes Diktat von oben; der Lauf der Geschichte schließlich, wie er ihn stilisierte, war seiner eigenen Entwicklung zum Autokraten angemessen. Die Offenbarung dieser Haltung wäre zweifellos das Demetrius-Drama geworden, über dem er, einer Lungenkrankheit erliegend, mit sechsundvierzig Jahren starb.

395
SCHILLER AN WILHELM PETERSEN

(Stuttgart, Frühjahr 1781)

Liebster Freund – daß Du siehst, wieviel mir an der Herausgabe meines Trauerspiels gelegen ist, [] will ich Dich itzt schriftlich nochmals an das erinnern, was Du von Hoven schon nach allen Künsten des überredenden Franzens gehört haben wirst. Der erste und wichtigste Grund, warum ich die Herausgabe wünsche, ist jener allgewaltige Mammon, dem die Herberge unter meinem Dache gar nicht ansteht – das Geld. Stäudlin hat für einen Bogen seiner Verse einen Dukaten von einem Tübinger Verleger bekommen, warum sollt' ich für mein Trauerspiel, das durch den neuen Zusatz zwölf bis vierzehn Bogen enggedruckt geben wird, von einem Mannheimer nicht ebensoviel – nicht mehr bekommen können. Was über 50 Gulden abfällt ist Dein. [] Der zweite Grund ist, wie leicht zu begreifen, das Urteil der Welt []. Ich möchte natürlicherweise auch wissen, was ich für ein Schicksal als Dramatiker, als Autor zu erwarten habe.

Und dann endlich ein dritter Grund, der ganz echt ist, ist dieser: Ich habe einmal in der Welt keine andere Aussicht, als in einem Fache zu arbeiten. D. h. ich suche mein Glück und meine Beschäftigung in einem Amt, wo ich meine Physiologie und Philosophie durchstudieren und nützen kann [ ]. Schriften aus dem Felde der Poesie, Tragödien usw. würden mir in meinem Plane, Professor in der Physiologie und Medizin zu werden, hinderlich sein. Darum suche ich sie schon hier wegzuräumen.
Schreib mir also, liebster Freund, ob und wie Du gesonnen bist! Daß es herauskomme, ist nicht zu besorgen, meinerseits soll die genaueste Vorsicht beobachtet werden. Und geschieht es – so ist es immer Zeit, daß Du Deiner Brüder einen als Autor davon ausstreuen kannst – daß Du Dich selbst nennst, will ich Dir nicht zumuten [ ]. Vergiß auch das Geld vor die Bücher nicht, denn ich und Kapf haben's wirklich verflucht nötig. [ ]

P. S. Höre, Kerl! wenn's reüssiert. Ich will mir ein paar Bouteillen Burgunder drauf schmecken lassen. Leb recht wohl.

Schiller

396

SCHILLER AN HERIBERT VON DALBERG

Stuttgart, 6. Oktober 1781

Hier erscheint endlich der *Verlorene Sohn,* oder die umgeschmolzenen *Räuber.* Freilich habe ich nicht auf den Termin, den ich selbst festsetzte, Wort gehalten, aber ich bedarf nur eines flüchtigen Blicks über die Menge und Wichtigkeit der getroffenen Veränderungen, mich gänzlich zu entschuldigen. Dazu kommt noch, daß eine Ruhrepidemie in meinem Regiments-Lazarett mich von meinen otiis poeticis [*Dichtermuße*] sehr oft abrief.
Nach vollendeter Arbeit darf ich Sie versichern, daß ich mit weniger Anstrengung des Geistes und gewiß mit noch weit mehr Vergnügen ein neues Stück, ja selbst ein Meisterstück schaffen wollte, als mich der nun getanen Arbeit nochmals unterziehen. – Hier mußte ich Fehlern abhelfen, die in der

Grundanlage des Stücks schon notwendig wurzeln, hier mußte ich an sich gute Züge den Grenzen der Bühne, dem Eigensinn des Parterre, dem Unverstand der Galerie oder sonst leidigen Konventionen aufopfern, und einem so durchdringenden Kenner, wie ich in Ihnen zu verehren weiß, wird es nicht unbekannt sein können, daß es wie in der Natur, so auf der Bühne, für Eine Idee, Eine Empfindung, auch nur Einen Ausdruck, Ein Kolorit gibt. Eine Veränderung, die ich in einem Charakterzug vornehme, gibt oft dem ganzen Charakter, und folglich auch seinen Handlungen und der auf diesen Handlungen ruhenden Mechanik des Stücks eine andere Wendung. Also Herrmann. Wiederum stehen die Räuber im Original unter sich in lebhaftem Kontrast, und gewiß wird ein jeder Mühe haben, vier oder fünf Räuber kontrastieren zu lassen, ohne in einem von ihnen gegen die Delikatesse des Schauplatzes anzurennen. Als ich es anfangs dachte, und den Plan davon bei mir entwarf, dacht' ich mir die theatralische Darstellung hinweg. – Daher kam's, daß Franz als ein räsonnierender Bösewicht angelegt worden, eine Anlage, die, so gewiß sie den denkenden Leser befriedigen wird, so gewiß den Zuschauer, der vor sich nicht philosophiert, sondern gehandelt haben will, ermüden und verdrießen muß. In der veränderten Auflage konnte ich diesen Grundriß nicht übern Haufen werfen, ohne dadurch der ganzen Ökonomie des Stücks einen Stoß zu geben; ich sehe also mit ziemlicher Wahrscheinlichkeit voraus, daß Franz, wenn er nun auf der Bühne erscheinen wird, die Rolle nicht spielen werde, die er beim Lesen gespielt hat. Dazu kommt noch, daß der hinreißende Strom der Handlung den Zuschauer an den feinen Nuancen vorüberreißt, und ihn also um wenigstens den dritten Teil des ganzen Charakters bringt. Der Räuber Moor, wenn er, wie ich zum voraus versichert bin, seinen Mann unter den Herren Schauspielern findet, dörfte auf dem Schauplatz Epoche machen, einige wenige Spekulationen, die aber auch als unentbehrliche Farben in dies ganze Gemälde spielen, weggerechnet, ist er ganz Handlung, ganz anschauliches Leben. []

397
SCHILLER AN HERIBERT VON DALBERG

Stuttgart, 1. April 1782

[] Ich würde die Unwahrheit reden, wenn ich meine immer wachsende Neigung zum Drama verleugnete, die einen großen Teil meiner Glückseligkeit auf dieser Welt ausmachen soll, und doch hab' ich vor Verfluß eines halben Jahrs wenig Hoffnung, sie befriedigen zu können. Meine gegenwärtige Lage nötiget mich, den Gradum eines Doktors der Medizin in der hiesigen Karlsuniversität anzunehmen, und zu diesem Ende muß ich eine medizinische Dissertation schreiben und das Gebiet meiner Handwerkswissenschaft noch einmal zurückstreifen. [] Vielleicht umarme ich dann meine Muse um so feuriger, je länger ich von ihr geschieden war, vielleicht finde ich dann im Schoß der schönen Kunst eine süße Indemnisation für den fakultistischen Schweiß. Ich zweifle nicht, daß ich zu Ende dieses Jahrs die *Verschwörung zu Genua* vollendet sehe, woran ich schon einen großen Teil vorausgearbeitet habe. Darf ich bei dieser Gelegenheit so kühn sein, E. E. an das ehemalige Versprechen zu erinnern, mir ein interessantes *teutsches* Thema zu einem Nationalschauspiel zu verschaffen. []

398
SCHILLER AN HERIBERT VON DALBERG

Stuttgart, 4. Juni 1782

[] In diesem Norden des Geschmacks werde ich ewig niemals gedeihen, wenn mich sonst glücklichere Sterne und ein griechisches Klima zum wahren Dichter erwärmen würden.
Brauch ich mehr zu sagen als dieses, um von Dalberg alle Unterstützung zu erwarten?
E. Exz. haben mir alle Hoffnung dazu gemacht, und ich werde den Händedruck, der Ihren Verspruch versiegelte, ewig fühlen; Sie schienen weniger Schwierigkeit in der Art mich zu employieren, als in dem Mittel mich von hier wegzubekommen zu finden. Jenes steht ohnehin ganz bei Ihnen allein – zu diesem könnten Ihnen vielleicht folgende Ideen dienen.

1. Da im ganzen genommen das Fach der Mediziner bei uns so sehr übersetzt ist, daß man froh ist, wenn durch Erledigung einer Stelle Platz für einen andern gemacht wird, so kommt es mehr darauf an, wie man dem Herzog, der sich nicht trotzen lassen will, mit guter Art den Schein gibt, als geschähe es durch seine willkürliche Gewalt, als wär' es sein eigenes Werk, und gereiche ihm zur Ehre. Daher würden Euer Exzellenz ihn von der Seite ungemein kitzeln, wenn Sie in den Brief, den Sie ihm wegen mir schreiben, einfließen ließen, daß – Sie mich für eine Geburt von ihm, für einen durch ihn Gebildeten und in seiner Akademie Erzogenen halten, und daß also durch diese Vokation seiner Erziehungsanstalt quasi das Hauptkompliment gemacht würde, als würden ihre Produkte von entschiedenen Kennern geschätzt und gesucht. Dieses ist der Passepartout beim Herzog.
2. Wünschte ich (und auch meinetwegen) sehr, daß Sie meinen Aufenthalt beim Nationaltheater zu Mannheim auf einen gewissen beliebigen Termin festsetzten (der dann nach Ihrem Befehl verlängert werden kann), nach dessen Verfluß ich wieder meinem Herzog gehörte. So sieht es mehr einer Reise als einer völligen Ent*schwäbung* (wenn ich das Wort brauchen darf) gleich [].
3. Würde es höchst notwendig sein zu berühren, daß mir Mittel gemacht werden sollten, zu Mannheim zu praktizieren und meine medizinischen Übungen da fortzusetzen. []
Wenn Euer Exzellenz diese drei Ideen goutieren und in einem Schreiben an den Herzog Gebrauch davon machen, so stehe ich ziemlich für den Erfolg. []

399
SCHILLER AN HERZOG KARL VON WÜRTTEMBERG

Stuttgart, 1. September 1782

[]. Friedrich Schiller, Medicus bei dem löblichen General-Feldzeugmeister vom Augé'schen Grenadierregiment, bittet untertänigst um die gnädigste Erlaubnis, ferner literarische Schriften bekannt machen zu dörfen.
Eine innere Überzeugung, daß mein Fürst und unumschränkter Herr zugleich auch mein Vater sei, gibt mir gegenwärtig die Stärke, Höchstdenenselben einige untertänigste Vorstel-

lungen zu machen, welche die Milderung des mir zugekommenen Befehls: nichts Literarisches mehr zu schreiben, oder mit Ausländern zu kommunizieren, zur Absicht haben.
Eben diese Schriften haben mir bishero zu der mir von Eurer herzogl. Durchlaucht gnädigst zuerkannten jährlichen Besoldung noch eine Zulage von fünfhundert und fünfzig Gulden verschafft, und mich in den Stand gesetzt, durch Korrespondenz mit auswärtigen großen Gelehrten und Anschaffung der zum Studieren benötigten Subsidien, ein nicht unbeträchtliches Glück in der gelehrten Welt zu machen. Sollte ich dieses Hilfsmittel aufgeben müssen, so würd' ich künftig gänzlich außer Stand gesetzt sein, meine Studien planmäßig fortzusetzen, und mich zu dem zu bilden, was ich hoffen kann zu werden. Der allgemeine Beifall, womit einige meiner Versuche von ganz Deutschland aufgenommen wurden, welches ich Höchstdenenselben untertänig zu beweisen bereit bin, hat mich einigermaßen veranlaßt, stolz sein zu können, daß ich von allen bisherigen Zöglingen der großen Karls-Akademie der Erste und Einzige gewesen, der die Aufmerksamkeit der großen Welt angezogen, und ihr wenigstens einige Achtung abgedrungen hat – eine Ehre, welche ganz auf den Urheber meiner Bildung zurückfällt! Hätte ich die literarische Freiheit zu weit getrieben, so bitte ich Ew. herzogl. Durchl. alleruntertänigst, mich öffentliche Rechenschaft davon geben zu lassen, und gelobe hier feierlich, alle künftigen Produkte einer scharfen Zensur zu unterwerfen.
Noch einmal wage ich es, Höchstdieselbe auf das Submisseste anzuflehen, einen gnädigen Blick auf meine untertänigste Vorstellungen zu werfen, und mich des einzigen Wegs nicht zu berauben, auf welchem ich mir einen Namen machen kann. Der ich in aller devotester Submission ersterbe Ewr. herzogl. Durchlaucht untertänigsttreugehorsamster Frid. Schiller. Regimentsmedicus

400

SCHILLER AN CHRISTIAN FRIEDRICH JACOBI

(Oggersheim), 6. November 1782

[] Gegenwärtig war ich nur Flüchtling. Innerhalb drei bis vier Wochen hoffe ich freier Weltbürger zu sein. []

401

SCHILLER AN ANDREAS STREICHER

(Hanau?), 14. Januar 1783

So bin ich doch der Narr des Schicksals! Alle meine Entwürfe sollen scheitern! Irgend ein kindsköpfischer Teufel wirft mich wie seinen Ball in dieser sublunarischen Welt herum.

Hören sie nur!

Ich bin, wenn Sie den Brief haben, nicht mehr in Bauerbach. Erschrecken Sie aber nicht. Ich bin vielleicht besser aufgehoben.

Frau von Wolzogen ist wieder hier, und hat ihren Bruder, den Oberhofmeister von Marschalk, der bei Bamberg eine Erbschaft von beinahe 200 000 Gulden getan, begleitet. Sie können sich vorstellen, mit welcher Ungeduld ich ihr entgegenflog – – – – Aber nun! –

Lieber Freund, trauen Sie niemand mehr. Die Freundschaft der Menschen ist das Ding, das sich des Suchens nicht verlohnt. Wehe dem, den seine Umstände nötigen, auf fremde Hilfe zu bauen. Gottlob! das Letztere war diesmal nicht.

Die gnädige Frau versicherte mich zwar, wie sehr sie gewünscht hätte, ein Werkzeug in dem Plane meines künftigen Glückes zu sein – aber – ich werde selbst so viel Einsicht haben, daß ihre Pflichten gegen ihre Kinder vorgingen, und diese müßten es unstreitig entgelten, wenn der Herzog von W[*ürttemberg*] Wind bekäme, das war mir genug. So schrecklich es mir auch ist, mich wiederum in einem Menschen geirrt zu haben, so angenehm ist mir wieder dieser Zuwachs an Kenntnis des menschlichen Herzens. []

402

SCHILLER AN WILHELM FRIEDRICH REINWALD

Bauerbach, 27. März 1783

[] Ob ich mit Dalberg zu Stande kommen kann, zweifle ich. Ich kenne ihn ziemlich, und meine Louise Millerin hat zerschiedene Eigenschaften an sich, welche auf dem Theater nicht wohl passieren. Z. e. die gotische Vermischung von Komischem und Tragischem, die allzufreie Darstellung einiger mächtigen Narrenarten, und die zerstreuende Mannigfaltigkeit des Details. Eröffnen Sie mir Ihre Meinung darüber. [] Über ein neues Stück bin ich mit mir einig [] und arbeite nunmehr entschlossen und fest auf einen *Don Karlos* zu. Ich finde, daß diese Geschichte mehr Einheit und Interesse zum Grunde hat als ich bisher geglaubt, und mir Gelegenheit zu starken Zeichnungen und erschütternden oder rührenden Situationen gibt. Der Charakter eines feurigen, großen und empfindenden Jünglings, der zugleich der Erbe einiger Kronen ist – einer Königin, die durch den Zwang ihrer Empfindung bei allen Vorteilen ihres Schicksals verunglückt, – eines eifersüchtigen Vaters und Gemahls – eines grausamen heuchlerischen Inquisitors, und barbarischen Herzogs von Alba usf. sollten mir, dächte ich, nicht wohl mißlingen. Dazu kommt, daß man einen Mangel an solchen teutschen Stücken hat, die große Staatspersonen behandeln – und das Mannheimische Theater dieses Sujet von mir bearbeitet wünscht. []

403

SCHILLER AN HENRIETTE VON WOLZOGEN

Mannheim, 11. September 1783

[] Sie erinnern sich, meine Beste, daß ich Ihnen mein Ehrenwort gegeben, mich nicht selbst anzubieten, und in keinem Fall den ersten Schritt zu einem Engagement zu tun. Ich gebe Ihnen jetzt mit aller Freudigkeit eines reinen Gewissens dieses mein Ehrenwort wieder, daß ich mein Versprechen gehalten. Dalberg selbst kam mir mit dem Antrag entgegen, daß ich hier bleiben sollte. [] Ich entschied also für die Anerbietungen Dalbergs und vor ungefähr drei Wochen, wo ich bei ihm an Tafel war, wurden wir richtig. Ich bleibe bis auf den Mai 1784 hier, und folgende Punkte sind unter uns festgesetzt.

1. bekommt das Theater von mir drei neue Stücke – den *Fiesko* – meine Louise Millerin – und noch ein drittes, das ich innerhalb meiner Vertragszeit noch machen muß.

2. Der Kontrakt dauert eigentlich ein Jahr, nämlich vom 1. September dieses Jahres bis zum letzten August des nächsten [].

3. Ich erhalte für dieses eine fixe Pension von 300 Gulden; wovon mir schon 200 ausbezahlt sind. – Außerdem bekomme ich von jedem Stück, das ich auf die Bühne bringe, die ganze Einnahme einer Vorstellung, die ich selbst bestimmen kann, und welche nach Verhältnis 100 bis 300 Gulden betragen kann. – Dann gehört das Stück dennoch mein und ich kann es nach Gefallen, wohin ich will, verkaufen und drucken lassen. Nach diesem Anschlag habe ich bis zu Ende Augusts 1784 die unfehlbare Aufsicht auf 12–1400 Gulden, wovon ich doch 4–500 auf Tilgung meiner Schulden verwenden kann. [] Dieser Gesichtspunkt allein, ich gestehe es, kann mich über die lange Trennung von Ihnen, und über den Aufschub meiner angenehmen Entwürfe trösten, und gibt mir jetzt auch den Mut und die ruhige Festigkeit, Ihnen zu sagen, daß wir uns vor acht oder neun Monaten nicht sehen werden. [] *Sie* waren die *erste* Person, an welcher mein Herz mit reiner unverfälschter Zuneigung hing, und eine solche Freundschaft ist über allen Wechsel der Umstände erhaben. Fahren Sie fort, meine Teuerste, mich Ihren *Sohn* zu nennen, und seien Sie versichert, daß ich das Herz einer solchen Mutter zu schätzen weiß. []

404

SCHILLER AN GOTTFRIED KÖRNER

Mannheim, 10. Februar 1785

Wenn Sie mit einem Menschen vorlieb nehmen wollen, der große Dinge im Herzen herumgetragen und kleine getan hat; der bis jetzt nur aus seinen Torheiten schließen kann, daß die Natur ein eignes Projekt mit ihm vorhatte; der in seiner Liebe schrecklich viel fordert und bis hieher noch nicht einmal weiß, wieviel er leisten kann; der aber etwas anders mehr lieben kann als sich selbst, und keinen nagenderen Kummer hat, als daß er das so wenig ist, was er so gern sein möchte – wenn Ihnen ein Mensch wie dieser lieb und teuer werden kann, so ist unsere Freundschaft ewig, denn ich bin dieser Mensch. Vielleicht, daß Sie Schillern noch ebenso gut sind, wie heute, wenn Ihre Achtung für den Dichter schon längst widerlegt sein wird.

Werden Sie nach diesem Geständnis vorbereitet sein, ein Zweites zu hören? []

22. Februar

[] Ich kann nicht mehr in Mannheim bleiben. In einer unnennbaren Bedrängnis meines Herzens schreibe ich Ihnen, meine Besten. Ich kann nicht mehr hier bleiben. Zwölf Tage habe ichs in meinem Herzen herumgetragen, wie den Entschluß aus der Welt zu gehen. Menschen, Verhältnisse, Erdreich und Himmel sind mir zuwider. Ich habe keine Seele hier, keine einzige, die die Leere meines Herzens füllte, keine Freundin, keinen Freund; und was mir vielleicht noch teuer sein könnte, davon scheiden mich Konvenienz und Situationen. – Mit dem Theater hab ich meinen Kontrakt aufgehoben; also die ökonomische Rücksicht meines hiesigen Aufenthalts bindet mich nicht mehr. Außerdem verlangt es meine gegenwärtige Konnexion mit dem guten Herzog von Weimar, daß ich selbst dahin gehe und persönlich für mich negotiiere, so armselig ich mich auch sonst bei solcherlei Geschäften benehme. Aber vor allem anderen lassen Sie mich's frei heraussagen, meine Teuersten, und lächeln Sie auch meinetwegen über meine Schwächen – ich muß Leipzig und Sie besuchen. O meine Seele dürstet nach neuer Nahrung – nach bessern Menschen – nach Freundschaft, Anhänglichkeit und Liebe. []

405

SCHILLER AN CHRISTIAN SCHWAN

Leipzig, 24. April 1785

[] Unsre Hieherreise, wovon Ihnen Hr. Götz eine umständliche Beschreibung machen wird, war die fatalste, die man sich denken kann. Morast, Schnee und Gewässer waren die drei schlimme Feinde, die uns wechselweise peinigten, und ob wir gleich von Vach an immer zwei Vorspannpferde gebrauchen mußten, so wurde doch unsre Reise, die Freitags beschlossen sein sollte, bis auf den Sonntag verzögert. Man behauptet auch durchgängig, daß die Messe durch die abscheulichen Wege merklich gelitten habe; wenigstens ist, selbst in meinen Augen, das Gedränge von Verkäufern und Käufern weit unter der Beschreibung, die man mir im Reich davon gemacht hat. [] Meine angenehmste Erholung ist bisher gewesen, Richters Kaffeehaus zu besuchen, wo ich immer die halbe Welt Leipzigs beisammen finde und meine Bekanntschaften mit Einheimischen und Fremden erweitere. Man hat mir von zerschiednen Orten her sehr verführerische Einladungen nach Berlin und Dresden getan, denen ich schwerlich wohl widerstehen werde. Es ist so eine eigene Sache mit einem schriftstellerischen Namen, bester Freund. Die wenigen Menschen von Wert und Bedeutung, die sich einem auf diese Veranlassung darbieten, und deren Achtung einem Freude gewährt, werden nur allzu sehr durch den fatalen Schwarm derjenigen aufgewogen, die wie Geschmeißfliegen um Schriftsteller herumsumsen, einen wie ein Wundertier angaffen und sich obendrein gar, einiger vollgekleckststen Bogen wegen, zu Kollegen aufwerfen. Vielen wollte es gar nicht zu Kopfe, daß ein Mensch, der die *Räuber* gemacht hat, wie andre Muttersöhne aussehen soll. Wenigstens rund geschnittene Haare, Kurierstiefel und eine Hetzpeitsche hätte man erwartet. []

406

SCHILLER AN GOTTFRIED KÖRNER

Weimar, 23. Juli 1787

Vorgestern Abend kam ich hier an. Was uns auf der Reise nach Leipzig begegnete, wird euch die Schneidern geschrieben haben. In Naumburg hatte ich das Unglück, den Herzog von Weimar um eine Stunde im Posthause zu verfehlen, wo er mir beinah die Pferde weggenommen hat. Was hätte ich nicht um diesen glücklichen Zufall gegeben! Jetzt ist er in Potsdam, und man weiß noch nicht, wie bald er zurückkommen wird.

Am nämlichen Abend sah ich Charlotten. Unser erstes Wiedersehen hatte soviel gepreßtes, betäubendes, daß mirs unmöglich fällt, es euch zu beschreiben. Charlotte ist sich ganz gleich geblieben, bis auf wenige Spuren von Kränklichkeit, die der Paroxismus der Erwartung und des Wiedersehens für diesen Abend aber verlöschte und die ich erst heute bemerken kann. []

Ehe ich euch über sie und auch über mich etwas mehr sage, laßt mich zu mir selbst kommen. Die Erwartung der mancherlei Dinge, die sich mir hier in den Weg werfen werden, hat meine ganze Besinnungskraft eingenommen. Überhaupt wißt ihr, daß ich bald von den Dingen, die mich umgeben und nahe angehen, betäubt werde. Das ist jetzt mein Fall, mehr und mit größerem Rechte als jemals. []
Diesen Morgen habe ich Wieland in einem Billet begrüßt und erhalte eben die Antwort, daß er mich diesen Nachmittag bei sich erwarten wird. [] Er scheint sehr ungeduldig, mit mir bekannt zu werden, ich brenne vor Ungeduld in seine Seele zu sehen. []

(Weimar, 24. Juli)

[] Ich besuchte also Wieland, zu dem ich durch ein Gedränge kleiner und immer kleinerer Kreaturen von lieben Kinderchen gelangte. Unser erstes Zusammentreffen war wie eine vorausgesetzte Bekanntschaft. Ein Augenblick macht alles. Wir wollen langsam anfangen, sagte Wieland, wir wollen uns Zeit nehmen, einander etwas zu werden. – Wir wollen dahin kommen, sagte er mir, daß einer zu dem anderen wahr und vertraulich rede, wie man mit seinem Genius redet.
Unsere Unterhaltung verbreitete sich über sehr mancherlei Dinge, wobei er viel Geist zeigte und auch mir dazu Gelegenheit gab. [] Er ist jetzt ganz in den Lukian versunken, den er wie den Horaz übersetzen und kommentieren wird.
Sein Äußeres hat mich überrascht. Was er ist, hätte ich nicht in diesem Gesichte gesucht – doch gewinnt es sehr durch den augenblicklichen Ausdruck seiner Seele, wenn er mit Wärme spricht. [] Sehr gerne hört er sich sprechen, seine Unterhaltung ist weitläufig und manchmal fast bis zur Pedanterei vollständig, wie seine Schriften, sein Vortrag nicht fließend, aber seine Ausdrücke bestimmt. [] Er verweilte mit Wärme bei meinem Alter und bei der Idee, wieviel Spielraum mir noch übrig wäre. Wir wollen aufeinander wirken, sagte er, und ob er gleich für Umänderung zu alt wäre, so wäre er doch nicht unverbesserlich. []

407
SCHILLER AN GOTTFRIED KÖRNER

Weimar, 12. August 1787

[] Am vorigen Sonntag hört' ich Herdern zum erstenmal predigen. Der Text war der ungerechte Haushalter, den er mit sehr viel Verstand und Feinheit auseinandersetzte, du kennst das Equivoque [*Gleichnis*] in diesem Evangelium. Die ganze Predigt glich einem Diskurs, den ein Mensch allein führt, äußerst plan, volksmäßig, natürlich. Es war weniger eine Rede als ein vernünftiges Gespräch. Ein Satz aus der praktischen Philosophie, angewandt auf gewisse Details des bürgerlichen Lebens – Lehren, die man ebensogut in einer Moschee als in einer christlichen Kirche erwarten könnte. [] Herders Predigt hat mir besser als jede andre, die ich in meinem Leben zu hören bekommen habe, gefallen – aber ich muß Dir aufrichtig gestehen, daß mir überhaupt keine Predigt gefällt. []

Diese Tage bin ich auch in Goethens Garten gewesen beim Major v. Knebel, seinem intimen Freund. Goethens Geist hat alle Menschen, die sich zu seinem Zirkel zählen, gemodelt. Eine stolze philosophische Verachtung aller Spekulation und Untersuchung, mit einem bis zur Affektation getriebenen Attachement an die Natur und einer Resignation in seine fünf Sinne, kurz eine gewisse kindliche Einfalt der Vernunft bezeichnet ihn und seine ganze hiesige Sekte. []

Dieser Tage habe ich in großer adlicher Gesellschaft einen höchst langweilig[*en*] Spaziergang machen müssen. Das ist ein notwendiges Übel, in das mich mein Verhältnis mit Charlotten gestürzt hat – und wieviel flache Kreaturen kommen einem da vor. Die beste unter allen war Frau von Stein, eine wahrhaftig eigene interessante Person, und von der ich begreife, daß Goethe sich so ganz an sie attachiert hat. Schön kann sie nie gewesen sein, aber ihr Gesicht hat einen sanften Ernst und eine ganz eigene Offenheit. Ein gesunder Verstand, Gefühl und Wahrheit liegen in ihrem Wesen. Diese Frau besitzt vielleicht über tausend Briefe von Goethe, und aus Italien hat er ihr noch jede Woche geschrieben. Man sagt, daß ihr Umgang ganz rein und untadelhaft sein soll. [] Goethe wird von sehr vielen Menschen (auch außer Herdern) mit

einer Art von Anbetung genannt, und mehr noch als Mensch denn als Schriftsteller geliebt und bewundert. Herder gibt ihm einen *klaren* universalen Verstand, das wahrste und innigste Gefühl, die größte Reinheit des Herzens! [] Ihm ist er ein allumfassender Geist.
Seine Reise nach Italien hat er von Kindheit an schon im Herzen herumgetragen. Sein Vater war da. Seine zerrüttete Gesundheit hat sie nötig gemacht. Er soll dort im Zeichnen große Schritte getan haben. Man sagt, daß er sich sehr erholt habe, aber schwerlich vor Ende des Jahres zurückkommen würde. []

408

SCHILLER AN GOTTFRIED KÖRNER

Weimar, 29. August 1787

[] Reinhold hat mir über Wieland die Augen geöffnet. So wenig ich mich zwar auf seine Urteile über Menschen verlassen kann (denn seine Menschenkenntnis ist womöglich noch schlechter bestellt als die meinige), so hab' ich mir doch aus den Factis, die er mir nach und nach vorlegte, einige Beleuchtungen über jenen verschafft. So ein unmäßiger Vergötterer er auch von ihm ist, so gestand er mir doch, daß ihn Wielands ungleicher Charakter auf das schrecklichste schon mißhandelt habe. [] Heute hab' er ihn für einen großen Geist und morgen für einen Esel erklärt. Niemand als Wielands Frau, die alle Ungewitter abwartet, kann in seiner Atmosphäre dauren. Du wirst also begreifen, daß es ganz ohne Hexerei und ohne Verhetzungen zugegangen sein konnte, daß er und ich auseinanderkamen. []
Von den hiesigen großen Geistern überhaupt kommen einem immer närrische Dinge zu Ohren. Herder und seine Frau leben in einer egoistischen Einsamkeit und bilden zusammen eine Art von heiliger Zweieinigkeit, von der sie jeden Erdensohn ausschließen. Aber weil beide stolz, beide heftig sind, so stößt diese Gottheit zuweilen unter sich selbst aneinander. Wenn sie also in Unfrieden geraten sind, so wohnen beide abgesondert in ihren Etagen, und Briefe laufen Treppe auf, Treppe nieder, bis sich endlich die Frau entschließt, in eigner

Person in ihres Ehgemahls Zimmer zu treten, wo sie eine Stelle aus seinen Schriften rezitiert, mit den Worten: »Wer das gemacht hat, muß ein Gott sein, und auf den kann niemand zürnen.« – Dann fällt ihr der besiegte Herder um den Hals und die Fehde hat ein Ende.
Schlechter sind diese Gottheiten bestellt, wo sie wieder an die Sterblichkeit grenzen. So weiß man zum Beispiel, daß Fleischer und Schneider Hunderte an sie zu fordern haben, und zwar seit acht und zehn Jahren. Einer Magd, die aus dem Dienst geschickt wurde und welche ihren sehr hochangelaufenen Lohn foderte, setzte die Frau Generalsuperintendenten höchsteigenhändig eine Rechnung von allem zerbrochenen Küchengeschirre auf, daß nur noch 2 oder 3 Taler zu bezahlen übrig blieben. Preiset Gott, daß ihr nicht unsterblich seid! []

409

SCHILLER AN GOTTFRIED KÖRNER

Weimar, 7. Januar 1788

[] Deine Geringschätzung der Geschichte kommt mir unbillig vor. Allerdings ist sie willkürlich, voll Lücken und sehr oft unfruchtbar, aber eben das Willkürliche in ihr könnte einen philosophischen Geist reizen, sie zu beherrschen; das Leere und Unfruchtbare einen schöpferischen Kopf herausfodern, sie zu befruchten und auf dieses Gerippe Nerven und Muskeln zu tragen. Glaube nicht, daß es viel leichter sei, einen Stoff auszuführen, den man sich selbst gegeben hat, als einen, davon gewisse Bedingungen vorgeschrieben sind. [] Die philosophische innere Notwendigkeit ist bei beiden gleich; wenn eine Geschichte, wäre sie auch auf die glaubwürdigsten Chroniken gegründet, nicht geschehen sein kann, d. h. wenn der Verstand den Zusammenhang nicht einsehen kann, so ist sie ein Unding; wenn eine Tragödie nicht geschehen sein muß, sobald ihre Voraussetzungen Realität enthalten, so ist sie wieder ein Unding.
Über die Vorteile beider Arten von Geistestätigkeit ist nun vollends keine Frage. Mit der Hälfte des Werts, den ich einer historischen Arbeit zu geben weiß, erreiche ich mehr Aner-

kennung in der sogenannten gelehrten und in der bürgerlichen Welt als mit dem größten Aufwand meines Geistes für die Frivolität einer Tragödie. [ ]
Für meinen *Karlos*, das Werk dreijähriger Anstrengung, bin ich mit Unlust belohnt worden. Meine niederländische Geschichte, das Werk von fünf, höchstens sechs Monaten, wird mich vielleicht zum angesehenen Manne machen. [ ] Es ist wahrscheinlich, daß ich einen Ruf nach Jena bekommen werde, vielleicht innerhalb eines halben Jahrs, aber ich werde die schlechte[*n*] Bedingungen, die man mir machen muß, dazu benutzen, ihn nicht anzunehmen, und auch nicht ganz abzuschlagen. Ich werde mir einige Jahre wenigstens retten, bis ich gesehen habe, ob ich durch den »Merkur« existieren kann. Ist dieses, so bedarf ich keiner Versorgung.
Aber ich muß eine Frau dabei ernähren können, denn noch einmal, mein Lieber, dabei bleibt es, daß ich heirate. [ ] Ich muß ein Geschöpf um mich haben, das mir gehört, das ich glücklich machen kann und muß, an dessen Dasein mein eigenes sich erfrischen kann. Du weißt nicht, wie verwüstet mein Gemüt, wie verfinstert mein Kopf ist [ ]. Wenn ich nicht Hoffnung in mein Dasein verflechte, die fast ganz aus mir verschwunden ist, wenn ich die abgelaufenen Räder meines Denkens und Empfindens nicht von neuem aufwinden kann, so ist es um mich geschehen. [ ]
Ich bedarf eines Mediums, durch das ich die anderen Freuden genieße. Freundschaft, Geschmack, Wahrheit und Schönheit werden mehr auf mich wirken, wenn eine ununterbrochene Reihe feiner wohltätiger häuslicher Empfindungen mich für die Freude stimmt und mein erstarrtes Wesen wieder durchwärmt. [ ]

410

SCHILLER AN GOTTFRIED KÖRNER

Rudolstadt, 12. September 1788

Endlich kann ich Dir von Goethe erzählen, worauf Du, wie ich weiß, sehr begierig wartetest. Ich habe vergangenen Sonntag beinahe ganz in seiner Gesellschaft zugebracht, wo er uns mit der Herder, Frau v. Stein und der Frau v. Schardt, der,

die Du im Bad gesehen hast, besuchte. Sein erster Anblick stimmte die hohe Meinung ziemlich tief herunter, die man mir von dieser anziehenden und schönen Figur beigebracht hatte. Er ist von mittlerer Größe, trägt sich steif und geht auch so; sein Gesicht ist verschlossen, aber sein Auge sehr ausdrucksvoll, lebhaft, und man hängt mit Vergnügen an seinem Blicke. Bei vielem Ernst hat seine Miene doch viel Wohlwollendes und Gutes. Er ist brünett und schien mir älter auszusehen, als er meiner Berechnung nach wirklich sein kann. Seine Stimme ist überaus angenehm, seine Erzählung fließend, geistvoll und belebt; man hört ihn mit überaus viel Vergnügen; und wenn er bei gutem Humor ist, welches diesmal so ziemlich der Fall war, spricht er gern und mit Interesse. Unsere Bekanntschaft war bald gemacht, und ohne den mindesten Zwang; freilich war die Gesellschaft zu groß und alles auf seinen Umgang zu eifersüchtig, als daß ich viel allein mit ihm hätte sein oder etwas anders als allgemeine Dinge mit ihm sprechen können. Er spricht gern und mit leidenschaftlichen Erinnerungen von Italien; aber was er mir davon erzählt hat, gab mir die treffendste und gegenwärtigste Vorstellung von diesem Lande und diesen Menschen. Vorzüglich weiß er einem anschaulich zu machen, daß die Nation mehr als alle andre europäische in gegenwärtigen Genüssen lebt, weil die Milde und Fruchtbarkeit des Himmelsstrichs die Bedürfnisse einfacher macht und ihre Erwerbung erleichtert. – Alle ihre Laster und Tugenden sind die natürlichen Folgen einer feurigen Sinnlichkeit. [ ]
Im Ganzen genommen ist meine in der Tat große Idee von ihm nach dieser persönlichen Bekanntschaft nicht vermindert worden, aber ich zweifle, ob wir einander je sehr nahe rücken werden. Vieles, was mir jetzt noch interessant ist, was ich noch zu wünschen und zu hoffen habe, hat seine Epoche bei ihm durchlebt; er ist mir (an Jahren weniger, als an Lebenserfahrungen und Selbstentwickelung) so weit voraus, daß wir unterwegs nie mehr zusammenkommen werden; und sein ganzes Wesen ist schon von Anfang her anders angelegt als das meinige, seine Welt ist nicht die meinige, unsere Vorstellungsarten scheinen wesentlich verschieden. Indessen schließt sich's aus einer solchen Zusammenkunft nicht sicher und gründlich. Die Zeit wird das Weitere lehren. [ ]

411
SCHILLER AN LOTTE VON LENGEFELD UND KAROLINE VON BEULWITZ

Weimar, 23. Dezember 1788

[] Es ist beinahe schon richtig, daß ich als Professor der Geschichte künftiges Frühjahr nach Jena gehe. [] Ich selbst habe keinen Schritt in der Sache getan, habe mich aber übertölpeln lassen, und jetzt, da es zu spät ist, möchte ich gerne zurücktreten. Man hatte mich vorher sondiert und gleich den Tag darauf wurde es an unsern Herzog nach Gotha geschrieben, der es an dem dortigen Hof gleich einleitete. []
Also die schönen paar Jahre von Unabhängigkeit, die ich mir träumte, sind dahin, mein schöner künftiger Sommer in Rudolstadt ist auch fort; und dies alles soll mir ein heilloser Katheder ersetzen! Das beste an dieser Sache ist doch immer die Nachbarschaft mit Ihnen. Ich rechne darauf, daß Sie mir diesen Sommer eine himmlische Erscheinung in Jena sein werden. []

412
SCHILLER AN GOTTFRIED KÖRNER

Weimar, 17. Januar 1789

Diese Professur soll der Teufel holen; sie zieht mir einen Louisd'or nach dem andern aus der Tasche. Die Geheimen Kanzleien von Gotha und Koburg haben sich bereits mit Kontos für Expeditionsgebühren eingestellt, und mit jedem Posttag drohen mir noch zwei andere von Meiningen und Hildburghausen. Jede kommt mich gegen 5 Taler und die gothasche auf 6 zu stehen. Der Magisterquark soll auch über 30 Taler, und die Einführung auf der Universität ihrer 6 kosten. Da hab ich nun schon eine Summe von 60 Talern zu erlegen, ohne was anders als Papier dafür zu haben. Die Sache geht schneller als man gedacht, und besonders schneller, als mein Beutel darauf gerechnet hat. Ein Glück ist's indessen, daß es noch in eine Zeit fällt, wo ich nicht ganz blank bin. []

413
SCHILLER AN GOTTFRIED KÖRNER

Weimar, 2. Februar 1789

Öfters um Goethe zu sein, würde mich unglücklich machen: er hat auch gegen seine nächsten Freunde kein Moment der Ergießung, er ist an nichts zu fassen; ich glaube in der Tat, er ist ein Egoist in ungewöhnlichem Grade. Er besitzt das Talent, die Menschen zu fesseln und durch kleine sowohl als große Attentionen sich verbindlich zu machen; aber sich selbst weiß er immer frei zu behalten. Er macht seine Existenz wohltätig kund, aber nur wie ein Gott, ohne sich selbst zu geben – dies scheint mir eine konsequente und planmäßige Handlungsart, die ganz auf den höchsten Genuß der Eigenliebe kalkuliert ist. Ein solches Wesen sollten die Menschen nicht um sich herum aufkommen lassen. Mir ist er dadurch verhaßt, ob ich gleich seinen Geist von ganzem Herzen liebe und groß von ihm denke. Ich betrachte ihn wie eine stolze Prüde, der man ein Kind machen muß, um sie vor der Welt zu demütigen. Eine ganz sonderbare Mischung von Haß und Liebe ist es, die er in mir erweckt hat, eine Empfindung, die derjenigen nicht ganz unähnlich ist, die Brutus und Cassius gegen Caesar gehabt haben müssen; ich könnte seinen Geist umbringen und ihn wieder von Herzen lieben. Goethe hat auch viel Einfluß darauf, daß ich mein Gedicht gern recht vollendet wünsche. An seinem Urteil liegt mir überaus viel. *Die Götter Griechenlands* hat er sehr günstig beurteilt; nur zu lang hat er sie gefunden, worin er auch nicht unrecht haben mag. Sein Kopf ist reif, und sein Urteil über mich wenigstens eher gegen mich als für mich parteiisch. Weil mir nun überhaupt nur daran liegt, Wahres von mir zu hören, so ist dies gerade der Mensch unter allen, die ich kenne, der mir diesen Dienst tun kann. [ ]

414
SCHILLER AN GOTTFRIED KÖRNER

Weimar, 9. März 1789

[ ] Ich muß lachen, wenn ich nachdenke, was ich Dir von und über Goethen geschrieben haben mag. [ ] Dieser Mensch, die-

ser Goethe ist mir einmal im Wege, und er erinnert mich so oft, daß das Schicksal mich hart behandelt hat. Wie leicht ward sein Genie von seinem Schicksal getragen, und wie muß ich bis auf diese Minute noch kämpfen! [] Aber ich habe noch guten Mut, und glaube an eine glückliche Revolution für die Zukunft. Könntest Du mir innerhalb eines Jahrs eine Frau von 12 000 Talern verschaffen, mit der ich leben, an die ich mich attachieren könnte, so wollte ich Dir in fünf Jahren – eine Fridericiade, eine klassische Tragödie und, weil Du doch so darauf versessen bist, ein halb Dutzend schöner Oden liefern – und die Akademie in Jena möchte mich dann im Asch lecken. []

415

SCHILLER AN GOTTFRIED KÖRNER

Jena, 28. Mai 1789

Vorgestern als den 26. habe ich endlich das Abenteuer auf dem Katheder rühmlich und tapfer bestanden und gleich gestern wiederholt. Ich lese nur zweimal in der Woche und zwei Tage hintereinander, so daß ich fünf Tage ganz frei behalte. Das Reinholdische Auditorium bestimmte ich zu meinem Debüt. Es hat eine mäßige Größe und kann ohngefähr achtzig sitzende Menschen, etwas über hundert in allem fassen []. Meine Stunden sind abends von sechs bis sieben. Halbsechs war das Auditorium voll. [] Griesbachs Schwager war gerade unter den Studenten, ich ließ ihnen also den Vorschlag tun, bei Griesbach zu lesen, und mit Freuden ward er aufgenommen. Nun gab's das lustigste Schauspiel. Alles stürzte hinaus und in einem hellen Zug die Johannisstraße hinunter, die, eine der längsten in Jena, von Studenten ganz besät war. Weil sie liefen, was sie konnten, um in Griesbachs Auditorium einen guten Platz zu bekommen, so kam die Straße in Alarm und alles an den Fenstern in Bewegung. Man glaubte anfangs, es wäre Feuerlärm, und am Schloß kam die Wache in Bewegung. Was ists denn? Was gibts denn? hieß es überall. Da rief man denn: Der neue Professor wird lesen. []
Griesbachs Auditorium ist das größte und kann, wenn es voll gedrängt ist, zwischen drei- und vierhundert Menschen fassen. [] So schwül der Saal war, so erträglich wars am Kathe-

der, wo alle Fenster offen waren, und ich hatte doch frischen Odem. Mit den zehn ersten Worten, die ich selbst noch fest aussprechen konnte, war ich im ganzen Besitz meiner Contenance [ ]. Meine Vorlesung machte Eindruck, den ganzen Abend hörte man in der Stadt davon reden und mir widerfuhr eine Aufmerksamkeit von den Studenten, die bei einem neuen Professor das erste Beispiel war. Ich bekam eine Nachtmusik und Vivat wurde dreimal gerufen. [ ] Indes kann ich, wenn ich aufrichtig sein soll, dem Vorlesungenhalten selbst noch keinen rechten Geschmack abgewinnen; wäre man der Empfänglichkeit und einer gewissen vorbereitenden Fähigkeit bei den Studierenden versichert, so könnte ich überaus viel Interesse und Zweckmäßigkeit in dieser Art zu wirken finden. So aber bemächtigte sich meiner sehr lebhaft die Idee: daß zwischen dem Katheder und den Zuhörern eine Art von Schranke ist, die sich kaum übersteigen läßt. [ ] Die Zeit verbessert dies vielleicht – aber groß sind meine Hoffnungen doch nicht. Ich tröste mich damit, daß in jedem öffentlichen Amt immer nur der hundertste Teil der Absicht erfüllt wird. [ ]

Meine erste Vorlesung handelte vorzüglich von dem Unterschied des brotgelehrten und des philosophischen Kopfs. [ ]

416

SCHILLER AN LOTTE VON LENGEFELD

(Jena), 25. August 1789

[ ] In einer neuen schöneren Welt schwebt meine Seele, seitdem ich weiß, daß Ihr mein seid. Teure liebe Lotte, seitdem Du Deine Seele mir entgegen trugst. Mit langen Zweifeln ließest Du mich ringen, und ich weiß nicht, welche seltsame Kälte ich oft in Dir zu bemerken glaubte, die meine glühenden Geständnisse in mein Herz zurückzwang. Ein wohltätiger Engel war mir Karoline, die meinem furchtsamen Geheimnis so schön entgegenkam. Ich habe Dir unrecht getan, teure Lotte. Die stille Ruhe deiner Empfindung habe ich verkannt und einem abgemessenen Betragen zugeschrieben, das meine Wünsche von Dir entfernen sollte. O, Du mußt sie mir

noch erzählen, die Geschichte unsrer werdenden Liebe. Aber aus Deinem Munde will ich sie hören. []

417
SCHILLER AN GOTTFRIED KÖRNER

Jena, 1. Februar 1790

[] Meinem künftigen Schicksal sehe ich mit heiterm Mut entgegen; jetzt, da ich am erreichten Ziele stehe, erstaune ich selbst, wie alles doch über meine Erwartungen gegangen ist. Das Schicksal hat die Schwierigkeiten für mich besiegt, es hat mich zum Ziele gleichsam getragen. Von der Zukunft hoffe ich alles. Wenige Jahre, und ich werde im vollen Genuß meines Geistes leben, ja ich hoffe, ich werde wieder zu meiner Jugend zurückkehren, ein inneres Dichterleben gibt mir sie zurück. Zum Poeten machte mich das Schicksal, ich könnte mich, auch wenn ich noch so sehr wollte, von dieser Bestimmung nie weit verlieren.
Der Koadjutor hält den Gedanken, mich einmal zu etablieren und zu haben, noch immer sehr fest und spricht aus eigenem Antrieb sehr oft davon. Jetzt will er, daß ich ihn in Erfurt besuchen soll []. Wird er Kurfürst, so kann ich gewiß auf ihn zählen. []

418
SCHILLER AN GOTTFRIED KÖRNER

Jena, 16. Mai 1790

Die Ferien sind vorbei und ich bin wieder im Geschirr; doch mehr in Göschens als der Akademie, und ich lasse mir durch Geschäfte die schönen Maitage nicht verderben.
[] Das akademische Karrenführen soll mir doch nie etwas anhaben. Freilich, zu einem musterhaften Professor werde ich mich nie qualifizieren; aber dazu hat mich ja die Vorsehung auch nicht bestimmt. Erwarte also von mir wenig Kompendien, aber desto gewisser etwas anders.
Zu meinem Vergnügen und um doch für meine 200 Reichstaler etwas zu tun, lese ich neben einem Privatum über die Universalgeschichte noch ein Publikum über den Teil der Ästhetik, der von der Tragödie handelt. Bilde Dir ja nicht

ein, daß ich ein ästhetisches Buch dabei zu Rate ziehe. Ich mache diese Ästhetik selbst, und darum, wie ich denke, um nichts schlechter. Mich vergnügt es sehr, zu den mancherlei Erfahrungen, die ich über diese Materie zu machen Gelegenheit gehabt habe, allgemeine philosophische Regeln und vielleicht gar ein szientifisches Prinzip zu finden. Es legt sich mir alles bis jetzt bewundernswürdig schön auseinander, und manche lichtvolle Idee stellt sich bei dieser Gelegenheit mir dar. Die alte Lust zum Philosophieren erwacht wieder [].

419
SCHILLER AN GEORG GÖSCHEN

Jena, 26. Juli 1790

[] Sobald ich den Plan zu meiner *Geschichte des Dreißigjährigen Kriegs* überdachte, sah ich ein, daß es etwas platterdings Unmögliches sein würde, diese Geschichte in zwanzig oder zweiundzwanzig Bogen zu bringen. [] Ich sah ein und ich glaube, daß jeder Vernünftige darin mir beistimmen wird, daß alles darauf ankomme, die Preliminarnotizen so präzis und ausführlich als möglich auszuarbeiten, und das Terrain, auf welchem der Dreißigjährige Krieg seine Rolle spielt, so vollständig, als es der Raum erlaubt, abzustecken, weil nur alsdann das übrige verständlich werden und interessieren kann. [] Jeder schöne Geist, dem Sie diese Arbeit des Dreißigjährigen Kriegs aufgetragen hätten, wäre diesem *statistischen* Teil der Geschichte aus dem Wege gegangen und hätte die frühere Reichsgeschichte von Karl V. bis Ferdinand ganz obenhin behandelt. Ein Jurist hätte ihn hingegen als ein Skelett dargestellt. Wenn ich ein Verdienst um *diese* Geschichte habe, so ist es dieses, daß ich mich bei dieser Einleitung aufgehalten und das Allertrockenste wenigstens menschlich auseinandergesetzt habe. Um dieses aber auszuführen, brauchte ich acht Bogen, welche für die eigentliche Geschichte verloren werden mußten; zwölf bis vierzehn bleiben mir noch übrig, und diese reichen nicht weiter als zu Gustavs Tod. Aber hier erhält die Geschichte einen sehr glänzenden Schluß und endigt wie ein episches Gedicht für den Leser. Die ganze darauffolgende Periode bis zum Westfälischen Frieden fasse ich in einen kurzen Prospekt zusammen, ohne Details;

bloß Resultate. Am Ende sage ich, daß es von der Aufnahme dieses ersten Versuchs abhängen werde, ob die ausführlichere Darstellung der zweiten Periode in dem nächsten Kalender nachfolgen solle. [ ]
Noch eine Hauptsache. Es sind mir in den bisherigen Aushängebogen Stellen aufgestoßen, die der Zensor (ich will nicht hoffen der Korrektor) geändert hat. Ich muß gestehen, daß ich darauf rechnete, Sie würden diese Geschichte der Zensur entziehen können, denn eine Geschichte des Dreißigjährigen Kriegs muß schlechterding mit Freiheit geschrieben werden; besonders da der Kursächsische Hof nicht viel Ehre dabei einlegt. Mit den bisherigen Änderungen und der Billigkeit meines Zensors bin ich sehr wohl zufrieden, aber ich muß gegen jede Änderung, welche diese Grenze überschreitet, protestieren. Wird mir eine Hauptsache *alteriert* oder kommt etwas Fremdes hinein, so muß ich öffentlich meine Sache verteidigen, denn über *mich* urteilt das Publikum, weil mein Name vor dem Buche steht. [ ]

420
SCHILLER AN GOTTFRIED KÖRNER

Jena, 1. November 1790

[ ] Goethe hat uns viel von Dir erzählt und rühmt gar sehr Deine persönliche Bekanntschaft. Er fing von selbst davon an und spricht mit Wärme von seinem angenehmen Aufenthalt bei Euch und überhaupt auch in Dresden. Mir erging es mit ihm wie Dir. Er war gestern bei uns, und das Gespräch kam bald auf Kant. Interessant ist's, wie er alles in seine eigene Art und Manier kleidet und überraschend zurückgibt, was er las; aber ich möchte doch nicht über Dinge, die mich sehr nahe interessieren, mit ihm streiten. Es fehlt ihm ganz an der herzlichen Art, sich zu irgend etwas zu bekennen. Ihm ist die ganze Philosophie subjektivisch, und da hört denn Überzeugung und Streit zugleich auf. Seine Philosophie mag ich auch nicht ganz: sie holt zu viel aus der Sinnenwelt, wo ich aus der Seele hole. Überhaupt ist seine Vorstellungsart zu sinnlich und betastet mir zu viel. Aber sein Geist wirkt und forscht nach allen Direktionen und strebt, sich ein Ganzes zu erbauen – und das macht mir ihn zum großen Mann. [ ]

421
SCHILLER AN GOTTFRIED KÖRNER

Jena, 26. November 1790

Das eilfte Stück der »Thalia« wird nun wohl in Deinen Händen sein, und die Bogen von dem *Menschenfeind.* Hätte ich irgend noch den Gedanken gehabt, ihn auszuarbeiten, so wäre er nie in die Thalia eingerückt worden; aber diesen Gedanken habe ich nach der reifsten kritischen Überlegung und nach wiederholten verunglückten Versuchen aufgeben müssen. [ ]
Überhaupt, wenn ich mich mit einem alten oder neuen Tragiker jemals messen soll, so müssen die Umstände gleich sein, und nichts muß der tragischen Kunst entgegenarbeiten, wie es mir bisher immer begegnete.
Das Arbeiten im dramatischen Fache dürfte überhaupt noch auf eine ziemlich lange Zeit hinausgerückt werden. [ ] Außerdem muß ich doch die historische Wirksamkeit so weit treiben, als ich kann, wär's auch nur deswegen, um meine Existenz bestmöglichst zu verbessern. Ich sehe nicht ein, warum ich nicht, wenn ich ernstlich will, der erste Geschichtsschreiber in Deutschland werden kann; und dem ersten müssen sich doch auf jeden Fall Aussichten eröffnen. [ ]

422
SCHILLER AN GOTTFRIED KÖRNER

Jena, 28. November 1791

Es freut mich sehr zu hören, daß Du an den Stanzen Geschmack gefunden hast, und auf Deine ausführlichere Kritik freue ich mich noch mehr. [ ] Dein Gedanke nach Durchlesung der Stanzen war ganz auch der meinige: daß ich ein episches Gedicht machen sollte. [ ] Von den Requisiten, die den epischen Dichter machen, glaube ich alle, eine einzige ausgenommen, zu besitzen: Darstellung, Schwung, Fülle, philosophischen Geist und Anordnung. Nur die Kenntnisse fehlen mir, die ein homerisierender Dichter notwendig brauchte, ein lebendiges Ganze seiner Zeit zu umfassen und darzustellen, der allgemeine über alles sich verbreitende Blick des Beobachters.

Der epische Dichter reicht mit der Welt, die er in sich hat, nicht aus, er muß in keinem gemeinen Grad mit der Welt außer ihm bekannt und bewandert sein. Dies ist, was mir fehlt, aber auch alles, wie ich glaube. Freilich würde ein mehr entlegenes Zeitalter mir diesen Mangel bedecken helfen, aber auch das Interesse des gewählten Stoffes [] schwächen.

Könnt' ich es mit dem übrigen vereinigen, so würde ein nationeller Gegenstand doch den Vorzug erhalten. Kein Schriftsteller, so sehr er auch an Gesinnung Weltbürger sein mag, wird in der *Vorstellungsart* seinem Vaterland entfliehen. Wäre es auch nur die Sprache, was ihn stempelt, so wäre diese allein genug, ihn in eine gewisse Form einzuschränken und seinem Produkt eine nationelle Eigentümlichkeit zu geben. Wählte er aber nun einen auswärtigen Gegenstand, so würde der Stoff mit der Darstellung immer in einem gewissen Widerspruche stehen, da im Gegenteil bei einem vaterländischen Stoffe Inhalt und Form schon in einer natürlichen Verwandtschaft stehen. []

Unter allen historischen Stoffen, wo sich poetisches Interesse mit nationellen und politischen auch am meisten gattet, und wo ich mich meiner Lieblingsideen am leichtesten entledigen kann, steht Gustav Adolph obenan. [] Ganz gewiß wäre eine solche Menschheitsgeschichte der würdigste Gegenstand für den epischen Dichter, wenn sie irgendein Stoff für einen Dichter sein könnte. Aber da liegt eben die Schwürigkeit. Ein philosophischer Gegenstand ist schlechterdings für die Poesie verwerflich, vollends für die, welche ihren Zweck durch Handlung erreichen soll. Ich habe jetzt keine Zeit, Dir eine weitläufige Deduktion von diesem Satz zu machen, aber ich halte ihn für unwidersprechlich. Hingegen wenn sich ein historischer handlungsreicher Stoff findet, mit dem man diese philosophischen Ideen nicht nur in eine natürliche, sondern notwendige Verbindung bringen kann, so kann daraus etwas Vortreffliches werden. Die Geschichte der Menschheit gehört als unentbehrliche Episode in die Geschichte der Reformation und diese ist mit dem Dreißigjährigen Krieg unzertrennlich verbunden. Es kommt also bloß auf den ordnenden Geist des Dichters an, in einem Heldengedicht, das von der Schlacht bei Leipzig bis zur Schlacht bei Lützen geht, die ganze Geschichte der Menschheit ganz und ungezwungen und zwar mit weit mehr Interesse zu behandeln, als wenn dies der Hauptstoff gewesen wäre.

423

SCHILLER AN GOTTFRIED KÖRNER

Ludwigsburg, 3. Februar 1794

[] In einigen Wochen kann ich Dir vielleicht einen Teil meiner ästhetischen Briefe abgeschrieben schicken; weil ich doch keine Möglichkeit sah, auf die Ostermesse mehr als einen Band fertigmachen zu können, so habe ich Göschen noch gar nichts geschickt, und werde das Mscrpt[*Manuskript*] also wenigstens noch vier Monate im Pult behalten. Auch bin ich noch gar nicht weit gekommen, der Materie nach nämlich, obgleich die fertigen Briefe gegen vierzehn gedruckte Bogen ausmachen dürften. Über den Begriff der Schönheit habe ich mich noch gar nicht eingelassen, und bin auch jetzt noch nicht so weit, weil ich erst eine allgemeine Betrachtung über den Zusammenhang der schönen Empfindungen mit der ganzen Kultur und überhaupt über die *ästhetische Erziehung* der Menschen voranschickte. Kurz, in den ersten zehn Bogen meiner Briefe ist der Stoff aus meinen *Künstlern* philosophisch ausgeführt. Es lag mir daran, die schwankenden Begriffe über das Schöne der Form und die Grenzen seines Gebrauchs im Denken und Handeln zu berichtigen, den Grund alter Vorurteile dagegen zu untersuchen und wegzuräumen, und über diesen so oft ventilierten und ebenso einseitig verteidigten als einseitig angefochtenen Gegenstand ins reine zu kommen. Diesen Zweck habe ich, denke ich, erreicht, und bei der Strenge, mit der ich zu Werke gegangen bin, glaube ich die eigentliche Sphäre des Schönen gegen jeden Anspruch, der künftig dagegen gemacht werden könnte, völlig gesichert zu haben. Von dem Einfluß des Schönen auf den Menschen komme ich auf den Einfluß der Theorie auf die Beurteilung und Erzeugung des Schönen und untersuche erst, was man sich von einer Theorie des Schönen zu erwarten und, besonders in Rücksicht auf die hervorbringende Kunst, zu versprechen hat. Dies führt mich natürlicherweise auf die von aller Theorie unabhängige Erzeugung des Originalschönen durch das Genie. Hier bin ich gerade jetzt, und es wird mir gar schwer, über den Begriff des Genies mit mir einig zu werden. In Kants *Kritik der Urteilskraft* werden darüber sehr bedeutende Winke gegeben, aber sie sind noch gar nicht befriedigend. Vielleicht finde ich nachher noch Zeit, Dir den Faden meiner Ideen kürzlich mitzuteilen.

Wenn das Genie durch seine Produkte die Regel gegeben hat, so kann die Wissenschaft diese Regeln sammeln, vergleichen und versuchen, ob sie unter eine noch allgemeinere und endlich unter einen einzigen Grundsatz zu bringen sind. Da sie aber von der Erfahrung ausgeht, so hat sie auch nur die eingeschränkte Autorität empirischer Wissenschaften. Sie kann bloß zu einer verständigen Nachahmung gegebener Fälle, aber niemals zu einer positiven Erweiterung führen. Alle Erweiterung in der Kunst muß von dem Genie kommen; die Kritik führt bloß zur Fehlerlosigkeit. Hier nehme ich mir nun Gelegenheit, aus Gründen zu deduzieren, was von empirischen Wissenschaften zu erwarten ist, und aus der Art, wie die Wissenschaft des Schönen entsteht, darzutun, was sie zu leisten imstand ist. Ich bestimme also zuerst die Methode, nach der sie errichtet werden muß, und dann zeige ich ihr Gebiet und ihre Grenze.

Nach diesen Vorbereitungen gehe ich dann an die Sache selbst, und zwar fange ich damit an, den Begriff der schönen Kunst erst in seine zwei Bestandteile aufzulösen, aus deren Vermischung schon so viele Konfusion in die Kritik gekommen ist. Diese zwei Bestandteile sind I. Kunst und II. schöne Kunst. Als Kunst steht die schöne Kunst unter technischen Regeln, welche man ja nicht mit den ästhetischen verwechseln darf. Jedes Produkt der schönen Künste nämlich ist immer zugleich die Ausführung eines objektiven Zweckes, und die Schönheit an demselben ist bloß eine Eigenschaft dieser Ausführung. Jener objektive Zweck nun unterwirft es bestimmten Regeln, welche sich ebenso leicht wie die Regeln zu den mechanischen Künsten bestimmen lassen. Die Beobachtung dieser Regeln kann aber einem Werke der schönen Kunst bloß das Verdienst der Wahrheit verschaffen (wenn es eine Nachahmung der Natur sein soll) oder (wenn es nur einer Idee und keinem Naturprodukt gemäß sein soll, wie z. B. architektonische Werke) das Verdienst der objektiven Zweckmäßigkeit, Brauchbarkeit. Aber sehr oft geschieht es, daß man ein Urteil des Geschmacks zu fällen glaubt, wenn man bloß über diese technische Vollkommenheit urteilt, und daher rührt es, daß man in den Begriff der Schönheit Eigenschaften aufgenommen hat, welche bloß der Wahrheit und der Brauchbarkeit gelten. Scheidet man nun aber das Technische von dem Ästhetischen und trennt von dem Begriffe der Spezies (der schönen Kunst), was bloß den Begriff der Gattung (*Kunst* schlechtweg) angeht, so ist man erst auf dem rechten Wege zur Entdeckung der Schönheitsregeln.

Wenn ich nun auf diesem Weg den reinen Begriff der Schönheit (der aber freilich nur empirische Autorität hat) gefunden habe, so ist mit demselben auch der erste Grundsatz aller schönen Künste – als schöner Künste – gegeben. Ich bringe denselben also wieder in die Erfahrung zurück und halte ihn gegen die verschiedenen Gattungen möglicher Darstellung, woraus denn die besondern Grundsätze der einzelnen schönen Künste hervorgehen werden. Alsdann wird es darauf ankommen, wie weit ich mich auf die Theorie dieser einzelnen Künste einlassen will.

Die Künste selbst teile ich generaliter ein nach ihrem Zweck, weil dieser die allgemeinen Regeln bestimmt, spezifiziere sie aber nach ihrem Material und ihrer Form, weil daraus die besondern Regeln entspringen. Die Haupteinteilung ist also 1. in Künste des Bedürfnisses und 2. in Künste der Freiheit. Künste des Bedürfnisses nenne ich alle, welche Objekte für einen physischen Gebrauch bearbeiten, und wo dieser Gebrauch die Form des Objekts bestimmt. Alle Form aber läßt einige Schönheit zu; weil keine durch ihren Zweck so scharf bestimmt sein kann, daß der Imagination nicht noch etwas dabei überlassen wäre. Davon ist kein einziges Handwerk ausgenommen. Insofern nun in allen Künsten des Bedürfnisses dem Geschmack wenigstens etwas anheimgestellt ist, verdienen sie in einer Übersicht des ganzen Gebiets der freien Künste eine Erwähnung. Die Künste des Bedürfnisses bearbeiten entweder Sachen oder Gedanken oder Handlungen. Mit den ersten beschäftigt sich die Architektur in weitester Bedeutung, worunter alle Gerätschaften, Bekleidungen, Arrangements u.s.f. begriffen sind, mit Gedanken die Beredsamkeit, mit Handlungen die schöne Lebensart. Ausnahmen sind bei keiner Einteilung zu vermeiden, und sie finden sich auch hier. Sowohl der architektonische Künstler als der Redner und der handelnde Mensch haben in gewissen Fällen bloß einen ästhetischen Zweck, und dann gehören ihre Produkte in die Klasse der eigentlich schönen Künste. []

Künste der Freiheit nenne ich diejenig[*en*], welche zu ihrem eigentlich Zweck haben, in der freien Betrachtung zu ergötzen (schöne Künste in weiterer Bedeutung).

Jedes schöne Kunstwerk führt aber immer einen doppelten Zweck aus, und auf die Art und Weise, wie sich diese zweierlei Zwecke zueinander verhalten, gründet sich die Unterabteilung der schönen Künste. Jedes Werk der sch.[*önen*] Künste nämlich hat einen objektiven Zweck, den es ankündigt und der ihm gleichsam seinen Körper verschafft. Der Bildhauer will einen Menschen nachahmen, der Musiker will Gemütsbewegungen der Form nach ausdrücken, der Dichter will eben das, der Materie nach, tun u.s.f. Jedes schöne Kunstwerk aber hat zugleich den subjektiven Zweck (den es verschweigt, ob es gleich sehr oft der vornehmste Zweck ist) durch die Art, wie es jenen objektiven Zweck ausführt, den Geschmack zu ergötzen. Der Bildhauer befriedigt durch objektive Zweckmäßigkeit (Wahrheit der Darstellung) meinen Verstand, durch subjektive Zweckmäßigkeit (Schönheit) meinen Geschmack. Das letzte allein macht ihn zum schönen Künstler.

Nun kommt es darauf an, ob der objektive Zweck bloß um des Subjektiven willen da ist oder ob er auch unabhängig von diesem (der Schönheit) den Künstler interessiert. Doch muß es in dem letztern Falle kein physischer, sondern auch ein ästhetischer Zweck sein, weil das Produkt sonst [*nicht*] unter die Künste der Freiheit gerechnet werden müßte.

Darauf gründet sich die Einteilung der Künste in schöne Künste (in strengster Bedeutung), weil hier alles bloß auf Schönheit zielt, und in Künste des Affekts; eine Einteilung, von der ich Dir ein andermal Rechenschaft geben will.

424
SCHILLER AN IMMANUEL KANT

Jena, 13. Juni 1794

Aufgefordert von einer Sie unbegrenzt hochschätzenden Ge-

sellschaft lege ich Ew. Wohlgeboren beiliegenden Plan einer neuen Zeitschrift und unsre gemeinschaftliche Bitte vor, dieses Unternehmen durch einen wenn auch noch so kleinen Anteil befördern zu helfen. Wir würden nicht so unbescheiden sein, diese Bitte an Sie zu tun, wenn uns nicht die Beiträge, womit Sie den »Teutschen Merkur« und die »Berliner Monatsschrift« beschenkt haben, zu erkennen gäben, daß Sie diesen Weg, Ihre Ideen zu verbreiten, nicht ganz verschmähn. [ ]
Ich kann diese Gelegenheit nicht vorbeigehen lassen, ohne Ihnen, verehrungswürdigster Mann, für die Aufmerksamkeit zu danken, deren Sie meine kleine Abhandlung gewürdigt, und für die Nachsicht, mit der Sie mich über meine Zweifel zurechtgewiesen haben. Bloß die Lebhaftigkeit meines Verlangens, die Resultate der von Ihnen gegründeten Sittenlehre einem Teile des Publikums annehmlich zu machen, der bis jetzt noch davor zu fliehen scheint, und der eifrige Wunsch, einen nicht unwürdigen Teil der Menschheit mit der Strenge Ihres Systems auszusöhnen, konnte mir auf einen Augenblick das Ansehen Ihres Gegners geben, wozu ich in der Tat sehr wenig Geschicklichkeit und noch weniger Neigung habe. Daß Sie die Gesinnung, mit der ich schrieb, nicht mißkannten, habe ich mit unendlicher Freude aus Ihrer Anmerkung ersehen, und dies ist hinreichend, mich über die Mißdeutung zu trösten, denen ich mich bei andern dadurch ausgesetzt habe.
Nehmen Sie, vortrefflicher Lehrer, schließlich noch die Versicherung meines lebhaftesten Danks für das wohltätige Licht an, was Sie in meinem Geist angezündet haben; eines Danks, der wie das Geschenk, auf das er sich gründet, ohne Grenzen und unvergänglich ist.
Ihr aufrichtiger Verehrer Fr. Schiller

425
SCHILLER AN FRIEDRICH VON HOVEN

Jena, 21. November 1794

[ ] Vielleicht hat Dir Fama schon gesagt, daß künftiges Jahr ein neues Journal von mir anfangen wird. [ ]
Goethe ist mit ganzer Seele dabei, und er allein wird die drei ersten Stücke zur Hälfte besetzen. Auch schreibt er mir an

meinem neuen »Musenalmanach«. Überhaupt bin ich in diesem Sommer endlich mit Goethen genau zusammengekommen, und es vergeht keine Woche, daß wir einander nicht sehen oder schreiben.
[] Er ist ein höchst interessanter Charakter in jedem Betracht, und seine Sphäre ist so weit ausgebreitet. In naturhistorischen Dingen ist er trefflich bewandert und voll großer Blicke, die auf die Ökonomie des organischen Körpers ein herrliches Licht werfen.
[] Über die Theorie der Kunst hat er viel gedacht und ist auf einem ganz andern Wege als ich zu den nämlichen Resultaten mit mir gekommen. []
Vielleicht erhalten wir auch Kant zum Mitarbeiter: ich habe ihn eingeladen. Er hat in der neuen Ausgabe seiner philosophischen Religionslehre auf den Angriff gar schön geantwortet, den ich in meiner *Anmut und Würde* auf ihn gemacht, und dies hat mich in Bekanntschaft mit ihm gesetzt. Seitdem ich wieder in Jena bin, habe ich mich sehr mit Kantischer Philosophie abgegeben und mich sehr wohl dabei befunden. Fichte interessiert mich auch sehr. Er hat ein neues System in der Philosophie aufgestellt, welches zwar auf das Kantische gebaut ist und es aufs neue bestätigt, aber doch sehr viel Neues und Großes in der Form hat. Es wird sehr viel Aufsehen und Streit erregen; aber Fichtens überlegenes Genie wird alles zu Boden schlagen, denn nach Kant ist er gewiß der größte spekulative Kopf in diesem Jahrhundert. []

426

SCHILLER AN JOHANN FRIEDRICH COTTA

Jena, 9. Januar 1795

[] Das Honorar betreffend, so wird Goethe nach Erscheinung des ersten Stücks seine Bedingungen machen. Ihn müssen wir ja festzuhalten suchen, weil er viel in petto hat und auch überaus viel Eifer für die »Horen« zeigt. Ein Mann wie Goethe, der in Jahrhunderten kaum einmal lebt, ist eine zu kostbare Akquisition, als daß man ihn nicht, um welchen Preis es auch sei, erkaufen sollte. []

427

SCHILLER AN SOPHIE MEREAU

Jena, 18. Juni 1795

[] Mit vielem Vergnügen las ich Ihre Gedichte. Ich entdeckte darin denselben Geist der Kontemplation, der allem aufgedrückt ist, was Sie dichten. Ihre Phantasie liebt zu symbolisieren und alles, was sich ihr darstellt, als einen Ausdruck von Ideen zu behandeln. Es ist dies überhaupt der herrschende Charakterzug des deutschen poetischen Geistes, wovon uns Klopstock das erste und auffallendste Muster gegeben und dem wir alle, der eine weniger, der andere mehr, nicht sowohl nachfolgen. Weil leider unser Himmel und unsre Erde der eine so trüb, die andre so mager ist, so müssen wir sie mit unsern Ideen bevölkern und ausschmücken und uns an den Geist halten, weil uns der Körper so wenig fesselt. Deswegen philosophieren alle deutschen Dichter, wenige ausgenommen, welche Sie so gut kennen als ich. []

428

SCHILLER AN JOHANN FRIEDRICH COTTA

Jena, 3. September 1795

[] Wenn es Leser gibt, die lieber die Wassersuppen in andern Journalen kosten als eine kräftige Speise in den »Horen« genießen wollen und die in den sechsundfünfzig Bogen, die sie nunmehr von uns gelesen, nicht mehr finden, als in den jetzt herauskommenden Journalen zusammengenommen zu finden ist, so ist dieses freilich sehr übel, aber zu helfen weiß ich nicht. []

429

SCHILLER AN WILHELM VON HUMBOLDT

Jena, 26. Oktober 1795

Dank Ihnen, lieber Freund, für das Interesse, mit dem Sie meine ästhetische Gewissensfrage mir beantwortet haben. In jeder Rücksicht hat Ihr letzter Brief mich interessiert, und wenn ich mehr Muße habe, als heute zu hoffen ist (ich er-

warte diesen Nachmittag Herdern und habe noch Briefe auszufertigen), so wollen wir weiter davon sprechen. Über einiges, was mehr ins allgemeine geht, gibt Ihnen vielleicht meine Abhandlung über das Naive denjenigen Aufschluß, den ich selbst mir über die Frage: »Inwiefern kann ich bei dieser Entfernung von dem Geiste der griechischen Poesie noch Dichter sein, und zwar besserer Dichter, als der Grad jener Entfernung zu erlauben scheint?« zu geben gesucht habe. [ ]
Lassen Sie uns indessen in dieser Sache auch nicht zu weit ausholen. Nehmen Sie zum Beispiel den Fall an, die Natur habe mich wirklich zum Dichter bestimmt, so wird Ihnen der ganz zufällige Umstand, daß ich mich in dem entscheidenden Alter, wo die Gemütsform vielleicht für das ganze Leben bestimmt wird, von vierzehn bis vierundzwanzig ausschließend nur aus modernen Quellen genährt, die griechische Literatur (soweit sie über das Neue Testament sich erstreckt) völlig verabsäumt und selbst aus der lateinischen sehr sparsam geschöpft habe, meine ungriechische Form bei einem wirklich unverkennbaren Dichtergeist erklären. Der Einfluß philosophischer Studien auf meine Gedankenökonomie erklärt dann das übrige. Ein starker Beweis für diese Behauptung ist der, daß ich gerade jetzt, wo ich durch Krankheit, Lebensweise, selbst durch das Alter, durch jahrelang getriebene Spekulation von der dichterischen Vorstellungsweise um so vielmehr hätte abkommen sollen, nichtsdestoweniger ihr eher nähergekommen bin (wofür ich meine Elegie allein zum Beweis anführen will), und warum konnte dies geschehen? Weil ich zugleich in dieser Zeit, obgleich nur sehr mittelbar, aus griechischen Quellen schöpfte. Diese schnelle Aneignung dieser fremden Natur, unter so ungünstigen Umständen, beweist, wie mir deucht, daß nicht eine ursprüngliche Differenz, sondern bloß der Zufall zwischen mich und die Griechen getreten sein konnte. Ja, ich bilde mir in gewissen Augenblicken ein, daß ich eine größere Affinität zu den Griechen haben muß als viele andre, weil ich sie, ohne einen unmittelbaren Zugang zu ihnen, doch noch immer in meinen Kreis ziehen und mit meinen Fühlhörnern erfassen kann. Geben Sie mir nichts als Muße und soviel Gesundheit, als ich bisher nur gehabt, so sollen Sie sicherlich Produkte von mir sehen, die nicht ungriechischer sein sollen als die Produkte derer, welche

den Homer an der Quelle studierten. Das mag sein, daß meine Sprache immer künstlicher organisiert sein wird, als sich mit einer homerischen pp Dichtung verträgt, aber den Anteil der Sprache an den Gedanken unterscheidet ein kritisches Auge leicht, und es wäre der Mühe und Aufopferung nicht wert, eine so mühsam gebildete Organisation, die auch nicht an Tugenden leer ist, auf gut Glück wieder zu zerstören.

Lassen Sie mich noch eine Bemerkung machen. Es ist etwas in allen modernen Dichtern (die Römer mit eingeschlossen), was sie, als modern, miteinander gemein haben, was ganz und gar nicht griechischer Art ist und wodurch sie große Dinge ausrichten. (In meiner Abhandlung habe ich mich darüber weitläuftiger erklärt.) Es ist eine Realität und keine Schranke, und die Neuern haben sie vor dem Griechen voraus. Mit dieser modernen Realität verbinden einige, wie z. B. Goethe, die aber (wo sie nicht ganz und gar wie in Voß auf homerischen Stamm aufgepfropft ist) dem Griechischen immer nicht beikommt. Ich habe zugleich bemerkt, daß diese Annäherung an den griechischen Geist, die doch nie Erreichung wird, immer etwas von jener »modernen Realität« nimmt, gerade herausgesagt, daß ein Produkt immer ärmer an Geist ist, je mehr es Natur ist. Und nun fragt sich, sollte der moderne Dichter nicht recht haben, auf seinem ihm ausschließend eigenen Gebiet sich einheimisch und vollkommen zu machen, als in einem fremden, wo ihm die Welt, seine Sprache und seine Kultur selbst ewig widersteht, sich von dem Griechen übertreffen lassen? Sollten, mit einem Wort, neuere Dichter nicht besser tun, das Ideal als die Wirklichkeit zu bearbeiten?

430

SCHILLER AN WILHELM VON HUMBOLDT

Jena, 29. November 1795

[] Mir deucht das sicherste empirische Kriterium von der wahren poetischen Güte eines Produkts dieses zu sein, daß es die Stimmung, worin es gefällt, nicht erst abwartet, sondern hervorbringt, also in jeder Gemütslage gefällt. Und das ist mir noch mit keinem meiner Stücke begegnet, außer mit die-

sem. Ich muß oft den Gedanken an *das Reich der Schatten, die Götter Griechenlands, die Würde der Frauen* etc. fliehen, auf die Elegie besinne ich mich immer mit Vergnügen und mit keinem müßigen – sondern wirklich schöpferischen, denn sie bewegt meine Seele zum Hervorbringen und Bilden. Der gleichförmige und ziemlich allgemeine gute Eindruck dieses Gedichts auf die ungleichsten Gemüter ist ein zweiter Beweis. Personen sogar, deren Phantasie in den Bildern, die darin vorzüglich herrschen, keine Übung hat, wie z. B. meine Schwiegermutter, sind auf eine ganz überraschende Weise davon bewegt worden. Herders, Goethe, Meyer, die Kalb, hier in Jena Hederich, den Sie auch kennen, sind alle ganz ungewöhnlich davon ergriffen worden. Rechne ich Sie und Körner und Li dazu, so bringe ich eine beinahe vollständige Repräsentation des Publikums heraus. []
Mein eigenes Dichtertalent hat sich, wie Sie gewiß gefunden haben werden, in diesem Gedichte erweitert: noch in keinem ist der Gedanke selbst so poetisch gewesen und geblieben, in keinem hat das Gemüt so sehr als Eine Kraft gewirkt.
Ich werde deswegen noch alle mir mögliche Sorgfalt an die Vollendung desselben wenden. []
An dem Ganzen ist nichts mehr zu ändern, es sei denn, daß einige Teile faßlicher verbunden, einiges besser unterschieden würde. Ihr Einwurf gegen zu frühere Einführung der Landstraße in das Gemälde ist nicht ungegründet; hier hat die Wirklichkeit der Idee vorgegriffen, die Landstraße war einmal in der Szene, die meiner Phantasie sich empirisch eingedrückt hatte. Es wird mir Mühe kosten, die Landstraße nachher einzuführen, und doch muß ich die sinnlichen Gegenstände, an denen der Gedanke fortläuft, so sehr als möglich zu Rat zu halten suchen. Sie werden bemerkt haben, daß ich bis da, wo die Betrachtungen über die Korruption angehen, beinahe immer von einem äußern Objekt ausgehe. (Bei der Korruption war es in der Natur der Sache, daß das Gemüt in sich selbst versinkt und die Einbildungskraft die ganzen Kosten des Gemäldes trägt. []) Vielleicht aber kann ich noch mehr, als ich getan, aus der sinnlichen Anschauung nehmen, so daß alle Spur eines Plans verschwindet, indem die Wirkungen desselben noch fühlbar werden.
Für den Versbau will ich noch soviel als möglich zu tun

suchen. Ich bin hierin der roheste Empiriker, denn außer Moritz' kleiner Schrift über Prosodie erinnere ich mich auch gar nichts, selbst nicht in Schulen, darüber gelesen zu haben. Besonders sind mir der Hexameter und Pentameter, die mich nie genug interessiert hatten, ganz fremd, in Rücksicht auf Theorie und Kritik. Wenn wir wieder beisammen sind, werden Sie mich in dieser Sache schon zurechtweisen. Indessen glaube ich doch, daß die Empirie zuweilen gegen die Regel recht hat und daß dieses auch in diesem Gedicht manchmal der Fall war. So soll der Abschnitt, den Sie als ungewöhnlich tadeln, in mehreren der angeführten Verse eigentlich gar nicht gehört werden, weil dieses das Bild unterstützen hilft. In dem Vers z. B.

Frei, mit weithin verbreitetem Teppich empfängt mich die Wiese

drückt das Silbenmaß selbst die Weite aus, auf der das Auge dahingleitet und sich verliert. Den Hexameter:

Siehe da wimmeln von fröhlichem Leben etc.

soll man ohne Abschnitt lesen. Die wimmelnde Bewegung verstattet keinen Stillstand. Den Vers:

Teilst Du mit | deiner | Flur

— ◡ ◡

lasen Sie anders als ich. Sie lasen: mit deiner, welches freilich hart klingt; freilich ist meine Skansionsart auf der andern Seite wieder schleppend. Herzlich gern hätte ich geradeheraus gesagt:

Teilst du mit Deinem Gespann,

wenn es nicht lächerlich gewesen wäre. Der Semi-Hexameter:

— ◡ ◡

– Doch nur der Ruhm kam zurücke

klingt mir darum nicht hart, weil der starke Akzent auf *Ruhm* und *kam* gar nicht aufkommen läßt. Mir kommt vor, als könnte man es nicht nur entschuldigen, sondern sogar gutheißen, »daß, um gewisse Silben, auf denen ein großer Verstandesakzent liegt, eine größere prosodische Länge zu verschaffen, eine an sich nicht kurze Silbe neben ihnen kurz gemacht wird; wenigstens muß das *Ruhm* in obigem Vers um so länger gelesen werden, je weniger das *kam* kurz sein will, und dies ist es gerade, was der Sinn verlangt.« Unter den drei Hiaten, die Sie bemerken, kann ich Ihnen nur die zwei ersten einräumen.

Freude erfindet

ist in meinem Ohr keiner, weil das e in Freude ein stummes, das andre ein scharfes ist.
Einige Bemerkungen über den Hexameter in den Literaturbriefen, die ich kürzlich las, und sehr gedacht finde, sollen mir künftig auch zum Leitfaden bei meinen Arbeiten in dieser Gattung dienen.
Ob die Komposita Wohllaut, Weinstock, Bergmann, Widerhall, Ölbaum etc. als Trochäen in Dactylen gebraucht werden können, auch wenn ein Vokal darauf folgt, möchte zu bezweifeln sein. Voß hat es sich niemals erlaubt, dafür ist Goethe desto freigebiger damit gewesen. In den Versen

— Rückkehr für euch —
— Willkür vermischt —

kann es gar nicht entschuldigt werden.
Ferner wird ein Rigorist schwerlich verzeihen

◡ ◡
Des Gesetzes Gespenst

sowie noch weniger

◡ —
Der Notwendigkeit heilige Macht

in Natur und Schule. Goethe erlaubte sich dasselbe, sogar einmal *Es ist* am Anfang eines Hexameters.
Endlos (in der Elegie) das erstemal als Trochäus gebraucht, ist auch nicht wohl zu gestatten. Ich werde setzen: Endlos unter mir seh' ich etc.
Daß der ganze Hexameter zwischen den beiden endlos eingeschlossen wird, macht hier, wo das Unendliche vorgestellt wird, keine üble Wirkung. Es ist selbst etwas Ewiges, da es in seinen Anfang zurückläuft.
[] Denken Sie doch in einem müßigen Augenblicke darüber nach, was Sie im Versbau der Elegie noch etwa einem Streit

unterworfen glauben. Da Sie so blöde und schamhaft sind, selber mit der Muse Kinder zu zeugen, so adoptieren oder erziehen Sie mir vielmehr die meinigen. Dafür sollen Sie denn auch die Vatersfreuden mit mir teilen.
[]

431
SCHILLER AN WILHELM VON HUMBOLDT

Jena, 1. Februar 1796

[] Die *Xenien*, von denen ich Ihnen einmal schrieb, haben sich nunmehr zu einem wirklich interessanten Produkt, das in seiner Art einzig werden dürfte, erweitert. Goethe und ich werden uns darin absichtlich so ineinander verschränken, daß uns niemand ganz auseinanderscheiden und absondern soll. Bei einem solchen gemeinschaftlichen Werk ist natürlicherweise keine strenge Form möglich; alles, was sich erreichen läßt, ist eine gewisse Allheit oder lieber Unermeßlichkeit, und diese soll das Werk auch an sich tragen. Eine angenehme und zum Teil genialische Impudenz und Gottlosigkeit, eine nichts verschonende Satire, in welcher jedoch ein lebhaftes Streben nach einem festen Punkt zu erkennen sein wird, wird der Charakter davon sein. Unter sechshundert Monodistichen tun wir es nicht, aber womöglich steigen wir auf die runde Zahl Tausend. Von der Möglichkeit werden Sie sich überzeugen, wenn ich Ihnen sage, daß wir jetzt schon in dem dritten Hundert sind, obgleich die Idee nicht viel über einen Monat alt ist. Bei aller ungeheuren Verschiedenheit zwischen Goethe und mir wird es selbst Ihnen öfters schwer, und manchmal gewiß unmöglich sein, unsern Anteil an dem Werke zu sortieren, denn da das *Ganze* einen laxen Plan hat, das Einzelne aber ein Minimum ist, so ist zu wenig Fläche gegeben, um das verschiedene Spiel der beiden Naturen zu zeigen. Es ist auch zwischen Goethe und mir förmlich beschlossen, unsre Eigentumsrechte an die einzelnen Epigrammen niemals auseinanderzusetzen, sondern es in Ewigkeit auf sich beruhen zu lassen; welches uns auch, wegen der Freiheit der Satire, zuträglich ist. Sammeln wir unsere Gedichte, so läßt jeder diese *Xenien* ganz abdrucken. Daß ich für eine große Korrektheit, auch in der Prosodie, sorgen werde, verspreche ich Ihnen, sowohl in meiner als Goethens Portion. – Übrigens bitte ich Sie, von dieser Eröffnung vorderhand auch Goethen selbst nichts zu sagen. [ ]

432

SCHILLER AN AUGUST WILHELM SCHLEGEL

(Jena, 11. März 1796)

[ ] Über die ganze Unternehmung, den Shakespeare zu übersetzen, werden wir wohl mündlich am besten sprechen können. Der Gedanke ist sehr glücklich, und der Himmel lohne es Ihnen, daß Sie uns von dem traurigen Eschenburg befreien wollen. Mit diesem sind Sie glimpflicher umgegangen, als er's verdient, bei seiner lächerlichen Anmaßung als Kritiker und Ästhetiker verdient. Man sollte diese Erzphilister, die doch Menschen zu sein sich einbilden, nicht so gut traktieren. Käme es auf sie und ihre Hohlköpfe an, sie würden alles Genialische in Grundsboden zertreten und zerstören.
Auch Bürgers *Macbeth* und die übersetzten Hexengesänge haben Sie mir zu räsonabel behandelt. Ich halte die letztern für eine recht Bürgerische Pfuscherei, so arg als irgendeine von ihm, und das ist nicht bloß meine Privatmeinung. Goethe zum Beispiel, mit dem ich erst kurz noch davon sprach, findet sie greulich [ ].

433

SCHILLER AN FRIEDRICH HÖLDERLIN

Jena, 24. November 1796

[ ] Ihre neuesten Gedichte kamen für den Almanach um mehrere Wochen zu spät [ ].
Vor einem Erbfehler deutscher Dichter möchte ich Sie noch warnen, der Weitschweifigkeit nämlich, die in einer endlosen Ausführung und unter einer Flut von Strophen oft den glücklichsten Gedanken erdrückt. Dieses tut Ihrem Gedicht *An Diotima* nicht wenig Schaden. Wenige bedeutende Züge in ein einfaches Ganzes verbunden, würden es zu einem schönen Gedichte gemacht haben. Daher empfehle ich Ihnen vor allem eine weise Sparsamkeit, eine sorgfältige Wahl des Be-

deutenden und einen klaren einfachen Ausdruck desselben. [ ]

434
SCHILLER AN GOTTFRIED KÖRNER

Jena, 28. November 1796

Ich brüte noch immer ernstlich über dem *Wallenstein*, aber noch immer liegt das unglückselige Werk formlos und endlos vor mir da. [ ] Keins meiner alten Stücke hat soviel Zweck und Form, als der *Wallenstein* jetzt schon hat, aber ich weiß jetzt zu genau, was ich will und was ich soll, als daß ich mir das Geschäft so leicht machen könnte. Der Stoff ist, ich darf wohl sagen, im höchsten Grad ungeschmeidig für einen solchen Zweck; er hat beinahe alles, was ihn davon ausschließen sollte. Es ist im Grund eine Staatsaktion und hat, in Rücksicht auf den poetischen Gebrauch, alle Unarten an sich, die eine politische Handlung nur haben kann [ ]. Die Base, worauf Wallenstein seine Unternehmung gründet, ist die Armee, mithin für mich eine unendliche Fläche, die ich nicht vors Auge und nur mit unsäglicher Kunst vor die Phantasie bringen kann: ich kann also das Objekt, worauf er ruht, nicht zeigen, und ebensowenig das, wodurch er fällt; das ist ebenfalls die Stimmung der Armee, der Hof, der Kaiser. – Auch die Leidenschaften selbst, wodurch er bewegt wird, Rachsucht und Ehrbegierde, sind von der kältesten Gattung. Sein Charakter endlich ist niemals edel und darf es nie sein, und durchaus kann er nur furchtbar, nie eigentlich groß erscheinen. Um ihn zu erdrücken, darf ich ihm nichts Großes gegenüberstellen; er hält mich dadurch notwendig nieder. Mit einem Wort, es ist mir fast alles abgeschnitten, wodurch ich diesem Stoffe nach meiner gewohnten Art beikommen könnte, von dem Inhalte habe ich fast nichts zu erwarten, alles muß durch eine glückliche Form bewerkstelligt werden, und nur durch eine kunstreiche Führung der Handlung kann ich ihn zu einer schönen Tragödie machen.

[ ] Gerade so ein Stoff mußte es sein, an dem ich mein neues dramatisches Leben eröffnen konnte. Hier, wo ich nur auf der Breite eines Schermessers gehe, wo jeder Seitenschritt das Ganze zugrunde richtet, kurz, wo ich nur durch die einzige

innere Wahrheit, Notwendigkeit, Stetigkeit und Bestimmtheit meinen Zweck erreichen kann, muß die entscheidende Krise mit meinem poetischen Charakter erfolgen. [ ]
[ ] Wenigstens habe ich mich bloß vor dem Extrem der Nüchternheit, nicht wie ehmals vor dem der Trunkenheit zu fürchten. [ ]

435
SCHILLER AN GOTTFRIED KÖRNER

Jena, 1. Mai 1797

[ ] Was Du neulich über H.[*erder*] und W.[*ieland*] schriebst, war mir recht aus der Seele gesprochen. W.[*ieland*] ist beredt und witzig, aber unter die Poeten kann man ihn kaum mit mehr Recht zählen als Voltairen und Popen. Er gehört in die löbliche Zeit, wo man die Werke des Witzes und des poetisch[*en*] Genies für Synonyma hielt.
Was einen aber so oft an ihm irremacht, im Guten und Bösen, das ist seine Deutschheit bei dieser französischen Appretur. Diese Deutschheit macht ihn zuweilen zum echten Dichter, und noch öfters zum alten Weib und zum Philister. Er ist ein seltsames Mittelding. Übrigens fehlt es seinen Produkten gar nicht an herrlichen poetischen und genialischen Momenten, und sein Naturell ist mir noch immer sehr respektabel, wieviel es auch bei seiner Bildung gelitten hat.
Herder ist jetzt eine ganz pathologische Natur, und was er schreibt, kommt mir bloß vor wie ein Krankheitsstoff, den diese auswirft, ohne dadurch gesund zu werden. Was mir an ihm fatal und wirklich ekelhaft ist, das ist die feige Schlaffheit, bei einem innern Trotz und Heftigkeit. Er hat einen giftigen Neid auf alles Gute und Energische und affektiert, das Mittelmäßige zu protegieren. Goethen hat er über seinen *Meister* die kränkendsten Dinge gesagt. Gegen Kant und die neusten Philosophen hat er den größten Gift auf dem Herzen, aber er wagt sich nicht recht heraus, weil er sich vor unangenehmen Wahrheiten fürchtet, und beißt nur zuweilen einen in die Waden. Es muß einen indignieren, daß eine so große außerordentliche Kraft für die gute Sache so ganz verloren geht; Schlosser gibt mir zuweilen auch eine ähnliche Empfindung.

436

SCHILLER AN GOTTFRIED KÖRNER

(Jena,) 3. Juni 1797

[] Ich habe vor einiger Zeit Aristoteles' *Poetik*, zugleich mit Goethen, gelesen und sie hat mich nicht nur nicht niedergeschlagen und eingeengt, sondern wahrhaft gestärkt und erleichtert. Nach der peinlichen Art, wie die Franzosen den Aristoteles nehmen und an seinen Forderungen vorbeizukommen suchen, erwartet man einen kalten, illiberalen und steifen Gesetzgeber in ihm, und gerade das Gegenteil findet man. Er dringt mit Festigkeit und Bestimmtheit auf das Wesen, und über die äußern Dinge ist er so lax als man sein kann. Was er vom Dichter fodert, muß dieser von sich selbst fodern, wenn er irgend weiß, was er will, es fließt aus der Natur der Sache. Die Poetik handelt beinah ausschließlich von der Tragödie, die er mehr als irgendein anderes poetisches Genre begünstigt. Man merkt ihn an, daß er aus einer sehr reichen Erfahrung und Anschauung herausspricht und eine ungeheure Menge tragische Vorstellung vor sich hatte. Auch ist in seinem Buche absolut nichts Spekulatives, keine Spur von irgendeiner Theorie, es ist alles empirisch, aber die große Anzahl der Fälle und die glückliche Wahl der Muster, die er vor Augen hat, gibt seinen empirischen Aussprüchen einen allgemeinen Gehalt und die völlige Qualität von Gesetzen. []

Mich hat er mit meinem *Wallenstein* keineswegs unzufrieden gemacht. Ich fühle, daß ich ihm, den unvertilgbaren Unterschied der neuen von der alten Tragödie abgerechnet, in allen wesentlichen Foderungen Genüge geleistet habe und leisten werde. []

437

SCHILLER AN DIE UNIVERSITÄT JENA

Jena, 19. März 1798

Magnifice Academiae Prorector
Hochwürdige, Hochwohl- und Wohlgeborene
Insonders Hochzuehrende Herrn.

Der ehrenvolle Beweis, den ich durch die mir gnädigst konfe-

rierte Würde eines Professor ordinarius honorarius von den gütigen Gesinnungen unserer Durchlauchtigsten Nutritoren gegen mich kürzlich erhalten und die schmeichelhaften Äußerungen, womit dieses angenehme Geschenk von Seiten Ew. Magnifizenz, Hochwürden, Hochwohl- und Wohlgeboren begleitet war, haben mich umsomehr gerührt, da meine Gesundheitsumstände mir leider nun schon lange nicht mehr verstattet haben, durch eine nützliche Tätigkeit in meinem akademischen Beruf mir einen Anspruch auf eine solche Gunst zu erwerben.
Ich gestehe, daß ich in diesem Augenblick den Verlust meiner Gesundheit doppelt beklage, da ich dadurch verhindert bin, den hohen Wert, den ich auf das erhaltene Geschenk lege, durch eine verdoppelte Anstrengung meiner Kräfte zu beweisen. Nehmen aber Ew. Magnifizenz, Hochwürden, Hochwohl- und Wohlgeboren meine aufrichtige Dankbezeugung dafür an und die Versicherung, daß ich die Ehre, in einer nähern Verbindung mit Ihnen zu stehen, in ihrem ganzen Umfange fühle, und daß es so lange, bis meine gestärktere Gesundheit mir wieder vergönnen wird, meinem akademischen Berufe abzuwarten, mein eifrigstes Bestreben sein wird, durch die einzige mir übrig bleibende schriftstellerische Tätigkeit mich als ein nicht unwürdiges Mitglied dieser ruhmvollen, im Auslande sowohl als im Vaterlande mit Recht geehrten Akademie zu beweisen. [ ]

438

SCHILLER AN KARL BÖTTIGER

Jena, 1. März 1799

Sie sprachen in Ihren Bemerkungen mehreres treffend und glücklich aus, was ich in das Stück habe legen wollen und dem Takt des Zuschauers überlassen mußte, herauszufühlen [ ]. Freilich konnte die Intention des Poeten nicht überall deutlich erscheinen [ ].
So lag es z. B. nicht in meiner Absicht, noch in den Worten meines Textes, daß sich Octavio Piccolomini als einen so gar schlimmen Mann, als einen Buben, darstellen sollte. In meinem Stück ist er das nie, er ist sogar ein ziemlich rechtlicher

Mann, nach dem Weltbegriff, und die Schändlichkeit, die er begeht, sehen wir auf jedem Welttheater von Personen wiederholt, die, so wie er, von Recht und Pflicht strenge Begriffe haben. Er wählt zwar ein schlechtes Mittel, aber er verfolgt einen guten Zweck. Er will den Staat retten, er will seinem Kaiser dienen, den er nächst Gott als den höchsten Gegenstand aller Pflichten betrachtet. Er verrät einen Freund, der ihm vertraut, aber dieser Freund ist ein Verräter seines Kaisers, und in seinen Augen zugleich ein Unsinniger.

Auch meiner Gräfin Terzky möchte etwas zu viel geschehen, wenn man Tücke und Schadenfreude zu Hauptzügen ihres Charakters machte. Sie strebt mit Geist, Kraft und einem bestimmten Willen nach einem großen Zweck, und ist freilich über die Mittel nicht verlegen. Ich nehme keine Frau aus, die auf dem politischen Theater, wenn sie Charakter und Ehrgeiz hat, moralischer handelte.

Indem ich diese beiden Personen in Ihrer Achtung zu restituieren suche, muß ich den Wallenstein selbst, als historische Person, etwas in derselben heruntersetzen. Der historische Wallenstein war nicht groß, der poetische sollte es nie sein. Der Wallenstein in der Geschichte hatte die Präsumtion für sich, ein großer Feldherr zu sein, weil er glücklich, gewalttätig und keck war, er war aber mehr ein Abgott der Soldateska, gegen die er splendid und königlich freigebig war, und die er auf Unkosten der ganzen Welt in Ansehen erhielt. Aber in seinem Betragen war er schwankend und unentschlossen, in seinen Planen phantastisch und exzentrisch, und in der letzten Handlung seines Lebens, der Verschwörung gegen den Kaiser, schwach, unbestimmt, ja sogar ungeschickt. Was an ihm groß erscheinen, aber nur scheinen konnte, war das Rohe und Ungeheure, also gerade das, was ihn zum tragischen Helden schlecht qualifizierte. Dieses mußte ich ihm nehmen, und durch den Ideenschwung, den ich ihm dafür gab, hoffe ich ihn entschädigt zu haben. []

439
SCHILLER AN GOTTFRIED KÖRNER

Jena, 9. August 1799

[] Ein Dritteil der neuen Tragödie habe ich schon hinter mir, und das schwerste vom Ganzen. Ich bin nun sicher, daß ich mich im Stoff nicht vergriffen habe, ob man gleich glauben sollte, daß ein so allgemein bekannter und tragischer Stoff, eben weil er noch von keinem guten Poeten benutzt worden, einen geheimen Fehler haben müsse. [ ]

Weil ich mich für die nächsten sechs Jahre ganz ausschließend an das Dramatische halten werde, so kann ich es nicht umgehen, den Winter in Weimar zuzubringen, um die Anschauung des Theaters zu haben. Dadurch wird meine Arbeit um vieles erleichtert werden, und die Phantasie erhält eine zweckmäßige Anregung von außen, da ich in meiner bisherigen isolierten Existenz alles, was ins Leben und in die sinnliche Welt treten sollte, nur durch die höchste innere Anstrengung und nicht ohne große faux frais zustande brachte. Ich werde meinem Herzog zu Leibe rücken, daß er mir Zulage gibt, um eine doppelte Wohnung und Einrichtung und den teurern Aufenthalt in Weimar mir zu erleichtern.

Übrigens aber sind die dramatischen Arbeiten auch die lukrativsten für mich, weil ich jedes Stück von mehreren Bühnen bezahlt bekomme und der Verleger mir auch mehr als für jede andre Arbeit dafür geben kann. Außerdem sind mir von einem Londoner Buchhändler Anträge geschehen, mir für jedes Mscrpt [*Manuskript*], das ich noch ungedruckt nach England zum Übersetzen schicke, 60 Pfund zu bezahlen unter der einzigen Bedingung, daß das englische vierzehn Tage früher erscheint als das Original in Deutschland. Du ersiehst daraus, daß ich auch nicht einmal mehr den Sporn der Finanzen habe, um den Almanach fortzusetzen. [ ]

440
SCHILLER AN HERZOG KARL AUGUST

Jena, 1. September 1799

Durchlauchtigster Herzog, Gnädigster Fürst und Herr, die wenigen Wochen meines Aufenthalts zu Weimar und in der größeren Nähe Eurer Durchlaucht im letzten Winter und Frühjahr haben einen so belebenden Einfluß auf meine Geistesstimmung geäußert, daß ich die Leere und den Mangel jedes Kunstgenusses und jeder Mitteilung, die hier in Jena mein Los sind, doppelt lebhaft empfinde. Solange ich mich mit Philosophie beschäftigte, fand ich mich hier vollkommen an meinem Platz; nunmehr aber, da meine Neigung und meine verbesserte Gesundheit mich mit neuem Eifer zur Poesie zurückgeführt haben, finde ich mich hier wie in eine Wüste versetzt. Ein Platz, wo nur die Gelehrsamkeit und vorzüglich die metaphysische im Schwange gehen, ist den Dichtern nicht günstig: diese haben von jeher nur unter dem Einfluß der Künste und eines geistreichen Umgangs gedeihen können. Da zugleich meine dramatische Beschäftigungen mir die Anschauung des Theaters zum nächsten Bedürfnis machen und ich von dem glücklichen Einfluß desselben auf meine Arbeiten vollkommen überzeugt bin, so hat alles dies ein lebhaftes Verlangen in mir erweckt, künftighin die Wintermonate in Weimar zuzubringen. Indem ich aber dieses Vorhaben mit meinen ökonomischen Mitteln vergleiche, finde ich, daß es über meine Kräfte geht, die Kosten einer doppelten Einrichtung und den erhöhten Preis der meisten Notwendigkeiten in Weimar zu erschwingen. In dieser Verlegenheit wage ich es, meine Zuflucht unmittelbar zu der Gnade Eurer Durchlaucht zu nehmen, und ich wage es mit um so größerem Vertrauen, da ich mich, in Ansehung der Gründe, die mich zu dieser Ortsveränderung antreiben, Ihrer höchst eigenen gnädigsten Beistimmung versichert halten darf. Es ist der Wunsch, der mich antreibt, Ihnen selbst, gnädigster Herr, und den durchlauchtigsten Herzoginnen näher zu sein, und mich durch das lebhafte Streben nach Ihrem Beifall, in meiner Kunst selbst vollkommener zu machen, ja vielleicht etwas Weniges zu Ihrer eigenen Erheiterung dadurch beizutragen.

Da ich mich in der Hauptsache auf die Früchte meines Fleißes verlassen kann und meine Absicht keineswegs ist, darin nachzulassen, sondern meine Tätigkeit vielmehr zu verdoppeln, so wage ich die untertänigste Bitte an Eure Durchlaucht, mir die Kostenvermehrung, welche mir durch die Translokation nach Weimar und eine zweifache Einrichtung jährlich zuwächst, durch eine Vermehrung meines Gehalts gnädigst zu erleichtern.

Der ich in tiefster Devotion ersterbe

Eurer Herzoglichen Durchlaucht meines gnädigsten Herrn untertänigst treugehorsamster Fr. Schiller.

441
SCHILLER AN FRIEDRICH SCHELLING

Weimar, 1. Mai 1800

Ich hätte Ihnen schon früher geantwortet, lieber Freund, wenn ich Gelegenheit gehabt hätte, in der Sache quaestionis hier etwas zu erfahren. Aber Goethe ist seit mehreren Tagen abwesend und sonst habe ich niemand hier zu Gesicht bekommen, dessen Meinung wir zu wissen begierig wären. Soviel habe ich indes gleich nach der ersten Erscheinung Ihrer Schrift vernommen, daß die Urteile darüber sehr geteilt sind und daß, wie Sie wohl denken können, die Sache von ihrer skandalösen Seiten genommen wird. Doch habe ich nicht gehört, daß man das neulich gegebene Gesetz in Anregung gebracht hätte. Meine Privatmeinung ist, daß eine allgemeine Rezensieranstalt, welche sich als Richterin über alle Schriftsteller konstituiert, jenes Gesetz, wodurch Streit und Krieg zwischen akademischen Kollegen untersagt wird, nicht für sich anrufen kann; denn sie ist keine akademische Korporation, sondern ein schriftstellerischer Körper, und muß mithin die Publizität, deren sie sich anmaßt, auch erleiden und zur freisten Rechenschaft gezogen werden können.

Ich danke Ihnen aufs verbindlichste für Ihr Werk, das ich mit großem Interesse zu lesen und zu studieren angefangen.

Alles Gute begleite Sie auf Ihren Wegen und alle Musen seien Ihren Vorsätzen hold. Da Sie selbst in Ihrem System ein so enges Band zwischen Poeten und Philosophen flechten, so lassen Sie dies auch unsere Freundschaft unzertrennlich knüpfen.

Schiller

442
SCHILLER AN GOTTFRIED KÖRNER

Weimar, 28. Juli 1800

[] Ich habe zur *Maria Stuart*, nach Abrechnung der Zeit, wo ich nicht daran arbeitete, sieben und einen halben Monat gebraucht, von dem ersten Gedanken an diesen Stoff an gerechnet; ich kann also hoffen, bei zunehmender Übung und größerer Sicherheit in der Ausführung in einem halben Jahre ein Stück fertigzubringen. So hoffe ich das Versäumte hereinzu-

bringen, und, wenn ich das fünfzigste Jahr erreichen kann, noch unter den fruchtbaren Theaterschriftstellern einen Platz zu verdienen.
Ich will Dir aus meinem neuen Plan kein Geheimnis machen [ ]. Das Mädchen von Orléans ist der Stoff, den ich bearbeite; der Plan ist bald fertig, ich hoffe binnen vierzehn Tagen an die Ausführung gehen zu können. Poetisch ist der Stoff in vorzüglichem Grade, so nämlich wie ich mir ihn ausgedacht habe, und in hohem Grade rührend. Mir ist aber Angst vor der Ausführung, eben weil ich sehr viel darauf halte, und in Furcht bin, meine eigene Idee nicht erreichen zu können. [ ] In Schriften findet man beinahe gar nichts, was nur irgend poetisch wäre; auch Goethe sagt mir, daß er zu seinem *Faust* gar keinen Trost in Büchern gefunden hätte. Es ist derselbe Fall mit der Astrologie, man erstaunt, wie platt und gemein diese Fratzen sind, womit sich die Menschen so lange beschäftigen konnten.
Das Mädchen von Orléans läßt sich in keinen so engen Schnürleib einzwängen, als die *Maria Stuart*. Es wird zwar an Umfang der Bogen kleiner sein, als dieses letztere Stück; aber die dramatische Handlung hat einen größern Umfang, und bewegt sich mit größerer Kühnheit und Freiheit. Jeder Stoff will seine eigene Form, und die Kunst besteht darin, die ihm anpassende zu finden. Die Idee eines Trauerspiels muß immer beweglich und werdend sein, und nur virtualiter in hundert und tausend möglichen Formen sich darstellen.

Dein Sch.

443
SCHILLER AN CHARLOTTE GRÄFIN VON SCHIMMELMANN

Weimar, 23. November 1800

[ ] Ja gewiß, ich würde mein Schicksal preisen, wenn es mir vergönnt hätte, in Ihrer Nähe zu leben. Sie und der vortreffliche S.[*chimmelmann*] würden eine idealische Welt um mich gebildet haben. Was ich Gutes haben mag, ist durch einige wenige vortreffliche Menschen in mich gepflanzt worden, ein günstiges Schicksal führte mir dieselben in den entscheidenden Perioden meines Lebens entgegen, meine Bekanntschaften sind auch die Geschichte meines Lebens. Dieses und einige

Äußerungen in Ihrem Briefe führen mich natürlich auf meine Bekanntschaft mit Goethe, die ich auch jetzt, nach einem Zeitraum von sechs Jahren, für das wohltätigste Ereignis meines ganzen Lebens halte. Ich brauche Ihnen über den Geist dieses Mannes nichts zu sagen. Sie erkennen seine Verdienste als Dichter, wenn auch nicht in dem Grade an, als ich sie fühle. Nach meiner innigsten Überzeugung kommt kein anderer Dichter ihm an Tiefe der Empfindung und an Zartheit derselben, an Natur und Wahrheit und zugleich an hohem Kunstverdienste auch nur von weitem bei. Die Natur hat ihn reicher ausgestattet als irgendeinen, der nach Shakespeare aufgestanden ist. Und außer diesem, was er von der Natur erhalten, hat er sich durch rastloses Nachforschen und Studium mehr gegeben als irgendein anderer. Er hat es sich zwanzig Jahre mit der redlichsten Anstrengung sauer werden lassen, die Natur in allen ihren drei Reichen zu studieren, und ist in die Tiefen dieser Wissenschaften gedrungen. Über die Physik des Menschen hat er die wichtigsten Resultate gesammelt und ist auf seinem ruhigen einsamen Wege den Entdeckungen vorausgeeilt, womit jetzt in diesen Wissenschaften so viel Parade gemacht wird. In der Optik werden seine Entdeckungen erst in künftiger Zeit ganz gewürdigt werden, denn das Falsche der Newtonischen Farbenlehre hat er bis zur Evidenz demonstriert, und wenn er alt genug wird, um sein Werk darüber zu vollenden, so wird diese Streitfrage unwiderleglich entschieden sein. Auch über den Magnet und die Elektrizität hat er sehr neue und schöne Ansichten. So ist er auch in Rücksicht auf den Geschmack in bildenden Künsten dem Zeitgeiste sehr weit voraus, und bildende Künstler könnten vieles bei ihm lernen. Welcher von allen Dichtern kommt ihm in solchen gründlichen Kenntnissen auch nur von Ferne bei, und doch hat er einen großen Teil seines Lebens in Ministerialgeschäften aufgewendet, die darum, weil das Herzogtum klein ist, nicht klein und unbedeutend sind. Aber diese hohen Vorzüge seines Geistes sind es nicht, die mich an ihn binden. Wenn er nicht als Mensch für mich den größten Wert von allen hätte, die ich persönlich je habe kennenlernen, so würde ich sein Genie nur in der Ferne bewundern. Ich darf wohl sagen, daß ich in den sechs Jahren, die ich mit ihm zusammenlebte, auch nicht einen Augenblick an seinem Charakter irre geworden bin. Er hat eine hohe Wahrheit und Biederkeit in seiner Natur und den höchsten Ernst für das Rechte und Gute; darum haben sich Schwätzer und Heuchler und Sophisten in seiner Nähe immer übel befunden. Diese hassen ihn, weil sie ihn fürchten, und weil er das Falsche und Seichte im Leben und in der Wissenschaft herzlich verachtet und den falschen Schein verabscheut, so muß er in der jetzigen bürgerlichen und literarischen Welt notwendig es mit vielen verderben.

[] Es wäre zu wünschen, daß ich Goethe ebensogut in Rücksicht auf seine häuslichen Verhältnisse rechtfertigen könnte, als ich es in Absicht auf seine literarischen und bürgerlichen mit Zuversicht kann. Aber leider ist er durch einige falsche Begriffe über das häusliche Glück und durch eine unglückliche Ehescheu in ein Verhältnis geraten, welches ihn in seinem eigenen häuslichen Kreise drückt und unglücklich macht, und welches abzuschütteln er leider zu schwach und zu weichherzig ist. Dies ist seine einzige Blöße, die aber niemand verletzt als ihn selbst, und auch diese hängt mit einem sehr edlen Teil seines Charakters zusammen. []

444

SCHILLER AN GOTTFRIED KÖRNER

Weimar, 21. Januar 1802

Es hat mich sehr gefreut zu hören, daß Euch die *Turandot* gefallen hat. Ich leugne nicht, daß ich bei dieser Arbeit ein gewisses Gefühl von Selbsttätigkeit und Kunstfertigkeit hatte, das mir Freude machte [].

Hier wollen wir im nächsten Monat Goethes *Iphigenia* aufs Theater bringen; bei diesem Anlaß habe ich sie aufs neue mit Aufmerksamkeit gelesen, weil Goethe die Notwendigkeit fühlt, einiges darin zu verändern. Ich habe mich sehr gewundert, daß sie auf mich den günstigen Eindruck nicht mehr gemacht hat, wie sonst; ob es gleich immer ein seelenvolles Produkt bleibt. Sie ist aber so erstaunlich modern und ungriechisch, daß man nicht begreift, wie es möglich war, sie jemals einem griechischen Stück zu vergleichen. Sie ist ganz nur sittlich; aber die sinnliche Kraft das Leben, die Bewegung und alles, was ein Werk zu einem echten dramatischen spezifiziert, geht ihr sehr ab. Goethe hat selbst mir schon längst zweideutig davon gesprochen – aber ich hielt es nur für eine Grille, wo nicht gar für Ziererei; bei näherem Ansehen aber hat es sich mir auch so bewährt. Indessen ist dieses Produkt in dem Zeitmoment, wo es entstand, ein wahres Meteor gewesen, und das Zeitalter selbst, die Majorität der Stimmen, kann es auch jetzt noch nicht übersehen; auch wird es durch die allgemeinen hohen poetischen Eigenschaften, die ihm ohne Rücksicht auf seine dramatische Form zukommen, bloß als ein poetisches Geisteswerk betrachtet, in allen Zeiten unschätzbar bleiben. Wenn man die Kunst sowie die Philosophie als etwas, das immer wird und nie ist, also nur dynamisch, und nicht, wie sie es jetzt nennen, atomistisch betrachtet, so kann man gegen jedes Produkt gerecht sein, ohne dadurch eingeschränkt zu werden. Es ist aber im Charakter der Deutschen, daß ihnen alles gleich fest wird und daß sie die unendliche Kunst, so wie sie es bei der Reformation mit der Theologie gemacht, gleich in ein Symbolum hinein.bannen müssen. Deswegen gereichen ihnen selbst treffliche Werke zum Verderben, weil sie gleich für heilig und ewig erklärt werden, und der strebende Künstler immer darauf zurückgewiesen wird. An diese Werke nicht religiös glauben, heißt Ketzerei, da doch die Kunst über allen Werken ist. Es gibt freilich in der Kunst ein Maximum, aber nicht in der modernen, die nur in einem ewigen Fortschritt ihr Heil finden kann. [ ]

445
SCHILLER AN GOTTFRIED KÖRNER

Weimar, 9. September 1802

Ich muß mich meiner langen Pause wegen diesmal recht vor Dir schämen [ ]. Wiewohl, ich bin nicht untätig gewesen und arbeite jetzt mit ziemlichem Ernst an einer Tragödie, deren Sujet Du aus meiner Erzählung kennst. Es sind die feindlichen Brüder oder, wie ich es taufen werde: *Die Braut von Messina.* Über dem langen Hinundherschwanken von einem Stoffe zum anderen habe ich zuerst nach diesem gegriffen und zwar aus dreierlei Gründen. – 1. war ich damit, in Absicht auf den Plan, der sehr einfach ist, am weitesten. 2. bedurfte ich eines gewissen Stachels von Neuheit in der Form und einer solchen Form, die ein Schritt näher zur antiken Tragödie wäre, welches hier wirklich der Fall ist, denn das Stück läßt sich wirklich zu einer äschyleischen Tragödie an. 3. mußte ich etwas wählen, was nicht de longue haleine ist, weil ich nach der langen Pause notwendig bedarf, wieder etwas fertig vor mir sehen. Ich muß auf jeden Fall am Ende des Jahrs damit zustande sein, weil es Ende Januars zu Geburtstag unser[*er*] Herzogin aufgeführt zu werden bestimmt ist. Alsdann geht es hurtig an den *Warbeck*, wozu der Plan jetzt auch viel weiter gerückt ist, und unmittelbar nach diesem an den *Wilhelm Tell*, denn dies ist das Stück, von dem ich Dir einmal schrieb, daß es mich lebhaft anziehe. Du hast vielleicht schon im vorigen Jahre davon reden hören, daß ich einen *Wilhelm Tell* bearbeite, denn selbst vor meiner Dresdener Reise wurde deshalb aus Berlin und Hamburg bei mir angefragt. Es war mir niemals in den Sinn gekommen. – Weil aber die Nachfrage nach diesem Stück immer wiederholt wurde, so wurde ich aufmerksam darauf und ich fing an, Tschudis *Schweizerische Geschichte* zu studieren. Nun ging mir ein Licht auf, denn dieser Schriftsteller hat einen so treuherzigen herodotischen, ja fast homerischen Geist, daß er einen poetisch zu stimmen imstand ist. – Ob nun gleich der *Tell* einer dramatischen Behandlung nichts weniger als günstig scheint, da die Handlung dem Ort und der Zeit nach ganz zerstreut auseinanderliegt, da sie großenteils eine Staatsaktion ist und (das Märchen mit dem Hut und Apfel ausgenommen) der Darstellung widerstrebt, so habe ich doch bis jetzt soviel poetische Operation damit vorgenommen, daß sie aus dem Historischen heraus und ins Poetische eingetreten ist. Übrigens brauche ich Dir nicht zu sagen, daß es eine verteufelte Aufgabe ist; denn wenn ich auch von allen Erwartungen, die das Publikum und das Zeitalter gerade zu diesem Stoff mitbringt, wie billig abstrahiere, so bleibt mir doch eine sehr hohe poetische Foderung zu erfüllen, weil hier ein ganzes lokalbedingtes Volk, ein ganzes und entferntes Zeitalter und, was die Hauptsache ist, ein ganz örtliches, ja beinah individuelles und einziges Phänomen mit dem Charakter der höchsten Notwendigkeit und Wahrheit soll zur Anschauung gebracht werden. Indes stehen schon die Säulen des Gebäudes fest, und ich hoffe einen soliden Bau zustande zu bringen. []

446

SCHILLER AN WILHELM VON HUMBOLDT

Weimar, 17. Februar 1803

[] Es ist jetzt ein so kläglicher Zustand in der ganzen Poesie, der Deutschen und Ausländer, daß alle Liebe und aller Glaube dazu gehört, um noch an ein Weiterstreben zu denken und auf eine bessere Zeit zu hoffen. Die *Schlegel*- und *Tieckische* Schule erscheint immer hohler und fratzenhafter, während daß sich ihre Antipoden immer platter und erbärmlicher zeigen, und zwischen diesen beiden Formen schwankt nun das Publikum. An ein Zusammenhalten zu einem guten Zweck ist nicht zu denken, jeder steht für sich und muß sich seiner Haut wie im Naturstande wehren.

[] Es ist eigen, wie wir seit dem Jahre 1794 und 95, wo wir in Jena zusammen philosophierten und uns durch eine Geistesreibung elektrisierten, auseinander verschlagen worden sind. Jene Zeiten werden mir ewig unvergeßlich sein [].

3. März 1803

[] Sie werden gelacht haben, da Sie von unserer Standeserhöhung hörten, es war ein Einfall von unserem Herzog, und da es geschehen ist, so kann ich's um der Lolo und der Kinder willen mir auch gefallen lassen. Lolo ist jetzt recht in ihrem Element, da sie mit ihrer Schleppe am Hofe herumschwänzelt. []

447

SCHILLER AN SEINE FRAU CHARLOTTE

Lauchstädt, 4. Juli 1803

[] *Die Braut von Messina* ist gestern gegeben worden bei sehr vielen Zuschauern, aber es war eine drückende Gewitterluft, und ich habe mich weit hinweggewünscht. Dabei erlebte ich den eigenen Zufall, daß während der Komödie ein schweres Gewitter ausbrach, wobei die Donnerschläge und besonders der Regen so heftig schallten, daß eine Stunde lang man fast kein Wort der Schauspieler verstand und die Handlung nur aus der Pantomime erraten mußte. Es war eine Angst unter den Schauspielern, und ich glaubte jeden Augenblick, daß man den Vorhang würde fallen lassen müssen. Wenn sehr heftige Blitze kamen, so flohen viele Frauenzimmer aus dem Haus heraus, es war eine ganz erstaunliche Störung. Dennoch wurde es zu Ende gespielt, und unsre Schauspieler hielten sich noch ganz leidlich. Lustig und fürchterlich zugleich war der Effekt, wenn bei den gewaltsamen Verwünschungen des Himmels, welche die Isabelle im letzten Akt ausspricht, der Donner einfiel, und gerade bei den Worten des Chors

Wenn die Wolken getürmt den Himmel schwärzen
Wenn dumpftosend der Donner hallt,
Da da fühlen sich alle Herzen
In des furchtbaren Schicksals Gewalt,

fiel der wirkliche Donner mit fürchterlichen Knallen ein, so daß Graff ex tempore eine Geste dabei machte, die das ganze Publikum ergriff. []
Aber mein Papier ist vollgeschrieben und ich muß schließen. Küsse die lieben Narren recht herzlich von mir. [] Lebewohl liebe Maus. Dein S.

448

SCHILLER AN WILHELM VON HUMBOLDT

Weimar, 18. August 1803

[] Goethens *Natürliche Tochter* wird Sie sehr erfreuen und, wenn Sie dieses Stück mit seinen andern, den früheren und mittleren, vergleichen, zu interessanten Betrachtungen führen. Des Theatralischen hat er sich zwar darin noch nicht bemächtigt, es ist zuviel Rede und zu wenig Tat, aber die hohe Symbolik, mit der er den Stoff behandelt hat, so daß alles Stoffartige vertilgt und alles nur Glied eines ideellen Ganzen ist, diese ist wirklich bewundernswert. Es ist ganz Kunst und ergreift dabei die innerste Natur durch die Kraft der Wahrheit. []
Wilhelm Tell ist es jetzt, was mich beschäftigt, aber dieser Stoff ist sehr widerstrebend und kostet mir große Mühe; da er aber sonst großen Reiz hat und sich durch seine Volksmäßigkeit so sehr zum Theater empfiehlt, so lasse ich mir die Arbeit nicht verdrießen, ihn endlich noch zu überwältigen. []

449
SCHILLER AN GOTTFRIED KÖRNER

Weimar, 3. Juli 1804

[] In Absicht auf meine Berliner Angelegenheiten ist soviel entschieden, daß ich auf keinen Fall aus meinen hiesigen Verhältnissen trete. Der Herzog hat sich sehr generös gegen mich betragen und mir meine Besoldung auf 800 Reichstaler erhöht, auch versprochen, bei ehester Gelegenheit das 1000 voll zu machen. Doch bitte ich Dich, die Sache noch geheimzuhalten, weil meine Negotiation in Berlin noch nicht abgebrochen ist und es sich vielleicht tun läßt, beide Verhältnisse zu vereinigen; denn auch dies hat mir der Herzog erlaubt, wenn man in Berlin damit zufrieden ist, daß ich nicht ganz hinziehe, sondern nur auf gewisse Zeiten im Jahr dort zubringe. Ich erwarte nun in kurzem von dorther Antwort, und wird mir's akkordiert, so stehen meine Sachen auf einem guten Fuß. []

450
SCHILLER AN WILHELM VON HUMBOLDT

Weimar, 2. April 1805

[] Noch hoffe ich in meinem poetischen Streben keinen Rückschritt getan zu haben, einen Seitenschritt vielleicht, indem es mir begegnet sein kann, den materiellen Foderungen der Welt und der Zeit etwas eingeräumt zu haben. Die Werke des dramatischen Dichters werden schneller als alle andre von dem Zeitstrom ergriffen, er kommt, selbst wider Willen, mit der großen Masse in eine vielseitige Berührung, bei der man nicht immer rein bleibt. Anfangs gefällt es, den Herrscher zu machen über die Gemüter, aber welchem Herrscher begegnet es nicht, daß er auch wieder der Diener seiner Diener wird, um seine Herrschaft zu behaupten; und so kann es leicht geschehen sein, daß ich, indem ich die deutschen Bühnen mit dem Geräusch meiner Stücke erfüllte, auch von den deutschen Bühnen etwas angenommen habe.

[] Goethe war diesen Winter wieder sehr krank und leidet noch jetzt an den Folgen. Alles rät ihm, ein milderes Klima zu suchen und besonders dem hiesigen Winter zu entfliehen.

[] Er wird, wenn es irgend seine Gesundheit erlaubt, Ihnen gewiß auch mit dieser Gelegenheit schreiben. Wir sahen uns diesen Winter selten, weil wir beide das Haus nicht verlassen durften.
Daß ich Anträge gehabt, mich in Berlin zu fixieren, wissen Sie, und auch, daß mich der Herzog v. W.[*eimar*] in die Umstände gesetzt hat, mit Aisance hier zu bleiben. Da ich nun auch für meine dramatischen Schriften mit Cotta und mit den Theatern gute Akkorde gemacht, so bin ich in den Stand gesetzt, etwas für meine Kinder zu erwerben, und ich darf hoffen, wenn ich nur bis in mein fünfzigstes Jahr so fortfahre, ihnen die nötige Unabhängigkeit zu verschaffen. Sie sehen, daß ich Sie ordentlich wie ein Hausvater unterhalte, aber ein solches Häuflein von Kindern, als ich um mich habe, kann einen wohl zum Nachdenken bringen.
[] Von unserer literarischen Welt kann ich Ihnen wenig berichten, denn ich lebe wenig mehr in ihr. Die spekulative Philosophie, wenn sie mich je gehabt hat, hat mich durch ihre hohle Formeln verscheucht, ich habe auf diesem kahlen Gefild keine lebendige Quelle und keine Nahrung für mich gefunden; aber die tiefen Grundideen der Idealphilosophie bleiben ein ewiger Schatz, und schon allein um ihrentwillen muß man sich glücklich preisen, in dieser Zeit gelebt zu haben. Um die poetische Produktion in Deutschland sieht es aber höchst kläglich aus, und man sieht wirklich nicht, wo eine Literatur für die nächsten dreißig Jahre herkommen soll. Auch nicht ein einziges neues Produkt der Poesie weiß ich Ihnen seit langer Zeit zu nennen, was einen neuen Namen an der Spitze trüge und was einem Freude machte. Dagegen regt sich die eselhafte Nachahmungssucht der Deutschen mehr als jemals, eine Nachahmung, die bloß in einem identischen Wiederbringen und Verschlechtern des Urbildes besteht. Solcher Nachahmungen hat auch mein *Wallenstein* und meine *Braut von Messina* vielfach hervorgebracht, aber man ist auch nicht um einen Schritt weiter gefördert. []
Tausendmal umarme ich Sie, mein teurer Freund, und wünsche, daß mich dieser Brief Ihnen ganz so, wie Sie mich sonst gekannt, wieder darstellen möchte. Schiller

AUS DEM BRIEFWECHSEL ZWISCHEN GOETHE UND SCHILLER IN DEN JAHREN 1794–1805

»Ich selbst fahre an einer sogenannten Chronik meines Lebens fort ... Dabei tritt der wichtige Umstand ein, daß die Schillerische Familie mir meine Briefe an diesen hohen Freund bis auf das letzte Billettchen übergeben hat, die ich nun mit seinen, gleichfalls heilig aufgehobenen Briefen und Blättern ineinanderarbeite und dem gewiß allgemeinen Wunsch, von einem solchen Verhalten Kenntnis zu nehmen, entgegenarbeite. Alle Freunde, die Schillers Briefe von 1802, jetzt in ›Kunst und Altertum‹ abgedruckt, gesehen, haben sogleich gewünscht, meine Erwiderungen dagegen zu lesen. Diese sind freilich zur Aufklärung und Belebung höchst notwendig, aber im innern und selbständigen Wert kommen sie den Schillerischen nicht bei; er war geneigter zum Reflektieren über Personen und Schriften als ich, und seine höchst freien brieflichen Äußerungen sind als unbedingter augenblicklicher Erguß ganz unschätzbar. Unser beiderseitiges munteres Leben und redliches Streben stimmt zu freudiger Heiterkeit, die freilich leider auch, durch Leiden und Quengeleien des Tags, dem Beschauer oft verkümmert wird; doch dadurch wird es ja ein wahres Bild des beschatteten buntgrauen Erdenlebens. Die Korrespondenz geht ununterbrochen von 1794 bis 1805. Die ersten Jahre höchst reich und prägnant, weil wir uns erst begreifen mußten und, an verschiedenen Orten lebend, briefliche Unterhaltung ernstlich zu pflegen genötigt wurden. Späterhin hatte sich die Gesinnung schon ausgeglichen, wir wohnten an einem Orte, und so ist wenig Schriftliches übriggeblieben.« (Goethe an Christoph Ludwig Friedrich Schultz; Weimar, 3. Juli 1824)

»Meine Korrespondenz mit Schiller ... endigt 1805, und wenn man denkt, daß 1806 die Invasion der Franzosen eintrat, so sieht man beim ersten Anblick, daß sie eine Epoche abschließt, von der uns kaum eine Erinnerung übrigbleibt. Jene Weise sich zu bilden, die sich aus der langen Friedensepoche des Nordens entwickelte und immerfort steigerte,

ward gewaltsam unterbrochen, alles von Jugend und Kindheit auf ward genötigt, sich anders zu bilden, da es denn auch in einer tumultuarischen Zeit an Verbildung nicht fehlte. Desto reiner steht jenes Zeugnis einer Epoche da, die vorüber ist, nicht wiederkommt und dennoch bis auf den heutigen Tag fortwirkt und nicht über Deutschland allein mächtig lebendigen Einfluß offenbart. Vergnügen wir uns, daß wir daran teilnahmen und noch immer sind, was und wie wir waren, und daß unsere Freundschaft sich auch ebenso dauerhaft bewährte.« (Goethe an Karl Ludwig von Knebel; Weimar, 24. Dezember 1824)

451

SCHILLER AN GOETHE

Jena, 23. August 1794

Man brachte mir gestern die angenehme Nachricht, daß Sie von Ihrer Reise wieder zurückgekommen seien. Wir haben also wieder Hoffnung, Sie vielleicht bald einmal bei uns zu sehen, welches ich an meinem Teil herzlich wünsche. Die neulichen Unterhaltungen mit Ihnen haben meine ganze Ideenmasse in Bewegung gebracht, denn sie betrafen einen Gegenstand, der mich seit etlichen Jahren lebhaft beschäftigt. Über so manches, worüber ich mit mir selbst nicht recht einig werden konnte, hat die Anschauung Ihres Geistes (denn so muß ich den Totaleindruck Ihrer Ideen auf mich nennen) ein unerwartetes Licht in mir angesteckt. Mir fehlte das Objekt, der Körper, zu mehreren spekulativischen Ideen, und Sie brachten mich auf die Spur davon. Ihr beobachtender Blick, der so still und rein auf den Dingen ruht, setzt Sie nie in Gefahr, auf den Abweg zu geraten, in den sowohl die Spekulation als die willkürliche und bloß sich selbst gehorchende Einbildungskraft sich so leicht verirrt. In Ihrer richtigen Intuition liegt alles und weit vollständiger, was die Analysis mühsam sucht, und nur weil es als ein Ganzes in Ihnen liegt, ist Ihnen Ihr eigener Reichtum verborgen; denn leider wissen wir nur das, was wir scheiden. Geister Ihrer Art wissen daher selten, wie weit sie gedrungen sind und wie wenig Ursache sie haben, von der Philosophie zu borgen, die nur von ihnen lernen kann. Diese kann bloß zergliedern, was ihr gegeben wird, aber das Geben selbst ist nicht die Sache des Analytikers, sondern des Genies, welches unter dem dunkeln, aber sichern Einfluß reiner Vernunft nach objektiven Gesetzen verbindet. Lange schon habe ich, obgleich aus ziemlicher Ferne, dem Gang Ihres Geistes zugesehen und den Weg, den Sie sich vorgezeichnet haben, mit immer erneuerter Bewunderung bemerkt. Sie suchen das Notwendige der Natur, aber Sie suchen es auf dem schweresten Wege, vor welchem jede schwächere Kraft sich wohl hüten wird. Sie nehmen die ganze Natur zusammen, um über das Einzelne Licht zu bekommen; in der Allheit ihrer Erscheinungsarten suchen Sie den Erklärungsgrund für das Individuum auf. Von der einfachen Organisation steigen Sie, Schritt vor Schritt, zu den mehr verwickelten hinauf, um endlich die verwickeltste von allen, den Menschen, genetisch aus den Materialien des ganzen Naturgebäudes zu erbauen. Dadurch, daß Sie ihn der Natur gleichsam nacherschaffen, suchen Sie in seine verborgene Technik einzudringen. Eine große und wahrhaft heldenmäßige Idee, die zur Genüge zeigt, wie sehr Ihr Geist das reiche Ganze seiner Vorstellungen in einer schönen Einheit zusammenhält. Sie können niemals gehofft haben, daß Ihr Leben zu einem solchen Ziele zureichen werde, aber einen solchen Weg auch nur einzuschlagen, ist mehr wert, als jeden andern zu endigen – und Sie haben gewählt wie Achill in der *Ilias* zwischen Phthia und der Unsterblichkeit. Wären Sie als ein Grieche, ja nur als ein Italiener geboren worden, und hätte schon von der Wiege an eine auserlesene Natur und eine idealisierende Kunst Sie umgeben, so wäre Ihr Weg unendlich verkürzt, vielleicht ganz überflüssig gemacht worden. Schon in die erste Anschauung der Dinge hätten Sie dann die Form des Notwendigen aufgenommen, und mit Ihren ersten Erfahrungen hätte sich der große Stil in Ihnen entwickelt. Nun, da Sie als ein Deutscher geboren sind, da Ihr griechischer Geist in diese nordische Schöpfung geworfen wurde, so blieb Ihnen keine andere Wahl, als entweder selbst zum nordischen Künstler zu werden, oder Ihrer Imagination das, was ihr die Wirklichkeit vorenthielt, durch Nachhilfe der Denkkraft zu ersetzen und so gleichsam von innen heraus und auf einem rationalen Wege ein Griechenland zu gebären. In derjenigen

Lebensepoche, wo die Seele sich aus der äußern Welt ihre innere bildet, von mangelhaften Gestalten umringt, hatten Sie schon eine wilde und nordische Natur in sich aufgenommen, als Ihr siegendes, seinem Material überlegenes Genie diesen Mangel von innen entdeckte und von außen her durch die Bekanntschaft mit der griechischen Natur davon vergewissert wurde. Jetzt mußten Sie die alte, Ihrer Einbildungskraft schon aufgedrungene schlechtere Natur nach dem besseren Muster, das Ihr bildender Geist sich erschuf, korrigieren, und das kann nun freilich nicht anders als nach leitenden Begriffen vonstatten gehen. Aber diese logische Richtung, welche der Geist bei der Reflexion zu nehmen genötigt ist, verträgt sich nicht wohl mit der ästhetischen, durch welche allein er bildet. Sie hatten also eine Arbeit mehr, denn so wie Sie von der Anschauung zur Abstraktion übergingen, so mußten Sie nun rückwärts Begriffe wieder in Intuitionen umsetzen und Gedanken in Gefühle verwandeln, weil nur durch diese das Genie hervorbringen kann.

So ungefähr beurteile ich den Gang Ihres Geistes, und ob ich recht habe, werden Sie selbst am besten wissen. Was Sie aber schwerlich wissen können (weil das Genie sich immer selbst das größte Geheimnis ist), ist die schöne Übereinstimmung Ihres philosophischen Instinktes mit den reinsten Resultaten der spekulierenden Vernunft. Beim ersten Anblicke zwar scheint es, als könnte es keine größere Opposita geben als den spekulativen Geist, der von der Einheit, und den intuitiven, der von der Mannigfaltigkeit ausgeht. Sucht aber der erste mit keuschem und treuem Sinn die Erfahrung und sucht der letzte mit selbsttätiger freier Denkkraft das Gesetz, so kann es gar nicht fehlen, daß nicht beide einander auf halbem Wege begegnen werden. Zwar hat der intuitive Geist nur mit Individuen und der spekulative nur mit Gattungen zu tun. Ist aber der intuitive genialisch und sucht er in dem Empirischen den Charakter der Notwendigkeit auf, so wird er zwar immer Individuen, aber mit dem Charakter der Gattung erzeugen; und ist der spekulative Geist genialisch und verliert er, indem er sich darüber erhebt, die Erfahrung nicht, so wird er zwar immer nur Gattungen, aber mit der Möglichkeit des Lebens und mit gegründeter Beziehung auf wirkliche Objekte erzeugen.

Aber ich bemerke, daß ich anstatt eines Briefes eine Abhandlung zu schreiben im Begriff bin – verzeihen Sie es dem lebhaften Interesse, womit dieser Gegenstand mich erfüllt hat; und sollten Sie Ihr Bild in diesem Spiegel nicht erkennen, so bitte ich sehr, fliehen Sie ihn darum nicht.
Die kleine Schrift von Moritz, die Herr von Humboldt sich noch auf einige Tage ausbittet, habe ich mit großem Interesse gelesen und danke derselben einige sehr wichtige Belehrungen. Es ist eine wahre Freude, sich von einem instinktartigen Verfahren, welches auch gar leicht irreführen kann, eine deutliche Rechenschaft zu geben und so Gefühle durch Gesetze zu berichtigen. Wenn man die Moritzischen Ideen verfolgt, so sieht man nach und nach in die Anarchie der Sprache eine gar schöne Ordnung kommen, und entdeckt sich bei dieser Gelegenheit gleich der Mangel und die Grenze unserer Sprache sehr, so erfährt man doch auch ihre Stärke und weiß nun, wie und wozu man sie zu brauchen hat.
[] Meine Freunde sowie meine Frau empfehlen sich Ihrem gütigen Andenken, und ich verharre hochachtungsvoll
Ihr gehorsamster Diener F. Schiller

452
GOETHE AN SCHILLER

Ettersburg, 27. August 1794

Zu meinem Geburtstage, der mir diese Woche erscheint, hätte mir kein angenehmer Geschenk werden können als Ihr Brief, in welchem Sie, mit freundschaftlicher Hand, die Summe meiner Existenz ziehen und mich durch Ihre Teilnahme zu einem emsigern und lebhafteren Gebrauch meiner Kräfte aufmuntern.
Reiner Genuß und wahrer Nutzen kann nur wechselseitig sein, und ich freue mich, Ihnen gelegentlich zu entwickeln: was mir Ihre Unterhaltung gewährt hat, wie ich von jenen Tagen an auch eine Epoche rechne und wie zufrieden ich bin, ohne sonderliche Aufmunterung auf meinem Wege fortgegangen zu sein, da es nun scheint, als wenn wir, nach einem so unvermuteten Begegnen, miteinander fortwandern müßten. Ich habe den redlichen und so seltenen Ernst, der in al-

lem erscheint, was Sie geschrieben und getan haben, immer zu schätzen gewußt, und ich darf nunmehr Anspruch machen, durch Sie selbst mit dem Gange Ihres Geistes, besonders in den letzten Jahren, bekannt zu werden. Haben wir uns wechselseitig die Punkte klargemacht, wohin wir gegenwärtig gelangt sind, so werden wir desto ununterbrochner gemeinschaftlich arbeiten können.

Alles, was an und in mir ist, werde ich mit Freuden mitteilen. Denn da ich sehr lebhaft fühle, daß mein Unternehmen das Maß der menschlichen Kräfte und ihrer irdischen Dauer weit übersteigt, so möchte ich manches bei Ihnen deponieren und dadurch nicht allein erhalten, sondern auch beleben.

Wie groß der Vorteil Ihrer Teilnehmung für mich sein wird, werden Sie bald selbst sehen, wenn Sie, bei näherer Bekanntschaft, eine Art Dunkelheit und Zaudern bei mir entdecken werden, über die ich nicht Herr werden kann, wenn ich mich ihrer gleich sehr deutlich bewußt bin. Doch dergleichen Phänomene finden sich mehr in unsrer Natur, von der wir uns doch gerne regieren lassen, wenn sie nur nicht gar zu tyrannisch ist.

Ich hoffe bald einige Zeit bei Ihnen zuzubringen, und dann wollen wir manches durchsprechen. [ ]

Leben Sie recht wohl und gedenken mein in Ihrem Kreise.

Goethe

453
SCHILLER AN GOETHE

Jena, 20. Oktober 1794

Hier mache ich denn also den Anfang, den Tanz der »Horen« zu beginnen, und sende Ihnen, was von meinen Briefen an den Prinzen für das erste Stück bestimmt ist. Ohne Zweifel wird es durch Ihre und meine Beiträge bis auf wenige Blätter voll werden. Vielleicht könnten wir einen kleinen Beitrag von Herdern gleich für das erste Stück erhalten, welches mir gar angenehm wäre. Übrigens ist, wenngleich keine Mannigfaltigkeit der Autoren, doch Mannigfaltigkeit der Materien genug in dem ersten Stücke, wie Sie finden werden.

[] So verschieden die Werkzeuge auch sind, mit denen Sie und ich die Welt anfassen, und so verschieden die offensive und defensive Waffen, die wir führen, so glaube ich doch, daß wir auf *einen* Hauptpunkt zielen. Sie werden in diesen Briefen Ihr Porträt finden, worunter ich gern Ihren Namen geschrieben hätte, wenn ich es nicht haßte, dem Gefühl denkender Leser vorzugreifen. Keiner, dessen Urteil für Sie Wert haben kann, wird es verkennen, denn ich weiß, daß ich es gut gefaßt und treffend genug gezeichnet habe. []

454

GOETHE AN SCHILLER

Weimar, 26. Oktober 1794

Das mir übersandte Manuskript habe sogleich mit großem Vergnügen gelesen, ich schlurfte es auf einen Zug hinunter. Wie uns ein köstlicher, unsrer Natur analoger Trank willig hinunterschleicht und auf der Zunge schon durch gute Stimmung des Nervensystems seine heilsame Wirkung zeigt, so waren mir diese Briefe angenehm und wohltätig, und wie sollte es anders sein, da ich das, was ich für recht seit langer Zeit erkannte, was ich teils lebte, teils zu leben wünschte, auf eine so zusammenhängende und edle Weise vorgetragen fand. Auch Meyer hat seine große Freude daran, und sein reiner, unbestechlicher Blick war mir eine gute Gewähr. In diesem behaglichen Zustande hätte mich Herders beiliegendes Billett beinahe gestört, der uns, die wir an dieser Vorstellungsart Freude haben, einer Einseitigkeit beschuldigen möchte. Da man aber im Reiche der Erscheinungen es überhaupt nicht so genau nehmen darf und es immer schon tröstlich genug ist, mit einer Anzahl geprüfter Menschen, eher zum Nutzen als Schaden seiner selbst und seiner Zeitgenossen, zu irren, so wollen wir getrost und unverruckt so fortleben und wirken und uns in unserm Sein und Wollen ein Ganzes denken, um unser Stückwerk nur einigermaßen vollständig zu machen. []

Hier folgen die Elegien. Ich wünschte, daß Sie sie nicht aus den Händen gäben, sondern sie denen, die noch über ihre Admissibilität zu urteilen haben, vorläsen. []

455

GOETHE AN SCHILLER

Weimar, 6. Dezember 1794

Endlich kommt das erste Buch von Wilhelm Schüler, der, ich weiß nicht wie, den Namen Meister erwischt hat. Leider werden Sie die beiden ersten Bücher nur sehen, wenn das Erz ihnen schon die bleibende Form gegeben; demohngeachtet sagen Sie mir Ihre offne Meinung, sagen Sie mir, was man wünscht und erwartet. Die folgenden werden Sie noch im biegsamen Manuskript sehen und mir Ihren freundschaftlichen Rat nicht versagen. []

456

SCHILLER AN GOETHE

Jena, 9. Dezember 1794

Mit wahrer Herzenslust habe ich das erste Buch *Wilhelm Meisters* durchlesen und verschlungen, und ich danke demselben einen Genuß, wie ich lange nicht und nie als durch Sie gehabt habe. Es könnte mich ordentlich verdrüßen, wenn ich das Mißtrauen, mit dem Sie von diesem trefflichen Produkt Ihres Genius sprechen, einer andern Ursache zuschreiben müßte, als der Größe der Foderungen, die Ihr Geist jederzeit an sich selbst machen muß. Denn ich finde auch nicht etwas darin, was nicht in der schönsten Harmonie mit dem lieblichen Ganzen stünde. Erwarten Sie heute kein näheres Detail meines Urteils. []

457

GOETHE AN SCHILLER

Weimar, 21. November 1795

[] Haben Sie schon die abscheuliche Vorrede Stolbergs zu seinen *Platonischen Gesprächen* gelesen? Die Blößen, die er darinne gibt, sind so abgeschmackt und unleidlich, daß ich große Lust habe, dreinzufahren und ihn zu züchtigen. Es ist sehr leicht, die unsinnige Unbilligkeit dieses bornierten Volks anschaulich zu machen, man hat dabei das vernünftige Publikum auf seiner Seite, und es gibt eine Art Kriegserklärung

gegen die Halbheit, die wir nun in allen Fächern beunruhigen müssen. Durch die geheime Fehde des Verschweigens, Verruckens und Verdruckens, die sie gegen uns führt, hat sie lange verdient, daß ihrer nun auch in Ehren, und zwar in der Kontinuation gedacht werde.
Bei meinen wissenschaftlichen Arbeiten, die ich nach und nach zusammenstelle, finde ich es doppelt nötig und nicht zu umgehen. Ich denke gegen Rezensenten, Journalisten, Magazinsammler und Kompendienschreiber sehr frank zu Werke zu gehen und mich darüber, in einer Vor- oder Nachrede, gegen das Publikum unbewunden zu erklären und besonders in diesem Falle keinem seine Renitenz und Retizenz passieren zu lassen.
Was sagen Sie zum Beispiel dazu, daß Lichtenberg, mit dem ich in Briefwechsel über die bekannten optischen Dinge und übrigens in einem ganz leidlichen Verhältnis stehe, in seiner neuen Ausgabe von Erxlebens *Compendio* meiner Versuche auch nicht einmal erwähnt, da man doch grade nur um des Neuesten willen ein Compendium wieder auflegt und die Herren in ihre durchschoßnen Bücher sich sonst alles geschwind genug zu notieren pflegen. Wieviel Arten gibt es nicht, so eine Schrift auch nur im Vorbeigehen abzufertigen, aber auf keine derselben konnte sich der witzige Kopf in diesem Augenblicke besinnen. [ ]

458

SCHILLER AN GOETHE

Jena, 23. November 1795

[ ] Ihr Unwille über die Stolberge, Lichtenberge und Konsorten hat sich auch mir mitgeteilt, und ich bin's herzlich zufrieden, wenn Sie ihnen eins anhängen wollen. Indes, das ist die histoire du jour. Es war nie anders und wird nie anders werden. Seien Sie versichert, wenn Sie einen Roman, eine Komödie geschrieben haben, so müssen Sie ewig einen Roman, eine Komödie schreiben. Weiter wird von Ihnen nichts erwartet, nichts anerkannt – und hätte der berühmte Herr Newton mit einer Komödie debütiert, so würde man ihm nicht nur seine Optik, sondern seine Astronomie selbst lange

verkümmert haben. [] Es liegt gewiß weniger an der Neuerung selbst als an der Person, von der sie herrührt, daß diese Philister sich so dagegen verhärten.
Stolbergs Deliktum wünschte ich in Augenschein nehmen zu können. Können Sie mir's auf einen Posttag verschaffen, so wird es mir sehr lieb sein. Bei diesem Menschen ist Dünkel mit Unvermögen in so hohem Grade gepaart, daß ich kein Mitleid mit ihm haben kann. Der närrische Mensch, der Jenisch in Berlin, der sich in alles mischen muß, hat auch die Rezensionen der »Horen« gelesen und in dem ersten Feuer einen Aufsatz über mich und meinen schriftstellerischen Charakter geschrieben, der eine Apologie gegen jene Anklagen vorstellen soll. Humboldt hat ihn zum Glück von Gentz, in dessen Monatschrift derselbe bestimmt war, im Manuskript erhalten und den Abdruck noch hintertrieben. Doch bin ich nicht davor sicher, daß er ihn nicht anderswo drucken läßt. Es ist ein ganz eigenes Unglück, daß ich, bei so heftigen und zahlreichen Feinden, doch noch am meisten von dem Unverstand eines Freundes zu fürchten habe, und die wenigen Stimmen, die für mich sprechen wollen, über Hals und Kopf zum Schweigen bringen muß. []

459
GOETHE AN SCHILLER

Weimar, 23. Dezember 1795

[] Den Einfall, auf alle Zeitschriften Epigramme, jedes in einem einzigen Disticho, zu machen, wie die *Xenia* des Martials sind, der mir dieser Tagen gekommen ist, müssen wir kultivieren und eine solche Sammlung in Ihren »Musenalmanach« des nächsten Jahres bringen. Wir müssen nur viele machen und die besten aussuchen. Hier ein Paar zur Probe. []

460
SCHILLER AN GOETHE

Jena, 29. Dezember 1795

Der Gedanke mit den *Xenien* ist prächtig und muß ausgeführt werden. Die Sie mir heute schickten, haben mich sehr ergötzt, besonders die Götter und Göttinnen darunter. Solche Titel begünstigen einen guten Einfall gleich besser. Ich denke aber, wenn wir das Hundert voll machen wollen, werden wir auch über einzelne Werke herfallen müssen, und welcher reichliche Stoff findet sich da! Sobald wir uns nur selbst nicht ganz schonen, können wir Heiliges und Profanes angreifen. Welchen Stoff bietet uns nicht die Stolbergische Sippschaft, Racknitz, Ramdohr, die metaphysische Welt mit ihren Ichs und Nicht-Ichs, Freund Nicolai, unser geschworener Feind, die Leipziger Geschmacksherberge, Thümmel, Göschen als sein Stallmeister und dergleichen dar! []

461

SCHILLER AN GOETHE

Jena, 5. Februar 1796

Die Sammlung wächst uns unter den Händen, daß es eine Lust ist. Es hat mich gefreut, auch mehrere politische unter den neuen anzutreffen; denn da wir doch zuverlässig an den unsichern Orten konfisziert werden, so sähe ich nicht, warum wir es nicht auch von dieser Seite verdienen sollten. Sie finden vierzig bis zweiundvierzig neue von mir; gegen achtzig andre, die zusammengehören und in Kleinigkeiten noch nicht ganz fertig sind, behalte ich noch zurück. []

462

GOETHE AN SCHILLER

Weimar, 30. Juli 1796

Die *Xenien* kommen sogleich wieder zurück, ich habe nur wenige Anmerkungen gemacht [].

Überhaupt will ich Ihnen nicht leugnen, daß es mir einen Augenblick recht wehe getan hat, unser schönes Karten- und Luftgebäude, mit den Augen des Leibes, so zerstört, zerrissen, zerstrichen und zerstreut zu sehen. Die Idee war zu schön, zu eigen und einzig, als daß ich mich nicht, besonders da sich bei mir eine Idee, ein Wunsch leicht fixiert, darüber betrüben sollte, für immer darauf renunzieren zu müssen. Doch mag es denn auch an dem Spaße genug sein, den uns der Gedanke indessen gemacht hat, es mag genug sein, daß nun so viel Stoff da ist, der zu einem andern Körper nun wieder verarbeitet werden kann. Die Zusammenstellung in Ihrem Almanach wird mich schon wieder trösten, nur bitte ich, meinen Namen so wenig als möglich unter die Gedichte zu setzen. [] Noch eins, ich wünschte, daß alles wegbliebe, was in unserm Kreise und unsern Verhältnissen unangenehm wirken könnte; in der ersten Form forderte, trug, entschuldigte eins das andere, jetzt wird jedes Gedicht nur aus freiem Vorsatz und Willen eingeschaltet und wirkt auch nur einzeln für sich. []

463
SCHILLER AN GOETHE

Jena, 31. Juli 1796

Sie können sich von den *Xenien* nicht so ungern trennen als ich selbst. Außer der Neuheit und interessanten Eigentümlichkeit der Idee ist der Gedanke, ein gewisses Ganzes in Gemeinschaft mit Ihnen auszuführen, so reizend für mich gewesen. Aber seien Sie versichert, daß ich die Idee nicht meiner Konvenienz aufgeopfert habe. Zu einem Ganzen, so wie es auch von dem liberalsten Leser gefodert werden konnte, fehlte noch unübersehlich viel; eine mühsame Redaktion hat mich mit diesem Mangel gar sehr bekannt gemacht. [] Das ganze Werk ein Jahr länger liegenzulassen erlaubte weder das Bedürfnis des Almanachs, noch wäre es [*wegen*] der vielen Anspielungen auf das Neueste in der Literatur, welches nach einem Jahre sein Interesse verliert, zu wagen gewesen, und was dieser Rücksichten mehr sind, die ich Ihnen mündlich anführen will. Übrigens ist uns diese Idee und Form noch gar nicht verloren, denn es ist noch so erstaunlich viel Stoff zurück, daß dasjenige, was wir aus dem Alten noch etwa dazunehmen, darin verschwinden wird.

Ihren Namen nenne ich sparsam. Selbst bei denjenigen politischen, welche niemanden angreifen, und vor welchen man sich gefreut haben würde ihn zu finden, habe ich ihn weggelassen, weil man diese mit den andern, auf Reichardt gehenden, in Verbindung vermuten könnte. Stolberg kann nicht geschont werden, und das wollen Sie wohl selbst nicht, und Schlosser wird nie genauer bezeichnet, als eine allgemeine Satire auf die Frommen erfodert. Außerdem kommen diese Hiebe auf die Stolbergische Sekte in einer solchen Verbindung vor, daß jeder mich als den Urheber sogleich erkennen muß; ich bin mit Stolberg in einer gerechten Fehde und habe keine Schonung nötig. Wieland soll mit der zierlichen Jungfrau in Weimar wegkommen, worüber er sich nicht beklagen kann. Übrigens erscheinen diese Odiosa erst in der zweiten Hälfte des Almanachs, so daß Sie bei Ihrem Hiersein noch herauswerfen können, was Ihnen gut dünkt. [ ]

464

GOETHE AN SCHILLER

Weimar, 26. Oktober 1796

[ ] Mit dem Weimarischen Publico bin ich im ganzen wegen des Almanachs ziemlich zufrieden, doch ist der Gang immer eben derselbe, die *Xenien* verkaufen die Tabulas votivas und was sonst Gutes und Ernsthaftes in dem Büchlein stehen mag. Daß man nicht überall mit uns zufrieden sein sollte, war ja die Absicht, und daß man in Gotha ungehalten ist, ist recht gut; man hat dort mit der größten Gemütsruhe zugesehen, wenn man mir und meinen Freunden höchst unartig begegnete, und da das literarische Faustrecht noch nicht abgeschafft ist, so bedienen wir uns der reinen Befugnis, uns selbst Recht zu verschaffen und den nekrologischen Schnabel zu verrufen, der unserm armen Moritz, gleich nach dem Tode, die Augen aushackte. Ich erwarte nur, daß mir jemand was merken läßt, da ich mich denn so lustig und artig als möglich expektorieren werde. [ ]

465

SCHILLER AN GOETHE

Jena, 28. Oktober 1796

[ ] Humboldts waren noch in den letzten Tagen, als unser Almanach dahin kam, in Berlin. Er soll gewaltiges Aufsehen da gemacht haben. Nicolai nennt ihn den Furien-Almanach.

Zöllner und Biester sollen ganz entzückt darüber sein. (Sie sehen, daß es uns mit Biestern gelungen ist.) Dieser findet die *Xenien* noch viel zu mäßig geschrieben.
Ein anderer meinte, jetzt wäre noch eine Landplage mehr in der Welt, weil man sich jedes Jahr vor dem Almanach zu fürchten habe. Meyer, der Poet, meinte, wir beide hätten einander in den *Xenien* selbst heruntergerissen, und ich habe das Distichon: Wohlfeile Achtung pag. 221 auf Sie gemacht!!
Woltmann war gestern bei mir und wollte wissen, daß Wieland von den *Xenien* gesagt habe: Er bedauere nur, daß Voß darin gelobt sei, weil so viel andere ehrliche Leute mißhandelt wären. Woltmann glaubt steif und fest, daß mit dem nekrologischen Raben, der hinter Wieland krächzte, niemand als Böttiger gemeint sei.
Endlich ist denn der erste gedruckte Angriff auf die *Xenien* geschehen, und wenn alle dem gleich sind, so haben wir freilich nichts dabei zu tun. Dieser Angriff steht in dem »Reichsanzeiger«. Schütz hat ihn mir kommuniziert, er besteht aus einem Distichon, wo aber der Pentameter vor dem Hexameter steht. Sie können sich nichts Erbärmlicheres denken. Die *Xenien* werden hämisch gescholten. [ ]

466

SCHILLER AN GOETHE

Jena, 6. Dezember 1796

[ ] Das schmutzige Produkt gegen uns, dessen Verfasser Magister Dyk in Leipzig sein soll, ist mir schon vor einigen Tagen in die Hand gekommen. Ich hoffte, es sollte Ihnen unbekannt bleiben. Die Empfindlichkeit gewisser Leute kann freilich keinen nobleren Ausbruch nehmen, aber es ist doch bloß in Deutschland möglich, daß böser Wille und Roheit darauf rechnen dürfen, durch eine solche Behandlung geachteter Namen nicht alle Leser zu verscherzen. Man sollte doch da, wo keine Scham ist, auf eine Furcht rechnen können, die diese Sünder im Zügel hielte, aber die Polizei ist so schlecht bestellt, wie der Geschmack.
Das Unangenehme an der Sache ist dieses, daß die wohlweisen Herrn Moderatisten, sowenig sie auch ein solches Pro-

dukt in Schutz nehmen können, doch triumphieren und sagen werden, daß unser Angriff darauf geführt habe, und daß der Skandal durch uns gegeben sei.

Sonst sind übrigens diese Distichen die glänzendste Rechtfertigung der unsrigen, und wer es jetzt noch nicht merkt, daß die *Xenien* ein poetisches Produkt sind, dem ist nicht zu helfen; reinlicher konnte die Grobheit und die Beleidigung von dem Geist und dem Humor nicht abdestilliert werden, als hier geschehen ist, und die ganze Dykische Partei sieht sich nun in dem Nachteil, daß sie gerade in dem einzigen, was sie uns allenfalls hätte vorwerfen können, unendlich weitergegangen ist. Ich bin doch begierig, ob sich nicht von selbst einige Stimmen auch für die *Xenien* erheben werden; denn wir können freilich auf so etwas nichts erwidern. []

467

GOETHE AN SCHILLER

Weimar, 7. Dezember 1796

[] Den Dykischen Ausfall habe ich, da ich die Deutschen so lange kenne, nicht besonders gefunden, wir haben dergleichen noch mehr zu erwarten. Der Deutsche sieht nur Stoff und glaubt, wenn er gegen ein Gedicht Stoff zurückgäbe, so hätte er sich gleichgestellt, über das Silbenmaß hinaus erstreckt sich ihr Begriff von Form nicht.

Wenn ich aber aufrichtig sein soll, so ist das Betragen des Volks ganz nach meinem Wunsche, denn es ist eine nicht genug gekannte und geübte Politik, daß jeder, der auf einigen Nachruhm Anspruch macht, seine Zeitgenossen zwingen soll, alles was sie gegen ihn in petto haben, von sich zu geben, den Eindruck davon vertilgt er durch Gegenwart, Leben und Wirken jederzeit wieder. Was half's manchem bescheidnen, verdienstvollen und klugen Mann, den ich überlebt habe, daß er, durch unglaubliche Nachgiebigkeit, Untätigkeit, Schmeichelei und Rücken und Zurechtlegen, einen leidlichen Ruf zeitlebens erhielt? Gleich nach dem Tode sitzt der Advokat des Teufels neben dem Leichnam, und der Engel, der ihm Widerpart halten soll, macht gewöhnlich eine klägliche Gebärde.

Ich hoffe, daß die *Xenien* auf eine ganze Weile wirken und den bösen Geist gegen uns in Tätigkeit erhalten sollen, wir wollen indessen unsere positiven Arbeiten fortsetzen und ihm die Qual der Negation überlassen. Nicht eher als bis sie wieder ganz ruhig sind und sicher zu sein glauben, müssen wir, wenn der Humor frisch bleibt, sie noch einmal recht aus dem Fundament ärgern. […]

468

GOETHE AN SCHILLER

Weimar, 18. Januar 1797

[…] Ich empfange soeben Ihren lieben Brief und leugne nicht, daß mir die wunderbare Epoche, in die ich eintrete, selbst sehr merkwürdig ist, ich bin darüber leider noch nicht ganz beruhigt, denn ich schleppe von der analytischen Zeit noch so vieles mit, das ich nicht loswerden und kaum verarbeiten kann. Indes bleibt mir nichts übrig, als auf diesem Strom mein Fahrzeug so gut zu lenken, als es nur gehen will. Was bei dieser Disposition eine Reise für Wirkung tut, habe ich schon die letzten vierzehn Tage gesehen; indessen läßt sich ins Ferne und Ganze nichts voraussagen, da diese regulierte Naturkraft so wie alle unregulierten durch nichts in der Welt geleitet werden kann, sondern wie sie sich selbst bilden muß, auch aus sich selbst und auf ihre eigne Weise wirkt. Es wird uns dieses Phänomen zu manchen Betrachtungen Anlaß geben. […]

469

SCHILLER AN GOETHE

Jena, 24. Januar 1797

Nur zwei Worte für heute. Ich hoffte, nach Ihrem letzten Brief, Sie schon seit etlichen Tagen hier zu sehen. Die paar heitern Tage haben mich auch wieder in die Luft gelockt und mir wohlgetan. Mit der Arbeit geht's aber jetzt langsam, weil ich gerade in der schwersten Krise bin. Das seh ich jetzt klar, daß ich Ihnen nicht eher etwas zeigen kann, als bis ich über alles mit mir selbst im reinen bin. […] Was ich Ihnen also vorlege, muß schon mein Ganzes sein, ich meine just nicht mein ganzes Stück, sondern meine ganze Idee davon. Der radikale Unterschied unserer Naturen, in Rücksicht auf die Art, läßt überhaupt keine andere, recht wohltätige Mitteilung zu, als wenn das Ganze sich dem Ganzen gegenüberstellt; im einzelnen werde ich Sie zwar nicht irre machen können, weil Sie fester auf sich selbst ruhen als ich, aber Sie würden mich leicht über den Haufen rennen können. Doch davon mündlich weiter.

Kommen Sie ja recht bald. []

470

SCHILLER AN GOETHE

Jena, 4. April 1797

[] Ich finde, je mehr ich über mein eigenes Geschäft und über die Behandlungsart der Tragödie bei den Griechen nachdenke, daß der ganze cardo rei [*Angelpunkt*] in der Kunst liegt, eine poetische Fabel zu erfinden. Der Neuere schlägt sich mühselig und ängstlich mit Zufälligkeiten und Nebendingen herum, und über dem Bestreben, der Wirklichkeit recht nahe zu kommen, beladet er sich mit dem Leeren und Unbedeutenden, und darüber läuft er Gefahr, die tiefliegende Wahrheit zu verlieren, worin eigentlich alles Poetische liegt. Er möchte gern einen wirklichen Fall vollkommen nachahmen und bedenkt nicht, daß eine poetische Darstellung mit der Wirklichkeit eben darum, weil sie absolut wahr ist, niemals koinzidieren kann. []

Es ist mir aufgefallen, daß die Charaktere des griechischen Trauerspiels mehr oder weniger idealische Masken und keine eigentliche Individuen sind, wie ich sie in Shakespeare und auch in Ihren Stücken finde. So ist zum Beispiel Ulysses im *Ajax* und im *Philoktet* offenbar nur das Ideal der listigen, über ihre Mittel nie verlegenen, engherzigen Klugheit; so ist Kreon im *Oedip* und in der *Antigone* bloß die kalte Königswürde. Man kommt mit solchen Charakteren in der Tragödie offenbar viel besser aus, sie exponieren sich geschwinder, und ihre Züge sind permanenter und fester. Die Wahrheit leidet dadurch nichts, weil sie bloßen logischen Wesen ebenso entgegengesetzt sind als bloßen Individuen. []

471
GOETHE AN SCHILLER

Weimar, 5. April 1797

[] Sie haben ganz recht, daß in den Gestalten der alten Dichtkunst, wie in der Bildhauerkunst, ein Abstraktum erscheint, das seine Höhe nur durch das, was man Stil nennt, erreichen kann. Es gibt auch Abstrakta durch Manier wie bei den Franzosen. Auf dem Glück der Fabel beruht freilich alles, man ist wegen des Hauptaufwandes sicher, die meisten Leser und Zuschauer nehmen denn doch nichts weiter mit davon, und dem Dichter bleibt doch das ganze Verdienst einer lebendigen Ausführung, die desto stetiger sein kann, je besser die Fabel ist. []

472
GOETHE AN SCHILLER

Weimar, 22. Juni 1797

Da es höchst nötig ist, daß ich mir, in meinem jetzigen unruhigen Zustande, etwas zu tun gebe, so habe ich mich entschlossen, an meinen *Faust* zu gehen und ihn, wo nicht zu vollenden, doch wenigstens um ein gutes Teil weiter zu bringen, indem ich das, was gedruckt ist, wieder auflöse und mit dem, was schon fertig oder erfunden ist, in große Massen disponiere und so die Ausführung des Plans, der eigentlich nur eine Idee ist, näher vorbereite. [] Nun wünschte ich aber, daß Sie die Güte hätten, die Sache einmal, in schlafloser Nacht, durchzudenken, mir die Forderungen, die Sie an das Ganze machen würden, vorzulegen, und so mir meine eignen Träume, als ein wahrer Prophet, zu erzählen und zu deuten. []

473
SCHILLER AN GOETHE

Jena, 23. Juni 1797

Ihr Entschluß, an den *Faust* zu gehen, ist mir in der Tat überraschend, besonders jetzt, da Sie sich zu einer Reise nach Italien gürten. Aber ich hab' es einmal für immer aufgegeben,

Sie mit der gewöhnlichen Logik zu messen, und bin also im voraus überzeugt, daß Ihr Genius sich vollkommen gut aus der Sache ziehen wird.

[] So viel bemerke ich hier nur, daß der *Faust*, das Stück nämlich, bei aller seiner dichterischen Individualität, die Foderung an eine symbolische Bedeutsamkeit nicht ganz von sich weisen kann, wie auch wahrscheinlich Ihre eigene Idee ist. Die Duplizität der menschlichen Natur und das verunglückte Bestreben, das Göttliche und das Physische im Menschen zu vereinigen, verliert man nicht aus den Augen, und weil die Fabel ins Grelle und Formlose gehen muß, so will man nicht bei dem Gegenstande stille stehen, sondern von ihm zu Ideen geleitet werden. Kurz, die Anfoderungen an den *Faust* sind zugleich philosophisch und poetisch, und Sie mögen sich wenden, wie Sie wollen, so wird Ihnen die Natur des Gegenstandes eine philosophische Behandlung auflegen, und die Einbildungskraft wird sich zum Dienst einer Vernunftidee bequemen müssen.

Aber ich sage Ihnen damit schwerlich etwas Neues, denn Sie haben diese Foderung in dem, was bereits da ist, schon in hohem Grad zu befriedigen angefangen. []

474

SCHILLER AN GOETHE

Jena, 26. Juni 1797

[] Den *Faust* habe ich nun wieder gelesen, und mir schwindelt ordentlich vor der Auflösung. Dies ist indes sehr natürlich, denn die Sache beruht auf einer Anschauung, und solang man die nicht hat, muß ein selbst nicht reicher Stoff den Verstand in Verlegenheit setzen. Was mich daran ängstigt ist, daß mir der *Faust* seiner Anlage nach auch eine Totalität der Materie nach zu erfodern scheint, wenn am Ende die Idee ausgeführt erscheinen soll, und für eine so hoch aufquellende Masse finde ich keinen poetischen Reif, der sie zusammenhält. Nun, Sie werden sich schon zu helfen wissen.

Zum Beispiel, es gehörte sich meines Bedünkens, daß der Faust in das handelnde Leben geführt würde und, welches Stück Sie auch aus dieser Masse erwählen, so scheint es mir

immer durch seine Natur eine zu große Umständlichkeit und Breite zu erfodern.
In Rücksicht auf die Behandlung finde ich die große Schwierigkeit, zwischen dem Spaß und dem Ernst glücklich durchzukommen; Verstand und Vernunft scheinen mir in diesem Stoff auf Tod und Leben miteinander zu ringen. Bei der jetzigen fragmentarischen Gestalt des Fausts fühlt man dieses sehr, aber man verweist die Erwartung auf das entwickelte Ganze. Der Teufel behält durch seinen Realism vor dem Verstand, und der Faust vor dem Herzen recht. Zuweilen aber scheinen sie ihre Rollen zu tauschen und der Teufel nimmt die Vernunft gegen den Faust in Schutz.
Eine Schwierigkeit finde ich auch darin, daß der Teufel durch seinen Charakter, der realistisch ist, seine Existenz, die idealistisch ist, aufhebt. Die Vernunft nur kann ihn glauben, und der Verstand nur kann ihn so, wie er da ist, gelten lassen und begreifen. Ich bin überhaupt sehr erwartend, wie die Volksfabel sich dem philosophischen Teil des Ganzen anschmiegen wird. [ ]

475
GOETHE AN SCHILLER

Weimar, 27. Juni 1797

Der Ring des Polykrates ist sehr gut dargestellt. Der königliche Freund, vor dessen, wie vor des Zuhörers, Augen alles geschieht und der Schluß, der die Erfüllung in Suspenso läßt, alles ist sehr gut. Ich wünsche, daß mir mein Gegenstück ebenso geraten möge! Ihre Bemerkungen zu *Faust* waren mir sehr erfreulich. Sie treffen, wie es natürlich war, mit meinen Vorsätzen und Planen recht gut zusammen, nur daß ich mir's bei dieser barbarischen Komposition bequemer mache und die höchsten Forderungen mehr zu berühren als zu erfüllen denke. So werden wohl Verstand und Vernunft, wie zwei Klopffechter, sich grimmig herumschlagen, um abends zusammen freundschaftlich auszuruhen. Ich werde sorgen, daß die Teile anmutig und unterhaltend sind und etwas denken lassen; bei dem Ganzen, das immer ein Fragment bleiben wird, mag mir die neue Theorie des epischen Gedichts zustatten kommen. [ ]

476

GOETHE AN SCHILLER

Frankfurt, 16. August 1797

Ich bin auf einen Gedanken gekommen, den ich Ihnen, weil er für meine übrige Reise bedeutend werden kann, sogleich mitteilen will, um Ihre Meinung zu vernehmen, inwiefern er richtig sein möchte? und inwiefern ich wohl tue, mich seiner Leitung zu überlassen? Ich habe, indem ich meinen ruhigen und kalten Weg des Beobachtens, ja des bloßen Sehens ging, sehr bald bemerkt, daß die Rechenschaft, die ich mir von gewissen Gegenständen gab, eine Art von Sentimentalität hatte, die mir dergestalt auffiel, daß ich dem Grunde nachzudenken sogleich gereizt wurde, und ich habe folgendes gefunden: das, was ich im allgemeinen sehe und erfahre, schließt sich recht gut an alles übrige an, was mir sonst bekannt ist, und ist mir nicht unangenehm, weil es in der ganzen Masse meiner Kenntnisse mitzählt und das Kapital vermehren hilft. Dagegen wüßte ich noch nichts, was mir auf der ganzen Reise nur irgendeine Art von Empfindung gegeben hätte, sondern ich bin heute so ruhig und unbewegt, als ich es jemals bei den gewöhnlichsten Umständen und Vorfällen gewesen. Woher denn also diese scheinbare Sentimentalität, die mir um so auffallender ist, weil ich seit langer Zeit in meinem Wesen gar keine Spur, außer der poetischen Stimmung, empfunden habe. Möchte nicht also hier selbst poetische Stimmung sein? bei einem Gegenstande, der nicht ganz poetisch ist, wodurch ein gewisser Mittelzustand hervorgebracht wird.

Ich habe daher die Gegenstände, die einen solchen Effekt hervorbringen, genau betrachtet und zu meiner Verwunderung bemerkt, daß sie eigentlich symbolisch sind. Das heißt, wie ich kaum zu sagen brauche, es sind eminente Fälle, die, in einer charakteristischen Mannigfaltigkeit, als Repräsentanten von vielen andern dastehen, eine gewisse Totalität in sich schließen, eine gewisse Reihe fordern, Ähnliches und Fremdes in meinem Geiste aufregen und so von außen wie von innen an eine gewisse Einheit und Allheit Anspruch machen. Sie sind also, was ein glückliches Sujet dem Dichter ist, glückliche Gegenstände für den Menschen, und weil man, indem man sie mit sich selbst rekapituliert, ihnen keine poetische Form geben kann, so muß man ihnen doch eine ideale geben, eine menschliche im höhern Sinn, das man auch mit einem so sehr mißbrauchten Ausdruck sentimental nannte, und Sie werden also wohl nicht lachen, sondern nur lächeln, wenn ich Ihnen zu meiner eignen Verwunderung darlege, daß ich, wenn ich irgend von meinen Reisen etwas für Freunde oder fürs Publikum aufzeichnen soll, wahrscheinlich noch in Gefahr komme, *empfindsame Reisen* zu schreiben. Doch ich würde, wie Sie mich wohl kennen, kein Wort, auch das verrufenste nicht fürchten, wenn die Behandlung mich rechtfertigen, ja wenn ich so glücklich sein könnte, einem verrufenen Namen seine Würde wieder zu geben.

Ich berufe mich auf das, was Sie selbst so schön entwickelt haben, auf das, was zwischen uns Sprachgebrauch ist, und fahre fort: Wann ist eine sentimentale Erscheinung [] unerträglich? Ich antworte: wenn das Ideale unmittelbar mit dem Gemeinen verbunden wird, es kann dies nur durch eine leere, gehalt- und formlose Manier geschehen, denn beide werden dadurch vernichtet, die Idee und der Gegenstand, jene, die nur bedeutend sein und sich nur mit dem Bedeutenden beschäftigen kann, und dieser, der recht wacker, brav und gut sein kann, ohne bedeutend zu sein.

Bis jetzt habe ich nur zwei solcher Gegenstände gefunden: den Platz, auf dem ich wohne, der in Absicht seiner Lage und alles dessen, was darauf vorgeht, in einem jeden Momente symbolisch ist, und den Raum meines großväterlichen Hauses, Hofes und Gartens, der aus dem beschränktesten, patriarchalischen Zustande, in welchem ein alter Schultheiß von Frankfurt lebte, durch klug unternehmende Menschen zum nützlichsten Waren- und Marktplatz verändert wurde. Die Anstalt ging durch sonderbare Zufälle bei dem Bombardement zugrunde und ist jetzt, größtenteils als Schutthaufen, noch immer das Doppelte dessen wert, was vor elf Jahren von den gegenwärtigen Besitzern an die Meinigen bezahlt worden. Insofern sich nun denken läßt, daß das Ganze wieder von einem neuen Unternehmer gekauft und hergestellt werde, so sehn Sie leicht, daß es, in mehr als Einem Sinne, als Symbol vieler tausend andern Fälle, in dieser gewerbreichen Stadt, besonders vor meinem Anschauen, dastehen muß.

Bei diesem Falle kommt denn freilich eine liebevolle Erinnerung dazu; wenn man aber, durch diese Fälle aufmerksam gemacht, künftig bei weitern Fortschritten der Reise nicht sowohl aufs Merkwürdige, sondern aufs Bedeutende seine Aufmerksamkeit richtete, so müßte man, für sich und andere, doch zuletzt eine schöne Ernte gewinnen. Ich will es erst noch hier versuchen, was ich Symbolisches bemerken kann, besonders aber an fremden Orten, die ich zum erstenmal sehe, mich üben. Gelänge das, so müßte man, ohne die Erfahrung in die Breite verfolgen zu wollen, doch, wenn man auf jedem Platz, in jedem Moment, soweit es einem vergönnt wäre, in die Tiefe ginge, noch immer genug Beute aus bekannten Ländern und Gegenden davon tragen.

Sagen Sie mir Ihre Gedanken hierüber in guter Stunde, damit ich erweitert, befestigt, bestärkt und erfreut werde, die Sache ist wichtig, denn sie hebt den Widerspruch, der zwischen meiner Natur und der unmittelbaren Erfahrung lag, den in früherer Zeit ich niemals lösen konnte, sogleich auf und glücklich, denn ich gestehe Ihnen, daß ich lieber gerad nach Hause zurückgekehrt wäre, um aus meinem Innersten Phantome jeder Art hervorzuarbeiten, als daß ich mich noch einmal, wie sonst (da mir das Aufzählen eines Einzelnen nun einmal nicht gegeben ist) mit der millionfachen Hydra der Empirie herumgeschlagen hätte; denn wer bei ihr nicht Lust oder Vorteil zu suchen hat, der mag sich beizeiten zurückziehen. [ ]

477
SCHILLER AN GOETHE

Jena, 7. September 1797

[ ] Das sentimentale Phänomen in Ihnen befremdet mich gar nicht, und mir dünkt, Sie selbst haben es sich hinlänglich erklärt. Es ist ein Bedürfnis poetischer Naturen, wenn man nicht überhaupt menschlicher Gemüter sagen will, so wenig Leeres als möglich um sich zu leiden, so viel Welt, als nur immer angeht, sich durch die Empfindung anzueignen, die Tiefe aller Erscheinungen zu suchen und überall ein Ganzes der Menschheit zu fodern. Ist der Gegenstand als Individuum leer und mithin in poetischer Hinsicht gehaltlos, so wird sich das Ideenvermögen daran versuchen und ihn von seiner sym-

bolischen Seite fassen, und so eine Sprache für die Menschheit daraus machen. Immer aber ist das Sentimentale (in gutem Sinn) ein Effekt des poetischen Strebens, welches, sei es aus Gründen, die in dem Gegenstand, oder solchen, die in dem Gemüt liegen, nicht ganz erfüllt wird. Eine solche poetische Foderung, ohne eine reine poetische Stimmung und ohne einen poetischen Gegenstand, scheint Ihr Fall gewesen zu sein, und was Sie mithin an sich erfuhren, ist nichts als die allgemeine Geschichte der sentimentalischen Empfindungsweise und bestätigt alles das, was wir darüber miteinander festgesetzt haben.

Nur eins muß ich dabei noch erinnern. Sie drücken sich so aus, als wenn es hier sehr auf den Gegenstand ankäme, was ich nicht zugeben kann. Freilich der Gegenstand muß etwas bedeuten, so wie der poetische etwas sein muß; aber zuletzt kommt es auf das Gemüt an, ob ihm ein Gegenstand etwas bedeuten soll, und so deucht mir das Leere und Gehaltreiche mehr im Subjekt als im Objekt zu liegen. Das Gemüt ist es, welches hier die Grenze steckt, und das Gemeine oder Geistreiche kann ich auch hier wie überall nur in der Behandlung, nicht in der Wahl des Stoffes finden. Was Ihnen die zwei angeführten Plätze gewesen sind, würde Ihnen unter andern Umständen, bei einer mehr aufgeschlossenen poetischen Stimmung jede Straße, Brücke, jedes Schiff, ein Pflug oder irgend ein anderes mechanisches Werkzeug vielleicht geleistet haben. Entfernen Sie aber ja diese sentimentalen Eindrücke nicht und geben Sie denselben einen Ausdruck, so oft Sie können. Nichts, außer dem Poetischen, reinigt das Gemüt so sehr von dem Leeren und Gemeinen, als diese Ansicht der Gegenstände, eine Welt wird dadurch in das einzelne gelegt, und die flachen Erscheinungen gewinnen dadurch eine unendliche Tiefe. Ist es auch nicht poetisch, so ist es, wie Sie selbst es ausdrücken, menschlich; und das Menschliche ist immer der Anfang des Poetischen, das nur der Gipfel davon ist. []

Es war mir sehr angenehm, daß Hölderlin sich Ihnen noch präsentiert hat, er schrieb mir nichts davon, daß er's tun wollte, und muß sich also auf einmal ein Herz gefaßt haben. Hier ist auch wieder ein poetisches Genie, von Schlegels Art und Weise; sie werden ihn im Almanach finden. Er hat Schlegels *Pygmalion* nachgeahmt und in demselben Geschmack

einen symbolischen *Phaeton* geliefert. Das Produkt ist närrisch genug, aber die Versifikation und einzelne gute Gedanken geben ihm doch einiges Verdienst.
Leben Sei recht wohl und fahren Sie fort wie bisher mich Ihrem Geiste folgen zu lassen. []

478

SCHILLER AN GOETHE

Jena, 24. November 1797

Ich habe noch nie so augenscheinlich mich überzeugt, als bei meinem jetzigen Geschäft, wie genau in der Poesie Stoff und Form, selbst äußere, zusammenhängen. Seitdem ich meine prosaische Sprache in eine poetisch-rhythmische verwandle, befinde ich mich unter einer ganz andern Gerichtsbarkeit als vorher, selbst viele Motive, die in der prosaischen Ausführung recht gut am Platz zu stehen schienen, kann ich jetzt nicht mehr brauchen; sie waren bloß gut für den gewöhnlichen Hausverstand, dessen Organ die Prosa zu sein scheint, aber der Vers fodert schlechterdings Beziehungen auf die Einbildungskraft, und so mußte ich auch in mehreren meiner Motive poetischer werden. Man sollte wirklich alles, was sich über das Gemeine erheben muß, in Versen wenigstens anfänglich konzipieren, denn das Platte kommt nirgends so ins Licht, als wenn es in gebundener Schreibart ausgesprochen wird.

Bei meinen gegenwärtigen Arbeiten hat sich mir eine Bemerkung angeboten, die Sie vielleicht auch schon gemacht haben. Es scheint, daß ein Teil des poetischen Interesse in dem Antagonism zwischen dem Inhalt und der Darstellung liegt: ist der Inhalt sehr poetisch-bedeutend, so kann eine magre Darstellung und eine bis zum Gemeinen gehende Einfalt des Ausdrucks ihm recht wohl anstehen, da im Gegenteil ein unpoetischer gemeiner Inhalt, wie er in einem größern Ganzen oft nötig wird, durch den belebten und reichen Ausdruck poetische Dignität erhält. Dies ist auch meines Erachtens der Fall, wo der Schmuck, den Aristoteles fodert, eintreten muß, denn in einem poetischen Werke soll nichts Gemeines sein.

Der Rhythmus leistet bei einer dramatischen Produktion

noch dieses Große und Bedeutende, daß er, indem er alle Charaktere und alle Situationen nach *einem* Gesetz behandelt und sie, trotz ihres innern Unterschiedes, in *einer* Form ausführt, dadurch den Dichter und seinen Leser nötiget, von allem noch so Charakteristisch-Verschiedenen etwas Allgemeines, rein Menschliches zu verlangen. Alles soll sich in dem Geschlechtsbegriff des Poetischen vereinigen, und diesem Gesetz dient der Rhythmus sowohl zum Repräsentanten als zum Werkzeug, da er alles unter Seinem Gesetze begreift. Er bildet auf diese Weise die Atmosphäre für die poetische Schöpfung, das Gröbere bleibt zurück, nur das Geistige kann von diesem dünnen Elemente getragen werden. [ ]

479
GOETHE AN SCHILLER

Weimar, 25. November 1797

[ ] Alles Poetische sollte rhythmisch behandelt werden! Das ist meine Überzeugung, und daß man nach und nach eine poetische Prosa einführen konnte, zeigt nur, daß man den Unterschied zwischen Prosa und Poesie gänzlich aus den Augen verlor. Es ist nicht besser, als wenn sich jemand in seinem Park einen trocknen See bestellte und der Gartenkünstler diese Aufgabe dadurch aufzulösen suchte, daß er einen Sumpf anlegte. Diese Mittelgeschlechter sind nur für Liebhaber und Pfuscher, so wie die Sümpfe für Amphibien. Indessen ist das Übel in Deutschland so groß geworden, daß es kein Mensch mehr sieht, ja daß sie vielmehr, wie jenes kröpfige Volk, den gesunden Bau des Halses für eine Strafe Gottes halten. Alle dramatische Arbeiten (und vielleicht Lustspiel und Farce zuerst) sollten rhythmisch sein, und man würde alsdenn eher sehen, wer was machen kann. Jetzt aber bleibt dem Theaterdichter fast nichts übrig als sich zu akkommodieren, und in diesem Sinne konnte man Ihnen nicht verargen, wenn Sie Ihren *Wallenstein* in Prosa schreiben wollten; sehen Sie ihn aber als ein selbständiges Werk an, so muß er notwendig rhythmisch werden.

Auf alle Fälle sind wir genötigt unser Jahrhundert zu vergessen, wenn wir nach unsrer Überzeugung arbeiten wollen.

Denn so eine Salbaderei in Prinzipien, wie sie im allgemeinen jetzt gelten, ist wohl noch nicht auf der Welt gewesen, und was die neuere Philosophie Gutes stiften wird, ist noch erst abzuwarten.

Die Poesie ist doch eigentlich auf die Darstellung des empirisch pathologischen Zustandes des Menschen gegründet, und wer gesteht denn das jetzt wohl unter unsern fürtrefflichen Kennern und sogenannten Poeten? Hat ein Mann wie Garve, der doch auch zeitlebens gedacht haben will und für eine Art von Philosophen galt, denn nur die geringste Ahndung eines solchen Axioms? Hält er Sie nicht darum nur für einen würdigen Dichter, weil Sie sich den Spaß gemacht haben, die Aussprüche der Vernunft mit dichterischem Munde vorzutragen, was wohl zu erlauben, aber nicht zu loben ist. Wie gerne wollte ich diesen prosaischen Naturen erlauben, vor den sogenannten unsittlichen Stoffen zurückzuschaudern, wenn sie nur ein Gefühl für das höhere poetisch Sittliche, zum Beispiel im *Polykrates* und *Ibykus*, hätten und davon entzückt würden. []

480

SCHILLER AN GOETHE

Jena, 19. Januar 1798

Es wird Ihnen interessant und belehrend sein, wenn Sie Ihre Gedanken, die in jenem ältern und in Ihrem neuesten Aufsatz aufgestellt sind, nach den Kategorien durchgehen. Ihr Urteil wird ganz bestätigt werden, und es wird Ihnen zugleich ein neues Vertrauen zu dem regulativen Gebrauch der Philosophie in Erfahrungssachen erwachsen. Ich will mich hier nur bei einigen Anwendungen aufhalten und zwar gleich in Beziehung auf Ihren neuesten Aufsatz.

Die Vorstellung der Erfahrung unter den dreierlei Phänomenen ist vollkommen erschöpfend, wenn Sie sie nach den Kategorien prüfen. a. Der gemeine Empirism, der nicht über das empirische Phänomen hinausgeht, hat (der Quantität nach) immer nur einen Fall, ein einziges Element der Erfahrung und mithin keine Erfahrung; der Qualität nach asseriert er immer nur eine bestimmte Existenz, ohne zu unterscheiden, von ihr auszuschließen; ihr entgegenzusetzen, mit einem

Wort, zu vergleichen; der Relation nach ist er in Gefahr das Zufällige als das Substantielle aufzunehmen; der Modalität nach bleibt er bloß auf eine bestimmte Wirklichkeit eingeschränkt, ohne das Mögliche zu ahnden oder seine Erkenntnis bis gar zu einer Notwendigkeit zu führen. Nach meinem Begriff ist der gemeine Empirism nie einem Irrtum ausgesetzt, denn der Irrtum entsteht erst in der Wissenschaft. Was er bemerkt, bemerkt er wirklich, und weil er nicht den Kitzel fühlt, aus seinen Wahrnehmungen Gesetze für das Objekt zu machen, so können seine Wahrnehmungen ohne irgendeine Gefahr immer einzeln und akzidentell sein.
b. Erst mit dem *Rationalism* entsteht das wissenschaftliche Phänomen und der Irrtum. In diesem Felde nämlich fangen die Denkkräfte ihr Spiel an, und die Willkür tritt ein mit der Freiheit dieser Kräfte, die sich so gern dem Objekte substituieren.
Der Quantität nach verbindet der Rationalism immer mehrere Fälle, und solang er sich bescheidet, die Pluralität nicht für Totalität auszugeben, das heißt objektive Gesteze zu machen, so ist er unschädlich, ja nützlich, da er der Weg zur Wahrheit ist, welche nur dadurch gefunden wird, daß man von dem einzelnen sich loszumachen weiß. In seinem Mißbrauch hingegen wird er verderblich für die Wissenschaft, weil er, wie Sie in Ihrem Aufsatz sehr einleuchtend sagen, die ungeheure Verbindungsgewalt des menschlichen Geistes auf Kosten einer gewissen republikanischen Freiheit der Fakten geltend machen will, kurz weil er in die bloße Pluralität schon seine Einheit legen will und also eine Totalität gibt, die keine ist.
Der Qualität nach setzt der Rationalism, wie billig ist, die Phänomene einander entgegen, er unterscheidet und vergleicht; welches gleichfalls (so wie der Rationalism überhaupt) löblich und gut und der einzige Weg zur Wissenschaft ist. Aber jener Despotism der Denkkräfte zeigt sich auch hier sogleich durch Einseitigkeit, durch Härte der Unterscheidung, so wie oben durch Willkür der Verbindung. Er kommt in Gefahr, dasjenige strenge zu sondern, was in der Natur verbunden ist, wie er oben verband, was die Natur scheidet. Er macht Einteilungen, wo keine sind, und so weiter.
Der Relation nach ist es das ewige Bestreben des Rationalism,

nach der Kausalität der Erscheinungen zu fragen und alles quâ Ursach und Wirkung zu verbinden. Wiederum sehr löblich und nötig zur Wissenschaft, aber durch Einseitigkeit gleichfalls höchst verderblich. Ich beziehe mich hier auf Ihren Aufsatz selbst, der vorzüglich diesen Mißbrauch, den die Kausalbestimmung der Phänomene veranlaßt, rügt. Der Rationalism scheint hier vorzüglich dadurch zu fehlen, daß er dürftigerweise bloß die Länge und nicht die Breite der Natur in Anschlag bringt.

Der Modalität nach verläßt der Rationalism die Wirklichkeit, ohne die Notwendigkeit zu erreichen. Die Möglichkeit ist sein ungeheures Feld, daher das grenzenlose Hypothesieren. Auch diese Funktion des Verstandes ist nach meinem Urteil notwendig und conditio sine qua non aller Wissenschaft, denn nur durch das Mögliche gibt es, nach meinem Bedünken, von dem Wirklichen einen Durchgang zu dem Notwendigen. Daher wehre ich mich, so sehr ich kann, für die Freiheit und Befugnis der theoretischen Kräfte im Felde der Physik.

c. Zu dem reinen Phänomen, welches nach meinem Urteil eins ist mit dem objektiven Naturgesetz, kann nur der *rationelle Empirism* hindurchdringen. Aber, um es noch einmal zu wiederholen, der rationelle Empirism selbst kann nie unmittelbar von dem Empirism anfangen, sondern der Rationalism wird allemal erst dazwischen liegen. Die dritte Kategorie entsteht jederzeit aus der Verknüpfung der ersten mit der zweiten, und so finden wir auch, daß nur die vollkommene Wirksamkeit der freien Denkkräfte mit der reinsten und ausgebreitetsten Wirksamkeit der sinnlichen Wahrnehmungsvermögen zu einer wissenschaftlichen Erkenntnis führt. Der rationelle Empirism wird folglich dieses beides tun: er wird die Willkür ausschließen und die Liberalität hervorbringen: die Willkür, welche entweder der Geist des Menschen gegen das Objekt oder der blinde Zufall im Objekte und die eingeschränkte Individualität des einzelnen Phänomens gegen die Denkkraft ausübt. Mit einem Worte, er wird dem Objekt sein ganzes Recht erweisen, indem er ihm seine blinde Gewalt nimmt, und dem menschlichen Geist seine ganze (rationelle) Freiheit verschaffen, indem er ihm alle Willkür abschneidet. Der Quantität nach muß das reine Phänomen die Allheit der Fälle begreifen, denn es ist das

Konstante in allen. Es stellt also, völlig nach dem Sinn der Kategorie, die Einheit in der Mehrheit wiederum her.
Der Qualität nach limitiert der rationelle Empirism immer, wie auch das Beispiel aller wahren Naturkündiger lehret, die von einem absoluten Bejahen und Verneinen sich gleich entfernt halten.
Der Relation nach achtet der rationelle Empirism zugleich auf die Kausalität und auf die Unabhängigkeit der Erscheinungen, er sieht die ganze Natur in einer reziproken Wirksamkeit, alles bestimmt sich wechselweise, und er hütet sich demnach, die Kausalität bloß nach einer einfachen dürftigen Länge gelten zu lassen, er nimmt immer auch die Breite mit auf.
Der Modalität nach dringt der rationelle Empirism immer zu der Notwendigkeit hindurch.
Der rationelle Empirism ist seinem Begriff nach zwar nie einem Mißbrauch ausgesetzt, so wie die zwei vorhergehenden Erkenntnisarten; aber vor einem falschen und angeblichen rationellen Empirism ist doch zu warnen. So wie nämlich eine weise Limitation den eigentlichen Geist dieses rationellen Empirism ausmacht, so kann eine feige und ängstliche Limitation den andern hervorbringen. Die Frucht des erstern ist das reine, die Frucht des andern das leere und hohle Phänomen. [ ]
Es ist noch so vieles über diese Materie und über Ihre Thesen zu sprechen, daß ich Ihre Hieherkunft erwarte, um noch recht in die Sache hineinzugehen [ ].

481
GOETHE AN SCHILLER

Weimar, 20. Januar 1798

Für die Prüfung meiner Aufsätze nach den Kategorien danke ich zum schönsten, ich werde sie bei meiner Arbeit immer vor Augen haben. Ich finde selbst an der Stimmung, womit ich diese Gegenstände bearbeite, daß ich bald zur edlen Freiheit des Denkens darüber gelangen werde. Ich schematisiere unabläßlich, gehe meine Kollektaneen durch und suche, aus dem Wust von Unnötigem und Falschem, die Phänomene in ihrer sichersten Bestimmung und die reinsten Resultate heraus. [] Da wir nun einmal so weit sind, wollen wir uns die letzte Arbeit nicht verdrießen lassen; stehen Sie mir von der theoretischen Seite bei und so wird es gewiß geschwinder gehen. Ich lege einen flüchtigen Entwurf zur Geschichte der Farbenlehre bei. Sie werden dabei auch schöne Bemerkungen über den Gang des menschlichen Geistes machen können, er dreht sich in einem gewissen Kreise herum, bis er ihn ausgelaufen hat. Die ganze Geschichte, wie Sie sehen werden, dreht sich um die gemeine, das Phänomen bloß aussprechende Empirie und um den nach Ursachen haschenden Rationalism herum, wenig Versuche einer reinen Zusammenstellung der Phänomene finden sich. Also schreibt uns die Geschichte auch schon selbst vor, was wir zu tun haben. []

482

GOETHE AN SCHILLER

Weimar, 24. Januar 1798

Schon heute könnte ich ein besseres Schema einer künftigen Geschichte der Farbenlehre überschicken und es soll von Zeit zu Zeit noch besser werden. Wenn man die Reine von geistigen Begebenheiten, woraus doch eigentlich die Geschichte der Wissenschaften besteht, so vor Augen sieht, so lacht man nicht mehr über den Einfall, eine Geschichte a priori zu schreiben, denn es entwickelt sich wirklich alles aus den vor- und rückschreitenden Eigenschaften des menschlichen Geistes, aus der strebenden und sich selbst wieder retardierenden Natur.

Eines einzelnen Umstands muß ich erwähnen. Sie erinnern sich des Versuches mit einem gläsernen Kubus, wodurch ich so deutlich zeigte, daß die senkrechten Strahlen ebensogut verändert und das Bild aus dem Grund in die Höhe gehoben wird. Snellius, der die erste Entdeckung des Gesetzes der Brechung machte, erinnerte schon eben das; allein Huygens, der jene Entdeckung eigentlich bekannt machte, geht gleich über das Phänomen hinaus, weil er es bei seiner mathematischen, übrigens ganz richtigen Behandlung der Sache nicht brauchen kann, und seit der Zeit will niemand nichts davon wissen. Der perpendikulare Strahl wird freilich nicht gebrochen, und

die Berechnung kann nicht angestellt werden wie bei den gebrochnen Strahlen, weil man sonst keine Vergleichung der Winkel und ihrer Sinus anstellen kann, aber ein Phänomen, das nicht berechnet werden kann, bleibt deswegen doch ein Phänomen; und sonderbar ist es, daß man in diesem Falle grade das Grundphänomen (denn dafür halte ich's), woraus alle die übrigen sich herleiten, beiseite bringt.
Erst seit ich mir fest vorgenommen habe, außer Ihnen und Meyern mit niemanden mehr über die Sache zu konferieren, seit der Zeit habe ich erst Freude und Mut, denn die so oft vereitelte Hoffnung von Teilnahme und Mitarbeit anderer setzt einen immer um einige Zeit zurück. []

483
SCHILLER AN GOETHE

Jena, 2. März 1798

[] Gestern habe ich nun im Ernst das französische Bürger-Diplom erhalten, wovon schon vor fünf Jahren in den Zeitungen geredet wurde. Es ist damals ausgefertigt und von Roland unterschrieben worden. Weil aber der Name falsch geschrieben und nicht einmal eine Stadt oder Provinz auf der Adresse stand, so hat es freilich den Weg nicht zu mir finden können. Ich weiß nicht, wie es jetzt noch in Bewegung kam, aber kurz, es wurde mir geschickt, und zwar durch Campe in Braunschweig, der mir bei dieser Gelegenheit die schönsten Sachen sagt.
Ich halte dafür, es wird nicht ganz übel sein, wenn ich es dem Herzog notifiziere, und um diese Gefälligkeit ersuche ich Sie, wenn es Sie nicht beschwert. Ich lege deswegen die Acta bei. Daß ich als ein deutscher Publizist κατ ἐξοχὴν [kat exochen; *hier: vorbildlicher Art*] darin erscheine, wird Sie hoffentlich auch belustigen. []

484
GOETHE AN SCHILLER

Weimar, 3. März 1798

Zu dem Bürger-Dekrete, das Ihnen aus dem Reiche der Toten zugesendet worden, kann ich nur insofern Glück wünschen, als es Sie noch unter den Lebendigen angetroffen hat, warten Sie ja noch eine Weile, ehe Sie ihre verewigten großen Mitbürger besuchen. […]

485
SCHILLER AN GOETHE

Jena, 9. März 1798

[…] Der Herzog, wie mir mein Schwager sagt, wünscht, daß ich mein Bürger-Diplom der Bibliothek schenken möchte, wozu ich sehr gerne bereit bin. Ich will es bloß abschreiben lassen und mir im Namen der Bibliothek attestieren lassen, daß das Original bei ihr niedergelegt ist, wenn etwa einmal eins meiner Kinder sich in Frankreich niederlassen und dieses Bürgerrecht reklamieren wollte. […]

486
GOETHE AN SCHILLER

Weimar, 10. März 1798

[…] Von Ihrem Bürgerdiplom wollen wir Ihnen eine vidimierte Abschrift, mit dem Bekenntnis, daß solches auf der fürstlichen Bibliothek verwahrt sei, ausfertigen lassen. Es ist recht artig, daß Sie des Herzogs Gelüst nach diesem Dokument befriedigen. Es ist schon ein ähnliches reponiert, die Nachricht, in vielen Sprachen, an alle Völker der Welt, von der herrlichen französischen Revolution. […]

487
GOETHE AN SCHILLER

Weimar, 5. Mai 1798

[…] Meinen *Faust* habe ich um ein gutes weiter gebracht. Das alte, noch vorrätige, höchst konfuse Manuskript ist abgeschrieben und die Teile sind in abgesonderten Lagen nach den Nummern eines ausführlichen Schemas hintereinander gelegt; nun kann ich jeden Augenblick der Stimmung nutzen, um

einzelne Teile weiter auszuführen und das Ganze früher oder später zusammenzustellen.
Ein sehr sonderbarer Fall erscheint dabei: einige tragische Szenen waren in Prosa geschrieben, sie sind durch ihre Natürlichkeit und Stärke, in Verhältnis gegen das andere, ganz unerträglich. Ich suche sie deswegen gegenwärtig in Reime zu bringen, da denn die Idee wie durch einen Flor durchscheint, die unmittelbare Wirkung des ungeheuren Stoffes aber gedämpft wird.

488
SCHILLER AN GOETHE

Jena, 4. Dezember 1798

Ich muß Sie heute mit einer astrologischen Frage behelligen und mir Ihr ästhetisch-kritisches Bedenken in einer verwikkelten Sache ausbitten.
Durch die größere Ausdehnung der *Piccolomini* bin ich nun genötigt, mich über die Wahl des astrologischen Motivs zu entscheiden, wodurch der Abfall Wallensteins eingeleitet werden und ein mutvoller Glaube an das Glück der Unternehmung in ihm erweckt werden soll. Nach dem ersten Entwurf sollte dies dadurch geschehen, daß die Konstellation glücklich befunden wird, und das Speculum astrologicum sollte in dem bewußten Zimmer vor den Augen des Zuschauers gemacht werden. Aber dies ist ohne dramatisches Interesse, ist trocken, leer und noch dazu wegen der technischen Ausdrücke dunkel für den Zuschauer. Es macht auf die Einbildungskraft keine Wirkung und würde immer nur eine lächerliche Fratze bleiben. Ich habe es daher auf eine andere Art versucht und gleich auszuführen angefangen, wie Sie aus der Beilage ersehen.
Die Szene eröffnete den vierten Akt der *Piccolomini*, nach der neuen Einteilung, und ginge dem Auftritte, worin Wallenstein Sesins Gefangennehmung erfährt und worauf der große Monolog folgt, unmittelbar vorher, und es wäre die Frage, ob man des astrologischen Zimmers nicht ganz überhoben sein könnte, da es zu keiner Operation gebraucht wird. Ich wünschte nun zu wissen, ob Sie dafür halten, daß mein Zweck, der dahin geht, dem Wallenstein durch das Wunder-

bare einen augenblicklichen Schwung zu geben, auf dem Weg, den ich gewählt habe, wirklich erreicht wird, und ob also die Fratze, die ich gebraucht, einen gewissen tragischen Gehalt hat und nicht bloß als lächerlich auffällt. Der Fall ist sehr schwer, und man mag es angreifen, wie man will, so wird die Mischung des Törichten und Abgeschmackten mit dem Ernsthaften und Verständigen immer anstößig bleiben. Auf der andern Seite durfte ich mich von dem Charakter des Astrologischen nicht entfernen und [*mußte*] dem Geist des Zeitalters nahe bleiben, dem das gewählte Motiv sehr entspricht.

Die Reflexionen, welche Wallenstein darüber anstellt, führe ich vielleicht noch weiter aus, und wenn nur der Fall selbst dem Tragischen nicht widersprechend und mit dem Ernst unvereinbar ist, so hoffe ich ihn durch jene Reflexionen schon zu erheben.

Haben Sie nun die Güte und sagen mir darüber Ihre Meinung. []

489
GOETHE AN SCHILLER

Weimar, 5. Dezember 1798

Ihr Brief findet mich in großer Zerstreuung und in Beschäftigungen, die mit einem ästhetischen Urteil über dramatische Motive nichts Gemeines haben. Ich muß also um Aufschub bitten, bis ich meine Gedanken über Ihre Anfrage sammeln kann. Dem ersten Anblick nach scheint mir die Idee sehr wohl gefunden und ich sollte denken, daß man dabei akquieszieren könnte. Denn, wie Sie auch selbst bemerken, so scheint immer ein unauflösbarer Bruch zwischen dieser Fratze und der tragischen Würde übrigzubleiben, und es kann vielleicht immer nur die Frage sein: ob sie etwas Würdiges hervorbringe? und das scheint mir diesmal geleistet.

Ist doch selbst der politische Stoff nicht viel besser als der astrologische, und mich dünkt, man müßte den astrologischen, um ihn zu beurteilen, nicht unmittelbar gegen das Tragische halten, sondern das Astrologische wäre als ein Teil des historisch-politisch-barbarischen Temporären mit in der üb-

rigen Masse gegen das Tragische zu stellen und mit ihm zu verbinden.
Den fünffachen Buchstaben, ob er mir gleich wohl gefällt, weiß ich noch nicht gegen jenes astrologische Zimmer zu bilanzieren; beides scheint etwas für sich zu haben. Und ich muß endigen, wie ich anfing, daß ich heute weder imstande bin rein zu empfinden, noch recht zu denken. [ ]

490
SCHILLER AN GOETHE

Jena, 7. Dezember 1798

[ ] Jenen nicht ganz aufzuhebenden Bruch, von dem Sie schreiben, in betreff des Tollen und Vernünftigen, seh' ich dadurch etwas vermindert, indem alles darauf ankommt, daß jene seltsame Verbindung heterogener Elemente als beharrender Charakter erscheine, aus dem Total des Menschen hervorkomme und sich überall offenbare. Denn wenn es gelingt, sie nur recht individuell zu machen, so wird sie wahr, da das Individuelle zur Phantasie spricht, und man es also nicht mit dem trockenen Verstand zu tun hat.
Wenn Sie glauben, daß wir das astrologische Zimmer nicht einbüßen sollten, so ließe sich immer noch Gebrauch davon machen, auch im Fall, daß wir hier die andere Fratze beibehielten. Das *Mehr* schadet hier nichts, und eins hilft dem andern. Mir ist eigentlich nur darum zu tun, daß ich von Ihnen wisse, ob das neulich Überschickte überall nur statthaft ist, denn es ist gar nicht nötig, daß etwas anderes dadurch ausgeschlossen wird. [ ]

491
GOETHE AN SCHILLER

Weimar, 8. Dezember 1798

Wie sehr wünschte ich grade über die vorliegende Frage mit Ihnen einen Abend zu konversieren, denn sie ist doch um vieles wichtiger als jene Quästion: in welcher Ordnung die

Rüstung erscheinen soll? Ich fasse mich nur kurz zusammen und gehe über alles hinaus, worüber wir einig sind.
Ich halte nach vielfältiger Überlegung das astrologische Motiv für besser als das neue.
Der *astrologische Aberglaube* ruht auf dem dunkeln Gefühl eines ungeheuren Weltganzen. Die Erfahrung spricht, daß die nächsten Gestirne einen entschiedenen Einfluß auf Witterung, Vegetation und so weiter haben, man darf nur stufenweise immer aufwärts steigen, und es läßt sich nicht sagen, wo diese Wirkung aufhört. Findet doch der Astronom überall Störungen eines Gestirns durchs andere. Ist doch der Philosoph geneigt, ja genötigt, eine Wirkung auf das Entfernteste anzunehmen. So darf der Mensch im Vorgefühl seiner selbst nur immer etwas weiter schreiten und diese Einrichtung aufs Sittliche, auf Glück und Unglück ausdehnen. Diesen und ähnlichen Wahn möchte ich nicht einmal Aberglauben nennen, er liegt unserer Natur so nahe, ist so leidlich und läßlich als irgendein Glaube.
Nicht allein in gewissen Jahrhunderten, sondern auch in gewissen Epochen des Lebens, ja bei gewissen Naturen tritt er öfter, als man glauben kann, herein. Hat doch der verstorbne König in Preußen bloß darum auf den *Wallenstein* gehofft, weil er erwartete, daß dieses Wesen ernsthaft darin behandelt sein würde.
Der *moderne Orakel-Aberglaube* hat auch manches poetische Gute, nur ist gerade diejenige Spezies, die Sie gewählt haben, dünkt mich, nicht die beste, sie gehört zu den Anagrammen, Chronodistichen, Teufelsversen, die man rückwärts wie vorwärts lesen kann, und ist also aus einer geschmacklosen und pedantischen Verwandtschaft, an die man durch ihre inkurable Trockenheit erinnert wird. Die Art, wie Sie die Szene behandelt haben, hat mich wirklich im Anfang so bestochen, daß ich diese Eigenschaften nicht merkte und nur erst durch Reflexion darauf kam. Übrigens mag ich nach meiner Theatererfahrung herumdenken, wie ich will, so läßt sich dieses Buchstabenwesen nicht anschaulich machen. Die Lettern müssen entweder verschlungen sein wie die M des Matthias. Die F müßte man in einen Kreis stellen, die man aber, wenn man sie auch noch so groß machte, von weitem nicht erkennen würde. []

492
SCHILLER AN GOETHE

Jena, 24. Dezember 1798

Ich setze mich mit einem sehr erleichterten Herzen nieder, um Ihnen zu schreiben, daß die *Piccolomini* soeben an Iffland abgegangen sind. Er hat mich in seinem Briefe so tribuliert und gequält zu eilen, daß ich heute meine ganze Willenskraft zusammennahm, drei Kopisten zugleich anstellte und (mit Ausschluß der einzigen Szene im astrologischen Zimmer, die ich ihm nachsende) das Werk wirklich zustande brachte. [ ]
Ich werde nun diese Woche anwenden, das Exemplar des Stücks für unser Weimarisches Theater in Ordnung schreiben zu lassen, die astrologische Szene überdenken und dann auf die nächste Woche, etwa den 2., wenn die Witterung und mein Befinden es zulassen, zu Ihnen kommen.
Da ich nicht weiß, ob mir eine Summe Geld, die ich erwarte, zur rechten Zeit eingeht, so will ich das nicht erst abwarten und in Hoffnung, daß ich im Notfall bei Ihnen etwas borgen kann, wenn ichs ja brauchen sollte, mein Paket machen. [ ]

493
GOETHE AN SCHILLER

Weimar, 25. Dezember 1798

Viel Glück zu der abgenötigten Vollendung der Arbeit, denn ich will Ihnen gar nicht leugnen, daß mir in der letzten Zeit alle Hoffnung zu vergehen anfing. Bei der Art, wie Sie diese Jahre her den *Wallenstein* behandelt haben, ließ sich gar keine innere Ursache mehr denken, wodurch er fertig werden konnte, so wenig als das Wachs gerinnen kann, solange es in dem Feuer steht. Sie werden selbst erst finden, wenn Sie diese Sache hinter sich haben, was für Sie gewonnen ist. Ich sehe es als etwas Unendliches an.
Ihr Quartier im Schlosse soll aufs beste besorgt werden. [ ]
Lassen Sie sich ja nicht abhalten, sondern resolvieren sich kurz und gut den Zweiten zu kommen, denn wir haben übermäßig zu tun, wenn wir bis den 30. fertig werden wollen. [ ]

G.

494
GOETHE AN SCHILLER

Weimar, 27. Dezember 1798

Überbringer dieses stellt ein Detachement Husaren vor, das Ordre hat, sich der Piccolominis, Vater und Sohn, wie es gehen will, zu bemächtigen, und wenn es derselben nicht ganz habhaft werden kann, sie wenigstens stückweise einzuliefern. Euere Liebden werden ersucht, diesem löblichen Vorhaben allen möglichen Vorschub zu tun. Die wir uns zu allen angenehmen Gegendiensten erbieten.

Melpomenische zum Wallensteinschen Unwesen gnädigst verordnete Kommission. Goethe und Kirms

495
SCHILLER AN GOETHE

Jena, 19. Juli 1799

Ich habe mir vor einigen Stunden durch Schlegels *Lucinde* den Kopf so taumelig gemacht, daß es mir noch nachgeht. Sie müssen dieses Produkt wundershalber doch ansehen. Es charakterisiert seinen Mann, so wie alles Darstellende, besser als alles, was er sonst von sich gegeben, nur daß es ihn mehr ins Fratzenhafte malt. Auch hier ist das ewig Formlose und Fragmentarische und eine höchst seltsame Paarung des Nebulistischen mit dem Charakteristischen, die Sie nie für möglich gehalten hätten. Da er fühlt, wie schlecht er im Poetischen fortkommt, so hat er sich ein Ideal seiner selbst aus der Liebe und dem Witz zusammengesetzt. Er bildet sich ein, eine heiße unendliche Liebesfähigkeit mit einem entsetzlichen Witz zu vereinigen, und nachdem er sich so konstituiert hat, erlaubt er sich alles, und die Frechheit erklärt er selbst für seine Göttin.

Das Werk ist übrigens nicht ganz durchzulesen, weil einen das hohle Geschwätz gar zu übel macht. Nach den Rodomontaden von Griechheit und nach der Zeit, die Schlegel auf das Studium derselben gewendet, hätte ich gehofft, doch ein klein wenig an die Simplizität und Naivetät der Alten erinnert zu werden, aber diese Schrift ist der Gipfel moderner Unform und Unnatur, man glaubt, ein Gemengsel aus *Woldemar*, aus

Sternbald und aus einem frechen französischen Roman zu lesen. [ ]

496
SCHILLER AN GOETHE

Jena, 23. Juli 1799

[ ] Tieck aus Berlin hat Sie besucht, ich bin begierig, wie Sie mit ihm zufrieden sind, da Sie ihn länger gesprochen haben. Mir hat er gar nicht übel gefallen, sein Ausdruck, ob er gleich keine große Kraft zeigt, ist fein, verständig und bedeutend, auch hat er nichts Kokettes noch Unbescheidenes. Ich hab' ihm, da er sich einmal mit dem *Don Quijote* eingelassen, die spanische Literatur empfohlen, die ihm, bei seiner eigenen Neigung zum Phantastischen und Romantischen, zuzusagen scheint. So müßte dieses angenehme Talent fruchtbar und gefällig wirken und in seiner Sphäre sein. [ ]

497
SCHILLER AN GOETHE

Jena, 16. August 1799

Die Schlegels haben, wie ich heute fand, ihr »Athenäum« mit einer Zugabe von Stacheln vermehrt und suchen durch dieses Mittel, welches nicht übel gewählt ist, ihr Fahrzeug flott zu erhalten. Die *Xenien* haben ein beliebtes Muster gegeben. Es sind in diesem literarischen Reichsanzeiger gute Einfälle, freilich auch mit solchen, die bloß naseweise sind, stark versetzt. Bei dem Artikel über Böttigern, sieht man, hat der bittere Ernst den Humor nicht aufkommen lassen. Gegen Humboldt ist der Ausfall unartig und undankbar, da dieser immer ein gutes Verhältnis mit den Schlegeln gehabt hat, und man sieht aufs neue daraus, daß sie im Grunde doch nichts taugen.
Übrigens ist die an Sie gerichtete Elegie, ihre große Länge abgerechnet, eine gute Arbeit, worin viel Schönes ist. Ich glaubte auch eine größere Wärme darin zu finden, als man von Schlegels Werken gewohnt ist, und mehreres ist ganz vortrefflich gesagt. Sonst habe ich noch nichts in diesem Hefte gelesen. Ich zweifle nicht, daß es auf dem nunmehr eingeschlagenen Weg Leser genug finden wird, aber Freunde wer-

den sich die Herausgeber eben nicht erwerben, und ich fürchte, es wird bald auch der Stoff versiegen, wie sie in den aphoristischen Sätzen auch auf einmal und für immer ihre Barschaft ausgegeben haben. []

498

GOETHE AN SCHILLER

Weimar, 17. August 1799

[] Wegen des Schlegelischen Streifzugs bin ich ganz Ihrer Meinung. Die Elegie hätte er in mehrere trennen sollen, um die Teilnahme und die Übersicht zu erleichtern.

Die übrigen Späße werden Leser genug herbeilocken und an Effekt wird es auch nicht fehlen. Leider mangelt es beiden Brüdern an einem gewissen innern Halt, der sie zusammenhalte und festhalte. Ein Jugendfehler ist nicht liebenswürdig, als insofern er hoffen läßt, daß er nicht Fehler des Alters sein werde. []

Die Impietät gegen Wieland hätten sie unterlassen sollen. Doch was will man darüber sagen, hat man sie unter seiner Firma doch auch schlecht traktiert. []

499

SCHILLER AN GOETHE

Jena, 27. März 1801

Ich werde Jena nun bald verlassen, zwar mit keinen großen Taten und Werken beladen, aber doch auch nicht ohne alle Frucht. []

Erst vor einigen Tagen habe ich Schelling den Krieg gemacht wegen einer Behauptung in seiner Transzendentalphilosophie, daß »in der Natur von dem Bewußtlosen angefangen werde, um es zum Bewußtsein zu erheben, in der Kunst hingegen man vom Bewußtsein ausgehe zum Bewußtlosen«. Ihm ist zwar hier nur um den Gegensatz zwischen dem Natur- und dem Kunstprodukt zu tun, und insofern hat er ganz recht. Ich fürchte aber, daß diese Herrn Idealisten ihrer Ideen wegen allzuwenig Notiz von der Erfahrung nehmen, und in der Erfahrung fängt auch der Dichter nur mit dem Bewußt-

losen an, ja er hat sich glücklich zu schätzen, wenn er durch das klarste Bewußtsein seiner Operationen nur so weit kommt, um die erste dunkle Totalidee seines Werks in der vollendeten Arbeit ungeschwächt wieder zu finden. Ohne eine solche dunkle, aber mächtige Totalidee, die allem Technischen vorhergeht, kann kein poetisches Werk entstehen, und die Poesie, deucht mir, besteht eben darin, jenes Bewußtlose aussprechen und mitteilen zu können, das heißt, es in ein Objekt überzutragen. Der Nichtpoet kann so gut als der Dichter von einer poetischen Idee gerührt sein, aber er kann sie in kein Objekt legen, er kann sie nicht mit einem Anspruch auf Notwendigkeit darstellen. Ebenso kann der Nichtpoet so gut als der Dichter ein Produkt mit Bewußtsein und mit Notwendigkeit hervorbringen, aber ein solches Werk fängt nicht aus dem Bewußtlosen an und endigt nicht in demselben. Es bleibt nur ein Werk der Besonnenheit. Das Bewußtlose mit dem Besonnenen vereinigt macht den poetischen Künstler aus.
Man hat in den letzten Jahren über dem Bestreben, der Poesie einen höheren Grad zu geben, ihren Begriff verwirrt. Jeden, der imstande ist, seinen Empfindungszustand in ein Objekt zu legen, so, daß dieses Objekt mich nötigt, in jenen Empfindungszustand überzugehen, folglich lebendig auf mich wirkt, heiße ich einen Poeten, einen Macher. Aber nicht jeder Poet ist darum dem Grad nach ein vortrefflicher. Der Grad seiner Vollkommenheit beruht auf dem Reichtum, dem Gehalt, den er in sich hat und folglich außer sich darstellt, und auf dem Grad von Notwendigkeit, die sein Werk ausübt. Je subjektiver sein Empfinden ist, desto zufälliger ist es; die objektive Kraft beruht auf dem Ideellen. Totalität des Ausdrucks wird von jedem dichterischen Werk gefodert, denn jedes muß Charakter haben, oder es ist nichts; aber der vollkommene Dichter spricht das Ganze der Menschheit aus.
Es leben jetzt mehrere so weit ausgebildete Menschen, die nur das ganz Vortreffliche befriedigt, die aber nicht imstande wären, auch nur etwas Gutes hervorzubringen. Sie können nichts machen, ihnen ist der Weg vom Subjekt zum Objekt verschlossen; aber eben dieser Schritt macht mir den Poeten.
Ebenso gab und gibt es Dichter genug, die etwas Gutes und Charakteristisches hervorbringen können, aber mit ihrem Produkt jene hohe Foderungen nicht erreichen, ja nicht ein-

mal an sich selbst machen. Diesen nun, sage ich, fehlt nur der Grad, jenen fehlt aber die Art, und dies, meine ich, wird jetzt zu wenig unterschieden. Daher ein unnützer und niemals beizulegender Streit zwischen beiden, wobei die Kunst nichts gewinnt; denn die ersten, welche sich auf dem vagen Gebiet des Absoluten aufhalten, halten ihren Gegnern immer nur die dunkle Idee des Höchsten entgegen, diese hingegen haben die Tat für sich, die zwar beschränkt, aber reell ist. Aus der Idee aber kann ohne die Tat gar nichts werden.
Ich weiß nicht, ob ich mich deutlich genug ausgedrückt habe, ich möchte Ihre Gedanken über diese Materie wissen, welche einem durch den jetzigen Streit in der ästhetischen Welt so nahegelegt wird. [ ]

500

GOETHE AN SCHILLER

Oberroßla, 3. April 1801

Ich wünsche Glück zu Ihrer Zurückkunft nach Weimar und hoffe, Sie bald wieder zu sehen, entweder daß Sie mich besuchen, oder daß ich mich auch wieder nach der Stadt verfüge. [ ] Was die Fragen betrifft, die Ihr letzter Brief enthält, bin ich nicht allein Ihrer Meinung, sondern ich gehe noch weiter. Ich glaube, daß alles, was das Genie, als Genie, tut, unbewußt geschehe. Der Mensch von Genie kann auch verständig handeln nach gepflogner Überlegung aus Überzeugung; das geschieht aber alles nur so nebenher. Kein Werk des Genies kann durch Reflexion und ihre nächsten Folgen verbessert, von seinen Fehlern befreit werden; aber das Genie kann sich durch Reflexion und Tat nach und nach dergestalt hinaufheben, daß es endlich musterhafte Werke hervorbringt. Je mehr das Jahrhundert selbst Genie hat, desto mehr ist das einzelne gefördert.
Was die großen Anforderungen betrifft, die man jetzt an den Dichter macht, so glaube ich auch, daß sie nicht leicht einen Dichter hervorbringen werden. Die Dichtkunst verlangt im Subjekt, das sie ausüben soll, eine gewisse gutmütige, ins Reale verliebte Beschränktheit, hinter welcher das Absolute verborgen liegt. Die Forderungen von oben herein zerstören jenen unschuldigen produktiven Zustand und setzen, für lauter

Poesie, an die Stelle der Poesie etwas, das nun ein für allemal nicht Poesie ist. Wie wir in unsern Tagen leider gewahr werden; und so verhält es sich mit den verwandten Künsten, ja mit der Kunst im weitsten Sinne.
Dies ist mein Glaubensbekenntnis, welches übrigens keine weitere Ansprüche macht. []

501
GOETHE AN SCHILLER

Weimar, 22. Februar 1805

Wenn es Ihnen nicht zuwider ist, ein paar Worte zu schreiben, so sagen Sie mir doch, wie es Ihnen geht? Wovon ich, so sehr es mich interessiert, nichts Eigentliches erfahren kann.
Mit mir ist es wieder zur Stille, Ruhe und Empfänglichkeit gelangt. Hervorbringen aber kann ich noch nichts; welches mich einigermaßen inkommodiert, weil ich das Winckelmannische Wesen gern beiseite hätte.
Wie sehr wünsche ich, Sie bald wieder zu sehen. Das Beste hoffend G.

502
SCHILLER AN GOETHE

Weimar, 22. Februar 1805

Es ist mir erfreulich, wieder ein paar Zeilen Ihrer Hand zu sehen, und es belebt wieder meinen Glauben, daß die alten Zeiten zurückkommen können, woran ich manchmal ganz verzage. Die zwei harten Stöße, die ich nun in einem Zeitraum von sieben Monaten auszustehen gehabt, haben mich bis auf die Wurzeln erschüttert, und ich werde Mühe haben, mich zu erholen.
Zwar mein jetziger Anfall scheint nur die allgemeine epidemische Ursache gehabt zu haben, aber das Fieber war so stark und hat mich in einem schon so geschwächten Zustand überfallen, daß mir ebenso zumute ist, als wenn ich aus der schwersten Krankheit erstünde, und besonders habe ich Mühe eine gewisse Mutlosigkeit zu bekämpfen, die das schlimmste Übel in meinen Umständen ist. []

JEAN PAUL FRIEDRICH RICHTER
1763–1825

Als er noch auf das Gymnasium in Hof ging, starb sein Vater, ein Lehrer und Landpfarrer. Armut trieb den jungen Studenten, der sich dann in Leipzig sein Brot durch Stundengeben verdienen wollte, zum Schreiben, aber weder mit seinen »Grönländischen Prozessen« (1783) noch mit der »Auswahl aus des Teufels Papieren« (1789), wie er seine frühen Sammlungen satirischer Schriften nannte, fand er Beachtung. Erst der biographische Roman »Die unsichtbare Loge« brachte ihm 1793 den erhofften Erfolg, den er vor allem Karl Philipp Moritz verdankte, der ihm einen Verleger vermittelt hatte. 1795 machte ihn der dreibändige Erziehungsroman »Hesperus oder die fünfundvierzig Hundsposttage« zum berühmten und gefeierten Autor. Wie sehr er dabei außerhalb der Leitlinien der Hochklassik stand, zeigt sein Verhältnis zu Weimar, wo nur Herders Familie für ihn einstand, während Goethe zurückhaltend blieb und Schiller überhaupt nichts mit ihm anzufangen wußte. Auch ein längerer Aufenthalt Jean Pauls in der weimarischen Residenz konnte nichts daran ändern: mit kühlem, kritischem Respekt kehrte er, durch die Begegnung mit den Größen in seiner eigenen Art bestärkt, nach Franken zurück, wechselte aber noch mehrmals seinen Aufenthalt, bis er sich 1804 in Bayreuth niederließ. Zwar hatte sein Roman »Titan« (1800/03) viele seiner Verehrer enttäuscht, aber sein Ansehen blieb ungeschwächt und brachte auch den kleineren Erzählungen, den ästhetisch-kritischen Schriften, seiner Erziehungslehre »Levana« (1807) und den späteren Romanen Erfolg und Anerkennung; er blieb ein vieldiskutierter Autor, der sich auch neben der aufkommenden romantischen Richtung behauptete. Jean Paul war die einzige Alternative zwischen Weimar und der romantischen Schule, im Grunde hat er beide verbunden und überwunden: sein visionärer Darstellungsdrang erschöpfte sich weder in Ideen noch in Träumen, sondern begründete einen individualpsychologischen Realismus, der gleichsam Modelle von Bewußtseinsprozessen liefert, die weder phantastisch noch lo-

gisch faßbar scheinen; es handelt sich dabei eher um die Aufzeichnung noch nicht erfahrener Wirklichkeiten. Dieser Einblick in tiefere Realitäten war in einer reich differenzierten Sprachstruktur ausgefächert, an der gemessen andere Autoren der klassischen und romantischen Literatur geradezu an Wortarmut leiden. Späteren Generationen freilich, deren Erziehung durch die von der Weimarer Klassik vorfabrizierte Topik der Gefühle beengt war, fiel deshalb die Lektüre Jean Pauls so schwer, daß man selbst heute nur wenige trifft, die ihn gründlich kennen. Der Dichter, der sich rühmen konnte, mehr Anhänger als Goethe und Schiller zu haben, war längstens fünfzig Jahre nach seinem Tod nur noch wenigen Eingeweihten ein lebendiger Begriff. Man empfand ihn als barock und verworren, witterte hinter seinen vermeintlichen Sprachschnörkeln inhaltliche und leere Schwärmerei; allenfalls ließ man ihn als einen skurrilen Humoristen gelten. Erst das 20. Jahrhundert hat ihn wiederentdeckt und in seiner Bedeutung wiedererschlossen – als den größten Sprachkünstler der neueren deutschen Literatur, der in diesem Sinne selbst über Goethe zu stellen ist, wenn ihm auch dessen formende Disziplin versagt blieb.

503
JEAN PAUL AN ADAM LORENZ VON OERTHEL

(Hof, 11. Oktober 1780)

Auch die wenigen Zeilen haben mir Tränen verursacht, mir – der wenig Freud hat; denn wo wäre sie? – und der auch diese einigen bald missen muß. Wenn ich vielleicht weg bin: so seh' zu Nachts zu Deinen Gängen in den Garten hin, wenn sie der Vollmond beschimmert – und denke dann dran – wie wir jenseits hinüber über das beleuchtete Wasser blickten – wie eine freundschaftliche Träne dem Aug entdrang – zum Allvater hinauf – – Ach! die Tage der Kindheit sind hin – die Tage des Schülers bei beiden auch bald vollendet – balds ganze Leben. – – Hier kamst Du und unterbrachst mich; ich las das Papier, das Du mir gegeben hast; und nun kann ich nicht mehr schreiben – – fließet, Tränen. – – Doch noch was. – Lauter Sterbegedanken umgeben mich

jetzt – vielleicht Dich auch; und dies ist beste Zubereitung. – – Nun schimmerst, ruhiger Mond! senkest Ruhe in gequälte Seelen. – Schauerlich ist's, unter Mondsblinkern all die harmlosen, nachbarlichen Hügel – bei'n Gräbern wandelnd – zu spähn! Schauerlich, wenn's so totenleise um dich her ist, und's dich ergreift, das große allumspannende Gefühl – edel ist's, nächtlich die Gräber der süßschlummernden Freunde zu besuchen – und ach! den betrauern, den nun der Wurm zernagt. – Lese in *Yoriks Reisen* im ersten Teil das, wo er beim Grabe des Mönchs war. – –
Von diesem Geschriebenen rede mit mir ja kein Wort – schreiben kannst allenfalls. – – Dein Freund Richter

504
JEAN PAUL AN ERHARD FRIEDRICH VOGEL

Leipzig, 20. Februar 1783

[] Ich verließ Hof im vorigen Jahre von der Hoffnung, es in Leipzig zu vergessen, und von den schönen bunten Träumen begleitet, mit denen die leichtgläubige Phantasie die ferne Zukunft so gerne zu verschönern pflegt. »Niemand, dacht' ich, ist glücklicher wie du. Dein Lob der Dummheit trägt dir 100 Reichstaler ein. Davon lebst du einen Sommer, obwohl dein Buch kaum so lang leben wird. Aber dafür schreibst du auch ein andres auf die künftige Messe, mit dem mehr Geld und weniger Tadel gewonnen werden soll. H. Professor Seydlitz wird dir deinen satirischen Abortus schon verhandelt haben und dir bei dem ersten Besuche den Schreiberlohn einhändigen. Allein H. Prof. Seydlitz hatte den satirischen Abortus nicht verhandelt, und konnte mir also auch, wie natürlich, nicht beim ersten Besuche den Schreiberlohn einhändigen; doch hatte er die Güte, das Buch seinem Pulte so lange zu gönnen, bis die Zeit, in der es auf die Michaelismesse hätte gedruckt werden können, halb verflossen war. Nun hatt' ich das Buch, aber keinen Verleger. Ich durchlas es zur Stillegung meines Unmuts noch einmal, und nun dankte ich Gott, daß ich keinen Verleger hatte. »Da lieg im Winkel, sprach ich mit pathetischer Miene zum kleinen *Richter*, wo die Schulexerzitien liegen; denn du bist selbst ein halbes. Ich will dich vergessen:

denn die Welt würde dich ohnehin vergessen haben. Du bist zu jung, um alt zu werden, und die Milchhärgen deines Kinns lassen mich nicht hoffen, je an deinem Kopfe graue Haare zu erleben.« Aus diesem zornigen Enthusiasmus erweckte mich meine rechte Hand, die von ungefähr in die Hosentasche zum leeren Geldbeutel gekommen war. Zu der Hand schlug sich noch mein Magen, der durch sein murmelndes Veto der ganzen Entschließung eine andre Wendung gab. Kurz ich unternahm nach einer vergeblichen Arbeit eine mühsame, und schuf in sechs Monaten, nicht in sechs Tagen, einen nagelneuen Satir, so wie Sie ihn hier beigelegt finden. [ ]

Mein Buch hat tausend Fehler und ist mit Gleichnissen, wie das Lob der Dummheit mit Antithesen, überladen. Ich könnte aus demselben ohne Mühe ein Regiment von sechshundert Gleichnissen ausheben, und mein Satir kommandiert mit seiner Geißel lauter Gedanken, von denen jeder sich mit einem Bilde schleppt, wie in den persischen Lagern jeder Soldat eine Hure, und der König soviel Huren als Soldaten mit sich führt. »Du machst es klug, denken Sie vielleicht; um nicht von andern getadelt zu werden, tadelst du dich selbst, wie Missetäter, um nicht gehangen zu werden, sich im Gefängnisse selbst hängen und statt des Galgens einen Nagel, statt des Stricks ein Strumpfband wählen. Durch eine aufgefangne Kritik glaubst du dich vor jeder andern Kritik wie der abergläubige Bauer vor den Donnerkeilen durch denjenigen gesichert, den er von ungefähr gefunden und nun bei sich in der Tasche führt.« Vielleicht denken Sie auch anders. Ich halte den Überfluß an Gleichnissen wirklich für einen Fehler; aber kann kalte Kritik den Reiz der Unmäßigkeit besiegen? Verkennt dort der Weinsäufer mit der roten Nase die giftigen Kräfte des überflüssigen Weins? Er kennt sie wohl; aber er flieht sie darum nicht. Eben so verträgt sich die kalte Mißbilligung der Bilderverschwendung mit der warmen Liebe derselben. Es war einmal eine Zeit, wo mir die Wahrheit weniger als ihr Putz, der Gedanke weniger als sein Bild gefiel, wie der junge Maler die Natur ihrem Bilde auf der Leinwand nachsetzt, und vielleicht seine Geliebte für ihr Porträt hingäbe, oder gar den sterbenden Christus von Rubens dem Christus vom Matthäus gleichschätzte. [ ]

Übrigens liegt wenig daran, ob mein Junge am geschwinden

Schlagflusse oder an der langsamen Schwindsucht stirbt und zu seinen Brüdern versammlet wird, d. h. ob das Buch mit zehn oder zwanzig Fehlern vergessen wird. Denn vergessen wird es doch einmal. [] Gegen den Tod ist kein Kraut gewachsen, vielleicht auch der Lorbeer nicht. Gegen den Nutzen der eignen Kritik läßt sich immer genug einwenden. Die Feile – wer hält nicht vor dem widrigen Knarren dieses Instruments seine Ohren zu? – die Feile *erzieht*, aber *erzeugt* nicht Schönheiten, und Shandy hat Recht, dem Augenblicke des Empfängnisses eines Kindes mehr Wichtigkeit als jedem andern Zeitpunkt seines Lebens zuzuschreiben. Nicht bloß der Dichter, auch sein Gedicht wird geboren und nicht gemacht. Jupiter *zeugte* die Götter, allein die nichtgöttlichen Wesen *machte* er nur; diese waren das Werk seiner Hände, jene seiner Lenden und Minerva gar das Werk seines Kopfs. Übrigens gleicht das Genie dem Amor; es ist geflügelt, aber blind; und wenn's hoch kömmt, so fühlt es, aber sieht es nicht. Es kann wie Könige nur Reiche erobern, aber nicht regieren. Oder soll es das letztere? Nun, so hätte auch Alexander alle die Seelenkräfte eines Weltbezwingers in die Beherrschung böotischer Mazedonier einzäunen müssen. Allein dann hätt' er auch die halbe alte Welt nicht erobert und keine neue verlangt. Die Kritik macht die Anzahl der Fehler zwar kleiner, aber auch die der Schönheiten; denn die Zeit, in der das Genie verbessert, verkürzt die, in der es schaffen könnte, und das zu lang gesäugte Kind raubt dem Embryon die Nahrung. – Und was wäre endlich törichter, als wenn Pygmalion seinen Meißel auf die weiche Brust seiner atmenden Statue setzte, um die zu große Brustwarze zu der Kleinheit zuzuspitzen, die Winckelmann im ersten Teile seiner Geschichte der Kunst als den ersten Reiz eines schönen Busen den Künstlern angepriesen! Nein, der entzückte Schöpfer wird, statt einer so kalten Kritik zu frönen, sich an die schlagende Brust seines Geschöpfs anschmiegen und über die Liebe die Kunst vergessen. »Ohe! iam satis est! [*Genug!*]« werden Sie rufen. Nur dies noch. Mit jenem ganzen langen Geschwätz entschuldige ich freilich nur das Genie, und nicht seine Nachahmer. Diese dürfen sich nicht die Fehler von jenem erlauben; diese sind die Glieder, von denen jenes das Haupt ist – allein die Regeln der Reinlichkeit verzeihen nur dem Kopfe die Hegung eines bekannten Ungeziefers, aber nicht den übrigen Gliedern. – Ich schicke Ihnen mein Buch, nicht nur um Sie an Ihre Wohltaten zu erinnern, sondern auch um Ihre Kritik darüber einzuholen, d. h. vielleicht, ich bin so eigennützig, damit Ihre Wohltaten nicht vergelten, sondern vermehren zu wollen. In Ihrer Kritik oder, was einerlei sein wird, in Ihrem Tadel, auf den [*ich*] mich freue, weil der Ihrige nicht schmerzhaft allein, sondern auch unterrichtend ist, wie H. Kantor Grässel in Schwarzenbach den Jungen die Buchstaben mit demselben Stocke zeigt, mit dem er sie prügelt – in Ihrem Tadel vergessen Sie, wenn ich Sie bitten darf, vorzüglich nicht, über die Deutlichkeit oder Undeutlichkeit meiner *Skizzen* zu entscheiden. Freilich kann man das Samenkorn nicht immer so aussäen, daß das Wurzelkeimgen nach der Erde und das Stengelkeimgen nach dem Himmel sieht. Entscheiden Sie ferner, ob die Satire nicht zu bitter ist. Ich glaube übrigens, daß von der Bitterkeit die Satire wie das Bier, ihren Wert bekommt; nur glaub' ich nicht, daß man wie manche Autoren die Bitterkeit gleich den Bauern, in Ermangelung des böhmischen Hopfens, durch *Kienruß* und *Ochsengalle* hervorbringen dürfe. Entscheiden Sie endlich, ob nicht zu oft schimmernder modischer Bombast die Stelle der nötigen Einbildungskraft einnehme und ob das ganze Ding nicht gewissen Vögeln (Penguin) gleiche, die glänzendes Gefieder und kleine nackte Flügel haben. – Dies ist gewiß, wenn das Buch eine schlechte Satire auf andre ist, so ist es die beste auf mich. []

505

JEAN PAUL AN SEINE MUTTER

Leipzig, 3. April 1783

Liebe Mama! Verzeihen Sie, daß ich so lange nicht geschrieben und daß ich jetzt so kurz schreibe. Ich habe so viel zu tun, daß ich mich kaum rühren kann, und wenn ich nicht alle Kräfte anstrenge, so werde ich bis zu Pfingsten gar nicht fertig. – Sie wollen wissen, was ich für Bücher schreibe? Es sind weder theologische noch juristische; und wenn ich Ihnen auch den Namen hersetze, so ist's Ihnen damit doch nicht deutlich:

Satiren oder spaßhafte Bücher sind es. – Fast muß ich lachen, da Sie mir den erbaulichen Antrag tun, mich in Hof in der Spitalkirche z. B. vor alten Weibern und armen Schülern mit einer erbaulichen Predigt hören zu lassen. Denken Sie denn, es ist so viel Ehre, zu predigen? Diese Ehre kann jeder miserable Student erhalten, und eine Predigt kann einer im Traume machen. Ein Buch zu machen, ist doch wohl zehnmal schwerer. Übrigens will ich Ihnen nur berichten, daß jeder Student wie ich in Hof gar nicht predigen darf, ohne vorher für sechzehn Gulden in Bayreuth die Erlaubnis dazu gekauft zu haben. []

506
JEAN PAUL AN ADAM LORENZ VON OERTHEL

(Hof, 1.–7. August 1783)

Lieber Polygraph! Auch Herkules war ein Polygraph: denn er schrieb in einer Nacht mit Hilfe von fünfzig Musen, die ihn begeisterten, fünfzig Piecen, die hernach mit der alexandrinischen Bibliothek verbrannten. Jupiter war ein mittelmäßiger Polygraph: denn er brachte zwei Nächte bei der Alkmene zu, um den größern Polygraphen Herkules zu edieren. Ich bin weder ein Halbgott wie Herkules, noch ein ganzer Gott wie Jupiter; und daher ein solcher Oligograph, daß ich schon ebensoviel Monate, wie die Weiber *tragen*, an meinem künftigen Teufel *gezeugt*, ohne noch weiter als bis zum Hintern gekommen zu sein. Vielleicht dauert die Schöpfung des Jungen so kurz wie das Leben desselben; auf ähnliche Art schließen diejenigen Mystiker, die behaupten, daß die Welt nur sechstausend Jahre leben werde, weil sie in *sechs* Tagen geschaffen worden. Und falls man den Theologen den fidem pastoralem, der ihnen bei den Geburtsscheinen der Kinder zukommt, auch bei dem Geburtsschein der Erde zugesteht, den sie von anno 1 den 1. Sept. datieren, so ließe sich das Ende der Welt nach der Analogie voraus weissagen. Später fällt wohl der jüngste Tag nicht, aber vielleicht eher, vielleicht im Sommer, wo zugleich die Schnitter das *Korn* in ihre *Scheuren* und die h. Engel die *Schnitter* in die himmlischen *Scheuren* sammlen könnten. Immer glaubte ich sonst, das

Autodafé der Erde würde am November, wo ohnehin jeder das Leben verwünscht, gehalten werden; diese Mutmaßung gab ich jedoch neulich auf, da ich bei einem guten Rechenmeister las, daß die Sündflut, die alle Menschen wie junge Hunde ersäufte und zu deren Andenken die Engelländer sich am häufigsten im November ersäufen, am 7. November hereinbrach und auf der ganzen Erde nicht ein einziges Ufer übrigließ. Es wäre aber ganz wider die Kleiderordnung, daß die Erde in demselben Monate sollte verbrennt werden, in dem sie ersäuft wurde und daß sie die Wasser- und Feuerprobe – oder die Wasser- und Feuertaufe bei den ersten Christen – zu einer Zeit sollte auszustehen haben. Verzeih übrigens, daß ich Deine bunten juristischen Ideen mit den schwarzröckigten theologischen geärgert. Sind doch auch im Bayreuther Konsistorium Juristen und Theologen untereinander gequirlet; und übrigens wie weit ist denn ein heterodoxer Wolf im Schafskleid, der den geistlichen Hirten angreift, von dem juristischen Wolf im Bärenpelz verschieden, der nicht den Hirten, sondern die Schafe anpackt und auch, falls er das bürgerliche Recht fleißig studiert hat, glücklich verzehrt. Das *kanonische* Recht lehret den juristischen Wolf, im Notfall statt des Schafs den geistlichen Hirten anzugreifen. Wären meine Muskeln unter den Barthaaren weniger auf den lachenden Ton gestimmt gewesen, so hätte ich um keine Verzeihung der eingemischten Theologie bei Dir angehalten: denn als ein Christ bist Du ohnehin nicht bloß verpflichtet zu lernen, *daß*, sondern auch, *wenn* der jüngste Tag einbricht. Das *»Daß«* hab' ich Dich gelehrt, indem ich Dich das *»Wenn«* gelehrt; denn wie wär' es möglich, daß der jüngste Tag am 7. November nicht, sondern zu einer andern Zeit käme, wenn er gar nicht käme? Die Ernsthaftigkeit spricht in meinen Briefen selten zu; behandle sie daher in dem jetzigen so höflich wie einen seltnen Gast.

An das Ende der Welt erinnerte mich bloß das Ende der Menschen, dessen Anblick sich jetzt in unsern Gegenden vervielfältigt. Wasser verursachte die große Mortalitätstabelle im 1. Buch Mose; bei uns jetzt scheint das zu Dünsten paraphrasierte Wasser uns Geschöpfen, die wir darin waten, denselben Untergang zu drohen. Seit meinem Aufenthalt ist die hiesige (und auch andere) Gegend mit Nebeln umschleiert gewesen, die die Atmosphäre einer Stube voll dampfender Tobaksraucher ähnlich machten. Dieser Nebel nahm uns das Licht, jetzt das Leben (andre Lesart: Lebens*licht*); so war in Ägypten dicke Finsternis die eine Landplage, und ein Würgeengel die andre. Du wohnst im geistlichlichten Gosen; ich hoffe, daß Leipzig auch wie Gosen vor dem Würgengel Gnade finden wird. Die Juden in Gosen mußten Osterlämmer schlachten, um von dem himmlischen Metzger der Menschen nicht geschlachtet zu werden. Ich rate Dir daher, hinten im Schlosse alle Wochen etlichemal Lammsbraten zu fodern; ich tue zum Überfluß noch Schöpsenbraten hinzu. Die hiesige Partikularkrankheit – die Pest ist eine Universalkrankheit, und doch gibt's keine Universalmedizin – ist die Ruhr. Das Vomieren der Erde wirkte das Purgieren der Menschen. In Eger wüten die ungarischen Flecken; und der Türk macht würgende Engel zur Avantgarde der Janitscharen; vielleicht daß seine kranken Krieger tapferer verwunden als seine gesunden, vielleicht daß er mit Leichnamen den Kaiser besiegt. – Was vermögen alle Säbel in der Welt gegen die Sense des Todes, vorzüglich wenn sie erst vom Schwertfeger gekommen? – Der Nebel soll den Gewächsen eben so übel mitspielen als den Menschen; sterben wir nicht am Durchfall, so sterben wir am Gegenteil, an der Verstopfung, d. h. am Hunger. Sterb' ich, so mußt Du die Fragmente von meinen zweiten satirischen Teufelgen herausgeben, und sie mit einer Vorrede versehen, worin Du meinen ganzen, aber leider! kurzen Lebenslauf mit beigefügten Anekdoten, die über meinen Charakter einiges Licht werfen können, kurz aber gut erzählen und mich ungleich mehr loben, als ich es in meinen Vorreden tun darf und Dich zuletzt Lorenz Adam Oerthel unterschreiben. Diesen letzten Perioden kannst Du in die Vorrede als eine Weissagung einrücken. – Vor dem Tode vielleicht, aber nicht vor dem *frühen* sollte man sich scheuen. Ob ich sechzig oder zwanzig Jahre gelebt, das ist, sobald ich sie gelebt, immer einerlei; und eine lange Vergangenheit hilft dem, der eine unendlich lange Zukunft hofft, so wenig wie die noch längere Ewigkeit a parte ante. Unser Leben gleicht der Gelegenheit; der vordere Teil trägt noch jugendliche Fruchtbarkeit, auf der hintern Seite aber ist alles kahl. (Der weiße Schädel ist der weiße Grabstein des Gehirns.) []

507
JEAN PAUL AN CHRISTOPH MARTIN WIELAND

Hof, 15. Mai 1786

Wahrscheinlich erhielten Euer Wohlgeboren vor ungefähr anderthalb Monaten den Aufsatz »Wahnsinnige Sprünge, wodurch ich den Leser und mich einzuschläfern usw.«; er wollte dadurch in den »t. Merkur« hinein und war, wie ich glaube, völlig darauf aus. Da es ihm mißlungen: so bitte ich Sie um Verzeihung für diese Absicht, und um die Zurücksendung des unbedeutenden Papiers.

Lieber Himmel! warum müssen doch folgende zwei Dinge in der Tat sein? und war es denn auf gar keine Weise anders zu machen? Ich meine, warum muß ein Mann, der keine Schmeicheleien mehr besorgen darf, mit einem elenden Fracht- und Avisozettel behelligt werden? Und zweitens, warum bin ich nicht unglaublich viel mehr? Ich dürfte dann meinem Herzen Luft machen und hätte den Mut, zu bewundern.

508
JEAN PAUL AN CHRISTIAN OTTO

Schwarzenbach, 29. Dezember 1790

Mein lieber Otto, zehntausendmal lieber will ich für Dich und das Publikum Bücher als für Hof und dessen Merkur Blätter schreiben. Bei so wenigem Spielraum im Kopfe der Leser und auf dem Blatte des Gratulanten konnt' ich bloß den alten Kothmann machen, der auf einem Teller tanzte. Und ging es nicht durch Deine Fegemühle: so gäb' ich's gar nicht her, da zumal das Andenken an Hof vom Sonntag her, alle Lustigkeit durch Bitterkeit verdrängte. Ändere, leihe und nehme also soviel Du willst; um Deine Hand nicht zu kompromittieren, kannst Du es meinem Bruder zum Kopieren schicken. Da ich das letztere nicht tat: so handle mir, wenn's gedruckt wird, auch ein Exemplar aus wie andre Gönner kriegen.

Im ganzen Jahr konnt' ich Dir nichts so Närrisches und Wichtiges erzählen als am Ende desselben – mein Bruder in Naila, Skribent allda wie ich hier, hat sich geschwind kopu-

lieren lassen – geheiratet hat er noch geschwinder und früher. – Er muß – ich sprech' ihm deswegen seine landesjuristischen Kenntnisse nicht ab – die Bayreuth[*ische*] Verordnung von 1721, die den Beischlaf fünf Tage vor der Einsegnung nachsieht, zu kursorisch übersehen und statt Tage Monate gelesen haben. Zu solchen Varianten will mir nun der Teufel nicht verhelfen und ich sitz' ewig da und knie nicht einmal *vor*, geschweige *mit* einem Frauenzimmer der Agende gegenüber, wie Ihr auch.
Meine Frau Schwägerin soll sehr reich sein. Er will mir mit seines Schwiegervaters Pferd und Schlitten zusprechen.
Um Arbeit zu gewinnen und Überfressen zu ersparen, stecken oft weise Landesregierungen den dritten Feiertag in den zweiten hinein. Aus gleicher Absicht flocht mein kopierender Bruder in den Hochzeitstag fast den Tauftag ein, der auch schon vorbei ist. (Alles im Ernst.) Was gäb' ich darum, wenn ich schon heute seinen kleinen Absenker an die Ohren halten könnte – ich habe noch keine närrischere Empfindung gehabt als den Gedanken an seinen Sohn. []

509

JEAN PAUL AN RENATE WIRTH

(Schwarzenbach), 3. Januar 1791

Ganze Tage und Wochen vergisset man, zwei, drei Minuten daraus ausgenommen. Ach, blieben uns nur von jedem Tage drei solche nachtönende Minuten zurück: so wäre doch das Leben und der Genuß des Lebens etwas wert! Aber so – sind unsre Stunden kaum würdig einmal gelebt, geschweige wieder erinnert zu werden.
Um den Nachklang einer schönern Stunde von gestern länger zu hören – hab' ich mir diesen Traum gemacht:
Eh' der Schöpfer die Seele der R-a [*Renata*], mit dem Körper umlaubt, auf die Erde ziehen hieß: traten die zwei Genien vor den Schöpfer, die verborgen um jeden Menschen fliegen*. Der schwarze Genius, mit seelenmörderischem Auge, mit blauer durchbissener Lippe, mit verdorrten haschenden

* Viele Völker und noch viele Männer glauben, daß jeden Menschen durch sein ganzes Leben ein guter Geist oder Genius begleite, der zur Tugend zieht, und ein böser, der ihn zum Laster lockt.

Fingern, schoß gierig und schadenfroh auf die unverkörperte Seele und sagte: »Ich will sie verführen.« Die Seele zitterte in weißer Unschuldsfarbe vor ihm, vor dem Schöpfer und vor dem guten Genius. Der böse fuhr fort und zeigte in einem Spiegel vierzig oder fünfzig Gesichter, die insgesamt fade, nichtswürdig, schwach und oft giftig waren. »Diese von Kleinigkeiten lebenden und redenden Gesichter will ich um sie stellen (sagte der schwarze) – sie soll sie so lange verachten, bis sie sie erträgt und zuletzt nachahmt. Ich will ihr mit dem Gefieder der Mode, mit Bändern und Stoffen vorgaukeln und sie mir nachlocken, indem ich ihr's gebe, sich damit zu behängen. – Will sie meine Stimme, die in ihrem Innersten zu ihr redet, nicht hören: so will ich männliche Kehlen nehmen und durch diese zu ihr sprechen, sie loben und belügen und verlocken. Ich will die Gestalten von tausend Mannspersonen annehmen, damit sie meine schwarze Gestalt nicht kenne; und sie soll die Liebe derselben mehr erregen als erwidern wollen. Selbst das Gute, das sie doch tun wird, soll sie, nicht weil es gut ist, tun, sondern, weil sie damit gefället. Und damit ich ihr alles erleichtere: will ich ihr helfen, sich in eine so gute Gestalt zu verstellen als ich mich verstelle und ich will ihr die Mienen und Worte diktieren, um sich und mich zu verbergen – – und in ihrem Alter...« Aber der gute Genius umarmte die Seele und kniete nieder vor dem Schöpfer und sagte zu ihm: »Ich will sie beschützen. Umblüme und bekränze die schöne Seele mit einem schönen Körper: unbesudelt soll einmal diese Hülle von ihr fallen – gib ihr ein großes Auge: die Falschheit soll es nicht verdrehen – leg ein weiches Herz in ihren Busen: es soll nicht zerfallen, eh' es für die Natur und Tugend geschlagen. Ich will dir diese Seele verschönert und entknospet aus der Erde zurückführen. In den Schimmer des Mondes, in den Zauber einer Frühlingsnacht will ich mich verwandeln und mit Seufzern sanfter Wehmut ihren Busen heben. In dem Getöne der Musik will ich sie rufen und von deinem Himmel mit ihr reden. Die Stimme ihrer Mutter oder einer Freundin will ich borgen und damit sie an mich ketten. Und oft im einsamen Dunkel will ich um sie schweben und durch eine Träne, mit der ich ihr Auge verschönere, ihr das Zeichen geben, daß ich sie umarme und daß sie noch meine Freundin ist. Und hab' ich sie endlich durch den warmen Tag des Lebens hindurch geleitet bis in die Nacht des Alters hin: so soll am Morgen der Ewigkeit ihr Schimmer wie morgendlicher Mondschimmer erblassen und eine neue Sonne soll sie hier mit einem neuen Paradies und einem neuen Morgen anstrahlen.« Der gute Genius siegte und sie flogen miteinander auf die Erde nieder, gehasset und begleitet vom bösen Genius ... O Du, für die ich dieses schrieb, denk an mich und an dieses Blatt — und wenn einmal meine Stimme, über der Erde entfernt, oder unter ihr verstummt, nicht mehr zu Dir reicht: so höre sie auf diesem Blatte — und wenn einmal mein fortgewandertes oder ausgemodertes Auge nicht mehr sieht, ob Du glücklich bist: so werde nie unglücklich. Fried. Richter

510
JEAN PAUL AN RENATE WIRTH

Schwarzenbach, 17. Juni 1791

Mademoiselle, da der Himmel jetzt um fünf Uhr seinen Schleier von Wolkengaze auseinanderschlägt: so kann ich ihn sehen und beschreiben. Ich mag aber nicht — ich will Ihnen bloß eine Reisebeschreibung meines Hausierens nach einer Frau mitbringen; denn ich war ausdrücklich im Mond, in der Sonne, im Abendstern, um mir eine zu holen. Es war aber in keinem Planeten eine für mich zu haben, es müßte denn auf dieser Erde noch sein.

Daher ist dieses Papier unbeschnitten: denn die Männer lassen allemal von ihren Frauen ihre Briefe rändern und ich hab' weder Schere noch Frau.

Wie bekannt brach ich am Johannistag 1780 zu Nachts um zwölf Uhr auf, ließ meinen unverheirateten Körper im Bette liegen und flog aus der schlafenden Erde weg. Mein erster Flug war nach dem größten Stern, nach der *Sonne.*

Denn ich dachte, da man alle schönen Schönen mit ihr vergleicht: so wird droben schon was Hübsches sein. Ich mochte kaum dreißig Meilen von dem Erdklümpgen wegsein, als der blaue Himmel immer schwärzer wurde: endlich schoß noch dazu die fliegende Erde unter meinen Füßen weg und ließ mich die Sonne sehen, die zu Nachts auf die amerikanischen Köpfe strahlte. Der Himmel sah aus wie ein schwarz ausge-

schlagenes Trauerzimmer mit einem flammenden Kronenleuchter in der Mitte.
Die Sache ist so: nicht der Himmel, sondern die dreißig Meilen hohe Luft, in der wir waten, ist blau. Wenn Sie sich fragen, warum aber die Stube nicht blau ist, die mit Luft vollgeschlichtet ist: so werden Sie sich antworten, daß ein Tropfen Burgunder nicht rot aussieht, sondern erst eine Bouteille Burgunder. Über unsrer Luft draußen steht das schwarze Himmelsgewölbe vor uns, in dem wie in schwarzer Einfassung die Feuerkugel funkelt.
Sie können also denken, wie ich erschrak. – Da es nicht weiter zur Sonne war als einundzwanzig Millionen Meilen – wär' ich im Winter gereiset, so hätt' ich eine halbe Million Umweg erspart, weil da die Erde ihr näher sitzt –: so war ich in einer halben Viertelstunde droben; und in einer halben Viertelstunde ist allemal ein Sonnenstrahl herunter: so geschwind fahren Seelen und Strahlen. Ich war halb des Todes vor Verwunderung, da ich endlich in den Feuersee hineinfiel – nicht über den Feuersee, sondern über den Ameishaufen Frauenzimmerseelen, die da plätscherten. Alle Frauenzimmer sind nämlich, eh' sie geboren werden, da oben und Sie kommen auch aus der Sonne. Daher kömmt's, daß die Augen von mancher so brennen wie die Sonne – oder daß die Zunge so schwärzet wie diese – oder daß ihre Nähe so warm macht wie diese. Da ich der erste Chapeau in der Sonne war: so ging der Teufel los – ganze Hecken und Schwärme setzten sich um mich und bloß auf meiner geistigen Unterlippe saßen deren dreiundvierzigtausendundzwei Seelen; das zappelte – das kribbelte – das sumsete! So was können Sie sich nicht denken und ich Ihnen nicht beschreiben.
Ganz natürlich sind in einem Weltkörper wie die Sonne, aus der man eineinhalb Millionen Erden gießen kann und aus der auch unsre abgeschlagen worden sein soll, Weiber in Quantität zu haben, und ich durfte nur zulangen: ein bloßer Sonnenflecken – die menschlichen sind doch kleiner – ist ja fünfzigmal größer als unsre Erde. Diese Flecken sind ausgebrannte dunkle Strecken. Ich war's nicht gewohnt, daß dieser entsetzliche Feuerriese sich auf seinem Absatze alle fünfundzwanzig Tage einmal um sich selbst drehet, ohne aus der

Stelle zu gehen; daher können die Frauenzimmer so leicht tanzen und so unmöglich gehen. – Für mein Leben gern hätt' ich mir ein Schächtelgen voll Seelen mitgenommen; aber ich dachte, bis sie nur ihren Körper so lang ausstrecken, daß er an Deinen Hemdjabot langt, bist Du selber wieder zerronnen. Hier sah ich, daß die weiblichen Seelen da, ein wenig Flattern abgerechnet, nichts auf die Erde bringen als Reize, Tugenden und Liebenswürdigkeiten – aber die Erde reißet ihnen die Hälfte weg; o ihr guten Geschöpfe! wenn euch schöne Maiblumen des Himmels nicht die Lage und Erziehung so verböge, so zerschlitzte, so besudelte: welcher Engel würd' euch nicht an seinen Busen stecken und in welchem Himmel könntet ihr nicht blühen! ... Sehet nie zur Sonne hinauf, ohne das Auge so rein emporzurichten als der Strahl ist, der von ihr in dieses fliegt ... Eine einzige Seele stahl ich doch der Sonne – die schönste – die beste – die sanfteste; da sie aber nicht aus meinem Kopfe heraus kann und nicht ein Stückgen Körper umhat: so kann ich sie keinem Menschen weisen; aber vor meiner Seele steht sie den ganzen Tag und jene schlägt die Arme um sie: alle verkörperte Frauenzimmer gefallen mir nur, insofern sie schwesterliche Ähnlichkeit mit meiner gestohlnen haben ... Sie waren schon herunter: sonst hätt ich Sie mit eingepackt ... – Gefället Ihnen diese erste Station meiner Heiratsreise: so gefället sie mir auch und ich beschreibe über acht Tage die zweite.
Ihr wahrer uneigennütziger Freund Fr. Richter

511

JEAN PAUL AN JOHANN GEORG HEROLD

(Schwarzenbach, 5. März 1793?)

Ich als eine bleiche Mumie, die sich täglich abbröckelt, kann von nichts anderm als von Mumien Vater werden. Ich wünsche, daß Sie wenigstens den kleineren Mumien eine Stelle in Ihrem Zimmer geben, in die ich sie mit soviel Vergnügen führe, als ich sie machte. Wenn sie gleich nicht so alt werden wie mein Schachantipode: so werden sie doch nicht so jung sterben wie ihr Verfasser. – Es ist für einen, der soviel Freuden zusammenjagt wie ich, niederschlagend, daß er denen, die sie ihm reichen wie Sie, nichts geben kann, als was jeder Buchhändler gibt – ein Buch. Das einzige Agio, das ich diesem Scherflein beifüge, ist das Geständnis, daß mein Herz nicht so leer ist wie meine Hände und daß ich die Freundschaft, die ich nicht belohnen kann, wenigstens zu erwidern suche. Ihnen und mir wünsch' ich auf dieser mit Staub und Kot abwechselnden Kugel die Sonnenblicke des Schicksals, die uns mit Not warm halten und die wir mit einem durchfrornen Dezember bezahlen. []

512

JEAN PAUL AN AMÖNE HEROLD (?)

(Hof), 11. April 1793

Es gab eine Hand, die ich halten wollte bis meine zerstäubte – es gab eine Freundin, der ich zu viel gegeben, die mir zuviel genommen – es gab eine, die mich eben so viel Tränen der Freude als des Kummers kostete · – es gab eine, zu der ich in einer elysischen Minute sagte: »und wenn ich selber einmal sage und versichere, ich hasse dich, so ist es nicht wahr« –

Ist sie nimmer? hab' ich so schon versichert? hab' ich mich kalt gestellt? – – Ja, sie hat es, und ich hab' es –

Aber ich allein (und sie nicht) sag' in meinem einsamen Zimmer mit flutenden Augen: du liebst sie doch und ewig und ewig und ewig.

513

JEAN PAUL AN JOHANN WOLFGANG GOETHE

Hof, 4. Juni 1795

Die Alten durften den Göttern ebenso oft Opfertiere bringen, denen sie ungewogen waren, als solche, die sie liebten. Ich bin noch so glücklich, daß ich zweifelhaft bin, wohin Sie den *Hesperus,* den ich Ihnen hier mit einem warmen aber scheuen Herzen bringe, ordnen werden. Ich weiß wohl, daß ich, so wie Unwissende in Astronomie oft den Abendstern mit einem Kometen verwechseln, in eine entgegengesetzte

Verwechslung falle – und daß es ästhetische Gesetze gibt, die bisher nur von einem, vom Gesetzgeber selber, gehalten wurden, gleichsam zur stellvertretenden Genugtuung für die übrigen Autoren – –

Ach! ich wußte das alles auch vor einem Jahre und schickte Ihnen doch die *Mumien!* – –

Mit ewiger Hochachtung, Verehrung und Liebe bleib' ich der Ihrige J. P. Friederich Richter

514

JEAN PAUL AN FRIEDRICH VON OERTEL

Hof, 31. Dezember 1795

[] Ich bin begieriger nach Briefen als nach Büchern, diese müßten denn noch Handschriften sein, und ich wünschte, die ganze Welt setzte sich nieder und schriebe nach Hof: ich wollt' ihr antworten. Der Ihrige hängt wie ein junger Kranz an den letzten Tagen dieses in jämmerlichen Nebel zerrinnenden Jahrs, und meine Dezembertage tragen mit dem helleborus niger flore roseo zugleich Blüten. Ich hatte das Vergnügen, Sie im höhern Sinn kennenzulernen im September dieses Jahrs in Hof, und zwar in einer ausgewählten Gesellschaft, wo Herder dabei war, der Sie uns andern präsentierte. [] Ob spanische Wände von Wäldern und Meilen oder nur von Fleischfasern zwei verwandte Ichs mit Sprachgittern trennen – der Unterschied ist klein, zwischen Geistern gibt's keine Abwesenheit als den Haß und den Irrtum – ich und Sie sind und bleiben also beisammen. – Wie existiert die idealische – gleichsam die zweite Welt über der ersten – darum weniger, weil sie nur im Ich und nicht zum zweitenmal existiert? – Ist nicht ein Gedanke eine Existenz, die höher ist als jeder Körper und die wir durch die Täuschung der Personifikation jedem Körper unterschieben müssen? Umgekehrt die idealische Welt ist die einzig wahre und die sinnliche ist [*die*] optische und sogar diese optische kann nicht genossen, nicht einmal empfunden werden ohne den Reflexionsspiegel der innern idealischen. Bloß die hanseatische, statistische, kanzleimäßige Seele, in der nichts ist als der schmutzige Abdruck der sinnlichen Nachbarschaft, bloß diese idealisiert im schlimmen Sinn diese Welt, die nach dem Ideal des höchsten Genius zusammengesetzt ist und die der engste nach seinem verrenkt. Jeder Traum, jede Phantasie, jeder Wunsch existiert so gut *in* und *über* uns als der Regenbogen und das Morgenrot, die beide niemand betasten kann, und wir werden nur durch unsern geistigen Hunger irre, der jede innere Schönheit, noch einmal außerhalb der zarten innern Wolke, auf dem kotigen Boden beleibt und verdoppelt erblicken will. Selber für Gott muß es eine idealische Welt geben, weil jede geschaffne endliche tief unter seiner vorgeschaffnen unendlichen stehen muß. So viel ist wahr, die Menschen sind Gaukler, die, mit dem Kopf auf der Erde auftretend, so in unbequemer Stellung den berauschenden Nektartrank der höhern Phantasie *hinauf*trinken. Mein Brief wird mit andern Schneeflocken im neuen Jahr vor Sie flattern. Er hat mit ihnen nur die Vergänglichkeit, nicht die Kälte gemein.

515

JEAN PAUL AN EMANUEL OSMUND

Hof, 21. April 1796

[] Ich bin in einem andern Fall als andere Autoren: meine Arbeiten gefallen mir wie Kinder den Müttern, am allerwenigsten, wenn ich sie gemacht habe, sondern erst später: denn dort seh' ich noch das Ideal, das meiner Seele glänzend saß, noch vor mir und den Abstand zwischen ihm und meiner Kopie; hingegen lange Zeit darauf ist das Ideal zerflossen, und ich kann dann das Stiefbild davon eher ertragen. []

516

JEAN PAUL AN HANS GEORG VON AHLEFELDT

Bayreuth, 15. Mai 1796

Mein guter Ahlefeldt, Du wirst von vielen Nachtwandlern gelesen haben, die schlafend sich an ihren Schreibetisch setzten und da Aufsätze machten, die sie am Morgen mit Erstaunen fanden. Heute traf ich auf meinem Tische folgenden Brief von Dir an mich an, den ich wahrscheinlich – zumal da es meine Hand ist – als Nachtwandler geschrieben haben muß. Ich wollt', ich tät' es jede Nacht, so bekäm' ich doch auf irgendeine Art Briefe von Dir. Du schreibst so:

Berlin, 15. Mai 1796

Lieber Jean Paul! Ich will Dir meinen Traum zuflattern lassen, da er noch Schwungfedern hat. Mir träumte, Du wärest gestern nach Bayreuth gekommen. Du schicktest sogleich den Frachtzettel Deiner Ankunft an meine Klothilde; und sie Dir ein Entréebillet. Dann trabtest Du um drei Uhr in ihr Haus, das grünende Schönheiten umgeben, wie es eine blühende bewohnet. Ich schwebte als Geist in Luft verkörpert über Euch – wenn die Nachtigall schlug, war es ein Schrei meiner Sehnsucht – wenn der Westwind ihre Blumen niederbog am Fenster, war es mein Atem. Wie war Dir, alter Paul, da auf einmal am Fenster Klothilde – die ich Dir kaum im Silhouettenprofil geschildert – mit allen ihren Strahlen vor Deinem Aug' aufging, nicht mit Rosen auf dem Angesicht, sondern mit einem schön zerflossenen Widerschein derselben – mit der holden Stimme, womit nur das Herz spricht und das zweite bezwingt – mit dem Anstand und Ton, den nur die Welt gibt, und mit der überraschenden Naiveté, die nur die schönste Seele verleiht – und mit allem, was wir nie vergessen werden? – Wie war Dir, Freund, zumute, wiewohl Du schon mehrere schöne und geistreiche Weiber gesehen? – Recht elend war Dir zumute – Du vergaßest über das Ansehen das Anreden – und Du mußtest Dich von einer Stunde zur andern zwingen, damit Du nicht stumm warest, anstatt blind. Du konntest Dich in die schöne Zusammensetzung aus so widersprechenden Tugenden, aus Häuslichkeit und Weltton, aus ungewöhnlicher Offenherzigkeit und edlem Selbstbewußtsein, aus Schalkhaftigkeit und Gutmütigkeit nicht recht finden. – Sie wird Dir viel zu vergeben haben – sogar Deinen Enthusiasmus und Deine Offenherzigkeit wird sie unter Deine Schwachheitssünden rechnen; aber ich will sie bitten, Dich für einen Dichter zu halten, der mit seinem Geflatter so viele Störung macht wie eine in ein Putzzimmer verschlagene Schwalbe. – Indes hast Du zwei Frühlinge auf einmal; und gerade Pfingsttage, wie sie Dein Hesperus träumt. Ach da aus ihrem vollen Herzen ihr volle Stimme in den melodischen Strom ihrer Saiten floß: wie gern hätt' ich da mein Herz in einen einzigen Ton aufgelöset, damit es als eine Luftwelle in ihre Laute ränne und mit diesen ausbebte. – Ich bin Dein A. Dein Traum, Ahlefeldt, ist keiner – ich habe sie gesehen und was ich Dir in den Mund gelegt, ist bloße Wahrheit aus dem meinigen. Ich war gestern von drei Uhr bis abends um elf Uhr in ihrem Zauberkreise festgehalten: und jetzt, wenn ich die Beschreibung meines Glücks geendigt habe, so geh' ich der Fortsetzung desselben wieder entgegen. – Ich könnt' ihr gehorchen wie ein zahmer Kanarienvogel: ich will ihr meine tollen Büchertitel aufopfern – und heute will ich sie bitten, meine Oberhofmeisterin in ihrem nächsten Briefe zu werden und mir wenigstens ein kleines Sündenregister zu senden. Ich habe bloß so viel Einsicht in die weibliche Natur, daß ich eine Dame von solchem Werte verehren und loben kann, aber bei weitem nicht so viel, daß ich sie erraten könnte. Die weiblichen Charaktere sind gewöhnlich mit so vielen Schleiern umwickelt, daß der beste Schleier ist, keinen vorzuhängen, und daß verstellte leichter zu erraten sind als offenherzige. Wie schön, mein Teurer, ist unser dreifacher Freundschaftsbund, der eng ist, obgleich das Band durch drei Städte laufen muß! – Ich bin unordentlich und eilig; ich wollte Dir noch von vielem sagen, von ihrem Berenicens Haar, von ihrem biedern wohlwollenden Gatten – aber in mir klinget jetzt ein trauriger Ton aus ihrem Munde nach und macht mich traurig. Nie müsse diese schöne Stimme, der die Klage so schön steht, eine führen, und ihr Auge möge nie die Träne, sondern bloß der Schleier verdunkeln! Und Du, mein Freund, tue das Schönste, was Du auf der Erde tun kannst, und nimm von einem Herzen, das so viele Qualen schon gedrücket haben, die schwerste weg, die Sorge um Dich, und mache sie glücklich, indem Du es wirst.

Dein Freund Richter

517

JEAN PAUL AN CHRISTIAN OTTO

Weimar, 12. Juni 1796

Lieber Bruder, Gott sah gestern doch einen überglücklichen Sterblichen auf der Erde, und der war ich – ach ich war es so sehr, daß ich wieder an die Nemesis denken mußte, und daß mich Herder mit dem deus averruncus [*Unheil abwendenden Gott*] tröstete. – Ich kann mit meinem Schreiben nicht so lange warten, bis [*ich*] Dir einen Brief schicke: ich will nur etwas sagen. Gestern ging ich um elf Uhr – weil ihr Einladungsbillet mich zweimal verfehlte – zur Ostheim (es ist die Schwester der Bayreutherin und ich glaube, fast meine auch). Ich hatte mir im Billet eine *einsame Minute* zur ersten ausbedungen, ein cœur-à-cœur (tête-à-tête). Sie hat zwei große Dinge, große Augen, wie ich noch keine sah, und eine große Seele. Sie spricht *gerade* so, wie Herder in den Briefen der Humanität schreibt. Sie ist stark, voll, auch das Gesicht – ich will Dir sie schon schildern. Drei Viertel der Zeit brachte sie mit Lachen hin – dessen Hälfte aber nur Nervenschwäche ist – und ein Viertel mit Ernst, wobei sie die großen fast ganz zugesunkenen Augenlider himmlisch in die Höhe hebt, wie wenn Wolken den Mond wechselweise verhüllen und entblößen. (Ich schere mich um keine Richtigkeit des Ausdrucks aus Mangel der Zeit, ich will Dir bloß *viel* schreiben.) »Sie sind ein sonderbarer Mensch«, das sagte sie mir dreißigmal. Ach hier sind Weiber! Auch habe ich sie alle zum Freunde, der ganze Hof bis zum Herzog lieset mich. [] Gegen fünf Uhr gingen wir drei in Knebels Garten: unterwegs fuhr uns Einsiedel entgegen, der mich geradezu bei dem Kopf nahm und der nur drei Worte sagen konnte, weil er die Herzogin in die Komödie begleiten mußte, nachher aber sogleich wiederkam. Nach einigen Minuten sagte Knebel: »Wie sich das alles himmlisch fügt, dort kömmt Herder und seine Frau mit den zwei Kindern« – und wir gingen ihm entgegen, und unter dem freien Himmel lag ich endlich an seinem Mund und an seiner Brust, und ich konnte vor erstickender Freude kaum sprechen und nur weinen, und Herder konnte mich nicht satt umarmen. Und als ich mich umsah, waren die Augen Knebels auch naß . . . Mit Herder bin jetzt so bekannt wie mit Dir. Er wollte schon längst an mich schreiben; und als er und seine Frau, die mich herzlich liebt – sie ist eine nur anders modifizierte Ostheim* – durch Hof reiseten, wollten sie mich besuchen. Ich wollt' ich könnte so unverschämt sein, daß ich Dir alles sagen könnte. Er lobte fast alles an meinen Werken – sogar die *Grönländischen Prozesse.* – Er sieht nicht so edel aus, als ich mir ihn dachte; spricht aber so, wie er in den Hu-

* Von solchen Weibern wie die Ostheim und Herder hat man ohne Umgang gar keinen Begriff; so sprechen und so fühlen sie.

manitätsbriefen schreibt. Er sagte, so oft er den *Hesperus* gelesen, so wär' er zwei Tage zu Geschäften untauglich gewesen. An der Abhandlung über die Phantasie gefällt ihm alles. Er drückte mir immerfort die Hand. [] Herder liebt die Satire unendlich und hat sie, zumal die Ironie, mehr im Munde als den Ernst. Er fragte mich bei den meisten Stellen meiner Bücher, um die Veranlassung dazu: er gab mir ein erdrückendes Lob, das Sprechen von Deinem Paul mag etwan, obwohl in Intervallen, fünf Stunden den ganzen Abend gedauert haben. »Ich bekäme Sündenbezahlung, sagten alle, da der *Meister* und die ›Horen‹ zu 4, 5 Louisd'or den Bogen abgehen.« »Ich würde jetzt in Deutschland am meisten gelesen; in Leipzig hätten alle Buchhändler Kommissionen auf mich.« Wieland hat mich dreimal gelesen, sie bedauerten alle, daß er aus dem Zirkel fehlte. Herder erzählte, daß der alte Gleim den ganzen Tag und die ganze Nacht fortgelesen. Er will mich heute Briefe von Hamann an sich lesen lassen. – Er spricht von Kants System im höchsten Grade – verächtlich. – Von seinen eignen Werken sprach Herder mit einer solchen Geringschätzung, die einem das Herz durchschnitt, daß man kaum das Herz hatte, sie zu loben: er will nicht einmal die *Ideen* fortsetzen. »Das Beste ist, was ich ausstreiche«, sagt er, weil er nämlich nicht frei schreiben darf, denn er denkt von der christlichen Religion was ich und Du. [] Beim Himmel! Jetzt hab' ich Mut – ich getraue mir, mit dem vierundvierzigsten Herrn zu sprechen und noch mehr mit dem Bürgermeister Oertel, Köhler und deren Sippschaft. – Ich habe Dir noch nicht ein Drittel erzählt. – Aber ein *bitterster Tropfen* schwimmt in meinem Heidelberger Freudenbecher: was *Jean Paul* gewann, das *verliert die Menschheit* in seinen Augen: ach meine Ideale von größeren Menschen! – Ich will Dir's schon erklären. – []

518

JEAN PAUL AN CHRISTIAN OTTO

Weimar, 18. Juni 1796

[] Schon am zweiten Tage warf ich hier mein dummes Vorurteil für große Autoren ab, als wären's andere Leute; hier weiß jeder, daß sie wie die Erde sind, die von weitem im

Himmel als ein leuchtender Mond dahinzieht und die, wenn man die Ferse auf ihr hat, aus boue de Paris [*Pariser Straßenkot*] besteht und einigem Grün ohne Juwelennimbus. Ein Urteil, das ein Herder, Wieland, Goethe usw. fällt, wird so bestritten wie jedes andere, das noch abgerechnet, daß die drei Turmspitzen unserer Literatur einander – meiden. Kurz, ich bin nicht mehr dumm. Auch werd' ich mich jetzt vor keinem großen Mann mehr ängstlich bücken, bloß vor dem Tugendhaftesten. Gleichwohl kam ich mit Scheu zu Goethe. Die Ostheim und jeder malte ihn ganz kalt für alle Menschen und Sachen auf der Erde – Ostheim sagte, er bewundert nichts mehr, nicht einmal sich – jedes Wort sei Eis, zumal gegen Fremde, die er selten vorlasse – er habe etwas steifes reichstädtisches Stolzes – bloß Kunstsachen wärmen noch seine Herznerven an (daher ich Knebel bat, mich vorher durch einen Mineralbrunnen zu petrifizieren und zu inkrustieren, damit ich mich ihm etwan im vorteilhaften Lichte einer Statue zeigen könnte – (Ostheim rät mir überall Kälte und Selbstbewußtsein an). Ich ging, ohne Wärme, bloß aus Neugierde. Sein Haus frappiert, es ist das einzige im Weimar in italienischem Geschmack, mit solchen Treppen, ein Pantheon voll Bilder und Statuen, eine Kühle der Angst presset die Brust – endlich tritt der Gott her, kalt, einsilbig, ohne Akzent. Sagt Knebel z. B., die Franzosen ziehen in Rom ein: »Hm!« sagt der Gott. Seine Gestalt ist markig und feurig, sein Auge ein Licht (aber ohne eine angenehme Farbe). Aber endlich schürete ihn nicht bloß der Champagner, sondern die Gespräche über die Kunst, Publikum usw. sofort an, und – man war bei Goethe. Er spricht nicht so blühend und strömend wie Herder, aber scharf-bestimmt und ruhig. Zuletzt las er uns – d. h. spielte er uns* – ein ungedrucktes herrliches Gedicht vor, wodurch sein Herz durch die Eiskruste die Flammen trieb, so daß er dem enthusiastischen Jean Paul (mein Gesicht war es, aber meine Zunge nicht, wie ich denn nur von weitem auf einzelne Werke anspielte, mehr der Unterredung und des Beleges wegen) die Hand drückte. Beim Abschied tat er's wieder und hieß mich wiederkommen. Er hält seine dichterische Laufbahn für beschlossen. Beim Him-

* Sein Vorlesen ist nichts als ein tieferes Donnern, vermischt mit dem leisen Regengelispel: es gibt nichts Ähnliches.

mel, wir wollen uns doch lieben. Ostheim sagt, er gibt nie ein Zeichen der Liebe. Eine Million etc. Sachen hab' ich Dir von ihm zu sagen.

Auch frisset er entsetzlich. Er ist mit dem feinsten Geschmack gekleidet. — —

Ich kann hier, wenn ich will, an allen Tafeln essen. Ich kam noch zu keinem Menschen, ohne geladen zu sein. Als ich ankam am Tore, wurd' es ordentlich der Herzogin gemeldet und am andern Tage wußt' es jeder. — Ich lebe fast bloß von Wein und englischem Bier. — Die Charaktere »Joachime, Matthieu (der besonders) und Agnola« werden hier für wahre gehalten und gefielen gerade am meisten. Im Klub stritt man, ob Flachsenfingen ein Abriß von Wien oder Mannheim wäre wegen des Lokalen — Wieland war des höhnischen Dafürhaltens, Flachsenfingen liege in Deutschland sehr zerstreuet. —

Ich schicke Dir diese Zeichnungen des Heiligenscheines, den sie hier um meinen kahlen Scheitel führen, darum ohne alle Scham nach Hof, erstlich damit Du es weiter erzählest (denn ich werde alles zusammen nur Dir erzählen, der Du mich nie verkannt und bloß zu sehr geachtet hast, aber, auch aus Ekel an der langen Geschichte, keinem weiter in Hof, wo mir so oft Unrecht widerfuhr, daß ich, wenn Du nicht da wärst, geradezu hier sitzen bliebe). Ich schreibe eilig und ohne Ordnung, vergib es, Bruder. Weibliche Bekanntschaften hab' ich wenig gemacht, wenn ich die Kanzlerin Koppenfels in Rohrbach — ein Landgut, auf das ich mit der Ostheim fuhr — ausnehme, die Jeschausen (Hofdame), die Fräulein Imhof (und die Mutter), die Frau von Stein, von Werther, zwei Fräulein von Seebach, von Beust, die Schauspielerin Schröder. Hier sind alle Mädgen schön. [ ]

519

JEAN PAUL AN CHRISTIAN OTTO

Weimar, 23. Juni 1796

[ ] Ich will meinen künftigen Atem durch folgendes Gastwirtsprotokoll ersparen: Sonnabends mittags aß ich im Gasthof, abends bei der Ostheim, zwischen Herder, Einsiedel, Knebel, Mme Herder — Sonntags mitt. solo bei der Ostheim,

abends bei Herder – Montags solo bei Ostheim, abends auch – Dienstags bat mich Knebel, ich war aber schon bei Oertel, abends bei der ewigteueren Ostheim – Mittwochs aß ich bei der Geheimde Rätin v. Koppenfels in Rohrbach, abends bei Oertel – Donnerstag, Tieffurth, bei der Herzogin, Ostheim, Ostheim, Ostheim – Freitag bei Goethe, abends bei Oertel – Sonnabend bei dessen Mutter und Tochter – Sonntag bei Böttiche r, abends bei Herder – Montag bei Oertel, Knebel – Dienstag Oertel, abends bei der Frau und (mitessend) Fräulein v. Seebach, abends aß ich bei Herder – ach, ein schöner Abend, der nicht wiederkömmt und wo ich in die Augen des *hier* erkaltenden Herders Tränen trieb – Mittwoch aß ich bei dem Geheimden Rat v. Koppenfels – Donnerstag (heute) bei Goethe ...
Die Lust wirret die Tage in einen Flock, in dem alle Fäden sind, ausgenommen den der Ariadne. []

520

JEAN PAUL AN CHARLOTTE VON KALB

Hof, 11. Juli 1796

Über die acht Tage kroch die Zeit mit kahlen nassen Flügeln ohne Schwungfedern. Ich kann meine Freundin nicht vergessen, d. h. nicht entbehren. . . Ich kann es nicht ertragen, ein Herz, das ich gern an meines fassen möchte, ohne körperliche Form in die ganze transparente Masse des Publikums verflossen zu wissen – ich kann keine anonyme Liebe ertragen – der Titan hat seine Raupenhülse zerrissen. Nichts macht mich frömmer und milder als ein Fehltritt: ich hab' es nicht gewohnt, daß mein innerer Mensch sich eine Wunde stößet, und eben darum teilt ihm eine Verblutung ein neues sanftes Leben mit. Die Ferne heiligt die Seele und wärmet das Herz: . . . wenn mein Auge wieder in Deines sinken darf, wenn ich wieder aus dem meinigen die Träne über Dein Geschick vergießen darf, die aus dem Deinigen nicht rinnt. Ich werde an Deinem Geburtstag vor Sonnenuntergang auf einen Berg treten und nach der Sonne, die gerade in Deine Gefilde niedersinkt, mit vollen Augen blicken und an Dein Leben denken. Schau der fallenden glühenden Welt dann auch nach und wisse fest, daß ich an Dich denke – daß ich die Wolken

Deiner beschatteten Tage werde zählen und vorüberfliegen lassen und daß ich alle Deine heißen Schmerzen von neuem beweine. »O (werd' ich denken, wenn ich Dein wundgeschältes Herz in der Vergangenheit von einem Felsen auf den andern geworfen erblicke), o gutes Geschick, gib dieser müden Seele nur jetzt einmal eine weiche grüne Stätte – greife nur jetzt nicht mehr hart zwischen dieses nur lose wieder zusammengeknüpfte Nervengewebe – Bescher' ihr Ruhe in ihrer Brust, einen sanften Lebensweg, den die schimmernden Gletscher der zweiten Welt magisch begrenzen, und lauter Menschen, die sie lieben, und Ruhe und Ruhe.« – Ich würde beredt sein (am Geburtstag), meine Zunge würde strömen wie mein Auge und von Wünschen überfließen, und wenn ich verstummend und beklommen auf die geliebte Hand hinsänke: so würde doch durch alle diese Ergüsse meine Brust nur voller geworden sein und nicht leichter. – Ihr Geist, der aus fremden Leibern nur den Geist auskernt. [ ]

521

JEAN PAUL AN KAROLINE HERDER

Hof, 12. Juli 1796

Wenn man aus Ihrer poetischen Welt wieder in die Höfer prosaische zurückgefallen ist: so wundert man sich, daß man ein Insaß zweier so unähnlicher Welten sein können und daß man neben Ihnen, Verehrungswürdigste, gesessen und geplaudert hat. Ihre Abende kolorieren meine Träume und entfärben meine Tage. Wahrlich, mein Kopfkissen ist für mich der Präsentierteller von Weimar: ich wünsche Ihrer Wirklichkeit alle Stickerei und Dekoration meiner Träume. [ ]

522

JEAN PAUL AN JOHANN GOTTFRIED HERDER

Hof, 17. August 1796

[ ] Es gibt einen deutschen Schriftsteller, den Sie meines Wissens kennen, welcher wie die Engel nach den Scholastikern vor einem Meere steht, das alle Völker nachspiegelt, und der, indes wir Individuen schonen und Völker mißhandeln, beide

errät und beschützt und der statt jener Toleranz – deren Name selber eine Intoleranz ist – etwas Humaneres und Höheres predigt und übt, den edlern Anthropomorphismus eines jeden Menschen, eines jeden Volks, eines jeden Säkulums. Wenigstens der Name dieses Autors sollt' Ihnen bekannt sein: er heißet – *J. G. Herder.* [ ]

523

JEAN PAUL AN CHARLOTTE VON KALB

Hof, 17. August 1796

Seine [*Herders*] Werke waren kühle Quellen für meinen Durst in der Sandsteppe von Hof. Wenn es kein Papier mehr gäbe, müßte man alle Priesterröcke dazu verarbeiten, damit er seinen Erlöser darauf schriebe – Sagen Sie ihm den wärmsten Dank mit Ihren Lippen so – stumm Sie können. Ihre Seele geht gern bergauf bergab, aber der Stand auf einer Spitze des Gipfels durchschneidet sie. Die Flamme Ihres Geistes verwandelt in derselben Minute die Gerüste Ihres Gebäudes in Asche – Ihre Entschlüsse sind zu stark, um gehalten zu werden. Die Abendröte des untergegangnen Junius steht jetzt hinter einem Berg oder Grab und schimmert mich an – ach sie bleibe, bis die Sonne wiederkömmt. [ ] Wir sahen uns eine Stunde, und diese füllte die vier Augen mit geistigen Tränen. Er trägt das goldne Vlies der Tugend an seiner warmen Brust.

524

JEAN PAUL AN CHRISTIAN OTTO

Leipzig, 27. März 1798

[ ] Ich klage mit Dir über die Völkergleichheit des Stils, weniger in Briefen als Büchern: ich würde gerne eine Lesebibliothek voll Briefe wie die in meinem Koffer mithalten, indes ich in den andern fast nichts mehr lese als was zu exzerpieren ist. – Es ist nicht Unfähigkeit einiger, den eignen Zustand abzuzeichnen, sondern aller: wie wollen Zeichen, die nur erinnern, nicht repräsentieren, das ganze unordentliche bewegliche Leben eines leidenschaftlichen Zustandes malen oder wiedergeben? Ein anderes ist der Dichter, der einen *fremden,*

einen vergangnen schildert, worein er Einheit und Verhältnisse bringen kann und welchen er nur das sagen lässet, was ihn vermehrt und abschattet, nicht was ihn erleichtert. Hingegen die eigne Leidenschaft wählt die Worte wie der Zorn die Flüche, nur zur Erleichterung, zum Ableiter, also nur die grellsten Farben ohne die Mittelfarben, mit denen uns der Dichter erst auf jene vorbereitet. Daher kann er selber seinen Zustand, wenn er ihn nicht zu einem objektiven macht – aber dann ist er nicht mehr darin – nicht so darstellen, daß er wieder hineinkommt, wenn er sich lieset. Wird daher unter der Darstellung eines fremden Zustandes sein Anteil so groß, daß derselbe sein eigner wird, der mehr sich auszudrücken als abzumalen strebt – welches ich daran merke, wenn ich zu viel Genuß und eine Sehnsucht nach Sied- und Brennpunkten des Ausdrucks habe – so muß er am andern Morgen die Kleckserei wegwerfen, weil sie nicht einen Zustand, sondern dieser sie erst kolorieren muß. – – Wenn Du also von Deiner Malerei *eigner* Zustände so viel wie von einer der fremden [*Zustände*] foderst: so tust Du Dir und dem Pinsel Unrecht. []

525
JEAN PAUL AN CHRISTIAN OTTO

Halberstadt, 23. Juli 1798

[] Sonnabends ging ich mit einem angesessenen, nicht angerittenen Wolf, in sechs Stunden (zehn rechnet man) nach Halberstadt. Hier war ein Wirt zu meinem Empfang beordert, der mich sogleich Gleim denunzieren sollte. Ich hielt aber zwei Raststunden. Nach dem erstatteten Bericht kam der Bediente Gleims mit seinen requisitorialibus [*Erkundigungen*] und brachte mich an das beste alte Herz. Gleim stand unter der Türe: so herzlich wurd' ich noch von keinem Gelehrten empfangen, weil keiner ein solcher Teutschmeister ist wie Gleim. Setz ihn Dir aus Feuer und Offenheit und Redlichkeit und Mut und preußischem Vaterlandseifer – ach wie wohl tut einem jetzt ein Mensch, der an kein Stiefvaterland glaubt – und Sinn für jede erhöhte Regung zusammen und gib ihm noch zum breitesten literarischen Spielraum einen ebenso weiten politischen: so hast Du ihn neben Dir. Wie

hebt diesen biedern Borussianer, der vor lauter Feuerflammen nie die rechte Gesichtsfarbe anderer Menschen sehen kann, mein Herz über die ästhetischen Gaukler in Weimar und Jena und Berlin, die für keine Seele eine haben, vor denen alle Charaktere nur beschauet, nicht ergriffen, wie die Charaktere, die von fünf bis acht Uhr auf der Bühne dauern, vorüberwehen! Ich denk' auch an Reichardt, der zwar wie Antäus auf der *Familien*erde wieder Stärkung einsaugt, der aber doch jeden zu sehr im rechten – Lichte sieht, d. h. der mit der Goetheschen Lorgnette Gute und Schlimme, teilnahmslos obwohl unparteiisch, lobend aber nicht liebend, tadelnd aber nicht hassend, als Dramaturg über das Theater laufen sieht. –
Ich wohne bei Gleim. D. h. ich habe die schönste Stube mit einem Luxus, der größer ist als mein Lexikon davon, zwischen lauter Bücherzimmern in Besitz – und gegenwärtiges wird da gemacht. Seine Nièce (von achtzehn oder zwanzig Jahren) gefällt mir wegen ihres Frohsinns, Gefühls, wegen ihrer Ausbildung und weiblichen Leichtigkeit so sehr als der beste Bücherschrank hart an mir. [ ]

526
JEAN PAUL AN CHRISTIAN OTTO

(Leipzig), 15. August 1798

Mein ältester Seelenbruder! Hier sind die *Palingenesien*, bei denen ich mich jetzt wundere, daß sie in einem so wilden, harten, zerstreueten, auflösenden Winter, wie der vorige war, die fallopischen Trompeten finden konnten. Schreibe mir Dein längstes Urteil, zum besten einer zweiten Auflage.
Schlegel hat mich in seinem »Athenäum« angegriffen wie er's Klopstock, Fr. Jacobi, Lessing, Garve usw. usw. usw. gemacht. Ich habe dafür dem Seehund in einer Beschreibung von Dorfbibliotheken in der halberstädt. Quartalschrift in einer leichtbewaffneten Note ein- oder zweimal auf die Schnauze geschlagen. Ich nehme sie, die Note, Herdern mit; dann kriegst Du sie. Ich habe freilich durch seine kraftvolle Frau, mit der ich in Dresden ein ganzes Souper verstritt, mit

meinen Brandkugeln seine losgebrannt. Fr. Jacobi wird diesem Bel zu Babel in einem Buche über die Toleranz auch ein Kügelgen in einer Note reichen. Das Humoristische achtet er bloß an mir und heißet mich einen großen Dichter; aber wegen alles übrigen bellt er mich an. Und ganz recht: so lang noch ein Bogen von mir drei Leser hat, so hat seine windeierhafte Poetik drei weniger. []

527

JEAN PAUL AN CHRISTIAN OTTO

Weimar, 2. September (1798)

[] Bei Wieland mußt' ich wegen meines weitgegitterten Sommerornats in der häßlichen Kälte seinen Rock anziehen – den mir beim zweiten Dortsein der gute Patriarch sogleich selber brachte, heute fuhr ich mit ihm zurück – und seine rote Nabelgurt umschnüren und ging wie der Alte im Haus herum. Gott schenke jedem Dichter eine so anstellige, weichanfassende, feste, nachsehende und nachlaufende, biedere, klare Frau. Da im Reichsanzeiger über die Ruhr von Erkältung gelesen wurde: brachte sie mir warme Strümpfe aus Angst. Wieland stürbe an ihrem, wie sie an seinem Tode. []

Apropos ich war auch bei Goethe, der mich mit ganz stärkerer Verbindlichkeit und Freundlichkeit aufnahm als das erstemal: ich war dafür freier, kühner und weniger voll Liebe und darum in mich gegründeter. Er fragte mich nach der Art meiner Arbeiten, weil es völlig seinen Kreis überschreite – wie mir Fichte gefallen. Auf letzteres: »Es ist der größte neue Scholastiker – zum Poeten wird man geboren, aber zum Philosophen kann man sich machen, wenn man irgendeine Idee zur transzendenten fixen macht – die neuern machen das *Licht* zum *Gegenstand*, den es doch nur zeigen soll.« – Er wird nach vier Monaten den *Faust* vollenden; er sagt, »er könne sechs Monate seine Arbeit voraussagen, weil er sich zu einer solchen Stimmung der Stimmung durch geistliche und leibliche Diätetik vorbereite.« – Schiller säuft sechs Lot Kaffee auf eine Tasse und braucht Malaga und alles – nicht jeder ist in Kaffee so mäßig als ich.

[] Die halbblinde Kalb ist leider nicht hier; aber der Winter bringt uns aneinander. – Mit hoher heiterer Stille erduldet sie ihre lange Nacht; aber oft auf einmal bricht, nach Herders Versicherung, aus dieser bedeckten Seele ein breiter glühender Strom.
Als einen Begriff der höhern Libertinage führ' ich folgendes an: der H. v. Wolzogen (der gegen die Polen diente, wovon ich tausend Anekdoten hörte und vergaß) sagte im Beisein der Verfasserin der *Agnes von Lilien:* »Die Hetären in Frankreich fodern sogleich nach der Befriedigung ihres Temperaments ihr Geld (sein Ausdruck) – hingegen die Italienerinnen küssen einen *darauf* noch sehr – und die Engl. passen phlegmatisch auf den Lohn.« – Er gehörte in Paris zum corps diplomatique. Auf die Verfasserin der *Agnes* macht' es keinen Effekt. []

528

JEAN PAUL AN FRIEDRICH HEINRICH JACOBI

Weimar, 3. Dezember 1798

[] Mein *Titan* ist und wird gegen die allgemeine *Zuchtlosigkeit* des Säkulums gewaffnet, gegen dieses irrende Umherbilden ohne ein[*en*] punctum saliens [*springenden Punkt*] – gegen jede genialische Plethora, d. h. Partialität – gegen die ästhetische (artistische) und philosophische Trennung des Ichs von der Beschauung, als müsse nicht diese auf jenes wirken, es voraussetzen, nur durch dasselbe gelten und darin *früher* und später wohnen als in der Abstraktion*. Beinahe jede Superfötation und jedes hors d'œuvre der menschlichen Natur soll im *Titan* Spielraum für die eignen Fehler finden; obwohl diese Moral nur in jener Freiheit darin lenkt und predigt, womit die poetische Gerechtigkeit der Moral sich in der Wirklichkeit hinter das tausendfache Räderwerk der Weltmaschine verbirgt. Der *gewöhnliche* Leser muß im ästhetischen Werke wie im kosmischen um uns überall nur Physik und nirgends Endabsichten antreffen. – Eigentlich ist doch im Weltall jede Physik Metaphysik und Teleologie, und je-

---

* Dieser mißlungene Ausdruck will sagen, daß sowohl der Genuß als das Prinzip der dargestellten (ästhetischen oder philosophischen) *Gestalt* ja nicht wieder in der *Darstellung* liegen könne.

des Gesetz der Natur wird nicht von Endabsichten begleitet, sondern sogar gemacht, und diese tun entweder nichts oder alles, wie ja der vollendet moralische Mensch schon keine Adiaphora und in der elendesten Handlung einen moralischen Willen haben müßte.
Verehrtester Freund! Ich sage alles dieses nur mir und lassen Sie mir dieses epistolarische Soliloquium zu! []

5. Dezember 1798

[] Was die beiden lieben Novem- und Dezembrisierer und ästhetischen enfants perdus, die Schlegel, anlangt: so ist nichts dabei zu machen als ein Spaß – und dieser kaum. Ich hätte längst einen kleinen mit diesem Zwillingsgestirn, wodurch niemals Phöbus ging, exemplarisch getrieben – wär' ich von dessen unmoralischen Absichten überzeugt gewesen. Da ich aber das nicht bin – vielmehr das Gegenteil erfahre, so tief sie mir auch ihre Saugestacheln in die poetische Ader setzen – so kann ich nie *sie* bekriegen, sondern nur ihre Prinzipien; und hier sind, wie im Leben, widersprechende Beispiele besser als widersprechende Annotationen. Ich kann meiner toleranten Vernunft und meinem weichen Herzen keine Personalsatire mehr abgewinnen, so viel leichter und reizender sie auch wäre als die perennierende. [] Bei mir war, wie bei den Deutschen, Philosophie früher als Dichtkunst; Planeten sieht man abends früher als Sonnen, wiewohl hier *wie überall im Universum* (Gott ausgenommen) nur die *Stufe* unterscheidet, und nicht die *Art*. []

529

JEAN PAUL AN FRIEDRICH HEINRICH JACOBI

Weimar, 12. Februar 1799

[] Schillers *Piccolomini* wurden hier als der erste Teil des *Wallensteins* gegeben. Der herrlichen Sprache darin und vielen echt poetischen bowling-greens fehlen nur die Charaktere, die Entwicklung und die Einheit des Interesse. Beide Stücke sind wie die Zwillingstöchter in Ungarn aneinandergewachsen, aber nur wie jene mit den Unterleibern, die Oberleiber haben Köpfe und Herzen separat. Sie können das Duo-Dram wie eine bayersche Kreuzer-Komödie mit jeder

Szene anfangen; und wie ich höre, wird der zweite Teil mit dem nachgeholten Ende des ersten künftig angehoben. – Auch in diesem Werk spricht der himmelstürmende Titanengeist der Zeit, der sich von den Nephilims und Faustrechthabern nur darin unterscheidet, daß er die geistige Stärke an die Stelle der körperlichen setzt. Und selber in den kritischen Moralen scheint er zu poltern, da sie die Liebe ausschließen. [ ]

530

JEAN PAUL AN KAROLINE VON FEUCHTERSLEBEN

(Weimar, 21. Oktober 1799)

Ich sehe die Glücksräder ruhig drehen. – Diese Verdoppelung des Herzens macht die Pflichten zu Freuden und die Freuden zu Pflichten und das Leben leicht und ewig. Mich reuen die Jahre, die zwischen uns durchgeflogen, eh' unsre Herzen aneinander waren. Das Leben ist kurz und wird verkürzt: Welche Macht kann uns die Tage vergüten, die wir getrennt verlieren? Die Einsamkeit sei im Grabe, aber nicht vorher. – Indier, Dichter und Frauen suchen wie Bienen den Blumenkelch wie einen Freudenkelch – tragbarer Frühling (Sachet) – O Du, wenn ich Dich nur in der Minute (des Briefempfangs) hätte, damit ich an Deiner Brust zerginge, die Augen voll Freudentränen zu Dir hinaufgeschlagen. – Ich kenne Dich und mich; wir werden nur miteinander glücklich. [ ]

531

JEAN PAUL AN FRIEDRICH HEINRICH JACOBI

Gotha, 1. April 1800

[ ] Ich ziehe im Sommer aus Weimar, suche aber noch auf der Karte den Ort, wohin ich mein Ehebette stelle. Weimar hab' ich nicht so wohl ausgekernt als ausgehülset. Wie will ich Dir meine Karoline malen außer durch Fakta, die am Ende zur Biographie würden. Sie hat einen ernstern, strengern Geist als meiner ist, der oft das Steckenpferd des Sternischen – ist; desto besser wird sich Strenge und Nachgiebigkeit ausgleichen – bei der zartesten Weichheit der Empfindung die kühnste Festigkeit des Entschlusses und allen Stolz der weiblichen

Ehre. Gegen die Verwandten, die uns zerteilen wollten, kämpfte sie, indem sie sich zum Doppelopfer der Liebe für jene und mich machte, schonend, fest und siegend an. Ihr sind alle künftigen Schicksale mit mir gleichgültig; sie treibt jetzt eben so eifrig die Haushaltungskunde als sonst Botanik und Astronomie. [] Herder, dem sie ihre von ihr selber poussierte kleine Wachsbüste gesandt und zu dem ich eine Kusine und einige Briefe von ihr gebracht, sehnet sich nach ihr wie nach einer Geliebten. [] Wie will ich mit luftigen Worten ihre überströmende Liebe, die Kraft, Wünsche unterzuordnen und Leiden mit Lächeln zu bedecken, die äußere Heiterkeit dieses von jahrelangen Schmerzen erzognen Herzens und die Gleichgültigkeit gegen Tand und ihre Frömmigkeit malen! []

532

JEAN PAUL AN FRIEDRICH HEINRICH JACOBI

Weimar, 27. Juli 1800

[] Im Herbste zieh' ich für den Winter nach Berlin, wo mich von der Königin an, die gewiß mehr Untertanen hat als Untertaninnen, bis zu diesen, die auf dem Theater jene machen, alles recht liebend aufgenommen. Wahrlich, ein Romanskribent fährt gut.

Berlin hat den besondern Vorzug – den hundert Städte nicht haben – daß man darin seinem Heinrich Jacobi näher ist als in Weimar. So rück' ich immer näher Deiner Brust.

Meine Heirat wird nichts; ich kann Dir das lange Rätsel nicht (heute) lösen, nur sagen: »Karoline ist edel, Herder betete sie an bei dem ersten Sehen – die Familie willigte ein – ich schied mich – aber wir schreiben uns fort.« []

533

JEAN PAUL AN CHRISTIAN OTTO

Weimar, 25. August 1800

[] Es ist freilich komisch, daß meine Treppe zum Ehebette (nach Dir) unendlich lang sein soll. Ich sorg' indes, in Berlin spring' ich hinein; aber es muß bloß ein sanftes Mädgen darin liegen, das mir etwas kochen kann und das mit mir lacht und weint. Mehr begehr' ich gar nicht. Das Schicksal wird mich doch nicht in Goethes Pferdefußstapfen jagen wollen, oft überleg' ich's freilich, aber es ist nicht daran zu denken; sogar in einer solchen Un-Ehe sänn' ich wieder auf Ehe. Ich muß und werde ein Mädgen heiraten, dessen ganze Sippschaft ein Freudenfest feiert, daß ich mich herabgelassen. Und doch spekulier' ich seit einiger Zeit fast mit auf Eingebrachtes; eine bemittelte Gräfin oder so etwas, denk' ich oft, kann sich in Dich verschießen und dann hieltest Du Dir Dein Reitpferd – wenigstens den Reitknecht – und sprengtest nach Bayreuth, und überhaupt das Fett wüchse fort, das sich jetzt ansetzt. [ ]

534

JEAN PAUL AN CHRISTIAN OTTO

Weimar, 11. September 1800

[ ] Die Gräfin! – *Dir* erzähl' ich's; aber Emanuel würde wahrscheinlich irre; nach *Deinem* Bedünken zeige entweder oder schweige oder lies vor. Am Sonntagsabends aß ich mit ihr. Wir bewohnten dann das Kanapee – die schöne lange Gestalt, die durchaus harmonischen Teile, die gerade Nase und der feine zu besonnene gespannte der Berlepsch ähnliche Mund, aus dem aber, zumal in der Liebesminutenzeit, eine so ins Herz einsickernde Stimme bricht, daß ich sie in Gotha bat, mir es zu sagen, wo ich ihr nicht glauben dürfte, weil ich sonst der Stimme wegen nie wüßte, woran ich wäre – das alles neigte sich an meine Lippen. Unser Weg ging bergunter, d. h. schnell, wir legten in Sekunden Wochen zurück. Sie hatte noch die Hofbrillanten an Fingern und am Halse; und als ich wahrlich an dem letzteren nicht weiter rückte als ein Rasiermesser an unserm – vergib meine Ungebundenheit, da ich heute toll (wild) bin – so schnallte sie das Collier ab und machte ungebeten die tiefern schönen Spitzen auf. Sie hat Terzien lieber als Sekunden. (Ich wollte, das Publikum wäre so rein wie Du; Himmel, welche Herzens-Landkarten muß man nicht in der Tasche lassen?) – Ein vornehmes Wesen hat leichter ein Herz als ein Schnee-Weltgen darüber (sogar *das* erriet ich im *Hesperus*); ihr globulus hatte die Farbe und – Weichheit der Wolkenflocken; wenigstens darin findet ein

zeitiger Ixion ein Stück Nebel-Juno. Dabei blieb die Doppelglut; aber aus ihrem *Anwinden* und aus ihrem Wunsche, *an* mir zu schlafen und aus der Klage bei der letzten Umarmung, daß ich sie damit wieder aus der Ruhe gebracht, war leicht auf die Zukunft zu schließen. Ich sagte zu ihr: »Du (denn das war bald da) weißt den Teufel, wie oft Männern ist.« Und so ging ich. []

535

JEAN PAUL AN HENRIETTE GRÄFIN VON SCHLABRENDORFF

(Weimar, 18. September 1800)

[] Es ist leichter, von Deiner Stimme entzückt als überzeugt zu werden. Und mit dem Auge geht's mir ebenso – Brich Dir recht viel Blüten für Dein Herz aus dem Eden des häuslichen Glücks – Blüten magst Du sonst genug ans Herz gesteckt haben, aber waren nicht zuweilen einige von Giftbäumen gepflückt?

536

JEAN PAUL AN JOHANN MAYER

Berlin, 9. November 1800

Alles, was dieser Brief von Ihnen bittet, haben meine Handlungen schon schweigend ausgesprochen. Die doppelte Achtung, die ich für Sie und Ihre Karoline habe, und die, welche jeder für sich tragen muß, erlaubte jenen keinen Doppelsinn, und das kindliche Herz enthüllte sich dem väterlichen, dem es so viel verdankt, vielleicht früher oder ebenso früh als dem fremden, das seinen Himmel von beiden nimmt. Meine Neigung ist keine schnell auf- und ebenso schnell vorüberflatternde – sie war vor einem halben Jahre lebendig in meiner Seele, aber ich mußte meine Freiheit so lange bewahren, als ich einer fremden nicht gewiß war – mein Auge ist jetzt kein romantisches – Jahre und Verhältnisse mit Weibern von den genialischen an bis zu den prosaischen haben mich über den höhern weiblichen [*Wert*] belehrt – und mein Urteil über dieses zugleich so feste und so weiche, so reine, so zarte, so liebende Wesen kann sich vom väterlichen nur durch die kürzere Erfahrung unterscheiden.

Jetzt, im Augenblicke meiner größten Bitte, sind alle andern Dinge zu klein, um von Ihnen oder mir berührt zu werden. Ich trete jetzt zu dem Manne, für welchen die Achtung und Liebe, die ich schon ohne dieses Verhältnis fühlen würde, durch dieses so kindlich steigt, weil seine zugleich weiblich-zarte und männlich-philosophische Einwirkung die Wurzeln dieser holden Sonnenblume fester machte; zu diesem guten Vater der guten Tochter trete ich und sage meine kurze und wichtigste Bitte: Sei der meinige, sie wird glücklich wie ich! – J. P. Fr. Richter

537

JEAN PAUL AN EMANUEL OSMUND

Der Legationsrat
Jean Paul Friedrich Richter
meldet
seine Verlobung
mit
der zweiten Tochter Karoline
des
Herrn Geheimen Obertribunalsrat
Mayer.

Berlin, 22. November 1800

Lieber Emanuel! Auf dieser Karte ist so viel Inhalt wie im längsten Brief. Das Schicksal gibt mir endlich das, um was ich so lange herumirrte. Jetzt fehlet mir nichts wie eine Stadt; wozu ich Sie mir die wohlfeilste, gebildetste, beste in der Gegend und im Bier, vorzuschlagen bitte. Leben Sie wohl.

538

JEAN PAUL AN CHRISTIAN OTTO

Meiningen, im Juni 1801

Der Ehemann an einen.
Ich habe Dir wenig zu sagen, wenn Du nicht neben mir sitzest. An Zeit ist nicht zu denken. Ich kann nicht sagen, daß ich eben zufrieden bin, indes bin ich wenigstens selig. Die Ehe

hat mich so recht tief ins häusliche feste stille runde Leben hineingesetzt. Gearbeitet und gelesen soll jetzt werden. Das Verlieben kann ausgesetzt werden. – Herder und sie wurden die amorosi meiner Frau; die Herzogin-Mutter, bei der sie aß, sagte zu meiner Beruhigung, ich sei ihrer gar nicht wert, Wieland schreibt, ich sei ein Günstling des Schicksals – hier am Hofe gefiel sie allen sehr, sogar der weibliche Adel liebte sie, obwohl die einzige Bürgerliche, recht sehr. [] Sie weiß für Emanuel ein herrliches Judenmädgen in Berlin; er sollte hin. – Komme bald her. Ich möchte dann bald zu Dir und zu Amöne, die ich mir jetzt als Frau gar nicht recht denken kann. – Mit der Gräfin [*Schlabrendorff*], über welche gegen mich Leipzig und Berlin sattsame Verleumdungen ausgeworfen, leben wir in schönem Bund. []

539

JEAN PAUL AN FRIEDRICH HEINRICH JACOBI

Meiningen, 13. August 1802

Heinrich! Die Freude ausgenommen, welche mir im Oktober meine Frau auf ihren Armen und an, nicht mehr unter, ihrem Herzen entgegentragen wird, weiß ich keine größere in diesem Jahre als die, daß ich Deinen Brief gefunden, Geliebtester. Lasset uns über das Schweigen schweigen. Aber wo soll ich die Rede anheben? Was hab' ich Dir seit einem Jahre nicht innerlich gesagt, aber äußerlich nicht? Gott weiß, was ich vergessen habe.

Ich bekenne geradezu meinen vorigen Argwohn, daß irgend ein Buch von mir Dich etwa von mir gerissen – und doch war ich jeden Monat daran, Dich zu fragen und am meisten nach der Lesung Deines Meta-Kants, den ich im Tiefsinn an und in der athletischen Diktion, in der demosthenischen Kette und Gewalt (impetu) *über* den Spinoza setze. Es ist das jüngste Gericht (Krisis) über die Kritik wie über Fichte, wo sich die Sache mit Feuer endigt. Du hast sogar einen neuen herrlichen Bilder- und Periodenstil darin. Warum nicht schon tausend Widerlegungen dagegen da sind, könnt' ich mir nicht erklären, wenn ich es nicht darin suchen müßte, daß schon eine unmöglich ist. Aber der rechte Grund ist,

Schreiber und Käufer sind jetzt der öffentlichen Verhandlungen müde – jeder bekehrt sich im stillen – alles ist schon kritische *Nachwelt* und man schreibt so wenig dafür oder dagegen mehr als gegen und für Plato. Man kann es selber erleben, daß man für dieselben Sätze eine Mit- und später eine Nachwelt ist; welche letztere eine eigne Untersuchung ihres Anfangs und Werts verdient. – Deine Abhandlung über den Atheismus gehört unter die säkularischen, welche *geben,* oder gesetzt zeigen statt zu setzen*. Verliere nur Deine Blätter (in Hamburg gemacht) und Deine Briefe nicht und ersehe Dir einen Mann, der einmal Deine Phönix-Asche sammlet, zu der stets ein Gott die Sonne sein wird.
[] Alles Sublimieren ist jetzt ein Präzipitieren in jedem Sinn, das Geschöpf (Schelling) frisset seinen Schöpfer (Fichte), der Magen den Kopf (im Krebs stecken sie schon ineinander) und dieser jenen. Fichte und Schelling gingen in Dresden (oder Berlin) schnell zornig auseinander. So sagt man auch in Jena, so tief jetzt Wieland steht, so tief wird in einigen Jahren Goethe stehen bei dem Wachstum. Fichten wird der Sinn des Absoluten dort schon abgesprochen. Kann denn, ohne diesen, die Philosophe auch nur anfangen? []

16. August

Wär' es nur möglich, Dir wenn nicht einen Folianten, doch einen Quartanten zu schreiben, so könnt' ich doch sagen, vergib die Kürze. – Ich fahre im Antworten fort. Dein Unmut über den ersten *Titan* hatte wahren Grund; in Hof schon entwarf ich ihn und mengte zwei sich widrige Zeiten und Manieren zusammen. In ihm darf durchaus nichts Fixleinisch sein. Roquairol, dieses Zeitkind, die hohle runde Nulle an (hinter) der Einheit des Säkuls, mußte Dich im ersten Band, wo er noch für, nicht gegen Gute zweideutig erschien, auf meine Kosten erzürnen; sein Ende wird mich an ihm rächen. Jetzt bin ich durch Weimar und mein Studium ganz über die Grenzen und Foderungen der Poesie im klaren; wie Du aus Lianens Tod und noch mehr aus den zwei letzten Bänden des *Titans* zu Ostern sehen wirst. Mit derselben Objektivität will ich dann eine komische Biographie – einen *Fixlein-Siebenkäs* – anfangen, woran ich schon viele Jahre sammle,

* Zumal Deine reichen Worte über den Instinkt, in dem eigentlich das dynamische Rätsel der Welt liegt.

worin sich die gelehrte, niedrige, vornehme Welt, die kleinen Hofstädte und alle bürgerliche Wirklichkeit mit allen Tinten zeichnen. Schon der Gedanke daran bringt mich in selige Zeiten zurück. Heiter, leicht soll alles sein, die Satire scharf, und doch wirst Du oft weinen. Nur dies Werk und meine philosophischen und ästhetischen Briefe vergönne mir Gott gar zu schreiben; dann will ich hinfahren. In jenem Werke zeig' ich zum Spaß, daß griechische Gedichte zu machen sind. Sage mir doch zuweilen das Schlechteste und Beste für Dich in meinen Werken. Auf Deine Frage, was denn mein Ernst hinter der Dichtung ist, antwort' ich: Deiner. Die Stelle im *Allwill*, wo Du von [*der*] poetischen Auflösung in lauter unmoralische Atonie (»Gesetzesfeindschaft«) durch lauter Reflexion sprichst, gab mir die erste Idee des *Titans*; du konntest nicht nur einen Roquairol dichten, sondern hast's schon getan. Mein Ernst ist das überirdische bedeckte Reich, das sogar der hiesigen Nichtigkeit noch sich unterbauet, das Reich der Gottheit und Unsterblichkeit und der Kraft. Ohne das gibt's in der Lebensöde nur Seufzer und Tod. Mein ganzes Leben zog darauf zu, nie ließ ich es, sogar im frühern Skeptizismus, und noch hält es mich, da mir das Leben täglich mehr verschimmelt, weil es mir gegeben, was es hatte, alles. Nur gönn' ich der Dichtkunst eine größere Freiheit als vorhin (sonst wird sie ein – Hermes in Breslau); die sittliche Schönheit muß im Dichten nur die ausübende Gewalt, die Schönheit die gesetzgebende haben. Meine zweite Veränderung ist, daß ich jetzt weniger auf Menschenliebe (ohne einen Gott und eine Ewigkeit wär's sehr schwer, die Menschen im Ganzen zu lieben), als auf Kraft und Selbstachtung dringe, auch in mir. Daher ist mir Kotzebue im Innersten widrig. Ich schade mir durch solche Aphorismen, die immer ein Buch erfodern. [ ]

540

JEAN PAUL AN HERZOG GEORG VON MEININGEN

Meiningen, 19. September 1802

Durch einige schlechte Wilddiebe und Wildspionen unter unserer Gewerkschaft ist es leider dahin gediehen, daß wir alle mit Stadtarrest belegt sind. Da wir wenig Vernunft haben –

indem unsere größte darin besteht, daß wir saufen und nicht toll sind – so kann ich nichts aufsetzen; daher nimmt sich mein trefflicher Chef und Brotherr die Mühe, für mich Endesunterschriebnen mehr als Endesunterschreibenden, eine Supplik zu machen,

daß ich meinem Chef folgen dürfe, wenn er nach Welkershausen oder nach Grimmathal geht.

Ich kann Attestate von meinem Prinzipal beibringen, daß ich so wenig von der Jagd verstehe als er und daß ich stets hinter seinem Stock der nächste bin; und die einzige niedere Jagd und freie Pirsch, die ich mir erlaube, weil mich der R[*eichs*] Anzeiger dazu ermuntert, ist zu Zeiten eine Feldmaus. Da ich nun mein Brot bei meinem Brotherrn verlieren würde, wenn er mich nicht außerhalb des Tors brauchen dürfte, wohin gerade seine Geschäfte mit mir fallen – und da ich sein einziger Viehstand bin und seine Poularderie und Fasanerie und sein Wappentier; und da Sie ihn gewiß halb so lieben als er Sie; und da Sie oft, wenn Sie bei ihm waren, die Gnade gehabt, mich armen Hund zu streicheln und zu sagen: »Komm Spitz!« – so verseh' ich mich zu meinem Glücksstern und Hundsstern, daß mir verstattet werde, früher als ich zu Schuhen zugeschnitten bin und auf andern Füßen als auf fremden, vor das Tor zu kommen.

Spitz

p.t. [*zur Zeit*] Hund bei H. J. P. [*Jean Paul*]

541

JEAN PAUL AN CHRISTIAN OTTO

Meiningen, 25. Dezember 1802

[] Den 6. Dez. wurde mein *Titan* rein und recht beschlossen, nachdem ich wie gewöhnlich immer wütiger gegen das Ende fortbrausete und kaum aussetzen wollte, weil jedes Ende als Fokalpunkt alle Linien sammlet und also durch übermäßigen Stoff alles erleichtert. Den 12. fing ich den Notar an, nachdem ich in diesem durch sechs Tage Arbeit endlich den perspektiv[*ischen*] alles ordnenden P[*unkt*] gefunden. Ich wage oft ganze Bände hin auf die – Möglichkeit, daß ich für eine unauflösliche Schwierigkeit schon die Lösung finde, wenn die

Not da ist, und nie mißlang's. Wähle doch *hier* ein wenig unter den Titeln und bezeichne die besten und dümmsten. Das Notariat wie die Schultheißerei ist flüchtiges Nebenwerk; der Held und Jurist ist die dichterischste zarteste und zärtlichste usw. individuellste kindlichste Seele – ganz eigne neue griechische Gedichte geb' ich darin – aber unbeholfen, weltlos und unbesonnen und so scheinbar-dumm wie möglich. []
Der vernünftigste Tiel wäre: Gottwalts lächerliche Begebenheiten und Meinungen. Aber es gibt *bessere: Der schwarze Spiegel,* ein *historischer Roman* – Protokolle, erster *Aktenstock* – Hängende Gärten, ein gelehrten-(komisch-) historischer Roman. – Die Zwillinge (denn Gottwalt hat einen Bruder-Gegenfüßler) – Schwefelpasten – Abgußsaal – *Flegeljahre* – Hirtenstücke und Mäusejahre – Komische Geschichtskarten, erste – Gottwalt, ein komisch-historisches Schauspiel, I. Band – Das Buch der Seligen, 1. Aktenstock – Verwandlungen – Konduitenlisten – *Taschenbuch in Oktav* – Der Paradiesvogel –
Für jeden dieser Titel lässet sich im Werke die vollständigste Beziehung auftreiben. []

542

JEAN PAUL AN FRIEDRICH HEINRICH JACOBI

Meiningen, 14. Mai 1803

[] H[*erder*] besteht aus einem halben Dutzend Genies auf einmal, denen bloß ein alle bindendes, *besonnenes* Ich fehlt, ohne welches keine Philosophie und Poesie sich vollendet. Wie die Weiber, hat er sein Ich nicht zweimal, sehend und gesehen; daher fehlt ihm die hohe Freiheit, ein feindseliges Individuum zu verstehen und zu benutzen. Völker, deren Individualität immer nur eine Idee, statt einer Anschauung wird, hat er herrlich konstruiert wie noch kein Autor; und doch kein Drama, nicht einmal ein leidliches Gespräch. Letzteres fodert höchste Gewalt über Mensch und Sache zugleich. Darum ist Plato so dichtend. [] Über H., über seinen passiv-poetischen Geist, der durch die kleinste Handlung geht, über seinen feinsten Kunstsinn, über den heiligen griechischen menschlichen Zartsinn seines obwohl ungestümen Herzens; und wieder über seine Selbstqual und seinen Selbsttrug, über den

Schattenkampf mit einem Wettlauf der Zeit, dem er selber die Schranken geöffnet usw., darüber brauchte man ein Buch für andere – und für Dich nicht diese Seite, da Du ihn ja persönlich kennst. Ein anderer könnte mit der Hälfte seiner Kräfte Wunder tun. Er ist eine Welt, hat aber keine zweite, worauf er stehen könnte, wenn er jene regen will. [ ]

543

JEAN PAUL AN JOHANN MAYER

Koburg, 13. November 1803

Verehrtester Vater! Mit Freuden zeig' ich Ihnen an, daß Karoline den 9. abends leicht und gesund von einem Sohne entbunden worden. Ich verschob die Nachricht dieser Freude für Sie und mich bloß darum bis heute, um ohne Furcht vor kritischen Tagen mich und Sie dem Genusse dieses Glücks überlassen zu können; aber das Wochenbett ging so leicht bisher als Schwangerschaft und Niederkunft vorüber. [ ]
Der Vater des Kindes wurde zugleich auch für die Ostermesse 804 Vater der *Flegeljahre*, wovon schon der bloße Titel den Zeitungen geschmacklos erscheinen muß. Zur Michaelismesse 1804 aber geb' ich etwas sehr Ernstes, *Vorlesungen über die Kunst*. [ ]

544

JEAN PAUL AN KAROLINE HERDER

Koburg, 8. Januar 1804

Gute liebe Herder! Was darf ich Ihnen sagen, da Sie ohnehin so viel an *fremden* Schmerzen leiden, und gleich der Witwe eines Fürsten – und er war einer – um und mit einem Lande zugleich trauern müssen? Ich möchte lieber zu Ihnen und eine halbe Stunde trostlos sein und dann stumm wieder fortgehen. Seit dem Tode meiner Mutter war dies mein herbster Schmerz, und ich zermalmte mich immer von neuem und Ihr Brief tat's auch wieder; und wär' ich in Weimar, so müßt' ich ihn sehen, und stürb' ich. Es ist freilich nur die Trauer um sich selber; denn dieser reine Geist verdiente die reinere Welt, oh, und er war so göttlich und so gut, daß ich mir ihn – wenige fast nur *körperliche* Schwächen abgerechnet – fast unverändert, ja recht an seinem Orte in jener heiligen fernen Welt, unter jener hohen Geistergesellschaft denken kann, welche ist, wenn Gott ist. Sie, gute Herder, haben den ewigen Trost und Stolz, daß Sie nichts geliebt und gesucht als seine Freude und daß er diese ewige Aufopferung mit niemand teilte als mit seinen Kindern. Jede Träne, die Sie früher um, ja durch ihn vergossen, erspar Ihnen jetzt eine. Sie können sagen (und ich will es beteuern): »ich dachte immer nur an ihn.« Dieser einzige Gedanke lindert die Qual, und wenn sein verklärtes Angesicht sich jetzt auf die Erde richten kann oder könnte: so würde nichts darin stehen als der Gedanke: Sie hat mich geliebt und beglückt, und der Ewige geb' ihr noch auf der Erde und durch die Kinder die Freude und den Lohn.

Und darum dürfen Sie stolz sein, die Geliebte und die Schwester und Mutter und Pflegerin einer großen Seele gewesen zu sein; Sie können Ihr Geschlecht stolz ansehen.

Für mich ist Weimar auch begraben, und nur durch den Herderschen Namen hat es noch Leben. Ja wäre, wenn ich einst käme, niemand mehr da als *Rinaldo:* so sag' ich Ihnen, dies Kind wäre mir mehr als das ganze noch schreibende Autor-Kleeblatt. *Einmal* komm' ich noch hin, um alles zu sehen, was den großen Namen des Großen führt; dann hab' ich nichts mehr da zu suchen. [ ]

545

JEAN PAUL AN FRIEDRICH HEINRICH JACOBI

Bayreuth, 17. Dezember 1805

[ ] Über theoretische Philosophie zu schreiben ist jetzt auf der kriegsschwankenden Erde keine Möglichkeit; man dankt Gott für ein Stück praktischer und lustiger. Indes begehr' ich ein noch größeres, und Du sollst meine Bitte um den Weg dazu erhören helfen. Ich sitze nämlich hier mitten im Glanze der Natur, am Vorstadtspol, an der Hauptstraße aus dem Baierschen. Wird nun wieder Krieg – wogegen freilich nicht nur meine Berechnung, sondern auch ein Lebensaberglaube spricht, den ich Dir einmal entdecken will – so kann mir der Natur*glanz* um vieles verdeckt werden durch einen ganz andern, der mich wahrhaft stören würde, wenn er aufs Papier

fiele, auf das ich mein neuestes Werk *J. P. Erziehungslehre* schreibe. Kurz, ich wollte nämlich in solchem Fall an den Kurfürsten – dem oder dessen nächstem Hofe doch mein Name bekannt ist – mich mit der Bitte um einen Protektor, Paraklet und Schirmvogt (ein Infanterist sei es) wenden, der mich gegen zwei Alliierte schützte; und an Dich mit der Bitte um die rechte Übergabe, sogar um die in Baiern übliche Courtoisie. In jedem Falle erwart' ich also Deinen Brief, wenn nicht *vor*, doch *mit* dem Kriege; folglich Gegengift mit Gift. – Meine *Erziehungslehre* wird mir schwer, da ich weder in den aufsteigenden noch niedersteigenden (Humor) Enthusiasmus darin geraten darf, sondern in der Mitte der Ruhe und ewiger Sentenzen bleiben muß.

[] Oh, wie wirft sich die Zeit durcheinander, Heinrich! Und immer bereitet ein Chaos nur ein neues vor! Wahrlich nur die Buchläden sind die Kasematten der Zeit; über den chaotischen Wassern schwebt der gedruckte Geist. Ohne Bücher wäre die verdorbne Welt – die sich nicht immerfort, wie sonst, mit Völkerquellen aus Norden erfrischen kann und die zuletzt keine andern Naturwilden zur Lehre und Wehre mehr haben wird als die sie selber erzeugt unter dem Namen Kinder – zugleich eine verlorene Welt; eine gerichtete ohne Auferstehung.

Aber *Licht* wird zuletzt alles besiegen, nicht nur das *Feuer*. []

546

JEAN PAUL AN FRIEDRICH VIEWEG

Bayreuth, 22. März 1806

Ich biete Ihrer berühmten Buchhandlung mein neuestes Werk *Levana oder Erziehungslehre von Jean Paul* für die künftige M[*ichaelis*] M[*esse*] 1806 an unter folgenden Bedingungen

1. Das Werk erscheint *auf einmal, vollendet,* in *zwei Bändchen,* jedes zu zwanzig Druckbogen (vielleicht einen Bogen mehr oder weniger) – und *broschiert* –

2. Für den Druckbogen – ungefähr dem Drucke und Formate der Ästhetik ähnlich – 6 Louisd'or in Gold, *falls* Sie eine Auflage von 2500 Exemplaren machen –

3. Zu Johannis liefere ich das ganze Mspt. und erbitte 1/3 des

vermutlichen Honorars; – das [*restliche*] 2/3 zur M[*ichaelis*] M[*esse*] –
4. Die gewöhnlichen zwölf Freiexemplare –
5. Das schöne Papier gehört (in Ihrer Buchhandlung) nicht zu den Foderungen, sondern schon zu den Voraussetzungen.
Das Werk selber ist für die höhere (elegante) Welt und die Mütter didaktisch geschrieben – geht von dem Allgemeinsten, dem Geiste der Zeit, der Bildung zur Religion usw. bis zu den bestimmtesten Regeln herab, über Spiele, Freuden, Strafen usw. der Kinder – Von der Ausbildung des Menschen bis zu einem Briefe über Bildung der Fürsten, der Weiber usw. und bis zur physischen Erziehung – Es ist wie meine Ästhetik eine Frucht oder Blüte langer Sammlungen und Jahre und Erfahrungen – Nur zuweilen wird der didaktische Ton durch den Nachschlag eines komischen unterbrochen oder geschlossen. Da ich mich noch des Vergnügens Ihrer persönlichen Bekanntschaft erinnere: so würde ich mich freuen, es verdoppelt zu fühlen durch ein handelndes Verhältnis mit einem so berühmten Verleger. – Jean Paul Fr. Richter
N. S. Ich bitte Sie um Eile des Antwortens.

547
JEAN PAUL AN FRIEDRICH VIEWEG

Bayreuth, 8. April 1806

Ich sage Ja zur Hauptsache, nämlich 1000 Reichstaler in Louisd'or für vierzig oder zweiundvierzig Druckbogen nach Format und Druck der Ästhetik. Sollt' ich mich um einige Bogen *plus* oder *minus* verrechnet haben: so wird mir nach der 5 Louisd'or-Taxe für Bogen, entweder *zu*- oder *ab*gerechnet.
Ich vergaß im ersten Briefe noch anzumerken, daß im Falle der vergriffenen Auflage wieder ganz neue Bestimmungen und Rechte für die zweite eintreten.
Da Ihr Versprechen, »wenn nach Jahr und Tag die Druckkosten ersetzt sind«, mir den sechsten Louisd'or nachzuzahlen, zu unbestimmt ist: so wollen wir es auf den Absatz von dreizehnhundert Exemplaren bestimmen.
Morgen lass' ich das Abschreiben des Mspts. anfangen. [ ]

548
JEAN PAUL AN FRIEDRICH HEINRICH JACOBI

[] Bayreuth, 30. März 1806

Was ich Dir über Fichte schreiben wollen, hab' ich zum Glück für Deine Weile rein vergessen. Nur dies weiß ich noch, daß mir das Buch über den Gelehrten am kahlesten und das über das selige Leben am besten vorgekommen. Wie er aber mit seinem rohen Idealismus – der den Begriff zu Gott dem Vater macht – und sonst mit Dir zusammenzukommen glauben kann, oder mit seinem ihm fremden leeren Nachsprechen über Religion und Liebe, dies erklär' ich mir – leicht, weil er niemand lieset und versteht als sich, und dies nur halb. Was Du längst in Deinem Hume für den Idealismus gesagt, und so hundert andere Antiken, bringt er als seine Novitäten vor uns. Er mag nachsinnen und nachsprechen, so viel er will, er zeigt doch, daß niemand über sein Gemüt hinaus philosophieren kann. []

549
JEAN PAUL AN CHRISTIAN OTTO

Bayreuth, 22. Mai 1808

Lieber Otto! Über das Schweigen schweig' ich. [] Im Winter hätt' ich oft gewünscht, Du wärest mir auf der Gasse oder in der Harmonie aufgestoßen; Du hättest dann auf meiner linken Achsel mein festbleibendes Eichhörnchen gesehen, das nicht beißt und nicht pißt (denn letzteres tut's jeden Morgen um sechs Uhr). Gleichwohl halt' ich's jetzt für gewagt, daß ich das Tier, da ich bei Dobernek einen Sohn aus der Taufe hob, in der Tasche hatte, in die ich während der Taufrede mehrmals greifen mußte, um es mit dem Schnupftuch einzubauen (niederzuhalten); denn während ich meinen armen, leider seligen Paten in den Armen hielt, hätt' ich durchaus nichts machen können, wenn das Tier herauf auf meine Achsel gekrochen wäre, vielleicht zur allgemeinen Störung des Taufaktus und Ernstes. In einem Sack an meinem Kanapee schläft das Hörnchen. –

Meine *Friedenspredigt* (mit unzähligen Druckfehlern) sagt Dir einige Bekehrungen in mir von Buchholz. Und doch hat mich die Zensur wenn nicht entmannt (verschnitten), doch beschnitten zweimal. Es ist jetzt eine verdammte Zeit für einen, der über sie lachen will. *Die Beichte des Teufels bei einem Staatsmanne* absolvierte der Zensor des »Morgenblatts« nicht; doch kommt sie jetzt mit *Des Feldpredigers Attila Schmelzle Reise nach Fätz* heraus, vielleicht mein ausgearbeitetster, regelrichtigster Spaß ohne die geringste Ausschweifung oder Selbsteinmischung; man müßte denn – und man hätte Recht – die unten auf *jeder* Seite stehenden Noten (bloße Einfälle ohne allen Textbezug) dafür halten wollen. Michaelis kommen zwei Bändchen vermischte (alte und neue) Schriften; die Badreise eines D. Katzenbergers soll in Dir den kleinen Sprechzynismus Deines alten Freundes, der so oft mit Dir über den Ekel scherzte, etwas wieder (hoff' ich) auffrischen. Wahrscheinlich kommt auch Michaelis mein Fibel heraus; nämlich die Biographie eines gewissen Fibels, der das fränkisch-sächsische Abc-Buch gemacht, das mit den Kupfern und Versen: »Ein Affe gar possierlich ist usw.« voran, ausgegeben wird. Eine Satire auf die Lebensbeschreiber Kants u. a. Ohne den Krieg wäre meine *Levana* gewiß schon wieder aufgelegt geworden; auch hab' ich mir bei ihr wie bei [*der*] *Vorschule* die Nachzahlung des sechsten Louisd'or bedungen; und von Perthes hab' ich diese auch schon bekommen. Sonderbar! Bei keinem Buche fürchtete ich mehr das Urteil und Schicksal als bei dieser *Levana;* so wie ich ebenso hoffte das des *Titans.* Aber so überrascht immer das Publikum, wenigstens unangenehm. – In der »Heidelberger L[*iteratur*] Zeitung« helf' ich sehr mit rezensieren; und ich werde überhaupt stark gesucht. Jetzt sollte Geld unter den Leuten sein; ich bekäme vieles davon.

Mein Inneres übrigens ist jetzt starr, trocken, kalt; der Frühling und alle seine Sternenhimmel haben mir nichts an; ich bleibe starrkalt, bis das große Welt- (Europas) Spiel gewonnen ist. Dies hält mich indes nicht ab – denn es spornt mich an –, zum allbesten mit Einzelkräften feurig mitzuwirken. Welchen die Zeit niederschlägt, der richte zuerst diese wieder auf und dann sich mit; wenn die Vielheit der Teufel etwas vermag, so noch mehr die der Engel; noch mehr, sag' ich; denn die menschliche Natur gibt zehn Engeln das Übergewicht über hundert Teufel. Denn wäre dies nicht: so wäre bei der Überzahl der Schwachen und Dummen und Schlimmen längst die Menschheit eingesunken anstatt gestiegen. [ ]

550

JEAN PAUL AN FRIEDRICH HEINRICH JACOBI

Bayreuth, 22. Juli 1808

[ ] Mich engt die Unentschiedenheit der jetzigen Welt in allen meinen Planen ein, oft in solchen, die sich auf sechs Groschen oder sechs Schritte belaufen. Indes wird mir doch die Überzeugung immer durchgreifender, daß ja überall die äußere Welt nur von einer Unentschiedenheit in eine andere höhere überschwanke und man also, um etwas zu wagen, warten müßte, bis der jüngste Tag nicht nur, sondern auch das jüngste Gericht vorüber wäre. So fiel es mir neulich recht stark auf als eine Selbstdummheit, daß ich durchaus nicht froh sein wollte, weil einige Befürchtungen und nicht zehn Jahre Hoffnungen vor mir lägen, gleichsam über dem Haha meines Lustgartens hinaus; denn, sagt' ich, als ich schon die Dummheit wegwarf, willst Du nicht genießen mitten unter den Befürchtungen, so fängt es gar nicht an, weil Du doch den gewissen Plagen und Verkürzungen des Alters zulebst; denn, eine kurze überfüllende Zeit des Lebens ausgenommen, bestiehlt jede, und jede spätere stärker den Ärmeren. [ ]

551

JEAN PAUL AN FRIEDRICH PERTHES

Bayreuth, 23. Dezember 1809

Dank für Ihre mir immer erfreulichen Blätter, sie mögen mich bejahen oder verneinen. Zuerst: Ihrem »Museum« bau' ich gern meines an. Nur erlauben Sie meinen Papieren anderthalb Respekt- oder Respitmonate, oder sächsische Sechswochenfrist zu deren Einbringung. Ich hatte mir oder meinem Körper eben vier Wochen Ferien gegeben, welche darin bestehen, daß ich lese, exzerpiere, Bücher und Papiere ordne, für mich schreibe – aber nicht für das Publikum. Ich hatte diesen Sommer hindurch ein Terzianfieber – seit meiner Kindheit die erste Krankheit – doch braucht' ich (seit vierzig Jahren) weder Bett noch Arzt und machte am Zwischentage Satiren z. B. für den Kriegskalender, ja ich konnte (bei meiner Heiterkeit des Kopfes sogar im Fieber, das ich durch philosophische Werke zu vergessen suchte) fortarbeiten bis ans Frostzittern der Schreibhand hinan. Indes fodert dieses in seiner Art so einzige Wechselfieber von ganz Deutschland noch immer Schonung für den langsam-geheilten Körper; denn nur Nachzügler nach Nachzüglern zogen fort. []

552

JEAN PAUL AN ACHIM VON ARNIM

Bayreuth, 22. Juli 1810

Haben Sie herzlichen deutschen Dank für Ihre echtdeutsche Schöpfung, d. h. für Ihre altdeutsche. Schon aus dem *Wintergarten*, aber noch mehr aus der *Dolores*-Geschichte erriet ich, daß Sie das Meisterstück des Bärenhäuters gemacht, das mir immer wieder gefällt, obgleich ich und Cotta darin vorkommen. Sie halten die Lachmuskeln der Leser wie Zügel in der Hand und machen mit deren Gesichtern, was Sie wollen. Gäben Sie doch einmal ein langes bloß komisches Werk*! – Ihre Charaktere sind scharf wie in Stein geschnitten; und oft ein einziges physiognomisches Beiwort (wie der *fischköpfige* Primaner) hält einen Charakter gespießt wie einen Türken oder Käfer fest uns vor; wozu noch Ihre schöne dichterische, wenn auch schneidende Unparteilichkeit gegen alle kommt, z. B. gegen Frank, Waller, die Dolores. – Ungeachtet der *ziemlich* auseinanderlaufenden Oberfläche der Erzählung (nach *Meisters Lehrjahren*) erhebt sie sich doch zuletzt zur Bergspitze eines zusammenfassenden (dramatischen) Ausgangs. Auch die Gedichte scheinen zuweilen zu weit und seicht auseinanderzurinnen. – Der Sprache sind Sie Herr und Meister, aber gar nicht (oder absichtlich) der unbedeutenden Interpunktion.

Verzeihen Sie die Offenherzigkeit meines Lobes und meines Tadels. Kostete mich förmliches Rezensieren nicht nach meiner Kunstgewissenhaftigkeit zehnmal mehr Zeit als eignes

* Ihre vis comica übertrifft die Tieckische durch ihre altdeutsche Originalität und durch warme Karnation vermittelst der Phantasie, gegen Tiecks komische Skelette vermittelst des Verstandes.

Arbeiten: so rezensierte ich diese *Dolores;* aber meine d. h. diese *Meinung* kann ich ja leichter öffentlich sagen, wenn ich mir vornehme, im »Morgenblatte« unter meinem Namen ein fortlaufendes Protokoll dessen zu geben, was wider oder für meinen Geschmack gewesen, bloß als Meinung; wenigstens der Verwandte des meinigen weiß dann, was er fliehen oder suchen soll.
Leben Sie wohl! Bleiben Sie der Muse treu!

553
JEAN PAUL AN LORENZ HEINRICH WAGNER

Bayreuth, 7. Dezember 1811

Beifolgendes so unbedeutende Trinkessen auf den zweiten Advent kommt daher, weil ich gerade heute den letzten westfälischen Schinken bei Fr. zu kaufen bekam. Sie bekommen das *Omega* – ich lasse morgen das *Psi* kochen. – Er ist sehr gut und ich setze voraus, daß die jetzigen westfälischen Regierungsbeamten eben so geräuchert sind als ihr Schinken, weil sich sonst Christ[*i*] Wunder umkehrte und die Säue in die Teufel führen. – Als Schinkenschwemme hab' ich noch eine französische Wein-Dryas beigefügt, die eben heute abgezogen worden. Der Wein heißt St. Joseph. So mag sich denn morgen dieser keusche Joseph zum ersten Male auf Ihrem Tische mit der westfälischen Potiphar (Sus) gatten und wieder seinen leeren Mantel, aber in Gestalt einer leeren Flasche zurücklassen. [] Ich bedarf e[*ines*] größern Sinkings Fond dazu. Leben und essen Sie wenigstens halb so wohl als Sie lehren.

554
JEAN PAUL AN JOHANN FRIEDRICH COTTA

Bayreuth, 16. Februar 1813

Hier endlich, lieber H. Doktor, ist die geschlossene *Levana;* samt den Druckfehlern der *Vorschule* und der *Traumdichtungen.* In diesen Zeiten, wo zugleich Teufel und Engel lauter Wunder säen, muß man freilich auf das Aufgehen der Aussaat warten; daher ich die möglich-früheste Ausgabe der *Levana* in Ihre Hände mit Vertrauen auf Ihre Liebe gegen mich und das Buch und auf Ihre politischen Blicke lege. Gedruckt mögen beifolgende Bände etwas über vierzig Bogen geben; ich bitte Sie daher um das Honorar der Hälfte, nämlich angewiesene 60 Louisd'ors.

Sie fragen mit Recht, warum ich z. B. nicht Geistfreiheit schreibe. Meine Antwort ist: ich schone, so gut ich kann, das Leserohr und will mir keine Stelle durch grammatischen Eigensinn verderben. Auch wart' ich die Entscheidung der Mehrheit ab. Daher schreib' ich noch Kriegsamt anstatt Kriegamt*; so (in den *Traumdichtungen)* Frühgott*es*dienst des Lebens, anstatt Frühgottdienst, wie Tierdienst. Ich schriebe gerne statt Vorbildungskraft Vorbildkraft, also auch Einbildkraft, wag' es aber nicht. Wolke hat ganz unrecht, die Mehrheit nicht für die Sprachgesetzgeberin anzuerkennen. Wenn er der Sonno und die Mon schreibt: warum nicht auch die Weib, eine Mädchen? Apropos! Über seinen *Anleit,* den ich schon einmal besaß, haben Sie noch nichts verfügt. [ ]

Nach meinem Aberglauben des Dualismus wird, da sich Karls des Großen Geschichte bis sogar auf die Jahrzahl, wenn man die erste Eins wegstreicht, jetzo wiederholte, anno 1813 Friede wie bei jenem 813. Dränge die Kriegsflut über unsere Dämme: so dürft' ich wohl Sie in Stuttgart öfter sehen und nicht bloß *schriftlich* wie jetzo sagen: guten Morgen!

Ihr Jean Paul Fr. Richter

555

JEAN PAUL AN KAISER ALEXANDER I.

Bayreuth, 9. Februar 1815

Allerdurchlauchtigster, großmächtigster Kaiser und Selbstherrscher, allergnädigster Kaiser und Herr!

Mitten in der erhabnen Zeit, da Euere Kaiserliche Majestät der Schiedsrichter Europas sind, wie vorher der Befreier desselben, und Sie aus dem Schutzgeiste des Siegs der Schutzgott des Friedens werden, tritt eine kleine Angelegenheit vor Ihren Thron.

Doch wie dem Geiste nichts zu groß ist, so ist der Güte nichts zu klein.

Über fünfundzwanzig Jahre lang hatt' ich als Schriftsteller

* Übrigens übersah ich und nach mir der Setzer viele zu tilgende S's.

für die Musen und die Philosophie gearbeitet, als mir ein einziger deutscher Fürst, der vormalige Großherzog von Frankfurt, im Jahr 1808 eine jährliche Pension von 1000 Gulden bewilligte, um den Armgebornen zu unterstützen, dessen Körper bloß von seinem Geiste lebte.

Nach der segenreichen Besetzung des Großherzogtums wurde mir von 1814 an die Fortsetzung der Pension vom Generalgouvernement verweigert bis auf höhere Entscheidung. Werden die hohen Verbündeten, welche für deutsche Freiheit und deutsche Wissenschaft zugleich gekämpft, die fürstliche Unterstützung eines Schriftstellers zurückzunehmen gebieten, welcher zu einer Zeit *für* europäische Freiheit geschrieben, wo er seine eigne einem Davoust bloßstellte?

Ich wende mich hier an das *Herz* Alexanders, da die wohlwollende Vorsehung gerade im Jahrhunderte des Egoismus die Menschenliebe auf den höchsten Thron Europas gesetzt. Ich wende mich hier an Seinen *Geist*, der Geister beschützt und welcher, da er kein anderes großes Reich mehr zu vergrößern hat, als das größte grenzenlose, das der Wissenschaften, dem Norden auch *geistig*-längste Tage zu den geographischen geben will.

Möge der Herrscher, dessen Zepter dem Magnete ähnlich ist, welcher zugleich liebend anzieht und lehrend die Gegenden des Himmels zeigt, die Kühnheit der Hoffnungen verzeihen, zu welchen Er Individuen wie Länder erhebt!

Genießen Euere Majestät lange die einzige dauerhafte Universalmonarchie, die durch Liebe – nachdem Sie die hassende und gehaßte gestürzt –, und lange weine die Freude vor Ihnen und erst spät die Trauer um Sie!

Euerer Kaiserlichen Majestät alleruntertänigster

Jean Paul Friedr. Richter

556

JEAN PAUL AN CHRISTIAN HEINRICH WOLKE

Bayreuth, 24. Mai 1816

[] Das Unken der deutschen Sprache (die *ungs*, wovon uns im Lateinischen das einzige *quincunx* so auffällt) werf' ich, aber mit bescheidener Freiheit und mit ebenso hoher Ehrfurcht für Wirkung, Ausdruck und Dichtkunst als für Sprache, in allen meinen Werken heraus (zumal in den künftigen *op. omn.*), so auch Fremdwörter; nur aber solche nicht wie z. B. Antike, um welche sich ein ganzer Bienenschwarm nicht anders zu ersetzender Nebenbegriffe hängt. Statt Ihres *»Höchstschön«* oder *»Denkschönbild«* für *»Ideal«* würd' ich lieber *Höchstbild* oder *Höchstdenkbild* vorschlagen, da es ja Ideale auch im Wissen, Handeln und Teufeln gibt. Der Dichter muß am meisten das Ohr schonen und kann also schwer sagen, z. B. die »Hoffe« (warum nicht lieber Hoffnis); weniger hat es nötig und mehr kann wagen und einführen der Wissenschafter, der Scherzmacher. []

557

JEAN PAUL AN HEINRICH VOSS

Bayreuth, 23. November 1816

[] Fouqué (unsern Schlachten-Ariost) brauch' und vermag ich nicht mehr zu rezensieren; die Welt und seine Werke tun es statt meiner, auch eine gewisse Einförmigkeit in diesen. Dramatisch prägt er sich heller und glänzender aus, nämlich kürzer, als episch. Eine Rezension kostet mir mehr Mühe als manchem Autor sein dickes Buch, da sie kein Flugurteil am Teetisch sein soll, sondern eine ästhetische Ergründung und Darstellung des ganzen Menschen und Buchs zugleich. Als ich Md. Staël rezensiert hatte, war mir ordentlich, als hätt' ich sie geheiratet, so oft hatt' ich sie lesen müssen. []

558

JEAN PAUL AN SEINE FRAU KAROLINE

Heidelberg, 18. Juli 1817

Wie soll ich die Liebe und Achtung malen, womit ich hier bis zur Übertreibung gesucht werde? Der Hund allein könnt' es, weil der nie so gut gefüttert wurde von schönen Händen als hier.

Heute brachten mir der Professor Hegel und der Hofrat Kreuzer mit den Pedellen hinter sich im Namen der Universität das pergamentene Doktordiplom in einer langen roten Kapsel. Max soll Dir das papierne übersetzen. Du kannst es

dann überall herumgeben. – Du mußt aus diesem Brief an Dich vorlesen und ihn Emanuel und Otto geben und den an Emanuel nachlesen; denn es ist mir schlechterdings unmöglich, so manches zweimal, ja kaum einmal zu schreiben.
Ich habe hier Stunden erlebt, wie ich sie nie unter dem schönsten Himmel meines Lebens gefunden, besonders die Wasserfahrt, das Studentenvivat und die gestrigen Gesänge aus der altital. Musik; aber ich danke auch dem Allgütigen, so viel ich kann, durch Milde, Stille, Bescheidenheit, Liebe und Rechtsein gegen jedermann.
Apropos! Der Dachdecker soll hieher auf der Post nach den D. von Ditmar *zwei* Büsten von mir, jede aber besonders gepackt – weil die eine noch weiter geht – und an den Kirchenrat Schwarz *eine* senden. Findet man sie hier ähnlich: kann er viel absetzen. []

559
JEAN PAUL AN HEINRICH VOSS

Bayreuth, 30. August 1818

[] An Deines Vaters Übersetzung hab' ich die alte Gediegenheit bewundert, die Silber in das kleinere Gold für den engern Raum umsetzt. Nur müssen bei seinem Grundsatze, daß Text und Übersetzung sich mathematisch decken sollen, Härten (am meisten im *Romeo)* vorkommen, zumal bei Shakespeares Knospenhärte statt der Blätterweiche. Z B. S. 249
»Kehr um, träg' Erd'«
Die himmlische Stelle S. 62 ist entstellt durch
»Ich wein' *um* was mich froh macht.«
Denn nur *um* das Verlorne und nur *über* das (oder auch dem) Daseiende(n) weint man. Lieber so:
»Ich weine, über was mich freut.«
Die nächste Plus-Silbe ist schon wegzubringen. Einmal steht (wie leider auch im *Siebenkäs*) ein Cherubim, da dieses doch der Plural von Cherub ist, wie Seraphim von Seraph. Herrlich benützt und bereichert er die Sprache wie z. B. mit Gedünst, Gelümp; unlaß, die Sprenge usw. usw.; auch niedersächsisch wie pampen. Ich freue mich unendlich auf das Fortfahren. –

[] S. 557 Alle Vogelsteller haben Lockvögel bei Leimruten; und mehre werden in ihren Antikritiken lachen und sagen, Du hättest es bei ihnen näher haben können als bei Shakespeare. — S. 374 brauchen und gebrauchen sind so verschieden (ausgenommen im Perfekt) wie *egere* und *uti*. — Das anglisierende Nachsetzen des regierten Worts störte mich oft sehr (z. B. S. 373), im Versmaße weniger, weil dieses die größere Wichtigkeit, die man dadurch auf etwas legt, erlaubt. — Aus so kleinen Nachfoderungen kannst Du ersehen, welche große Vorfoderungen Ihr beide erfüllt habt, wenigstens für mich. Ich gehe nun leicht auf den ältern Übersetzer [*August Wilhelm Schlegel*] über, der statt des jüngsten geheiratet worden von Saulinen. Der Vermählring beider ist Glanzsucht; er in seinem Alter will mit einem schönen Klaviermädchen, sie mit einem durch Europa als Staëlischer Kebsmann berühmten Ehemännlein prunken. Hätte sie viel warmes Gemüt, so würde seine Armut daran sie sehr bestrafen. So aber können sie vielleicht eine leidliche Ehe voll paralleler Lobjagden führen. Welch' eine warme, ja noch wärmere, Freundschaft wäre ihr von mir in die Ehe mit einem rechten, heißen, edeln Jüngling nachgefolgt! — Indes meine Bücher bringt er ihr — wider Deine Meinung — nicht aus Kopf und Herz zugleich. Vernimm doch ihr jetziges Urteilen darüber. Auch ist ja er nicht einmal mein ganzer Gegner. Höchstens wird er ihr Überloben auf das Ebenmaß herunterstimmen. []

560

JEAN PAUL AN SEINEN SOHN MAX

Bayreuth, 19. November 1819

Mein geliebter Max! Dein Brief und Dein Leben gaben mir recht viel Freude. Aber Deine Ausgabrechnung sende mir nur monatlich, und zwar zusammengezogen, z. B. Summe für dreißig Frühstücke. Auch darbe Dir Dein bestimmtes Mittagessen von 12 Kreuzern nicht ab. — Du sollst keine Stunden geben, da Du kaum zum Nehmen derselben Zeit genug hast. Studiere abends nie über elf Uhr; den Verlust bringt die größere Zahl der Morgenstunden im Sommer ein. Augen und

Nerven halten es wohl einige Jahre unter dem Scheine voller Gesundheit aus; aber dann bricht alles auf desto längere Zeit zusammen. Meine fünf(zig)jährige Gesundheit bei fünfzig literarischen Geburten verdank' ich jener Regel. – Mache keine Zeichnungen; für Dich gibt's jetzo keine größere Verschwendung als die der Zeit. []

561

JEAN PAUL AN SEINEN SOHN MAX

Bayreuth, 6. April 1820

[] Alles an Dir wächst ins Schöne, nur Deine Schreibhand ins Häßliche; denn anstatt einen Zerrbuchstaben abzudanken, belohnst Du mein Sündenregister immer mit einer Vermehrung desselben; z. B. al*t*en schreibst Du al*l*en, Wunsch Wun*t*ch, B wie L, v wie n oder 1 und wie o. Eigennamen sind daher bei Dir gar nicht zu entziffern in – Briefen; welches Züge-Gewirre aber mag erst in Deinen Privat-Schnellschreibereien herumkriechen! Du wirst es künftig beklagen, daß Du durch die wiederholten Rügen Deines Vaters Dich so wenig bessern lassen. [] Dein Bücherkaufen stelle ja ein, nicht bloß wegen Deines noch ziehenden Nomadenlebens, sondern auch wegen der Grenzenlosigkeit der Geldausgaben, wenn Du jetzt von Klassikern, die Du schon hast, noch die verschiedenen Buchausgaben kaufen willst. Letzte borge; nur ganz fehlende Werke kaufe. Mich mußt Du künftig überall dabei fragen. – Schreibe uns von den Gesundheitverhältnissen Deines Leibs und der Stadt zugleich. []

562

JEAN PAUL AN HEINRICH VOSS

Bayreuth, 19. April 1820

[] Ich bitte Dich, lade doch nicht Leute wie Fouqué und Hoffmann zum Rezensieren ein. Sind denn bloße Dichter, zumal so einseitige und nachahmende, eben darum auch Kunstrichter? Die wenigen Änderungen des neuen *Hesperus* verdienen auch keine besondere Beurteilung; desto mehr aber die des *Siebenkäs,* der das Unglück gehabt, um zwei gute lange Rezensionen zu kommen – und nur eine gute kurze zu erhalten. – Fouqué und Hoffmann saugen jetzo zu sehr an ihren Schreibtatzen, anstatt mit diesen Honig und andere Fettbeute zu holen. – Byron ist ein größerer Dichter als beide, und hätt' er nur den *Mazeppa* geschrieben. Himmel! wie sind Euere Übersetzungen hoch über denen des Byron! [ ]

563

JEAN PAUL AN SOPHIE PAULUS-SCHLEGEL

Bayreuth, 21. April 1820

Sie haben, meine gute Sophie, mein Herz schön erwärmt durch Ihr Andenken an unsere unvergeßlichen Tage, deren Abendrot nie untergehen soll. – Der Mörder Ihres Frühlings werde nie unter uns genannt. Im Unglücklichmachen war er zum ersten Male ein kühner Dichter. [ ]

564

JEAN PAUL AN SEINEN SOHN MAX

Bayreuth, 13. Juli 1821

Nichts wird mir in diesem Jahre bei meiner kränklichen Körperstimmung sauerer als Briefe zu schreiben. Auch hilft kein Beantworten; zehn neue sind wieder da, bevor ich zehn alte nach zehn Wochen beantwortet habe. Und dann die verwünschten Manuskripte, die dreißigmal mehr Mühe des Lesens kosten als Bücher – ein Trauerspiel aus Pommern – eines aus Ungarn – eines aus Berlin – ein Band Gedichte aus Berlin – noch ein Heft – dann ein Roman von daher – Und das schreibende Volk begehrt gar noch Vorreden und lange Kritiken von mir. Unbedachtsam war es daher, mir ein Manuskript, dessen Sendung ich mir sogar vorher verbeten hatte, auf den Hals zu schicken, ob ich gleich das fromme Feuer Deiner Freundschaft und Hilfbegierde dabei recht sehr lobe und liebe. Ich bin seit sechs Monaten traurig, daß ich so viele Vorbereitungen – Plane – Exzerpten – Gedanken – zu lesende und zu schreibende Bücher vor mir sehe, wozu zwei Jahrzehende zu klein wären und wozu ich doch vielleicht nur X Jahre mehr übrig habe. Und da soll ich ein Briefschreiber und Geschäftträger an Buchhändler und gar ein Vorredner werden – Max, mit einem solchen *zweiten* Antrage komme nie mehr! Wie gern schrieb' ich recht lange Briefe an Dich als Vater und an Voß als Freund! – Die hundert fremden Schreiber in der Welt umher denken aber, man habe doch Zeit genug zu einem Briefe, nämlich zu einem für jeden einen von den hundert. [ ]

565

JEAN PAUL AN HEINRICH VOSS

Bayreuth, 2. Oktober 1821

Mein guter Heinrich! Mein Max wurde in der vorigen Woche begraben. Sein Heidelberger Leben, Kranksein, Heilen und Reisen endigten ihn hier mit einem Nervenfieber! – Lasse mich schweigen, mein Leben ist gar zu arm geworden auf einmal. – – –

Meine Frau reiset Ende dieser Woche mit Odilie nach Heidelberg, um dort noch alles vom vorigen Dasein zu ordnen und zu hören. Daher ist der Zweck dieses Briefes die innigste Bitte, daß Du auch dort sein möchtest, um ihr zu helfen und zu erzählen. – Seine Bücher verkaufe und versteigere bei Gelegenheit. Zwei der besten nimm Dir zu einem Andenken. Bloß *Daubs Werke* schicke mir mit. – Mein *Körper* hat alles ausgehalten. Es gehe Dir wohl! Grüße alle Deinen.

Dein Richter

566

JEAN PAUL AN JOHANN FRIEDRICH COTTA

Bayreuth, 20. Dezember 1821

[ ] Nach der ziemlich nahen Vollendung des dritten Bandes des *Kometen* werd' ich sogleich mein wichtiges Werk über die Unsterblichkeit der Seele – von welchem das *Kampaner Tal* nur das Tal, nicht die Höhe gibt – zu schaffen anfangen. Nur die, den großen Anstrengungen ungünstige Winterzeit konnte mich von einer Arbeit zurückhalten, deren dreißig-

jährige Vorbereitungen, in Brennpunkte zusammengedrängt, für so manche nasse oder dunkle Augen ganz neue lichte Stellen und Reiche im zukünftigen Lande des Seins zeigen werden. Nicht die Bibel, sondern der rechte Blick ins All tröstet und kräftigt; nur aber für *dieses* Leben nicht ganz, durch welches hindurch wir ein teuerstes Wesen unwiderbringlich entbehren müssen. Alle Güter, sogar Ehre und Tugend, können — wenn verloren oder entrissen — doch wiedererkämpft werden; aber ein geliebtes Herz bekomm' ich nicht eher wieder als wenn meines steht; und darum die immer peinlicher wachsende Sehnsucht. []

567

JEAN PAUL AN GEORG VON REICHENBACH

Bayreuth, 24. September 1824

Hochzuverehrender Herr Salinendirektor! Als ich vor vier Jahren das Vergnügen genoß, daß Sie mir Ihre optische Kunstmaschinerie, gleichsam das Arsenal zur Augenbewaffnung zeigten — wodurch Sie den Himmel, aber mehr astronomisch als der h. Stephanus, offen sehen —: so erriet ich nicht, wie sehr ich einmal Ihrer optischen Meisterschaft bedürfen würde, um statt des Himmels wenigstens die Erde sehen zu können. Seit dreiviertel Jahren martert mich eine wachsende Augenschwäche, daß ich bloß mit konkaven Brillen — die ich sonst nur für die Ferne gebrauchte — zu lesen und zu schreiben vermag. Die kurze Sehweite, in der ich den beigelegten Druck lesen kann, gibt der rote Faden an. Ich gebrauchte — leider zu oft wechselnd — Hohlgläser von Tauber in Leipzig — periskopische von Ostermann — sogar von Schmidt in Nürnberg — aber den meisten scheint jene mathematisch strenge Reinheit und jene, einem kranken Auge unentbehrliche Vollendung zu fehlen, welche nur ein Meister wie Sie, der mit seinen Telegraphen sogar die britischen überbietet, wahrscheinlich allein den kleinern Auxiliaraugen zu geben versteht.
Ich bitte Sie daher, mein Augenarzt zu werden, und mir konkave Doppellorgnetten — in Stahl oder Schildkrot gefaßt — von No. 10 (inclusive) bis No. 4 herab zur Auswahl und Probe für Lesen am Tage, Lesen bei Nacht und Sehen in der

Ferne mit der Post zu senden. Die Abnahme meiner Augen und die Abnahme der Tage werden meine Bitte um baldige Hilfe entschuldigen [].

568

JEAN PAUL AN KARL AUGUST BÖTTIGER

Bayreuth, 20. August 1825

[] Ich gehe mehr der Partialfinsternis der Augen als der Totalfinsternis des Todes entgegen. Doch habe ich den grauen Star seit anderthalb Jahren, in Hoffnung der Einsaugung, in demselben Zustand zu erhalten gewußt. Nur leider wächst der Amaurose ihr schwarzes Gefieder immer mehr und die Schwäche der Retina nimmt immer mehr zu, so daß ich nur mit der Brille lesen und schreiben kann.

Nun ist es Zeit, das Bitten und Erwarten so vieler Leser durch die Herausgabe meiner sämtlichen Werke zu befriedigen, welche wegen ihrer Teurung, Zerstreuung, Unsichtbarkeit, endlich einmal auf ein Bücherbrett und in eine Uniform zusammen zu treiben sind. Mehrere Buchhändler wie: Josef Max, Vieweg, Reimer und schweigend Cotta, haben sich zur Sammlung erboten.

Eh' ich noch eine Zeile weiterschreibe, muß ich vorausschikken, daß ich Sie bitte, alle fragende Belehrung, die ich an Sie tun werde, mir nicht schriftlich, sondern mündlich durch meinen Neffen Richard Spazier, der jedes Wort wie eine fromme Tradition mir überliefern wird, zu beantworten.

Ich kann leichter ein Buch machen als verkaufen. So bekam ich für den ganzen *Hesperus* 200 preußische Taler, für den Bogen der *Teufelspapiere* einen halben Louisd'or, für den Bogen des *Siebenkäs* 10 Taler usw., bis endlich nach den Nehmern wie Matzdorf die Geber wie Cotta, Perthes erschienen. Ich dächte, es wäre nun Zeit, daß ich wenigstens nur halb so viel Honorar erhielte, wie der gedankenärmste und bogenreichste Romanschreiber in Sachsen. Vor Ihnen rollte sich das ganze finanzielle Räder- und Schöpfwerk der Schriftsteller offen ab. Sie können mir daher am gewissesten sagen, wieviel z. B. Goethe für seine Opp. von Cotta bekam oder Herder oder andere Schriftsteller von andern Verlegern. Natürlich bleibt jeder höhere geistige Wert der genannten Schriftsteller aus der bloß materiellen Berechnung weg. Wieviel darf ich nun von Cotta für wenigstens zweiundsechzig Oktav-Bändchen, zwanzig Bogen stark, verlangen? Auch wünschte ich die Herausgabe in schnellen Lieferungen von vier bis fünf Bändchen jedes Vierteljahr und zugleich Bezahlen nach der Bogenzahl, dessen Größe ich gleichfalls erst erfahren muß. Kann Reimer durch den Besitz der zweiten Auflagen die allgemeine Herausgabe hindern oder erschweren? Mit Nebenbestimmungen verschone ich Sie, z. B. die Zerfällung jeder Lieferung in romantische, satirische oder auch didaktische Werke. []

569

JEAN PAUL AN JOHANN FRIEDRICH COTTA

Bayreuth, 30. Oktober 1825

Schon vor einem halben Jahre bot ich Ihnen den Verlag meiner sämtlichen Werke im Vorbeigehn an. Ihr Schweigen seit dieser Zeit erklärte sich vielleicht in der ungeheuren Masse von wachsenden Verbindungen aller Art. Jetzt wäre nun gerade eine Periode im Publikum, wie Sie am besten wissen, wo man mit Vorliebe die gesammelten Werke von Lieblingautoren aufsucht. Hiezu kommt aber nun vollends Ihr Vorschlag einer Subskription, welcher sich auf keine Weise mit der Eile des Geschäfts und ebensowenig mit allen meinen Verhältnissen vertrüge.

Übrigens läßt uns, lieber Cotta, die Zukunft noch immer hundert andere Verbindungen zu ähnlichen Zwecken übrig. Es gehe Ihnen wohl in Ihrer neuen Welt, die von Ihnen nicht sowohl entdeckt als geschaffen wird.

Neulich hatte ich Ihnen noch nicht geschrieben, was meine Herausgabe sehr erschwert, nämlich die Novemberblindheit meiner Augen, welche nur das Messer des Frühlings beschneiden kann, wozu noch etwas mehr Bedenkliches und schwerer zu Heilendes tritt; es ist eine unvorhergesehene, mir ganz unbegreifliche, unverschuldete Bauchwassersucht, die mich mit allen Martern einer langsamen Heilung stört und aufhält. []

WILHELM VON HUMBOLDT
1767–1835

Unter den Weggefährten und kritischen Beobachtern der klassischen und romantischen Dichtung ragt Wilhelm von Humboldt als unabhängiger und umworbener Mentor hervor: stets hat er, selbst im engsten freundschaftlichen Kontakt mit Goethe und Schiller, eine Distanz gewahrt, die ihm ein freies Urteil ermöglichte. Als Privatgelehrter, Philosoph, Sprachforscher, Diplomat und Minister verstand er es, eine harmonische Verbindung von aktivem und kontemplativem Leben zu schaffen; er wurde einer der großen Vermittler in der Epoche und weitete die Ideenentwicklung der Klassik ins Politische. Zwar blieb seine Staatstheorie wirkungslos, doch seine Bildungskonzeption beherrschte die Zukunft, vor allem der Schultyp des preußischen humanistischen Gymnasiums. Die Gründung der Berliner Universität, die heute noch seinen Namen trägt, geht auf seine Initiative zurück. Seine politische und erzieherische Wirksamkeit wird in anderen Bänden der »Briefe der Weltliteratur« erscheinen; hier folgen deshalb lediglich einige Reflexionen und Berichte aus vertraulichen Briefen an seine Braut und Gattin Karoline von Dacheröden.

570
HUMBOLDT AN KAROLINE VON DACHERÖDEN

(Berlin oder Tegel), 24. Mai 1790

Wohl ist's ein ganz neuer Charakter, Gretchen in Goethens *Faust*. Diese Naivität und fromme Unschuld! Und in dem Ausdruck diese Natur und Wahrheit. Die Art, wie sie sich ihm erklärt, wie sie ihm den Kuß zurückgibt, ist über jede Beschreibung meisterhaft. Und auf der andern Seite Faust. Dies Große, Allumfassende, diese Gabe, die ganze Natur mit seinen Gefühlen zu verweben, ist doch nur bei Goethe in der Stärke und Schönheit geschildert. Der ewig rege Drang nach Wahrheit und Erkenntnis, das enthusiastische Gefühl für moralischen Adel, die unaufhörliche Gegenwart unerreichbar schöner Ideale, die Fülle und die Seligkeit, die daraus auf der einen Seite, und die Empfindung eigener Armseligkeit, die auf der anderen daraus entspringt, sind so ganz wahr im *Faust* gezeichnet. Überall sieht man in ihm den hohen, über die Grenzen der Menschheit hinausstrebenden Geist, der in der Menschheit jeden mehr als menschlichen Funken auffaßt und sich von der Höhe emporschwingt. Gretchens Charakter ist durchaus entzückend und oft ihr Ausdruck so rührend; wie sie gar nicht begreifen kann, was Faust an ihr findet, wie sie ihre Arbeit im Hause, die Genauigkeit ihrer Mutter, die Wartung ihrer kleinen Schwester erzählt, und dann die Stelle:

Und bin nun selbst der Sünde bloß!
Doch – alles, was mich dazu trieb,
Gott! war so gut! ach, war so lieb!

Wenn nur das Ganze nicht so buntscheckicht wäre. Aber von vornherein sind fatale Szenen, hie und da freilich schön, aber auch so undelikat und roh. Die niedliche Szene der ersten Zusammenkunft Gretchens und Fausts wird einem durch die Marthe ewig verdorben. Goethe hätte sie nicht sollen einander begegnend spazieren gehen lassen. Denn so oft ich nun lese, was Grete sagt, seh ich schon im Geiste immer wieder die unausstehliche Marthe auf sie zukommen. So periodisch wechselt sich das ab. Dein Lied, meine Ruh ist hin, weiß ich auswendig. O! es ist mir wie aus der Seele gesprochen. [ ]

571

HUMBOLDT AN SEINE FRAU KAROLINE

Weimar, 7. April 1797

[ ] Goethe ist unendlich gut und freundschaftlich, und es lebt sich sehr schön so nah und allein mit ihm. Zwar allein seh ich ihn gewöhnlich nur die Abende, aber die sind auch überaus hübsch. Er ist so vertraulich, spricht so leicht über die Dinge, die ihm die liebsten sind, wird so schön davon erwärmt und erscheint ganz, zugleich in der eignen Zuversicht und Bescheidenheit, die ihm so ausschließend eigen sind. Auf die Freude

und den Nutzen, den ihm das Zusammenleben mit Schiller gibt, kommt er sehr oft zurück. Nie vorher, sagt er, hätte er irgend jemand gehabt, mit dem er sich über ästhetische Grundsätze hätte vereinigen können; die einzigen wären noch Merck in Darmstadt und Moritz gewesen; allein obgleich beide mit ihm in Absicht des Takts übereingekommen wären, so hätte er sich wenig mit ihnen verständigen können. Zwanzig bis fünfundzwanzig Jahre hätte er also so ganz über sich allein gelebt, und daher sei es mit gekommen, daß er in einer ganzen langen Zeit so wenig gearbeitet habe. Desto rüstiger scheint er jetzt. []

572

HUMBOLDT AN SEINE FRAU KAROLINE

Marino, 5. September 1804

[] Schillers Übel hat mich sehr erschreckt. Indes scheint es mir fast ein gutes Zeichen für seine Konstitution überhaupt, daß er kurzdauernde und heftige Übel bekommt, und lieb ist es mir, daß das, an dem er jetzt so fürchterlich gelitten, nicht in der Anstrengung seiner Arbeiten seinen Grund gehabt haben kann. Denn bewunderungswürdig bleibt es in der Tat, daß dieses fortwährende Produzieren ihn nicht sichtbar angreift. Es ist eine der schönsten Seiten an Schiller. Es zeigt, daß er in dieser schaffenden Phantasie wie in seinem Elemente leben kann, auch braucht er wirklich nicht einmal andere leichtere Beschäftigungen, um besser zu jenen zurückzukehren, wie Goethe so offenbar. Die Trennung von Schiller wird mir ewig schmerzhaft bleiben. Er ist immer der einzige gewesen, mit dem ich recht eigentlich habe reden und leben können, dem ich wirklich Genuß gab und von dem ich Genuß und Stimmung zugleich erhielt. Allein, und auch das freut mich, ich kann meinen Aufenthalt im Auslande nicht anklagen, mich dieses Vorteils zu berauben. Schiller muß in Weimar bleiben. Er hätte im höchsten Grade unrecht, diesen einzigen Ort, in dem ein Mensch in seiner Lage gut existieren kann, zu verlassen, und ich hätte gerade, um in Weimar zu leben, alle übrigen Rücksichten der einen, mit ihm vereint zu sein, aufopfern müssen. []

573
HUMBOLDT AN SEINE FRAU KAROLINE

Erfurt, 19. November 1808

[] Goethe war äußerst freundschaftlich und herzlich gegen mich, aber sonst in keiner guten Stimmung in den beiden Tagen. Er hat unendliche Trakasserien wegen des Theaters, und was wirklich schrecklich ist, so war ihm gerade, als ich da war, vom Hofe erklärt worden, er solle zwar die Theaterdirektion behalten, aber sich nicht mehr darum bekümmern, was ihn sehr verdroß. Goethe hat eine lange Unterredung mit dem französischen Kaiser gehabt, von der er sehr voll ist. Schlicht historisches Erzählen ist, weißt Du, seine Sache nicht. Aber Werthers Leiden und die französische Bühne sind die Hauptgegenstände der Unterhaltung gewesen. In *Werthers Leiden* hat der Kaiser eine Stelle getadelt, die, nach Goethes Versicherung, allen übrigen Lesern entgangen ist. Es ist, sagt Goethe (die Stelle selbst wollte er nicht anzeigen), eine, wo er die wahre Geschichte und die Fiktion aneinander genäht hat, wo er die Verbindung mit großer Kunst gemacht zu haben glaubt, wo indes der Kaiser doch etwas Spielendes bemerkt hat. Das französische Theater soll der Kaiser unglaublich genau von Vers zu Vers kennen und nicht so unbedingt verehren. Vorzüglich streng soll er in der Beurteilung der Konsequenzen der Charaktere und in der Gegeneinanderhaltung der historischen und poetischen Motive sein. Am meisten aufgefallen ist Goethe an ihm, daß er, auch in poetischen und literarischen Dingen nie etwas getadelt hat, ohne gleich zu sagen, was an die Stelle gesetzt werden müßte; wirklich ist auch bei Dingen, wo es auf Handeln ankommt, nichts so desolant, als wenn man nur immer anzugeben weiß, was nicht recht ist. Unendlich weh tut es einem, daß Goethe nicht wegen des fremden Einflusses, sondern wegen des inneren Unwesens an allem literarischen Heil in Deutschland verzweifelt. Jeder, sagt er, will für sich stehn, jeder drängt sich mit seinem Individuum hervor, keiner will sich an eine Form, eine Technik anschließen, alle verlieren sich im Vagen, und die das tun, sind wirklich große und entschiedene Talente, aus denen aber eben darum schlechterdings nichts werden kann. Er versichert darum, daß er sich nicht mehr um andere bekümmern, sondern nur seinen Gang gehen wolle [ ]. Seinen *Faust* hatte ich hier, noch ehe ich nach Weimar ging, gelesen. Er hat vier an niemand gerichtete Zueignungsstrophen, die ich Dir, weil sie in der Tat wunderschön sind, in Abschrift zuschicke. Darauf kommt ein Vorspiel und ein Prolog. In diesem unterhalten sich die Erzengel, Gott der Vater und Mephistopheles, der die Szene mit den Worten beschließt:

Von Zeit zu Zeit seh ich den Alten gern,
Und hüte mich, mit ihm zu brechen,
Es ist gar hübsch von einem großen Herrn,
So menschlich mit dem Teufel selbst zu sprechen.

Dann folgt das Stück. In diesem sind nicht bloß hinten Szenen angehängt, sondern auch in der Mitte eingeschaltet, wie z.B. die, welche er uns vorlas. Ausgelassen ist, soviel ich ohne Vergleichung bemerkt habe, nichts. Es sind himmlische neue Szenen, vor allem die letzte, wo Gretchen als Kindermörderin im Kerker sitzt, Faust sie mit Mephistopheles zu retten kommt, sie aber solche Hilfe ausschlägt, durch eine Stimme von oben von der Verdammnis gerettet wird, Mephisto aber mit Faust abfährt. Gegen das Ende ist eine Blocksbergszene und ein Marionettenspiel daselbst, die füglich hätten wegbleiben können, wo wieder die *Xenien*, Nicolai und sogar Tegel vorkommen.
Vorgestern abend, als wir bei Goethe waren, las er uns eine Art Märchen vor. Aber leider fielen Karoline und mir gar sehr die *Ausgewanderten* dabei ein. Es ist eine der Kompositionen, die nur zum Ausruhen bestimmt sein können. Vieles von dem Neuen im *Faust* ist uralt. Die letzte Szene ist 30 Jahre alt, aber es hatte nie ein Sterblicher sie gesehn. Goethe hat noch mehr Szenen, die ein andermal werden eingeschaltet werden. [ ]

574
HUMBOLDT AN SEINE FRAU KAROLINE

Weimar, 28. Dezember 1808

[ ] Mit des armen Schillers nachgelassenen Papieren beschäftige ich mich des Morgens mit der Wolzogen. Es ist höchst merkwürdig zu sehn, wie, mit welcher Sorgfalt, er gearbeitet

hat. Der Plan mehrerer Stücke ist sehr ausführlich da, von einem besonders, von dem auch zwei Akte ausgearbeitet sind. *Demetrius,* eine russisch-polnische Geschichte. Ein Monolog, das letzte, was er schrieb, ist sehr schön. Noch im Delirium seiner Krankheit hat er sich unglaublich viel mit dem Stück beschäftigt, und einige seiner letzten Worte sind gewesen: »Ist das euer Himmel? Ist das eure Hölle?« Es ist zweifelhaft, ob er dies in eigener Wahrheit oder wie im Stück gesagt, doch hat er überaus heiter und verklärt dabei ausgesehn. Er *bleibt der größte und schönste Mensch, den ich je gekannt;* wenn Goethe auch noch dahingeht, dann ist eine schauerliche Öde in Deutschland. [ ]

575

HUMBOLDT AN SEINE FRAU KAROLINE

Weimar, 1. Januar 1809

[ ] Hier habe ich Werner, den Verfasser der *Söhne des Tals,* den geschiedenen Mann von Kunths Frau, kennengelernt, auch sein letztes Stück *Attila* gelesen. Es hat wohl einzelne schöne Stellen, verdient aber nicht einmal, Dir nach Rom geschickt zu werden. Alles ist locker, ohne Motive, nicht reelle Personen, sondern bloß Burattini. Zuletzt wieder die Sakramente und das mystische Wesen. Gegen das letzte hat Goethe einen Haß, von dem man sich keinen Begriff machen kann, und der arme Werner hat gestern sehr dafür leiden müssen. Er aß bei Goethe, wie er mir erzählt hat, und wollte etwas vorlesen. Obgleich Goethes Frau ihm gesagt hatte, daß das Mystische Goethen unerträglich sei, so ließ er sich beigehn, ein Sonett auf Genua, wo er kürzlich gewesen, vorzubringen, in welchem die Scheibe des Vollmonds zur Hostie gemacht wird. Wie dies Goethe gehört hat, ist er, wie er selbst sagt, *saugrob* (im *Wunderhorn* heißt es sauhöflich) geworden. Werner hat sich zurückziehen müssen, und obgleich er die Versöhnung durch die Frau versucht hat, mit der er gestern abend auf dem Ball gewalzt hat, so kommt sie so leicht gewiß nicht zustande. Goethe ist seitdem so wild geworden, daß er Karolinen und mir noch heute im Eifer versicherte, auch jede gemalte Madonna sei nur eine Amme, der man die Milch verderben möchte (höchsteigene Worte), und die Raphaelschen

stäken im gleichen Unglück. Er treibt jetzt den Haß so weit, daß er nicht einmal mehr leiden will, daß eine irdische Frau ihr Kind selbst im Arm haben soll. Ist das nicht komisch? Aber es ist auch wirklich wahr, daß der Mystizismus so schrecklich getrieben wird, daß man auf solche Übertreibungen fast in halbem Ernst kommen kann. [ ]
Meine Ernennung steht schon in den Zeitungen, daher schreibe, wie die Leute schreiben: An den Geheimen Staatsrat. Was ich den Titel hasse! [ ]

576

HUMBOLDT AN SEINE FRAU KAROLINE

Wittenberg, 9. Januar 1809

[ ] Goethe hat mir vertraut, daß er einen neuen Roman angefangen und schon so weit gebracht hat, daß er ihn im nächsten Sommer in Karlsbad sicher vollenden kann. Den eigentlichen Inhalt hat er mir nicht gesagt nur scheint er selbst sehr damit zufrieden und sagt, er habe noch einige weibliche Charaktere gehabt, die er bisher nicht habe anzubringen Gelegenheit gefunden. Es werden zwei kleine Bändchen werden.
So sein recht eigentliches häusliches Leben mit der teuren Hälfte und Riemern ist nichts weniger als interessant oder hübsch. Habe ich Dir schon erzählt, daß er die Frau *»Du«* und sie ihn *»Sie«* nennt? [ ]
Wieviel doch in Deutschland, trotz des Unglücks der Zeiten, für die Schillerschen Kinder geschehen ist, sollte man nicht denken. Noch jetzt hat man ihnen ein Benefiz in Wien gegeben, das ihnen 6000 Taler, nur freilich in Papiergeld, eingebracht hat. Iffland in Berlin hat sich auch sehr brav gezeigt. Leider aber Goethe gar nicht. Er hat fast gar keinen Anteil geäußert. Als Schiller starb, war zwischen ihm und Goethe eine leichte Brouillerie; teils deswegen, teils weil er selbst eben von einer großen Krankheit kam, hat ihn Goethe in seiner Krankheit nicht gesehen; aber wunderbar ist es, daß er auch Monate nachher die Wolzogen und die Lolo vermieden hat. Jetzt ist er wieder sehr gut mit beiden. Ohne das Legionkreuz geht Goethe niemals, und von dem, durch den er es hat, pflegt er immer »mein Kaiser« zu sagen! [ ]

577

HUMBOLDT AN SEINE FRAU KAROLINE

Königsberg, 18. August 1809

[] Ich habe neulich einen langen Bericht über den Zustand der Kunstakademie von Uhden bekommen und kämpfe jetzt um Geld für die Akademie. Indes geht es auch mit dem Gelde so ziemlich, und wenigstens macht man Etablissements für die Zukunft. So wirst Du vermutlich sehr bald von einem sehr großen und schönen in den Zeitungen lesen, das ich eben durchgesetzt habe. Die Universität in Berlin, die wirklich beschlossen ist, die beiden Akademien und alle Institute, wie Bibliothek, Sternwarte, Kunstkammer usf. werden in eine große Anstalt vereinigt, der König gibt ihnen eine ansehnliche Summe an Einkünften, die auf ein wirkliches Eigentum gegründet, aber nur nach und nach, wenn sich die Finanzen bessern, vollkommen gezahlt werden, und schenkt der Universität das Heinrichsche Palais und der Akademie das ganze Gebäude, wo sie jetzt nur eben die Hälfte hatte und sonst noch Ställe darin waren. Ich habe die Unterhandlung darum wirklich mit vieler Mühe seit zwei bis drei Monaten betrieben, aber nun ist die Kabinettsorder gekommen, und es ist schon für jetzt dadurch nicht wenig gewonnen, aber für die Zukunft ein großes Etablissement gegründet, das, wenn nur eine gutgesinnte Regierung bleibt, Epoche in Deutschland machen muß. Die Details sind nur zu lang für einen Brief.

578

HUMBOLDT AN SEINE FRAU KAROLINE

Rudolstadt, 17. Juni 1812

[] Goethe hat so gut als gar nichts Dichterisches in den letzten zwei Jahren gemacht, wie er selbst sagt. Er ist aber fast fertig mit einem neuen Teil seines Lebens, aus dem er mir auch einiges vorgelesen hat. Wenn er es erlebt, in die späteren Zeiten zu kommen, so wird es, wie man nicht leugnen kann, interessant werden. Denn er wird zugleich alle seine Urteile über deutsche Literatur in dem Buche niederlegen. Sein ganzer Umgang mit Schiller soll ausführlich berührt werden, und er meint, daß er eben deshalb keinen Beruf gefühlt habe, für die Ausgabe der Werke einen Beitrag zu liefern. Es ist Goethen sehr schade, so ungeheuer allein zu sein, denn soviel Menschen er auch vorübergehend sieht, ist er mit keinem vertraut und hat mir versichert, daß, wenn er Meyer und mich ausnähme, im ganzen weiten Deutschland niemand sei, mit dem er eigentlich frei reden möge und könne. Er versauert wohl vielleicht nicht so, aber er verknöchert und verhärtet wirklich und wird auch entsetzlich intolerant und im Gespräch manieriert. [ ]

579

HUMBOLDT AN SEINE FRAU KAROLINE

Dornheim b. Arnstadt, 27. Oktober 1813

[ ] Von Goethe könnte ich Dir noch lange erzählen. Er hat den Feldzeugmeister Colloredo zur Einquartierung gehabt, der auf Goethes Kosten alle Tage 24 Personen zu Tisch gehabt hat. Die Geheimrätin versicherte, das koste 2–300 Taler, und der Koch hätte ihr noch gesagt, daß sie sehr geizig wäre. Wie Colloredo gekommen ist, hat Goethe noch die Legion getragen, und Colloredo hat ihm gleich gesagt: »Pfui Teufel, wie kann man so etwas tragen!« Heute früh hat er mich ernsthaft konsultiert, was er tragen solle, man könne doch einen Orden, durch den einen ein Kaiser ausgezeichnet habe, nicht ablegen, weil er eine Schlacht verloren habe. Ich dachte bei mir, daß es freilich schlimm ist, wenn man für das Ablegen der Legion keine besseren Gründe hat, und wollte ihm eben einen guten Rat geben, als er mich bat, zu machen, daß er einen österreichischen Orden bekäme. Es ist närrisch, daß wir immer dazu bestimmt sind, daß die Leute uns in das Vertrauen ihrer kleinen Schwachheiten setzen. [ ]

580

HUMBOLDT AN SEINE FRAU KAROLINE

Weimar, 17. November 1823

[ ] Heute war den Morgen, den ich zwischen Karolinen und Goethe teilte, Ruhe, weil der Großherzog auf der Jagd war.

[] Seitdem ich keinen Tee mehr trinke, ist alles aus. Ich stehe einmal am Rande des Abgrundes, und *einen* Schritt weiter, so schwimme ich im Bier. Ach, Gott! liebes Kind, Goethe hat auf nichts Appetit, nicht auf Bouillon, Fleisch, Gemüse, er lebt von Bier und Semmel, trinkt große Gläser am Morgen aus und delibriert mit dem Bedienten, ob er dunkel- oder hellbraunes Köstritzer oder Oberweimarisches Bier oder wie die Greuel alle heißen, trinken soll. Doch geht er meist in eine andere Stube dazu, wenn ich da bin. Die Scheu geht doch in einer menschlichen Brust nicht ganz aus. []
Es ist schrecklich, daß die Ursach von Goethes Krankheit höchstwahrscheinlich eine einzige Erkältung ist, von der ich Dir auch mündlich erzählen werde. Er kann nicht genug sagen, wie wohl und tätig er vorher war. Es ist peinlich zu hören, daß er alle Augenblick ach Gott! ach Gott! sagt. Doch ist das mehr Angewohnheit. Denn er klagt nicht über Schmerzen. []

581

HUMBOLDT AN SEINE FRAU KAROLINE

Weimar, 26. Dezember 1826

[] Mit Goethe habe ich nun seine *Helena* ganz durchgelesen. Er selbst hat sie mir von einem Ende zum anderen vorgelesen. Leider aber hat seine Stimme doch durch das Alter sehr verloren, so daß es ihr manchmal selbst an Deutlichkeit fehlt.
Die *Helena* macht eine Episode im *Faust*. Sie ist aber so abgeschlossen für sich, daß sie jetzt allein gedruckt werden wird. Sie beruht auf der Legende, daß Faust die Helena verlangte, der Teufel sie ihm herbeischaffte und beide einen Sohn miteinander zeugten. Das ganze Stück, das Goethe selbst eine Phantasmagorie betitelt, spielt also mit Gespenstern, geistigen und traumhaften Gebilden, und so, als eine Traumgestalt, muß man es betrachten, um es richtig zu beurteilen. In den ersten Szenen sieht man ihm das aber nicht an. Vielmehr ist es da wie ein wirkliches Drama mit leibhaften Figuren, ungefähr wie die Gespenstergeschichten, die man hat, wo Leute glauben, mit Menschen zu sprechen und dann Gespenster sehen. Das Hauptmoyen im ganzen Stück ist wie-

der Mephistopheles, der aber in der Gestalt eines weiblichen, fabelhaften antiken Ungeheuers, der Phorkyas, die als von Menelaos zurückgelassene Schafferin auftritt, spielt. Nur nach dem Stück legt er die Maske ab und erscheint, aber ohne mehr zu sprechen, als Mephistopheles.

Das Stück fängt damit an, daß Helena mit dem Menelaos zurückkehrt, aber vorausgeschickt wird, den Palast leer findet, nur die Phorkyas antrifft, die ihr ankündigt, daß Menelaos sie opfern wird. Von da zieht sie, um sich zu retten, in Fausts Burg, die im Peloponnes ist, und hier und in einem arkadischen Waldgebirge spielt nun das Stück aus.

Das Sonderbarste, und was man an sich nicht raten würde, ist, daß Faust und Helenas Sohn Lord Byron ist, der als wilder Knabe herankommt, vor den Augen der Zuschauer zum Jüngling heranwächst, und endlich, weil er im Griechenkriege überkühne Flüge machen will, wie Ikarus versengt auf den Boden fällt. Genannt ist er nicht, auch so wenig bezeichnet, daß wenigstens ich ihn nicht erraten habe, aber wenn man weiß, daß er gemeint ist, so paßt alles und wunderschön auf ihn. Von dem Ende der *Helena* an ist der *Faust* jetzt, wie mir Goethe sagt, so gut als fertig. Ich muß auf die *Helena* ein andermal zurückkommen, heute habe ich nicht Zeit. []

582

HUMBOLDT AN SEINE FRAU KAROLINE

Weimar, 29. Dezember 1826

Heute nachmittag habe ich bei Goethe Schillers Schädel gesehen. Goethe und ich – Riemer war noch dabei – haben lange davor gesessen, und der Anblick bewegt einen gar wunderlich. Was man lebend so groß, so teilnehmend, so in Gedanken und Empfindungen bewegt vor sich gesehen hat, das liegt nun so starr und tot wie ein steinernes Bild da. Goethe hat den Kopf in seiner Verwahrung, er zeigt ihn niemand. Ich bin der einzige, der ihn bisher gesehen, und er hat mich sehr gebeten, es hier nicht zu erzählen.

Zuerst mußt Du wissen, daß man den Kopf nicht absichtlich vom Rumpf getrennt hat. Die oberen Särge hatten in dem Gewölbe, wo Schiller vorläufig hingestellt war, die unteren zerbrochen. Das Gewölbe war außerdem feucht gewesen. So waren die Gebeine der einzelnen Begrabenen auseinandergegangen und lagen entblößt. Man suchte nach den Schillerschen und fand das ganze Skelett bis auf einige Teile. Goethe nahm nur den Schädel und ließ die übrigen Gebeine in der Bibliothek in einen Kasten niederlegen. Da sollen diese ruhen, bis er selbst stirbt. Dann hat er auf dem neuen Kirchhof, wo sich auch der Großherzog eine Familiengruft errichtet hat, eine Gruft neben dieser zurichten lassen. In dieser will dann er mit Schiller begraben sein. Ob man den Schädel auch in die Gruft tut, überläßt er dann den Übrigbleibenden. Jetzt liegt er auf einem blausamtenen Kissen, und es ist ein gläsernes Gefäß darüber, das man aber abnehmen kann. Man kann sich wirklich an der Form dieses Kopfes nicht satt sehen. Wir hatten einen Gipsabguß von Rafaels Schädel daneben. Der letztere ist regelmäßiger, gehaltener, in ganz gleich verteilter Wölbung. Aber der Schillersche Kopf hat etwas Größeres, Umfassenderes, mehr auf einzelnen Punkten sich ausdehnend und entfaltend, neben anderen, wo Flächen oder Einsenkungen sind. Es ist ein unendlich ergreifender Anblick, aber doch ein sehr merkwürdiger.

Daß man bei der Niederlegung des Kopfes Reden gehalten, daß Schillers Sohn dabei tätig gewesen ist, alles das ist gegen Goethes Absicht geschehen, der auch keinen Teil daran genommen. Er ist vielmehr den Tag verreist. Goethes Absicht ist allein gewesen, die Gebeine und besonders den Schädel herauszufinden, hervorzusondern von den übrigen, die durch eine Art Nachlässigkeit im Gewölbe vermischt lagen, und sie schicklich und anständig aufzubewahren, bis man sie der Erde auf eine angemessene Weise zurückgeben könnte.

So, liebe Li, wirst Du auch nichts hierin finden, das irgendeine Zartheit verletzte. Vielmehr liegt in der Vereinigung zweier großer Männer, die sich so nahe im Leben standen, auch im Grabe etwas Schönes und edel Empfundenes.

Goethe spricht von seinem eigenen Tode mit einer großen Ruhe und Gelassenheit, mit mehr selbst, als ich erwartet hätte. Ich glaube aber, daß glücklicherweise der Zeitpunkt noch weit entfernt ist. []

FRIEDRICH HÖLDERLIN
1770–1843

Wie Jean Paul zählt er zu den deutschen Autoren der klassischen Periode, die erst das 20. Jahrhundert wiederentdeckt hat, und wenn je ein Dichter für langes Vergessensein entschädigt wurde, dann er. Das Wissen um das Elend seines Lebens hat dabei das Gerechtigkeitsgefühl der Nachwelt nicht weniger entfacht als die Einsicht, daß in ihm die Kraft gelegen hätte, das erstarrende ästhetische System der Klassik in belebender Steigerung zu überwinden. Nicht in diesem Sinne freilich wurde er zuerst wiederverstanden, sondern als der Heros eines deutschen Griechentums, wie es der Bildungsweg der Nation seit dem 19. Jahrhundert als Ideal vorzeichnete. Er hatte in Tübingen Theologie, in Jena Philosophie studiert und dann, häufig wechselnd, Hauslehrerstellen versehen, wobei ihm das Bewußtsein des Dienens und das Gefühl der Demütigung sehr bald in eins zusammenfielen. Nach dem Scheitern seiner großen Liebe zur Herrin eines Hauses, dem er gedient hatte, ging er ins Ausland; sein Wanderleben führte ihn bis Bordeaux. 1802, bei der Rückkehr, überfiel ihn – wahrscheinlich ausgelöst durch einen Sonnenstich – zum erstenmal die Geistesstörung, die seit 1804 mit wenigen Unterbrechungen sein Schicksal bestimmte. Kaum eineinhalb Jahrzehnte ungehinderten Schaffens waren ihm vergönnt gewesen, und in ihnen schon zerrieb ihn die Inkongruenz von Weltbild und Wirklichkeit. Viele seiner Dichtungen, vor allem seine Hymnen, sind Verkündigung und vergehen doch in Resignation. Beschworen wird dieser innere Widerspruch auch in seinem Briefroman »Hyperion oder der Eremit in Griechenland« (1797/99), der das Leben nur zwischen zwei Heimatpolen denkbar scheinen läßt: Griechenland und Deutschland. Doch der einzige Trost, den er dabei findet, ist dort die Vergangenheit, hier die Natur – ein bezeichnender Anspruch ist hier formuliert und gleichzeitig aufgehoben. Man hat darin gelegentlich einen tragischen Grundzug des deutschen Geistes verkörpert gesehen, doch ist es wohl zuerst die Tragik einer idealistischen Ästhetik, die ihre Ohnmacht vor der Wirklichkeit erlebt und den Schatten des eigenen Untergangs über die ganze Welt breitet – wie Hölderlin seinen Empedokles sagen läßt:

»Denn wo ein Land ersterben soll, da wählt
Der Geist noch Einen sich am End, durch den
Sein Schwanensang, das letzte Leben tönet.«

Anmaßung oder Prophetie? Der deutschen Geschichte eingedenk, darf und soll man beides herauslesen.

583
HÖLDERLIN AN IMMANUEL NAST

(Maulbronn, September 1787?)

Eine Neuigkeit! eine schöne, schöne herzerquickende Neuigkeit! Ich habe den Ossian, den Barden ohne seinesgleichen, Homers großen Nebenbuhler hab' ich wirklich unter den Händen.
Den mußt Du lesen, Freund – da werden Dir Deine Täler lauter Konatäler – Dein Engelsberg ein Gebirge Morvens – Dich wird ein so süßes, wehmütiges Gefühl anwandeln – Du mußt ihn lesen – ich kann nicht deklamieren. Er muß mit nach Nürtingen in die Vakanz, da les' ich ihn so lang, bis ich ihn halb auswendig kann. []
Lebe wohl – Bruder – die Glocke schlägt, ich muß ins Kollegium. []

584
HÖLDERLIN AN LOUISE NAST

(Tübingen, Januar 1789)

Das war ein Brief von Dir, liebe Seele! Hätt'st Du mich sehen können, wie ich Tränen der innigsten Freude weinte, auf dieses neue Zeichen Deiner so unaussprechlich süßen beglükkenden Liebe, wie ich in dem Augenblick so innig fühlte, was ich an Dir habe, wie meine Tage wieder so heiter, so ruhig hinfließen. O Mädchen! Auch in der Trennung ist Deine Liebe Seligkeit, auch dieses Sehnen ist Wonne Deinem Jüngling – denn jeder Augenblick sagt mir, daß Du Dich ebenso nach mir sehnst, daß Dir diese etlich Jahre ebenso lange werden als mir. [ ]

Liebe mich wie bisher. Ich bin ewig Dein Hölderlin.

585

HÖLDERLIN AN LOUISE NAST

(Tübingen, Frühjahr 1790)

[ ] Ich schicke Dir den Ring und die Briefe hier wieder zurück. Behalt sie, Louise! wenigstens als Andenken jener seligen Tage, wo wir so ganz für uns lebten, daß uns kein Gedanke an die Zukunft trübte, keine Besorgnis unsere Liebe störte. Und weiß Gott! Louise! ich muß offenherzig sein – es ist und bleibt mein unerschütterlicher Vorsatz, Dich nicht um Deine Hand zu bitten, bis ich einen Deiner würdigen Stand erlangt habe. Unterdessen bitt' ich Dich, so hoch ich kann, gute, teure Louise! Dich nicht durch Dein gegebnes Wort, bloß durch die Wahl Deines Herzens binden zu lassen. Du wirst es für unmöglich halten, gute Seele, einen andern zu lieben, wie Du mir schon so oft bezeugt hast – aber so mancher liebenswerte Jüngling wird indessen Dein Herz zu gewinnen suchen, so mancher achtungswürdige Mann um Deine Hand Dich bitten, ich will heiter Dir Glück wünschen, wann Du einen würdigen wählst, und Du wirst dann erst einsehen, daß Du mit Deinem mürrischen, mißmutigen, kränkelnden Freunde nie hättest glücklich werden können. Sieh! Louise! ich will Dir meine Schwachheit gestehen. Der unüberwindliche Trübsinn in mir – aber lache mich nicht aus – ist wohl nicht ganz, doch meist – unbefriedigter Ehrgeiz. Hat dieser einmal, was er will, dann, und bälder nicht, werd' ich ganz heiter, ganz froh und gesund sein. Du siehst jetzt den eigentlichen Grund, warum ich den freilich zu raschen Vorsatz faßte, unser Verhältnis äußerlich anders stimmen zu wollen. Ich wollte Dich nicht binden, weil es ungewiß ist, ob jener mein ewiger Wunsch jemals erfüllt, ob jemals dieser – eben menschliche – Ehrgeiz befriedigt wird, ob ich also jemals ganz heiter, ganz froh und gesund werden kann. Und ohne dies würdest Du nie ganz glücklich mit mir sein! [ ] Lebe wohl, teures einziggeliebtes Mädchen! Ewig Dein Hölderlin.

586

HÖLDERLIN AN CHRISTIAN LUDWIG NEUFFER

(Tübingen, 20. Juli 1793)

Du hast recht, Herzensbruder! Dein Genius war mir sehr nahe dieser Tage her. In der Tat, ich fühlte das Ewige Deiner Liebe zu mir selten mit solcher Gewißheit und stillen Freude. Zwar schrieb ich an Stäudlin: Neuffers stille Flamme wird immer herrlicher leuchten, wenn vielleicht mein Strohfeuer längst verraucht ist; aber dieses vielleicht schreckt mich eben nicht immer, am wenigsten in den Götterstunden, wo ich aus dem Schoße der beseligenden Natur oder aus dem Platanenhaine am Ilissus zurückkehre, wo ich unter Schülern Platons hingelagert dem Fluge des Herrlichen nachsah, wie er die dunklen Fernen der Urwelt durchstreift, oder schwindelnd ihm folgte in die Tiefe der Tiefen, in die entlegensten Enden des Geisterlands, wo die Seele der Welt ihr Leben versendet in die tausend Pulse der Natur, wohin die ausgeströmten Kräfte zurückkehren nach ihrem unermeßlichen Kreislauf, oder wenn ich trunken vom Sokratischen Becher und sokratischer geselliger Freundschaft am Gastmahle den begeisterten Jünglingen lauschte, wie sie der heiligen Liebe huldigen mit süßer feuriger Rede, und der Schäker Aristophanes drunter hineinwitzelt, und endlich der Meister, der göttliche Sokrates selbst mit seiner himmlischen Weisheit sie alle lehrt, was Liebe sei – da, Freund meines Herzens, bin ich dann freilich nicht so verzagt, und meine manchmal, ich müßte doch einen Funken der süßen Flamme, die in solchen Augenblicken mich wärmt und erleuchtet, meinem Werkchen, in dem ich wirklich lebe und webe, meinem *Hyperion* mitteilen können und sonst auch noch zur Freude der Menschen zuweilen etwas ans Licht bringen.

[] Das versprech' ich Dir heilig, wenn das Ganze meines *Hyperions* nicht dreimal besser wird als dieses Fragment, so muß er ohne Gnade ins Feuer. Überhaupt, wenn nicht die Nachwelt meine Richterin wird, wenn ich das mir nicht bald mit prophetischer Gewißheit sagen kann, so reiß' ich, wie Du, jede Saite von meiner Leier und begrabe sie in den Schutt der Zeit. []

587

HÖLDERLIN AN GEORG WILHELM FRIEDRICH HEGEL

Waltershausen, 10. Juli 1794

Lieber Bruder! Ich bin gewiß, daß Du indessen zuweilen meiner gedachtest, seit wir mit der Losung – Reich Gottes! voneinander schieden! An dieser Losung würden wir uns nach jeder Metamorphose, wie ich glaube, wiedererkennen. [] Meine Beschäftigung ist jetzt ziemlich konzentriert. Kant und die Griechen sind beinahe meine einzige Lektüre. Mit dem ästhetischen Teile der kritischen Philosophie such' ich vorzüglich vertraut zu werden. Neulich machte ich eine kleine Exkursion übers Rhöngebirge hinein ins Fulder Land. Man glaubt auf den Schweizerbergen zu sein, den kolossalischen Höhen und reizenden fruchtbaren Tälern nach, wo die zerstreuten Häuserchen am Fuße der Berge, im Schatten der Tannen, unter Herden und Bächen liegen. Fuld selbst hat auch eine recht liebliche Lage. Die Bergbewohner sind, wie überall, etwas barsch und einfältig. Übrigens mögen sie manche gute Seite haben, die unsere Kultur vertilgt hat. []

588

HÖLDERLIN AN CHRISTIAN LUDWIG NEUFFER

Waltershausen, 10. Oktober 1794

[] Mein jetziger äußerer Beruf wird mir oft sehr schwer. Dir kann ich es wohl sagen. [] Übrigens such' ich mich emporzuhalten, so gut es geht, und wenn mir nur die Sonne in meine Fenster scheint, steh' ich meist heiter auf, und benütze dann, so gut ich kann, ein paar Morgenstunden, die einzigen, wo ich eigentlich Ruhe habe. Die meisten vergingen mir diesen Sommer über meinem Roman, wovon Du die fünf ersten Briefe diesen Winter in der »Thalia« finden wirst. [] Ich freue mich übrigens doch auf den Tag, wo ich mit dem ganzen im reinen sein werde, weil ich dann unverzüglich einen andern Plan, der mir beinahe noch mehr am Herzen liegt, den Tod des Sokrates, nach den Idealen der griechischen Dramen zu bearbeiten versuchen werde. Lyrisches hab' ich seit dem Frühling noch wenig gedichtet. Das Gedicht *An das Schicksal*, das ich noch zu Hause anfing, vorigen Winter beinahe ganz umänderte und um Ostern in einem Brief an Schiller einschloß, scheint dieser sehr gut aufgenommen zu haben, nach dem, was er mir sagte in der Antwort auf meinen letzten Brief, wo ich ihm das Fragment von *Hyperion* schickte. Er hat es für einen Almanach bestimmt, wovon er künftig der Herausgeber sein wird, und ich will ihm auf sein Begehren noch einiges dazu schicken. [] Vielleicht kann ich Dir einen Aufsatz über die *ästhetischen Ideen* schicken; weil er als ein Kommentar über den *Phädrus* des Plato gelten kann, und eine Stelle desselben mein ausdrücklicher Text ist, so wär' er vielleicht für Konz brauchbar. Im Grunde soll er eine Analyse des Schönen und Erhabenen enthalten, nach welcher die Kantische vereinfacht, und von der andern Seite vielseitiger wird, wie es schon Schiller zum Teil in seiner Schrift *Über Anmut und Würde* getan hat, der aber doch auch einen Schritt weniger über die Kantische Grenzlinie gewagt hat, als er nach meiner Meinung hätte wagen sollen. Lächle nicht! Ich kann irren; aber ich habe geprüft und lange und mit Anstrengung geprüft. – Jetzt bin ich an einer Umarbeitung meines Gedichts *An den Genius der Jugend.* []

589

HÖLDERLIN AN GEORG WILHELM FRIEDRICH HEGEL

Jena, 26. Januar 1795

[] Den *Genius der Kühnheit,* dessen Du Dich vielleicht noch erinnerst, hab' ich, umgearbeitet, mit einigen andern Gedichten in die »Thalia« gegeben. Schiller nimmt sich meiner sehr an und hat mich aufgemuntert, Beiträge in sein neues Journal, die »Horen«, auch in seinen künftigen »Musenalmanach« zu geben.
Goethen hab' ich gesprochen, Bruder! Es ist der schönste Genuß unsers Lebens, so viel Menschlichkeit zu finden bei so viel Größe. Er unterhielt mich so sanft und freundlich, daß mir recht eigentlich das Herz lachte und noch lacht, wenn ich daran denke. Herder war auch herzlich, ergriff die Hand, zeigte aber schon mehr den Weltmann; sprach oft ganz so allegorisch, wie auch Du ihn kennst; ich werde wohl noch manchmal zu ihnen kommen. []

590

HÖLDERLIN AN FRIEDRICH SCHILLER

Frankfurt, 20. Juni 1797

[] Ich nehme mir die Freiheit, Ihnen den ersten Band meines *Hyperions* beizulegen. Sie haben sich des Büchleins angenommen, da es durch den Einfluß einer widrigen Gemütsstimmung und fast unverdienter Kränkungen gänzlich entstellt und so dürr und ärmlich war, daß ich nicht daran denken mag. Ich hab' es mit freierer Überlegung und glücklicherem Gemüte von neuem angefangen und bitte Sie um die Güte, es bei Gelegenheit durchzulesen und mich durch irgendein Vehikel Ihr Urteil wissen zu lassen. Ich fühle, daß es unklug war, den ersten Band ohne den zweiten auszustellen, weil jener gar zu wenig selbständiger Teil des Ganzen ist. []

591

HÖLDERLIN AN CHRISTIAN LUDWIG NEUFFER

Homburg vor der Höhe, 12. November 1798

[] Das Lebendige in der Poesie ist jetzt dasjenige, was am meisten meine Gedanken und Sinne beschäftiget. Ich fühle so tief, wie weit ich noch davon bin, es zu treffen, und dennoch ringt meine ganze Seele danach, und es ergreift mich oft, daß ich weinen muß wie ein Kind, wenn ich um und um fühle, wie es meinen Darstellungen an einem und dem andern fehlt, und ich doch aus den poetischen Irren, in denen ich herumwandele, mich nicht herauswinden kann. Ach! die Welt hat meinen Geist von früher Jugend an in sich zurückgescheucht, und daran leid' ich noch immer. Es gibt zwar ein Hospital, wohin sich jeder auf meine Art verunglückte Poet mit Ehren flüchten kann, die Philosophie. Aber ich kann von meiner ersten Liebe, von den Hoffnungen meiner Jugend nicht lassen, und ich will lieber verdienstlos untergehen als mich trennen von der süßen Heimat der Musen, aus der mich bloß der Zufall verschlagen hat. Weißt Du mir einen guten Rat, der mich so schnell wie möglich auf das Wahre bringt, so gib mir ihn. Es fehlt mir weniger an Kraft als an Leichtigkeit, weniger an Ideen als an Nuancen, weniger an einem Hauptton als an mannigfaltig geordneten Tönen, weniger an Licht wie an Schatten, und das alles aus einem Grunde; ich scheue das Gemeine und Gewöhnliche im wirklichen Leben zu sehr. [] Ich fürchte, das warme Leben in mir zu erkälten an der eiskalten Geschichte des Tags, und diese Furcht kommt daher, weil ich alles, was von Jugend auf Zerstörendes mich traf, empfindlicher als andre aufnahm, und diese Empfindlichkeit scheint darin ihren Grund zu haben, daß ich im Verhältnis mit den Erfahrungen, die ich machen mußte, nicht fest und unzerstörbar genug organisiert war. Das sehe ich. Kann es mir helfen, daß ich es sehe? Ich glaube, so viel. Weil ich zerstörbarer bin als mancher andre, so muß ich um so mehr den Dingen, die auf mich zerstörend wirken, einen Vorteil abzugewinnen suchen, ich muß sie nicht an sich, ich muß sie nur insofern nehmen, als sie meinem wahrsten Leben dienlich sind. Ich muß sie, wo ich sie finde, schon zum voraus als unentbehrlichen Stoff nehmen, ohne den mein Innigstes sich niemals völlig darstellen wird. Ich muß sie in mich aufnehmen, um sie gelegentlich (als Künstler, wenn ich einmal Künstler sein will und sein soll) als Schatten zu meinem Lichte aufzustellen, um sie als untergeordnete Töne wiederzugeben, unter denen der Ton meiner Seele um so lebendiger hervorspringt. []

592

HÖLDERLIN AN CHRISTIAN LUDWIG NEUFFER

Homburg, 4. Juni 1799

[] Ich habe im Sinne, eine poetische Monatsschrift herauszugeben. Da die Hauptmaterialien für den ersten Jahrgang, so viel ich von eigner Hand dazugeben werde, größtenteils schon fertig liegen und ich bei meiner jetzigen Lebensart ganz dem Unternehmen leben kann, so hoff' ich es durchzusetzen. Und da ich noch mit niemand in einem bestimmten Vertrage darüber begriffen bin, so bitt' ich Dich, HE. Steinkopf davon zu benachrichtigen, ob er es vielleicht für dienlich hält, den Versuch zu machen. Das Journal wird wenigstens zur Hälfte wirkliche ausübende Poesie enthalten, die übrigen Aufsätze werden in die Geschichte und Beurteilung der Kunst einschlagen. Die ersten Stücke werden von mir enthalten ein

Trauerspiel, den *Tod des Empedokles,* mit dem ich bis auf den letzten Akt fertig bin, und Gedichte, lyrische und elegische. Die übrigen Aufsätze werden enthalten: 1. charakteristische Züge aus dem Leben alter und neuer Dichter, die Umstände, unter denen sie erwuchsen, vorzüglich den eigentümlichen Kunstcharakter eines jeden. So über Homer, Sappho, Aischyl, Sophokles, Horaz, Rousseau (als Verfasser der Heloïse), Shakespeare pp., 2. Darstellung des Eigentümlichschönen ihrer Werke oder einzelner Partien aus diesen. So über die *Iliade,* besonders den Charakter Achills, über den *Prometheus* des Aischyl, über die *Antigone,* den *Oedipus* des Sophokles, über einzelne Oden des Horaz, über die *Heloïse,* über Shakespeares *Antonius und Kleopatra,* über die Charaktere des Brutus und Cassius in seinem *Julius Cäsar,* über den *Macbeth* usw. Alle diese Aufsätze werden so viel wie möglich in lebendiger allgemeininteressanter Manier, meistens in Briefform, geschrieben sein. 3. Räsonnierende populär dargestellte Aufsätze über Deklamation, Sprache, über das Wesen und die verschiedenen Arten der Dichtkunst, endlich über das Schöne überhaupt. [] 4. werden auch Rezensionen neuer, besonders interessanter poetischer Werke geliefert werden. []

593
HÖLDERLIN AN SUSETTE GONTARD

(Oktober/November 1799)

Hier unsern *Hyperion,* Liebe! Ein wenig Freude wird diese Frucht unserer seelenvollen Tage Dir doch geben. Verzeih mir's, daß Diotima stirbt. Du erinnerst Dich, wir haben uns ehmals nicht ganz darüber vereinigen können. Ich glaubte, es wäre, der ganzen Anlage nach, notwendig. Liebste! alles, was von ihr und uns, vom Leben unseres Lebens hie und da gesagt ist, nimm es wie einen Dank, der öfters um so wahrer ist, je ungeschickter er sich ausdrückt. Hätte ich mich zu Deinen Füßen nach und nach zum Künstler bilden können, in Ruhe und Freiheit, ja glaube, ich wär' es schnell geworden, wonach in allem Leide mein Herz sich in Träumen und am hellen Tage und oft mit schweigender Verzweiflung sehnt. Es ist wohl der Tränen alle wert, die wir seit Jahren geweint, daß wir die Freude nicht haben sollten, die wir uns geben können, aber es ist himmelschreiend, wenn wir denken müssen, daß wir beide mit unsern besten Kräften vielleicht vergehen müssen, weil wir uns fehlen. Und sieh! das macht mich eben so stille manchmal, weil ich mich hüten muß vor solchen Gedanken. Deine Krankheit, Dein Brief – es trat mir wieder, so sehr ich sonst verblinden möchte, so klar vor die Augen, daß Du immer, immer leidest – und ich Knabe kann nur weinen drüber! – Was ist besser, sage mir's, daß wir's verschweigen, was in unserm Herzen ist, oder daß wir uns es sagen! – Immer hab' ich die Memme gespielt, um Dich zu schonen – habe immer getan, als könnt' ich mich in alles schicken, als wär' ich so recht zum Spielball der Menschen und der Umstände gemacht und hätte kein festes Herz in mir, das treu und frei in seinem Rechte für sein Bestes schlüge, teuerstes Leben! habe oft meine liebste Liebe, selbst die Gedanken an Dich mir manchmal versagt und verleugnet, nur um so sanft wie möglich um Deinetwillen dies Schicksal durchzuleben – Du auch, Du hast immer gerungen, Friedliche! um Ruhe zu haben, hast mit Heldenkraft geduldet und verschwiegen, was nicht zu ändern ist, hast Deines Herzens ewige Wahl in Dir verborgen und begraben, und darum dämmert's oft vor uns, und wir wissen nicht mehr, was wir sind und haben, kennen uns kaum noch selbst; dieser ewige Kampf und Widerspruch im Innern, der muß Dich freilich langsam töten, und wenn kein Gott ihn da besänftigen kann, so hab' ich keine Wahl als zu verkümmern über Dir und mir, oder nichts mehr zu achten als Dich und einen Weg mit Dir zu suchen, der den Kampf uns endet.

Ich habe schon gedacht, als könnten wir auch von Verleugnung leben, als machte vielleicht auch dies uns stark, daß wir entschieden der Hoffnung das Lebewohl sagten.

594

HÖLDERLIN AN CASIMIR ULRICH BÖHLENDORFF

(Nürtingen?, November? 1802)

Mein Teurer! Ich habe Dir lange nicht geschrieben, bin indes in Frankreich gewesen und habe die traurige einsame Erde

gesehn; die Hirten des südlichen Frankreichs und einzelne Schönheiten, Männer und Frauen, die in der Angst des patriotischen Zweifels und des Hungers erwachsen sind.
Das gewaltige Element, das Feuer des Himmels und die Stille der Menschen, ihr Leben in der Natur und ihre Eingeschränktheit und Zufriedenheit hat mich beständig ergriffen, und wie man Helden nachspricht, kann ich wohl sagen, daß mich Apollo geschlagen.
In den Gegenden, die an die Vendée grenzen, hat mich das Wilde, Kriegerische interessiert, das rein Männliche, dem das Lebenslicht unmittelbar wird in den Augen und Gliedern und das im Todesgefühle sich wie in einer Virtuosität fühlt, und seinen Durst, zu wissen, erfüllt.
Das Athletische der südlichen Menschen, in den Ruinen des antiken Geistes, machte mich mit dem eigentlichen Wesen der Griechen bekannter; ich lernte ihre Natur und ihre Weisheit kennen, ihren Körper, die Art, wie sie in ihrem Klima wuchsen, und die Regel, womit sie den übermütigen Genius vor des Elements Gewalt behüteten.
Dies bestimmte ihre Popularität, ihre Art, fremde Naturen anzunehmen und sich ihnen mitzuteilen, darum haben sie ihr Eigentümlich-Individuelles, das lebendig erscheint, sofern der höchste Verstand im griechischen Sinne Reflexionskraft ist, und dies wird uns begreiflich, wenn wir den heroischen Körper der Griechen begreifen; sie ist Zärtlichkeit wie unsere Popularität.
Der Anblick der Antiken hat mir einen Eindruck gegeben, der mir nicht allein die Griechen verständlicher macht, sondern überhaupt das Höchste der Kunst, die auch in der höchsten Bewegung und Phänomenalisierung der Begriffe und alles Ernstlich-Gemeinten dennoch alles stehend und für sich selbst erhält, so daß die Sicherheit in diesem Sinne die höchste Art des Zeichens ist.
Es war mir nötig, nach manchen Erschütterungen und Rührungen der Seele mich festzusetzen, auf einige Zeit, und ich lebe indessen in meiner Vaterstadt.
Mein Lieber! ich denke, daß wir die Dichter bis auf unsere Zeit nicht kommentieren werden, sondern daß die Sangart überhaupt wird einen andern Charakter nehmen, und daß wir darum nicht aufkommen, weil wir, seit den Griechen,

wieder anfangen, vaterländisch und natürlich, eigentlich originell zu singen.

Schreibe doch nur mir bald. Ich brauche Deine reinen Töne. Die Psyche unter Freunden, das Entstehen des Gedankens im Gespräch und Brief ist Künstlern nötig. []

Lebe recht wohl. Dein H.

HEINRICH VON KLEIST
1777–1811

Die Familientradition bestimmte ihn zur Offizierslaufbahn, der er sich aber entziehen konnte; 1799 begann er, in Frankfurt a. d. Oder *Philosophie, Mathematik und Staatswissenschaft zu studieren, doch erwiesen sich seine literarischen Interessen als stärker. 1800 ging er nach Berlin, und seit 1801, als er nach Paris aufbrach, führte er ein unstetes Leben, das seinen unsicheren Geist spiegelt: wiederholt reiste er nach Frankreich und in die Schweiz, den Winter 1802–1803 verbrachte er in Weimar und Oßmannstedt bei Wieland, dann wollte er mit den Franzosen gegen die Engländer ziehen (1809 dagegen trieb ihn sein Haß gegen Napoleon ins österreichische Lager). Ein Amt an der Königsberger Domänenkammer, das er 1804 erhielt, gab er bereits nach zwei Jahren auf, und anschließend sah er Frankreich ein drittes Mal – als Gefangener. So wenig er in der politischen Welt seßhaft wurde, so in der literarischen, in der ihm Wieland das größte und Goethe wohl das geringste Vertrauen entgegenbrachte. Neben den Autoren der Klassik und Romantik steht er als ein Außenseiter, in seiner Zeit war er mehr eine Hypothese als ein Element der Literatur. Erst das 20. Jahrhundert hat ihn in seiner Bedeutung gesehen: als den modernsten Dramatiker seiner Zeit, der seine Konflikte aus den Erlebnistiefen der Seele holte. Zwar ist uns jene Tragödie Kleists, von der Wieland sagte, so hätten nur die Geister des Aischylos, Sophokles und Shakespeare vereint schaffen können, nicht erhalten, da Kleist das Manuskript vernichtete (»Robert Guiskard, Herzog der Normänner«), doch zeigen auch seine Lustspiele (»Amphitryon«, 1807; »Der zerbrochene Krug«, 1808) und die Schauspiele (»Penthesilea«, 1808; »Das Käthchen von Heilbronn«, 1808), wie sehr er über seine Zeit hinaus- und ihr vorausging. Was ihn nicht hinderte, in der »Hermannsschlacht« (1808) wieder hinter sich selbst zurückzubleiben und einen exzessiven Nationalismus und Radikalismus zu predigen, der schwerlich allein aus der politischen Lage Preußens während der Herrschaft Napoleons erklärbar ist (»Die Her-*

mannsschlacht« 1808, erst 1821 gedruckt und 1839 uraufgeführt). Und so geht alle seelische Größe und der ungeheure Entwurf des Menschlichen im »Prinz Friedrich von Homburg« (1809/11) doch wieder in einer Schwarzen Messe des Patriotismus auf, und als solche wurden diese Mysterien der Brandenburgischen Kriegsartikel von 1675 oft genug bis in unsere Tage inszeniert. Nicht weniger bedeutsam ist Kleist als Erzähler: die Form seiner Novellistik bereitet einer modernen, realistischen Erzählkunst den Weg. Seine wildbewegten literarischen Entwürfe sind oft nur in kurzen Pausen der Unrast und jener menschlichen Verzweiflung entstanden, die ihn zuletzt aus diesem Leben trieb. Er war zu allen Extremen fähig und versagte sich keins: so war auch sein Tod die Paraphrase seines Lebens.

595

KLEIST AN WILHELMINE VON ZENGE

Berlin, 22. März 1801

[] Ich hatte schon als Knabe (mich dünkt am Rhein durch eine Schrift von Wieland) mir den Gedanken angeeignet, daß die Vervollkommnung der Zweck der Schöpfung wäre. Ich glaubte, daß wir einst nach dem Tode von der Stufe der Vervollkommnung, die wir auf diesem Sterne erreichten, auf einem andern weiter fortschreiten würden, und daß wir den Schatz von Wahrheiten, den wir hier sammelten, auch dort einst brauchen könnten. Aus diesen Gedanken bildete sich so nach und nach eine eigne Religion, und das Bestreben, nie auf einen Augenblick hienieden still zu stehen und immer unaufhörlich einem höhern Grad von Bildung entgegenzuschreiten, ward bald das einzige Prinzip meiner Tätigkeit. Bildung schien mir das einzige Ziel, das des Bestrebens, Wahrheit der einzige Reichtum, der des Besitzes würdig ist.
Ich weiß nicht, liebe Wilhelmine, ob Du diese zwei Gedanken: Wahrheit und Bildung, mit einer solchen Heiligkeit denken kannst als ich. – Das freilich würde doch nötig sein, wenn Du den Verfolg dieser Geschichte meiner Seele verstehen willst. Mir waren sie so heilig, daß ich diesen beiden Zwecken, Wahrheit zu sammeln und Bildung mir zu erwer-

ben, die kostbarsten Opfer brachte – Du kennst sie. – Doch ich muß mich kurz fassen.

Vor kurzem ward ich mit der neuen sogenannten Kantischen Philosophie bekannt – und Dir muß ich jetzt daraus einen Gedanken mitteilen, indem ich nicht fürchten darf, daß er Dich so tief, so schmerzhaft erschüttern wird als mich. Auch kennst Du das Ganze nicht hinlänglich, um sein Interesse vollständig zu begreifen. Ich will indessen so deutlich sprechen als möglich.

Wenn alle Menschen statt der Augen grüne Gläser hätten, so würden sie urteilen müssen, die Gegenstände, welche sie dadurch erblicken, sind grün – und nie würden sie entscheiden können, ob ihr Auge ihnen die Dinge zeigt, wie sie sind, oder ob es nicht etwas zu ihnen hinzutut, was nicht ihnen, sondern dem Auge gehört. So ist es mit dem Verstande. Wir können nicht entscheiden, ob das, was wir Wahrheit nennen, Wahrheit ist oder ob es uns nur so scheint. Ist das letzte, so ist die Wahrheit, die wir hier sammeln, nach dem Tode nicht mehr – und alles Bestreben, ein Eigentum sich zu erwerben, das uns auch in das Grab folgt, ist vergeblich. –

Ach Wilhelmine, wenn die Spitze dieses Gedankens Dein Herz nicht trifft, so lache nicht über einen andern, der sich tief in seinem heiligsten Innern verwundet fühlt. Mein einziges, mein höchstes Ziel ist gesunken, und ich habe nun keines mehr.

Seit diese Überzeugung, nämlich daß hienieden keine Wahrheit zu finden ist, vor meine Seele trat, habe ich nicht wieder ein Buch angerührt. Ich bin untätig in meinem Zimmer umhergegangen, ich habe mich an das offene Fenster gesetzt, ich bin hinausgelaufen ins Freie, eine innerliche Unruhe trieb mich zuletzt in Tabagien und Kaffeehäuser, ich habe Schauspiele und Konzerte besucht, um mich zu zerstreuen [].

Liebe Wilhelmine, laß mich reisen! Arbeiten kann ich nicht, das ist nicht möglich, ich weiß nicht zu welchem Zwecke. [] Ist es eine Verirrung, so läßt sie sich vergüten und schützt mich vor einer andern, die vielleicht unwiderruflich wäre. Sobald ich einen Gedanken ersonnen habe, der mich tröstet, sobald ich einen Zweck gefaßt habe, nach dem ich wieder streben kann, so kehre ich um, ich schwöre es Dir. []

596

KLEIST AN WILHELMINE VON ZENGE

Auf der Aarinsel bei Thun, 20. Mai 1802

Liebe Wilhelmine, um die Zeit des Jahreswechsels erhielt ich den letzten Brief von Dir, in welchem Du noch einmal mit vieler Herzlichkeit auf mich einstürmst, zurückzukehren ins Vaterland, mich dann mit vieler Zartheit an Dein Vaterhaus und die Schwächlichkeit Deines Körpers erinnerst, als Gründe, die es Dir unmöglich machen, mir in die Schweiz zu folgen, dann mit den Worten schließest: »Wenn Du dies alles gelesen hast, so tue, was Du willst!« []

Ich werde wahrscheinlicherweise niemals in mein Vaterland zurückkehren. Ihr Weiber versteht in der Regel ein Wort in der deutschen Sprache nicht, es heißt: Ehrgeiz. Es ist nur ein einziger Fall, in welchem ich zurückkehre, wenn ich der Erwartung der Menschen, die ich törichterweise durch eine Menge von prahlerischen Schritten gereizt habe, entsprechen kann. Der Fall ist möglich, aber nicht wahrscheinlich. Kurz, kann ich nicht mit Ruhm im Vaterlande erscheinen, geschieht es nie. Das ist entschieden, wie die Natur meiner Seele.

Ich war im Begriff, mir ein kleines Gut in der Schweiz zu kaufen, und Pannwitz hatte mir schon den Rest meines ganzen Vermögens dazu überschickt, als ein abscheulicher Volksaufstand mich plötzlich, acht Tage, ehe ich das Geld empfing, davon abschreckte. Ich fing es nun an für ein Glück anzusehen, daß Du mir nicht hattest in die Schweiz folgen wollen, zog in ein einsames Häuschen auf einer Insel in der Aare, wo ich mich nun, mit Lust oder Unlust, gleichviel, an die Schriftstellerei machen muß.

Indessen geht, bis mir dieses glückt, wenn es mir überhaupt glückt, mein kleines Vermögen gänzlich drauf, und ich bin wahrscheinlicherweise in einem Jahre ganz arm. Und in dieser Lage, da ich noch außer dem Kummer, den ich mit Dir teile, ganz andre Sorgen habe, die Du gar nicht kennst, kommt Dein Brief und weckt wieder die Erinnerung an Dich, die glücklicher, glücklicherweise ein wenig ins Dunkel getreten war.

Liebes Mädchen, schreibe mir nicht mehr! Ich habe keinen anderen Wunsch als: bald zu sterben! H. K.

597
KLEIST AN SEINE SCHWESTER ULRIKE

St. Omer, 26. Oktober 1803

[] Ich habe in Paris mein Werk, so weit es fertig war, durchlesen, verworfen und verbrannt: und nun ist es aus. Der Himmel versagt mir den Ruhm, das größte der Güter der Erde; ich werfe ihm, wie ein eigensinniges Kind, alle übrigen hin. Ich kann mich Deiner Freundschaft nicht würdig zeigen, ich kann ohne diese Freundschaft doch nicht leben: ich stürze mich in den Tod. Sei ruhig, Du Erhabene, ich werde den schönen Tod der Schlachten sterben. Ich habe die Hauptstadt dieses Landes verlassen, ich bin an seine Nordküste gewandert, ich werde französische Kriegsdienste nehmen, das Heer wird bald nach England hinüberrudern, unser aller Verderben lauert über den Meeren, ich frohlocke bei der Aussicht auf das unendlich-prächtige Grab. O Du Geliebte, Du wirst mein letzter Gedanke sein!

Heinrich von Kleist

598
KLEIST AN OTTO AUGUST RÜHLE VON LILIENSTERN

(Königsberg, 31. August 1806;

[] Wer wollte auf dieser Welt glücklich sein. Pfui, schäme Dich, möcht' ich fast sagen, wenn Du es willst! Welch eine Kurzsichtigkeit, o du edler Mensch, gehört dazu, hier, wo alles mit dem Tode endigt, nach etwas zu streben. Wir begegnen uns, drei Frühlinge lieben wir uns: und eine Ewigkeit fliehen wir wieder auseinander. Und was ist des Strebens würdig, wenn es die Liebe nicht ist! Ach, es muß noch etwas anderes geben als Liebe, Glück, Ruhm usw., x, y, z, wovon unsre Seelen nichts träumen.

Es kann kein böser Geist sein, der an der Spitze der Welt steht; es ist ein bloß unbegriffener! Lächeln wir nicht auch, wenn die Kinder weinen? Denke nur, diese unendliche Fortdauer! Myriaden von Zeiträumen, jedweder ein Leben, und für jedweden eine Erscheinung, wie diese Welt! Wie doch das kleine Sternchen heißen mag, das man auf dem Sirius, wenn der Himmel klar ist, sieht? Und dieses ganze ungeheure

Firmament nur ein Stäubchen gegen die Unendlichkeit! [] Nun wieder zurück zum Leben! So lange das dauert, werd' ich jetzt Trauerspiele und Lustspiele machen. Ich habe der Kleisten eben wieder gestern eins geschickt, wovon Du die erste Szene schon in Dresden gesehen hast. Es ist *Der zerbrochene Krug*. Sage mir dreist, als ein Freund, Deine Meinung, und fürchte nichts von meiner Eitelkeit. Meine Vorstellung von meiner Fähigkeit ist nur noch der Schatten von jener ehemaligen in Dresden. Die Wahrheit ist, daß ich das, was ich mir vorstelle, schön finde, nicht das, was ich leiste. Wär' ich zu etwas anderem brauchbar, so würde ich es von Herzen gern ergreifen: ich dichte bloß, weil ich es nicht lassen kann. [] Jetzt habe ich ein Trauerspiel unter der Feder. – Ich höre, Du mein lieber Junge, beschäftigst Dich auch mit der Kunst? Es gibt nichts Göttlicheres als sie! Und nichts Leichteres zugleich; und doch warum ist es so schwer? Jede erste Bewegung, alles Unwillkürliche, ist schön; und schief und verschroben alles, sobald es sich selbst begreift. O der Verstand! Der unglückselige Verstand! Studiere nicht zu viel, mein lieber Junge. []

599
KLEIST AN MARIE VON KLEIST

(Dresden, Spätherbst 1807)

Ich habe die *Penthesilea* geendigt, von der ich Ihnen damals, als ich den Gedanken zuerst faßte, wenn Sie sich dessen noch erinnern, einen so begeisterten Brief schrieb. Sie hat ihn wirklich aufgegessen, den Achill, vor Liebe. Erschrecken Sie nicht, es läßt sich lesen. [. . .] Es ist hier schon zweimal in Gesellschaft vorgelesen worden, und es sind Tränen geflossen, soviel als das Entsetzen, das unvermeidlich dabei war, zuließ. [] Ob es bei den Forderungen, die das Publikum an die Bühne macht, gegeben werden wird, ist eine Frage, die die Zeit entscheiden muß. Ich glaube es nicht und wünsche es auch nicht, solange die Kräfte unsrer Schauspieler auf nichts geübt, als Naturen, wie die Kotzebueschen und Ifflandschen sind, nachzuahmen. Wenn man es recht untersucht, so sind zuletzt die Frauen an dem ganzen Verfall unsrer Bühne schuld, und sie sollen entweder gar nicht ins Schauspiel gehen, oder es müßten eigne Bühnen für sie, abgesondert von den Männern, errichtet werden. Ihre Anforderungen an Sittlichkeit und Moral vernichten das ganze Wesen des Drama, und niemals hätte sich das Wesen des griechischen Theaters entwickelt, wenn sie nicht ganz davon ausgeschlossen gewesen wären.

600

KLEIST AN CHRISTOPH MARTIN WIELAND

Dresden, 17. Dezember 1807

[] Im März dieses Jahres schrieb ich Ihnen zweimal vom Fort de Joux, einem festen Schloß bei Neufchâtel, wohin ich durch ein unglückliches, aber bald wieder aufgeklärtes Mißverständnis als ein Staatsgefangener abgeführt worden war. Der Gegenstand meines Briefes war, wenn ich nicht irre, der *Amphitryon,* eine Umarbeitung des Molierischen, die Ihnen vielleicht jetzt durch den Druck bekannt sein wird []. Jetzt bin ich willens, mit Adam Müller, dem Lehrer des Gegensatzes, der hier, während mehrerer Winter schon, ästhetische, von dem Publico sehr gut aufgenommene Vorlesungen gehalten hat, ein Kunstjournal herauszugeben, monatsweise, unter dem Titel, weil doch einer gewählt werden muß: »Phöbus«. Ich bin im Besitz dreier Manuskripte, mit denen ich, für das kommende Jahr, fragmentarisch darin aufzutreten hoffe; einem Trauerspiel, *Penthesilea;* einem Lustspiel, *Der zerbrochene Krug* (wovon der Gh. Rt. v. Goethe eine Abschrift besitzt, die Sie leicht, wenn die Erscheinung Sie interessiert, von ihm erhalten könnten); und einer Erzählung, *Die Marquise von* O. Adam Müller wird seine ästh. und phil. Vorlesungen geben; und durch günstige Verhältnisse sind wir in den Besitz einiger noch ungedruckter Schriften des Novalis gekommen, die gleichfalls in den ersten Heften erscheinen sollen. Ich bitte Sie, mein verehrungswürdigster Freund, um die Erlaubnis, Sie in der Anzeige als einen der Beitragliefernden nennen zu dürfen; einmal, in der Reihe der Jahre, da Sie der Erde noch und nicht den Sternen angehören, werden Sie schon einen Aufsatz für meinen »Phöbus« erübrigen können; wenn Sie gleich Ihrem eigenen »Merkur« damit karg sind. [] Ich wollte, ich könnte Ihnen die *Penthesilea* so, bei dem Kamin, aus dem Stegreif vortragen, wie damals den *Robert Guiskard*. Entsinnen Sie sich dessen wohl noch? Das war der stolzeste Augenblick meines Lebens. [ ]

601

KLEIST AN JOHANN WOLFGANG VON GOETHE

Dresden, 24. Januar 1808

Hochwohlgeborener Herr, hochzuverehrender Herr Geheimrat, Ew. Exzellenz habe ich die Ehre, in der Anlage gehorsamst das 1. Heft des »Phöbus« zu überschicken. Es ist auf den »Knien meines Herzens«, daß ich damit vor Ihnen erscheine; möchte das Gefühl, das meine Hände ungewiß macht, den Wert dessen ersetzen, was sie darbringen.
Ich war zu furchtsam, das Trauerspiel, von welchem Ew. Exzellenz hier ein Fragment finden werden, dem Publikum im ganzen vorzulegen. [ ]
Es ist übrigens ebenso wenig für die Bühne geschrieben, als jenes frühere Drama: *Der zerbrochene Krug*, und ich kann es nur Ew. Exzellenz gutem Willen zuschreiben, mich aufzumuntern, wenn dies letztere gleichwohl in Weimar gegeben wird. Unsre übrigen Bühnen sind weder vor noch hinter dem Vorhang so beschaffen, daß ich auf diese Auszeichnung rechnen dürfte, und so sehr ich auch sonst in jedem Sinne gern dem Augenblick angehörte, so muß ich doch in diesem Fall auf die Zukunft hinaussehen, weil die Rücksichten gar zu niederschlagend wären.
Herr Adam Müller und ich, wir wiederholen unsre inständigste Bitte, unser Journal gütigst mit einem Beitrag zu beschenken, damit es ihm nicht ganz an dem Glanze fehle, den sein ein wenig dreist gewählter Titel verspricht. [ ]

602

KLEIST AN MARIE VON KLEIST

(Berlin, Sommer 1811)

[ ] Es weht mich zuweilen, bei einer Lektüre oder im Theater, wie ein Luftzug aus meiner allerfrühsten Jugend an. Das Le-

ben, das vor mir ganz öde liegt, gewinnt mit einemmal eine wunderbar herrliche Aussicht, und es regen sich Kräfte in mir, die ich ganz erstorben glaubte. Alsdann will ich meinem Herzen ganz und gar, wo es mich hinführt, folgen und schlechterdings auf nichts Rücksicht nehmen als auf meine eigne innerliche Befriedigung. Das Urteil der Menschen hat mich bisher viel zu sehr beherrscht; besonders das *Käthchen von Heilbronn* ist voll Spuren davon. Es war von Anfang herein eine ganz treffliche Erfindung, und nur die Absicht, es für die Bühne passend zu machen, hat mich zu Mißgriffen verführt, die ich jetzt beweinen möchte. Kurz, ich will mich von dem Gedanken ganz durchdringen, daß, wenn ein Werk nur recht frei aus dem Schoß eines menschlichen Gemüts hervorgeht, dasselbe auch notwendig darum der ganzen Menschheit angehören müsse.

603

KLEIST AN MARIE VON KLEIST

(Berlin, 19. November 1811)

Meine liebste Marie, mitten in dem Triumphgesang, den meine Seele in diesem Augenblick des Todes anstimmt, muß ich noch einmal Deiner gedenken und mich Dir, so gut wie ich kann, offenbaren: Dir, der einzigen, an deren Gefühl und Meinung mir etwas gelegen ist; alles andere auf Erden, das Ganze und Einzelne, habe ich völlig in meinem Herzen überwunden. Ja, es ist wahr, ich habe Dich hintergangen, oder vielmehr, ich habe mich selbst hintergangen; wie ich Dir aber tausendmal gesagt habe, daß ich dies nicht überleben würde, so gebe ich Dir jetzt, indem ich von Dir Abschied nehme, davon den Beweis. Ich habe Dich während Deiner Anwesenheit in Berlin gegen eine andere Freundin vertauscht; aber wenn Dich das trösten kann, nicht gegen eine, die mit mir leben, sondern, die im Gefühl, daß ich ihr ebensowenig treu sein würde wie Dir, mit mir sterben will. Mehr Dir zu sagen, läßt mein Verhältnis zu dieser Frau nicht zu. Nur so viel wisse, daß meine Seele, durch die Berührung mit der ihrigen, zum Tode ganz reif geworden ist; daß ich die ganze Herrlichkeit des menschlichen Gemüts an dem ihrigen ermessen habe, und daß ich sterbe, weil mir auf Erden nichts mehr zu lernen und zu erwerben übrig bleibt. Lebe wohl! Du bist die allereinzige auf Erden, die ich jenseits wiederzusehen wünsche. Etwa Ulriken? – ja, nein, nein, ja: es soll von ihrem eignen Gefühl abhangen. [] Sie hat, dünkt mich, die Kunst nicht verstanden sich aufzuopfern, ganz für das, was man liebt, in Grund und Boden zu gehn: das Seligste, was sich auf Erden erdenken läßt, ja worin der Himmel bestehen muß, wenn es wahr ist, daß man darin vergnügt und glücklich ist. Adieu! – Rechne hinzu, daß ich eine Freundin gefunden habe, deren Seele wie ein junger Adler fliegt, wie ich noch in meinem Leben nichts Ähnliches gefunden habe; die meine Traurigkeit als eine höhere, festgewurzelte und unheilbare begreift, und deshalb, obschon sie Mittel genug in Händen hätte, mich hier zu beglücken, mit mir sterben will; die mir die unerhörte Lust gewährt, sich, um dieses Zweckes willen, so leicht aus einer ganz wunschlosen Lage, wie ein Veilchen aus einer Wiese, herausheben zu lassen; die einen Vater, der sie anbetet, einen Mann, der großmütig genug war, sie mir abtreten zu wollen, ein Kind, so schön und schöner als die Morgensonne, um meinetwillen verläßt: und Du wirst begreifen, daß meine ganze jauchzende Sorge nur sein kann, einen Abgrund tief genug zu finden, um mit ihr hinabzustürzen. – Adieu noch einmal! –

604

KLEIST AN ULRIKE VON KLEIST

Am Morgen meines Todes

Ich kann nicht sterben, ohne mich, zufrieden und heiter, wie ich bin, mit der ganzen Welt, und somit auch, vor allen anderen, meine teuerste Ulrike, mit Dir versöhnt zu haben. Laß sie mich, die strenge Äußerung, die in dem Briefe an die Kleisten enthalten ist, laß sie mich zurücknehmen; wirklich, Du hast an mir getan, ich sage nicht, was in Kräften einer Schwester, sondern in Kräften eines Menschen stand, um mich zu retten: die Wahrheit ist, daß mir auf Erden nicht zu helfen war. Und nun lebe wohl; möge Dir der Himmel einen Tod schenken, nur halb an Freude und unaussprechlicher Heiterkeit dem meinigen gleich: das ist der herzlichste und innigste Wunsch, den ich für Dich aufzubringen weiß. Dein Heinrich

AUGUST WILHELM SCHLEGEL
1767–1845
FRIEDRICH SCHLEGEL
1772–1829

Die Brüder Schlegel stammten aus einer Familie, deren Name in der deutschen Literatur des 18. Jahrhunderts einen guten Klang hatte: ihr Vater, der Theologe Johann Adolf Schlegel (1721–1793), gehörte zum engsten Freundeskreis um Gellert und trat als Verfasser geistlicher Oden und moralisierender Fabeln hervor; der Onkel Johann Elias Schlegel (1719 bis 1749) gehörte anfangs zum Kreis um Gottsched, wurde dann Mitarbeiter der gegen Gottsched gerichteten »Bremischen Beiträge« und schrieb vor allem Dramen; sein »Canut« (1747) galt lange als das beste deutsche Trauerspiel. August Wilhelm und Friedrich Schlegel wuchsen in Hannover auf, wo ihr Vater zuletzt Generalsuperintendent war. Beide besuchten dann die Universität Göttingen, wo August Wilhelm Theologie und Philologie, Friedrich Jurisprudenz und Philologie studierte. Während Friedrich seine Studien in Leipzig fortsetzte, ging August Wilhelm 1791 als Hauslehrer nach Amsterdam. Als er 1795 nach Deutschland zurückkehrte, ließ er sich in Jena, damals ein Zentrum der gelehrten Welt, nieder, um sich zu habilitieren. Einen literarischen Namen machte er sich zuerst mit Beiträgen für den »Musenalmanach« und die »Horen« Schillers sowie für die »Jenaische allgemeine Litteraturzeitung«, während Friedrich, der damals meist in Berlin lebte, vor allem mit Beiträgen für Wielands »Merkur« hervortrat. Der Briefwechsel der beiden zeigt, wie rasch sie in eine kritische Distanz zur Weimarer Klassik traten. Der Weg, den sie gingen, führte zu den ersten programmatischen Formulierungen der Romantik; er ist nicht nur durch einen unverbindlicheren und willkürlicheren Begriff von geistiger Freiheit gekennzeichnet, sondern auch durch andere Ausgangspositionen: im Gegensatz zu Goethe etwa bilden sich die Brüder Schlegel ihren Poesiebegriff nicht so sehr am Leben, sondern an der Literatur selbst. Darin sind sie echte Literaten und nicht mehr »Literatoren« im Sinne des 18. Jahrhunderts. Es ist vor allem die Literatur der Vergangenheit, von der sie ausgehen; Friedrich beschäftigte sich besonders mit der des Mittelalters und den älteren Spaniern und Italienern; August Wilhelm dagegen begann mit seinen großen Übersetzungsprojekten aus dem Englischen, Spanischen und Italienischen, vor allem mit seinen Nachdichtungen Shakespeares und Calderons. In beiden reifte bald der Plan, sich mit einer eigenen Zeitschrift ein Forum zu schaffen. Verwirklicht wurde er mit dem 1798 gegründeten »Athenäum«, das zwar nicht über drei Jahrgänge hinauskam, aber ihre Position im literarischen Leben so festigte, daß sie als die Häupter einer neuen poetischen Richtung gelten konnten. Doch blieben sie Theoretiker, ihre dichterischen Versuche erlahmten meist schon im Anlauf. Weder die Lyrik August Wilhelms (»Gedichte«, 1800) noch Friedrichs Roman »Lucinde« (1799) wurden als programmatische Leistungen der Frühromantik empfunden, deren Zentrum Jena geworden war. Um so eindringlicher äußerte sich das universale Wollen Friedrichs in seinen »Fragmenten«, die er für das »Athenäum« geschrieben hatte. Beide Brüder blieben von da an die großen Vermittler und Zwischenträger eines geistigen Austausches, der das neue Bewußtsein eines kulturellen Universums vorbereitete. Ihre Wege trennten sich zwar, auch differenzierten sich ihre Auffassungen zuletzt bis zur offenen Gegnerschaft, trotzdem haben sie gleich Dioskuren dieses Ziel verfolgt. Ihre philologischen Studien, vor allem ihre Beschäftigung mit dem Sanskrit und mit der orientalischen Dichtung, erschlossen wenig bekannte Literaturen und Zusammenhänge, ihre ästhetisch-kritischen Schriften waren großangelegte Versuche einer geistigen Neuorientierung, ja sogar einer Entwicklungsgeschichte der Weltliteratur. Das äußere Schicksal der beiden schien dabei solchen Konzeptionen eher ungünstig zu sein. August Wilhelm, der 1801 nach Berlin gegangen war, folgte 1804 der aus ihrem Heimatland ausgewiesenen französischen Schriftstellerin Germaine de Staël als Reisebegleiter und Erzieher ihrer Kinder, sein Wohnsitz wurde für viele Jahre das Schloß Coppet am Genfer See. Als die Staël 1812 erneut vor Napoleon flüchten mußte, folgte ihr August Wilhelm nach England, dann ging er als Sekretär des Kronprinzen Bernadotte nach Schweden. Erst nach Beendigung der Napoleonischen Kriege konnte er wieder mit seiner Freundin nach Coppet zurückkehren; die *letzten Jahre bis zum Tode der Staël (1817) verbrachten sie gemeinsam in Paris. Vereinsamt und heimatlos bemühte er sich dann um eine Professur an einer deutschen Universität, er ging schließlich als Professor der Kunst- und Literaturgeschichte an die neu errichtete Universität Bonn. Friedrich hatte sich 1801 an der Universität Jena als Privatdozent habilitiert, siedelte aber schon im folgenden Jahr mit seiner Frau Dorothea nach Paris über, wo er philosophische Vorlesungen hielt und die Zeitschrift »Europa« (1803/05) herausgab. Nach einigen Reisejahren fand er 1808 eine Anstellung als Hofsekretär in der Wiener Staatskanzlei. Bis 1819 stand er – zeitweilig im Hauptquartier des Erzherzogs Karl, dann als Redakteur einer Armeezeitung und als politischer Publizist – im Dienste Österreichs; Metternich schickte ihn 1815 als Legationsrat mit der österreichischen Gesandtschaft zum Bundestag nach Frankfurt. Nachdem er schon 1812 versucht hatte, ein neues Literaturblatt aufzubauen (»Deutsches Museum«), gründete er 1820 die romantisch orientierte, auf kirchlichen Unitarismus hinarbeitende Zeitschrift »Concordia«. Während einer Reise nach Dresden starb er im Januar 1829 an einem Schlaganfall – mitten in einer Auseinandersetzung mit August Wilhelm, der ihm angedroht hatte, sich öffentlich von ihm zu distanzieren (vgl. Briefe 45–47). August Wilhelm überlebte seinen Bruder um sechzehn Jahre – er starb als der halbvergessene Mentor einer versunkenen Zeit.*

605

FRIEDRICH SCHLEGEL AN AUGUST WILHELM SCHLEGEL

(Leipzig, Anfang 1792)

[] Du trägst den schönen Namen *Mensch* mit Ehren; der Quell der Liebe und Freude in Deiner Brust ist zu rein und stark, als daß niedrer Unmut und unwürdiger Trotz ihn auf lange Zeit trüben und zurückpressen könnte. – Betrachte doch nur mit Ernst das große Ziel. – Ewige unwandelbare Ruhe in Dir selbst und zahllose geistige Freuden, aus deren jeder wieder zahllose neue entspringen – und dies erreichst Du sicher und leicht, wenn Du nur erst einmal alle Deine Kräfte aufs äußerste anspannst; – und nun siehe, wie ge-

ringfügig ist das, was Dich Deiner großen Bestimmung verlustig machen könnte – ein kurzer Schmerz, Verzagtheit und zweckloses Hadern mit dem tauben Schicksal. – Ich wünschte sehr, das, was so feurig in mir glüht, in den toten Buchstaben gießen zu können – die Größe, die ich *weiß*, daß Du erreichen kannst, wenn Du mit Ernst willst – aber ich fühle tief wie nichts, daß alles itzt für Dich ist. Mit der gewissesten Einsicht, wie es sein müßte und sein könnte, zu wissen, daß man *nichts* helfen kann, das ist etwas, wobei nichts übrig bleibt als die armselige Genugtuung, den Gott zu verfluchen, der seinen blutigen Spott mit uns treibt.
Alles, was mich selbst betrifft, behalte ich für den nächsten Brief. Nur von einem muß ich doch erzählen: Das Schicksal hat einen jungen Mann in meine Hand gegeben, aus dem alles werden kann. – Er gefiel mir sehr wohl, und ich kam ihm entgegen, da er mir denn bald das Heiligtum seines Herzens weit öffnete. Darin habe ich nun meinen Sitz aufgeschlagen und forsche. – Ein noch sehr junger Mensch – von schlanker guter Bildung, sehr feinem Gesicht mit schwarzen Augen, von herrlichem Ausdruck, wenn er mit Feuer von etwas Schönem redet – unbeschreiblich viel Feuer – er redet dreimal mehr und dreimal schneller wie wir andre – die schnellste Fassungskraft und Empfänglichkeit. Das Studium der Philosophie hat ihm üppige Leichtigkeit gegeben, schöne philosophische Gedanken zu bilden – er geht nicht auf das Wahre, sondern auf das Schöne – seine Lieblingsschriftsteller sind Plato und Hemsterhuys – mit wildem Feuer trug er mir einen der ersten Abende seine Meinung vor – es sei gar nichts Böses in der Welt – und alles nahe sich wieder dem goldenen Zeitalter. Nie sah ich so die Heiterkeit der Jugend. Seine Empfindung hat eine gewisse Keuschheit, die ihren Grund in der Seele hat, nicht in Unerfahrenheit. Denn er ist schon sehr viel in Gesellschaft gewesen (er wird gleich mit jedermann bekannt), ein Jahr in Jena, wo er die schönen Geister und Philosophen wohl gekannt, besonders Schiller. Doch ist er auch in Jena ganz Student gewesen und hat sich, wie ich höre, oft geschlagen. – Er ist sehr fröhlich, sehr weich und nimmt für itzt noch jede Form an, die ihm aufgedrückt wird. –
Die schöne Heiterkeit seines Geistes drückt er selbst am be-

sten aus, da er in einem Gedichte sagt, die Natur hätte ihm gegeben, immer freundlich himmelwärts zu schauen. Dieses Gedicht ist ein Sonett, welches er an Dich gemacht, weil er Deine Gedichte sehr liebt. – Es ist aber schon vor einigen Jahren gemacht – und Du mußt sein Talent nicht danach beurteilen. – Ich habe seine Werke durchgesehn: die äußerste Unreife der Sprache und Versifikation, beständige unruhige Abschweifung von dem eigentlichen Gegenstand, zu großes Maß der Länge und üppiger Überfluß an halbvollendeten Bildern, so wie beim Übergang des Chaos in Welt nach dem Ovid – verhindern mich nicht, das in ihm zu wittern, was den guten, vielleicht den großen lyrischen Dichter machen kann – eine originelle und schöne Empfindungsweise und Empfänglichkeit [].

606

FRIEDRICH SCHLEGEL AN AUGUST WILHELM SCHLEGEL

Leipzig, 11. Februar 1792

[] Schiller hat eine Übung in Stanzen (eine Übersetzung des Vergil) dem Volke vorgelegt. Sie scheinen mir nicht schlecht. Seine Abhandlung *Über den Grund des Vergnügens an tragischen Gegenständen* enthält viel Vortreffliches. Sie ist bestimmt, gedrängt, schmucklos und männlich, wie ich noch nichts von ihm las. – Man merkt das Studium des Kant darin, den er doch einseitig gefaßt zu haben scheint, nämlich nur von der rationalen Seite, so wie die ganze Abhandlung einseitig ist. (Diese findet sich im ersten Stück der »Neuen Thalia«.) []

607

FRIEDRICH SCHLEGEL AN AUGUST WILHELM SCHLEGEL

Leipzig, 21. November 1792

[] Mein Gespräch ist noch weit rauher als meine Briefe, und es ist nicht bloß Äußeres, es ist wirklich Ausdruck meines Geistes. Ich fühle selbst in mir beständigen Mißklang, und ich muß mir selbst gestehen, daß ich nicht liebenswürdig bin, welches mich oft zur höchsten Verzweiflung treibt. Es fehlt mir die Zufriedenheit mit mir und andern Menschen, die Sanftmut, die Grazie, welche Liebe erwerben kann. Ich wünschte so auf die Menschen zu wirken, daß von meiner Rechtschaffenheit immer mit Achtung, von meiner Liebenswürdigkeit allgemein oft und viel mit Wärme geredet würde. Von meinem Geiste brauchte gar nicht die Rede zu sein, oder höchstens sollte man mich verständig finden. Jedermann sollte mich gut nennen, wo ich hinträte, sollte sich alles erheitern, jeder sich nach seiner Art an mich schmiegen, und die sich was dünken, mich gnädig anlächeln. – Aber längst habe ich bemerkt, welchen Eindruck ich fast immer mache. Man findet mich interessant und geht mir aus dem Wege. Wo ich hinkomme, flieht die gute Laune, und meine Nähe drückt. Am liebsten besieht man mich aus der Ferne, wie eine gefährliche Rarität. Gewiß manchem flöße ich bittern Widerwillen ein. Und der Geist? – Den meisten heiße ich doch ein Sonderling, das ist ein Narr mit Geist. [ ]

Die *Lügen* hoffe ich verteidigen zu können. Stoße Dich nur nicht an der Ecke des Worts, so wirst Du eins mit mir sein. Erwäge alle Eigenschaften des Menschen und der Welt, und Du wirst finden, daß sie mit größter Kunst den Schmerz des Menschen beabsichtigen, die Lüge und die Selbstverachtung. Die Lüge ist der Menschheit so notwendig, als schwach zu sein und das Schreckliche zu fliehen. Was ist aber schrecklicher als die Wahrheit, im allgemeinen und im einzelnen? Es ist unsern Kenntnissen von der Seele ganz analogisch, wenn ich vermute, daß viele, die sich stets selbst belügen, der Schmerz in dem Augenblicke töten würde, da sie der Wahrheit ganz teilhaftig würden. Die Freuden, denen sie am meisten nachlaufen, sind kurze Irrtümer – und die schönsten Freuden sind so vergänglich, weil die Wahrheit sehr bald ihr furchtbares Recht geltend macht. Ohne Irrtum würde alle Tätigkeit erlahmen, denn nur wenn ein Gedanke den Schein eines unendlichen Werts erlügt, erhält die Neigung volle Kraft, ihn wirklich zu machen. – Diese Lüge der Natur gibt der Jugend ihre Energie, bis eine kurze oder lange Erfahrung gelehrt hat, daß alles nichtswürdig sei. Wie groß muß der Mann sein, in dessen Brust die reine Wahrheit ruhen kann, ohne das irdische Gefäß zu zermalmen? Wofern es nicht alle menschliche Kraft übersteigt. [ ] Noch ein Grund wirkt vielleicht bei Dir, der glaubt, daß der äußere Körper die Modifikationen des Geistes ausdrückt. In gewöhnlichen, selbst schönen Köpfen verrät nun jeder Zug, jede Bewegung das lügenhafte Herz. Aber zeige mir auch nur *ein* Gesicht ganz wahr, rein von allen Spuren der verborgensten Lüge und List, ein Gesicht, das nicht lügen kann. – Die höchste Begeistrung kann kaum ein Bild der Wahrheit erschwingen; denn unter den sehr vielen Gemälden, die in Dresden vorhanden sind, sind nur einige Köpfe des Raffael derart und vielleicht einige des Mengs. Die Menschen des Correggio sind allesamt Lügner, obwohl sie mit Grazie lügen. – In der Wirklichkeit sah ich nie ein ganz wahres Gesicht. [ ]

608

FRIEDRICH SCHLEGEL AN AUGUST WILHELM SCHLEGEL

Leipzig, 8. Mai 1793

[ ] Es steht mir nun nur ein einziger Weg offen, und zwar kein andrer als »die lichte Bahn des Ruhmes«. Doch gewiß! nicht Ehrbegierde führt mich zu der heiligen Kunst, sondern Liebe. Schon lange liebe ich sie, und – zwar darf ich noch nicht kühn sein – aber doch nähre ich schon Hoffnungen wegen einiger heimlicher Winke. [ ]

In einem dichterischen Kunstwerke muß die Ordnung richtig und schön sein, der Stoff wahr, die Ausführung gut.

Es gibt nur zwei *Gesetze* für die Dichtkunst. Eines derselben ist – das Mannigfaltige muß zu innerer *Einheit* notwendig verknüpft sein. Zu Einem muß alles hinwirken, und aus diesem Einen jedes andren Dasein, Stelle und Bedeutung notwendig folgen. Das, wo alle Teile sich vereinigen, was das Ganze belebt und zusammenhält, das Herz des Gedichtes liegt oft tief verborgen. So ist es im *Hamlet* seine Stimmung – die ihm ganz eigentümliche Ansicht von der Bestimmung des Menschen. Im *Götz von Berlichingen* ist es der deutsche Rittergeist, sein letztes Aufstreben, ehe er erlischt. Einige der Handelnden stellen gleichsam das neue Jahrhundert vor, wie es mit dem alten kämpft – mit Götz und seinen Genossen stirbt die Tugend und die Zeit der Helden. Im *Romeo* ist

Einheit, aber noch habe ich sie nicht erforschen können. Und im *Karlos* habe ich sie vergeblich gesucht. – Ohne Natureinheit und Vernunfteinheit (von der unten geredet wird) ist die höchste Schönheit der Anordnung unmöglich. Diese leidet sonst keine Vorschriften. Zu ihr gehört die Verteilung in kleinere Ganze, welche unter andern auch durch die willkürlichen Einschnitte des Versbaues bewirkt wird. Die Teile müssen in das größere Ganze sanft verschweben wie Wellen des Stromes. Daß eine Reihe von Gemälden gleicher Größe, in ähnliche Rahmen eingesetzt, ein Ganzes natürlich bilden können, kann ich nicht glauben. [] Es kann hier gar nicht die Rede sein von der armseligen Kunst, die Neugier zu spannen, die selbst Schillers größtes Werk verunstaltet.

Zur *Wahrheit* gehört erstens die *Tiefe* im Gegensatz zur Flachheit, dem untrüglichen Kennzeichen der Gemeinheit. Auf jene haben unsre drei Dichter gleiche Ansprüche. – Zum andern wird erfordert die Ähnlichkeit mit der Natur. – Ehe der Geist mit der Natur eins ist, wirkt er zu sehr nur aus sich und aus seinen Begriffen, weiß nicht sich dem Wirklichen anzuschmiegen, wie Schiller, dessen Erfindungen eckigt sind, wie die Taten eines großen Jünglings. – Wenige nur vernehmen den leisen Gang der Natur in der Zeit. Goethe kennt die Welt und einige Leidenschaften, und Klopstock lauschte sehr glücklich auf die zarte Stimme in seinem Innern. Schiller ist abgerissen und unnatürlich. – Ein Höchstes läßt sich hier nicht bestimmen. Shakespeare ist unter allen Dichtern der wahrste. –

Die Ausführung oder *Bezeichnung* verlangt Reinheit und Lebendigkeit. Zur letzteren gehört das meiste des Versbaues. Die Fehler wider die Reinheit sind am leichtesten anzugeben, und Wieland kann als ein vollständiges Beispiel derselben angesehen werden. Ein Höchstes läßt sich nicht bestimmen. Vielleicht kann selbst Klopstock noch übertroffen werden.

Der Charakter des Dichters ist Trieb zur Darstellung selbst; und zwar eines dichterischen Stoffes. Seine Vollkommenheit, die allgemeine Fähigkeit, *alles* gut darzustellen, und es scheint dieses Goethens Absicht gewesen zu sein.

Ein bloß vollkommnes Gedicht wird schon alle Erkenntniskräfte üben und schärfen, durch Schönheit und Zweckmäßigkeit den Geist vergnügen und die Triebe in Spiel setzen. Um aber das ernste Lob derer zu verdienen, die über Wert und Unwert allein gültige Richter sind, muß es mehr als vollkommen sein, einen großen Gehalt haben; »muß«, wie Klopstock sagt, »uns mächtig daran erinnern, daß wir unsterblich sind«. Nur der menschliche, selbsttätige Geist und seine Taten haben selbsteignen Wert. Je menschlicher, je würdiger! – So viel geistiges Leben ein Werk enthält, so viel Wert hat es. – [ ] Über den Gehalt ist es am schwersten zu urteilen, wie über die Wahrheit eines Gedichts. Es gibt nur ein unbedingtes *Gesetz* – Vernunfteinheit, nämlich daß der freie Geist stets siege über die Natur. Vielleicht machte im *Hamlet* der Inhalt selbst – der Selbstmord des freien Geistes an sich selbst – eine einzige Ausnahme möglich und erlaubt. Aber ich halte es noch für unentschieden, ob dieses bewunderungswürdige Werk überall verstanden werden kann. Sonst ist die kleinste Verletzung unsrer heiligsten Kraft vollständig und unverzeihlich. [ ] Auf die große Frage, »ob das Ziel schon erreicht sei«, ruft uns alles laut die Antwort entgegen, welche der heilige Ahnherr deutscher Kunst ahnend aussprach – »Noch viel Verdienst ist übrig«. Mir deucht, der Tag bricht an unter uns, und wenn es wird, wird es ein großer Tag werden.

Fr. Schlegel

609

FRIEDRICH SCHLEGEL AN AUGUST WILHELM SCHLEGEL

Dresden, 27. Februar 1794

[ ] Das Problem unsrer Poesie scheint mir die Vereinigung des Wesentlich-Modernen mit dem Wesentlich-Antiken; wenn ich hinzusetze, daß Goethe, der erste einer ganz neuen Kunst-Periode, einen Anfang gemacht hat, sich diesem Ziele zu nähern, so wirst Du mich wohl verstehen. Wenn Du den Geist des Dante, vielleicht auch des Shakespeare erforschest und lehrest, so wird es leichter sein, dasjenige, was ich vorhin das *Wesentlich*-Moderne nannte und was ich vorzüglich in diesen beiden Dichtern finde, kennenzulernen. Wieviel würde dazu auch die Geschichte der romantischen Poesie beitragen, zu der Du einmal den Plan faßtest? – Die Geschichte des neuern Dramas und des Romans wäre dann vielleicht nicht so schwer. [ ]

610

FRIEDRICH SCHLEGEL AN AUGUST WILHELM SCHLEGEL

Dresden, 18. November 1794

[] Entschließe Dich, nach Deutschland zurückzukehren []. Jena hätte für Dich sehr viel Vorteilhaftes. Für alle Deine literarischen Unternehmungen wärest Du am rechten Orte; selbst mit den Buchhändlern kann man von da aus sehr gut in Verbindung kommen. In dieser Rücksicht hätte es unleugbare Vorzüge vor Dresden selbst; noch in einer andern. Zwar ist es hier nicht teuer, aber in Jena ist es bekanntlich ganz unerhört wohlfeil. Gefällt es Dir nicht, so bist Du gar nicht gebunden und suchst Dir einen andern Wohnort in der Nähe. Du findest dort Humboldt. Du hast Weimar ganz in der Nähe, also *Herder* und Goethe. Hast Du nachher Pläne für andre Orte, wie Braunschweig, so bist Du nicht so entfernt als in Amsterdam, selbst nicht als in Dresden. Du findest keine Kunstsammlungen, aber eine schöne Natur in Jena, Du kannst in Gotha sein, wann und wie und wie lange Du willst. Es kann Dir nicht schwer werden, von Jena aus mit allen Journalen oder gelehrten Zeitungen, an denen Du teilnehmen willst, in Verbindung zu treten, für Deine eigne Arbeiten Verleger zu finden und zu Übersetzungen. Wenn Du Dich mit den letztern einlassen willst, so kannst Du gewiß sehr viel damit verdienen, und das ist gewiß eine erträglichere Beschäftigung als Deine jetzige. []

611

AUGUST WILHELM SCHLEGEL AN FRIEDRICH SCHILLER

Amsterdam, 4. Juni 1795

Schon vor einigen Jahren war mir Ihre Einladung, zur »Thalia« beizutragen, die durch Herrn von Pape an mich gelangte, eine sehr werte Aufmunterung. Nur empfand ich Verdruß über das Unvermögen, ihr Genüge zu leisten, worein mich meine Lage und der gänzliche Mangel an literarischen Hilfsmitteln versetzte. Diese Besorgnis erneuerte sich, als mich Ihre Ankündigung einer neuen Zeitschrift zur Teilnahme daran aufgefodert hatte, bis ich erfuhr, daß Sie ein

Fragment meiner Schrift über Dantes Leben und Werke genug mit Ihrem Zwecke übereinstimmend fänden, um es aufzunehmen. Ihre zuvorkommende Güte und Herders Beifall belebten meinen Eifer. Ich hätte Ihnen das übrige bis zum Schlusse des *Inferno* weit früher geschickt, wenn ich nicht während der letzten Hälfte des Winters weniger wie je Herr über meine Zeit gewesen wäre. Nach einigen Monaten, die mir noch mit Reisen und andern Zerstreuungen hingehen werden, hoffe ich, in meinem Vaterlande freiere Muße für meine Lieblingsbeschäftigungen zu gewinnen. Meine Versuche können nirgends vorteilhafter noch in einer gewählteren Gesellschaft erscheinen als in den »Horen«, die ich bei meiner Entfernung von der deutschen Literatur und unsrer gänzlichen Absonderung von Deutschland während einiger Monate noch nicht gesehen habe, auf die ich aber äußerst begierig gemacht worden bin. []

612

AUGUST WILHELM SCHLEGEL AN FRIEDRICH SCHILLER

Braunschweig, 26. Februar 1796

[] Sie werden von selbst erraten, daß ich mich mit einer poetischen Übersetzung Shakespearescher Stücke beschäftige. Schon vor vielen Jahren unternahm ich einmal den *Sommernachtstraum*, worin Bürger auch einige der Lieder und gereimten Szenen gemacht. Jetzt, da sich meine Ideen über eine solche Übersetzung beträchtlich verändert und auch meine Kräfte, wie ich mir schmeichle, sich mehr entwickelt haben, mußte ich sie bei der Durchsicht fast ganz umschmelzen. Den *Romeo* habe ich in diesem Winter neu übersetzt. Gern hätte ich mir das Vergnügen gemacht, gleich heute noch ein paar Szenen beizufügen, um Ihr Urteil darüber zu erfahren, worauf ich in hohem Grade begierig bin. Allein die Abschrift des Aufsatzes hat mir keine Zeit übrig gelassen [].

613

FRIEDRICH SCHLEGEL AN CHRISTIAN GOTTFRIED KÖRNER

Jena, 30. September 1796

[] *Fichte* sehe ich ziemlich oft, und finde ihn im Zweisprech je zuweilen besser, als im Ornat, es sei nun auf Lumpenpapier oder auf dem Katheder. Auf dem letztern fand ich ihn bewundernswürdig trivial. Es ist merkwürdig, wie er von allem, was er nicht ist, so ganz und gar keine Ahndung hat. – Das erstemal, da ich ein Gespräch mit ihm hatte, sagte er mir: er wolle lieber Erbsen zählen, als Geschichte studieren. Überhaupt ist er wohl in jeder Wissenschaft schwach und fremd, die ein Objekt hat. – Wenn ich nun hinzusetze, daß ich alles das verteidige, liebe und lobe, so werden Sie denken, ich scherze, oder sei von einer eisernen Hartnäckigkeit in einmal gefaßten Vorurteilen. – Aber wo geschah denn je etwas Großes, ohne diese schneidende Einseitigkeit, ohne eine gewisse Beschränktheit? – Wir brauchen die Beispiele nicht weit zu suchen, wie es im Gegenteil mit den Vielseitigen zu gehn pflegt:

»Freunde, wir haben's erlebt.«

Mein Bruder hat einen drollichten Haß gegen Fichte, grenzenlose Anbetung für Goethe, und eine gewisse Zärtlichkeit für Schiller, die ich ihm nun, Gott sei Dank! nicht mühsam abzulernen brauche. []

614

FRIEDRICH SCHILLER AN AUGUST WILHELM SCHLEGEL

Jena, 31. Mai 1797

[] Es hat mir Vergnügen gemacht, Ihnen durch Einrückung Ihrer Übersetzungen aus Dante und Shakespeare in die »Horen« zu einer Einnahme Gelegenheit zu geben, wie man sie nicht immer haben kann, da ich aber vernehmen muß, daß mich Herr Frid. Schlegel zu der nämlichen Zeit, wo ich Ihnen diesen Vorteil verschaffe, öffentlich deswegen schilt und der Übersetzungen zu viele in den »Horen« findet, so werden Sie mich für die Zukunft entschuldigen.

Und um Sie, einmal für allemal, von einem Verhältnis frei zu machen, das für eine offene Denkungsart und eine zarte

Gesinnung notwendig lästig sein muß, so lassen Sie mich überhaupt eine Verbindung abbrechen, die unter so bewandten Umständen gar zu sonderbar ist und mein Vertrauen zu oft schon kompromittierte. Sch.

615

AUGUST WILHELM SCHLEGEL AN FRIEDRICH SCHILLER

(Jena, 1. Juni 1797)

Im höchsten Grade betroffen über Ihre unerwartete Erklärung, die einem Verhältnis ein Ende machen soll, welches ich zu den glücklichsten Umständen meines hiesigen Lebens rechnete, eile ich, nur wenigstens einige Zeilen zu meiner Rechtfertigung hinzuwerfen, in der Hoffnung, daß Sie mir Gelegenheit geben werden, Ihnen jeden Zweifel über die Geradheit meines Betragens, der Ihnen beigebracht sein könnte, zu benehmen.

Da ich keine Art von Autorität über meinen Bruder besitze, keine Macht, ihn von etwas abzuhalten, was ich auch noch so sehr mißbilligen möchte, so würde ich in der Tat sehr unglücklich sein, wenn ich für alle seine Schritte (die ich überdies erst hinterdrein erfahre, wenn sie schon öffentlich geworden sind) verantwortlich gemacht werden sollte. Wenn meine dringendsten Vorstellungen etwas gefruchtet hätten, so hätte er seinen Brief über den Almanach von 96 [*nicht drucken lassen*]. Daß diese Manier zu urteilen mit einigen spottenden Einfällen erwidert ward, fand ich sehr natürlich und billig und hätte von Herzen gewünscht, daß er es dabei bewenden lassen. Er kannte den Grad meiner Anhänglichkeit an Sie, und es war also seit jener Zeit eine ausgemachte Sache unter uns, daß er sich nie gegen mich über irgend etwas äußerte, was Sie auf das entfernteste betraf. Ich brauche Ihnen wohl nicht zu beteuern, daß er mir eine Beurteilung der »Horen«, die auch [*gegen*] mich mit gerichtet sein muß, weil ich es mir zur Ehre schätze, daran bis jetzt teilgenommen zu haben, nicht vor dem Druck wird gezeigt haben. Noch bis jetzt habe ich sie nicht gelesen und weiß ihren Inhalt nicht. [ ] Wenn Sie je einige Freundschaft für mich gehegt haben, so versagen Sie mir die Bitte nicht, Ihnen so bald wie möglich meine gänzliche Unschuld an diesem unglücklichen Mißverhältnisse mündlich darzulegen, und lassen Sie mich eine Ihnen bequeme Zeit wissen. Soll es mich aber durchaus Ihres Zutrauens und Ihres Umganges berauben, so werde ich doch nie aufhören, mit der wärmsten Verehrung und Anhänglichkeit zu sein Ihr ergebenster Aug. Wilh. Schlegel

616

FRIEDRICH SCHILLER AN AUGUST WILHELM SCHLEGEL

(Jena, 1. Juni 1797)

[] Ihnen mache ich keinen Vorwurf, und ich will Ihrer Versicherung, daß Sie sich gegen mich nichts vorzuwerfen haben, gerne glauben, aber dadurch wird leider nichts verändert, weil bei den großen Ursachen zum Mißvergnügen, die Ihr Herr Bruder mir gegeben hat und noch immer zu geben fortfährt, das gegenseitige Vertrauen zwischen Ihnen und mir nicht bestehen kann. Ein Verhältnis, das durch eine natürliche Verbindung von Umständen unmöglich gemacht wird, läßt sich mit dem besten Willen nicht erhalten. []

617

FRIEDRICH SCHILLER AN AUGUST WILHELM SCHLEGEL

Berlin, 31. Oktober 1797

[] Die Hauptsache [] ist, daß jetzt ein großer Plan Tag und Nacht alle meine Gedanken absorbiert. Mir hat es lange *Zeit* geschienen, unser gemeinschaftliches Journal anzufangen. Was Du mir letzthin und Caroline neulich schrieb, hat mich bewogen, mit *Vieweg* darüber zu reden, der *sehr* empfänglich dafür scheint. Es ist nun an Dir, die Sache schließlich zu überlegen, und falls Du beistimmst, *sogleich* an Vieweg einen zweckmäßigen Brief zu schreiben. Denn darauf wartet die endliche Entscheidung. – Vieweg habe ich Unger aus vielen Gründen vorgezogen. [] Unger ist eigentlich gar kein guter Verleger für *Journale*. Warum, will ich Dir wohl mal mündlich auseinandersetzen. Überhaupt müßte ich ein Buch schreiben, wenn ich alles erschöpfen wollte. Bedenke bei dieser wichtigen Sache ja, daß jede Silbe, die ich schreibe, das Resultat reiflicher Überlegung und Beobachtung ist. –

Ich muß Dir aber nur gestehn, daß ich Vieweg den Plan gleich etwas anders vorgetragen, als Du ihn Dir, soviel ich weiß, bisher gedacht; wie Du's nehmen willst, viel größer oder viel enger. – Nämlich ein Journal von uns beiden nicht bloß ediert, sondern *ganz allein* geschrieben, ohne alle regelmäßige Mitarbeiter, wo *weder Form noch Stoff näher bestimmt* wäre, außer daß alles, was ganz *unpopulär* wäre, oder *großes Werk* oder Teil eines solchen wäre, ausgeschlossen bleiben. Vor der Hand würde also nichts von Dir, nur manches von mir ausgeschlossen sein. – Ich und Vieweg sind der Meinung, daß *sechs Stück jährlich jedes zu zwölf Bogen* eben das rechte Maß wären. [ ]
Denk Dir nur den unendlichen Vorteil, daß wir *alles tun und lassen könnten, nach unserm Gutdünken.* – Ist es nicht eine Sünde und Schande, daß ein Mensch wie Du sich in und nach der [*Jenaischen*] »Allgemeinen Litteratur-Zeitung« genieren soll! [ ]
Ich sagte zwar, *keine regelmäßige Mitarbeiter,* weil man doch nur für sich allein stehn kann. Doch mit der Ausnahme, daß wir *Meisterstücke der höhern Kritik und Polemik* aufspürten, wo sie zu finden wären. – Ja auch überhaupt alles, was sich durch *erhabne Frechheit* auszeichnete und für alle andren Journale *zu gut* wäre. [ ]
Ein andrer großer Vorteil dieses Unternehmens würde wohl sein, daß wir uns eine große Autorität in der Kritik machen, hinreichend, um nach fünf bis zehn Jahren kritische Diktatoren Deutschlands zu sein, die »Allgemeine Litteratur-Zeitung« zugrunde zu richten und eine kritische Zeitschrift zu geben, die keinen andren Zweck hätte als Kritik. [ ]
Der Titel ist Eure Sache. Ich und Schleiermacher sind für »Herkules«. Man könnte da leicht so die Idee von Herkules *Musagetes* herziehn, da so viel der jetzigen Musageten, von den herkulischen *Arbeiten,* die doch auch in der Poesie und in der Kritik vorfallen, gar keinen Begriff haben. – Ich hatte erste »Freya« im Sinne, nicht ohne Zweideutigkeit. Dagegen ist aber Schleiermacher. Denkt ja darauf. [ ]
Es versteht sich, daß es gleich zu Neujahr losgehn muß, Ostern schon zwei Stücke da sein. Nicht wahr?
Mit Tieck, dächte ich, warteten wir es erst ab, wie er sich im kritischen Fache zeigt. Ich erwarte manches Gute von ihm zur

Charakteristik des individuellen Tons der verschiedenen Shakespeareschen Stücke: aber auch weiter nichts. – Er ist sehr eingenommen von Deinem zweiten Bande, beinah auf Unkosten des ersten, desgleichen von dem Aufsatz über *Romeo*. Er läßt Dich sehr grüßen und will Dir schreiben. Er ist jetzt recht oft bei mir und interessiert mich recht sehr, ungeachtet er immer aussieht, als ob er fröre und an Geist und Leib gleich mager ist. [ ]

618

FRIEDRICH SCHLEGEL AN AUGUST WILHELM SCHLEGEL

Berlin, 28. November 1797

[ ] Unter all Euren Titelvorschlägen scheint mir keiner recht akzeptabel. Gegen »Dioskuren« hätte ich weiter nichts – aber? – wie verschieden doch die Gefühlsarten sind! Mir scheint »Herkules« ordentlich kindlich bescheiden gegen »Dioskuren«: denn das *nämlich* können wir doch nicht mit auf den Titel setzen. – Wählt Ihr und entscheidet. *Mythologische* Namen scheinen mir für ein Journal, dessen Inhalt oder Stoff gar *nicht bestimmt* sein soll (denn sonst sind dergleichen Namen philosophische, kritische Journale, Blätter etc. natürlich das beste), das zweckmäßigste. Schleiermacher meinte »Parzen«, weil doch mancher literarische Lebensfaden darin würde abgeschnitten werden. Ich dächte, dieser Einfall verdiente Eure ernsthafte Überlegung. [ ]

619

FRIEDRICH SCHLEGEL AN AUGUST WILHELM SCHLEGEL

(Berlin, im Dezember 1797)

[ ] Der Druck soll zu Ende Januars anfangen. Da nun für meine Sachen auf das Hin- und Zurücksenden drei Wochen abgehn, so ist gar keine Zeit zu versäumen. Ich bitte daher, alles, was sich auf die Einrichtung der ersten Stücke bezieht, sogleich zu beantworten. [ ]

Ich bin dafür, daß wir einer für die Sachen des andern ein *absolutes Veto*, für Sachen von Dilettanten ein *absolutes Iubeo* [*ich befehle*] haben; damit jeder Herausgeber *in soli-*

dum [*wirksam*] sei. Dies kann sich jedoch nur auf die *ganzen* Aufsätze beziehn. Einzelne Stellen werden entweder durch brüderliche Ratpflegung oder durch Carolinens freundschaftliche Vermittlung entschieden. Überdies würde jedem ein *absolutes ius notarum* [*hier soviel wie: Redaktionsbefugnis*] eingeräumt, auch für die vom andern Herausgeber durch sein Iubeo rezipierten Aufsätze von Fremden, die jedoch allemal dem andern Herausgeber natürlich vorher übersandt würden. [ ]

620

FRIEDRICH SCHLEGEL AN AUGUST WILHELM SCHLEGEL

(Berlin, Ende Dezember 1797)

Euer Wille geschehe wie im Himmel so auf Erden; d. h. das erste Stück soll mit dem Aufsatz über [*Wilhelm*] *Meister* anfangen, und das Ganze mag »Athenäum« heißen, wenn Du es noch so zufrieden bist. Viewegen gefiel dieser Titel recht sehr, und ich hatte nie etwas dawider, als daß ich ihn nicht für populär hielt. –

An den Fragmenten will ich nun recht bald abzuschreiben anfangen, und da ich schon viele Konvolute durchgesehn und signiert, geht das sehr geschwind in den Nebenstunden; zumal da ich jetzt endlich in den *Hafen* gerettet bin aus dem Berliner Wust und bei Schleiermacher vor dem Tore wohne, wodurch ich nicht nur an freundschaftlichem Genuß und an Zeit unendlich viel gewinne, sondern selbst ökonomisch besser fahre, indem mir das Logis nichts kostet. Ich habe die ersten Tage hier mit Arbeiten recht eingeweiht und mich in dies und das sehr vertieft. Daher rechne heute auf nicht mehr als auf die äußerste Notdurft. – [ ]

621

AUGUST WILHELM SCHLEGEL AN JOHANN WOLFGANG GOETHE

Jena, 9. Mai 1798

Ich eile, Ihnen das erste vollständige Exemplar des ersten Stücks vom »Athenäum«, das ich erhalte, in meinem und meines Bruders Namen zuzusenden, damit es wenigstens den Reiz der Neuigkeit habe, wenn es auch das Verdienst der Neuheit durch seinen Inhalt nicht sollte behaupten können. In diesem Stücke werden Sie unter den Gebrüdern Schlegel & Comp. mich noch herrschend finden, in dem zweiten hat mein Bruder die Oberhand. Unser Anteil wird ungefähr gleich sein, wenn der seinige nicht überwiegt. Er wird das Journal mit Philosophie und Kritik, ich werde es mit Literatur, und wir werden es beide jeder nach seiner Art mit Griechen versorgen. So hoffen wir einen Kreis zu haben, der uns nie zu eng werden kann und worin wir doch durch die Behandlung verschiedenartige Leser festzuhalten suchen. Wir wünschen uns vor allem lebhaft Ihren Beifall und werden ihn als eine sehr günstige Vorbedeutung des Gelingens unsrer jungen und (wenn nur nicht allzusehr!) jugendlichen Unternehmung ansehen. []

622

AUGUST WILHELM SCHLEGEL AN SOPHIE BERNHARDI-TIECK

(Jena, 3. Oktober 1801)

Dein Brief hat mich innig betrübt, liebste beste Freundin. Oh, es ahndete mir wohl, daß der meinige Übles stiften würde, ich hatte nur immer die Besorgnis im Sinn, daß er in die unrechten Hände fallen könnte, und den heimlichen Zwang, den mir dies antat, nimmst Du für Kälte. So kann ich es Dir nie recht machen. Mein unwillkürliches Schweigen erregte Dir Mißtrauen, ja gänzlichen Zweifel an meinen Gesinnungen, und da ich nun schreibe, beleidigen Dich meine Worte, so treu und redlich sie gemeint waren. Gewiß, ich verkenne den Wert der Worte nicht, welche innre Handlungen des Gemüts aussprechen, und alle die Deinigen sind in meinem Herzen verwahrt. Ich glaubte aber, der ruhigste und einfachste Ausdruck würde Dich am besten von der Echtheit meines Gefühls überzeugen. Leider ist es nicht geschehen, und es hat so lange gedauert, ehe ich nur erfuhr, daß ich Dir mißfallen habe, und es währt wieder so lange, ehe dies zu Dir gelangt, und ich bin nicht dort, um mich vor Dir niederzuwerfen, um Dir zuzureden, Dich in mein Auge blicken zu lassen, Dich zu versöhnen. Es ist eine grausame Sache um die Abwesenheit. Daß ich Dich doch nie wieder verlassen dürfte, wann ich erst bei Dir zurück bin, nicht einen Tag meines Lebens; daß ich immer dieselben Zimmer mit Dir bewohnen dürfte, – Du solltest sehen, daß ich nur für Dich leben will, daß ich nach nichts anderm auf der Welt trachte.

Ich weiß nicht mehr genau, was ich im einzelnen geschrieben habe: aber das weiß ich gewiß, der wesentliche Inhalt meines Briefes war, daß ich Dein bin, ganz Dein, und auf immer. Meine Bitten, Dich selbst zu schonen, mir doch nicht so zu mißtrauen, nimmst Du als Verweise. Wie ist es nur möglich? Ist es denn so verkehrt von mir, wenn ich Dich von dem abzulenken suche, was Dich mir entreißt, indem es Dich selbst zerstört. Soll ich mich nicht um Deine Gesundheit ängstigen dürfen? Wenn Du für Dich Dein Leben gering achtest – dem doch die Liebe einen neuen Wert geliehen haben könnte –, willst Du es nicht wenigstens als mein teuerstes Gut, durch dessen Verlust ich wieder ganz arm werden würde, hegen und wahrnehmen? Seit unser Bund geschlossen ward, gebe ich mir die Schuld von allen Leiden, die Dich berühren, nicht nur von den Schmerzen, die ich Dir leider oft selbst verursachte, sondern auch von andern zufälligen, weil Dich meine Liebe doch nicht dafür hat schützen können. Kann ich es also zufrieden sein, wenn Du Dich darin ergibst, nicht glücklich zu sein? Was Du sagst: wenn man noch Schritte bis dahin zu tun habe, könne man ja eben nicht wollen, verstehe ich nicht. Ich redete bloß von der Wegräumung äußerlicher Hindernisse. Du klagst, daß Dich vieles in Deiner jetzigen Lage drückt: es ist mir wenigstens zu verzeihen, wenn ich sie eben deswegen nicht für ganz unveränderlich halte. Denkst Du anders, so muß ich mich freilich begnügen, alles zu tun und Dir zu sein, was in dieser Lage möglich ist. Was ich für die Liebe handeln nenne, scheint Dir vielleicht nicht so leicht und gewöhnlich, als Du denkst: nach meiner Denkart hat sie die ersten Ansprüche im Leben und die Macht, alle übrigen Verhältnisse zu lösen und zu binden. Ich baue beständig schöne Pläne für die Zukunft, die zu Chimären werden, wenn Du darin nicht mit mir einstimmst: aber ich werde meine liebsten Wünsche immer Deinem Willen unterwerfen. Habe ich nun für alles dieses verdient, daß Du mich verspottest und mir so viel Bittres sagst? Doch ich will mich nicht weiter verteidigen. Hättest Du mir auch unverdient wehe getan, was ist es gegen so unermeßlich viel Liebes, Süßes und Heiliges, als ich, auch unverdient, von Dir erfahren habe. O liebe, liebe Sophie, sei gütig und freundlich gegen mich, laß mich nicht vor Deinem Unwillen zittern. Denk Dir, ich liege zu Deinen Füßen und stehe nicht eher auf, als bis Du mir vergabst. Du magst mich noch so viel zurückweisen und wegstoßen, ich lasse nicht von Dir; solltest Du mir nie wieder einen freundlichen Blick schenken, ich werde nicht aufhören, Deine Liebe zu suchen. Ich will mir selbst gar nicht mehr angehören, ich will ganz in Deiner Macht und Gewalt sein, mache mit mir, was Du willst, ich bin Dein Eigentum. Was ich von dem Glauben an Worte mehr als an Handlungen sagte, sollte Dich wahrlich nicht mit gewöhnlichen Frauen vergleichen. Ich dachte dabei an die einzige Frau, die ich vor Dir, aber ohne gleiche Erwiderung, geliebt habe und mit der zusammen genannt zu werden Du Dich gewiß nicht schämen darfst.

Halte mich doch nicht für so leichtsinnig und gewissenlos, teuerste Geliebte – wäre ich es gewesen, so müßte ich durch Deine Reinheit und Heiligkeit verwandelt werden. Du wirst sehen, daß ich alles ehre, was geehrt zu werden verdient: ich kann mich immer nur auf die Zukunft berufen.

Ich bitte, ich beschwöre Dich, sei nicht so hart, diesen Brief unbeantwortet zu lassen – ich kann nicht ruhig sein, bis ich weiß, ob ich mich dieser unaussprechlichen Sehnsucht, mich Dir zu nähern, Dich in meine Arme zu schließen, hingeben darf. Lebe wohl, meine innigstgeliebte, teure, einzige Freundin.

623

SOPHIE BERNHARDI-TIECK AN AUGUST WILHELM SCHLEGEL

(Berlin, 13. Oktober 1801)

Bernhardi ist einen Augenblick ausgegangen, und ich eile, Dir, mein liebster bester Wilhelm, noch einige Worte zu schreiben. Verzeih meinen törichten Brief; ich habe mich selbst genug dafür gestraft, ich glaubte, Du hättest Dich gänzlich dadurch von mir abwenden lassen. Komm nur bald. O komm, mein geliebter Freund, ich vergehe in der Sehnsucht nach Dir, glaube, daß ich Dich ewig unveränderlich liebe, aber laß Dir diesen Glauben nicht so anmerken, mein Bruder schreibt mir:

Wenn ich dem Anschein trauen dürfte, so müßtest Du Schlegel sehr lieb haben. Da Bernhardi alle meine Briefe sieht, so kannst Du Dir denken, daß mir solche Bemerkungen nicht angenehm sind. Ich möchte nichts weiter schreiben und Dir ewig wiederholen: komm zurück. Du glaubst es nicht, welche Stunden der bittersten Verzweifelung ich schon in Deiner Abwesenheit verlebt habe. O komm, daß ich alle meine Schmerzen an Deinem Herzen vergesse. Könnte ich Dich doch durch die allersüßesten Worte alle die trüben Augenblicke vergessen machen, die Dir mein Brief verursacht hat. Ich bin niemals neidisch gewesen, und jetzt bin ich auf alle Deine Worte neidisch.

Komm, mein geliebter, mein teuerster Freund. Jugend, Freude und Leben beseelt mich bei dem Gedanken, Dich bald zu sehen. Ich höre Bernhardi, leb wohl.

624

SOPHIE BERNHARDI-TIECK AN AUGUST WILHELM SCHLEGEL

(Berlin, 14. Oktober 1801)

[] Du sagst, die Liebe solle alle Bande lösen und binden, aber es gibt doch noch eine Liebe, die über alle Bande erhaben ist, diese kann kein Verhältnis zerstören, weil sie zu rein und zu gütlig ist, um eins zu machen. Mit dieser Liebe liebe ich Dich. Ich möchte mit aller Kraft der Seele alle Deine Gedanken, alle Deine Blicke zu mir herziehen, sie neidisch vor der Welt in meiner Brust verschließen. In Deinen Küssen finde ich die höchste Wonne, sie sind für mich der einzige, der höchste Genuß der Liebe. Komm nur, o komm, und wenn uns auch Zwang umgibt, so fühle ich doch Deine Blicke, die mich leise und freundlich berühren, und wie ich auch schmerzenvolle Tage verlebe, so weiß ich Dich doch in meiner Nähe, so lohnt doch endlich am Abend Deine Gegenwart all mein Leiden. Oh, daß Du es ertragen kannst, von mir entfernt zu leben, daß die heißeste Sehnsucht, die mich durchglüht, durchzittert, nicht die Kraft hat, Dich zu mir herzuziehen. Es kommt ja nur auf Dich an, bei mir zu sein, warum eilst Du nicht und läßt dahinten, was Dich nicht halten sollte. []

625
AUGUST WILHELM SCHLEGEL AN GRÄFIN LUISE VON VOSS

Coppet, 25. Mai 1804

Hochgeborne Frau Gräfin! Wir sind endlich am vorigen Sonnabend hier angekommen, gerade einen Monat nach der Abreise von Berlin. Frau von Staël hat Ihren freundlichen Brief erst hier erhalten, zu sehr angegriffen durch alles, was sie gelitten, und zugleich von traurigen Geschäften gedrängt, ist sie außerstande, Ihnen für diesen liebreich tröstenden Zuspruch zu danken, und ich ergreife mit Freuden diese Gelegenheit, um Ihnen mein Andenken zu erneuern. Von Weimar aus habe ich Herrn von Brinkmann Nachricht gegeben, der sie Ihnen vermutlich mitgeteilt hat. Wiewohl Ihre vortreffliche Freundin dort die Gewißheit ihres Unglücks erfuhr, habe ich doch seitdem noch manche nicht weniger schmerzliche Stunden neben ihr verlebt. Im Verhältnis der Annäherung an die Schweiz wurde sie niedergeschlagner, und es ward schwieriger, ihre Aufmerksamkeit für irgendein Gespräch zu gewinnen. Das Wiedersehen [*mit*] ihrer Cousine, der Madame Nekker geb. Saussure, einer sehr ausgezeichneten Frau, die bei dem Vater in der letzten Krankheit die Stelle seiner Tochter vertrat, verursachte eine sehr heftige Erschütterung. Sie hat die Reise von Zürich bis Bern mit ihr in besondern Gesprächen und beständigen Tränen hingebracht, wovon ich nicht Zeuge war, da ich mit den beiden Söhnen den Umweg über Luzern machte und erst in Bern die übrige Gesellschaft wiedertraf. Die Ankunft in diesem nun verlassenen Schlosse war aber der schrecklichste Augenblick unsrer Reise. Man hatte mit Fleiß ein nicht weit entferntes Nachtlager gewählt, um zeitig am Tage hier einzutreffen. Ein düstres Schweigen hatte sich ihrer den ganzen Morgen bemächtigt, schon von Nyon an wurde ihre Spannung gewaltsamer und jede Bewegung krampfhaft, es mußten beständig flüchtige Reizmittel gebraucht werden, um einer Ohnmacht vorzubeugen, der Kammerdiener vorn auf dem Wagen trieb den Kutscher unaufhörlich schnell zu fahren, um diesen Zeitraum abzukürzen, die Vorhänge waren heruntergelassen, ich mußte sie mit Gewalt niederhalten, da sie jeden Augenblick sie aufheben wollte, um das Schloß von fern zu sehen, bei dem Städtchen versammelten sich eine

Menge Menschen um den Wagen, bei dem ersten Rasseln auf dem Steinpflaster des Schloßhofes fuhr sie wie vor einem Donnerschlage zusammen, sie stieg nicht, sie stürzte aus dem Wagen, und nie habe ich ein herzzerreißenderes Geschrei gehört als das, womit sie halb besinnungslos von ihren Bedienten in das Haus getragen ward. Dieser Zustand dauerte mehre Stunden, bis endlich einige aufgedrungne Arzneien ein wenig die körperliche Ruhe herstellten. Indessen fand sie gleich Stärke genug in sich, die Papiere ihres Vaters zu lesen. Dies hat sie seitdem beschäftigt, kein Tag ist hingegangen, wo nicht das Wiedersehen eines Bekannten von neuem ihre Wunden aufgeregt hätte. Es ist ein Wunder, daß sie nicht krank geworden ist, aber bei aller Stärke ihres Gemüts und ihrer Gesundheit bin ich doch nicht außer Sorgen, da der Schmerz nach der ersten Betäubung sich tiefer eingräbt und das Gefühl des unersetzlichen Verlustes sich täglich erneuert. Sie klagt, daß ihr Geist an Leichtigkeit der Fassungskraft verloren habe, und gewiß ist es, daß sie sehr verändert ist und nur selten einmal die ehemalige Lebhaftigkeit aufblitzt. Dieser Aufenthalt ist nicht gemacht sie zu erheitern: die schöne Natur macht ihr wegen der langen Gewöhnung wenig Eindruck, und die Genfer, die nichts andres als nur besonnener rechnende Franzosen sind, können ihren Geist nicht befriedigen. Die Gesellschaft der Freunde und, sobald sie wieder fähig sein wird, ein Interesse dafür zu fassen, Lektüre müssen also das beste tun. Constant ist ein unendlich geistreicher Mann, von seltner Feinheit und Anmut des Witzes. Zu Anfange des Junius erwarten wir Joh. Müller hier, dem ich deswegen nach Schaffhausen entgegengeschrieben und auf den ich mich, wie Sie denken können, doppelt freue. Vielleicht kommt auch bald Herr Matthieu de Montmorency aus Paris, auf dessen Bekanntschaft ich sehr begierig bin.

Leben Sie recht wohl, ich muß schließen. Vergessen Sie und die Ihrigen mich nicht ganz: ich würde untröstlich sein, wenn meine Entfernung mich dem Andenken der echten Deutschen entzöge, und ich brauche nicht zu sagen, welch ein kostbares Geschenk einige Zeilen von Ihnen mir sein würden. Von meiner hiesigen Lage erwähne ich nichts, sie ist so, wie es sich neben einer Frau von dieser seltnen Seelengröße und Güte von selbst versteht. In der Tat, diese Reise mit allen begleitenden Umständen macht Epoche in meinem Leben, vielleicht hätte ich Frau von Staël ohne dies Unglück, was sie betroffen, nie ganz kennengelernt. Ich fürchte, daß sie ungeachtet des glänzenden Eindrucks, den sie in Berlin zurückgelassen, doch nicht ganz nach Würde verehrt und geliebt wird. Die französisch gebildeten Deutschen rechnen sie unbefugterweise zu den ihrigen, sie verdient durch den Ernst und die Reife ihres Charakters von denen erkannt zu werden, die einer höheren Begeisterung fähig sind, und vielleicht hat das Geräusch der großen Welt dies einigermaßen verhindert. Wenn ich wieder in Berlin wäre, würde es mein angelegentlichstes Geschäft sein, sie zu preisen, doch da Sie und Ihre Frau Mutter als Augenzeugen des ersten Schmerzes gesprochen haben werden, so ist dies unnötig. Die besten Empfehlungen an Sie beide und Ihren Herrn Gemahl von Frau von St[*aël*], mit denen ich die meinigen vereinige. Findet dieser Brief Sie noch in Berlin, so bitte ich um meinen verbindlichsten Gruß an Herrn von Brinkmann. Gehorsamst A. W. Schlegel

626

FRIEDRICH SCHLEGEL AN AUGUST WILHELM SCHLEGEL

Köln, 2. Juni 1804

[] Schreib mir nur ja recht oft, recht viel und recht ausführlich über Deine Verhältnisse und Absichten. Ich werde das gleiche tun, ich wünsche nichts mehr, als recht lange und recht vereinigt mit Dir zu leben.

Was mich betrifft, so wünsche ich jetzt nichts mehr, als einen bleibenden Aufenthalt für mich und meine Frau in einer der Städte zwischen Paris und Deutschland zu finden. Nach Deutschland mag ich nicht zurück, und sehr weit mag ich mich auch nicht von Paris entfernen wegen der indischen Manuskripte. Für immer dort leben mit meiner Frau, das kann ich aber nicht, weil es allzu teuer dazu ist. — Meine Freunde hier wünschten wohl, daß ich recht lange hier bleiben möchte. Sehe ich nun, daß dies ausführbar ist, so richte ich mich hier ein; und ist dies einmal bestimmt, so kann ich auch meine Frau auf einige Monate hier allein lassen, um mit Dir zu leben. Sehe ich aber, daß ich meine Rechnung hier nicht so finden kann, als man mich hoffen macht, so muß ich freilich vor allen Dingen einen andern Wohnort für die meinigen suchen und könnte dann also nur mit meiner Frau an einen andern Ort ziehen. Ich sehne mich herzlich nach einem ruhigen und festen Wohnsitz, wo mir die Subsistenz wenigstens etwas erleichtert wäre; denn der Aufenthalt in Paris hat mich an Geld und Kredit sehr erschöpft. Es wäre sehr heilsam für meine Arbeiten und ist auch um so nötiger, da die Gesundheit meiner Frau äußerst schwach ist.

Schreibe mir auch recht viel von der Staël. Ich bin sehr begierig, sie zu sehen, besonders mit Dir zusammen, und freue mich herzlich, daß Du eine Verbindung gefunden hast, die Dir so wert ist.

Ist es der Staël ihr Ernst, ein französisches Buch über die deutsche Literatur zu schreiben, so rate ich ihr, ja recht ernst und strenge; obgleich das Buch gewiß allgemein angegriffen werden wird, so kann es doch, wenn es gründlich ausfällt, für die Folge nützlich sein, denn wirken wird es gewiß.

Daß aber Deine Feinde sagen dürfen, Du seist als Hofmeister bei ihren Kindern, das verdrießt mich im höchsten Grade. Du mußt in der Tat alles Mögliche tun, um ein so nachteiliges Gerücht durch die Tat zu widerlegen; und wenn Du auch den Plan des Unterrichts für die jungen Leute entwerfen willst, doch auf keine Weise Dich selbst mit einem Geschäft befassen, wodurch Du Deiner Würde wenigstens bei Fremden, ja auch bei Deinen entfernten Freunden so viel vergeben würdest, da Deine Zeit ohnehin so kostbar ist.

Überhaupt wünscht' ich, daß Dein Verhältnis mit der Staël, wenn es von Dauer ist, so anerkannt und so bestimmt wäre als möglich. Stimmt diese Äußerung nicht zu Deinen Absichten, so halte sie der Wärme meiner Teilnahme zugute. [ ]

627

FRIEDRICH SCHLEGEL AN AUGUST WILHELM SCHLEGEL

Köln, 24. Mai 1805

[ ] Ich bin sehr fleißig und denke nun wieder mehres drucken zu lassen; zunächst ein poetisches Taschenbuch, das bei der Ungern erscheint. Es wird fast ganz von mir selbst sein und

enthält *Romanzen* von Karl dem Großen und Roland, die ich *nach dem Turpin* gedichtet habe, dann eine bearbeitete Auswahl, aus der auch Dir bekannten *Trutznachtigall*, die meine Frau während meiner Abwesenheit nebst andern alten Liederbüchern gesammelt hatte; dann gebe ich wohl ein paar poetische Briefe über Kunstsachen, die ich auf meiner Reise gesehn, und andre noch vorrätige vermischte Gedichte. Sehr lieb aber wäre es mir, auch etwas von Dir zu haben. Hat also die Reise nach Italien irgendein Sonett, Lied oder Romanze hervorgebracht, so gedenke meiner. Nur aber muß es gleich sein, womöglich mit umgehender Post, nachdem Du diesen Brief erhalten. Denn Johannis ist vor der Tür. [ ]
Von Deutschland weiß ich eben nicht viel Neues; weder von Charlotte noch aus Hannover habe ich Briefe. – Daß Schiller am 9. Mai gestorben sei, werdet Ihr wissen. Er hätte doch immer auf seine Weise fortleben mögen. Nun wird Voß zum Schiller avancieren, nämlich bei Goethen. Ich fürchte, der alte Herr wird nun ganz versteinen oder überlebt es nicht lange. [ ]

628

FRIEDRICH SCHLEGEL AN AUGUST WILHELM SCHLEGEL

Köln, 15. Juli 1805

Dein Brief aus Venedig hat mir große Freude gemacht. Ich bin der Staël sehr dankbar für ihre freundschaftliche Gesinnung; es soll mich sehr freuen, wenn sie mir bald etwas Näheres von ihren Plänen schreibt; ich nehme Anteil daran, da auch ich lebhaft wünsche Euch wiederzusehn. Aber freilich hemmt mich meine Lage ganz ungemein. Der Plan zu einer Reise nach Deutschland ist wohl aufgegeben?
Ein Brief von mir an Dich vom 24. Mai, nach Coppet geschickt, ist, hoff' ich, richtig angekommen, und Du verzögerst die Antwort etwa nur darum, um mir womöglich noch die Elegie zu meinem Almanach zu schicken. Kommt sie noch in den nächsten acht bis zehn Tagen, so geht es eben noch an.
[ ] Mein *Roland* und die *Trutznachtigall* sind nun schon seit einigen Wochen abgesandt. Was den ersten betrifft, bin ich diesmal recht wohl mit mir zufrieden; da es fünfzehn Romanzen sind, von denen freilich keine so lang ist als Tiecks

berühmte lange, doch einige beinah so lang, so hab' ich doch das Ganze (wo ich noch überdem kränklich war) in sechzehn Tagen fertig gemacht, und es hat wenigstens mich selbst sehr erfreut, so daß ich schon Mut und Lust hatte, gleich an ein anderes größeres heroisches Gedicht zu gehen – aber freilich sind jetzt größtenteils ganz andre Arbeiten an der Tagesordnung; da ich mich sehr treu an die alte Geschichte gehalten und durchaus keine zärtlichen Verhältnisse darin angebracht habe, so wird es den Leuten vermutlich wieder sehr greulich, mordlustig und blutgierig bedünken wie der *Alarkos*. – Ich freue mich sehr, daß die Sophie B[*ernhardi*] die Geschichte von Florio behandeln will; da werde ich mich gewiß mit ihrer Poesie ganz wieder aussöhnen. Sei es episch oder dramatisch, genug, wenn sie nur mit Treue und Demut der alten Geschichte folgt. Wir brauchen ja gar keine neue Poesie zu *machen*, sie ist längst da, aber ans Licht sie zu ziehn und mit neuem Schmuck zu bekleiden ist Verdienst genug. – Du solltest nun auch wieder fleißig und mutig dichten; es ist doch das einzige, was einem das Herz erfreut. Wohl hast Du recht mit dem Epischen, wenn Du es so meinst, daß Dein *Tristan* die Krone Deiner Werke sein wird. Ist aber von angeborner Neigung die Rede, so sollt' ich denken, eine romantische Komödie müßte Dir außerordentlich wohl gelingen.
Suche ja Goethes Buch über Winckelmann zu bekommen. Es ist sehr lustig und auch in seiner Art merkwürdig. Der alte Fratz hat sich darin ganz öffentlich zum Heidentum bekannt; er hat sich noch nie so seiner innern Ruhlosigkeit überlassen. Er tritt aber schrecklich gepanzert auf; vorn die alte Herzogin, hinten der Wolf; ja selbst Schiller hat noch einen Notpfennig über das Kunstideal gegen das Christentum eingelegt, desgleichen Humboldt ein ganz klein wenig Ruchlosigkeit, die es wenigstens sein soll. [] – Noch neuerlicher schrieb man mir, er sei sehr kränklich und nervenschwach. – Das Buch wird viel Aufsehn machen; Schelling wird sich nun ohne Zweifel wieder zum Heidentum bekennen und es konstruieren, wie sich gebührt. – Die deutsche Literatur bekommt ja mehr und mehr einen etwas pöbelhaften Beischmack. []
Voß ist nach Heidelberg berufen, nachdem er die Stelle der Philologie in Würzburg ausgeschlagen. Man rühmt ihn über-

all in Deutschland und wohl zum Teil absichtlich; es ist eine förmliche Konspiration gegen das Romantische. – Schiller ist seziert, und da hat man die erbärmlichsten Eingeweide gefunden; besonders das Herz war ganz zergangen und in Fasern aufgelöst, oder vielmehr eine Art harter petrifizierter Schwamm statt des Herzens. Einige Tage vor dem Tode war er nicht bei sich; wie er wieder zu sich kam, versicherte er, die wichtigsten Offenbarungen gehabt zu haben, konnte sie aber nicht mehr sagen. []

629

FRIEDRICH SCHLEGEL AN AUGUST WILHELM SCHLEGEL

(Köln), 8. September 1805

[] Wer *Deine* Übersetzungen der Alten mit den Vossischen vermengen könnte, müßte wohl ein fingerdickes Ohrenfell haben. Ich bin ganz und gar nicht so antiantik als Tieck; doch glaube ich wohl, daß die romantischen und altdeutschen Metra unsrer Sprache näher liegen und eine größere Stelle darin einnehmen müssen als die griechischen, die ich nur für notwendige Ergänzungen ansehn kann. Als solche halte ich sie gewiß sehr heilig und aller Ehre wert, wenn *Du* sie machst, aber nur nicht der widrige Kartoffeldichter. Übrigens, wenn ein Gedicht fertig ist, denke ich nicht mehr an die Silbenmaße, sollten diese auch noch so sehr gegen mein System sein. Ist es ein Gedicht, so läßt sich nun die Form gar nicht mehr anders denken, soviel sich auch vorher über Silbenmaß spekulieren läßt und sosehr ich im allgemeinen eine Masse strenger Terzinen von *Deiner* Hand, wie wir sie im Deutschen noch nicht haben, einer gleich vollkommnen elegischen Masse vorziehen würde, solange bloß vom Silbenmaße die Rede ist, denn die heidnischen Silbenmaße sind wohl gut, wenn sie gründlich heidnisch sind, aber doch nur heidnisch und also nicht so gut als die göttlichen Silbenmaße. – []
Fouqué hat auch *Romanzen aus dem Tal Roncisvall* drucken lassen, auf die ich sehr begierig bin, da es doch die Geschichte von Roland sein muß, die ich auch behandelt habe. Hardenberg rühmt sie mir, nach dem Urteil eines jungen Menschen aus Berlin aber muß ich schließen, daß sie in dem Zirkel unsrer Freunde (Schütz pp) in Berlin mißfallen haben. – Es

scheint mir auch in diesem Kreise jetzt viel Parteigeist zu herrschen. *Tieck* hat die Gabe, diesen zu verbreiten. – Mit Goethe denkst Du Dir die Sache ganz falsch. Der alte Grasaffe hat ein ganz eigentliches Komplott und Verschwörung gegen uns gestiftet und [*sich*] ganz laut gegen alles erklärt, was zur neuen Schule gehört. Mit Wolf, Voß und Konsorten. Wie sie's treiben, kannst Du unter andern daraus ersehn, daß Wolf ein langes lateinisches Programm gegen Steffens geschrieben hat. Dieser und Schleiermacher sind die einzigen in Halle, die zusammenhalten; Wolf hat sich ganz für die Niederträchtigen erklärt. Schleiermacher fährt übrigens fort, in den Einleitungen zum Plato sich meine Ideen anzueignen, d. h. was mein war, für sein zu erklären, daß es eine wahre Lust ist; er hat viel vom Charakter der Spinne. […]

630

AUGUST WILHELM SCHLEGEL AN GERMAINE DE STAËL

Coppet, 18. Oktober 1805

[…] Sie haben den Wunsch ausgesprochen, liebe anbetungswürdige Freundin, ich sollte Ihnen ein schriftliches Versprechen geben, glaubten aber, ich zögerte es hin. Hier haben Sie es: Hiermit erkläre ich, daß Sie jedes Recht auf mich haben und ich keines auf Sie. Verfügen Sie über meine Person und mein Leben, befehlen und verbieten Sie – ich werde Ihnen in allen Stücken gehorchen. Ich verzichte auf jedes weitere Glück als jenes, das Sie mir freiwillig schenken wollen. Ich will nichts besitzen und alles nur von Ihrer Großmut annehmen. Ich bin gern bereit, an meinen eigenen Ruhm überhaupt nicht zu denken, ich will mich ausschließlich Ihnen widmen, mit allem, was ich an Kenntnissen und Talenten besitze. Ich bin stolz darauf, Ihnen zu eigen gehören zu dürfen.

Ich werde keine neuen Verpflichtungen auf mich nehmen, die mich von Ihnen trennen könnten, nur hoffe ich auf Ihr Einverständnis, die alten Verpflichtungen, die frühere Verbindlichkeiten mir auferlegten, einlösen zu dürfen. Vielleicht tue ich unrecht daran – ich weiß es nicht –, mich so völlig in meinen Gefühlen und Entschlüssen an einen anderen Menschen zu binden. Aber Sie haben eine übernatürliche Macht über mich – es wäre nutzlos, dagegen anzukämpfen. Ich glaube, in den sonderbaren Wechselfällen meines Lebens die Hand des Schicksals zu sehen. Gewiß war es nicht ein Zufall, der uns zusammengeführt hat, daß Sie inmitten gesellschaftlicher Zerstreuungen, aber auch gerade in dem Augenblick, als der grausamste und unersetzlichste Verlust Sie traf, sich zu mir hingezogen fühlten. Ich selber, der ich den größten Teil meines Lebens gesucht habe, habe endlich gefunden, was unvergänglich ist und was mich bis zum Grabe nicht verlassen wird.

Nützen Sie Ihre Macht über mich nicht aus: Sie könnten mich leicht unglücklich machen, ohne daß ich Waffen gegen Sie in der Hand hätte. Vor allem aber beschwöre ich Sie: verbannen Sie nie aus Ihrer Umgebung Ihren Sklaven

A. W. Schlegel

631

FRIEDRICH SCHLEGEL AN AUGUST WILHELM SCHLEGEL

(Köln), 11. November 1805

[] Aus Deutschland hab' ich [] noch nichts Neues erhalten außer einen dicken Band von Arnim (und Brentano), sogenannte *Alte Deutsche Lieder*, was man sonst Volkslieder nannte; sehr viel bekannte und oft gedruckte aus Herder pp, dann einige gute alte, die ich noch nicht kannte, vorzüglich aber eine große Menge Schund, Kroppzeug, Krethi und Plethi mit vielen eignen Brentanereien, die, wenn sie nicht unverständlich wären, pöbelhaft heißen würden. Die meisten dieser Lieder schweben zwischen Kuckuck und Galgen; dieses sind die Lieblingsgedanken oder Faktoren dieser Art. Man könnte das Buch in dieser Rücksicht auch *Gassenjungiana* nennen. Es ist aber eigentlich doch zum Erbarmen, wie jeder gute Gedanke, noch eh' er ganz reif ist, von dieser Compagnie breit geschlagen wird! [] Daß der kleine *Ast* Professor in Landshut ist, wirst Du wohl wissen. Schon bald nach meiner Zurückkunft fand ich ein Trauerspiel *Kroesus* von ihm hier, die Sprache recht blühend und doch rein, aber übrigens so liebesweich wie Butter, und alles ganz voll Schicksal. Dieser Kaldaunes und Gekrösus sind in der Ästhetik sehr gut bewandert; eine solche Ästhetik hat Ast selber nun auch als

Kompendium gefertigt, worin es an der gehörigen Zutat von »Athenäum« nicht fehlen wird. []

632

FRIEDRICH SCHLEGEL AN AUGUST WILHELM SCHLEGEL

Köln, 27. Februar 1806

Endlich ist Dein Aufsatz über Rom in der A. L. Z. [»*Allgemeinen Litteratur-Zeitung*«] auch hier angekommen. Anmerkungen hat Goethe nicht dazu gemacht, wüßte auch nicht, weshalb sie nötig gewesen wären. Von den jetzigen Künstlern weiß ich nichts und hoffe ich auch nichts; aber Deine milde glimpfliche Art scheint mir grade die rechte, und noch ganz besonders gefällt mir Deine Ansicht von der deutschen Kolonie in Rom und dem Einfluß Roms auf deutsche Literatur. Goethe hat dagegen ein ausschweifendes und skandalöses Lob auf Brentano wegen der Pöbellieder in seinem »Freimütigen« aufgestellt; die deutschen Gelehrten zusammen, lieber Freund, sind jetzt ein wahres Zigeunergesindel. Gott sei Dank, daß wir heraus sind! []

633

FRIEDRICH SCHLEGEL AN AUGUST WILHELM SCHLEGEL

Köln, 22. Juni 1806

[] *Fichte* hat sich wieder vernehmen lassen. [] *Grundzüge des Zeitalters,* ein dickes Buch, das beste als Buch und auch das merkwürdigste, was er je geschrieben. Darin sind nun mehrere Werke ineinander eingeschachtelt, von sehr verschiednem Gehalte. 1) Eine runde Zahl, ich glaube *fünf* Vernunftabwickelungen der Zeitalter der Menschheit; elend trivial. Wir stehn natürlich im dritten. 2) Eine neue Staatslehre – Theorie des Preußentums. Absurd, lächerlich. 3) Eine eigne Art von *Christentum* – zusammengebraut aus der *göttlichen Idee* und Klarheit (denn so nennt sich jetzt das alte wohlbekannte Ich) aus dem *Evangelium Johannis,* Essenern, geheimen Traditionen vom *Urvolk* – nicht ohne Beziehung, wie es mir scheint, auf Freimaurerei. Sinnreich, originell, tief,

aber doch auch preußisch. – Auf Schelling hat er, nämlich auf die Naturphilosophie, grausam losgezogen, ihm auch sein Plagiieren vorgeworfen.
Überhaupt wütet er gegen die Schwärmerei. Was direkt gegen *uns* wäre, habe ich nichts gefunden. []

634
FRIEDRICH SCHLEGEL AN AUGUST WILHELM SCHLEGEL

(Köln, Mitte November 1807)

I. *Griechisch.*

Steil zumeist mir steinern versteigender Gott
Apollon ist. Der bleiern hackrige Wort-
klump bricht hervor mit Weh des Zahns, des Lesenden Lohn.
Knirschend anfangs zu kaun bemüht das Gedicht,
Ihm hängt es im Leim klebend Kiesel-
steine des Buchbinders wie. –
Aber von Zahngrimmen Schmerz
Eilend freier geübt schon,
Braust im geflügelten Hirne
Bald des Hellenen schönere Silbenwut.

II. *Altdeutsch.*

Es gehen zwei Butzemänner im Reich herum
Mit der kleinen Kilikeia, mit der großen Kumkum.
Der eine klimpert um den Brei herum
Bidibum auf der Trumm, bidibum, bidibum.
Der andre schaut sich nach den Fräulein um
Mit der kleinen Kilikeia, mit der großen Kumkum.
Sie drehen sich beide recht artig herum
Bidibum, bidibum.
Gute Nacht, Butzemänner, dreht euch weiter um,
Mit der kleinen Kilikeia, mit der großen Kumkum.
Wer hat dies feine Liedlein gemacht? –
Es kamen entlang drei Enten den Bach,
Die haben dies Liedlein usw.

III. *Spanisch.*

An dem Quell der Langenweile
Lag die Dichtkunst hingegossen,
Ihre Kinder die Vokale
Brachten große Wasserblumen.
Aus den Blumen Funken wurden,
Kleine Lichter funkelnd kamen,
Die zu Wasser bald erloschen
Als Romanzen talwärts eilen,
Die nun fließen und nun funkeln
Auf des Klanges leichten Spuren.

IV. *Das klare Geheimnis.*

Vielseitigkeit wird auf des Lebens Gipfeln nur
Gefunden, wo des reinen Daseins heitres Nichts,
In zarter Redensarten klarem Schein verhüllt,
Auf schwankem Seil der Bildung hin und wieder spielt.
So red' und bilde Dich, gebildet rede fort!
Doch was in Kunst, in Reden, Handeln Du beginnst,
Es sei Dir niemals ungebildet voller Ernst.

Liebster Bruder, ich schicke Dir hier einige Späße, denn da das Wetter schon sehr schlecht zu werden anfängt, so darf man das Lachen nicht ganz verlernen. Schreib mir nun, wie sie Dir gefallen; bei dem *Griechisch* hatte ich den ersten Chor in Schützens *Niobe* vor Augen. [ ]

635

AUGUST WILHELM SCHLEGEL AN JOHANN GOTTLIEB FICHTE

Genf, 13. Dezember 1808

Ich höre, daß Sie in der Ehescheidungsklage meiner vortrefflichen Freundin, Madame Sophie Tieck, gegen den Professor Bernhardi in Berlin eine für diese verehrungswerte Frau und für mich höchst ehrenrührige Beschuldigung gerichtlich bezeugt und eidlich erhärtet haben.

Zwar habe ich niemals mit Ihnen in vertrautem Umgange gelebt, was schon der große Abstand unsrer Erziehung, unsrer

Lebensweise und unsers Geschmacks unmöglich machte; doch hat ehemals eine Art von freundschaftlichem Verhältnisse zwischen uns stattgefunden, und ich habe bei verschiedenen Gelegenheiten, z. B. bei der Anklage gegen Sie wegen des Atheismus, nur allzu lebhaft Ihre Partei genommen. Ich habe eine Schrift von Ihnen, deren Druck die preußische Regierung in ihren Landen verweigert hatte und woran gemäßigte und verständige Menschen manches zu tadeln fanden, auf meine Gefahr und Verantwortlichkeit herausgegeben. Wiewohl meine Überzeugungen niemals mit den Ihrigen übereinstimmten, so habe ich dies nicht öffentlich geäußert, vielmehr mit entschiedner Achtung von Ihnen gesprochen. Ich hatte also Ursache, mich von Ihrer Seite keiner so ausgesuchten Feindseligkeit, die mich in der Person einer verehrten Freundin kränkt, zu versehen.
Was Madame Bernhardi betrifft, so haben Sie während der ersten Zeit Ihres Aufenthalts in Berlin ihren Umgang sehr aufgesucht, ihr großes Zutrauen und ausgezeichnete Hochachtung bewiesen. Sie kann in Ihren Augen schwerlich einen andern Fehler haben, als daß sie Ihre Schwächen und Lächerlichkeiten zu gut durchschaute, wovon sie aber niemals einen üblen Gebrauch machte, sondern gewissermaßen ihre Einsicht unter den Glauben gefangennahm, daß ein Mann, der so zuversichtlich als ein Wiederhersteller der Menschheit auftrat und auch von einigen Zeitgenossen dafür anerkannt wurde, doch einen bedeutenden innern Wert haben müsse, wenn er auch in der Nähe oft bedauernswürdig klein erschien.
Außer solchen persönlichen Rücksichten hatten Sie aber noch einen sehr triftigen Grund, sich ganz und gar nicht in diesen Handel zu mischen. Es ist der, daß Madame Bernhardi gar füglich in ihrer Klage Herrn Bernhardis Umgang mit Ihnen als einen Zug seines schlechten Betragens hätte anführen können. Während er Frau und Kinder darben ließ, versplitterte er sein letztes Geld, um gemeinschaftlich mit Ihnen sich zu betrinken und liederliche Häuser zu besuchen. Dieses kann ich bezeugen, da die psychologische Neugier, wie ein Metaphysiker sich benimmt, wenn er durch übermäßigen Gebrauch des Weines sich um das von ihm demonstrierte Bewußtsein und um den Gebrauch der von ihm behaupteten sittlichen Freiheit gebracht hat, mich antrieb, einigemal den dritten

Mann abzugeben, während der Ekel vor dem Gemeinen mich bald wieder von diesen Gelagen entfernte. Was aber Sie, einen Sittenlehrer, der so viel von Wahrhaftigkeit geschwatzt hat, vor allen Dingen hätte abhalten sollen, zu bezeugen, Sie hätten zwischen Madame Bernhardi und mir irgend etwas bemerkt, das auf eine unerlaubte Verbindung schließen ließe, ist dies, daß es eine Lüge ist, eine grobe, schändliche, unverantwortliche Lüge. Sie haben nichts andres gesehen, Sie haben nichts andres sehen können, weil nichts andres stattgefunden hat, als den Ausdruck der ehrerbietigsten brüderlichen Zärtlichkeit gegen diese ebensosehr durch ihren Geist und Charakter als durch ihr Unglück ausgezeichnete Frau. Diese Gesinnung habe ich keine Ursache gefunden je zu verhehlen, weil man sich des Guten nicht schämen soll; ich habe sie beständig in Herrn Bernhardis Gegenwart kundgegeben, der doch wohl nicht von sich wird bekennen wollen, daß er deswegen einen Verdacht gegen mich gehegt, während er sich's gefallen ließ, von meinen Wohltaten zu leben. Ich hatte mich mit dem redlichen Bruder meiner Freundin, dem Bildhauer Tieck, verbündet, und dieser Bund war an dem Sterbebette seiner Eltern noch fester geschlossen worden, durch jede Aufopferung und Anstrengung, seine Schwester aus dem unaussprechlichen Leiden, worein sie ohne ihre Schuld versunken war, zu retten. Da Herrn Bernhardis Umstände so zerrüttet waren, daß er seine geringen Einkünfte ganz zur Bezahlung der Wucherzinsen und für seine eignen Bedürfnisse verbrauchte, da er dabei so grenzenlos träge und unfähig war, daß er durchaus nichts erwerben konnte noch wollte und außer den wenigen Schulstunden nichts tat als essen und schlafen: so setzten wir sie in Stand, nicht nur ihren Hausstand zu bestreiten, sondern auch nach und nach alle für ihn gemachten Schulden zu bezahlen. Ich darf sagen, daß ich das Leben ihrer Kinder gerettet, die bei Krankheiten, ja der jüngere schon bei der Geburt aus Mangel an allem hätten verkommen müssen, da die guten Eltern meiner Freundin damals schon tot waren, wenn ihre Pflege auf Herrn Bernhardis Sorge gewartet hätte. Aber meinem Freunde für seine Schwester diese Vorschüsse getan zu haben, auch wenn sie nur mit äußerster Anstrengung meiner Kräfte herbeigeschafft werden konnten, achte ich für ein geringes: der Gedanke, zur Rettung eines Wesens von so seltnem Wert beizutragen, belohnte mich reichlich. Wessen ich mich aber in der Welt rühme, das ist die Geduld, womit ich mehrere Jahre in der widerwärtigen Nähe Herrn Bernhardis ausgehalten und sein empörendes Betragen mit angesehen; das ist der Mut, womit ich in dieses Fegefeuer der viehischen Roheit hinabgestiegen bin, um meine Freundin daraus zu befreien. Ich sah, daß ihre Gesundheit unterlag, daß sie zugrunde gehen mußte, wenn es länger so fortgedauert hätte. Herr Hufeland, ein weiser und menschenfreundlicher Arzt, beurteilte ihren Zustand ebenso. Er sagte mir oft, die Zerrüttung ihrer Gesundheit rühre großenteils aus dem Gemüte her und er wisse keinen andern Rat für sie, als sich aus ihrer häuslichen Umgebung weg und in ein milderes Klima zu begeben. Hiezu war sie mehr als berechtigt, nachdem sie Herrn Bernhardis Umstände so weit wiederhergestellt, daß sie seit ihrer Verheiratung vielmehr ihn als er sie und ihre Kinder ernährt hatte. Auf den Umgang dieser zart und edel gesinnten Frau, dem er jede wüste Trinkgesellschaft vorzog, konnte er weiter keinen Anspruch machen; die Fortdauer eines ehelichen Lebens, wie er es verlangte, machte nach Herrn Hufelands Ausspruch ihr Gesundheitszustand unmöglich, und Herr Bernhardi konnte sich glücklich schätzen, daß den, soviel an ihm lag, verwahrlosten Kindern ohne sein Zutun die sorgfältigste Pflege und vorteilhafteste Erziehung zuteil wurde. So wenig dachte meine Freundin auf die Behauptung ihrer Rechte, daß, wenn er sie nur bei diesem neuen Lebensplane nicht beunruhigt hätte, seine vergangenen Schlechtigkeiten immerhin ungerügt geblieben wären. Nur zu ihrer Notwehr hat sie die Klage gegen ihn anhängig gemacht.

Daß Menschen wie Ihr Trinkgeselle und Sie selbst ein Verhältnis wie das, welches zwischen meiner Freundin und mir meine Verehrung und meine Bestrebungen für sie begründeten, da ich bei ihr die Stelle eines abwesenden Bruders, bei ihren Kindern die erledigte Vaterstelle vertrat, nicht begreifen können, daß sie es aufs schnödeste mißdeuten, darf mich nicht befremden. Herr Bernhardi war freilich damals sehr weit davon entfernt, dergleichen zu äußern: er zitterte vor dem Gedanken, sich meinen Unwillen zuzuziehen, da er von meiner Freigebigkeit seine Ernährung erwartete.

Bedenken Sie nun, wie wir hier einander gegenüberstehen, und fragen Sie sich selbst, ob ich nicht in Ihrer Seele tief erröten muß. Ich mit dem redlichen und uneigennützigen Bestreben, einem unverdienten Unglück abzuhelfen; Sie als der Verfolger zweier unschuldigen Kinder, die, wenn sie Herrn Bernhardi übergeben werden, durch seine Verwahrlosung und sein Beispiel in Elend und Verderbnis geraten müssen; als der Verfolger einer Frau, die sich endlich aus langer Unterdrückung zu retten versucht hat, nachdem durch das Erlittne die Ruhe ihres Gemütes und ihre Gesundheit leider schon auf immer zerrüttet ist. Ich im Bunde mit ihren abgeschiednen Eltern, mit ihrem treugesinnten Bruder, mit einem hilfreichen Arzt, mit vielen vortrefflichen und bedeutenden Personen im Auslande, denen die Eigenschaftten meiner Freundin Achtung, ihr Schicksal Teilnahme einflößte; Sie als der Spießgeselle eines wüsten nichtswürdigen Menschen, der sich der geheiligten Namen eines Gatten und Vaters unwürdig gemacht hat, gegen den die öffentliche Verachtung längst entschied, von dem wir durch sein eignes Geständnis ein eigentliches Verbrechen wissen. Ihr Zeugnis gegen Madame Bernhardi steht in derselben Reihe mit dem einer liederlichen Dienstmagd; das meinige zu ihren Gunsten, in betreff der liebevollen und vortrefflichen Erziehung, die sie ihren Kindern erteilt, schließt sich an das einer erhabenen, durch ihre Tugend und Frömmigkeit berühmten Fürstin, an das Zeugnis der Erzherzogin Marie Anne von Österreich an.
Ich wiederhole es, Ihre Beschuldigung gegen Madame Bernhardi und mich ist eine Lüge, eine schamlose und boshafte Lüge. Dies werde ich überall erklären, wo der Handel in Frage kommt, und Sie dabei mit den Namen belegen, die dem Erfinder einer solchen Lüge zustehen, und wo ich Sie auch wieder antreffen möge, werde ich Ihnen vor den Augen aller Welt begegnen, wie Sie es verdienen. A. W. Schlegel

636

AUGUST WILHELM SCHLEGEL AN FRIEDRICH SCHELLING

(Coppet, 19. August 1809)

[] Die *philosophischen Untersuchungen pp.* habe ich mit größtem Interesse gelesen. Sie behandeln hier die Frage aller

Fragen, welche von jeher alle ernsten und gefühlvollen Menschen geängstigt und sie getrieben, sich an die Philosophie, und wenn, wie meistens der Fall war, die Antworten dieser wenig befriedigend ausfielen, an die Offenbarung um Beruhigung zu wenden. Denn wenn schon dem menschlichen Geiste ein uneigennütziger Trieb inwohnt, die Wahrheit als solche zu erforschen, so verlangt das Gemüt noch etwas mehr: es genügt ihm nicht, zu irgendeiner festen, gleichviel wie sonst beschaffnen Überzeugung zu gelangen, es will *tröstliche* Wahrheit finden. Dies hat mich schon längst dahin gebracht, an der Quelle unsrer heiligen Schriften und einiger Theosophen, die mir besonders zusagen, zu schöpfen, und die Philosophie nur als einen notwendigen Durchgang dahin zu betrachten; was sich wohl um so eher rechtfertigen läßt, da ich sehe, daß die Philosophen, wenn sie etwas mehr tun wollen, als die Fragen über den Ursprung des physischen und sittlichen Übels und die allgemeine Herstellung als unstatthaft zurückweisen, genötigt sind, selbst theosophische Ansprüche zu machen, eine Kosmogonie, ja gewissermaßen eine Theogonie aufzustellen, welche geschichtliche Darstellungsweise doch eigentlich der wissenschaftlichen Form widerspricht.
Die bei der Begründung und Ableitung der vorgetragnen Lehren aufgewandte philosophische Kunst bin ich nicht imstande, gehörig zu würdigen. In den Resultaten aber, besonders was das Wesen der Freiheit und die positive Natur des Bösen betrifft, bin ich ganz mit Ihnen einverstanden, und ich glaube, mein Bruder wird es auch sein, denn seine Haupteinwendung gegen den Pantheismus ist ja eben, daß er den Kampf des Guten und Bösen in der Welt als bloß scheinbar aufhebt.
Ich frage aber, haben Sie hierüber immer ebenso gedacht und sich immer so erklärt? Vielleicht finden Sie kein Bedenken, es zu verneinen, da Sie äußern: Sie sein immer noch in der Untersuchung begriffen. Aus Ihren frühern Schriften würde ich *diese* Lehre nicht vorausgesetzt haben. In Ihrem System des transzendentalen Idealismus kann ich den Gegensatz zwischen Gut und Böse nicht ein einzigsmal erwähnt finden, wiewohl es einen Abschnitt zur Begründung der praktischen Philosophie enthält. In der Schrift über Philosophie und Religion, soviel ich sie verstehe, wird der Abfall bloß in den

Eintritt in die Endlichkeit gesetzt. Ja noch in der Schrift gegen Fichte sind Äußerungen, welche ein ganz mit Ihnen einverstandner Rezensent auf eine ganz andre Vorstellungsart deuten konnte.

Keinem Beobachter der Ausbildung des neuern Idealismus in Deutschland kann es wohl entgehn, daß er aus dem Aphelium, worin er sich bei seiner ersten Erscheinung befand, bis ins Perihelium der religiösen Vorstellungsarten fortgerückt ist. Nehmen Sie nur einmal Fichte zum Beispiel. Hatte er sich nicht die ganze Anklage wegen des Atheismus durch den Leichtsinn zugezogen, womit er Forbergs metaphysische Witzeleien zu billigen schien, und sagte: *a propos* von Gott, den ich bisher so ziemlich linker Hand liegenlassen, nun will ich doch angeben, wie man sein Dasein nach der *W.*[*issenschafts*] *L.*[*ehre*] vernünftigerweise zugestehn mag. Und seitdem hat er sich alle Ausdrücke der heil. Schrift zugeeignet, schon vor Jahren habe ich ihn das Vaterunser mit Einschiebung des Absoluten statt Gottes beten hören, und im Anfang des Evangeliums Johannis fand er das Wesentliche der *W.L.* wieder.

Indessen was *F.*[*ichte*] betrifft, so will ich gern seiner Versicherung glauben, daß er bei dieser scheinbaren Umwandlung immer noch auf dem alten Flecke steht. Bei andern aber (und Novalis war einer der ersten) ist eine wahrhafte Rückkehr zu längst aufgegebnen Ansichten und Gesinnungen unverkennbar. Diese Rückkehr ist wohl schwerlich der Philosophie zuzuschreiben, die dabei nur als Organ der Deutung und Verständigung mitwirkt; sie liegt in einer Reaktion gegen unsre bisherige Bildung, über deren Nichtigkeit uns die Weltbegebenheiten die furchtbarsten Aufschlüsse gegeben haben, und so ist es die Vorsehung selbst, welche uns dabei leitet.

Ich für meine Person bekenne gern, daß ich dem Zeitalter auch meinen Tribut abgetragen habe und von verderblichen Irrtümern zu ganz andern ehemals verworfnen Überzeugungen zurückgekommen bin.

Wenn man sich jetzo sowohl im Gehalt der philosophischen Lehre als in deren Ausdruck der heil. Schrift so sehr annähert, so däucht mir, sollte man ihr auch seinen Dank für die empfangene Erleuchtung nicht vorenthalten. Schwerlich kann es davon freisprechen, daß wir glauben, für Wahrheiten, die dort bloß ausgesagt werden, Beweisgründe aufgefunden zu haben. Mein Vater sagte mir einmal, es verhalte sich mit der Spekulation und Offenbarung wie mit entfernten Gegenständen, die das unbewaffnete Auge nicht erreicht, wenn man aber erst durch ein Teleskop geschaut hat, so finde man sie auch mit bloßem Auge wieder. Damals achtete ich nicht viel darauf, jetzt finde ich einen tiefen Sinn darin.

Soviel über die Ansprüche der *W.*[*issenschaft*] und den behaupteten Vorrang des Wissens über das Glauben. Ich gestehe Ihnen, daß Lessings vermeinter Fortschritt von Glaubens-, also Gefühlswahrheiten, zu Vernunftwahrheiten, mir eine wahre Herabsetzung scheint. Es liegt dabei dieselbe trockne Ansicht zum Grunde, welche ihn im Aristoteles einen Euklides der Poesie finden ließ, als ob ein solcher möglich wäre.

Sie werfen es meinem Bruder vor, daß er sich allgemeiner Benennungen bedient als Pantheismus, Materialismus. Freilich können diese Klassennamen nur die Hauptrichtung bezeichnen und das Eigne origineller Denker nicht erschöpfen. Wollte man sie aber untersagen, so dürfte eine Geschichte der Philosophie ganz unmöglich werden, die Darstellung der Systeme würde ebenso weitläufig ausfallen müssen als in den Schriften der Urheber selbst. Und befand sich mein Bruder nicht so wohl in dem Werke über die Indier als in der Anzeige der neuern Fichteschen Schriften auf dem historischen Standpunkte?

Die Behauptung, der Pantheismus sei das einzige mögliche Vernunftsystem, ist nicht neu: Lessing hat sie geäußert, Jacobi ein eignes Buch darüber geschrieben. Warum haben Sie sich also ausschließend an meinen Bruder gehalten und jener gar nicht erwähnt?

Ich verstehe diese Behauptung so: da das abstrakte Denken sich nicht über den Begriff der Substanz als der Grundlage der Erscheinungen erheben kann, so muß folgerecht fortgesetzt, notwendig damit endigen, aus diesem Begriff sein Eins und Alles zu machen.

Sie fragen, ob der Idealismus nicht auch ein Werk der Vernunft sei? Zuvörderst scheint es mir, daß ein Werk der Vernunft und ein Vernunftsystem wohl noch unterschieden werden könnten. Lassen Sie uns die Frage, so genauer bestimmt, auf Kant und Fichte anwenden. Die *Kritik der reinen Vernunft* ist eine Zergliederung der Bestandteile des abstrakten

Denkens, und eine darauf gegründete Protestation gegen jeden Gebrauch desselben zur Aufbauung eines Systems. Sie kann also wohl schwerlich ein Vernunftsystem genannt werden. Die *W. L.* gründet sich ganz und gar auf das Bewußtsein ursprünglicher Freitätigkeit, und dieses Bewußtsein wird darin gegen alle Usurpationen des abstrakten Denkens behauptet. Die *W. L.* macht daher dasjenige zum Höchsten, was das abstrakte Denken grade zuerst zu vernichten bemüht ist. Fichte, äußern Sie, soll den Spinozism bereits durch die *W. L.* widerlegt haben. Aber als Sie behaupteten, der transzendentale Idealism sei nur eine Seite der Philosophie, zu deren Ergänzung der Realism hinzukommen müsse, bei dessen Aufstellung Sie erklärten, es sei Ihnen in gewissem Sinne um einen erneuerten Spinozism zu tun, schienen Sie doch anzunehmen, daß beide Systeme in verschiednen Gebieten nebeneinander bestehen könnten.

Da mein Bruder vom Pantheismus, diesem uralten System, das sich in Indien und China und beim Xenophanes überall mit ähnlichen Charakteren wiederfindet, in der allgemeinsten Beziehung spricht (ausgenommen die Stelle in der Anzeige von Adam Müllers Vorlesungen, welche auf die ungehirnten Nachbeter geht), so weiß ich nicht, wie Sie es irgend auf sich haben beziehen können. Den Spinoza nehmen Sie jetzt ja selbst, wenigstens in Absicht auf das Tote und Abstrakte seiner Ansicht, nicht sonderlich in Schutz. Der Hauptvorwurf, den mein Bruder dem Pantheismus macht, ist, daß er, in seiner Strenge durchgeführt, den Unterschied zwischen Gut und Böse als bloße Täuschung aufhebe, alle Individualität und somit auch das Leben des Universums ertöte. Nach Ihren Erklärungen in der letzten Schrift wird also hierüber kein Streit zwischen Ihnen und ihm obwalten. Wenn Sie uns erlauben wollen zu klassifizieren, so werden wir ohne Zweifel das hier Vorgetragne unter den Begriff der Lehre von den zwei Prinzipien bringen müssen. Nach Ihrer jetzigen Bestimmung des Pantheism, daß er bloß in der behaupteten Immanenz der Dinge in Gott bestehe, würde er ja vollkommen mit dem Christentum vereinbar sein, da es in der heil. Schrift heißt: in Ihm leben, weben und sind wir. Historisch ist es aber doch, daß es einen ganz andren Pantheismus gegeben hat, wobei dies gar nicht tunlich war. [ ]

637

AUGUST WILHELM SCHLEGEL AN JOHANN WOLFGANG GOETHE

Genf, 15. März 1811

[] Ich darf es Ihnen wohl nicht erst ausdrücklich versichern, daß mir die Aufführung des *Standhaften Prinzen* mit so ausgezeichnetem Beifalle eine sehr lebhafte Freude gemacht hat. Sie allein retten unsere Bühne aus ihrer Gemeinheit. Diese Darstellung ist in der Tat ein in den Jahrbüchern des Theaters einziges Ereignis; ich glaube nicht, daß jemals zuvor ein heroisches Stück von Calderon oder irgendeinem spanischen Dichter diesseits der Pyrenäen in seiner eigentümlichen Gestalt und mit allen seinen Farben aufgeführt worden. Das einzige, was mir dabei leid tut, ist, daß ich nicht selbst habe Zeuge von der Bewunderung sein können, die meinem geliebten Calderon, dessen erster Missionar in Deutschland ich denn doch war, zuteil wurde, und daß ich auch für die Zukunft keine wahrscheinliche Aussicht dazu weiß.

Ich bin seit einigen Jahren ziemlich vom poetischen Übersetzen abgekommen. Es ist im Grunde ein undankbares Handwerk, wobei man immerfort durch das Gefühl unvermeidlicher Unvollkommenheiten gequält wird. Auch habe ich vielleicht durch den Mangel an Übung etwas von meiner ehemaligen Biegsamkeit eingebüßt. Doch übersetzte ich noch vor zwei Jahren den letzten Aufzug der *Brücke von Mantible*. Wäre ich in Ihrer Nähe, so würde ich mir eine Freude daraus machen, irgendein Stück von Calderon, welches Sie der deutschen Bühne angemessen hielten, zu diesem Zweck zu übersetzen. Vor mehreren Jahren habe ich die *Locken des Absalon* angefangen, dann hatte ich die *Aurora in Copacavana*, eine Darstellung der Eroberung von Peru, vor Augen, die freilich für unsre heutige Sinnesart das gegen sich hat, daß die Abgötterei als allegorische Figur darin auftritt. Doch sehe ich für jetzt keine Muße voraus, um dies Vorhaben auszuführen.

Sie sind mir eigentlich zuvorgekommen. Schon zu Anfange des Winters hatte ich den Vorsatz, endlich einmal wieder durch einen Brief mein Andenken bei Ihnen zu erneuern. Ich war damals durch Lesung Ihrer *Farbenlehre* viele Tage mit Ihnen auf das lebhafteste beschäftigt, ich fühlte mich ganz in Ihre Nähe und in die beseelendste Unterhaltung mit Ihnen

versetzt. Ich las dies Buch, wie man die anziehendste Dichtung liest, die man nicht eher aus den Händen legen kann, bis man zu Ende ist. Ich weiß nicht, ob Sie die alten Physiker bekehren werden, in deren Köpfen sich die früh erlernte Meinung einmal versteinert hat, aber gewiß wächst das nächste Geschlecht in einer freieren und umfassenderen Ansicht heran, und dies kann nicht anders als für die gesamte Naturwissenschaft die schönsten Früchte bringen. Mir als einem Laien waren die Zugaben fast noch erfreulicher als die strenge Durchführung der Hauptsache. Mit welcher Meisterhand ist das Gemälde vom Gange des menschlichen Geistes überhaupt in der Geschichte der Farbenlehre entworfen! Welche Charakteristiken wie die vom Plato und Aristoteles! Welche Heiterkeit und überlegene Sicherheit in den eingestreuten Betrachtungen! Ich wurde auf eine sehr angenehme Weise überrascht, in Ansehung dessen, was Sie über die Entdeckung des Kopernikus und deren moralische Wirkungen sagen, mit Ihnen auffallend zusammengetroffen zu sein. []
Nehmen Sie meinen besten Dank für diesen herrlichen Genuß sowie für alles, was Sie uns neuerdings geschenkt haben.
Hoffentlich wird Ihnen mein *Richard III.* nebst den drei Bänden über die dramatische Kunst eingehändigt worden sein, wenigstens habe ich bestimmte Aufträge dazu gegeben. Meine Schriften sehe ich gern als ein Zirkularschreiben an die deutschen Freunde an mit der ergebensten Bitte, sich meiner noch dann und wann zu erinnern. []

638

FRIEDRICH SCHLEGEL AN AUGUST WILHELM SCHLEGEL

(Wien, 25. Sept. 1811)

[] Es ist nun entschieden, daß das *Vaterländische Museum* zustande kommt. Es beginnt mit Januar 1812. Für dieses Unternehmen nehme ich Deine ganze Freundschaft in Anspruch. Je mehr Du dafür tun und liefern kannst, einen je stärkeren Beweis derselben gibst Du mir. Vor allen Dingen bitte ich um einige Abschnitte der Schrift über die Nibelungen. Das nachherige Erscheinen des Ganzen, wenn es auch bald erfolgte, steht dem gar nicht im Wege. Aber auch alles andre, was Du irgend geben willst und kannst, ist höchst willkommen. Ich möchte vorzüglich gern, daß Du mir das erste Stück glänzend anfangen hilfest. Daher nicht bloß, *je mehr, je besser*, sondern auch *je eher, je lieber*. Was zum ersten Stück soll, hätte ich gern bis Ende Oktober. – In dem langen Briefe hatte ich Dir auch manches Nibelungische mitgeteilt. Auch seither ist mir manches wieder vorgekommen. Ich habe nun aber gar keine Ruhe mehr zu dergleichen Mitteilungen, bis die erwünschte Entscheidung eintrifft. – Mit meiner Gesundheit habe ich mich seit Deiner Abreise ziemlich gequält. Nach vielen falschen Versuchen, die ich selbst anstellte, ließ es sich endlich an, als würde ich den allgemeinen Ausschlag wieder bekommen, den ich in Aubergenville hatte. Noch indessen ist er nicht ganz heraus, endlich hat mir Malfatti ein entschiedenes innres Mittel gegeben, welches sehr wohltätig wirkt, so daß ich wenigstens etwas klarer und leichter im Kopfe bin als seither und den Spleen, woran ich schon wieder im höchsten Grade litt, zu verlieren anfange. []

639

AUGUST WILHELM SCHLEGEL AN GERMAINE DE STAËL

Bern, 23. Januar 1812

[] Ich glaube nicht, daß, wenn man schon daran gehen will, seine eigene Jugendgeschichte zu schreiben, man das anders machen kann, als es Goethe getan hat. Welcher Mensch kann denn auf Trophäen von Schlangen hinweisen, die er in der Wiege erwürgte? Die Kindheit des Herkules und die des Merkur (der noch am Tage seiner Geburt sich heimlich aus seinen Windeln herauswickelte, um Rinder zu stehlen, und der dann die Leier erfand und sofort mit einer Improvisation über die heimliche Liebe seiner Eltern begann) sind von anderen besungen worden. In ihrem eigenen Munde würde sich eine so großsprecherische Erzählung nicht schön ausnehmen. Es ist natürlich interessant zu sehen, wie aus einem zarten Reis eine majestätische Eiche erwächst. Viele kleine Züge halte ich für sehr charakteristisch: Die Töpfe, die er auf die Straße wirft, um sich an dem Lärm zu freuen, den sie machen, bedeuten nichts anderes als den Krieg gegen alle gesellschaftlichen Vorurteile im *Werther*. Das *Pfeifergericht* und die Beschreibung der Krönung lassen mich schon seinen *Götz von Berlichingen* ahnen. Die Art und Weise, wie er den Siebenjährigen Krieg sieht, zeigt schon die gefühlsmäßigen Zweifel, die er auf dem Felde der Politik immer bekundete, und so geht es weiter. Zum mindesten werden Sie nicht sagen können, ich hätte eine zu hohe Erwartung von diesem Buch in Ihnen erweckt. [ ]

640

FRIEDRICH SCHLEGEL AN LUDWIG ACHIM VON ARNIM

Wien, 17. Februar 1813

Hochgeehrtester Herr, der zweite nun begonnene Jahrgang des »Museums« ermahnt mich, nach Kräften immer mehr Männer an mich anzuschließen, denen deutsche Sprache und Wissenschaft am Herzen liegt. Sie werden gesehen haben, daß der Zweck meines Museums ganz besonders historisch und philosophisch ist, da es der eigentlich poetischen Journale ohnehin genug gibt. Daher wünschte ich besonders, Sie auch in dieser Beziehung in Anspruch nehmen zu können. Ich erinnere mich, daß Sie vor einigen Jahren beabsichtigten, die poetischen Schriften von *Andreas Gryphius* zu edieren. Einige Proben mit Übersetzung würden mir willkommen sein sowie überhaupt Aufsätze von allgemeinem historischem Interesse, falls Ihre Beschäftigungen Sie grade zu dergleichen Arbeiten veranlassen.

In Hoffnung einer geneigten Antwort bin ich mit wahrer Hochachtung Ihr ergebenster Friedrich Schlegel

641

FRIEDRICH SCHLEGEL AN AUGUST WILHELM SCHLEGEL

Wien, 20. Oktober 1813

[ ] Aus mancherlei früheren Äußerungen von Dir gegen mich und Gentz zu schließen, seht Ihr dort alle nicht hinlänglich die unvermeidliche Notwendigkeit ein, daß Deutschland eine *durchaus neue* (wenngleich an das Alte sich anschließende) Verfassung haben muß. Das alte Reichsgerumpel ist völlig unbrauchbar für die Zukunft. –

Da ich nun gegenwärtig auch eine politisch wichtige Person bin, so hoffe ich, Du wirst Dich vielleicht insoweit überwinden, daß Du mir einmal wieder Nachricht von Dir gibst. Daß Du es so lange unterlassen hast, kann ich Dir in der Tat kaum verzeihen. []

Ergreife ja nur überhaupt jede Gelegenheit, der Aufrechthaltung oder Wiedereinsetzung der *Landstände* in allen deutschen Ländern auf das kräftigste das Wort zu reden; denn das ist die eigentliche Grundlage deutscher Verfassung und deutscher Lebenseinrichtung. – In einem schwedischen Bulletin stand neulich: der Kampf für die *Unabhängigkeit der Fürsten und die Freiheit von Deutschland.* Besser hätte es geheißen, für die *Abhängigkeit der Fürsten* und Freiheit der deutschen Nation: denn eben daß die Kanaillen so unabhängig waren, hat uns ja um die Freiheit gebracht: und dafür muß gesorgt werden, daß sie nicht wieder ungestraft solche Dummheiten und solchen Hochverrat begehen können. []

642

AUGUST WILHELM SCHLEGEL AN FRIEDRICH TIECK

Coppet, 27. April 1815

[] Seit wir uns zuletzt sahen, habe ich mich in ganz Europa umhergetrieben, an Höfen, in Feldlagern, in der großen Welt, und wo nicht? Ich kann mich fast als den vielgewanderten Ulysses betrachten, der vieler Menschen Städte gesehen und ihre Gemüter erkannt hat. Doch dies ist zu weitläufig zum Schreiben – wir werden uns ja irgendeinmal wieder antreffen, dann habe ich Dir tausenderlei zu erzählen. Eine dauernde Verbesserung meiner Lage hat mir meine politische Tätigkeit nicht geschafft – indessen hat mich mein Kronprinz reichlich belohnt, ich habe ein Jahr lang lustig und unterhaltend gelebt, und es kann mir noch auf die Zukunft nützlich werden.

Für jetzt führe ich wieder nach wie vor das Leben eines unbesoldeten und unabhängigen Gelehrten. []

Mein Bruder ist natürlich während des Kongresses sehr in Tätigkeit gewesen – ich habe lange keinen Brief von ihm. Es

ist der erste Band seiner Vorlesungen über die Geschichte der Literatur erschienen – ein unendlich reiches, tiefgedachtes und dabei klar geschriebenes Buch. [ ]
Mir war [ ] die Professorstelle für die griechische Sprache in Bern angetragen, und ich hatte sie höflich abgelehnt. Die beiden Schwestern drangen sehr in mich, sie noch anzunehmen, aber dazu konnte ich mich durchaus nicht entschließen. Ich hätte literarisch und politisch meine Existenz vernichtet. Sollte ich noch wieder das Professorwesen treiben, so müßte es an einer der berühmtesten Universitäten sein und nicht an solch einer halben Winkeluniversität. Auch wäre mir das Verhältnis mit den Berner Aristokraten unleidlich gewesen, da ich den Fuß der Gleichheit gewohnt und auf alle Weise dazu berufen bin. Endlich wäre Bern ohne Heirat nicht haltbar gewesen, und dazu war denn doch die Einnahme sehr beschränkt.
Ich kenne nichts Drückenderes als Nahrungssorgen und werde mich in meinem Alter schwerlich entschließen zu heiraten, wenn ich nicht meiner Frau eine durchaus angenehme und sorgenfreie Lage anbieten kann.
Ein einziges Amt habe ich als wünschenswert im Sinn – es ist das eines Bibliothekars und Historiograph des Königs von England in Hannover, welches Leibniz verwaltet hat. [ ]

643

AUGUST WILHELM SCHLEGEL AN FRANÇOIS-JUSTE-MARIE RAYNOUARD

Paris, 5. September 1817

[ ] Sie werden mich schon entschuldigt haben, als Sie von dem grausamen Verlust erfuhren, den ich durch den Tod der Madame de Staël erlitten habe, an die mich seit dreizehn Jahren die engste Freundschaft band. Lange vorher fürchtete ich den tödlichen Ausgang ihrer Krankheit, und meine andauernde Unruhe machte mich unfähig, anderes zu tun oder zu bedenken, als ihr einige Augenblicke der Zerstreuung und der Erleichterung zu verschaffen. Gleich nach dem Tod meiner berühmten Gönnerin war ich in der Schweiz, um ihr die letzten Ehren zu erweisen. [ ]

644
FRIEDRICH SCHLEGEL AN FRIEDRICH PERTHES

Wien, 12. Juli 1823

[] Ich empfehle Ihnen die Sammlung *meiner Werke*. Sie haben durch Ihre vielfältigen, ausgebreiteten Verbindungen Gelegenheiten die Menge, ein Unternehmen wie dieses zu fördern, zu unterstützen, zu verbreiten und wohltätig ans Licht zu stellen. Das bitte ich Sie als Freund. Es ist ein *wichtiges* Unternehmen, voll Bedeutung; auch für Deutschland, wenn es verstanden wird; für mich aber noch in einem andern Sinne und in jedem Falle. Denn es ist die vollendete Rechenschaft von *meinem ganzen vergangenen* Leben und Wirken; und eben damit zugleich der Eingang und die geöffnete Tür und Pforte eines neuen, höheren Daseins und Lehrens oder Verkündens alter, ewiger Lehre. – Wenn einmal diese achtzehn bis zwanzig Bände vollendet sind, von denen jetzt der zehnte gedruckt wird, vielleicht bis 1824 zu Ende oder 1825. Dann will ich *frei* sein, dann will ich ein *neues* Leben beginnen und mich ganz dem Christentum oder der Theologie, wenn es so heißen soll, widmen, ununterbrochen bis zum Schluß des hiesigen irdisch beschränkten Lebens; der Theologie sage ich, d. h. wohl wissenschaftlich, aber doch allen klar und einleuchtend, die ein christliches Gemüt, welches diese Klarheit empfangen kann, mitbringen. Ich sage Ihnen da mehr, als ich noch irgend jemand von meinen Planen für die Zukunft gesagt habe. Aber ich habe auch vollen Grund dazu, noch außer dem persönlichen Vertrauen, was mich zu Ihnen neigt; denn für jene Epoche sind *Sie* der Mann, der mir die Hand bieten muß, wie Stolbergen; denn so wie der in *seiner* Weise, so will auch ich dann in der *meinen* schreiben und wirken, wenn ich wie schon gesagt erst mit der *Rechenschaft* des Vergangenen vollendet habe. – Dies muß nun erst und zunächst vollbracht werden und auch dazu bitte ich Sie, mir eine hilfreiche Hand zu reichen. Denn auch noch in einer andern Hinsicht muß mich jene Rechenschaft meiner Werke wieder zum freien Manne erheben; wie zuerst im Gewissen und vor Gott nach strenger Prüfung und Aussichtung alles Verwerflichen; dann in Hinsicht auf Kunst und Wissenschaft, um den Ertrag rein zutage zu fördern, den ich meinesteils dafür zu leisten berufen oder imstande war; und zuletzt auch um aller bürgerlichen Pflichten und Verschuldungen durch das einzige Kapital meines natürlichen Talents, was mir Gott auf diese herbe Welt mitgegeben, mich ehrenvoll zu entledigen. – In dieser Hinsicht bin ich noch in einer sehr gedrückten Lage; meine Besoldung reicht hin, für mich und meine Frau, wo wir beide nicht jung sind und sie kränklich ist, um genügsam davon zu leben, mehr nicht. Denn seit der Frankfurter Katastrophe, die meine bürgerliche Existenz sehr zerrüttet hat, habe ich mich nur so notdürftig hinhelfen, aber noch nicht wieder ganz aufrichten können. Zwar würde der Ertrag meiner Werke vollkommen und überflüssig hinreichen, um alle alten Wunden und üblen Reste aus jener Epoche zu decken; aber zuerst mußte Cotta befriedigt werden, der zuerst mir etwas herausgeholfen hat und dafür meine Werke damals zuerst übernahm. Daß diese nun *hier* erscheinen, ist mir in mancher Hinsicht lieber; aber große Vorschüsse kann der hiesige Buchhändler nicht machen, da das Unternehmen selbst in der undankbaren Zeit für seine Kräfte schon groß genug ist. Cotta ist zu dreiviertel bezahlt, und insofern bin ich schon freier, aber doch ist auch er noch mit einem kleinen Teile zurückstehend. Das schlimmste aber ist, daß nachdem ich den Winter sehr fleißig war und acht Bände zur Messe gegeben habe; so glauben nun alle Leute, ich müsse ein Kapitalist sein, und will ein jeder, der einen Rest von einigen hundert Talern an mich zu fordern hat, mit einem Male bezahlt sein; was jetzt gleich und auf einmal zu leisten mir ganz unmöglich fällt. Es kommt alles zusammen, um meine Lage schwierig und drückend zu machen, ja bedenklich in Hinsicht auf meine besondren Verhältnisse, die zum Teil von zarter Beschaffenheit sind und aller Schonung bedürfen. Für die Zukunft habe ich Aussicht oder vielmehr Sicherheit genug, da meine Werke für das alles, was zusammengenommen im Grunde nicht sehr beträchtlich, obwohl für den Augenblick sehr drückend und quälend ist, vollkommen ausreichend und mehr als das sind. [ ]

645

FRIEDRICH PERTHES AN FRIEDRICH SCHLEGEL

(Gotha), 24. Juli 1823

Hochverehrter Herr und Freund! Ihr Brief hat mich gerührt und erfreut – da ich daraus ersehe, wie Sie Ihr inneres Leben mit den Verpflichtungen, die Ihnen Ihr Bildungs- und Schicksalsgang für die Zeitgenossen auferlegt, in Übereinstimmung zu bringen suchen: – historisch durch die Herausgabe Ihrer Werke belegen wollen, wie man bei Tiefe und Umfang dahin kommen müsse, sich Gott zu weihen.

Betrübt hat mich, dadurch zu vernehmen, wie kleinliche Geldsorgen Ihr schönes Streben stören und notwendig hemmen müssen! – Sehr wohl habe ich eingesehen, wie Ihre ganz besondere Lage so zarter Beschaffenheit ist, daß Sie bei an sich unbedeutender Schuldenlast in Verlegenheit sind, da sonst bei einem Manne Ihrer Verdienste und Art eine Schonung Ihrer Freunde zur Hilfe unbegreiflich sein müßte.

Noch betrübender ist mir aber, daß ich Ihnen wenigstens vorderhand nicht helfen *kann*.

In meinem vorigen Briefe glaube ich schon geschrieben zu haben, wie ich durch den Tod meiner Frau, den schon lang gehegten Vorsatz, mich vom lärmenden Markt des Lebens, der mein Inneres selbst zu einem solchen machte, zurückzuziehen, rasch ausführte. Große Opfer am Vermögenszustand mußten gebracht werden – ich begab mich für künftige Zeiten der Ansprüche auf meine Hamburger Handlung und alles Disponierens über Geld derselben – nahm mein kleines eigentümliches Kapital heraus und übernahm den nicht eben bedeutenden Verlag und setzte mich, und während einer Anzahl Jahren meine Kinder, auf eine Leibrente. Ich bin nichts weniger als reich, nicht einmal, was man heutzutage wohlhabend nennt, kann dabei nach Natur und Gewohnheit den Kreuzer beim Ausgeben nicht besehen. Für meine Kinder, was Erziehung und Eintritt in die Welt betrifft, habe ich gesorgt – wie Pflicht ist.

Übrigens verließ ich mich auf meine noch übrigen Kräfte und auf lange Erfahrung, um noch im Verlagshandel etwas zu verdienen. Hier aber eben liegt das Übel – was ich erst recht erkenne, seit ich das Verlegen allein scharf ins Auge fasse.

Es droht diesem ganzen Geschäfte für die nächsten Jahre eine gänzliche Umwandlung – die – ich darf mir's nicht verhehlen – für die Folge gute heilsame Früchte bringen kann, die aber für die erste Zeit alle Unterstützung für Wissenschaft, Literatur und Schriftsteller aufheben muß, die diese von daher seit ca. fünfzig Jahren genoß.
Es sei nur ein Beispiel angegeben: Stolbergs Werke, wofür ich kein Honorar gebe, und als solches nur etwa ca. 1200 Reichstaler für Redaktion und Ehrenausgaben auf alle einundzwanzig Bände zu verteilen habe. Dennoch habe ich in den ersten zwölf Teilen, die ihren Lauf im Buchhandel schon gemacht haben, noch 6000 Taler versteckt, die ich in den ersten sechs bis zehn Jahren nicht herausziehen werde. In diesem Unternehmen und in einem größeren historischen, was ich vorbereitet habe, liegt auch der Grund, daß ich jetzt ohne alles disponible Kapital bin.
Hieraus können Sie auch das Verhältnis des Verlegers Ihrer Werke abnehmen, der sicherlich in demselben Verhältnis ist. Das katholische Deutschland der *Masse* nach, die liest, steht nicht auf der Stufe literarischer Bildung, um den Geist aus solchen Werken herausziehen zu können, das protestantische ist in den schroffsten Vorurteilen befangen und – die geldarmen Zeiten verhindern sehr viele, für zwanzig Bände 40 bis 50 Reichstaler auszugeben.
Hier auch die Ursache, warum ich den Antrag, Werners Werke zu verlegen, zurückweisen mußte, abgesehen auch von ganz unstatthaften Honorarforderungen. Wenn die Wiener Buchhändler für ganz Österreich mit dreihundert Exemplaren auszureichen gedenken, wo sollen denn die andern hin? Ich rechne nicht dreihundert Absatz auf das übrige Deutschland. Ich sehe voraus, daß Werke der Art wieder um Gottes willen werden gedruckt werden müssen wie vordem. Es wäre unter diesen Umständen aber doch die Frage, ob Sie nicht durch irgendein literarisches Unternehmen leichter Art, wobei sich anderer Kopf und Hände benutzen ließ, sich helfen könnten aus der Verlegenheit. [ ]
Diesen trostlosen Brief zu schreiben ist mir schwer geworden, glauben Sie mir es. Ich war bisher noch immer in der Lage, würdigen Männern auf ein oder andre Art helfen zu können, jetzt kann ich es nicht.

646

AUGUST WILHELM SCHLEGEL AN GEORG REIMER

Bonn, 15. März 1825

[] Sie begehrten eine augenblicklich vorzunehmende Durchsicht der schon früher übersetzten Stücke Shakespeares, dann das Versprechen einer baldigen Fortsetzung, welche mit der von einer andern Seite her dem Publikum angedrohten Übersetzung gleichen Schritt halten könnte. Ich mache mir aber ein Gewissen daraus, Versprechungen zu geben, wobei ich die Unmöglichkeit voraussehe, sie zu erfüllen. []

Wenn ich mich recht entsinne, so erklärte ich Ihnen, daß ich auf eine solidarisch mit Tieck zu unternehmende Fortsetzung, wobei das Ganze als ein gemeinsames Werk durch den Titel angekündigt und bei den einzelnen Stücken nicht mehr unterschieden würde, wer der Übersetzer sei, durchaus nicht eingehen wolle: teils weil ich kein Zutrauen zu seiner Tätigkeit fassen könne, teils weil unsre Grundsätze der Übersetzungskunst in vielen Stücken voneinander abweichen möchten. []

Die Geschichte meines Shakespeare, und auf welche sonderbare Art ich das materielle Eigentum desselben eingebüßt habe, ist Ihnen bekannt. Ich hatte bei dem ersten Vertrage mit dem seligen Unger, der überhaupt *bona fide* und nicht in der strengen Form Rechtens abgeschlossen ward, aus Unkunde des Preußischen Gesetzes (ich lebte damals in Jena) versäumt, die Zahl der zu druckenden Exemplare festzusetzen. Während meines Aufenthaltes in Berlin in den Jahren 1801–1804 erfuhr ich, daß Unger den ersten Band, ohne mir etwas zu sagen, von neuem gedruckt hatte. Ich wurde darüber empfindlich, *er* ebenfalls; es kam zu einem Prozeß, den ich vermöge des § 1013 im Preußischen Landrecht verlor. Dem seligen Unger, der überhaupt ein sehr gutmütiger und wohlwollender Mann war, tat das Mißverhältnis leid, er suchte auf alle Weise seinen Frieden mit mir zu schließen und gab mir aus eignem Antriebe eine Vergütung für die nachgedruckten Exemplare. Von ihm sowie von seiner Witwe wurde ich sehr um die Fortsetzung gemahnt: ich lieferte denn endlich auch mit Mühe und Not *Richard III.*, der mir, weil ich aus der Übung gekommen war, vielleicht mehr Zeit gekostet hat als zuvor drei Stücke. Soviel mir erinnerlich ist, versäumte ich auch jetzt die Abschließung eines Vertrags, wodurch der Verleger auf das Wiederdrucken der schon erschienenen Bände Verzicht geleistet und die Anzahl der Exemplare für die folgenden bestimmt hätte. Wurde ein solcher Vertrag geschlossen, so ist er mir wenigstens abhanden gekommen: es läuft also auf eins hinaus. So ging das unbillige Recht, neue Auflagen zu machen, ohne dem Autor die mindeste Entschädigung zu geben, an den Käufer des Vorrats vorhandener Exemplare über. Ich fand es nicht angemessen, Reklamationen zu machen: die ganze Sache war mir nicht nur gleichgültig, sondern widerwärtig geworden. Ich vermied es, die neugedruckten Exemplare zu sehen: denn das graue Papier, die stumpfen Lettern, der inkorrekte Druck machten mir großen Verdruß. Meine Freunde durften mich nur daran erinnern, daß ich vormals Übersetzer des Shakespeare gewesen sei, um meine heiterste Laune zu verstimmen. Ich sagte mir jedoch, wie übel es mir auch mit dieser Frucht meines jugendlichen Fleißes ergangen war, das geistige Eigentum bleibe mein; es stehe auch in meiner Gewalt, das materielle Eigentum wieder an mich zu bringen: ich dürfe nur die schon übersetzten Stücke von neuem durcharbeiten, so würde es mir freistehn, mit irgendeinem Verleger einen Vertrag darüber abzuschließen. [ ]

Nun, nachdem die Vossische Übersetzung etwas ins Stocken geraten war, wurde eine neue angekündigt, von großen Männern, einem Böttiger, Arthur von Nordstern, Contessa empfohlen. Dies setzte Sie in Besorgnis; Sie taten Notschüsse: ich sollte Ihnen zu Hilfe kommen, da ich mir selbst bisher nicht zu helfen gewußt hatte. Aber, wie ich oben bemerkte, niemals war ich mehr außerstande, etwas am Shakespeare zu tun als gerade diesen Winter. Schon ehe Ew. Wohlgeboren an mich schrieben, hatten Sie die Ankündigung einer *vervollständigten Ausgabe*, datiert vom August 1824, ausgehen lassen. Zu der Erwartung, welche dadurch erregt ward, als ob ich selbst das noch Fehlende liefern würde, hatte ich keinen Anlaß gegeben; durch meinen früheren ostensiblen Brief an Sie, Tiecks Fortsetzung betreffend, gerade das Gegenteil. Diese, wofern sie zu haben ist, an die von mir gelieferte Hälfte der Werke des Dichters anzufügen, waren Sie jedoch vollkommen berechtigt. Ich erkenne es gern als einen Beweis Ihrer Billigkeit an, daß Sie mir freiwillig eine Entschädigung für die neue Ausgabe anboten. Jedoch muß ich bemerken, daß das bisher mir – und überhaupt den Schriftstellern – so ungünstige Preußische Landrecht mir hierauf einen Anspruch gibt. Freilich, Sie konnten den neuen Abdruck in demselben Format veranstalten, so wäre es wieder nur eine neue Auflage gewesen.

Nun aber ist, wie Sie mir melden, etwas geschehen, wovon Ihre früheren Briefe nichts erwähnten; wogegen ich, wenn das Vorhaben geäußert worden wäre, auf das nachdrücklichste protestiert haben würde; wogegen ich durch meine Erklärung, daß ich mich zu einer solidarisch unternommenen Fortsetzung nicht verstehen könne, der Tat nach schon protestiert hatte. Mein vortrefflicher Freund Ludwig Tieck hat sich einfallen lassen, meinen Shakespeare zu korrigieren. Ich warte auf den seinigen, um ihm die gleiche Ehre zu erweisen; aber ich werde, fürchte ich, vergeblich warten. Man mag nach dem Tode eines Schriftstellers ein wissenschaftliches Buch mit Anmerkungen, Berichtigungen, Ergänzungen usw. drucken lassen: der Mann liegt im Grabe und kann sich dessen freilich nicht erwehren. Doch wird immer die Arbeit des Herausgebers sorgfältig von der des Verfassers gesondert werden müssen. Aber den Text durch vermeinte Verbesserungen zu interpolieren, das veränderte Buch unter seinen Namen zu stellen und diesen solchergestalt bei der Nachwelt zu kompromittieren, dazu kann niemand das Recht haben. Und vollends bei Lebzeiten des Autors! Gesetzt auch, Sie hätten mir die Veränderungen zuvor mitgeteilt und ich hätte sie wirklich für Verbesserungen erkannt, so würde ich dennoch meine Zustimmung verweigert haben, weil ich mir das Recht vorbehalte, noch einmal selbst meine Arbeit der Vollendung näher zu bringen.

Ich bin kein Freund von Prozessen, hochgeehrtester Herr; ich habe überhaupt in diesem Kapitel kein Zutrauen zu dem dort geltenden Gesetzbuch, womit ich schon einmal so übel gefahren bin. Wenn Sie aber mit dieser von Tieck interpolierten Ausgabe (welche eigentlich den Titel führen sollte: *Shakespeares Werke, übersetzt von Schlegel, ohne dessen Vorwissen verändert von L. Tieck*) vorwärtsschreiten, so werde ich doch nicht umhinkönnen, den wahren Verlauf der Sache dem Publikum vorzulegen. [ ]

647

FRIEDRICH SCHLEGEL AN KÖNIG LUDWIG I. VON BAYERN

Wien, 6. Dezember 1825

Euer Majestät! darf ich, nach den huldvollen Zeilen vom 5. Oktober, nicht länger säumen, meine ehrerbietigsten Glück- und Segenswünsche zu Allerhöchstdero glorreichen Thronbesteigung in tiefster Untertänigkeit zu Füßen zu legen.

Ein neuer Stern also ist nun über das schöne Bayern aufgegangen! Und recht in dem Herzen des gemeinsamen deutschen Vaterlandes werden Euer Majestät berufen sein, die Sache Gottes in schwerer Zeit mit starker Hand zu schirmen; als ein glänzender Schild des Lichtes und mächtige Schutzwehr des Rechts und des Friedens gegen die Feinde, wo immer die Mauern bedroht sind, damit in dem herannahenden Umsturz der schlechten Zeit, ihrer Gebilde und Parteien, der Bau der ewigen Wahrheit auf dem alten katholischen Grunde demnächst in neuem Glanz und mit neuer Herrlichkeit festgestellt werde.

Wie schön ist es, wenn neben diesem großen Amte in Verwaltung der göttlichen Gerechtigkeit auch die Wissenschaft und Kunst in dem Monarchen nicht bloß einen milden und erlauchten Beschützer finden, sondern zugleich einen Kenner verehren, der mit allen ihren Geheimnissen auf das innigste vertraut ist. Noch schöner aber erscheint es, wenn neben so hohen Gegenständen auch das ganz Nahe seine gnadenvolle Beachtung findet; wenn der verkannte Seelenadel eines außerordentlichen Unglücks dem Auge des Königs mit Vertrauen und Zuversicht nahen darf, gewiß, dort, an der Quelle, Hilfe und reichen Trost zu finden! [ ]

648
FRIEDRICH SCHLEGEL AN KÖNIG LUDWIG I. VON BAYERN

Wien, 13. März 1826

Euer Majestät! huldvolles Schreiben und mir erwiesene hohe Gnade haben mich tief bewegt und mit der freudigsten Rührung erfüllt.
Die Augen aller Gutgesinnten sind auf Euer Majestät voll hohen Vertrauens und schöner Hoffnung gerichtet. Je mehr die Schlechtgesinnten jetzt als eigentliche Feinde des Christentums sich überall kundgeben; um so mehr wird auch der Beruf der Regenten, in einem gewissen Sinne, selbst als geistlicher Beruf erkannt und verstanden werden müssen. Denn es ist jetzt nicht mehr die Gerechtigkeit dieser Welt, welche der Welt jetzt noch helfen kann; sondern die Gerechtigkeit Gottes ist es vor allem, was dieser Zeit not tut und was in ihr wieder erweckt und neu begründet werden muß, wenn sie nicht ganz unvorbereitet an den so unerwarteten ernsten Maßstab der ewigen Waagschale geraten und schrecklich verlorengehen soll. Es ist nicht genug, dem Schlechten bloß »entgegen« zu wirken oder vielleicht nur entgegen zu »sprechen«, wie die sogenannten Ultras in den andern Ländern; sondern es muß das Gute selbst, in lebendiger Kraft, und wie es aus einem großmütigen, königlichen Herzen kommt, aufgestellt werden; so würde das Schlechte von selbst zusammenfallen. Nur was nach einem großen ewigen Maßstab angelegt, nur was in Gott und in der festen klaren Erkenntnis und Wissenschaft von den göttlichen Dingen begründet ist, kann bestehen. Außerdem sehen wir, daß selbst die größte physische Heeresmacht vor der giftigen Ansteckung des Zeitverderbens nicht sichert und nicht gesichert ist; oder auch, wie ein bloß menschlicher Kredit bei dem ersten Windstoß gleich leichter Spreu zu zerfliegen droht; wie es mehrenteils mit dem eitlen Prunk der bloßen Menschenkunft ergeht, daß dann unerwartet eine höhere Vernichtung dazwischentritt, wo denn alles Nichtige zusammensinkt. [] So werden oft ganze Nationen und große Reiche durch eine scharfe Läuterung und Prüfung nach göttlichem Gericht geführt. Wie streng aber auch hier der Maßstab vor dem Auge des Ewigen sein mag, wie furchtbar sich vielleicht mit der jetzt beginnen-

den Weltepoche die göttliche Gerechtigkeit noch entfalten und über Europa besonders offenbaren möchte; immer bleibt die liebevolle Schonung gegen die einzelnen bei dem Allgütigen damit vereint und vereinbar. Und auch in dieser Hinsicht sind und bleiben die guten Könige ein Ebenbild der höheren Regierung und dürfen es auch, unbeschadet dem Zweck des großen Ganzen, bleiben. Ein wohltuender Geist von oben wehet mehrenteils da, wo der Segen Gottes sich am reichsten ergießt. Bei der Betrachtung dieser mannigfachen Führungen und Fügungen der Vorsehung in den verschiedenen Ländern Europas bin ich oft bei der Bemerkung stehn geblieben, wie ganz sichtbar und besonders hoch doch *Bayern* in der Gnade steht; wenn ich eine tiefe Wahrheit mit so schlichten Worten sagen darf. Ich »wünsche« das gleiche für *Deutschland* und »hoffe« es in *jedem* Fall für *Österreich.* Von einigen andern Ländern könnte ich nicht so glücklich augurieren.

Ich fühle sehr gut, wie schwach dies alles gesagt ist, was wirklich sehr bald nötig sein wird, daß es recht stark und ebenso klar ausgesprochen würde. Deswegen bitte ich Euer Majestät nur um die Fortdauer Höchst Ihrer Gnade und huldvollen Gesinnung gegen mich; damit ich zur rechten Stunde vielleicht mehr und bessere Worte in Ihre geweihte Königliche Brust niederzulegen den Mut haben kann.

Die huldvolle Aufnahme und Fürsorge, welche Euer Majestät der so ausgezeichnet unglücklichen Frau von Stransky zu schenken geruhet haben, hat mich auch an meinem Teil mit der tiefsten Dankbarkeit und mit der tröstlichen Hoffnung erfüllt, daß Euer Majestät dieselbe auch fernerhin im Auge der Gnade behalten und ansehen werden. Wenn dieselbe früher einen solchen festen Stützpunkt gefunden hätte, so würde sie nicht durch eine zwei Jahre lange Hilflosigkeit in die große Not geraten sein, in der sie sich jetzt befindet.

In tiefster Ehrerbietung ersterbe und unter den heißesten Segenswünschen verharre ich Euer Majestät alleruntertänigster

Friedrich von Schlegel
k. k. Legationsrat

649
AUGUST WILHELM SCHLEGEL AN FRIEDRICH SCHLEGEL

Bonn, 26. Dezember 1827

[] Bei den noch freien Römern pflegten Männer, die als Freunde miteinander gelebt und gemeinschaftlich gewirkt hatten, wenn sie nun nach ihrer Überzeugung von den öffentlichen Angelegenheiten sich trennen und einander entgegenwirken mußten, ihre Gegnerschaft sich förmlich an[*zu*]kündigen. Dies tue ich jetzt Dir als Schriftsteller. Mache Dich darauf gefaßt, nächstens Angriffe von mir auf Deine späteren Schriften, mit oder ohne meinen Namen, in Deutschland oder auswärts, mit den Waffen des Scherzes oder ernster Beredsamkeit ans Licht treten zu sehen. Ob die Römer dabei die geselligen Verhältnisse des Privatlebens vorbehielten, weiß ich nicht. Ich bin aber der Meinung, daß man es tun könne und müsse, und wenn Du mir durch einen Besuch dazu die Gelegenheit schaffst, so werde ich es durch die Tat beweisen und an der brüderlichen Aufnahme nichts fehlen lassen.
Ich erinnre nur im Vorbeigehn daran, daß ich schon vor sechs Jahren durch einen ausführlichen aus Paris geschriebenen Brief zu einer offnen Erklärung kommen wollte, daß aber eine Freundin, deren Charakter ich verehre, Marie Mendelssohn, dieses hintertrieb, indem sie den Brief nicht an seine Bestimmung gelangen ließ. Ob sie daran wohl getan? Ich weiß nicht. Ich tat das meinige, indem ich Dir meldete, es sei ein solcher Brief vorhanden, dessen Inhalt Du Dir allenfalls an den Fingern abzählen konntest.
Was mich in meinem Vorsatze bestärkt, ist die Gewißheit, daß meine Denkart in ihrem Antagonismus gegen Deine Lehren und die ganze Richtung Deiner Schriften auf das vollkommenste mit der Denkart unsers verewigten Bruders Moritz übereinstimmt. Dieser weise und fromme Mann, der seine Kräfte bis zu ihrer gänzlichen Erschöpfung und Auflösung der gewissenhaftesten Erfüllung seines würdigen Berufes widmete, pflegte in den letzten Jahren seines Lebens die wenigen Nebenstunden durch Abfassung von Aufsätzen aufzuheitern, die er in seinen Verhältnissen nicht drucken lassen konnte und die er nur Freunden mitteilte. Ein einziger ist gedruckt, unter dem Namen des Kandidaten Wahrmund: es ist

eine sehr geistreiche und ergötzliche Satire auf den Adelstolz. In einem andern Aufsatze, den ich von seiner eignen Hand besitze, finde ich eine Erwähnung Deiner *Concordia:* zwar nur flüchtig, aber ganz in meinem Sinne. Sonderbar genug! sogar in der Benennung *Concordia discors* [*zwieträchtige Eintracht*] im Gegensatz mit der Ovidischen *Discordia concors* [*einträchtige Zwietracht*] sind wir zusammengetroffen. Indem ich also gegen Dich schreibe, glaube ich, im Auftrage unsers verewigten Bruders zu handeln und ein gutes Werk zu vollführen, woran er verhindert war. Ich will nicht von den Zeitgenossen und der Nachwelt mißverstanden sein und lieber die Ruhe und den Frieden meiner vielleicht nur wenigen noch übrigen Lebenstage daransetzen. [ ]

650

FRIEDRICH SCHLEGEL AN AUGUST WILHELM SCHLEGEL

Wien, 21. Januar 1828

[ ] In der festen, innern Gewißheit, weit entfernt von allen jetzigen Zeit-Parteien und ganz außerhalb ihrer Sphäre zu stehen und zu leben, hätte ich mir gar nicht träumen lassen, daß irgendein sterblicher Mensch auf den bizarren Einfall geraten könnte, mich für einen Parteischriftsteller zu nehmen, am wenigsten mein eigner Bruder August Wilhelm. [ ] Es konnte mir dies um so weniger einfallen, da ich *hier* eine große Anzahl sehr ausgezeichneter Protestanten zu Zuhörern gehabt habe, unter denen der Prinz von Schweden einer der fleißigsten war; und auch von Berlin sehr angenehme Briefe erhalten habe, wie sehr dort einige sehr ausgezeichnete Personen an meiner Philosophie Interesse fanden.

Weder jetzt noch in der Zukunft wird es irgend der Fall oder eine Gefahr sein können, daß ich mit Dir oder Du mit mir verwechselt werden. Grade darum hat unser literarisches Zusammenwirken einen so entscheidenden Eindruck auf die Zeit gemacht und ist nun historisch geworden; weil wir zwar *zusammen* auftraten, aber *jeder für sich* das war, was er war, und jeder seinen eignen Weg für sich ging. Wer irgend einige Kenntnis und Kennerschaft von deutscher Kunst und Schrift hat, wird gewiß nie auch nur eine Seite oder eine Strophe von

Dir mit einer von mir verwechseln können, da ich ohnehin bei meiner eignen Art nie Deine künstlerische Virtuosität besessen oder erreicht habe. – Es kömmt noch dazu, um jede mögliche Verwechslung abzuschneiden, daß ich eigentlich nie etwas anonym geschrieben habe; Du früher auch nicht, und wenn Du es nun, gegen Ende Deiner Laufbahn tun wolltest, würde es Deiner ganz unwürdig sein. – Was unsern verstorbenen Bruder Moritz betrifft, den ich als väterlichen Freund und Lehrer ehre und liebe, so scheint mir, daß Du in dieser Hinsicht wohl im Irrtume sein wirst. Wie sehr er in einer früheren Epoche durch seine in diesem Verhältnisse doppelt zu ehrenden, so höchst milden und billigen Urteile über mich bei den beschränkteren unter seinen Kollegen Anstoß gegeben, wirst Du wohl wissen. Hat er sich in der spätern Zeit etwas herber und mehr in dem Sinne einer scharfen Absonderung geäußert, so ist das nicht sehr zu wundern, da es den meisten in dieser letzten Zeit so ergangen ist. [] In jedem Falle war es mit ihm ein ganz andrer Fall als mit Dir; für ihn war das Christentum der Beruf und die Wissenschaft seines innersten Lebens wie für mich; da hätte also der freundschaftliche Streit einen ganz natürlichen Gegenstand gehabt. Wie sehnlich hätte ich es gewünscht, ihn noch einmal wiederzusehen, ihn über so vieles sprechen und vielleicht auch über eins oder das andre mit ihm streiten zu können; welcher Streit aber gewiß immer sehr liebevoll geblieben sein würde. –

Ich wünschte, ich könnte es möglich machen, Dich diesen Sommer zu besuchen; da würde ich des Gespräches mit Dir mich nun doppelt erfreuen und hoffe mit Gewißheit, daß Du da Deine jetzige Verstimmung bald vergessen würdest und wir dann unsre gemeinsamen Gedanken bald auf andre und größere Gegenstände richten könnten, wo ich über viele und wichtige Dinge vom indischen und allem Altertum gern von Dir belehrt sein möchte. – In jedem Fall aber bitte ich Dich, Dein Vorhaben für jetzt noch aufzuschieben, da doch, was Dir für das Heil der Wahrheit und Deinen mit mir unvermischten Ruhm nötig scheint, zu gar nichts als zum vorübergehenden Ergötzen des literarischen Pöbels und elenden Lese-Publikums dienen würde. – []

Laß also, wäre mein Wunsch und meine Bitte, die Gebeine unsrer Eltern noch eine Weile mit Frieden im Grabe ruhen und verschiebe Deine Absicht, bis wir uns wiedergesehen haben, welches mit Gottes Hilfe in diesem Jahre geschehen soll. Schone Deine Gesundheit, damit Du uns und der Welt noch lange erhalten bleibest. [ ]

651

AUGUST WILHELM SCHLEGEL AN FRIEDRICH SCHLEGEL

Bonn, 28. März 1828

[ ] Dein Besuch wird mir sehr willkommen sein, und ich werde mich bemühen, Dir den Aufenthalt hier angenehm zu machen, aber auf das literarische Verhältnis kann dies nicht den mindesten Einfluß haben. Ich habe schon vor zehn Jahren die unwillkommene Erfahrung gemacht, daß Deine mündlichen Äußerungen anders lauten als die gedruckten Buchstaben. [ ] Wie Du sagen kannst, Du haltest Dich von den Zeitparteien entfernt, ist mir unbegreiflich. Mit den allgemeinen Aussprüchen über das Zeitalter ist es eine mißliche Sache. Von allem, was ich darüber in Deinen neuern Schriften und Briefen gelesen, habe ich immer das gerade Gegenteil gedacht oder auch gar nicht verstanden, was Du willst. Doch ja! ich verstehe es nur allzu gut.

Wenn das Lesepublikum so elend ist, warum lassen wir denn drucken? Ich habe vor dem meinigen in Deutschland, in Frankreich, in England, in Schweden und in Nord-Amerika die größte Hochachtung.

Warum nicht anonym? Ich habe mich schon in der Berichtigung und in den kritischen Schriften erklärt. Das fehlte noch, daß man es zu einem Ehrenpunkte machte, nicht anonym zu schreiben, um die Knechtschaft der Presse zu vollenden, über welche Du frohlockst. [ ]

Es ist noch eine Erwähnung in Deinem Briefe, die ich nicht erwartet hatte: die seligen Schatten der Abgeschiedenen. Wenn Du sie herbeirufen kannst, als Zeugen und Schiedsrichter zwischen uns, nicht nur unsere seligen und gesegneten Eltern, sondern auch unsre Vorfahren, so weit zurück, als wir sie kennen, dann die Geschwister, besonders Moritz und Charlotte: es soll mir willkommen sein. Diese Manen sind

mir befreundet, ich habe von ihnen nur liebevolle Begrüßung und Segnungen zu erwarten.
Du meldest mir, Du habest das Christentum zum innersten Berufe Deines Lebens gemacht. Zu dieser Wahl wünsche ich Dir von ganzem Herzen Glück. Denn die unfehlbare Wirkung davon ist die Besiegung aller sinnlichen Triebe und selbstischen Leidenschaften, gewissenhafte Leistung aller Verbindlichkeiten, Verwendung aller Mittel und Kräfte zu guten Werken unter beständiger Selbstverleugnung. Solche Beispiele kannte ich und kenne ich und habe mich immer daran zu stärken und erheben gesucht.
Lebe wohl! []

652

DOROTHEA SCHLEGEL AN FRIEDRICH UND SOPHIE SCHLOSSER

(Wien, 23. März 1829)

[] Er [*Friedrich*] lebte in ununterbrochner Spannung und Anstrengung, in immer erhöhter innern und äußern Tätigkeit, mit dem festen Willen, alles versäumte, alles zu lang hinausgeschobene nachzuholen. Es war zu spät, das Gefäß erlag der zu großen Spannung. Er erreichte nicht sein Ziel, möchten wir ausrufen, wenn es nicht die Hand Gottes wäre, die ihn abgerufen, wenn es nicht die göttliche Weisheit wäre, der es ja allein bekannt ist, was und wie weit das Ziel eines Menschen gesteckt ist! – Sehr sonderbar aber ist es doch zu bemerken, wie die bedeutenden Geister zu unsrer Zeit immer mehr und mehr nur dazu kommen, ihre Gaben und Kräfte nur teilweise [*einzusetzen*], gleichsam nur andeutend, was sie ausführen möchten, als wirklich bis zur vollkommnen Ausführung gelangen. Niemand bringt mehr ein großes Werk zustande, auch Stolberg hat seine Geschichte unvollendet lassen müssen. Die Zeit wird alt und neigt ihrem Ende [*zu*], die Bestrebungen der auserwählten Meister sind nur noch wie einzelne Pulsschläge, die nicht mehr den Strom des Lebens von und zu dem Herzen führen! – Für uns Zurückgebliebenen wird die Welt immer leerer, und nun müssen wir in dieser Leere geduldig warten, bis auch wir geholt werden. []

FRIEDRICH LEOPOLD VON HARDENBERG
(NOVALIS)
1772–1801

Im Mansfeldischen geboren, studierte er Philosophie und Jurisprudenz in Jena, Leipzig und Wittenberg, um dann in den Staatsdienst einzutreten. Schon am Beginn der neunziger Jahre lernte der Schüler Fichtes die Brüder Schlegel kennen, denen er zeitlebens freundschaftlich verbunden blieb, und zweifellos hat diese Begegnung zu der einzigen wirklich fruchtbaren Konstellation der Frühromantik geführt. Novalis besaß die Kraft zu großen dichterischen Konzeptionen, aber er starb, noch ehe sie ausreifen konnten; sein Leben und sein Werk blieben Fragment. 1795 verlobte er sich mit einem dreizehnjährigen Mädchen, Sophie von Kühn, die aber schon zwei Jahre später an der Lungenschwindsucht starb; für sie schrieb er seine erst 1800 im »Athenäum« erschienenen »Hymnen an die Nacht«, die vielleicht die konsequenteste Äußerung der Frühromantik sind. In ihnen wird freilich auch eine fast schon lebensfeindliche Haltung sichtbar, Weltflucht, eine pathologische Sehnsucht, die ihn ins Dunkel der Nacht und des Todes treibt, der Auflösung und Erlösung entgegen. Nach dem Tode seiner Geliebten fesselt ihn lange Zeit der Gedanke an den Selbstmord, der ihm wie eine poetische Peripetie ins Leben einfügbar scheint. In seiner religiösen Dichtung, die mystisch geweitet ist, wird er zum Antipoden der Weimarer Klassik und der Dichtung Hölderlins, die ästhetisch an der Antike orientiert war; sein berühmter philosophischer Essay »Die Christenheit oder Europa« (1799), dessen Erscheinen Goethe verhinderte, formulierte Alternativen einer geistigen Erneuerung der Kirche, deren vorreformatorische, mittelalterliche Einheit feiernd. Wie ein großer Gegenwurf zum Weltbild einer antikisch orientierten Dichtung entstehen seine »Fragmente«, eine mystische Kosmologie in Form eines Prosagedichts, in der er seine Vorstellung vom Universum zu entwickeln versucht. Nur Trümmer dieses Universums sind der Spiegel seiner Größe geblieben: hier war kein neuer Dante am Werk. Auch sein Versuch, dieses Fühlen und Denken in einem großen historischen Bildungsroman zu gestalten, blieb unvoll-

endet, doch hat dieses Romanfragment »Heinrich von Ofterdingen«, das Friedrich Schlegel und Ludwig Tieck 1802 aus seinem Nachlaß veröffentlichten, schon in seiner Konzeption großen Einfluß auf die weitere Entwicklung der Romantik gewonnen. Denn in diesem Roman erhielt sie ihr gefühlsträchtiges Symbol, die »blaue Blume«, eine panerotische, mystische Vision Heinrichs von Ofterdingen. Diese blaue Blume war gleichsam das Versprechen, daß der romantische Traum erfüllbar sei: hier war sein Inhalt sichtbar und der magische Idealismus der Romantik greifbar geformt. Da Novalis schon mit neunundzwanzig Jahren starb, stand er, verklärt von schwärmerischer Erinnerung, als Frühvollendeter vor den Augen der Nachwelt. Indessen war er auch darin das beklemmende Symbol der Frühromantik: ein Denkmal unvollendeten Strebens.

653

NOVALIS AN FRIEDRICH SCHLEGEL

(Leipzig, März/April 1793)

Dein Brief trifft diesmal ungemein glücklich. Ich saß soeben auf meinem Kanapee in ziemlich heller Laune und überließ mich den süßen Eingebungen der Göttin Farniente. Ein paarmal war ich schon an Dir vorbeigestrichen – da kam er. Der alte Kopf vorn am Eingang erfüllte mich mit heiligem Schauer, und an den Zügen der Inschrift erkannte ich den frommen Mann, der diese Blättergrotte dem Sohne der Lieblingstochter Jvois und der Nemesis der Freundschaft weihte. Erwartungsvoller stieg kein Reisender in die Wunderhöhle von Antiparos als ich von Zeile zu Zeile in die Geheimnisse Deiner Wanderung. – Das Orakel schweigt, Deine Augen funkeln mit überirdischem Glanz, und Dein Stern taucht sich ins Göttliche – ich stehe neugieriger als je vor Dir.

Daß Du noch unter den Lebendigen bist, freut mich. Kann man Dich doch noch anfassen und fühlen Dein Fleisch und schlagen hören Dein Herz. Du trankst aus der Quelle der Durstigen – Du bist nun unersättlich. Das reißt Dich noch vielleicht aus den Banden der vier Elemente, in denen es uns doch wohler sein kann als einer Intelligenz in ihrer Haut. Mich dauert Dein armes, schönes Herz. Es muß brechen, früh

oder spät. Es kann nicht seine Allmacht ertragen. Deine Augen müssen dunkel werden über der schwindelnden Tiefe, in die Du hinabsiehst, in die Du den bezauberten Hausrat Deines Lebens hinabstürzest. Der König von Thule, lieber Schlegel, war Dein Vorfahr, Du bist aus der Familie des Untergangs. Jetzt kann ich Dir's sagen und wundre mich, daß Dir's Dein Bruder nicht sagt. Du wirst leben, wie wenig leben, aber natürlich kannst Du auch keinen gemeinen Tod sterben – Du wirst an der Ewigkeit sterben. Du bist ihr Sohn, sie ruft Dich zurück. Eine seltne Bestimmung hast Du bei Gott. Vielleicht seh' ich nie wieder einen Menschen wie Dich. Für mich bist Du der Oberpriester von Eleusis gewesen. Ich habe durch Dich Himmel und Hölle kennengelernt, durch Dich von dem Baum des Erkenntnisses gekostet.
Aber nun sag einmal, ist es denn nicht möglich, daß Du unter uns bleibst? – sind die feierlichen Worte der Weihung schon unwiderruflich ausgesprochen? – hat Dir schon Iris die Locke abgeschnitten? – mußt Du als Opfer sterben: Ich bitte Dich, antworte Dir selbst ohne Überspannung. Ich habe für die Schönheit Deiner Idee unendliche Ehrfurcht, aber ich weiß auch, daß das Leben ewig schön sein kann. Erhalte Dich, wirf Dich der Natur in die Arme – sie hat Platz und Liebe genug für Dich. Mein ganzer Grund ist mein inniges Gefühl am Leben, mein Glaube und Zuversicht zu allem, was in mir und um mir ist – denn hier weiß ich jetzt sonst nichts von Recht und Unrecht. Freilich kann ich Dir keine solche Teilnehmung einflößen, wie ich an allem Menschlichen habe, mich nicht auf die Verjüngungskraft Deiner Natur berufen, nicht auf den sichtbaren Gang einer himmlischen Ordnung und Nemesis in Deinem Leben; aber wer weiß, wie nah Dir ein solcher Augenblick des Zurücksehns ist.
So hätt' ich doch vielleicht einmal wahr gedacht und gesprochen. Dein Geist kann unmöglich lange mehr diesen Aufruhr Deines innern Lebens ertragen. Alles klingt tief bei Dir hinab, Deine Erscheinung löst sich in sich selbst auf, Deine herrlichen Kräfte müssen erlahmen. [] Kann Dich denn das Leben gar nicht fesseln? Mußt Du Deine arme Hülle zerreißen, Du verschwendest in Minuten, wovon Du jahrelang zehren könntest. Unbefriedigt wirst Du von allem zurückkehren und tödlich krank. []

654
NOVALIS AN FRIEDRICH SCHLEGEL

Weißenfels, 1. August 1794

[] Ich bin plötzlich von Wittenberg weggegangen, um mich allein zu haben, des jugendlichen Lärms hab' ich genug. Hier erwart' ich gelassen den Ruf meines Schicksals: denn *mein* Leben ist schon fertig, ich habe nur *einen* Zweck, der ist überall erreichbar, wo ich tätig sein kann; doch hab' ich mir nicht, wie ein Spießbürger, allzu enge Grenzen gemacht. Bleib' ich gesund, so muß ich ein Maximum für mich erreichen; ich bin wenigstens jeder Art von Aufklärung fähig, und dies einzige berechtigt mich vielleicht schon zu kühnen Ansprüchen. Ich will Dich ruhigen Bürger nicht langweilig von meinen Träumen unterhalten, doch wisse, daß ich gewiß Deiner würdig bleibe und werde. Wir können doch *eine* Bahn gehn – vergiß meine zweiundzwanzig Jahr auf einen Augenblick und laß mir den Traum – vielleicht wie Dion und Plato.

Heutzutage muß man mit dem Titel Traum doch nicht zu verschwenderisch sein. Es realisieren sich Dinge, die vor zehn Jahren noch ins philosophische Narrenhaus verwiesen wurden. []

Du glaubst nicht, lieber Junge, wie ganz ich jetzt in meinen Ideen lebe. Es sind die Tage des Brautstandes, noch frei und ungebunden und doch schon bestimmt aus freier Wahl. Ich sehne mich ungeduldig nach Brautnacht, Ehe und Nachkommenschaft. Wollte der Himmel, meine Brautnacht wäre für Despotismus und Gefängnisse eine Bartholomäusnacht, dann wollte ich glückliche Ehestandstage feiern. Das Herz drückt mich, daß nicht jetzt schon die Ketten fallen wie die Mauern von Jericho. So leicht der Sprung, so stark die Schwungkraft und so stark der weibischte Kleinmut, Starbrillen sind nötig – zum Starstechen ist die Zeit noch nicht. Aber immer ein Zirkel: zum Freidenken gehört Freiheit, zur Freiheit frei denken; zum Zerhauen ist der Knoten, langsames Nesteln hilft nichts. Schreibe mir bald wieder – meine Antwort soll nicht zaudern – und vergiß nie wieder, daß ich Dich nicht vergessen kann und daß es Hypothese, pure, blanke Hypothese war von der divergierenden Bahn, ein Schuß in die blaue Luft. Unser Gang muß Approximation sein, bis wir beide von *einer* Flamme anzünden links und rechts um uns her, wie zu Weihnachten, wo denn das *neue Jahr* acht Tage darauf fällt.

655

NOVALIS AN FRIEDRICH SCHLEGEL

Dürrenberg, 8. Juli 1796

[] Mein Schicksal hat einen großen Epichronismus gemacht. So bald hättest Du Dir dem natürlichen Lauf der Dinge nach die Lösung dieses Charakterzugs nicht erwartet. Kurz, hierüber bist Du nun mit mir im klaren. Mich hat es am meisten überrascht. Seit siebenviertel Jahren bin ich einer und derselbe im wesentlichen, denn ich bin so lange fixiert und kurz und gut seit fünfviertel Jahren – *versprochen.* Jetzt in dieser Stunde beteure ich, daß ich wie in der ersten Stunde denke und womöglich ernster, zarter, fester und wärmer bin. Mehr mündlich. Mein Lieblingsstudium heißt im Grunde wie meine Braut: Sophie heißt sie – Philosophie ist die Seele meines Lebens und der Schlüssel zu meinem eigensten Selbst. Seit jener Bekanntschaft bin ich auch mit diesem Studio ganz amalgamiert. Du wirst mich prüfen. Etwas zu schreiben und zu heiraten ist *ein* Ziel fast meiner Wünsche. []

656

NOVALIS AN FRIEDRICH SCHLEGEL

Weißenfels, 14. März (1797)

[] Ich bin aus Grüningen mit der fast apodiktischen Gewißheit zurückgekommen, daß Sophie nur noch wenige Tage zu leben hat. Wenn ich nur immer weinen könnte; aber so bin ich in einer schlaffen, ängstlichen Gleichgültigkeit, die mir jede Faser lähmt. Es ist eine Verzweiflung in mir, deren Ende ich nicht absehe. Der Ekel, den mir alles, Vergangenheit, Gegenwart und Zukunft, einflößt, ist unbeschreiblich. Nur selten kann ich mich auf einige Stunden mit Arbeiten zerstreuen. Der Kopf ist in dem wüstesten Zustande, ich kann nichts mehr finden. Die Gewißheit ihres Besitzes ist mir zu unentbehrlich geworden. Jetzt erst fühl' ich, wie sie, mir selbst unmerklich, der Grundstein meiner Ruhe, meiner Tätigkeit,

meines ganzen Lebens gewesen ist. Der Lebensüberdruß ist entsetzlich – und ich sehe kein Ende. Ich hoffte, die Wissenschaften sollten mir einen Ersatz bieten, aber alles ist auch hier tot, wüste, taub, unbeweglich. Der Schlaf ist meine einzige Wohltat; wenn ich kann, so schlafe ich. Gott weiß, wie sich das alles lösen soll. Dich säh' ich doch gern, Du würdest mich doch vielleicht mit Deinen kräftigen Ansichten der Dinge und Wissenschaften beleben. Ach! nur ein Funken Lebensgeist; matte Unruh ist ein fürchterlicher Zustand.
Leb wohl, guter lieber Schlegel! Mit mir hat's bald aufgehört. Sei glücklicher als ich. Nur ein Wunder kann mich mir selbst wiedergeben. [ ]

657

NOVALIS AN CAROLINE JUST

(Weißenfels, 24. März 1797)

[ ] Dienstag früh hatt' ich durch einen Boten meines Bruders die Nachricht von der Vollendung meiner Sophie erhalten. Solang ich schon mit der Idee davon mich getragen, so gewiß ich schon jede Stunde diese Ankündigung lebenswidriger Hoffnungslosigkeit erwartet hatte – so fiel doch mit dieser entsetzlichen Gewißheit eine Last auf mich, die mir nur die Hand abheben wird, die alle Fesseln zerbricht. Bis dahin leuchtete mir noch der ferne Schimmer einer Hoffnung, der nun auf einmal verschwand und mich allen Schrecken einsamer Finsternis überließ. Die Stunden des bittersten Schmerzes sind vorüber. Schon mehr bin ich an den Anblick des Grabes, an das Gefühl der Leere, an die Erinnerung ehemaliger schöner Zeiten gewöhnt. Meine Versteinerung geht schnellen Schrittes, wie denn das Übel immer bei mir so schnell eingetreten ist, wie das Gute langsam. Der Schmerz hat mein Gedächtnis gelähmt, das mich am meisten quälte, weil es mich gewaltsam anzog. Nicht mehr so erschütternd stehn die lieblichen Bilder unserer ersten Bekannschaft, die Schatten meiner Träume, die rührenden, aber so sichern und hoffnungsvollen Szenen aus ihrer Krankheit vor mir auf – die peinigende Unruh', solang ich wußte, daß sie noch litt, bereitete mir diesen stilleren Zustand vor, den die Schwäche meiner

Nerven beschleunigte. Sie wissen, wie es schwächlichen Leuten geht, sie genießen nicht einmal die bitteren Freuden der Wehmut – wenn die ersten Tränenkämpfe vorbei sind, so empfängt sie das matte Bewußtsein einer gleichgültigen Gegenwart, und vergebens ist ihre Sehnsucht nach den sanften Tränen des Nachwehs. Aber eben diese unwillkürliche Gelassenheit ist ein Gegenstand meiner quälendsten Gedanken – mir wäre recht wohl, wenn ich so immer still weinen könnte. So bin ich wie im Traum; ich begreife so wenig von den Dingen um mich her – es geht alles so ängstlich gewöhnlich hin, daß ich mich oft noch frage – ist denn auch alles wahr? – du bist doch nicht im Wahnsinn? [ ]

658

NOVALIS AN AUGUST WILHELM SCHLEGEL

Weißenfels, 30. November 1797

[ ] Was hätte sich nicht über Ihren Shakespeare, besonders in Beziehung *auf das Ganze,* sagen lassen. Er ist unter den Übersetzungen, was *Wilhelm Meister* unter den Romanen ist. Gibt's denn schon eine ähnliche? So lange wir Deutschen übersetzen, so national dieser Hang des Übersetzens ist, indem es fast keinen deutschen Schriftsteller von Bedeutung gibt, der nicht übersetzt hätte und wahrlich darauf soviel sich einbildet als auf Originalwerke – so scheint man doch über nichts unbelehrter zu sein als über das Übersetzen. Bei uns kann es zur Wissenschaft und zur Kunst werden. Ihr Shakespeare ist ein trefflicher Kanon für den wissenschaftlichen Beobachter. Außer den Römern sind wir die einzige Nation, die den Trieb des Übersetzens so unwiderstehlich gefühlt und ihm so unendlich viel Bildung schuldig sind. Daher manche Ähnlichkeit unsrer und der spätrömischen literarischen Kultur. Dieser Trieb ist eine Indikation des sehr hohen, ursprünglichen Charakters des deutschen Volks. Deutschheit ist Kosmopolitismus mit der kräftigsten Individualität gemischt. Nur für uns sind Übersetzungen Erweiterungen gewesen. Es gehört poetische Moralität, Aufopferung der Neigung dazu, um sich einer wahren Übersetzung zu unterziehen. Man übersetzt aus echter Liebe zum Schönen und zur vaterländi-

schen Literatur. Übersetzen ist so gut dichten als eigne Werke zustande bringen – und schwerer, seltner.
Am Ende ist alle Poesie Übersetzung. Ich bin überzeugt, daß der deutsche Shakespeare jetzt besser als der englische ist. Auf den *Hamlet* freue ich mich wie ein Kind. Ich möchte wissen, ob ich recht oder unrecht hätte. Sind nicht *Hamlet* und *Elektra* Pendants? Meinem Gefühl nach scheidet sich griechische und moderne Poesie hier äußerst anschaulich. Sie müssen wissen, ich habe zeither Sophokles und Shakespeare, beide in den schlechten Übersetzungen, wechselweise gelesen. Leben Sie wohl und behalten Sie beide mich ein bißchen lieb. [ ]

659
NOVALIS AN FRIEDRICH SCHLEGEL

Siebeneichen bei Meißen, 26. Dezember 1797

[ ] Euer Journal ist lang von mir erwartet. Mit ihm kann eine neue Periode der Literatur beginnen. Meine Teilnahme versprech' ich Euch mit Freuden – aber noch Geduld bis Ostern. Du sollst dann das von mir in Händen haben, was ich zu machen imstande bin. Es sind Bruchstücke des fortlaufenden Selbstgesprächs in mir – Senker. Du kannst sie dann behandeln, wie Du willst. Revolutionären Inhalts scheinen sie mir hinlänglich. Freilich bin ich noch zu sehr jetzt in Vorübungen begriffen. Beweise bleib' ich schuldig. Mancherlei ist mir seit drei Monaten durch den Kopf gegangen. Erst Poesie, dann Politik, dann Physik *en masse*. In der Poesie glaub' ich, festen Fuß gefaßt zu haben; denn es scheint mir, als sei ich überall auf Deine Entdeckungen gestoßen. In der Politik glaub' ich nicht ohne Grund *au fait* [*beschlagen*] zu sein. Allen, denen ich noch davon gesagt, hat die Wahrheit meiner Sätze einzuleuchten geschienen. In der Physik bin ich noch in der Gärung. Hauptideen glaub' ich gefaßt zu haben. Aber hier will ich gleich praktisch auftreten. Zu einem Traktat *vom Lichte* ist vieles fertig. Das Licht wird nur der Mittelpunkt, von dem aus ich mich in mancherlei Richtungen zerstreue. Die Philosophie verstehe ich immer besser, je tiefer ich in die übrigen Wissenschaften eindringe.

660

NOVALIS AN AUGUST WILHELM SCHLEGEL

Freiberg, 24. Februar 1798

[] Ihre Einladung auf bildende Kunst nehm' ich mit Freuden an. Schlegels *Fragmente*, die neuen, kenn' ich noch nicht. Ihre Ahndung und meine Unwissenheit sind ein trefflicher Boden zu Kunstparadoxen. Ich beziehe mich *in puncto* der Unwissenheit auf eins von meinen seinsollenden *Fragmenten* – ich weiß ja noch nicht, ob Friedrich sie als *Fragmente* anerkennt. Wenn bildende Kunst auch Poesie ist, so muß ich etwas davon verstehn. Das Technische ist mir durchaus fremd, aber die *schöne* Gestalt – da hab' ich doch, wie mich dünkt, Sinn für. Ich rede bloß von der schönen Gestalt, von Komposition etc. weiß ich gar nichts. – Daher ich auch nur die einzelne Gestalt sehe – und die Perspektive, die Farben und alles übrige schlechthin ignoriere. Wenn Sie nun erst diese *Fragmente* gelesen haben werden und die Folge, die noch stärker auftritt, so bitt' ich mir von neuem Ihr Urteil über meinen Mystizismus aus, der noch ein sehr unreifes Wesen ist. Mündlich davon mehr. Künftig treib' ich nichts als Poesie. Die Wissenschaften müssen alle poetisiert werden. Von dieser realen, wissenschaftlichen Poesie hoffe ich recht viel mit Ihnen zu reden. Ein Hauptgedanke dazu ist – die Idee der Religion in meinen *Fragmenten.*

661

NOVALIS AN FRIEDRICH SCHLEGEL

Freiberg, 7. November 1798

[] Wenn Du Dich immer mehr in mich findest, so erkenne ich Dich auch meinerseits immer mehr. Eins von den auffallenden Beispielen unserer innern Synorganisation und Synevolution ist in Deinem Briefe. Du schreibst von Deinem Bibelprojekt, und ich bin auf meinem Studium der Wissenschaft überhaupt und ihres Körpers, des *Buchs* – ebenfalls auf die Idee *der Bibel* geraten – der Bibel als des *Ideals jedweden* Buchs. Die Theorie der Bibel, entwickelt, gibt die Theorie der Schriftstellerei oder der Wortbildnerei überhaupt, die zugleich die symbolische, indirekte Konstruktionslehre des schaffenden Geistes abgibt. Du wirst aus dem Brief an die Schwägerin sehn, daß mich eine vielumfassende Arbeit beschäftigt, die für diesen Winter meine ganze Tätigkeit absorbiert. Dies soll nichts anderes als eine Kritik des Bibelprojekts – ein Versuch einer Universalmethode des Biblisierens – die Einleitung zu einer echten Enzyklopädistik werden. Ich denke hier Wahrheiten und Ideen im großen – *genialische* Gedanken zu erzeugen – ein lebendiges, wissenschaftliches Organon hervorzubringen und durch diese synkritische Politik der Intelligenz mir den Weg zur *echten Praxis* – dem wahrhaften Reunionsprozeß zu bahnen.

Ich habe Dir mit Fleiß die Aufgabe mit mehreren Ausdrükken hingesetzt, um eine vollständige Antwort in betreff Deiner Bibelidee zu erhalten. [ ]

662

FRIEDRICH SCHLEGEL AN NOVALIS

Berlin, 2. Dezember (1798)

Allerdings ist das absichtslose Zusammentreffen unsrer biblischen Projekte eines der auffallendsten Zeichen und Wunder unsres Einverständnisses und unsrer Mißverständnisse.

Ich bin eins darin mit Dir, daß Bibel die literarische Zentralform und also das Ideal jedes Buchs sei – aber mit mannigfachen ganz bestimmten Bedingungen und Unterschieden. Auch das Journal, der Roman, das Kompendium, der Brief, das Drama etc. sollen *in einem gewissen Sinne* Bibel sein und doch das bleiben, was ihr Name und sein Geist bezeichnet und umfaßt. Nun habe ich aber eine Bibel im Sinne, die nicht in gewissem Sinne, nicht gleichsam, sondern ganz buchstäblich und in jedem Geist und Sinne Bibel wäre, das erste Kunstwerk dieser Art, da die bisherigen nur Produkte der Natur sind. Die, welche es verdienen unter ihnen, müssen, um jenes Projekt zu realisieren, als klassische Urbilder gesetzt [*werden*], wie die griechischen Gedichte von Goethe praktisch und von mir theoretisch als solche für die Kunst der Poesie gesetzt sind. So viel ich ahnde, hat Dein Werk mehr Analogie mit einem idealen Buch von mir über die *Prinzipien der Schriftstellerei,* wodurch ich den fehlenden Mittelpunkt der Lektüre und der Universitäten zu konstituieren denke. Die *Fragmente* von mir und die Charakteristiken betrachte als Seitenflügel oder Pole jenes Werkes, durch das sie erst ihr volles Licht erhalten werden. Es sind klassische Materialien und klassische Studien oder Experimente eines Schriftstellers, der die Schriftstellerei als *Kunst* und als *Wissenschaft* treibt oder zu treiben strebt: denn erreicht und getan hat dies bis jetzt so wenig ein Autor, daß ich vielleicht der erste bin, der es so ernstlich will. – Meine Enzyklopädie wird nichts sein als eine Anwendung jener Prinzipien auf die Universität, das Gegenstück zu dem echten Journal.

Mein biblisches Projekt aber ist kein literarisches, sondern – ein biblisches, ein durchaus religiöses. Ich denke eine neue Religion zu stiften oder vielmehr sie verkündigen zu helfen: denn kommen und siegen wird sie auch ohne mich. Meine Religion ist nicht von der Art, daß sie die Philosophie und Poesie verschlucken wollte. Vielmehr lasse ich die Selbständigkeit und Freundschaft, den Egoism und die Harmonie dieser beiden Urkünste und Wissenschaften bestehn, obwohl ich glaube, *es ist an der Zeit,* daß sie manche ihrer Eigenschaften wechseln. Aber ganz ohne Eingebung betrachtet, finde ich, daß Gegenstände übrigbleiben, die weder Philosophie noch Poesie behandeln kann. Ein solcher Gegenstand scheint mir *Gott,* von dem ich eine durchaus neue Ansicht habe. Die beste Philosophie wird am geistlosesten und trockensten von ihm reden oder ihn sacht aus ihren Grenzen schieben. Das scheint mir ein Hauptverdienst von Kant und Fichte, daß sie die Philosophie gleichsam bis an die Schwelle der Religion führen und dann abbrechen. So lustwandelt von der andern Seite auch Goethes *Bildung* in den Propyläen des Tempels. Du wirst die Mittelglieder leicht hinzudenken und Dir einen Überblick der Sachen, der Gedanken und Gedichte verschaffen, die nur in Evangelien, Episteln, Apokalypsen u. dgl. dem Zeitalter enthüllt werden können.

Noch von einer andern Seite. Man spricht und erzählt seit etwa hundert Jahren von der *Allmacht* des Wortes der Schrift und was weiß ich sonst noch. Im Vergleich mit dem, was da ist und was geschieht, scheint mir das nur ein mißlungener Scherz zu sein. Ich bin aber gesonnen, Ernst daraus zu machen und die Leute mit ihrer Allmacht beim Wort zu nehmen. Daß dies durch ein Buch geschehn soll, darf um so weniger befremden, da die großen *Autoren* der Religion – Moses, Christus, Mohammed, Luther – stufenweise immer weniger Politiker und mehr Lehrer und Schriftsteller werden. Übrigens weißt Du, wie ich auch kleinere Ideen adle und umfasse, und für diese, die das Herz und die Seele meines zeitigen und irdischen Lebens ist, fühle ich Mut und Kraft genug, nicht bloß wie Luther zu predigen und zu eifern, sondern auch wie Mohammed mit dem feurigen Schwert des Wortes das Reich der Geister welterobernd zu überziehn oder wie Christus mich und mein Leben hinzugeben. – Doch vielleicht hast Du mehr Talent zu einem neuen Christus, der in mir seinen wackern Paulus findet. Wenigstens ist die eine Ähnlichkeit da, daß eine gewisse Energie und Furie der Wahrheit nur da entstehen kann, wo redlicher Unglaube nicht aus Unfähigkeit, sondern aus Schwerfälligkeit voranging.

Lebte Lessing noch, so brauchte ich das Werk nicht zu beginnen. Der Anfang wäre dann wohl schon vollendet. Keiner hat von der wahren neuen Religion mehr geahndet als er. Nicht bloß Kant ist hier weit zurück, sondern auch Fichte und Jacobi und Lavater. Einige Millionen der letzten Sorte in den Schmelztiegel geschüttet, geben noch [*nicht*] so viel solide Materie und reinen Äther der Religion, wie Lessing hatte.

Doch laß das kein Kriterium sein, ob Du mit mir einstimmen kannst. Die eigentliche Sache ist die, ob Du Dich entschließen kannst, wenigstens in einem gewissen Sinne das Christentum absolut negativ zu setzen. – Ich konnte Dir wohl beistimmen, da Du es positiv setztest, weil ich Deine Lehre von der Willkür und die Anwendung derselben aufs Christentum nicht bloß verstand, sondern antizipiert habe. Aber freilich war, was für Dich Praxis, für mich nur reine Historie. Daher der Dualismus unsrer Symphilosophie auch über diesen Punkt. Ein halbes Verstehen und ein halbes Einverstehen war hier möglich, da Praxis und Historie in Deiner Religion bisher in unaufgelöster Gärung sind. Gelingt es mir, beide gegenseitig zu saturieren und zur völligen Harmonie zu vermischen, so kannst Du dann freilich nur ganz einstimmen oder ganz nicht. Vielleicht hast Du noch die Wahl, mein Freund, entweder der letzte Christ, der Brutus der alten Religion, oder der Christus des neuen Evangeliums zu sein. Mich deucht, dieses neue Evangelium fängt schon an, sich zu regen. Außer jenen Indikationen der Philosophie und Praxis überhaupt regt sich auch die Religion bei den Individuen, die ganz eigens unsre Zeitgenossen sind und zu den wenigen Mitbürgern der anbrechenden Periode gehören. Nur einige Beispiele. Schleiermacher, der zwar wohl kein Apostel, aber ein geborner Rezensent aller biblischen Kunstreden ist und, wenn ihm nur ein Wort Gottes gegeben würde, gewaltig dafür predigen würde, arbeitet auch an einem Werk über die Religion. Tieck studiert den Jakob Böhme mit großer Liebe. Er ist da gewiß auf dem rechten Wege. Nun noch eine Bemerkung: gibt die Synthesis von Goethe und Fichte wohl etwas anders als Religion? Wie bald aber muß diese Synthesis nicht bloß an der Tagesordnung, sondern auch allgemein sein, da das Mißverhältnis beider zum Zeitalter, welches allein aus ihrer, persönlich betrachtet, unabänderlichen Trennung entspringt, schon so ungeheuer auffällt, und da die Keime zu den Mitteln und Werkzeugen dieser Synthesis schon im Lessing liegen und nun im Wolf wieder andere rege werden, Schelling und Hülsen nicht zu erwähnen, die ich als Fühlhörner betrachte, so die Schnecke der isolierten Philosophie gegen das Licht und die Wärme des neuen Tages ausstreckt. [ ]

663

NOVALIS AN CAROLINE SCHLEGEL

Freiberg, 27. Februar 1799

Vor zwei Stunden, beim Frühkaffee, an einem stürmischen, schneestöbernden Morgen, erhielt ich Ihren Brief und sah mich plötzlich im Besitz der sonderbaren *Lucinde,* auf deren Bekanntschaft ich mich so lange gefreut hatte. [ ]

Ich teile Ihnen Spuren des ersten Eindrucks mit. Friedrich lebt und webt drin. Vielleicht gibt es nur wenig individuellere Bücher. Man sieht das Treiben seines Innern, wie das Spiel der chemischen Kräfte in einer Auflösung im Zuckerglase, deutlich und wunderbar vor sich. Tausend mannigfaltige, helldunkle Vorstellungen strömen herzu, und man verliert sich in einem Schwindel, der aus dem denkenden Menschen einen bloßen Trieb, eine Naturkraft macht, uns in die wollüstige Existenz des Instinkts verwickelt. An romantischen Anklängen fehlt's nicht – indes ist das Ganze und das Einzelne noch nicht leicht und einfach und rein vom Schulstaub genug. Ich prophezeie mir wenig Gutes von der Aufnahme. [] In zehn Jahren würde man die »Bekenntnisse des Ungeschickten« um des Autors willen vielleicht mit Wärme und Nachsicht aufnehmen. Jetzt ist alles noch unreif. Die Herzensergießungen des Jünglings darf der Mann, aber nicht der Jüngling zeigen. An den Ideen ist übrigens nichts auszusetzen, indes manches am Ausdruck, der mir nicht selten dem *Krates* abgeborgt zu sein scheint. Nun aber ist das Postulat: Sei zynisch! noch nicht gang und gäbe – und selbst sehr innige Frauen dürften die schöne Athenienserin tadeln, daß sie den Markt zur Brautkammer nähme.

Vergleichungen mit Heinse können nicht ausbleiben. Sollte dies nicht eine Lektüre nur für den Meistergrad in der Loge der Sittlichkeit sein?

Die Skizzen müssen in der Fortsetzung noch häufiger werden – die kleine Wilhelmine ist allerliebst – auch der Prometheus. Mehr dergleichen und dann der Titel: *Zynische Phantasien* oder *Satanisken*. Viele werden sagen: Schlegel treibt's arg – nun sollen wir ihm auch noch das Licht zu seinen Orgien halten. Andre: Die Stimme vom lieben Sohn haben wir nicht gehört; dies ist ein falscher Messias des Witzes – kreuziget ihn! Noch andre: Da seht die Goethische Erziehungsanstalt – der Schüler über seinen Meister, aus Venedig ist Berlin geworden. Richter wird einen rechten Greuel haben. Der züchtige Richter wird Feuer vom Himmel rufen. Indes bin ich gewiß, daß er im Grunde über diesen Blick in seine eigne Phantasie erschrickt – denn er ist ausgemacht – ein geborner *voluptuoso* [*Lüstling*].

In mir regt sich viel dafür und viel dagegen. Ich weiß, daß die Phantasie das Unsittlichste, das geistig Tierischste am liebsten mag; indes weiß ich auch, wie sehr alle Phantasie wie ein Traum ist, der die Nacht, die Sinnlosigkeit und die Einsamkeit liebt. Der Traum und die Phantasie sind das eigenste Eigentum, sie sind höchstens für zwei, aber nicht für mehrere Menschen. Man darf sich nicht dabei aufhalten, am wenigsten ihn *verewigen*. Nur seine Flüchtigkeit macht die Frechheit seines Daseins gut. Vielleicht gehört der Sinnesrausch zur Liebe wie der Schlaf zum Leben — der edelste Teil ist es nicht, und der rüstige Mensch wird immer lieber wachen als schlafen. Auch ich kann den Schlaf nicht vermeiden, aber ich freue mich doch des Wachens und wünschte *heimlich* immer zu *wachen*. [ ]

664

NOVALIS AN FRIEDRICH SCHLEGEL

Weißenfels, 5. April (1800)

Ich habe mit Fleiß lange geschwiegen. Die ganze Zeit bin ich viel beschäftigt gewesen, und erst seit einigen Tagen hab' ich den ersten Teil meines Romans zu Ende bringen können. Noch hab' ich manche Geschäftsarbeiten, indes in acht bis vierzehn Tagen bin ich auch damit zu einem Ruhepunkte gelangt. Sobald mein Roman ins reine geschrieben ist, welches ohngefähr in acht Tagen sein wird, so schick' ich ihn gleich zu Euch. Es sollte mich innig freuen, wenn Ihr an diesem ersten Versuche Gefallen fändet. Er wird gedruckt ohngefähr zwanzig bis zweiundzwanzig Bogen stark werden — doch muß ich erst wissen, ob Ihr Euer Approbatur darunter-setzt. Der Plan ist deutlich genug hingelegt und der Stoff ein sehr günstiger. Die Wahl ist geglückt, über die Ausführung mag ich nichts sagen, weil man sich leicht in eine fehlerhafte Ansicht verlieren kann. Der vollständige Titel ist:

Heinrich von Ofterdingen
Ein Roman
von
Novalis
Erster Teil
Die Erwartung

Es sollte mir lieb sein, wenn Ihr Roman und Märchen in einer glücklichen Mischung zu bemerken glaubtet und der erste

Teil Euch eine noch innigere Mischung im zweiten Teile prophezeite. Der Roman soll allmählich in Märchen übergehn. Es sind einige Lieder drin, die ich Euch mit einiger Gewißheit schon vorlegen kann. Am neugierigsten bin ich auf Euer Urteil vom Schlusse des ersten Teils. []

665

NOVALIS AN FRIEDRICH SCHLEGEL

Weißenfels, 18. Juni (1800)

[] Deinen Tadel fühl' ich völlig. Diese Ungeschicklichkeit in Übergängen, diese Schwerfälligkeit in der Behandlung des wandelnden und bewegten Lebens ist meine Hauptschwierigkeit. Geschmeidige Prosa ist mein frommer Wunsch. Der zweite Teil wird der Kommentar des ersten. Die Antipathie gegen Licht und Schatten, die Sehnsucht nach klarem, heißem, durchdringendem Äther, das Unbekanntheilige, die Vesta in Sophien, die Vermischung des Romantischen aller Zeiten, der petrifizierende und petrifizierte Verstand, Arktur, der Zufall, der Geist des Lebens, einzelne Züge bloß, als Arabesken — so betrachte nun mein Märchen. Der zweite Teil wird schon in der Form weit poetischer als der erste. Die Poesie ist nun geboren. []

LUDWIG TIECK
1773–1853

Er wurde der Platzhalter der frühen Romantik in seiner Heimatstadt Berlin. Sein Vater, ein Seiler, hatte ihn auf das Friedrichswerdersche Gymnasium geschickt und zwang ihn, als er Schauspieler werden wollte, an die Universität Halle zu gehen. Ludwig Tieck ließ sich als Student der Theologie immatrikulieren, betrieb aber fast ausschließlich literarische und philologische Studien, die er in Göttingen fortsetzte. Die ersten Jahre seiner literarischen Entwicklung standen ganz unter dem Eindruck der Freundschaft mit seinem Berliner Mitschüler Wilhelm Heinrich Wackenroder (1773–1798), dessen Enthusiasmus für die mittelalterliche Kunst eine neue Kunstauffassung vorbereitete, die für die Entwicklung der Romantik von großer Bedeutung war; der junge Tieck ist ohne seinen Freund Wackenroder schwerlich denkbar. Beide standen zunächst außerhalb des eigentlichen Romantikerkreises in Jena, dem sich Tieck erst 1799, nach Wackenroders frühem Tod, näherte. Er ging damals nach Jena und schloß sich dort den Brüdern Schlegel, Novalis, Fichte und Brentano an. Die Dichtungen Ludwig Tiecks wurden in ihrer Zeit viel beachtet, in manchem seiner Werke war die Vorstellungswelt der Romantik deutlicher sichtbar als in überhöhten Theorien; von ihm stammte ja auch die griffige Formulierung für die neue Richtung in den berühmten Versen »Mondbeglänzte Zaubernacht, die den Sinn gefangen hält . . .« (im Prolog des Versdramas »Kaiser Oktavianus«, 1804); sie wurden seitdem oft zur Definition des Begriffs Romantik herangezogen und haben vereinfachte Vorstellungen von romantischem Empfinden geprägt. Mit seinem ersten größeren Werk, dem Briefroman »Geschichte des Herrn William Lovell« (3 Bände, 1795/96), hatte er sich als ein später Nachfahre der Stürmer und Dränger gezeigt, aber schon mit den 1797 veröffentlichten »Volksmärchen«, die zumeist Stoffe aus alten Volksbüchern aufgriffen, stand er mitten im Spannungsfeld der eigentlichen Romantik und kündigte sich als einer ihrer stärksten Stimmungsmaler an. Die Stoffe, die er in den Volksmär-

chen erschloß, wurden wesentlicher Inhalt der Diskussion unter den Romantikern, z. B. »Die Geschichte von den vier Heymonskindern«, die Geschichte der schönen Magelone und das Märchendrama »Ritter Blaubart, ein Ammenmärchen«. Ihnen folgte 1800 das Trauerspiel vom »Leben und Tod der heiligen Genoveva«, das ebenfalls auf ein Volksbuch zurückgeht. Aus dem gemeinsam mit Wackenroder gefaßten Plan, einen Künstlerroman zu schreiben, entstand 1798 das Romanfragment »Franz Sternbalds Wanderungen«, das romantische Kunstideen in einem zur Dürerzeit spielenden Bildungsroman entwickelte; Sternbald wurde zum Prototyp des romantischen Künstlers, ja zum Idol der deutschen romantischen Malerei, vor allem der sogenannten Nazarener. Tiecks spätere Dichtungen, so die unter dem Titel »Phantasus« (1812/17) in drei Bänden gesammelten Märchenerzählungen und Märchendramen, die auch noch einmal die Volksmärchen enthalten, zeigen eine Tendenz zur novellistischen Realistik, die seine Spätwerke entschieden bestimmt, etwa die Novelle »Des Lebens Überfluß« (1839) und den historischen Roman »Vittoria Accorombona« (1840), der eine echte, wenn auch romantisch umwucherte Auseinandersetzung mit der Gegenwart bringt. Freilich sind auch diese Arbeiten Tiecks so gut wie vergessen. Bleibender Nahruhm erwuchs ihm aber aus der Bearbeitung der Schlegelschen Shakespeare-Übersetzung und aus der Beaufsichtigung von deren Fortsetzung durch seine Tochter Dorothea und Wolf Heinrich Graf Baudissin. Als er 1853 in Berlin starb, war er wie sein Freund August Wilhelm Schlegel eine zum Monument erstarrte, aber nicht mehr in die Zeit wirkende Größe.

AUS DEM BRIEFWECHSEL ZWISCHEN LUDWIG TIECK UND WILHELM HEINRICH WACKENRODER

666

WACKENRODER AN TIECK

Berlin, (April) 1792

O Himmel, lieber Tieck, wie sonderbar kommt's mir vor, daß ich hier stehe an meinem Schreibtisch, um an Dich zu schrei-

ben: es ist das erste Mal in meinem Leben. Doch, es kann ja nun einmal nicht anders sein.
Mein Abschied von Dir war mir herzlich traurig, und die Stelle vor Bernhardis Tür, wo das Schicksal uns voneinander riß, wird mir immer fatal bleiben. Aber schreib mir nur oft, und bleib gesund, und schone Deinen Körper und Geist, und arbeite nicht zu viel, und vergiß mich auch nicht: – das sind die Bedingungen, unter denen ich Deine Abwesenheit so eben erträglich finden kann. Du weißt, daß jene Ermahnungen aus dem Herzen kommen, und nimmst sie mir daher nicht übel. Daß Du mir noch nicht geschrieben, verdenk' ich Dir nicht; wenn Du Dich aber fürs künftige an Dein mir mündlich getanes Versprechen, mir *wenigstens alle vierzehn Tage,* wo nicht noch öfter, zu schreiben, erinnern wolltest und es erfüllen, so würd's mir gar herzlich lieb sein. Deinen Brief an Rambach habe ich gelesen und mich sehr gefreut, daß die Reise Dir so gut bekommen und Du so vergnügt bist. Bleib dabei. Mein sehnlichster Wunsch würde erfüllt sein, wenn ich itzt durch irgendeine zauberische Gewalt zu Dir hin versetzt würde und mit Dir des aufblühenden Frühlings in den schönen Feldern Deines Dorfes genießen könnte. Du führst da ein herrliches Leben. Die Abschrift vom ersten Akt der *Anna Boleyn* hab' ich auch gesehen. Hast Du noch etwas drin geändert? Den eingeschobenen Auftritt vor Norris' Monolog hab' ich gefunden. Schmohls und Deine Hand wechselt auf eine kuriose Art ab. Einmal hat Schmohl nur ein paar Worte geschrieben: es ist viel, daß Du mehr Geduld hast als er. – Bei Rambach bin ich ein paarmal gewesen. Er gefällt mir sehr. Schon das erste Mal war er gleich so aufgeschlossen gegen mich, daß er sich für den Verfasser der *Eisernen Maske* bekannte. Ich verspreche mir viel Vergnügen von seinem Umgange. – Vor ein paar Tagen bin ich auch mit Bernhardi nach dem Gesundbrunnen spaziert. Ich habe mich recht sehr angenehm mit ihm unterhalten. Er scheint sehr gern über Musik zu kritisieren und zu ästhetisieren; das ist *mein* Lieblingsobjekt auch; da haben wir denn so mancherlei gesprochen. Ich sagte ihm von manchen Dingen, was ich wußte: es bleibt aber noch immer mein Verlangen, einmal in der praktischen Komposition noch weiter zu kommen, dann würd' ich weit reichere Quellen des Räsonnements darüber haben; – wenn auch

nur so weit, daß ich kleine Arien, Duette, Chöre usw. komponieren könnte – daß ich Dein *Lamm* nach meinen Schalmeien und Flöten auf der Bühne springen lassen könnte. [] – Mit Bernhardi hab' ich auch einen Satz abgehandelt, den wir auch zuweilen wohl in unserm Gespräch berührt haben und der mir jetzt *sehr* einleuchtend ist: daß nämlich der Geschmack größtenteils seinen Grund im feinern (schwächern, empfindlichern) Bau und Organisation des Körpers habe. – [] Leb wohl, lieber Tieck! Und bleib mein Freund! Denn das ist meine höchste Freude und mein größter Stolz. Daß Du vierzehn oder dreißig Meilen von mir entfernt bist, darf ich mir gar nicht deutlich denken, sonst werd' ich zu traurig. Suche so viel als möglich vergnügt und zufrieden zu leben. Ich werd's auch. Schreib mir nur oft und bald. Hörst Du? recht oft! Bleib gesund.

Dein Freund W. H. Wackenroder

TIECK AN WACKENRODER

667

Bülzig, 1. Mai 1792

Liebster Wackenroder, wie geht es Dir? Ich dachte schon einen Brief von Dir zu erhalten, aber meine Hoffnung war vergeblich, aber sie war auch zu vorlaut, da ich bis itzt so saumselig gewesen bin, Dir zu schreiben. Nimm es mir ja nicht übel, liebster W[*ackenroder*], die Schuld lag wirklich nicht ganz allein an mir. Ich weiß, Du erlässest mir die Entschuldigung und glaubst mir auf mein Wort. []

Übrigens lebe ich hier recht poetisch und bin doch nichts weniger als ein Poet, denn kannst Du's mir wohl glauben, ich habe fast noch nicht mehr als den ersten Monolog zu einem kleinen Stücke *Philopömen* geschrieben, wovon ich Dir schon ehmals sagte. Die Gegend hier ist vortrefflich, nur die ersten Tage waren häßlich, alles schon so schön, weh Schnee und Eis, bist Du nicht auch am Morgen recht erschrocken, als Du aufstandest?

Die Jahreszeiten selbst verwirren sich,
Beschneite Fröste sinken in den Schoß

Der frischen Rose, und auf des alten Winters
Eisgrauen Scheitel wird, als wie zum Spott,
Ein Kranz gesetzt von holden Sommerknospen.

Du wirst an dieser kleinen Probe sehen, daß ich auch hier meinen Lieblingsdichter lese, der immer mehr in meinen Augen gewinnt, je mehr ich ihn auswendig lerne. (Solltest Du Dich dieser Stelle nicht mehr erinnern, sie steht im ersten Akt des *Sommernachtstraums*.) Vor dem einen Fenster steht ein Baum mit allen seinen Blüten, vor dem andern mehrere Taubenschläge, im Garten hat sich eine Nachtigall eingefunden, die des Abends göttlich singt, oft liege ich im Garten unter einigen Schafen, die dort mit ihren Lämmern weiden, die guten Tiere haben sich schon so an mich gewöhnt, daß mein Anblick sie gar nicht mehr stört, sondern sie kommen oft auf mich zu. Ein Lamm ist besonders darunter, was beständig, wenn ich dort sitze, bei mir ist und mit meinen Knöpfen oder den Riemen an den Stiefeln spielt, ich bin einigemal eingeschlafen, und es hat mich wieder geweckt, indem es mein Gesicht und meine Hände leckte. Ich habe oft Lust gehabt, Idyllen zu schreiben, hast Du denn noch nicht weiter an unser Schäferspiel, das *Lamm*, gedacht? Wenn Du Dich noch einer Paramythie, die *Leyer*, erinnerst: aus dieser habe ich mir vorgenommen, eine kleine Schäferepopöe, *Der erste Dichter*, zu schreiben, doch gehört dieser Vorsatz in die Zahl derer Pläne, die vielleicht nie ausgeführt werden. []
Lieber W[*ackenroder*], kannst Du mir auch die erzwungene Lüstigkeit an dem letzten Abend, da wir zusammentrafen, verzeihen? Wie Du von mir gingst, wie mir da zumut war, das kann ich Dir gar nicht beschreiben: als würde ich plötzlich in eine Wüste, in die finsterste Einsamkeit hinausgestoßen. Auch der Abschied von meinen Eltern und Schwestern war mir traurig, auch von Rambach und Bernhardi. Bin ich nicht darin recht glücklich? Man sagt sonst, einen Freund zu haben, sei in dieser Welt schon viel, ich bin davon überzeugt, daß ich mehr als einen Freund [*habe*]: Du, Piesker, Schmohl, Bernhardi, Rambach und *Toll*, an den ich jetzt recht oft denken [*muß. Sein*] Andenken hat mich schon oft recht traurig gemacht. – Ach, W[*ackenroder*], wie vermisse ich Dich! – Wenn ich oft an die Stunden denke, in welchen wir

zusammen vergnügt oder traurig waren, wenn ich an unsere Spaziergänge denke! Ich finde gewiß keinen Menschen wieder, der mich so ganz versteht wie Du, der jeden meiner Gedanken behorchen kann, der der Dolmetscher aller meiner Empfindungen ist, der so fein, so zart fühlt, dessen Phantasie so ätherisch und geläutert wäre; W[*ackenroder*], mit Tränen denke ich schon jetzt an Deinen Umgang zurück, wie wird es mir erst nach einem Vierteljahre ergehen, ja ich muß Dich auf Michaelis wiedersehen. – Glaube ja nicht, daß ich Dir schmeicheln will, Du kennst ja meinen Abscheu vor jeder Art von Schmeichelei, und daß ich weit leichter jedem andern Menschen als meinem Freunde etwas Verbindliches sagen kann. – Da wir nicht miteinander sprechen können, so schreib mir doch ja bald, schreib mir recht weitläuftig, recht genau, schicke mir auch etwas von Deiner Arbeit, wenn Du gerade etwas hast, Du würdest mir dadurch eine außerordentliche Freude machen. [ ]

Alles blüht um mich her, alles ist so schön, die Lämmer schreien, die Tauben gugeln, die Lerchen und Nachtigallen singen, und doch bin ich so oft traurig. – Schmohl läßt Dich grüßen. – Bleibe mein Freund.

[ ] Tieck

668

WACKENRODER AN TIECK

Berlin, 5. Mai 1792

Liebster Tieck! Dein Brief hat mir unaussprechliches Vergnügen gemacht; ja, er hat mich wirklich bis zu Tränen gerührt. Wenn Du weißt, wie weich ich bin, wirst Du mir das glauben. Tieck, ich bin entzückt, daß Du mich so liebst! Werther sagt ganz himmlisch schön, daß er sich selber anbetete, wenn seine Geliebte ihm die Neigung ihres Herzens kundtäte – und er wiederholt sich selbst ein Mal über das andre die Worte: lieber Werther, in dem Tone, wie sie sie ihm ausgesprochen hat. O Tieck, ich möchte mich auch selber anbeten, wenn ein Mensch wie Du, dessen Worte mir Orakel sind, mich so mit dem veredelten Bilde meiner selbst in Rausch und Taumel versetzt. – Und wenn ich ja in Deinen Augen etwas wert bin, wem hab' ich es anders zu danken als Dir? Dir verdank' ich

alles, was ich bin, alles! Was möchte aus mir geworden sein, wenn ich Dich nie kennengelernt hätte? O Tieck, lies Dir diese Worte mit Feuer vor und sei stolz darauf, daß Du einen Menschen auf immer glücklich machst durch Deine Freundschaft – so stolz als ich bin, daß Du mich würdigst, mein Freund zu sein. Bleib es, lieber Tieck, bleib's; Du weißt, daß ich in alle Ewigkeit Dich über alles lieben werde.
Herzlich freue ich mich, daß Du so schön und angenehm jetzt auf dem Lande lebst. Über Deinem ganzen Briefe schwebt ein so sanfter, schöner, heiterer Geist des Frohsinns, den Dir das Ergötzen an den Naturschönheiten eingeflößt hat. Suche ja in dieser Stimmung zu bleiben und befolge ja doch selber die Regel, die Du Bernhardi gibst, nicht so viel zu sitzen. [] – Wenn ich in ein Konzert gehe, find' ich, daß ich immer auf zweierlei Art die Musik genieße. Nur die eine Art des Genusses ist die wahre: sie besteht in der aufmerksamsten Beobachtung der Töne und ihrer Fortschreitung; in der völligen Hingebung der Seele in diesen fortreißenden Strom von Empfindungen; in der Entfernung und Abgezogenheit von jedem störenden Gedanken und von allen fremdartigen sinnlichen Eindrücken. Dieses geizige Einschlürfen der Töne ist mit einer gewissen Anstrengung verbunden, die man nicht allzulange aushält. Eben daher glaub' ich behaupten zu können, daß man höchstens eine Stunde lang Musik mit Teilnehmung zu empfinden vermöge und daß daher Konzerte und Opern und Operetten das Maß der Natur überschreiten. Die andre Art, wie die Musik mich ergötzt, ist gar kein wahrer Genuß derselben, kein passives Aufnehmen des Eindrucks der Töne, sondern eine gewisse Tätigkeit des Geistes, die durch die Musik angeregt und erhalten wird. Dann höre ich nicht mehr die Empfindung, die in dem Stücke herrscht, sondern meine Gedanken und Phantasien werden gleichsam auf den Wellen des Gesanges entführt und verlieren sich oft in entfernte Schlupfwinkel. Es ist sonderbar, daß ich, in diese Stimmung versetzt, auch am besten über Musik als Ästhetiker nachdenken kann, wenn ich Musik höre: es scheint, als rissen sich da von den Empfindungen, die das Tonstück einflößt, allgemeine Ideen los, die sich mir dann schnell und deutlich vor die Seele stellen. – Wie ich bei Schauspielen die Musik zwischen den Akten genieße, habe ich Dir wohl schon sonst gesagt. Die erste

Symphonie vor dem ersten Akt höre ich immer mit gespanntem Gefühl und inniger Teilnahme an; aber bei allem Folgenden ist mir das unmöglich, und ich sehe die Zwischenmusik nur als eine Leinwand, als ein Tuch an (dies Bild hab' ich mir schon immer davon gemacht), worauf ich mir die Szenen des vergangenen Aktes noch einmal vormale. Wird die Musik alsdann unterbrochen, so ist's, als würde mein Gewebe zerrissen, und ich habe nichts, woran ich die Bilder meiner Phantasie anheften kann. Hat jeder dies Gefühl? Ich möcht's gern wissen.

Rambach hat mir einen Teil einer neuen Ausgabe von Sineds [*Denis*] *Liedern* geliehen. Die Ausgabe ist in Quart 1791 in Wien prächtig gedruckt (so wie hier Unger druckt) und enthält in sechs Bänden die Übersetzung Ossians und die eigenen Gedichte. Ich lese jetzt diese, worunter auch seine Übersetzungen alter nordischer Gedichte aus der *Edda* usw. mit aufgenommen sind. Er scheint zu denen zu gehören, welche gerne die schönen Götter des griechischen Parnasses mit den schlechten Dichtern, deren heisere Stimme ihre Namen entweiht hat, in eine Folterkammer werfen und die alten nordischen Gottheiten aus ihrem langen Schlummer erwecken und auf den Thron der Dichtkunst setzen wollen. Aber dies widerstreitet noch immer meinem Gefühl. Daß die alten Barden und Skalden der Natur treu auf der Spur folgten und die Empfindung rein und ungeschminkt darstellten, weiß ich. Auf find' ich in manchen von Denis' Übersetzungen sanfte, wenigstens sich dem Sanften nähernde Stellen, die den Stempel der Natur an sich tragen. Und daß die Eigentümlichkeit der Bardenlieder, die sie fast alle zu Kriegsliedern macht, worin *Tapferkeit* und Mut im wilden Schlachtengetümmel als die erhabensten Männertugenden gepriesen werden, daß dieses ein Anstoß für den gebildeten Ton unsers Zeitalters sei, fang' ich auch an, nicht mehr zu glauben. (Denn gern überzeug' ich mich von Deinem Grundsatz: »Ein wahrer Dichter macht alles dichterischschön!«) Allein – wird es ein Gewinn sein, wenn wir die ausgebildete Mythologie des edelsten, feurigsten, feinsten Volks, das je die Erde trug, mit dem rohen Wuste der nordischen Barbaren vertauschen? Und was ist der Grund? Denis will bloß darum Barde und Skalde sein, weil Odin und Thor usw. sonst *vaterländische* Götter waren. Dieser Grund ist mir nur

sonderbar. Was will man denn in unsern Zeiten mit *dieser* Vaterlandsliebe? Doch scheint jetzt eine gewisse Mode hierin zu herrschen. Gemeine Schullehrer scheinen wirklich zu glauben, daß sie wer weiß wie große Fortschritte in der Pädagogik gemacht haben, wenn sie ihren achtjährigen Knaben jetzt die Brandenburgische Geschichte als Geschichte des *Vaterlands* recht weitläufig erzählen. Ein Bürger oder sonst einer, der nicht Gelehrter werden will, braucht doch wahrlich in unsern Zeiten im Grunde die vaterländische Geschichte so wenig als eine andre; und es würde nach meiner Meinung also zweckmäßiger sein, wenn man irgendeine *interessante* Geschichte ohne Rücksicht, ob dieses oder jenes alten oder neuen Volkes, in unteren Schulen vortrüge. – Wie gesagt, ich glaube, man könnte eine ganze Menge Gründe wider die unzeitige Vaterlandsliebe von Denis und seiner Anhänger vorbringen. Wer noch jetzt die Trümmer der nordischen Mythologie zu einem Gebäude zusammensetzen und die Lücken ausfüllen wollte, würde ein schönes Flickwerk zustande bringen. Und es ist doch gar nicht zu leugnen, daß bei aller vortrefflichen, großen Simplizität, bei aller der erhabenen und feurigen Phantasie, die die alten nordischen Dichtungen zeigen, dennoch so viel Ungeheures, was ans Lächerliche und Ungereimte grenzt, so viel Schwerfälliges, so viele entsetzlich harte, unschmackhafte Bilder vorkommen, daß man, wenn man beständig sein Auge auf die eingepelzten Götter Skandinaviens heften wollte, allen Sinn für ein sanftes griechisches Profil verlieren würde. Der Unterschied ist wie Nebeldämmerung und Morgenröte, wie – nun Du magst Dir selbst Vergleichungen aussinnen.
Heute fand ich in der »Allgemeinen Deutschen Bibliothek« rezensiert: *Poetische Versuche* von *Hamann*. Ist denn das der unsrige? Mich dünkt, eine schläfrige Erinnerung sagt mir halblaut ins Ohr, daß er einmal in die »Berlinische Zeitung« ein Gedicht eingerückt hat. Die mitgeteilte Probe, die ich in dem Journale las, war vom Schlage des *Gewöhnlichen*; zuweilen schien der Reim auch den Sinn, der drein hätte liegen können, geraubt zu haben. Der Rezensent urteilte auch so. [ ]
Es ist bald zwölf Uhr nachts. Ich lege mich jetzt schlafen. Ich merke, daß es eine wahre Wonne ist, an Dich zu schreiben. Selig, selig ist der Tag, den ich mit dem Gedanken an Dich beschließe. Er wird mich auch im Schlafe nicht verlassen.

Träume Du auch von mir. Denkst Du jetzt an mich? Oder träumst Du von mir? – Eine allerliebste schmelzend-sanfte Elegie von Voß fängt an:
Denkt mein Mädchen an mich?
Es ist eine höchst natürliche schöne Empfindung darin. – Jetzt hat es gerade zwölf geschlagen.
Gute Nacht. Tieck, fliege her, und ich drücke den feurigsten Kuß auf Deine Lippen.
Gute Nacht, der Himmel sei mit Dir! Gute Nacht! [ ]

669

TIECK AN WACKENRODER

Leipzig, 10. Mai 1792

[ ] Nirgends ist doch die affektierte Empfindsamkeit, die Ziererei mehr zu Hause als in Berlin, nirgends wird so viel von Empfindung gesprochen und nirgends weniger empfunden, man will sich in Menschenhaß und Reue und dem Leide der Liebe die Augen ausweinen, und doch habe ich oft dieselbe Dame, wenn sie noch mit nassen Augen aus dem Schauspiele kam, den Bettler mit den härtesten Ausdrücken wegschelten sehen; wozu arbeitet dann der Dichter, wenn die Empfindung nicht wirklich veredelt wird? –
Man fährt und reitet nach Räderungen und Verbrennungen, und doch wollen Damen und junge Herren in Ohnmacht fallen, wenn Roller vom Galgen aufs Theater kommt, die entehrte Bertha im *Fiesco* beleidigt, und doch wird in der feinsten Gesellschaft genug gesprochen, worüber der Karrenschieber erröten würde. Wahres Gefühl für das Schöne und Anständige ist untergegangen, und wir tändeln jetzt mit einem Schatten.
Auch für das Fürchterliche, Schauerliche, Angsterregende sind die Seelen sehr verschieden gestimmt; als ich den Shakespeare zum erstenmal sehr flüchtig durchlas, erschien mir alles in einem düsteren, fürchterlichen Lichte, über alles Angenehme hatte ich hinweggelesen, und ich entdeckte dies erst gleichsam, nachdem ich diese Stücke mehr als einmal gelesen hatte. [ ]

670
TIECK AN WACKENRODER

Halle, 29. Mai 1792

[] Du mußt zugeben, daß alles, was bei den schönen Künsten gefallen soll, bloß dadurch gefallen kann, indem jeder Künstler die Töne anschlägt, die hell und rein in unsrer Seele widerklingen, daher lacht der eine, wenn der andre weint, auf diese Art kann der Dichter allein die Rührung bewirken, denn die Rührung ist ja nichts anders als Sympathie mit den Personen, die uns rühren, ein Freundschaftszug, der uns zu ihnen hinzieht und macht, daß wir an allen ihren Schicksalen teilnehmen, wir lieben sie mehr oder weniger, nachdem der Dichter sie mehr oder weniger aus unsrer Seele genommen hat, daher kommt die große Gewalt, die der dramatische Dichter über die Herzen der Menschen haben kann. Wir lieben oft einen Graf Appiani oder einen Just und Tellheim mehr als Menschen, mit denen wir umgehen und die wir täglich sehen, und bloß darum, weil wir mit diesen nicht sympathisieren und sich in jenen unsre eignen Seelen spiegeln. Dies scheint mir nun auch der Fall beim Erhabnen zu sein. Wir entdecken im Erhabnen uns selbst, die Sympathie zieht uns zu der Person hin, die erhaben denkt, und diese Liebe, mit Verehrung vermischt, kann so stark sein, daß sie in Tränen ausbricht, es ist eine Empfindung aus Mitleid, Freude und Verehrung zusammengesetzt, wir freuen uns, daß ein solcher großer Mensch unser Freund sei oder sein sollte, wir verehren in dem Augenblicke die Menschheit, wir möchten den Dichter anbeten, der so etwas hervorbringen konnte, und in diesem Augenblick vergießen wir Tränen, indem wir unsre Verwandtschaft mit dem Dichter fühlen, wir freuen uns, daß wir Menschen sind. Daher kann es leicht kommen, daß Erhabenheit vorzüglich mich leicht zu weinen zwingt, weil ich gewöhnlich die Menschheit verachte und mich dann plötzlich freundlich bei der Hand ergriffen fühle und mir im schönsten Augenblicke die reizendste Versöhnung angeboten wird, und daher weint vielleicht ein andrer nicht, ob er gleich das Erhabene ebenso stark fühlt als ich, weil es bei ihm dieser Aussöhnung nicht bedarf. []

671
TIECK AN WACKENRODER

Halle, 12. Juni 1792

[] Lieber W., wenn Du recht glücklich sein willst auf mehrere Stunden, so lies den zweiten Teil vom *Genius*, der diese Ostermesse herausgekommen ist, er hat mich äußerst glücklich gemacht, es ist fast gar nichts Wunderbares darin, aber ich habe mich so ganz und gar darin wiedergefunden, alle meine Lieblingsideen so schön ausgeführt, daß ich dem Verfasser außerordentlich gut geworden bin; lies ihn nächstens und besonders aufmerksam die Szenen bei dem *Einsiedler*, dies ist nach meiner Meinung das Schönste, der Triumph des Verfassers, so dachte ich mir meinen *Almansur* (wenn Du Dich noch dieses flüchtigen Aufsatzes erinnerst), dies war mein Ideal, so hatt' ich schreiben, so alles sagen wollen. –
Ich bekam beide Teile vom *Genius*, und weil Schwinger oft bei mir ist und sich fast ebensooft ennuyiert, und weil mit Schmohl nicht so recht etwas anzufangen ist, und am meisten, weil ich mir vom zweiten Teil sehr viel Schönes versprach, so machten wir aus, daß ich ihnen beide Teile hintereinander vorlesen sollte, wir fingen um vier an. Es interessierte sie außerordentlich, [] nach neun hatten wir den ersten Teil beendigt. Der zweite ward angefangen, ach! und ich bin lange nicht so glücklich gwesen, besonders bei jenen Szenen, von denen ich Dir schon gesagt habe, und grade bei diesen (es war schon nach zwölf Uhr) fingen meine beiden Zuhörer alle Augenblick an einzuschlafen, weil hier eigentlich keine Handlung, kein Fortgang der Geschichte war, doch ich war in einer zu schönen Stimmung, alle Menschen waren mir so lieb, die Welt so teuer geworden, daß ich mich darüber gar nicht ärgern konnte, sondern ich las stets weiter mit eben dem Enthusiasmus, mit eben dem ununterbrochenen Eifer, nach zwei Uhr war das Buch geendigt. Eine kleine Pause, worin ich nichts sprechen, nichts denken konnte, alle Szenen wiederholten sich vor meinen Augen, mir war so zumut wie Dir nach einem ergreifenden Akt einer Tragödie während der schalen Musik, ich hörte das Geschwätz um mich her, ohne es zu vernehmen, ich lag in den lieblichsten Träumen eingewiegt, ich empfand, wie ich nur selten, nur in den schönsten Stunden

der glücklichsten Begeisterung empfinde, ich stand so viele Stufen höher als gewöhnlich, tausend Ideen, tausend große Vorsätze schwebten auf goldenen Wolken um mich her und winkten mir lächelnd entgegen – doch wozu will ich *Dir* beschreiben, was keiner als gerade Du besser empfindet. – Schmohl und Schwinger gingen in die Kammer, um sich schlafen zu legen, ich wollte die Nacht auf einem Stuhl zubringen, wie ausgemacht war. – Das Licht ward entfernt, ich war allein, Nacht um mich her, nur eine sommerliche Dämmerung brach sich durch die Fenster und kuckte schläfrig hinter den weißen Gardinen hervor, die Nacht schien mit trüben, verdrießlichen Augen nach dem Tage hinzublicken. Ich stand gedankenvoll mit dem Arm auf einen Stuhl gelehnt, in jener schönen erhabnen Schwärmerei verloren, nur für Schönheit empfänglich, süße Töne wie abgebrochene Gesänge schwärmten um mein träumendes Ohr, rosenfarbene Bilder umgaukelten mich mit blauen Schmetterlingsflügeln, als plötzlich – noch schaudre ich, wenn ich daran denke, noch kann ich die Möglichkeit nicht begreifen – als wie in einem Erdbeben alle diese Empfindungen in mir versanken; alle schönen grünenden Hügel, alle blumenvollen Täler gingen plötzlich unter, und schwarze Nacht und graue Totenstille, gräßliche Felsen stiegen ernst und furchtbar auf, jeder liebliche Ton wie verweht, Schrecken umflog mich, Schauder die gräßlichsten bliesen mich an, alles ward um mich lebendig, Schatten jagten sich schrecklich um mich herum, mein Zimmer war, als flöge es mit mir in eine fürchterliche schwarze Unendlichkeit hin, alle meine Ideen stießen gegeneinander, die große Schranke fiel donnernd ein, vor mir eine große, wüste Ebene, die Zügel entfielen meiner Hand, die Rosse rissen den Wagen unaufhaltsam mit sich, ich fühlte es, wie mein Haar sich aufrichtete, brüllend stürzte ich in die Kammer. – Jene, in der Meinung, ich will sie erschrecken, schreien ebenfalls, als plötzlich sich die kleine Kammer wie zu einem weiten Saal ausdehnt, in ihnen zwei riesenmäßige Wesen, groß und ungeheuer, mir fremd, deren Gesicht wie der Vollmond ist (o jetzt versteh' ich erst ganz diese vortreffliche Schilderung im *König Lear*), mir war, als sollt' ich niederstürzen, die Angst und Wut schüttelte alle meine Glieder, ich hätte beide niedergestochen, hätt' ich einen Degen in meiner Gewalt gehabt. Ich war auf einige Sekunden wirklich *wahnsinnig*. Jetzt kam eine verlorne Idee zurück, ich stürzte vorüber, den Zügel wieder zu fassen, der Wagen stand, um Gottes willen! ich werde rasend! rief ich und sank halb ohnmächtig nieder, alles gewann nach einem kleinen Kampfe seine natürlichen Umrisse wieder, ich fand mich selbst wieder. Ich war äußerst ermattet. Alle meine Pulse klopften hörbar. Meine Phantasie arbeitet aber immer noch, wie ich mich nur von wenigen Stunden erinnern kann, der Anblick des *Weißen* war mir besonders schrecklich, Schmohl mußte sich daher seinen Überrock anziehn, er war mir noch immer etwas fremd, ich entsetzte mich noch jedesmal, so oft ich ihn ansah. Höchst ermattet legte ich mich endlich aufs Bette, aber alles erschreckte mich, die Tür der Kammer stand auf, und unser Zimmer war mir wie das Reich des Todes, man mußte die Tür zumachen; über eine Stunde brachte ich in einem Zustande zu, der einer Ohnmacht des Körpers nahe war, indes alle Kräfte der Phantasie krampfhaft arbeiteten. Das Licht ward endlich ausgelöscht. Sobald ich die Augen zumachte, war mir, als schwämme ich auf einem Strom, als löste sich mein Kopf ab und schwämme rückwärts, der Körper vorwärts, eine Empfindung, die ich sonst noch nie gehabt habe; wenn ich die Augen aufmachte, war mir's, als läg' ich in einem weiten Totengewölbe, drei Särge nebeneinander, ich sehe deutlich die weißen, schimmernden Gebeine, alles dehnte sich in eine fürchterliche Länge, alle meine Glieder waren mir selbst fremd geworden, und ich erschrak, wenn ich mit der Hand nach meinem Gesicht faßte. Schmohl war mir immer ein fürchterliches Ungeheuer, das die einbrechende Dämmerung des Morgens zu fürchterlichen Gestalten umwandelte. So brachte ich noch eine entsetzliche Stunde zu, alle Schrecken des Todes und der Verwesung umgaben mich, alles Schöne war in mir erstorben, ich konnte keinen angenehmen Gedanken denken. Einigemal schlief ich ein, Du weißt, daß das Einschlafen mit einer krampfhaften Zuckung anfängt, diese war aber so gewaltsam, daß ich davon fürchterlich in die Höhe geworfen wurde. Endlich schlief ich ein und erwachte äußerst ermattet. Ich konnte den ganzen Tag nicht ausgehn und mich kaum von einem Stuhl zum andern bewegen.

Dieser Vorfall hat die Besorgnis, die ich Dir schon ehedem

mitgeteilt habe und die mir so fürchterlich ist, daß ich nämlich *wahnsinnig* werden möchte, um vieles vermehrt, um vieles wahrscheinlicher gemacht.

Wer weiß
Was in der Zeiten Hintergrunde schlummert,

sagt Karlos, und auch ich fürchte das Erwachen mancher noch jetzt verborgenen Furchtbarkeit, denn Unglück und Traurigkeit war ja mein Schicksal von meinen frühesten Jahren, es wird sich jetzt nicht ändern, ach wüßtest Du, welche bange Ahndungen mich jetzt manchmal umschweben, ich sollte mich doch schon daran gewöhnt haben, alles zu verlieren, was mir in der Welt teuer ist, aber noch habe ich es nicht so weit bringen können, vielleicht kann ich es nie, und habe ich denn gewonnen, wenn ich es kann? — Beklage mich, lieber Freund, Du wolltest mir nicht glauben, *daß ich nie glücklich werden könne,* nimm jetzt immer *meine* Überzeugung an. []

672
WACKENRODER AN TIECK

Berlin, 15. Juni (1792)

Mit nassen Augen fang' ich an, Dir zu schreiben. O Tieck, Du hast mir schon manche Tränen ausgepreßt; tausend süße, für die ich alle Schätze der Welt nicht verlangte; aber auch bittere, herbe Tränen, die in meinen Augen gebrannt und mich zu einer melancholischen Sympathie erhitzt haben. Du hast mich lange nicht so erschüttert als durch Deinen letzten Brief.
[] Gütiger Himmel! auf welchem entsetzlichen Rande hast Du gestanden! O Tieck — Gott möge verhüten, daß unsre Freundschaft, die ein Beispiel der möglichen Menschenglückseligkeit sein sollte, keinen Stoff zu einem Trauerspiel gebe.
Um alles in der Welt willen, welcher Dämon macht sich denn ein Vergnügen, Dich unglücklich zu machen? Ich weiß nicht, wie meine Zunge zu Dir sprechen soll; sie erstarrt. []
Tieck, ich wollte vieles aufopfern, wenn meine Freundschaft ein einziges von Dir verlangen könnte. Ich weiß, daß Du das Leben nicht achtest, daß Du Dich als einen der Welt schon Abgestorbenen betrachtest, der in einem gleichgültigen Mit-

telzustande lebt, alles um sich her wie aus dem Grabe, wie durch das Gitterfenster eines düstern Gewölbes ansieht; der ohne Überlegung aus Laune seinem Körper und Geiste Pönitenzen auflegt und sich selbst wie einen Nichtswürdigen behandelt, weil er nichts an sich verlieren zu können glaubt. Wann wirst Du von dieser unseligen Krankheit genesen? O daß ich alle Beredsamkeit, die in allen Weltteilen je menschliche Herzen gebeugt hat, zusammenrufen und auf einen Punkt konzentrieren und damit wie durch den Sonnenstrahl vom Brennspiegel Dein verirrtes Herz mit Wahrheitsglanze blenden könnte! Tieck, ich beschwöre Dich bei allem, was Dir heilig ist, bei der göttlichen Kraft, die die Welt beseelt und deren Funken in Deiner Seele glüht; ich beschwöre, frage Deine übertäubte Vernunft um Rat. Unaufhörlich stürmst Du auf die Gesundheit Deines Körpers und Deiner Seele los – wie kannst Du etwas anders als Mißbehagen fühlen? In einem Anfall schrecklicher Melancholie würde der Gedanke, das Innere des heiligen Geheimnisses, des Lebens, zu zerstören, zu welchem die Natur allein den Schlüssel hat, er würde in einem heiteren Lichte Dich umschweben, und es würde Deinem Schoßkinde, der Phantasie, gar herzlich kitzeln, wenn sie die Vernunft wie eine weinende Bettlerin vor ihrem Thron harren sähe. Aber hier, hier ist es Zeit, an Deine Liebe zu appellieren! Hier stelle ich unsre Freundschaft Dir vor die Füße; diese mußt Du zuvor umstürzen, ehe Du die abenteuerlichen, zauberhaften, erquickenden Freuden eines lebenlosen Lebens oder – des Nichtdaseins selbst kosten kannst. O sammle Dich, Freund, in diesen Augenblicken muß ich Dich mit dem kühnsten Stolze angreifen, mit der gespanntesten Empfindung Dich in das Geleise des gemeinen Nachdenkens zurückbringen; – doch es ist Unsinn, was ich schreibe, Du hast kein Acht auf mich, Du hörst mich nicht. Soll ich Dich feiner angreifen? Soll ich Dir im Spiegel der Zukunft die tränenvollen Tage, das unglückselige Schicksal zeigen, das mich verfolgen würde, wenn Du, aus Ungeduld, der langsamen Natur zu folgen, oder Lust, ein großer Geist zu werden, Dich immer unglücklicher machtest? Und bin ich der einzige? Du weißt nicht, wie sehr z. B. Bernhardi Dich liebt; ich weiß es. Und Du, Du, Tieck, Du könntest unbesonnen genug sein, aus mutwilligem Humor, aus bloßem arm-

seligem Kitzel, aus Sucht, Dir ein schales kleines Vergnügen zu machen, etwas zu tun, wodurch Du Deine Freunde auf ihre Lebenszeit unglücklich machst, Elend auf ihr heiteres Leben säest und durch sie auf die sie umgebende Welt auch noch trübsinnige, melancholische Gefühle verbreiten willst? Du denkst: »Ich möchte doch sehen, ob ich das Buch in einem Abend ganz durchlesen könnte, – ich möchte doch wissen, ob ich es aushielte, mehrere Nächte hintereinander oder in einer heftigen Geistesspannung zu arbeiten, – ich hätte wohl einmal Lust, in einem Tage vierzehn Meilen zu gehn, – ich möchte gern aus Spaß einmal in einer ganz finstern Nacht auf den Giebichensteiner Felsen an den gefährlichsten Stellen heraufzuklettern« – und tausend andre Sachen. Entsetzlich! Deine Laune, die durch einen elenden Genuß einer angenehmen Stunde befriedigt sein will, Deine Laune soll der Götze sein, an dessen Altar Du die Freundschaft, die Glückseligkeit von wahren Menschen schlachten willst, die Du zu lieben, über alles zu lieben vorgabst? Alle die hohen Gefühle, die wir Dir geweiht haben, alle die Seligkeiten, die Dein wachsender, immer wachsender Geist uns künftig versprach, stößest Du die unter nichtsbedeutendem Lächeln und mit abgewandtem Gesicht in den furchtbaren Ozean des Nichts? Tieck, ein Engel ruft durch mich Dir zu: Erhalte Dich, schone Dich, mache Dich glücklich *um Deiner Freunde willen!*
Pfui, daß ich so abscheuliches Zeug habe sagen müssen. Lies es schnell und zerreiß es – zerreiße das Papier und die Worte –, aber den Sinn, den ich Dir durch dieses Gewirr krasser Ausdrücke ins Herz habe prägen wollen, den präge hinein – mit brennenden Flammenzügen. Alles, alles bezeugt meine innige Liebe zu Dir, und diese, wenn Du mich kennst und mich zu durchschauen würdigst, wirst Du auch durch alle heftigen Vorwürfe, die ich Dir je gemacht habe, hell und glänzend durchscheinen sehen. – []
O wehe, wehe! daß ich in der Tat einen schwarzen Trauermantel um meinen Freund, um meinen besten, einzigen Freund anlegen möchte! Denn mein Freund ist – unglücklich! O wenn mein heißes Gebet zum Himmel Erhörung herabzöge! Tieck, es *muß* besser werden mit Dir, *besser* sag ich, – schiele nicht nach dem traurigen Platz um die Kirche hin, wo Hügel und Kreuze stehn und falber Wermut wächst, –

nein! besser in *diesem* Leben. Sollte der Himmel Dir einen erhabenen Geist bloß zu Deiner eigenen Qual gegeben haben? Und willst Du, unter dieser Voraussetzung, immer selbst Deiner vermeintlichen Bestimmung zum Unglück entgegenarbeiten? – Es ist nicht möglich, Tieck! Du bist ein Engel! und Du solltest ewig unglücklich sein? [ ]

673

TIECK AN WACKENRODER

Unterwegs nach Gernrode, 23. (24.?) Juni 1792

Liebster Wackenroder! Mit der größten Freude habe ich Deine Briefe erhalten und vorzüglich aus dem ersten gesehn, wie sehr Du mich liebst. Daß man mich mißversteht, bin ich schon gewohnt, aber liebster W.[*ackenroder*], *wir* beide sollten uns nicht mißverstehen. Glaube ja nicht, daß ich mir den Schein geben wolle, besser zu sein, als ich wirklich bin, ich kenne meine Fehler und Schwachheiten so ziemlich, aber *diese* Schwachheit habe ich wenigstens abgelegt. Du hältst mich also für einen Toren, für einen der größten Toren, für ein Kind, das sich erst mutwillig den Kopf an der Mauer stößt und dann jedem entgegenläuft und ihm klagt, daß es Schmerzen empfinde? Daß ich krank wurde, war diesmal wahrlich ohne meine Schuld, es war nicht der Trotz, den ich sonst wohl zuweilen an mir bemerkt habe, ich kannte mich noch nicht genug, ich traute mir mehrere Kräfte zu, als ich wirklich besaß, es war kein vorsätzlicher Fehler. Ich habe Dir und niemand anders meine Empfindungen vorgelegt, weil Aufrichtigkeit das erste Gesetz unseres Briefwechsels war. –

Ich hasse das Leben nicht mehr, seit ich Freunde habe, die mich mit den schönsten Fesseln zurückziehn, seit ich Dich kenne, seit ich weiß, daß vielleicht ernste Pflichten auf mich warten, daß ich Hoffnungen nicht als ein Boshafter ermorden darf, meine Eltern lieben mich, mein Tod würde auch der ihrige sein, ebenso meine Schwester. Vielleicht kann ich ihnen einst wiederbezahlen, was ich ihnen schuldig bin, und es gehört zu meinen schönsten Träumen, ihnen ihr hilfloses Alter zu erleichtern. Du siehst, wenn ich dies alles fühle, daß ich dann unmöglich der Leichtsinnige sein kann, für den Du mich wirklich hältst, der von einem Vermögen schwelge, was ihm nicht gehört. Wäre ich allein in der Welt, dann, ich gestehe es – doch wozu? ich will abbrechen, da ich heut überdies einmal froh, sehr froh gewesen bin. [ ]

Ich habe [ ] vor einiger Zeit den *Großkophta* gelesen, und ich muß gestehen, daß er mir nicht sehr gefallen hat, die Verwickelung ist sehr artig, die Charaktere sind sehr gut durchgeführt, aber doch vermisse ich jene Züge des *großen* Genies, das in allen andern Werken Goethens hervorleuchtet, ich hätte aufhören können zu lesen, wo ich gewollt hätte, und die Entwickelung scheint mir etwas hart und zu gedrängt. [ ]

Ist es Dir nicht aufgefallen, daß Schiller in dem Sekretär Wurm einen großen Fehler begangen hat? Erinnerst Du Dich noch, daß wir es einst an Shakespeares Bösewichtern bewunderten, daß man sie gar nicht hassen könne? – Dies ist hier nicht der Fall. Er wird so sehr gehaßt, daß er selbst die Illusion stört, weil er gar zu abscheulich ist (denn er ist in *meinen* Augen abscheulicher als Franz Moor, der doch noch *bereut*), am meisten in der großen Szene, in welcher er Louisen den Brief diktiert. [ ]

674

WACKENRODER AN TIECK

(Berlin), 20. Juli (1792)

[ ] Im *Großkophta* hab' ich freilich auch nicht etwas Außerordentliches, so wie man es von dem Verfasser des *Werther* gewohnt ist, entdeckt. – Der Charakter des Sekretärs ist Dir in *Kabale und Liebe* zu abscheulich und mehr als Franz Moor? Mir scheint selbst der letztere weit mehr zu entschuldigen zu sein; wie wohl immer mehr Scharfsinn, als ich besitze, dazu gehört, um dergleichen seltene Ungeheuer im Drama zu rechtfertigen. Du weißt, daß sie mir leicht mit zu starken Farben gezeichnet sind und daß ich auf der Bühne eine Person verabscheue, die gar nichts Menschliches an sich hat und nicht das geringste uns auffordert, uns mit ihr nur einigermaßen auszusöhnen, wenigstens unsern Abscheu in dem Grade zu dämpfen, daß doch das Gefühl des Mitleids

und des Bedauerns dabei in unsrer Seele noch Platz behält. Und freilich habe ich noch nichts gefunden, was dies bei der genannten Rolle veranlaßte. [ ]

675

WACKENRODER AN TIECK

Berlin, Dezember 1792

[ ] Die übertriebene Reizbarkeit meiner Nerven, für die ich keinen Namen habe und auf die ich in der Tat nicht stolz sein darf, ist mir bei jenem Umgange auch sehr zur Last. Jedem andern würde ich Rätsel sprechen, aber *Du* wirst in meine Seele eindringen, wenn ich Dir sage, daß der bloße Anblick eines Menschen wie – [*mein Vetter*] mir im eigentlichen Verstande *wehe* tut, mir Schmerzen macht. Bloß ihn ansehen macht meine Brust so beklemmt, daß ich nicht frei Atem holen kann. Ja was mehr ist, ich kann ihn kaum ansehen, ohne in mir die unbehaglichste Empfindung des Widerwillens und der Abneigung zu fühlen; eine Empfindung, die gewiß, öfter wiederholt, einen nachteiligen Einfluß hat, den Kopf abstumpft und – das Herz verdirbt. Jede Fröhlichkeit, jede Liebe, jede Zuneigung veredelt uns, ist selber Tugend; jedes Gefühl, wovon Haß die Wurzel ist, verschlechtert und erniedrigt uns. Dies sind Grundsätze, von denen ich itzt vollkommen überzeugt bin. Auch verstehe ich itzt ungleich mehr als sonst, was Du mir einst sagtest: daß der Anblick eines schönen und ausdrucksvollen Gemäldes, ja der Genuß des Schönen in allen schönen Künsten, *ganz unmittelbar* das Herz veredelt und die Seele erhebt. Ich fühl' es so deutlich, wenn ich nur Dein Gesicht ansehe, so bin ich gut, aber *sein* Gesicht, das verstimmt ganz und gar die harmonischen Saiten meiner Seele.

Noch eine Probe meiner Reizbarkeit mußte ich neulich erfahren. Des Abends ward bei Tische aus einer neuen Seereise die rührende Geschichte eines Schiffskapitäns erzählt, der von seinen rebellierenden Leuten auf ein Boot ausgesetzt und mit der größten Lebensgefahr und unter allaugenblicklicher Furcht, vor Hunger zu sterben, mit wenigen seiner getreuen Gefährten von Otaheiti nach England zurückgekommen war.

Dies machte mich so mißmutig, daß ich gleich zu Bette ging. Ich hatte eine Empfindung, als wenn mir vor mir selber ekelte, daß ich hier so ruhig und glücklich säße; es war mir, als hätt' ich Unglück mit Gold erkaufen können und meinen Körper geißeln und kasteien. Dabei kam ich aber nachher auf die Idee, diese Empfindung in eine Ode zu bringen und überhaupt eine ganze eigne Art von Oden einzuführen: eine Art, die ich lyrische Gedichte κατ' ἐξοχήν [*vornehmlich; d. h. Lyrik im besten Sinn*] nennen würde und die immer meine Lieblingsgattung gewesen sind. Es sollen treue Gemälde der Empfindung und Leidenschaft sein, ganz individuell und ganz nach der Natur gemalt. Sie sollen den echten, wahren Ausdruck der Leidenschaft darstellen, ihren Keim, ihre Quelle andeuten, auf ihre Folgen führen und so dazu dienen, Menschen Menschenherzen kennen zu lehren, Menschen Menschen zu erklären und zu entdecken und Menschen vor Menschen zu verteidigen. Sie sollen zeigen, wie der Glückliche und Unglückliche durch das Übermaß seiner Empfindung zu Verbrechen geleitet werden kann; sie sollen den kältesten Hörer erwärmen und mit sich fortreißen, daß er am Ende selbst erschrickt, wohin er sich gestürzt sieht, aber eben dadurch aufs fühlbarste lerne, wie er von empfindenden Menschen urteilen soll. Einige Oden von Stolberg sind ganz von diesem Charakter. Schillers Oden sind die unerreichbaren Muster dieser Gattung. Sieh dagegen Ramlersche Oden an und – Horazische! Der Leser ist immer außerhalb der Welt des Dichters und kann nur Kritik des Plans anwenden. Wie anders ist das dort? Man mag nachher freilich auch den Dichter als Dichter betrachten und bewundern, man mag seinen Plan analysieren: allein, was ist dies auch für ein Plan? Kein Plan! es ist der feurige Strom der Leidenschaft, der wie die Lava vom Ätna strömt, wo nicht die Frage ist, warum diese Welle auf jene folgt, warum jene größere alle kleineren vor sich verschlingt! wo in der Natur, im Original alles Beweisen der Vollkommenheit des Stücks liegt! Hier muß man ganz zur Person der Ode werden, ganz selbst empfinden, selbst Dichter sein. Bei Ramler hingegen muß man seinen Scharfsinn anstrengen, um die künstliche und ausstudierte Kombination seiner Ideen und klugen Gedanken zu fassen und zu schätzen. Ich hoffe, Du wirst mich ganz so ver-

stehn, wie ich mich selbst verstehe. – Die Ode, die ich Dir neulich schickte, sollte ein kleiner Versuch in dieser Art sein. In der, wovon ich Dir vorher sagte, wollte ich die Empfindung eines Menschen schildern, der von dem tausendfachen Elend der Menschheit bei eigener Zufriedenheit so niedergedrückt wird, daß er sich in einsame Wüsten stürzt und in wahnsinniger Schwärmerei auf die Idee kommt, sich allerlei Pönitenzen aufzulegen. Sollte eine solche Ode nicht ein helles Licht auf jene schwärmerischen Eremiten des Mittelalters werfen und den Weg, wenigstens einen Weg zeigen, auf welchem die Menschen zu Handlungen kommen, die den meisten so widersinnig und abgeschmackt scheinen, daß sie jene für ganz vernunftlose, fast nicht zur Menschheit gehörende Wesen halten? nicht zeigen, daß es gerade das Gefühl ihrer Menschheit war, die sie zu ihren paradoxen Ideen leitete? Ich habe schon mehr dergleichen Entwürfe im Kopf, aber bis itzt bei tausend Hindernissen und Störungen noch ganz unmöglich Zeit gehabt, einen auszuführen. – Was meine kleinen lyrischen Gedichte überhaupt betrifft, so sind sie alle mehr empfindungs- als gedankenvoll, weil sie mir weit mehr lyrisch auf jene Art, als auf diese scheinen, und diejenigen (welche die meisten sind), die einen Ausbruch meiner eigenen individuellen Empfindung waren, werden einen Beitrag zur Geschichte meines Geistes ausmachen.
Als Juristen, wenn ich je einer werden sollte, wird meine Empfindsamkeit mir auch eine wahre Bürde sein. [ ]

676

TIECK AN WACKENRODER

Göttingen, 28. Dezember 1792

[ ] Du hast die *Räuber* neulich gesehn, und ich habe sie wieder von neuem gelesen. – O es ist doch ein herrliches, ein göttliches Stück, – mir ist, als müßte ich vor Schiller hinfallen und ihn anbeten, – Gott, was kann der Mensch sein, sollte man glauben, daß Schiller eine Organisation mit dem trocknen Dummkopf habe, der ihm doch in allem so ähnlich sieht? Worin liegt der Unterschied? Mögen Narren behaupten, was sie wollen, die *Räuber* bleiben ein großes Stück, mich begei-

stert es immer mehr, je mehr ich es verstehe, wer es nicht versteht, der mag sich an *Klara von Hoheneichen* laben, den führe man wieder zu der Eichelkost der französischen Stücke zurück, für ihn hat Schiller, Shakespeare und Goethe nicht geschrieben. Die Menschen freilich, deren eifriges Bestreben dahin geht, alles, was Mensch heißt, in sich zu ersticken, die nie aus sich selbst denken oder empfinden, die sich in ihrer mechanischen Tätigkeit über alle diese Spaßmacher unendlich erhaben glauben, ja die können freilich dies alles nicht fassen, ihr Phlegma nehmen sie für Stoizismus und heroische Entsagung aller solcher Kindereien, weil sie weder Verstand noch Phantasie haben, so freuen sie sich unendlich des eingebildeten Triumphs, den ihr Verstand davonträgt – nur *empfindende* Menschen können nach meinem Urteil groß und edel genannt werden.

[] Hüte Dich ja vor dem Fehler so vieler Dichter, zu *denken* statt zu *empfinden*. Der Dichter muß aus seinem Herzen sprechen, und dann wird er uns rühren, geht er den Umweg von Beobachtung zur Empfindung, so wird er meist einen falschen Weg betreten, wir können an ihm wohl noch den wohlgeordneten Plan, das schöne Silbenmaß bewundern, aber unser Herz wird er vorübergehn, bloß der Gelehrte wird sich dabei freuen, eine Menge Parallelstellen aus Catull, Horaz und Vergil zitieren zu können. – Dies erinnert mich gelegentlich an Ramler, von dem Du in Deinem zweiten Briefe sprichst. Ich erinnre mich noch recht gut der Zeit, da Du Ramler für den größten Dichter hieltest, ich sagte Dir meine Meinung über ihn, Du lerntest andre Dichter kennen, und jetzt scheinst Du fast auf das andre Extrem gefallen zu sein. Überhaupt sind Deine frühern Gedichte, die ich hier habe, ungleich diesem kleinen, der *Sappho*, und dem, was Du mir in Berlin neulich bei meinen Zahnschmerzen vorlasest (Du wirst Dich dessen wohl noch erinnern), vorzuziehn, Du kamst weit früher als ich auf die richtige Bahn, alle diese kleinen Gedichte sind natürliche Empfindungen, aber statt der einzelnen, individuellen (die keine Sprache überdies nie ausdrücken wird und kann) war sie aufs allgemeine gebracht, das heißt, idealisiert. Deine Idee von individuellen Empfindungen kann ich also durchaus nicht billigen, selbst der dramatische Dichter wird sie nie *ganz* so darstellen können, schon die Sprache nötigt mich, sie allgemeiner (genereller) zu machen; wollte ich ganz *meine* Empfindungen niederschreiben, so müßt' ich erst eine eigne Sprache erfinden, und dann würde mich niemand verstehn, und erlernte er auch diese Sprache, so bleibt immer noch die Frage übrig, ob *er* auch dieselben *Empfindungen* hat. – Dies machte das Idealisieren bei den Dichtern notwendig, und aus diesem Grunde erscheint uns der Dichter abenteuerlich, der es nicht tut, der in die Gattung nicht das Einzelne versenkt, eben weil jeder sich bei den Ausdrücken ganz etwas anders denkt als der Dichter, weil Zufall, Erziehung, Organisation in jeder Seele ein andres Bild hervorbringt. Hierzu kommt noch, daß jene Empfindungen [] gewöhnlich aus einem Chaos von dunklen Empfindungen bestehn, eine wälzt sich über die andre, keine bleibt stehend und fest, und das erregt den sonderbaren Zustand, den Du unmöglich in Verse bringen kannst. Selbst kein dramatischer Dichter hat diesen Zustand, *diese* Empfindungen noch deutlich beschreiben können, hier muß der Leser an die Stelle des Dichters treten, und hier trifft es am meisten ein, was, wo ich nicht irre, schon Longin gesagt hat, ein Dichter setze einen Dichter zum Leser voraus. – Ich weiß nicht, ob Du mich ganz wirst verstanden haben, sage mir doch davon in Deinem nächsten Briefe. Wunderbar ist es mir, daß, da ich nicht lange erst davon überzeugt bin, wovon Du schon lange überzeugt gewesen bist, Du in eben dem Augenblick umkehrst und den falschen Weg betrittst, den ich verlassen habe. – Vergiß nur nie, daß sich mit diesem Idealisieren Originalität noch immer sehr gut verträgt. []

Du sprichst ja gar nichts von den Franzosen! Ich will nicht hoffen, daß sie Dir gleichgültig geworden sind, daß Du wirklich Dich nicht dafür interessierst? Oh, wenn ich itzt ein Franzose wäre! Dann wollt' ich nicht hier sitzen, dann – doch leider bin ich in einer Monarchie geboren, die gegen die Freiheit kämpfte, unter Menschen, die noch Barbaren genug sind, die Franzosen zu verachten. Ich habe mich sehr geändert, ich bin itzt nicht glücklich, wenn ich keine Zeitungen haben kann. Oh, in Frankreich zu sein, es muß doch ein groß Gefühl sein, unter Dumouriez zu fechten und Sklaven in die Flucht zu jagen und auch zu *fallen* – was ist ein Leben ohne Freiheit? Ich begrüße den Genius Griechenlands mit Entzükken, den ich über Gallien schweben sehe, Frankreich ist jetzt mein Gedanke Tag und Nacht – ist Frankreich unglücklich, so verachte ich die ganze Welt und verzweifle an ihrer Kraft, dann ist für unser Jahrhundert der Traum zu schön, dann sind wir entartete, fremde Wesen, mit keiner Ader denen verwandt, die einst bei Thermopylä fielen, dann ist Europa bestimmt, ein Kerker zu sein. [ ]

677
WACKENRODER AN TIECK

(Berlin), im Januar 1793

[ ] Ich habe mich schon lange gewundert, daß Du mich nicht gefragt hast, was ich von den Franzosen denke. Ich denke ganz mit Dir gleich von ihnen und stimme von ganzem Herzen in Deinen Enthusiasmus ein, das versichere ich Dich. Aber ich kann mich nicht enthalten, Dir folgendes zu sagen. Ich spreche hier durchaus mit keinem Menschen von den Franzosen; und zwar darum, weil jeder von ihnen spricht, ihre größten Taten immer mit einem Lächeln erzählt, als wollt' er sagen: Was die närrischen Leute nicht für Dinge tun! Und wer mit diesem Lächeln davon spricht, dem möcht' ich gleich eine Ohrfeige geben. – Auch denk' ich sehr wenig über die Angelegenheiten nach: – ich weiß selbst nicht, wie's kommt. – Auch lese ich die Zeitungen nicht, weil ich nicht Zeit habe und alles von andern höre. – Endlich würd' ich, wenn ich ein Franzose wäre, so stolz ich auf mein Vaterland und meine Nation sein würde, doch gewiß nicht Soldat werden und den Säbel oder das Gewehr in die Hand nehmen, weil ich mein Leben und meine Gesundheit zu sehr liebe und zu wenig körperlichen Mut besitze. Ich weiß, daß Du Dich über meine Dreistigkeit, Dir meine krassesten Grundsätze so nackt darzustellen, wundern wirst; daß Du nicht wirst begreifen können, wie man in der Tat von dieser Sache begeistert sein kann, ohne auch Mut genug in sich zu fühlen, dabei selbst mitzuwirken; ich weiß, daß ich durch mein offenherziges Geständnis, wenigstens auf ein paar Stunden, Deinen Zorn auf mich lade. Allein bedenke nur: kannst Du von irgendeinem Menschen Heldenmut und Tapferkeit verlangen, die er nicht

hat. Ich bin sehr davon zurückgekommen, diese körperlichen Tugenden gering zu achten: aber – ich habe sie nicht; und es ist unmöglich, daß Du mir das zur Sünde machen kannst; ich tue Verzicht auf diese Größe. Auch bin ich einmal so eingerichtet, daß die idealische Kunstschönheit der Lieblingsgegenstand meines Geistes ist; ich kann mich unmöglich von lebhaftem Interesse hingerissen fühlen, wenn ich in den Zeitungen lese, daß die Preußen itzt diesen, die Franzosen itzt jenen Ort eingenommen haben, und was dergleichen Partikularia mehr sind; alles ist mir etwas zu fern –, zu wenig sichtbar, geht mir zu langsam, stimmt nicht mit dem idealischen Gange meiner Phantasie, macht mich unruhig, befriedigt mich nicht. Vieles können die ungewaschenen Urteile bei mir getan haben. Soviel itzt davon; mündlich mehr. Ich werde nur zu aufrichtig gegen Dich gewesen sein.

[] Was Du vom zu Individuellen dieser [*d. h. Wackenroders*] lyrischen Poesie sprichst, muß wohl wahr sein, aber es ist ganz sonderbar, daß ich itzt in diesen Fehler verfalle. Mündlich mehr darüber. Ich weiß noch gar nicht, wie das kommt. Ich soll bei Deiner Poesie nicht denken, statt zu empfinden. Sehr gut. Aber tust Du's nicht auch zuweilen? []

Ramler war in meinen Augen der größeste Dichter, als ich noch keinen andern kannte. Aber auch in Ansehung seiner bin ich wirklich nicht aufs andre Extrem verfallen.

Ich muß gestehen, so ganz habe ich Dich über das Idealisieren noch nicht gefaßt. *Mündlich* mehr davon. Du wirst mir wieder echte Begeisterung geben. – Ich muß wohl auf einem falschen Wege gewesen sein und besonders in die dramatische Poesie einen Eingriff getan haben. In der Tat, ich bekenne, ich hatte neulich die Idee, daß dergleichen Stellen wie der Monolog »Sein oder Nichtsein« usw. die schönsten lyrischen Gedichte geben würden; aber ich sehe itzt soviel ein, daß sie alles Interesse verlieren würden. [] Wie sehr freut es mich, daß Du froh, heiter und leichteren Blutes in Göttingen geworden bist. Wirklich, noch vor weniger als einem Jahr hab' ich das nicht von Dir erwartet. Und wenn Du Dich zurückerinnerst, wirst Du Dir von Dir selber ein Gleiches gestehen müssen. Wie der Mensch –, wie selbst ein Mensch wie Du sich doch ändern kann; – Himmel, ist es wahr, daß Du nicht mehr jener unglückselige Melancholische bist, den die Welt anekelt, der Du doch an jenem traurigen Abend warst? Sieh, ich sagte Dir damals schon, es wäre unmöglich, daß Du es immer sein und bleiben könntest, und Du, mein lieber, mein bester Tieck, Du meintest, daß all Dein Frohsinn nur täuschender Überzug über schwarzen Mißmut sein könne. O Dank dem Himmel, Dank Dir, wenn Du es nicht mehr bist. Wohl mir, wohl! Der Erde ist ein Wesen wiedergegeben, das mehr als irgendeins Glückseligkeit verdient! Ein Engel, ein Gott hat Dich gewandelt! Dein Lächeln ist keine Grimasse mehr! Ich darf nicht mehr zittern, wenn Du froh bist, daß in Deinem Herzen tausend Stacheln die Freude zerreißen. Wohl mir, Du wirst auch gegen mich künftig immer so nackt, so wahr erscheinen, als Du bist, auch nicht eine Minute lang einen trüben Gedanken ersticken, eine Falte vom Gesicht wegzwingen. Die Welt hat Dich wieder. []

AUS DEM BRIEFWECHSEL ZWISCHEN LUDWIG TIECK UND DEN BRÜDERN SCHLEGEL

678
TIECK AN AUGUST WILHELM SCHLEGEL

(Berlin, 23. Dezember 1797)

[] Ich sehe es immer mehr ein, was Sie bei Ihrer Übersetzung zu bekämpfen haben und wie glücklich Sie jeden Widerstand überwinden, die Deutschen werden nur erst den Dichter verstehn lernen und nun vielleicht die alte zähe Haut abstreifen, die sie bis jetzt gegen alle echte Schönheit so gefühllos gemacht hat. Doch der Lafontaine und andre Modeschriftsteller arbeiten immer noch herzhaft dagegen. – Ihre Abhandlung über Romeo hat mir unendlich gefallen, Sie haben mir über dieses Stück fast alles für meine Briefe weggenommen, ich finde die Auseinandersetzung ungemein glücklich, und es machte mir große Freude, daß ich sah, wie sich unsere Ideen begegneten. Ich sehe aber die Julie etwas sinnlicher an, dann ist es nach meinem Urteil ungemein schön, wie verschieden, wie weit weniger mädchenhaft ihr ganzes Betragen nach der Nacht ist: im ersten Monolog des Mönchs liegt der Gang des

ganzen Stücks, in der Betrachtung über die Blumen die Apologie seines Betragens, ich habe ihn darum immer in vielen Rücksichten so bedeutend gefunden.
Für Ihr Urteil über meine geschickten Sachen sage ich Ihnen den herzlichsten Dank, ich bitte Sie, recht aufrichtig gegen mich zu sein, Sie sollen wenigstens wenn keinen gelehrigen, doch einen solchen Schüler an mir finden, der sich alle Mühe geben wird, Sie zu verstehn; ich verehre die Kunst, ja ich kann sagen, ich bete sie an, es ist die Gottheit, an die ich glaube, und darum möchte ich wohl irgend einmal recht was Gutes hervorbringen. Bis jetzt habe ich meine Arbeiten, oder wie ich es nennen soll, zu sehr verachtet, und mich wundert und freut es zu gleicher Zeit, daß sie gerade Ihnen in einem solchen Grade gefallen: den *Blaubart* hab ich fast in einem Abend geschrieben, ebenso den *Kater*; ich habe, Ihren Bruder ausgenommen, bis jetzt noch keinen Menschen gefunden, der mir etwas hätte sagen können, und da es mir gelungen ist, so denke ich darum auch besser zu werden. []
Ich wünschte, ich könnte Ihnen vorher die *Shakespeareschen Briefe* zeigen, es wäre überhaupt herrlich, wenn wir uns einmal recht viel sähen, und ich habe schon im stillen darauf gedacht, wie ich es einrichten könnte. Die Briefe werden in einen etwas wilden poetischen Ton hineingeraten, aber vielleicht läßt sich die Poesie manchmal durch Poesie erklären. Ich will wenigstens den Versuch machen und alles das schildern, was ich immer bei der Lektüre des Shakespeare empfinde. Er ist der größte und mannigfaltigste Dichter, den ich kenne, bei allem auch der dichterischste: ein Erzpoet, wie ich ihn nennen möchte, der durchaus von nichts außer sich abhängt, wie es denn doch bei Goethe wohl oft der Fall ist. Wenn Sie mir unrecht geben, so will ich Ihnen nächstens meine Meinung noch weitläufiger schreiben. – Wie muß Ihnen aber meine Abhandlung zum *Sturm* und der ganze *Sturm* vorgekommen sein? Der ist ein rechter Beweis meiner Faulheit, die sogenannte Abhandlung ist nun sechs Jahre alt, der *Sturm* wurde in zwei Tagen übersetzt, ich ließ das alles drucken, weil es der Verleger haben wollte, er hielt's in der Dummheit für was Schönes, und ich litt es in Geduld, daß er meinen Namen davor setzte, denn ich bin ganz unschuldig an dieser scheinbaren Eitelkeit. Wenn Ihr Bruder in seinen *Fragmenten*

seine Griechen und Römer Musikalien nennt, so ist dies abhandelnde wunderbare Zeug von mir nichts anderes, als wenn ein Anfänger auf der Violine damit anfangen wollte, daß er gleich hinter dem Stege spielte; der Virtuos wird es kaum dahin bringen, daß es nur irgendeiner Musik ähnlich wird und vollends der Anfänger! Wenn man mit solchem falschen Scharfsinn auf die Jagd nach Schönheit geht, so kann man auch aus der *Zauberflöte* das vollkommenste Kunstwerk herausschließen und herausbeobachten, vollends wenn man sich selbst dabei psychologisch zergliedert. [ ]

679

TIECK AN FRIEDRICH SCHLEGEL

Dresden, 23. April 1801

[ ] Du glaubst nicht, wie mich dieser verhaltene Schmerz [*über Novalis' Tod*] schon seit dem Winter gestört, geängstigt, fast zerrüttet hat: ich kann nicht davon sprechen und mich so erleichtern. Sowie ich von seiner Krankheit hörte, hielt ich ihn für gestorben, ja seit ich ihn kenne, sah ich ihn als einen Toten an, und meine Ahndung hat mich nicht geirrt: doch hat mich diese Vorempfindung keinesweges abstumpfen können, ich war vorbereitet, um den Schmerz schon im voraus zu fühlen. Es ist bei mir nicht die Trennung, die Entfernung, was mich zerschneidet, denn darüber kann man sich leicht beruhigen, sondern es ist meiner Seele, und so wird es Dir auch sein, was dem Körper ein verlorenes Glied ist: er war uns notwendig, er war eins mit uns, Gedanken und Liebe hatten eine gemeinschaftliche Wurzel, für so vieles fehlt mir nun das Element, in dem es Leben gewinnen könnte, mir ist, als hätte die Liebe in mir einen Riß bekommen, es ist kein Verlust mehr, der mir bloß als Mensch geschehn ist. Wenn ich von dem Einfluß, von dem Wirken der Gestirne auf mich und mein Leben gern überzeugt bin, wenn ich die Freundschaft der Pflanzen, des Himmels und Wassers zu mir empfinde, so muß ich ja noch inniger den unmittelbarsten notwendigsten Einfluß, den Atem fühlen, den befreundete Seelen in mich ergießen; und so ist er uns nicht für jetzt, nein, für immer gestorben. Unser Leben muß ein gemeinschaftliches sein, wenn wir uns anders ange-

hören, und so ist der grausamste Schnitt in diese Einheit geschehn. Lange nachher habe ich oft seine Gedanken und Gefühle verstanden, wie bei mir erst alles tiefe Wurzel fassen muß und spät zum Vorschein kommt, so daß er mir oft unvermutet in einem Worte, in einer neuen Bedeutung aufgeht, und so wäre die Einigkeit, der gegenseitige Bund und die notwendige Eigenheit eines jeden immer schöner geworden: denn man könnte sich gar nicht verstehn, wenn man ganz dasselbe dächte und fühlte; es muß immer ein Annähern bleiben, damit jedes Wort in uns wieder einen neuen Weg suchen kann.[]

680

TIECK AN FRIEDRICH SCHLEGEL

Ziebingen, 16. Dezember 1803

[] Du schriebst mir schon vor etlichen Jahren einmal aus Jena: so wie Du das Leben immer mehr als einen wilden Scherz zu nehmen lerntest, so schiene ich mich dem Ernst zu nähern. Ich war damals noch in Berlin, und was Du damals von mir sagtest, ist seitdem wirklich eingetroffen. Jener fröhliche Leichtsinn, in welchem ich mich doch nur eingelernt hatte, als Du mich zuerst kennenlerntest, ist mir eigentlich sehr unnatürlich, von meiner frühsten Kindheit hängt mein Gemüt zu einer schwärmerischen Melancholie, und je älter ich werde, je mehr tritt meine Kindheit entwickelt wieder in mir hervor. Es war mir von je an natürlich, ohne Schmerzen, ohne Unglück, ohne äußerliche Veranlassung, das Leben selbst als eine drückende Bürde anzusehn und alle zu bemitleiden, welche sich in diesem Brand des Lebens verzehren mußten, das alles Schöne, Unschuld, Jugend, Schönheit, Sehnsucht, Liebe in seinen grimmigen Flammen ewig verzehren will, anfangs wie der Frühling die Blumen, die schönsten Ahndungen hervortreibt, um sie in Schmerzen zu vernichten, indes ewig das Gespenst der Gleichgültigkeit neben uns steht und uns zu sich winkt. Diese Ansichten und Gefühle kamen mir bald wieder zurück, aber verstärkt und in so ungeheurer Verwirrung, daß ich mich selbst nicht zu lassen wußte, alles, was ich für mein Eigentum gehalten, erschien mir so fremd und unnatürlich, die strenge Wahrheit des Lebens ergriff mich wie eine dunkle

Nacht, da ich das Leben selbst immer nur für eine poetische Erscheinung hatte ansehn wollen. Diese Zeit fing hauptsächlich mit meinem Aufenthalte in Dresden an. Vorzüglich ängstigte mich alles, was mir bis dahin das Liebste gewesen war: meine Liebe zur Poesie, mein Talent schienen mir recht eigentlich das Böseste in mir, was mich ganz zugrunde richten mußte, alle längst vertilgten Zweifel standen neu gestärkt und lebendig in mir auf und gehörten zu der Partei, die ich für nichts anders als die Wahrheit selbst halten konnte. Schon einmal hatte ich im Leben diese Geburtsschmerzen einer neuen Epoche in mir empfunden, aber sie war nur gelinde gegen diese traurige Zeit, in welcher alle Jugend, alle Freude am Leben und der Schönheit zusammenbrechen wollte. Es kam in meiner Angst so weit, daß ich glücklich gewesen wäre, wenn ich ganz einsam oder in einem Kloster nur unter Bescheidung, entfremdet von allem hätte leben können. In dieser Zeit konnte ich unmöglich die Hand an etwas anlegen, denn alles erschien mir als die böseste Sünde, als eine unglückselige böse Magie, die ihre zerstörende und höllische Kraft auf mich selbst zurückwerfen müßte. Ich las, ich studierte nur, um mich zu zerstreuen, und so erquickte mich jeder Besuch eines Freundes wie einen Gefangenen, so war mir Dein Aufenthalt in Dresden so lieb, und ich hatte eine rechte Sehnsucht nach Dir. Ich konnte heiter scheinen und sein, weil mir fast alles Äußerliche gleichgültig war. Dieser Zustand des Kampfes mit mir selbst und allem Bösen und Phantastischen hat bis in diesen Frühling gewährt, und ich hätte Dir auch früher nichts davon sagen können, und ich zweifle auch, daß ich Dir jetzt etwas davon eigentlich habe deutlich machen können, denn dazu gehörten längere und vertrauliche Gespräche, ein langes Beisammensein, damit wir erst in unsrer verworrenen menschlichen Sprache einige Plätze fänden, auf denen wir sichern Fuß fassen könnten. Alle Gedanken in uns, alle Gefühle, alles Leben sind nur eins, das sich immer wieder erhebt, sich von neuem gestaltet und verwandelt, Ringen und Widerstreit ist nur Erzeugen und Schaffen, und ein Sabbath kann uns nur nach den Werktagen werden. So geht es in allen Menschen, in allen Werken, in aller Geschichte, und mein Leben ist nur dadurch etwas verschieden, daß meine Heftigkeit mich in jedem Gedanken, in jeder Empfindung, in allen Entwickelungen bis an die Grenze des Wahnsinns reißt, jeder Zweifel führt einen Lebenslauf in mir, jeder Zwiespalt kämpft bis auf den Tod. Denn nichts habe ich von je an weniger begreifen können als die Gleichgültigkeit der Menschen, die von Wundern allseitig umgeben, von Geistern und Erscheinungen umringt, den Einfluß, das ewige Sein aller magischen Kräfte fühlen, sich aber mit Zweifeln bedecken und doch nicht ganz ihrem Zweifel sich in eigen ergeben, die das Geheimnis verlieren und auch kein Entgegengesetztes, kein Nichtgeheimnis gewinnen.

Jetzt glaube ich es zu verstehn, was das Böse ist, das in allem menschlichen Tun, vorzüglich aber in der Kunst seinen Geist sichtbar macht, und die holdselige Poesie erscheint mir wieder so unschuldig und reizend als jemals, jetzt habe ich wieder Mut gewonnen zu leben und etwas hervorzubringen, und ich fange an fleißiger zu werden, als ich nur jemals gewesen bin. Das einzige hält mich jetzt noch zurück, etwas hervorzubringen, daß es mir so wie dem Sternbald geht, der Gegenstand dünkt mich jedesmal so wichtig, daß ich zage und bange bin ihn darzustellen, und ich schließe, daß außer Deinen Studien Dich auch dieses Gefühl wohl mit abgehalten hat, die Werke zu vollenden, welche Du schon seit einiger Zeit angekündigt hast. Mit Leichtsinn muß die Entwickelung des poetischen Triebes anfangen, und in schönem Leichtsinn muß sich auch das Talent wieder ausbilden, in Sicherheit und Leichtigkeit, sonst ist die Poesie ebensosehr eine Qual als eine Ergötzung des Gemütes. Jetzt ist nun schon seit mehren Jahren das deutsche Altertum meine hauptsächlichste Bechäftigung, und Du kennst zum Teil meine Ideen und Pläne darüber. Es geht mir wie dem Don Quijote, welcher überhaupt nicht so gar unrecht hatte, ich denke von diesen Rittern und Zeiten und träume von ihnen und suche alles aus dem Zirkel dieser Gedichte oder aus der sogenannten wahren Geschichte zu ergänzen. Nach vielfältigem und zum Teil mühseligem Studium über die *Nibelungen* habe ich nun auch meine Ausarbeitung vorgenommen und bin schon ziemlich weit darin vorgerückt. [ ]

Wilhelm ist auf eine schöne Art fleißig, und ich wollte, ich könnte es dahin bringen, von seiner Ordnung zu lernen, denn das Leben ist so kurz, daß man es sehr leicht unter den Anstalten, zu leben und zu wirken, verliert. Diese Kürze des

Lebens nötigt uns auch, unsre Kraft darauf zu wenden, daß dieses Leben um so inniger werde, daß wir die Ewigkeiten in jedem vergänglichen Momente fühlen, dann ist es nicht mehr vergänglich. Darum finde ich es so ganz außer meinem Beruf, mich um viele Dinge zu kümmern, die sehr vielen Leuten neu und wichtig erscheinen. So könnten Schellings Schriften noch viel besser sein, als sie sind, und sie würden mir gerne unbekannt bleiben, denn diese Arroganz und Seichtigkeit, dieser Mangel an Glauben und Demut scheint sich mir so recht an das Schlechte unsrer Zeit anzuschließen, diese Geister sind es gerade von je gewesen, die durch ihr kaltes zischendes Feuer das Eindringen des erquickenden und lieblichen Geistes verhindert haben, und es ist eine recht tragische Äffung des Schöpfers, daß diese Wesen in ihrer Eitelkeit alle Gestalten und Kräfte der Welt wie in einem äußern Spiegel auffassen und greifen können, welches sie alsdann für ein inneres magisches Verständnis ausgeben, so haschen sie nach vorüberfliehenden Schattenbildern und meinen, daß ihre Gespensterfurcht das Gefühl der Geisternähe und ihre Hitze eine Inspiration sei. Was dasjenige, was die meisten Leute jetzt Poesie nennen, aus seinen Anhängern machen könne, sehn wir am allertraurigsten an Goethes Beispiel. Im höchsten Bewußtsein und Pochen auf Virtuosität, Bildung und dergleichen kann man doch wohl nichts Ungeschickteres und Armseligers zustande bringen als diese Eugenie. Wahrlich, es tut mir weh, aber ich finde, daß jetzt Goethe, Schiller, Wieland, Herder, Kotzebue, Iffland und Boehlendorf und dem ähnliche durchaus auf einer Linie stehn, daß man von der Schlechtigkeit der Zeit lieber nicht sprechen soll, wenn man noch Ausnahmen macht und Goethe in seinem vornehmen Dünkel bestärkt, denn neben der Armut der Poesie finde ich in dieser Komödie oder Drama zugleich die niedrigsten Gesinnungen und überhaupt das sündliche [*Bestreben*], aus dem Niedrigsten und Verwerflichsten, welches die verderbte menschliche Natur in Verhältnissen, politischen Verbindungen, Urteilen und Vorurteilen aufgestellt hat, etwas Schönes und Edles herauszubilden und nicht aus mitleidender liebender Ironie (wie Cervantes und Shakespeare), sondern recht aus subjektiver Verehrung, die der anmaßlichen Objektivität sehr ungezogen auf die Füße tritt. []

681
TIECK AN AUGUST WILHELM SCHLEGEL

Dresden, 13. Januar 1829

Geliebter Freund und Bruder, indem ich mich nun endlich nach Wochen niedersetzen will, um Dir von Friedrich einige umständlichere Nachrichten zu geben, von seinem Treiben, und wie wir miteinander fertig werden oder nicht, gibt mir ein trauriger Vorfall, der so plötzlich eingetreten ist, daß er mich durch und durch erschreckt und gestern den ganzen Tag mich vernichtet hat, die Feder in die Hand. Es ist auch zugleich im Namen Deiner Nichte, die jetzt unmöglich etwas unternehmen kann, daß ich Dir schreibe. In der Nacht nämlich von Sonntag zu Montag, Montag nach zwei Uhr, den 12. Januar, ist Friedrich plötzlich nach einem kurzen, aber harten Kampfe, der ihn ohngefähr eine Stunde geängstiget hat, am Schlage gestorben. Am Sonntage aß er noch bei uns, und wir blieben in Gesprächen, Disputen und Erzählungen von eins bis vier am Tische sitzen. Er war sehr heiter und gesprächig, ging um vier zu einem Freunde, dem Grafen Baudissin, der nur wenige Häuser von mir wohnt und blieb dort bis sechs Uhr, immer gesprächig und aufgeweckt, selbst mehr als gewöhnlich. Er erzählte dort wieder, was wir am Mittage miteinander verhandelt hatten. Hierauf ging er in seinen Gasthof, wo ihm die Buttler Tee machte, den er heiter und gesprächig trank. Keine Spur eines Übelbefindens oder eines Zustandes, der irgend Besorgnis hätte erregen können.

Nach zwölf Uhr hört die Nichte ihn im Zimmer gehn. Er sagt, ihm sei nicht ganz wohl. Sie steht auf und wärmt ihm Wasser, in dem er die Hände badet, in welchen er ein Frösteln spürt. Er ist aber heiter und ganz bei sich, und die Sache scheint nur eine Kleinigkeit. So legt er sich auch nach einiger Zeit wieder nieder. Er kann aber nicht schlafen, und gegen ein Uhr hört ihn die Nichte wieder wandeln. Sie steht besorgter auf und findet ihn schwankend und taumelnd. Er kann kaum stammelnd Eau de Cologne fordern, mit welchem er sich stärken will. Sie faßt [*ihn*] in die Arme und führt ihn auf das Sofa. Unglücklicherweise ist der Bediente krank, schläft entfernt, und sie kann den halb Ohnmächtigen nur nach längerer Zeit rufen, der, im Krankenschweiße, sich

auch nicht gleich erheben kann. Erst nach vielem, wiederholtem Klingeln meldet sich nach einer halben Stunde der Hausknecht. Dieser wird zum benachbarten Arzt gesendet. Der Diener ist endlich herbeigekommen. Der Arzt hört nicht, es meldet sich in dessen Hause, ohngeachtet des lauten, häufigen Schellens, kein Mensch, kein Pochen hilft, und ohne Arzt und Hilfe kommt der Hausknecht wieder. Indessen hat Friedrich in Krämpfen gelitten, im Halse gewürgt, und ohne Sprache und Bewußtsein, die Augen weit hervorgetrieben, überfliegt das rote Antlitz eine Todesblässe, und er atmet nicht mehr. Der Arzt, der später kam, sagt, es sei durchaus keine Hilfe möglich gewesen. Die eine Hälfte des Gesichtes ist auch gleich blau geworden.
Denke Dir das Entsetzen und die Leiden Deiner armen, schwächlichen Nichte, diese fürchterliche Nacht. Ihm ist hoffentlich wohl, er hat es überstanden und ging wohl, wenn er nicht schnell endete, einer qualvollen Brustwassersucht entgegen. – Wie sehr Du erschrecken, wie groß der Schmerz Deines edlen Herzens sein wird, kann ich nach meinen Gefühlen abmessen. Er war Dein Bruder und mein Freund, so sehr er sich auch von der Gegend hinweg verirrt hatte, in welcher wir die Wahrheit suchen. Er hielt hier Vorlesungen, die Fortsetzung jener in Wien vorgetragenen, und hatte eben am Sonnabend die neunte gegeben, mit der zwölften wollte er schließen und dann sogleich nach Wien zurückkehren. – Ein andermal, am liebsten mündlich, möchte ich Dir von seinen Seltsamkeiten erzählen, die mir ganz unbegreiflich gewesen sind. So wie ehemals in der Philosophie war er jetzt Diktator im Christentum, und zwar in einem solchen, daß weder ich noch Du oder Solger und Raumer, oder wer es sei, der ihm widersprach, auch nur die kleinste Ahndung vom Christentum hatten. Apokalypse, jüngster Tag, Magnetismus, Prophezein, das ging alles so wunderlich durcheinander, daß nicht allein ich, sondern auch andre Freunde, denen er sich mehr als billig entdeckte, oft eine Verstandeszerrüttung zu erkennen glaubten. Mit solcher kühlen Sicherheit sprach er von Dingen, die uns als Aberwitz erschienen. – Welch ein Genius hat sich zerstört! Aber Genüge, wie Du wohl weißt, fand er in keiner Wissenschaft und keinem Kunstwerk, auch im Glauben, in seinem Christentum nicht. Er mußte auch hier etwas Unbe-

greifliches aufbauen, wo keiner ihn verstand und von wo er jeden Laien fast höhnisch abwies. Dreister als irgendein Apostel. [ ]
Der Himmel beschütze Dich, Geliebtester. Wieviele Freunde hab' ich schon hinübergehen sehn. Bleibe Du noch recht lange bei uns, schenke uns noch recht viel Erfreuliches und Belehrendes, erhalte mir Deine Freundschaft, die mir so unendlich teuer ist. [ ]

682

AUGUST WILHELM SCHLEGEL AN TIECK

Bonn, 15. Januar 1830

[ ] Den Briefwechsel [*Goethe–Schiller*] habe ich erst jetzt gelesen: Du kannst denken, welchen Eindruck er auf mich gemacht hat. Oft habe ich gelacht, oft großes Erbarmen mit beiden gehabt, besonders aber mit dem kranken Uhu Schiller. Daß er nicht bloß auf Friedrich, sondern auch auf mich einen so unversöhnlichen Haß geworfen hatte, war mir doch einigermaßen neu. Mir ist es recht lieb, er ist nun vogelfrei für mich, da mir bisher die Rücksicht auf ein ehemaliges Verhältnis immer noch Zwang antat. Mit Goethe hatte ich in jener Zeit keine Ursache unzufrieden zu sein, er benahm sich ganz loyal gegen mich, auch war er viel zu klug, um sich, wie Schiller, zu überreden, wir jungen Leute wären gar nicht da und würden nie etwas in der Welt bedeuten. Auf Goethe bin ich eigentlich nur deswegen böse, weil er durch Bekanntmachung solcher Erbärmlichkeiten sich und seinen Freund so arg prostituiert. Eine der lustigsten Partien ist die von dem Kunst-Bavian und die enthusiastische Bewunderung der beiden großen Männer für ihn. Das arme abgeschabte Tier wird nun hier auf den Jahrmarkt gebracht, um genärrt zu werden, nachdem offenkundig geworden, daß es weder zeichnen noch malen, weder sprechen noch schreiben, weder denken noch imaginieren kann. [ ]

ERNST THEODOR AMADEUS HOFFMANN
1776–1822

Nachdem er in seiner Heimatstadt Königsberg die Rechte studiert hatte, trat er 1798 als Referendar in den preußischen Staatsdienst ein, doch war ihm kein ruhiges Beamtendasein beschieden. 1800 wurde er Assessor beim Kammergericht in Berlin, dann versetzte man ihn nach Posen, wo er sich durch politische Karikaturen bei seinen Vorgesetzten so unbeliebt machte, daß man ihn strafweise in die Provinz nach Plozk schickte; von dort wurde er 1804 nach Warschau versetzt. Aber auch diese Stadt mußte er bald verlassen, da sie von den Franzosen besetzt wurde. Versuche, eine Neuanstellung in Berlin zu erreichen, scheiterten, und so ging er 1808 als Theatermusikdirektor nach Bamberg. Erst nach der Beendigung der Napoleonischen Kriege erhielt er wieder eine Anstellung in Berlin, wo er bis zu seinem Tode lebte. Das erste größere Werk, das Hoffmann veröffentlichte, waren die »Fantasiestücke in Callots Manier« (4 Bände, 1813/15), eine Sammlung seiner frühen Erzählungen und Studien, die auch die bereits 1810 erschienenen »Kreisleriana« enthielt. Es sind zumeist Künstlernovellen mit autobiographischen Elementen, deren Thema die Spannung zwischen Kunst und Leben ist. Sie sind in vielem Bekenntnisse zur Romantik, und doch unterscheiden sie sich davon in der Ausgangsposition: Hoffmann ist im Grunde seines Wesens ein Realist, der die Wirklichkeit phantastisch überhöht und sie mit bisweilen exzessiver Dämonie bewältigt. Beide Ebenen, die des Realen und die des Phantastischen, sind bei ihm in einer Werkstruktur vorhanden; viele seiner Gestalten sind gespaltene Individuen, die gleichzeitig in einer wirklichen Welt und in einer Scheinwelt leben. Die wirkliche Welt ist oft karikiert und skurril gezeichnet, die Scheinwelt der Phantasie kein Bezirk der Erlösung, sondern des psychischen Leidens. Hoffmann verarbeitet dabei bereits psychiatrische Erkenntnisse seiner Zeit, so in dem Roman »Die Elixiere des Teufels« (2 Bände, 1815/16) die ihn selbst bedrängende Zwangsvorstellung vom Doppelgänger und die Angst vor dem Wahnsinn; Motive, die später in seinem berühmtesten Werk, den Fragment gebliebenen »Lebensansichten des Katers Murr nebst fragmentarischer Biographie des Kapellmeisters Johannes Kreisler in zufälligen Makulaturblättern« (1820/22) wiederkehren. Diese »Lebensansichten«, kompliziert aus verschiedenen Perspektiven und formalen Elementen aufgebaut, sind Satire, Autobiographie, romantischer Künstlerroman und psychologische Beschreischreibung in einem. Sie zeichnen im weitesten Sinne Hoffmanns zerrissenes Wesen nach: seine literarischen Intentionen, sein musikalisches Streben (er war auch ein bedeutender Komponist), seine Kritik an der Wirklichkeit und seine seelischen Ängste. Die Verbindung von psychologisch akzentuierter Phantastik und realistischer Satire wurde ihm in seinem letzten Werk, dem »Meister Floh« (1822), beinahe zum Verhängnis: er hatte einen preußischen Ministerialbürokraten, der mit den sogenannten Demagogenverfolgungen beschäftigt war, unter Verwendung amtlichen Aktenmaterials als Hofrat Knarrpanti satirisch aufgespießt, woraufhin die preußische Regierung die bereits gedruckten Bogen und Teile des Manuskripts in Frankfurt beschlagnahmen ließ und gegen ihn selbst eine Untersuchung einleitete. Sie konnte indessen nicht mehr abgeschlossen werden; Hoffmann starb, noch bevor die Vernehmungen zu einem Ergebnis geführt hatten, an einem Rückenmarksleiden. Von allen Romantikern war ihm das weiteste Echo beschieden. Er wurde in Frankreich, Rußland, England und Amerika leidenschaftlich gelesen und diskutiert. Gautier, Balzac und Baudelaire, Byron, Dickens, Poe und Wilde, Puschkin und Dostojevskij sahen in ihm einen großen Vorgänger, einen Anreger des modernen psychologischen Romans; Hoffmanns Werk blieb der einzige tragende Beitrag der deutschen Romantik zur Weltliteratur.

683

HOFFMANN AN THEODOR GOTTLIEB HIPPEL

Königsberg, 25. Oktober 1795

[] Du in der kleinen Stadt spielst den Weltmann, der sich in den buntesten Zirkeln herumtummelt – ich in der größern –

den eingezogenen Stubenhüter, den die tote Welt um sich herum genug beschäftigt und der außer den Regierungszimmern und seiner eignen Stube in keine andere kommt. Im Ernste – ich glaube, Du kannst Dir von meinem jetzigen Leben einen nicht so recht eigentlichen Begriff machen. Die Eingezogenheit verbunden mit den glücklichen Stunden der Autorschaft fängt an für mich Reiz zu haben. Wenn ich dann des Abends sitze, mein Werk vor mir, und wenn meine Phantasie tausend Ideen vervielfältiget, die sich in mein[*em*] Gehirn erzeugen – denn verliere ich mich so ganz in diese neu erschaffne Welt und vergesse darüber alles Bittre der Gegenwart. –
Ich arbeite jetzt an einem Werk, was ganz mit meiner Laune, der ich immer ihren gewöhnlichen Gang lassen kann, übereinstimmt – ich nenne es »den Geheimnisvollen«! – Ein sehr ominöser Titel, nicht wahr? [ ]

684

HOFFMANN AN THEODOR GOTTLIEB HIPPEL

Königsberg, 25. Januar 1796

[ ] Freund, ich möchte gern heute aus mir selbst heraus – ein erhebendes Gefühl trägt mich empor auf kühnen Fittichen – Freundschaft und Liebe pressen mein Herz, und ich möchte mich durch die Mückenkolonne, durch die Maschinenmenschen, die mich umlagern mit platten Gemeinplätzen, gern durchschlagen – gewaltsam allenfalls. – Daß ich ganz und gar mich verändere – welches sogar schon aufs Äußere wirkt, weil sich gewisse Leute über meinen vollen – starren Blick aufhalten, wirst Du fühlen – wenn ich Dir sage, daß ich mitten im Herbst – Winterlandschaften male – daß es zuweilen etwas exzentrisch in meinem Gehirnkasten zugeht, darüber freue ich mich eben nicht beim Besinnen – dies Exzentrische setzt mich offenbar herunter in den Augen aller, die um mich sind – und Leute, die alles in Nummern teilen und apothekerartig behandeln, möchten mir manchmal ihren orthodoxen Schlagbaum vorhalten oder ihr offizinelles Krummholz um den Hals werfen – Weißt Du, daß ich auf der Harfe spiele? [ ]

685

HOFFMANN AN THEODOR GOTTLIEB HIPPEL

Globau, 21. Januar 1797

[] Ich hab' mir den Arm auf dem Eise lahm gefallen, aber Dein letzter Brief erforderte schleunige Antwort. Die Spannung, in der Du ihn für mich aufs Papier hinwarfst, hat vielleicht schon nachgelassen – vielleicht siehst Du schon manche Dinge anders – manche Gestalt, die erst in grellem Lichte hervorstach, ist im Schatten – ich will, daß Du mich nur hörst, und wünsche die zum Teufel, welche Dir Verdruß und böse Laune machen. Ich bin Dir am heutigen Januarsabend, mein liebes Kind! so eiskalt, daß ich Dir sogar ungemein vernünftig sagen kann, daß im Entbehren, im Nichtgenießen – im völligen moralischen und physischen Farniente [*Nichtstun*] man eine überaus große Ruhe findet (unumstößlich wahr) – daß man eigentlich nie – nie lieben sollte – keinen Geschmack finden an Anmut und Schönheit und hinbrüten, bis man mit Shakespeares Falstaff schlafen ginge – ich setze nur noch hinzu, daß dies abscheulich ist [] und daß ich ewig verdammt sein will, wenn ich länger als dreiviertel Sekunden so räsonieren kann. – Jetzt hab' ich mein Licht geputzt, eine Schlafmütze auf mein Haupt geworfen, zweimal zum Schrecken einer Maus, die an einem haschierten Pantoffel soupierte, den Fuß gegen die Erde gestampft und denke – empfinde – spreche anders!

Schon in mehr als einem Brief habe ich Dir gesagt, daß ich zu jovialisch bin, um möglich an einer fatalen Grille zu kleben, daß sich trübe und frohe Stunden in den zu durchlebenden Tag bunt untereinander teilen, daß mein Geist aber oft mir Partialzahlungen leistet, wenn meine Phantasie eine ganze Kapitalssumme fordert. Dies alles zum voraus gesagt, kann's Dir nicht auffallen, wenn ich Dir versichere, daß ich nie mehr Veranlassung hatte, unglücklich zu sein, als jetzt und daß ich nie jovialischer dachte als heute am einsamen Abend. Mir fehlt nur mein Theodor – auf ewig könnte ich alles, alles, was mich quält, warum ich mich abhärme, vergessen und glücklich sein, wie ich's nie war! []

Der verfluchte Arm – ich muß pausieren! –

Ich habe etwas pausiert, und mein Arm erlaubt mir weiterzu-

schreiben! — aber o weh, durch die Stiche im Arm sind gewisse Stiche, die tief in das Herz gehen, rege geworden und haben meiner guten Laune einen Stoß versetzt. Alles geht jetzt verflucht, der Cousin schnarcht aus f-Moll — die Maus nagt unaufhörlich am Pantoffel — ich hab' sie erschmeißen wollen mit dem Landr[*echt*] von 1721 — mit schlesischen Edikten — mit meiner Bürste — mit der Sandbüchse — die Stube ist schon fast mit allen meinen Effekten besäet, aber die mordiöse Kanaille nagt fort — stört gänzlich alle Illusion, und ich kann nichts Gescheutes denken. — Zu diesem allem kommt noch, daß ich mit einer fieberhaften Schläfrigkeit kämpfe, welche ich auf die Ereignisse des heutigen Tages schiebe — denn denk nur — M.[*inna*] hat uns verlassen und auf eine entsetzlich lange Zeit, und ich bin so weichherzig, so sentimentalisch beim Abschiede gewesen — habe sie unwillkürlich, als sie mir den Abschiedskuß reichte, an mein Herz gedrückt, daß mir der Cousin einmal über das andere versichert, ich wäre verliebt, und daß ich der größte Hasenfuß bin, den man sich nur denken kann, ist auch mitunter wahr. []
Ich berichte nur noch, daß der Cousin aufgewacht ist — und eben, auf mein flehentliches Bitten, mit besonderer Geschicklichkeit das Galgenvieh, die soupierende Maus, im Vorbeischießen ertreten hat, und lege mich denn schlafen — gute Nacht, mein Theodor. []

686

HOFFMANN AN THEODOR GOTTLIEB HIPPEL

Plozk, 25. Januar 1803

Mein einziger teuerster Freund! Ein ganzes volles Jahr hab' ich geschwiegen, wenn Du aber glaubst, daß das Andenken an Dich während dieser Zeit auch nur einen Augenblick aus meiner Seele gewichen sei, so tust Du mir sehr unrecht. []
Du schreibst in Deinem letzten Briefe, unser letztes Zusammensein in Danzig hätte nicht so, wie vormals, die reine unverdorbene Laune, den Erguß der innigen Freundschaft herbeigeführt, aber Freund — Wein, der eben gärt, hat niemals einen guten Geschmack, und ich war damals wirklich im Gären. Ein Kampf von Gefühlen, Vorsätzen pp, die sich geradezu widersprachen, tobte schon seit ein paar Monaten in

meinem Innern – ich wollte mich betäuben und wurde das, was Schulrektoren, Prediger, Onkels und Tanten liederlich nennen. – Du weißt, daß Ausschweifungen allemal ihr höchstes Ziel erreichen, wenn man sie aus Grundsatz begeht, und das war denn bei mir der Fall. – Ich lebte in einer überaus lustigen Verbrüderung, wenn ich so sagen darf – die letzten leuchtenden Blitze, welche wir schleuderten, waren aber solche Geniestreiche, die empfindlichen Leuten, die wir nur für zu unschädlich hielten, Haare und Bart versengten. – Sie nahmen's übel und borgten sich von dem Olymp in B[*erlin*] her solche Gegenblitze, die mich endlich hierher an einen Ort schleuderten, wo jede Freude erstirbt, wo ich lebendig begraben bin. []

687

HOFFMANN AN THEODOR GOTTLIEB HIPPEL

Plozk, 10. Dezember 1803

[] Mein Sinn für die Kunst ist hier so hors de saison, daß ich überall damit anstoße und mich verwunde. – Die Malerei habe ich ganz beiseite geworfen, weil mich die Leidenschaft dafür, hinge ich ihr nur im mindesten nach, wie ein griechisches Feuer unauslöschlich von innen heraus verzehren könnte – ich würde vielleicht zur großen Erbauung der Umstehenden mit einem Male wie jene Prinzessin im Märchen, die mit dem Salamander kämpfte, der ihr einen unsichtbaren Feuerbrand ins Herz warf, in ein Aschenklümpchen zusammenfallen! – Die Musik mit ihren gewaltigen Explosionen ist mehr ein Theaterdonnerwetter – ein feuerspeiender Berg von Gabrieli (jene Kunst ein Vesuv in natura) – man kann sich mit ihr ohne Gefahr vertrauter machen, darum habe ich sie zu meiner Gefährtin und Trösterin erkieset auf diesem dornigen, steinigen Pfad! – Im Ernst, lieber Freund – in dieser Abgeschiedenheit steige ich herab oder lieber hinauf in die unbesuchtesten Regionen, wo die Muse ihren geweihten Jüngern das Buch der Geheimnisse aufschlägt. In Prosa soviel: ich studiere mit Eifer die Theorie der Musik, und dieses Studium sowie der Umgang mit meiner Frau, die sich, Dank sei dem Schicksal! meinem Anachoretenleben ganz anschmiegt, ist das einzige, was mir zuweilen Augenblicke des Lichts gewährt. []

Wie, wenn ein Genius erschiene und löste die Ketten, welche uns an unser erbärmliches Alltagsleben fesseln (am Ende sind die Ketten vielleicht nur das Spiel unserer Einbildung?) – was täten wir? – Ich ergriffe den Wanderstab, ginge nach Italien, bildete mich zum tüchtigen Komponisten aus, und es wäre schlimm, wenn ich, hätte ich mich zu dem gewandt, wozu ich organisiert wurde, nicht ein besseres Schicksal – ein besseres Fortkommen mit meiner Kunst erarbeiten sollte als jetzt! – Doch das sind pia desideria [*fromme Wünsche*]! []

688

HOFFMANN AN THEODOR GOTTLIEB HIPPEL

Warschau, 26. September 1805

[] Du wirst in öffentlichen Blättern gelesen haben, daß Werner an einem Trauerspiel *Das Kreuz an der Ostsee* für die Berliner Bühne arbeitete. In dem ersten Teil kommen Chöre der alten Preußen und vorzüglich eine Szene vor, die der Unterstützung der Musik bedurften; diese Szene war folgende:

Stelle Dir einen großen Rittersaal in der Feste Plozko vor, in dem Hintergrunde die Kapelle des heiligen Adalbert, an der Seite eine Treppe, die zum Wachtturm führt. Die alten Preußen stürmten die Burg, man hört die Töne ihrer Hörner und ihren Schlachtgesang sowie die Trompeten der belagerten Polen und der Deutschen Ritter, die unter der Anführung Conrads von Landsberg ihnen zu Hilfe gekommen sind. In der Kapelle liegen der Bischof Christian und die Priester auf den Knien und flehen in eintönigem Choral um Hilfe:

Hochbedrängt sind wir in Nöten,
Feind und Hölle will uns töten,
Wollest uns vor Gott vertreten,
Hochgelobter Adalbert!

Der Wächter ruft vom Turm in abgesetzten Pausen die Begebenheiten der Schlacht herunter und bringt so das Gemälde derselben vor Augen.

In dem Vorgrunde des Rittersaals ist ein Zitherspielmann, der die Deutschen Ritter nach Plozko geleitete, beschäftigt, Malgona, die Tochter Conrads von der Masow, welche den gefangenen Sohn Waidewuths, Samo, geheiratet hat, in einen Pilgersmann einzukleiden und sie vor den Feinden zu retten, während Agafia, Conrads Gemahlin, die Belagerten aufmuntert usw. (Jener Zitherspielmann ist der Geist des ermordeten Bischofs Adalbert.) – Die Feinde dringen ein, alles scheint verloren! – Da erscheint der Zitherspielmann, den Pilger auf dem Rücken tragend, es umstrahlt ihn ein blendender Glanz, die Heiden stürzen erschrocken von der Mauer – werden verfolgt – die Burg ist gerettet. Diese ganze Szene mußte in Musik gesetzt werden, die Choräle der Priester – die Hörner und Trompeten der beiden Heere schallen auf dem Theater, während das Orchester in abgebrochenen Pausen die Schlacht malt. – Die dumpfe Sturmglocke tönt unabgesetzt fort, bis sich der ganze Sturm in einen sanften, choralmäßigen Marsch der heimkehrenden Ordensritter auflöst. So hatte ich, da Werner mich anging, die Komposition zu übernehmen, die Szene behandelt und außerdem noch eine starke Ouvertüre sowie die Chöre der Preußen gesetzt. Werner ist unerträglich ängstlich, lag mir immer auf dem Halse und quälte mich, daß ich Tag und Nacht arbeiten mußte, um zu einem bestimmten Termin fertig zu werden. Als die Partitur denn nun zum Absenden fertig lag, schrieb Iffland einen langen, langen Brief an W[*erner*], dessen kurzer Inhalt war:

Das Stück sei für jede Aufführung zu kolossal.

W[*erner*] hatte nämlich schon früher den ersten Teil seines Ostseekreuzes, betitelt: *Die Brautnacht,* auf Andringen Ifflands, der die Zeit nicht erwarten konnte, nach B[*erlin*] zur Aufführung geschickt. Sanders Preßbengel arbeiten schon an der *Brautnacht,* und Du wirst finden, daß viele geniale Züge darin enthalten sind, das Ganze aber ein ziemlich rohes, hin und her geschmackloses Produkt ist, welches den Talssöhnen nicht gleichkömmt. Das erste Akt ist unerträglich – vielleicht gewinnt aber auch das Werk, wenn man es liest – ich habe es nur (ein wenig zu oft) von Werner vorlesen gehört, welcher unsinnig schreit und sich abmartert, um nur alle Assonanzen, Alliterationen, alle Terzinen, Sonettformen usw. hören zu lassen, welches eben nicht angenehm ist. Überhaupt wirst Du finden, daß Werners *Kreuz* einen wirklich mit allen nur mög-

lichen Formen der neuen Schule kreuzigt! – Tieck bedient sich auch dieser Formen, wenn es aber so geschieht, wie in der *Genoveva* und im *Octavian*, so ist das freilich etwas anders. – Hast Du schon *Sternbalds Wanderungen* von Tieck gelesen? – In casu quod non [*wenn nicht*] – lies so bald als möglich dies wahre Künstlerbuch.
Aus allem diesem wirst Du sehen, daß ich mit W[*erner*] nicht ganz zufrieden bin, und aufrichtig gesagt, W[*erner*] ist mir ein trauriger Beweis, wie die herrlichsten Anlagen durch eine alberne Erziehung ertötet werden können und wie die regste Phantasie kriechen lernen muß, wenn sie von niedrigen Umgebungen heruntergezogen wird. [ ]

689
HOFFMANN AN ZACHARIAS WERNER

Warschau, 28. Juni 1806

Liebster Werner! Wahrscheinlich geben Sie Ihren Freunden nichts Geschriebenes von sich zu lesen, weil unter dem Artikel: gedruckte Sachen, als da sind Zeit[*ungen für*] elegante Welten, Freimütige pp, so viel von Ihnen zu lesen ist, und tun in der Art gut daran, als Sie dadurch die Phantasie Ihrer Freunde in W[*arschau*] (elende Provinzialisten, die in Schmierstiefeln die Avisen lesen und Schnaps trinken, wenn der Dichter in der Hauptstadt unter den Linden spazierengeht und die *Weihe der Kraft* von allen Ecken hundertfältige Reflexe auf seine weißseidenen Strümpfe [ ] wirft) in gehörigen Schwung setzen, welche aus den Zeitungsnachrichten alle specialissima [*Besonderheiten*] herausfinden [ ]. – Ich bin kein lustiger, sondern, wie es die Leute in W[*arschau*] auch bei den lustigen bemerken wollten, ein trauriger Musikant, der hinter dem Ofen sitzt und musikalische Exerzitien schreibt, welches ganz gut ist, aber auf die Länge etwas ennuyiert. Sie wissen, liebster W[*erner*], daß manche Leute mir zu jenen Exerzitien ordentliche Themata gegeben haben, z. B. wie singt ein alter Preuße, wenn er mit *Geheul* den *Keul* schwingt? pp. Ich setzte mich denn hin, schrieb viele Noten und – kurz und gut, jetzt hat mich vorzüglich auf Anregung eines gewissen Mannes, den wir beide kennen, ein furor ergriffen, auf berühmten Theatern mit wichtigen Kompositionen zu glänzen, und Herr Bethmann, der Ihnen diesen Brief gibt, wird Ihnen ein von mir komponiertes Singspiel zeigen, dessen Dichter, wie Sie sich aus dem Manuskript überzeugen werden, der bekannte Rohrmann ist und welches ich durchaus auf die B[*erliner*] Bühne bringen will. – Unterstützen Sie diesen Plan, aber verschweigen Sie meinen Namen, damit ich mit völliger Ruhe und Gelassenheit ausgepfiffen werden kann. – Gegen B[*ethmann*] und I[*ffland*] können Sie mich auf eine bescheidene Art rühmen, z. B. Mozart und Gluck wären nicht einen Pfifferling wert gegen mich geachtet – ich hätte zwei Polonaisen gemacht, so was sollte man nur suchen im *Don Juan* und in der *Iphigenia* usw. – Im Ernste aber, liebster W[*erner*], vielleicht kann nicht ein gutes Wort von Ihnen, zu rechter Zeit gesprochen, mich etwas weniges aus dem Schlamm ziehen [*helfen?*]. [ ]

690

HOFFMANN AN DEN VIOLINISTEN MORGENROTH

Bamberg, 26. Februar 1809

[ ] Gleich den ersten Tag, als ich hergekommen war, merkte ich es dem Herrn Unternehmer Heinrich Cuno an, daß sein hoher Grad von Windbeutelei und Unkenntnis die ganze Sache scheitern machen würde, und so ist es denn auch gekommen; er hat in wenigen Monaten Bankerott gemacht, und nach sechs Wochen hört das hiesige Theater auf. Das Orchester ist erbärmlich, die Fagotts Kämme, die Hörner Brummeisen und die Violinen Pappendeckel, dabei besitzen die Herren Kapellisten des vorigen Bischofs, dem die Musik allemal Leibschneiden verursachte, einen Dünkel ohne Grenzen und sind nie vergnügter, als wenn sie eine Sache umgeworfen haben. Ich habe daher schon seit langer Zeit der Direktion des Orchesters entsagt, bloß die Komposit[*ionen*] fürs Theater besorgt und mit einer Gage von 30 Gulden vorliebgenommen. Auf diese Weise hatte ich Zeit, nebenher zu komponieren und im Gesange Unterricht zu erteilen, welches mein Auskommen, auch wenn das Theater aufhört und ich kein anderes Engagement finde, begründet, denn es lebt sich hier ganz angenehm und spottwohlfeil. [ ]

691

HOFFMANN AN KARL FRIEDRICH KUNZ

Bamberg, 19. Juli 1812

Guten Morgen, Vortrefflichster! Ich wünsche sehr, daß Sie den Tag Ihrer Geburt mit heit[*r*]eren Augen erblickt haben mögen als ich; denn mich quälten die ganze Nacht hindurch die infamsten exorbitantesten Spukgestalten infolge des gestern genossenen kostbaren Steinweins. Ich war mit Ihnen auf dem Steinberge, wir preßten an einer Traube, die 227⁵/₈ Pfund wog und 183 562 Beeren zählte, daß der Schweiß mit dem Weine nur so hinunterlief. Am Fuß desselben stand der Kanonikus S[*eubert*], der ihn in seiner porzellanenen Terrine, die sich zu einer unmenschlichen Größe ausdehnt, auffing, sich aber dabei so vollsoff, daß kopfüber in die Terrine purzelte. Aus dieser erstiegen aber uns zum Schabernack gräßliche Dämonen, fantastische Knirpse, die den Berg zu Tausenden hinauf und um herumkrochen, so zwar, daß wir beide umstülpten und in die Hülsen der gekelterten Traube rettungslos versanken. Doch das können Sie alles, Edelster, viel besser in mitfolgender Zeichnung ersehen als hier erlesen.

Meine Wünsche sprach ich Ihnen schon *gestern* aus; was ich *heute* fühle, bin ich auszusprechen unvermögend. Beigehende Knackwurst sage Ihnen das Unaussprechliche! Zu Mittag stellt sich promptest ein Ihr Hffm

692

HOFFMANN AN FRIEDRICH VON FOUQUÉ

Bamberg, 15. August 1812

Ein Glücksstern leuchtet meinen musikalischen Bemühungen, da, wie mir mein Freund Hitzig versichert, Sie selbst, Herr Baron! Ihre herrliche gemütvolle *Undine* für meine Komposition bearbeiten wollen. – Nicht mit Worten sagen kann ich es, wie ich das tiefe Wesen der romantischen Personen in jener Erzählung nicht allein innig empfunden, sondern wie Undine – Kühleborn pp sich gleich beim Lesen meinem Sinn in Tönen gestalteten und ich so ihre geheimnisvolle Natur mit den wunderbarsten Erscheinungen recht zu durchdringen und zu erkennen glaubte. Die Überzeugung von dem ganz eigentlichen Opernstoff, den die *Undine* darbietet, war daher nicht das Resultat der Reflektion, sondern entsprang von selbst aus dem Wesen der Dichtung. Sie haben, Herr Baron! eine ausführliche Skizze der Oper, wie ich sie mir vorzüglich rücksichts der historischen Fortschreitung denke, verlangt, und nur dieses konnte mich bewegen, die Beilage auszuarbeiten, welche Szene für Szene das Historische sowie den musikalischen Gang des Stücks nach einzelnen Nummern darlegt. – Wie fern mir jede Anmaßung liegt, den herrlichen Dichter auch nur im mindesten beengen zu wollen, darf ich wohl nicht versichern, nur sei es mir erlaubt zu bemerken, daß, wenn manche Begebenheiten wegfallen, weil der Raum des Dramas sie nicht aufnehmen kann, und dadurch manche Nuancierung verlorenzugehen scheint, die Musik, welche mit ihren wunderbaren Tönen und Akkorden dem Menschen recht eigens das geheimnisvolle Geisterreich der Romantik aufschließt, alles wieder zu ersetzen imstande ist. Tag und Nacht sehe und höre ich die liebliche Undine, den brausenden Kühleborn, den glänzenden Huldbrand pp und meiner Ungeduld, die Komposition zu beginnen, verzeihen Sie, Herr Baron! die dringende Bitte, mich auf die Oper nicht zu lange warten zu lassen. Mit Hochachtung und Verehrung nenne ich mich, Herr Baron! Ihren innigst ergebenen

Hoffmann

693
HOFFMANN AN CARL FRIEDRICH KUNZ

Leiptzig, 24. März 1814

[] Eben vor einiger Zeit habe ich, wie Kanne, gelobt, vierzig Tage und Nächte bei meinem Liebchen zu bleiben, und Oneiros, der Traumgott, hat mir einen Roman inspiriert, der in lichten Farben hervorbricht, indem Tom. I. [*Band I*] beinahe vollendet. – Das Büchlein heißt: *Die Elixiere des Teufels*, aus den nachgelassenen Papieren des Paters Medardus, eines Kapuziners. Es ist darin auf nichts Geringeres abgesehen, als in dem krausen, wunderbaren Leben eines Mannes, über den schon bei seiner Geburt die himmlischen und dämonischen

Mächte walteten, jene geheimnisvollen Verknüpfungen des menschlichen Geistes mit all den höhern Prinzipien, die in der ganzen Natur verborgen und nur dann und wann hervorblitzen, welchen Blitz wir dann Zufall nennen, recht klar und deutlich zu zeigen. – Um mich musikalisch auszudrücken, fängt der Roman mit einem *Grave sostenuto* an – mein Held wird im Kloster zur heiligen Linde in Ostpreußen geboren, seine Geburt sühnt den verbrecherischen Vater – Joseph und das Christuskind erscheinen pp – dann tritt ein *Andante sost* [*enuto*] *e piano* ein – Das Leben im Kloster, wo er eingekleidet wird – aus dem Kloster tritt er in die bunt-bunteste Welt – hier hebt ein *Allegro forte* an. – Schon daraus, daß ich so viel von dem Dinge schwatze, können Sie sehen, daß es mich stark beschäftigt und mir die Arbeit zusagt. []

694

HOFFMANN AN FRIEDRICH VON FOUQUÉ

Berlin, 14. Mai 1815

[] Ich habe jetzt folgendes zu tun:

1) Allerlei Diebe, Notzüchtiger, Betrüger pp liegen auf dem grünen Tisch und warten, daß ich sie einigermaßen prügle und ins Zuchthaus schicke – nebenan Rubrica II, zänkische Naturen, die sich streiten um schnödes Geld oder gar beleidigt aufeinander losfahren, weil einer zum andern sagte: Sie sind borstig! und dieser meinte: Herr! – ich glaube gar, Sie nennen mich rhetorischerweise (Synekdoche) ein Schwein? – worauf jener replizierte: Keineswegs – nur oder seulement: Schweinigel!

2) Muß ich den zweiten Teil der *Elixiere des Teufels* vollenden, der zur Michaelismesse bei Duncker und Humblot erscheint, da ich gesonnen bin, nächstens bei Dietrich Merkliches vom Honorar zu verfressen.

3) Ein großes Paket Recensenda für die »musikalische Zeitung« blickt mich in gräulichem Umschlag recht gespenstisch an, und [*aus*] ihm ertönen dumpfe Stimmen: erlöse – erlöse – erlöse uns aus dem Fegefeuer, in dem wir schmachten!!! []

4) Herr Kunz in Bamberg hat im Meßkatalog angezeigt, daß

zur Michaelismesse vom Verfasser der *Fantasiest[ücke] in C. M.* [*Callots Manier*] erscheinen würden:
Leichte Stunden eines wahnsinnigen Musikers, ein Buch für Kenner.
Ich muß also aus Höflichkeit wirklich *Leichte Stunden e. w. M.* [*eines wahnsinnigen Musikers*] schreiben.
5) Habe ich auf sonderbare Weise, ohne es zu wollen, zum zweiten Heft der »deutschen Wehrblätter«, die just hier erscheinen sollen, einen Aufsatz geliefert: der *Dey von Elba in Paris,* und dadurch die Quälerei veranlaßt, die man jetzt mit dem: *Mehr! Mehr!* an mir übt.
6) Bin ich sehr faul!
Aus allen Gründen dieses Vieltunsollens bitte ich Sie, Herr Baron! es mit dem Zeitblütenmann so zu machen, daß er zufrieden ist, wenn ich ihm monatlich einen Beitrag über irgendeine Erscheinung am Berliner Kunsthimmel oder sonst liefere, mich aber mit den polizeilichen Nachrichten pp verschone. []

695

HOFFMANN AN THEODOR GOTTLIEB HIPPEL

Berlin, 30. August 1816

[] Mein Undinchen wurde in einem Zeitraum von vierthalb Wochen gestern zum sechstenmal bei überfülltem Haus gegeben. Diese Oper hat ein allgemeines Gären und Brausen und endloses Geschwätz verursacht, welches lediglich dem Dichter zuzuschreiben ist, der die Opposition sämtlicher Philister wider sich hat. Dem einen ist der Text zu mystisch, dem andern zu fromm. – Der dritte tadelt die Verse, alle rühmen die Musik und – die Dekorationen, die aber auch das Genialste der Art sind, das ich jemals gesehen. – Ich habe geflucht, daß Du die Oper nicht sehen konntest, da ich fest in meiner Seele überzeugt bin, daß Du mit wahren poetischen Gemütern übereinstimmend auf eigene Weise von dem Werk angesprochen sein würdest. Merkwürdig ist es, daß die Kritiker beweisen, an der Dichtung sei nichts dran, und doch immer wieder hineinlaufen, welches sie denn freilich mir in die Schuhe schieben, woran mir aber nichts liegt, ich vielmehr fortwährend sehr trocken behaupte, ich müßte in der Tat ein Esel gewesen sein, wenn ich zu solchem Stoff, zu solchen Worten eine lumpichte Sechsdreiermusik gemacht hätte. [ ]

696

HOFFMANN AN ADOLF WAGNER

Berlin, 25. November 1817

[ ] Ich könnte Ihnen erzählen, daß ich bei dem Brande des Theaters, von dem ich nur fünfzehn bis zwanzig Schritt entfernt wohne, in die augenscheinlichste Gefahr geriet, da das Dach meiner Wohnung bereits brannte, noch mehr! — daß der Kredit des Staats wankte, da, als die Perückenkammer in Flammen stand und fünftausend Perücken aufflogen, Unzelmanns Perücke aus dem Dorfbarbier mit einem langen Zopf wie ein bedrohliches feuriges Meteor über dem Bankgebäude schwebte — doch das wird Ihnen alles der Zauberer mündlich erzählen und hinzufügen, daß beide gerettet sind, ich und der Staat. *Ich* durch die Kraft von drei Schlauchspritzen, wovon der einen ich eine böse Wunde mit einer seidenen Schürze meiner Frau verband, *der Staat* durch einen couragösen Gardejäger auf der Taubenstraße, der, als mehrere Spritzen vergeblich nach der ad altiora steigenden Perücke gerichtet wurden, besagtes Ungetüm durch einen wohlgezielten Büchsenschuß herabschoß. Zum Tode getroffen, zischend und brausend sank es nieder in den Pißwinkel des Schonertschen Weinhauses. Hierauf stiegen sofort die Staatspapiere!— Ist das nicht Stoff zum Epos? — Da Sie vielleicht eins daraus machen könnten, hiezu aber genaue Kenntnis des Lokals nötig ist, so lege ich eine kleine Handzeichnung bei, die vorzüglich die *Proportionen* sehr richtig darstellt. — [ ]

697

HOFFMANN AN THEODOR GOTTLIEB HIPPEL

Berlin, 15. Dezember 1817

[ ] Das hochlöbliche Kammergericht mutet mir allerlei und viel Allerlei vor, indessen stehle ich doch manche Stunde zu anderen Dingen, die mir lieber sind, und habe sogar den tollen Vorsatz, künftigen Herbst mit einer neuen Oper, deren

Text nach dem *El galan fantasma* [*Der Liebhaber als Gespenst*] des Calderon ausgearbeitet wird, hervorzutreten.
Da mir hiebei das abgebrannte Theater einfällt, so melde ich Dir mit kurzem, daß ich mich in der augenscheinlichsten Gefahr befand, aufs neue ganz ruiniert zu werden. Das Dach des Hauses, in dem ich im zweiten Stock wohne (Tauben- und Charlottenstraßenecke), brannte bereits von der entsetzlichen Glut, die das ungeheure brennende Bohlendach des Theaters verbreitete, und nur der Gewalt von drei wohldirigierten Schlauchspritzen gelang es, das Feuer zu löschen und das Haus sowie wohl das ganze Viertel zu retten. Ich saß gerade am Schreibtisch, als meine Frau aus dem Eckkabinett etwas erblaßt eintrat und sagte: Mein Gott, das Theater brennt! – Weder sie noch ich verloren indessen nur eine Sekunde den Kopf. Als Feuerarbeiter, zu denen sich Freunde gesellt hatten, an meine Türe schlugen, hatten wir mit Hilfe der Köchin schon Gardinen, Betten und die mehrsten Meubles in die hinteren, der Gefahr weniger ausgesetzten Zimmer getragen, wo sie stehen blieben, da ich nur im letzten Moment alles heraustragen lassen wollte. In den vorderen Zimmern sprangen nachher sämtliche Fensterscheiben, und die Ölfarbe an den Fensterrahmen und Türen tröpfelte von der Hitze herab. Nur beständiges Gießen bewirkte, daß das Holzwerk nicht vom Feuer anging. – Meinen Nachbarn, die zu eilig forttragen ließen, wurde vieles verdorben und gestohlen, mir gar nichts [].

698

HOFFMANN AN SPEYER

Berlin, 1. Mai 1820

Geliebter Freund!
[*I*]
Da Sie ein solider Mann sind von den vortrefflichsten Grundsätzen, so hegen Sie gewiß auch die richtige Meinung, daß aneinander schreiben und aneinander denken gar was Verschiedenes ist. Versichern darf ich daher nicht erst mit vielen Worten, daß, unerachtet ich lange genug schwieg, das lebhafteste Andenken an Sie auch nicht einen Moment aus meiner Seele wich oder auch nur verblaßte. Wohl kann ich es sagen,

daß unser gemütliches Zusammensein in B[*amberg*] das einzige ist, dessen Erinnerung aus jener bösesten Zeit aller bösen Zeiten, durchaus mir hell und rein, ohne Makel und auch ohne auf diese jene Weise die vernarbten Wunden wieder aufzureißen, erscheint. Legte mir aber auch damals das Schicksal solch harte Prüfungen auf, daß ich noch nicht begreife, wie ich sie überstanden, zwang es mich oft, wie in heillos gewagtem Spiel Ehre, Ruf, Leben einzusetzen (Sie verstehen mich, daß hier mehr vom *innern* Leben die Rede ist als vom äußern), so ist doch bald darauf, ich möchte sagen, in dem Augenblick, als ich den Fuß in Berlin hineingesetzt, die Versöhnung erfolgt mit all den feindlichen Mächten, die mich zu Tode hetzen wollten! –

[*II*]

Ich weiß, Liebster! daß Sie teilnehmen an meinem Treiben und Tun, und freuen wird es Sie daher gewiß, zu hören, daß mein Standpunkt im Geschäftsleben wirklich von der Art ist, wie ich ihn nur wünschen kann. – Man erzeigte mir die Wohltat, mich nach meinem Ratspatent vom Februar 1801 [*1802!*] in das Kammergericht einrücken zu lassen, und diese Anciennität bringt mir den Vorteil, daß ich jetzt schon zum *ältesten*, mithin *vorsitzenden* Rat, der in vorkommenden Fällen den Präsidenten vertritt, hinaufgealtert bin und ein Gehalt von 2300 Reichstalern Cour[*ant*], zur Hälfte Gold, beziehe. – In Berlin ist das nicht so sehr viel, aber doch hinlänglich, um nicht hinter dem Ofen sitzen zu dürfen. *Klagen* könnt' ich über viele Arbeit, zumal, wie Sie vielleicht aus öffentlichen Blättern wissen werden, mich des Königs Majestät zum Mitgliede einer Immediat-Justizuntersuchungs-Kommission ernannt haben, die sich ausschließlich mit der Untersuchung geheimer staatsgefährlicher Verbindungen beschäftigt, indessen arbeite ich gern und – dem Himmel sei es gedankt! – leicht und frisch von der Hand weg! –

[*III*]

Von meinem literarischen Treiben nehmen Sie doch wohl dann und wann Notiz! – Ich empfehle Ihnen den höchst weisen und tiefsinnigen Kater Murr, der in diesem Augenblick neben mir auf einem kleinen Polsterstuhl liegt und sich den außerordentlichsten Gedanken und Phantasien zu überlassen scheint, denn er spinnt erklecklich! – *Ein wirklicher*

Kater von großer Schönheit (er ist auf dem Umschlage seines Buchs frappant getroffen) und noch größerem Verstande, den ich auferzogen, gab mir nämlich Anlaß zu dem skurrilen Scherz, der das eigentlich sehr ernste Buch durchflicht. – Übrigens zahlen mir jetzt die Buchhändler Honorare, vor deren Klang Herr Kunz – sofort rücklings über in Ohnmacht sinken würde –

[*IV*]

Ja! – Herr Kunz! – Der gute Mann hatte sich darauf gesetzt, mir von Zeit zu Zeit die unzartesten unangenehmsten Dinge, die mein Verhältnis mit ihm als Verleger betrafen, zu schreiben und mich dadurch lebhaft in jene heillose Periode zurückzuversetzen, in der mancher glaubte, dem Verlassenen, Bedürftigen, alles bieten zu können. Der letzte Brief enthielt witzige Variationen über das Thema: Teurer Freund! – Z. B. ja! Sie sind wirklich ein *teurer* Freund, denn Sie kommen mir teuer zu stehen. Und nun folgte eine Apothekerrechnung des ungeheuern Schadens, den ihm der Verlag meiner *Fantasiestücke* verursacht, dann aber – mirabile dictu – die Aufforderung, ihm ferner Werke im Verlag zu geben!! que pensez-vous mon cher! [*Was denken Sie, mein Lieber!*] – *Natürlicherweise* habe ich gar nicht geantwortet! –

[V]

Als mir innig befreundeter Arzt wird es Sie ferner interessieren, daß ich in dem Frühling des vorigen Sommers zum Tode erkrankte, und zwar an den Folgen zu großer Anstrengung in der Arbeit und an einer enormen Erkältung, die noch dazu die erbärmliche Ursache hatte, daß ich im Winter nach einer feierlichen Cour bei Hofe, der auch die Dikasterien beiwohnten, in der Uniform (Schuhen und Strümpfen) ohne Überrock auf dem eiskalten, von allen möglichen Passatwinden durchstrichenen Korridor des Schlosses wohl eine halbe Stunde auf den Wagen warten mußte. – Verhärtung im Unterleibe – gichtischer Zustand ppp. Diese Krankheit hatte aber die angenehme Folge, daß es mir vergönnt war, vorigen Sommer von Julius an bis in den September hinein mich cum uxore [*mit Frau*] in dem herrlichen schlesischen Gebirge (Warmbrunn, Flinsberg, Landeck) aufzuhalten [].
Seit dieser Reise bin ich auf eine beinahe unanständige Weise gesund! []

699

HOFFMANN AN JULIUS EDUARD HITZIG

Berlin, 30. November 1821

In der Nacht vom 29. bis zum 30. November d. J. entschlief nach kurzem, aber schwerem Leiden, zu einem bessern Dasein, mein geliebter Zögling, der Kater Murr, im vierten Jahr seines hoffnungsvollen Alters; welches ich teilnehmenden Gönnern und Freunden ganz ergebenst anzuzeigen nicht ermangle. Wer den verewigten Jüngling kannte, wird meinen tiefen Schmerz gerecht finden und ihn – durch Schweigen ehren.

Hoffmann

700

ANZEIGE VOM TODE DES KATERS MURR

Berlin, 1. Dezember 1821

In der Nacht vom 29. bis zum 30. November d. J. entschlief, um zu einem bessern Dasein zu erwachen, mein teurer, geliebter Zögling, der Kater Murr, im vierten Jahre seines hoffnungsvollen Lebens. Wer den verewigten Jüngling kannte, wer ihn wandeln sah auf der Bahn der Tugend und des Rechts, mißt meinen Schmerz und ehrt ihn durch Schweigen.

Hoffmann

701

HOFFMANN AN FRIEDRICH WILMANS

Berlin, 19. Januar 1822

Ew. Wohlgeboren erhalten in der Anlage Mnskrpt des *Flohs*, pag. 37–40 incl. In der gewissen Erwartung, daß ich mit nächster Post die ersten Aushängebogen erhalten werde, die ich gern, ehe ich den Schluß einsende, durchsehen möchte, halte ich die letzten, übrigens schon vollendeten Seiten noch zurück. – Aber nun zu einer wichtigen Sache. In der Erzählung von dem merkwürdigen Prozeß, den Knarrpanti wider den Herrn Per[*egrinus*] Tyß angestellt, und zwar im *fünften Abenteuer,* heißt es: Knarrpanti habe die verdächtigen Stellen aus Peregrinus' Papieren zusammengestellt und sich dieser Zusammenstellung sehr gefreut,

sowie ferner, und zwar in einem Zusatz am Rande des Manuskripts:
Die Leute hätten sich die Nasen zugehalten, wenn Knarrpanti vorbeigegangen, seien fortgegangen pp. Beide Stellen muß ich streichen, da sie mir gewisser Umstände halber großen Verdruß machen könnten. Ich bitte daher, diese Stellen vor dem Abdruck zu streichen; sollte aber wider Vermuten der Abdruck schon geschehen sein, so würde ich genötigt sein, Sie, um jenem Verdruß zu entgehen, recht herzlich zu bitten, Kartons drucken zu lassen. []

702

HOFFMANN AN FRIEDRICH WILMANS

Berlin, 28. Januar 1822

Ew. Wohlgeboren sehnlichst erwarteter Brief enthielt eine Nachricht, die ich beinahe vermutete. Das Ganze beruht auf einer niederträchtigen Spionage und Klatscherei. Mir Übelwollende hatten nämlich bei einem Gespräch mir abzuhorchen geglaubt, *daß das Buch Aktenstücke der Kommission der demagogischen Umtriebe enthalten würde.* Denken Sie sich den heillosen tollen Unsinn, es ist mir unbegreiflich, daß das Polizeiministerium nur einigermaßen darauf eingegangen ist.
Da nun unser Meister besage des Inhalts Wort für Wort das harmloseste Tierchen von der Welt ist, da kein Staat in der Welt, den größten und den kleinsten nicht ausgenommen, nicht den allermindesten Anstoß daran nehmen kann, so muß sich jenes alberne Gerücht durch die Einsicht des Buchs von selbst widerlegen. Ew. Wohlgeboren haben daher sehr gut getan, Mnskrpt und Briefe *Ihrer* Behörde auszuliefern, der ich Einsicht genug zutraue, Ihres Interesses halber die Sache auf das äußerste zu beschleunigen. Es soll ja jemand von hier aus dieser Angelegenheit halber nach Frankfurt geschickt sein? Das kann ich kaum glauben, denn das wäre doch gar zu viel Geschrei und *keine* Wolle. Wir haben übrigens eine solche sonnenklare gute Sache, daß nichts zu befürchten als Aufenthalt; ich meinerseits kann zur Zeit nichts tun, sollte aber wider alles Vermuten etwas zu tun nötig sein, so kann

ich mich der besonderen Protektion von Männern rühmen, die Sr. Maj. dem Könige sehr nahestehen. – Indessen wie gesagt, es ist rein unmöglich, selbst bei der größten Neigung, hämisch mißdeuten zu wollen, etwas aus dem Buche, das keinem Gegenstande entfernter liegt als der Politik, herauszufinden.

Ew. Wohlgeboren werden sich gütigst erinnern, daß ich gleich anfangs darum bat, vor der Einsendung des Schlusses die ersten Aushängebogen einsehen zu dürfen, deshalb lege ich auch heute noch nicht die letzten vier Seiten bei. Sie können übrigens wohl denken, daß mir die Sache bei aller Wirkungslosigkeit doch fatal ist, auf das inständigste bitte ich daher, mir mit *umgehender Post* den ferneren Verlauf der Sache gütigst schreiben zu wollen; Sie haben doch p. 37–40 incl. des Mnskrpt nach Abgang Ihres ersten Briefes erhalten?

Hochachtungsvoll Ew. Wohlgeboren ganz ergebenster

Hoffmann

(Übrigens kann das vielfache Gerede, welches die Prozedur mit dem mitschuldigen *Meister Floh* veranlassen wird und veranlassen muß, dem künftigen Debüt des Buches nur vorteilhaft sein.)

703

HOFFMANN AN JEAN PAUL

Berlin, 30. Januar 1822

Hochverehrtester Herr Legationsrat! Eine geraume Zeit ist vergangen, seitdem ich das Vergnügen hatte, Sie, hochverehrtester Herr! das letztemal in dem schönen, freundlichen Bayreuth zu sprechen. Doch glaube ich wohl, daß Sie sich meiner noch erinnern werden, zumal ich nach der Zeit unter die Autoren gegangen bin und sattsam scharmutziert und geplänkert habe. – Gewiß haben Sie, hochverehrtester Herr! in dies oder jenes Werklein, das ich kühn in die Welt geschickt, hineingesehen; sehr lieb würde das mir aus dem Grunde sein, weil Sie sich dann gewiß überzeugt hätten, nicht allein, wie tief ich Sie verehre, sondern auch, wie Ihre Werke mein Innerstes durchdrungen und auf meine Gestaltung gewirkt haben. Sie, hochverehrtester Herr! sind meinem Gemüt ein ebenso lieber, herrlicher Landsmann als Hamann, Hippel pp,

und der wunderbare Komet leuchtet mit solch frischer Lebenskraft in mein Leben hinein, daß ich wohl einsehe, wie solch ein Licht ewig und unvergänglich ist. – Ein Freund von mir, der Baron von Vaerst, der Ihnen, hochverehrtester Herr! diese Zeilen überreicht, wird des *Katers Murr* zweiten Teil beilegen. Nur als ein Zeichen meiner Verehrung empfangen Sie dies Büchlein, hochverehrtester Herr! sonst würd' ich es gar nicht wagen, Ihnen ein solches Membr[*um*] disi[*ectum*] p[*oetae*] [*ausgerissenes Glied des Dichters*] zu senden.
Nicht umhin kann ich, rücksichts der vergnüglichen Druckfehler in diesem Buch, zu bemerken, daß mein Verleger so glücklich gewesen ist, einen Setzer ausfindig zu machen, der mit ganz besonderer schalkischer Schlauigkeit dem Autor die anmutigsten Überraschungen bereitet, indem er noch in die Aushängebogen seltsame Wörter von eigner Erfindung hineinzuschwärzen weiß. – Könnte der Mann nicht im südlichen Deutschland empfohlen werden? [] Auf das dringendste und angelegentlichste empfehle ich mich Ihrem gütigen Wohlwollen und habe die Ehre, mit der ausgezeichnetsten Hochachtung zu sein, hochverehrtester Herr! Ihr innigst ergebenster E. T. A. Hoffmann

704

HOFFMANN AN JOHANNA EUNIKE

Berlin, 1. Mai 1822

Johanna! ich sehe Ihren freundlichen Blick, ich höre Ihre süße liebliche Stimme: Ja oft lispelt mir in schlaflosen Nächten entgegen: Morgen so hell etc.: Dies tröstet mich für die namenlosen Leiden, welche mich schon seit viertehalb Monaten nicht von dem Sieg-Bette freilassen. Gelähmt an Händen und Füßen, bin ich außerstande, Ihnen beikommenden (sollte wohl eigentlich heißen: beispringenden) *Meister Floh* selbst zu überreichen. Hier ist er, aber mittelst Übersendung. Lesen Sie, lachen Sie, denken Sie alles dabei, was Ihr fröhlicher Sinn, Ihr feiner Takt Ihnen eingibt und wogegen kein Minister etwas einwenden kann. Gott mit Ihnen, ich hoffe Sie bald wiederzusehen.

CLEMENS BRENTANO
1778—1842

Er war der Sohn eines aus Italien zugewanderten Kaufmanns, wuchs in Koblenz auf und sollte ursprünglich in das Handelshaus seines Vaters eintreten. Erst 1797 erhielt er die Erlaubnis zu studieren und ging nach Halle und Jena, wo er sich mit den Brüdern Schlegel anfreundete und bald auch im Kreise Wielands, Herders und Goethes Zugang fand. Brentano und seine Schwester Bettina (1785—1859), die durch ihre Freundschaft mit Goethe berühmt wurde, zählten zu den unruhigsten Geistern der Romantik, deren Gefährdungen in Clemens zeitweilig ein geradezu pathologisches Ausmaß erreichten. Aufbrausende Leidenschaft kennzeichnete seine frühen Jahre. Ein leidenschaftliches, wiederholt unterbrochenes Verhältnis mit der Professorengattin Sophie Mereau führte erst 1803, nachdem Sophie geschieden worden war, zu einer kurzen und wenig glücklich verlaufenen Ehe; merkwürdiges, ja verschrobenes Benehmen deutete später den Beginn einer geistigen Verwirrung an. Sein erstes größeres Werk, der Bildungsroman »Godwi oder das steinerne Bild der Mutter« (2 Bände, 1801/02), trägt den Untertitel »Ein verwilderter Roman von Maria« und spiegelt extremen Individualismus, der sich zu Tendenzen steigert, die man in späteren Jahrzehnten zweifellos anarchistisch genannt hätte. Weder dieser Roman noch die meisten seiner anderen umfangreicheren Werke fanden in ihrer Zeit ein nennenswertes Echo. Eine Zentralgestalt der Romantik wurde Brentano jedoch wegen seiner glänzenden, virtuosen formalen Ausdruckskraft und als Mitherausgeber der Volksliedersammlung »Des Knaben Wunderhorn« (1806/08) und der »Zeitung für Einsiedler« (1808). Beide Unternehmen, die er gemeinsam mit seinem Freund Achim von Arnim verwirklichte, waren Höhepunkte der Romantik und für die junge Richtung ein Akt der Selbstbestätigung; an der »Zeitung für Einsiedler« arbeiteten im übrigen alle führenden Romantiker mit, so vor allem die Brüder Schlegel, Tieck, Fouqué und die Brüder Grimm. Aber nur kurze Zeit stand Brentano damit im Zentrum der ro-

mantischen Bewegung. Seine eigentliche literarische Bedeutung wurde später mit Recht von einigen seiner Novellen hergeleitet, die oft meisterhafte Idyllen sind, z. B. »Die Geschichte vom braven Kasperl und schönen Annerl« (1817), »Aus der Chronika eines fahrenden Schülers« (1818) oder die Märchenerzählung »Gockel, Hinkel, Gackeleja« (1838); in ihnen ist die explosive Phantasie der frühen Jahre formal gebändigt. Darin spiegelt sich auch Brentanos geistige Entwicklung, die den Weg religiöser Verinnerlichung ging: er wandte sich einer mystisch orientierten Katholizität zu, die das schließliche Bekenntnis vieler Romantiker wurde.

705
BRENTANO AN SOPHIE MEREAU

(Jena, Dezember 1801)

Nur durch mich wollen Sie etwas von meinem Bruder Clemens hören, wie unglücklich ist nun mein armer Bruder, daß er um so vieles näher bei Ihnen ist als ich, er ist in Jena, liebt Sie und vertraut Ihnen, mir ist er auf beide Arten fern, und ich kann ihm den einzigen Trost nicht verschaffen, daß Sie durch meine unschuldige Vermittlung manchmal seiner gedenken und sich in Ihrem sanften Sinne sein Bild nach und nach wieder reinigt, damit er seine Ruhe an Ihrer Güte erziehen könne, um zu harren, ob Sie ihm nie wieder freundlich werden wollen, ehe ihm der Tod freundlich wird. Ich habe eine Antwort auf einen Brief, den ich für ihn an Sie schrieb; ich fühle aus dieser Antwort, daß ich nicht bestimmt genug sagte, um was Clemens Sie bat, eine Bitte, die ich einem Unglücklichen, den Sie nicht mehr lieben, nicht abschlagen würde. Die Stelle seines Briefes an mich heißt so: »Liebe Schwester, warum klagst Du mir Dein Leid, ich kann Dich nicht trösten, dem kein Trost genügt, die Mereau hat eine einfache schöne Handlung begangen, die sie über alles Urteil und alle Verleumdungen erhebt, ach, die sie sogar berechtigt, mich auf ewig zu vergessen und sich keiner der Minuten erinnernd zu erfreuen, in denen sie mich durch Liebe und Sanftmut über alle meine Mängel, ja über die Armut des Lebens erhob, sie weiß nicht, wie ich sie liebe und wie ich in selbstsicheren Momenten nun an mir verzweifeln muß, ich bin durch ihre eigne Kälte und die schiefe mißverstandene Güte *der* Menschen, unter deren Händen sie mich in dem schrecklichsten Punkte meines Lebens verließ, auf die Fähigkeit erniedrigt worden, sie sehr zu beleidigen, und glaubte damals gerechter, als grausam gegen mich zu sein. – Sieh liebe Schwester, ein solches Leid drückt mich, kannst Du es heben, so lösest Du eine Fessel, die alle meine gute Tätigkeit traurig gefangen hält, und ich kann dann auch Dir und allem Leben und meinem Talente wieder reichen, was ich schimpflich schuldig bleiben soll, wenn Sie wüßte, welch mächtiges Bild von ihr drohend, ewig drohend vor mir steht und mir immer in jeden guten Willen, in jeden Funken Mut, und Freude hinein spricht, lasse das, für Dich ist kein Segen mehr, sieh, so war mein Herz, das Du und die Welt mißhandeltest, ach wenn sie das so sehen könnte, sie würde mitleidig, und freundlich, mich zu erheben, bitte sie, sich zu mir zu wenden und von mir ruhig zu begehren, was sie mir in betrognen Stunden gab, ich will nichts von ihr, sie hat alles von mir zu begehren, denn ich gab ihr nichts, und sie mir alles, ich würde mich stillen können in meiner stummen Wut gegen mich selbst, wenn sie die Liebe, die sie mir gab, nicht so sehr verachtete, sie wieder zurückzufordern, ich wäre dann arm, aber gelehriger, wieder um ihre Güte zu ringen, was ich nicht vermag, da ich traurig in mir um Schätze hergehen muß, die sie mir lieh, und für verschwendet hält, so muß ich in den reichen Kleidern ihrer Liebe betteln, bitte sie, so sehr Du mich lieben kannst, daß sie sich auch freundlich von mir trenne, ich will ihr ja nicht sagen, daß ich dann alles verliere, aber ohne Leben ist doch kein Bedürfnis, und das ist Trost.« – So schrieb Clemens, ich muß Ihnen das nicht deutlich gesagt haben, weil er so sehr traurig Ihre Worte las *»Was will dieser wunderbare Mensch vom Leben?«* und sie nicht verstand, sollten Sie nicht wissen, was er vom Leben will, der nur neben Ihnen lebte, und kennen Sie die schönen Worte nicht, die Sie ihn lehrten, *lebe der Liebe, und liebe das Leben,* er will sein Leben von Ihnen, um es Ihnen zu geben.

Sonst ist Clemens ruhiger und schonender geworden, er kann in Jena sein und alle seine ehemalige Leidenswege mit Frieden und einem stillen mutigenden Entzücken an Ihrem Siege über Ihr Geschick gehen, er hat in Jena keinen anderen Gram als

überall empfunden und nur einmal geträumt, er habe das Haus gekauft, in dem Sie sonst wohnten, habe in jeder Stube ein Licht angesteckt und sei ruhig von einer Türe nach der andern gegangen, Sie zu suchen, und als er Sie nicht fand, ging er mit der Idee heraus, Sie müßten wohl schon im Himmel sein, und mauerte alle Öffnungen des Hauses zu und ließ es weiß anstreichen, als wäre es nicht da, sonst hat er noch gar keine Phantasie gehabt, aber sich immer gedacht, nach Ramburg könne er nie kommen, in Dornburg würden ihm die Gedanken verschwinden, und er würde den Verstand dort um vieles hingeben müssen, was ihm doch nicht gehören werde. Sonst ist er gut und friedlich, und bittet Sie um ein Wort, daß Sie diesen Brief erhielten und verstanden haben, es würde ihn unendlich schmerzen, keine Silbe zu verdienen, an der ihm so viel erwacht, auch bittet er Sie um das Bild seiner Mutter, wenn Sie es haben sollten, er weiß es nicht bestimmt – sehen darf er Sie wohl nicht? – o sein Sie gütig gegen ihn – darf er sie dann wirklich nicht sehen, die ihn nie verläßt – ich kann mir ihn denken, wie er seine Mutter um des Bildes wegen lieben würde, mit dem Sie ihm einige Worte schrieben, auch fragt er Sie, ob er wieder im Kalathiskos arbeiten darf, ach er hat so ein Herz voll Wunsch und Hoffnung, wenn Sie wieder freundlich würden! Sagen Sie es ihm doch gleich, damit er nicht länger vergebens ist, wo mit Ihnen aller Reiz entfloh. Sie sind so ernst, so still und nicht glücklich, Gott walte über die Stunde, die Ihnen diesen Brief meines Bruders bringt, und gebe ihm schnell seinen kleinen Lohn, der ihm so viel sein soll. Ach! die böse Stunde, in der Sie sagten, ich liebe Sie nicht mehr, hat ihn mit allen Martern nicht gezwungen, alles zu vergessen, was Sie vorher sagten, soll dann wahrlich in der bösen Stunde nur Wahrheit sein, und in den guten wohnt nur der Traum in Ihnen, Sie sagten einstens zu ihm, ich glaube nicht, daß Sie mir je gleichgültig werden können, hassen würde ich Sie, o wie ist es dann, hassen Sie ihn? Und ist keine Hoffnung? Wen soll er dann lieben können? Wenn Sie ihn hassen müssen, dann kann er mich nicht lieben und sich nicht, aber Sie, Sie immer, seine Adresse ist bei Fried. Schlegel, oh, geben Sie mir den Trost und den Bruder, und ihm einige Worte.
So schriebe meine Schwester Kunigunde für mich.

706
BRENTANO AN ACHIM VON ARNIM

(Weimar, August 1803)

[] Tieck ist mein guter lieber Freund geworden, ich habe ihn nach Jena begleitet, und um mehr miteinander zu plaudern, haben wir zusammen geschlafen. Seine Ansichten in Hinsicht der jetzigen Lage der Literatur sind den meinigen und Deinigen gleich, er denkt mit Unwill daran, daß durch ihr verfluchtes Posaunen der stille, bescheidene Gang seiner Kunst in einem elenden Gerücht gestört werde. Bewundernd mußte ich seine edle, ruhige Ansicht von Friedrich Schlegels Treiben anschauen: ach, es war ja meine Ansicht, die ich bescheidner, ruhiger aussprechen hörte. Er erinnert sich Deiner mit vieler Liebe und freut sich innig Deines Sinns für sein Talent. Meine neuern Gedichte hat er mit Beifall angehört, und einige haben ihn so erfreut, daß er sie sich abgeschrieben hat. Und stelle Dir vor, Arnim, daß mich all der Beifall nicht mehr erfreut hat, als wenn ein einfältiges Mädchen sich meine Lieder abgeschrieben hätte. Denn die Zeit, daß mich fremdes Urteil beschränkt, ist vorüber; ich weiß, was ich will, was ich kann, und bin zufrieden damit. Doch hat es mich gerührt, zu sehen, wie nach vielem Ringen und Streben mein Urteil über mich richtig ist; denn alles, was ich mir in der Stille selbst vertraut hatte, hat auch Tieck klar und deutlich über mich ausgesprochen. Tieck ist mir als Mensch überhaupt mehr geworden; als Dichter scheint er mir einseitig und als Ideal eines strebenden Jünglings sehr unzulänglich. Die zwölf Bogen, die Fromann von seinem *Octavian* abgedruckt hat – das Ganze ist noch nicht vollendet –, habe ich lesen, und sie haben mir im ganzen nichts weniger gefallen, und ich wünschte sie nicht geschrieben zu haben. Es ist überhaupt sehr keck und unvorsichtig, solche ganz vollendete Volksgedichte in Reime zu bringen, ein paar Jakobböhmische Naturansichtsrezepte dran zu rühren und einigen Lärm über Frühling und Wald zu machen. Die Assonanzen und die affektierte altdeutsche Sprache sind auch wie Stier und Esel nebeneinander gespannt. Einige gemeine Charaktere sind ihm dennoch vortrefflich drinnen gelungen, doch alle die Hauptpersonen, und auch wieder ein Hofnarr, sind sehr langweilig. Tieck hat in der letzten Zeit nichts getan als das Heldenbuch, die Nibelungen und Minnesänger gründlich studiert. Aus den Minnesängern läßt er sich bis Weihnachten einen kritisch zusammengestellten ausgewählten Band Übersetzung drucken, und für das Heldenbuch und die Nibelungen werden wir bald viel, gewiß nicht alles, von ihm getan sehen; denn er ist allem Druckenlassen und Schreiben aus einiger Faulheit und viel Unmut feind geworden. Er lebt ganz auf dem Gute des Herrn von Burgsdorf in Ziebingen, zwischen Frankfurt an der Oder und – ich weiß nicht, auch habe ich gehört, teils auch von ihm, daß er Pfarrer dort werden wird. Was daraus entstehen mag, weiß Gott; er ist etwas zu närrisch katholisch dazu und wird durch seinen Kahlkopf ebenso viel Unfug treiben als der Zopfprediger Schulz weiland durch seinen Zopf. []

707

BRENTANO AN SOPHIE MEREAU

(Marburg), 8. Dezember (1803)

Nun ist es wieder Morgen und wieder so schön als gestern, rings um mich die Gärten, sie glänzen alle, der schöne Garten an meiner Wohnung den Berg hinan, alles ist lockend und einladend und ich kann doch nicht von der Stelle, ich bin so glücklich in der Natur, wenn ich bei Dir bin, und ohne Dich ist mir alles tot, bedenke nun, wie ich die lange Zeit, die ich ohne Dich lebte, traurig war, die kleine Zeit mit Arnim abgerechnet, und auch damals warst Du es immer, denn bei jedem Schritt am Rhein, der eine neue Gegend zeigte, sagte ich, wenn die Mereau hier mit mir allein ging, so würde sie vielleicht gütiger gegen mich sein, auf allen Schlössern wünschte ich mit Dir zu wohnen, ja im Umriß der Berge suchte ich Dein Bild. O liebe Sophie, ich habe Dich immer geliebt, immer gesucht, ich bin Dir nie ungetreu gewesen, und wo ich einem andern Wesen folgte, so waren es ja nur einzelne Züge von Dir, die ich wiederzufinden glaubte, aber ich bin ja nirgend wieder glücklich gewesen, spräche ich hier nicht die Wahrheit – wie könnte mir dann meine Liebe zu Dir so ernsthaft und wie ein Schicksal geworden sein, wäre alles dieses nicht wahr, wie hätten wir uns dann jetzt so wunderbar und unauflöslich vereinigen können. Ach, ich will ja alles um Dich verlassen, fasse Dich nur zusammen, und liebe mich ohne Zerstreuung, wende Deine Augen nie von mir ab, und gewähre mir ein romantischeres Dasein. Wunderbar ist es, daß ich nun doch alle Beweise Deiner Liebe habe, daß ich sogar versichert sein soll, Du werdest bald bei mir sein, und doch, wenn ich Dich den ganzen Tag nicht sehe, Dich nicht berühre, so werde ich traurig und glaube manchmal ganze Stunden, es wäre nicht wahr, ich liebe ein Traumbild, Du seist gar nicht auf der Welt, und für mich werde Gott Dich nicht erschaffen. [] Du kannst nicht glauben, wie melancholisch mir zumute ist, nichts betrübt mich, nichts erfreut mich, ich finde mich in der drückendsten Einsamkeit, wenn ich gleich mancherlei gute und auch einige vortreffliche Leute sehe, aber ich sehne mich die Welt zu verlassen, und das mußt Du mir hervorbringen, ich sehne mich, mit einem liebevollen romantischen Weib einen poetischen Bund zu schließen, und mitten in dem wirklich prosaischen Leben eine freie poetische phantastische Lebensart anzufangen, ganz in der Stille, so daß die Neugierde uns nicht stört, möchte ich mich von allen Verhältnissen, allen Gewohnheiten trennen, möchte ich in der Stille zu zweit selig glücklich, das heißt verrückt werden. Unser Leben wäre dann wie in den wunderbaren Pflanzenwäldern unter dem Wasser, die sich oben bescheiden in einer grünen Rinde über der Fläche enden. Oft denke ich mit großer Betrübnis daran, ja ich möchte sagen, es ist, was mich so niederdrückt, so mutlos macht, daß ich nichts erfinden, nichts ausführen mag, kein andres Gefühl als die Empfindung in einer leeren, langweiligen Zeit, sich selbst parforce in Gedichte auflösen zu müssen, um den undankbaren Laien ihre Feiertage zu dekorieren, die es einem nicht einmal Dank wissen, und darum sehne ich mich so sehr nach Dir, um mit Dir den Glauben an alles Gewöhnliche, Prosaische abzuschwören, und ohne Rücksicht auf Kritik, auf Forderung der Zeit zu dichten, was mir einfällt, Du wirst dann so gütig sein, mir das Zeug unter Deinem Namen drucken zu lassen, denn sobald ich glücklich bin durch Dich, so habe ich keine Begierde mehr, einen Namen zu haben, und was Dein ist, soll mein sein. Ich, das heißt ich, wie ich eine Person in der Welt bin, befinde mich sehr übel, man begehrt allerlei von mir, man sagt mir, um sich selbst durch Reden die Zeit zu vertreiben, ich sei geistvoll, witzig, ich hätte Talent, ich sollte doch schreiben, und man denkt gar nicht dran, daß ich dadurch in die größte Angst gerate, ich weiß gar nicht mehr, was ich tun soll, seitdem mich die Leute so in Eid und Pflicht der Talente genommen, ach Sophie, glaube Du allein um Gottes willen so etwas nicht, glaube nur, daß ich ein einziges Talent in mir fühle, das, Dich unendlich zu lieben, alles um Dich zu verlassen, ganz nur an Dich zu glauben, und in Dir das Leben wieder zu finden. Es kömmt mir so traurig vor, daß ich, um zu dichten, mit meinen Gedanken immer wie ein Bettler durch poetische Lande der Phantasie wandern soll, ewig alles schöner finden muß, was ich doch nie finde, ewig suchen und dann eingebildete Helden finden lassen soll, was ich vermisse, ich wünsche oft ein Tischler zu sein; ein Schuster, der sieht doch seinen Stoff grünen und leben, aber so soll ich immer nach Wolken haschen, und wenn ich dann den Leuten eine vorzeige, behaupten sie, es sei doch nicht wahr. Nun glaube ich aber kann man sehr leicht in der Liebe, da alles doch nur aus zweien besteht die eins sind, ein Leben hervorbringen, in welchem nur Poesie das Element ist, oder vielmehr in dem das Element poetisch ist, und das ist es eigentlich, was ich mit Dir vorhabe, wozu Du alle mögliche Anlage hast, und was Dir dann schon ganz wird gelungen sein, wenn Du mich allein liebst und auf alle Seiten Deines Lebens nichts als die Natur und mich einwirken läßt. Ein solches Leben erfordert einen heiligen Glauben an irgend etwas Ewiges, was eben darum nur eine poetische oder religiöse Realität haben darf, denn alles Historische ist vergänglich und nur Materie, es muß etwas sich in uns entzünden, das dem aufgeklärten Pöbel Wahnsinn oder Fanatismus scheint; wir müssen dem Frommen den Eindruck eines religiösen Geheimnisses geben, dem Einfältigen wie ein Wohnhaus der Gespenster, dem irrenden Ritter ein verzaubertes Schloß erscheinen, jeder Tiefsinnige muß uns mit Ehrfurcht betrachten, und alle Kinder, alle Engel müssen uns lieben, fest ineinander verschlungen bilden wir den Kern unsrer ganzen Weltanschauung und werden nur deswegen von der uns umgebenden Welt nicht entwurzelt, weil sie glaubt, wir seien ein schöner seltner Fruchtbaum ihres Gartens, in dem wir uns im Innern, in dem Geheimnis unsrer Liebe, so durchdringen, daß unsre Oberfläche, Blätter, Blüte und Frucht die Menschen entzücken. Denn es gibt eine Ansicht, welche die Seligkeit des Lebens und seinen Gipfel im Innern findet, und nach welcher alle äußerliche Erscheinung nur der Überfluß ist, der sich gegenseitig umtauscht, das aber, was der poetische Mensch selbst besitzt und seiner Geliebten mitteilt, sind die Früchte seiner innern unsichtbaren Welt, ist sein Heiligstes und der eigentliche Quell seines Lebens. [ ]

708
BRENTANO AN ACHIM VON ARNIM

(Heidelberg, 15. Februar 1805)

[ ] Ich habe Dir und Reichardt einen Vorschlag zu machen, bei dem Ihr mich nur nicht ausschließen müßt, nämlich ein wohlfeiles Volksliederbuch zu unternehmen, welches das platte, oft unendlich gemeine *Mildheimische Liederbuch* unnötig mache. Wenn wir zum Anfang nur einhundert Lieder, die den gewöhnlichen Bedingungen des jetzigen Volksliedes entsprechen, beisammen haben – mehrere sehr vernünftige Prediger der Pfalz haben mich schon darum gebeten, man könnte es abteilen in einen Band für Süddeutschland und einen für Norddeutschland, weil beide sich in ihren Gesängen notwendig trennen. Es muß sehr zwischen dem Romantischen und Alltäglichen schweben, es muß geistliche, Handwerks-, Tagewerks-, Tageszeits-, Jahrzeits- und Scherzlieder ohne Zweck enthalten, die Klage über das Mildheimische ist allgemein. Es muß so eingerichtet sein, daß kein Alter davon ausgeschlossen ist, es könnten die beßren Volkslieder drinne befestigt und neue hinzugedichtet werden. Ich bin versichert, es wäre viel mitzuwirken; äußere Dich darüber [ ]. Wenn Du den Sommer hier bist, wollen wir den Rhein wieder sehn und die alten Schlösser beweinen und besingen, wie könnte eine epische Elegie schöner gedichtet werden! [ ]

709

BRENTANO AN KAROLINE VON GÜNDERODE

(1805)

Gute Nacht! Du lieber Engel! Ach, bist Du es, bist Du es nicht, so öffne alle Adern Deines weißen Leibes, daß das heiße, schäumende Blut aus tausend wonnigen Springbrunnen spritze, so will ich Dich sehen und trinken, aus den tausend Quellen trinken, bis ich berauscht bin und Deinen Tod mit jauchzender Raserei beweinen kann, weinen wieder in Dich all Dein Blut und das meine in Tränen, bis sich Dein Herz wieder hebt und Du mir vertraust, weil das meinige in Deinem Puls lebt. – Oh, wenn Du mich kenntest, Du würdest den Mut verlieren, mich zu lieben, den Du nicht fassen kannst, da Du mich nicht kennst. – Ich weiß so unendlich viel, daß es mir das Herz zersprengt, es zu sagen, aber Sprechen ist ein langsames Totmartern, und lägst Du nur eine Nacht in meinen Armen, so solltest Du Dir meine Liebe an Deinen warmen Brüsten ausbrühen, und Du wüßtest alles, was ich weiß, und brauchtest nicht mehr zu erschrecken über alles, was ich sagen darf, weil ich will. Wahrhaftig, liebes Kind, die Tugend ist zart, und man kann nicht mit ihr sprechen, die Tugend soll vom Leben lernen, o Du liebe Tugend, warum darf ich Dich nicht lehren, nicht wahr, Du liebst mich nicht? Ja, das tun die Leute, tue es auch, denn Du glaubst wohl auch, was die Leute wissen, ist bös, und das Geheime gut. Es mag Dir wohl wunderlich werden bei diesen Worten, denn Du magst allerhand, was man nicht soll, o ihr armen, lieben zweibeinigen Engel in der Hölle und Du, Günderödchen, im Fräuleinstift, was habe ich Euch so lieb, ihr Teufel und ihr Engel, mein Herz ist keine arme Seele. Alles das schreibe ich in einem süßen, drehenden Rausch, die Mondnacht und der Frühling haben sich nicht gescheut, vor meinen Augen das süße heilige Liebeswerk zu vollbringen, und damit das Bewußtsein solcher Wollust nicht verlorengehe, haben sie das Seufzen ihrer Liebe an dem Echo meines Busens gebrochen, und wie sie sich umarmten, verwandelten sie sich in eine goldene, süße, bittere, wollüstige Schlange, die mich mit den lebendigen, drückenden, zuckenden Fesseln ihres Leibes umwand. So saß ich am Berge und sah ins weite Tal, das sich wie ein leichter Berg auf mein Herz warf, und da riß ich die Kleider von mir, daß die Umarmung keuscher sei, wie der Blitz schnell und elektrisch, biß mir die goldene Schlange ins Herz und ringelte wie in gewundener Lust an mir herauf, sie vergiftete mich mit göttlichem Leben, und in mir war ein andres Leben, es zieht mir mit ergebendem Widerstand durch Adern und Mark, und die Schlange zog durch die Wunde nach und ringelt sich jetzt freudig und liebend um mein Herz, es ist zu viel, was ich habe. Drum beiße ich mir die Adern auf und will Dir es geben, aber Du hättest es tun sollen und saugen müssen. Öffne Deine Adern nicht, Günderödchen, ich will Dir sie aufbeißen. O ich bin ein arabisches Roß, warum nicht, wenn ich Dich hier hätte und Du solche Hochzeiten feiern sähest neben mir, so sollte Mondnacht und Frühling uns das Echo sein, das ich ihnen war. (Wenn Du es nicht verstehst, so schreibe mir es, damit ich nicht mehr schreibe.)

Schreibe mir recht vernünftige Briefe, lieber Engel, und wenn Du mich lieben kannst, so tue es, kein Tropfen solchen süßen Weins soll verloren gehen. Ich trinke Deine Gesundheit mit jedem Blick, den ich in den Frühling tue und jeder meiner Gedanken an Dich ist eine Gesundheit, die ich dem Frühling zutrinke. Wenn Du lieb bist, muß ich Dich ja lieben, das ist der Liebe Wesen, mein Wesen und Dein Wesen. Lebe wohl, und habe den Mut, nur darum zu weinen, daß Du nicht bei mir bist im Fleische, sondern nur im Gedanken, denn beide sind eins und nur im Abendmahl genießen wir den Gott, denn alles Wort muß Fleisch werden, auch dies Wort der Liebe.

Clemens Brentano.

Was macht der Brief für eine Wirkung auf Dich, liebes Günderödchen, ich fürchte immer, Du stellst Dich klüger oder dümmer an, als Du bist, sei doch kein Kind, mein Kind, und verstehe zu leben, das heißt, bekümmere Dich nur um Gott. []

710

BRENTANO AN SOPHIE MEREAU

(Frankfurt, 24. September 1806)

Liebe Frau! Gestern am Dienstagmorgen ist Tieck und Rumohr abgereist, sie waren beide die ganze Zeit von Morgen bis in die Nacht in unserm Haus. Tieck riß alle Herzen hin, er hat drei Stücke aus dem Shakespeare gelesen, Bettine hat sich in ihn, er in Sie verliebt und beinah weit übers Ärgernis hinaus, Rumohr verliebte sich in Meline und war der Spielball des Hauses. Stelle Dir vor, die Engelhard habe ich noch hier gefunden, und zwar bei der Jordis eingenistelt, da man Sie bei uns nicht beherbergen konnte, daß dieses Geschöpf mit Affektation, Blödsinn, Sinnlichkeit und Eitelkeit je sich so lächerlich machen könne, als Sie es hier getan, habe ich nicht geglaubt, ich war nicht mehr gegenwärtig, aber ich habe Horreurs gehört, und wenn ich auch nichts glauben wollte, so muß ich doch glauben, daß diese niedrige Klatsche von uns erzählt, ich sei bei weitem nicht so kalt, als ich scheine, und Du auch nicht, denn sie habe neben uns geschlafen, und Du hättest Deine eheliche Zärtlichkeit so öffentlich und kräftig mit mir gewechselt, daß das ganze Haus darüber gepispert und gezittert hätte; dies hat die Gans Louisen gesagt, ihre Gedichte hat sie wohl zwölfmal abgeschrieben und herumgereicht, geweint, kokettiert, gelogen, sich von Bethmann in den Busen greifen lassen – doch ich erzähle Dir mündlich mehr, alles, was sie Tolles und Närrisches getrieben, wäre mir ganz unglaublich gewesen, wenn nicht Claudine und Meline es beteuerten. []

Bettine ist täglich bestimmt zwei Stunden bei der Goethe, ohne die sie und die ohne sie nicht leben kann, sie hat ein großes Buch dort liegen und schreibt aus dem Mund der Mutter die Geschichte der Mutter und des Sohnes in der bekannten kräftigen Manier auf. []

LUDWIG ACHIM VON ARNIM
1781–1831

In Berlin geboren, studierte er in Göttingen Medizin und Naturwissenschaften. Seine literarischen Neigungen führten zu einer engen Freundschaft mit Clemens Brentano, mit dem ihn auch das Interesse für die Volksdichtung verband; auf ausgedehnten Reisen sammelte er teils aus der schriftlichen, teils aus der mündlichen Überlieferung ältere deutsche Volkslieder, die er später gemeinsam mit Brentano unter dem Titel »Des Knaben Wunderhorn. Alte deutsche Volkslieder« herausgab (1806/08). Brentano, Arnim und Joseph Görres (1776–1848), der damals gleichfalls in Heidelberg lebende Herausgeber der alten »Teutschen Volksbücher« (1807), waren die Zentralgestalten einer jüngeren Romantikerschule, die sich in Heidelberg etabliert hatte. Mit einer Novellensammlung (»Der Wintergarten«, 1809) und dem Roman »Armut, Reichtum, Schuld und Buße der Gräfin Dolores« (zwei Bände, 1810) erwies er sich als einer der stärksten Erzähler der Romantik, auch darin dem Programm der Richtung treu, daß er nur historische Stoffe aufgriff. Doch hat er darüber hinaus kaum einen seiner großen Pläne verwirklichen können. Sein Roman »Die Kronenwächter« (1817), der vier Bände umfassen sollte, blieb unvollendet; er ist im übrigen ein Musterfall der Glorifizierung der nationalen Vergangenheit, die eines der erklärten Ziele vor allem der jüngeren Romantik war. Aus nationaler Begeisterung nahm er als Hauptmann eines Berliner Landsturmbataillons an den Befreiungskriegen teil und schrieb für die von Görres herausgegebene Zeitschrift »Der Rheinische Merkur«, die den Gedanken der nationalen Erhebung und Erneuerung propagandistisch verfocht; in Berlin, wo er sich 1808 niedergelassen hatte, war er schon vorher eines der Häupter der »christlich-deutschen Tischgesellschaft« geworden, die nationalistische und überdies auch schon antisemitische Tendenzen pflegte. Seine letzten Jahre verbrachte Arnim im Kreise seiner Familie auf dem Gut Wiepersdorf in der Mark Brandenburg. Seine späten Dramen und theoretischen Schriften fanden jedoch kein Echo mehr. In der Erinnerung der Nachwelt lebt sein Name vor allem durch

»Des Knaben Wunderhorn« und durch die Ehe mit Brentanos Schwester Bettina (seit 1811), die vielleicht das glücklichste Familienidyll der Romantik war. Nicht unterschätzen darf man freilich den Einfluß Arnims als Anreger und Vermittler im geistigen Leben seiner Zeit. So zeigt vor allem sein Briefwechsel mit den Brüdern Jakob und Wilhelm Grimm, wie intensiv in dieser Gestalt der deutschen Romantik die Ideen der Epoche umgesetzt wurden.

711
ARNIM AN CLEMENS BRENTANO

(Zürich, 9. Juli 1802)

[] Dichtkunst und Musik sind die beiden allgemeinsten, genau aufeinander gepfropften Reiser des poetischen Baumes; er trägt hier in der Dichtkunst rote Rosen mit vielen Rosenkönigen, in der Musik weiße Rosen. Unsre Arbeit sei, diese Rosen zu erziehen, Kotzebuischen Mehltau und Lafontaineschen Honigtau von ihnen abzuhalten, ebenso sorgfältig die kalte Schlegelsche Kritikluft und den warmen, brennenden Samumwind aus Böhmens Morgenröte. Die Sprache der Worte, die Sprache der Noten stärker und wohlgefälliger zu machen, dies ist klar als erster Standpunkt unsrer Bemühung anzusehn. Also eine Sprach- und Singschule! Sowie Tieck den umgekehrten Weg einschlug, die sogenannte gebildete Welt zu bilden, indem er die echte, allgemeine Poesie aller Völker und aller Stände, die Volksbücher, ihnen näherrückte, so wollen wir die in jenen höheren Ständen verlorenen Töne der Poesie dem Volke zuführen, Goethe soll ihnen so lieb wie der *Kaiser Octavianus* werden, mit einem Worte: der erste Punkt unserer Wirksamkeit ist die Anlage einer Druckerei für das Volk in einem Lande, wo der Nachdruck erlaubt und das Papier wohlfeil ist, Kaiser und Könige müssen uns Privilegia geben. Die einfachsten Melodien von Schulz, Reichardt, Mozart u. a. werden durch eine neuerfundene Notenbezeichnung mit den Liedern unter das Volk gebracht, allmählich bekommt es Sinn und Stimme für höhere, wunderbare Melodien. Dies zu erreichen, wird von dem Gewinst der Druckerei eine Schule für Bänkelsänger angelegt; man errichtet Sängerherbergen in den Städten und verbindet und lehrt sie die Schauspielkunst, es werden nun bessere musikalische, einfache Instrumente eingeführt. Wichtiger ist die Bearbeitung der deutschen Sprache für den Gesang in einer damit enge verbundenen Schule der Dichtkunst, die, wenn es möglich, in dem Schlosse Laufen beim Rheinfall eingerichtet wird. Hier wird die allgemeine deutsche Sprache erfunden, die jeder Deutsche versteht und bald von allen Völkern der Erde angenommen wird! Ich sehe schon manche fünf schöne neue Lieder, gedruckt in diesem Jahre, aus unserer Druckerei kommen! Dies gibt den Deutschen einen Ton und eine enge Verbindung, jeder Streit zwischen ihren Fürsten muß sich selbst verzehren, weil der Deutsche gegen seine Brüder nicht zu Felde zieht, die Ausländer, ihrer Unterstützung gegen sie beraubt, müssen ihnen verbündet, Deutschland der Blitzableiter der Welt werden. [ ]

AUS DEM BRIEFWECHSEL ZWISCHEN BETTINA BRENTANO UND ACHIM VON ARNIM

712
BETTINA AN ARNIM

(August 1806)

[ ] Viel zu vermögen, [*und*] was man vermag, auch ausüben dürfen, das ist einzig ein würdig Leben, ich fühle nicht gar oft, daß ich vermag, aber wohl, daß ich nicht darf, was ich vermag. Nur jetzt in diesem Augenblick möcht' ich da sein, wo Sie sind, ich scheue mich nicht, es zu sagen – ich konnte nie fort, ich wäre sonst lange schon auch an Ihrem Horizont hergeflogen, ich hätte die Wolken geteilt mit breiten Flügeln, die heißen Sonnenstrahlen hätt' ich mit Macht verhalten und Schatten gewährt und Kühlung mit treuem Herzen. – Ich kann nicht das alles deutlich machen, was und wie ich will, ich möchte reizen mit Kraft und Mut den, der mir wert ist, den Wächter zu überwinden, der ihn im engen Schicksal gefangen hält. Was heißt das: Die Welt soll neu hervorgehen und herrlicher? Sie soll werden ein höher, besser Leben? O laßt uns selbst doch neu aus uns hervorgehen, ein eignes Leben in jedem Moment, dann ist ja alles geschehen, dann mag der Lor-

beer wachsen wie wilder Efeu, in Kronen sich über Nationen herziehen, den sieht mein ernster Held nicht; der grünte und der, der grünt, wird vergessen, nur der noch grünen wird, ist einzig sein Verlangen: »Was sollte bestehen, was nicht die Kraft dazu hat? Fort mit uns, wenn wir nicht würdig dieser stolzen Erde! Sonst wollen wir uns aber anklammern und einbeißen an dieses liebliche Eigentum.« — Nur der mit Leichtigkeit, mit Freude und Lust die Welt sich zu erhalten weiß, der hält sie fest. Strengt euch nicht zu sehr an, meine Freunde, beißt, klammert euch nicht an, spielt lieber Ball mit ihr, sie ist ja *rund,* wer sie im Gleichgewicht zu werfen weiß, der fängt sie immer wieder. [ ]

713

ARNIM AN BETTINA

Heidelberg, 12. Juli 1808

[ ] Mit Werner habe ich den letzten Tag seiner Anwesenheit eine wunderliche Unterredung auf dem Schlosse gehabt, er hat mir sein System der Liebe auseinandergesetzt, tief ergreifend, weil man immer fühlte, wie er sich das Ganze nur wie einen Galgen aus Verzweiflung über Unglück erbaut hat. Daher immer die gräßliche Gewißheit, mit der er zwischen ausrief: »Sie werden mich für einen Narren halten, es ist doch wahr, was ich sage; Goethe spricht von allem, von Kunst und Wissenschaft, daß ich dabei ganz dumm zugehört habe, aber in mein System hat er doch nicht hineinreden können. Er hat mir oft gesagt: Sobald ich Ihnen zugebe, daß die Liebe das Höchste, so haben Sie mich fest, das gebe ich aber nicht zu, sondern alles ist das Höchste.« Nun nimmt er jede Natur als eine Hälfte an, die eine ist Kraft, die andre Zierde oder Zartheit, die suchen einander, und dieses ist die erste Periode des Suchens, während welcher nach ihm die meisten Irrtümer stattfinden, wo Meisterschaft und Jüngerschaft sehr oft für Liebe angesehen wird. Das Erkennen soll nun immer gegenseitig sein und bildet die zweite Periode der Liebe, die eigentlich von Glück nichts weiß. Diese schließt sich mit der Brautnacht, und dann tritt die dritte Periode der Meisterschaft und Jüngerschaft ein, je nachdem eins von beiden Gemütern in sich größer. Ich übergehe eine Menge Betrachtungen, er kam

aber mit einer Art Zuversicht darauf, daß seine Frau, die von ihm geschieden, ihn durchaus noch einmal lieben müsse. Von Goethe meint er, daß er vielleicht nie geliebt, sondern immer in einer Art Meisterschaft stehengeblieben wäre. Dann ging er zu den Liebessubstitutionen über, wobei er alle Art unnatürlicher Laster als bloße Bemühungen des Aufsuchens verteidigte, ja über die Geschichte Christi mit der Magdalena und Johannes ganz verruchte Aufschlüsse zu geben meinte. Ich schwebte immer zwischen entsetzlichem Lachen und großer Traurigkeit, wie er wieder von sich selbst anfing und versicherte, er schreibe eigentlich bloß, um dieses System zu entwickeln. Um ihm doch etwas wiederzugeben, denn von meiner eignen Geschichte hatte ich nicht Lust loszulegen, gab ich ihm ein durchgeführtes System der Ahndung, das hatte wenigstens den Vorteil, nie abzureißen, und wo es trog, da war die Schuld nicht am Einzelnen, sondern an der Weltgeschichte.
Herzlich der Deine, Achim Arnim

714

BETTINA AN ARNIM

München, November 1808

Zwei Briefe von Dir sind mir zugleich gekommen, einer von Grimm, und einer, welcher voll von Schauspiel ist, mit einem mir sehr lieben Liede schließt; ich hab' es schon mehrmals mit der Guitarre abgesungen. Du fragst mich, ob ich Deine Poesie ernstlich liebe? Ich liebe Dich in Deinen Liedern, mehr kann ich nicht sagen. Mit Tieck kann ich nicht sagen, Du seist kein Dichter; zu Dir möcht' ich nicht sprechen, Du seist ein Dichter: was der Mensch tut, tut er es denn um des Seins willen? Wenn das ist, freilich, dann bist Du kein Dichter. Wenn aber ein Lied aus Dir hervorquillt wie die Begierde nach etwas, wie der Genuß in etwas, wie der Beweis von etwas, was selbst stärker ist, als daß es Gefangenschaft erleiden möchte, auch in der lieblichsten, edelsten Wohnung wie allenfalls Dein Herz – wer kann von diesem Liede sagen, daß es von keinem Dichter geboren ist? Wer kann überhaupt sagen von Liedern, sie seien da oder dort her? Ein Lied ist wie die leichte Spur des flüchtigen Geistes, der nimmer zahm wird, der doch seine Bahn bezeichnen muß, »daß nicht sein Leben sei wie der Pfeil, der schnell die Lüfte teilt, oder wie die Wolke, die zergeht wie ein Nebel, von der Sonne Glanz vertrieben und von ihrer Hitze verzehrt (Buch der Weisheit 2. C., 4. V.)«. Sieh, es tut einer jenes und dieses und weiß nicht warum, und so tadeln sie und loben nach ihrem eignen Maß und bedenken nicht, daß doch einem jeden einzlen Geist, deren sie mehre mit dem Ausspruch schlagen, am Ende der ganze Weltkreis zu eng wird, und daß ein jeder früher oder später seinen eignen Kreis zerstört oder verläßt und sich einen neuen baut. Aber daran denken sie nicht, daß nichts verwerflicher als das Verwerfen und nichts verächtlicher als das Verachten und nichts besser als die Güte sei. Es hat ja noch keiner sagen können von allem, was in ihm war, und die Worte sind doch das geringste; der eine stirbt in Sehnsucht, der andre lebt drin. O ihr, die ihr das Leben herbeiruft mit gewaltiger Stimme und es in euch fühlt, was könnt ihr Vernehmbares von seinem Rauschen sagen? was ist der Lärm, der brausend und knitternd durch die Gruft fährt? Was hat das Leben noch gesagt in des Toten Ohr? Sprecht, ihr kahlen Felsen, wie hat das Licht der Nacht euch gesegnet, daß ihr die Strahlen des Tags in euren kalten Schoß aufnehmt? Sprecht ihr, die ihr die Häupter vor den Winden senket, ihr Wolken, wer hat euch ein Herz gegeben, da ihr von dieser zu jener Seite triebt? Du Stahl und Eisen in vereinsamtem Lager, du Einsiedler der Welt, wie schlägt sich das Feuer durch dein Mark und welcher Geist ist in dir erweckt, der vernehmlich in dir spricht? Oder geht das Leben durch den Tod, wie die Kühnheit geht mit gesenktem Schwert durch die verlaßne Pforte? Wisse oder nicht wisse, du Stein, daß die Gottheit schwebt in deinen härtesten Adern; wer mag also gegen dich sprechen? – Das Leben will locken mit falscher, verstellter Stimme; lockt immer doch nur sich selben, hüllt sich in sich selbsten, wie die Wärme sich hüllt in Wärme vor dem Frost. Was willst du ewig mit dir selber? O laß auch, wenn's deine Kraft vermag, einmal die Ewigkeit ein Ende nehmen, damit sie sich spieglen könne und beschauen und fühlen, daß sie selber es ist. Was nützt es sonst, ewig zu sein, der Ewigkeit! – Ja, wenn einmal der Tod aufrasselt mit kaltem Herzen, mächtig, aber bewußtlos, hart und fest, bewußtlos gegen das Leben, tief bewußt in sich, durch und durch sich selber fühlend, stärker sich und dem Leben überwiegend! Aber das Leben unterliegt, denn es fühlt vor allem den Tod in seinem Wesen. Dann verstecke dich, o *Menschlein*, hinter den Dornbusch. Also, o Herr, erbarme dich über ein bewegtes Herz. Laß den Fruchtknoten springen, der seit langem die verwüstende Witterung ertragen muß; laß die Kinder aus ihrem Verberg treten und den Kampf mit dem Leben wagen, daß sie endlich zur Mutter zurücktreten, mit verschloßnen Augen. – Geschrieben an einem einsamen Abend, weiß nicht, ob es zu verstehn ist; ich dachte an Dich und mich und mein ganzes Leben, hab' noch mehr diesen Abend geschrieben, ich kann heute aber nicht alles mitteilen. Leb indessen wohl, so weit die Welt ist, und wenn Du weiter gehst, leb glücklich, immerdar behalt Dein treustes Herz im Andenken.

Bettine

715

ARNIM AN BETTINA

Berlin, 21. Oktober 1809

[] Von Dr. Kohlrausch, einem Göttinger Bekannten, der auch Savigny gesprochen, habe ich traurige Nachrichten von Tieck und seiner Schwester erhalten; erzähl sie ihm [*Savigny*], sonst aber niemand. Tieck soll sich [*in Rom*] erboten haben, für sechshundert Taler jährlich alle bedeutenden Menschen in Deutschland zum Katholizismus überzuführen; gewiß aber ist's, daß Humboldts von den Schuldnern beider, und zwar von armen Leuten wie Wäscherinnen, fast belagert gewesen, während sie ganz hochmütig gelebt, [*Maler*] Müller durch sie in drückende Verlegenheit gesetzt worden. Sehr lächerlich soll das Wesen mit den Künstlern gewesen sein. Die Bernhardi hatte sich vorgenommen, nach ihrer Rückkehr in Deutschland ein Schloß zu bauen, in welchem die Riepenhausen einige Freskos malen sollten, weil sie nichts zu essen hatten. Sie entzweiten sich aber mit ihnen in Geldsachen, und zur Strafe sollten sie nicht mehr dazu gebraucht werden, worüber die Riepenhausens tiefgekränkt von ihr das *Buch der Liebe* zurückforderten, das sie ihr in Hoffnung des Freskomalens einst geschenkt. []

716
BETTINA AN ARNIM

Landshut, 22. Oktober 1809

[] In der Dichtkunst zeigt sich die Liebe als strenger, gerechter Herrscher; was sich ihr nicht ergibt, geht tot und verschlossen ins Grab. In heiligen Flammen des Enthusiasmus muß alles brennen, was durch die Pforten der Lippen ins Leben will ausgehen. Ja, was der Dichter faßt, sei's Entsetzen oder Seligkeit, er kann es nur im tiefsten Geheimnis der Liebe fassen, sonst werden seine Kinder kein Ebenmaß der Schönheit, sondern Mißgeburten. In der Musik aber ist jeder Ton die Liebe selber, und sie lehrt in unergründlicher Weisheit, wie sie sich in sich, mit sich selber verbinden könne, und wie sie ewig sei; denn nicht in die Zukunft und Vergangenheit allein ist sie unendlich, aber im Augenblick hat sie alle Ewigkeit zusammengefaßt. Ein Ton hat alle Schönheit, alle Kraft, denn er ist das Leben ohne Gewand, ohne Leib. Sein Geist, der die Liebe ist, bildet in uns seine Gestalt, die die Gestalt aller Schönheit ist, und es läßt sich nicht sagen, wie alle Werke der Liebe sich in der Musik erschaffen, und hier läßt Gott uns seine Seligkeit schmecken, weil diese Schöpfung mit zarter Wollust unsere Glieder berührt, wenn sie ins Leben ausgeht. Drum müssen die Lippen eines Dichters immer herrlich und göttlich geformt sein, so wie bei Goethe, dem der Fluß der Lieder wie über festen, glatten Marmor hell und glühend quillt. Bei Dir ist die Unterlippe kühn und läßt den Strom wie über einen üppigen Hügel fließen, von dem er ganz sanft, aber mit etwas brausendem Jugendfeuer zu Tal strömt; die Oberlippe gibt einen heimlichen Druck, in der vorragenden Spitze derselben ist schützende Treue. Hätte ich nun einen Mund, wie ihn Sänger haben sollen, wie gern würden mich die Dichterlippen küssen! []

717
ARNIM AN BETTINA

Berlin, 26. Januar 1810

[] Nun spring' ich über bis zum Ordensfeste [*18. Januar*

1810] der neuerrichteten dritten Klasse des roten Adlerordens. Unter mehreren andern erhielt ihn auch zur großen Verwunderung aller Herr Direktor Iffland. Am Abend des Tages hatte sich der Mann noch ein neues Fest bereitet, einen jungen Menschen, namens Maurer, zum erstenmal auftreten zu sehen, den er über die Taufe gehalten, dessen Vater sein begünstigter Sekretär. Das sollte ohne Wissen von dessen Eltern geschehen, doch die Mutter merkte etwas. Am Abend hatte er die Mutter in seine Loge gebeten, und als nun der junge Mensch auftrat, fiel sie ihm weinend um den Hals, der Vater in einer Loge gegenüber wurde vor Schrecken ganz kalt. Nachher stand Iffland in der Direktionsstube, den Dank zu empfangen: die dankbare Familie umhalst ihn mit Tränen, der junge Mensch hätte gut gespielt. Da bricht die unvorsichtige Mutter mit den Worten heraus: »Herr Direktor, ich hatte doch was gemerkt.« – »Infame Bestie«, schreit er, »Du hast doch was gemerkt? Also war mein ganzer Spaß nichts?« Und da setzt sich sein ganzer Humor um, wütet wie ein König Lear, daß ihm der Orden auf und nieder fliegt, verflucht er den Tag, der so schön angefangen und noch schöner endigen sollte und ihm die Geschwätzigkeit des infamen Jungen verdorben. Jene werden auch böse. Iffland nennt sie infame Package, und alle gehn mit großem Geschrei auseinander. Du siehst aus dem einen Zuge, daß er sich in seinem Leben so eine Menge von Vorfällen bereitet. Um so auffallender war mir seine Selbstbiographie über die früheren Jahre seines Lebens, die er mir kürzlich zu leihen die Gefälligkeit hatte. Da erscheint er sich selbst von allem überrascht, ohne das mindeste zu wollen, durch eine gewisse Weitläufigkeit der Betrachtung verliert sie, doch enthält sie recht viel Lustiges. So sagte einmal sein Vater leise zur Mutter, einen gewissen Minister werde der Teufel holen. Iffland ist unendlich begierig, dieser Operation beizuwohnen, und redet deswegen einen alten steifen Hofdiener auf der Straße an: »Sie wissen doch, daß den ... Minister der Teufel holen wird; wann geschieht denn das und wo kann man das sehen?« Der alte Diener erschrickt und geht zum Vater, ihm solche furchtbare Rede des Kindes anzuzeigen. Ein paarmal war ich bei Iffland, er erzählt oft so tragisch, daß man nicht begreift, wie er kein besserer tragischer Schauspieler auf der Bühne geworden, und merkt bald, daß dies bloß an der Schwäche seiner Stimme liegt, die sich in den großen Sälen oft überschreien muß. Sehr rührend erzählte er von den letzten Tagen des unglücklichen Herzogs von Braunschweig; er konnte nichts als Austern genießen, alles übrige war ihm unerträglich, und die letzten schob er mit den Worten von sich: »Soll ich denn meine eignen Augen essen?« Du erinnerst Dich, daß ihm die Augen ausgeschossen; Iffland sagte diese Worte schauerlich. [ ]

AUS DEM BRIEFWECHSEL ZWISCHEN ACHIM VON ARNIM UND DEN BRÜDERN GRIMM

718
ARNIM AN WILHELM GRIMM

Berlin, Februar 1810

[ ] Hier wimmelt die Stadt von Poeten. Neulich war ich auf einem Mittagsessen, das Hitzig dem Fouquet [!] zu Ehren angestellt hatte, mit dreißigen. Der Fouquet soll doch etwas empfindlich über unsre Rezension gewesen sein, hat gemeint, wir hätten gar nicht seinen Sinn getroffen, er hätte die träumerische Natur des Nordens, die ihm selbst eigen, darin aussprechen wollen, dabei ist er grimmig über meinen *Ariel* hergefallen. Nach ihm ist Kleist angekommen, eine sehr eigentümliche, ein wenig verdrehte Natur, wie das fast immer der Fall, wo sich Talent aus der alten preußischen Mondierung durcharbeitete. Hast Du seinen *Kohlhaas* im »Phöbus« gelesen? Eine treffliche Erzählung, wie es wenige gibt; er ist der unbefangenste, fast zynische Mensch, der mir lange begegnet, hat eine gewisse Unbestimmtheit in der Rede, die sich dem Stammern nähert und in seinen Arbeiten durch stetes Ausstreichen und Abändern sich äußert, er lebt sehr wunderlich, oft ganze Tage im Bette, um da ungestörter bei der Tabakspfeife zu arbeiten. [ ]

719

WILHELM GRIMM AN ARNIM

Kassel, 12. April 1810

[] Deine Rezension über den *Attila* [*Zacharias Werners*] ist sehr schön. Wenn ich Deine Rezensionen lese, so fühl' ich immer bestimmt, was eine Rezension sein muß. Sie soll von einem Werk bloß reden, wenn es in dem lebendigen Kreis schon eine Stelle wirklich hat, dies soll die Rezension durch ihr Dasein, durch die Betrachtung desselben voraussetzen und ebendadurch, ohne daß sie andern ein Urteil ausspricht, schon das wichtigste gefällt haben; sie erwähnt nur, auf welche Art es seinen Platz ausfüllt, der Ecken, woran sich viele stoßen, was ungefüg oder widerstrebend darin geblieben, und so ist sie liebend, achtend und tadelnd. Etwas Ähnliches hab' ich gewiß mit der Rezension des *Sigurd* gemeint und alles, was zu loben, gern anerkennen wollen, ich begreife daher nicht, wie der Fouqué so aufgebracht ist; ich könnte nichts zurücknehmen und habe neulich in dem *Sigurd* gelesen und empfunden, welch ein Unterschied ist zwischen der Grau-in-Grau-Malerei des Fouqué und der finstern Gewalt in den Sagen. Wie er bei der ungeheuern Arbeit der Alliteration, d. h. dieselben Anfangsbuchstaben wie: Heiß hoch die Lohe, Funken hell fliegend etc., von einem begeisterten Dichten reden kann, weiß ich nicht. Geistloser zieht die steifste Etikette im Umgang nicht die Form vor als jetzt diese Dichter in der Poesie. []

720

ARNIM AN JAKOB GRIMM

Wiepersdorf, 5. April 1811

[] Wenn ich je mit Begeisterung für Volkspoesie und mit ihr gefühlt habe, so war es bei Gott nicht darum, weil ich meinte, eine andre Natur und Kunst habe sie hervorgebracht als jene, die mir in unsern Tagen manche Langeweile gemacht hat; nur darum, weil sie die Sichtung schon bestanden hat, in der auch vieles aus unsrer Zeit bestehen wird, darum suchte ich sie der Welt möglichst sichtbar vor Augen zu stellen. So gering ich

Voß achte, auch in ihm wirkt hin und wieder die Urnatur, und er hätte die alten Volkslieder sicher nie heruntergemacht, um seine Gedichte zu heben, wenn diese nicht eben zufällig und seine Eitelkeit dazu in Anspruch genommen worden wären. Es wird mir sehr lieb sein, auch Deine entgegengesetzte Meinung recht grell darüber zu vernehmen, denn ich wünschte, hierin Überzeugung zu haben, und ich bin gewiß, daß gerade dieser Dein Lieblingsunterschied zwischen Natur- und Kunstpoesie den gefährlichsten Einfluß auf Deine meisten Ansichten haben und insbesondere auf Deine Sagensammlung eine beschränkende Gesinnung übertragen muß. Ich wollte in Goethes Namen beschwören, daß bei allem Bewußtsein dessen, was er treibt, was gewöhnlich Kunst genannt wird, er sich doch häufig von der Eingebung seiner Natur überrascht fühlt, die ihm Erfindungen und Einwirkungen auf andre unbewußt schenkt, an die er nie vorausgedacht hatte; so schwöre ich Dir im Namen der Homeriden, der Volksliedersänger, daß keiner, der mehr als einen Vers gesungen, ohne Kunstabsicht war, aber freilich mochte diese oft sehr gering sein gegen das, was er unbewußt erreichte. Nach dieser meiner Überzeugung wirst Du es in mir begreiflich finden, daß ich sowohl in der Poesie wie in der Historie und im Leben überhaupt alle *Gegensätze*, wie sie die Philosophie unsrer Tage zu schaffen beliebt hat, durchaus und allgemein ableugne, also auch kein Gegensatz zwischen Volkspoesie und Meistergesang, aber ein verschiednes Volk für beide, mancherlei zusammenfallende Berührungen beider und Durchdringungen, Haß oder Hochmut beider gegeneinander selten und zufällig. Daß sie die volksmäßigen Lieder noch einmal zu bearbeiten verschmähten, scheint sehr natürlich; der Mensch kommt nur dazu, etwas Eigenes aufzustellen, wenn er sich überzeugt, daß das Vorhandene ihm nicht genügt hat. Daß ich Dir ein Beispiel anführe: bei aller Freude, die ich sonst am Schelmuffsky gehabt habe, kann ich jetzt keinen Blick hineintun, weil ich teils selbst zu oft von ihm geredet habe, teils die unzähligen Erzählungen von Clemens daraus in Gesellschaften habe anhören müssen; ja vor einiger Zeit hatte ich bei dem bloßen Namen Schelmuffsky eine hypochondrische Angst, daß ich mir die ganze Geschichte wieder denken müßte, gleichwie einem eine Melodie zuweilen nicht aus dem Kopfe will, die man nachts zum Überdruß auf einem Ball gehört hat, wenn sie gleich recht schön ist. []

721

WILHELM GRIMM AN ARNIM

1. November 1811

[] An Goethes Leben hab' ich mich in diesen Tagen sehr gefreut, ich sehe, daß der Jakob schon manches darüber geschrieben, was auch meine Meinung ist; ich glaube nicht, daß es ein solches Buch gibt, was so einfach ansprechend und so bedeutsam zugleich ist, ich könnte mir denken, daß, wenn man die zart und süß poetische Klasse, der es Langeweile machen wird, übergeht, es ein allgemeines Lesebuch werden könnte, wo dann nur die Erzählung der biblischen Geschichten in dieser Manier wegbleiben müßte. []
Nachdem ich dieses Buch von Goethe gelesen, ist mir noch mehr unbegreiflich, was Du von ihm schreibst; welche milde Gesinnung, welche Achtung gegen das ganze Streben, er macht es sich selbst zum Vorwurf, daß er einmal das Publikum nicht geachtet, ist darin ausgedrückt; nehm' ich dazu, daß er selbst so oft gegen das Isolieren gewarnt und gegen absichtliches Ausschließen und Geringhalten, so ist mir sein Urteil gegen Görres' Buch, welches eins der trefflichsten und herrlichsten, wie ich Dir schon mehrmals geschrieben als meine Meinung, unerklärlich. Es ist gewiß, daß Goethe, wie jeder, unwillkürliche Vorliebe und Abneigung für manches haben wird, zuweilen denk' ich, daß der Riemer, gegen welchen ich z. B. eine solche unwillkürliche Abneigung empfinde, ihm dies abgelauert und ihn, um sich zu empfehlen, in solchen Gesinnungen bestärkt und ihm nur das, was Goethe das Bequeme nennt, vor die Augen rückt. Ich glaube, der größte sicherste Geist mißtraut seiner Ansicht, aber er wird fest darin, wenn er sie in einem andern ebenso erblickt und meint, sie sei auch lebendig in diesem entstanden. []
Hast Du in dem Taschenbuch »Urania« ein Bruchstück aus Reichardts Denkwürdigkeiten seines Lebens gelesen? Er fängt damit an, daß Kant einer der dürrsten Menschen an Leib und

Seel' gewesen, ich bin versichert, daß er nur die Seele für eine frische hält, die Kaviarfässer ausschlürft, und wenn sie sich zu Tisch setzt, die nebenstehenden Kouverts dem Bedienten hingibt, damit sie Platz habe, so daß dann die andern nicht für sich gedeckt finden: eine Anekdote von ihm, die mir Sieveking neulich von ihm erzählt und die ihn sehr charakterisiert. Ebenso eingebildet ist die Behauptung, daß niemand eine Kunst, namentlich Musik, lieben und verstehen könne, als der sie selber ausübe. Da Kotzebue ebenfalls seine Lebensgeschichte herausgibt, so erhalten wir in diesen dreien einen merkwürdigen Zyklus, der viel Vergnügen auf die verschiedenste Art machen wird. Wie reines Gold wird Goethe sein, Reichardt wie stark poliertes Messing, das ebenso aussehen soll, das man aber am Geruch erkennt, wenn man's anrührt, und Kotzebue wie Blei, das durch vieles Umschmelzen endlich ganz verbrennt wird. Nicht ganz passend ist das Gleichnis, weil der Kotzebue gewiß aufrichtiger ist wie Reichardt und sich nicht so gewichtig machen wird. []

722

WILHELM GRIMM AN ARNIM

Kassel, 31. Oktober 1815

Lieber Arnim, wenn Gedanken auch etwas bewegen können, so muß Dir's in den Herzkammern geklungen haben, denn ich habe auf der Rheinfahrt oft mit herzlicher Liebe an Dich gedacht und Dich herbeigewünscht. Dir zu schreiben war dort nicht Zeit und Gelegenheit, aber es sollte hier mein erstes sein, daneben hoffte ich einen Brief von Dir zu finden, an den ich manches anknüpfen können, aber Du schreibst, seitdem Du auf dem Lande bist, selten und wenig. Mir hat diese Reise viel Freude gemacht, auf der ich zum erstenmal den Rhein gesehen, ich kann Dir nicht sagen, wie mir war, als sich unser Nachen mitten in seinem mildgrünen Wasser zu bewegen anfing. Der schönste Himmel hat uns die ganze Zeit begünstigt, morgens, wenn die Sonne die Nebel zerriß, daß sie wie ungeheure Vorhänge herabfielen und die Felsen, Weinberge und alten Burgen im reinsten Licht dastanden, abends mit einer milden, herrlichen Röte und nachts mit dem Mond und den Sternen. Köln kommt mir jetzt als die einzige würdige Stadt vor, die ich kenne, schon der Eindruck, den der große Halbkreis mit seinen hundert Kirchen, denn so viel stehen noch, nachdem die Franzosen fünfzig zerstört haben, macht, ist ungemein; sie liegt wie ein ungeheures Schiff in der Ebene. Aber mächtiger noch sind die Erinnerungen aus allen Zeiten von den Römern an durch die alte deutsche Zeit bis zum Mittelalter, die einem überall entgegenkommen; wer darin geboren ist und Sinn dafür hat, der muß an allen andern Orten Heimweh fühlen, denn es ist damit, wie im kleinen mit Häusern und Wohnungen, wo wir uns erst recht daheim glauben, wenn alles vollsteht von uralten, ererbten und lang gebrauchten Gerätschaften. Der Dom wird auch in diesen Umgebungen erst recht bedeutend, selbst das Unvollendete, während doch so viel schon steht, daß man ein Gefühl von dem Ganzen haben kann, erregt auf eine ungeheure Weise und ist das Bild des Mittelalters. []

723

JAKOB GRIMM AN ARNIM

3. Juli 1817

[] Über Deinen neuen Roman [Die *Kronenwächter*] will ich Dir ganz ohne Rückhalt schreiben, was ich dazu meine. [] Das Buch steht ohne allen Zweifel sehr ausgezeichnet da, weit über allem dem, was in der letzten Zeit gepriesen worden ist, wie den Schriften von Fouqué, und ich wüßte es mit nichts zu vergleichen. Eine wunderbar reiche Kraft der Erfindung und Verflechtung waltet unablässig durch das Ganze, und Du mit Deiner Seele bist stets darin lebendig. []

Das Ganze zusammen ist mir hingegen doch nicht recht, und um es mit den kürzesten Worten zu sagen, es fehlt den Dingen darin an einem natürlichen Maß, so daß man keinen Glauben dazu fassen kann, es fällt einem zu oft ein, das war nicht so, und das nimmt die Teilnahme an dem Gang der Begebenheiten unvermeidlich weg. Nicht gerade, daß es zu viele oder zu wunderbare seien, sondern sie wissen sich nicht zu

vermitteln, darüber geht alles feine Anlegen und Überlegen verloren. Abgesehen davon, daß Du Dir einiger seltsamen Wendungen – die Dir außerhalb der Geschichte liegen und lieb sind, die aber den Lesern zum Teil störender werden, z. B. daß Frau Hildegard nicht soll haben vom Turm herunter können – wohl bewußt geworden sein wirst, liegt die Schuld nicht an Dir, sondern an der Unmöglichkeit der Sache.
Ich berühre damit wieder Punkte, die wir uns schon mehrmals bestritten haben, und die ich jetzt nur zum Beweis meiner Aufrichtigkeit anführen muß. Es scheint mir, man kann überhaupt keinen Roman schreiben, insofern er nicht in der heutigen Zeit, die wir lebendig sehen, hören und fühlen, spielt, denn darauf beruhet die Hauptsache: die Wahrscheinlichkeit, in dem rechten Sinne dieses Worts. Goethes *Werther* und *Wilhelm Meister* sind mir darum rechte Romane, und auch Jean Paul, dem es bloß an Begebenheiten gebricht, hat es in jenem Punkt getroffen. Gehen die Dichter in eine frühere Zeit zurück, so mangeln die Mittel und sie verstoßen sich in der Geschichte oder Sage, wie ein Blinder wohl Feines herausfühlt, aber die Farben nicht sieht und nicht aussagen kann. Du sagst beinahe umgekehrt, die Geschichte sei farblos, unvollständig, und die Dichter müssen sie erst zur Erscheinung bringen. Unvollkommen und ungleich ist die Geschichte, wie alles in der Natur, nicht alle Geschöpfe und Pflanzen wachsen vollständig auf und nach allen Keimen entwickelt, so gehen auch viele Erinnerungen des Geschehenen nicht auf oder sterben ab, und die inneren Gründe der Handlungen legt die Geschichte auch nicht bar vor, sondern unter dem Schleier einer äußeren Haut, wir sehen in ihr wie in einer Landschaft die Rinde, Blätter und Früchte der Bäume, in unendlichem Reichtum von Farben und Licht; wer das Mark inwendig sehen will, muß mit der Axt hauen und das Leben zerstören, den Kern, woraus alles aufgesprossen, bekommt niemand zu schauen. Der Pragmatismus der Historiker ist eine solche Anatomie der Geschichte; die Dichtung in die Geschichte hingegen die Hinstellung von bedeutend aussehenden, automatisch rührsamen Maschinen, denen es nur, man weiß nicht wo, fehlt, um zu leben anzufangen, mitten unter andern Menschen. Auf das, was man gewöhnlich die

Treue des Kostüms zu heißen pflegt, ist damit gar nicht gezielt, gegen diese möchte meinethalben aus erheblichen Gründen gestoßen werden, namentlich auch, weil man nicht anders könnte, auch die Zeiten möchten durcheinanderlaufen; aber auf die Frage, ob jemals so lang Waiblingen gestanden hat, ein solcher Bürgermeister, Ratsschreiber, Prior, Baumeister, Thürner, eine solche Bürgerstochter, solche Kronenwächter gewesen sein können? Müßte ich mit *nein* antworten, also hast Du mir die Geschichte damit nicht vervollkommnet und ergänzt. []

724
JAKOB GRIMM AN ARNIM

Oktober 1817

[] Den einfachen und geraden Grund, daß eine Geschichte, um wahr und lebendig zu sein, geschehen sein und gelebt haben muß, kann ich mir nicht widerlegen, sondern sehe in allen andern natürlichen Dingen und menschlichen Verhältnissen seine Bestätigung. Daher gestehe ich, daß ich das, was man Roman nennt, für einen Irrtum halte, worin unser Zeitalter noch nicht viel über hundert Jahre befangen ist; untersucht man, so haben eigentlich die Franzosen die ganze Art aufgebracht, vorher gab es bloß Geschichte und Sage, auch alle gute Novellen gründen sich auf wirkliche Ereignisse. Sehr für diese Ansicht streitet auch der wichtige Punkt, daß die Alten, Griechen und Römer, von erdichteten Geschichten keinen Begriff hatten, so wenig als die deutsche Sprache den Namen dafür.

Ich habe das letzte Jahr über fast ausschließlich die deutsche Grammatik studiert, und wenn das Lernen nicht befangen macht, sondern erweitert und fortführt, so habe ich immer deutlicher gesehen, welche Stärke und Macht Gott in der Sprache bezeugt hat und wie wenig es den Menschen gebührt oder gelingt, sich der Geschichte dieses natürlichen Stoffs zu widersetzen.

Das Höchste ist überall in allen Dingen, Gott zu suchen und zu finden, und seine Spur webt eben in allem Natürlichen und Wirklichen. []

725
ARNIM AN JAKOB GRIMM

12. Oktober 1817

Deine Meinung, lieber Jakob, über Geschichte und Poesie ist der grellste Widerspruch gegen meine Überzeugung von Geschichte, Sagen und Poesie, doch habe ich ihn immer in Dir vermutet, nur ist er nie so vollkommen zutage gekommen. Du scheust Dich einem Worte Gewalt anzutun, wie es Jahrzehnte oft erst geboren haben; warum willst Du mit Gedanken ein Vernichtens spielen, die ganze Völker während Jahrtausende belebt haben? Meine Gedanken sind so alt wie die in der *Edda*, ob ich's den Leuten deutlich machen kann, das kann mir erst die Erfahrung sagen, sie leben, weil sie sind, nicht darum, weil ich sie aufschreibe; die Veranlassung, ob an wirklicher Geschichte – was so von der Welt genannt wird, eine gewisse Angewöhnung, das Geschehene zu erzählen – oder an eignem Leben gegeben, scheint vollkommen gleichgültig; das Vollendetste wird erreicht, wo eigene Lebenstätigkeit mit dem Gedanken zusammenfällt; will man das Naturpoesie nennen, immerhin, mit dem Worte *Natur* ist immer viel gespielt worden wie mit dem Worte *Kunst*, dennoch bleiben beide, was sie sind, die Kunst das Ordnende, die Natur das Schaffende, vom Kindermärchen an bis zu Ramlers Oden ist ohne die eine und ohne die andre nichts zustande gekommen, nur bringt philosophische Ausbildung mehr Bewußtsein hinein. Also nach meiner Überzeugung ist's viel besser kurzweg gesagt: dies Buch, die *Kronenwächter*, ist mir nichts wert, als es auf die unschuldige Ursache geschoben, weil erst die Franzosen erdichtete Geschichten erzählt hätten, ein Vorgeben, was auch wieder völlig unhistorisch ist, denn wenn Homer nicht verrückt gewesen ist, so kann er doch so wenig an seine Schwänke vom trojanischen Kriege, wie Klopstock an die Reden der Engel in seiner Messiade geglaubt haben, daß sie nämlich außer der innern noch eine äußere Wahrheit gehabt hätten. Ich sage das alles nicht zu meiner Verteidigung, denn in der Poesie geht es nicht wie in der Gelehrsamkeit, daß etwas Mißlungenes ein Besseres veranlassen kann, sondern im Gegenteil kann es da nur stören und verführen, entweder lebt da etwas und muß nach seiner

Art leben, oder es ist tot und keine Kraft kann es wieder beleben; ich danke Dir für Deine Überzeugung, kann aber auch die meine nicht unterdrücken, daß die seltsamen Gerüste von Theorie, denen Du die Geschichte der Poesie anpassen möchtest, Dir notwendig die Aussicht *verbauen* müssen auf viel bessere und reichere Aussichten. Sehe ich nun bei den Bessern unserer Nation wie bei Dir, bei Tieck, bei Steffens etc., kurz bei den meisten, diese Freude, das Bemühen ganzer Generationen zu verachten, um irgendeine Zeit oder irgend etwas herauszuheben, so meine ich zu erraten, daß eine Liebe, die nur auf diesem Wege den Wert des Geliebten erkennt, nicht die rechte sei und daß alle Geschichte allen Kenntnissen zum Trotz aufgehoben wird, wo die Theorie über sie herrscht. Es ist eine seltsame Zeit, wo keiner sein Haus zu finden meint, sondern es sich aus den Trümmern andrer Häuser zu bauen verpflichtet glaubt, und hat der eine seinen Palast mit aller Sorte Kritik und Theorie eben fertig, so hat ihm der andere schon wieder die Fundamentsteine untergraben, oder vielmehr, jener bemerkte nicht, daß er das Eigentum eines andern mit hineingebaut hat. [ ]

726

ARNIM AN WILHELM GRIMM

Berlin, 26. Dezember 1820

[ ] Ich besuchte Goethe mit Ruhl, er war gesprächig, zeigte manches aus seinen mannigfaltigen Sammlungen. Er ist für sein Alter gar wohl erhalten und doch seit den neun Jahren schmerzlich verändert, die Lippen eingefallen, das Auge erloschener, auch in der Haltung des Körpers eine gewisse Altersschwäche; auch hat wohl etwas die Gewohnheit zorniger und ärgerlicher Strebsamkeit den wohlwollenden, genießenden Ausdruck, der ihm sonst eigen, verdrängt. Ich konnte mich bei den vielen Steinen und anderm irdischen Kram, womit er sich umbaut, einiger Vergleichungen nicht erwehren mit der frommen Seele in Dülmen, die bei steten unsäglichen Schmerzen bei den Kindermützen, die sie nähte, von tausend Seligkeiten leuchtete, während Goethe in übergewöhnlicher Naturkraft mit zornigem Auge durchs Fenster zum Himmel

sah und über die kimmerischen Nächte klagte. Seine Familie habe ich nicht gesehen, denn ob er mir gleich ganz freundschaftlich die Hände drückte, scheint er doch so ganz den alten Tanz mit der seligen Blutwurst nicht vergessen zu haben, um den alten Umgang zu erneuen. []

727

ARNIM AN WILHELM GRIMM

Wiepersdorf, 29. Februar 1828

[] Was Du von Görres berichtest, mag leider wahr sein. Sein Kollegium soll völlig verödet sein, nachdem er mit ungeheurem Zulauf angefangen hatte. Der Grund liegt mir klar vor Augen. Was ihn sonst noch mit der Welt verband, sein Eifer für politische Entwickelung der Staaten, will sich mit seinen geistlichen Gesinnungen und Freunden nicht verbinden, er muß dagegen kämpfen, wie gegen eine Sünde. Aber gerade in Bayern kennt man dies geistliche Wesen von seinen schlimmsten Seiten, also halten ihn die Leute in seiner Ergebung für toll, wohl gar für höchst gefährlich. Wenn ich bedenke, wie leicht der Friede in Glaubenssachen gestört werden kann, so muß ich bei aller Freundschaft für ihn es doch als ein Glück erkennen, daß er unser Land nicht mehr berührt. Ich kann Dir nicht sagen, welcher Jammer mich zuweilen ergreift, wenn ich so bedenke, wie zwei so schöne Talente wie Clemens [*Brentano*] und Görres durch diesen Glaubenskram und Drehkrankheit aus ihrer Bahn herausgerissen sind. Gingen sie wie Einsiedler in die Wüsten oder bestiegen sie die Kanzel wie [*Zacharias*] Werner, ich hätte nichts dagegen, aber sie sind gehemmt, gebannt, sie wissen nicht, wodurch, weswegen, und am Ende ist es der Dreck der Zeit, worin sie mit ihren Füßen steckengeblieben. []

728

BETTINA VON ARNIM AN JAKOB UND WILHELM GRIMM

Wiepersdorf, 1. Februar 1831

Ihr lieben Freunde von Arnim! »Wenn zwei in meinem Namen versammelt sind, so bin ich mitten unter ihnen«, so sagt

Christus, der für die Seinen gestorben ist. Arnim ist auch für die Seinen gestorben, denn sein Tod hat uns alle in ihm versammelt, und sein Wort ist lebendig in uns geworden; und jedes Ereignis in seinem Leben gibt Zeugnis von seiner Liebe. Sein Tod ist auch kein schreckliches Ereignis, sondern ein schönes und wohltätiges für mich und seine Kinder, und als ein ganz besondres Zeichen, daß Gott Wohlgefallen an ihm habe, gilt mir sein Tod. Der göttliche Meister hat ein Kunstwerk aus seinem Lebenslauf gebildet, und sein schöner Geist reifte ihm ungestört entgegen, und es erwuchsen ihm die Flügel infolge seiner Reife, und so ist er seinem Schöpfer entgegengeflogen, ohne Schmerz, ohne Abschiedswehmut, leicht wie ein Kind, das der Vater von der Erde aufnimmt, um es zu küssen. Bedauert mich nicht, Ihr lieben Brüder, ich bin sein Weib und habe seine Kinder unter dem Herzen getragen, es ist sehr viel Schönes in diesen Kindern, ich soll noch eine Weile mit diesen Kindern sein, und diese Prüfung meiner Liebe soll mich ihm neu vermählen. Der Ring, den er zwanzig Jahre als Zeuge unbefleckter Treue am Finger getragen, steckt jetzt wieder als Verlobungsring für die Ewigkeit an meinem Finger. Ist denn eine verlobte Braut, deren Freund erst noch andere Welten durchzieht, bis er sich mit ihr vereinigt, so unglücklich? Sie sehnt sich nach Mitteilung, und alles Schöne, was ihr das Leben bietet, möchte sie mit ihm genießen, und, »wär' er nur da, daß ich ihm die Füße küssen könnte und Verzeihung und Versöhnung feiern könnte«, so denkt sie; und siehe, während sie ihn entfernt glaubt und ihrer Liebe unerreichbar, findet sie ihn im Herzen. Lieben Freunde, wenn er mir nur nie ferner steht wie jetzt, wenn mir nicht auf das neue Erblühen dieser Liebe ein Frost oder Reif kömmt, wie es manchmal in den schönen Frühlingstagen der Fall ist.
Ich habe in diesen Tagen viel Eurer gedacht, und der Zeit, da Ihr nach dem Tode des Vaters mit Eurer Mutter allein wart, gewiß hatte die Mutter damals einen großen Trost an Ihnen, lieber Jakob, mein ältester Sohn Freimund scheint mir der wahre Erbe von Arnims Milde, Güte, anspruchsloser Selbstverleugnung, allen Balsam des Trostes, den Arnim mir gewiß von Gott erbeten, hat er mir durch das Wesen dieses Jünglings zufließen lassen.
Liebster Jakob und Wilhelm, obschon wir selten im Leben

zusammen waren, so hat doch Euere Treue sich aus der Ferne magnetisch an uns bewährt; wenn wir Euch nannten, etwas von Euch hörten, so empfanden wir dies immer als innerhalb des Kreises, der die eigne Habe von der fremden absondert; so weiß ich auch gewiß, daß Arnim Euch inmitten Eueres heiligsten Besitzes eingewurzelt ist – was hat er uns denn genommen durch seinen Tod? – Wir werden ihn noch so fort haben, und wenn der Zufall guten Willen hat, so bringt er uns bald zusammen, und dann werden wir den Arnim gewiß in unserer Mitte haben; dem Wilhelm ist zugedacht, daß er seinen Nachlaß ordne, er soll sich daher darauf freuen, denn es wird für ihn gewiß der reichhaltigste Lohn daraus erwachsen, ich sage Euch: tausendfältiges Neue und was Ihr nicht in ihm geahndet, das werdet Ihr entdecken. Arnim war so bescheiden, ja so keusch mit seinen Poesien, daß es Pflicht ist, diese Bücher, die er so sehr gehütet, daß er selbst nicht litt, wenn man sie von außen berühren wollte, nur dem reinsten kindlichsten Herzen anzuvertrauen, und dazu seid Ihr mir ausersehen und vorab der Wilhelm, der schon einmal der Bote Eurer unverbrüchlichen Treue war und dem er so manches freiwillig hingab, was er andern verweigerte. Ja, lieber Wilhelm, Sie sind gewiß jetzt ganz auf der Besserung und bitte ich Sie, betrüben Sie sich nicht über den schön Vollendeten in einer höheren Welt, der jetzt alles hat, wonach er früher gestrebt hat, und der auch mich hat und die Kinder und die Freunde. O nehmt es, wie ich es empfinde, ich würde noch manches hinzuschreiben, wenn ich nicht tausendfache Störung erlitte durch Menschen, die sich geeignet und verpflichtet glauben zu trösten. Euer Bruder Ferdinand war hier und meinen Kindern und mir durchaus angenehm und erfreulich. Tausendmal sage ich Euch Lebewohl und bitte Gott, daß er Euch in Euerm Glück nicht stören möge. Bettine.

JOSEPH VON EICHENDORFF
1788–1857

In einem weiten Bogen führt Eichendorff das Trachten der Romantik wieder zum naturnahen Erleben zurück. Der schlesische Offizierssohn schrieb bereits in seiner Gymnasialzeit; während des Studiums der Rechte in Halle entwickelte er starkes Interesse am Theater, und in Heidelberg, wo er sich 1807–1808 aufhielt, kam er in den Kreis der jüngeren Romantiker um Brentano und Arnim, die damals ihre große Zeit hatten. Schon vor Abschluß seines Studiums begann er seinen Roman »Ahnung und Gegenwart (1815), der zwar, wie schon der Titel andeutet, Wirklichkeit und Abkehr von der Wirklichkeit gegenüberstellt, aber doch bei aller lyrischen Betontheit ein realistisches Zeitbild vermittelt. Den phantastischen Ausschweifungen des romantischen Denkens folgte Eichendorff nicht. Sein Leben ist durch ein Gleichmaß gekennzeichnet, das sich von den meist aufgewühlten und unruhigen Schicksalen der anderen Romantiker stark unterscheidet; ganz anders als Hoffmann, für den der Staatsdienst oft eine drückende Belastung wurde, sah er im Wechsel von Amtspflicht und literarischem Schaffen eine zwingende Ergänzung, wie vor ihm Goethe. Seine weniger bekannte Tätigkeit als Verfasser religiöser, historischer und politischer Studien, die zum Teil in direktem Zusammenhang mit seiner Amtstätigkeit im preußischen Kultusministerium (seit 1831) stand, weist ihn gleichzeitig als belesenen Historiker und Kritiker aus; von ihm stammt übrigens eine der ersten großen Gesamtdarstellungen der Entwicklung der deutschen Literatur, die noch heute lesenswert ist (»Geschichte der poetischen Literatur Deutschlands«, 1857; frühere literarhistorische Studien zusammenfassend). Eichendorffs Novellen »Das Marmorbild« (1819), »Aus dem Leben eines Taugenichts« (1826), »Dichter und ihre Gesellen« (1834) sind neben dem Werk Hoffmanns die bleibendste Hinterlassenschaft der romantischen Dichtung geworden; die in seinen Gedichten noch stärker ausgeprägte poetische Verklärung der Natur, die einfache und unverkrampfte Stimmungsschilderung wirkte vor allem dadurch überzeugend, daß sie sichtbar nicht das Resultat eines starren literarischen Programms, sondern die Äußerung eines bisweilen träumenden, bisweilen sehnsuchtserfüllten Gemütes war, dem stille Feierlichkeit mehr entsprach als heftiges Pathos. Oft hat man in Eichendorff den Höhepunkt der deutschen Romantik überhaupt gesehen. Doch mit größerem Recht läßt sich sagen, er habe die in weltferne Reiche der Phantasie ausschweifende Romantik wieder mit der Wirklichkeit versöhnt.

729
EICHENDORFF AN OTTO HEINRICH VON LOEBEN

Juni 1809

[] Deine gediegenen, wahrhaften Worte über unsere neueste Poesie, welche Deine große Erscheinung in derselben erklären und mich entzückten, sie haben das klar ausgesprochen, was ich selber anfing, immer mehr und deutlicher über diesen meinen Zustand zu fühlen. Fast möcht' ich sagen, daß meine ersten Gedichte jener schönen Unschuld, der Seele aller Poesie, nicht ermangeln. Jenes süße Lied der Maria, es war keine Tendenz, es war eine Blume, die aus Liebe, Frühling, Erinnerung und Hoffnung, kurz aus allem, was mir wert und teuer war auf Erden, dem Himmelslichte entgegensproßte.
Diese meine erste Liebe und lebendige Religion des Lebens wurde aber gar bald gestört, indem ich, ebenfalls irregeléitet von der herrschenden Idee von Religion, einging in die allerlei Bestrebungen, Absichten und die Armut der Entsagung. Ich wagte nicht mehr, was ich empfand, liebte und dachte, unmittelbar und an und für sich zu geben, sondern bemühte mich, aller ursprünglichen Freiheit unwürdig, meine freien Eingebungen zu Trägern gewisser Ideen zu machen und nach diesen so lange zu verallgemeinern, bis sie mir selber und andern unkenntlich wurden, und mein Wesen, einmal von dem eigentlichen Leben losgelöst, ohne allen Gehalt und fast sich selber ironisierend, nach allen vier Winden hin verduftete. Ich malte, wie, glaub' ich, Jean Paul sagt, mit Äther in Äther. Ich fühl' es nun, dieser einförmige Selbstmord der Poesie muß aufhören, oder ich höre auf zu sein, aber ich fühle es ohne Angst und Betrübnis, wie sonst jede Veränderung in

mir, sondern mit jener farbenreichen Heiterkeit und lebenstrunkenem Blick in die Zukunft, mit dem ich in meiner Rettung in den farbigen Morgen hinaussprang. [ ]

730

EICHENDORFF AN FRIEDRICH VON FOUQUÉ

Lubowitz, 1. Oktober 1814

Teuerster Herr Baron! Die aufrichtige Achtung, Bewunderung und Liebe, mit welcher Ihre Werke meine ganze Seele erfüllen, die freundliche Zuversicht endlich, die Ihre persönliche Bekanntschaft (im vorigen Herbste auf dem Marsche durch Böhmen) für immer in mir erweckte, macht mich so kühn, Ew. Hochwohlgeboren das Manuskript eines Romans zu übersenden, zu gütiger Durchsicht und meiner Belehrung. Es ist so traurig, für sich allein zu schreiben, wenn man es mit dem Leben überhaupt ernsthaft und redlich meint. Ich möchte am liebsten mein ganzes Sinnen, Trachten und Leben, mit allen seinen Bestrebungen, Hoffnungen, Mängeln und Irrtümern, meiner Nation, der es geweiht ist, zu strenger Würdigung und Beratung darlegen, und komme dabei natürlich auf die wenigen würdigen Repräsentanten derselben und Kernhalter deutschen Sinnes zurück. Ich wüßte unter diesen keinen, dem ich herzlicher vertraute, von dem ich den Beifall erneuter und den Tadel demutsvoller annähme, als von Ihnen, Herr Baron. Und in diesem Sinne bitte ich Sie, die Mitteilung meines Romans, der eben auch ein Stück meines innersten Lebens ausmacht, nachsichtsvoll anzunehmen. Ich hatte denselben vollendet, ehe noch die Franzosen in Moskau waren, und teilte ihn Fried. Schlegeln und seiner Frau mit. Der Beifall dieser beiden Vortrefflichen überraschte und entzückte mich. Sie ermunterten mich, ihn drucken zu lassen, und von der letzteren Hand rühren zu diesem Endzwecke die vielen Korrekturen her, die sich in diesem Manuskripte befinden und mir als ein Andenken an ihre liebevolle Sorgfalt teuer sind. Kein Buchhändler mochte indessen damals und auch noch später bei der mißlichen Lage der guten Sache den Druck des Buches übernehmen, da ich darin Anspielungen auf die neuesten Begebenheiten nicht vermeiden konnte und wollte.

Endlich faßte der Strom unserer großen Zeit mich selbst und ließ mich nicht wieder los bis jetzt, da ich, bald nach meiner Trennung von Ew. Hochwohlgeboren in Böhmen, das Glück hatte, meinen Wunsch zu erreichen und als Offizier bei einem Landwehrregimente angestellt zu werden. Ich sehe nun wohl ein, daß, währenddes der eigentliche Zeitpunkt eines allgemeinen Interesses für diesen Roman verstrichen ist; ich konnte mich aber nicht entschließen, etwas daran zu ändern, teils, weil er sonst etwas ganz anderes und kein volles Bild mehr jener seltsamen gewitterschwülen Zeit der Erwartung, Sehnsucht und Schmerzen wäre, teils aber, weil unser neuester, gegenwärtiger Zustand, in welchen ich doch die Geschichte hinüberkünsteln müßte, mir noch zu unentwickelt, schwankend, formlos und blendend erscheint, um mir einen ruhigen Überblick zu vergönnen. Ew. Hoch- und Wohlgeboren erhalten demnach den Roman wörtlich so, wie er damals niedergeschrieben wurde. Sollte er in dieser Gestalt, als Erinnerung jener männlichen Trauer, jener ersten Vorzeichen der göttlichen Gnade und Wunder, die wir nun erfahren, noch eines öffentlichen Anteils fähig und in poetischer Hinsicht überhaupt des Druckes wert sein, und Ew. Hoch- und Wohlgeboren dort ein Verleger dafür bewußt sein, so bitte ich, über das Manuskript, Titel Zueignung usw. ganz nach Gutdünken zu verfügen und sich meines innigsten Dankes zu versichern. [ ]

731

EICHENDORFF AN FRIEDRICH VON FOUQUÉ

Breslau, 2. Dezember 1817

Verehrtester Herr Baron! Ihrer gütigen Erlaubnis zufolge wage ich es, Ihnen wieder etwas von meiner Poesie zuzuschicken, eine Novelle oder Märchen, zu dem irgendeine Anekdote aus einem alten Buche, ich glaube es waren *Happellii Curiositates*, die entfernte Veranlassung, aber weiter auch nichts, gegeben hat. Da mir nunmehr die Gegenwart in tausend verdrießlichen und eigentlich für alle Welt unersprießlichen Geschäften in eine fast lächerliche Nähe gerückt ist, gleichwie man ein großes Freskogemälde nur aus einiger Entfernung betrachten muß, wenn man nicht vor den einzelnen

groben Strichen erschrecken soll, so habe ich in vorliegendem Märchen versucht, mich in die Vergangenheit und in einen fremden Himmelsstrich zu flüchten, und betrachte dasselbe als einen Spaziergang in amtsfreien Stunden ins Freie hinaus. Ob ich nun auf einem so verzweifelten Spaziergang den Weg ins Freie und in die alte poetische Heimat gefunden habe, ob sich nicht vielmehr Aktenstaub statt Blütenstaub angesetzt hat, und ob demnach die ganze Novelle, so wie sie ist, der Aufnahme in Ihr schönes Frauentaschenbuch gewürdiget werden darf, überlasse ich, Herr Baron, Ihrem und Ihrer Frau Gemahlin bewährtem Urteil, dem ich so gern und unbedingt vertraue.
Wie sehnt sich meine ganze Seele nach jener altgewohnten Abgeschiedenheit und Unbefleckheit von den alltäglichen Welthändeln, wo ich, mitten in einer der volkreichsten Städte, von dem großen Strome des Lebens nur das ferne Rauschen vernahm, das uns so wunderbar in die Tiefe versenkt. Ob ein solcher Zustand für mich jemals wiederkehren werde, weiß ich nicht; aber Ihre und Ihrer Frau Gemahlin Dichtungen, Herr Baron, die mir die unermessene Aussicht in meine alte Heimat von Zeit zu Zeit wieder aufschließen, erhalten mich wach und frisch, daß mich eine ruhigere Zukunft jederzeit rüstig finde. []

732
EICHENDORFF AN JOSEPH GÖRRES

Königsberg, 30. August 1828

[] In der Hoffnung, daß Euer Hochwohlgeboren sich meiner aus früherer Zeit noch erinnern, wage ich es in einer der wichtigsten Angelegenheiten meines Lebens, mich mit dem vollen Vertrauen der innigsten Hochachtung an Sie zu wenden, und rechne auf Ihre gütige Nachsicht, wenn ich zur notwendigen Vorbereitung meiner Bitte meinen Lebensabriß vorausschicke. Ich bin katholisch, in Schlesien geboren, habe das katholische Gymnasium in Breslau und dann die Universitäten zu Halle und Heidelberg besucht. Hier hatte ich das Glück, Ihr Schüler zu werden, und bin es mit unwandelbarer Treue geblieben durch alle Verwandlungen, die seitdem mit mir und mit Ihnen vorgegangen. Späterhin ging ich nach Wien, wo ich angesehene Verwandte hatte, um dort in Staatsdienst zu treten. Im Jahre 1813 aber ließ ich alles liegen und stellte mich ungerufen als freiwilliger Jäger zum preußischen Heere, bei dem ich die drei Feldzüge mitmachte und Offizier wurde. Als solcher hatte ich im Jahre 1815 die Freude, Euer Hochwohlgeboren in Aachen auf einen Augenblick wiederzusehen. Unterdessen hatten sich in Wien die Verhältnisse geändert, mein Vater verlor durch allerlei Mißgeschick sein ganzes großes Vermögen, die Kriegswogen verliefen sich wieder, und so blieb ich auf dem Märkischen Sande sitzen. Ich trat nun auf dem gewöhnlichen Wege als Referendarius bei der Regierung zu Breslau ein und bekam dort behufs des sogenannten großen Examens (zum Rat) als Thema der schriftlichen Probearbeit die Frage auf: »Welche Vorteile und Nachteile sind von der Aufhebung der Landeshoheit der Bischöfe und Klöster für Deutschland zu erwarten?« – Da ich, Gott sei Dank, mein Gewissen und meine Ehre jederzeit höher gehalten habe als meinen Magen, so beantwortete ich diese Frage, die ich mit gutem Grund nur für eine Art von heimlicher Fußangel halten mußte, mit besonderem Fleiß und mit aller hier nötigen Freimütigkeit und Rücksichtslosigkeit. Aber Gott wandte es anders, als ich dachte. Der Geheime Oberregierungsrat Schmedding in Berlin, selbst ein Katholik, von dessen Existenz ich damals nichts wußte, wurde durch diese Abhandlung aufmerksam auf mich, und durch seine Vermittlung wurde ich einige Zeit darauf zur Bearbeitung der katholischen geistlichen Angelegenheiten in Preußen als Regierungsrat nach Königsberg berufen, wo ich mich noch gegenwärtig befinde. Euer Hochwohlgeboren kennen indes die preußische Wirtschaft so gut wie ich. Ich habe ehrlich gekämpft, so gut ich's vermag, aber ich bewege mich hier wie in Fesseln, ohne Hoffnung lohnenden Erfolgs, und sehe mit Gewißheit voraus, mich in diesem Verhältnisse nicht lange mehr halten zu können. Auch die Dichtkunst kommt mir läppisch vor in Zeiten, wo der Herr wieder einmal unmittelbar die Sprache der Poesie zu den Völkern redet. Denn *so* erscheint mir jetzt die tiefe Bewegung, der junge König und das ganze großartige Walten in Bayern, und ich würde keinen Augenblick anstehen, wie im Jahre 1813 ohne weiteres mich den Fechtern, als deren Führer ich Euer Hochwohlgeboren hochverehre, wieder an-

zureihen, wenn ich jetzt nicht Weib und Kinder hätte, die auch ihre Rechte haben und größere Besonnenheit zur heiligen Pflicht machen. Ich wage daher zunächst die inständigste und ergebenste Bitte an Euer Hochwohlgeboren, mir gütigst Ihre Meinung darüber mitteilen zu wollen, ob Aussicht für mich vorhanden wäre, möglichst mit gleichem Range und Gehalt wie hier (ich habe hier 1600 Taler) in Bayern angestellt zu werden, und wie ich's zunächst anzugreifen und an wen ich mich zu wenden hätte, um dieses heißersehnte Ziel zu erlangen? Sollte mir auch meine jetzige Wirksamkeit in Angelegenheiten der Kirche nicht angewiesen werden können, wozu dort vielleicht ein Geistlicher erforderlich ist, so bin ich doch durch meine zwölfjährige Dienstzeit bei der Regierung mit allen andern Zweigen der Verwaltung vollkommen bekannt, und ich würde mich glücklich schätzen, mir überhaupt an der dasigen belebenden Atmosphäre wieder zu eratmen. Über meine Amtstätigkeit würde mir von den hiesigen Behörden das beste Zeugnis nicht versagt werden. Ebenso könnte ich Empfehlungen von dem Fürstbischofe von Ermland, Prinzen von Hohenzollern, dessen Bruder in München Adjutant des Königs ist, beibringen. [ ]
Mit einem Wort: mich verlangt endlich nach einer auf das Höchste im Leben gerichteten Tätigkeit, und ich biete einen reinen treuen Willen und meine besten Kräfte, die ich hier in kleinem Kriege nutzlos aufreibe. Und so lege ich denn den sehnlichsten Wunsch meines Lebens vertrauensvoll in Ihre Hände. [ ]

733
EICHENDORFF AN THEODOR VON SCHÖN

Berlin, 15. August 1852

[ ] Ja, wenn die Zeit nur *einen* großen Gedanken gäbe, an dem man sich halten könnte und wie ihn der sterbende Herder sich wünschte! Aber da ist nichts als gemeine Konfusion, die nicht einmal zu redlichem Kampfe Lust und Kraft hat, sondern wo eine Meinung der andern bloß listig und hinterrücks ein Bein unterzustellen sucht. Doch Euer Exzellenz haben ganz recht, der alte Gott scheint jetzt mit Gegensätzen zu operieren, um durch den endlichen Zusammenstoß das

junge Morgenrot zu entzünden. Ob wir es aber noch erleben, und ob das Morgenrot nicht blutrot wird, ist sehr die Frage. Die Weltgeschichte datiert bekanntlich nur nach Jahrhunderten. Da bleibt denn freilich nichts übrig, als sich an den einzeln hervorragenden Geistern möglichst zu erheben [].

Ich soll Euer Exzellenz *mein* Bild geben. Dasselbe ist im Grunde noch immer das alte, nur freilich von dem fatalen Flügelschlag der Jahre etwas verwischt und abgenutzt. [] Ich habe Muße genug zu meinen Lieblings- und, wie ich mir einbilde, eigentlichen *Berufs*beschäftigungen, bin eigentlich gesünder als in meinen mittleren Jahren und lebe in willkommener Zurückgezogenheit im Kreise meiner Familie, und zwar gegenwärtig und bis etwa Mitte September im Grünen im Tiergarten. Von meiner Übersetzung der geistlichen Schauspiele von Calderon ist inzwischen auch der zweite Band fertig geworden und wird soeben bei Cotta gedruckt. Vielleicht mache ich mich nun auch wieder einmal an eine selbständige kleinere *poetische* Arbeit, um zu versuchen, ob ich auf dem Pegasus noch einigermaßen sattelfest bin. Und so vergeht denn die Zeit, bis sie, will's Gott, besser wird. []

ANMERKUNGEN

ZUR TEXTGESTALTUNG

Der Text der Briefe wurde im Rahmen des Möglichen der heute gebräuchlichen Orthographie und Interpunktion angeglichen, dagegen wurde der Wortgebrauch belassen (zum Beispiel fodert für fordert; kömmt für kommt). Abweichend davon wurden lediglich einige Briefe von Klopstock in der originalen Schreibweise wiedergegeben (s. Anmerkung zu Brief 79/84).

Auslassungen aus dem Originaltext sind durch eckige Klammern [] gekennzeichnet. — [*!*]: Absichtlich belassener Fehler des Autors.

Redaktionelle Einfügungen im Brieftext, auch die Übersetzungen fremdsprachlicher Zitate, stehen kursiv in eckigen Klammern.

Zahlen in den Briefen wurden im allgemeinen nur bei Datumsangaben, Geldbeträgen oder als Rechnungs- und Dispositionsziffern beibehalten; alle übrigen Ziffern wurden ausgeschrieben.

Abkürzungen in den Briefen wurden ausgeschrieben, soweit sie nicht mehr üblich, nicht mehr bekannt oder mißverständlich sind (s. Abkürzungsverzeichnis). In Grenzfällen und bei Münzbezeichnungen wurde zugunsten der Ausschreibung entschieden.

Hervorhebungen im Originaltext (Unterstreichungen usw.) stehen, soweit es zweckmäßig schien, sie beizubehalten, in Kursivschrift.

Werktitel stehen kursiv, *Titel von Zeitschriften* und anderen Periodica in Anführungszeichen.

Datumsangaben wurden grundsätzlich vor den Briefanfang gestellt und in heute üblicher Schreibweise gebracht. Rekonstruierte, im Original nicht vorhandene Daten stehen in runden Klammern, unsichere mit Fragezeichen.

Die Briefnummern verweisen auf die Anmerkungen.

ABKÜRZUNGEN

dgl., dergl.	dergleichen
d. h.	das heißt
d. M.	des Monats
etc.	etcetera, und so weiter
Ew.	Euer (bei Titeln)
h., hui. (auch: huj.)	nach Ziffern: huius (dieses Monats)
i. e.	id est: das ist, das heißt
MS, M. S.	Manuskript
NB, n. b.	notabene
pp	nach Aufzählungen soviel wie und so weiter
PS	Postskriptum
S., Sr.	Sein, Seiner (vor Titeln)
usw., usf.	und so weiter, und so fort
z. E., z. B.	zum Exempel, zum Beispiel

1. Johann Christoph Gottsched war seit 1730 Professor an der Leipziger Universität. Das befohlene Gedicht: ein Nachruf, den Gellert auf Wunsch Gottscheds verfaßte.
2. Friedrich II. fiel 1756 in Sachsen ein; während des Siebenjährigen Krieges blieb das Land Kriegsschauplatz; Gellert berichtete darüber wiederholt an seinen ehemaligen Schüler, den Grafen Moritz von Brühl, der damals in Paris lebte. Brühl setzte 1762 anonym eine Pension von jährlich 150 Talern für Gellert aus.
3. Ewald Christian von Kleist (1715—1759), der mit Gleim und Lessing befreundete Dichter (s. S. 25), stand als Offizier der preußischen Armee im Feld.
4. Wohl zunächst für seinen Freund, den Satiriker und Dresdner Obersteuersekretär Gottlieb Wilhelm Rabener (1714—1771) verfaßt, der sich am 25. Januar über das Ausbleiben eines Berichts von der Unterredung mit dem König beklagt hatte. Der Bericht wurde nicht abgeschickt, statt dessen bekam Rabener am 29. Januar eine kurze Nachricht (Brief 5). — Quintus Icilius, eigentl. Karl Gottlieb Guichard (1724—1775), Militärschriftsteller und Offizier, seit 1758 im Gefolge Friedrichs II., den Guichard einmal korrigierte, weil er einen historischen röm. Centurio Caecilius »Icilius« genannt hatte, weshalb ihm der König befahl, in Zukunft diesen Namen zu führen. — Jean de La Fontaine (1621—1695), der franz. Fabeldichter. — Johann Jakob Maskov (1689—1761), Historiker, Verfasser einer *Geschichte der Deutschen* (2 Bde., 1726/33). — Johann Andreas Cramer (1723—1788), mit Gellert und Klopstock befreundeter Theologe und Odendichter; übersetzte und erweiterte (in 8 Bdn., 1757/86) Teile des *Discours sur l'histoire universelle* (1681) des franz. Theologen und Kirchenhistorikers Jacques-Bénigne Bossuet (1627—1704). — Johann Valentin Pietsch (1690—1733), Arzt und Poesieprofessor in Königsberg, ein mit Gottsched befreundeter, bis in die Jahrhundertmitte vielgelesener Modedichter.
6. *Emile,* der Erziehungsroman von Jean-Jacques Rousseau (1712 bis 1778), war 1762 erschienen. — Die Dresdnerin Christiane Caroline Lucius (1739—1833; seit 1774 verheiratet mit dem Pastor Gottlieb Schlegel) stand seit 1760 in reger Korrespondenz mit Gellert.
9. Karl Wilhelm Ramler, 1725 in Kolberg geboren, war seit 1748 Lehrer der Logik und der schönen Wissenschaften an der Kadettenanstalt in Berlin; 1790—1796 leitete er mit Johann Jakob Engel das Berliner Nationaltheater. Er starb 1798 in Berlin. Ramler und Gleim hatten sich 1745 in Berlin kennengelernt und waren vor allem ihrer gleichgerichteten literarischen Interessen wegen Freunde (s. S. 25), bis Gleim 1764 aus Verärgerung über kritische Bemerkungen Ramlers zu seinen *Fabeln* die Beziehungen für immer abbrach. — Johann Georg

Sulzer (1720—1779), seit 1747 Mathematikprofessor am Joachimsthalschen Gymnasium zu Berlin, 1750 mit Ramler Herausgeber der »Kritischen Nachrichten aus dem Reiche der Gelehrsamkeit«. Seit 1756 arbeitete er an seiner *Allgemeinen Theorie der schönen Künste* (2 Bde., 1771/74). — Lucas Friedrich Langemack (gest. 1761, Jurist) und G. Hempel (gest. vor 1786, Maler): Freunde Ramlers und Gleims. Hempel porträtierte 1749 Ramler, Ewald von Kleist und Langemack für Gleim, der Porträts seiner Freunde sammelte.

10. 1748 erschienen die ersten drei Gesänge von Klopstocks *Messias* (s. S. 71) in der Wochenschrift »Neue Beiträge zum Vergnügen des Verstandes und Witzes« (1744/57; genannt »Bremer Beiträge«). — »Hypermiltonisch«: John Milton (1608 bis 1674), Verfasser der Blankversepen *Paradise Lost (Das verlorene Paradies;* 1667 und *Paradise Regained (Das wiedergewonnene Paradies;* 1671). — Abbadonna: ein gestürzter Engel im *Messias.*

12. Pindar (518?—438 v. Chr.), griech. Lyriker. — Anakreon (geb. um 570 v. Chr.), griech. Lyriker, dessen heitere Liebes- und Trinklieder oft nachgeahmt wurden (Anakreonten) und in der deutschen Rokokoliteratur besonders Gleim anregten (Anakreontiker); der röm. Dichter Quintus Horatius Flaccus (65—8 v. Chr.) war dagegen Ramlers Vorbild.

14. Das Übersetzungsprojekt kam nicht zustande. — Publius Ovidius Naso (43 v. — um 18. n. Chr.) und Gaius Valerius Catullus (84 — um 54 v. Chr.), röm. Dichter. — Musäus: Musaios (6. Jh.), griech. Dichter, von ihm wahrscheinlich das Epos *Hero und Leander,* das u. a. noch Schiller aufgriff. — Johann Arnold Ebert (1723—1795), Schriftsteller, Theologe und Erzieher aus dem Kreis der Bremer Beiträger (s. Anm. 10), eng mit Klopstock befreundet. — Friedrich Wilhelm Zachariä (1726—1777), Epiker und Übersetzer (u. a. Miltons *Verlorenes Paradies* in Hexametern, 2 Bde., 1760); Bremer Beiträger. — Johann Peter Uz: s. S. 323. — Johann Nikolaus Götz (1721—1781), Theologe und Lyriker, in Halle, Studienfreund von Gleim und Uz; übersetzte u. a. Anakreon, Sappho, Ovid. — Karl Christian Gärtner (1712—1791), Studienfreund Gellerts und Rabeners in Leipzig, Mitbegründer der »Bremer Beiträge«. — Nikolaus Dietrich Giseke (1724—1765), Prediger und Schriftsteller, Bremer Beiträger.

16. Konrad Arnold Schmid (1716—1789), Theologe und Schriftsteller, Bremer Beiträger.

17. Zachariä, Ebert, Gärtner, Giseke: s. Anm. 14. — Johann Joachim Spalding (1714—1804), theologischer Schriftsteller, Propst der Berliner Nicolaikirche, Gegner der Aufklärung, zeitweise mit Ewald von Kleist und Gleim befreundet. — Die *Nachtgedanken (The Complaint; or Night Thoughts on Life, Death and Immortality,* 1742) des engl. Dichters Edward Young (1683—1765) wurden ebenso wie seine *Conjectures on Original Composition* (1759) von vielen deutschen Auto-

ren der Empfindsamkeit und der Aufklärung als Vorbild empfunden. Eberts Übersetzung der *Nachtgedanken* erschien 1751. — Marcus Valerius Martialis (40—104), röm. Schriftsteller, berühmt durch seine Epigramme. — Alexander Pope (1688—1744), engl. Dichter, Ästhetiker und Übersetzer (Homer), übte großen Einfluß auf das deutsche literarische Rokoko aus, ebenso sein Landsmann James Thomson (1700—1748) mit dem Naturgedicht *The Seasons* (1726—1730; *Die Jahreszeiten).*

18. »Vossische Zeitung«: die 1751 von Christian Friedrich Voß (1722—1795) übernommene »Berlinische ordinoire Zeitung von Staats- und gelehrten Sachen«, an der Lessing 1751—1755 das wissenschaftliche und künstlerische Ressort leitete.

20. Samuel Gotthold Lange (1711—1781), Theologe und Schriftsteller, gemeinsam mit Jakob Immanuel Pyra (1715—1744) Begründer einer gegen Gottsched gerichteten deutschen Sprachgesellschaft (1744) und Horaz-Übersetzer.

21. Es handelt sich um den ersten, 1756 in Berlin erschienenen Band der *Fabeln* Gleims (vgl. Brief 22).

23. Halberstadt wurde im September 1757 von den franz. Truppen geplündert. Alexis: anakreontischer Spielname für Ramler.

25. Gemeint ist der preußische Sieg bei Roßbach (5. November 1757). — Der preußische Feldmarschall Kurt Christoph von Schwerin war im Mai des Jahres bei Prag gefallen.

27. Christian Friedrich Voß: s. Anm. 18. — Reich (s. auch Anm. 260, 261), Iversen: Buchhändler, Friedrich Nicolai: s. S. 137.

28. *Der blöde Schäfer,* ein Lustspiel Gleims (1745).

29. Gleim hatte Ramler um Verbesserungen auf den Druckbogen seiner *Fabeln* gebeten, die Ramler mit Brief 29a sandte (die Korrekturen sind nicht mehr erhalten). Gleim protestierte gegen Ton und Inhalt der Kritik Ramlers (Brief 29b), auf dessen Rechtfertigungsbrief (29c) er nicht mehr antwortete. Die Originale dieser Briefe befinden sich im Gleimhaus Halberstadt.

30. Johann Peter Uz (1720—1796) hatte mit Gleim in Halle die Rechtswissenschaft studiert und blieb dessen treuester Freund. Er war später in Ansbach und Nürnberg im Justizdienst tätig und seit seiner reimlosen Anakreon-Übersetzung (1746, gemeinsam mit Götz, s. Anm. 14) und dem Erscheinen seiner *Lyrischen Gedichte* (1749, veröffentlicht durch Gleim) ein Hauptvertreter der Anakreontik.

32. Friedrich II. hatte am 1. Oktober 1756 die Österreicher und Sachsen bei Lobositz geschlagen.

34. Gemeint ist die Schlacht bei Prag am 6. Mai 1757 (s. auch Anm. 25).

35. Ewald von Kleist war am 24. August 1759 in Frankfurt a. d. Oder seinen bei Kunersdorf erlittenen Verwundungen erlegen; s. auch Briefe 97, 98. — Anna Luise Karsch: s. S. 61. — Sappho (um 600 v. Chr.), griech. Lyrikerin, von der nur zwei

Gedichte vollständig erhalten sind. Sie fand schon in der Antike Nachahmer (z. B. Catull). – Johann August von Beyer (1732–1814), preußischer Kriegs- und später Finanzrat, mit Gleim befreundet; die *Kleinen Lieder* erschienen 1756. – Johann Christian Wolf (1690–1770), bedeutender Philologe, Bibliothekar in Hamburg.

37. Sohn Kytherens: Eros. Aphrodite, die griech. Göttin der Schönheit und der Liebe, wurde nach einer ihrer Hauptkultstätten, der Insel Kythera, auch Kythereia genannt. – Phaon: der (unhistorische) Fährmann, den Sappho so sehr geliebt haben soll, daß sie sich seinetwegen von einem Felsen ins Meer stürzte. – Thyrsis: anakreontischer Spielname für Gleim. – Sulzimen, Palemon usw.: gräzisierte bzw. latinisierte Spielnamen. – Moses: Mendelssohn (s. S. 137). – Martin Opitz (1597–1639), Barockdichter (Lyrik, Operntexte), Übersetzer (*Psalter*, Seneca, Sophokles) und Ästhetiker (*Buch von der teutschen Poeterey*, 1624). – Xenophon (um 430–354 v. Chr.), griech. Schriftsteller, schrieb u. a. in Form einer Lebensgeschichte des älteren Perserkönigs Kyros (um 558–529 v. Chr.), die seine Vorstellungen vom idealen Monarchen enthält, den ersten Roman der abendländischen Literatur, die sog. *Kyropädie*. – Zwei Bücher der *Ilias* in Hexametern: der 1760 erschienene IV. und VI. Gesang in der Übersetzung von Johann Jakob Bodmer (s. Anm. 62). – Der Grenadier: Gleims Deckname als Verfasser der *Preußischen Kriegslieder von einem Grenadier;* s. Anm. 94.

39. Der Nachfolger der im Januar 1762 verstorbenen Zarin Elisabeth, Peter III., beendete den Krieg gegen Preußen. – Verfasser der *Amazonenlieder* (1760): Christian Felix Weisse (1726–1804).

41. Vgl. Brief 57 und 59. – General Quintus: Icilius (s. Anm. 4), der aber nur Oberst war.

42. Anakreontische Nachahmungen: Gleim hatte Uz einige Gedichte zur Beurteilung geschickt; sie erschienen 1764 *(Sieben kleine Gedichte)* und 1766 *(Lieder nach dem Anakreon).*

43. Der schottische Dichter James Macpherson (1736–1796) hatte 1762 das Epos *Fingal* veröffentlicht, das er aus gälischen Texten des »Barden« Ossian zusammengestellt und ins Engl. übersetzt haben wollte; die Literaturfälschung wurde erst später erkannt. *Fingal* und andere von Macpherson herausgebrachte Ossian-Dichtungen hatten großen Erfolg; Gleim las eine 1764 erschienene deutsche Übersetzung.

44. Über die Entzweiung Gleims und Ramlers s. Briefe 29 a–c.

45. Johann Friedrich von Cronegk (1731–1758), dessen Trauerspiel *Codrus* 1759 den von Friedrich Nicolai ausgesetzten Preis erhielt (s. S. 139). Im ersten, 1767 erschienenen Stück der *Hamburgischen Dramaturgie* behandelte Lessing Cronegks Trauerspiel *Olinth und Sophronia.*

46. Die »Allgemeine deutsche Bibliothek«, herausgegeben von Friedrich Nicolai, erschien in Berlin (1765/92, die »Deutsche

Bibliothek der schönen Wissenschaften«, herausgegeben von Christian Adolf Klotz, in Halle (1764/72). — Wielands *Dialogen des Diogenes von Sinope* erschienen 1770. — Sünden gegen Uz: gemeint ist eine literarische Fehde zwischen Wieland und Uz in den fünfziger Jahren.

47/48. Friedrich II. hatte Gleim am 22. Dezember 1785 empfangen. Nach Friedrichs Tod (1786) schenkte der Herzog von Braunschweig-Öls Gleim einen Hut des Königs. — Der neue König: Friedrich Wilhelm II. — Johann Caspar Lavater (1741—1801), Zürcher Geistlicher und Schriftsteller, Verfechter einer undogmatischen, schwärmerischen Religiosität, Begründer der Physiognomik. — Lukianos (um 120—180), griechisch schreibender Literat aus Syrien, Verfasser satirischer Dialoge und Briefe (u. a. Götter- und Hetärengespräche), die Wieland übersetzte (6 Bde., 1788/89).

52. Die Karschin hatte bei Ramler Gleims Porträt gesehen, kannte seine Gedichte und verehrte ihn. Gleim hatte durch Ramler von ihr gehört und ihr Geld für Bücher geschickt.

53. Im Mai 1761 war Gleim nach Berlin gekommen, die Karschin konnte ihn nicht oft genug sehen und schrieb ihm mehrere Briefe in sein Berliner Quartier. Gleim reiste schließlich in der zweiten Junihälfte heimlich ab.

54. Im September 1761 besuchte die Karschin Gleim in Halberstadt.

56. Der Reitergeneral Friedrich Wilhelm von Seydlitz (1721 bis 1773) kannte die Karschin aus Schlesien, wo sie sich von 1755 bis zur Übersiedlung nach Berlin aufhielt; sie hatte auf verschiedene preußische Siege Triumphlieder geschrieben. — Quintus: s. Anm. 4. — Jean-Baptiste de Boyer, Marquis d'Argens (1704—1771), philosophischer Schriftsteller, Freund und Kammerherr Friedrichs II. — Robert Scipio von Lentulus (1714—1786), Generalleutnant.

57. Der König erfüllte sein Versprechen nicht, obwohl ihn die Karschin in den folgenden Jahren mehrmals mahnte; sie besang und verehrte ihn übrigens nach wie vor; s. auch Brief 59.

58. Gleim und sein eben gewonnener Freund, der anakreontische Lyriker Johann Georg Jacobi (1740—1814), wollten mit ihren eigenen Briefen auch die der Karschin veröffentlichen, die über diesen Vertrauensbruch empört war, was wiederum Gleim erboste. Erst als sie bereute, war er zur Versöhnung bereit.

59. Friedrich Wilhelm II. hatte 1786 das Haus für die Karschin genehmigt, doch war vergessen worden, ihr die Bauabgaben und Steuern zu erlassen, so daß sie Schulden machen mußte.

60. Die Karschin hatte, um Streitigkeiten mit ihrer Tochter auszuweichen, ihr Haus verlassen und war nach Frankfurt a. d. Oder gezogen. Sie erkrankte dort im August und starb kurz nach ihrer Rückkehr nach Berlin am 12. Oktober 1791.

62. Friedrich von Hagedorn (1708—1754), Lyriker und Fabeldichter, lebte als Sekretär einer englischen Handelsvertretung

in Hamburg. Er war der erste deutsche Rokokodichter und unmittelbarer Vorläufer der Anakreontik. — Johann Jakob Bodmer (1698—1783), Zürcher Historiker, Dichter, Übersetzer, als Kritiker der bedeutendste Gegner Gottscheds, gegen dessen *Kritische Dichtkunst* (1730) er eine Abhandlung gleichen Titels schrieb. Mit Johann Jakob Breitinger (1701—1776) Herausgeber der Wochenschrift »Discourse der Mahlern« (1721/23), die einer beschreibenden Poesie das Wort redete. Bodmer hatte zeitweise fast alle jüngeren Dichter auf seiner Seite, so Klopstock und Wieland, fand aber in Lessing einen überlegenen Kritiker seiner irrationalistische Schwärmereien fördernden Theorien. — Giseke s. Anm. 14. — Die zitierten Verse: Ergänzungen zur *Elegie an die künftige Geliebte,* nämlich seine Kusine Maria Sophia Schmidt (1731—1799), die er in Anlehnung an engl. Vorbilder meist Fanny oder, nach der Schriftstellerin Elisabeth Rowe, geb. Singer (1674—1738), seine »Singer« nannte; E. Rowe hatte Briefe von Toten an Lebende (*Friendship in Death,* 1728) geschrieben, die viel gelesen und kopiert wurden. Noch Wieland publizierte 1753 in Zürich *Briefe von Verstorbenen an hinterlassene Freunde.* — Richard Glover (1712—1785), ein engl. Freund der Bremer Beiträger. — *Lettres de Babet:* Babette, die Geliebte des franz. Schriftstellers Edme Boursault (1638—1701), wurde von ihren Eltern ins Kloster gesteckt, wo sie vor Gram starb.

64. Johann Christoph Schmidt (1727—1807), Fannys Bruder und Klopstocks vertrautester Jugendfreund, später Kammerpräsident in Weimar. — Johann Adolph Schlegel (1721—1793), Pastor und Schriftsteller, Freund Gellerts und Mitherausgeber der »Bremer Beiträge« (s. Anm. 10). — Cramer s. Anm. 4.

65. Ende Juli 1750 war Klopstock in Begleitung Sulzers (s. Anm. 9) in dessen Heimat, die Schweiz, gereist. — Der junge Kaufmann war der spätere Schwager Klopstocks, Hartmann Rahn aus Zürich. — Der dänische Minister Johann Hartwig Ernst v. Bernstorff hatte im August die Berufung nach Kopenhagen im Auftrag des Königs Friedrich V. bestätigt. Klopstock blieb bis Anfang 1751 in Zürich, obwohl es zu Mißstimmigkeiten zwischen Bodmer und ihm kam. — Der neue Seidendruck: Rahn richtete später, als er mit Klopstock nach Dänemark ging, in Lingby eine Fabrik ein, hatte aber keinen Erfolg.

66. Clarissa: Titelgestalt des Romans *Clarissa Harlowe* (1749) von Samuel Richardson (1689—1761), der, ursprünglich Buchdrucker, mit fünfzig Jahren seinen ersten Roman *(Pamela)* geschrieben hatte und damit zum Begründer des modernen, bürgerlichen Familienromans wurde. Clarissa Harlowe begibt sich, um eine unerwünschte Heirat zu vermeiden, in den Schutz des Schürzenjägers Lovelace, der sie verführt; sie stirbt aus Gram über den Verlust ihrer Unschuld und wird von ihrem Onkel gerächt.

67. Fanny reagierte nicht auf Klopstocks versponnene Werbungen. 1754 heiratete sie einen Kaufmann.

68. Noch im Sommer 1752 verlobte sich Klopstock mit der Hamburgerin Margaretha (Meta) Moller (1728—1758), zwei Jahre später heirateten sie. — Clärchen: Kosename, nach Clarissa Harlowe. — Ebert (s. Anm. 14) war seit 1748 Lehrer in Braunschweig.

70. Meta war am 28. November 1758 an einer Fehlgeburt gestorben. Nach einem Interimsbegräbnis wurde sie, ihr Kind im Arm, im Frühling 1759 auf dem Friedhof von Ottensen bestattet.

71. Michael Denis (1729—1800), Jesuit, seit 1759 Professor an der Theresianischen Ritterakademie in Wien, übersetzte Macphersons Ossian (s. Anm. 43) in Hexametern und dichtete unter dem Anagramm »Sined der Barde« selbst Bardenlieder. — Johann Thomas von Trattner (1717—1798), Buchdrucker und Verleger in Wien, war als Nachdrucker verrufen. Da die Autoren gegen das Nachdrucken wehrlos waren, bangten sie um wenigstens halbwegs druckfehlerfreie Ausgaben, deshalb die Bitte an Denis.

72. Karl der Große hatte (nach Einhard) testamentarisch verfügt, man solle seine Bücher nach seinem Tod zum Besten der Armen verkaufen.

73. Wahrscheinlich hat Klopstock mit der Flensburger Kaufmannstochter Anna Cäcilie Ambrosius (1749—1820) nur brieflich verkehrt; die Korrespondenz endet 1770.

74. Johann Friedrich Boie, Propst zu Flensburg. — Der sog. Bardiet *Hermann und Ingomar* erschien 1784. Aulus Caecina Severus deckte als Unterfeldherr des Germanicus den Rückzug aus dem Teutoburger Wald und brachte dem ihn unvorsichtig verfolgenden Hermann eine Niederlage bei.

75. Denis' Ossian-Übersetzung erschien 1768/69 in drei Teilen. — Hrabanus Maurus (780—856), Abt von Fulda, seit 847 Erzbischof von Mainz, Bibelkommentator, vielleicht Verfasser des *Heliand*, jener sächsischen Dichtung, von der Klopstock oben spricht, nicht aber des ihm früher zugeschriebenen und nach ihm benannten, um 790 in Bayern entstandenen lateinisch-deutschen Glossars.

76. Erbprinz Karl Wilhelm Ferdinand (1780—1806 Herzog von Braunschweig). — Christoph Willibald von Gluck (1714 bis 1787) hatte sich bei der Suche nach neuen Opernstoffen für *Hermanns Schlacht* (1769) interessiert und auch einige Strophen komponiert, die er gelegentlich im Freundeskreis vortrug. Vollendet wurde die Arbeit nicht; Gluck hat aber bald darauf einige Oden von Klopstock vertont.

77. Druckfehler in den Korrekturbogen der 1773 erschienenen letzten fünf Gesänge des *Messias*.

78. Herder hatte in Nicolais »Allgemeiner deutscher Bibliothek« (1773, Bd. 19, Stück 1) Klopstocks *Oden* und Bardiete besprochen und diesem die Rezensionen durch Claudius schicken lassen.

79. Die Briefe 79—84 sind der experimentellen Orthographie

Klopstocks wegen in der originalen Schreibweise (nach Lappenberg, a. a. O.) wiedergegeben. Er äußerte sich darüber in dem Aufsatz *Über die deutsche Rechtschreibung* (1778; erweitert im ersten Teil der *Fragmente über Sprache und Dichtkunst*, 1779).

80. Gottlieb Friedrich Ernst Schönborn (1737—1817), damals dänischer Legationssekretär in London. — Angelica Kauffmann (1741—1807), klassizistische Malerin, befreundet mit Winckelmann und Goethe. Von 1766—1781 lebte sie in London; der Plan der *Messias*-Illustrationen wurde nicht ausgeführt.

81. Lessing war am 15. Februar 1781 gestorben. — Andreas Peter Graf v. Bernstorff (1735—1797), Neffe des in Brief 65 erwähnten Ministers; seit 1773 dänischer Außenminister, hatte er 1780 um seine Entlassung gebeten. Die Schwester des preußischen Feldmarschalls Herzog Ferdinand von Braunschweig war (aus zweiter Ehe) die Witwe des dänischen Königs Friedrich V.

82. Johann Nikolaus Tetens (1736—1807), Philosoph, Begründer der empirischen Psychologie; er war mit Klopstock befreundet, aber gegen dessen Orthographie.

84. Karl Friedrich Cramer (1752—1808), Sohn von Klopstocks Freund J. A. Cramer (s. Anm. 4), Altphilologe und Orientalist in Kiel, lebte, da man ihm 1794 als einem Revolutionsanhänger die Professur nahm, seit 1795 als Schriftsteller und Buchhändler in Paris. Seine Übersetzung von *Hermanns Schlacht* (gemeinsam mit Blanvillain, der mit »ihr küner Begleiter« gemeint ist), erschien dort 1799. (S. auch Brief 85 mit — hier stark gekürzten — Anmerkungen zur Übersetzung.)

85. Alarum verbera ...: Vergil, *Aeneis*, XII, Vers 876/77.

86. Über die Farben: Goethes *Beiträge zur Optik* (Erstes und zweites Stück, 1791/92). — Der franz. Revolutionär Jean-Paul Marat (1744—1793) hatte u. a. naturwissenschaftliche Schriften, besonders gegen Newton, verfaßt; Klopstock meint seine *Découverte sur la lumière (Entdeckung über das Licht*, 1780; deutsch 1783). — Karl August Böttiger (1760—1835), Philologe, unter Herder Gymnasialdirektor in Weimar. Die mitgeschickten Epigramme sind sicher auf den Klopstock verhaßten Schiller gemünzt, u. a. auf dessen Abhandlung *Über Anmut und Würde* (»Neue Thalia«, 1793, II) und die 1795 in den »Horen« erschienenen Briefe *Über die ästhetische Erziehung des Menschen.*

87. Dorothea Salome Lessing (1727—1803). — In Meißen geschrieben, wo Lessing 1742—1746 die Fürstenschule St. Afra besuchte.

88. Justina Salome Lessing, geb. Feller (1703—1777), und der Kamenzer Pastor Johann Gottfried Lessing (1693—1770): Lessings Eltern. Sie waren unzufrieden, daß ihr Sohn die Gesellschaft von Schauspielern suchte und Komödien schrieb, anstatt sein Studium voranzutreiben. Im Brief erwähnte Aufenthalte: 1746—1748 Leipzig, Juni—November 1748 Wittenberg,

dann in Berlin. Im Dezember 1751 ging Lessing noch einmal für ein Jahr nach Wittenberg, um zum Magister der freien Künste zu promovieren.

89. Baron Seiller: Graf Johann Friedrich v. Seillern (1675—1751), oder Joseph Karl Selliers (1728—1750, Direktor des Kärtnertortheaters in Wien). — Prosper Joliot de Crébillon (1674 bis 1762), franz. Tragödiendichter; von Lessings Übersetzung seines *Catilina* (1742) ist nur die erste Szene erhalten. — Musae . . .: Ovid, *Tristia*, I. 1, Vers 41. — Nondum . . .: Vergil, *Bucolica*, I. 6.

90. George August von Breitenbauch (1731—1817), ein Freund Lessings und Mendelssohns in Berlin. — Lessings *Faust* blieb unvollendet, das Manuskript ging bis auf eine Skizze (1780 gedruckt) verloren.

91. Der Autor des Schlachtgesangs war Gleim selbst.

92. Lessing hatte Berlin im Oktober 1755 verlassen und am 10. Mai 1756 von Leipzig aus als Begleiter des Kaufmanns Gottfried Winkler eine Reise nach England angetreten. Im Juli erreichte sie in Amsterdam die Nachricht vom Einfall der Preußen in Sachsen, worauf sie ins bereits besetzte Leipzig zurückkehrten.

93. Halberstadt war von franz. Truppen besetzt (s. Brief 23).

94. Gleim hatte über das Ausbleiben Lessingscher Briefe verärgert getan. — Lobositz: s. Anm. 32. — Einige von Gleims Kriegsliedern waren bereits als Einzeldrucke erschienen; Lessing besorgte nun die Buchausgabe, für die er ein Vorwort schrieb (*Preußische Kriegslieder in den Feldzügen 1756 und 1757, von einem Grenadier*, 1758, anonym).

96. Im August 1758 hatten die Russen Küstrin bombardiert, Gleim gab seiner höchstpatriotischen Empörung über den Kriegsgreuel in dem Gedicht *Der Grenadier an die Kriegsmuse nach dem Siege bei Zorndorf, den 25. August 1758* so drastischen Ausdruck, daß Lessing, der sich auch noch als mit Rußland alliierter Sachse getroffen fühlte, protestierte. Es kam aber bald wieder zur Versöhnung.

97/98. Über Kleists Tod am 24. August 1759 s. auch Brief 35.

100. Seit dem Dezember 1760 war Lessing als Gouvernements-Sekretär bei General v. Tauentzien in Breslau. — Der griech. Tragiker Sophokles (um 496—406 v. Chr.) schrieb 123 Stücke, von denen nur sieben vollständig erhalten sind.

101. An dem Lustspiel *Minna von Barnhelm oder Das Soldatenglück* arbeitete Lessing seit 1760; es wurde 1767 gedruckt und uraufgeführt.

102. Christian Adolf Klotz (1738—1776), Philologe, seit 1765 Professor in Halle, hervorragender Kenner der alten Sprachen, besonders des Lateinischen, das er wie kein anderer Zeitgenosse beherrschte. Lessings Brief ist die Antwort auf einen ebenso höflichen von Klotz. — Thersites versucht vor Troja (Ilias, II, Vers 211 ff.) das griechische Heer mit seinen Anführern zu entzweien und vom Krieg abzuhalten, wofür ihn Odys-

seus auf der Stelle verprügelt; Klotz wollte in seinen *Epistolae Homericae* die als häßlich empfundene Szene gern vermissen, Lessing äußerte sich konträr im *Laokoon* (24. u. 25. Kap.), gleichwohl hoffte er auf eine positive Rezension in den Klotzischen »Acta litteraria«, die 1764—1773 in Altenburg herauskamen. Als Klotz den *Laokoon* angriff, rächte sich Lessing an dessen Schrift *Über den Nutzen und Gebrauch der alten geschnittenen Steine* (1768) mit den *Briefen antiquarischen Inhalts* (zwei Teile, 1768/69; s. auch S. 137 und die Briefe 147 bis 159).

103/104. Lessing war 1765 nach Berlin zurückgekehrt und entschloß sich 1767, nach Hamburg zu gehen; wo man ihm angeboten hatte, sich an der Leitung des neugegründeten Nationaltheaters zu beteiligen. Das Unternehmen kam wegen Intrigen und Konzeptionslosigkeit nicht hoch und wurde im März 1769 aufgelöst, bald darauf endete auch die anfangs zweimal wöchentlich, dann aber unregelmäßig erscheinende Theaterzeitschrift *Hamburgische Dramaturgie,* in der Lessing den Spielplan der Nationalbühne begleiten wollte. Mit zunehmender Auflösung des Theaters, etwa vom 50. der 104 Stücke an, ging Lessing zur theoretischen Untersuchung der Dramenliteratur überhaupt über. — Johann Joachim Christoph Bode (1730—1793), Schriftsteller und Zeitungsherausgeber. Eine geplante autoreneigene Verlagsbuchhandlung mit Lessing kam nicht zustande, obwohl Bode eine Druckerei besaß; er druckte und verlegte die *Dramaturgie* und 1771/75 den »Wandsbekker Bothen«. Bode war auch ein bedeutender Übersetzer (Sterne, Fielding, Goldsmith, Montaigne).

105. Karl Lessing (1740—1812), Schriftsteller, u. a. Herausgeber der Schriften, des Nachlasses und Verfasser einer Biographie seines Bruders (*G. E. Lessings Leben,* 3 Bde., 1793/95), seit 1779 Münzdirektor in Breslau. Seine *Schauspiele* erschienen 1778/80 (2 Bde.).

106. Der Erbprinz: Karl Wilhelm Ferdinand, s. Anm. 76. — Die Anstellung als Bibliothekar war eine Notlösung, was Lessing seinem Vater nicht zeigen wollte. Es kam mehrmals zu Differenzen mit dem Hof, auch aus finanziellen Gründen; Ferdinand verkaufte übrigens wiederholt ganze Regimenter an England und die Niederlande.

107. Der Vater war am 22. August 1770 gestorben.

108. Eva König, geb. Hahn (1736—1778), Witwe eines Hamburger Kaufmanns; Lessing heiratete sie 1776.

109. Mein Ding von einer Tragödie: *Emilia Galotti* (1772).

110. Gleims eben erschienene *Lieder für das Volk.* — Epikur (341 bis 270 v. Chr.), griech. Philosoph, Begründer einer individualistischen Glückseligkeitslehre, als »Epikureismus« später zu einer Philosophie unproblematischen Lebensgenusses entwikkelt. — Lucius Annaeus Seneca (4 v. — 65 n. Chr.), röm. Dichter; als Philosoph gemäßigter, dem Christentum nahestehender Stoiker.

112. Emilia Galotti war Anfang Juli in Wien aufgeführt worden. — Tobias Philipp von Gebler (1726—1786), österreichisches Staatsratsmitglied, Dramatiker, s. auch Brief 114. — Christian Gottlob Stephanie: Schauspieler, seit 1760 in Wien.

113. Wieland hatte sich lobend über die *Emilia* geäußert. Der Brief zeigt das merkwürdige Verhältnis der beiden, die sich bei aller gegenseitigen Achtung doch möglichst aus dem Weg gingen.

114. Joseph von Sonnenfels (1732—1817), Schriftsteller, Wiener Theaterkritiker und -reformer.

116. Der Theologe und Sprachforscher Johann Christoph Adelung (1732—1806) schrieb ein von der historischen Entwicklung ausgehendes *Grammatisch-kritisches Wörterbuch der hochdeutschen Mundart* (5 Bde., 1774/86). — Lessing erläutert seinen Standpunkt zur lutherischen Orthodoxie und zur religiösen, auf eine deistische Naturreligion hinauslaufenden Aufklärung; er hält dabei letztere für die eigentliche Gefahr. 1774 veröffentlichte er gleichwohl aus polemisch-taktischen Motiven und im Sinne seiner Kritik an den Evangelien (s. Anm. 125) in den »Beiträgen zur Geschichte und Literatur aus den Schätzen der Herzoglichen Bibliothek zu Wolfenbüttel« das als Bibliotheksfund getarnte Bruchstück aus der deistischen *Apologie oder Schutzschrift für die vernünftigen Verehrer Gottes* des (ungenannten) Hamburger Philologen Hermann Samuel Reimarus (1694—1768).

117. Friedrich Nicolai hatte die 1774 erschienenen *Leiden des jungen Werthers* von Goethe unter dem Titel *Freuden des jungen Werthers* (1775) parodiert. — *Alkeste:* Singspiel Wielands (1773). Goethe spottete darüber in *Götter, Helden und Wieland* (1774).

118/119. Aus der Berufung nach Mannheim wurde nichts; eine Ersatzlösung (Lessing sollte sich des Mannheimer Theaters annehmen) scheiterte.

120. Johann Joachim Eschenburg (1743—1820), mit Lessing befreundeter Philologe, Professor in Braunschweig.

121. Am 10. Januar war Eva Lessing vermutlich am Kindbettfieber gestorben. Ihr Sohn Theodor (aus erster Ehe) hielt sich gerade bei Karl Lessing in Breslau auf.

123. Asmus: Pseudonym, unter dem Claudius veröffentlichte. — Freimaurer-Bekenntnis: das Manuskript *Ernst und Falk, Gespräche für Freimäurer* (fünf Gespräche, drei davon 1778 anonym in Göttingen gedruckt), s. auch Brief 126. — Lessing war wie Claudius seit 1771 Bruder der Loge zu den drei Rosen, während Bode Meister einer Templerloge der sog. strikten Observanz war, er hatte übrigens Lessing die Aufnahme in diese Loge verweigert. — Streitschrift: Johann Melchior Goeze (1717—1786), Pastor an der Hamburger Katharinenkirche, ein Hauptvertreter der lutherischen Orthodoxie und seit der Veröffentlichung der Reimarus-Schrift (s. Anm. 116) in Fehde mit Lessing, der mit antigoezischen Streitschriften antwortete (1778); die Auseinandersetzungen gehen auch auf andere

theologische Schriften Lessings, z. B. das 1770 veröffentlichte Berengarius-Fragment zur Abendmahlsfrage, zurück (s. Anm. 159).

124. Lessing war die Veröffentlichung weiterer Fragmente der Reimarus-Schutzschrift als ein Mißbrauch der ihm für die »Wolfenbütteler Beiträge« erteilten Zensurfreiheit ausgelegt und verboten worden. Dieses Verbot erstreckte sich auch auf die antigoezischen Schriften.

125. Lessing führte die Polemik weiter und wollte sie, in Fortsetzung seiner kleineren theologischen Schriften, in einer grundsätzlichen Evangelienkritik gipfeln lassen; eine bereits skizziert vorliegende *Neue Hypothese über die Evangelisten, als bloß menschliche Geschichtsschreiber betrachtet*, wurde erst 1784 im *Theologischen Nachlaß* von Karl veröffentlicht. Das Fazit seiner Überzeugungen zog er in seinem hier erwähnten dramatischen Gedicht *Nathan der Weise* (1779).

126. Der Feldmarschall Herzog Ferdinand von Braunschweig (1721 bis 1792), Bruder des regierenden Herzogs Karl, seit 1772 Großmeister aller Hochgradlogen der strikten Observanz, kannte das Manuskript der *Freimäurergespräche*, das ihm Lessing geschickt hatte; er bedankte sich, war aber gegen den Druck (s. Anm. 123).

127/128. Der *Nathan* war im Januar 1779 im Druck. — Introite ...: ein Ausspruch Heraklits, den Lessing aus den *Noctes Atticae (Attische Nächte*, eine Anthologie antiker Schriftsteller von Gellius) hatte, weshalb im *Nathan* unter diesem Zitat, das dem Titel beigegeben ist, steht: Apud Gellium (bei Gellius).

129. Carlo Goldoni (1707—1793) war seit 1748 als Theaterdichter bei einer Schauspielertruppe. Von Lessings Übersetzung der *Glücklichen Erbin* sind nur die ersten sieben Szenen erhalten. — Caestus ...: Vergil, *Aeneis* V, Vers 484.

130. Anthony Ashley-Cooper, Earl of Shaftesbury (1671—1713), engl. Philosoph, dessen moralischer, die ästhetischen Qualitäten des Guten betonender Sensualismus die literarische Entwicklung im 18. Jh. stark beeinflußte. — Buridans Esel (in Lessings *Freigeist*, V, 4), der zwischen zwei gleichen Heubündeln verhungert, weil er sich für keines entscheiden kann; nach dem franz. Scholastiker Jean Buridan (um 1300—1358) benannt, in dessen Werk aber nicht nachzuweisen. — Samuel Butler (1612—1680), engl. Dichter.

131. Die *Abhandlung vom Trauerspiele* erschien 1757 im ersten Stück der »Bibliothek der schönen Wissenschaften und der freyen Künste«. — *Merope, Medea, Brutus, Cato:* in der klassizistischen Dramenliteratur wiederholt behandelte antike Stoffe. — *Der Graf von Essex* (1678), Trauerspiel von Thomas Corneille (1625—1709), dem jüngeren Bruder des berühmten Dramatikers Pierre Corneille (1606—1684). — Der *Canut* (1746) von Johann Elias Schlegel (1719—1749), ein Stück um Knut d. Gr. (gest. 1035, König von Dänemark und

England), galt damals als das beste deutsche Trauerspiel. — *Alzire* (1736), Trauerspiel von Voltaire; die erwähnte Übersetzung nicht von Gottsched, sondern von dessen Frau (1751).

132. Eris mihi ...: Vergil, *Bucolica*, III, 104; Phyllida ...: *Bucolica*, III, 107. — Ödip: hier Voltaires Versdrama *Œdipe* (1718).

134. *Zaïre* (1732), Trauerspiel von Voltaire; die Sklavin Zaïre wird von dem grausamen Gutsbesitzer Gusmann erpreßt, worauf ihr eingeborener Freund Gusmann ersticht; dieser verzeiht sterbend seinem Mörder, der daraufhin zum Christentum übergeht. — Mithridates VI. (132—63 v. Chr.), Titelheld eines Trauerspiels von Jean-Baptiste Racine (1639—1699), plante nach mehreren erfolglosen Feldzügen gegen die Römer einen Zug nach Italien; als sich daraufhin einer seiner Söhne gegen ihn empörte, ließ er sich nach einem vergeblichen Selbstmordversuch von einem Diener niederstechen.

136. Nicolai berichtet von der Aufführung der *Miss Sara Sampson* durch die Schuchsche Truppe in Berlin.

138. Karl XII. (1697—1718), König von Schweden, dessen Pläne, Osteuropa zu unterwerfen, nach anfänglich erfolgreichen Feldzügen scheiterten. Voltaire hatte sein Schicksal in der *Histoire de Charles XII* (1731 f.) dargestellt. — Joseph Addison (1672 bis 1719), engl. Schriftsteller, Herausgeber des »Spectator«, schrieb eine als musterhaft empfundene *Cato*-Tragödie (1713; deutsch von Luise Adelgunde Gottsched, 1735). Marcus Porcius Cato (95—46 v. Chr.) verteidigte die römische republikanische Verfassung gegen die autoritären Pläne Cäsars und beging, nachdem seine Truppen unterlegen waren, im afrikanischen Utica Selbstmord. — Der sterbende Alte: der Scherif Sophir von Mekka in Voltaires Versdrama *Mahomet* (1741). — *Sir Charles Grandison*, der Tugendheld des gleichnamigen Romans von Samuel Richardson (1753; s. Anm. 66).

139. Gaskonaden: Prahlereien, Angebereien. — *Polyeukt*, christlicher Märtyrer zur Zeit des römischen Kaisers Decius (249 bis 251); Titelheld einer Tragödie von Pierre Corneille (1640).

140. *Von der Illusion:* Mendelssohn, Ges. Schriften, Bd. 2, S. 154 f. (Jubiläumsausgabe, Berlin 1932). — Hippolytos, in der attischen Sage Sohn des Theseus, der von seiner Stiefmutter Phaidra geliebt wird; Trauerspiel von Euripides. — Pylades begleitete mit sprichwörtlich gewordener Freundschaft den Orest, half ihm, seinen Vater zu rächen, brachte Iphigenie zurück und bekam Orests Schwester Elektra zur Frau; Dramenstoff bei Euripides *(Orest)*, Johann Elias Schlegel (s. Anm. 131; *Orest und Pylades*, 1747), Christoph Friedrich von Derschau (1714—1799; *Pylades und Orestes*, 1747).

141. *Die gemalte Schlange*, Beispiel nach dem 14. Kapitel der *Poetik* des Aristoteles; eine Schlange wird aber nicht dort erwähnt, sondern von Nicolas Boileau-Despreaux (1636—1711, französischer Kritiker) in *De l'art poétique* (1669/74); Lessing zitiert hier nach Mendelssohn (*Von der Illusion*, s. Anm. 140).

143. *Der Tod Adams,* Trauerspiel von Klopstock (1757).
144. Cuncta ...: nach Horaz, *Oden,* III, 1; gemeint ist Jupiter. — Die Antwort des Feldherrn (Dienekes von Sparta): bei Herodot, VII, 226.
145. Regenspurgisch reden: im Stil der Reichstagsbeschlüsse; eine »schließliche Deklaration« war dort ein endgültiger Beschluß.
146. Qu'il mourut: im III. Akt des *Horace* von Pierre Corneille die Antwort des Vaters der Horatier auf die Frage, was seinem letzten noch lebenden Sohn gegen drei Gegner anderes als die Flucht übriggeblieben sei. — Seitenzahlen in diesem Brief: nach dem ersten Druck der *Miss Sara Sampson* (G. E. Lessings Schrifften Sechster Theil, Berlin 1755).
147. Klopstocks *Hermann* vgl. Brief 74. — *Ugolino,* Trauerspiel von Heinrich Wilhelm von Gerstenberg (1737—1823). — Zachariä s. Anm. 14. — Das neue Journal: die von Lessing und Bode (s. Anm. 103/04) geplante Monatsschrift »Deutsches Museum«. — »Allgemeine« und »Klotzische« Bibliothek s. Anm. 46. — Klotz und der unmittelbare Anlaß der Polemik s. Anm. 102.
149. Der erste Teil der *Briefe antiquarischen Inhalts* erschien 1768, der zweite 1769. Die Abhandlung *Über die Ahnenbilder der alten Römer* ist als Konzept und Reinschrift (von 1768) erhalten und wurde erst nach Lessings Tod veröffentlicht.
150. Der Reiseplan wurde durch den Ruf nach Wolfenbüttel erledigt.
152. Christen nachgeschrieben: Johann Friedrich Christ (1700 bis 1756), Altertumsforscher, Poesieprofessor in Leipzig, bedeutender Vorgänger und Anreger Johann Joachim Winckelmanns 1717—1768, der vor allem mit seiner *Geschichte der Kunst des Altertums,* 1763, zum Begründer der deutschen Kunstwissenschaft wurde und großen Einfluß auf die ästhetischen Vorstellungen der literarischen Klassiker hatte). — Collegium de gemmis: Vorlesung über Gemmen, geschnittene Steine (s. Anm. 102).
155. Lessing hatte erklärt, er habe nie eine Rezension für Nicolais Bibliothek geschrieben, da ihn Klotz in seiner Bibliothek als einen Parteigänger Nicolais hingestellt hatte. — Das Wiener Projekt: das Gerücht, Joseph II. werde eine Deutsche Akademie in Wien gründen, in die auch — laut Gleim — Lessing aufgenommen werden sollte; in Wirklichkeit gab es nur eine an den Kaiser gerichtete, entsprechende Denkschrift Klopstocks. — *Phädon oder über die Unsterblichkeit der Seele* (1767), das philosophische Hauptwerk Mendelssohns.
159. Berengarius von Tours (998—1088), Vertreter einer symbolistischen Auffassung der Eucharistie, die auf zwei Konzilien verworfen wurde. Lessing hatte in den »Wolfenbütteler Beiträgen« (s. Anm. 116) eine Berengarius-Handschrift veröffentlicht, die er in der herzoglichen Bibliothek gefunden hatte. — Lessing unterbrach in der Folge die Arbeit an den antiquarischen Briefen, um angekündigte Schriften von Klotz und des-

sen Parteigänger Friedrich Justus Riedel (1742—1785, Kunsthistoriker und Philosophieprofessor in Erfurt, s. auch Briefe 185, 187/88, 194/95) abzuwarten. 1771 starb Klotz, Lessing wollte die Briefe aber trotzdem fortsetzen. Noch 1777 empfahl er Nicolai, die ersten beiden Teile zusammenbinden zu lassen, er werde weitermachen, aber es kam nicht mehr dazu.

160\. Wieland schickte Bodmer (s. Anm. 62) den Anfang seines *Hermann*-Epos, an dem er während des Studienaufenthalts in Tübingen schrieb. — Franz von Daiser in Rottenburg: ein Verwandter Wielands, den er als Deckadresse benutzte.

161\. Gellerts *Maler* s. Brief 4. — Milton s. Anm. 10. — Julius Caesar Scaligero (auch della Scala, 1484—1578), Arzt, Naturforscher und Philologe, schrieb mit seinen *Poetices libri septem* (1561) das wichtigste Poetik-Handbuch der Renaissance.

162\. Die »Bremischen Beiträge« s. Anm. 10, 14, 15. — Hagedorn s. Anm. 62.

163\. Johann Heinrich Schinz (1726—1788), Pfarrer (seit 1754 in Altstetten), ein Freund Bodmers, später Lavater, Pestalozzi und der sozial-humanitären »Helvetischen Gesellschaft« nahestehend. — Die Hexameterdichtung *Der Frühling* (1752) schrieb Wieland nach dem Muster Thomsons (s. Anm. 17) und dem ebenfalls von Thomson angeregten, in Hexametern geschriebenen Lehrgedicht *Der Frühling* (1749) Ewald von Kleists.

166\. Wieland lebte seit Oktober 1752 im Hause Bodmers in Zürich; den Brief an dessen Gegner Gottsched schrieb er mit verschlüsseltem Absender. — Boileau s. Anm. 141. — Opitz s. Anm. 37. — Benjamin Neukirch (1665—1729), Lyriker, dessen *Auserlesene Gedichte* Gottsched 1747 herausgegeben hatte. — Gottfried Benjamin Hancke (1700—unbekannt); Lyriker, Verfasser einer gegen Bodmer und Breitinger gerichteten Kampfschrift *(Der poetische Starstecher*, 1730). — Franz Christoph von Scheyb (1704—1777), Kunstgelehrter, Schriftsteller, Anhänger Gottscheds. — Die *Kritische Dichtkunst:* s. Anm. 62. — *Aurora oder die Morgenröte im Aufgang* (1634), die erste Schrift des protestantischen Mystikers und Theosophen Jakob Böhme (1575 bis 1624), der mit dem Pietismus des 18. Jh. zu neuem Einfluß gelangt war. — Seraphen: nach althebräischer Vorstellung engelartige Gestalten um den Thron Gottes. Patriarchen: hier biblische Erzväter (Anspielung auf Bodmers Patriarchengedichte *Noah, Die Syndfluth, Jakob und Joseph, Jakob und Rahel, Jakob und Zulika, Dina und Sichem,* alle zwischen 1751/53; auch Wieland schrieb 1753 eine Patriarchade *Der gepryfte Abraham).* Hydern: Wasserschlangen; in der griechischen Mythologie bes. die vielköpfige lernäische Hydra, deren Tötung die zweite der zwölf Arbeiten des Herakles war. Amphisbene: Schlange, die an jedem Körperende einen Kopf hat. Quantum satis: eine genügende Menge. — Christoph Otto von Schönaich (1725—1807), von Gottsched wegen seines Heldengedichts *Hermann oder das be-*

freite Deutschland 1752 zum Dichter gekrönt. – Dero schöne Monatsschrift: »Das Neueste aus der anmutigen Gelehrsamkeit« (1751/62, 12 Bde.).

167/168. Schon im Lauf des ersten Zürcher Jahres war es zu Verstimmungen gekommen, da sich Wieland durch Bodmers Autoritätsansprüche in seiner Entwicklung eingeengt fühlte.

169. Die Hermannias: Schönaichs *Hermann* (s. Anm. 166). – Der Ritter von Mancha: Don Quijote. – Die ästhetische Nuß: *Die ganze Ästhetik in einer Nuß, oder neologisches Wörterbuch usw.*, eine von Schönaich auf Veranlassung Gottscheds 1754 gegen »Sankt Klopstock« und Bodmer gerichtete Satire. – Dunsen: von (englisch) dunce, Dummkopf, Ignorant, dünkelhafter Gelehrter, danach »Duns«. – Weil der sagenhafte Phrygierkönig Midas den Gott Apollo beleidigt hatte, ließ dieser ihm Eselsohren wachsen, die er unter einer Kopfbinde verbarg. Sein Barbier flüsterte das Geheimnis in eine Grube, aus der Schilfrohr wuchs, das es ausplauderte (danach »Binsenwahrheit«). – Pope (s. Anm. 17) hatte in seiner *Dunciad* (1728) satirische Kritik an den literarischen Zeitumständen geübt; *Dunciade* wurde nach ihm zum Synonym für literarisch-polemische Satiren. Wieland z. B. erwiderte auf Schönaichs ästhetische Nuß (s. oben) mit der *Ankündigung einer Dunciade für Deutschland* (1755), einer scharfen Abrechnung mit Gottsched. – *Grandisons Aufenthalt:* von Bodmer herausgegebene kritische Aufsätze in Briefform. – Salomon Geßner (1730–1788), Rokokodichter (Idyllen, 1756, 1772), Landschaftsmaler, Verleger (Orell, Geßner, Füßli & Co., Zürich).

170. Johann Georg Zimmermann (1728–1795), später ein berühmter Modearzt, der u. a. Friedrich II. in seiner letzten Krankheit behandelte; naher Freund und Korrespondenzpartner Wielands in dessen Schweizer und Biberacher Jahren, schrieb u. a. *Betrachtungen über die Einsamkeit* (1756, 1784/85) und die Abhandlung *Vom Nationalstolze* (1758). – Decimus Iunius Iuvenalis (um 50–127), römischer Moralist und Satiriker. Das Zitat »mens sana etc.« aus dessen Satiren (X, 356). – Wieland spricht von seiner Jugendgeliebten Sophie Gutermann (1731–1807), die 1753 das Verlöbnis mit ihm gelöst und 1754 den kurmainzischen Hofrat Georg Michael Frank von Lichtenfels, genannt La Roche, geheiratet hatte, und im folgenden von Zürcher Frauenbekanntschaften, vor allem im Hause des Amtmanns von Grebel, dessen Söhne er 1754–1758 erzog. Das Gedicht *Die Sympathien* schrieb er 1754.

171. *Lady Johanna Gray, oder der Triumph der Religion*, Trauerspiel in fünffüßigen Jamben, 1758 geschrieben, gedruckt und aufgeführt; Vorlage war die *Jane Gray* des engl. Dramatikers Nicolas Rowe (1673–1718), worauf Lessing im 63. und 64. Literaturbrief hinwies.

172. 1758 erschienen in Zürich gesammelte *Prosaische und poetische Schriften* (3 Bde.) Wielands aus den Schweizer Jahren.

174. Die Wochenschrift kam nicht zustande. (Einige in franz.

Sprache abgefaßte Absätze der Liste wurden deutsch wiedergegeben.)

175. Im Juni 1759 ging Wieland als Hauslehrer der Familie v. Sinner nach Bern, blieb aber nur wenige Monate in diesem Amt. — *Clementina von Porretta* (1760), Prosadrama nach Motiven aus Richardsons *History of Sir Charles Grandison* (1753, s. auch Anm. 66), formal stark orientiert an Denis Diderot (1713—1784), führender Kopf der Aufklärung, Mitherausgeber der *Encyclopédie*, der mit der »Comédie larmoyante« *(Le fils naturel*, 1757, und *Le père de famille*, 1758; beide übers. von Lessing 1781) das sog. bürgerliche Trauerspiel mitbegründete. — *Ulysses* und *Elektra*, Trauerspiele Bodmers (1760). — Elie Cathérine Fréron (1718 bis 1776), berühmter, wegen seiner Gehässigkeit gefürchteter franz. Kritiker, scharfer Gegner Voltaires und der Enzyklopädisten. — Midas s. Anm. 169.

176/177. 1760 wurde Wieland zum Senator der Reichsstadt Biberach gewählt und kehrte in seine Heimatstadt zurück, doch machten ihm die Katholiken in der konfessionell paritätischen Stadtverwaltung die Stadtschreiberstelle streitig, die er übernommen hatte; er wurde nur provisorisch angestellt, es kam zu einem Prozeß, der erst 1764 in Wien durch Vergleich beendigt wurde und Wieland Amt und Gehalt (das zeitweilig einbehalten worden war) sicherte. — Die 1761 begonnene *Geschichte des Agathon* (s. Seite 191) wurde erst 1766/67 beendet; Wieland arbeitete gleichzeitig an seiner Shakespeare-Übersetzung (1762—1766), an dem Roman *Der Sieg der Natur über die Schwärmerei oder Die Abenteuer des Don Sylvio von Rosalva* (1764), an den *Komischen Erzählungen* (1765) und der Versdichtung *Musarion* (1768).

178. Der kurmainzische Minister Friedrich Graf von Stadion zog sich 1762 nach Warthausen in der Nähe Biberachs zurück; mit ihm kamen der Hofrat La Roche und dessen Frau Sophie (s. Anm. 170). Wieland, der zunächst Interessen der Stadt gegen den Grafen zu vertreten hatte, trat bald in freundschaftlichen Verkehr mit ihm.

179. Vgl. Brief 224. — L'hombre: Kartenspiel, zwei Spieler gegen einen dritten (l'hombre); das ähnliche, heute beliebtere Skatspiel wurde erst um 1820 erfunden. — Am 21. Oktober 1765 heiratete Wieland die Augsburger Kaufmannstochter Anna Dorothea von Hillenbrand, die er durch Sophie La Roche kennengelernt hatte.

180. *Idris* (später: *Idris und Zenide*, 1767), eine phantastisch verwobene Verserzählung (der Platoniker Idris sucht eine Feenkönigin), wie der *Orlando Furioso* des Ludovico Ariosto (1474—1533) in Ottaven geschrieben (Stanzen, Achtzeiler aus jambischen Fünffüßlern mit der Reimfolge *abababcc;* Wieland löst im *Idris* allerdings mit dem vers libre ab). — William Warburton (1698 bis 1779), engl. Geistlicher und Kritiker, Herausgeber der Werke von Pope (1751, 9 Bde.; s. Anm. 17).

181. Herders Fragmente: die eben erschienenen *Fragmente über die neuere deutsche Literatur* (s. S. 287).

182. Alexander d. Gr., makedonischer König von 336—323 v. Chr., unterwarf in vielen Feldzügen Griechenland und Kleinasien, entwickelte die (von ihm in die europäische Geschichte übergehende) Idee einer ideellen und politischen Weltherrschaft, unter der Makedoner, Griechen und Perser gleichberechtigt sein sollten, bei seiner (zweiten) Hochzeit mit der Perserin Stateira vermählte er in Susa über tausend Makedoner mit Perserinnen. Sein Leben ist neben wenigen authentischen Berichten im sog. *Alexander-Roman* heroisiert dargestellt, danach das franz. *Alexanderlied* des Aubry von Besançon (11. Jh., um 1130 deutsche Nachdichtung von Lamprecht) und viele Alexanderdichtungen, von denen Wieland einige gekannt haben dürfte.

183. Lessing verteidigte im 15. Stück der *Dramaturgie* Wielands Shakespeare-Übersetzung: jeder andre als Wieland »würde in der Eil noch öftrer verstoßen, und aus Unwissenheit oder Bequemlichkeit noch mehr überhüpft haben; aber was er gut gemacht hat, wird schwerlich jemand besser machen«. — Klotz s. Anm. 102. — *Dunciade* s. Anm. 169.

184. Lessing zeigte im Dezember des Vorjahrs im 69. Stück der *Dramaturgie* sein »äußerstes Befremden« über das Schweigen bzw. den kalten Ton der Kritik gegenüber dem *Agathon*, der zu den vortrefflichsten Werken der Zeit gehöre und der »erste und einzige Roman für den denkenden Kopf von klassischem Geschmacke« sei, der »aber für das deutsche Publikum viel zu früh geschrieben scheinet«. — Ein neuer Freund: Friedrich Justus Riedel (s. Anm. 159) in Erfurt, Verfasser einer *Theorie der schönen Wissenschaften und der Künste* (1767, nur I. Teil), korrespondierte seit 1767 mit Wieland.

187/188. Geßner s. Anm. 169. — Weiße s. Anm. 39. — *Über das Publikum. Briefe an einige Glieder desselben* (1768), verfaßt von Riedel. — Kolifischets: nach (franz.) colifichet, Tändelei, Flitterkram. — Der (Mit-)Herausgeber der *Vermischten Gedichte* (1769) von Johann Christoph Rost (1717—1765) war Riedels Erfurter Universitätskollege Christian Heinrich Schmid (1746—1800), der 1767 wie Riedel eine *Theorie der Poesie nach den neuesten Grundsätzen und Nachrichten von den besten Dichtern* (dazu Ergänzungen 1767/69) herausgebracht hatte. — Winckelmann s. Anm. 152. — *Briefe skurrilischen Inhalts* (1769), angeblich von bedeutenden Gelehrten, in Wirklichkeit von Klotz stammend.

189. Dermaliger Genius: dermaliger Schutzgeist. — Jacobitchen: Johann Georg Jacobi (s. Anm. 58), der übrigens 1769 durch Vermittlung Gleims ein Kanonikat in Halberstadt erhielt. — Lukian-Übersetzer: Johann Heinrich Waser (1713—1777), Diakon in Winterthur, Verfasser der *Briefe zweier Landpfarrer, die Messiade betreffend* (1749), übersetzte u. a. Swift; sein Lukian erschien 1769/73.

190. Wieland hatte Anfang 1769 einen Ruf als erster Professor der Philosophie an die kurmainzische Universität Erfurt (mit einem Gehalt von 600 Talern und gleichzeitiger Charakterisierung als Regierungsrat) erhalten und lebte seit 1. Juni 1769 in Erfurt. — Wilhelm Heinse (1749—1803) war in Erfurt ein Hörer Wielands, der seine Genialität erkannte und ihn u. a. durch Empfehlung an Gleim, dem er mit diesem Brief Sinngedichte Heinses schickte, sehr förderte (s. auch Briefe 201, 202 und 204). Gleim schickte sofort Geld.

191/192. Der junge, von Gleim geförderte Schriftsteller Johann Benjamin Michaelis (1746—1772) hatte *Briefe von Herrn Spalding an Herrn Gleim* (1771) veröffentlicht, darüber war es zum öffentlichen Zerwürfnis zwischen Gleim und Johann Joachim Spalding (s. Anm. 17) gekommen. Michaelis rächte sich mit einer Satire *Gleim und Pastor Amor,* die Wieland, sehr auf seinen Ruf bedacht, für schädlich fand und angriff.

193. Friedrich Heinrich Jacobi (1743—1819), Bruder von Johann Georg J., Schriftsteller (Romane *Aus Eduard Allwills Papieren,* 1775 bzw. 1781 und 1792; *Woldemar,* 1779); als Philosoph Kritiker des Rationalismus und des Deismus, die er für Atheismus und Nihilismus (von ihm eingeführter Begriff) verantwortlich macht; der entscheidende Ideologe der frühen Romantik. — Christian Garve (1742—1798), Philosoph, Übersetzer (u. a. Aristoteles, Cicero). — Johann Georg Schlosser (1739—1799), Advokat und Schriftsteller; Redakteur der »Frankfurter Gelehrten Anzeigen«; 1773 verheiratet mit Goethes Schwester Cornelia (gest. 1777). Charles-Irénée Castel, Abbé de Saint-Pierre (1658—1743), franz. Schriftsteller, schrieb u. a. ein *Projet de paix perpétuelle* (3 Bde., 1713; *Plan eines ewigen Friedens),* wurde 1718 wegen seiner Kritik an Ludwig XIV. aus der Akademie ausgeschlossen.

194. Die Herzogin Anna Amalia von Sachsen-Weimar (1739 bis 1807) hatte sich selbst um die Entlassung Wielands aus dem kurmainzischen Dienst bemüht, um ihn als Erzieher des Erbprinzen Karl August (1757—1828, reg. seit 1775) nach Weimar holen zu können.

195. Der »Mercure galant« erschien seit 1772 (seit 1774 »Mercure de France«). Wieland gab die Monatsschrift »Der Teutsche Merkur« 1773—1789 heraus, 1790—1810 folgte »Der Neue Teutsche Merkur« (herausgegeben von Karl August Böttiger).

196. Johann Georg Meusel (1743—1820), Schriftsteller, Historiker, damals Professor in Erfurt. — Schmid: s. Anm. 187. — Karl Friedrich Kretschmann (1738—1809), Lyriker und Erzähler, schrieb unter dem Pseudonym »Rhingulph der Barde«. — Denis: s. Anm. 71. — *Fingal,* Bardenton: s. Anm. 43. — Antikyra: zwei antike Städte in Thessalien bzw. Phokis, berühmt durch ihre Nieswurz, die gegen Wahnsinn helfen sollte.

198. Johann Heinrich Schlegel (1724—1780), Hofhistoriograph in Kopenhagen, Bruder von Johann Elias und Johann Adolph (s. Anm. 64 und 131).

201. Heinse (s. Anm. 190) veröffentlichte 1773 eine Petronius-Übersetzung *(Die Begebenheiten des Encolp).* — Petronius (gest. 66), röm. Satiriker, von dessen Sittenroman *Saturae* nur einige Bruchstücke erhalten sind (darunter *Das Gastmahl des Trimalchio).* — Göttin Kalokagathia: Personifizierung eines antiken Bildungsideals, das körperliche und geistige Tüchtigkeit, Tugend und Schönheit erstrebt. — Asotie: soviel wie Wüstlingswesen.

202. Die beiliegenden Stanzen: Heinses Manuskript *Laïdion oder die eleusinischen Geheimnisse* (1774), in dem er stofflich und auch formal (s. Anm. 180) ein genialer Schüler Wielands ist. Aber Wielands Furcht, mit dem *Encolp*-Wüstling identifiziert zu werden, überwog zunächst (s. auch Brief 204).

204. Goethes *Götz von Berlichingen mit der eisernen Hand* (1773). — Die Auflage des »Merkur« betrug 1774 ca. 2000 Exemplare. — Klopstocks *Deutsche Gelehrten-Republik* (1774; s. S. 71 f.).

205. Goethes Trauerspiel *Clavigo* (1774) nach dem *Fragment de mon voyage en Espagne* des franz. Schriftstellers Pierre-Auguste Caron de Beaumarchais (1732—1799).

208. Wieland hatte vom 11.—23. Mai 1775 Gleim in Halberstadt besucht und dort einen Brief der Karschin erhalten.

211. Sophie La Roche (s. Anm. 170) hatte eine kleine Erzählung für den »Merkur« geschickt. Sie war erstmals 1771 mit ihrer von Wieland herausgegebenen *Geschichte des Fräuleins von Sternheim* als Schriftstellerin bekanntgeworden und schrieb u. a. *Briefe Rosaliens* (1779/81), *Moralische Erzählungen* (1782) und *Melusinens Sommerabende* (hrsg. v. Wieland, 1806).

212. Der Brief zeigt Wielands politische Resignation und Vorsicht, nicht seine grundsätzliche Meinung zum politischen Mitspracherecht des Schriftstellers, das er 1785 in einem Aufsatz im »Merkur« sogar ausdrücklich fordert *(Über die Rechte und Pflichten der Schriftsteller in Absicht ihrer Nachrichten, Bemerkungen und Urteile über Nationen, Regierungen usw.).*

213. Joseph Friedrich von Retzer (1754—1824), als Hofsekretär Leiter der Bücherzensur in Wien, schrieb Gedichte und (im Auftrag Josephs II.) eine *Geschichte der Bücherzensur 1766 bis 1787.* Er hatte Wieland eine von ihm herausgebene englische Anthologie geschickt.

214. Johann Heinrich Voß (1751—1826), Lyriker, Idyllendichter, bedeutender Übersetzer: *Odyssee* (1781), Homers Werke in 4 Bdn. (1793), und u. a. Aristophanes, Vergil, Horaz, Ovid und Shakespeare (gemeinsam mit seinen Söhnen, 9 Bde., 1818/29). Voß hatte im September 1787 ein Teilmanuskript seiner *Ilias*-Übersetzung an Wieland geschickt, der erst nach einem halben Jahr mit der Entschuldigung, er habe eine Briefscheu, die mit nichts besser verglichen werden könne als mit der Wasserscheu der tollen Hunde, antwortete.

215. Heinrich Geßner, der Sohn Salomon Geßners (s. Anm. 169), war seit 1795 mit Wielands Tochter Lotte verheiratet. — Das

Gut war nicht zu sanieren, Wieland mußte Hypotheken aufnehmen und verkaufte es, nachdem seine Frau (im November 1801) gestorben war. Seit 1803 lebte er wieder in Weimar. Vom Käufer des Gutes ließ er sich jedoch 1804 einen Begräbnisplatz abtreten, dort ist er (zwischen seiner Frau und Sophie Brentano, der Enkelin Sophies) beigesetzt.

216. Herder war am 18. Dezember 1803 gestorben; s. auch Brief 274.

218. Friedrich von Müller (1779—1849), Regierungsrat, später weimarischer Kanzler.

219. Die verwitwete Fürstin Luise von Neuwied war eine Freundin der 1807 gestorbenen Sophie; der umfangreiche Briefwechsel zwischen ihr und Wieland begann »feierlich über dem Grabe Sophies« (Friedrich Sengle). Germaine de Staël (1766 bis 1817), franz.-schweiz. Schriftstellerin, die von Napoleon I. aus Frankreich ausgewiesen wurde und deshalb zeitweise auch in Deutschland lebte *(De l'Allemagne,* 1810 und 1813), schrieb die vielgelesenen Romane *Delphine* (1802) und *Corinne ou l'Italie* (1807). Wieland kannte sie von mehreren Besuchen in Weimar.

220. Während des Erfurter Fürstenkongresses (Oktober 1808) kam Napoleon I. auch nach Weimar, worüber Wieland berichtet. — Astraia: Dike, griech. Göttin der Gerechtigkeit.

221. An der Übersetzung der Briefe Ciceros arbeitete Wieland bis zu seinem Tode, sie erschienen seit 1808 (neue vollst. Ausgabe 1840, 1842, 12 Bde.).

222. 1763—1769 war Schubart als Präzeptor in Geislingen angestellt; am 10. Januar 1764 heiratete er Helena Bühler, die Tochter eines Geislinger Zollbeamten. Seine ersten dichterischen Versuche (*Zaubereien, Oden)* waren stark von Wieland beeinflußt. — Jean-Baptiste-Louis Gresset (1709—1777), franz. Schriftsteller, schrieb leichte, stellenweise frivole Verserzählungen (*Vert-Vert,* 1734; deutsch 1750) und Komödien (u. a. *Le Méchant,* 1747; deutsch 1753), lebte zeitweise als ausgestoßener Jesuit in Berlin, kehrte aber wieder zum Orden zurück und verbrannte seine Werke. — Weiße: s. Anm. 39. — Boileau: s. Anm. 141. — Der Verfasser der *Sokratischen Denkwürdigkeiten* (1759): Johann Georg Hamann (1730 bis 1788), Wortführer der aus dem Pietismus hervorgegangenen, gegen die Aufklärung gerichteten irrationalistischen Bewegung, die ihren literarischen Ausdruck im Sturm und Drang fand. — Thomas Abbt (1738—1766), Schriftsteller und Popularphilosoph der Aufklärung; Mitarbeiter an den »Literaturbriefen« Nicolais. — Eberhard Friedrich von Gemmingen (1726—1791), Lyriker und Erzähler der antikisierenden Richtung. — Wielands Shakespeare-Übersetzung: s. Anm. 176/177 u. 183.

224. Zur Kritik am *Agathon:* vgl. Brief 179.

225. Jakob Wegelin (1721—1791), Philosophieprofessor in St. Gallen und (seit 1765) in Berlin.

226/227. Am 1. September 1769 wurde Schubart zum Organisten und Musikdirektor in Ludwigsburg ernannt. Seine aus einfachen Verhältnissen stammende Frau fühlte sich in der gesellschaftlichen Atmosphäre der kleinen Nebenresidenz nicht wohl; Schubart hatte überdies mehrmals Verhältnisse mit Klavierschülerinnen. Von ihrem Vater ermuntert, verließ Helena Schubart im Dezember 1771 ihren Mann, erst im März 1772 kam sie zurück. — Stark: ein damals in Württemberg eingeführtes Andachtsbuch.

228/229. Wegen eines neuerlichen Ehebruchs und Verbreitung eines Spottlieds auf einen Höfling wurde Schubart am 21. Mai 1773 des Landes verwiesen. 1774 gründete er in Augsburg die freisinnige »Deutsche Chronik«, die im folgenden Jahr eine Auflage von 1600 verkauften Exemplaren erreichte (Wielands »Merkur« lag damals bei ca. 2000 Exemplaren). Im Januar 1777 ließ ihn Herzog Karl von Württemberg durch einen seiner Beamten aus dem Gebiet der Reichsstadt Ulm, wo Schubart nach seiner Ausweisung aus Augsburg seit 1775 lebte, nach Blaubeuren einladen und ihn, als er am 24. Januar 1777 ahnungslos dort eintraf, durch einen Husarenoffizier verhaften und auf die Festung Asperg bringen. Dort blieb Schubart bis zum Mai 1787 in Haft. Erst seit Ende 1780 war es Schubart erlaubt, an seine Familie zu schreiben, und erst am 4. Juli 1785 durfte ihn seine Frau mit den Kindern auf der Festung besuchen. — Ludwigs unvorsichtiges Betragen: Sein Sohn Ludwig Schubart (1765—1811) hatte in Gedichten das Wort »Tyrann« gebraucht.

230. Christoph Dionysius Seeger (1740 bis nach 1802), damals Oberst, Intendant der Karlsschule (dort der Vorgesetzte Schillers), hatte Herzog Karl überredet, der »Schreibsucht« Schubarts nachzugeben und ihm eine Gesamtausgabe seiner Gedichte zu erlauben, den Gewinn sollte die herzogliche Kasse erhalten. Die Ausgabe erschien in zwei Bänden (*Sämtliche Gedichte* I. 1785; II. 1786); die herzogliche Druckerei nahm daraus 2000 Gulden ein, Schubart nur die Hälfte davon (nach D. F. Strauß, Schubart, a. a. O.). — Schweizer Sammlung: ein unprivilegierter Nachdruck.

231. Am 11. Mai 1787 wurde Schubart aus der Haft entlassen. — Ernst Ludwig Posselt (1762—1804), Professor in Karlsruhe, u. a. Mitherausgeber des »Wissenschaftlichen Magazins für Aufklärung« (1785/88), hatte sich für Schubarts Freilassung eingesetzt.

232/233. Der »Wandsbecker Bothe« (1774/75 Der »Deutsche Bothe«), gedruckt und verlegt von Bode (s. Anm. 103/104), wurde von 1771—1775 von Claudius herausgegeben, der sich selbst danach benannt hat. — Gottlob Friedrich Ernst Schönborn (1737—1817), Theologe, Schriftsteller, mit Claudius und Klopstock befreundet. — Johann Martin Preißler (1715 bis 1794), Hofkupferstecher und Akademieprofessor in Kopenhagen. — Friedrich Gabriel Resewitz (1729—1806), Theologe,

Mitarbeiter der »Literaturbriefe«, seit 1767 Prediger in Kopenhagen.

234. Speluncam devenere eandem ...: Vergil, *Aeneis* IV, Vers 124/125; die Höhle, in die Aeneas und Dido während eines Gewitters flüchten, um sich dort nach göttlichem Wunsch zu vereinigen.

235. Am 30. September 1772 starb Claudius' erster Sohn (Matthias) gleich nach der Geburt.

236. Die verlangten Exemplare: *Asmus omnia sua secum portans oder Sämtliche Werke des Wandsbecker Bothen,* I. und II. Theil (1774). — Hamann (s. Anm. 222) war damals Redakteur der »Königsbergischen Gelehrten und Politischen Zeitung«.

237. Herder hatte Verhandlungen mit dem Staatsminister und Präsidenten der Hessischen Domänenverwaltungen, Karl Friedrich von Moser, vermittelt, der dem Pietismus zugeneigt war und Claudius als Oberlandkommissar engagierte. Er ging im Frühjahr 1776 nach Darmstadt, kehrte aber, da man ihm nach Mißstimmigkeiten die Kündigung nahelegte, ein Jahr später nach Wandsbek zurück (s. Brief 242).

238. Herders *Erläuterungen zum Neuen Testament aus einer neueröffneten morgenländischen Quelle* (1775), eine kritische Studie zum Zend-Avesta, einem (kommentierten) altiranischen Sammelwerk religiöser Schriften, waren 1775 erschienen, sein Drama *Brutus* 1774. — Im Juni 1775 beendete Claudius die Mitarbeit am »Wandsbecker Bothen«, dessen letzte Nummer am 28. Oktober 1775 erschien.

239. Veranlaßt durch Lavater, hatte Wieland Claudius eine redaktionelle Mitarbeit am »Teutschen Merkur« vorgeschlagen, obwohl dieser ihn 1772 im »Boten« einen Tugendverderber genannt und in den *Sämtlichen Werken* die *Dialogen des Diogenes von Sinope* und den »Merkur« angegriffen hatte.

240. Mein Kind: Maria Caroline Elisabeth Claudius (1774—1821, verheiratet mit dem Buchhändler Friedrich Christoph Perthes, 1772—1843). 1775 wurde die zweite Tochter, Christiane Maria Auguste geboren; sie starb 1796.

241. Der Pastor loci: Herder war 1771—1776 Hauptpastor des Grafen zur Lippe in Bückeburg.

243. Auktion: Versteigerung des zurückbleibenden Hausrats.

244. Asmus: Sämtliche Werke, III. Teil (1779). — Albiboghoi: In Claudius' Satire *Nachricht von meiner Audienz beim Kaiser von Japan* der Hofmarschall, dessen Ohr er erbittet und auch erhält. Das Ohr ist im 3. Teil der Werke in einem Glas abgebildet. — Daniel Chodowiecki (1726—1801), Radierer und Kupferstecher, bedeutendster deutscher Buchillustrator der Rokokozeit (Lessings *Minna von Barnhelm,* Sternes *Empfindsame Reise,* Lavaters *Physiognomische Fragmente,* Goethes *Werther* u. a.; s. auch Brief 246).

245. Herders *Volkslieder* (1778; seit der 2. Aufl. 1840 *Stimmen der Völker in Liedern),* die erste große deutsche Lyrikanthologie,

die Zeugnisse der »Naturpoesie« im Sinne Herders (s. Seite 287) sammelte; darunter viele Volkslieder, Übersetzungen, aber auch Gedichte von Goethe. — Merkurialische Stücke usw.: Hefte des »Teutschen Merkurs« mit Aufsätzen Herders.

246. Vgl. Anm. 243. — Illustrationen: zu *Asmus Sämtliche Werke, IV.*

247. Claudius hatte Gleim gesagt, er suche Zöglinge, um durch Unterricht Geld verdienen zu können, worauf Gleim nicht eingegangen war. Jetzt hatte Gleim seine Versübertragung der *Goldenen Sprüche des Pythagoras* (1786) und wieder ein Reh geschickt.

248—250. Friedrich Heinrich Jacobi s. Anm. 193. — 1792 korrespondierten Jacobi und Claudius über die Philosophie Kants, vor allem über dessen *Kritik der reinen Vernunft* (1781). — Epitomator: Hersteller eines Auszugs aus einem Schriftwerk. — Oxhoft: altes Maß für Wein und Alkohol (meist 200—240 Liter).

251. Cai Friedrich Graf Reventlow, Kurator der Universität Kiel.

252. Bokelmann, Lizentiat in Hamburg. — Perthes s. Anm. 240. — Die Claudiustochter Anna Friederike Petrine (1777—1856, s. auch Brief 243) war mit dem Arzt Maximilian Jacobi, einem zeitweise von Claudius erzogenen Sohn Friedrich Heinrich Jacobis, verheiratet.

253. Im September 1813 floh Claudius, um der befürchteten Belagerung des französisch besetzten Hamburg zu entgehen; erst im Juni 1814 kehrte er zurück. Er starb am 21. Januar 1815 in Hamburg.

254. Hamann s. Anm. 222. — Mit dem Szepter des Dionys: als Lehrer.

256. Immanuel Kant (1724—1804) war in Königsberg einer der Lehrer Herders gewesen (s. auch Brief 154). — Michel de Montaigne (1533—1592), bedeutendster französischer Schriftsteller des Späthumanismus, Vertreter eines gemäßigten und toleranten Skeptizismus, schuf mit seinen *Essais* (3 Bde., 1580, 1585, 1595) eine noch heute gültige Form der philosophisch-kritischen Abhandlung, die den subjektiven Standpunkt zu einem bestimmten Thema in künstlerischer Form entwickelt. — David Hume (1711—1776), englischer Philosoph und Historiker, Begründer des Positivismus, verfaßte u. a. die hier von Herder erwähnte *History of England from the Invasion of Julius Caesar to the Revolution in 1688* (6 Bde., London 1754/63).

257. Herder hatte Riga Anfang Juni 1769 verlassen und fuhr zu Schiff nach Frankreich, wo er sich zunächst in Nantes, dann vorübergehend in Paris und Straßburg aufhielt.

258. Das »Journal étranger«, eine bedeutende internationale Literaturzeitschrift, erschien 1754—1762 in Paris. — Jakob Friedrich von Bielefeld (1716—1770), deutscher Schriftsteller, der 1767 in Paris die Schrift *Progrès des Allemands dans les Sciences, les Bellets-lettres etc. (Fortschritte der Deutschen*

in den Wissenschaften, der schönen Literatur usw.) herausgegeben hatte. — Geßner s. Anm. 169. — Pansoph: Alleswisser. — Diderot s. Anm. 175. — Laurence Sternes *Tristram Shandy* wurde nicht von Wieland übersetzt.

259. Johann Friedrich Hartknoch, Buchhändler und Verleger (1740—1789), Studienfreund Herders aus Königsberg, errichtete Buchhandlungen in Mitau und Riga; verlegte u. a. Herders *Fragmente über die neuere deutsche Literatur* (1766/67) und die *Kritischen Wälder* (1769). Später kam es zu einer Entfremdung zwischen beiden, zumal Herder zu anderen Verlegern ging. Herder gab ihm aber 1784 die *Ideen zur Philosophie der Geschichte der Menschheit.* — Herders Abhandlung *Über die älteste Urkunde des Menschengeschlechtes* erschien in 2 Bdn. 1774/76; die Abhandlung *Auch eine Philosophie der Geschichte zur Bildung der Menschheit* ebenfalls 1774. Volkslieder s. Anm. 245. — Johann Gottlob Immanuel Breitkopf (1719—1794), Buchdrucker und Buchhändler in Leipzig, bedeutender Drucktechniker (u. a. Notendruck mit beweglichen Typen).

260/261. Jakob Michael Reinhold Lenz (1751—1792), Lyriker und Dramatiker, lernte Goethe 1771 in Straßburg kennen, kam 1776 nach Weimar, das er jedoch verlassen mußte, weil er durch sein Verhalten und eine satirische Schrift den Hof verärgert hatte. Ging nach Zürich zu Lavater, mit dem er befreundet war, dann nach Rußland, wo er in Moskau in tiefstem Elend starb. Die erwähnte »Komödie«: *Die Soldaten* (1776). — Apokalypse: *Maran Atha. Das Buch von der Zukunft des Herrn* (1779). — Phillipp Erasmus Reich (1717 bis 1787), Verleger und Leiter der Weidmannschen Buchhandlung in Leipzig, die u. a. Goethe, Lavater, Ramler, Gellert verlegte. — Zimmermann s. Anm. 170. — *Die Wolken:* von Lenz verfaßte Satire gegen Wieland (angelehnt an die *Wolken* des Aristophanes). Lenz vernichtete das Manuskript und veröffentlichte dagegen 1776 die *Verteidigung des Herrn W ... gegen die »Wolken« von dem Verfasser der »Wolken«.*

262. Herder war durch Goethes Vermittlung als Oberhofprediger und Generalsuperintendent nach Weimar berufen worden.

263. Die Schrift *Vom Erkennen und Empfinden der menschlichen Seele* (1778) war die Antwort auf ein 1773 von der Berliner Akademie der Wissenschaften gestelltes Thema »Die beiden Grundkräfte der Seele«. — Breitkopf s. Anm. 259.

264. Mendelssohns *Moses:* Seine *Pentateuch*-Übersetzung (1780 ff., mit Kommentar von Salomo Dubno), die er ursprünglich nur für seine Kinder vorgenommen hatte. — Bückeburg: Graf Wilhelm von Schaumburg-Lippe (1724—1777) und dessen Frau, die Gräfin Maria, die 1776 gestorben war. — Ketzeralmanach: Friedrich Nicolais *Feyner kleyner Almanach vol schöner echter lieblicher Volkslieder* (1777 f.) war gegen die Lyrik des Sturm und Drang und gegen Herders *Volkslieder* (s. Anm. 21) gerichtet. — Goeze s. Anm. 123.

265. Rousseaus eben erschienene *Confessions.*

266. Nach einem Besuch bei Gleim in Halberstadt reiste Herder im Mai 1783 nach Wandsbek, um Claudius zu besuchen. — Sein Büchel: der 4. Teil der *Sämtlichen Werke* von Claudius (s. Anm. 236). — Gottfried: Herders Sohn, der ihn begleitete.

267. F. H. Jacobi s. Anm. 193. — Benedictus (Baruch) de Spinoza (1632—1677), Begründer einer mit rationalistischen Methoden entwickelten *Ethik* (1677) und einer Lehre, nach der sich die allumfassende Natur (Substanz) in zwei Formen, Materie und Geist, ausdrückt; es gibt nichts, was außer ihr existierte, daher die Formeln ἐν και παν (Eins und Alles) und »Deus sive natura« (die Natur selbst ist Gott). — Nach Lessings Tod kam es zwischen Jacobi und Mendelssohn zu einer Auseinandersetzung über den Spinozismus Lessings. — Pierre Bayle (1647—1706), franz. Philosoph, der in der rationalistischen Behandlung ethischer Fragen Spinoza nahestand. — *Gespräche über Spinoza:* Vier Dialoge über Zusammenhänge zwischen den Lehren von Leibniz, Bayle und Spinoza. — Shaftesbury s. Anm. 130. — Gottfried Wilhelm Leibniz (1646—1716), dessen Lehre von den Monaden (aus denen alle materielle und geistige Substanz zusammengesetzt ist; Gott ist die Ur-Monade) und von der prästabilierten Harmonie (nach der jede existierende Substanz stets mit allen anderen übereinstimmt) in einigen deterministischen Grundsätzen der Spinozas entspricht. — Extramundaner Personalist: (im Gegensatz zum Spinozismus) Verfechter eines über der Welt gestalthaft existierenden göttlichen Wesens.

268. Die *Ideen zur Philosophie der Geschichte der Menschheit* erschienen von 1784—1791. (S. auch S. 287 f.) — Von 1786 bis 1804 erschien in Jena die von Wieland und Friedrich Justin Bertuch (1747—1822) gegründete »Allgemeine Literatur-Zeitung«.

269/270. Vom August 1788 bis Juli 1789 reiste Herder auf Einladung des Trierer Domherrn von Dalberg nach Italien, in Rom schloß er sich der dort weilenden Herzogin Anna Amalia an.

271. Schillers Abhandlung *Über naive und sentimentalische Dichtung* (3 Aufsätze; »Horen« 1795/96). — Asmus: Matthias Claudius. — Karl Ludwig von Knebel (1744—1834), zeitweise neben Wieland Prinzenerzieher in Weimar, vermittelte 1774 die Bekanntschaft zwischen Karl August und Goethe; schrieb Gedichte und übersetzte u. a. die *Elegien* (1798) des röm. Dichters Sextus Propertius (um 48—15 v. Chr.), der großen formalen Einfluß auf Goethe ausübte. — Iacta est alea: von dem röm. Historiker Suetonius in seinen Herrscherbiographien *(De vita Caesarum)* in dieser Form Cäsar zugeschrieben, der aber nach Plutarch (Pompeius, cap. 60) griechisch sagte: ἀνερρίφθω ὁ κύβος (Der Würfel möge geworfen sein). — *Zerstreute Blätter:* ästhetisch-kritische Arbeiten, darunter auch Übersetzungen Herders, die von 1785—1797 erschienen.

272. Herder war am 18. Dezember 1803 gestorben. — Johann Georg Müller (1759—1819), Gymnasialprofessor in Schaffhausen.

273. Die Söhne F. H. Jacobis: s. Anm. 252.

274. Jacobi: Johann Georg Jacobi (s. Anm. 189), der von 1769 bis 1784 Kanonikus in Halberstadt war.

275/278. Gleim hatte Herder gefragt, ob er sich für ihn verwenden solle, falls der Abt von Kloster Bergen, der berühmten Schule bei Magdeburg, resignieren sollte. Herder verhandelte zu dieser Zeit mit Göttingen, wo man ihm eine Professur geben wollte. Gleim wollte persönlich in Berlin intervenieren, da er Intrigen Nicolais, der sich mit Herder überworfen hatte, fürchtete. Bellum omnium (richtig: *in* omnes): nach Thomas Hobbes' (1588—1679; engl. Philosoph) *Elementa philosophica de cive* (1642), cap. I, 12. — Liebe Schwester (277): Gleims Nichte Dorothea.

279. Herders *Briefe zur Beförderung der Humanität,* die 1792 konzipiert wurden, erschienen in zehn Sammlungen 1793/97.

280. Karoline hatte geschrieben, Wieland sei Republikaner geworden.

281/282. Der einleitende Satz in Brief 283 ist die Wiederholung einer Frage, die Herder in einem vorausgegangenen Brief an Gleim gerichtet hatte. — *Reineke Fuchs* erschien 1794 im 2. Bd. von Goethes *Neuen Schriften;* Herder sprach vom noch unvollendeten Manuskript. Goethes Vorlage war der niederdeutsche, 1498 mit einer Vorrede Heinrichs von Alkmar erschienene *Reineke de Vos,* den Gottsched 1752 in einer neuhochdeutschen Prosafassung herausgegeben hatte.

283/284. *Briefe zur Beförderung der Humanität:* s. Anm. 281. — Adrasteia: asiatische Göttin, in der späteren griech. Mythologie als Tochter des Zeus und der Notwendigkeit die unentfliehbare Vergelterin des Unrechts, daher oft mit Themis und Nemesis (die auch unter dem Namen Adrasteia verehrt wurde) verwechselt bzw. identifiziert und in diesem Sinne von Herder als Titel seiner Zeitschrift »Adrastea« genommen, die aber erst 1801/03 (6 Bde.) erschien. — Tisiphone, Megaera (und Alekto): die Furien der antiken Mythologie. Ate: griech. Göttin, die den Menschen zur Schuld verführt und diese (gleich Nemesis) an ihm rächt.

285/286. *Die unsichtbare Loge* (2 Bde., 1793) und *Hesperus oder 45 Hundsposttage* (3 Bde., 1795), biographische Erziehungsromane von Jean Paul Friedrich Richter (1763—1825). Der Roman *Leben des Quintus Fixlein* erschien 1796.

287. Yorick: Pseudonym für den engl. Schriftsteller Laurence Sterne, der unter diesem Namen seine *Sermons (Predigten,* 4 Bde., 1760, 1766) veröffentlichte. — Kleist: Ewald Christian von Kleist. — Thomson: s. Anm. 17.

288/289. Jean Paul besuchte im Sommer 1796 Weimar. — Das Buch, das er soeben schreibt: *Blumen-, Frucht- und Dornenstücke oder Ehestand, Tod und Hochzeit des Armenadvoka-*

ten F. St. Siebenkäs (1796/97). — Est deus ...: Das Zitat ist von Ovid (Fasti, VI, Vers 5), nicht von Horaz; in seinen Sinngedichten (1792) schreibt Gleim es Vergil zu.

290/291. *Xenien* (Gastgeschenke): 1796 entstandene, in Schillers »Musenalmanach für das Jahr 1797« publizierte satirische Distichen auf die zeitgenössische Literatur und Kritik. — Parnaß: (griech.) den Musen geweihter Berg in Griechenland. — Im Saalgrund: an der (thüringischen) Saale; Hippokrene (Hippukrene): »Roßquelle«, noch heute am Nordhang des griech. Musengebirges Helikon, so genannt, weil sie das später als »Musenroß« betrachtete geflügelte Roß Pegasos mit dem Huf aus dem Berg geschlagen haben soll.

292/293. Die *Xenien* hatten u. a. Wieland und Gleim angegriffen und letzteren als alten Peleus (in der griech. Mythologie der Vater des Achilleus) verspottet (Xen. 298 und 299):
Melde mir auch, ob Du Kunde vom alten Peleus vernahmest,
Ob er noch weit geehrt in den Kalendern sich liest?
Ach! ihm mangelt leider die spannende Kraft und die Schnelle,
Die einst des G[*renadiers*] herrliche Saiten belebt.

297. Gleim hatte sich einer Augenoperation unterziehen müssen. Er erblindete 1802 völlig und starb am 18. Februar 1803.

298. Heinrich Christian Boie (1744—1806), Schriftsteller, mit Bürger befreundet seit 1768 (Göttinger Studienzeit). — Werdomar: Spielname Boies im »Göttinger Bund« (»Hain«).

299. *Lenore:* Ballade Bürgers (1773/74). — *Minnelied:* Gedicht, später unter dem Titel *Himmel und Erde*.

300. *Nachtfeier der Venus* (Pervigilium Veneris, Übersetzung). — *Lenore:* beeinflußt durch Percy's *Reliques of ancient English Poetry* (1765; nach einem Manuskript des 16. Jh.s edierte altschottische und altengl. Balladen, die auch in Herders Theorien über Volkspoesie und bei Goethe nachwirkten).

301. Der Ritter mit der eisernen Hand: Goethes Schauspiel *Götz von Berlichingen* (1773). — Weissen: Christian Felix Weiße (s. Bd. I, Anm. 39), dessen Theaterstücke und Opern damals populär waren. — Orsina: vermutl. die Gräfin Orsina in Lessings *Emilia Galotti* (1772). — François-Marie Arouet de Voltaire (1694—1778), frz. Philosoph und Schriftsteller, verfaßte u. a. mehrere Dramen (s. Bd. I, Anm. 131, 138).

302. Braga: in der nord. Mythologie der Gott der Dichtkunst, auch Name des ältesten norweg. Skalden (um 800). — L. S. A.: loco sigilli, actum (anstelle des Siegels). — Unterzeichner des Briefes: Karl Friedrich Cramer (1752—1807) und Gottlieb Diederich Miller (seit 1771 Student der Rechte in Göttingen). — mppr.: manu propria, eigenhändig.

303. Sprenkel: gebogener Zweig zum Vogelfang. — Land-Wruge-Gerichte: zuerst in den Niederlanden vorkommende Gerichtsbarkeit, die auf Grund einer sog. Inquisition (Verbrechensverfolgungsanzeige) in Gang gesetzt wurde und in der die Prozeßbeteiligten eidlich zur Sache befragt wurden. — Drohjamben: vielleicht auch Mimiamben gemeint, d. h. Jamben,

deren letzter Fuß die Folge von kurz und lang umkehrt.

304. *Die Leiden des jungen Werthers* erschienen 1774.

305. Timon-Giftmichel: nach dem Athener Timon (Ende 5. Jh. v. Chr.), der die gesellschaftl. Sitten seiner Zeit kritisierte und in der Antike als Prototyp des Misanthropen galt; so wird er von Lukianos und Shakespeare *(Timon von Athen)* dargestellt. — Ogres (frz.): menschenfressende Riesen im Märchen; erstmals belegt in der Märchensammlung *Contes de ma mère l'Oye* (1697) des frz. Schriftstellers Charles Perrault (1628 bis 1703). — Basilisk: Sagenhaftes Ungeheuer der Antike, dessen Blick tötet.

306. *Des Künstlers Morgenlied* von Goethe (1774).

307. *Lenore* s. Anm. 299. — *Lenardo und Blandine* (1776), Ballade Bürgers. — Bürgers Homer-Übersetzung: *Ilias*-Fragmente in Jamben (1771 und 1776) und in Hexametern (1784). 1777 begann er mit einer *Macbeth*-Übertragung (vollst. erschienen 1783), 1779 versuchte er eine Ossian-Übersetzung (Ossian s. Bd. I, Anm. 43), 1789 half er bei A. W. Schlegels Übersetzung von Shakespeares *Sommernachtstraum* mit. — Von Christian Tobias Damm erschien 1769/71 die erste nahezu vollständige deutsche Homer-Übersetzung; Bodmer (s. Bd. I, Anm. 62) brachte 1778 den 1. Bd. seiner Homer-Übersetzung heraus.

308. In Appenrode hatte Bürger 1780 ein Gut gepachtet. — Wielands *Oberon* (s. Bd. I, S. 191) führte die Feen wieder in die deutsche Kunstdichtung ein. Rezia: die Geliebte des Hüon im *Oberon*. — Almanachsacker: Bürger gab 1778—1794 den »Göttinger Musenalmanach« heraus.

309. Im Oktober 1765 ging Goethe nach Leipzig, um die Rechte zu studieren. — Goethes Schwester: Cornelia Friederike Christiane (1750—1777); seit 1773 mit J. G. Schlosser (s. Bd. I, Anm. 193) vermählt. — Johann Andreas Claus (1731 bis 1815), Pfarrer in Frankfurt seit 1757. — Johann Georg Albrecht (1694—1770), Rektor des Frankfurter Barfüßergymnasiums, Goethes Hebräisch-Lehrer.

310. Johann Jakob Riese (1746—1827), Schulfreund Goethes. — Johann Gottlob Böhme (1717—1780), Staatsrechtler, Professor der Geschichte in Leipzig. — Johann August Ernesti (1707 bis 1781), Professor der Theologie und Philosophie in Leipzig. — Gottsched s. Bd. I, Anm. 1. — Obermanns: Johann Wilhelm Obermann, Kaufmann in Leipzig, dessen Frau, Sohn und Tochter, bei denen Goethe verkehrte.

311. Ernst Wolfgang Behrisch (1738—1809), Freund Goethes, Hofmeister des Grafen Lindenau in Leipzig bis Oktober 1767, dann des Grafen Waldersee in Dessau. — Meine Geliebte: Käthchen Schönkopf (1746—1810), Tochter eines Weinhändlers in Leipzig; das Verhältnis wurde im März 1768 gelöst. — Probe: zu Lessings im gleichen Jahr erschienener *Minna von Barnhelm*. »Schwachheit . . .«: *Hamlet* I, 2.

312. Friederike Brion (1752—1813), Pfarrerstochter in Sesenheim

bei Straßburg; Goethe löste das Verhältnis zu ihr nach Abschluß seines Jura-Studiums in Straßburg (Frühjahr 1770 bis August 1771). Seine Briefe an Friederike wurden bis auf diesen von ihrer Schwester Sophia verbrannt.

313. Goethe bezieht sich auf Herders *Fragmente über die neuere deutsche Literatur* (1766/67).

314/315. Goethe verließ Wetzlar nach Ablauf seiner Praktikantenzeit am Reichskammergericht (Mai—Sept. 1772) ohne Abschied von Charlotte Buff (1753—1828), sie wurde das Urbild von *Werthers* Lotte; Charlotte heir. 1773 Johann Christian Kestner (1741—1800), damals Legationssekretär in Wetzlar.

316. Gottlob Friedrich Ernst Schönborn (s. Bd. I, Anm. 80), ging 1774 als dän. Konsulatssekretär nach Algier. — *Die Leiden des jungen Werthers* (1774). — *Clavigo* s. Bd. I, Anm. 205. — Die Satire *Götter, Helden und Wieland* erschien 1774. — Turlupinieren: aufziehen, veralbern. — *Cäsar:* ein dramatischer Plan. — Boie s. Anm. 298. — Klopstocks herrliches Werk: vermutl. der *Messias* (1748), dessen letzte fünf Gesänge 1773 erschienen. — Lavater s. Bd. I, Anm. 47/48. — Klopstocks *Gelehrtenrepublik* s. Bd. I, Anm. 204. — Heines Petronius-Übersetzung s. Bd. I, Anm. 201; *Laïdion* Anm. 202. — Johann Georg Jacobi s. Bd. I, Anm. 58, 189. — Ottave rime s. Bd. I, Anm. 180.

317. Johann Heinrich Merck (1741—1791), Kriegsrat in Darmstadt, Kritiker, Mitarbeiter an Wielands »Merkur« und den »Frankfurter gelehrten Anzeigen«; Freund Herders und Goethes. — Der Herzog: Karl August von Weimar (s. Bd. I, Anm. 194, 271), seit 3 Oktober 1775 verh. mit Prinzessin Louise von Hessen-Darmstadt (1757—1830). — Kärcher: Plural von Karch, d. h. Wagen. — *Faust:* gemeint ist der *Urfaust.*

318—320. Goethe vermittelte 1776 die Berufung Herders nach Weimar (s. Bd. I, S. 287). — Das Wibele: Maria Karoline geb. von Flachsland (1750—1821; seit 1773 Herders Gattin). — Johann Friedrich Wilhelm Jerusalem (1709—1789), Abt und Propst in Braunschweig. — Zeugnisse: d. h. die Empfehlungsbriefe.

321. Charlotte von Stein (geb. von Schardt, 1742—1827; heiratete 1764 den Oberstallmeister Friedrich von Stein); begegnete Goethe 1775. Das Verhältnis zerfiel nach Goethes Rückkehr aus Italien (1788) vor allem wegen Goethes Verbindung mit Christiane Vulpius (1764—1816); erst nach Jahren kam es wieder zu einer Annäherung.

322. Der an Karl Theodor von Dalberg (1744—1817; seit 1772 Statthalter in Erfurt, 1800 Fürstbischof von Konstanz, 1802 Kurfürst von Mainz) gerichtete Brief war bestimmt zur Weitersendung an dessen Bruder Heribert von Dalberg (1750 bis 1806), Staatsminister, seit 1778 Intendant des Mannheimer Nationaltheaters, das er bis 1803 leitete und durch bedeutende Aufführungen (u. a. Schillers »Räuber« 1782) und Dar-

steller wie Iffland zur Musterbühne machte. — *Iphigenie* existierte 1779 erst in vorläufiger Prosafassung; vollendet in Italien, erschien 1787 als Tragödie in Blankversen.

323. Jakob Friedrich von Fritsch (1731—1814), Geheimrat und 1772—1800 Präsident des Geh. Conseils in Weimar; Goethe war Mitglied des letzteren seit 11. Juni 1776. Seine Aufnahme in die Loge »Anna Amalia« in Weimar erfolgte 1780.

324. Kestner s. Anm. 315. — Der große König: Friedrich der Große.

325. Lavater s. Bd. I, Anm. 47/48. — Wielands *Oberon* s. Bd. I, Anm. 191. — Bodmer s. Bd. I, Anm. 62.

326. Lavaters Bruder: Diethelm (1743—1826), Arzt in Zürich.

327. Lessing war am 15. Februar 1781 gestorben.

329. Die drei überlebenden Kinder von Stein (vier starben): Carl, geb. 1765; Ernst (1767—1787); Friedrich Constantin (1772 bis 1844).

330. Karl Ludwig von Knebel s. Bd. I, Anm. 271.

331. Lavater s. Bd. I, Anm. 47/48, zeitweilig befreundet mit Goethe, später Zerwürfnis durch Angriffe Goethes im »Musenalmanach« 1796 und 1797. *Pontius Pilatus oder die Bibel im kleinen und der Mensch im großen* (4 Bde., 1782/85): eine exegetische, philosophische Schrift Lavaters.

332. Die *Mémoires pour servir à la vie de Voltaire* waren 1784 in Paris erschienen. — Momus (Momos): griech. Personifikation des Spottes und der Tadelsucht.

334. Philipp Christoph Kayser (1755—1823), Komponist, seit 1775 in Zürich.

335. Bertuch s. Bd. I, Anm. 268. — Georg Joachim Göschen (1752 bis 1828), Buchhändler und Verleger in Leipzig. — Die Ursachen: Bücher waren noch nicht vor Nachdruck geschützt. Die erste von Goethe selbst veranstaltete Sammlung seiner Schriften erschien 1787/90 in 8 Bdn.

336. Mit Zustimmung des Herzogs trat Goethe ohne Vorwissen Frau von Steins oder anderer am 3. Sept. 1786 von Karlsbad aus die Italienreise an. Er schrieb für Charlotte von Stein Tagebuchaufzeichnungen. — *Iphigenie* s. Anm. 322.

337/338. Winckelmann s. Bd. I, Anm. 152; am 8. Juni 1768 in Triest ermordet. — Goethe bezieht sich auf dessen *Geschichte der Kunst des Altertums* (1763).

339. Der Herzog s. Bd. I, Anm. 194. — Der gerügte Fehler: die Tendenz Goethes, sich seiner künstlerischen und wissenschaftl. Interessen wegen zeitweilig ganz den Amtsgeschäften fernzuhalten. — Corpus Domini: Fronleichnam; Goethe kam am 6. Juni 1787 zurück. — Claude Lorrain (1600—1682), Landschaftsmaler, ebenso Nicolas Poussin (1594—1665) und Jakob Philipp Hackert (1737—1807), letzteren besuchte Goethe mit Johann Heinrich Tischbein (1751—1829) in Neapel. — *Egmont*, Tragödie in Prosa (1788); ebenfalls in Italien vollendet: *Claudine von Villa-Bella* und *Erwin und Elmire*, Schau-

spiele mit Gesang in einem Akt. – Knochenbau: Goethe betrieb schon 1781 mit Professor Justus Christian Loder (1753 bis 1832) in Jena osteologische und anatomische Studien; Feststellung des menschlichen Zwischenkieferknochens.

340. Sylvius Friedrich Ludwig von Franckenberg (1729–1815), Geheimer Rat.

341. Vgl. Anm. 321, 336. – Das Verhältnis: die Verbindung zu Christiane Vulpius.

342. Die Herzogin Amalia s. Bd. I, Anm. 194. – Hauptquartier: am 1. Koalitionskrieg (1792–1797) nahm Herzog Karl August als preuß. General teil. – Attila (gest. 453), Herrscher des Hunnenreiches, 451 in der Schlacht auf den Katalaunischen Feldern bei Troyes von Aëtius und den Westgoten besiegt; Campi Catalaunici bezeichnet wohl die ganze Champagne. Dort waren Goethe und der Herzog im Spätsommer bis Herbst 1792; am 20. Sept. erlebten sie die Kanonade von Valmy (Goethe in der *Kampagne in Frankreich:* »Von hier und heute geht eine neue Epoche der Weltgeschichte aus.«) – Jupiter ein Jakobiner, d. h. auf der frz. Seite; »sans culotte« nannten aristokratische Kreise um 1792 die Revolutionäre, später synonym für Patriot. – Der König der Könige: vgl. Wieland, *Neue Göttergespräche* (Leipzig 1791).

343. Christian Gottlob Voigt (1743–1819), Staatsminister, in enger Beziehung zu Goethe und dem Weimarer Kreis. – Goethe und der Herzog nahmen im Sommer 1793 an der Belagerung von Mainz teil, das die Revolutionsarmee erobert hatte.

344. Wieland s. Bd. I, S. 191. – *Reineke Fuchs* s. Bd. I, Anm. 281/282.

345. Johann Gottlieb Fichte (1762–1814), neben Hegel und Schelling bedeutendster Vertreter des deutschen Idealismus (s. BW Bd. 3020, Dt. Romantiker, S. 9, Br. u. Anm. 32), lehrte 1794 bis 1799 in Jena, dann in Berlin; seine *Wissenschaftslehre* erschien in mehreren Fassungen (seit 1794).

346. Johann Heinrich Meyer (1760–1832), Maler und Kunsttheoretiker, Freund Goethes und Direktor der Weimarer Zeichenschule, hielt sich gerade in Rom auf.

347. August Wilhelm Iffland (1759–1814), Dramatiker, Schauspieler; seit 1779 in Mannheim, 1796 Theaterdirektor in Berlin.

348. Richter: Jean Paul hielt sich im Sommer 1796 in Weimar auf.

349. *Wallenstein-Trilogie*, 1796/99: *Wallensteins Lager; Piccolomini; Wallensteins Tod.* – Der ältere Schlegel: August Wilhelm (s. BW Bd. 3020, S. 15 ff.) – Friedrich Heinrich Alexander von Humboldt (1769–1859), Naturforscher; sein *Kosmos* (1845/58; 4 Bde.) ist Zeugnis seiner Universalität und Dokumentation der »Naturwissenschaft« seiner Zeit. – Zu Fichte s. Anm. 345.

350. Voigt s. Anm. 343. – Gemeint ist Kants *Anthropologie in pragmatischer Hinsicht abgefaßt* (1798).

351. Vgl. Anm. 345. Im »Philosophischen Journal« erschien F. K.

Forbergs (1770–1848) Aufsatz *Entwicklung des Begriffes Religion* (1798) mit einer Einleitung Fichtes, Auslösung des sog. Atheismus-Streits; Fichtes Verteidigung *Appellation an das Publikum* (1799) zog einen Verweis nach sich, den er nicht akzeptierte, darauf seine Absetzung. – Ruminieren: wiederkäuen. – Ihr Ich: Mittelpunkt der Fichteschen Lehre ist die Untersuchung des Ichs, das sich selbst frei setzt, und die Relativierung der Welt auf das Ich zu. – Fichte stand der Philosophie Kants ursprünglich so nahe, daß sein *Versuch einer Kritik aller Offenbarung* (anonym 1792) zuerst Kant zugeschrieben wurde. Mit seinem handelnden Ich ging er aber später über Kant hinaus: »Ein Entschluß, und ich bin über die Natur erhaben« (wegweisende Formulierung für den Idealismus). – Diese Schule: die idealistische und romantische. – Die kimmerischen Nächte der Spekulation: die ewige Finsternis der Sp. – Kimmerier: mythisches Volk am Ende des Ozeans, wo ewige Finsternis herrscht (Homer, *Odyssee* XI).

352. Friedrich Heinrich Jacobi s. Bd. I, Anm. 193. – Erster Entwurf der *Farbenlehre* und *Versuch, die Farben zu erklären* (1790).

353. Franz Kirms (1750–1832), Hofkammerrat in Weimar. – Goethe, der bis 1784 das Liebhabertheater in Weimar betreut hatte, war seit 1791 Direktor des neuen Hoftheaters, an dem er einen klassizistisch-deklamatorischen Bühnenstil einführte.

354. Schiller starb am 9. Mai 1805. – Carl Friedrich Zelter (1758 bis 1832), Musiker, seit 1800 Direktor der Singakademie in Berlin, 1809 Professor für Musik an der Akademie der Künste; Korrespondent und Freund Goethes seit 1799, Komponist vieler seiner Gedichte. – Das Frankfurter Absurdum: Im »Frankfurter Journal« vom 10. Juni 1805 stand: »Die Würde des Gegenstandes erheischt einen freien Eintritt« zu Gedenkaufführungen Schillerscher Dramen. – Schillers vier Kinder: Karl Friedrich Ludwig (1793–1875), Ernst Friedrich Wilhelm (1796–1841); Karoline (1799–1850); Emilie (1804 bis 1872).

355. Nikolaus Meyer (1775–1855), Arzt in Bremen. – Nach Napoleons Doppelsieg bei Jena und Auerstedt (14. Okt. 1806) wurde Weimar von den Franzosen besetzt, es kam zu Plünderungen. – Goethe ließ sich am 19. Oktober 1806 mit Christiane Vulpius in der Schloßkirche in Weimar trauen.

356. Adam Heinrich Müller (1779–1829); bekannter Publizist, damals als Privatgelehrter in Dresden, hatte Goethe das Manuskript seiner Vorlesungen über dramatische Poesie (1807) übersandt. Darauf diese Diskussion von Heinrich von Kleists 1805/06 entstandenem Lustspiel *Amphitryon* (nach Molière) und des 1806 vollendeten Lustspiels *Der zerbrochene Krug*. – Friedrich von Gentz (1764–1832), Staatsmann und Publizist.

357. Vgl. die Briefe 600 und 601. – Don Sebastian: vermutlich Anspielung auf den gleichnam. König von Portugal

(1544—1578), der die Kreuzzüge erneuern und Afrika erobern wollte, aber im Kampf gegen die Mauren fiel.

358. Jacobi s. Bd. I, Anm. 193. — *Farbenlehre* s. Anm. 352. — Roger Baco (Bacon; 1214—1294), Mönch, Philosoph und Physiker, betont im Gegensatz zu fast allen anderen Scholastikern den Wert von Erfahrung und Experiment; arbeitete besonders auf dem Gebiet der Optik und gilt als Erfinder des Vergrößerungsglases. — Francis Bacon (1561—1626). engl. Philosoph und Staatsmann, 1619 Lordkanzler, forderte gegenüber der mittelalterlich-aristotelischen Spekulation ein vorurteilsfreies Studium der Wirklichkeit, vermochte aber die gleichzeitigen naturwissenschaftlichen Forschungen von Kopernikus, Kepler und Galilei nicht zu würdigen. — Der neue Herkules: Friedrich Schlegel (1772—1829), Kritiker und Kulturphilosoph (vgl. auch BW Bd. 3020, Dt. Romantiker, S. 15 ff.).

359. Carl Friedrich Zelter s. Anm. 354. — Poetische Talente: Zacharias Werner (1768—1823), Adam Gottlob Öhlenschläger (1779—1850), Achim von Arnim (1781—1831), Clemens von Brentano (1778—1842).

360. Carl Friedrich von Reinhard (1761—1834), Dichter und Übersetzer. — Goethes Roman *Die Wahlverwandtschaften* erschien 1809.

361. Friedrich Perthes s. Bd. I, Anm. 240. — Der Maler Philipp Otto Runge (geb. 1777) starb am 2. Dezember 1810 nach längerer Krankheit. Er hatte mit Goethe vor allem über Fragen der Farbenlehre korrespondiert (vgl. BW Bd. 3024/25, Künstlerbriefe, Br. 9, 11, 13). — Ein neuerer Franzos: Abraham Louis Bréguet (1774—1823) und dessen *Essay sur la force animale et sur le principe de mouvement volantaire* (1811).

365. Christiane Vulpius starb am 6. Juni 1816.

366. Johann Heinrich Meyer s. Anm. 346. — Entoptische Farben: Farberscheinungen, die ihre Ursache im Auge oder in Brechungsvorgängen haben, z. B. durch Polarisation, Spiegelung, prismatische Zerlegung. — Die Nazarener: eine Gruppe junger deutscher Maler, die die religiöse Malerei erneuern wollten, entstanden aus dem Wiener Lukas-Bund, später in Rom.

367. Wartburger Feuerstank: das nationalist. Burschenschaftsfest v. 18. Okt. 1817, nach dem man Schriften einiger Autoren verbrannte.

368. Xenophon s. Bd. I, Anm. 37.

369. Johann Sulpiz Melchior Boisserée (1773—1854), Kunstsammler, Freund und Berater Goethes, vor allem für die Kunst des Mittelalters. — George Noel Gordon Lord Byron (1788 bis 1824), engl. Dichter, dem Goethe in der Gestalt des Euphorion in *Faust II* ein Denkmal setzte; Byrons romantische Dramendichtung *Manfred*, in deren Handlung übersinnliche Kräfte herrschen, ist in der Thematik der Faustdichtung verwandt.

370. Goethes lyrische Sammlung *West-östlicher Divan* erschien

erstmals 1819. — Der Monolog *Prometheus* (1785), der wohl mit dem dramatischen Fragment *Prometheus* (zwei Akte, 1773) entstanden war. Der Monolog erschien 1785 ohne Goethes Vorwissen in Jacobis Schrift *Über die Lehre des Spinoza in Briefen an den Herrn Mendelssohn.* Letztere bezeichnete Lessing als Spinozisten, und Moses Mendelssohn (1729—1786) erwiderte, obwohl bereits leidend, mit der Abhandlung *Moses Mendelssohn an die Freunde Lessings,* die seine letzten Kräfte verzehrte; er starb also nicht an der »voreiligen Publikation« des Monologs. Lessings spinozistische Haltung wurde mehrfach bezeugt (vgl. Bd. I, Br. 267).

371. Georg Friedrich Wilhelm Hegel (1770—1831), Philosoph, seit 1818 in Berlin.

372. Joseph Stanislaus Zauper (1784—1850), Philologe, Schriftsteller und Ästhetiker, Homer-Übersetzer, hatte Goethe das Ms. seiner *Grundzüge zu einer deutschen theoretisch-praktischen Poetik aus Goethes Werken entwickelt* übersandt. — »Wer ein Weib ansieht ...«: Matth. 5, 28. — Goethes Übersetzungen: *Leben des Benvenuto Cellini Florentinischen Goldschmieds und Bildhauers von ihm selbst geschrieben* (1803), *Rameaus Neffe. Ein Dialog von Diderot* (1805). — Schillers *Demetrius*-Fragment (1805). — Amandus Gottfried Adolph Müllner (1774—1823), Jurist, Kritiker, Dramatiker. — Ernst Benjamin Salomo Raupach (1784—1852), Professor in Petersburg, seit 1822 in Deutschland ausschließlich als Dramatiker tätig. — Ernst Christoph Freiherr von Houwald (1778 bis 1845), Dichter und Schriftsteller.

373. Johann Peter Eckermann (1792—1854), 1821 Student in Göttingen, sandte Gedichte und Lebenslauf an Goethe, wurde 1823 sein Sekretär und Vertrauter. — *Über Kunst und Altertum* (1816/32), von Goethe und Johann Heinrich Meyer hrsg. Zeitschrift.

374. Publius Terentius Afer (195?—159 v. Chr.), röm. Komödiendichter. — Hugo Grotius (eig. de Groot; 1583—1645), holländ. Gelehrter und Staatsmann, schrieb ein grundlegendes Werk zum Völkerrecht *(De iure belli ac pacis,* 1625). — Pisistratiden: Peisistratos (um 600—527 v. Chr.), Tyrann von Athen, besorgte eine Zusammenstellung der Homerischen Gesänge. — Friedrich August Wolf (1759—1824), Philologe und bedeutender Altertumsforscher.

376. Johann Friedrich Cotta (1764—1823), Verleger Goethes. — Johann Valentin Adrian (1793—1864) erledigte zeitweilig Sekretärarbeiten für Goethe. — Der Briefwechsel Goethe-Schiller erschien 1828/29 in 6 Bänden. — »Horen«: von Schiller edierte Monatsschrift (1795/97). — Eckermann s. Anm. 373. — Karl Ernst Schubarth (1796—1861), Philologe und Ästhetiker, schrieb *Zur Beurteilung Goethes mit Beziehung auf verwandte Literatur und Kunst,* darauf 1820 persönl. Bekanntschaft mit Goethe. — Zauper s. Anm. 372.

377. Ottilie Wilhelmine Ernestine von Goethe, geb. von Pogwisch

(1796—1872), Goethes Schwiegertochter. — Byrons Abschied: begeistert für griech. Freiheitskämpfe, schiffte sich Byron 1823 nach Kephalonia ein.

378. Amalie von Levetzow (1788—1868), seit 1807 verh. mit dem Offizier Friedrich von Levetzow, Mutter von Ulrike von Levetzow (1804—1899), zu der Goethe 1821, 1822 und 1823 in Marienbad eine tiefe Zuneigung faßte.

379. Ludwig Tiecks Novelle *Die Verlobten* erschien 1823 im »Berlinischen Taschenbuchkalender«.

380. Cotta s. Anm. 376. — Erläuterungen: Cottas Antwort auf eine Anfrage Goethes zum Nachdruck seiner Werke, da in Wien (mit Wissen Cottas) eine Ausgabe erschienen war. Cotta wollte damit unerlaubte Nachdrucke erschweren.

381. Clemens Wenzel Nepomuk Lothar Fürst von Metternich (1773—1859), damals österr. Staatskanzler. Goethe wollte mit dem Schreiben an ihn und die Bundesversammlung ein Privileg erwirken, das im gesamten Reichsgebiet einen Nachdruck seiner Gesamtausgabe bei Cotta verhindern sollte.

383. Goethes Werke erschienen in der Folge als vollständige Ausgabe letzter Hand 1827—1830; posthum 1832—1842.

384. Goethe vollendete den zweiten Teil seines *Faust* 1825—1831. — Missolunghi: seit 1822 in den griech. Freiheitskämpfen, an denen auch Byron teilnahm (s. Anm. 369, 377), heftig umkämpfte griech. Stadt.

386. Thomas Carlyle (1795—1881), engl. Schriftsteller, Historiker, Literaturkritiker. — Der Fürst: Großherzog Karl August starb am 14. Juni 1828.

387. Die neuentstandene *Genoveva:* Tiecks *Leben und Tod der heiligen Genoveva* (1800), eine Dramatisierung des Volksbuchs. — Die Aufführung von *Faust:* Am 29. August 1829 fand im Weimarer Theater die erste Faust-Aufführung statt, in Frankfurt eine Festaufführung mit fünf Szenen.

388. Julius Eduard Hitzig (1780—1849), kriminalistischer Schriftsteller, seit 1842 Mitherausgeber des *Neuen Pitaval.* — François Pierre Guillaume Guizot (1787—1874), franz. Staatsmann und Publizist, seit 1820 Professor der Geschichte an der Sorbonne. Sein *Cours de l'histoire moderne* erschien 1828/30 (6 Bde.). — Abel François Villemain (1790—1870), franz. Schriftsteller und Literaturhistoriker; seine Literaturgeschichte: *Cours de littérature française* (1828/29, 6 Bde.). — Victor Cousin (1792—1867), Philosoph und Schriftsteller, berichtete nach seinen Begegnungen mit Goethe, Schelling, Jacobi und Hegel in Frankreich über das deutsche Geistesleben; die zitierte Philosophiegeschichte erlebte mehrere Auflagen.

390. Julius August Walter von Goethe (1789—1830), Goethes einziger Sohn, Weimarischer Kammerherr und Kammerrat, seit 1817 verh. mit Ottilie Pogwisch, s. Anm. 377. — August befand sich mit Eckermann auf einer Italienreise und war gerade in Rom (wo er am 28. Okt. 1830 starb). — Goethe berichtet von den Aufstandsversuchen des Jahres 1830, die nach

der Pariser Julirevolution auch in Deutschland unternommen wurden.

392/393. Sulpiz Boisseré s. Anm. 369.

394. Goethes letzter Brief; er starb am 26. März 1832.

395. Johann Wilhelm Petersen (1758—1815), wie Schiller seit 1773 Karlsschüler, einer seiner nächsten Jugendfreunde, 1779 Bibliothekar in Stuttgart. — Mein Trauerspiel: *Die Räuber*, Freiheitsdrama gegen den fürstlichen Absolutismus, 1780 vollendet (in Prosa), am 13. Januar 1782 in Mannheim in umgearbeiteter Fassung aufgeführt. — Gotthold Friedrich Stäudlin (1758—1796) s. Anm. 586. — Franz Josef Maria Kapf (1760—1791), verließ zugleich mit Schiller die Karlsschule.

396/397. Heribert von Dalberg s. Anm. 322. — *Die Räuber* s. Anm. 395; Hermann; Franz Moor: Dramengestalten der *Räuber*. — Schiller vollendete im Herbst 1782 sein zweites Drama, *Die Verschwörung des Fiesko zu Genua*.

398/399. Dem Herzog: Karl Eugen von Württemberg (1728 bis 1793). — Der Befehl: Der Herzog war von den *Räubern*, die Schiller Anerkennung und ersten Ruhm brachten, wenig erbaut. Nach Schillers heimlichen Reisen nach Mannheim, wo er u. a. der Aufführung seines Dramas beiwohnte, erließ der Herzog den zitierten Befehl.

400. Christian Friedrich Jacobi (gest. 1812), Generalarzt in Stuttgart. — Schiller waren weitere Schreiben an den Herzog unter Androhung von Arrest versagt worden, daraufhin floh er in der Nacht zum 23. September 1782 in Begleitung seines Freundes Andreas Streicher (1761—1833) aus Stuttgart.

401. Bauerbach: Dorf südlich von Meiningen, Wohnsitz der Henriette von Wolzogen (1745—1788), Mutter von zwei mit Schiller befreundeten Karlsschülern, die ihn im Dezember 1782 auf ihr Gut einlud. — Dietrich Christian Ernst Marschalk von Ostheim (1743—1803). — Der Brief ist vermutlich zum Zweck der Täuschung geschrieben.

402. Wilhelm Friedrich Reinwald (1737—1815), Bibliothekar und Hofrat; seit 1786 mit Schillers Schwester Christophine (1757 bis 1847) verh. — Dalberg s. Anm. 322. — *Don Karlos:* Nach Beendigung des Dramas *Kabale und Liebe* (»Louise Millerin«) im März 1783 entworfen.

403. Henriette von Wolzogen s. Anm. 401; Schiller lebte auf ihrem Gut Bauerbach vom Dezember 1782 bis Juli 1783.

404. Christian Gottfried Körner (1756—1831), Vater des Schriftstellers Theodor Körner; 1783 Oberkonsistorialrat in Dresden, 1790 Apellationsgerichtsrat in Dresden; damals Schillers noch unbekannter Verehrer, seit 1785 sein bester Freund. — Was mir ... teuer sein könnte: Anspielung auf Charlotte von Kalb (1761—1843), der Schiller im Frühjahr 1784 in Mannheim begegnet war. Frau von Kalb, geb. Marschalk von Ostheim, hatte am 24. Oktober 1783 eine Vernunftehe mit dem Offizier Heinrich von Kalb geschlossen. Sie war die erste

geistig bedeutende Frau im Leben des Dichters, keine, außer seiner Gattin, hat nachhaltiger auf ihn gewirkt. — Herzog von Weimar: Karl August. Schiller hatte in seiner Gegenwart Weihnachten 1784 am Darmstädter Hof vorgelesen und den Titel eines herzoglichen Rates erhalten. — Leipzig: Wohnsitz des Schiller noch unbekannten Verehrerkreises, zu dem außer Körner der Schriftsteller und Diplomat Ferdinand Huber (1764—1804) und die Schwestern Anna Maria (1762—1843) und Dorothea Stock (1760—1832) zählten. Im September 1785 zog Schiller mit Körner, der Anna Maria Stock geheiratet hatte, nach Dresden und lebte mit ihnen, Körners Schwägerin und Huber bis zu seiner Reise nach Weimar (Ende Juli 1787) zusammen.

405. Christian Friedrich Schwan (1733—1815), Buchhändler in Mannheim, wie auch Georg Christian Götz.

406. Die Schneider: Gattin eines Buchhändlers in Leipzig. — Charlotte: Frau von Kalb (s. Anm. 404), von der Schiller Gewißheit erhoffte über eine zukünftige Heirat. — Wielands Lukian-Übersetzung s. Bd. I, Anm. 47/48. Satiren und Briefe des Horaz hatte Wieland 1782—1786 übersetzt.

407. Herder war nächst Wieland (Goethe war in Italien) die wichtigste Weimarer Begegnung für Schiller. — Knebel s. Bd. I, Anm. 271. — Frau von Stein s. Anm. 321.

408. Karl Leonhard Reinhold (1758—1823), 1787 Professor der Philosophie in Jena.

409. *Don Karlos:* im März 1783 entworfen, während der Ausarbeitung stark verändert, 1787 vollendet, in Prosa für die Bühne umgearbeitet, zuerst aufgeführt in Hamburg am 29. August 1787. — *Die Geschichte des Abfalls der Niederlande* beschäftigte Schiller vom Frühjahr bis Herbst 1787. — Ruf nach Jena: s. Briefe 340, 411. — »Merkur«: Schiller war Mitarbeiter an dieser Zeitschrift Wielands.

410. Frau von Stein s. Anm. 321. — Sophie von Schardt (1755 bis 1819), Gattin des Regierungsrates Ernst von Schardt.

411/412. Lotte von Lengefeld (1766—1826), mit der Schiller 1788 während des Sommers in Rudolstadt bekannt wurde. Er heiratete sie am 22. Februar 1790. — Karoline von Beulwitz (1763—1847), Lottes ältere Schwester, in erster Ehe verheiratet mit dem Hofrat Friedrich von Beulwitz (1755—1829). — Professor: Schiller erhielt den Ruf als (zunächst unbesoldeter) ao. Professor durch Goethes Vermittlung, s. Br. 340.

413. Schillers Gedicht: *Die Götter Griechenlands* (1788).

415. Reinholdisches Auditorium: Hörsaal des Philosophen Reinhold, s. Anm. 408. — Johann Jakob Griesbach (1745—1812), seit 1775 Professor der Theologie in Jena, verheiratet mit Friederike Juliane Schütz, deren Bruder hier gemeint ist. — Die Antrittsvorlesung war betitelt: Was heißt und zu welchem Ende studiert man Universalgeschichte?

416. Vgl. Anm. 411; Schillers Liebesgeständnis und Heiratsantrag erfolgten auf Anraten von Lottes Schwester Karoline.

417. Der Koadjutor: Karl Theodor von Dalberg, s. Anm. 322.
418. Georg Göschen s. Anm. 335, Schillers Verleger.
419. *Die Geschichte des Dreißigjährigen Krieges* entstand 1791/93. — Karl V. (1500—1558), Kaiser seit 1519. — Ferdinand: Kaiser Ferdinand II., reg. 1619—1637. — Gustavs Tod: Gustav II. Adolph (1594—1632), König von Schweden seit 1611, fiel in der Schlacht bei Lützen 1632. — Der westfälische Friede: 1648 erhielten zu Münster und Osnabrück Lutherische und Reformierte im Reich gleiche Rechte mit den Katholiken.
421. »Thalia« (1792/93 »Neue Thalia«): Zeitschrift, die Schiller als Fortsetzung seiner 1785 gegründeten »Rheinischen Thalia« herausgab, in der 1785 sein Aufsatz *Die Schaubühne als moralische Anstalt betrachtet* und der Anfang des *Don Karlos* erschienen waren. — Sein Drama *Der versöhnte Menschenfeind* hatte Schiller schon zu seiner Dresdner Zeit begonnen.
422. Schlacht bei Leipzig: wohl gemeint die Schlacht bei Breitenfeld, 1631. — Schlacht bei Lützen: 1632, s. Anm. 419.
423/424. *Briefe über die ästhetische Erziehung des Menschen*, offiziell dem Erbprinzen von Schleswig-Holstein-Augustenburg (1765—1814) gewidmet; zusammen mit dem dänischen Finanzminister Ernst Heinrich Schimmelmann (1747—1831) stiftete dieser Schiller nach den ersten Anzeichen von dessen Lungenkrankheit (1790) für drei Jahre ein Ehrengehalt von je 1000 Talern. — Göschen s. Anm. 418. — *Künstlern:* gemeint ist Schillers Gedicht *Die Künstler* (1789). — Kants Abhandlung *Kritik der Urteilskraft* erschien 1790.
425. Friedrich von Hoven (1759—1838), Jugendfreund Schillers, besuchte mit ihm die herzogliche Militärakademie in Stuttgart bis 1780. — Ein neues Journal: Die »Horen«, erschienen 1795/97; »Der Musenalmanach« 1796/1800. — *Über Anmut und Würde* (1790), eine ästhetische Abhandlung Schillers. — Fichte s. Br. und Anm. 351.
426. Cotta s. Anm. 376.
427. Sophie Mereau (1770—1806), seit 1803 in zweiter Ehe die Gattin Brentanos.
429. Der Brief ist die Antwort auf einen Brief Humboldts vom 16. Oktober 1795, in dem dieser Schillers »Dichter-Charakter« zu bestimmen sucht, u. a. auch in Abgrenzung gegen den griechischen. — Schillers Abhandlung *Über das Naive, Die sentimentalischen Dichter (Über naive und sentimentalische Dichtung;* »Horen« 1795/97). — Meine Elegie: *Der Spaziergang* (1795).
430. Dieses Stück: die Elegie *Der Spaziergang.* — Schillers Gedichte erschienen: *Das Reich der Schatten,* später *Das Ideal und das Leben* 1795, *Die Götter Griechenlands* 1788, *Die Würde der Frauen* 1795. — Die Schwiegermutter: Luise von Lengefeld (1715—1823), geb. von Wurmb. — Meyer s. Anm. 346. — Die Kalb s. Anm. 404. — Hederich: gemeint ist wohl Major Franz Ludwig von Hendrich, Kommandant von Jena. — Li: Wilhelm von Humboldts Frau Karoline. — Karl Phil-

ipp Moritz (1756—1793), Dichter, seit 1789 Professor der schönen Künste in Berlin, schrieb den *Versuch einer deutschen Prosodie* (1786). — Die zitierten Verse entstammen bis auf zwei Ausnahmen, »Es ist« (Goethe, *Reineke Fuchs* 6, 312) und »Der Notwendigkeit ...« (Schiller, Gedicht *Natur und Schule* oder *Der Genius;* 1795, v. 21) der Elegie *Der Spaziergang.*

431. *Xenien* s. Bd. I, Anm. 290/291. — Monodistichon: einzelnes Distichon; Zweizeiler mit antithetischem Versmaß; z. B. Hexameter und Pentameter.

432. A. W. Schlegel s. BW Bd. 3020, Dt. Romantiker, S. 15 ff. — Johann Joachim Eschenburg s. Bd. I, Anm. 120, Shakespeare-Übersetzer. — Bürgers *Macbeth* s. Anm. 307.

434. Die Dramen-Trilogie *Wallenstein* (s. Anm. 349) wurde 1796 begonnen, 1798 vollendet. — Alexander Pope s. Bd. I, Anm. 17. — Joh. Georg Schlosser s. Bd. I, Anm. 193.

438. Karl Böttiger (s. Bd. I, Anm. 86) hatte über die erste Aufführung der *Piccolomini* geschrieben.

439. Die neue Tragödie: *Maria Stuart* (vollendet 1800).

441. Friedrich Schelling (1775—1854), Philosoph, durch Goethes Befürwortung Professor der Philosophie in Jena seit 1798. — Die »Sache quaestionis« (fragliche Sache): ein Aufsatz Schellings in seiner »Zeitschrift für spekulative Physik« (1800/03) über die »Jenaische allgemeine Literaturzeitung«, auf den eine Replik von Christian Gottfried Schütz (1747—1832; Professor der Rhetorik in Jena) erfolgte. — Ihr Werk: *Schellings System des transzendentalen Idealismus* (1800).

442. *Die Jungfrau von Orleans* wurde 1801 vollendet.

443. Charlotte Gräfin von Schimmelmann (1757—1816) s. Anm. 423. — Ein Verhältnis mit Christiane Vulpius s. Anm. 321.

444. Schiller verarbeitete einen Stoff des italienischen Dichters Carlo Graf Gozzi (1720—1806) zu dem Drama *Turandot, Prinzessin von China* (1802).

445. *Die Braut von Messina,* 1803 vollendete Tragödie, in der Schiller den griechischen Chor neu zu beleben versuchte. — *Warbeck,* ein dramatischer Plan, den Schiller gleichzeitig mit den Dramen *Maria Stuart* und *Wilhelm Tell* bearbeitete, aber nicht ausführte. *Wilhelm Tell* wurde 1804 vollendet. — Ägidius Tschudi (1505—1572), Historiker, schrieb eine Schweizer Chronik *(Chronicon helveticum,* 1734/36).

446. Standeserhöhung: Schiller wurde 1802 geadelt.

447. Schiller war am 2. Juli 1803 nach Lauchstädt gereist, wo das Weimarische Hoftheater im Sommer Gastspiele gab. — Johann Jakob Graff (1768—1848), seit 1793 Schauspieler in Weimar.

448. Goethens *Natürliche Tochter:* Das Drama *Eugenie,* das am 12. Juli 1803 in Berlin uraufgeführt wurde.

449/450. Die Berliner Angelegenheiten: Bei seiner Reise Leipzig-Berlin im Mai 1804 waren an Schiller Anträge ergangen, sich in Berlin zu fixieren und seine Bedingungen zu stellen. Da der

Herzog von Weimar Schiller großzügig finanziell entgegenkam, verlief diese Verhandlung ergebnislos. — Cotta s. Anm. 376. — Schillers Kinder s. Anm. 354.

451. Erster Brief nach dem berühmten Gespräch über die Urpflanze (zw. 20. und 23. Juli 1794), das die Freundschaft der Dichter definitiv begründete. — Reise: nach Dessau, Leipzig und Dresden. — *Ilias:* vgl. *Ilias* 9, 410. — Moritz s. Anm. 430.

453/454. »Horen« s. Anm. 376. — Brief an den Prinzen von Holstein-Augustenburg s. Anm. 423/424. — Das 1. Stück der »Horen« von 1795 enthält u. a. den Anfang der *Unterhaltungen deutscher Ausgewanderten,* den Anfang von Schillers *Briefen über die ästhetische Erziehung des Menschen* und Fichtens Abhandlung *Über Belebung und Erhöhung des reinen Interesses für Wahrheit.* — Das Manuskript: der Anfang der *ästhetischen Briefe.*

455/456. Goethe hoffte *Wilhelm Meisters Lehrjahre* schon in Italien zu vollenden, der Roman erschien 1795/96 in 4 Bdn.

457. Friedrich Leopold Graf zu Stolberg s. BW Bd. 3020, Dt. Romantiker, Anm. 71/72; *Auserlesene Gespräche des Platon* (1796/97). — Georg Christoph Lichtenberg (1742—1799), Schriftsteller, Professor der Physik in Göttingen, in Briefwechsel mit Goethe stehend, überging dessen optische Arbeiten in der *Compendio*-Neuausgabe des Physikers Johann Erxleben (Anfangsgründe der Naturlehre, Göttingen 1794[6]).

458. Die Stolberge: die Brüder Friedrich Leopold (s. o.) und Christian (1748—1821), Grafen zu Stolberg. — Isaak Newton (1643—1727), Naturwissenschaftler und Philosoph, Entdecker des Gravitationsgesetzes. — Stolbergs Deliktum: s. Br. 457. — Daniel Jenisch (1762—1804), Schriftsteller und Prediger in Berlin; das Erscheinen seiner Verteidigungsschrift *Über Schillers Genie und seine ästhetischen Briefe* konnte Humboldt verhindern. — Friedrich von Gentz (1746—1832), Herausgeber der »Neuen deutschen Monatsschrift« in Berlin, war auch Mitarbeiter der »Horen«.

459/461. Distichon s. Anm. 431. — Xenien s. Bd. I, Anm. 290 bis 293. — Stolbergische Sippschaft s. o. — Josef Friedrich von Racknitz (1744—1818), Hofmarschall in Dresden. — Friedrich Wilhelm Basilius von Ramdohr (1752—1826), Oberappellationsrat in Celle, schrieb *Charis oder über das Schöne und die Schönheit in den nachbildenden Künsten* (1793). — Friedrich Nicolai s. Bd. I, S. 137; Anm. 177, 222, 264. — Leipziger Geschmacksherberge: die Neue Bibliothek der schönen Wissenschaften und freien Künste. — Moritz August von Thümmel (1738—1817), Schriftsteller in Gotha. — Göschen s. Anm. 335; Anspielung auf seine *Reise von Johann* (1793).

462/464. Kartengebäude: Einstellung der *Xenien*-Redaktion. Die im »Musenalmanach« erschienenen *Xenien* entfesselten einen Literaturstreit (»die größte Bewegung und Erschütterung in der deutschen Literatur ... als höchster Mißbrauch der Preßfreiheit ... verdammt.« Goethe, Annalen 1796). — Schlosser

s. Bd. I, Anm. 193. — Stolbergische Sekte s. Anm. 458; Fehde: wegen der Polemik (1788) um die *Gedanken über Herrn Schillers Gedicht »Die Götter Griechenlands«* (1788). — Jungfrau in Weimar: vgl. Xenion 104. — Odiosa: Gehässigkeiten. — Tabulae votivae: Titel einer Anzahl »ernsthafter Xenien« im »Musenalmanach« 1797. — Nekrologischer Schnabel: Adolf H. Schlichtegroll (1765—1822), Gymnasiallehrer in Gotha, edierte den *Nekrolog merkwürdiger Deutschen;* darin erschien eine abfällige Beurteilung von Karl Philipp Moritz (s. Anm. 430) durch den Gothaer Professor Lenz (*Nekrolog auf das Jahr 1793*, 2, 169). — *Wallenstein* s. Anm. 349.

465. Karoline von Humboldt (1766—1829), geb. von Dacheröden, Gattin Wilhelm von Humboldts; ihre Kinder: Karoline (1792 bis 1837), Wilhelm (1794—1803); später geboren Theodor (1797—1871), Gabriele (1802—1887). — Friedrich August Wolf s. Anm. 374. — Nicolai s. Bd. I, S. 137; Anm. 117, 222, 264. — Johann Friedrich Zöllner (1753—1804), Propst in Berlin. — Johann Erich Biester (1749—1816), Bibliothekar in Berlin. — Friedrich Ludwig Wilh. Meyer (1759—1840), Schriftsteller in Berlin. — Wohlfeile Achtung: Xenion 84. — Karl Ludwig Woltmann (1770—1817), Schriftsteller, 1794 Professor der Geschichte in Jena. — Wieland s. Bd. I, S. 191; Voß Bd. I, Anm. 214. — Nekrologischer Rabe: Xenion 105 meint Schlichtegroll, s. Anm. 462/464. — Karl August Böttiger s. Bd. I, Anm. 86. — Angriff im »Reichsanzeiger« (Nr. 251, 28. Oktober 1796), ein Distichon in einer Kurznotiz: »Schallen heraus wie hinein ist des Dinges Natur. / Tönt es nur immer, was nützt, kein hämischer Satyr aus ihm.« — Schütz s. Anm. 441.

466/467. Das Produkt: *Die Gegengeschenke an die Sudelköche in Jena und Weimar von einigen dankbaren Gästen* (1797) von Johann Gottfried Dyk (1750—1815), Schriftsteller und Buchhändler in Leipzig, und Johann Kaspar Friedrich Manso (1760—1826), Schriftsteller und Rektor in Breslau.

468. Goethe schrieb diesen Brief nach seinem Besuch in Jena am 13. Januar 1797.

469. Arbeit: *Wallenstein* s. Anm. 349.

470. Goethe weilte vom 20. Februar bis 31. März in Jena. — Sophokles s. Bd. I, Anm. 100; in der Tragödie *Aias* ist Ulysses (Odysseus) sein kluger Gegenspieler, in der Tragödie *Philoktetes* dessen verschlagener Gegner. Kreon: der unbeirrbare König in den Tragödien *Oidipos* und *Antigone*.

472. Goethes Unruhe: er plante eine Reise.

475. Schillers Ballade *Der Ring des Polykrates* wurde am 24. Juni 1797 vollendet. Goethes Plan, als Gegenstück die *Kraniche des Ibykus* zu bearbeiten, übernahm dann Schiller.

476. Empfindsame Reisen: Anspielung auf die *Sentimental Journey* von Laurence Sterne (1713—1768), in der Berichte über seine Frankreich- und Italienreisen den Hintergrund zu teils

heiteren, teils gefühlvollen Abenteuern bilden. — Großväterliches Haus: das Besitztum von Johann Wolfgang Textor (1693—1771. — Hydra s. Bd. I, Anm. 166.

477. Hölderlins undatierter Brief, den Schiller am 22. August 1797 erhielt, dankte nur für die Aufnahme von Gedichten. — Poetisches Genie: Johann Diederich Gries (1775—1842), Schriftsteller und Übersetzer in Jena; sein *Phaeton* erschien im »Musenalmanach« 1798, A. W. Schlegels *Pygmalion* 1797.

479. Garve s. Bd. I, Anm. 193. — Polykrates und Ibykus, Anm. 475.

480. Der ältere Aufsatz: *Der Versuch als Vermittler von Subjekt und Objekt* (1793) »enthält ... Rechenschaft« vom Goetheschen »naturhistorischen Verfahren« und »Erfordernisse aller rationellen Empirie« (Schiller an Goethe, 12. Januar 1798); der neueste Aufsatz *Erfahrung und Wissenschaft* entstand nach Erhalt dieses Briefes.

482. *Die Farbenlehre* (s. Anm. 352) wurde 1810 mit dem geschichtlichen Teil *Konfession des Verfassers zur Farbenlehre* abgeschlossen. — Willebrord Snellius (1591—1626), holländ. Mathematiker, Professor in Leiden, entdeckte das konstante Verhältnis zwischen dem Sinus des Einfalls- und des Brechungswinkels bei der Brechung von Lichtstrahlen (Snellius'sches Brechungsgesetz). — Christian Huygens (Hugenius; 1629—1695), holländ. Physiker, begründete die Wellentheorie des Lichts und erklärte die doppelte Brechung des Lichts im isländ. Kalkspat. — Meyer s. Anm. 346.

483/486. Das Diplom vom 10. Okt. 1792 erhielt Schiller am 1. März 1798. — Jean Marie Roland de la Platière (1743 bis 1793), 1792 frz. Innenminister. — Johann Heinrich Campe (1746—1818), Schulrat und Schriftsteller in Braunschweig. — Verewigte Mitbürger: Georges Jacques Danton (1759—1794), frz. Justizminister, und Étienne Clavière (1753—1793), frz. Finanzminister, hatten das Dekret ausgefertigt. — Mein Schwager s. Anm. 402.

487. Das Schema zum *Faust* vom 23. Juni 1797 ist nicht erhalten.

488/492. *Wallenstein* s. Anm. 349. — Beilage: Die ältere Fassung der Szene zwischen Wallenstein und Seni in *Wallensteins Tod* (I, 1). — Der fünffache Buchstabe: eine Weissagung, deren fünf Worte alle mit F anfangen und zu einem Pentagramm geordnet erscheinen. — Der verstorbene König in Preußen: Friedrich Wilhelm II. war für astrologischen und alchemistischen Aberglauben aufgeschlossen. — Anagramm: Verschlüsselung eines Wortes durch Umsetzung der Buchstaben. — Chronogramm: Merkvers, in dem als röm. Zahlen gebrauchte Buchstaben addiert eine Jahreszahl o. ä. ergeben, als Vers Chronodistichon (Zeitvers).

492/494. Schiller war vom 4. Januar bis 7. Februar zu Proben und Aufführungen der *Piccolomini* in Weimar. — Melpomene: Muse der Tragödie. — Franz Kirms s. Anm. 353.

495. Friedrich Schlegel s. BW Bd. 3020, dt. Romantiker, S. 15 ff.;

sein Roman *Lucinde* erschien 1799, darin die »Allegorie von der Frechheit« (S. 40). – Jacobis Roman *Woldemar* s. Bd. I, Anm. 193. – Ludwig Tiecks Romanfragment *Franz Sternbalds Wanderungen* erschien 1798.

497/498. Zugabe von Stacheln: das »Athenäum« (2. Bd., 2) brachte den »Literarischen Reichsanzeiger oder Archiv der Zeit und ihres Geschmacks«; darin Artikel über Böttiger (s. Bd. I, Anm. 86), Humboldt und Wieland. – Elegie: A. W. Schlegels *Die Kunst der Griechen*. – Die aphoristischen Sätze: die Fragmente im »Athenäum«.

499/500. Schiller kam am 1. April von Jena nach Weimar zurück, während Goethe in Roßla war. – Friedrich Wilh. Schelling s. Anm. 441.

501. Winckelmann s. Bd. I, Anm. 152: dessen Charakteristik, von Goethe verfaßt, ist ein Teil des von Goethe herausgegebenen Sammelwerkes *Winckelmann und sein Jahrhundert* (1805).

502. Zwei harte Stöße: die Kolik vom Juli und August 1804 und der Fieberparoxismus vom Februar. – Zum Ende der Korrespondenz vgl. auch Br. 576.

503. Adam Lorenz von Oerthel (1763–1786), Mitschüler Jean Pauls am Gymnasium in Hof. – Yorick: Pseudonym für Laurence Sterne vgl. Bd. I, Anm. 287 und Anm. 476.

504. Erhard Friedrich Vogel (1750–1823), Pfarrer in Rehau, Jean Pauls ältester Mentor. Er hatte ihm das Essay-Manuskript *Lob der Dummheit* zur Rezension geschickt. – Christian Gottlieb Seydlitz (1730–1808), Philosophieprofessor in Leipzig, dem Oerthel (s. Anm. 503) das Ms. zugeleitet hatte. – Ein neuer Satyr: *Die Grönländischen Prozesse* (1783). – *Tristram Shandy:* die Titelgestalt in Laurence Sternes Roman *The Life and Opinions of Tristram Shandy* (1760/67). – Minerva (Pallas Athene) wurde aus dem Haupt des Zeus geboren. – Alexander d. Gr. s. Bd. I, Anm. 182. – Pygmalion: sagenhafter zyprischer König, der sich in eine von ihm geschaffene Mädchenstatue verliebte, die Aphrodite auf seine Bitte hin belebte. – Winckelmann s. Anm. 337/338.

505. Die Mutter Jean Pauls, Sophie Rosine Richter (1737–1797), wollte, daß er nach Hof zurückkehrte.

506. Polygraph: Vielschreiber. Oligograph: Wenigschreiber. – Die 50 Piecen des Herkules: wohl Anspielung auf die 52 Söhne, die Herkules mit den 50 Töchtern des Königs Thespios zeugte. – Fides pastoralis: kirchliche Geburtsbestätigung. – Ungar. Flecken: gemeint ist eine Fleckfieberepidemie. – Janitscharen: türk. Elitetruppe. – Gleicht der Gelegenheit: lat. occasio, Beiname der Göttin Fortuna (halb jugendlich, halb kahlköpfig).

508. Christian Otto (1763–1828), Freund und Hauptkorrespondent Jean Pauls, lebte in Hof. – Gratulant: Jean Paul hatte einen Neujahrsglückwunsch verfaßt. – Kothmann: ein Hofer Original. – Mein Bruder: Johann Gottlieb Richter (1768 bis 1850). Er war (entgegen Jean Pauls Darstellung) Vater eines

unehelichen Kindes geworden, dessen Mutter er aber nicht heiratete.

509. Renate Wirth (1775—1848), die damals 16jähr. Tochter des Postmeisters in Hof.

510. Chapeau (Hut): hier soviel wie Mann.

511. Johann Georg Herold (1741—1805), Kaufmann in Hof, bei dem Jean Paul verkehrte. — Vater von Mumien: gemeint ist Jean Pauls Roman *Die unsichtbare Loge* (1793).

512. Amöne Herold (geb. 1774), Tochter des Vorgenannten, die geistig regsamste unter Jean Pauls Jugendfreundinnen. Sie heiratete später seinen Freund Christian Otto (s. Anm. 508).

513. Der Brief, mit dem Jean Paul den Hesperus-Roman übersandte, blieb unbeantwortet wie ein anderer Brief, mit dem er Goethe *Die unsichtbare Loge* (Mumien) überschickt hatte.

514. Friedrich von Oertel (1767—1807), in Leipzig lebender Schriftsteller, der Jean Paul nach der Lektüre von dessen eben erschienenen Roman *Das Leben des Quintus Fixlein* begeistert geschrieben hatte. — Helleborus...: schwarze Nieswurz mit rötlicher Blüte.

515. Emanuel, seit 1814 gen. Osmund (1766—1842), jüd. Geschäftsmann in Bayreuth, reger Briefpartner Jean Pauls.

516. Hans Georg von Ahlefeldt (1770—1828), Justizassessor in Berlin, hatte Jean Paul im vergangenen Januar besucht und Freundschaft mit ihm geschlossen. — Klothilde: die in Bayreuth lebende Geliebte Ahlefeldts, Wilhelmine Kropff. — Berenicens Haar: das Sternbild am nördlichen Himmel.

517. Nemesis vgl. Bd. I, Anm. 283/284. — Die Ostheim: Charlotte von Kalb (s. Anm. 404). — Herders *Briefe zur Beförderung der Humanität* s. Bd. I, Anm. 279. — Knebel s. Bd. I, Anm. 271. — Friedrich Hildebrand von Einsiedel (1750—1828), Kammerherr in Weimar. — Abhandlung über die Phantasie: Jean Pauls Schrift *Über die Magie der Einbildungskraft* (1796). — Der alte Gleim vgl. Bd. I, Br. 287 (Gleim an Karoline Herder), und überhaupt die Briefe 285 ff. — Johann Georg Hamann s. Bd. I, Anm. 222. — Herders *Ideen zur Philosophie der Geschichte der Menschheit* s. Bd. I, Anm. 268.

518/519. Die Ostheim s. Anm. 517. — Joachime, Matthieu, Agnola: Figuren im *Hesperus*. — Flachsenfingen: die Residenzstadt im *Hesperus*. — Jeschhausen: Göchhausen.

520. Charlotte von Kalb s. Anm. 404, 406.

525. Johann Friedrich Reichardt (1752—1814) Komponist, Herausgeber von Musikzeitschriften. — Antäus (Antaios): myth. Riese, Sohn des Poseidon und der Gaia (Erde), der durch jede Berührung mit der Erde neue Kraft gewann. — Mein Lexikon: ein von Jean Paul angelegtes Verzeichnis von Luxusgegenständen (Schilderung der vornehmen Welt).

526. Jean Pauls Reiseerzählung *Palingenesien* erschien 1798. — Fallopische Trompeten: Gehörgänge. — Garve s. Bd. I, Anm. 193.

527. Wilhelm Friedrich Ernst von Wolzogen (1762—1809), Kam-

merherr, zweiter Mann der Karoline von Beulwitz (s. Anm. 411/412), der Verfasserin des Romans *Agnes von Lilien.*

528. F. H. Jacobi s. Bd. I, Anm. 193. — Seit 1794 arbeitete Jean Paul an seinem Roman *Titan,* der 1800/03 in 4 Bdn. erschien. — Keine Adiaphora: keine ethisch gleichgültige Haltung. — Epistolarisches Soliloquium: briefliches Selbstgespräch.

529. Bei der Premiere der *Piccolomini* am 30. Januar 1799 wurden auch die beiden ersten Akte von *Wallensteins Tod* gegeben. — Bowling-greens (engl.): Rasenfläche zum Bowlingspiel. — Nephilim: älteste Halbgötter der hebr. Mythologie, mit übernatürlichen geistigen und körperlichen Kräften begabt.

530/532. Karoline von Feuchtersleben (1774—1842), mit Jean Paul verlobt, später verh. von Grundherr von Altenthann. — Sachet: vielleicht ein von ihr überschicktes Kräutersäckchen.

534/535. Die Gräfin: Henriette von Schlabrendorff (1773—1853), die geschiedene Frau des Grafen von Schlabrendorff. — Ixion: thessalischer König, mit Zeus befreundet, war in Juno verliebt, weshalb ihm Zeus ein der Juno ähnliches Nebelbild erschuf (Nephele, die mit dem Ixion die Kentauren zeugte).

536/537. Johann Mayer (1747—1819), Geh. Obertribunalsrat in Berlin, mit dessen Tochter (1777—1860) Karoline sich Jean Paul im November 1800 in Berlin verlobte. Die Hochzeit fand im Mai 1801 statt, anschließend übersiedelte das Paar nach Meiningen.

539. Meta-Kant: Jacobis Abhandlung *Über das Unternehmen des Kritizismus, die Vernunft zu Verstande zu bringen* (1801). — Abhandlung über den Atheismus: *Über eine Weissagung Lichtenbergs* im Jacobischen Taschenbuch für 1802. — Blätter (in Hamburg): *Von den göttlichen Dingen,* erst 1811 gedruckt. — Fixleinisch: nach der Titelgestalt des Romans *Leben des Quintus Fixlein.* — Roquairol: Gestalt im *Titan.* — Siebenkäs s. Bd. I, Anm. 288/289. — Allwill: Jacobis Roman *Aus Eduard Allwills Papieren* (1775/76). — Hermes in Breslau: Johann Timotheus Hermes (1738—1821), Romanschriftsteller.

540. Georg I. (1761—1803), Herzog von Meiningen, hatte wohl eine Verordnung gegen das freie Herumlaufen von Hunden im Gelände erlassen; Jean Paul, ein großer Hundeliebhaber, schrieb darauf diesen Brief unter dem Namen seines Hundes.

541. Der Notar: Der Roman *Flegeljahre* (1804/05).

543. Die Geburtsanzeige von Jean Pauls Sohn Max (1803—1821) an den Schwiegervater. — Vorlesungen über die Kunst: *Vorschule der Ästhetik* (1804).

544. Herder war am 18. Dezember 1803 gestorben. — Rinaldo: einer der Söhne Herders (1790—1841). — Autor-Kleeblatt: Wieland, Goethe, Schiller.

545. Das neueste Werk: *Levana, ein Erziehungsbuch* (1807).

546/547. Friedrich Vieweg (1761—1835), Verleger in Berlin.

548. Zu Fichtes Schrift *Über das Wesen des Gelehrten* (1806). — Dein Hume: Jacobis Werk über *David Hume* (1787).

549. Der selige Pate: ein im März 1808 kurz nach der Taufe ver-

storbenes Patenkind Jean Pauls. — Die *Friedenspredigt an Deutschland* erschien 1808. — Buchholz: ein napoleonfreundlicher Publizist. — *Die Beichte eines Teufels bei einem Staatsmanne* und *Des Feldpredigers Schmelzle Reise nach Flätz* erschienen 1809, ebenso *Dr. Katzenbergers Badereise; Das Leben Fibels 1812.* — Perthes s. Bd. I, Anm. 240.

551. Perthes hatte Jean Paul um Mitarbeit an der Zeitschrift »Vaterländisches Museum« gebeten. — Terzianfieber: Wechselfieber mit dreitägigen Intervallen (Tertian).

552. Achim von Arnim (1781—1831) hatte Jean Paul seine Novellensammlung *Der Wintergarten* (1809) und den Roman *Armut, Reichtum, Schuld und Buße der Gräfin Dolores* (1810) übersandt. — Der Bärenhäuter: Die *Geschichte vom Ursprung des ersten Bärenhäuters* (1808) schrieb Clemens Brentano, nicht Arnim. — Der fischköpfige Primaner, Frank, Waller: Figuren aus Arnims *Gräfin Dolores.*

553. Lorenz Heinrich Wagner: Bayreuther Gymnasialprofessor, gab den Kindern Jean Pauls Privatunterricht. — Dryas: Tryas. — Sus (lat.): Schwein. — Sinking Fond (fund): Tilgungsfonds.

554. Johann Friedrich Cotta, Verleger, s. Anm. 376. — Christian Heinrich Wolke (1741—1825), Sprachreformer.

555. Alexander I. (1777—1825), Kaiser von Rußland, Anführer der Koalition gegen Napoleon und Begründer der Heiligen Allianz zwischen Rußland, Österreich und Preußen. — Der vormalige Großherzog von Frankfurt: Karl Theodor Anton Maria von Dalberg (s. Anm. 322), der bei der Säkularisation als einziger Fürstbischof für die Aufhebung der geistlichen Fürstentümer mit einem eigenen Staat entschädigt wurde; 1806 Fürstprimas des Rheinbunds mit Residenz in Frankfurt, erhielt er 1810 den Titel eines Großherzogs von Frankfurt.

556. Wolke s. Anm. 554. — Op. om. (Opera omnia): sämtl. Werke.

557. Heinrich Voß (1779—1822), ältester Sohn von Johann Heinrich Voß (s. Bd. I, Anm. 214); Philologe in Heidelberg. — Friedrich von Fouqué, Baron de la Motte (1777—1843), romant. Schriftsteller. — Germaine de Staël s. Bd. I, Anm. 219.

558. Jean Paul war in Heidelberg gefeiert worden, man verlieh ihm die Würde eines Dr. phil. — Hegel s. Anm. 371. — Kreuzer: Friedrich Creutzer (1771—1858), Altertumswissenschaftler in Heidelberg. — Max: Jean Pauls Sohn (s. Anm. 543). — Woldemar von Ditmar (1744—1826), Jurist. — Friedrich Christian Heinrich Schwarz (1766—1837), Theologe in Heidelberg.

559. Der Brief bzw. die Zitate beziehen sich auf den 1. Bd. *Shakespeares Schauspiele,* übers. von J. H. Voß und dessen Söhnen Heinrich und Abraham Voß, Leipzig, 1818. — A. W. Schlegel heiratete 1818 Sophie Paulus (1791—1847; »Sauline«), die Ehe wurde jedoch wegen angeblicher Impotenz Schlegels bald darauf geschieden; vgl. auch Br. 563. — Kebsmann: A. W. Schlegel lebte 1804—1817 bei Germaine de Staël.

560/561. Max Richter war 1819/20 studienhalber in München.

562. Fouqué s. Anm. 557. – Hoffmann: Ernst Theodor Amadeus Hoffmann (1776–1822). Byron s. Anm. 369; in Leipzig erschien 1820 eine Übersetzung Theodor Hells von Byrons Versepos *Mazeppa* (1818).

563. Vgl. Anm. 559.

565. Jean Pauls einziger Sohn Max, der von München nach Heidelberg gegangen war, erkrankte dort an Typhus oder Ruhr, kehrte nach Bayreuth zurück und starb dort am 25. September 1821. – Karl Daub (1765–1836), Theologe in Heidelberg.

566. Der Roman *Der Komet oder Nikolaus Marggraf* erschien 1820/22 bei Cotta; *Das Kampaner Tal oder über die Unsterblichkeit der Seele* (1797). – Mein wichtiges Werk: *Selina oder über die Unsterblichkeit der Seele* (1827 posthum). – Cotta hatte vom Tod seiner Gattin berichtet.

567. Georg von Reichenbach (1772–1826), Physiker, Salinendirektor in München. – Tauber, Ostermann, Schmidt: Optiker.

568/569. Böttiger, s. Bd. I, Anm. 86. – Amaurose: völlige Erblindung. – Die geplante Gesamtausgabe der Werke Jean Pauls kam erst nach seinem Tod zustande (60 Bde., 1826/28).

570/572. Karoline von Dacheröden, s. Anm. 465. – Die Briefe berichten von wiederholten Aufenthalten Humboldts in Weimar. Goethe pflegte Humboldts Szenen aus noch unveröffentlichten Manuskripten vorzulesen. – Merck s. Anm. 317. – Moritz s. Anm. 430. – Schillers Übel: vgl. Anm. 502. Humboldt hatte die Weimarer Freunde auf dem Weg nach Italien besucht.

573. Theater-Trakasserien: Goethe wollte im November 1808 aus Verärgerung über die Schauspielerin Jagemann die Weimarer Theaterleitung niederlegen, was dann aber unterblieb. – Unterredung mit dem Kaiser: am 2., 6. und 10. Oktober 1808 hatten Gespräche zwischen Goethe und Napoleon I. stattgefunden; der Kaiser hielt sich damals in Thüringen auf. (Vgl. auch Bd. I, Br. und Anm. 220.) – *Xenien*, Nicolai: der Schriftsteller und Verleger Nicolai wurde in den *Xenien* wiederholt angegriffen. – Tegel: der Wohnsitz Humboldts.

574. Die Wolzogen: Schillers Schwägerin s. Anm. 527.

575. Die *Söhne des Tals:* Roman von Zacharias Werner (1803 erschienen). – *Attila* (1808), romantische Tragödie Werners. – Burattini: Puppe, Marionette. – *Des Knaben Wunderhorn – Alte deutsche Lieder* (1806, 1808), die von Arnim und Brentano herausgegebene Volksliedersammlung.

576. Goethes neuer Roman: *Die Wahlverwandtschaften.* – Friedrich Wilhelm Riemer (1774–1845), seit 1803 Hauslehrer von Goethes Sohn. – Die Kinder Schillers s. Anm. 354. – Iffland s. Anm. 347. – Die Wolzogen und die Lolo: Schillers Schwägerin und seine Witwe. – Goethe hatte 1808 das Ritterkreuz der Ehrenlegion bekommen.

577. Johann Daniel Uhden (1763–1835), Mitglied der preuß. Unterrichtsverwaltung, der Humboldt seit 1809 vorstand.

578. Ein neuer Teil von Goethes Leben: der 2. Bd. von *Dichtung und Wahrheit* (beendet Oktober 1812). Meyer s. Anm. 346.

579. Hieronymus Graf von Colloredo-Mansfeld (1775—1822), Kommandeur des 1. österr. Armeekorps.

580. Im Juni 1826 hatte Goethe die Bearbeitung der Helena-Episode *(Faust II)* abgeschlossen. — Byron s. Anm. 369.

582. Am 9. Juli 1826 war Schillers Witwe gestorben. Am 17. September wurde Schillers Schädel im Postament der Schiller-Büste von Dannecker in der Weimarer Bibliothek beigesetzt; am 24. holte ihn jedoch Goethe in sein Haus.

583. Immanuel Nast (1769—1829), Neffe des Verwalters des Klosters Maulbronn, wo Hölderlin seit dem Herbst 1786 weilte. — Ossian s. Bd. I, Anm. 43. — Kona: das Lieblingstal Ossians. — Morvens: Name für Schottland bei Ossian.

584/585. Louise Nast, Schwester Immanuel Nasts, mit der Hölderlin fast seit Beginn seiner Maulbronner Zeit befreundet war. Sie sahen sich jedoch nur noch selten, da er seit 1788 das Tübinger Stift besuchte. 1790 kam es auf seinen Wunsch hin zur Trennung.

586. Christian Ludwig Neuffer (1769—1839), Mitschüler Hölderlins am Tübinger Stift, später Pfarrer (zuletzt in Ulm); einer der engsten Freunde Hölderlins. — Gotthold Friedrich Stäudlin (1758—1796), Jurist, Schriftsteller, Herausgeber der von Schubart begründeten »Deutschen Chronik«. — Ilissus: kleiner Fluß südl. Athens. — Seit 1792 arbeitete Hölderlin an seinem Briefroman *Hyperion oder der Eremit in Griechenland.*

587/588. Hegel und Hölderlin kannten sich seit dessen Tübinger Zeit. — Fuld: Fulda. Hölderlin versah 1793—1794 eine Hauslehrerstelle bei der Familie von Kalb (vgl. Anm. 404) in Waltershausen, die ursprünglich Hegel erhalten sollte, der statt dessen nach Bern gegangen war. — Neuffer s. Anm. 586. — Schiller druckte in der »Neuen Thalia« (4. Teil, 5/1793; ausgeliefert November 1794) ein Hyperion-Fragment. — Der Tod des Sokrates: nicht ausgeführter Dramenentwurf Hölderlins. — *An das Schicksal:* mit dem Hyperion-Fragment in der »Neuen Thalia« gedruckt. — Almanach: Schillers »Musen-Almanach«. — Ästhetische Ideen: nicht ausgeführter Plan zu einem Aufsatz. — Karl Philipp Konz (1762—1827), damals Diakon in Vaihingen, gab 1794/1795 ein »Museum für die griechische und römische Litteratur« heraus (3 Hefte). — Die zweite Fassung der Hymne *An den Genius der Jugend* erschien unter dem Titel *Der Gott der Jugend* in Schillers »Musenalmanach« für 1796.

589. Die Hymne *Dem Genius der Kühnheit* war 1793 entstanden und erschien mit den in Anm. 587/588 genannten Arbeiten Hölderlins in der »Neuen Thalia«. — Hölderlin hatte im November 1794 Schiller in Jena und Goethe in Weimar besucht.

590. Das 1. und 2. Buch des Hyperion erschien 1797, das 3. und 4. folgte 1799.
591. Hölderlins Absicht, eine Zeitschrift herauszugeben, kam trotz Verhandlungen mit dem Verleger Steinkopf nicht zur Ausführung. — *Der Tod des Empedokles:* Erstes der Empedokles-Fragmente (1798/99).
593. Zum 2. Band des *Hyperion,* vgl. Anm. 590. — Susette Gontard (1769—1802), seit 1786 mit dem Bankier Jakob Friedrich Gontard verh.; Hölderlin war 1796—1798 Hauslehrer bei der Familie Gontard in Frankfurt und faßte eine tiefe Zuneigung zu Susette (»Diotima«), weshalb er die Stelle aufgeben mußte.
594. Casimir Ulrich Boehlendorff (1775—1824), Lyriker und Dramatiker, Freund aus der Jenaer Studienzeit. — Daß mich Apollo geschlagen: mehrere Deutungen möglich; Hölderlin hatte die Heimwanderung von Bordeaux bei großer Hitze angetreten (Mai/Juni 1802), vielleicht ist also ein Sonnenstich gemeint, dessen Folgen geistige Störungen auslösten. Es kann aber auch Apoll als kosmisch-geistiges Prinzip gemeint sein (vgl. Hölderlin, Briefe, hrsg. von Adolf Beck, S. 1088).
595. Wilhelmine von Zenge (1780—1852) war von 1800—1802 mit Kleist verlobt; der Brief ist kurz vor der Abreise Kleists aus Berlin geschrieben. Kleist besuchte im April 1802 Dresden und reiste dann in die Schweiz.
596. Wilhelmine hatte Kleist gebeten, zurückzukehren, weil sie um ihrer Eltern willen nicht folgen wollte.
597. Im Oktober 1803 war Kleist nach Frankreich gegangen, um dort in Militärdienste zu treten, er wurde jedoch abgewiesen. In Paris verbrannte er das Manuskript seines Trauerspiels *Robert Guiskard, Herzog der Normänner,* an dem er seit 1801 arbeitete; ein erhaltenes Fragment des ersten Akts veröffentlichte er 1808 in der Zeitschrift »Phöbus«. Vgl. auch Brief 600. — Ulrike von Kleist (1774—1849), Halbschwester Kleists.
598. Otto August Rühle von Lilienstern (1780—1847), Regimentskamerad Kleists, Militärschriftsteller. — Der Kleisten: Marie von Kleist (1761—1831). — Ein Trauerspiel unter der Feder: vielleicht *Penthesilea.*
600. Vgl. Anm. 597. — Kleist war im Januar 1807 von den Franzosen in Berlin wegen Spionageverdacht verhaftet und nach Fort de Joux gebracht worden, von da in ein Gefangenenlager in Châlons; erst im Juli wurde er freigelassen und konnte zurückkehren. — Kleists *Amphitryon* (1807) benutzt Molières gleichnamiges Lustspiel (1668) als Vorlage. — Adam Heinrich Müller (s. Anm. 356), Schriftsteller und Staatswissenschaftler, hatte das Werk *Die Lehre vom Gegensatze* (1804) verfaßt. 1808 gab er gemeinsam mit Kleist in Dresden die Zeitschrift »Phöbus« heraus. — Ungedruckte Schriften von Novalis: Friedrich von Hardenberg war 1801 gestorben. — Wieland lieferte den Beitrag für den »Phöbus« nicht.

601. Auch Goethe schrieb nichts für den »Phöbus«. — Vgl. Br. 357.

603. Hintergangen: Zwischen Marie und Kleist war es wegen seines Verhältnisses mit Henriette Vogel (1777—1811) zu einer Verstimmung gekommen.

604. Hinterlassener Abschiedsbrief Kleists an Ulrike, wahrscheinlich in der Nacht vom 20./21. November 1811 in der Gaststätte Neuer Krug bei Potsdam geschrieben. Kleist und seine unheilbar kranke Geliebte Henriette Vogel begingen am 21. Nobember 1811 gegen 16 Uhr am Wannsee-Ufer Selbstmord.

605. August Wilhelm lebte seit Mai 1791 in Amsterdam als Hofmeister bei dem Ratsherrn Henry Muilman. Friedrich hielt sich seit dem Sommersemester 1791 in Leipzig auf, um das in Göttingen begonnene juristische Studium fortzusetzen. — Der junge Mann, aus dem alles werden kann: Friedrich von Hardenberg (Novalis). — Der Holländer Franz Hemsterhuys (1721—1790) war einer der beliebtesten Modephilosophen der Zeit, der vor allem auch Friedrich Schlegel beeinflußte; er vertrat einen mystischen Neuplatonismus.

606. Schillers Stanzen: *Die Zerstörung von Troja im zweiten Buch der Äneide* erschien wie die im Brief erwähnte Abhandlung in der »Neuen Thalia« (1792, 1. Stück).

609. 1794 ging Friedrich nach Dresden.

610. August Wilhelm war zur Rückkehr nach Deutschland entschlossen, aber in Sorge, ob er seine Existenz sichern könne. In Amsterdam hatte er ein Jahreseinkommen von 1000 Gulden.

611. Georg Wilhelm August von Pape (1765—1837), Schriftsteller, damals Assessor am Hofgericht zu Hannover. — Der Dante-Aufsatz August Wilhelms erschien 1795 in den »Horen« (3. u. 4. Stück).

612. August Wilhelm hatte 1796 zusammen mit Gottfried August Bürger eine Übersetzung des *Sommernachtstraums* begonnen. Teile der Schlegelschen Shakespeare-Übersetzung erschienen noch 1796 in den »Horen«, der 1. Band der Übersetzung *(Romeo und Julie* und *Sommernachtstraum)* 1797 bei Unger in Berlin. — Christian Gottfried Körner (1756—1831), Appellationsgerichtsrat in Dresden, Freund Schillers und Vater des Schriftstellers Theodor Körner (1791—1813).

614/616. Die Übersetzungen August Wilhelms: s. Anm. 7/8. — Friedrich Schlegel hatte im Mai 1797 in der Zeitschrift »Deutschland« Schillers »Horen« kritisch besprochen und die Menge der Übersetzungen und deren Qualität beanstandet. Der Angriff war auf eine Indiskretion Schillers zurückzuführen, der in den »Xenien« eine Schrift Friedrichs, deren Manuskript er durch August Wilhelm kannte, noch vor ihrem Erscheinen verspottet hatte. Der Bruch war endgültig, obwohl Goethe vermittelte.

617. Der Zeitschriftenplan der Brüder führte zur Gründung des »Athenäum«, das 1798 (1. Stück Anfang Mai) bis 1800 erschien. Den I. Jahrgang verlegte Friedrich Vieweg (1761 bis 1835) in Berlin, II und III brachte Heinrich Fröhlich (gest. 1805) ebendort heraus. — Caroline Michaelis (1763—1809), in erster Ehe verh. Böhmer (1792 verwitwet), 1796—1803 mit A. W. Schlegel verh., seit 1803 mit Friedrich Schelling. — Johann Friedrich Unger (1753—1804), Verleger (u. a. von Goethe) und Drucker in Berlin. — Friedrich Schleiermacher (1768—1834), vom Protestantismus ausgehender Philosoph des deutschen Idealismus, der den Romantikern nahestand; er lebte in Berlin, wo ihn Friedrich kennengelernt hatte. — Herkules (Herakles) Musagetes: Herkules als Musenführer. — Freya: altnordische Göttin des Lichtes und der Liebe.

618. Dioskuren: »Söhne des Zeus«, die Zwillinge Kastor und Polydeukes (Pollux); hier als Anspielung auf die beiden Brüder als Herausgeber gedacht. — Parzen (Moiren): ursprünglich eine (Moira), später drei Schicksalsgöttinnen (Klotho, Lachesis und Atropos) der antiken Mythologie.

620. Friedrichs Aufsatz *Über Wilhelm Meister* erschien 1798 im »Athenäum« (1. Bd., 2. Stück).

621. Goethe dankte am 18. Juni nach einem erhaltenen Briefkonzept freundlich — »wenn auch die Verfasser mich und das Meinige nicht mit einer so entschiedenen Neigung begrüßen.«

622/624. Sophie Bernhardi geb. Tieck (1775—1836; Schwester Ludwig Tiecks), verh. mit dem Schriftsteller und Erzieher August Ferdinand Bernhardi (1769—1820); 1807 geschieden, vgl. Brief 31. Während seines Aufenthalts in Berlin wohnte August Wilhelm zeitweilig in ihrem Hause; ihr am 6. 11. 1802 geb. Sohn Theodor Bernhardi war vielleicht ein Sohn August Wilhelms, er sah ihm im Alter sehr ähnlich.

625. Luise Gräfin von Voß (geb. 1780), Frau des preuß. Kammerherrn August Ernst Graf von Voß, gehörte zu Schlegels Berliner Freundeskreis. — August Wilhelm hatte die französische Schriftstellerin Germaine de Staël (1766—1817) im März 1804 in Berlin kennengelernt, sie hatte aus Weimar einen von Goethe geschriebenen Empfehlungsbrief mitgebracht. Bald darauf wollte sie ihn als Berater für ihr geplantes Werk über Deutschland und als Aufseher über die Erziehung ihrer Kinder gewinnen. Nach einigem Zögern akzeptierte er Anfang April 1804. Am 19. April kam es zur überstürzten Abreise nach Schloß Coppet bei Genf, da die Staël Nachricht von einer schweren Erkrankung ihres dort lebenden Vaters erhalten hatte (Jacques Necker, 1732—1804; Bankier, 1777—1781 und 1788—1790 franz. Finanzminister); am Tag vorher schickte sie Schlegel Geld, damit er seine Angelegenheiten ordnen konnte. Auf der Reise nach Coppet erhielt sie in Weimar die Nachricht vom Tode ihres Vaters, die ihr Benjamin Constant (1767—1830; franz. Schriftsteller schweiz. Herkunft, wie die Staël 1802 von Napoleon verbannt, zeitweilig in Coppet le-

bend) nach einem wilden Parforce-Ritt von Genf dorthin überbracht hatte. — Johannes von Müller (1752—1809), Historiker, seit 1804 Hofhistoriograph in Berlin, besuchte Coppet im Juni d. J.

626. Für mich und meine Frau: Friedrich lebte seit 1799 in Jena und seit 1802 in Paris mit seiner späteren Frau Dorothea (1763—1839), einer Tochter Moses Mendelssohns, in erster Ehe verh. Veit; er heiratete sie 1804 in Paris.

627. Bei der Ungern: die Schriftstellerin Friederike Helene Unger (1751—1813), Witwe von J. F. Unger (s. Anm. 13), die dessen Verlag weiterführte. — Friedrichs *Poetisches Taschenbuch für das Jahr 1806* erschien zur Michaelismesse 1805. — Johann Turpin (gest. 800), Benediktiner im Kloster St. Denis, seit 753 Erzbischof von Reims; die fälschlich unter seinem Namen überlieferte, von Friedrich benützte Chronik *De vita Caroli Magni et Rolandi historia* über den Zug Karls des Großen nach Spanien entstand jedoch erst im 11. Jh. — *Trutz-Nachtigall:* Religiöse Gedichtsammlung von Friedrich Spee von Langenfeld (1591—1635), posthum 1649 erschienen. — Charlotte Schlegel, verh. Ernst (gest. 1826), eine Schwester der Brüder Schlegel. — Voß: Johann Heinrich Voß (1751—1826), Schriftsteller; der bekannte Übersetzer Homers, Ovids und Shakespeares.

628. *Alarcos:* Trauerspiel Friedrichs (1802). — Die Geschichte von Florio und Blancheflur: Liebesgeschichte zweier Kinder nach einem frühhöfischen Epos (um 1170), auf eine arabische Sage zurückgehend; später von Hans Sachs als Komödienstoff (1545) aufgegriffen. Während eines Romaufenthaltes hatte Sophie Bernhardi 1806 mit der Bearbeitung begonnen, Teile erschienen 1808 im »Einsiedler«; das ganze zehn Gesänge umfassende epische Gedicht erschien 1822 *(Flore und Blancheflur).* — Dein *Tristan:* seit 1798 geplantes, unvollendet gebliebenes Epos August Wilhelms. — Goethes Abhandlung *Winckelmann und sein Jahrhundert* war eben erschienen. — Die alte Herzogin: Anna Amalia von Weimar. — Friedrich August Wolf (1759—1824), Philologe und bedeutender Altertumsforscher. — Wilhelm von Humboldt (1767—1835), Sprachforscher und Kulturpolitiker, Goethe und Schiller, aber auch den Romantikern nahestehend; seit 1809 Leiter des preußischen Kultus- und Unterrichtswesens (Begründer der nach ihm benannten Universität in Berlin).

629. Der widrige Kartoffeldichter: Johann Heinrich Voß; s. Anm. 23. — Die *Romanzen vom Tale Ronceval* von Friedrich von Fouqué, Baron de la Motte (1777—1843), erschienen vollständig erst 1808. — Wilhelm von Schütz (1776—1847), den Romantikern nahestehender Berliner Schriftsteller. — Wolf s. Anm. 24. — Schleiermachers Platon-Übersetzung erschien seit 1804.

630. Frau von Staël befürchtete, daß August Wilhelm, der sich mitunter schlecht behandelt fühlte, sich von ihr trennen wolle

und überredete ihn, sich mit dieser Erklärung an sie zu binden.

631. *Des Knaben Wunderhorn. Alte deutsche Lieder*, die von Arnim und Brentano herausgegebene Gedichtsammlung. — Friedrich Ast (1778—1841), Altertumswissenschaftler und Philologe, damals Professor in Landshut, später München. — Krösus: Kroisos war der letzte König der Lyder (561 bis um 546 v. Chr.), sein Reichtum bei den Griechen sprichwörtlich. Seine Niederlage im Krieg gegen den Perserkönig Kyros (546 v. Chr.) war bereits in der Antike Gegenstand einer Erzählung (überliefert bei Herodot, I, 86.). — Kaldaunes: spöttische, aus »Kaldaunen« (eßbare Eingeweide von Schlachttieren) gebildete Umkehrung von »Kandaules« (bei den Lydern Name des Herakles). Gekrösus: analoges Wortspiel mit »Gekröse« und Kroisos.

632. Die Pöbellieder: gemeint ist wieder *Des Knaben Wunderhorn*. — Fichtes *Grundzüge des gegenwärtigen Zeitalters* erschienen 1806.

634. Vier Spottgedichte Friedrichs auf die literarischen Moden der Zeit. — I: Parodie auf die am Briefende genannte Tragödie von Wilhelm von Schütz (s. Anm. 25). — II: Die Butzemänner sind Arnim und Brentano, die Wunderhorn-Herausgeber. — III: Gegen die überhandnehmende Romanzendichtung, auch gegen Fouqué (s. Anm. 25) gerichtet. IV spielt auf Goethe an.

635. Sophie Bernhardi war 1807 geschieden worden (s. Anm. 18/20); im Scheidungsverfahren hatte sie ihrem Mann Trunksucht und Ausschweifung vorgeworfen, er bezichtigte sie des Ehebruchs. Sein Freund Fichte (im Brief Bernhardis »Trinkgeselle«) bezeugte vor Gericht, daß er einmal, als er unerwartet (!) in das Schlafzimmer Sophies trat, August Wilhelm bei ihr »in sonderbarster Verfassung« vorgefunden habe.

636. Gemeint ist Schellings *Philosophische Untersuchung über das Wesen der menschlichen Freiheit* (1809). — Friedrich Karl Forberg (1770—1848) hatte mit seiner Schrift *Entwicklung des Begriffes der Religion* (1798) den sog. Atheismus-Streit ausgelöst; Fichte hatte die Einleitung geschrieben. — Fichte bezeichnete sein philosophisches System als *Wissenschaftslehre* (in mehreren Fassungen veröffentlicht); vgl. Einführung. — Jacobi: der Schriftsteller und Philosoph Friedrich Heinrich Jacobi (1743—1819). — Xenophanes (6. Jh. v. Chr.), aus Kleinasien stammender Philosoph, von dessen Lehrgedichten nur Fragmente erhalten sind; Vertreter eines pantheistischen Weltsystems und Begründer der Schule der Eleaten (nach Elea in Unteritalien benannt).

637. *Der standhafte Prinz* Calderons wurde am 13. 1. 1811 in Weimar aufgeführt. — *Die Brücke von Mantible:* Schlegels Übersetzung dieses Stückes von Calderon erschien 1809 im 2. Band seines *Spanischen Theaters*. — *Die Locken des Absalon* und *Aurora in Copacavana:* Stücke Calderons, deren

Übersetzung August Wilhelm nicht mehr fertigstellte. — Shakespeares *Richard III.*: 1810 im 9. Band der Schlegelschen Shakespeare-Übersetzung. — Die Vorlesungen *Über dramatische Kunst und Literatur* erschienen 1809/11 in 3 Bänden.

638. Das geplante »Vaterländische Museum« erschien 1812/13 als »Deutsches Museum«.

639. Bezieht sich auf den 1. Band von Goethes Autobiographie *Aus meinem Leben. Dichtung und Wahrheit* (3 Bde., 1811/14).

640. Trotz vieler Gegensätze war es schon gelegentlich zur Zusammenarbeit zwischen Arnim und Schlegel gekommen; die von Arnim übermittelten Beiträge konnte Friedrich jedoch nicht mehr veröffentlichen, da das »Deutsche Museum« inzwischen einging. — 1808 hatte Arnim eine Gryphius-Ausgabe angekündigt.

641. Friedrich war 1813 im Ministerium Metternichs tätig. — Friedrich von Gentz (1764—1832), Politiker und Publizist, damals Gehilfe Metternichs in der Wiener Staatskanzlei, später Protokollführer auf dem Wiener Kongreß.

642. Friedrich Tieck (1776—1841), Bruder von Ludwig Tieck, Bildhauer. — Mein Kronprinz: Jean Baptiste Bernadotte (1763—1844), 1804 Marschall von Frankreich, 1810 vom schwed. Reichstag zum Kronprinzen gewählt und, von König Karl XIII. adoptiert, Regent. 1812 trennte er sich von Napoleon und trat zu dessen Feinden über, seit 1818 als Karl XIV. Johann König in Schweden und Norwegen. August Wilhelm war 1812 mit Germaine de Staël nach London gegangen, dann in Stockholm 1813—1814 Sekretär Bernadottes, den er auch auf Feldzügen und Verhandlungsreisen, u. a. nach Moskau, begleitete. — Der Philosoph Gottfried Wilhelm Leibniz (1646—1716) war seit 1685 in Hannover Historiograph des Welfenhauses und seit 1691 Leiter der Bibliothek in Wolfenbüttel.

643. François-Juste-Marie Raynouard (1761—1836), franz. Schriftsteller und Philologe. — Germaine de Staël war am 13. Juli 1817 in Paris gestorben; der Leichnam wurde von August Wilhelm nach Coppet überführt und dort beigesetzt.

644/645. Friedrich Perthes (1772—1843), Buchhändler und Verleger. Er hatte auch Stolbergs *Geschichte der Religion Jesu Christi* verlegt, worin Friedrich einen Anknüpfungspunkt sah. — Friedrichs *Sämtliche Werke* erschienen 1822/25 (10 Bde.). Sein Gehalt als Legationsrat betrug 3000 Gulden jährlich. — Die Frankfurter Katastrophe: Ende 1815 war Friedrich nach Frankfurt zum Bundestag gegangen und hatte seinen Wiener Haushalt aufgelöst; da er in Frankfurt Geld geliehen hatte, um sich einzurichten, mußte er bei seiner Abberufung 1818 seinen Haushalt wieder auflösen und außerdem neue Darlehen aufnehmen, um die alten Schulden zahlen zu können. — 1818 hatte Friedrich den Verleger Johann Friedrich Cotta (1764—1823) für eine Gesamtausgabe seiner Werke gewonnen, doch zerschlugen sich die Verhandlungen, nachdem Friedrich bereits einen Vorschuß erhalten hatte (daher die Schulden bei Cotta); die *Sämtlichen Werke* erschienen dann bei Mayer & Co. in Wien, jedoch unvollständig, weshalb Friedrich noch vor Abschluß der Ausgabe einen neuen Verleger suchte. — Das historische Unternehmen: eine *Europäische Staatengeschichte*.

646. Georg Andreas Reimer (1776—1842), Berliner Verleger, hatte die Schlegelsche Shakespeare-Übersetzung vom Verlag Unger übernommen. — Nachdem Reimer den Protestbrief August Wilhelms höflich beantwortet hatte, erklärte sich dieser mit der Tieckschen Mitarbeit unter einer Reihe von Bedingungen einverstanden.

647/648. Friedrich hatte im Herbst 1825 München besucht. In der Zwischenzeit hatte der damalige Kronprinz als Ludwig I. die Thronfolge angetreten; viele sahen in ihm den berufenen Förderer einer neuen geistigen Entwicklung in Deutschland, vor allem die katholisch orientierten Romantiker. — Frau von Stransky: eine Bekannte Schlegels, die er dem König empfohlen hatte.

649/652. Äußerer Anlaß der Auseinandersetzung zwischen den Brüdern waren u. a. finanzielle Ansprüche August Wilhelms an Friedrich, die dieser nicht erfüllen konnte; August Wilhelm nahm Friedrich auch übel, daß er sich außerstande erklärt hatte, für die Familie des 1826 verst. Bruders Moritz zu sorgen. — Marie (eigtl. Henriette) Mendelssohn (1775 bis 1831), Tochter Moses Mendelssohns, Schwägerin Friedrichs (s. Anm. 22), die sich mehrmals bemüht hatte, zwischen den Brüdern zu vermitteln. — »Concordia«: von Friedrich 1820 in Wien begründete Zeitschrift. — Concordia discors etc.: nach Horaz, Epist. I, 12, 19, und Ovid, Metamorphosen 1, 4 zitiertes, scheinbar widersprüchliches Wortspiel, abgeleitet von Empedokles, der alles Sein aus der Einwirkung zweier gegensätzlicher Kräfte (Haß und Liebe) auf die vier Elemente erklärte. — Den angekündigten Plan verwirklichte August Wilhelm in der Flugschrift *Berichtigung einiger Mißdeutungen* (1828), »um klarzustellen, daß ich nicht katholisch geworden bin und nicht daran denke, es zu werden, und um von meinem Bruder Friedrich abzurücken, dessen sämtliche Schriften dazu dienen sollen [], die Macht der Priester aufzurichten« (August Wilhelm am 8. Dezember 1828 an die Herzogin von Broglie). Noch ehe die Auseinandersetzung beendet war, starb Friedrich am 12. Januar 1829.

653. Novalis stand kurz vor der Übersiedlung nach Wittenberg, wo er ab Mai 1793 die in Leipzig begonnenen Studien fortsetzte. — Der alte Kopf am Eingang: das Siegel Schlegels auf dem Brief. — Die Lieblingstochter Jovis (Zeus): Pallas Athene, hier als Göttin der Weisheit. — Antiparos: Zykladeninsel, berühmt durch eine Tropfsteinhöhle. — Eleusis: Stadt in Attika, berühmt durch die eleusinischen Mysterien,

einen bis heute nicht sicher gedeuteten Offenbarungskult. — Iris: Götterbotin in der griech. Myth. — Friedrich Schlegel hatte wiederholt Selbstmordabsichten geäußert, daher die Beschwörungen Novalis'.

654. Novalis hielt sich in Weißenfels auf, wo sein Vater Salinendirektor war; 1795—1797 arbeitete er unter ihm als Assessor. — Dion: im 4. Jh. v. Chr. ein Fürst von Syrakus, der von Platon beraten wurde.

655/657. Nachdem sich seine Geliebte aus der Leipziger Zeit vermählt hatte, verlobte sich Novalis mit der damals dreizehnjährigen Sophie von Kühn (1783—1797), die in Grüningen lebte. Sie starb am 19. März 1797. — Caroline Just: eine vertraute Freundin Novalis'.

659. Euer Journal: das »Athenäum«, s. Anm. 13. — Die Bruchstücke: wohl die ersten Aufzeichnungen zu den *Fragmenten* (s. Anm. 56).

660/662. Friedrich Schlegels *Fragmente:* für das »Athenäum« geschriebene Beiträge philosophisch-ästhetischen Inhalts. — Novalis konzipierte ebenfalls *Fragmente* (Teile 1798 im »Athenäum« unter dem Titel *Blütenstaub),* die jedoch ein umfassendes Gedankensystem geschlossen darstellen sollten und unvollendet blieben. Friedrich Schlegel und Tieck gaben das Vorhandene posthum in den *Schriften* von Novalis heraus (1802, Bd. 2). Das Ganze sollte eine »szientifische Bibel« werden; während Friedrich Schlegel auf ein neues religiöses System zielte (s. Brief 58). — Wolf: s. Anm. 24. — August Ludwig Hülsen (1765—1810): Philosoph und Schriftsteller, ein Wegbereiter des sittlich-religiösen Naturempfindens der Romantik und Freund August Wilhelm Schlegels.

663. Caroline Schlegel: s. Anm. 13. — Friedrich Schlegels Eheroman *Lucinde* erschien 1799. — Krates (365—285 v. Chr.), griech. Philosoph und Dichter; Kyniker. — Wilhelm Heinse (1749—1803), Schriftsteller, ein Hauptvertreter des Sturm und Drang. — Richter: Jean Paul.

664/665. Der Roman *Heinrich von Ofterdingen* blieb unvollendet (posthum 1802 in *Novalis' Schriften* veröffentlicht).

666. Tieck hatte Berlin im April 1792 verlassen, um über Leipzig nach Halle zu reisen, wo er sich an der Universität immatrikulieren ließ. — *Anna Boleyn:* unvollendet gebliebenes Trauerspiel Tiecks. — Schmohl: Berliner Freund Tiecks und Wackenroders. — Friedrich Eberhard Rambach (1767—1826), Schriftsteller, Dramatiker, Erzieher; sein Stück *Die eiserne* Maske erschien 1792 unter Pseudonym. — Bernhardi: s. Anm. 18. — Das *Lamm:* geplantes Schäferspiel Tiecks.

668. Sined: Anagramm für Michael Denis (1729—1800), Jesuit, Professor in Wien, als »Sined der Barde« Verfasser von Bardenliedern, die hier wohl gemeint sind, ebenso seine Übersetzung von Macphersons angebl. nach gälischen Texten Ossians herausgegebenem Epos *Fingal* (1762). — Die S. 101 erwähnten *Poetischen Versuche* (1791) stammten von Johann Michael

Hamann (1769—1813), dem Sohn des Philosophen Johann Georg Hamann (1730—1788; berühmter Gegner der Aufklärung und Ideologe des Sturm und Drang). — Voß: s. Anm. 23.

671. »Wer weiß ...«: nach Schillers *Don Karlos*, I, 1.

673/674. *Der Großkophta:* Lustspiel von Goethe (1791). — Sekretär Wurm und Louise: Gestalten aus Schillers *Kabale und Liebe.*

675/676. Friedrich Leopold Graf zu Stolberg-Stolberg (1750 bis 1819) Schriftsteller, Historiker, u. a. Verfasser damals viel gelesner Gedichte (1779 und 1784), s. auch Anm. 40. — Karl Wilhelm Ramler (1725—1798), anakreontischer Lyriker, Nachahmer des röm. Dichters Quintus Horatius Flaccus (65 bis 8 v. Chr.). — Jean François Dumouriez (1739—1823), franz. General, besiegte als Anführer der Revolutionstruppen am 20. September 1792 die Preußen bei Valmy, wodurch er Frankreich vor der Besetzung rettete. — Bei Thermopylai, einem strategisch wichtigen Engpaß zwischen Thessalien und Mittelgriechenland, kämpfte Leonidas 480 v. Chr. gegen den Perserkönig Xerxes, wobei seine dreihundert spartanischen Krieger fielen.

678. August Lafontaine (1758—1831), damals beliebter Erzähler — Abhandlung über Romeo: in den »Horen«, s. Brief 8—10. — *Ritter Blaubart* und *Der gestiefelte Kater:* in den *Volksmärchen* (1797) enthaltene Märchendramen Tiecks. — Abhandlung zum *Sturm:* Tiecks Bearbeitung von Shakespeares *Sturm* war eine Abhandlung *Über das Wunderbare bei Shakespeare* beigefügt.

680. August von Kotzebue (1761—1819), Schriftsteller, damals vieldiskutierter bürgerlich-rührseliger Dramatiker. — August Wilhelm Iffland (1759—1814), Bühnenschriftsteller, Schauspieler und Theaterdirektor (u. a. in Mannheim und Berlin). — Casimir Ulrich Boehlendorff (1775—1824), Lyriker und Dramatiker, befreundet mit Hölderlin.

681. Friedrich Schlegel war am Tag vorher gestorben (s. Anm. 45/48). — Wolf Graf Baudissin (1789—1878), Mitarbeiter an der Tieckschen Shakespeare-Übersetzung und -Bearbeitung, seit 1827 in Dresden. — Karl Wilhelm Ferdinand Solger (1780—1819), Philosoph, Freund Tiecks. — Friedrich von Raumer (1781—1873), Schriftsteller und Historiker, der ebenfalls zum Kreis Tiecks gehörte.

682. Der Briefwechsel zwischen Schiller und Goethe erschien 1828/29 in 6 Bänden. Schiller hatte sich gelegentlich abfällig über die Schlegels geäußert. — Der Kunst-Bavian: Johann Heinrich Meyer (1760—1832), Maler und Kunsttheoretiker, Freund Goethes und Direktor der Weimarer Zeichenschule, auch »Kunstmeyer« und von den Romantikern »Mephistopheles« genannt.

683. Theodor Gottlieb Hippel (1775—1843), Jurist, Schriftsteller, zuletzt Reg.-Präs. in Bromberg, u. a. Verfasser des 1813 von

Friedrich Wilhelm III. erlassenen Aufrufs *An mein Volk;* Jugendfreund Hoffmanns. — Hoffmann war seit Juli 1795 Auskultator in Königsberg, Hippel im Vorbereitungsdienst in Marienwerder. — *Der Geheimnisvolle:* Erzählung (1795/96).

685. 1796—1798 war Hoffmann Auskultator in Glogau. — Im Entbehren: er hatte sich von einer Königsberger Geliebten getrennt. — Bis man mit Falstaff schlafen geht: bis man stirbt. — Der Cousin: Hoffmann lebte in Glogau im Hause seines Onkels Johann Ludwig Doerffer (1743—1803), gemeint ist dessen Sohn Ernst Ludwig (1778—1831). Hoffmann verehrte heimlich die 1775 geb. Schwester Ernst Ludwigs, mit der er sich 1802 formlos für kurze Zeit verlobte.

686. Ende August 1798 siedelte Hoffmann mit der Familie des vorgenannten Onkels, der an das Geheime Obertribunal versetzt wurde, nach Berlin über; dort legte er 1800 die 2. Staatsprüfung ab und ging anschließend als Assessor nach Posen (1802 Heirat mit Michalina Rohrer, 1781—1859), von wo er Ende 1802 wegen seines freien Lebenswandels und einiger Karikaturen seiner Vorgesetzten nach Plozk versetzt wurde. 1804 erhielt er eine Anstellung in Warschau, das er nach dem Einmarsch der Franzosen (1806) verlassen mußte, da er keine Loyalitätserklärung unterschrieb.

688. Der Dramatiker Zacharias Werner (1768—1823) schilderte im Schauspiel *Das Kreuz an der Ostsee* (1806) Kämpfe der Deutschordensritter zur Missionierung der Preußen; größeren Beifall fand er mit den romantischen Tragödien *Attila* (1808), *Wanda* (1810) und dem Einakter *Der vierundzwanzigste Februar* (1815). — Der heilige Adalbert: Adalbert (Vojtech) von Prag (um 950—997), Apostel der Preußen und Polen, während einer Missionsreise in Samland ermordet; also kein direkter Zusammenhang mit der Unterwerfung Preußens durch den Deutschen Orden, die erst 1230 begann. — Iffland (s. Anm. 76) war seit 1796 Direktor des Nationaltheaters in Berlin; Werner hatte ihm den ersten Teil *(Die Brautnacht)* der unvollendet gebliebenen Tragödie *Das Kreuz an der Ostsee* vergeblich angeboten. — Tals-Söhne: Werners Roman *Die Söhne des Tales* (2 Bde., 1803). — Sanders Preßbengel: d. h. das Stück wurde bereits für den Berliner Verleger Johann Daniel Sander gedruckt (Preßbengel: Hebel, mit dem die Schraube der Druckerpresse angezogen wurde; übertragen für Drucker). — Tiecks Tragödie *Leben und Tod der heiligen Genoveva* war 1800, sein Lustspiel *Kaiser Octavianus* 1804 erschienen, sein Roman *Franz Sternbalds Wanderungen* 1798.

689. *Martin Luther oder die Weihe der Kraft:* Im Juni 1806 in Berlin uraufgeführtes Schauspiel Werners. — »Manche Leute« und »eines gewissen Mannes«: gemeint ist Werner; die Anspielungen gelten der Kompositionsarbeit zum *Kreuz an der Ostsee.* — Heinrich Eduard Bethmann (1774—1857), Schauspieler.

690. Morgenroth: damals in Dresden lebender Violinist. — Hoff-

mann hatte 1807 Warschau verlassen (vgl. Anm. 82) und sich in Berlin vergeblich um eine erneute Verwendung im Staatsdienst bemüht. 1808 ging er als Theatermusikdirektor nach Bamberg, stieß aber auf Schwierigkeiten bei dem Theaterleiter Heinrich Cuno.

691. Karl Friedrich Kunz: mit Hoffmann befreundeter Weinkaufmann und Unternehmer in Bamberg, seit 1813 sein Verleger; die Beziehungen kühlten sich jedoch rasch ab.

692. Julius Eduard Hitzig (1780—1849), Jurist im preußischen Staatsdienst, Freund Hoffmanns aus Warschau, seit 1808 Verlagsbuchhändler und Verleger, der auch Werke Hoffmanns herausbrachte. — Hoffmanns Oper *Undine*, an der er 1812 bis 1816 arbeitete, ging auf die gleichnamige Märchenerzählung (1811) Fouqués zurück, der selbst das Libretto schrieb (Uraufführung am 3. August 1816 in Berlin; vgl. Brief 91).

693. Kunz s. Anm. 87. — Hoffmann ging im April 1813 von Bamberg nach Dresden, von dort im Dezember 1813 nach Leipzig. — Der Roman *Die Elixiere des Teufels* erschien 1815/16.

694. Erst im Sommer 1814 bekam Hoffmann wieder eine Anstellung in Berlin (Justizministerium und Kammergericht). Seit 1812 schrieb er gelegentlich für die bei Breitkopf und Härtel erscheinende »Allgemeine musikalische Zeitung«. — *Die Fantasiestücke in Callots Manier* (mit Vorrede von Jean Paul) waren 1813/15 in 4 Bdn. erschienen. — Die geplanten »Deutschen Wehrblätter« erschienen 1815 unter dem Titel »Freimüthige Blätter für Deutsche, in Beziehung auf Krieg, Politik und Staatswirthschaft« bei Duncker und Humblot in Berlin. — Der Zeitblütenmann: Hoffmann sollte an der 1815/16 in Berlin erscheinenden Zeitschrift »Zeitblüthen« mitarbeiten.

696. Adolf Wagner (1774—1835), Privatgelehrter, Schüler Schillers in Jena, Onkel Richard Wagners; mit Fouqué und Hoffmann befreundet. — Im November 1817 brannte das Kgl. Schauspielhaus in Berlin aus (wobei die Noten der Stimmen zur *Undine* vernichtet wurden, die Partitur blieb erhalten.) — Unzelmanns Perücke: Karl Wilhelm Ferdinand Unzelmann (1753—1832), Schauspieler. — Die erwähnte Zeichnung zeigt, wie ein Soldat aus einer Mansarde eine hochfliegende brennende Perücke mit der Flinte abschießt.

697. *El galan fantasma (Der Liebhaber als Gespenst):* ein Stück Calderons; Hoffmann plante nach der Übersetzung von Karl Wilhelm Salice-Contessa (1767—1825) eine Oper *Der Liebhaber nach dem Tode.* — Zum Theaterbrand s. Anm. 92.

698. Speyer: ein Bekannter Hoffmanns aus der Bamberger Zeit. — Kater Murr s. Anm. 95/96. — Kunz s. Anm. 87. — Dikasterien: Gerichtshöfe, hier: die höheren Justizbeamten. — Die genannten schlesischen Gebirgsbäder besuchte er im Juli/September 1819.

699/700. Hoffmanns Kater, Titelheld der *Lebensansichten des Katers Murr nebst fragmentarischer Biographie des Kapellmeisters Johannes Kreisler in zufälligen Makulaturblättern,* war gestorben. Teil 1 der *Lebensansichten* erschien 1820, Teil 2 1821, der geplante 3. Teil kam nicht mehr zustande. Nach dem Tode Murrs brach Hoffmann die Katergeschichte in den Lebensansichten ab.

701. Friedrich Wilmans, Frankfurter Verleger, bei dem 1822 die Erzählung *Meister Floh* erschien, in der Hoffmann die Methoden der »Demagogenverfolgungen« des preußischen Justizbürokraten Kamptz (= Knarrpanti) zum Teil unter fast wörtlicher Verwendung amtlicher Protokolle karikierte. Kamptz hatte davon gehört, daher Hoffmanns Warnbrief an Wilmans. — Kartons drucken: Ersatzblätter zum Einkleben.

702. Wilmans hatte am 22. Januar nur berichtet, daß er am 21. vom Frankfurter Senat vernommen worden sei und sich verpflichten mußte, Aushängebogen vorzulegen, auch wurde das Manuskript in der Druckerei eingezogen; inzwischen verfügte der Frankfurter Senat am 22. die Beschlagnahme (am 23. durchgeführt). Während der folgenden Unterhandlungen mit dem Senat und dem preuß. Beauftragten in Frankfurt, Klindworth, traf Hoffmanns Brief vom 19. (Brief 97) ein. Wilmans ging damit zum Senat und bat, die genannten Stellen streichen zu dürfen, wodurch Klindworth alles bestätigt wurde. Gegen eine Kaution in Höhe der Druckkosten (2600 Gulden) wurde die konfiszierte Auflage den preußischen Beauftragten übergeben. Wilmans berichtete darüber am 25. an Hoffmann, der am 8. Februar zur Vernehmung vorgeladen wurde, die jedoch nicht stattfinden konnte, da er schwer erkrankt war; sie erfolgte erst am 22. Februar, nachdem er eine Rechtfertigungsschrift verfaßt hatte, in seiner Wohnung. Die Untersuchung scheint dann, nach entsprechenden Berichten an den Kanzler von Hardenberg und den König, eingeschlafen zu sein. Hoffmann schloß inzwischen den *Meister Floh* ab, das Restmanuskript ging im März an Wilmans.

703. Mit dem Brief übersandte Hoffmann den 2. Teil der Murr-Kreisler-Geschichte. — Eugen von Vaerst: beiderseitiger Bekannter aus Hoffmanns Bamberger Zeit.

704. Einer der letzten Briefe; Hoffmann starb am 25. Juni 1822 in Berlin. — Sieg-Bette: wohl Siech-Bett gemeint.

705. Sophie Mereau (1770—1806), Frau des Universitätsbibliothekars und Professors der Rechte Karl Friedrich Mereau in Jena, die Brentano 1798 kennenlernte; zwischen beiden kam es rasch zu einem Verhältnis, das August 1800 abgebrochen wurde. Die Ehe Sophies wurde 1801 geschieden, woraufhin Clemens wieder mit ihr korrespondierte, um ein Wiedersehen zu erreichen, das erst im Frühjahr 1803 stattfand; am 29. November d. J. heirateten sie in Marburg.

706. Tiecks *Kaiser Octavian* s. Anm. 84. — Johann Schultz (1739 bis 1805), Theologe und Mathematiker, Hofprediger in Königsberg.

708. Johann Friedrich Reichardt (1752—1814), Komponist und Musiker, vertonte u. a. Lieder und Singspiele von Goethe;

Herausgeber von Musikzeitschriften. – *Mildheimisches Liederbuch* (1799): von Rudolf Zacharias Becker (1751–1822) herausgegebene Liedersammlung. – Der Brief steht am Beginn der Arbeit an der Gedichtsammlung *Des Knaben Wunderhorn.* Arnim kam im Mai nach Heidelberg, noch im Juli wurde mit dem Druck des 1. Bandes begonnen, der 1806 erschien.

709. Karoline von Günderode (1780–1806), Schriftstellerin, Stiftsdame in Frankfurt, mit den Geschwistern Brentano befreundet; aus unglücklicher Liebe zu dem Altertumsforscher Friedrich Creutzer (1771–1858) beging sie Selbstmord. – Brentanos Neigung erwiderte sie nicht.

710. Auf dem Rückweg von einer Romreise war Tieck acht Tage in Heidelberg geblieben und in Brentanos Begleitung nach Frankfurt weitergereist. – Karl Friedrich von Rumohr (1785 bis 1843), Kunsthistoriker, der Begleiter Tiecks. – Meline und Claudine: Schwestern von Clemens und Bettina Brentano. – Caroline Engelhardt (1781–1855), Schriftstellerin und Lyrikerin. – Jordis: Frau des damals in Frankfurt lebenden Bankiers Jordis. – Simon Moritz von Bethmann (1768–1826), Frankfurter Bankier.

711. Lafontaine s. Anm. 74.

713. Werner s. Anm. 84.

715. Friedrich Kohlrausch (1780–1867), Historiker, hatte gleichzeitig mit Arnim in Göttingen studiert. – Friedrich Karl von Savigny (1779–1861), Rechtsgelehrter, Begründer der historischen Rechtsforschung; damals in Landshut, seit 1810 in Berlin. – Tieck und seine Schwester Sophie (s. Anm. 18 u. 106) hatten sich längere Zeit in Rom aufgehalten. Die Brüder Franz Riepenhausen (1786–1831) und Johannes Riepenhausen (1789–1860), Maler und Kupferstecher, Historiendarsteller, waren seit 1807 in Rom.

717. Iffland s. Anm. 76. – Der unglückliche Herzog von Braunschweig: Karl Wilhelm Ferdinand (1735–1806); preuß. Feldmarschall und Oberbefehlshaber, in der Schlacht von Auerstädt (1806) durch beide Augen geschossen, kurz darauf gestorben.

718/719. Jakob Grimm (1785–1863) und Wilhelm Grimm (1786 bis 1859), die bedeutendsten deutschen Sprachforscher des 19. Jh., hatten zuerst bei Savigny (s. Anm. 111) in Marburg die Rechte studiert, sich dann der Philologie zugewandt und standen dem jüngeren Romantikerkreis nahe. – Julius Eduard Hitzig s. Anm. 88. – Fouqué s. Anm. 25. – Wilhelm Grimm hatte Fouqués Heldenspiel *Sigurd, der Schlangentöter* (1808) skeptisch besprochen. – *Ariel: Ariels Offenbarungen* (1804), naturphilosophische Bekenntnisschrift Arnims.

720. Voß s. Anm. 23. – *Schelmuffkys kuriose und sehr gefährliche Reisebeschreibung zu Wasser und Lande* (1696 f.): satirische Erzählung (Parodie auf modische Reiseromane) von Christian

Reutter (1665—1712), war damals die Lieblingslektüre Clemens Brentanos.

721. Goethes Leben: die Autobiographie Goethes s. Anm. 3. — Görres' Buch: wohl die *Mythengeschichte der asiatischen Welt* (2 Bde., 1810). — Friedrich Wilhelm Riemer (1774—1845), damals Hauslehrer bei Goethe. — Reichardt s. Anm. 104.

723. Der 1. Band des unvollendeten Romans *Die Kronenwächter* erschien 1817.

725. Henrich Steffens (1773—1845), Naturforscher und Schriftsteller, damals Professor in Dresden.

726. Ludwig Sigismund Ruhl (1794—1887), Kasseler Historienmaler. — Die fromme Seele in Dülmen: die stigmatisierte Nonne Anna Katharina Emmerich in Dülmen, bei der sich Brentano 1819 bis zu ihrem Tod 1824 aufhielt. Arnim hatte ihn dort besucht. — Tanz mit der seligen Blutwurst: der Streit Bettinas mit Goethes 1816 gest. Frau Christiane, der 1811 zum Zerwürfnis geführt hatte.

727. Görres, inzwischen Professor in München, war zum Parteigänger eines politischen Katholizismus geworden. - Bestiegen sie die Kanzel ...: Werner hatte sich 1811 in Rom zum Priester weihen lassen.

728. Arnim war am 21. Januar 1831 gestorben.

729. Otto Heinrich Graf von Loeben (1726—1825), Lyriker und Dramatiker.

730. Das übersandte Romanmanuskript: *Ahnung und Gegenwart* (1815).

731. Die Novelle: *Das Marmorbild* (1819).

732. Vgl. auch Brief 123. — Der junge König: Ludwig I., s. Anm. 43/44.

733. Theodor von Schön (1773—1856), seit 1824 Oberpräsident von Altpreußen, aus den amtlichen Beziehungen Eichendorffs zu ihm entwickelten sich bald literarische, Schön war auch als politischer Publizist sehr erfolgreich tätig. Wegen seiner Verdienste um die Wiederherstellung der Marienburg, worüber auch Eichendorff eine Denkschrift verfaßt hatte, erhielt er von Friedrich Wilhelm IV. den Titel »Burggraf von Marienburg«. — Eichendorffs Übersetzung der *Geistlichen Schauspiele von Calderon* erschien in zwei Bänden 1846 und 1853.

QUELLENHINWEISE

Für die meisten Autoren der Vorklassik existieren noch keine kritischen Gesamtausgaben ihrer Briefe bzw. Briefwechsel. Zumal in Fällen, in denen der schriftliche Nachlaß verlorengegangen oder die noch erhaltenen, oft weit verstreuten Briefe noch nicht kritisch erfaßt und gesammelt sind, ist man deshalb wesentlich auf frühe Briefausgaben angewiesen, die meist unmittelbar nach dem Tod der Autoren von Freunden herausgegeben wurden; Beispiele hierfür sind die Briefe Gellerts, der Karschin, Wielands und Schubarts, doch geben diese Ausgaben den Text der Briefe häufig verstümmelt wieder. Dringend erforderlich wäre vor allem eine kritische Gesamtausgabe der Briefe Herders.
Der Briefwechsel Wielands wird z. Z. in einer historisch-kritischen Ausgabe der Berliner Akademie der Wissenschaften von Hans Werner Seiffert veröffentlicht, doch liegt bisher nur der 1. Band (1750 bis 1760) vor, dessen Ergebnisse vom Herausgeber dankbar benutzt wurden. Der Herausgeber dankt außerdem der Verwaltung des Gleimhauses in Halberstadt, die ihm drei Originalbriefe von Gleim und Ramler für diese Ausgabe zur Verfügung gestellt hat (Briefe 29a—c); ebenso dem Eckart-Verlag, Witten und Berlin, für das freundliche Einverständnis mit der Benützung der in diesem Verlag erschienenen Gesamtausgabe der Briefe von Matthias Claudius (Briefe, hrsg. von H. Jessen und E. Schröder; 2 Bde. 1938/40; im gleichen Verlag liegt derzeit eine Auswahlausgabe der Claudius-Briefe unter dem Titel »Die Erde ist doch schön« vor).

Im nachstehenden Quellenverzeichnis sind lediglich die Ausgaben genannt, denen Briefe entnommen bzw. mit denen Briefe verglichen wurden. Die angeführten Quellen stellen naturgemäß nur einen Bruchteil der herangezogenen Ausgaben dar.

Matthias Claudius, Briefe. Hrsg. v. H. Jessen u. E. Schröder. 2 Bde., 1938/40.
Matthias Claudius, Die Erde ist doch schön. Briefe. Hrsg. v. Hans Jürgen Schultz. Witten u. Berlin 1958.
Christian Fürchtegott Gellert, Briefe nebst einer praktischen Abhandlung vom guten Geschmack in Briefen. Leipzig 1751.
Christian Fürchtegott Gellert, Briefe nebst einigen damit verwandten Briefen seiner Freunde. Hrsg. v. J. A. Schlegel u. G. L. Heyer. Leipzig 1774.
Briefwechsel Christian Fürchtegott Gellerts mit Demoiselle Lucius. Hrsg. v. F. A. Ebert. Leipzig 1823.
Briefwechsel zwischen Gleim und Ramler. Hrsg. v. C. Schüddekopf. 2 Bde. (3. Bd. nicht mehr erschienen), Tübingen 1906 f. (Bibliothek des Literarischen Vereins in Stuttgart).
Briefwechsel zwischen Gleim und Uz. Hrsg. v. C. Schüddekopf. Tübingen 1899 (Bibliothek des Literarischen Vereins in Stuttgart).

Aus Herders Nachlaß. Hrsg. v. H. Düntzer u. F. G. von Herder. 3 Bde., Frankfurt a. M. 1856 f.
Von und an Herder. Ungedruckte Briefe aus Herders Nachlaß. Hrsg. v. H. Düntzer u. F. G. von Herder. 3 Bde., Leipzig 1861 f.
Herders Briefe an J. G. Hamann. Hrsg. v. O. Hoffmann. Berlin 1889.
Herders Briefwechsel mit Nicolai. Hrsg. v. O. Hoffmann. Berlin 1887.
Herders Briefwechsel mit Caroline Flachsland. Nach den Handschriften des Goethe- und Schiller-Archivs. Hrsg. v. Hans Schauer (= Schriften der Goethe-Gesellschaft). Weimar 1926/28.
Erinnerungen aus dem Leben Herders. Hrsg. v. J. G. Müller. 2 Bde. Stuttgart u. Tübingen 1820.
Johann Gottfried Herder, Briefe. Ausgewählt und hrsg. v. W. Dobbek. Weimar 1959. (Beste Ausgabe.)
Friedrich Heinrich Jacobi, Auserlesener Briefwechsel. Hrsg. v. O. F. Roth. 2 Bde., Leipzig 1825/27.
Aus F. H. Jacobis Nachlaß. Ungedruckte Briefe von und an Jacobi. Hrsg. v. R. Zoeppritz. 2 Bde. Leipzig 1869.
Briefe von und an Klopstock. Hrsg. v. J. M. Lappenberg. Braunschweig 1867.
Gotthold Ephraim Lessings sämtliche Schriften. Hrsg. v. K. Lachmann. Dritte Auflage, besorgt durch F. Muncker, 23 Bde. (Briefe: Bde. 17—21). Leipzig 1886—1924.
Gotthold Ephraim Lessing, Gesammelte Werke in 10 Bde. (Briefe: Bd. 9). Hrsg. v. P. Rilla. Berlin 1954 ff.
Heinrich Schneider, Lessing. Salzburg 1950.
Lessings Briefwechsel mit Mendelssohn und Nicolai über das Trauerspiel. Hrsg. v. R. Petsch. Leipzig 1910.
Moses Mendelssohns sämtliche Werke. Ausgabe in einem Band als National-Denkmal. Wien 1838.
Moses Mendelssohns Briefwechsel. Bearb. v. Bruno Strauß. In: Moses Mendelssohns Gesammelte Schriften. Jubiläumsausgabe. Hrsg. v. I. Elbogen, J. Guttmann, E. Mittwoch. (Briefe: Bd. 11—13.) Berlin 1932.
Briefe an J. H. Merck von Goethe, Herder, Wieland und anderen bedeutenden Zeitgenossen. Hrsg. v. K. Wagner. Darmstadt 1835.
Karl Wilhelm Ramler, Anakreontische Poesie und Briefwechsel aus seinen letzten Lebensjahren. Hrsg. v. A. Charisius. 1921.
Christian Friedrich Daniel Schubarts Leben in seinen Briefen. Gesammelt, bearbeitet u. hrsg. v. D. F. Strauß. 2 Bde., Berlin 1849.
Christoph Martin Wieland, Auswahl denkwürdiger Briefe. Hrsg. v. L. Wieland. 2 Bde. Wien 1815.
Christoph Martin Wieland, Ausgewählte Briefe an verschiedene Freunde 1751—1810. 4 Bde. Zürich 1815/16.
Der Briefwechsel Wielands mit Goethe. Erg. v. B. Seuffert. In: Jahrbuch der Goethe-Gesellschaft, 13 Bde. Weimar 1927.
J. G. Gruber, Wielands Leben. In: C. M. Wielands sämtliche Werke. Leipzig 1827 ff., Bd. 50—53.